La crítica ha dicho sobre la Saga:

«Quiero tanto a Lenù... Lloré leyendo esta saga.»

JONATHAN FRANZEN

«Una contadora de historias nata, extraordinaria y adictiva.»

MILENA BUSQUETS

«Las novelas de Elena Ferrante me han tenido atado al sillón, leyendo y celebrando unas páginas donde la emoción nunca es banal: el dolor y la alegría de sentirse vivos están ahí para que el lector los haga suyos y todo lo que se dice es necesario, sin que sobre ni falte un solo adjetivo.»

JUAN MARSÉ

«En mi mesilla de noche están los diarios de Virginia Woolf, los relatos de Chéjov y las novelas de Elena Ferrante.»

LEÏLA SLIMANI

«Soy fan de sus novelas, que abordan con todo lujo de detalles la amistad tal como la entendemos las mujeres.»

ZADIE SMITH

«Me ha capturado. Me ha causado un gran impacto.»

ELIZABETH STROUT

Saga La amiga estupenda

Saga La amiga estupenda

Elena Ferrante

Traducción del italiano de
Celia Filipetto

Lumen

narrativa

Papel certificado por el Forest Stewardship Council®

Títulos originales: *L'amica geniale, Storia del nuovo cognome, Storia di chi fugge e di chi resta, Storia della bambina perduta* y *La frantumaglia*

Primera edición: noviembre de 2025

Printed in Spain – Impreso en España

ISBN: 978-84-264-3364-0
Depósito legal: B-17271-2025

Compuesto en M. I. Maquetación, S. L.
Impreso en Unigraf, Móstoles (Madrid)

H 4 3 3 6 4 0

Los personajes

La familia Cerullo (la familia del zapatero):
Fernando Cerullo, zapatero.
Nunzia Cerullo, madre de Lila.
Raffaella Cerullo, para todos Lina, solo para Elena Lila.
Rino Cerullo, hermano mayor de Lila, también zapatero.
Rino se llamará uno de los hijos de Lila.
Otros hijos.

La familia Greco (la familia del conserje):
Elena Greco, llamada Lenuccia o Lenù. Es la primogénita; vienen después Peppe, Gianni y Elisa.
El padre trabaja de conserje en el ayuntamiento.
La madre, ama de casa.

La familia Carracci (la familia de don Achille):
Don Achille Carracci, el ogro de los cuentos.
Maria Carracci, esposa de don Achille.
Stefano Carracci, hijo de don Achille, charcutero en la charcutería de la familia.
Pinuccia y Alfonso Carracci, los otros dos hijos de don Achille.

La familia Peluso (la familia del carpintero):
Alfredo Peluso, carpintero.
Giuseppina Peluso, esposa de Alfredo.
Pasquale Peluso, hijo mayor de Alfredo y Giuseppina, albañil.
Carmela Peluso, también se hace llamar Carmen, hermana de Pasquale, dependienta en una mercería.
Otros hijos.

La familia Cappuccio (la familia de la viuda loca):
Melina, pariente de la madre de Lila, viuda loca.
El marido de Melina, descargaba cajas en el mercado hortofrutícola.
Ada Cappuccio, hija de Melina.
Antonio Cappuccio, su hermano, mecánico.
Otros hijos.

La familia Sarratore (la familia del ferroviario-poeta):
Donato Sarratore, revisor.
Lidia Sarratore, esposa de Donato.
Nino Sarratore, el mayor de los cinco hijos de Donato y Lidia.
Marisa Sarratore, hija de Donato y Lidia.
Pino, Clelia y Ciro Sarratore, los hijos más pequeños de Donato y Lidia.

La familia Scanno (la familia del verdulero):
Nicola Scanno, verdulero.
Assunta Scanno, esposa de Nicola.
Enzo Scanno, hijo de Nicola y Assunta, también verdulero.
Otros hijos.

La familia Solara (la familia del propietario del bar-pastelería del mismo nombre):
Silvio Solara, dueño del bar-pastelería.
Manuela Solara, esposa de Silvio.
Marcello y Michele Solara, hijos de Silvio y Manuela.

La familia Spagnuolo (la familia del pastelero):
El señor Spagnuolo, pastelero del bar-pastelería Solara.
Rosa Spagnuolo, esposa del pastelero.
Gigliola Spagnuolo, hija del pastelero.
Otros hijos.

Gino, hijo del farmacéutico.

Los maestros:
Ferraro, maestro y bibliotecario.
La Oliviero, maestra.

Gerace, profesor de bachillerato superior.
La Galiani, profesora del curso preuniversitario.

Nella Incardo, la prima de Ischia de la maestra Oliviero.

La amiga estupenda

El Señor: Podrás actuar con toda libertad. Nunca he odiado a tus semejantes. De todos los espíritus que niegan, el pícaro es el que menos me desagrada. El hombre es demasiado propenso a adormecerse; se entrega pronto a un descanso sin estorbos; por eso es bueno darle un compañero que lo estimule, lo active y desempeñe el papel de su demonio.

J. W. Goethe, *Fausto*

Prólogo
Borrar todo rastro

1

Rino me llamó esta mañana; pensé que iba a pedirme más dinero y me preparé para decirle que no. El motivo de su llamada era otro: su madre había desaparecido.

—¿Desde cuándo?

—Desde hace dos semanas.

—¿Y me llamas ahora?

El tono debió de parecerle hostil, aunque no estaba ni enfadada ni indignada, solo me permití una pizca de sarcasmo. Intentó reaccionar pero lo hizo de un modo confuso, incómodo, en parte en dialecto, en parte en italiano. Dijo que se había figurado que su madre estaba paseando por Nápoles, como de costumbre.

—¿Y de noche también?

—Ya sabes cómo es ella.

—Ya lo sé, pero ¿a ti te parece normal una ausencia de dos semanas?

—Sí. Tú hace mucho que no la ves, ha empeorado; nunca tiene sueño, entra, sale, hace lo que le da la gana.

De todas maneras, al final se lo tomó en serio. Preguntó a todo el mundo, recorrió los hospitales, fue incluso a la policía. Nada, su madre no estaba por ninguna parte. Qué buen hijo: un hombre corpulento, de unos cuarenta años, que no había trabajado en la vida, dedicándose solo a traficar y derrochar. Imaginé el interés que había puesto en la búsqueda. Ninguno. No tenía cerebro y solo se quería a sí mismo.

—¿No estará en tu casa? —me preguntó de repente.

¿Su madre? ¿Aquí en Turín? Rino conocía bien la situación, hablaba por hablar. Él sí que era viajero, había venido a casa por lo menos unas diez veces, sin que yo lo invitara. Su madre, a la que habría recibido de buena gana, no había salido de Nápoles en su vida. Le contesté:

—No, no está en mi casa.

—¿Estás segura?

—Rino, por favor, te he dicho que no está.

—¿Entonces adónde habrá ido?

Se echó a llorar y dejé que representara su desesperación, sollozos al principio fingidos, genuinos después. Cuando se calmó le dije:

—Por favor, de vez en cuando compórtate como a ella le gustaría; no la busques.

—Pero ¿qué dices?

—Lo que has oído. Es inútil. Aprende a vivir solo y a mí tampoco me busques más.

Colgué.

2

La madre de Rino se llama Raffaella Cerullo, pero todo el mundo la ha llamado siempre Lina. Yo no, nunca usé ninguno de los dos nombres. Desde hace más de sesenta años para mí es Lila. Si la llamara Lina o Raffaella, así, de repente, pensaría que nuestra amistad ha terminado.

Hace por lo menos treinta años que me dice que quiere desaparecer sin dejar rastro, y solo yo sé qué quiere decir. Nunca tuvo en mente una fuga, un cambio de identidad, el sueño de rehacer su vida en otra parte. Tampoco pensó nunca en suicidarse, porque le repugna la idea de que Rino tenga algo que ver con su cuerpo y se vea obligado a ocuparse de él. Su propósito fue siempre otro, quería volatilizarse; quería dispersar hasta la última de sus células, que de ella no encontraran nada. Y como la conozco bien, o creo conocerla, doy por descontado que ha encontrado el modo de no dejar en este mundo ni siquiera una migaja de sí misma, en ninguna parte.

3

Han pasado los días. He mirado el correo electrónico y el postal, pero sin esperanza. Yo solía escribirle con mucha frecuencia, ella casi nunca me contestaba: esa fue siempre su costumbre. Prefería el teléfono o las largas charlas nocturnas cuando yo iba a Nápoles.

He abierto mis cajones, las cajas metálicas en las que guardo todo tipo de cosas. Pocas. Tiré muchas, en especial las relacionadas con ella, y ella lo sabe. He descubierto que no tengo nada suyo, ni una imagen, ni una notita, ni un regalo. Yo misma me he sorprendido. ¿Cómo es posible que en todos estos años no me haya dejado nada suyo, o, peor aún, que yo no haya querido conservar nada de ella? Es posible.

Días más tarde fui yo quien llamé a Rino, aunque a regañadientes. No me contestó ni en el fijo ni en el móvil. Me llamó él por la noche, sin apuro, poniendo esa voz con la que trata de inspirar lástima.

—He visto que has llamado. ¿Tienes alguna novedad?

—No. ¿Y tú?

—Tampoco.

Me dijo cosas incongruentes. Quería ir a la televisión, al programa ese en el que buscan personas desaparecidas, hacer un llamamiento, pedirle perdón por todo a su mamá, suplicarle que volviera.

Lo escuché con paciencia, después le pregunté:

—¿Has mirado en su armario?

—¿Para qué?

Naturalmente no se le había pasado por la cabeza algo tan obvio.

—Ve a mirar.

Fue a mirar y se dio cuenta de que no había quedado nada, ni un solo vestido de su madre, ni de invierno ni de verano, solo perchas viejas. Le pedí que registrara toda la casa. Habían desaparecido sus zapatos. Habían desaparecido sus pocos libros. Habían desaparecido todas sus fotos. Habían desaparecido sus diapositivas. Había desaparecido su ordenador, incluso los antiguos disquetes que se usaban antes, todo, todo lo relacionado con su experiencia de maga de la electrónica que empezó a darse maña con los ordenadores a finales de los años sesenta, en la época de las tarjetas perforadas. Rino no salía de su asombro. Le sugerí:

—Tómate todo el tiempo que te haga falta, pero después me llamas y me dices si has encontrado aunque sea un alfiler suyo.

Me llamó al día siguiente, alteradísimo.

—No hay nada.

—¿Nada de nada?

—Nada. Ha cortado todas las fotos en las que salíamos juntos, incluso en las que yo era pequeño.

—¿Has mirado bien?

—En todas partes.

—¿En el sótano también?

—Te he dicho que en todas partes. Ha desaparecido también la caja con los documentos, yo qué sé, antiguos certificados de nacimiento, contratos telefónicos, recibos de facturas. ¿Qué significa? ¿Alguien lo ha robado todo? ¿Qué buscan? ¿Qué quieren de mí y de mi madre?

Lo tranquilicé, le pedí que se calmara. Era improbable que nadie quisiera nada de él.

—¿Puedo ir a quedarme un tiempo contigo?

—No.

—Por favor, no puedo dormir.

—Arréglatelas, Rino, yo no puedo hacer nada.

Colgué y cuando me volvió a llamar, no le contesté. Me senté al escritorio.

Como siempre, Lila se pasa, he pensé.

Estaba ampliando hasta la exageración el concepto de rastro. No solo quería desaparecer ella, ahora, con sesenta y seis años, sino borrar además toda la vida que había dejado a su espalda.

Me dio mucha rabia.

Veremos quién se sale con la suya, me dije. Fue entonces cuando encendí el ordenador y me puse a escribir hasta el último detalle de nuestra historia, todo lo que quedó grabado en la memoria.

Infancia
Historia de don Achille

1

Aquella vez en que Lila y yo decidimos subir las escaleras oscuras que llevaban, peldaño a peldaño, tramo a tramo, hasta la puerta del apartamento de don Achille, comenzó nuestra amistad.

Recuerdo la luz violácea del patio, los olores de una noche tibia de primavera. Las madres preparaban la cena, era hora de regresar, pero nosotras, sin decirnos una sola palabra, nos entretuvimos desafiándonos a pruebas de coraje. Desde hacía un tiempo, dentro y fuera de la escuela, no hacíamos otra cosa. Lila metía la mano y el brazo entero en la boca negra de una alcantarilla, y yo, a mi vez, la imitaba enseguida, con el corazón en la boca, confiando en que las cucarachas no se pasearan por mi piel y que las ratas no me mordieran. Lila se encaramaba a la ventana de la planta baja de la señora Spagnuolo, se colgaba de la barra de hierro por donde pasaba el hilo para tender la ropa, se columpiaba y luego se dejaba caer en la acera, y yo, a mi vez, la imitaba enseguida, aunque temiera caerme y lastimarme. Lila se introducía debajo de la piel la punta de un imperdible oxidado que había encontrado en la calle no sé cuándo y que guardaba en el bolsillo como si fuese el regalo de un hada; y yo observaba la punta metálica que excavaba un túnel blancuzco en la palma de su mano, y después, cuando ella lo extraía y me lo ofrecía, la imitaba.

En un momento dado me lanzó una de sus miradas, firme, con los ojos entrecerrados, y se dirigió hacia el edificio donde vivía don Achille. Me quedé petrificada de miedo. Don Achille era el ogro de los cuentos, me estaba terminantemente prohibido acercarme a él, hablarle, mirarlo, espiarlo, debía hacer como si él y su familia no existieran. En mi casa y en otras, había hacia él un temor y un odio que no sabía de dónde venían. Tal como hablaba de él mi padre, yo me lo había imaginado robusto, lleno de ampollas violáceas, enfurecido pese al «don», que a mí me sugería una autoridad tranquila. Era un ser hecho de no sé qué material, hierro, vidrio, ortiga, pero vivo, vivo, que soltaba un aliento caliente por la nariz y la boca. Creía que bastaba con verlo de lejos para que me metiera en los ojos algo puntiagudo y ardiente. Y si hubiese cometido la locura de acercarme a la puerta de su casa me habría matado.

Esperé un poco para ver si Lila cambiaba de idea y volvía sobre sus pasos. Yo sabía lo que quería hacer, había esperado inútilmente que se le olvidara, pero no. Las farolas todavía no se habían encendido y tampoco las luces de la escalera. De las casas salían voces nerviosas. Para seguirla debía abandonar el azul del patio y entrar en la negrura del portón. Cuando por fin me decidí, al principio no veía nada, solo notaba un olor a ropa vieja y a DDT. Cuando me acostumbré a la oscuridad, descubrí a Lila sentada en el primer peldaño del primer tramo de escalera. Se levantó y empezó a subir.

Fuimos avanzando pegadas a la pared, ella dos peldaños por delante, yo dos peldaños por detrás e indecisa entre acortar la distancia o dejar que aumentara. Me ha quedado la impresión del hombro rozando la pared desconchada y la idea de que los escalones eran muy altos, más que los del edificio donde yo vivía. Temblaba. Cada ruido de pasos, cada voz era don Achille que se nos acercaba por la espalda o venía a nuestro encuentro empuñando un cuchillo enorme, de esos para abrirles la pechuga a las gallinas. El aire olía a ajos fritos. Maria, la esposa de don Achille, me iba a echar a la sartén con aceite hirviendo, sus hijos me iban a comer, él me iba a chupar la cabeza como hacía mi padre con los salmonetes.

Nos paramos a menudo, y cada vez yo esperaba que Lila decidiera volver sobre sus pasos. Yo estaba muy sudada, ella no lo sé. De vez en cuando miraba hacia arriba, pero yo no sabía qué, solo se veía el gris de los ventanales en cada tramo de la escalera. Las luces se encendieron de repente, pero tenues, polvorientas, dejando amplias zonas de sombra erizadas de peligros. Esperamos para comprobar si había sido don Achille quien le había dado al interruptor, pero no oímos nada, ni pasos ni una puerta que se abría o se cerraba. Después, Lila siguió subiendo, y yo detrás.

Ella consideraba que hacía algo correcto y necesario, a mí se me habían olvidado todos los buenos motivos y con toda seguridad estaba allí únicamente porque estaba ella. Subíamos despacio hacia el mayor de nuestros terrores de entonces, íbamos a exponernos al miedo y a interrogarlo.

En el cuarto tramo de la escalera Lila se comportó de un modo inesperado. Se detuvo para esperarme y cuando la alcancé, me dio la mano. Ese gesto lo cambió todo entre nosotras para siempre.

2

Ella tenía la culpa. En un tiempo no muy lejano —diez días, un mes, quién sabe, entonces lo ignorábamos todo del tiempo— me había quitado mi muñeca a traición para dejarla caer al fondo de un sótano. Ahora subíamos hacia el miedo, entonces nos habíamos sentido obligadas a bajar, y a toda prisa, hacia lo desconocido. Arriba, abajo, siempre teníamos la impresión de ir al encuentro de algo terrible que, aunque ya existiera antes, era a nosotras a quien esperaba y a nadie más. Cuando se lleva poco tiempo en este mundo resulta difícil comprender cuáles son los desastres que dan origen a nuestro sentimiento del desastre, o tal vez no se siente la necesidad de comprenderlo. A la espera del mañana, los mayores se mueven en un presente detrás del que están el ayer y el anteayer o, como mucho, la semana pasada; no quieren pensar en el resto. Los pequeños desconocen el significado del ayer, del anteayer, del mañana, todo se reduce a esto, al ahora: la calle es esta, el portón es este, las escaleras son estas, esta es mamá, este es papá, este es el día, esta la noche. Yo era pequeña y, a fin de cuentas, mi muñeca sabía más que yo. Le hablaba, me hablaba. Tenía cara de celuloide con cabello de celuloide y ojos de celuloide. Llevaba un vestidito azul que le había cosido mi madre en un raro momento feliz, y estaba preciosa. La muñeca de Lila, por el contrario, tenía el cuerpo amarillento de tela relleno de serrín, me parecía fea y mugrienta. Las dos se espiaban, se sopesaban, dispuestas a escapar de nuestros brazos si estallaba un temporal, si se oían truenos, si alguien más grande y más fuerte y con dientes afilados quería agarrarlas.

Jugábamos en el patio, pero como si no jugáramos juntas. Lila se sentaba en el suelo, al lado del ventanuco de un sótano, yo, del otro lado. Nos gustaba ese sitio, en primer lugar porque, en el cemento entre los barrotes de la abertura, contra la malla de alambre, podíamos colocar tanto las cosas de Tina, mi muñeca, como las de Nu, la muñeca de Lila. Poníamos piedras, tapas de gaseosas, florecitas, clavos, esquirlas de vidrio. Yo captaba lo que Lila le decía a Nu y se lo decía en voz baja a Tina, pero cambiándolo un poco. Si ella cogía un tapón y se lo ponía en la cabeza a su muñeca como si fuese un sombrero, yo le decía a la mía, en dialecto: Tina, ponte la corona de reina, que si no te dará frío. Si Nu jugaba a la rayuela en brazos de Lila, poco después yo le hacía hacer lo mismo a Tina. Pero todavía no estábamos en la fase de decidir un juego e iniciar una colaboración. Incluso aquel lugar lo elegíamos sin ponernos de acuerdo. Lila iba allí, yo me paseaba por ahí, fingiendo ir para otro lado. Al rato, como quien no quiere la cosa, me ponía yo también junto al respiradero, pero al otro lado.

Lo que más nos atraía era el aire frío del sótano, una ráfaga que nos refrescaba en primavera y en verano. Además nos gustaban los barrotes con telarañas, la oscuridad y la tupida malla de alambre que, enrojecida por la herrumbre, se enroscaba tanto en el lado donde yo estaba como en el de Lila, formando dos rendijas paralelas a través de las cuales podíamos lanzar piedras a la oscuridad y oír el ruido cuando golpeaban el suelo. Todo era hermoso y daba miedo, entonces. A través de aquellas aberturas la oscuridad podía arrebatarnos de repente las muñecas, a veces seguras entre nuestros brazos, más a menudo colocadas expresamente junto a la malla retorcida y, por tanto, expuestas al aliento helado del sótano, a los ruidos amenazantes que provenían de ahí, a los murmullos, a los crujidos, a los roces.

Nu y Tina no eran felices. Los miedos que saboreábamos nosotras a diario eran los suyos. No nos fiábamos de la luz proyectada sobre las piedras, los edificios, el campo, las personas dentro y fuera de las casas. Intuíamos sus rincones negros, sus sentimientos contenidos, siempre al borde del estallido. Y atribuíamos a esas bocas oscuras, a las cavernas que se abrían más allá, debajo de los edificios del barrio, todo aquello que a la luz del día nos espantaba. Don Achille, por ejemplo, no estaba únicamente en su casa del último piso, sino también ahí abajo, araña entre las arañas, rata entre las ratas, una forma que adoptaba todas las formas. Me lo imaginaba con la boca abierta a causa de los largos colmillos de animal, con cuerpo de piedra vidriada y hierbas venenosas, siempre dispuesto a recibir en una enorme bolsa negra todo lo que tirábamos desde los ángulos desprendidos de la malla. Aquella bolsa era un rasgo fundamental de don Achille, la llevaba siempre, incluso en su casa, y dentro de ella echaba materia viva y muerta.

Lila sabía que yo tenía ese miedo, mi muñeca hablaba de él en voz alta. Por eso, precisamente el día en que sin ponernos de acuerdo siquiera, solo con miradas y gestos, intercambiamos por primera vez nuestras muñecas, ella, en cuanto tuvo a Tina, la empujó al otro lado de la malla y la dejó caer en la oscuridad.

3

Lila apareció en mi vida en primer curso de primaria y enseguida me impresionó porque era muy mala. Todas éramos un poco malas en esa clase, aunque solo cuando la maestra Oliviero no nos veía. Pero ella era mala siempre. Una vez rompió en mil pedazos el papel secante, luego metió los trocitos de uno en uno por el agujero del tintero, después se puso a pescarlos con el plumín y a lanzárnoslos. A mí me alcanzó dos veces en el pelo y una vez en el cuello blanco. La maestra chilló como sabía hacer ella, con su voz de aguja, larga y afilada, que nos aterraba, y como castigo le ordenó enseguida que se pusiera detrás de la pizarra. Lila no obedeció y ni siquiera pareció asustarse, al contrario, siguió lanzando por doquier pedacitos de papel secante empapados en tinta. Entonces, la maestra Oliviero, una mujer grandota que nos parecía muy vieja aunque apenas pasaba de los cuarenta, se bajó de la tarima amenazándola, tropezó no se sabe bien con qué, perdió el equilibrio y al caer se golpeó la cara contra el canto de un pupitre. Quedó tendida en el suelo, parecía muerta.

No recuerdo qué ocurrió inmediatamente después; solo recuerdo el cuerpo inmóvil de la maestra, un bulto oscuro, y a Lila que la miraba con cara seria.

Guardo en la memoria muchos incidentes como este. Vivíamos en un mundo en el que, con frecuencia, niños y adultos sufrían heridas que sangraban, luego venía la supuración y a veces se morían. Una de las hijas de la señora Assunta, la verdulera, se hirió con un clavo y murió de tétanos. El hijo menor de la señora Spagnuolo se murió de crup. Un primo mío, que tenía veinte años, fue una mañana a palear escombros y por la tarde murió aplastado, echando sangre por las orejas y la boca. El padre de mi madre se mató al caer de un andamio de un edificio en construcción. Al padre del señor Peluso le faltaba un brazo, se lo había cortado el torno a traición. La hermana de Giuseppina, la esposa del señor Peluso, murió de tuberculosis con veintidós años. El hijo mayor de don Achille —no lo había visto en mi vida y aun así me parecía recordarlo— había ido a la guerra y se murió dos veces, primero ahogado en el océano Pacífico, después devorado por los tiburones. La familia Melchiorre al completo había muerto abrazada, gritando de miedo, en pleno bombardeo. La vieja señora Clorinda se había muerto respirando gas en lugar de aire. Giannino, que iba a cuarto cuando nosotras cursábamos primero, se murió un día porque al encontrar una bomba, la había tocado. Luigina, con la que habíamos jugado en el patio o tal vez no, y era solamente un nombre, se había muerto de tifus petequial. Así era nuestro mundo, estaba lleno de palabras que mataban: el crup, el tétanos, el tifus petequial, el gas, la guerra, el torno, los escombros, el trabajo, el bombardeo, la bomba, la tuberculosis, la supuración. El origen de los muchos miedos que me han acompañado toda la vida se remontan a esos vocablos y a esos años.

Podías morirte incluso de cosas que parecían normales. Por ejemplo, podías morirte si sudabas y después bebías agua fría del grifo sin antes haberte mojado las muñecas, porque entonces te cubrías de puntitos rojos, te daba la tos y ya no podías respirar. Podías morirte si comías cerezas negras sin escupir los huesos. Podías morirte si mascabas chicle y sin querer te lo tragabas. Podías morirte sobre todo si te dabas un golpe en la sien. La sien era un sitio fragilísimo, todas teníamos mucho cuidado con eso. Bastaba con una pedrada, y las pedradas eran la norma. A la salida de la escuela una pandilla de chicos que venían del campo, capitaneada por uno que se llamaba Enzo o Enzuccio, uno de los hijos de Assunta, la verdulera, empezó a tirarnos piedras. Estaban ofendidos porque nosotras éramos más aplicadas que ellos. Cuando llegaban las pedradas todas salíamos corriendo, pero Lila no, seguía andando a paso normal y a veces incluso se detenía. Se le daba muy bien analizar la trayectoria de las piedras y esquivarlas con un movimiento tranquilo, hoy diría que elegante. Tenía un hermano mayor y quizá había aprendido de él, no sé; yo también tenía hermanos pero más pequeños que yo y de ellos no había aprendido nada. Sin embargo, cuando me daba cuenta de que se había rezagado, aunque tenía mucho miedo, me paraba y la esperaba.

Ya entonces había algo que me impedía abandonarla. No la conocía bien, nunca nos habíamos dirigido la palabra y aun así estábamos enzarzadas en una competición continua, en clase y fuera. Pero sentía confusamente que si hubiese salido corriendo junto a las demás, le habría dejado a ella algo mío que luego no me devolvería nunca.

Al principio esperaba escondida, a la vuelta de una esquina, y me asomaba para ver si Lila venía. Después, al ver que no se movía, me obligaba a reunirme con ella, le pasaba las piedras, yo también las lanzaba. Pero lo hacía sin convicción, en mi vida he hecho muchas cosas pero nunca convencida; siempre me he sentido un tanto despegada de mis propios actos. En cambio Lila, de pequeña —ahora no sé decir con certeza si ya a los seis o siete años, o cuando subimos juntas las escaleras que llevaban a la casa de don Achille y teníamos ocho, casi nueve—, se caracterizaba por tener una determinación absoluta. Ya fuera que empuñase el portaplumas tricolor con su plumín o una piedra o la barandilla de las oscuras escaleras, transmitía la idea de que lo que vendría después —clavar con una estocada precisa el plumín en el pupitre, lanzar bolitas de papel empapadas de tinta, golpear a los chicos del campo, subir hasta la puerta de don Achille— lo iba a hacer sin vacilación.

La pandilla venía del terraplén del ferrocarril y hacía acopio de piedras entre las vías. Enzo, el jefe, era un niño muy peligroso, tres años mayor que nosotras, repetidor, de cabello rubio muy corto y ojos claros. Lanzaba con precisión piedras pequeñas de bordes afilados, y Lila esperaba sus tiros para mostrarle cómo los esquivaba, hacerlo enfadar todavía más y responder enseguida con otros tiros igual de peligrosos. Una vez le dimos en el tobillo derecho, y digo le dimos porque yo le había pasado a Lila una piedra plana con los bordes mellados. La piedra pasó rozando la piel de Enzo como una cuchilla, dejándole una mancha roja de la que enseguida brotó la sangre. El niño se miró la pierna herida, es como si lo estuviera viendo: tenía entre el pulgar y el índice la piedra que se disponía a tirar, el brazo levantado para el lanzamiento; pese a eso, se detuvo estupefacto. Los niños bajo su mando también miraron la sangre, incrédulos. Lila no mostró la menor satisfacción por el buen resultado del tiro y se agachó para recoger otra piedra. Yo la agarré del brazo, fue nuestro primer contacto, un contacto brusco y asustado. Intuía que la pandilla se volvería más feroz y quería que nos retirásemos. Pero no hubo tiempo. A pesar de que le sangraba el tobillo, Enzo se recuperó del estupor y lanzó la piedra que tenía en la mano. Yo seguía sujetando con fuerza a Lila cuando la pedrada la alcanzó en la frente y me la arrancó de la mano. Un momento después la vi tendida en la acera con la cabeza rota.

4

Sangre. En general manaba de las heridas tras haber intercambiado maldiciones horrendas y repugnantes obscenidades. Se seguía siempre ese procedimiento. Mi padre, que a mí me parecía un hombre bueno, profería continuamente insultos y amenazas si alguien, como decía él, no era digno de estar sobre la faz de la tierra. La tenía tomada especialmente con don Achille. Siempre tenía algo que echarle en cara y a veces me tapaba los oídos con las manos para que sus palabrotas no me dejaran demasiado impresionada. Cuando hablaba con mi madre lo llamaba «tu primo», pero mi madre renegaba enseguida de ese vínculo de sangre (el parentesco era muy lejano) y aumentaba la dosis de insultos. Me aterraban sus ataques de ira, y me aterraba sobre todo que don Achille pudiera tener oídos tan finos para captar incluso los insultos dichos a gran distancia. Temía que viniese a matarlos.

Pese a todo, el enemigo jurado de don Achille no era mi padre sino el señor Peluso, un carpintero muy hábil, que siempre andaba sin dinero porque se jugaba cuanto ganaba en la trastienda del bar Solara. Peluso era el padre de una de nuestras compañeras del colegio, Carmela, de Pasquale, ya mayor, y de otros dos hijos, niños más miserables que nosotras, con los que Lila y yo jugábamos a veces y que en el colegio y fuera siempre intentaban robarnos nuestras cosas, la pluma, la goma, el dulce de membrillo; tanto era así que siempre regresaban a casa cubiertos de cardenales por las palizas que les dábamos.

Las veces en que lo veíamos, el señor Peluso nos parecía la imagen de la desesperación. Por una parte, lo perdía todo en el juego, y por la otra, en público la emprendía a golpes con todo el mundo porque no sabía cómo darle de comer a su familia. Por oscuros motivos atribuía su ruina a don Achille. Le achacaba el haberle quitado a traición, como si su cuerpo tenebroso fuese un imán, todas las herramientas de su oficio de carpintero, inutilizando así su taller. Le reprochaba que se hubiese quedado también con el taller y lo hubiese transformado en charcutería. Me pasé años imaginando la pinza, la sierra, las tenazas, el martillo, la mordaza y miles de clavos, aspirados en forma de enjambre metálico por la materia que componía a don Achille. Años viendo salir de su cuerpo, tosco y cargado de materias heterogéneas, salamis, provolones, mortadelas, manteca de cerdo y jamón, siempre en forma de enjambre.

Hechos ocurridos en malos tiempos. Don Achille debió de manifestarse en toda su monstruosa naturaleza antes de que naciéramos nosotras. Antes. Lila utilizaba a menudo esa fórmula, en la escuela y fuera. Pero parecía que no le importara tanto lo que había ocurrido antes de nosotras —acontecimientos en general oscuros, sobre los que los mayores callaban o se pronunciaban con mucha reticencia—, sino que hubiese realmente existido un antes.

Era eso lo que por entonces la dejaba perpleja e incluso a veces la ponía nerviosa. Cuando nos hicimos amigas me habló tanto de esa cosa absurda —antes de nosotras— que acabó por contagiarme su nerviosismo. Era el tiempo largo, larguísimo, en el que no habíamos estado; el tiempo en el que don Achille se había mostrado a todos tal como era: un ser malvado de indefinido aspecto animal-mineral que, al parecer, se llevaba la sangre ajena mientras a él nadie podía quitársela, tal vez ni siquiera fuera posible arañarlo.

Estábamos en el segundo curso de primaria, creo, y todavía no nos hablábamos, cuando se corrió la voz de que justo delante de la iglesia de la Sagrada Familia, al salir de misa, el señor Peluso se había puesto a chillar enfurecido contra don Achille, y don Achille, tras dejar a su hijo mayor, Stefano, a Pinuccia, a Alfonso, que tenía nuestra edad, a su esposa, y mostrarse un momento con su forma más horripilante, se había abalanzado sobre Peluso, lo había levantado en peso y lo había lanzado contra un árbol de los jardincillos para dejarlo allí tirado, inconsciente, mientras sangraba por cien heridas en la cabeza y en todas partes, sin que el pobrecito pudiera decir siquiera: ayudadme.

5

No siento nostalgia de nuestra niñez, está llena de violencia. Nos pasaba de todo, en casa y fuera, a diario, pero no recuerdo haber pensado nunca que la vida que nos había tocado en suerte fuese especialmente fea. La vida era así y punto; crecíamos con la obligación de complicársela a los demás antes de que nos la complicaran a nosotras. Sin duda, a mí me hubieran gustado los modales amables que predicaban la maestra y el párroco, pero sentía que esos modales no eran los adecuados para nuestro barrio, aunque fueras niña. Las mujeres peleaban entre ellas más que los hombres, se agarraban de los pelos, se hacían daño. Hacer daño era una enfermedad. De niña imaginaba que unos animales pequeñísimos, casi invisibles, venían de noche al barrio, salían de las charcas, de los vagones de los trenes abandonados más allá del terraplén, de las hierbas malolientes llamadas fétidas, de las ranas, de las salamandras, de las moscas, de las piedras, del polvo, y entraban en el agua, en la comida y el aire, para que nuestras madres y nuestras abuelas se volvieran rabiosas como perras sedientas. Estaban más contaminadas que los hombres, porque ellos se enfurecían por cualquier cosa pero al final se calmaban, mientras que ellas, en apariencia silenciosas y complacientes, cuando se enfadaban iban hasta el fondo de su rabia sin detenerse nunca.

Lila quedó muy marcada por lo que le ocurrió a Melina Cappuccio, pariente de su madre. Y yo también. Melina vivía en el mismo edificio que mis padres; nosotros en el segundo piso, ella, en el tercero. Tenía poco más de treinta años y seis hijos, pero nos parecía una vieja. Su marido tenía la misma edad, descargaba cajas en el mercado hortofrutícola. Lo recuerdo bajo y ancho, pero buen mozo, con una cara orgullosa. Una noche salió de casa como de costumbre y se murió, quizá asesinado, quizá de cansancio. Se celebró un funeral muy amargo al que asistió todo el barrio, también mis padres, también los padres de Lila. Después pasó un tiempo y vete a saber qué le ocurrió a Melina. Por fuera siguió siendo la misma, una mujer seca, de nariz grande, pelo ya encanecido, voz aguda que al atardecer, a través de la ventana, llamaba a sus hijos de uno en uno, por el nombre, con sílabas alargadas y rabiosa desesperación: Aaa-daaa, Miii-chè. Al principio recibió mucha ayuda de Donato Sarratore, que vivía en el apartamento justo encima del suyo, en el cuarto y último piso. Donato era asiduo de la parroquia de la Sagrada Familia y, como buen cristiano, se desveló por Melina; reunió dinero, ropa y zapatos usados, le colocó a Antonio, el hijo mayor, en el taller de Gorresio, un conocido suyo. Melina le estaba tan agradecida que, en su pecho de mujer desolada, la gratitud se transformó en amor, en pasión. Nadie sabía si Sarratore llegó a notarlo. Era un hombre muy cordial pero muy serio, casa, iglesia y trabajo, formaba parte del personal viajero de los Ferrocarriles del Estado, tenía un sueldo fijo con el que mantener dignamente a su esposa Lidia y a sus cinco hijos; el mayor se llamaba Nino. Cuando no cubría la línea Nápoles-Paola de ida y vuelta, se dedicaba a hacer arreglos en casa, iba a la compra, sacaba a pasear en el cochecito al recién nacido. Cosas muy extrañas en el barrio. A nadie se le ocurría que Donato se prodigara de aquel modo para aliviar las fatigas de su mujer. No: los hombres de todos los edificios, con mi padre a la cabeza, lo tenían por un hombre al que le gustaba hacer de mujercita, con mayor razón porque escribía poemas y se los leía de buen grado a quien fuese. A Melina tampoco se le ocurrió nunca. La viuda prefirió pensar que él, por pura bondad, dejaba que su esposa le pusiera el pie encima, y por eso decidió luchar ferozmente contra Lidia Sarratore para liberarlo y permitir que se juntara con ella de forma estable. Al principio, la guerra que siguió me resultaba divertida, pues en mi casa y fuera de ella se comentaba entre carcajadas malintencionadas. Lidia tendía las sábanas recién lavadas y Melina se subía al alféizar y se las ensuciaba con una caña cuya punta había quemado expresamente en el fuego; Lidia pasaba debajo de las ventanas y Melina le escupía en la cabeza o le echaba baldazos de agua sucia; de día, Lidia hacía ruido paseándose sobre su cabeza junto con sus hijos revoltosos, y Melina se ensañaba y se pasaba la noche entera golpeando el techo con el palo de la fregona. Sarratore trató por todos los medios de poner paz, pero era un hombre demasiado sensible, demasiado cortés. Así, de desprecio en desprecio, las dos empezaron a soltar palabrotas en cuanto se cruzaban por la calle o las escaleras, palabras duras, feroces. Fue a partir de ese momento cuando empezaron a darme miedo. Una de las tantas escenas terribles de mi niñez comienza con los gritos de Melina y Lidia, los insultos que se lanzaban desde las ventanas y en las escaleras; sigue luego con mi madre que sale apresuradamente a la puerta de casa, la abre y se asoma al rellano seguida por nosotros, los niños; y termina con una imagen que todavía hoy me resulta insoportable: las dos vecinas enzarzadas rodando escaleras abajo, la cabeza de Melina que golpea contra el suelo del rellano, a pocos centímetros de mis zapatos, como un melón blanco que se te ha resbalado de las manos.

Me resulta difícil decir por qué en aquel entonces nosotras, las niñas, estábamos de parte de Lidia Sarratore. Quizá porque tenía rasgos regulares y cabello rubio. O porque Donato era suyo y comprendíamos que Melina quería quitárselo. O porque los hijos de Melina iban sucios y andrajosos, mientras que los de Lidia iban lavados y bien peinados, y Nino, el primogénito, un par de años mayor que nosotras, era guapo y nos gustaba. Lila era la única que estaba a favor de Melina, pero nunca nos explicó por qué. En determinada circunstancia se limitó a decir que si Lidia Sarratore terminaba asesinada le estaría bien empleado, y yo pensé que opinaba así en parte porque tenía mal corazón y en parte porque ella y Melina eran parientes lejanas.

Un día regresábamos de la escuela, éramos cuatro o cinco niñas. Con nosotras iba Marisa Sarratore, que normalmente nos acompañaba no porque nos cayera simpática sino porque esperábamos, a través de ella, entrar en contacto con su hermano mayor, es decir, con Nino. Fue ella la primera en ver a Melina. La mujer caminaba a paso lento, al otro lado de la avenida; llevaba en una mano un cucurucho de papel del que se servía con la otra mano y comía. Marisa nos la señaló llamándola esa furcia, pero sin desprecio, solo porque repetía la fórmula que su madre utilizaba en casa. Aunque era más bajita y flaquísima, Lila le dio una bofetada tan fuerte que la tendió en el suelo, y lo hizo en frío, como hacía ella en todas las situaciones violentas, sin gritar antes y sin gritar después, sin una sola palabra de preaviso, sin poner los ojos como platos, gélida y decidida.

Primero auxilié a Marisa, que lloraba, la ayudé a levantarse, y después me volví para ver qué hacía Lila. Había bajado de la acera y caminaba en dirección a Melina, cruzando la avenida, sin fijarse en los camiones que pasaban. En su actitud más que en la cara vi algo que me turbó y que aún hoy me resulta difícil definir, tanto me cuesta que por ahora me conformaré con expresarlo así: a pesar de que se movía cruzando la avenida, pequeña, morena, nerviosa, a pesar de que lo hacía con su habitual determinación, estaba inmóvil. Inmóvil dentro de aquello que estaba haciendo la pariente de su madre, inmóvil por la pena, inmóvil, de sal como las estatuas de sal. Incondicional. Formaba un todo con Melina, que en una mano llevaba el oscuro jabón blando recién comprado en el semisótano de don Carlo, mientras con la otra se iba sirviendo y se lo comía.

6

El día en que la maestra Oliviero se cayó de la tarima y se golpeó en un pómulo contra el pupitre, yo, como he dicho, la consideré muerta, muerta en el trabajo como mi abuelo o el marido de Melina, y me pareció que la consecuencia sería que Lila también moriría por el castigo terrible que iban a imponerle. Sin embargo, durante una temporada que no sé definir —breve, larga—, no pasó nada. Se limitaron a desaparecer ambas, maestra y alumna, de nuestros días y de la memoria.

Todo era muy sorprendente entonces. La maestra Oliviero regresó al colegio viva, y empezó a ocuparse de Lila no para castigarla, como nos habría parecido natural, sino para alabarla.

Esta nueva fase comenzó cuando del colegio mandaron llamar a la señora Cerullo, la madre de Lila. Una mañana el bedel llamó a la puerta y la anunció. A continuación entró Nunzia Cerullo, irreconocible. Ella, que como la gran mayoría de las mujeres del barrio iba siempre desgreñada, en chancletas y con ropa vieja y raída, apareció con traje de ceremonia (boda, comunión, confirmación, funeral), de color oscuro, un bolso negro reluciente, zapatos con algo de tacón que le martirizaban los pies hinchados, y le entregó a la maestra dos paquetitos envueltos en papel, uno con azúcar y otro con café.

La maestra aceptó de buen grado el regalo y, mirando a Lila que tenía la vista clavada en el pupitre, le dijo a la señora Cerullo y a toda la clase frases cuyo sentido general me desorientó. Cursábamos primer año de la escuela primaria. Estábamos empezando a aprender el alfabeto y los números del uno al diez. Yo era la mejor de la clase, sabía reconocer todas las letras, sabía decir uno, dos, tres, cuatro, etcétera, recibía continuos elogios por mi buena letra, ganaba las escarapelas tricolores que cosía la maestra. Sin embargo, a pesar de que Lila la había hecho caer y acabar en el hospital, la Oliviero le dijo por sorpresa que era la mejor de todos. Claro que era la más mala. Claro que había hecho eso tan terrible de lanzarnos bolitas de papel secante empapadas en tinta. Claro que si esa niña no se hubiese comportado de un modo tan indisciplinado, ella, nuestra maestra, no se habría caído de la tarima y hecho una herida en el pómulo. Claro que se veía obligada a castigarla continuamente con la vara o a ponerla de rodillas sobre trigo duro detrás de la pizarra. Pero había un hecho que, como maestra y también como persona, la llenaba de alegría, un hecho maravilloso que había descubierto días antes, por casualidad.

Aquí hizo una pausa, como si no le alcanzaran las palabras o como si quisiera enseñarle a la madre de Lila y a nosotras que casi siempre cuentan más los hechos que las palabras. Cogió una tiza y escribió en la pizarra (ahora no recuerdo qué fue, yo no sabía leer, por tanto me invento la palabra) «sol». Después le preguntó a Lila:

—Cerullo, ¿qué pone aquí?

En el aula se hizo un silencio cargado de curiosidad. Lila esbozó una media sonrisa, casi una mueca, y se inclinó hacia un lado, echándose encima de su compañera de pupitre, que mostró su fastidio con grandes aspavientos. Después leyó enfurruñada:

—Sol.

Nunzia Cerullo miró a la maestra, su mirada dubitativa rayaba en el pánico. En un primer momento la Oliviero no pareció comprender cómo era posible que aquellos ojos de madre no reflejaran el mismo entusiasmo que ella sentía. Pero después debió de intuir que Nunzia no sabía leer o que no estaba segura de que en la pizarra estuviese escrito precisamente «sol», y frunció el ceño. Entonces, en parte para aclarar la situación a la señora Cerullo, en parte para alabar a nuestra compañera, le dijo a Lila:

—Te felicito, pone exactamente eso, sol. —Después le ordenó—: Ven, Cerullo, sal a la pizarra.

Lila fue a la pizarra de mala gana; la maestra le tendió la tiza.

—Escribe pizarra —le dijo.

Muy concentrada, con letra temblorosa, trazando una letra más arriba, otra más abajo, escribió: «pizara».

La Oliviero añadió la segunda erre y la señora Cerullo, al ver la corrección, le dijo desolada a su hija:

—Te has equivocado.

Pero la maestra se apresuró a tranquilizarla:

—No, no, no; Lila tiene que practicar, eso sí, pero ya sabe leer, ya sabe escribir. ¿Quién le ha enseñado?

La señora Cerullo dijo bajando los ojos:

—Yo no.

—Pero ¿en su casa o en el edificio donde vive hay alguien que pueda haberlo hecho?

Nunzia negó enérgicamente con la cabeza.

Entonces la maestra se dirigió a Lila y, con genuina admiración, le preguntó delante de todas nosotras:

—¿Quién te ha enseñado a leer y a escribir, Cerullo?

Cerullo, pequeña, con el cabello, los ojos y la bata negros, el lazo rosa en el cuello y apenas seis años de vida, contestó:

—Yo.

7

Según Rino, el hermano mayor de Lila, la niña había aprendido a leer alrededor de los tres años mirando las letras y los dibujos de su silabario. Se sentaba a su lado en la cocina mientras él hacía los deberes y aprendía más de lo que conseguía aprender él.

Rino tenía casi seis años más que Lila, era un muchacho valiente que destacaba en todos los juegos del patio y de la calle, especialmente en el lanzamiento de la peonza. Pero leer, escribir, hacer cuentas, aprender poemas de memoria, no eran cosas para él. Tenía menos de diez años cuando Fernando, su padre, para enseñarle el oficio de zapatero remendón empezó a llevárselo todos los días a su cuchitril, en una callejuela pasada la avenida, donde tenía su zapatería de viejo. Cuando nosotras, las niñas, nos los encontrábamos, le notábamos el olor a pies sucios, a empella vieja, a cola, y nos burlábamos de él, lo llamábamos suelachinelas. Tal vez por eso se jactaba de ser el origen de la habilidad de su hermana. Pero en realidad nunca había tenido un silabario, y no se había sentado un solo minuto, jamás, para hacer los deberes. Era imposible entonces que Lila hubiese aprendido de sus fatigas escolares. Lo más probable era que hubiese entendido precozmente cómo funcionaba el alfabeto gracias a las hojas de periódico con las que los clientes envolvían los zapatos viejos, y que su padre llevaba algunas veces a casa para leer a su familia las crónicas más interesantes.

En cualquier caso, que las cosas hubiesen sido de un modo o de otro, el hecho era el mismo: Lila sabía leer y escribir, y de aquella mañana gris en que la maestra nos lo reveló me quedó grabada sobre todo la sensación de debilidad que esa noticia dejó en mí. La escuela, desde el primer día, me había parecido un lugar mucho más bonito que mi casa. Era el lugar del barrio en el que me sentía más segura, iba muy emocionada. En clase prestaba atención, hacía con el mayor de los cuidados todo aquello que me mandaban, aprendía. Pero sobre todo me gustaba gustarle a la maestra, me gustaba gustarles a todos. En casa era la preferida de mi padre y mis hermanos también me querían. El problema era mi madre, con ella no había manera de que las cosas funcionaran. Me parecía que, ya por entonces, cuando yo tenía poco más de seis años, mi madre hacía lo imposible por darme a entender que yo era algo superfluo en su vida. Yo no le caía bien a ella y ella tampoco me caía bien a mí. Me repugnaba su cuerpo, y ella probablemente lo intuía. Era medio rubia, de ojos azules, opulenta. Pero no se sabía nunca hacia dónde miraba su ojo derecho. Y tampoco le funcionaba la pierna derecha, la llamaba la pierna dañada. Cojeaba y su paso me inquietaba, sobre todo de noche, cuando no podía dormir y recorría el pasillo, iba a la cocina, regresaba, y vuelta a empezar. A veces la oía aplastar con taconazos furiosos las cucarachas que se colaban por la puerta de entrada, y me la imaginaba con ojos enfurecidos como cuando se enfadaba conmigo.

Seguramente no era feliz, las tareas de la casa la consumían y el dinero nunca alcanzaba. Se enojaba a menudo con mi padre, conserje en el ayuntamiento, le decía a gritos que debía ingeniárselas, que así no podíamos salir adelante. Se peleaban. Pero como mi padre no levantaba la voz ni siquiera cuando perdía la paciencia, yo siempre me ponía de parte de él y en contra de ella, aunque a veces le pegara y conmigo se mostrara amenazante. El primer día de clase había sido él y no mi madre quien me dijo: «Lenuccia, sé aplicada con la maestra y te dejaremos estudiar. Pero si no eres aplicada, si no eres la más aplicada, papá necesita ayuda e irás a trabajar». Aquellas palabras me habían dado mucho miedo y, aunque las hubiese pronunciado él, yo sentí que mi madre se las había sugerido, se las había impuesto. Les prometí a los dos que sería aplicada. Y las cosas fueron enseguida tan bien que a menudo la maestra me decía:

—Greco, ven a sentarte a mi lado.

Era un gran privilegio. La Oliviero siempre tenía a su lado una silla vacía en la que hacía sentar a las mejores alumnas como premio. En los primeros tiempos yo me sentaba continuamente a su lado. Ella me incitaba con muchas palabras de ánimo, alababa mis rizos rubios y así reafirmaba en mí las ganas de hacer las cosas bien: todo lo contrario a lo que hacía mi madre, que, cuando yo estaba en casa, dejaba caer sobre mí tal cúmulo de reproches, a veces de insultos, que me entraban ganas de retirarme a un rincón oscuro y rogar por que no me encontrara más. Después ocurrió que la señora Cerullo se presentó en el aula y la maestra Oliviero nos reveló que Lila iba mucho más adelantada que nosotras. Y no solo eso: empezó a llamarla más a ella para que se sentara a su lado. No sé qué causó dentro de mí aquel desclasamiento, hoy me resulta difícil expresar claramente, con fidelidad, lo que sentí. En un primer momento tal vez nada, algo de celos, como todas. Pero seguramente fue por aquella época cuando nació en mí una preocupación. Pensé que, aunque las piernas me funcionaban bien, corría permanentemente el riesgo de quedarme coja. Me despertaba con esa idea en la cabeza y saltaba de la cama para comprobar si mis piernas seguían siendo normales. Tal vez por eso me obsesioné con Lila, que tenía unas piernitas flaquísimas, raudas, y las movía siempre, pateaba incluso cuando estaba sentada al lado de la maestra, hasta tal punto que la mujer se ponía nerviosa y no tardaba en mandarla de vuelta a su sitio. Algo me convenció, entonces, de que si iba siempre detrás de ella, si seguía su ritmo, el paso de mi madre, que se me había metido en el cerebro y no me abandonaba, dejaría de amenazarme. Decidí que debía guiarme por aquella niña, no perderla nunca de vista, aunque se molestara y me echara de su lado.

8

Es probable que esa fuese mi forma de reaccionar a la envidia y al odio para sofocarlos. O quizá disimulé de ese modo la sensación de subordinación, la fascinación de la que era presa. Me ejercité para aceptar de buen grado la superioridad de Lila en todo, y también sus vejaciones.

Además la maestra se comportó de un modo muy sensato. Claro que a menudo llamaba a Lila para que se sentase a su lado, pero daba la impresión de que lo hacía más para que se estuviese quieta que para premiarla. De hecho, siguió elogiándonos a Marisa Sarratore, a Carmela Peluso y, sobre todo, a mí. Me dejó brillar con una luz intensa, me animó a ser cada vez más disciplinada, cada vez más diligente, cada vez más aguda. Cuando Lila salía de sus turbulencias y me superaba sin esfuerzo, la Oliviero primero me elogiaba a mí con moderación y después pasaba a ensalzar la habilidad de ella. Yo sentía mucho más el veneno de la derrota cuando las que me superaban eran Sarratore o Peluso. Pero si quedaba segunda después de Lila, adoptaba una expresión mansa de conformidad. Creo que en aquellos años tuve miedo de una sola cosa: de que en las jerarquías establecidas por la Oliviero dejaran de asociarme a Lila; dejar de oír a la maestra que decía con orgullo: «Cerullo y Greco son las mejores de la clase». Si un día hubiese dicho: las mejores son Cerullo y Sarratore, o Cerullo y Peluso, me habría muerto en el acto. Por eso empleé todas mis energías de niña no en llegar a ser la primera de la clase —me parecía imposible conseguirlo—, sino en no descender al tercero, al cuarto, al último puesto. Me dediqué al estudio y a muchas otras cosas difíciles, fuera de mi alcance, únicamente para seguirle el ritmo a esa niña terrible y deslumbrante.

Deslumbrante para mí. Para todos los demás alumnos, Lila era solo terrible. De primero a quinto curso de primaria fue, por culpa del director y un poco también de la maestra Oliviero, la niña más detestada del colegio y del barrio.

Al menos dos veces al año el director obligaba a las clases a competir entre ellas con el fin de identificar a los alumnos más brillantes y, en consecuencia, a los maestros más competentes. A la Oliviero le gustaba esta competición. En conflicto permanente con sus compañeros, con los que a veces parecía a punto de llegar a las manos, la maestra nos usaba a Lila y a mí como prueba fehaciente de lo buena que era ella, la mejor maestra de la escuela primaria de nuestro barrio. Por eso, a menudo nos llevaba a recorrer las demás aulas, incluso fuera de las ocasiones indicadas por el director, para competir con otros alumnos, niños y niñas. A mí normalmente me enviaban en misión de reconocimiento para sondear el nivel de preparación del enemigo. En general, ganaba pero sin exagerar, sin humillar ni a los maestros ni a los alumnos. Yo era una niña de rizos rubios, bonita, feliz de exhibirme, pero no descarada, y transmitía una impresión de delicadeza que enternecía. De modo que si resultaba la mejor recitando poemas, diciendo las tablas de multiplicar, haciendo divisiones y multiplicaciones, enumerando que los Alpes eran marítimos, cocios, grayos, peninos, etcétera, los demás maestros me prodigaban, pese a todo, una caricia, y los alumnos notaban cuánto me había esforzado para memorizar todos esos datos y por eso no me odiaban.

El caso de Lila era distinto. Ya en primer curso de primaria estaba más allá de toda competición posible. Más aún, la maestra decía que si se empeñaba un poco muy pronto podría examinarse de segundo y, con menos de siete años, pasar a tercero. Más tarde, la diferencia aumentó. Lila hacía mentalmente cálculos complicadísimos, en sus dictados no había un solo error, hablaba siempre en dialecto como todos nosotros, pero, si se terciaba, sacaba a relucir un italiano de manual, echando mano incluso de palabras como «avezado», «exuberante», «como usted guste». De manera que cuando la maestra la hacía entrar en liza a ella para que dijera los modos o tiempos verbales o resolviera problemas, saltaba por los aires toda posibilidad de poner al mal tiempo buena cara y los ánimos se caldeaban. Lila era demasiado para cualquiera.

Además, no dejaba un solo resquicio para la benevolencia. Reconocer su habilidad significaba para nosotros, los niños, admitir que jamás lo habríamos conseguido y que era inútil competir, y para los maestros, suponía reconocer que habían sido niños mediocres. Su rapidez mental tenía algo de silbido, de brinco, de dentellada letal. Y en su aspecto no había nada que actuara como atenuante. Iba desgreñada, sucia, en las rodillas y los codos llevaba siempre costras de heridas que nunca tenían tiempo de curarse. Los ojos grandes y vivísimos sabían volverse escrutadores, y antes de cada respuesta brillante, lanzaban una mirada que parecía no solo poco infantil, sino quizá ni siquiera humana. Cada uno de sus movimientos indicaba que no servía de nada hacerle daño porque, sea cual fuere el cariz que tomaran las cosas, ella habría encontrado el modo de causarte mucho más daño a ti.

El odio era pues tangible, yo lo percibía. Le tenían antipatía tanto las niñas como los niños, pero ellos más abiertamente. De hecho, por un motivo muy suyo y secreto, la maestra Oliviero disfrutaba llevándonos sobre todo a aquellas clases en las que se podía humillar no tanto a las alumnas y maestras como a los alumnos y maestros. Y el director, por motivos igualmente muy suyos y secretos, favorecía sobre todo las competiciones de ese tipo. Más tarde llegué a pensar que en el colegio apostaban dinero, incluso cantidades importantes, por aquellos encuentros nuestros. Pero exageraba: tal vez no fuera más que una manera de que afloraran viejos rencores o de permitir que el director tuviera en un puño a los maestros menos buenos o menos obedientes. El hecho es que una mañana a nosotras dos, que entonces cursábamos segundo, nos llevaron nada menos que a una clase de cuarto, la del maestro Ferraro, donde estaban Enzo Scanno, el hijo malvado de la verdulera, y Nino Sarratore, el hermano de Marisa al que yo amaba.

A Enzo lo conocíamos todos. Era repetidor y por lo menos en un par de ocasiones lo habían exhibido en las aulas con un cartel colgado al cuello en el que el maestro Ferraro, hombre de pelo cano, cortado a cepillo, alto y delgadísimo, cara pequeña y llena de marcas, ojos alarmados, había escrito «burro». Nino, por el contrario, era tan bueno, tan dócil, tan silencioso, que era conocido y querido en especial por mí. Como es natural, académicamente hablando Enzo era menos que cero y lo vigilaban de cerca solo porque era pendenciero. Nuestros rivales en cuestiones de inteligencia eran Nino y —según descubrimos después— Alfonso Carracci, tercer hijo de don Achille, un niño muy cuidadoso, que iba a segundo como nosotras, de siete años aunque parecía más pequeño. Se notaba que el maestro lo había convocado a cuarto curso porque confiaba más en él que en Nino, que tenía casi dos años más.

Hubo cierta tensión entre la Oliviero y Ferraro por aquella convocatoria imprevista de Carracci, después empezó la competición delante de las clases reunidas en una sola aula. Nos preguntaron los verbos, nos preguntaron las tablas de multiplicar, nos preguntaron las cuatro operaciones, primero en la pizarra y luego mentalmente. De ese detalle en especial me quedaron grabadas tres cosas. La primera es que el pequeño Alfonso Carracci me derrotó enseguida, era tranquilo y exacto, lo bueno de él era que no disfrutaba venciéndote. La segunda es que Nino Sarratore, ante la sorpresa de todos, no contestó casi nunca a las preguntas, se quedó embobado como si no entendiera lo que le preguntaban los dos maestros. La tercera es que Lila le hizo frente al hijo de don Achille con desgana, como si no le importara que pudiera ganarle. La escena se animó cuando llegaron los cálculos mentales, sumas, restas, multiplicaciones y divisiones. Pese a la desgana de Lila, que a veces se quedaba callada como si no hubiese oído la pregunta, Alfonso empezó a perder puntos, se equivocaba sobre todo en las multiplicaciones y las divisiones. Por otra parte, si el hijo de don Achille cedía, tampoco Lila estaba a la altura, de modo que parecían más o menos empatados. Fue entonces cuando ocurrió algo imprevisto. Nada menos que en dos ocasiones, cuando Lila no contestaba o Alfonso se equivocaba, desde los últimos pupitres, se oyó la voz llena de desprecio de Enzo Scanno que decía el resultado correcto.

Aquello asombró a la clase, a los maestros, al director, a mí y a Lila. ¿Cómo era posible que alguien como Enzo, perezoso, incapaz y delincuente, resolviera mentalmente cálculos complicados mejor que yo, que Alfonso Carracci, que Nino Sarratore? De golpe fue como si Lila hubiese despertado. Alfonso quedó eliminado enseguida y, con el permiso orgulloso del maestro, que se apresuró a cambiar de campeón, se inició el duelo entre Lila y Enzo.

Los dos se hicieron frente durante largo rato. En un momento dado el director, pasando por encima del maestro, pidió al hijo de la verdulera que se acercara a la tarima y se colocara al lado de Lila. Enzo dejó el último banco entre las risitas nerviosas suyas y de sus acólitos, pero después se puso junto a la pizarra, frente a Lila, ceñudo e incómodo. El duelo siguió con cálculos mentales cada vez más difíciles. El niño decía el resultado en dialecto, como si se encontrara en la calle y no en el aula, y el maestro le corregía la pronunciación, pero la cifra siempre era la correcta. Enzo parecía muy orgulloso de ese momento de gloria, él mismo estaba maravillado de lo bueno que era. Después empezó a ceder, porque Lila se había despertado definitivamente y lucía sus ojos escrutadores, muy decididos, y contestaba con precisión. Al final, Enzo perdió. Perdió pero sin resignación. Empezó a maldecir, a gritar obscenidades horribles. El maestro lo mandó ponerse de rodillas detrás de la pizarra, pero él no quiso. Le aplicaron palmetazos en los nudillos, lo arrastraron de las orejas y lo pusieron en penitencia en el rincón. Y así terminó el día de clase.

A partir de entonces la pandilla de los chicos empezó a tirarnos piedras.

9

La mañana del duelo entre Lila y Enzo es importante en nuestra larga historia. Fue entonces cuando se pusieron en marcha muchos comportamientos arduos de descifrar. Por ejemplo, se vio con claridad que, si quería, Lila podía dosificar el uso de sus capacidades. Era lo que había hecho con el hijo de don Achille. No solo no había querido derrotarlo, sino que había calibrado sus silencios y sus respuestas para no dejarse ganar. En aquella época todavía no éramos amigas y no podía preguntarle por qué se había comportado de aquella manera. En realidad no hacía falta que le preguntara nada, yo estaba en condiciones de intuir el motivo. A ella, igual que a mí, le habían prohibido ofender no solo a don Achille, sino a toda su familia.

Era así. No sabíamos de dónde salía aquel temor-odio-ojeriza-sumisión que nuestros padres manifestaban frente a los Carracci y que nos transmitían, pero existía, era un hecho concreto, como el barrio, sus casas blancuzcas, el olor miserable de los rellanos, el polvo de las calles. Con toda probabilidad también Nino Sarratore se había quedado mudo para permitir que Alfonso diera lo mejor de sí. Había balbuceado unas cuantas respuestas, guapo, bien peinado, de pestañas larguísimas, esbelto y nervioso, y al final se había callado. Para seguir amándolo quise pensar que las cosas habían ocurrido así. Pero en el fondo tenía mis dudas. ¿Su decisión había sido como la de Lila? No estaba tan segura. Yo me había echado a un lado porque Alfonso era realmente mejor que yo. Lila hubiera podido vencerlo de inmediato, sin embargo, se había inclinado por el empate. ¿Y él? Hubo algo que me confundió, puede incluso que me entristeciera: no aprecié en aquel niño una incapacidad, ni siquiera una renuncia, hoy diría que fue una capitulación. Aquel balbuceo, la palidez, el tono violáceo que de repente se le comió los ojos: qué guapo estaba así, tan lánguido, y sin embargo, cuánto me había disgustado su languidez.

En un momento dado Lila también me pareció hermosísima. En general, la guapa era yo, en cambio ella era seca como una anchoa en salmuera, desprendía un olor salvaje, tenía la cara alargada, estrecha en las sienes, ceñida entre dos mechones de cabellos lacios y negrísimos. Pero cuando había decidido acabar con Alfonso y con Enzo, se iluminó como una santa guerrera. Las mejillas se le tiñeron de rojo, señal de una llamarada que irradiaba de todos los rincones de su cuerpo, hasta el punto de que por primera vez pensé: Lila es más guapa que yo. De manera que yo era la segunda en todo. Abrigué la esperanza de que nadie lo notara jamás.

Lo más importante de aquella mañana fue descubrir que una fórmula que utilizábamos con frecuencia para evitar ser castigados ocultaba algo verdadero, por tanto ingobernable, por tanto peligroso. La fórmula era: «No lo he hecho adrede». Enzo no había entrado en la competición en curso a propósito y no había derrotado a Alfonso a propósito. Lila había derrotado a Enzo a propósito, pero no había derrotado también a Alfonso a propósito y no lo había humillado a propósito, sino que aquello no había sido más que un paso necesario. Los hechos que se derivaron de ello nos convencieron de que convenía hacerlo todo adrede, premeditadamente y así saber a qué atenerse.

Lo que ocurrió después nos golpeó de forma inesperada. Dado que casi nada se había hecho adrede, como la lava nos cayó encima un montón de cosas imprevistas, una tras otra. Alfonso regresó a su casa llorando a moco tendido a raíz de la derrota. Al día siguiente, su hermano Stefano, de catorce años, aprendiz de charcutero en la charcutería (antiguo taller del carpintero Peluso) de la que era propietario su padre, pero en la que este nunca ponía los pies, se plantó en la entrada del colegio y le dijo a Lila cosas muy feas, llegó incluso a amenazarla. Ella le gritó un insulto muy obsceno, él la empujó contra la pared y trató de agarrarle la lengua, gritando que iba a pinchársela con un alfiler. Lila volvió a casa y se lo contó todo a su hermano Rino, que, cuanto más hablaba ella, más colorado se iba poniendo y más le brillaban los ojos. Entretanto, a última hora de la tarde, cuando Enzo regresaba a su casa sin su pandilla del campo, se encontró con Stefano que lo agarró a bofetadas, puñetazos y patadas. Por la mañana, Rino fue a buscar a Stefano y empezaron a pegarse, zurrándose de lo lindo más o menos por igual. Unos días más tarde, llamó a la puerta de los Cerullo la esposa de don Achille, la tía Maria, y le montó a Nunzia un escándalo aliñado de gritos e insultos. Al cabo de poco tiempo, un domingo, después de misa, Fernando Cerullo, el zapatero, padre de Lila y Rino, un hombre pequeño y delgadísimo, se acercó tímidamente a don Achille y le pidió perdón sin decirle nunca por qué se excusaba. Yo no lo vi, o al menos no lo recuerdo, pero se comentó después que había presentado sus excusas en voz alta, de modo que se oyeran, aunque don Achille hubiese seguido de largo como si el zapatero remendón no hablara con él. Poco tiempo después, Lila y yo herimos en el tobillo a Enzo con una piedra y Enzo lanzó un guijarro que alcanzó a Lila en la cabeza. Mientras yo chillaba de miedo y Lila se incorporaba con la sangre goteándole debajo del pelo, Enzo bajó del terraplén, también sangrando, y al ver a Lila en ese estado, de un modo por completo imprevisto y, a nuestro juicio incomprensible, se echó a llorar. No pasó mucho tiempo y Rino, el hermano adorado de Lila, fue a la entrada del colegio y la emprendió a golpes con Enzo, que apenas se defendió. Rino era más grande, más corpulento y estaba más motivado. No solo eso: Enzo no dijo nada de la paliza recibida ni a su pandilla ni a su madre ni a su padre ni a sus hermanos ni a sus primos, que trabajaban todos en el campo y vendían fruta y verdura con el carrito. Y así, gracias a él, terminaron las venganzas.

10

Durante un tiempo Lila se paseó muy orgullosa con la cabeza vendada. Después se quitó la venda y a todo aquel que se lo pidiera le enseñaba la herida negra, de bordes enrojecidos, que le asomaba en la frente, debajo del nacimiento del pelo. Terminó por olvidarse de lo que le había ocurrido y si alguien le miraba fijamente la marca blanquecina que le había quedado en la piel, hacía un gesto agresivo como queriendo decir: qué miras, no te metas donde no te llaman. A mí nunca me dijo nada, ni una palabra de agradecimiento por las piedras que le había pasado, por cómo le había enjugado la sangre con el dobladillo de la bata. Pero a partir de ese momento empezó a someterme a pruebas de coraje que no guardaban relación alguna con la escuela.

Nos veíamos en el patio cada vez con más frecuencia. Nos enseñábamos nuestras muñecas pero sin que se notara, la una cerca de la otra, como si estuviésemos solas. Llegó un momento en que como prueba hicimos que se conocieran, para ver si se llevaban bien. Y así llegó el día en que jugamos al lado del ventanuco del sótano con la malla de alambre retorcida e hicimos un intercambio, ella sostuvo un rato mi muñeca y yo un rato la suya, y de buenas a primeras Lila deslizó a Tina por la abertura de la malla y la dejó caer.

Sentí un dolor insoportable. Le tenía cariño a mi muñeca de celuloide, para mí era mi posesión más preciada. Ya sabía que Lila era una niña muy mala, pero jamás hubiera esperado que me hiciera algo tan cruel. Para mí la muñeca estaba viva, saberla en el fondo del sótano, entre las mil alimañas que allí pululaban, me hundió en la desesperación. Pero en esa ocasión aprendí un arte en el que después llegaría a ser maestra. Frené la desesperación, la frené al borde de los ojos relucientes, tanto que Lila me preguntó en dialecto:

—¿No te importa?

No contesté. Mi dolor era muy hondo, pero sentía que habría sido más fuerte el dolor de pelearme con ella. Me debatía entre dos sufrimientos, uno ya iniciado, la pérdida de la muñeca, y otro posible, la pérdida de Lila. No dije nada, me limité a hacer un gesto sin desprecio, como si fuera natural, aunque no lo era; sabía que estaba arriesgando mucho. Me limité a lanzar al sótano a Nu, su muñeca, la que acababa de entregarme.

Lila me miró incrédula.

—Lo que hagas tú, lo hago yo —recité en voz alta, asustadísima.

—Ahora irás a buscarla.

—Si tú vas a buscar la mía.

Fuimos juntas. En la entrada del edificio, a la izquierda, había una puertecita que conducía a los sótanos, la conocíamos bien. Salida de quicio —uno de los batientes se aguantaba por una sola bisagra—, la puerta estaba cerrada con una cadena que a duras penas sujetaba ambas hojas. Todos los niños se sentían a la vez tentados y aterrados ante la posibilidad de forzar la puertecita lo suficiente para colarse dentro. Nosotras lo hicimos. Conseguimos el espacio necesario para que nuestros cuerpos delgados y flexibles se deslizaran al interior del sótano.

Una vez dentro, Lila delante y yo detrás, bajamos cinco escalones de piedra y nos encontramos en un lugar húmedo, mal iluminado por las pequeñas aberturas a la altura de la calle. Tenía miedo, procuré no separarme de Lila, pero ella parecía enfadada e iba decidida a encontrar su muñeca. Avancé a tientas. Notaba bajo las suelas de las sandalias objetos crujientes, vidrio, gravilla, insectos. A mi alrededor había cosas no identificables, masas oscuras, puntiagudas o escuadradas o redondeadas. La poca luz que penetraba la oscuridad caía a veces sobre cosas reconocibles: el armazón de una silla, la barra de una lámpara de techo, cajas de fruta, fondos y laterales de armarios, abrazaderas de hierro. Me causó un miedo atroz algo que parecía una cara fofa de ojos enormes de vidrio y que se alargaba hasta rematar en un mentón con forma de caja. La vi colgada de una tumbilla de madera con una expresión desolada, lancé un grito y se la señalé a Lila. Ella saltó como un resorte, se volvió y se acercó despacio dándome la espalda, alargó una mano con cuidado, la descolgó de la tumbilla. Después se volvió hacia mí. Se había colocado la cara de los ojos de vidrio sobre la suya y ahora tenía un rostro enorme, órbitas redondas sin pupilas, sin boca, solo aquella barbilla negra que le colgaba sobre el pecho.

Esos instantes me quedaron grabados en la memoria. No estoy segura, pero debió de salir de mi pecho un auténtico aullido de terror, porque ella se apresuró a decir con voz atronadora que solo era una máscara, una máscara antigás:

su padre la llamaba así, guardaba una idéntica en el trastero de su casa. Seguí temblando y gimiendo, y eso evidentemente la convenció, se la arrancó de la cara y la lanzó a un rincón, en medio de un gran estruendo y una nube de polvo que se condensó entre los haces de luz que se filtraban por los ventanucos.

Me calmé. Lila miró a su alrededor, identificó la abertura por la que habíamos dejado caer a Tina y a Nu. Nos acercamos a la pared áspera y grumosa, buscamos entre las sombras. Las muñecas no estaban. Lila repetía en dialecto: no están, no están, no están, y tanteaba el suelo con las manos, cosa que yo no me atreví a hacer.

Pasaron unos minutos larguísimos. En una sola ocasión me pareció ver a Tina y el corazón me dio un vuelco; me incliné para recogerla, pero solo era una vieja hoja de periódico arrugada. No están, repitió Lila y se alejó en dirección a la salida. Entonces me sentí perdida, incapaz de quedarme allí sola y seguir buscando, incapaz de marcharme con ella sin haber encontrado a mi muñeca.

Desde lo alto de los escalones dijo:

—Se las ha llevado don Achille, las ha metido en su bolsa negra.

En ese preciso instante lo sentí, a don Achille: se arrastraba, se restregaba entre las siluetas vagas de las cosas. Entonces abandoné a Tina a su destino, huí para no perder a Lila que ya se retorcía ágil, colándose por la puerta desgoznada.

11

Creía en todo lo que ella me decía. Me quedó grabada la masa informe de don Achille que corre por galerías subterráneas con los brazos colgando, sosteniendo entre los gruesos dedos la cabeza de Nu con una mano y la de Tina con la otra. Sufrí mucho. Me dio la fiebre del crecimiento, me recuperé, volví a enfermar. Padecí una especie de disfunción táctil, a veces tenía la impresión de que, mientras todos los seres animados a mi alrededor aceleraban sus ritmos de vida, cuando yo tocaba las superficies sólidas se volvían blancas o se hinchaban dejando espacios vacíos entre su masa interna y la capa superficial. Cuando me palpaba el cuerpo tenía la impresión de que estaba tumefacto y eso me entristecía. Estaba segura de tener mejillas como globos, manos rellenas de serrín, lóbulos de las orejas como serbas maduras, pies en forma de hogazas de pan. Cuando pisé otra vez la calle y volví a ir a la escuela, sentí que el espacio también había cambiado. Parecía encadenado entre dos polos oscuros, por un extremo estaba la burbuja de aire subterráneo que presionaba desde las raíces de las casas, la siniestra caverna en la que habían caído las muñecas; por el otro estaba el globo allá en lo alto, en el cuarto piso del edificio donde vivía don Achille, que nos las había robado. Los dos balones estaban como atornillados en la punta de una barra de hierro que, en mi imaginación, cruzaba oblicuamente los apartamentos, las calles, el campo, los túneles, las vías, y los compactaba. Me sentía aprisionada dentro de aquella mordaza junto con la masa de cosas y personas de cada día, y tenía mal sabor de boca, una permanente sensación de náusea que me consumía, como si todo, así comprimido, siempre más apretado, me triturara y me convirtiera en una crema repugnante.

Fue un malestar persistente, que quizá me duró años, hasta bien entrada la primera adolescencia. Y cuando acababa de comenzar, inesperadamente recibí mi primera declaración de amor.

Lila y yo todavía no habíamos intentado subir hasta la casa de don Achille, el luto por la pérdida de Tina aún me resultaba insoportable. Un día había ido de mala gana a comprar pan. Me había mandado mi madre y ya iba de regreso a casa con el cambio firmemente sujeto en un puño para no perderlo y la hogaza todavía caliente apretada contra el pecho, cuando me di cuenta de que por la espalda se me acercaba con dificultad Nino Sarratore, que de la mano llevaba a su hermanito. En verano, Lidia, su madre, lo obligaba a salir de casa con Pino, que por entonces no tendría más de cinco años, y a no separarse nunca de él. Al llegar a una esquina, poco después de la charcutería de los Carracci, Nino intentó adelantarme, pero en vez de seguir andando me impidió el paso, me empujó contra el muro, con la mano libre apoyada en la pared a modo de barrote para que no escapara, y con la otra acercó de un tirón a su hermano, testigo silencioso de su hazaña. Y jadeante me dijo algo que no entendí. Estaba pálido, al principio sonreía, después se puso serio, luego volvió a sonreír. Al final pronunció en el italiano de la escuela:

—Cuando seamos mayores quiero casarme contigo.

Después me preguntó si mientras tanto quería ser su novia. Era un poco más alto que yo, delgadísimo, tenía el cuello largo y las orejas algo separadas de la cabeza, el pelo rebelde, ojos intensos y pestañas largas. Resultaba conmovedor el esfuerzo que hacía para vencer la timidez. Aunque yo también quería casarme con él, me dio por contestarle:

—No, no puedo.

Él se quedó con la boca abierta, Pino le dio un tirón. Y me escapé.

A partir de ese momento empecé a escabullirme cada vez que me cruzaba con él. Y eso que me parecía guapísimo. La de veces que me había quedado junto a su hermana Marisa solo por estar cerca de él y recorrer juntos el camino de vuelta a casa. Evidentemente se me declaró en el momento equivocado. Cómo iba a saber él hasta qué punto me sentía desorientada, la angustia que me daba la desaparición de Tina, de qué modo me consumía el esfuerzo de seguir a Lila, hasta qué punto me dejaba sin aliento el espacio comprimido del patio, de los edificios, del barrio. Después de lanzarme muchas y muy largas miradas desde lejos, él también empezó a evitarme. Durante un tiempo debió de temer que yo hablara a las otras niñas, y sobre todo a su hermana, de su propuesta. Era sabido que Gigliola Spagnuolo, la hija del pastelero, se había comportado así cuando Enzo le había pedido que fuese su novia. Y al enterarse, Enzo se había enfadado, a la entrada del colegio le había gritado que era una mentirosa, e incluso había llegado a amenazarla con matarla a cuchilladas. Sentí la tentación de contarlo todo yo también, pero después desistí, no se lo dije a nadie, ni siquiera a Lila cuando nos hicimos amigas. Poco a poco yo misma me olvidé del asunto.

Volví a acordarme de ello cuando, tiempo después, la familia Sarratore se mudó. Una mañana aparecieron en el patio la carreta y el caballo de Nicola, el marido de Assunta: con esa misma carreta y ese mismo caballo viejo, él y su mujer vendían fruta y verdura por las calles del barrio. Nicola tenía una hermosa cara larga y los mismos ojos azules, el mismo pelo rubio que su hijo Enzo. Además de vender fruta y verdura, también hacía mudanzas. Tanto él como Donato Sarratore, Nino y Lidia empezaron a bajar todos los bártulos, colchones, muebles, y los fueron colocando en la carreta.

Nada más oír el ruido de ruedas en el patio, las mujeres se asomaron a las ventanas, mi madre y yo también. Había una gran curiosidad. Al parecer, Donato había conseguido directamente de los Ferrocarriles del Estado una casa nueva situada en los alrededores de una plaza llamada piazza Nazionale. O quizá —dijo mi madre— su mujer lo ha obligado a mudarse para huir de las persecuciones de Melina, que le quiere quitar el marido. Tal vez. Mi madre veía siempre el mal donde, para gran disgusto mío, tarde o temprano se descubría que el mal existía de verdad, y su ojo atravesado parecía hecho expresamente para detectar los movimientos secretos del barrio. ¿Cómo iba a reaccionar Melina? ¿Sería cierto, como había oído murmurar, que había tenido un niño con Sarratore y que luego lo había matado? ¿Se pondría a gritar cosas feísimas, esa misma, entre otras? Todas, mujeres y niñas, estábamos asomadas a la ventana, tal vez para saludar con la mano a la pequeña familia que se marchaba, tal vez para asistir al espectáculo de la rabia de aquella mujer fea, seca y viuda. Vi que también Lila y Nunzia, su madre, se habían asomado para ver.

Con la mirada busqué a Nino, pero él parecía tener otras cosas de las que ocuparse. Como siempre y sin un motivo preciso, me entró un agotamiento que lo debilitaba todo a mi alrededor. Pensé que quizá se me había declarado porque ya sabía que iba a marcharse y quería decirme lo que sentía por mí. Lo miré mientras se afanaba transportando cajas llenas de cosas y sentí la culpa, el dolor de haberle dicho que no. Ahora huía como un pajarillo.

Al final cesó la procesión de muebles y trastos. Nicola y Donato se pasaron unas cuerdas para atarlo todo a la carreta. Lidia Sarratore apareció arreglada como para ir de boda, incluso se había puesto un sombrerito veraniego de paja azul. Empujaba el carrito con su hijo pequeño, escoltada a ambos lados por las dos niñas, Marisa que tenía mi edad, ocho o nueve años, y Clelia de seis. Del segundo piso llegó de pronto un ruido de objetos rotos. Casi en ese mismo momento Melina se puso a gritar. Eran unos gritos tan atormentados que, según pude ver, Lila se tapó los oídos con las manos. Resonó también la voz afligida de Ada, la segunda hija de Melina, que gritaba: mamá, no, mamá. Al cabo de un instante de incertidumbre yo también me tapé los oídos. Entretanto, empezaron a echar objetos por la ventana y fue tan grande mi curiosidad que me destapé los oídos, como si tuviese necesidad de percibir sonidos nítidos para comprender. Melina no gritaba palabras, solo aaay, aaay, como si estuviese herida. No la veíamos, de ella no asomaba siquiera un brazo o una mano para lanzar las cosas. Ollas de cobre, vasos, botellas, platos parecían volar a través de la ventana por voluntad propia, y en la calle, Lidia Sarratore avanzaba con la cabeza inclinada, la espalda doblada sobre el carrito, seguida de sus hijas; Donato se encaramaba a la carreta entre sus pertenencias, y don Nicola sujetaba el caballo por las bridas mientras los objetos golpeaban contra el asfalto, rebotaban, se rompían en pedazos que iban a parar entre las patas nerviosas del animal.

Con la mirada busqué a Lila. Vi otra cara, una cara de desconcierto. Debió de darse cuenta de que la miraba y se apartó de inmediato de la ventana. Entretanto, la carreta se movió. Pegados a la pared, sin saludar a nadie, se escabulleron hacia la verja también Lidia y sus cuatro hijos más pequeños, mientras Nino daba la impresión de no tener ganas de marcharse, seguía allí como hipnotizado por el derroche de objetos frágiles que se estampaban contra el asfalto.

En último lugar vi salir volando por la ventana una especie de mancha negra. Era una plancha de hierro macizo: el mango de hierro, la base de hierro. Cuando tenía a Tina y jugaba en casa, utilizaba la de mi madre, idéntica, con forma de proa, y fingía que era un barco en medio de la tormenta. El objeto cayó en picado, con un golpe seco, a escasos centímetros de Nino, y dejó en el suelo un agujero. Por poco, por muy poco, lo mata.

12

Ningún niño le declaró nunca a Lila su amor y ella nunca me dijo si sufrió por ello. Gigliola Spagnuolo recibía continuamente propuestas de noviazgo y yo también estaba muy requerida. En cambio Lila no gustaba, en primer lugar, porque era un palito, iba sucia y siempre tenía alguna herida, pero además porque tenía la lengua afilada, se inventaba sobrenombres humillantes y, pese a que en presencia de la maestra se lucía con palabras de la lengua italiana que nadie conocía, con nosotros hablaba únicamente en un dialecto mordaz, plagado de palabrotas, que truncaban de raíz todo sentimiento amoroso. Solo Enzo hizo algo que, si no fue exactamente una propuesta de noviazgo, al menos era una señal de admiración y respeto. Mucho después de haberle roto la cabeza con la piedra y antes, creo, de ser rechazado por Gigliola Spagnuolo, Enzo nos persiguió por la avenida y, ante mis propios ojos incrédulos, le ofreció a Lila una guirnalda de serbas.

—¿Para qué las quiero?

—Te las comes.

—¿Verdes?

—Dejas que maduren.

—No las quiero.

—Tíralas.

Eso fue todo. Enzo dio media vuelta y se fue a trabajar. Lila y yo nos echamos a reír. Hablábamos poco, pero para todas las cosas que nos ocurrían teníamos una carcajada. Me limité a decirle con tono divertido:

—A mí me gustan las serbas.

En realidad mentía, era una fruta que no comía nunca. Me atraía su color rojo amarillento cuando estaban verdes, su consistencia que relucía en los días soleados. Cuando maduraban en los balcones, adquirían ese tono marrón y se ablandaban como peras pasadas, y la piel se despegaba fácilmente dejando al descubierto una pulpa granulosa de sabor no desagradable, que se deshacía de un modo que me recordaba la carroña de las ratas a lo largo de la avenida; entonces no las tocaba siquiera. Dije aquella frase a modo de prueba, esperando que Lila me las ofreciera: toma, quédatelas. Sentí que si me hubiese entregado el regalo que le había hecho Enzo, me habría alegrado mucho más que si me hubiese dado algo suyo. No lo hizo, y aún recuerdo el sentimiento de traición cuando se las llevó a su casa. Ella misma clavó el clavo en la ventana. La vi cuando colgaba de él la guirnalda.

13

Enzo nunca más le hizo regalos. Después de pelearse con Gigliola por haber ventilado lo de su declaración, lo vimos cada vez menos. Pese a haber exhibido su habilidad para el cálculo mental era demasiado vago, de modo que el maestro no lo propuso para el examen de acceso al bachillerato elemental y él no lo lamentó, al contrario, se alegró. Se inscribió en la escuela de formación para el trabajo, pero de hecho ya trabajaba con sus padres. Madrugaba mucho e iba con su padre al mercado hortofrutícola o recorría el barrio con la carreta para vender los productos del campo, de modo que no tardó en dejar los estudios.

A nosotras, en cambio, a punto de terminar quinto de primaria, nos comunicaron que estábamos hechas para seguir estudiando. La maestra llamó por turnos a mis padres, a los de Gigliola y a los de Lila para decirles que, sin dudarlo, debíamos hacer no solo el examen para obtener el certificado de estudios primarios, sino también el de acceso al bachillerato elemental. Yo hice lo imposible para que mi padre no enviara a esa cita con la maestra a mi madre, con su cojera y el ojo atravesado y, sobre todo, siempre rabiosa, y fuese él, que era conserje y sabía expresarse con la cortesía adecuada. No lo conseguí. Fue ella, habló con la maestra y regresó a casa muy taciturna.

—La maestra quiere dinero. Dice que tiene que darle clases particulares porque el examen es difícil.

—¿Y para qué sirve ese examen? —preguntó mi padre.

—Para que estudie latín.

—¿Y por qué?

—Porque dicen que es buena.

—Pero si es buena, ¿para qué tiene que darle clases particulares la maestra?

—Para que ella esté mejor y nosotros peor.

Discutieron mucho. Al principio mi madre se mostró contraria y mi padre dudoso; después mi padre se manifestó cautamente a favor y mi madre se resignó a mostrarse algo menos contraria; al final decidieron dejar que hiciera el examen, pero con la condición de que si no lo hacía a la perfección, me sacarían enseguida de la escuela.

A Lila sus padres le dijeron que no. Nunzia Cerullo lo intentó con poca convicción, pero el padre ni siquiera quiso hablar del asunto, y además, le dio una bofetada a Rino, que le había dicho que se equivocaba. Sus padres se inclinaban incluso por no ir a ver a la maestra, pero ella los mandó citar por el director, entonces Nunzia tuvo que presentarse a la fuerza. Ante la tímida pero clara negativa de aquella mujer atemorizada, la Oliviero, huraña pero tranquila, sacó a relucir las maravillosas redacciones de Lila, las brillantes soluciones a problemas difíciles e incluso los dibujos multicolores que hacía en clase cuando se aplicaba y que nos encantaban a todas porque, sisando lápices pastel Giotto, dibujaba de un modo muy realista princesas con peinados, joyas, trajes, zapatos jamás vistos en libro alguno, ni siquiera en el cine de la parroquia. Sin embargo, cuando la negativa quedó confirmada, la Oliviero perdió la calma y arrastró a la madre de Lila al despacho del director como si se tratase de una alumna indisciplinada. Nunzia no podía ceder, no contaba con el permiso del marido. En consecuencia, dijo que no hasta el agotamiento, suyo, de la maestra y del director.

Al día siguiente, mientras íbamos al colegio, Lila me dijo con su tono de siempre: no importa, porque yo el examen lo haré igual. Me lo creí, era inútil prohibirle nada, eso lo sabían todos. Parecía la más fuerte de nosotras, las niñas, más fuerte que Enzo, que Alfonso, que Stefano, más fuerte que su hermano Rino, más fuerte que nuestros padres, más fuerte que todos los mayores, incluida la maestra, y que los carabineros que podían meterte en la cárcel. Aunque de aspecto frágil, con ella toda prohibición perdía firmeza. Sabía cómo traspasar los límites sin sufrir realmente las consecuencias. Al final la gente acababa cediendo e incluso, aunque fuese a regañadientes, se veía obligada a elogiarla.

14

Ir a la casa de don Achille también estaba prohibido, pero ella decidió hacerlo de todos modos y yo la seguí. Es más, fue en esa ocasión cuando me convencí de que nada podía detenerla, y de que todas sus desobediencias tenían unos desenlaces tan maravillosos que dejaban sin aliento.

Queríamos que don Achille nos devolviese nuestras muñecas. Por eso subimos las escaleras, y en cada peldaño estuve a punto de darme media vuelta y regresar al patio. Sigo notando la mano de Lila que aferra la mía, y me gusta pensar que se decidió a hacerlo no solo porque intuyó que yo no habría tenido el valor de llegar hasta el último piso, sino también porque ella misma, con aquel gesto, buscaba la fuerza de ánimo para continuar. Así, una junto a la otra, yo del lado de la pared y ella del lado de la barandilla, las manos apretadas con las palmas sudadas, subimos los últimos tramos. Delante de la puerta de don Achille el corazón me latía muy deprisa, lo notaba en los oídos, pero me consolé pensando que también era el ruido del corazón de Lila. En el apartamento se oían voces, tal vez de Alfonso, de Stefano o de Pinuccia. Tras una pausa larga y muda delante de la puerta, Lila giró la palomilla del timbre. Se hizo un silencio, después se oyó un chancleteo. Nos abrió la puerta doña Maria, llevaba una bata verde desteñida. Cuando habló, le vi en la boca un diente de oro muy brillante. Creyó que buscábamos a Alfonso, estaba un poco asombrada. Lila le dijo en dialecto:

—No, queremos ver a don Achille.

—Dime a mí qué queréis.

—Queremos hablar con él.

La mujer gritó:

—Achì.

Más chancleteo. De la penumbra surgió una silueta achaparrada. Tenía el torso largo, las piernas cortas, los brazos que le bajaban hasta la altura de las rodillas y el cigarrillo colgado de la comisura, se veía la brasa. Preguntó ronco:

—¿Quién es?

—La hija del zapatero con la hija mayor de Greco.

Don Achille salió a la luz y, por primera vez, lo vimos bien. Nada de minerales, nada de destello de cristales. La cara era de carne, alargada, y el pelo se le enmarañaba únicamente sobre las orejas, todo el centro de la cabeza era brillante. Tenía los ojos relucientes, con el blanco veteado de venitas rojas, la boca ancha y fina, el mentón grueso con un hoyuelo en el centro. Me pareció feo pero no tanto como lo había imaginado.

—¿Qué quieres?

—Las muñecas —dijo Lila.

—¿Qué muñecas?

—Las nuestras.

—Aquí vuestras muñecas no nos sirven para nada.

—Las cogió usted del sótano.

Don Achille se dio media vuelta y gritó hacia el interior del apartamento:

—Pinù, ¿tú has cogido la muñeca de la hija del zapatero?

—Yo no.

—Alfò, ¿la has cogido tú?

Carcajadas.

Lila dijo con voz firme, yo no sé de dónde sacaba tanto valor:

—Las cogió usted, nosotras lo vimos.

Siguió un momento de silencio.

—¿Vosotras a mí? —preguntó don Achille.

—Sí, y las metió en su bolsa negra.

Al oír esas últimas palabras, el hombre arrugó la frente, irritado.

No podía creer que estuviésemos allí, frente a don Achille, que Lila le hablara de ese modo y él la mirara perplejo, y que allá al fondo se entreviera a Alfonso, Stefano y Pinuccia y doña Maria, que ponía la mesa para la cena. No podía creer que fuese una persona corriente, un poco bajo, un poco calvo, un poco desproporcionado, pero corriente. Por eso esperaba que de un momento a otro se transformase.

Don Achille repitió, como para entender bien el sentido de las palabras:

—¿Que yo cogí vuestras muñecas y las metí en la bolsa negra?

Sentí que no estaba enfadado sino repentinamente atormentado por el dolor, como si recibiera la confirmación de algo que ya sabía. Dijo algo en dialecto que no entendí, Maria gritó:

—Achì, ya está la cena.

—Voy.

Don Achille se llevó una mano grande y ancha al bolsillo trasero de los pantalones. Nosotras nos estrechamos la mano con más fuerza, esperando que sacara el cuchillo. Pero no, sacó la billetera, la abrió, miró en su interior y le tendió algo de dinero a Lila, no recuerdo cuánto.

—Compraos las muñecas —dijo.

Lila agarró el dinero y me arrastró escaleras abajo. Él se asomó a la barandilla y farfulló:

—Y acordaos que os las he regalado yo.

Dije en italiano, poniendo cuidado de no caerme por las escaleras:

—Buenas noches y buen provecho.

15

Poco después de Pascua de Resurrección, Gigliola Spagnuolo y yo empezamos a ir a casa de la maestra a prepararnos para el examen de acceso. La maestra vivía justo al lado de la parroquia de la Sagrada Familia, sus ventanas daban a los jardincillos y desde allí se veían, al final de los campos extensos, las torres eléctricas del ferrocarril. Gigliola pasaba debajo de mis ventanas y me llamaba. Yo estaba lista y salía corriendo. Me gustaban aquellas clases particulares, dos veces por semana, me parece. Cuando terminábamos la maestra nos convidaba a unas pastitas secas en forma de corazón y una gaseosa.

Lila no vino nunca, sus padres no habían aceptado pagarle a la maestra. Pero ella, como ya éramos muy amigas, siguió diciéndome que iba a hacer el examen y que cursaríamos el primer año del bachillerato elemental en la misma clase.

—¿Y los libros?

—Me prestas los tuyos.

Mientras tanto, con el dinero de don Achille, se compró una novela: *Mujercitas*. Se decidió porque ya la conocía y le había gustado mucho. Cuando íbamos a cuarto, la Oliviero nos había dado a las mejores alumnas unos libros para leer. A ella le había tocado *Mujercitas* acompañado de esta frase: «Este libro es para las mayores pero para ti ya va bien», y a mí me dio *Corazón*, sin la menor indicación que me explicara de qué trataba. En muy poco tiempo Lila se leyó *Mujercitas* y también *Corazón*; decía que no había punto de comparación, según ella, *Mujercitas* era precioso. Yo no logré leerlo, y a duras penas pude terminar *Corazón* en el plazo establecido por la maestra para devolverlo. Yo era y sigo siendo una lectora lenta. Cuando Lila tuvo que devolver el libro a la Oliviero, se amargó por no poder seguir releyendo *Mujercitas* y por no poder hablar conmigo de esa novela. Por eso, una mañana se decidió. Me llamó desde la calle, fuimos a los pantanos, al lugar donde habíamos enterrado dentro de una cajita metálica el dinero de don Achille, lo cogimos y fuimos a preguntarle a Iolanda, la dependienta de la papelería, que a saber desde cuándo tenía expuesto en el escaparate un ejemplar de *Mujercitas* amarillento por el sol, si con eso alcanzaba. Alcanzaba. En cuanto fuimos propietarias del libro comenzamos a vernos en el patio para leerlo en silencio, la una junto a la otra, o en voz alta. Lo leímos durante meses, tantas veces que el libro acabó roñoso y desencuadernado, perdió el lomo, empezó a soltar hilos y se le descosieron los quinternos. Pero era nuestro libro, lo queríamos con locura. Estaba bajo mi custodia, lo guardaba en mi casa junto con los libros del colegio, porque Lila no se atrevía a tenerlo en la suya. En los últimos tiempos, su padre se enfadaba en cuanto la pescaba leyendo.

Rino la protegía. Cuando se planteó lo del examen de acceso, entre él y su padre surgieron continuas discusiones. Por entonces Rino tendría unos dieciséis años, era un muchacho muy nervioso y había iniciado su propia batalla para que le pagaran por el trabajo que hacía. Su razonamiento era el siguiente: me levanto a las seis; vengo al taller y trabajo hasta las ocho de la noche; quiero un salario. Pero esas palabras escandalizaban a su padre y a su madre. Rino tenía una cama donde dormir, comida en el plato, ¿para qué quería dinero? Su deber era ayudar a la familia, no empobrecerla. Pero el muchacho insistía, le parecía injusto deslomarse como su padre sin recibir a cambio un solo céntimo. Ante aquel argumento Fernando Cerullo le contestaba con paciencia aparente: «Yo ya te pago, Rino, te pago con creces enseñándote el oficio completo; pronto no solo sabrás remendar tacones y ribetes y colocar medias suelas; tu padre te está transmitiendo todo lo que sabe y pronto podrás hacer un zapato entero tal como mandan los cánones». Para Rino aquel pago a base de instrucción no era suficiente y se pasaban el día riñendo, sobre todo a la hora de la cena. Empezaban a hablar de dinero y terminaban peleándose por Lila.

—Si tú me pagas, ya me ocupo yo de mandarla a estudiar —decía Rino.

—¿Estudiar? ¿Por qué? ¿Acaso yo he estudiado?

—No.

—¿Y tú has estudiado?

—No.

—¿Entonces por qué debería estudiar tu hermana que es una chica?

La cosa se zanjaba casi siempre con una bofetada en la cara de Rino, que de un modo u otro, aunque sin quererlo, había faltado al respeto a su padre. Sin llorar, el muchacho pedía perdón con voz rabiosa.

Durante esas discusiones Lila callaba. Nunca me lo dijo, pero a mí me quedó la impresión de que mientras yo odiaba a mi madre, y la odiaba de verdad, profundamente, a pesar de todo ella no le guardaba ningún rencor a su padre. Decía que la colmaba de atenciones, decía que cuando él tenía que hacer cuentas, le pedía a ella que se las hiciera, decía que lo había oído comentar a sus amigos que su hija era la persona más inteligente del barrio, decía que cuando era su santo él mismo le llevaba a la cama chocolate caliente y galletas. Pero no había nada que hacer, en su manera de pensar no entraba que ella siguiera estudiando. Tampoco entraba en sus posibilidades económicas: la familia era numerosa, todos dependían de la pequeña zapatería, incluidas las dos hermanas solteras de Fernando, incluidos los padres de Nunzia. Por ese motivo, en eso de los estudios era como hablar con la pared, y en definitiva, su madre opinaba igual. El único que tenía una opinión distinta era su hermano y se enfrentaba valerosamente a su padre. Y Lila, por motivos que yo no comprendía, parecía convencida de que Rino iba a ganar. Acabaría por conseguir un salario y por enviarla a la escuela con su dinero.

—Si hay que pagar algún arancel, me lo paga él —me explicaba.

Estaba segura de que su hermano también le daría el dinero para los libros escolares e incluso para las plumas, el portaplumas, los lápices de pastel, el mapamundi, la bata y el lazo. Lo adoraba. Me dijo que cuando terminara los estudios quería ganar mucho dinero con el único objetivo de hacer de su hermano el más rico del barrio.

En ese último año de la primaria, la riqueza se convirtió en nuestra idea fija. Hablábamos de ella como en las novelas se habla de la búsqueda de un tesoro. Decíamos: cuando seamos ricas haremos esto, haremos lo otro. Al oírnos parecía que la riqueza estuviese oculta en algún lugar del barrio, dentro de unos cofres que, una vez abiertos, despedían destellos, y que estaban esperando únicamente que nosotras los encontráramos. Después, no sé por qué, las cosas cambiaron y empezamos a asociar el estudio al dinero. Creíamos que estudiar mucho nos permitiría escribir libros y que los libros nos habrían hecho ricas. La riqueza era siempre un resplandor de monedas de oro encerradas dentro de infinidad de cajas, para llegar a ella bastaba con estudiar y escribir un libro.

—Escribiremos uno juntas —dijo Lila cierta vez y aquello me llenó de alegría.

Quizá la idea cuajó cuando ella descubrió que la autora de *Mujercitas* había ganado mucho dinero con ese libro y había dado parte de su riqueza a la familia. Pero no podría jurarlo. Reflexionamos sobre el asunto, le dije que podíamos ponernos enseguida después del examen de acceso. Estuvo de acuerdo, pero no supo resistirse. Yo tenía mucho que estudiar para las clases de la tarde con Spagnuolo y la maestra, pero ella, que disponía de más tiempo libre, puso manos a la obra y escribió una novela sin mí.

Me llevé un disgusto cuando me la trajo para que la leyera, pero no dije nada, al contrario, me tragué la decepción y la elogié mucho. Eran unas diez hojas cuadriculadas, dobladas y sujetas con un alfiler para costura. La cubierta llevaba un dibujo pintado con pasteles, me acuerdo del título. Se llamaba *El hada azul*, y qué apasionante era, cuántas palabras difíciles contenía. Le dije que se la diese a leer a la maestra. No quiso. Se lo supliqué, me ofrecí a llevársela yo. No muy convencida, asintió con la cabeza.

Un día que fui a casa de la Oliviero a la clase, aproveché un momento en que Gigliola había ido al baño para sacar *El hada azul*. Le dije que era una novela hermosísima que había escrito Lila y que ella quería que la leyese. Pero la maestra, que en los últimos cinco años se había mostrado siempre entusiasmada con todo lo que hacía Lila, excepto las fechorías, contestó fríamente:

—Dile a Cerullo que le convendría estudiar para sacarse el certificado de primaria en lugar de estar perdiendo el tiempo. —Se quedó con la novela de Lila, pero la dejó encima de la mesa sin siquiera echarle un vistazo.

Esa actitud me desorientó. ¿Qué había ocurrido? ¿Se había enfadado con la madre de Lila? ¿Hacía extensivo el enfado a Lila? ¿Estaba disgustada por el dinero que los padres de mi amiga no habían querido darle? No lo entendí. Días más tarde le pregunté, cautelosa, si había leído *El hada azul*. Me contestó con un tono insólito, crípticamente, como si solo ella y yo pudiésemos comprendernos de verdad.

—¿Sabes lo que es la plebe, Greco?

—Sí, la plebe, los tribunos de la plebe, los Gracos.

—La plebe es algo muy feo.

—Sí.

—Y si alguien quiere seguir siendo de la plebe, ese alguien, sus hijos, los hijos de sus hijos no se merecen nada. Olvídate de Cerullo y piensa en ti.

La maestra Oliviero nunca dijo nada sobre *El hada azul*. Lila me pidió noticias un par de veces, después lo dejó correr. Dijo sombría:

—En cuanto tenga tiempo, escribo otra, esa no era buena.

—Era preciosa.

—Era un asco.

Dejó de ser tan vivaracha, especialmente en clase, tal vez porque se dio cuenta de que la Oliviero ya no la elogiaba, es más, había veces en que se mostraba irritada por su excesiva habilidad. De todos modos, en la competición de fin de año fue la mejor, pero no exhibió el descaro de antes. Al terminar la jornada, el director planteó a quienes seguían compitiendo —a Lila, a Gigliola y a mí— un problema dificilísimo que se había inventado él personalmente. Gigliola y yo nos afanamos sin resultado. Lila sacó a relucir sus ojos escrutadores, como de costumbre, y se aplicó. Fue la última en capitular. Con tono tímido, inusual en ella, dijo que el problema no se podía resolver porque en el texto había un error, pero no sabía decir cuál era. Fue el acabose, la Oliviero le dio un buen jabón. Yo veía a Lila delgadita, delante de la pizarra, con la tiza en la mano, muy pálida, embestida por ráfagas de frases malévolas. Notaba su sufrimiento, no lograba soportar cómo le temblaba el labio inferior y estuve a punto de estallar en lágrimas.

—Cuando no se sabe resolver un problema —concluyó la Oliviero, gélida—, no se dice: el problema tiene un error, se dice: no soy capaz de resolverlo.

El director guardó silencio. Por lo que recuerdo, el día terminó así.

16

Poco antes del examen para obtener el certificado de estudios primarios, Lila me impulsó a hacer otra de las muchas cosas que yo sola jamás habría tenido el valor de hacer. Decidimos faltar al colegio y traspasar las fronteras del barrio.

No había ocurrido nunca. Desde que tenía memoria nunca me había alejado de los edificios blancos de cuatro plantas, del patio, de la parroquia, de los jardincillos, y nunca había sentido el impulso de hacerlo. Los trenes pasaban sin cesar más allá del campo, los coches y los camiones iban y venían por la avenida, y sin embargo, no logro recordar una sola vez en que me preguntara a mí misma y le preguntara a mi padre, a la maestra: ¿adónde van los coches, los camiones, los trenes, a qué ciudad, a qué mundo?

Lila tampoco se había mostrado nunca especialmente interesada, pero esa vez lo organizó todo. Me pidió que le dijera a mi madre que después de clase nos íbamos todas a casa de la maestra, a una fiesta de fin de curso, y aunque intenté recordarle que las maestras nunca nos habían invitado a nosotras, las niñas, a una fiesta en sus casas, ella contestó que precisamente por eso debíamos dar esa explicación. El acontecimiento iba a resultar tan excepcional que ninguno de nuestros padres hubiera tenido cara para ir a preguntar a la escuela si era cierto o no. Me fié de ella, como de costumbre, y ocurrió tal como ella había dicho. En mi casa se lo creyeron todos, no solo mi padre y mis hermanos, también mi madre.

La noche anterior no pegué ojo. ¿Qué había más allá del barrio, más allá de su frontera archiconocida? A nuestras espaldas se levantaba una pequeña colina con una densa arboleda y alguna rara construcción al abrigo de las vías resplandecientes. Delante de nosotras, más allá de la avenida, discurría un camino lleno de baches que bordeaba los pantanos. A la derecha, saliendo por la verja, se extendía el borde de unos campos sin árboles bajo un cielo enorme. A la izquierda había un túnel con tres bocas, pero si nos encaramábamos hasta las vías del ferrocarril, en los días despejados, más allá de unas casas bajas, unos muros de toba y una densa vegetación, se veía una montaña celeste con una cumbre más baja y otra un poco más alta, que se llamaba Vesubio y era un volcán.

Nada de lo que teníamos ante nuestros ojos a diario, o que se alcanzaba a ver encaramándonos a la colina, nos impresionaba. Acostumbradas por los libros escolares a hablar con mucha competencia de lo que nunca habíamos visto, lo invisible era lo que nos incitaba. Lila decía que, justo en dirección al Vesubio estaba el mar. Rino, que había ido, le había contado que era agua azul, destellante, un espectáculo hermosísimo. El domingo, sobre todo en verano, pero a menudo también en invierno, en la playa, él y sus amigos salían corriendo y se bañaban, y le había prometido que la llevaría. Naturalmente no era el único que había visto el mar, también lo habían visto otros conocidos nuestros. Una vez hablaron del mar Nino Sarratore y su hermana Marisa, con el tono de quien consideraba normal eso de ir a la playa de vez en cuando a comer rosquillas de pimienta o anís y mariscos. Gigliola Spagnuolo también había ido. Ella, Nino, Marisa eran afortunados por tener unos padres que llevaban a sus hijos a hacer excursiones muy lejos, no solo a dar un paseo a los jardincillos delante de la parroquia. Los nuestros no eran así, les faltaba tiempo, les faltaba dinero, les faltaban ganas. Es verdad que me parecía conservar del mar un vago recuerdo azulado, mi madre sostenía que cuando yo era pequeña me había llevado a la playa, cuando debía hacerse baños de arena en la pierna dañada. Pero no me creía mucho lo que mi madre me decía y delante de Lila, que no sabía nada, reconocía que yo tampoco sabía nada. Así que ella pensó en hacer como Rino, ponerse en marcha e ir sola. Me convenció para que la acompañase. Al día siguiente.

Me levanté temprano, hice todo como si tuviera que ir al colegio, me preparé pan mojado en leche caliente, la cartera, la bata. Como de costumbre, esperé a Lila delante de la verja, aunque en lugar de ir hacia la derecha, cruzamos la avenida y doblamos a la izquierda, en dirección al túnel.

Era temprano y ya hacía calor. Había un fuerte olor a tierra y a hierba secándose al sol. Subimos entre arbustos altos, por senderos inestables que iban hacia las vías. Al llegar a una torre eléctrica nos quitamos las batas y las metimos en las carteras, que ocultamos entre los arbustos. Y echamos a andar por el campo, lo conocíamos muy bien y volamos entusiasmadas por una ladera que nos llevó cerca del túnel. La boca de la derecha era negrísima, nunca nos habíamos adentrado en aquella oscuridad. Nos aferramos de la mano y echamos a andar. Era un pasadizo largo, el círculo luminoso de la salida se veía muy lejos. Tras acostumbrarnos a la penumbra, aturdidas por el retumbo de nuestros pasos, vimos las vetas de agua plateada que descendían por las paredes, los grandes charcos. Seguimos andando muy tensas. Lila lanzó un grito y se echó a reír al comprobar que el sonido estallaba con violencia. Yo grité a continuación y también me eché a reír. A partir de ese momento no hicimos más que gritar, juntas o por separado: carcajadas y gritos, gritos y carcajadas, por el placer de oírlos amplificados. La tensión se atenuó, comenzó el viaje.

Nos aguardaban muchas horas en las que ninguno de nuestros familiares nos buscaría. Siempre que me viene a la cabeza el placer de ser libres, pienso en el inicio de aquel día, en el instante en que salimos del túnel y nos encontramos en un camino todo recto hasta donde alcanzaba la vista, el camino que, según lo que Rino le había contado a Lila, al final de todo, llevaba al mar. Me sentí expuesta a lo desconocido con regocijo. Nada que ver con el descenso a los sótanos o con el ascenso a la casa de don Achille. El sol lucía nebuloso y había un fuerte olor a quemado. Caminamos largo rato entre muros derrumbados invadidos por las malas hierbas, edificios bajos de los que salían voces en dialecto, a veces un estrépito. Vimos un caballo bajar cauteloso por un terraplén y cruzar el camino relinchando. Vimos a una mujer joven asomada a un balconcito, que se peinaba con el peine fino para piojos. Vimos a muchos niños llenos de mocos que dejaron de jugar y nos miraron amenazantes. También vimos a un hombre gordo en camiseta que salió de una casa derruida, se abrió la bragueta y nos enseñó el pene. Pero no nos asustamos de nada: don Nicola, el padre de Enzo, a veces nos dejaba acariciar su caballo, los niños se mostraban amenazantes también en nuestro patio y estaba el viejo don Mimì, que nos enseñaba su cosa asquerosa todas las veces que volvíamos de la escuela. Durante al menos tres horas de viaje la avenida que recorríamos no nos pareció diferente del segmento al que nos asomábamos a diario. Y nunca sentí la responsabilidad de ir por el camino correcto. Nos aferrábamos de la mano, avanzábamos una al lado de la otra, pero para mí, como de costumbre, era como si Lila estuviese diez pasos por delante y supiera exactamente qué hacer, adónde ir. Estaba acostumbrada a sentirme la segunda en todo y por eso estaba segura de que ella, que siempre era la primera, lo tenía todo claro: el ritmo, el cálculo del tiempo del que disponíamos para ir y volver, el itinerario hasta el mar. La notaba como si lo llevase todo ordenado en la cabeza de manera tal que el mundo a nuestro alrededor nunca habría podido desordenar nada. Me abandoné con alegría. Recuerdo una luz difusa que no parecía provenir del cielo sino de las profundidades de la tierra, pero cuando miraba su superficie, era pobre, repugnante.

Empezamos a notar el cansancio, a tener hambre y sed. En eso no habíamos pensado. Lila aminoró la marcha, yo la imité. En dos o tres ocasiones la sorprendí mirándome como arrepentida de haberme jugado una mala pasada. ¿Qué estaba ocurriendo? Me di cuenta de que se volvía a menudo a mirar atrás y también la imité. Empezó a sudarle la mano. Hacía rato que habíamos dejado atrás el túnel que marcaba la frontera del barrio. El camino ya recorrido nos resultaba poco familiar, como el que seguía abriéndose ante nosotras. La gente parecía del todo indiferente a nuestra suerte. Mientras tanto, a nuestro alrededor crecía un paisaje de abandono: bidones abollados, leña a medio quemar, chasis de coches, ruedas de carreta con los radios rotos, muebles medio destruidos, chatarra herrumbrada. ¿Por qué Lila miraba atrás? ¿Por qué ya no hablaba? ¿Qué era lo que no funcionaba?

Miré mejor. El cielo, que al principio estaba muy alto, parecía haber bajado. A nuestras espaldas se estaba volviendo negro, posados sobre los árboles, sobre los postes de la luz se veían unos nubarrones gruesos, pesados. Ante nosotras, en cambio, la luz seguía siendo cegadora, pero un gris violáceo la acosaba por ambos lados y tendía a difuminarla. A lo lejos retumbaron los truenos. Tuve miedo, pero lo que más me asustó fue la expresión de Lila, para mí nueva. Tenía la boca y los ojos muy abiertos, miraba nerviosamente al frente, atrás, al costado, y me estrechaba la mano con mucha fuerza. ¿Será posible, me dije, que tenga miedo? ¿Qué le está pasando?

Cayeron los primeros goterones, golpearon el polvo del camino dejando pequeñas manchas marrones.

—Nos volvemos —dijo Lila.

—¿Y el mar?

—Está demasiado lejos.

—¿Y nuestras casas?

—También.

—Entonces vayamos a ver el mar.

—No.

—¿Por qué?

La vi inquieta como nunca. Había algo —algo que tenía en la punta de la lengua y no se decidía a decirme— que de repente la obligaba a arrastrarme a toda prisa de vuelta a casa. No lo entendía, ¿por qué no seguíamos? Había tiempo, el mar no debía de estar lejos; íbamos a mojarnos de todos modos tanto si regresábamos a casa como si seguíamos adelante. Era un esquema de razonamiento que había aprendido de ella y me sorprendía que no lo aplicara.

Una luz violácea partió el cielo negro, tronó más fuerte. Lila tiró de mí con fuerza; no muy convencida, me vi corriendo en dirección a nuestro barrio. El viento empezó a soplar, los goterones se hicieron más frecuentes, en pocos segundos se transformaron en una cascada de agua. A ninguna de las dos se nos ocurrió buscar un lugar donde guarecernos. Corrimos enceguecidas por la lluvia, con la ropa empapada, los pies desnudos dentro de las sandalias gastadas que a duras penas se agarraban al suelo enfangado. Corrimos hasta quedarnos sin aliento.

Cuando ya no podíamos más, aminoramos el paso. Relámpagos, truenos, el agua de lluvia corría por los bordes de la avenida como lava, los camiones pasaban raudos y ruidosos levantando oleadas de lodo suelto. Avanzamos a paso veloz, el corazón alborotado, al principio bajo un fuerte aguacero, después bajo una lluvia leve, al final bajo un cielo gris. Estábamos empapadas, con el pelo pegado a la cabeza, los labios morados, los ojos espantados. Recorrimos nuevamente el túnel, subimos por los campos. Los arbustos cargados de lluvia nos rozaban arrancándonos estremecimientos. Encontramos las carteras, nos pusimos las batas secas encima de la ropa mojada y enfilamos hacia nuestras casas. Tensa, los ojos fijos en el suelo, Lila me soltó la mano.

Pronto comprendimos que nada había salido según lo previsto. En el barrio el cielo se había ennegrecido justamente a la salida del colegio. Mi madre se había acercado a esperarme con el paraguas para acompañarme a la fiesta en casa de la maestra. Se había enterado de que yo no estaba, de que no había ninguna fiesta. Llevaba horas buscándome. Cuando de lejos vi su silueta penosamente coja me aparté de inmediato de Lila para que no la tomara con ella y fui corriendo a su encuentro. Ni siquiera me dejó hablar. Empezó a darme bofetadas y paraguazos al tiempo que gritaba que me iba a matar si se me ocurría volver a hacer algo semejante.

Lila no se la cargó, en su casa nadie se dio cuenta de nada.

Por la noche mi madre se lo contó todo a mi padre y lo obligó a pegarme. Él se puso nervioso, de hecho no quería, terminaron discutiendo. Primero le soltó un sopapo, después, enfadado consigo mismo, me dio una soberana paliza. Me pasé la noche entera tratando de entender qué había pasado realmente. Teníamos que ir a ver el mar pero no habíamos ido, me habían dado una paliza por nada. Se había producido una misteriosa inversión de actitudes: pese a la lluvia, yo hubiera seguido adelante, me sentía lejos de todo y de todos, y la distancia —lo descubrí por primera vez— extinguía dentro de mí todo vínculo y toda preocupación; en cambio Lila, de buenas a primeras, se había arrepentido de su propio plan, había renunciado a ver el mar, había querido regresar al otro lado de las fronteras del barrio. No lograba entenderlo.

Al día siguiente no la esperé en la verja, me fui sola para la escuela. Nos vimos en los jardincillos, ella descubrió los cardenales que llevaba en los brazos y me preguntó qué había pasado. Me encogí de hombros, total ya no tenía remedio.

—¿Te pegaron?

—¿Y qué querías que me hicieran?

—¿Siguen con la idea de mandarte a estudiar latín?

La miré perpleja.

¿Acaso era posible? ¿Me había arrastrado con ella con la esperanza de que como castigo mis padres dejaran de enviarme a cursar el bachillerato elemental? ¿O me había llevado de vuelta volando precisamente para evitarme ese castigo? ¿O acaso —todavía me lo sigo preguntando— había querido las dos cosas en momentos distintos?

17

Hicimos juntas el examen para obtener el certificado de estudios primarios. Cuando se dio cuenta de que yo iba a hacer también el de acceso, perdió las energías. Ocurrió algo que nos sorprendió a todos: yo superé ambos exámenes con diez en todo; Lila obtuvo el certificado de primaria con nueve en todo y ocho en aritmética.

No me dijo ni una sola palabra de rabia o decepción. Pero empezó a juntarse con Carmela Peluso, la hija del carpintero-jugador, como si conmigo ya no tuviera bastante. Al cabo de pocos días nos convertimos en un trío en el que yo, que siempre había sido la primera de la clase, tendía a ser siempre la tercera. Hablaban y bromeaban continuamente entre ellas o, mejor dicho, Lila hablaba y bromeaba, Carmela escuchaba y se divertía. Cuando salíamos a pasear entre la parroquia y la avenida, Lila siempre iba en el medio y nosotras dos a los lados. Si me daba cuenta de que ella tendía a acercarse más a Carmela, sufría y me entraban ganas de volverme a mi casa.

En aquella última etapa Lila estaba como aturdida, parecía víctima de una insolación. Hacía mucho calor y con frecuencia nos mojábamos la cabeza en la fuente. La recuerdo con el pelo y la cara chorreando agua; no quería hacer otra cosa que hablar de cuando iríamos a la escuela el año siguiente. Se había convertido en su tema preferido y lo analizaba como si se tratase de uno de los cuentos que tenía intención de escribir para hacerse rica. Ahora, cuando hablaba se dirigía preferentemente a Carmela Peluso, que se había sacado el certificado de primaria con siete en todo y que tampoco había hecho el examen de acceso.

Lila era muy buena contando cuentos, todo parecía cierto, el colegio al que iríamos, los profesores, y hacía que me riera, que me preocupara. Una mañana la interrumpí.

—Lila —le dije—, tú no puedes cursar el bachillerato elemental, no has hecho el examen de acceso. No podéis ni tú ni Peluso.

Se enfadó. Dijo que iba a cursarlo de todos modos, con examen o sin él.

—¿Y también Carmela?

—También.

—No es posible.

—Ya lo verás.

Pero mis palabras debieron de suponer para ella una fuerte sacudida. A partir de ese momento dejó de contar cuentos sobre nuestro futuro académico y se encerró otra vez en su silencio. Después, con una determinación repentina, se puso a atormentar a todos sus familiares y a decirles a gritos que quería estudiar latín como íbamos a hacer Gigliola Spagnuolo y yo. La tomó sobre todo con Rino, que le había prometido ayudarla, pero no lo había hecho. Era inútil explicarle que ya no había nada que hacer, se volvía todavía más irracional y mala.

A principios del verano empecé a notar un sentimiento difícil de expresar en palabras. La veía nerviosa, agresiva como había sido siempre, y me alegré, la reconocía. Pero oculta tras su vieja forma de comportarse, también percibí una pena que me molestaba. Sufría, y su dolor no me gustaba. La prefería cuando era distinta a mí, muy alejada de mis angustias. Y la incomodidad que me daba saberla frágil se transformaba, por caminos secretos, en una necesidad mía de superioridad. En cuanto podía, con cautela, sobre todo cuando Carmela Peluso no estaba con nosotras, encontraba la manera de recordarle que mi expediente escolar era mejor que el suyo. En cuanto podía, con cautela, le hacía notar que yo iba a asistir al bachillerato elemental y ella no. Dejar de ser la segunda, superarla, por primera vez me pareció un éxito. Debió de darse cuenta y se volvió aún más brusca, pero no conmigo, sino con sus familiares.

Mientras esperaba que bajara al patio, a menudo oía sus chillidos que se colaban por las ventanas. Lanzaba insultos en el peor dialecto de la calle, tan vulgares que, nada más oírlos, me venían pensamientos de orden y respeto, no me parecía justo que tratara así a los mayores, incluido su hermano. Es verdad que su padre, el zapatero Fernando, cuando le daba el pronto se volvía malo. Pero todos los padres tenían sus arrebatos. Tanto más cuanto que el suyo, cuando ella no lo provocaba, era un hombre amable, simpático, muy trabajador. De cara se parecía a un actor que se llamaba Randolph Scott, pero sin fineza alguna. Era más basto, nada de colores claros, tenía una barba negra que le crecía a ojos vistas y unas manos anchas y cortas con la mugre incrustada en cada pliegue y debajo de las uñas. Bromeaba con gusto. Las veces que iba a casa de Lila me pinzaba la nariz entre el dedo índice y el medio y fingía que me la despegaba. Quería que me creyese que me la había robado y que mi nariz se agitaba prisionera entre sus dedos con la intención de huir para volver a mi cara. Aquello me parecía divertido. Pero si Rino o Lila o sus otros hijos lo hacían enojar, cuando lo oía desde la calle yo también me asustaba.

Una tarde no sé qué fue lo que pasó. En la época de calor nos quedábamos al aire libre hasta la hora de la cena. Esa vez a Lila no se le vio el pelo, fui a llamarla debajo de sus ventanas, que estaban en la planta baja. Gritaba: «Lì, Lì, Lì», y mi voz se sumaba a la muy estridente de Fernando, a la estridente de su esposa, a la insistente de mi amiga. Noté con claridad que estaba ocurriendo algo que me aterrorizaba. Por las ventanas se colaban un napolitano barriobajero y el estruendo de objetos rotos. En apariencia no pasaba nada distinto de lo que ocurría en mi casa cuando mi madre se enojaba porque el dinero no alcanzaba y mi padre se enojaba porque ella ya se había gastado parte del sueldo que le había entregado. En realidad había una diferencia sustancial. Mi padre se contenía incluso cuando estaba furioso, se volvía violento en sordina, impidiendo que su voz estallara aunque se le hincharan igualmente las venas del cuello y se le inflamaran los ojos. Fernando en cambio gritaba, rompía cosas, y la rabia se autoalimentaba, no conseguía detenerse, al contrario, los intentos de su mujer para frenarlo lo enfurecían todavía más y aunque no estuviera enfadado con ella, terminaba zurrándola. Yo insistía en llamar a Lila para sacarla de aquella tormenta de gritos, de obscenidades, de ruidos de devastación. Gritaba: «Lì, Lì, Lì», pero ella, la oí, seguía insultando a su padre.

Teníamos diez años, nos faltaba poco para cumplir los once. Yo estaba cada vez más rellena, Lila seguía siendo bajita, muy flaca, era ligera y delicada. De pronto los gritos cesaron y poco después mi amiga salió despedida por la ventana, pasó por encima de mi cabeza y aterrizó en el asfalto a mis espaldas.

Me quedé boquiabierta. Fernando se asomó sin dejar de chillar amenazas horribles contra su hija. La había lanzado como un objeto.

La miré estupefacta mientras trataba de incorporarse y me decía con una mueca casi divertida:

—No me he hecho nada.

Pero sangraba, se había roto un brazo.

18

Los padres podían hacerles eso y otras cosas más a las niñas petulantes. Después, Fernando se volvió más sombrío, más trabajador que de costumbre. Durante el resto del verano con frecuencia Carmela, Lila y yo pasábamos delante de su tiendecita; Rino nos saludaba siempre con un gesto amable, pero mientras su hija llevó el brazo escayolado, el zapatero ni siquiera la miró. Se notaba que estaba disgustado. Sus violencias de padre eran poca cosa comparadas con la violencia imperante en el barrio. Con el calor, en el bar Solara, entre pérdidas en el juego y borracheras molestas, a menudo se llegaba a la desesperación (palabra que en dialecto significaba haber perdido toda esperanza, pero también, estar sin un céntimo) y a las manos. Silvio Solara, el propietario, corpulento, barriga imponente, ojos azules y frente anchísima, guardaba detrás del mostrador un bastón oscuro con el que no dudaba en repartir leña a quien no pagara las consumiciones, a quien había solicitado préstamos y a su vencimiento no quería devolverlos, a quien hacía pactos de algún tipo y los incumplía; contaba a menudo con la ayuda de sus hijos, Marcello y Michele, muchachos de la edad del hermano de Lila, que pegaban con más dureza que su padre. Allí los golpes se daban y se recibían. Después, los hombres regresaban a casa exasperados por las pérdidas en el juego, el alcohol, las deudas, los vencimientos, las palizas y, a la primera palabra torcida, zurraban a sus familiares, una cadena de agravios que generaba agravios.

En mitad de aquel larguísimo verano sucedió un hecho que conmocionó a todos, pero que en Lila tuvo un efecto especial. Don Achille, el terrible don Achille, fue asesinado en su casa a primeras horas de la tarde de un día de agosto sorprendentemente lluvioso.

Estaba en la cocina, acababa de abrir la ventana para que entrara el aire refrescado por la lluvia. Se había levantado expresamente de la cama, interrumpiendo la siesta. Iba con un pijama celeste muy gastado, en los pies llevaba solo calcetines de color amarillento, con los talones ennegrecidos. En cuanto abrió la ventana recibió en la cara una ráfaga de lluvia y en el lado derecho del cuello, a medio camino entre la mandíbula y la clavícula, una cuchillada.

La sangre le salió a chorros del cuello y fue a golpear contra una olla de cobre colgada en la pared. El cobre era tan brillante que la sangre parecía una mancha de tinta de la cual —según contaba Lila— con trayectoria vacilante se escurría una raya negra. El asesino —ella se inclinaba por una asesina— había entrado sin violencia, en una hora en que los niños y los muchachos estaban en la calle y los mayores, si no se encontraban en el trabajo, descansaban. Seguramente había abierto con una llave falsa. Seguramente su intención era atravesarle el corazón mientras dormía, pero lo había encontrado despierto y le había clavado la cuchillada en la garganta. Don Achille se había vuelto, con toda la hoja hundida en el cuello, los ojos como platos y la sangre que salía como un río y le empapaba el pijama. Cayó entonces de rodillas y luego de bruces.

El asesino había impresionado de tal modo a Lila, que casi todos los días, seria, siempre con nuevos detalles, nos imponía el relato del suceso como si lo hubiese presenciado. Cuando la oíamos, Carmela Peluso y yo nos asustábamos; Carmela incluso no dormía por la noche. En los momentos más terribles, cuando la raya negra de sangre se escurría por la olla de cobre, los ojos de Lila se volvían escrutadores y feroces. Sin duda imaginaba que el culpable era mujer porque así le resultaba más fácil identificarse con ella.

En aquella época íbamos bastante a casa de los Peluso y jugábamos a las damas y al tres en raya, a Lila le había entrado esa pasión. La madre de Carmela nos hacía pasar al comedor, donde todos los muebles se los había hecho su marido cuando don Achille todavía no le había quitado las herramientas de carpintero y el taller. Nos sentábamos a la mesa, colocada entre dos aparadores con espejos, y jugábamos. Carmela me resultaba cada vez más antipática, pero fingía ser tan amiga de ella como de Lila, es más, en algunas circunstancias daba a entender incluso que la apreciaba más a ella. En compensación me caía muy bien la señora Peluso. Trabajaba en la Manufactura de Tabaco, pero hacía unos meses había perdido el empleo y estaba siempre en casa. No obstante, con buena y con mala racha era una persona alegre, gorda, de grandes pechos, las mejillas encendidas por dos llamas rojas, y pese a que el dinero escaseaba, siempre tenía algo rico que ofrecernos. Su marido también parecía algo más tranquilo. Ahora trabajaba de camarero en una pizzería, y se esforzaba por no ir más al bar Solara a perder a las cartas lo poco que ganaba.

Una mañana estábamos en el comedor jugando a las damas, Carmela y yo contra Lila. Estábamos sentadas a la mesa, nosotras dos de un lado, ella del otro. Tanto a espaldas de Lila como a mis espaldas y las de Carmela estaban los muebles con los espejos, idénticos. Eran de madera oscura con la cornisa de volutas. Yo veía a las tres reflejadas hasta el infinito y no lograba concentrarme por culpa de todas aquellas imágenes nuestras que no me gustaban y por los gritos de Alfredo Peluso, que ese día estaba muy nervioso y la tenía tomada con Giuseppina, su esposa.

Poco después llamaron a la puerta y la señora Peluso fue a abrir. Exclamaciones, gritos. Nosotras tres nos asomamos al pasillo y vimos a los carabineros, figuras que nos daban mucho miedo. Los carabineros prendieron a Alfredo y se lo llevaron. Él pugnaba por soltarse, gritaba, llamaba a sus hijos por sus nombres, Pasquale, Carmela, Ciro, Immacolata, se agarraba a los muebles hechos con sus propias manos, a las sillas, a Giuseppina, juraba que no había matado a don Achille, que era inocente. Carmela lloraba desesperada, lloraban todos, yo también me eché a llorar. Lila no; Lila puso aquella cara que había puesto años antes por Melina, pero con algunas diferencias: ahora, pese a quedarse quieta, parecía estar en movimiento junto con Alfredo Peluso que lanzaba unos gritos roncos, aaah, aaah, espantosos.

Fue la escena más terrible a la que asistimos en el curso de nuestra infancia, me impresionó mucho. Lila se preocupó por Carmela, la consoló. Le decía que si su padre había sido de veras el asesino, había hecho muy bien en matar a don Achille, ahora bien, en su opinión, no había sido él: seguro que era inocente y que pronto se escaparía de la cárcel. Se pasaban todo el rato cuchicheando y si me acercaba, se alejaban un poco más para impedir que las oycra.

Adolescencia
Historia de los zapatos

1

El 31 de diciembre de 1959 Lila tuvo su primer episodio de desbordamiento. El término no es mío, es el que ella utilizó siempre forzando el significado común de la palabra. Decía que en esas ocasiones de pronto se desdibujaban los márgenes de las personas y las cosas. Aquella noche, en la terraza donde festejábamos la llegada de 1960, la asaltó de repente una sensación de ese tipo, se asustó y se la calló, todavía incapaz de nombrarla. Años más tarde, una noche de noviembre de 1980 —ambas teníamos treinta y seis años, estábamos casadas, con hijos—, me contó con todo detalle lo que le había pasado en aquella circunstancia, lo que le seguía pasando, y recurrió por primera vez a esa palabra.

Estábamos al aire libre, en lo alto de uno de los edificios del barrio. Pese al frío nos habíamos puesto vestidos ligeros y escotados para parecer guapas. Mirábamos a los chicos, alegres y agresivos, siluetas negras entusiasmadas por la fiesta, la comida, el vino espumoso. Encendían las mechas de los fuegos artificiales para celebrar el año nuevo, rito en cuya ejecución Lila había colaborado mucho, como contaré más adelante, hasta tal punto que ahora estaba contenta, miraba las estelas de fuego en el cielo. Pero de repente —me dijo—, pese al frío, había empezado a cubrirse de sudor. Tuvo la sensación de que todos gritaban demasiado y se movían demasiado deprisa. Esta sensación llegó acompañada de náuseas y a ella le pareció notar que algo absolutamente material, presente a su alrededor y alrededor de todos y de todo desde siempre, pero sin que lograra percibirlo, estuviera rompiendo los contornos de las personas y de las cosas al revelarse.

El corazón se le había puesto a latir de un modo incontrolado. Comenzaron a horrorizarla los gritos que salían de las gargantas de cuantos se movían por la terraza entre el humo, entre los estallidos, como si su sonoridad obedeciera a leyes nuevas y desconocidas. Las náuseas fueron en aumento, el dialecto había perdido toda familiaridad, se le hizo insoportable la forma en que nuestras gargantas húmedas mojaban las palabras en el líquido de la saliva. Una sensación de repulsión había asaltado todos los cuerpos en movimiento, su estructura ósea, el frenesí que los agitaba. Qué mal formados estamos, pensó, qué insuficientes somos. Los hombros anchos, los brazos, las piernas, las orejas, las narices, los ojos le habían parecido atributos de seres monstruosos, que hubiesen bajado tras colarse por algún recoveco del cielo negro. Y el asco, a saber por qué, se había concentrado sobre todo en el cuerpo de su hermano Rino, la persona que más conocía, la persona que más amaba.

Le pareció verlo por primera vez como era realmente: una forma animal achaparrada, maciza, la más vociferante, la más feroz, la más ávida, la más mezquina. El tumulto del corazón la había superado, sintió que se ahogaba. Demasiado humo, demasiado mal olor, demasiado centelleo de fuegos en medio del frío. Lila había tratado de calmarse, se había dicho: debo aferrar la estela que me está traspasando, debo lanzarla lejos de mí. En ese momento, entre los gritos de júbilo, había oído una especie de última detonación y a su lado había pasado algo como el roce de un ala. Alguien había dejado de lanzar cohetes y triquitraques y había pasado a los disparos de pistola. Su hermano Rino gritaba unas obscenidades insoportables en dirección a los destellos amarillentos.

Cuando Lila me refirió aquello, dijo también que lo que ella llamaba desbordamiento, pese a habérsele manifestado de forma clara únicamente en esa ocasión, no le resultaba del todo nuevo. Por ejemplo, a menudo había tenido la sensación de instalarse por unas pocas fracciones de segundo en una persona, una cosa, un número o una sílaba, violando sus contornos. Y el día en que su padre la había lanzado por la ventana, mientras volaba en dirección al asfalto, había tenido la certeza absoluta de que unos animalitos rojizos, muy amistosos, se dedicaban a disolver la composición de la calle para transformarla en una materia lisa y blanda. Pero aquella noche de año nuevo fue la primera vez en que notó que unos entes desconocidos rompían el perfil del mundo para revelar su naturaleza espantosa. Aquello la había conmocionado.

2

Cuando a Lila le quitaron la escayola y recuperó su bracito blancuzco pero en perfecto funcionamiento, Fernando, su padre, llegó a un pacto consigo mismo y sin pronunciarse directamente, sino por boca de Rino y de Nunzia, su esposa, le permitió asistir a una escuela en la cual no sé muy bien qué iba a aprender, estenodactilografía o contabilidad o economía doméstica, o las tres disciplinas.

Ella fue a regañadientes. Los profesores mandaron llamar a Nunzia porque su hija faltaba mucho y sin justificación, molestaba durante las clases, si le tomaban la lección se negaba a contestar, si le ponían ejercicios los hacía en cinco minutos y luego incordiaba a sus compañeras. Un buen día, a Lila le dio una gripe muy fuerte, a ella que nunca enfermaba, y pareció acogerla con una especie de abandono, hasta el punto de que el virus no tardó en arrebatarle las energías. Pasaban los días y no conseguía restablecerse. En cuanto trataba de ponerse otra vez en marcha, más pálida que de costumbre, le subía la fiebre. Un día la vi por la calle y me pareció un espíritu, el espíritu de una niña que había comido bayas venenosas tal como había visto dibujado en un libro de la maestra Oliviero. Se corrió la voz de que no tardaría en morir, y me entró una inquietud insoportable. Pero casi a su pesar, se recuperó. Y con la excusa de que estaba débil fue cada vez menos a la escuela y a final de curso la suspendieron.

Yo tampoco me sentía cómoda en primero de bachillerato elemental. Al principio tuve grandes esperanzas, y, aunque para mis adentros no lo reconocía abiertamente, también estaba contenta de haber ingresado con Gigliola Spagnuolo y no con Lila. En mi fuero íntimo, en un lugar muy secreto, disfrutaba de una escuela a la que ella jamás tendría acceso, en la que en su ausencia yo sería la mejor, y de la cual habría podido hablar para vanagloriarme cuando se presentara la ocasión. Pero no tardé en rezagarme, aparecieron otros que resultaron mejores que yo. Junto con Gigliola acabé en una especie de ciénaga, éramos animalitos asustados por nuestra propia mediocridad, y luchamos todo el curso para no quedar entre los últimos. Me llevé un chasco tremendo. Comenzó a asomar en sordina la idea de que sin Lila no habría tenido nunca el placer de pertenecer al reducidísimo grupo de los mejores.

De vez en cuando, en la entrada del colegio me cruzaba con Alfonso, el hijo menor de don Achille, pero fingíamos no conocernos. Yo no sabía qué decirle, pensaba que Alfredo Peluso había hecho bien en matar a su padre y no se me ocurrían palabras de consuelo. Ni siquiera lograba conmoverme por su condición de huérfano, era como si durante años él debiera cargar un poco con la culpa del miedo que me había inspirado don Achille. Llevaba una cinta negra cosida en la chaqueta, no reía nunca, siempre iba a lo suyo.

Estaba en una clase distinta de la mía y se rumoreaba que era muy buen alumno. A final de año se supo que había superado el curso con una nota media de ocho; me deprimí aún más. Gigliola suspendió latín y matemáticas, yo salí del paso con seis en todo.

Cuando publicaron las listas con las notas, la profesora mandó llamar a mi madre, le dijo en mi presencia que en latín me había salvado gracias a su generosidad, pero que en el curso siguiente con toda seguridad no aprobaría si no recibía clases particulares. Sufrí una doble humillación: me avergoncé porque no había estado en condiciones de ser tan buena como en la primaria, y me avergoncé por la diferencia entre la figura armoniosa, dignamente ataviada de la profesora, entre su italiano que se parecía un poco al de la *Ilíada*, y la figura torcida de mi madre, con sus zapatos viejos, el pelo sin brillo, el dialecto doblegado por un italiano lleno de errores gramaticales.

Mi madre también debió de sentir el peso de aquella humillación. Regresó a casa con gesto amenazante, le dijo a mi padre que los profesores no estaban contentos conmigo, que ella necesitaba ayuda en casa y que yo debía dejar los estudios. Discutieron mucho, se pelearon y al final mi padre decidió que, como pese a todo había pasado el curso mientras Gigliola había suspendido nada menos que dos asignaturas, merecía seguir estudiando.

Pasé un verano apático, en el patio, en los pantanos, casi siempre en compañía de Gigliola, que me hablaba con frecuencia del joven universitario que iba a su casa a darle clases de repaso y que, según ella, la amaba. Yo la escuchaba pero me aburría. De vez en cuando veía a Lila paseando con Carmela Peluso, que también había ido a una escuela para estudiar no sé qué y también la habían suspendido. Sentía que Lila ya no quería ser mi amiga y esa idea me producía cansancio, como si tuviera sueño. A veces, con la esperanza de que mi madre no me viera, me tumbaba en la cama y dormitaba.

Una tarde me quedé profundamente dormida y al despertar me noté mojada. Fui al retrete para ver qué me pasaba y descubrí que llevaba las bragas manchadas de sangre. Aterrorizada por no sé bien qué, tal vez por una posible reprimenda de mi madre por haberme hecho daño entre las piernas, lavé muy bien las bragas, las estrujé y volví a ponérmelas mojadas. Y así salí al calor del patio. El corazón me latía de miedo.

Me encontré con Lila y Carmela, di un paseo con ellas hasta la parroquia. Noté que volvía a mojarme, traté de calmarme pensando que se debía a la humedad de las bragas. Cuando el miedo se hizo insoportable, le susurré a Lila:

—Tengo que contarte una cosa.

—¿Qué?

—Quiero contártela solo a ti.

La aferré del brazo tratando de alejarla de Carmela, pero Carmela nos siguió. Era tal mi preocupación que al final se lo confesé a las dos, pero dirigiéndome solo a Lila.

—¿Qué podrá ser? —pregunté.

Carmela lo sabía todo. Ella sangraba todos los meses desde hacía un año.

—Es normal —dijo—. Por naturaleza, las mujeres tenemos el mes, sangras unos días, te duele la barriga y la espalda, y luego se te pasa.

—¿Seguro?

—Seguro.

El silencio de Lila me empujó hacia Carmela. La naturalidad con la que me había contado lo poco que sabía me tranquilizó, hizo que me resultara simpática. Pasé toda la tarde hablando con ella hasta la hora de cenar. Averigüé que por esa herida no te morías. Al contrario «significa que eres mayor y que puedes tener hijos, si un hombre te mete su cosa en la barriga».

Lila se quedó escuchando sin decir nada o casi nada. Le preguntamos si ella sangraba como nosotras, la vimos dudar y después, de mala gana, nos contestó que no. De pronto me pareció pequeña, más pequeña de lo que yo la había visto siempre. Era seis o siete centímetros más baja, toda piel y huesos, palidísima pese a que se pasaba el día al aire libre. Y la habían suspendido. Y ni siquiera sabía lo que era sangrar. Y ningún chico se le había declarado nunca.

—A ti también te vendrá —le dijimos las dos con fingido tono de consuelo.

—A mí me la trae floja —dijo—, no lo tengo porque no quiero que me venga, me da asco. Y me dan asco las que lo tienen.

Hizo ademán de irse pero se detuvo y me preguntó:

—¿Cómo es el latín?

—Lindo.

—¿Eres buena?

—Mucho.

Pensó un momento y farfulló:

—Yo dejé que me suspendieran a propósito. No quiero ir a ninguna escuela.

—¿Y qué vas a hacer?

—Lo que me gusta.

Nos dejó plantadas en medio del patio y se fue.

No volvimos a verle el pelo el resto del verano. Yo me hice muy amiga de Carmela Peluso, que, a pesar de su fastidiosa oscilación entre el exceso de risas y el exceso de quejas, había sufrido la influencia de Lila de un modo tan poderoso que, por momentos, se convertía en una especie de sucedáneo. Carmela hablaba imitando sus tonos, utilizaba algunas de sus muletillas, gesticulaba de un modo parecido y cuando caminaba trataba de moverse como ella, aunque físicamente era más parecida a mí: graciosa y regordeta, rebosante de salud. Esa especie de apropiación indebida me disgustaba y me atraía al mismo tiempo. Me debatía entre la irritación por aquella nueva versión que me parecía una caricatura y la fascinación porque, aunque diluidos, los modales de Lila me cautivaban. Y al final con esos modales Carmela consiguió ligarme a ella. Me contó que la nueva escuela había sido horrible: todos le hacían desprecios y los profesores no la podían ni ver. Me habló de cuando iban a Poggioreale con su madre y sus hermanos a visitar a su padre, y del hartón de llorar que se daban. Me contó que su padre era inocente, que quien había matado a don Achille era un ser negruzco, mitad macho pero sobre todo hembra, que vivía junto con las ratas y salía de las cloacas incluso de día, hacía las cosas terribles que debía hacer y después volvía a esconderse bajo tierra. Sin venir a cuento de nada, con una sonrisa fatua, me contó que se había enamorado de Alfonso Carracci. De la sonrisa pasó al llanto: era un amor que la atormentaba y la agotaba, la hija del asesino se había enamorado del hijo de la víctima. En cuanto lo veía cruzar el patio o se lo cruzaba en la avenida se sentía desfallecer.

Esta última fue una confidencia que me dejó muy asombrada y consolidó nuestra amistad. Carmela juró que no se lo había contado a nadie más, ni siquiera a Lila: si había decidido sincerarse conmigo era porque ya no aguantaba más con todo aquello dentro. Me gustaron sus tonos dramáticos. Analizamos todas las posibles consecuencias de esa pasión hasta que volvieron a abrir los colegios y yo ya no tuve tiempo de escucharla.

Vaya historia. Tal vez ni siquiera Lila habría sabido construir un cuento como aquel.

3

Comenzó una época de malestar. Engordé, en el pecho me asomaron bajo la piel dos brotes durísimos, florecieron los pelos en las axilas y el pubis, me volví triste y nerviosa a un tiempo. En el colegio me costaba avanzar más que en los años anteriores, los ejercicios de matemáticas casi nunca me daban el resultado previsto en el libro de texto, las frases de latín parecían no tener ni pies ni cabeza. En cuanto podía, me encerraba en el retrete y me miraba al espejo, desnuda. Ya no sabía quién era. Empecé a sospechar que iba a cambiar cada vez más, hasta que en mí asomara realmente mi madre, coja, con el ojo bizco, y que entonces nadie iba a quererme. Lloraba con frecuencia, así de repente. Entretanto, el pecho pasó de ser duro a hacerse más grande y más blando. Me sentí a merced de fuerzas oscuras que actuaban desde el interior de mi cuerpo, estaba siempre ansiosa.

Una mañana, a la salida del colegio, Gino, el hijo del farmacéutico, me siguió por la calle y me dijo que según sus compañeros, mis pechos no eran auténticos, que me los rellenaba con guata. Hablaba y reía. También me dijo que él creía que eran auténticos y que había apostado veinte liras. Dijo entonces que, si ganaba la apuesta, se quedaría con diez liras y me daría a mí las otras diez, pero que debía demostrarle que no llevaba relleno de guata.

Aquella petición me dio mucho miedo. Como no sabía qué comportamiento adoptar, a sabiendas recurrí al tono descarado de Lila:

—Dame las diez liras.

—¿Por qué, tengo razón yo?

—Sí.

Salió corriendo y me marché decepcionada. Pero poco después volvió a darme alcance con un compañero de su clase, un chico delgadísimo cuyo nombre no recuerdo, que lucía una pelusilla oscura en el labio. Gino me dijo:

—Él también debe estar presente, si no, los otros no creerán que he ganado.

Recurrí otra vez al tono de Lila:

—Antes quiero el dinero.

—¿Y si llevas guata?

—No llevo guata.

Me dio las diez liras y los tres subimos en silencio hasta el último piso de un edificio, a pocos metros de los jardincillos. Allí, al lado de una puertecita de hierro que daba a la terraza, adornada de forma nítida por delicados segmentos luminosos, me subí la camiseta y les enseñé los pechos. Los dos se quedaron quietos mirando como si no pudieran dar crédito a sus ojos. Después dieron media vuelta y salieron corriendo escaleras abajo.

Lancé un suspiro de alivio y me fui al bar Solara a comprarme un helado.

Aquel episodio me quedó grabado en la memoria: por primera vez experimenté la fuerza de atracción que mi cuerpo ejercía en los chicos, pero sobre todo me di cuenta de que Lila, como un fantasma exigente, no solo influía en Carmela sino también en mí. Si en una circunstancia como aquella hubiese tenido que tomar una decisión en pleno desorden de las emociones, ¿qué habría hecho yo? Salir corriendo. ¿Y si hubiese estado en compañía de Lila? La habría agarrado del brazo y le habría susurrado: vámonos, y después, como siempre, me habría quedado, solamente porque ella, como de costumbre, habría decidido quedarse. Sin embargo, en su ausencia, tras una breve vacilación, me había puesto en su lugar. O mejor aún, le había hecho un lugar en mí. Cuando volvía a pensar en el momento en que Gino me había planteado su petición, sentía con precisión cómo me había puesto freno a mí misma, cómo había imitado la mirada, el tono y el gesto de Cerullo en situaciones de conflicto desfachatado, y me alegraba de haberlo hecho. Pero por momentos me preguntaba un tanto inquieta: ¿hago como Carmela? Me parecía que no, me parecía que era diferente, pero no sabía explicarme en qué sentido y eso echaba a perder mi alegría. Cuando pasé con el helado delante del taller de Fernando y vi a Lila abstraída ordenando zapatos en una larga ménsula, sentí la tentación de llamarla y contárselo todo, para ver qué pensaba. Pero ella no me vio y seguí de largo.

4

Estaba siempre ocupada. Ese año Rino la obligó a reinscribirse en la escuela pero volvió a faltar mucho y a dejar que la suspendieran. Su madre le pedía que la ayudara en casa, su padre le pedía que se quedara en la tienda, y ella de buenas a primeras, en lugar de ofrecer resistencia, parecía incluso contenta de deslomarse para los dos. Las raras veces en que nos vimos de casualidad —los domingos después de misa o paseando entre los jardincillos y la avenida— no mostró ninguna curiosidad por mis estudios, enseguida se ponía a hablar por los codos del trabajo que hacían su padre y su hermano.

Se había enterado de que, de joven, su padre había querido emanciparse, había huido del taller de su abuelo, también zapatero remendón, para irse a trabajar a una fábrica de calzado de Casoria donde había hecho zapatos para todos, incluso para quienes iban a la guerra. Había descubierto que Fernando sabía fabricar un zapato a mano, de principio a fin, y que conocía a la perfección las máquinas y sabía utilizarlas todas, la cortadora, la ribeteadora, la esmeriladora. Me habló de cuero, de empellas, de marroquineros y marroquinerías, del tacón entero y del medio tacón, de la preparación del hilo, de las plantillas y de cómo se aplicaba la suela, se coloreaba y se le daba brillo. Usó todas aquellas palabras del oficio como si fueran mágicas y su padre las hubiese aprendido en un mundo encantado —Casoria, la fábrica— del que había regresado como un explorador ahíto, tan ahíto que ahora prefería el pequeño taller familiar, el banco tranquilo, el martillo, el pie de hierro, el buen olor a cola mezclado con el de los zapatos gastados. Y me arrastró al interior de aquel vocabulario con tan enérgico entusiasmo, que su padre y Rino, gracias a esa habilidad que tenían de encerrar los pies de la gente en unos zapatos sólidos, cómodos, me parecieron las mejores personas del barrio. Y después de cada una de estas conversaciones regresaba a mi casa con la impresión de que, como no pasaba mis días en el taller de un zapatero y tenía como padre a un simple conserje, se me excluía de un raro privilegio.

En clase empecé a sentirme inútilmente presente. Pasé meses y meses con la sensación de que los libros de texto habían perdido toda promesa, toda energía. A la salida del colegio, aturdida por la infelicidad, pasaba delante del taller de Fernando solo para ver a Lila en su lugar de trabajo, sentada a una mesita, en el fondo, con su torso delgadísimo sin un indicio de pecho, el cuello fino, la cara demacrada. No sé qué hacía exactamente, pero allí estaba, activa, tras el cristal de la puerta, engarzada entre la cabeza gacha de su padre y la cabeza gacha de su hermano, sin libros, sin clases, sin deberes para casa. A veces me paraba y miraba el escaparate con las cajas de betún, los zapatos viejos recién remendados, los nuevos colocados en la horma para estirar el cuero, ensancharlos y hacerlos más cómodos, como si fuera una clienta interesada en la mercancía. Me alejaba a regañadientes solo cuando ella me veía y me saludaba, yo respondía al saludo y ella volvía a concentrarse en el trabajo. A menudo era Rino el primero en advertir mi presencia y me hacía reír con muecas cómicas. Incómoda, me iba corriendo sin esperar la mirada de Lila.

Para mi sorpresa, un domingo me vi hablando apasionadamente de zapatos con Carmela Peluso. Ella compraba *Sogno* y devoraba fotonovelas. Al principio me parecía tiempo perdido, después yo también les echaba un vistazo, y entonces leíamos juntas en los jardincillos y comentábamos las historias y las frases de los personajes, escritas en letras blancas sobre fondo negro. Carmela tendía más que yo a pasar sin solución de continuidad de los comentarios sobre las historias de amor simuladas a los comentarios sobre la historia de su amor verdadero, el que sentía por Alfonso. Yo, para no ser menos, le hablé de Gino, el hijo del farmacéutico, y le dije que me quería. No se lo creyó. A sus ojos, el hijo del farmacéutico era una especie de príncipe inalcanzable, futuro heredero de la farmacia, un señor que jamás se habría casado con la hija de un conserje; estuve a punto de contarle de aquella vez en que me había pedido que le enseñara los pechos, que yo había accedido y ganado diez liras. Pero sobre las rodillas teníamos bien desplegada la fotonovela *Sogno* y mis ojos repararon en los preciosos zapatos de tacón de una de las actrices. Me pareció un tema impactante, más que la historia de las tetas, y no pude resistirme, empecé a alabarlos y a alabar a quien los había hecho tan bonitos y a fantasear con que si hubiésemos llevado unos zapatos como esos, ni Gino ni Alfonso se nos habrían resistido. Cuanto más hablaba más me daba cuenta con cierta turbación de que trataba de hacer mía la nueva pasión de Lila. Carmela me escuchó distraídamente y al cabo de un rato me dijo que debía irse. El calzado y los zapateros le importaban poco o nada. A diferencia de mí, aunque imitara los modales de Lila ella se ceñía solo a las cosas que la entusiasmaban: las fotonovelas, el amor.

5

Toda aquella época siguió ese mismo curso. Tuve que reconocer que lo que yo hacía por mí sola no conseguía acelerarme el corazón, solo lo que Lila tocaba se convertía en importante. Pero si ella se alejaba, si su voz se alejaba de las cosas, las cosas se manchaban, se cubrían de polvo. El bachillerato elemental, el latín, los profesores, los libros, la lengua de los libros me parecían definitivamente menos sugerentes que el acabado de un zapato; me deprimí.

Un domingo todo volvió a cambiar. Carmela, Lila y yo habíamos ido a catequesis, teníamos que prepararnos para la primera comunión. A la salida, Lila dijo que tenía que hacer y se fue. Pero vi que no se dirigía a su casa, ante mi enorme sorpresa, entró en el edificio de la escuela primaria.

Seguí caminando con Carmela, pero como me aburría, en un momento dado me despedí, rodeé el edificio y volví sobre mis pasos. Los domingos la escuela estaba cerrada, ¿cómo era posible que Lila hubiese entrado en el edificio? Tras mucho vacilar me aventuré a cruzar el portón y me metí en el vestíbulo. No había vuelto a poner los pies en mi vieja escuela y sentí una fuerte emoción, reconocí su olor, que me produjo una sensación de bienestar, un sentimiento de mí que había perdido. Traspasé la única puerta abierta de la planta baja. Me encontré en una sala amplia, iluminada por fluorescentes, las paredes estaban tapizadas de anaqueles cargados de viejos libros. Conté una decena de adultos, numerosos niños y muchachos. Cogían libros, los hojeaban, los dejaban otra vez en su sitio, elegían uno. Después hacían cola delante de un escritorio ante el que estaba sentado un viejo enemigo de la maestra Oliviero, el maestro Ferraro, flaco, con el cabello cano cortado a cepillo. Ferraro examinaba el texto elegido, apuntaba algo en el registro y las personas se marchaban llevándose uno o más libros.

Miré a mi alrededor: Lila no estaba, a lo mejor ya se había marchado. ¿Qué hacía, ya no iba a la escuela, se apasionaba con los zapatos y zapatones, y sin embargo, sin decirme nada, iba allí a buscar libros? ¿Le gustaba ese lugar? ¿Por qué no me invitaba a que la acompañase? ¿Por qué me había dejado con Carmela? ¿Por qué me hablaba de cómo se esmerilaban las suelas y no de lo que leía?

Me dio mucha rabia y salí corriendo.

Durante un tiempo la actividad escolar me pareció más insignificante que de costumbre. Después quedé sepultada bajo la avalancha de deberes y las pruebas de final de curso, temía sacar malas notas, estudiaba mucho pero sin orden ni concierto. Además me acosaban otras preocupaciones. Mi madre me dijo que era una indecente con esos pechos tan grandes que me habían salido y me llevó a comprar un sostén. Se mostraba más brusca de lo habitual. Parecía avergonzarse de que tuviera pechos y me hubiese venido el mes. Las rudas instrucciones que me daba eran rápidas e insuficientes, mascculladas entre dientes. No me daba a tiempo a hacerle una pregunta y ya me volvía la espalda y se alejaba con su paso sesgado.

El pecho se volvió más visible todavía con el sostén. En los últimos meses de clase me vi acosada por los chicos y no tardé en comprender por qué. Gino y su compañero habían corrido la voz de que yo dejaba que me vieran sin problemas y de vez en cuando se me acercaba alguno que me pedía que repitiese el espectáculo. Me escabullía, me comprimía los pechos bajo los brazos cruzados, me sentía misteriosamente culpable y sola con mi culpa. Los chicos insistían, incluso por la calle, incluso en el patio. Se reían, se burlaban de mí. Traté de ahuyentarlos una o dos veces con modales al estilo Lila, pero no me salieron bien, no pude resistirlo y me eché a llorar. Por miedo a que me importunaran me recluí en casa. Estudiaba muchísimo, salía únicamente para ir de mala gana a la escuela.

Una mañana de mayo Gino me persiguió y me preguntó sin arrogancia, más bien turbado, si quería que fuésemos novios. Le dije que no, por rencor, por venganza, por incomodidad, aunque orgullosa de que el hijo del farmacéutico me quisiera. Al día siguiente volvió a pedírmelo y no dejó nunca de pedírmelo hasta junio, cuando, con algo de retraso debido a la vida complicada de nuestros padres, hicimos la primera comunión, de blanco como las novias.

Así vestidas, nos demoramos en la explanada de la iglesia y enseguida empezamos a pecar hablando de amoríos. Carmela no podía creer que yo hubiese rechazado al hijo del farmacéutico y se lo comentó a Lila. Ella me sorprendió, porque en lugar de marcharse con el aire de quien dice a mí qué me importa, se interesó en la historia. Y las tres nos pusimos a hablar de ello.

—¿Por qué le dices que no? —me preguntó Lila en dialecto.

Le contesté así de pronto en italiano, para impresionarla, para que entendiera que, aunque dedicara mi tiempo a hablar de novios, no se me podía tratar como a Carmela:

—Porque no estoy segura de mis sentimientos.

Era una frase que había aprendido leyendo *Sogno* y creo que Lila se quedó impresionada. Como si se tratase de una de las competiciones de la primaria, iniciamos una conversación en la lengua de las historietas y los libros, cosa que redujo a Carmela a mera oyente. Esos momentos me inflamaron el corazón y la cabeza: ella y yo con todas esas palabras bien tramadas. En bachillerato elemental no ocurría nada semejante, ni con mis compañeros ni con los profesores; fue precioso. De episodio en episodio Lila me convenció de que en el amor se consigue un poco de seguridad únicamente si se somete al propio pretendiente a durísimas pruebas. Y retomando de golpe el dialecto, me aconsejó que me prometiera con Gino, pero con la condición de que durante todo el verano él aceptara invitarnos a helado a mí, a ella y a Carmela.

—Si no acepta, quiere decir que el suyo no es amor verdadero.

Hice lo que ella me había dicho y Gino desapareció. Por lo tanto, no era amor verdadero, de manera que no sufrí por ello. El intercambio con Lila me había dado un placer tan intenso que planeé dedicarme a ella por completo, sobre todo en verano, cuando dispondría de más tiempo libre. Entretanto, quería que esa conversación fuese el modelo de todos nuestros encuentros futuros. Había vuelto a sentirme capaz, como si algo me hubiese golpeado la cabeza haciendo brotar imágenes y palabras.

Sin embargo, aquel episodio no tuvo la consecuencia que yo esperaba. En lugar de consolidar y convertir en exclusiva mi relación con Lila, consiguió congregar a su alrededor a muchas otras chicas. La conversación, el consejo que ella me había dado, su efecto, impresionaron de tal manera a Carmela Peluso que se lo contó a todas. El resultado fue que la hija del zapatero, que no tenía pechos, no le había venido la menstruación y ni siquiera contaba con un pretendiente, a los pocos días pasó a ser la más acreditada en dispensar consejos sobre los asuntos del corazón. Y volvió a sorprenderme aceptando el papel. Si no estaba ocupada en su casa o el taller, la veía cuchicheando a veces con una, a veces con otra. Pasaba a su lado, la saludaba, pero estaba tan concentrada que no me oía. Captaba siempre frases sueltas que me parecían preciosas y sufría mucho.

6

Fueron días desoladores, cuando culminaron recibí una humillación que debería haber previsto pero, por el contrario, fingí no tener en cuenta: Alfonso Carracci aprobó con una nota media de ocho, Gigliola Spagnuolo aprobó con una nota media de siete; yo saqué seis en todo y suspendí latín con un cuatro. Tuve que volver a examinarme en septiembre de esa única asignatura.

En esta ocasión fue mi padre quien dijo que era inútil que yo siguiera estudiando. Los libros ya habían costado mucho. El diccionario de latín, el Campanini y Carboni, aunque de segunda mano había supuesto un gran gasto. No había dinero para pagarme las clases de repaso durante el verano. Pero sobre todo quedaba claro que yo no era capaz: el hijo menor de don Achille lo había conseguido y yo no, la hija de Spagnuolo, el pastelero, lo había conseguido y yo no: había que resignarse.

Lloré noche y día, me puse fea adrede para castigarme. Era la primogénita, después venían dos niños y otra niña, la pequeña Elisa: Peppe y Gianni, mis dos hermanos, se me acercaban por turnos para consolarme, a veces trayéndome algo de fruta, a veces pidiéndome que jugara con ellos. Pero yo me sentía igualmente sola, con un feo destino, y no conseguía tranquilizarme. Una tarde noté que mi madre se me acercaba por la espalda. Con su tono áspero de siempre me dijo en dialecto:

—No te podemos pagar clases particulares, pero puedes intentarlo y estudiar sola, a ver si apruebas el examen. —La miré, insegura. Era la de siempre: el pelo blanquecino, el ojo atravesado, la nariz grande, el cuerpo pesado. Y añadió—: No está escrito en ninguna parte que no puedas conseguirlo.

Dijo eso y nada más, al menos es lo que recuerdo. Al día siguiente me puse a estudiar y me impuse no pisar nunca el patio ni los jardincillos.

Pero una mañana oí que me llamaban desde la calle. Era Lila, que desde que terminamos la primaria había perdido por completo esa costumbre.

—Lenù —me llamaba.

Me asomé.

—Tengo que contarte una cosa.

—¿Qué?

—Baja.

Fui a regañadientes, me molestaba confesarle que había suspendido y que debía examinarme en septiembre. Vagamos un rato por el patio, bajo el sol. Le pregunté con desgana si había novedades en el tema de los noviazgos. Recuerdo que le pregunté específicamente si se habían producido avances entre Carmela y Alfonso.

—¿Qué avances?

—Ella lo quiere.

Entrecerró los ojos. Cuando lo hacía, seria, sin una sonrisa, como si al dejarles a las pupilas apenas una rendija le permitiera ver de forma más concentrada, me recordaba a las aves rapaces que había visto en las películas del cine de la parroquia. En esa ocasión me pareció identificar algo que la hacía enojar y al mismo tiempo la asustaba.

—¿Te ha dicho algo de su padre? —me preguntó.

—Que es inocente.

—¿Y quién sería el asesino?

—Alguien mitad macho y mitad hembra que se oculta en las cloacas y sale por las cloacas como las ratas.

—Entonces es verdad —dijo de pronto como apenada, y añadió que Carmela daba por bueno todo lo que ella decía y que en el patio todas hacían lo mismo—. No quiero hablar más con ella, no quiero hablar con nadie —farfulló enfurruñada y noté que no lo decía con desprecio, que la influencia que ejercía en nosotras no la enorgullecía, y al principio no lo entendí: yo en su lugar me habría ensoberbecido, pero en ella no había soberbia alguna, sino una especie de fastidio mezclado con el temor de la responsabilidad.

—Es bonito —murmuré— hablar con los demás.

—Sí, pero solo si cuando hablas alguien te contesta.

Sentí un soplo de alegría en el pecho. ¿Qué petición encerraba aquella frase? ¿Me estaba diciendo que quería hablar solo conmigo porque no daba por bueno todo lo que salía de su boca sino que le contestaba? ¿Me estaba diciendo que únicamente yo sabía seguir el ritmo de las cosas que le pasaban por la cabeza?

Sí. Y me lo estaba diciendo con un tono que no le conocía, débil aunque brusco, como de costumbre. Le sugerí a Carmela, me contó, que en una novela o una película, la hija del asesino se enamoraría del hijo de la víctima. Era una posibilidad: para convertirse en un hecho verdadero, debería nacer un amor verdadero. Pero Carmela no lo entendió y al día siguiente fue por ahí diciéndoles a todos que se había enamorado de Alfonso; una mentira para aparecer agradable ante las demás, pero a saber las consecuencias que podía tener. Lo analizamos. Teníamos entonces doce años, y caminamos mucho rato por las calles ardientes del barrio, entre el polvo y las moscas que dejaban a su paso los viejos camiones, como dos viejecitas que hacen balance de sus vidas llenas de desilusiones, bien agarraditas del brazo. Nadie nos entendía, pensaba yo, solamente nosotras dos nos entendíamos. Nosotras, juntas, solo nosotras sabíamos de qué manera la capa que pesaba sobre el barrio desde siempre, es decir, desde que teníamos memoria, cedería un poquito si Peluso, el ex carpintero, no era el que había hundido el cuchillo en el cuello a don Achille, si el que lo había hecho había sido el habitante de las cloacas, si la hija del asesino se casaba con el hijo de la víctima. Había algo insostenible en las cosas, en las personas, en los edificios, en las calles, que se volvía aceptable únicamente si se reinventaba todo como en un juego. Sin embargo, era esencial saber jugar y ella y yo, solo ella y yo, sabíamos hacerlo.

Fue entonces cuando me preguntó, sin venir mucho a cuento, pero como si todos aquellos comentarios no pudieran conducir más que a esa pregunta:

—¿Seguimos siendo amigas?

—Sí.

—¿Entonces me haces un favor?

Por ella habría hecho cualquier cosa en aquella mañana de reconciliación: huir de casa, abandonar el barrio, dormir en las alquerías, alimentarnos de raíces, bajar a las cloacas por los sumideros, no regresar jamás, ni siquiera si hacía frío, ni siquiera si llovía. Pero lo que me pidió me pareció que no era nada y en un primer momento me decepcionó. Quería simplemente que nos viéramos una vez al día en los jardincillos, aunque fuera una hora, antes de cenar, y que le llevara los libros de latín.

—No te molestaré —dijo.

Ya se había enterado de que me habían suspendido y quería estudiar conmigo.

7

En aquellos años del bachillerato elemental muchas cosas cambiaron ante nuestros propios ojos, pero día tras día, de modo que no nos parecieron verdaderos cambios.

El bar Solara se amplió, pasó a ser una pastelería muy surtida —cuyo experto pastelero era el padre de Gigliola Spagnuolo— que los domingos se llenaba de hombres jóvenes y ancianos que compraban pastas para sus familias. Los hijos de Silvio Solara, Marcello, que tenía alrededor de veinte años, y Michele, un poco más joven, se compraron un Fiat 1100 blanco y azul y los domingos se pavoneaban recorriendo en coche las calles del barrio.

La antigua carpintería de Peluso, que una vez en manos de don Achille se había convertido en charcutería, se llenó de cosas deliciosas que ocuparon también parte de la acera. Cuando pasabas por delante flotaba en el aire un olor a especias, a aceitunas, a salamis, a pan fresco, a chicharrones y manteca de cerdo, que te abría el apetito. Poco a poco, la muerte de don Achille había alejado su sombra amenazante de aquel lugar y de toda la familia. Doña Maria, su viuda, había adoptado tonos muy cordiales y ahora era ella quien gestionaba personalmente la tienda junto con Pinuccia, su hija quinceañera, y Stefano, que ya no era el muchachito enfurecido que había intentado arrancarle la lengua a Lila, y se había vuelto moderado, de mirada cautivante y sonrisa apacible. La clientela había aumentado mucho. Hasta mi madre me mandaba a hacer la compra allí, y mi padre no se oponía, porque cuando el dinero no alcanzaba, Stefano lo apuntaba todo en una libretita y pagábamos a final de mes.

Assunta, que vendía fruta y verdura por las calles con Nicola, su marido, había tenido que retirarse a raíz de un feo dolor de espalda, y unos meses más tarde, una pulmonía a punto estuvo de acabar con su consorte. No obstante, esas dos desgracias resultaron un bien. Ahora, quien recorría todas las mañanas las calles del barrio con la carreta tirada por el caballo, en verano y en invierno, con lluvia o con sol, era Enzo, el hijo mayor, que ya no tenía casi nada del niño que nos tiraba piedras, se había convertido en un muchacho macizo, de aspecto fuerte y sano, pelo rubio desgreñado, ojos azules y una voz gruesa con la que pregonaba su mercancía. El muchacho tenía unos productos excelentes y solo con sus gestos transmitía una tranquilizadora y honesta disposición a servir a las clientas. Utilizaba la balanza con gran pericia. Me gustaba mucho la velocidad con la que deslizaba la pesa por la barra hasta encontrar el justo equilibro y listo, roce veloz de hierro contra hierro, envolvía las patatas o la fruta y corría a echarlas en la cesta de la señora Spagnuolo, en la de Melina o en la de mi madre.

En todo el barrio florecían las iniciativas. En la mercería, donde hacía poco Carmela Peluso había empezado a trabajar de dependienta, de buenas a primeras una joven modista se había asociado al negocio y la tienda se había ampliado, aspiraba a transformarse en una ambiciosa casa de modas para señoras. El taller donde, gracias a Gentile Gorresio, hijo del antiguo propietario, trabajaba Antonio, el hijo de Melina, estaba tratando de convertirse en una pequeña fábrica de ciclomotores. En una palabra, todo oscilaba, se combaba como para cambiar de rasgos, no dejarse reconocer en los odios acumulados, en las tensiones, en las fealdades, y así mostrar una cara nueva. Mientras Lila y yo estudiábamos latín en los jardincillos, hasta el espacio puro y simple que nos rodeaba, la fuente, el arbusto, un bache al costado de la calle, cambiaron. Había un constante olor a brea, chisporroteaba la máquina humeante con el rodillo compresor que avanzaba lento sobre la calzada, los trabajadores con el torso desnudo o en camiseta asfaltaban las calles y la avenida. Se modificaron también los colores. A Pasquale, el hermano mayor de Carmela, lo contrataron para cortar las plantas que crecían a los lados de las vías. Cuántas cortó, durante días oímos el ruido de la aniquilación: las plantas se agitaban, soltaban un olor a madera fresca y a verde, hendían el aire, golpeaban la tierra tras un largo crujido semejante a un suspiro, y él y los demás segaban, partían, extirpaban raíces que desprendían un olor a subterráneo. El monte verde se esfumó y en su lugar apareció una explanada amarillenta. Pasquale había encontrado ese trabajo gracias a un golpe de suerte. Tiempo antes un amigo le había dicho que por el bar Solara habían pasado unas personas en busca de muchachos que pudieran ir por la noche a cortar los árboles de una plaza del centro de Nápoles. Como tenía que mantener a su familia había ido, aunque Silvio Solara y sus hijos no le gustaban y ese fuera el bar donde su padre se había arruinado. Había regresado al amanecer, exhausto, con el perfume de la madera viva, de las hojas machacadas y del mar metido en la nariz. Y como por algo se empieza, después lo habían llamado más veces para trabajos de ese tipo. Y ahora estaba en la obra cerca del ferrocarril y a veces lo veíamos encaramado a los andamios de los edificios nuevos en los que las pilastras subían planta tras planta, o con el sombrero de papel de diario, bajo el sol, comiendo pan con salchicha y *friarielli* durante la pausa de mediodía.

Lila se enojaba si miraba a Pasquale y me distraía. Pronto quedó claro, con gran asombro por mi parte, que ya sabía mucho latín. Las declinaciones, por ejemplo, se las sabía todas, y los verbos. Le pregunté, muy cauta, cómo era posible y ella, con su tono malvado de muchachita que no quiere perder el tiempo, reconoció que ya cuando yo iba a primero de bachillerato elemental había sacado una gramática de la biblioteca circulante, la que llevaba el maestro Ferraro, y por curiosidad se había puesto a estudiarla. Para ella la biblioteca era un gran recurso. De charla en charla, me enseñó orgullosa todos los carnés que tenía, cuatro: uno suyo, uno a nombre de Rino, uno al de su padre y otro al de su madre. Con cada uno de ellos sacaba un libro, para tener cuatro a la vez. Los devoraba y al domingo siguiente los devolvía y se llevaba otros cuatro.

Nunca le pregunté qué libros había leído ni qué libros leía, no hubo tiempo, debíamos estudiar. Me tomaba la lección y se enfurecía si no me la sabía. Una vez me pegó en el brazo, con fuerza, con sus manos largas y delgadas, y no me pidió perdón, al contrario, dijo que si me volvía a equivocar, me pegaría otra vez y mucho más fuerte. Estaba embelesada con el diccionario de latín, tan gordo y pesado, con tantas páginas, nunca había visto un libro así. Continuamente buscaba palabras en él, no solo las que aparecían en los ejercicios, sino todas las que le venían a la cabeza. Me ponía deberes con el tono que había aprendido de nuestra maestra Oliviero. Me mandaba traducir treinta frases al día, veinte del latín al italiano y diez del italiano al latín. Ella también las traducía, mucho más deprisa que yo. A finales del verano, cuando el examen estaba al caer, después de comprobar escéptica que yo buscaba en el diccionario las palabras que no conocía en el mismo orden en que las veía dispuestas en la frase por traducir, y me apuntaba los principales significados, y recién entonces me esforzaba por entender el sentido, me dijo cautamente:

—¿Te ha dicho la profesora que lo hicieras así?

La profesora nunca decía nada, se limitaba a poner los ejercicios. Era yo la que me organizaba de esa manera.

Guardó silencio un rato y después me aconsejó:

—Lee primero la frase en latín, después fíjate dónde está el verbo. Según sea la persona del verbo verás cuál es el sujeto. Cuando tengas el sujeto, busca los complementos: el complemento directo si el verbo es transitivo, y si no, los demás complementos. Prueba a ver qué tal.

Probé. Y de repente traducir me pareció fácil. En septiembre fui a examinarme, hice el escrito sin un solo error y en el oral supe contestar todas las preguntas.

—¿Quién te ha dado clases? —preguntó la profesora, medio ceñuda.

—Una amiga mía.

—¿Universitaria?

No sabía qué significaba. Le contesté que sí.

Lila me esperaba fuera, a la sombra. Cuando salí la abracé, le dije que me había ido muy bien y le pregunté si quería que estudiáramos juntas el resto del curso siguiente. Como había sido ella la primera en proponerme que nos viéramos solo para estudiar, invitarla a que siguiera me pareció una bonita manera de hacerla partícipe de mi alegría y mi gratitud. Se apartó con un gesto casi de disgusto. Dijo que lo único que quería era entender cómo era el latín que estudiaban los buenos alumnos.

—¿Y entonces?

—Ya está, ya lo he entendido.

—¿No te gusta?

—Sí. Sacaré algún libro de la biblioteca.

—¿En latín?

—Sí.

—Pero todavía queda mucho por estudiar.

—Estudia tú por mí, y si encuentro alguna dificultad, me ayudas. Yo ahora tengo que hacer una cosa con mi hermano.

—¿Qué?

—Ya te la enseñaré.

8

Empezó el nuevo curso y enseguida me fue bien en todas las materias. No veía la hora de que Lila me pidiera que la ayudara en latín o en alguna otra cosa, y por eso, creo, no estudiaba tanto para la escuela, como para ella. Pasé a ser la primera de la clase, ni siquiera en primaria había sido tan buena alumna.

Ese año tuve la sensación de dilatarme como la pasta para la pizza. Me fui volviendo más rellena de pecho, muslos y trasero. Un domingo mientras iba a los jardincillos, donde había quedado en encontrarme con Gigliola Spagnuolo, se me acercaron los hermanos Solara en el Fiat 1100. Marcello, el mayor, iba al volante, Michele, el más pequeño, estaba sentado a su lado. Los dos eran guapos, con el pelo muy negro y brillante, las sonrisas blancas. Pero el que más me gustaba era Marcello, se parecía al dibujo de Héctor tal como salía en el ejemplar escolar de *La Ilíada*. Me siguieron durante todo el trayecto, yo en la acera, ellos al lado, en el 1100.

—¿Has ido alguna vez en coche?

—No.

—Sube, te llevamos a dar una vuelta.

—Mi padre no quiere.

—No se lo vamos a decir. ¿Cuándo vas a tener otra oportunidad de subirte a un coche como este?

Nunca, pensé yo. Pero así y todo dije que no y seguí diciendo que no hasta que llegamos a los jardincillos; allí el coche aceleró y desapareció como un rayo más allá de los edificios en construcción. Dije que no porque si mi padre llegaba a enterarse de que me había subido a aquel coche, aunque era un hombre bueno y entrañable, aunque me quería mucho, me habría molido a palos sin pensárselo, y mis dos hermanitos, Peppe y Gianni, aunque estaban en su tierna edad, se habrían sentido obligados, ahora o en los años sucesivos, a tratar de matar a los hermanos Solara. No era una regla escrita pero se sabía que era así y punto. Los Solara también lo sabían, por ello habían sido amables, se habían limitado a invitarme a dar una vuelta en su coche.

Tiempo después no lo fueron con Ada, la hija mayor de Melina Cappuccio, es decir, la viuda loca que había montado un escándalo cuando los Sarratore se habían mudado. Ada tenía catorce años. El domingo, a escondidas de su madre, se pintaba los labios y con sus piernas largas y rectas, los pechos más grandes que los míos, aparentaba más edad y era muy guapa.

Los hermanos Solara le dijeron vulgaridades, Michele la agarró del brazo, abrió la puerta del coche y la subió tirando de ella. Una hora más tarde la dejaron otra vez en el mismo lugar; Ada estaba medio enfadada pero se reía.

Entre los que la vieron cuando la metieron a la fuerza en el coche hubo quien fue a contárselo a Antonio, su hermano mayor, que trabajaba de mecánico en el taller de Gorresio. Antonio era muy trabajador, disciplinado, timidísimo, visiblemente herido por la muerte precoz de su padre y por los desequilibrios de su madre. Sin decir una sola palabra a sus amigos y parientes se plantó delante del bar Solara y esperó a Marcello y Michele, y cuando los dos hermanos aparecieron, se lió a puñetazos y patadas sin ningún tipo de preámbulos. En los primeros minutos se las arregló, pero después salieron Solara padre y uno de los camareros. Entre los cuatro le dieron a Antonio una paliza tremenda y ni un solo viandante, ni un solo parroquiano acudió en su ayuda.

En relación con aquel episodio, nosotras, las chicas, formamos dos bandos. Gigliola Spagnuolo y Carmela Peluso estaban de parte de los dos Solara, pero solo porque eran guapos y tenían un Fiat 1100. Yo dudaba. En presencia de mis dos amigas me ponía de parte de los Solara y competíamos por ver quién de nosotras los adoraba más, puesto que eran realmente guapos y nos resultaba imposible no imaginarnos cómo nos habríamos lucido en el coche, sentadas al lado de uno de ellos. Pero al mismo tiempo sentía que esos dos se habían comportado muy mal con Ada y que Antonio, aunque no fuera demasiado apuesto, aunque no fuera musculoso como ellos, que iban a diario al gimnasio a levantar pesas, había tenido el valor de enfrentarse a ellos. Por eso, en presencia de Lila, que manifestaba sin términos medios esa misma postura mía, yo planteaba ciertas reservas.

Un día la discusión fue tan encendida que Lila, tal vez porque no se había desarrollado como nosotras y no conocía el placer-miedo de sentirse recorrida por la mirada de los Solara, se puso más pálida que de costumbre y dijo que si a ella le hubiese ocurrido lo que a Ada, para que su padre y su hermano Rino no se metieran en líos, ella misma se habría ocupado de esos dos.

—Total, Marcello y Michele ni se fijan en ti —dijo Gigliola Spagnuolo, y pensamos que Lila se enfadaría. Pero no, se limitó a contestar seria:

—Mejor así.

Seguía delgada como siempre, y era puro nervio. Yo le miraba las manos con asombro: en poco tiempo se le habían puesto como las de Rino y las de su padre, la piel de las yemas era gruesa y amarillenta. Aunque nadie la obligaba —no era ese su cometido en el taller— se había puesto a hacer algunos trabajitos, preparaba el hilo, descosía, encolaba, ribeteaba incluso, y ya sabía manejar las herramientas de Fernando casi tan bien como Rino. Por eso aquel año no me preguntó nada de latín.

En cambio, un buen día me habló del proyecto que tenía en mente; se trataba de algo que no guardaba ninguna relación con los libros: estaba tratando de convencer a su padre para que se pusiera a fabricar zapatos nuevos. Pero Fernando no quería saber nada. «Hacer zapatos a mano —le decía— es un arte sin futuro; hoy hay máquinas y las máquinas cuestan dinero y el dinero está en el banco o en manos de los usureros, no en los bolsillos de la familia Cerullo.» Ella insistía, lo cubría de sinceros elogios: «Nadie sabe hacer zapatos como tú, papá». Y él le contestaba que, aunque era cierto, todo se confeccionaba en las fábricas, en serie, a bajo costo, y como él había trabajado en las fábricas, sabía muy bien qué porquería de zapatos acababan en el mercado; pero no había nada que hacer, cuando la gente necesitaba zapatos nuevos ya no iba al zapatero del barrio sino a las tiendas del Rettifilo, de modo que aunque quisieras hacer un producto artesanal según las reglas del arte, no conseguías venderlo, malgastabas trabajo y dinero, te arruinabas.

Lila no se había dejado convencer y, como siempre, había puesto a Rino de su parte. Al principio, su hermano le había dado la razón al padre, molesto por el hecho de que ella se entrometiera en cosas de trabajo, donde ya no era cuestión de libros y el experto era él. Después, poco a poco, se había dejado embelesar y ahora se peleaba con Fernando día sí, día no, repitiendo lo que ella le había metido en la cabeza.

—Hagamos un intento al menos.

—No.

—¿Has visto el coche que tienen los Solara, has visto qué bien va la charcutería de los Carracci?

—He visto que la de la mercería, que quería meterse a modista, ha renunciado, y he visto que a Gorresio, con la tontería de su hijo y lo del taller, no le arriendo la ganancia.

—Pero los Solara están ampliando cada vez más su negocio.

—Piensa en tus asuntos y deja en paz a los Solara.

—Cerca de las vías del ferrocarril está naciendo el barrio nuevo.

—¿A mí qué carajo me importa?

—Papá, la gente gana y quiere gastar.

—La gente gasta en comida porque hay que comer todos los días. Pero los zapatos, en primer lugar, no se comen, y en segundo lugar, cuando se rompen los mandas a arreglar y pueden llegar a durarte veinte años. Hoy por hoy, nuestro trabajo es remendar zapatos y punto.

Me gustaba la manera en que aquel muchacho, siempre amable conmigo pero capaz de una dureza que a veces asustaba un poco también a su padre, apoyaba siempre y en cualquier circunstancia a su hermana. Le envidiaba a Lila ese hermano tan sólido y a veces pensaba que la verdadera diferencia entre ella y yo era que yo solo tenía hermanos pequeños, por tanto, no tenía a nadie con la fuerza de animarme y apoyarme ante mi madre para que pudiera pensar libremente, mientras que Lila podía contar con Rino, que era capaz de defenderla ante quien fuese, sin importar lo que se le ocurriera a su hermana. Dicho esto, yo pensaba que Fernando tenía razón, sentía que debía ponerme de su parte. Y hablando con Lila, descubrí que ella pensaba lo mismo.

En cierta ocasión me estaba enseñando los diseños de los zapatos que quería confeccionar con su hermano, calzado de señora y de caballero. Eran preciosos, hechos en hojas cuadriculadas, con mucho detalle, coloreados con precisión, como si Lila hubiese tenido ocasión de examinar de cerca zapatos similares en algún mundo paralelo al nuestro y después los hubiese plasmado en el papel. En realidad los había inventado con todos sus detalles, como hacía en la escuela primaria cuando dibujaba princesas, hasta el punto de que, pese a ser unos zapatos normales, no se parecían a los que se veían por el barrio, y ni siquiera a los de las actrices de las fotonovelas.

—¿Te gustan?

—Son muy elegantes.

—Rino dice que son difíciles.

—¿Pero sabe hacerlos?

—Jura que sí.

—¿Y tu padre?

—Él seguramente es capaz de hacerlos.

—Entonces hacedlos.

—Papá no quiere.

—¿Por qué?

—Ha dicho que mientras yo sea la que juega, bien, pero que él y Rino no pueden perder el tiempo conmigo.

—¿Y eso qué quiere decir?

—Quiere decir que para hacer las cosas en serio hacen falta tiempo y dinero.

Estuvo a punto de enseñarme también las cuentas que había hecho, a escondidas de Rino, para saber cuánto dinero hacía falta realmente para confeccionar los zapatos. Después cambió de idea, dobló las hojas manoseadas y me dijo que era inútil perder el tiempo: su padre tenía razón.

—Pero ¿y entonces?

—Debemos intentarlo igualmente.

—Fernando se enojará.

—Si uno no lo intenta, no cambia nada.

Lo que debía cambiar, según ella, era siempre lo mismo: de pobres debíamos llegar a ricas, debíamos pasar de no tener nada al punto en que lo tendríamos todo. Traté de señalarle el antiguo proyecto de escribir novelas, como había hecho la autora de *Mujercitas*. Yo me había quedado con esa idea, me gustaba. Estaba aprendiendo latín expresamente y, en el fondo, estaba convencida de que ella sacaba muchos libros de la biblioteca circulante del maestro Ferraro únicamente porque, aunque ya no fuera al colegio, aunque ahora tuviera la obsesión de los zapatos, quería escribir una novela conmigo y ganar muchísimo dinero. Sin embargo, se encogió de hombros con ese gesto de indiferencia tan suyo, había dado otro valor a *Mujercitas*.

—Ahora —me explicó—, para que lleguemos a ser realmente ricas hace falta una actividad económica.

Por ello pensaba empezar con un único par de zapatos, para demostrarle a su padre qué cómodos y qué bonitos serían; después, una vez que Fernando estuviese convencido, hacía falta poner en marcha la producción: hoy dos pares de zapatos, mañana cuatro, en un mes treinta, en un año cuatrocientos, y así, al cabo de poco tiempo, ella, su padre, Rino, su madre y sus demás hermanos podrían llegar a abrir una fábrica con maquinaria y al menos cincuenta obreros: la fábrica de calzado Cerullo.

—¿Una fábrica de zapatos?

—Sí.

Me habló con mucha convicción, como sabía hacer ella, con frases en italiano que pintaban ante mis ojos el rótulo de la fábrica: Cerullo; la marca grabada en las empellas: Cerullo; y luego los zapatos Cerullo terminados, relucientes, elegantísimos como en sus diseños, de esos que, cuando te los calzas, dijo, son tan bonitos y tan cómodos que por la noche te vas a dormir sin quitártelos.

Nos reímos, nos divertimos.

Después Lila se interrumpió. Pareció darse cuenta de que estábamos jugando como hacíamos años antes con las muñecas, con Tina y con Nu delante del respiradero del sótano, e impulsada por una urgente necesidad de concretar, que acentuaba su aire de niña-vieja que ya estaba convirtiéndose en su rasgo característico, me dijo:

—¿Sabes por qué los hermanos Solara se creen los dueños del barrio?

—Porque son prepotentes.

—No, porque tienen dinero.

—¿Tú crees?

—Claro. ¿Te has fijado en que a Pinuccia Carracci no la han molestado nunca?

—Sí.

—¿Y sabes por qué se comportaron como se comportaron con Ada?

—No.

—Porque Ada no tiene padre, su hermano Antonio es un don nadie, y ella ayuda a Melina a limpiar escaleras.

En consecuencia, o ganábamos dinero nosotras también, más que los Solara, o para defendernos de los dos hermanos tendríamos que hacerles mucho daño. Me enseñó una chaira afiladísima que había sacado del taller de su padre.

—A mí no me tocan porque soy fea y no tengo el mes —dijo—, pero puede que a ti sí. Si te llega a pasar, dímelo.

La miré confusa. Con casi trece años no sabíamos nada de instituciones, leyes, justicia. Repetíamos y, si acaso, hacíamos con convicción aquello que habíamos visto y oído a nuestro alrededor desde nuestra primera infancia. ¿No se hacía justicia a golpes? ¿Acaso Peluso no había matado a don Achille? Me fui para mi casa. Me di cuenta de que con las últimas frases había reconocido que me tenía mucho aprecio y me sentí feliz.

9

Superé el examen de bachillerato elemental con ocho en todo, nueve en italiano y nueve en latín. Fui la mejor del colegio: mejor que Alfonso, que sacó una media de ocho, y mucho mejor que Gino. Durante días y días saboreé aquel récord absoluto. Recibí encendidos elogios de mi padre que, a partir de ese momento, en presencia de todos, empezó a jactarse de su primogénita que había sacado nueve en italiano y nueve nada menos que en latín. Mientras estaba en la cocina, de pie al lado del fregadero limpiando verdura, sin volverse, mi madre me dijo por sorpresa:

—Los domingos puedes ponerte mi brazalete de plata, pero no lo pierdas.

En el patio tuve menos éxito. Allí solo contaban los amoríos y los novios. Cuando le dije a Carmela Peluso que yo era la mejor del colegio, automáticamente se lanzó a hablarme de cómo la miraba Alfonso cuando pasaba. Gigliola Spagnuolo estaba muy afligida porque la habían suspendido en latín y matemáticas, por lo que trató de recuperar prestigio contando que Gino le iba detrás pero que ella no le daba pie porque estaba enamorada de Marcello Solara y que tal vez Marcello también la quería. Lila tampoco manifestó una especial alegría. Cuando le recité la lista de mis notas, materia por materia, dijo riéndose con su tono malévolo:

—¿No te han puesto ningún diez?

Me llevé un chasco. Solo te ponían diez en conducta, en las materias importantes los profesores no habían puesto diez a nadie. Bastó aquella frase para que un pensamiento hasta entonces latente se manifestara con toda claridad: si ella hubiese ido conmigo a la escuela, a mi misma clase, si se lo hubiesen permitido, ahora habría tenido diez en todo, y eso lo sabía yo de siempre, y ella también lo sabía, y ahora me lo hacía notar.

Me fui para mi casa atormentada por el dolor de ser la primera sin serlo realmente. Para colmo mis padres se pusieron a hablar entre ellos de dónde podían colocarme, ahora que tenía nada menos que el diploma del bachillerato elemental. Mi madre quería pedirle a la de la papelería que me contratara como ayudante: según ella, siendo yo tan buena, era la persona adecuada para vender plumas, lápices, cuadernos y libros de texto. Mi padre fantaseaba con la idea de hablar en el futuro con sus conocidos del ayuntamiento para que me consiguieran un puesto fijo de prestigio. Dentro de mí sentí una tristeza que, aunque indefinida, creció, creció y creció hasta el punto de que se me pasaron las ganas de salir incluso los domingos.

Ya no estaba contenta conmigo misma, todo me pareció empañado. Me miraba al espejo y no veía lo que me hubiera gustado ver. El pelo rubio se había vuelto castaño. Tenía la nariz ancha y aplastada. Todo mi cuerpo seguía creciendo a lo ancho pero no a lo alto. Y la piel también se me estaba estropeando: en la frente, el mentón, alrededor de las mejillas, se multiplicaban numerosas hinchazones rojizas que, tras ponerse violáceas, remataban en puntas amarillentas. Por decisión propia me puse a ayudar a mi madre a limpiar la casa, a cocinar, a recoger lo que mis hermanos dejaban tirado, a ocuparme de Elisa, la pequeña. En el tiempo libre no salía, me retiraba a un rincón y leía las novelas que sacaba de la biblioteca: Grazia Deledda, Pirandello, Chéjov, Gógol, Tolstói, Dostoievski. A veces sentía con fuerza la necesidad de ir a buscar a Lila al taller y hablarle de los personajes que me habían gustado tanto, de las frases que había aprendido de memoria, pero después desistía: habría hecho algún comentario malévolo; se habría puesto a hablar de sus proyectos con Rino, de los zapatos, la fábrica, el dinero, y poco a poco yo habría sentido que las novelas que leía eran inútiles y miserables mi vida, el futuro, lo que llegaría a ser: una empleada gorda y granujienta en la papelería enfrente de la parroquia o una empleada solterona del ayuntamiento, y tarde o temprano, también estrábica y coja.

Un domingo, después de recibir por correo una invitación a mi nombre, con la que el maestro Ferraro me convocaba a acudir a la biblioteca por la mañana, decidí reaccionar al fin. Traté de ponerme guapa como me parecía que era desde pequeña, como quería seguir siendo, y salí. Me pasé un buen rato reventándome los granitos y solo conseguí que la cara se me inflamara más; me puse el brazalete de plata de mi madre, me solté el pelo. Pero seguía sin gustarme. Deprimida, en medio del calor que en esa época descendía sobre el barrio desde la mañana como una mano hinchada de fiebre, recorrí el trayecto hasta la biblioteca.

Por la pequeña multitud de padres y niños de primaria y de bachillerato elemental que afluía a través de la entrada principal, comprendí enseguida que ocurría algo fuera de lo habitual. Entré. Me encontré con filas de sillas ya ocupadas, guirnaldas de colores, el párroco, Ferraro, incluso el director de la escuela primaria y la Oliviero. Me enteré de que al maestro se le había ocurrido premiar con un libro por persona a los lectores que, según sus registros, resultaban los más asiduos. Como el acto estaba a punto de comenzar y los préstamos habían quedado momentáneamente suspendidos, me senté en el fondo de la salita. Busqué a Lila, pero solo vi a Gigliola Spagnuolo en compañía de Gino y Alfonso. Me revolví en la silla, incómoda. Poco después, se sentaron a mi lado Carmela Peluso y su hermano Pasquale. Hola, hola. Me tapé mejor con el pelo las mejillas irritadas.

Comenzó el breve acto. Los premiados fueron: primera Raffaella Cerullo, segundo Fernando Cerullo, tercera Nunzia Cerullo, cuarto Rino Cerullo, quinta Elena Greco, o sea yo.

A mí y a Pasquale nos entró la risa. Nos miramos, ahogamos las carcajadas, mientras Carmela susurraba con insistencia: «¿De qué os reís?». No le contestamos: nos miramos otra vez y seguimos riendo tapándonos la boca con la mano. Así, notándome aún la risa en los ojos, con una inesperada sensación de bienestar, después de que el maestro preguntara varias veces e inútilmente si en la sala estaba presente algún miembro de la familia Cerullo, me llamaron a mí, la quinta clasificada, para que fuera a recoger el premio. Ferraro me entregó con muchos elogios un ejemplar de *Tres hombres en una barca* de Jerome K. Jerome. Le di las gracias y con un hilo de voz le pregunté:

—¿Puedo retirar también los premios de la familia Cerullo, así se los llevo?

El maestro me dio los libros con que habían sido premiados todos los Cerullo. Al salir, mientras Carmela alcanzaba con aire hostil a Gigliola, que charlaba feliz con Alfonso y Gino, Pasquale me dijo en dialecto cosas que me hicieron reír cada vez más: sobre Rino, que se quemaba las pestañas con los libros, sobre Fernando el zapatero remendón, que por las noches no dormía para poder leer, sobre la señora Nunzia, que leía de pie, al lado de los fogones, mientras cocinaba pasta con patatas, empuñando en una mano una novela, y en la otra, la cuchara de madera. En primaria había estado en la misma clase con Rino, en el mismo banco —me dijo Pasquale con lágrimas de risa en los ojos— y entre los dos juntos, él y su amigo, incluso ayudándose, al cabo de seis o siete años de colegio, incluidos los cursos que repitieron, a duras penas conseguían leer: Tabaquería, Charcutería, Correos y Telégrafos. Me preguntó con qué libro habían premiado a su ex compañero de colegio.

—*Brujas, la muerta.*

—¿Va de fantasmas?

—No lo sé.

—¿Puedo ir contigo cuando se lo lleves? Y ya que estamos, ¿puedo dárselo yo, con mis propias manos?

Nos desternillamos de risa otra vez.

—Sí.

—Le han dado un premio a Rinuccio. Cosa de locos. Es Lina la que se lo lee todo, madre mía qué lista que es esa chica.

Para mí fueron un gran consuelo las atenciones de Pasquale Peluso, me gustó que me hiciera reír. Tal vez no sea tan fea, pensé, tal vez soy yo la que no sé verme.

En ese momento oí que me llamaban, era la maestra Oliviero.

Me acerqué a ella, me lanzó su mirada estimativa y me dijo, como para confirmarme la legitimidad de un juicio más generoso sobre mi aspecto:

—Qué guapa estás, qué mayor te has hecho.

—No es cierto, señorita.

—Es cierto, eres un tesoro, rellenita y rebosante de salud. Y encima lista. Me he enterado de que has sido la mejor del colegio.

—Sí.

—¿Qué vas a hacer ahora?

—Ponerme a trabajar.

Le cambió la cara.

—De eso ni hablar, tú tienes que seguir estudiando.

La miré sorprendida. ¿Qué más se podía estudiar? Yo no tenía la menor idea sobre el sistema académico, no sabía bien qué venía después del diploma de bachillerato elemental. Palabras como curso preuniversitario, universidad carecían para mí de sustancia, como tantas otras que leía en las novelas.

—No puedo, mis padres no me van a mandar.

—¿Cuánto te puso en latín el profesor de letras?

—Nueve.

—¿Segura?

—Sí.

—Entonces ya me encargo yo de hablar con tus padres.

Hice ademán de alejarme, debo reconocer que estaba un poco asustada. Si la Oliviero iba a ver a mi padre y a mi madre para decirles que debían dejar que siguiera estudiando, provocaría nuevas peleas a las que no tenía ganas de enfrentarme. Prefería las cosas tal como estaban: ayudar a mi madre, trabajar en la papelería, aceptar la fealdad y los granos, seguir rellenita y rebosante de salud, como decía la Oliviero, y deslomarme en la miseria. ¿No era lo que había hecho Lila en los últimos tres años, aparte de sus sueños locos de hija y hermana de zapatero remendón?

—Gracias, señorita —dije—, hasta pronto.

Pero la Oliviero me retuvo aferrándome del brazo.

—No pierdas tiempo con ese —dijo señalando a Pasquale que me estaba esperando—. Es albañil y de ahí no pasará. Además viene de una mala familia, su padre es comunista y mató a don Achille. Bajo ningún concepto quiero volver a verte con él, que seguramente es comunista como su padre.

Asentí con la cabeza y me alejé sin saludar a Pasquale, que se quedó de piedra, pero después noté complacida que me seguía a diez pasos de distancia. No era un muchacho guapo, pero yo también había dejado de ser guapa. Tenía el pelo muy rizado y negro, la piel morena por el sol, la boca ancha, y era hijo de un asesino y, encima, quizá comunista.

Le di vueltas en la cabeza a la palabra «comunista», que para mí carecía de sentido, pero a la cual la maestra había puesto una carga de negatividad. Comunista, comunista, comunista. Me pareció fascinante. Comunista e hijo de un asesino.

Entretanto, al doblar la esquina, Pasquale me alcanzó. Recorrimos juntos el trayecto hasta pocos metros de mi casa, y mientras volvíamos a reírnos, quedamos en encontrarnos el día siguiente, para ir al taller del zapatero a entregar los libros a Lila y a Rino. Antes de separarnos, Pasquale me dijo que ese domingo él, su hermana y todo aquel que quisiera se reunirían en casa de Gigliola para aprender a bailar. Me preguntó si me apetecía ir, en todo caso con Lila. Me quedé boquiabierta, ya sabía que mi madre no me daría permiso. Pero de todos modos le contesté: de acuerdo, lo pensaré. Él me tendió la mano y yo, que no estaba acostumbrada a ese tipo de gestos, vacilé, rocé apenas la suya, dura, áspera, y me aparté.

—¿Sigues trabajando de albañil? —le pregunté, aunque ya sabía a qué se dedicaba.

—Sí.

—¿Y eres comunista?

Me miró perplejo.

—Sí.

—¿Y vas a ver a tu padre a Poggioreale?

Se puso serio:

—Cuando puedo.

—Adiós.

—Adiós.

10

Esa misma tarde, la maestra Oliviero se presentó en mi casa sin avisar, hundió a mi padre en la más profunda de las angustias y provocó la cólera de mi madre. Los hizo jurar a los dos que me matricularían en el instituto de bachillerato clásico más próximo. Se ofreció a conseguirme personalmente los libros que me hicieran falta. Le contó a mi padre, pero mirándome a mí con severidad, que me había visto sola con Pasquale Peluso, una compañía del todo inadecuada para mí, que tenía mucho futuro por delante.

Mis padres no se atrevieron a llevarle la contraria. Le juraron, solemnemente, además, que me harían cursar el bachillerato superior y mi padre me dijo furioso:

—Lenù, ni se te ocurra volver a hablar nunca más con Pasquale Peluso.

Antes de despedirse, siempre en presencia de mis padres, la maestra me preguntó por Lila. Le contesté que ayudaba a su padre y a su hermano, que llevaba las cuentas y la tienda. Con una mueca de desprecio me preguntó:

—¿Ya sabe que has sacado nueve en latín?

Asentí con la cabeza.

—Dile que ahora también vas a estudiar griego. Díselo.

Se despidió de mis padres toda tiesa.

—Esta muchacha —les soltó— nos dará grandísimas satisfacciones.

Esa misma noche, mientras mi madre, enfurecida, decía que no les quedaba más remedio que mandarme a la escuela de los ricos, de lo contrario, la Oliviero la atormentaría sin descanso y, en represalia, a saber cuántas veces suspendería a la pequeña Elisa; mientras mi padre, como si aquel fuese el problema principal, amenazaba con partirme las dos piernas si llegaba a enterarse de que seguía viéndome con Pasquale Peluso, se oyó un grito desaforado que nos dejó mudos. Era Ada, la hija de Melina, que pedía ayuda.

Fuimos corriendo a asomarnos a las ventanas, en el patio había una enorme confusión. Al parecer, a Melina, que después del traslado de los Sarratore, en general, se había comportado bien —un poco melancólica, eso sí, un poco distraída, pero en resumidas cuentas, sus rarezas se habían ido espaciando y hacía cosas inocuas, como cantar a voz en cuello mientras fregaba las escaleras de los edificios y echar cubos de agua sucia a la calle sin fijarse si pasaba alguien—, le había dado otra de sus crisis, una especie de locura de felicidad. Reía, saltaba en la cama de su casa, se subía la falda enseñando a sus hijos las piernas enjutas y las bragas. De esto se enteró mi madre después de interrogar desde la ventana a las mujeres asomadas a las ventanas de enfrente. Yo vi que Nunzia Cerullo y Lila iban a ver qué pasaba e intenté colarme por la puerta para reunirme con ellas, pero mi madre me lo impidió. Se arregló el pelo con la mano y, cojeando, salió a evaluar la situación.

Al regresar estaba indignada. Alguien le había entregado a Melisa un libro. Un libro, sí, un libro. A ella, que como mucho había llegado hasta segundo curso de la primaria, y en su vida había leído nada. En la cubierta del libro se leía el nombre de Donato Sarratore. Y en la primera página llevaba una dedicatoria para Melina manuscrita con pluma, y señalados con tinta roja, figuraban los poemas que había escrito para ella.

Al enterarse de aquella excentricidad, mi padre lanzó una serie de insultos muy obscenos contra el ferroviario-poeta. Mi madre dijo que alguien debería encargarse de partirle la cara de mierda a aquel hombre de mierda. Nos pasamos toda la noche oyendo a Melina cantar de felicidad, y las voces de sus hijos, especialmente las de Antonio y Ada, que trataban de calmarla sin conseguirlo.

Yo en cambio no cabía en mí del asombro. En un mismo día había llamado la atención de un joven tenebroso como Pasquale, ante mí se había abierto una nueva escuela a la que asistir y había descubierto que una persona, que hasta hacía poco había vivido en el barrio, justamente en el edificio frente al nuestro, había publicado un libro. Detalle este último que demostraba hasta qué punto había tenido razón Lila al pensar que a nosotras también podía ocurrirnos. Claro que Lila había renunciado a ello, pero tal vez yo, a fuerza de ir a esa escuela difícil que se llamaba bachillerato superior, apoyada por el amor de Pasquale, podría llegar a escribir un libro sola, como había hecho Sarratore. Quién sabe, si todo salía bien a lo mejor me hacía rica antes que Lila con sus diseños de zapatos y su fábrica de calzado.

11

Al día siguiente acudí en secreto a la cita con Pasquale Peluso. Él llegó sin aliento, con ropa de trabajo, sudado y cubierto de los pies a la cabeza de manchas blancas de cal. Durante el trayecto le conté la historia de Donato y Melina. Le dije que esos últimos acontecimientos probaban que Melina no estaba loca, que Donato se había enamorado realmente de ella y que la seguía amando. Mientras hablaba, mientras Pasquale me daba la razón demostrando sensibilidad por las cosas del amor, me di cuenta de que, de esos últimos acontecimientos, lo que más me entusiasmaba era que Donato Sarratore había publicado nada menos que un libro. Ese empleado de los Ferrocarriles se había convertido en autor de un volumen que el maestro

Ferraro muy bien podía llegar a incluir en la biblioteca y darlo en préstamo. De manera que, le comenté a Pasquale, todos nosotros habíamos conocido no a un tipo cualquiera, frágil por la manera en que dejaba que Lidia, su esposa, le pusiera el pie encima, sino a un poeta. De manera que, ante nuestros propios ojos, había nacido su trágico amor, y se lo había inspirado Melina, una persona a la que conocíamos muy bien. Me entusiasmé mucho, el corazón me latía con fuerza. Pero me di cuenta de que Pasquale no conseguía seguirme en ese tema y asentía por no llevarme la contraria. De hecho, poco después empezó a irse por las ramas y a hacerme preguntas sobre Lila: cómo había sido en el colegio, qué pensaba de ella, si éramos muy amigas. Contesté con gusto: era la primera vez que alguien me preguntaba por mi amistad con ella y le hablé con gran entusiasmo el resto del trayecto. También fue la primera vez que caí en la cuenta de que, como no tenía a mano las palabras necesarias para hablar del tema y debía buscarlas, tendía a reducir la relación entre Lila y yo a afirmaciones exclamativas de un tono exageradamente positivo.

Cuando llegamos a la tienda del zapatero seguíamos hablando de ella. Fernando se había ido a casa a dormir la siesta, pero Lila y Rino estaban uno al lado del otro, con caras sombrías, inclinados sobre algo que miraban con hostilidad, y en cuanto nos vieron tras los cristales de la puerta, lo guardaron todo. Entregué a mi amiga los regalos del maestro Ferraro, mientras Pasquale le tomaba el pelo a su amigo y, abriendo el premio delante de su propia cara, le preguntaba: «Cuando te hayas leído la historia de esta Brujas, la muerta, me dices si te ha gustado y, si acaso, me la leo yo también». Se rieron mucho los dos y de vez en cuando se susurraban al oído frases sobre Brujas, seguramente obscenas. Noté entonces que, aunque bromeaba con Rino, Pasquale le lanzaba miradas furtivas a Lila. ¿Por qué la miraba de ese modo, qué buscaba, qué veía en ella? Eran miradas intensas y prolongadas de las que ella ni siquiera parecía percatarse; entretanto, me pareció que quien se estaba fijando mucho más que yo era Rino, quien no tardó en llevarse a Pasquale a la calle fingiendo impedir que oyéramos por qué lo divertía tanto Brujas, cuando en realidad estaba molesto por la forma en que su amigo miraba a su hermana.

Acompañé a Lila a la trastienda esforzándome por descubrir qué tenía para que Pasquale se sintiera atraído por ella. Me pareció la misma muchachita delgada de siempre, toda piel y huesos, cadavérica, salvo quizá por el corte más grande de los ojos y una pequeña ondulación del pecho. Ella colocó los libros junto a otros que guardaba entre los zapatos viejos y unos cuadernos con las tapas muy maltrechas. Aludí a las locuras de Melina, pero sobre todo traté de transmitirle mi entusiasmo porque por fin podíamos decir que conocíamos a alguien que acababa de publicar un libro, a Donato Sarratore. Y murmuré en italiano:

—Imagínate, su hijo Nino iba al colegio con nosotras; imagínate, quizá la familia Sarratore se haga rica.

Ella esbozó una sonrisa escéptica.

—¿Y con eso qué? —dijo. Tendió la mano y me enseñó el libro de Sarratore.

Se lo había dado Antonio, el hijo mayor de Melina, para apartarlo de la vista y de las manos de su madre. Cogí el librito y lo analicé. Se titulaba *Señales de calma*. Tenía una tapa rojiza con un dibujo de un sol resplandeciente en lo alto de una montaña. Fue emocionante leer justo encima del título: Donato Sarratore. Lo abrí y leí en voz alta la dedicatoria escrita con pluma: *A Melina, que alimentó mi canto. Donato. Nápoles, 12 de junio de 1958*. Me emocioné, noté un escalofrío en la nuca, en la raíz del pelo. Dije:

—Nino tendrá un coche más bonito que el de los Solara.

Lila lanzó una de sus miradas intensas y noté que la había clavado en el libro que sostenía en mis manos.

—Si llega a pasar lo sabremos —mascullló—. Por ahora esos poemas no han causado más que daño.

—¿Por qué?

—Como Sarratore no tuvo valor de ir a ver a Melina personalmente le mandó el libro.

—¿Y no es un gesto bonito?

—Quién sabe. Ahora Melina lo espera y si Sarratore no viene sufrirá más de lo que ha sufrido hasta ahora.

Qué bien dicho. Observé su piel blanquísima, suave, sin una sola grieta. Observé sus labios, la forma delicada de sus orejas. Sí, pensé, tal vez esté cambiando, y no solo físicamente, sino también en la manera de expresarse. Dicho con palabras de hoy, me pareció que no solo sabía decir bien las cosas, sino que estaba desarrollando un don que yo conocía ya: con mayor destreza que cuando era niña, tomaba los hechos y los expresaba de forma natural, cargados de tensión; reforzaba la realidad mientras la traducía en palabras, le inyectaba energía. Y me di cuenta con placer de que en cuanto comenzaba a hacerlo, yo también notaba esa misma capacidad, lo intentaba y me salía bien. Y contenta pensé: esto me diferencia de Carmela y de todas las demás; yo me entusiasmo con ella, aquí, en el mismo momento en que me habla. Qué manos tan bonitas y fuertes tenía, qué bonitos gestos le salían, qué miradas.

Mientras Lila discurría sobre el amor, mientras yo reflexionaba sobre ello, el placer dio paso a la amargura cuando me asaltó un mal pensamiento. Comprendí de pronto que me había equivocado: Pasquale, el albañil, el comunista, el hijo del asesino, había querido acompañarme hasta la tienda no por mí, sino por ella, para tener la ocasión de verla.

12

Ese pensamiento me dejó un momento sin aliento. Cuando los dos jóvenes regresaron e interrumpieron nuestra conversación, Pasquale confesó riendo que se había escapado de la obra sin avisar al capataz, y que debía regresar enseguida al trabajo. Noté que miraba otra vez a Lila, mucho rato, intensamente, casi contra su voluntad, tal vez para indicarle: estoy corriendo el riesgo de que me despidan solo por ti. Y dirigiéndose a Rino, dijo:

—El domingo vamos todos a bailar a casa de Gigliola, vendrá también Lenuccia, ¿vendréis vosotros también?

—Falta mucho para el domingo, ya veremos —contestó Rino.

Pasquale lanzó una última mirada a Lila, que no le prestó ninguna atención, después se marchó sin preguntarme si quería irme con él.

Noté un malestar que me puso nerviosa. Empecé a pasarme los dedos por las mejillas, precisamente en las zonas más inflamadas, me di cuenta y me obligué a dejar de hacerlo. Mientras Rino sacaba de debajo del banco las cosas en las que estaba trabajando cuando llegamos, y las analizaba perplejo, traté de volver a hablar con Lila de libros, de historias de amor. Exageramos a más no poder la historia de Sarratore, la locura de amor de Melina, el papel de aquel libro. ¿Qué iba a ocurrir? ¿Qué reacciones desencadenarían no solo la lectura de los versos sino el objeto en sí, el hecho de que su tapa, el título, el nombre y el apellido habían vuelto a encender el corazón de aquella mujer? Hablamos tan apasionadamente que Rino perdió la paciencia y nos gritó:

—¿Queréis callar de una vez? Lila, tratemos de trabajar, que dentro de nada vuelve papá y ya no podremos hacer nada.

Callamos. Eché un vistazo a lo que estaban haciendo, una horma de madera rodeada de una maraña de plantillas, tiras de piel, trozos de cuero duro entre cuchillas, leznas y herramientas variadas. Lila me contó que ella y Rino estaban tratando de confeccionar un zapato de viaje para hombre y, enseguida, su hermano se puso nervioso y me hizo jurar por la vida de mi hermana Elisa que no se lo contaría a nadie. Estaban trabajando a escondidas de Fernando, Rino había conseguido el cuero y la piel a través de un amigo que se ganaba el jornal en una curtiduría de Ponte di Casanova. Dedicaban a la confección del zapato cinco minutos hoy, diez mañana, porque no había habido manera de convencer a su padre para que los ayudara, al contrario, cada vez que sacaban el tema, Fernando mandaba a Lila a casa gritando que no quería volver a verla por el taller y amenazaba con matar a Rino que con diecinueve años, le faltaba al respeto porque se le había metido en la cabeza que podía ser más que su padre.

Fingí interesarme en su empresa secreta, pero en realidad me amargué. Aunque los hermanos me habían hecho partícipe al elegirme como confidente, se trataba siempre de una experiencia en la que yo no podía participar más que como testigo: con aquella actividad Lila habría hecho grandes cosas sola, yo quedaba excluida. Pero sobre todo, ¿cómo era posible que, después de nuestras intensas conversaciones sobre el amor y la poesía, me acompañara a la puerta, como estaba haciendo, por considerar mucho más interesante ese clima de tensión en torno a un zapato? Habíamos hablado tan bien de Sarratore y Melina. No podía creer que, a pesar de mencionarme ese revoltijo de cueros, piel y herramientas, no le durara como a mí la inquietud por aquella mujer que sufría por amor. Qué me importaban a mí los zapatos. Notaba a mi alrededor, ante mis ojos, los movimientos más secretos de aquel ejemplo de fidelidad violada, de pasión, de canto que se convierte en libro, y era como si ella y yo hubiésemos leído juntas una novela, como si hubiésemos visto, allí en la trastienda y no en la sesión dominical del cine de la parroquia, una película muy dramática. Sentía tristeza por el derroche, porque estaba obligada a marcharme, porque ella prefería la aventura de los zapatos a nuestras conversaciones, porque sabía ser independiente mientras que yo la necesitaba, porque tenía cosas propias en las que yo no podía entrar, porque Pasquale, un muchacho ya mayor, no un chico, buscaría otras ocasiones para mirarla, para pretenderla e intentar convencerla de que se prometiera en secreto con él, de que se dejara besar, tocar, como decían que hacían los prometidos; en una palabra, porque me iba a considerar cada vez menos necesaria.

Quise sobreponerme a la sensación de repulsión que me causaban esos pensamientos y, como para subrayar mi valor y mi carácter indispensable, le dije de pronto que cursaría el bachillerato superior. Se lo dije en la puerta de la tienda, casi cuando ya estaba en la calle. Le conté que la maestra Oliviero se lo había impuesto a mis padres, que había prometido conseguirme gratis los libros usados. Lo hice porque quería que se diera cuenta de que yo era más única que rara y que, aunque se hubiese hecho rica fabricando zapatos con Rino, nunca iba a poder prescindir de mí como yo no podía prescindir de ella.

Me miró perpleja.

—¿Qué es el bachillerato superior? —preguntó.

—Un colegio importante que viene después del bachillerato elemental.

—¿Y tú qué vas a hacer allí?

—Estudiar.

—¿Qué?

—Latín.

—¿Y nada más?

—También griego.

—¿Griego?

—Sí.

Puso cara de quien se ha perdido y no sabe qué decir. Al final murmuró sin venir a cuento de nada:

—La semana pasada me vino el mes.

Y aunque Rino no la había llamado, entró en la tienda.

13

De manera que ahora ella también sangraba. Los movimientos secretos del cuerpo, que me habían ocurrido a mí primero, a ella también le habían llegado como la ola de un terremoto y la cambiarían, ya la estaban cambiando. Pasquale —pensé— se dio cuenta antes que yo. Él y probablemente otros muchachos. El hecho de que seguiría estudiando el bachillerato superior perdió rápidamente su aura. Durante días no pude pensar más que en la incógnita de los cambios que iban a asaltar a Lila. ¿Se pondría guapa como Pinuccia Carracci, Gigliola o Carmela? ¿O fea como yo? Me fui a casa y estudié mi imagen en el espejo. ¿Cómo era yo en realidad? Y tarde o temprano, ¿cómo sería ella?

Empecé a cuidarme más. Un domingo por la tarde, para el paseo habitual desde la avenida a los jardincillos, me puse mi traje de fiesta, un vestido azul con escote cuadrado, y también el brazalete de plata de mi madre. Cuando me encontré con Lila sentí un placer secreto al verla como iba todos los días, con el pelo negrísimo y revuelto, y un vestidito liso y desteñido. No había nada que la diferenciara de la Lila de siempre, una niña nerviosa y esquelética. Solo me pareció un poco más espigada, de bajita había llegado a ser tan alta como yo, apenas un centímetro menos. Pero ¿qué clase de cambio era ese? Yo tenía el pecho grande, formas de mujer.

Llegamos a los jardincillos, fuimos otra vez hacia la avenida y de ahí de vuelta a los jardincillos. Era temprano, todavía no se oían el trajín del domingo ni los vendedores de nueces y almendras tostadas y altramuces. Lila volvió a preguntarme cautamente por el bachillerato superior. Le conté lo poco que sabía pero exagerándolo al máximo. Quería despertar su curiosidad, que deseara participar en aquella aventura mía, aunque fuera un poco y desde fuera, que sintiera que se perdía algo de mí como yo temía siempre perder mucho de ella. Yo caminaba del lado de la calzada y ella del de la pared. Yo hablaba y ella escuchaba con mucha atención.

Se nos acercó el Fiat 1100 de los Solara, Michele conducía, a su lado iba Marcello, que empezó a soltarnos sus ocurrencias. Nos las decía a las dos, no solo a mí. Canturreaba en dialecto frases como: qué señoritas más guapas, no os cansáis de ir de aquí para allá, tened en cuenta que Nápoles es grande, la ciudad más bella del mundo, como vosotras, subid, damos un paseo, solo media hora y os dejamos otra vez aquí.

No debería haberlo hecho, pero lo hice. En lugar de seguir mi camino como si no existieran ni él ni el coche ni su hermano; en lugar de seguir charlando con Lila e ignorarlo, por una necesidad de sentirme atractiva, afortunada, a punto de ir a la escuela de los ricos, donde con toda probabilidad conocería muchachos con un coche más bonito que el de los Solara, me di la vuelta y dije en italiano:

—Gracias, pero no podemos.

Entonces Marcello alargó la mano. La vi ancha y corta, a pesar de que él era un joven alto y bien formado. Los cinco dedos cruzaron la ventanilla y me aferraron la muñeca, mientras su voz decía:

—Michè, frena, ¿has visto qué bonito brazalete lleva la hija del conserje?

El coche se detuvo. Los dedos de Marcello alrededor de mi muñeca me helaron la piel; retiré el brazo, horrorizada. El brazalete se rompió y fue a caer entre la acera y el coche.

—¡Dios mío, mira lo que has hecho! —exclamé, pensando en mi madre.

—Calma —dijo él, abrió la portezuela y se bajó del coche—. Ahora te lo arreglo.

Se lo veía alegre, cordial, intentó volver a sujetarme de la muñeca como para establecer una familiaridad que me calmara. Fue visto y no visto. Lila, la mitad de su tamaño, lo empujó contra el coche y le clavó la chaira debajo del cuello.

—Tócala otra vez y ya verás lo que te pasa —le dijo con calma, en dialecto.

Marcello no se movió, incrédulo. Michele se bajó enseguida del coche, diciendo con tono tranquilizador:

—No te hará nada, Marcè, la muy zorra no tendrá el valor.

—Ven —dijo Lila—, ven y ya veremos si no tengo el valor.

Michele rodeó el coche mientras yo me echaba a llorar. Desde donde yo estaba veía bien que la punta de la chaira había cortado la piel de Marcello, un arañazo del que manaba un hilillo de sangre. Tengo la escena grabada con claridad: todavía hacía mucho calor, pasaba poca gente. Lila estaba echada encima de Marcello como si acabara de verle un feo insecto en la cara y quisiera espantárselo. Conservo en la memoria la absoluta certeza de entonces: no habría vacilado en cortarle el cuello. Michele también se dio cuenta.

—De acuerdo, tranquila —le dijo, y siempre con la misma calma, casi divertido, se metió en el coche—. Sube, Marcè, pide disculpas a las señoritas y vámonos.

Lila apartó lentamente la punta de la cuchilla. Marcello sonrió tímidamente, tenía la mirada desorientada.

—Un momento —dijo.

Se arrodilló en la acera, delante de mí, como si quisiera disculparse sometiéndose a la máxima humillación. Hurgó debajo del coche, recuperó el brazalete, lo examinó y lo reparó apretando con las uñas el eslabón de plata que se había abierto. Me lo entregó sin mirarme a mí sino a Lila. Fue a ella a quien le dijo: «Perdón». Y después se subió al coche y arrancaron.

—He llorado por el brazalete, no por el miedo —dije.

14

Las fronteras del barrio se desvanecieron a lo largo de aquel verano. Una mañana mi padre me llevó con él. Quiso que, con motivo de matricularme en el instituto, aprendiera bien qué transportes debía usar y qué calles debía recorrer en octubre cuando empezara a ir a la nueva escuela.

Hacía un día magnífico, despejado y ventoso. Me sentí querida, mimada, al afecto que sentía por él no tardó en sumarse una creciente admiración. Mi padre conocía a la perfección el espacio enorme de la ciudad, sabía dónde coger el metro o un tranvía o un autobús. Durante el trayecto se comportaba con una afabilidad, una cortesía lenta que en casa casi nunca exhibía. Conversaba con todos, en los medios de transporte, en las oficinas, y siempre conseguía comentarle a su interlocutor que trabajaba en el ayuntamiento, que llegado el caso podría acelerar trámites, abrir puertas.

Pasamos juntos todo el día, el único de nuestra vida, no recuerdo otros. Me dedicó mucha atención, como si quisiera transmitirme en pocas horas todas las cosas útiles que había aprendido él a lo largo de su existencia. Me enseñó la piazza Garibaldi y la estación que estaban construyendo: según él era tan moderna que de Japón venían los japoneses expresamente para estudiarla y hacer otra idéntica en su país, sobre todo por las pilastras. Pero me confesó que la estación antigua le gustaba más, se había encariñado con ella. Paciencia. Según él, Nápoles era así desde siempre: se corta, se rompe y se reconstruye, así el dinero circula y se crea trabajo.

Me llevó por corso Garibaldi hasta el edificio donde estaba mi futura escuela. En la secretaría trajinó con una cordialidad extrema, tenía el don de caer simpático, don que en el barrio y en mi casa mantenía oculto. Se jactó de mi extraordinario boletín de calificaciones con un bedel cuyo padrino de boda conocía, tal como descubrió enseguida. Lo oí repetir con frecuencia: ¿todo en orden? O bien: lo que se puede hacer se hace. Me enseñó la piazza Carlo III, el albergue de los pobres, el jardín botánico, la via Foria, el museo. Me llevó por via Costantinopoli, por Port'Alba, por la piazza Dante, por Toledo. Me abrumaron tantos nombres, el ruido del tráfico, las voces, los colores, el aire de fiesta que se respiraba por doquier, el esfuerzo de retenerlo todo en la cabeza para poder contárselo después a Lila, la habilidad con la que mi padre conversó con el pizzero al que le había comprado una pizza con ricota calentísima, con el frutero al que le había comprado un melocotón muy amarillo. ¿Cómo era posible que solo nuestro barrio estuviera tan plagado de tensiones y violencias mientras que el resto de la ciudad era radiante y benévolo?

Me llevó a ver el lugar donde trabajaba, en la piazza Municipio. Allí también, dijo, todo era nuevo, habían cortado las plantas, lo habían destrozado todo: ya ves ahora cuánto espacio, lo único viejo es el Macho Angevino, pero qué hermoso, chiquita mía, en Nápoles hay dos machos verdaderos, tu papá y ese que ves ahí. Fuimos al ayuntamiento, saludó a unos y a otros, era muy conocido. Con algunos se mostró jovial, me presentó, repitió por enésima vez que en el colegio había sacado nueve en italiano y nueve en latín; con otros estuvo casi mudo, se limitó a decir de acuerdo, sí, usted mande que yo hago. Al final me dijo que iba a enseñarme el Vesubio de cerca y el mar.

Fue un momento inolvidable. Fuimos hacia via Caracciolo, había cada vez más viento, cada vez más sol. El Vesubio era una silueta delicada de color pastel a cuyos pies se amontonaban los guijarros blancuzcos de la ciudad, el corte color tierra de Castel dell'Ovo, el mar. Pero qué mar. Estaba muy embravecido y fragoroso, el viento cortaba la respiración, pegaba las prendas al cuerpo y apartaba el pelo de la frente. Nos quedamos en el otro lado de la calle, junto con una pequeña multitud que contemplaba el espectáculo. Las olas rodaban como tubos de metal azul llevando en lo alto la clara de huevo de la espuma, se rompían en mil fragmentos destellantes y llegaban hasta la calle arrancando un oh maravillado y provocando temor en cuantos las mirábamos. Qué pena que no estuviera Lila. Me sentí aturdida por las poderosas ráfagas, por el ruido. Tenía la impresión de que, aunque absorbiera gran parte de aquel espectáculo, muchísimas cosas, demasiadas se desperdigaban a mi alrededor sin dejarse aferrar.

Mi padre me estrechó la mano como si temiera que me escapara. De hecho tenía ganas de dejarlo, de echar a correr, salir de allí, cruzar la calle, dejarme embestir por las brillantes escamas del mar. En ese momento tan tremendo, tan lleno de luz y clamor, me imaginé sola en lo nuevo de la ciudad, nueva yo misma con toda la vida por delante, expuesta a la furia móvil de las cosas pero, sin duda, vencedora: yo, Lila y yo, nosotras dos con esa capacidad que juntas —solo juntas— teníamos de tomar la masa de colores, de ruidos, de cosas y personas para contárnosla y darle fuerza.

Regresé al barrio como si hubiese estado en un territorio lejano. Otra vez las calles conocidas, otra vez la charcutería de Stefano y su hermana Pinuccia, Enzo que vendía fruta, el Fiat 1100 de los Solara estacionado delante del bar: habría pagado lo que fuese con tal de verlo eliminado de la faz de la tierra. Menos mal que mi madre no se había enterado del episodio del brazalete. Menos mal que nadie le había contado a Rino lo sucedido.

Le hablé a Lila de las calles, de sus nombres, del fragor, de la luz extraordinaria. Pero no tardé en sentirme incómoda. Si el relato de ese día lo hubiese hecho ella, yo le habría proporcionado el contrapunto indispensable y, aunque no había estado presente, me habría sentido viva y activa, habría hecho preguntas, planteado dudas, habría tratado de demostrarle que debíamos hacer ese mismo recorrido juntas, necesariamente, porque así se lo habría enriquecido, mi compañía habría sido, con mucho, mejor que la de su padre. Pero ella me escuchó sin curiosidad y por un momento pensé que lo hacía por maldad, para restarle fuerza a mi entusiasmo. Tuve que convencerme de que no era así, sencillamente el curso de su pensamiento se alimentaba de cosas concretas, tanto de un libro como de una fuente. Con el oído me prestaba atención, sin duda, pero con los ojos, con la mente, estaba firmemente anclada a la calle, a las escasas plantas de los jardincillos, a Gigliola, que paseaba con Alfonso y Carmela, a Pasquale, que saludaba desde el andamio de la obra, a Melina, que hablaba en voz alta de Donato Sarratore mientras Ada intentaba llevársela para su casa, anclada a Stefano, el hijo de don Achille, que acababa de comprarse una furgoneta y a su lado llevaba a su madre y en el asiento posterior a su hermana Pinuccia, anclada a Marcello y Michele Solara, que pasaban en su Fiat 1100 mientras Michele fingía no vernos y Marcello no olvidaba lanzarnos una mirada cordial, anclada, sobre todo, a su trabajo secreto, hecho a escondidas de su padre, al que se dedicaba para sacar adelante el proyecto de los zapatos. Para ella, en ese momento mi relato era apenas un conjunto de señales inútiles de espacios inútiles. Ya se ocuparía de esos espacios únicamente si se le presentaba la ocasión de visitarlos. De hecho, después de pasarme mucho rato hablando, se limitó a decir:

—Tengo que decirle a Rino que el domingo debemos aceptar la invitación de Pasquale Peluso.

Ahí estaba, yo le describía el centro de Nápoles y ella colocaba en el centro de todo la casa de Gigliola, situada en uno de los edificios del barrio, donde Pasquale quería llevarnos a bailar. Me disgusté. Habíamos dicho que sí a las invitaciones de Peluso, pero todavía no habíamos ido nunca, yo por evitar discutir con mis padres, ella porque Rino no estaba de acuerdo. Pero los días de fiesta solíamos espiarlo cuando, de punta en blanco, esperaba a sus amigos, los mayores y los más jóvenes. Era un muchacho generoso, no hacía distinciones de edad, dejaba que lo acompañaran todos. En general, esperaba delante de la gasolinera; entretanto llegaban de uno en uno Enzo, Gigliola, Carmela, que ahora se hacía llamar Carmen, y a veces hasta al mismo Rino si no tenía nada que hacer, y Antonio, que cargaba con el peso de su madre Melina, y cuando Melina estaba tranquila, con el de su hermana Ada, a la que los Solara habían subido a su coche y se la habían llevado durante más de una hora quién sabe adónde. Cuando hacía buen día, iban a la playa y regresaban con las caras enrojecidas por el sol. O bien, más a menudo, se reunían todos en casa de Gigliola, cuyos padres eran más complacientes que los nuestros, y allí el que sabía bailar bailaba y el que no sabía bailar aprendía.

Lila empezó a llevarme a esas fiestas, no sé cómo le entró interés por el baile. Para sorpresa de todos, tanto Pasquale como Rino resultaron ser magníficos bailarines y nosotras aprendimos con ellos a bailar el tango, el vals, la polca y la mazurca. Rino, todo hay que decirlo, era un maestro que enseguida se ponía nervioso, especialmente con su hermana, mientras que Pasquale tenía una paciencia infinita. Al principio nos hizo bailar subidas a sus pies, para que aprendiéramos bien los pasos, después, en cuanto nos hicimos más expertas, dábamos saltos por toda la casa.

Descubrí que me gustaba mucho bailar, me habría pasado la vida bailando. Lila, por su parte, tenía ese aire de quien quiere entender bien cómo funcionaba eso de bailar, y era como si su diversión consistiera únicamente en aprender, tanto es así que, con frecuencia, se quedaba sentada y miraba, nos estudiaba, aplaudía a las parejas más compenetradas. Un día fui a su casa y me enseñó un librito que había sacado de la biblioteca: describía los bailes y explicaba cada movimiento con siluetas negras del hombre y la mujer que daban vueltas. Lila era muy alegre en aquella época, una exuberancia sorprendente en ella. De buenas a primeras me agarró de la cintura y haciendo de hombre me obligó a bailar el tango mientras tarareaba la música. Se asomó Rino y cuando nos vio se echó a reír. Quiso bailar él también, primero conmigo y después con su hermana, aunque no hubiera música. Mientras bailábamos me contó que a Lila le había entrado un afán perfeccionista que la obligaba a practicar continuamente, aunque no dispusieran de gramófono. En cuanto dijo la palabra —gramófono, gramófono, gramófono—, Lila me gritó desde un rincón del cuarto, entrecerrando los ojos:

—¿Sabes qué palabra es?

—No.

—Griega.

La miré confusa. Rino me soltó y se puso a bailar con su hermana, que lanzó un grito agudo, me entregó el manual de baile y empezó a dar vueltas con su hermano por el cuarto. Dejé el manual entre sus libros. ¿Qué había dicho? Gramófono era italiano, no griego. Entretanto vi que debajo de *Guerra y paz*, identificado con la etiqueta de la biblioteca del maestro Ferraro, asomaba un libro desencuadernado que se titulaba *Gramática griega*. Gramática. Griega.

—Después te escribo gramófono con letras griegas —oí que me prometía jadeante.

Dije que tenía cosas que hacer y me fui.

15

¿Se había puesto a estudiar griego incluso antes de que yo empezara el bachillerato superior? ¿Lo había hecho sola, mientras yo ni siquiera pensaba en ello, y además en verano, en vacaciones? ¿Hacía siempre las cosas que tenía que hacer yo, antes y mejor que yo? ¿Se me escapaba cuando la perseguía y después me pisaba los talones para ganarme?

Intenté dejar de verla durante un tiempo, estaba enfadada. Fui a la biblioteca a sacar yo también una gramática griega, pero no había más que una y la tenía en préstamo por turnos toda la familia Cerullo. Tal vez deba borrar a Lila de mí como un dibujo en la pizarra, pensé, y esa fue, creo, la primera vez. Me sentía frágil, expuesta a todo, no podía pasarme el tiempo siguiéndola o descubrir que ella me seguía, y, tanto en un caso como en el otro, sentirme inferior. No lo conseguí; poco después volví a buscarla. Dejé que me enseñara a bailar la cuadrilla. Dejé que me mostrara cómo sabía escribir todas las palabras italianas con el alfabeto griego. Quiso que yo también aprendiera ese alfabeto antes de ir al colegio, y me obligó a escribirlo y a leerlo. A mí me salieron más granos. Iba a los bailes en casa de Gigliola con una constante sensación de ineptitud y vergüenza.

Esperé que se me pasara, pero la ineptitud y la vergüenza se intensificaron. En cierta ocasión Lila se exhibió con su hermano bailando un vals. Bailaban tan bien los dos juntos que les dejamos todo el espacio. Quedé maravillada. Qué hermosos, qué compenetrados. Los miraba y comprendí definitivamente que en poco tiempo Lila perdería por completo su aire de niña-vieja, como se pierde un motivo musical muy conocido cuando se adapta con excesiva inspiración. Se había vuelto sinuosa. La frente alta, los ojos grandes que se entrecerraban de repente, la nariz pequeña, los pómulos, los labios, las orejas buscaban una nueva orquestación y parecían a punto de encontrarla. Cuando se recogía el pelo en una cola, el cuello se exhibía con una nitidez enternecedora. Sus pechos eran dos botones pequeños y agraciados cada vez más visibles. Su espalda describía una profunda curva, antes de rematar en el arco cada vez más tenso del trasero. Los tobillos eran todavía demasiado delgados, tobillos de niña; pero ¿cuánto iban a tardar en adaptarse a la figura de muchacha que ya lucía? Me di cuenta de que contemplándola mientras bailaba con Rino, los muchachos veían muchas más cosas que yo. Sobre todo Pasquale, pero también Antonio, también Enzo. Tenían los ojos clavados en ella, como si todas las demás hubiésemos desaparecido. Y eso que yo tenía más pecho. Y eso que Gigliola tenía el pelo de un rubio cegador, rasgos regulares, piernas perfectas. Y eso que Carmela tenía unos ojos preciosos y, sobre todo, unos andares cada vez más provocativos. Pero no había nada que hacer: del cuerpo en movimiento de Lila había comenzado a emanar algo que ellos notaban, una energía que los aturdía, como el ruido cada vez más cercano de la belleza que está por llegar. Tuvo que cesar la música para que volvieran en sí con sonrisas confusas y aplausos exagerados.

16

Lila era mala; en algún lugar secreto dentro de mí seguía pensándolo. No solo me había demostrado que sabía herir con las palabras, sino que habría sido capaz de matar sin vacilaciones; sin embargo, ese potencial suyo me parecía poca cosa. Me decía: soltará algo todavía más maligno, y recurría a la palabra maleficio, un término exagerado que me venía de los cuentos de hadas de mi infancia. Aunque fuese mi lado infantil el que me sugería esos pensamientos, en el fondo había algo de verdad. En efecto, que Lila emanaba un fluido que no era simplemente seductor sino peligroso, poco a poco nos resultó claro a todos, no solo a mí, que la vigilaba desde que íbamos a primer curso de la primaria.

Hacia finales del verano comenzaron a multiplicarse las presiones sobre Rino para que llevara también a su hermana en las salidas en grupo fuera del barrio a comer una pizza o dar un paseo. Pero Rino quería tener su espacio propio. A mi modo de ver, él también estaba cambiando, Lila había encendido su imaginación, alimentado sus esperanzas. Pero al verlo, al oírlo, el efecto no era de los mejores. Se había vuelto más fanfarrón, no perdía la oportunidad de comentar lo bueno que era en su trabajo y lo rico que llegaría a ser, repetía a menudo una frase que le gustaba: con un poco, solo un poco de suerte, voy a mearles en la cara a los Solara. Eso sí, para que hiciera esos alardes era indispensable que su hermana no estuviera. En presencia de Lila él se cohibía, soltaba alguna que otra frase, pero luego lo dejaba correr. Se daba cuenta de que ella le ponía mala cara como si él estuviese traicionando un pacto secreto de comedimiento, de desapego, y por eso prefería no tenerla cerca, que ya se pasaban todo el día juntos deslomándose en la zapatería. Se escabullía e iba a pavonearse con sus amigos. A veces se veía obligado a ceder.

Un domingo, después de discutir mucho con nuestros padres, salimos (Rino tuvo la generosidad de presentarse ante mis padres y hacerse también responsable de mi persona) por la noche, nada menos. Vimos la ciudad iluminada por los carteles, las calles atestadas, notamos el hedor del pescado estropeado por el calor pero también los aromas de los restaurantes, de las freidurías, de los bares pastelerías, mucho más suntuosos que el de los Solara. No recuerdo si Lila ya había visitado el centro con su hermano o con otros. Estaba claro que si había ido no me había dicho nada. En cambio me acuerdo de que aquella vez se pasó todo el rato callada. Cruzamos la piazza Garibaldi, y ella se quedaba rezagada, mirando a un limpiabotas, a una mujerona excéntrica, a unos hombres amenazantes, a los muchachos. Observaba a las personas con mucha atención, las miraba a la cara, hasta el punto de que algunas reían y otras le preguntaban con un gesto: ¿qué quieres? De vez en cuando yo le daba un tirón, la arrastraba por miedo a perder a Rino, Pasquale, Antonio, Carmela, Ada.

Esa noche fuimos a una pizzería del Rettifilo, donde comimos con alegría. A mí me pareció que Antonio, forzando su timidez, me cortejaba un poco, y me puse contenta, así se equilibraban las atenciones de Pasquale hacia Lila. En un momento dado el pizzero, un hombre de unos treinta años, empezó a lanzar al aire la pizza mientras la amasaba, con un virtuosismo excesivo, y a intercambiar sonrisas con Lila que lo contemplaba admirada.

—Basta ya —le dijo Rino.

—No hago nada —contestó ella y se obligó a mirar hacia otro lado.

Las cosas no tardaron en complicarse. Pasquale nos dijo entre risas que ese hombre, el pizzero —que a nosotras, las chicas, nos parecía un viejo y además llevaba alianza y seguramente tenía hijos—, le había lanzado disimuladamente un beso a Lila soplándose la punta de los dedos. Nos volvimos de inmediato y lo miramos: hacía su trabajo y nada más. Pero Pasquale le preguntó a Lila, sin dejar de reírse:

—¿Es cierto o me equivoco?

Lila, con una risita nerviosa que contrastaba con la sonrisa amplia de Pasquale, contestó:

—Yo no he visto nada.

—Déjalo estar, Pascà —dijo Rino, fulminando a su hermana con la mirada.

Pero Peluso se levantó, fue al mostrador del horno, se metió detrás y, con su sonrisa cándida en los labios, abofeteó al pizzero lanzándolo contra la boca del horno.

Acudió enseguida el dueño del local, un hombre sesentón, menudo y pálido, y Pasquale le explicó con calma que no debía preocuparse, que se había limitado a hacerle entender a su empleado algo que no le resultaba muy claro, y que ya no habría más problemas. Terminamos de comer la pizza en silencio, los ojos bajos, masticando despacio, como si estuviera envenenada. Y cuando salimos, Rino le echó a Lila un rapapolvo que concluyó con una amenaza: si sigues así no te traigo más.

¿Qué había pasado? Por la calle los hombres con los que nos cruzábamos nos miraban a todas, guapas, menos guapas, feas, y no tanto los jóvenes, sino los hombres hechos y derechos. Así era en el barrio y fuera del barrio, y Ada, Carmela y yo misma —sobre todo después del incidente con los Solara— habíamos aprendido instintivamente a no levantar la mirada, a fingir que no oíamos las cochinadas que nos decían y a seguir nuestro camino. Lila no. Salir con ella a pasear el domingo se convirtió en una fuente permanente de tensiones. Si la miraban, ella devolvía la mirada. Si le decían algo, ella se detenía perpleja, como si no creyese que se dirigían a ella, y a veces contestaba llena de curiosidad. Sobre todo porque ocurría algo fuera de lo común: a ella casi nunca le decían las obscenidades que nos reservaban a nosotras.

Una tarde de finales de agosto nos fuimos hasta el parque de la Villa Comunale y allí nos sentamos en un bar porque Pasquale, que en aquellos días se comportaba como un grande de España, nos quiso invitar a todos a un *spumone*. Sentada a una mesa, como nosotros, teníamos enfrente a una familia que tomaba helado: el padre, la madre y tres niños de entre doce y siete años. Parecía gente respetable: el padre, un hombre robusto, cincuentón, tenía aspecto de profesor. Puedo jurar que Lila no lucía nada vistoso: no llevaba los labios pintados, vestía las prendas de siempre que le cosía su madre, íbamos más llamativas nosotras, Carmela en especial. Pero ese señor —esa vez todos nos dimos cuenta— no podía quitarle los ojos de encima, y Lila, por más que trataba de contenerse, respondía a la mirada como si no pudiera creer que la admiraran tanto. Al final, mientras en nuestra mesa Rino, Pasquale y Antonio se ponían cada vez más nerviosos, el hombre, evidentemente sin darse cuenta del riesgo que corría, se levantó, se plantó delante de Lila y, dirigiéndose a los muchachos, dijo con gran cortesía:

—Son ustedes afortunados, tienen aquí a una muchacha que llegará a ser más hermosa que una Venus de Botticelli. Sabrán disculparme, pero se lo he dicho a mi esposa y a mis hijos, y he sentido la necesidad de decírselo también a ustedes.

Lila se echó a reír por la tensión. El hombre sonrió a su vez y, tras hacerle una sobria reverencia, se disponía a regresar a su mesa cuando Rino lo agarró del cogote, lo obligó a volver sobre sus pasos a la carrera, lo sentó a la fuerza y, delante de la esposa y los hijos, le soltó una retahíla de insultos muy propios de nuestro barrio. El hombre se enfadó, la esposa chilló y se interpuso entre ambos, Antonio apartó a Rino. Otro domingo echado a perder.

Lo peor ocurrió una vez en que Rino no estaba. Lo que me impresionó no fue el hecho en sí, sino la acumulación en torno a Lila de tensiones de distinta procedencia. Con motivo de su santo, la madre de Gigliola (si no recuerdo mal, se llamaba Rosa) dio una fiesta a la que asistieron personas de todas las edades. Como su marido era el pastelero de la pastelería Solara, hicieron las cosas a lo grande: abundaron los profiteroles, los *raffiuoli* rellenos, las *sfogliatelle*, las pastas de almendra, los licores, las bebidas para los niños y los discos con bailes, desde los más conocidos a los de última moda. Asistió gente que a nuestras fiestas de jóvenes no habría venido nunca. Por ejemplo, el farmacéutico con su esposa y Gino, el hijo mayor, que pronto cursaría el bachillerato superior como yo. También, el maestro Ferraro y toda su familia numerosa. Y además, Maria, la viuda de don Achille, y su hijo Alfonso y su hija Pinuccia, rojísima, y hasta Stefano.

Estas últimas presencias causaron al principio cierta tensión: en la fiesta estaban también Pasquale y Carmela Peluso, los hijos del asesino de don Achille. Pero la sangre no llegó al río. Alfonso era un chico amable (él también cursaría el bachillerato superior, en mi mismo colegio) que incluso llegó a intercambiar algún comentario con Carmela; Pinuccia estaba contenta de poder asistir a una fiesta, sacrificada como estaba todo el santo día en la charcutería; Stefano había comprendido prematuramente que el comercio se basa en la ausencia de obstáculos, consideraba a todos los vecinos del barrio como clientes potenciales que se gastarían el dinero en su tienda, de modo que, en general, lucía con todos su hermosa sonrisa apacible, y por eso se limitó a no cruzar ni una sola mirada con Pasquale; por último, Maria, que normalmente cuando veía a la señora Peluso le volvía la cara, no hizo ningún caso a los dos jóvenes y charló largo y tendido con la madre de Gigliola. Lo que más contribuyó a disipar la tensión fue que pronto empezamos a bailar, creció la algarabía y ya nadie hizo caso de nada.

Primero fueron los bailes tradicionales, después se pasó a un baile nuevo, el rock and roll, por el que todos, viejos y niños, sentían una gran curiosidad. Yo estaba acalorada y me retiré a un rincón. Sabía bailar el rock and roll, claro, lo había bailado a menudo en mi casa con Peppe, mi hermano, y en casa de Lila, los domingos, con ella, pero esos movimientos ágiles y veloces me hacían sentir torpe, y, muy a mi pesar, decidí ponerme a mirar. Por lo demás, no me había parecido que Lila lo bailase especialmente bien: se movía de un modo un tanto ridículo, incluso se lo había dicho, ella se había tomado la crítica como un desafío y se empeñó en practicar sola, puesto que Rino se negaba a bailarlo. Como era perfeccionista en todo, esa noche ella también, para satisfacción mía, decidió sentarse a mi lado y mirar lo bien que bailaban Pasquale y Carmela Peluso.

Pero entonces se le acercó Enzo. El niño que nos había tirado piedras, que por sorpresa había competido con Lila en aritmética, que una vez le había regalado una guirnalda de serbas. Con los años, había sido como engullido por un organismo de baja estatura pero poderoso, acostumbrado al trabajo duro. Al verlo aparentaba tener más años que Rino, que era el mayor de todos nosotros. Se notaba por cada uno de sus rasgos que se levantaba antes del amanecer, que tenía que vérselas con la camorra del mercado hortofrutícola, que en todas las estaciones del año, con frío o con lluvia, salía a recorrer las calles del barrio para vender fruta y verdura con su carreta. Pero en la cara de piel clara, las cejas y las pestañas rubias, los ojos azules, conservaba un residuo del niño rebelde con el que nos habíamos enfrentado. Por lo demás, Enzo era de hablar poco, con palabras tranquilas, todas en dialecto, y a ninguna de nosotras se nos habría ocurrido bromear ni entablar conversación con él. Fue él quien tomó la iniciativa. Le preguntó a Lila por qué no bailaba. Ella le contestó: porque este baile todavía no se me da bien. Él se quedó callado durante un rato, y luego dijo: a mí tampoco. Pero cuando pusieron otro rock and roll, la aferró del brazo con naturalidad y se la llevó al centro de la sala. Lila, que se apartaba de un salto como picada por una avispa cuando alguien se atrevía siquiera a rozarla, no reaccionó porque era evidente que se moría por bailar. Al contrario, lo miró agradecida y se abandonó a la música.

Se notó enseguida que Enzo no sabía hacer gran cosa. Se movía poco, de un modo serio y acompasado, y estaba muy pendiente de Lila, se veía a la legua que quería complacerla, permitirle que se exhibiera. Y ella, aunque no bailaba tan bien como Carmen, como siempre, consiguió atraer la atención de todos. A Enzo también le gusta, me dije desolada. Y no tardé en descubrir que también le gustaba a Stefano, el charcutero: no le quitaba los ojos de encima y la miraba como se mira a una diva del cine.

Y precisamente mientras Lila bailaba llegaron los hermanos Solara.

Fue verlos y empezar a ponerme nerviosa. Fueron a saludar al pastelero y a su esposa, le dieron una simpática palmada a Stefano y luego ellos también se pusieron a observar a los bailarines. Adoptando el aire de dueños del barrio, pues así se sentían, primero se comieron con los ojos a Ada, que miró para otro lado; después cuchichearon entre ellos y señalaron a Antonio al que saludaron con grandes aspavientos, pero él fingió no verlos; y por último se fijaron en Lila, la miraron durante mucho rato, se dijeron algo al oído y Michele asintió de un modo exagerado.

No los perdí de vista y no tardé nada en comprender que sobre todo Marcello —Marcello que nos gustaba a todas— no parecía en absoluto molesto por el incidente de la chaira. Al contrario. En pocos segundos quedó completamente subyugado por el cuerpo flexible y elegante de Lila, por su cara atípica en el barrio y, tal vez, en toda la ciudad de Nápoles. La miró sin apartar en ningún momento los ojos de ella, como si hubiese perdido el poco cerebro que tenía. No le quitó los ojos de encima ni siquiera cuando terminó la canción.

Fue un instante. Enzo hizo ademán de acompañar a Lila al rincón donde yo estaba y Stefano y Marcello se acercaron juntos para invitarla a bailar; pero Pasquale se les adelantó. Lila lo aceptó con un gracioso saltito y batió palmas feliz. A la figurilla de catorce años se aproximaron a la vez cuatro muchachos, de edades variadas, cada cual convencido de un modo distinto de su absoluta fuerza. La aguja rozó el disco y sonó la música. Stefano, Marcello, Enzo retrocedieron confusos. Pasquale empezó a bailar con Lila y, dada la destreza del bailarín, ella no tardó en soltarse.

En ese momento Michele Solara, tal vez por amor a su hermano, tal vez por el puro gusto de sembrar cizaña, decidió complicar la situación a su manera. Le dio un codazo a Stefano y le dijo en voz alta:

—¿Tú tienes sangre en las venas o no? Ese es el hijo del que mató a tu padre, un comunista de mierda, ¿y te quedas ahí mirando cómo baila con la muchacha a la que tú querías invitar?

Seguramente Pasquale no lo oyó, porque la música estaba muy alta y él seguía ocupado haciendo acrobacias con Lila. Pero yo lo oí, y lo oyó Enzo que estaba a mi lado, y naturalmente lo oyó Stefano. Esperamos que pasara algo, pero no pasó nada. Stefano era un muchacho que iba a la suya. La charcutería funcionaba muy bien, él tenía pensado comprar el local contiguo para ampliarla, en una palabra, se sentía afortunado, es más, tenía la plena certeza de que la vida le daría todo lo que deseaba. Con su sonrisa cautivadora le dijo a Michele:

—Dejemos que baile, baila bien. —Y siguió mirando a Lila como si en ese momento ella fuese lo único que le importara. Michele hizo una mueca de disgusto y fue a buscar al pastelero y a su esposa.

¿Qué más quería hacer? Vi que hablaba con los dueños de casa de un modo agitado, señalaba a Maria que estaba en un rincón y a Stefano, Alfonso y Pinuccia, señalaba también a Pasquale que bailaba y a Carmela que se exhibía con Antonio. En cuanto terminó la canción, la madre de Gigliola cogió amablemente a Pasquale del brazo, se lo llevó aparte y le dijo algo al oído.

—Adelante —le dijo riendo Michele a su hermano—, vía libre.

Y Marcello Solara volvió a la carga con Lila.

Estaba segura de que le diría que no, sabía cuánto lo detestaba. Pero no fue así. La música sonó de nuevo y ella, que no cabía en sí de las ganas de bailar, primero buscó con la mirada a Pasquale y, al no verlo, aferró la mano de Marcello como si fuera una mano y nada más, como si después no siguieran el brazo y todo el cuerpo de él, y, cubierta de sudor, siguió haciendo aquello que para ella era lo más importante en ese momento: bailar.

Miré a Stefano, miré a Enzo. El ambiente estaba cargado de tensión. Mientras el corazón me latía con fuerza por la inquietud, Pasquale se acercó a Carmela con gesto amenazante y le dijo algo de malos modos. Carmela protestó en voz baja, él en voz baja la mandó callar. Se les acercó Antonio y se puso a murmurar con Pasquale. Los dos miraron hostiles a Michele Solara que se había puesto a cuchichear otra vez con Stefano, a Marcello que bailaba con Lila y la subía, la dejaba caer y le hacía dar vueltas. Antonio fue a sacar de la pista a Ada. La música cesó, Lila regresó a mi lado.

—Está pasando algo, tenemos que irnos —le dije.

Ella se echó a reír y exclamó:

—Aunque venga un terremoto yo bailo una pieza más. —Y miró a Enzo que estaba apoyado contra la pared. Entretanto volvió a sacarla Marcello y ella se dejó arrastrar otra vez al centro de la sala.

Pasquale se acercó a mí y me dijo ceñudo que nos teníamos que marchar.

—Esperemos a que Lila termine de bailar.

—No, ahora mismo —dijo él con un tono duro, descortés, que no admitía réplicas. Acto seguido se fue directo hacia Michele Solara y le dio un fuerte golpe de hombro. El otro se puso a reír, le dijo algo obsceno entre dientes. Pasquale se fue hacia la puerta de calle, seguido a regañadientes por Carmela y por Antonio que se llevaba a Ada.

Yo me di la vuelta para ver qué hacía Enzo, pero él siguió apoyado contra la pared viendo bailar a Lila. La canción terminó. Lila vino hacia mí, perseguida por Marcello, al que le brillaban los ojos de gozo.

—Tenemos que marcharnos —le grité casi, nerviosísima.

Mi voz debió de sonar tan angustiada que ella, por fin, miró a su alrededor como si acabara de despertar.

—De acuerdo, vámonos —dijo perpleja.

Fui hacia la puerta sin esperar más, la música volvió a sonar. Marcello Solara agarró a Lila del brazo y en tono entre risueño y suplicante le pidió:

—No te vayas, ya te llevo yo a tu casa luego.

Como si acabara de reconocerlo en ese momento, Lila lo miró incrédula y de pronto le pareció imposible que se tomara esas confianzas. Trató de soltarse pero Marcello le apretó el brazo con más fuerza y le dijo:

—Solo una pieza más.

Enzo se separó de la pared y sin pronunciar palabra aferró a Marcello de la muñeca. Es como si lo estuviera viendo: estaba tranquilo, y pese a ser más pequeño en edad y tamaño, parecía no hacer ningún esfuerzo. La fuerza de aquel apretón se reflejó únicamente en la cara de Marcello Solara, que soltó a Lila con una mueca de dolor y enseguida se frotó la muñeca con la otra mano. Nos marchamos mientras oía a Lila que le decía a Enzo indignada, en un dialecto cerrado:

—Me ha tocado, ¿lo has visto? A mí. Ese cabrón. Menos mal que no estaba Rino. Si vuelve a hacerlo, es hombre muerto.

¿Era posible que no se percatara siquiera de que había bailado con Marcello nada menos que dos veces? Era posible, así era ella.

Fuera nos encontramos con Pasquale, Antonio, Carmela y Ada. Pasquale estaba fuera de sí, nunca lo habíamos visto de aquella manera. Soltaba insultos a voz en cuello, los ojos enloquecidos, y no había forma de calmarlo. Estaba negro con Michele, sin duda, pero sobre todo con Marcello y Stefano. Decía cosas que nosotras no entendíamos porque nos faltaban elementos. Decía que el bar Solara siempre había sido un nido de camorristas usureros, que era la base del contrabando y la recogida de votos de Estrella y Corona, de los monárquicos. Decía que don Achille había sido espía de los nazifascistas, decía que el dinero con el que Stefano había sacado adelante la charcutería, lo había ganado su padre traficando en el mercado negro. Gritaba: «Papá hizo bien en matarlo». Gritaba: «En cuanto a los Solara, padre e hijos, me ocupo yo de degollarlos, y después me cargo también a Stefano y a toda su familia». Y por último, gritaba dirigiéndose a Lila, como si fuera lo más grave: «Y tú, tú has bailado con él, con ese desgraciado».

En ese momento, como si la furia de Pasquale le hubiese henchido el pecho de aliento, Antonio también se puso a gritar, y daba la impresión de que la hubiese tomado con Pasquale porque quería privarlo de una alegría: la alegría de matar él a los Solara por lo que le habían hecho a Ada. Y Ada se echó a llorar ahí mismo y Carmela ya no pudo contenerse, y también estalló en llanto. Enzo trató de convencernos a todos de que no siguiéramos en la calle. «Todos a casa», dijo. Pero Pasquale y Antonio lo mandaron callar, querían quedarse y enfrentarse a los Solara. Amenazantes, le repitieron a Enzo varias veces, con fingida calma: «Vete, vete, nos vemos mañana». Entonces Enzo dijo en voz baja: «Si os quedáis vosotros, yo también me quedo». En ese momento yo también me eché a llorar y poco después —algo que me conmovió aún más—, empezó a llorar Lila, a la que no había visto llorar nunca.

Éramos cuatro muchachas anegadas en lágrimas, lágrimas de desesperación. Pasquale se ablandó únicamente cuando la vio llorar a ella. Y dijo resignado: «De acuerdo, esta noche no, resolveré lo de los Solara otro día, vamos». De inmediato, entre sollozos, Lila y yo lo aferramos del brazo y nos lo llevamos de ahí. Durante un rato lo consolamos echando pestes de los Solara, y, al mismo tiempo, insistíamos en que lo mejor era hacer como si no existieran. Después, secándose las lágrimas con el dorso de la mano, Lila preguntó:

—¿Quiénes son los nazifascistas, Pascà? ¿Quiénes son los monárquicos? ¿Qué es el mercado negro?

17

Es difícil decir qué efecto tuvieron en Lila las respuestas de Pasquale, temo no contarlo bien, sobre todo porque por aquel entonces en mí no tuvieron ninguno. Pero en ella, tal como solía ocurrirle, calaron hondo y la modificaron de tal modo que hasta finales del verano me obsesionó con un único concepto, para mí bastante insoportable. Utilizo la lengua de hoy e intento resumirlo así: no hay gestos, palabras, suspiros que no contengan la suma de todos los crímenes que han cometido y cometen los seres humanos.

Naturalmente ella lo decía de otra manera. Lo que cuenta es que le entró el frenesí de la revelación absoluta. Cuando paseábamos me señalaba la gente, las cosas, las calles y decía:

—Ese hizo la guerra y mató, ese aporreó a la gente y obligó a tomar aceite de ricino, ese denunció a un montón de personas, ese le hizo pasar hambre hasta a su madre, en esa casa torturaron y mataron, por estas piedras marcharon e hicieron el saludo romano, en esta esquina repartieron palos, el dinero de estos viene del hambre de esos de ahí, este coche se lo compraron vendiendo en el mercado negro pan hecho con polvos de mármol y carne podrida, esa carnicería nació robando cobre y asaltando trenes de mercancías, ese bar existe gracias a la camorra, el contrabando y la usura.

Pronto dejó de conformarse con Pasquale. Era como si él le hubiese puesto en marcha un mecanismo en la cabeza y ahora ella tuviera la tarea de poner orden en una masa caótica de sugestiones. Cada vez más tensa, cada vez más obsesionada, probablemente impelida por la urgencia de sentirse encerrada en una visión compacta, sin grietas, fue a complicar los datos concisos de él con algún libro que descubrió en la biblioteca. De ese modo puso motivos concretos, caras comunes al clima de tensión abstracta que de niñas habíamos respirado en el barrio. El fascismo, el nazismo, la guerra, los aliados, la monarquía, la república, ella hizo que se convirtieran en calles, casas, caras, don Achille y el mercado negro, Peluso el comunista, el abuelo camorrista de los Solara, el padre Silvio, más fascista que Marcello y Michele, y Fernando, su padre zapatero, y mi padre, todos, todos, todos estaban ante sus ojos manchados hasta la médula por culpas tenebrosas, todos criminales contumaces o cómplices aquiescentes, todos comprados con migajas. Ella y Pasquale me encerraron en un mundo terrible del que no había escapatoria.

Después Pasquale empezó a callarse, vencido por la capacidad de Lila de soldar entre sí las cosas y formar una cadena que te sujetaba por todas partes. A menudo los veía pasear juntos y, si antes era ella quien estaba pendiente de sus labios, ahora era él quien la escuchaba con gran interés. Está enamorado, pensaba yo. Y también pensaba: Lila también se enamorará, se comprometerán, se casarán, hablarán siempre de política, tendrán hijos que, a su vez, hablarán de las mismas cosas. Cuando empezó el curso, por una parte sufrí mucho porque sabía que ya no tendría tiempo para Lila, pero confié en que así podría sustraerme de su cálculo continuo de las fechorías, las aquiescencias y las canalladas de las personas que conocíamos, que amábamos, que llevábamos —yo, ella, Pasquale, Rino, todos— en la sangre.

18

Los dos años de bachillerato superior fueron más arduos que el bachillerato elemental. Fui a parar a una clase de cuarenta y dos alumnos, una de las rarísimas clases mixtas del colegio. Éramos poquísimas chicas y yo no conocía a ninguna. Gigliola, después de mucho alardear («Sí, yo también haré el bachillerato superior, seguro, nos sentaremos en el mismo banco»), terminó ayudando a su padre en la pastelería Solara. De los chicos conocía a Alfonso y a Gino, que se sentaron juntos en uno de los primeros bancos, codo con codo y con cara de susto, y casi fingieron no conocerme. El aula olía mal, un olor ácido a sudor, pies sucios, miedo.

Durante los primeros meses viví en silencio mi nueva vida escolar, los dedos siempre en la frente y las mejillas acribilladas por el acné. Sentada en una de las filas del fondo, desde donde veía poco, tanto a los profesores como lo que escribían en la pizarra, solo me conocía mi compañera de banco y ella era la única a la que yo conocía. Gracias a la maestra Oliviero conseguí enseguida los libros que necesitaba, sucios, desencuadernados. Me impuse la disciplina que había aprendido en el bachillerato elemental: estudiaba toda la tarde hasta las once de la noche y de las cinco de la mañana hasta las siete, la hora de irme al colegio. Cuando salía de casa, cargada de libros, solía encontrarme con Lila que se iba corriendo a la zapatería a abrir la tienda, a barrer, fregar y ordenar antes de que llegaran su padre y su hermano. Ella me preguntaba por las materias que tenía ese día, lo que había estudiado, y exigía respuestas precisas. Si no se las daba, me acosaba a preguntas que me angustiaban porque creía no haber estudiado suficiente, no estar en condiciones de contestar a los profesores del mismo modo que no estaba en condiciones de contestarle a ella. Algunas mañanas frías, cuando me levantaba al alba e iba a la cocina a repasar las lecciones, como siempre, tenía la impresión de que renunciaba al sueño tibio y profundo del amanecer más para quedar bien con la hija del zapatero que con los profesores de la escuela de los ricos. Incluso el desayuno lo hacía con prisas por su culpa. Me tomaba el café con leche y salía corriendo a la calle para no perderme un solo metro del trayecto que hacíamos juntas.

Yo esperaba en el portón. La veía salir del edificio donde vivía y comprobaba que seguía cambiando. Ya era más alta que yo. No caminaba como la niña huesuda que había sido hasta pocos meses antes, sino que lo hacía como si su cuerpo, al redondearse, le hubiese suavizado los andares. Hola, hola, y enseguida nos poníamos a hablar. Cuando nos deteníamos en el cruce y nos despedíamos, ella para ir a la zapatería, yo a la estación del metro, me volvía muchas veces para echarle un último vistazo. En un par de ocasiones vi a Pasquale, que llegaba jadeando, se ponía a su lado y la acompañaba.

El metro iba repleto de chicos y chicas sucios de sueño, del humo de los primeros cigarrillos. Yo no fumaba, no hablaba con nadie. En los pocos minutos de viaje repasaba aterrorizada las lecciones, me embutía frenéticamente la cabeza de lenguajes extraños, tonos distintos de los utilizados en el barrio. Me aterrorizaban el fracaso en los estudios, la sombra torcida de mi madre descontenta, la mirada amenazante de la maestra Oliviero. Pese a todo, ya no tenía más que un único pensamiento verdadero: encontrar novio, enseguida, antes de que Lila me anunciara que ella y Pasquale se habían hecho novios.

Cada día sentía con más fuerza la angustia de no llegar a tiempo. Al volver del colegio, temía encontrármela y enterarme por su voz cautivadora de que ya se habían hecho novios con Peluso. O si no era con él, era con Enzo. O si no era con Enzo, era con Antonio. O qué sé yo, Stefano Carracci, el charcutero, o incluso Marcello Solara: Lila era imprevisible. Los muchachos que zumbaban a su alrededor ya eran casi hombres, cargados de pretensiones. De modo que, entre el proyecto de los zapatos, las lecturas sobre el mundo horrible en el que habíamos acabado naciendo, y los novios, ya no le quedaría tiempo para mí. A veces, al volver del colegio, daba un largo rodeo para no pasar por delante de la zapatería. Y si llegaba a verla a ella de lejos, era tal mi angustia, que cambiaba de trayecto. Pero después no podía resistirme y volvía a buscarla como quien va al encuentro de una fatalidad.

A la entrada, a la salida del instituto, un enorme edificio gris y oscuro, en pésimas condiciones, miraba a los chicos. Los miraba con insistencia para que ellos notaran mi mirada y me miraran a su vez. Observaba a mis coetáneos, algunos todavía con pantalón corto, otros con pantalón bombacho, otros con pantalón largo. Miraba a los mayores, a los que iban al curso preuniversitario, que en general vestían chaqueta y corbata, jamás llevaban abrigo, debían demostrar a los demás, pero sobre todo a sí mismos, que no notaban el frío: el pelo cortado a cepillo, las nucas blancas y rapadas. Prefería a esos, pero me hubiera conformado con alguno de segundo de bachillerato superior, lo esencial era que llevara pantalón largo.

Un buen día un alumno me impresionó con su paso ondulante, su delgadez, su cabello moreno y desgreñado, y su cara, que me pareció hermosísima y me resultaba familiar. ¿Cuántos años tendría, dieciséis, diecisiete? Lo examiné a fondo, volví a mirarlo y se me heló el corazón: era Nino Sarratore, el hijo de Donato Sarratore, el ferroviario-poeta. Correspondió a mi mirada pero distraídamente, no me reconoció. Llevaba una chaqueta con los codos deformados que le iba estrecha de hombros; los pantalones estaban raídos, los zapatos gastados y llenos de bultos. No mostraba ninguno de los signos de bienestar de los que hacían gala Stefano y, sobre todo, los Solara. Era evidente que su padre, pese a haber escrito un libro de poemas, aún no se había hecho rico.

Me sentí muy turbada por aquella aparición inesperada. A la salida pensé en ir corriendo a contárselo a Lila, el impulso fue muy fuerte, pero cambié de idea. Si se lo hubiese dicho, seguramente habría querido acompañarme al colegio para verlo. Y ya sabía lo que iba a ocurrir. Como Nino no se había fijado en mí, como no había reconocido a la niña rubia y delgada de la escuela primaria en la gorda granujienta de catorce años en que me había convertido, a Lila la habría reconocido enseguida y se habría quedado prendado de ella. Decidí gozar en silencio de la imagen de Nino Sarratore cuando salía del colegio y, con la cabeza gacha y sus andares descoyuntados, enfilaba hacia corso Garibaldi. A partir de ese día fui al colegio como si verlo, o atisbarlo apenas, fuera el único motivo para ir.

El otoño pasó deprisa. Una mañana me tomaron la lección sobre *La Eneida*, era la primera vez que me llamaban para que saliera a la tarima. El profesor, un tal Gerace, un sesentón desganado, puro bostezos ruidosos, rió a carcajadas en cuanto pronuncié oraculo en lugar de oráculo. Ni se le pasó por la cabeza que, aunque supiera el significado de la palabra, yo vivía en un mundo en el que nadie había tenido jamás necesidad de usarla. Se rieron todos, especialmente Gino, sentado en el primer banco al lado de Alfonso.

Me sentí humillada. Pasaron los días y entregamos los primeros deberes de latín. Cuando Gerace los trajo corregidos, preguntó:

—¿Quién es Greco?

Levanté la mano.

—Ven.

Me hizo una serie de preguntas sobre las declinaciones, los verbos, la sintaxis. Contesté aterrorizada, en especial porque me dedicaba una atención que hasta ese momento no había manifestado por ninguno de nosotros. Después me entregó la hoja sin comentar nada más. Había sacado un nueve.

A partir de ese momento todo fue un crescendo. En el ejercicio de italiano me puso ocho, en historia no fallé una sola fecha, en geografía supe a la perfección superficies, poblaciones, riquezas del subsuelo, agricultura. Pero, sobre todo, en griego lo dejé boquiabierto. Gracias a lo aprendido con Lila, demostré una familiaridad con el alfabeto, una destreza en la lectura, una desenvoltura en la fonación que al final arrancaron al profesor una alabanza pública. Mi habilidad se impuso como un dogma al resto del cuerpo docente. Hasta el profesor de religión me llamó aparte, una mañana, y me preguntó si quería inscribirme en un curso gratuito de teología por correspondencia. Dije que sí. Al acercarnos a Navidad todos me llamaban Greco, algunos Elena. Gino empezó a demorarse en la salida, a esperarme para volver juntos al barrio. Y un día, por sorpresa, me preguntó otra vez si quería que nos hiciéramos novios, y yo, aunque fuera un chico rechoncho, lancé un suspiro de alivio: mejor eso que nada, y acepté.

Toda esa tensión apasionante tuvo una pausa durante las vacaciones navideñas. El barrio volvió a tragarme, dispuse de más tiempo, vi a Lila con más frecuencia. Había descubierto que yo estudiaba inglés y, naturalmente, se había agenciado una gramática. Ya conocía muchas palabras que pronunciaba de una forma muy aproximada, y, naturalmente, yo no le iba a la zaga. Pero ella me apremiaba diciéndome: cuando vuelvas al colegio, pregúntale al profesor cómo se pronuncia esto, cómo se pronuncia esto otro. Un día me llevó a la tienda, me enseñó una caja de metal repleta de papelitos, en cada uno había escrito de un lado una palabra y del otro el equivalente inglés: lápiz/*pencil*, entender/*to understand*, zapato/*shoe*. El maestro Ferraro era quien le había aconsejado que lo hiciera así, una magnífica forma de aprender vocabulario. Me leía la palabra y quería que le dijera el equivalente en inglés. Pero yo sabía poco o nada. Me di cuenta de que en todo parecía más adelantada que yo, como si fuera a un colegio secreto. Noté también una tensión en ella, las ganas de demostrarme que estaba a la altura de lo que yo estudiaba. Yo hubiera preferido hablar de otra cosa, pero me preguntó las declinaciones griegas, y no tardó en deducir que yo seguía con la primera, mientras que ella ya se había estudiado la tercera. Me preguntó también sobre *La Eneida*, le había apasionado. Se la había leído entera en unos días, mientras que yo, en el colegio, iba por la mitad del libro segundo. Me habló con todo detalle de Dido, figura de la que yo no sabía nada, ese nombre lo oí por primera vez no en el colegio sino cuando ella lo citó. Y una tarde, como quien no quiere la cosa, hizo una observación que me impresionó mucho. Dijo: «Sin amor, no solo se seca la vida de las personas, sino también la de las ciudades». No recuerdo exactamente cómo lo expresó, pero el concepto era ese, y yo lo asocié a nuestras calles sucias, a los jardincillos polvorientos, al campo estragado por los nuevos edificios, a la violencia en cada casa, en cada familia. Temí que volviera a hablarme del fascismo, el nazismo, el comunismo. No pude resistirme, quise que entendiera que a mí me estaban ocurriendo cosas bonitas, se lo conté todo de un tirón, primero, que me había hecho novia de Gino, y segundo, que a mi colegio iba Nino Sarratore, y estaba más buen mozo que en primaria.

Entornó los ojos, temí que fuera a decirme: yo también me he ennoviado. Pero no, empezó a tomarme el pelo: «Te has hecho novia del hijo del farmacéutico —dijo—, muy bien, has cedido, te has enamorado como la novia de Eneas». Y bruscamente, de Dido pasó a Melina y se estuvo un buen rato hablándome de ella, puesto que yo sabía poco o nada de lo que ocurría en los edificios vecinos porque por la mañana iba a clase y al regresar estudiaba hasta la noche. Me habló de su pariente como si nunca la perdiera de vista. A ella y a sus hijos se los comía la miseria, de modo que seguía fregando las escaleras de los edificios junto con Ada (el dinero que Antonio llevaba a casa no alcanzaba). Pero ya no tenía ganas de cantar, se le había pasado la euforia, ahora se deslomaba con gestos de máquina. Me la describió con todo detalle: doblada en dos, empezaba desde la última planta y pasaba el trapo mojado a mano, un tramo de escalera tras otro, peldaño a peldaño, con una energía y una agitación que habrían quebrado a personas mucho más robustas que ella. Si alguien bajaba o subía, se ponía a gritar insultos, les lanzaba el trapo. Ada le había contado que una vez, en plena crisis porque le habían estropeado el trabajo con las pisadas, vio a su madre beberse el agua sucia del cubo, y tuvo que arrancárselo de las manos. ¿Qué tal? Saltó de un tema a otro, de Gino pasó a Dido, luego habló de Eneas que la abandonaba y terminó refiriéndose a la viuda loca. Y solo entonces sacó a colación a Nino Sarratore, señal de que me había escuchado con atención. Y me sugirió:

—Cuéntale lo de Melina, y dile que se lo tiene que contar a su padre. —Y añadió con malicia—: Si no, es demasiado fácil escribir poemas.

Y al final, se echó a reír y prometió con cierta solemnidad:

—Yo nunca me enamoraré de nadie y nunca, nunca, nunca escribiré un poema.

—No me lo creo.

—Es así.

—Pero los demás se enamorarán de ti.

—Peor para ellos.

—Sufrirán como esa tal Dido.

—No, se prometerán con otra, como hizo Eneas, que al final se hizo novio de la hija de un rey.

Me mostré poco convencida. Me fui, pero regresé; esas conversaciones sobre novios, ahora que tenía uno, me gustaban. En cierta ocasión le pregunté cautamente:

—¿Qué hace Marcello Solara, va detrás de ti?

—Sí.

—¿Y tú?

Esbozó una sonrisa de desprecio que significaba: Marcello Solara me da asco.

—¿Y Enzo?

—Somos amigos.

—¿Y Stefano?

—Según tú, ¿todos piensan en mí?

—Sí.

—Stefano me despacha siempre la primera, aunque la tienda esté llena.

—¿Lo ves?

—No hay nada que ver.

—¿Y Pasquale, se te ha declarado?

—¿Estás loca?

—He visto que por las mañanas te acompaña a la tienda.

—Porque me explica las cosas que pasaron antes.

Y así volvió al tema del «antes», no como en la escuela primaria, era distinto. Dijo que no sabíamos nada, ni de pequeñas ni ahora, que todas las cosas del barrio, cada piedra o cada pedazo de madera, lo que fuera, ya existía antes que nosotras, pero que nosotras nos habíamos criado sin darnos cuenta, sin siquiera pensar en ello. No solo nosotras. Su padre fingía que antes nunca había habido nada. Lo mismo les pasaba a su madre, a mi madre, a mi padre, incluso a Rino. Sin embargo, la charcutería de Stefano antes había sido la carpintería de Peluso, el padre de Pasquale. Sin embargo, don Achille había ganado dinero antes. Y lo mismo podía decirse del dinero de los Solara. Ella había hecho la prueba con sus padres. No sabían nada, no querían hablar de nada. Ni del fascismo, ni del rey. Ni de los atropellos ni de las vejaciones ni de la explotación. Odiaban a don Achille y temían a los Solara. Pero tragaban e iban a gastarse el dinero tanto en el local del hijo de don Achille como en la tienda de los Solara, y nos mandaban nada menos que a nosotras. Y votaban a los fascistas, a los monárquicos, como los Solara querían que hiciesen. Y pensaban que lo que había ocurrido antes ya había pasado, y, por no complicarse la vida, le ponían una piedra encima, y sin embargo, estaban metidos dentro de las cosas de antes y nos tenían también metidos a nosotros, y así, sin saberlo, las perpetuábamos.

Esa reflexión sobre el «antes» me impresionó más que las reflexiones tenebrosas a las que me había arrastrado durante el verano. Nos pasamos las vacaciones de Navidad hablando sin parar, en la zapatería, en la calle, en el patio. Nos lo contamos todo, incluso las pequeñeces, y qué bien lo pasamos.

19

En aquella época me sentí fuerte. En el colegio me había comportado de un modo perfecto; le hablé a la maestra Oliviero de mis éxitos y ella me elogió. Veía a Gino, todos los días dábamos un paseo hasta el bar Solara: él me compraba una pasta, nos la comíamos entre los dos, regresábamos. A veces llegaba a tener la impresión de que era Lila quien dependía de mí y no al revés. Había cruzado las fronteras del barrio, cursaba el bachillerato superior, estaba en compañía de muchachos que estudiaban latín y griego y no de albañiles, mecánicos, zapateros remendones, verduleros, charcuteros, vendedores de zapatos, como ella. Cuando me hablaba de Dido o de su método para aprender palabras en inglés o de la tercera declinación o de los temas sobre los que conjeturaba con Pasquale, percibía cada vez con más claridad que lo hacía no sin cierta sumisión, como si finalmente fuera ella quien sentía la necesidad de demostrarme todo el tiempo que cuando discurría estaba a mi misma altura. Una tarde, cuando se decidió al fin, con cierta vacilación, a enseñarme en qué fase se encontraba el zapato secreto que confeccionaba con Rino, dejé de sentir que Lila vivía sin mí en un territorio maravilloso. Me pareció que tanto ella como su hermano dudaban en hablarme de cosas tan poco dignas de mí.

O quizá era yo quien empezaba a sentirse más que ellos. Cuando hurgaron en un armario y sacaron un envoltorio, los animé de un modo afectado. Pero el par de zapatos de caballero que me enseñaron me pareció realmente fuera de lo común, un número 43, el de Rino y Fernando, marrón, tal como los recordaba en los diseños de Lila, con un aspecto ligero y resistente a la vez. En mi vida había visto a nadie calzado con nada semejante. Mientras me dejaban tocarlos e iban hablándome de sus cualidades, empecé a elogiarlos con entusiasmo.

—Toca aquí —decía Rino, animado por mis elogios—, y dime si se nota la costura.

—No —contestaba yo—, no se nota.

Entonces me quitaba los zapatos de las manos, los doblaba, los estiraba, me demostraba su resistencia. Yo aprobaba, les decía muy bien, como hacía la maestra Oliviero cuando nos quería animar. Pero Lila no parecía satisfecha. Cuantas más cualidades enumeraba su hermano, más defectos me hacía notar ella y le decía a Rino:

—¿Cuánto tarda papá en ver estos errores?

Y siguió así hasta que en un momento dado dijo muy seria:

—Probemos otra vez con agua.

Su hermano se mostró contrariado. Ella llenó de todos modos la palangana, metió la mano dentro de uno de los zapatos como si fuera un pie y lo hizo caminar un rato en el agua.

—Tiene que jugar —me dijo Rino con aire de hermano mayor que se aburre de las niñerías de la hermana pequeña. Pero en cuanto vio que Lila sacaba el zapato, puso cara de preocupación y preguntó—: ¿Y?

Lila sacó la mano, se restregó los dedos y le tendió el zapato.

—Toca.

Rino metió la mano dentro y dijo:

—Está seco.

—Está húmedo.

—Solo tú notas la humedad. Toca, Lenù.

Toqué el zapato.

—Está un poco húmedo —dictaminé.

Lila hizo una mueca de disgusto.

—¿Has visto? Lo dejas un minuto en el agua y se humedece, no sirve. Tenemos que despegarlo y descoserlo todo otra vez.

—¿Qué carajo pasa por un poco de humedad?

Rino se enfadó. No solo eso: ante mis ojos sufrió una especie de transformación. Se puso colorado, se le hincharon los pómulos y la zona alrededor de los ojos, no supo contenerse y estalló en una serie de imprecaciones e insultos contra su hermana. Se lamentó de que así no terminarían nunca. Le reprochó a Lila porque primero lo animaba y después lo desanimaba. Gritó que él no quería pasarse el resto de su vida metido en ese asco de sitio siendo el siervo de su padre mientras veía a los demás enriquecerse. Agarró el pie de hierro e hizo ademán de lanzárselo; si lo hubiese hecho de veras la habría matado.

Yo me fui, en parte desorientada por la furia de un joven en general amable, y en parte orgullosa de que mi opinión hubiese resultado tan autorizada y definitiva.

En los días siguientes descubrí que me estaba desapareciendo el acné.

—Te veo realmente bien, es la satisfacción que te da el colegio, es el amor —me dijo Lila y la noté algo triste.

20

Al acercarse la fiesta de Nochevieja, a Rino le entró el afán de lanzar más fuegos artificiales que todos, especialmente más que los Solara. Lila le tomaba el pelo, pero en ocasiones se ponía dura con él. Me comentó que según ella su hermano, que al principio se mostraba escéptico sobre la posibilidad de ganar mucho dinero con los zapatos, ahora había empezado a obstinarse en exceso, se veía propietario de la fábrica de calzado Cerullo y no quería volver a ser zapatero remendón. Eso la preocupaba, era un aspecto de Rino que desconocía. Siempre le había parecido en exceso impetuoso, por momentos agresivo, pero no fanfarrón. Y ahora se las daba de lo que no era. Se sentía cerca de la riqueza. Un pequeño empresario. Alguien capaz de exhibir ante el barrio entero una primera muestra de la fortuna que el año nuevo le traería lanzando fuegos artificiales en abundancia, más, muchos más que los hermanos Solara, convertidos a sus ojos en el modelo de hombre joven que imitar, que superar incluso. Gente a la que envidiaba y sentía como enemigos a los que derrotar para poder asumir su papel.

Lila nunca dijo, como había hecho en el caso de Carmela y las demás muchachas del patio: a lo mejor yo le he metido en la cabeza una fantasía que no sabe controlar. Ella misma creía en esa fantasía, sentía que era realizable, y su hermano era una pieza importante de su realización. Además sentía por él un gran cariño, era seis años mayor que ella, no quería dar de él la imagen de un niño que no sabe manejar sus sueños. Pero con frecuencia repetía que a Rino le faltaba pragmatismo, que no sabía enfrentarse a las dificultades con los pies en la tierra, que tendía a excederse. Como con esa competición con los Solara, por ejemplo.

—A lo mejor tiene celos de Marcello —sugerí yo una vez.

—¿Qué quieres decir?

Se rió haciéndose la tonta, pero ella misma me lo había contado. A diario, Marcello Solara pasaba y volvía a pasar por delante de la zapatería, tanto a pie, como en el Fiat 1100, y Rino debía de haberse dado cuenta, hasta el punto de que en más de una ocasión le había dicho a su hermana: «Ni se te ocurra darle cuerda a ese cabrón». Tal vez, como no podía partirle la cara a los Solara porque se fijaban en su hermana, quería demostrarles su fuerza con los fuegos artificiales.

—Si es así, ¿ves cómo tengo razón?

—¿En qué?

—En que se ha vuelto un fanfarrón. ¿De dónde va a sacar el dinero para los fuegos artificiales?

Era verdad. La Nochevieja era una noche de enfrentamientos, en el barrio y en toda Nápoles. Luces cegadoras, explosiones. El humo densísimo de la pólvora lo volvía todo nebuloso, se colaba en las casas, provocaba picores en los ojos, tos. Pero el chisporroteo de los triquitraques, el silbido de los petardos, el cañoneo de los truenos tenía un costo y, como de costumbre, lanzaba más fuegos artificiales quien más dinero tenía. Nosotros, los Greco, no teníamos dinero, en mi casa la contribución a los fuegos artificiales de Nochevieja era modesta. Mi padre compraba una caja de bengalas, una de girándulas y una de cohetes pequeños. A medianoche me ponía en la mano a mí, que era la mayor, el alambre de las estrellitas o el de las girándulas, las encendía y yo me quedaba inmóvil, emocionada y asustada, mirando fijamente las chispas móviles, los breves remolinos de fuego a poca distancia de los dedos. Entretanto, él corría a introducir el asta de los cohetes en una botella de vidrio dispuesta en el mármol de la ventana, prendía la mecha con el ascua del cigarrillo y, entusiasmado, lanzaba al cielo el silbido luminoso. Al final tiraba la botella a la calle.

En casa de Lila compraban pocos petardos o ninguno, tanto es así que Rino se había rebelado muy pronto. Desde los doce años había tomado por costumbre pasar la medianoche con personas más audaces que su padre, y eran famosas sus empresas de recuperador de truenos sin estallar; salía en su busca en cuanto terminaba el caos de la fiesta. Los juntaba todos en la zona de los pantanos, los prendía y disfrutaba de la alta llamarada, trac trac trac y la explosión final. Todavía tenía una cicatriz oscura en la mano, una mancha ancha, que se hizo aquella vez en que no la había apartado a tiempo.

Entre las muchas razones conocidas y secretas de aquel desafío de Nochevieja de 1958, hay que incluir también el hecho de que tal vez Rino quería vengarse de su infancia pobre. Por eso puso todo su empeño en reunir dinero aquí y allá para comprar cohetes. Pero se sabía —lo sabía él también pese al delirio de grandeza que le había dado— que con los Solara no había forma de competir. Como todos los años, los dos hermanos iban de aquí para allá en su Fiat 1100, con el maletero repleto de fuegos artificiales con los que en Nochevieja iban a matar pájaros, asustar a perros, gatos y ratones, sacudir los edificios desde el sótano a la azotea. Rino los observaba con inquina desde el taller y mientras tanto trajinaba con Pasquale, con Antonio y, sobre todo, con Enzo, que disponía de algo más de dinero, para reunir un arsenal con el que hacer un buen papel.

Las cosas sufrieron un pequeño e inesperado cambio cuando nuestras madres nos mandaron a Lila y a mí a la charcutería de Stefano Carracci a hacer la compra para la cena de Nochevieja. La tienda estaba a rebosar de gente. Detrás del mostrador, además de Stefano y Pinuccia, atendía también Alfonso, que nos sonrió incómodo. Nos preparamos para la larga espera. Pero Stefano me saludó a mí, inequívocamente a mí, con la mano y le dijo algo al oído a su hermano. Mi compañero de colegio salió de detrás del mostrador y me preguntó si llevábamos la lista de lo que precisábamos. Se la dimos y él se fue. A los cinco minutos teníamos la compra hecha.

Metimos todo en las bolsas, pagamos lo que debíamos a la señora Maria y nos marchamos. Nos habíamos alejado unos cuantos pasos cuando no Alfonso, sino Stefano, precisamente Stefano, me llamó con su hermosa voz de hombre hecho y derecho:

—Lenù.

Nos alcanzó. Tenía una expresión tranquila, la sonrisa cordial. Lo único que la echaba a perder un poco era la bata blanca manchada de grasa. Nos habló a las dos, en dialecto, pero mirándome a mí:

—¿Queréis venir a celebrar el fin de año a mi casa? A Alfonso le haría mucha ilusión.

La esposa y los hijos de don Achille, incluso después del asesinato del padre, llevaban una vida muy apartada: iglesia, charcutería, casa, como mucho alguna fiestecita a la que no se podía faltar. Esa invitación era una novedad. Contesté indicando a Lila:

—Ya estamos ocupadas, con su hermano y un montón de amigos.

—Decídselo también a Rino y a vuestros padres: la casa es grande y subiremos a la terraza a lanzar cohetes.

Lila se entrometió con tono categórico:

—También vienen a celebrarlo con nosotros Pasquale y Carmen Peluso con su madre.

Debía ser un comentario destinado a eliminar toda charla posterior: Alfredo Peluso estaba en Poggioreale porque había matado a don Achille, y el hijo de don Achille no podía invitar a su casa a los hijos de Alfredo para brindar por el año nuevo. Stefano se limitó a mirarla fijamente como si la viese en ese momento, y, con el tono de quien dice lo obvio, dejó caer:

—Está bien, venid todos: nos tomamos un vino espumoso, bailamos, año nuevo vida nueva.

Me conmovieron esas palabras. Miré a Lila, ella también estaba descolocada. Murmuró:

—Tenemos que hablar con mi hermano.

—Ya me diréis.

—¿Y los fuegos artificiales?

—¿Qué quieres decir?

—Nosotros traeremos los nuestros, ¿y tú?

Stefano sonrió:

—¿Cuántos quieres?

—Muchísimos.

El muchacho se dirigió otra vez a mí:

—Venid todos a mi casa y os prometo que cuando haya amanecido seguiremos tirando petardos.

21

Durante todo el trayecto no hicimos más que desternillarnos de risa diciéndonos cosas como:

—Lo hace por ti.

—No, por ti.

—Se ha enamorado y para que vayas a su casa invita también a los comunistas y a los asesinos de su padre.

—Pero ¿qué dices? No me ha mirado siquiera.

Rino escuchó la propuesta de Stefano y enseguida dijo que no. Pero eran tantas sus ganas de ganarle a los Solara que dudó; habló entonces con Pasquale, que se enojó muchísimo. Enzo se limitó a murmurar: «De acuerdo, si puedo, voy». En cuanto a nuestros padres, se mostraron encantados con la invitación porque para ellos don Achille ya no existía y sus hijos y su esposa eran personas de bien, acomodadas, era un honor tenerlas como amigas.

Al principio, Lila pareció aturdida, como si se hubiese olvidado del lugar donde se encontraba, de las calles, el barrio, la zapatería. Y un día se presentó en mi casa a últimas horas de la tarde con el aire de quien lo ha entendido todo y me dijo:

—Nos hemos equivocado. Stefano no te quiere ni a ti ni a mí.

Analizamos la situación como hacíamos siempre, mezclando los datos reales con las fantasías. Si no nos quería a nosotras, ¿qué pretendía? Supusimos que también Stefano tenía pensado darle una lección a los Solara. Nos acordamos de cuando Michele había conseguido que echaran a Pasquale de la fiesta de la madre de Gigliola, entrometiéndose de ese modo en los asuntos de los Carracci y haciendo que Stefano quedara como alguien que no sabe defender la memoria de su padre. Bien mirado, en esa ocasión los dos hermanos no solo le habían puesto el pie encima a Pasquale, sino a él también. Por eso ahora se cobraba con creces, como para fastidiarlos: hacía definitivamente las paces con los Peluso nada menos que invitándolos a su casa por Nochevieja.

—¿Y qué gana con eso? —le pregunté a Lila.

—No lo sé. Quiere hacer un gesto que nadie haría aquí en el barrio.

—¿Perdonar?

Lila sacudió la cabeza, escéptica. Trataba de entender, las dos tratábamos de entender, y entender era algo que nos gustaba muchísimo. Stefano no parecía una persona capaz de perdonar. Según Lila tenía en mente otra cosa. Y poco a poco, basándose en una de sus ideas fijas de los últimos tiempos que nacieron en el momento en que se había puesto a discutir con Pasquale, le pareció haber dado con la solución.

—¿Te acuerdas de cuando le dije a Carmela que podía prometerse con Alfonso?

—Sí.

—Stefano tiene en mente algo así.

—¿Casarse con Carmela?

—Algo más.

Según Lila, Stefano quería empezar de cero. Quería tratar de salir del «antes». No quería fingir que no había pasado nada, como nuestros padres, sino plantear algo más o menos así: ya lo sé, mi padre era lo que era, pero ahora estoy yo, estamos nosotros, así que se acabó. En una palabra, quería que todo el barrio entendiera que él no era don Achille y que tampoco los Peluso eran el ex carpintero que lo había matado. Esa hipótesis nos gustó, se convirtió enseguida en una certeza y nos entró un arrebato de simpatía por el joven Carracci. Decidimos ponernos de su parte.

Fuimos a explicarles a Rino, Pasquale y Antonio que la invitación de Stefano era algo más que una invitación, que ocultaba significados importantes, que era como si estuviera diciendo: antes de nosotros hubo cosas feas; nuestros padres, cada cual a su manera, no se comportaron bien; de ahora en adelante, y una vez reconocido este punto, demostremos que nosotros, los hijos, somos mejores que ellos.

—¿Mejores? —preguntó Rino, interesado.

—Mejores —dije yo—, todo lo contrario que los Solara, que son peores que su abuelo y su padre.

Hablé muy emocionada, en italiano, como si estuviera en el colegio. Incluso Lila me lanzó una mirada de asombro y Rino, Pasquale y Antonio comentaron algo entre bisbiseos, incómodos. Pasquale incluso trató de contestarme en italiano pero se dio por vencido enseguida. Y dijo sombrío:

—El dinero con el que Stefano está ganando más dinero es el que su padre ganó en el mercado negro. En el local donde tiene la charcutería antes estaba la carpintería de mi padre.

Lila entrecerró los ojos, casi no se le veían.

—Es cierto. Pero ¿preferís poneros de parte de alguien que quiere cambiar o de parte de los Solara?

Pasquale contestó con orgullo, un poco por convicción, un poco porque se lo notaba visiblemente celoso ante la inesperada importancia que Stefano adquiría en las palabras de Lila:

—Yo estoy de mi parte y punto.

Pero era un buen muchacho, lo pensó, le dio muchas vueltas. Fue a hablar con su madre, lo examinó con toda la familia. Giuseppina, trabajadora incansable, de buen carácter, desenvuelta, exuberante que, tras la encarcelación de su marido se había convertido en una mujer destruida, entristecida por la mala suerte, lo consultó con el párroco. El párroco pasó por la tienda de Stefano, habló largo y tendido con Maria, después volvió a hablar con Giuseppina Peluso. Al final todos se convencieron de que la vida ya era muy difícil y, si con motivo del año nuevo, se conseguía reducir las tensiones, mejor para todos. De modo que el 31 de diciembre, después de la cena de fin de año, a las 23.30, familias tan distintas como la del ex carpintero, la del conserje, la del zapatero, la del verdulero y la de Melina —que para la ocasión cuidó mucho su aspecto— subieron una tras otra a la cuarta planta, hasta la vieja y odiada casa de don Achille, para celebrar juntas el año nuevo.

22

Stefano nos recibió con gran cordialidad. Recuerdo que se había peinado con esmero, tenía la cara un poco roja por los nervios, llevaba camisa blanca con corbata y chaleco de color azul. Lo encontré sumamente apuesto, con modales de príncipe. Calculé que tendría casi siete años más que Lila y yo, y pensé que ser la novia de Gino, de mi misma edad, era muy poca cosa: cuando le pedí que se reuniera conmigo en casa de los Carracci me dijo que no podía porque sus padres no lo dejaban salir después de medianoche, porque era peligroso. Yo quería un novio mayor, no un muchachito, alguien como esos jóvenes, Stefano, Pasquale, Rino, Antonio, Enzo. Me pasé toda la noche mirándolos y acercándome mucho a ellos. Me tocaba nerviosamente los pendientes y el brazalete de plata de mi madre. Había vuelto a sentirme guapa y quería captar la prueba de ello en sus ojos. Pero todos parecían abstraídos con la fiesta de los fuegos artificiales de medianoche. Esperaban su guerra entre hombres y ni siquiera parecían prestarle atención a Lila.

Stefano se mostró amable, en especial con la señora Peluso y con Melina, que no decía palabra, tenía los ojos enloquecidos, la nariz larga, pero iba bien peinada, con sus pendientes y su viejo vestido negro de viuda parecía una gran dama. A medianoche el dueño de casa llenó con vino espumoso primero la copa de su madre e inmediatamente después la de la madre de Pasquale. Brindamos por las cosas maravillosas que llegarían con el año nuevo y enfilamos hacia la azotea, viejos y niños con abrigos y bufandas, porque hacía mucho frío. Me di cuenta de que el único que se rezagaba desganado en el piso de abajo era Alfonso. Por educación lo llamé, no me oyó o fingió no oírme. Subí corriendo las escaleras. Me encontré encima de la cabeza un cielo tremendo, oscuro y frío, tachonado de estrellas.

Los muchachos iban con pullover, Pasquale y Enzo directamente en mangas de camisa. Lila y yo, Ada y Carmela lucíamos unos vestiditos finos que nos poníamos para los bailes; temblábamos de frío y de nervios. Ya se oían los primeros silbidos de los cohetes que surcaban el cielo y estallaban en flores multicolores. Ya se oían los golpetazos de los trastos viejos que salían volando por las ventanas, los gritos, las carcajadas. Todo el barrio alborotaba, tiraba petardos. Yo prendí las estrellitas y las girándulas de los niños, me gustaba observar en sus ojos el estupor y el susto que había sentido yo de niña. Lila convenció a Melina para que encendieran juntas la mecha de una bengala grande, saltó el chorro de fuego con un crujido coloreado. Las dos gritaron de alegría y al final se abrazaron.

Rino, Stefano, Pasquale, Enzo y Antonio transportaron cajones, cajas y envoltorios de explosivos, orgullosos de haber podido acumular tanta munición. Alfonso también colaboró, pero sin entusiasmo, reaccionó a las presiones de su hermano con muestras de fastidio. A mi modo de ver se sentía intimidado por Rino, que parecía realmente excitado, lo empujaba de mala manera, le quitaba las cosas, lo trataba como si fuera un niño. Al final, en lugar de enfadarse, Alfonso se fue apartando y terminó por mezclarse cada vez menos con los demás. Brillaron las llamas de los fósforos, los mayores se encendían los cigarrillos los unos a los otros entre las manos ahuecadas, hablándose serios y cordiales. Si estallara una guerra civil, pensé, como entre Rómulo y Remo, o entre Mario y Sila, o entre César y Pompeyo, ellos tendrían estas mismas caras, estas mismas miradas, estas mismas poses.

Excepto Alfonso, todos los muchachos se llenaron las camisas con triquitraques y truenos, metieron los cohetes dentro de botellas vacías dispuestas en fila. Cada vez más agitado y vociferante, Rino nos encargó a Lila, a Ada, a Carmela y a mí la tarea de reabastecer velozmente a todos de munición. Después, los pequeños, los jóvenes y los menos jóvenes —mis hermanos Peppe y Gianni, para entendernos, pero también mi padre, el zapatero, que era el mayor de todos— empezaron a moverse en la oscuridad y el frío, encendiendo mechas y lanzando los fuegos artificiales al otro lado del antepecho o hacia el cielo, en un clima alegre, de creciente excitación, de gritos —del tipo has visto qué colores, madre mía qué bombazo, dale, dale—, apenas echado a perder por los gemidos aterrados y a un tiempo lánguidos de Melina, por Rino que les arrancaba los triquitraques a mis hermanos para usarlos él mientras vociferaba que ellos los desperdiciaban al lanzarlos sin esperar a que la mecha hubiese prendido del todo.

La furia centelleante de la ciudad se fue atenuando poco a poco hasta apagarse y dejó oír el ruido de los coches, de las bocinas. Reaparecieron amplias zonas de cielo negro. Pese al humo y a los destellos, el balcón de los Solara se hizo más visible.

Estaban a poca distancia, los veíamos. El padre, los hijos, los parientes y amigos, abstraídos como nosotros por el afán de caos. En el barrio todos sabían que lo que había ocurrido hasta ese momento era bien poco, ellos se habrían desmadrado de verdad solo cuando los pelagatos hubiesen terminado con sus fiestecitas, sus estallidos mezquinos y sus lluviecitas de oro y plata, solo en el momento en que ellos quedaran como amos absolutos de la fiesta.

Y así fue. En el balcón el fuego se intensificó bruscamente, el cielo y la calle estallaron de nuevo. Con cada lanzamiento, sobre todo si el petardo hacía un ruido de aniquilación, desde el balcón llegaban obscenidades cargadas de entusiasmo. Entonces, por sorpresa, Stefano, Pasquale, Antonio y Rino respondieron con otros lanzamientos y obscenidades equivalentes. A los cohetes de los Solara ellos contestaban con otros cohetes, a los triquitraques con triquitraques, mientras en el cielo se desplegaban prodigiosas corolas, y abajo, la calle ardía, temblaba; en un momento dado Rino llegó a subirse al antepecho gritando insultos y lanzando truenos potentísimos mientras su madre chillaba de miedo y gritaba: «¡Bájate de ahí, que te vas a caer!».

En ese momento, el pánico se apoderó de Melina, que empezó a proferir gritos agudos y prolongados. Ada bufó, le tocaba a ella llevársela, pero Alfonso le hizo una señal, se ocupó él y desapareció con la mujer escaleras abajo. Poco después mi madre los siguió cojeando, y las demás mujeres se fueron llevando a los niños. Las explosiones causadas por los Solara se hacían cada vez más potentes, en vez de subir al cielo, uno de sus cohetes estalló contra el antepecho de nuestra terraza produciendo un fragoroso resplandor rojo y un humo sofocante.

—Lo han hecho a propósito —le gritó Rino a Stefano, fuera de sí.

Stefano, un perfil oscuro en el frío helado, le indicó por señas que se calmara. Corrió hacia un rincón donde él mismo había depositado una caja que a las chicas nos habían prohibido tocar, y empezó a servirse invitando a los demás.

—Enzo —gritó sin asomo de su tono suave de comerciante—, Pascà, Rino, Antò, vamos, ánimo, vamos, vamos a enseñarles lo que tenemos.

Todos se acercaron riendo. Repetían: sí, vamos a enseñarles, toma, cabrón, toma, y hacían gestos obscenos hacia el balcón de los Solara. Nosotras contemplábamos sus negras siluetas coléricas mientras temblábamos cada vez más por el frío. Nos habíamos quedado solas, sin papel alguno. Mi padre también había bajado con el zapatero. Lila no sé, estaba muda, abstraída por el espectáculo como por un enigma.

Le estaba sucediendo eso que ya he mencionado y que después ella llamó desbordamiento. Fue —me dijo— como si en una noche de luna llena en el mar, la masa negrísima de una tempestad avanzara por el cielo, tragara toda claridad, desgastara el borde de la luna y deformara el disco luminoso reduciéndolo a su verdadera naturaleza de insensata materia bruta. Lila imaginó, vio, sintió —como si fuera real— que su hermano se rompía. Ante sus ojos, Rino perdió la fisonomía que había tenido siempre desde que ella lo recordaba, la fisonomía del muchacho generoso, honrado, los rasgos agradables de la persona de fiar, el perfil amado de quien siempre da, desde que ella tenía memoria, de quien la había divertido, ayudado, protegido. Allí, en medio de las violentas explosiones, del frío, entre el humo que irritaba la nariz y el olor penetrante del azufre, algo violó la estructura orgánica de su hermano, ejerció en él una presión tan intensa que quebró sus contornos, y la materia se expandió como un magma mostrándole de qué estaba realmente hecho. Cada segundo de aquella noche de fiesta le causó horror, tuvo la impresión de que cuando Rino se movía, cuando se expandía a su alrededor, todos los bordes caían y los de ella también se hacían cada vez más débiles y blandos. Pugnó por mantener el control, pero no lo consiguió, desde fuera su angustia se apreció poco o nada. Aunque he de reconocer que en el tumulto de explosiones y colores no me fijé mucho en ella. Me impresionó, creo, su expresión cada vez más espantada. Me di cuenta de que miraba fijamente la sombra de su hermano —el más activo, el más bravucón, el que profería de forma más exagerada insultos feroces en dirección a la terraza de los Solara— con repulsión. Ella, que en general no tenía miedo de nada, parecía espantada por todo aquello. Pero fueron impresiones que analicé más tarde. En ese momento no le hice mucho caso, me sentía cercana a Carmela, a Ada, más que a ella. Como de costumbre no parecía necesitar de las atenciones masculinas. Nosotras, en cambio, en aquel frío, en medio del caos, sin las atenciones no lográbamos encontrarnos un sentido. Hubiéramos preferido que Stefano o Enzo o Rino abandonaran la guerra, nos pusieran el brazo alrededor de los hombros, se apretaran a nuestro costado, y nos dijeran palabras obsequiosas. No ocurrió así; nos apretamos entre nosotras para darnos calor, mientras ellos se afanaban aferrando cilindros con gruesas mechas, estupefactos ante la infinita reserva de fuegos artificiales de Stefano, admirados por su generosidad, turbados ante la cantidad de dinero que era posible transformar en estelas, chispas, explosiones, humo, por la pura satisfacción de salirse con la suya.

Compitieron con los Solara durante no sé cuánto tiempo, explosiones de un lado y del otro como si la terraza y el balcón fueran trincheras, y todo el barrio se sacudió, vibró. No se entendía nada, estruendos, vidrios hechos añicos, cielo roto. Incluso cuando Enzo gritó: «Han terminado, no les queda nada», los nuestros siguieron, sobre todo Rino, hasta que no le quedó una sola mecha por prender. Y entre saltos y abrazos todos entonaron un coro victorioso. Al final se calmaron, llegó el silencio.

Duró poco, fue interrumpido por el llanto lejano de un niño, por gritos e insultos, por coches que avanzaban en las calles cubiertas de basura. Y en el balcón de los Solara luego vimos fogonazos, nos llegaron ruidos secos, pam, pam. Rino gritó decepcionado: «Empiezan otra vez». Pero Enzo, que entendió al vuelo lo que sucedía, fue el primero en meternos para dentro, y después de él entraron también Pasquale y Stefano. Solo Rino siguió profiriendo insultos soeces, asomado al antepecho de la terraza, hasta que Lila esquivó a Pasquale y corrió a hacer entrar a su hermano cubriéndolo a su vez de insultos. Nosotras, las chicas, bajamos gritando. Con tal de ganar, los Solara nos estaban disparando.

23

Ya he dicho que de esa noche se me escaparon muchas cosas. Pero sobre todo, arrastrada por el ambiente de fiesta y peligro, por el torbellino de los muchachos cuyos cuerpos emitían llamaradas más ardientes que los fuegos en el cielo, descuidé a Lila. Y fue entonces cuando se produjo su primer cambio interior.

Como ya he dicho, no me di cuenta de lo que le había sucedido, se trató de un cambio difícil de percibir. Aunque de las consecuencias me di cuenta casi enseguida. Se volvió más perezosa. Dos días más tarde, aunque no había colegio, me levanté temprano para acompañarla a abrir la tienda y ayudarla a limpiar, pero ella no se presentó. Llegó tarde, enfurruñada, y paseamos por el barrio evitando la zapatería.

—¿No vas a trabajar?

—No.

—¿Y por qué?

—Ya no me gusta.

—¿Y los zapatos nuevos?

—Les queda mucho por delante.

—¿Y entonces?

Tuve la impresión de que ni ella misma sabía lo que quería. Lo único seguro es que parecía muy preocupada por su hermano, mucho más de cuanto la había visto en los últimos tiempos. Y precisamente a raíz de esa preocupación comenzó a modificar sus comentarios sobre la riqueza. Seguía en pie la urgencia de hacernos ricas, eso era indiscutible, pero la finalidad ya no era la de la niñez: se acabaron las cajas de caudales, el fulgor de las monedas y las piedras preciosas. Ahora era como si en su cabeza el dinero se hubiese convertido en cemento: consolidaba, reforzaba, arreglaba esto y aquello. El dinero arreglaba sobre todo la cabeza de Rino. El par de zapatos que habían hecho juntos, según él, ya estaba terminado y quería enseñárselo a Fernando. Pero Lila sabía muy bien (y según ella también lo sabía Rino) que el trabajo estaba lleno de fallos, que tras examinar los zapatos, su padre los habría tirado. Por eso le decía que era necesario probar una y otra vez, que el camino para llegar a la fábrica de zapatos era duro de recorrer; pero él no quería esperar más, le urgía convertirse en alguien como los Solara, como Stefano, y Lila no conseguía hacer que entrara en razón. De pronto tuve la sensación de que había perdido todo interés por la riqueza en sí misma. Hablaba de dinero sin aquel toque luminoso, no era más que un remedio para evitar que su hermano se metiera en líos. «Yo tengo la culpa de todo —comenzó a reconocer al menos conmigo—, le hice creer que la buena suerte está a la vuelta de la esquina.» Pero como no estaba a la vuelta de la esquina, se preguntaba con una mirada aviesa qué debía inventarse para sedarlo.

Rino estaba muy inquieto. Fernando, por ejemplo, nunca le reprochaba a Lila el que hubiese dejado de ir a la zapatería, al contrario: le dio a entender que se alegraba si se quedaba en casa a ayudar a su madre. En cambio, su hermano se enfadó y en los primeros días de enero fui testigo de una agria discusión. Rino se aproximó con la cabeza gacha, nos detuvo por la calle y le dijo: «Ven ahora mismo a trabajar». Lila le contestó que mejor se fuera olvidando. Entonces él la agarró de un brazo y le dio un tirón, ella se rebeló con un feo insulto, Rino le soltó una bofetada y le gritó: «Entonces vete a casa a ayudar a mamá». Ella obedeció y se fue sin despedirse de mí.

El conflicto alcanzó su punto culminante el día de Reyes. Según parece, cuando ella se despertó, encontró al lado de la cama un calcetín lleno de carbón. Entendió que había sido Rino, y a la hora del desayuno, puso la mesa para todos menos para él. Apareció la madre: el hijo le había dejado colgada de una silla un calcetín con caramelos y chocolate; aquello la conmovió, se desvivía por aquel muchacho. Por ello, cuando se dio cuenta de que el sitio de Rino en la mesa no estaba preparado, intentó hacerlo ella y Lila se lo impidió. Mientras madre e hija discutían, entró el hermano y, de inmediato, Lila le lanzó un trozo de carbón. Rino rió pensando que se trataba de un juego, que ella había apreciado la broma, pero cuando comprendió que su hermana iba en serio, trató de agarrarla para pegarle. En ese momento apareció Fernando, en calzoncillos y camiseta de lana, con una caja de cartón en la mano.

—Mirad lo que me han traído los Reyes —dijo y se notaba que estaba muy enfadado.

Sacó de la caja los zapatos nuevos elaborados en secreto por sus dos hijos. Lila se quedó de una pieza. No sabía nada de aquella iniciativa, Rino había decidido por su cuenta enseñarle al padre el trabajo de ambos como si se tratara de un regalo de Reyes.

Cuando vio en la cara de su hermano una sonrisita divertida y al mismo tiempo angustiada, cuando descubrió la mirada alarmada reflejada en la cara de su padre, le pareció que se confirmaba eso que la había asustado en la terraza, en medio del humo y los estallidos: Rino había perdido su perfil habitual, ella tenía ahora un hermano desbordado del que podía salir lo irremediable. En esa sonrisa, en esa mirada vio algo insoportablemente mezquino, más insoportable cuanto más seguía queriendo a su hermano, y sentía la necesidad de estar a su lado para ayudarlo y que la ayudara.

—Qué bonitos —dijo Nunzia, que no sabía nada de la historia de los zapatos.

Sin decir una palabra, con la expresión de un Randolph Scott colérico, Fernando se sentó y se calzó primero el zapato derecho y luego el izquierdo.

—Los Reyes —dijo— los hicieron justo para mis pies.

Se levantó, los probó, se paseó por la cocina bajo la mirada de sus familiares.

—Realmente cómodos —comentó.

—Son zapatos de ricos —dijo su esposa lanzando miradas apasionadas a su hijo.

Fernando volvió a sentarse. Se quitó los zapatos, los examinó por arriba, por abajo, por dentro y por fuera.

—El que hizo estos zapatos es un maestro —dijo, pero sin que se le iluminara la cara ni una pizca—. Hábiles, los Reyes.

En cada una de sus palabras se notaba cuánto sufría y hasta qué punto su sufrimiento lo estaba cargando de ganas de destrozarlo todo. Rino no parecía percatarse. Con cada palabra sarcástica de su padre se henchía más de orgullo, sonreía muy colorado, formulaba frases entrecortadas: lo hice así, papá, añadí esto, he pensado que. Lila, por su parte, quería salir de la cocina, eludir la reprimenda inminente de su padre, pero no se decidía, no quería dejar solo a su hermano.

—Son livianos y al mismo tiempo resistentes —prosiguió Fernando—, no tienen nada de chapucero. Y sobre todo no he visto a nadie calzado con unos así, con esta punta ancha son muy originales. —Se sentó, volvió a calzárselos, se los ató. Le dijo al hijo—: Vuélvete de espaldas, Rinù, que tengo que darle las gracias a los Reyes.

Rino pensó que era una broma que definitivamente habría puesto fin a la larga controversia con su padre y se dio la vuelta, feliz y al mismo tiempo incómodo. En cuanto hizo ademán de volverse de espaldas, su padre le asestó una violenta patada en el trasero, lo llamó bestia, gilipollas, le lanzó cuanto caía en sus manos, y al final, hasta los zapatos.

Lila se interpuso entre los dos solo cuando vio que su hermano, que al principio se limitó a protegerse de los puñetazos y las patadas, se puso a gritar también y a lanzar sillas, a romper platos, mientras lloraba y juraba que se quitaría la vida con tal de no seguir trabajando gratis para su padre, aterrorizando así a su madre, a sus otros hermanos y a los vecinos. Todo fue inútil. Padre e hijo tuvieron que desahogarse hasta agotar sus fuerzas. Después volvieron a trabajar juntos, mudos, encerrados en el pequeño taller con sus desesperaciones.

Durante un tiempo no se habló más de los zapatos. Lila decidió definitivamente que su papel era ayudar a su madre, hacer la compra, cocinar, lavar la ropa, tenderla al sol; nunca más pisó la zapatería. Ceñudo y triste, Rino se lo tomó como un agravio incomprensible y empezó a exigir que su hermana se ocupara de ordenar calcetines, calzoncillos y camisas en su cajón, que lo sirviera y atendiera al regresar del trabajo. Si algo no era de su agrado protestaba, decía cosas desagradables como: ni una camisa sabes planchar, cretina. Ella se encogía de hombros, no protestaba, se dedicó a hacer sus tareas con atención y cuidado.

Naturalmente, el muchacho no se alegraba de comportarse de ese modo, se afligía, trataba de calmarse, hacía no pocos esfuerzos para volver a ser el de antes. En sus días buenos, los domingos por la mañana, por ejemplo, le iba detrás bromeando, adoptaba tonos amables. «¿La tienes tomada conmigo porque me he atribuido todo el mérito de los zapatos? Que sepas que lo hice —mentía— para evitar que papá se enojara contigo.» Y después le pedía: «Ayúdame, ¿qué debemos hacer ahora? No podemos quedarnos mano sobre mano, yo tengo que salir de esta situación». Lila callaba: cocinaba, planchaba, a veces le daba un beso en la mejilla para hacerle entender que ya no estaba enojada. Entretanto, él había vuelto a enfadarse y siempre terminaba rompiendo algo. Le gritaba que ella lo había traicionado, y que seguiría traicionándolo, puesto que tarde o temprano acabaría casándose con algún imbécil para marcharse dejando que él siguiera viviendo en la miseria el resto de su vida.

A veces, cuando no había nadie en casa, Lila se iba al cuartito donde había escondido los zapatos y los palpaba, los miraba, maravillada de que mal que bien existieran y hubiesen nacido gracias a un dibujito en una hoja de cuaderno. Cuánto trabajo desperdiciado.

24

Volví al colegio y me vi arrastrada por los ritmos vertiginosos que nos imponían los profesores. Muchos de mis compañeros empezaron a abandonar, la clase fue menguando. Gino coleccionó insuficientes y me pidió ayuda.

Intenté ayudarlo pero en realidad solo quería que le dejase copiar los deberes. Lo dejé copiar pero estaba apático: ni cuando copiaba ponía atención, no se esforzaba por entender. Aunque muy disciplinado, Alfonso también estaba en dificultades. Un día se echó a llorar cuando le tomaban la lección de griego, algo que para un chico resultaba muy humillante. Se vio con claridad que habría preferido morirse antes que derramar una sola lágrima enfrente de la clase, pero no pudo contenerse. Nos quedamos todos callados, muy turbados, menos Gino que, tal vez por la tensión, tal vez por la satisfacción de ver que a su compañero de banco también se le complicaban las cosas, se echó a reír. A la salida del colegio le dije que por haberse reído ya no éramos novios. Reaccionó preguntándome con preocupación: «¿Te gusta Alfonso?». Le expliqué, simplemente, que él ya no me gustaba. Balbuceó que llevábamos poco tiempo de novios, que no era justo. Mientras duró el noviazgo entre nosotros no había pasado gran cosa: nos habíamos besado pero sin lengua, había intentado tocarme los pechos y yo me había enfadado y lo había rechazado. Me suplicó que siguiéramos un poco más, me mantuve firme en mi decisión. Supe que no me costaría nada prescindir de su compañía al ir al colegio y al volver a casa.

A los pocos días de haber roto con Gino, Lila me confesó que había recibido dos declaraciones casi al mismo tiempo, las primeras de su vida. Una mañana, Pasquale se le había acercado mientras ella iba a la compra. Llevaba la ropa sucia del trabajo, estaba nerviosísimo. Le dijo que se había preocupado cuando dejó de verla en la zapatería, había pensado que estaba enferma. Pero que se alegraba de ver que gozaba de buena salud. Mientras hablaba, en la cara no se le reflejó ni una pizca de esa alegría. Se interrumpió entonces, como si se atragantara, y para despejarse la garganta, le dijo casi a gritos que la quería. Que la quería tanto que, si ella estaba de acuerdo, iría a hablar con su hermano, con sus padres, con quien fuese, enseguida, para solicitar un compromiso formal. Ella se había quedado sin palabras, por un momento pensó que bromeaba. Yo ya le había dicho mil veces que Pasquale le tenía echado el ojo, pero ella nunca me había creído. Y al final, un precioso día de primavera, se le presentó, casi con lágrimas en los ojos, para suplicarle y decirle que su vida no valdría nada si ella le decía que no. Qué difícil era desenmarañar los sentimientos de amor. Con mucha cautela, sin decir nunca que no, Lila había encontrado las palabras para rechazarlo. Le dijo que ella también lo quería, pero no como se debe querer a un novio. Le dijo que le estaría siempre agradecida por todo lo que le había explicado: el fascismo, la resistencia, la monarquía, la república, el mercado negro, el comandante Lauro, los missini del Movimiento Social Italiano, la Democracia Cristiana, el comunismo. Pero prometerse, no, no iba a prometerse nunca con nadie. Y había concluido: «A todos, a Antonio, a ti, a Enzo, os quiero como quiero a Rino». Pasquale había murmurado: «Pero yo no te quiero como quiero a Carmela». Y se había ido corriendo de vuelta a su trabajo.

—¿Y la otra declaración? —le pregunté llena de curiosidad y un tanto nerviosa.

—No te lo imaginarías nunca.

La otra declaración se la había hecho Marcello Solara.

Al oír aquel nombre noté una punzada en el estómago. Si el amor de Pasquale era una señal de cuánto podía llegar a gustar Lila, el amor de Marcello, un joven apuesto, rico, con coche, duro, violento, camorrista, acostumbrado a tener las mujeres que quería era, a mis ojos, a los ojos de todas mis coetáneas, y a pesar de su pésima fama, o quizá precisamente por eso, una promoción, el paso de muchachita esmirriada a mujer capaz de doblegar a quien fuera.

—¿Y cómo ocurrió?

Marcello iba conduciendo el Fiat 1100, solo, sin su hermano, y la había visto cuando regresaba a su casa por la avenida. No se acercó al bordillo, no le habló a través de la ventanilla. Detuvo el coche en medio de la calzada, se bajó dejando la puerta abierta y fue hacia ella. Lila siguió andando, y él detrás. Le suplicó que lo perdonara por como se había comportado tiempo atrás, reconoció que ella habría hecho muy bien si lo hubiese matado con la chaira. Conmovido, le recordó lo bien que habían bailado el rock en la fiesta de la madre de Gigliola, señal de hasta qué punto podían estar compenetrados. Y al final se puso a dirigirle muchos cumplidos: «Qué mayor te has hecho, qué hermosos ojos tienes, qué guapa estás». Después le contó lo que había soñado la noche anterior: él le pedía que fuese su prometida, ella le decía que sí, él le regalaba un anillo de compromiso idéntico al anillo de compromiso de su abuela, con tres diamantes incrustados en la tira del engarce. Sin dejar de andar, Lila le contestó al fin. Le preguntó: «¿En ese sueño te decía que sí? —Marcello se lo confirmó y ella añadió—: Entonces se trataba realmente de un sueño, porque eres un animal, tú y tu familia, tu abuelo, tu padre, tu hermano, y no sería tu novia aunque me mataras».

—¿Eso le dijiste?

—Y más cosas.

—¿Cuáles?

Cuando Marcello le contestó ofendido que los suyos eran sentimientos muy delicados, que noche y día pensaba con amor solo en ella, que por eso no era un animal sino alguien que la amaba, ella le dijo que si una persona se comportaba como había hecho él con Ada, si esa misma persona la Nochevieja se ponía a dispararle a la gente con una pistola, llamarlo animal era una ofensa para los animales. Marcello comprendió finalmente que Lila hablaba en serio, que de verdad lo consideraba mucho menos que una rana, una salamandra, y de improviso se deprimió. Y con un hilo de voz murmuró: «Mi hermano fue el que disparó». Mientras lo decía comprendió que después de aquella confesión ella lo habría despreciado todavía más. Una verdad como un templo. Lila apuró el paso y cuando él intentó seguirla, le gritó: «Vete» y echó a correr. Marcello se detuvo entonces como si no recordara dónde estaba ni qué debía hacer, tras lo cual regresó cabizbajo al Fiat 1100.

—¿Eso le hiciste a Marcello Solara?

—Sí.

—Estás loca: no le cuentes a nadie que lo trataste así.

En ese momento me pareció una recomendación superflua, se lo dije más que nada para demostrarle que me tomaba a pecho su experiencia. Por su carácter, Lila era alguien que disfrutaba razonando e imaginando los hechos, pero a diferencia de nosotras, que no parábamos de cotillear, no era en absoluto dada a los chismorreos. De hecho, del amor de Pasquale solo me habló a mí, nunca me enteré de que se lo hubiese contado a nadie más. Pero le contó a todo el mundo lo de Marcello Solara. Tanto es así que cuando me crucé con Carmela, me preguntó: «¿Te has enterado de que tu amiga rechazó a Marcello Solara?». Cuando me crucé con Ada, me comentó: «Tu amiga le dijo que no nada menos que a Marcello Solara». En la charcutería, Pinuccia Carracci me susurró al oído: «¿Es cierto que tu amiga rechazó a Marcello Solara?». Un día, en el colegio, incluso Alfonso me preguntó estupefacto: «¿Tu amiga le dijo que no a Marcello Solara?».

Cuando vi a Lila, le dije:

—Has hecho mal en contárselo a todo el mundo, Marcello se enojará.

Ella se encogió de hombros. Estaba ocupada con sus hermanos, la casa, su madre, su padre, no tenía mucho tiempo para quedarse hablando conmigo. Después de Nochevieja ya solo se ocupó de las tareas domésticas.

25

Y así fue. Durante el resto del año académico Lila se desinteresó por completo de lo que yo hacía en el colegio. Y cuando le pregunté qué libros sacaba de la biblioteca, qué leía, contestó malévola: «Ya no saco nada más, los libros me dan dolor de cabeza».

Por mi parte, yo estudiaba, y leía casi como una placentera costumbre. Pero no tardé en comprobar que, desde que Lila había dejado de apremiarme, de aventajarme en el estudio y las lecturas, el colegio, e incluso la biblioteca del maestro Ferraro, habían dejado de ser una especie de aventura para convertirse únicamente en algo que se me daba bien y por lo que recibía muchos elogios.

Me di cuenta con claridad en dos ocasiones.

Una vez fui a buscar unos libros a la biblioteca con mi carné lleno de préstamos y devoluciones, y el maestro, primero se congratuló por mi asiduidad y luego me preguntó por Lila, mostrando una gran pena porque ella y toda su familia habían dejado de sacar libros. Es difícil explicar por qué, pero esa pena me hizo sufrir. Me pareció señal de un verdadero y profundo interés por Lila, algo mucho más fuerte que los cumplidos por mi disciplina de lectora asidua. Me dio por pensar que aunque Lila hubiese sacado un solo libro al año, habría dejado su huella en ese libro y el maestro la habría notado en el momento de su devolución, mientras que yo no dejaba señal alguna, solo encarnaba el tesón con que iba sumando en desorden un volumen tras otro.

La otra circunstancia tuvo que ver con el ritual académico. El profesor de literatura devolvió corregidos los deberes de italiano (aún recuerdo el tema: «Las distintas fases del drama de Dido»), y mientras en general se limitaba a decir dos palabras para justificar el ocho o el nueve que yo solía sacar, en esa ocasión me alabó de forma articulada frente a la clase y solo al final reveló que me había puesto nada menos que un diez. Al terminar la clase me llamó en el pasillo, francamente admirado por como había tratado el tema y cuando asomó el profesor de religión, lo detuvo y le resumió entusiasmado mi redacción. Pasaron unos días y supe que Gerace no se había limitado a contárselo al cura sino que había hecho circular ese trabajo mío entre los demás profesores, y no solo entre los de mi sección. Ahora algún profesor de preuniversitario me sonreía por los pasillos, e incluso dejaba caer un comentario. Una profesora de primero A por ejemplo, la profesora Galiani a la que todos apreciaban y eludían por tener fama de ser comunista y porque con dos frases conseguía desmontar cualquier argumentación mal fundada, me paró en el vestíbulo y se entusiasmó sobre todo por la idea, fundamental en mi trabajo, de que cuando el amor queda desterrado de las ciudades, las ciudades cambian su naturaleza benéfica en naturaleza maligna. Me preguntó:

—¿Qué significa para ti una ciudad sin amor?

—Un pueblo privado de felicidad.

—Dame un ejemplo.

Pensé en las discusiones que habíamos tenido con Lila y Pasquale durante el mes de septiembre, y, de pronto, las sentí como una auténtica escuela, más auténtica que esa a la que asistía a diario.

—Italia bajo el fascismo, Alemania bajo el nazismo, todos nosotros, los seres humanos, en el mundo de hoy.

Me escrutó con renovado interés. Me dijo que escribía muy bien, me aconsejó algunas lecturas, se ofreció a prestarme sus libros. Al final me preguntó a qué se dedicaba mi padre, contesté: «Es conserje en el ayuntamiento». Se alejó con la cabeza gacha.

Ese interés de la Galiani naturalmente me enorgulleció, pero no pasó de ahí, todo volvió a ser rutina escolar. En consecuencia, el hecho de ser desde el bachillerato elemental una estudiante con su pequeña fama de buena alumna, no tardó en parecerme poca cosa. ¿Al final qué probaba? Probaba sobre todo lo fructífero que había sido estudiar y conversar con Lila, tenerla como estímulo y sostén para salir a ese mundo que había fuera del barrio, entre las cosas, las personas, los paisajes y las ideas de los libros. Sin duda, me decía, seguramente la redacción sobre Dido es mía, la capacidad de formular bonitas frases es algo que sale de mí; sin duda, lo que escribí sobre Dido me pertenece; pero ¿acaso no lo elaboré con ella, no nos estimulamos mutuamente, acaso mi pasión no creció al calor de la suya? ¿Y esa idea de la ciudad sin amor, que tanto había gustado a los profesores, no me había venido de Lila, aunque después la hubiese desarrollado yo con mi capacidad? ¿Qué debía deducir de todo aquello?

Comencé a esperar nuevos elogios que testimoniaran una habilidad solo mía. Pero cuando Gerace nos puso otro trabajo sobre la reina de Cartago («Eneas y Dido: encuentro entre dos prófugos»), no se entusiasmó y se limitó a ponerme un ocho. De la profesora Galiano conseguí, en cambio, cordiales gestos de saludo y el agradable descubrimiento de que era profesora de latín y griego de Nino Sarratore, alumno de primero A. Como tenía una apremiante necesidad de atención y estima corroborantes, esperé que al menos me vinieran de él. Esperé que, si su profesora de literatura llegaba a elogiarme en público, pongamos por caso en su clase, él se acordaría de mí y, finalmente, me habría dirigido la palabra. Pero no pasó nada, seguí atisbándolo a la salida, a la entrada, siempre con su aire ensimismado, sin que nunca me lanzara una mirada. En cierta ocasión llegué a seguirlo por corso Garibaldi y via Casanova, confiando en que notara mi presencia y me dijese: hola, veo que hacemos el mismo camino, he oído hablar mucho de ti. Pero avanzaba veloz, cabizbajo, sin volverse nunca. Me cansé, me desprecié. Deprimida, doblé por corso Novara y regresé a casa.

Avancé día tras día, empeñada en confirmar cada vez más a los profesores, a mis compañeros, a mí misma, mi asiduidad y mi diligencia. Entretanto creció en mi interior una sensación de soledad, sentía que aprendía sin energía. Intenté entonces hablarle a Lila de la pena del maestro Ferraro, le pedí que volviera a ir a la biblioteca. Le mencioné también la buena acogida que había tenido mi trabajo sobre Dido, sin decirle qué había escrito, pero dándole a entender que el éxito se debía en parte a ella. Me escuchó sin entusiasmo, tal vez ni siquiera se acordaba de lo que habíamos comentado sobre ese personaje, tenía otros problemas. En cuanto hice una pausa me dijo que Marcello Solara no se había resignado como Pasquale, todavía iba detrás de ella. Si salía a hacer la compra, la seguía sin molestarla hasta la tienda de Stefano, hasta la carreta de Enzo, solo para mirarla. Si se asomaba a la ventana lo encontraba apostado en la esquina, esperando a que ella se asomara. La inquietaba aquella constancia. Temía que su padre se diera cuenta y, sobre todo, que Rino se diera cuenta. Estaba asustada por la posibilidad de que comenzara una de esas historias entre hombres en las que se acababa a golpes un día sí y otro no; en el barrio había muchas. «¿Qué me pasa?», preguntaba. Se veía flaca, fea: ¿por qué Marcello se había obsesionado con ella? «¿Hay algo malo en mí? —decía—. Hago que la gente haga cosas equivocadas.»

Por esa época solía repetir con frecuencia aquella idea. Su convicción de haberle causado a su hermano más mal que bien se había consolidado. «No tienes más que verlo», decía. Al desaparecer el proyecto de la fábrica de zapatos Cerullo, Rino había quedado atrapado por el afán de enriquecerse como los Solara, como Stefano, todavía más, y no lograba resignarse a la cotidianidad del trabajo del taller. Tratando de avivar el antiguo entusiasmo, le decía: «Somos inteligentes, Lina, a ti y a mí, juntos, no nos para nadie, dime qué debemos hacer». Él también quería comprarse un coche, un televisor, y detestaba a Fernando que no entendía la importancia de esas cosas. Pero sobre todo, cuando Lila demostraba que ya no quería apoyarlo, la trataba peor que a una sirvienta. Tal vez él ni siquiera se daba cuenta de que se había consumido, pero ella, que lo tenía ante los ojos a diario, estaba alarmada. Un día me dijo:

—¿Te has fijado en que la gente cuando se despierta es fea, está deformada, tiene la mirada perdida?

Según ella, Rino se había vuelto así.

26

Un domingo de abril, por la noche, recuerdo que salimos cinco de nosotros: Lila, Carmela, Pasquale, Rino y yo. Nosotras, las chicas, nos vestimos lo mejor que pudimos y en cuanto salimos de casa nos pintamos los labios y nos maquillamos un poco los ojos. Cogimos el metro, repleto de gente, y Rino y Pasquale se mantuvieron alerta, a nuestro lado. Temían que alguien nos tocara, pero nadie lo hizo, nuestros acompañantes tenían caras demasiado peligrosas.

Bajamos andando por Toledo. Lila insistía en que fuéramos por via Chiaia, via Filangieri y después via dei Mille, hasta la piazza Amedeo, las zonas donde se sabía que estaba la gente rica y elegante. Rino y Pasquale se mostraron contrarios, pero no supieron o no quisieron explicarse, se limitaron a refunfuñar respuestas en dialecto y a lanzar insultos a personas no identificadas a las que tachaban de pisaverdes. Nosotras tres nos aliamos e insistimos. En ese momento oímos unos bocinazos. Nos dimos la vuelta y vimos el Fiat 1100 de los Solara. Apenas nos fijamos en los dos hermanos, tal era nuestro asombro al ver a las muchachas que, asomadas a las ventanillas, agitaban los brazos: eran Gigliola y Ada. Parecían divinas, llevaban unos vestidos divinos, divinos peinados, divinos pendientes destellantes, movían las manos y nos saludaban felices, a gritos. Rino y Pasquale miraron para otro lado, Carmela y yo estábamos tan sorprendidas que no contestamos. Lila fue la única que gritó algo con entusiasmo y las saludó con grandes alharacas, mientras el coche desaparecía en dirección a la piazza Plebiscito.

Estuvimos un rato callados, y entonces Rino le dijo a Pasquale con tono sombrío que se sabía desde siempre que Gigliola era una zorra; Pasquale asintió con seriedad. Ninguno de los dos mencionó a Ada, Antonio era amigo de ambos y no querían ofenderlo. Ya se ocupó Carmela de hablar muy mal también de Ada. Yo sentí más que nada amargura. En un abrir y cerrar de ojos había pasado la imagen del poderío, cuatro jóvenes en coche, la forma adecuada de salir del barrio y divertirse. El nuestro era el modo equivocado: a pie, mal vestidos, muertos de hambre. Me entraron ganas de volverme enseguida a mi casa. Pero Lila, como si aquel encuentro no se hubiera producido nunca, reaccionó insistiendo en que quería pasear por donde estaba la gente elegante. Se agarró del brazo de Pasquale, chilló, rió, hizo la parodia que, según ella, representaba la gente acomodada, es decir, se contoneó, se prodigó en amplias sonrisas y gestos delicados. Nosotras tuvimos un instante de vacilación y después la apoyamos, exasperadas por la idea de que Gigliola y Ada lo pasaran en grande en el Fiat 1100 con los guapísimos Solara mientras nosotras íbamos a pie, acompañadas de Rino que remendaba zapatos y de Pasquale que era albañil.

Esa insatisfacción nuestra, naturalmente no expresada con palabras, debió de llegar por caminos secretos hasta los dos jóvenes, que se miraron, suspiraron y cedieron. De acuerdo, dijeron y enfilamos via Chiaia.

Fue como cruzar una frontera. Recuerdo un paseo atestado y una especie de diversidad humillante. No miraba a los muchachos, sino a las chicas, a las señoras: eran completamente distintas de nosotras. Como si hubiesen respirado otro aire, como si hubiesen tomado otros alimentos, como si se hubiesen vestido en algún otro planeta, como si hubiesen aprendido a caminar sobre hilos de viento. Me quedé boquiabierta. Hasta tal punto que, mientras yo me hubiese parado para contemplar a gusto trajes, zapatos, el tipo de gafas que llevaban si llevaban gafas, ellas pasaban y era como si no me vieran. No veían a ninguno de nosotros cinco. Éramos imperceptibles. O no les interesábamos. Es más, si en alguna ocasión nos echaban una mirada, volvían la cara enseguida como molestas. Se miraban únicamente entre ellas.

De eso nos dimos cuenta todos. Nadie lo comentó, pero entendimos que Rino y Pasquale, mayores que nosotras, en aquellas calles solo encontraban la confirmación de cosas que ya sabían, y eso los ponía de malhumor, los enfurecía, los volvía torvos, porque tenían la certeza de estar fuera de lugar, mientras que nosotras, las chicas, lo descubríamos en ese momento y con sentimientos ambiguos. Nos sentimos incómodas y embelesadas, feas pero al mismo tiempo dispuestas a imaginarnos cómo seríamos si hubiésemos encontrado el modo de reeducarnos, vestirnos, maquillarnos y emperifollarnos como era debido. Entretanto, para no estropearnos la velada, reaccionamos riendo socarronamente, ironizando.

—¿Tú te pondrías ese vestido?

—Ni aunque me pagaran.

—Yo sí.

—Mira qué bien, parecerías un tonel como esa que va ahí.

—¿Y has visto qué zapatos?

—¿A eso llamas tú zapatos?

Seguimos andando hasta la altura del Palazzo Cellamare sin dejar de reír y bromear. Pasquale, que evitaba por todos los medios caminar al lado de Lila, y cuando ella lo había cogido del brazo se había soltado enseguida con amabilidad (le dirigía la palabra con frecuencia, eso sí, experimentaba un evidente placer al oír su voz, al mirarla, pero se notaba que el menor contacto lo trastornaba, tal vez hasta el punto de hacerlo llorar) y manteniéndose cerca de mí, me preguntó sarcástico:

—¿En el colegio tus compañeras son así?

—No.

—Eso significa que no es un buen colegio.

—Es un instituto de bachillerato clásico —dije yo, ofendida.

—No es bueno —insistió él—, ten por seguro que si no hay gente así no es bueno, ¿verdad, Lila, que no es bueno?

—¿Bueno? —dijo Lila y señaló a una muchacha rubia que venía hacia nosotros acompañada de un joven alto y moreno, que lucía un pullover inmaculado con escote en V—: Si no va una como esa, tu colegio es un asco. —Y soltó la carcajada.

La chica iba toda de verde: zapatos verdes, falda verde, chaqueta verde y en la cabeza —era eso sobre todo lo que hizo reír a Lila— lucía un bombín como el de Chaplin, también de color verde.

Su hilaridad nos contagió a todos. Cuando la pareja pasó a nuestro lado, Rino hizo un comentario muy basto sobre lo que la señorita de verde debía hacer con el bombín, y fue tal el ataque de risa que le dio a Pasquale que tuvo que detenerse y apoyar un brazo en la pared. La muchacha y su acompañante avanzaron unos cuantos pasos y se detuvieron. El muchacho del pullover blanco se dio la vuelta y la chica lo sujetó enseguida del brazo. Él se soltó, volvió sobre sus pasos, se dirigió directamente a Rino con una serie de frases insultantes. Fue un segundo. Rino lo derribó de un puñetazo en la cara gritando:

—¿Cómo me has llamado? No lo he entendido, repítelo, ¿cómo me has llamado? ¿Has oído, Pascà, cómo me ha llamado?

Nosotras, las chicas, pasamos bruscamente de la risa al susto. Lila fue la primera en abalanzarse sobre su hermano antes de que la emprendiera a patadas con el joven que estaba en el suelo, y lo apartó de allí con una expresión incrédula, como si mil fragmentos de nuestra vida, desde la niñez hasta nuestro decimocuarto año, compusieran por fin una imagen nítida que en ese momento le pareció inverosímil.

Apartamos a Rino y a Pasquale, mientras la muchacha del bombín ayudaba a su novio a incorporarse. Entretanto, la incredulidad de Lila se estaba convirtiendo en furia desesperada. Al tiempo que apartaba a su hermano, lo cubrió de insultos vulgarísimos, lo tiró del brazo, lo amenazó. Con una sonrisa nerviosa en la cara, Rino levantó una mano para contenerla y se dirigió a Pasquale:

—Mi hermana se cree que esto es un juego, Pascà —dijo en dialecto, con ojos enloquecidos—, mi hermana se cree que si yo digo que es mejor que no vayamos allí, ella puede hacerse la que siempre lo sabe todo, la que siempre lo entiende todo, como de costumbre, y hacer que vayamos a la fuerza. —Tras una breve pausa para controlar la respiración, añadió—: ¿Has oído que ese cabrón me ha llamado palurdo? ¿Palurdo yo? ¿Palurdo? —Y casi sin aliento, prosiguió—: Mi hermana me ha traído aquí y ahora se va a enterar si dejo que me llamen palurdo, ahora se va a enterar de lo que soy capaz de hacer cuando me llaman palurdo.

—Cálmate, Rino —le contestó Pasquale, taciturno, volviendo de vez en cuando la vista atrás, alarmado.

Rino siguió agitado, pero bajó la voz. Lila en cambio se calmó. Nos detuvimos en la piazza dei Martiri. Pasquale se dirigió a Carmela y dijo casi con frialdad:

—Ahora vosotras os vais para casa.

—¿Nosotras solas?

—Sí.

—No.

—Carmè, no voy a discutir, a casa.

—No sabemos cómo volver.

—No mientas.

—Vete —le dijo Rino a Lila, tratando de contenerse—, toma algo de dinero, para que os compréis un helado por el camino.

—Hemos salido juntos y volvemos juntos.

Rino perdió otra vez la paciencia y le dio un empujón:

—¿Quieres callarte? Soy tu hermano mayor y harás lo que yo te diga. Anda, muévete, vete, que estoy a esto de partirte la cara.

Vi que hablaba en serio, tiré a Lila del brazo. Ella también entendió que corría peligro:

—Se lo diré a papá.

—¿A mí qué carajo me importa? Anda, vete, que ni el helado te mereces.

Nos alejamos inseguras por Santa Caterina. Al cabo de un trecho, Lila se lo pensó mejor, se detuvo y dijo que volvía con su hermano. Tratamos de convencerla para que se quedara con nosotras, no quiso saber nada. Y mientras discutíamos vimos a un grupo de cinco, tal vez seis muchachos que se parecían a los piragüistas que a veces habíamos admirado en nuestros paseos de los domingos por Castel dell'Ovo. Todos eran altos, bien plantados, iban bien vestidos. Algunos llevaban bastón, otros no. Pasaron junto a la iglesia a paso ligero y fueron en dirección a la plaza. Con ellos iba el joven al que Rino había golpeado en la cara, tenía el jersey con escote en V manchado de sangre.

Lila se soltó y salió corriendo, Carmela y yo fuimos tras ella. Llegamos justo a tiempo para ver a Rino y Pasquale que retrocedían hacia el monumento en el centro de la plaza, uno al lado del otro, mientras el grupo de los bien vestidos corría hacia ellos y los golpeaban con los bastones. Pedimos socorro a gritos, nos echamos a llorar, a detener a los transeúntes, pero los bastones asustaban y la gente no hacía nada. Lila agarró del brazo a uno de los agresores pero fue derribada. Vi a Pasquale de rodillas, la emprendieron con él a patadas, vi a Rino que se escudaba de los golpes con un brazo. Se detuvo un coche; era el Fiat 1100 de los Solara.

Marcello se bajó enseguida, primero levantó a Lila y luego, azuzado por ella que chillaba de rabia y llamaba a su hermano, se sumó a la pelea repartiendo y recibiendo castañazos. Fue en ese momento cuando del coche bajó Michele, abrió con tranquilidad el maletero, sacó algo que parecía un trozo de hierro reluciente y se sumó a la pelea golpeando con una fría ferocidad que espero no volver a ver en mi vida. Rino y Pasquale se incorporaron enfurecidos, ahora repartían golpes, patadas y puñetazos, tan transformados por el odio que me parecieron dos desconocidos. Los jóvenes bien vestidos se dieron a la fuga. Michele se acercó a Pasquale que sangraba por la nariz, pero Pasquale lo rechazó de malos modos y se limpió la cara con la manga de la camisa blanca, después vio que estaba empapada de rojo. Marcello recogió del suelo un manojo de llaves y se lo entregó a Rino, que le dio las gracias visiblemente incómodo. La gente que antes se había alejado ahora se acercaba llena de curiosidad. Yo estaba paralizada de miedo.

—Llevaos a las chicas —dijo Rino a los dos Solara, con el tono agradecido de quien hace una petición que sabe ineludible.

Marcello nos obligó a subirnos al coche, en primer lugar a Lila, que ofreció más resistencia. Nos metimos todas en el asiento posterior, una encima del regazo de la otra, y el coche arrancó. Me volví para mirar a Pasquale y Rino que se alejaban hacia la Riviera, Pasquale cojeaba. Sentí como si el barrio se hubiese ensanchado hasta abarcar toda Nápoles, incluidas las calles de la gente bien. En el coche, no tardaron en comenzar las tensiones. Gigliola y Ada estaban muy disgustadas, protestaron por lo incómodas que íbamos. «No es posible», decían. «Entonces bajad y seguid a pie», gritó Lila y estuvieron a punto de llegar a las manos. Marcello frenó divertido. Gigliola se bajó y, con paso lento de princesa, fue a sentarse delante, en el regazo de Michele. Hicimos el viaje así, con Gigliola y Michele que se besaban sin parar ante nuestros ojos. Yo la miraba y ella, mientras daba unos besos apasionados, me miraba a mí. Yo apartaba enseguida la vista.

Lila no dijo nada más hasta que llegamos al barrio. Marcello hizo algún comentario, buscándola con la mirada en el retrovisor, pero ella no le contestó. Pedimos que nos dejaran lejos de nuestras casas para evitar que nos vieran en el coche de los Solara. El resto del camino lo hicimos andando, las cinco. Excepto Lila, que parecía atormentada por la furia y las preocupaciones, estábamos todas muy admiradas por el comportamiento de los dos hermanos. Han hecho muy bien, decíamos. Gigliola no paraba de repetir: «Pues claro», «¿Qué os pensabais?», «Seguro», con el aire de quien, al trabajar en la pastelería, sabía bien que los Solara eran gente de calidad. En un momento dado, con tono de guasa, me preguntó:

—¿Qué tal el colegio?

—Bien.

—Pero no te diviertes como me divierto yo.

—Es otro tipo de diversión.

Cuando ella, Carmela y Ada nos dejaron para cruzar los portones de sus casas, le dije a Lila:

—La verdad es que los ricos son peores que nosotros. —Ella no contestó. Añadí, circunspecta—: Los Solara serán gente de mierda, pero menos mal que estaban; esos de via dei Mille podían haber matado a Rino y a Pasquale.

Ella sacudió la cabeza con energía. Estaba más pálida de lo habitual y tenía profundas ojeras de color violeta. No estaba de acuerdo pero no me dijo por qué.

27

Aprobé todas las asignaturas con nueve, incluso me iban a dar una cosa que se llamaba beca. De los cuarenta que éramos quedamos treinta y dos. A Gino lo suspendieron, a Alfonso le quedaron tres asignaturas para septiembre. Animada por mi padre fui a casa de la maestra Oliviero —mi madre no estaba de acuerdo, no le gustaba que la Oliviero se entrometiera en su familia y se arrogara el derecho de tomar decisiones sobre sus hijos en su lugar— con los dos paquetes de siempre, uno de azúcar y uno de café, comprados en el bar Solara, para agradecerle su interés por mí.

Ella no se encontraba bien, le dolía la garganta, pero me alabó mucho, se congratuló por la forma en que me había esforzado, dijo que me veía demasiado pálida y que tenía intención de telefonear a una prima suya que vivía en Ischia para enterarse si podía pasar con ella una temporada. Le di las gracias y a mi madre no le hablé de aquella posibilidad. Sabía de antemano que no me dejaría ir. ¿Yo a Ischia? ¿Yo sola en barco haciendo un viaje por mar? ¿Yo, nada menos que en la playa, metiéndome en el agua en traje de baño?

Tampoco se lo conté a Lila. En pocos meses su vida había perdido el halo aventurero de la fábrica de zapatos, y no tenía ganas de jactarme de mis notas, de la beca, de mis posibles vacaciones en Ischia. En apariencia las cosas habían mejorado: Marcello Solara había dejado de ir detrás de ella. Pero después de los sucesos violentos de la piazza dei Martiri se había producido un hecho del todo inesperado que la había dejado perpleja. El joven, provocando la agitación sobre todo de Fernando por el honor que le hacían, se había presentado en el taller para informarse por el estado de Rino. Pero Rino, que se había cuidado mucho de contarle al padre lo ocurrido (para justificar los cardenales en la cara y el cuerpo, inventó como excusa que se había caído de la Lambretta de un amigo), y temiendo que Marcello se fuera de la lengua, se lo había llevado enseguida a la calle. Caminaron un trecho. A regañadientes, Rino le agradeció a Solara su intervención y su amabilidad al interesarse por su estado. Un par de minutos y se despidieron. Al regresar al taller, su padre le había dicho:

—Por fin estás haciendo algo bueno.

—¿Qué?

—Hacer amistad con Marcello Solara.

—No hay ninguna amistad, papá.

—Eso significa que tonto eras y tonto te quedas.

Fernando quería decir que algo se estaba cocinando, y que fuera cual fuese el nombre que su hijo quisiera ponerle a eso que tenía con los Solara, le convenía fomentarlo. Tenía razón. Marcello había regresado al cabo de un par de días con los zapatos de su abuelo para hacerle unas suelas nuevas; después había invitado a Rino a dar un paseo en coche; después había querido enseñarle a conducir; después lo había animado a hacer las prácticas para sacarse el permiso, asumiendo el compromiso de que practicara con su Fiat 1100. Tal vez no se trataba de amistad, pero seguramente los Solara le habían tomado aprecio a Rino.

Lila, excluida de ese trato que tenía lugar en torno a la zapatería, donde ella ya no ponía pie, cuando lo comentaban, a diferencia de su padre, sentía una preocupación creciente. Al principio se había acordado de la batalla de los fuegos artificiales y había pensado: Rino odia demasiado a los Solara, no puede ser que se deje engatusar. Después tuvo que reconocer que las atenciones de Marcello estaban seduciendo a su hermano mayor mucho más que a sus padres. Conocía bien la fragilidad de Rino, pero se enfadaba igualmente por la forma en que los Solara se le estaban metiendo en la cabeza, convirtiéndolo en una especie de macaco contento.

—¿Qué tiene de malo? —objeté en una ocasión.

—Son peligrosos.

—Aquí todo es peligroso.

—¿Tú viste lo que sacó Michele del coche en la piazza dei Martiri?

—No.

—Una barra de hierro.

—Los demás llevaban bastones.

—Tú no ves nada, Lenù, la barra tenía la punta afilada; de haber querido podía clavársela a uno de esos en el pecho o en el estómago.

—Bueno, tú amenazaste a Marcello con la chaira.

Se mosqueó, dijo que yo no entendía. Probablemente tenía razón. Se trataba de su hermano, no del mío; y a mí me gustaban los razonamientos, pero ella tenía otras necesidades, quería apartar a Rino de aquella relación. En cuanto Lila hacía algún comentario crítico, Rino la mandaba callar, la amenazaba, a veces incluso le pegaba. Al final, por ce o por be, las cosas siguieron adelante, tan adelante que una noche de finales de junio —yo estaba en casa de Lila, ayudándola a doblar las sábanas secas, o a otra cosa, no lo recuerdo—, se abrió la puerta y entró Rino seguido de Marcello.

El muchacho había invitado a cenar a Solara, y Fernando, que acababa de regresar muy cansado del taller, de entrada se molestó, pero después se sintió encantado y se comportó con cordialidad. De Nunzia mejor no hablar: le entró la agitación, agradeció a Marcello las tres botellas de buen vino que le entregó, se llevó a la cocina a sus otros hijos para que no molestaran.

Lila y yo tuvimos que ayudar a preparar la cena.

—Le pongo veneno para las cucarachas —decía Lila, furiosa, delante de los fogones, y nos reíamos, mientras Nunzia nos mandaba callar.

—Ha venido para casarse contigo —la provocaba yo—, le pedirá tu mano a tu padre.

—Que no se haga ilusiones.

—¿Por qué —preguntó Nunzia, nerviosa— si te quiere le dices que no?

—Mamá, ya le he dicho que no.

—¿En serio?

—Sí.

—¿Tú qué dices?

—Es cierto —confirmé yo.

—Que no se entere tu padre o te matará.

Durante la cena solo habló Marcello. Era evidente que se había invitado y Rino, que no había sabido negarse, en la mesa estuvo casi todo el rato callado, o reía sin motivo. Solara habló dirigiéndose casi siempre a Fernando pero sin olvidarse nunca de servirnos agua o vino a Nunzia, a Lila, a mí. Le dijo al dueño de casa cuánto lo apreciaban en el barrio por su habilidad como zapatero. Le contó que su padre hablaba siempre muy bien de esa gran habilidad. Le dijo que Rino lo admiraba inmensamente por ser un zapatero tan competente.

Fernando, por efecto del vino, incluso se conmovió. Farfulló una frase para elogiar a Silvio Solara, y llegó a decir que Rino era muy trabajador y que cada día hacía mejor su trabajo. Entonces Marcello se puso a insistir sobre la necesidad de mejorar. Dijo que su abuelo había empezado con un semisótano, después su padre había ampliado el negocio y hoy el bar-pastelería Solara era lo que era, lo conocían todos, la gente iba desde todas partes de Nápoles a tomar un café, a comer una pasta.

—¡Qué exageración! —exclamó Lila, y su padre la fulminó con la mirada.

Marcello le sonrió humilde y reconoció:

—Sí, a lo mejor he exagerado un poco, pero lo que quiero decir es que el dinero tiene que circular. Se empieza con un sótano y de generación en generación, se puede llegar muy lejos.

Dicho lo cual, ante la manifiesta incomodidad sobre todo de Rino, se puso a ensalzar la idea de hacer zapatos nuevos. Y a partir de ese momento, empezó a mirar a Lila como si al alabar la energía de las generaciones la estuviese alabando a ella. Decía: si uno se anima, si es hábil, si sabe inventar cosas buenas, que gustan, ¿por qué no debería probar? Habló en un dialecto bonito y cautivador, y mientras hablaba no dejó de mirar fijamente a mi amiga. Yo sentía, veía que estaba enamorado de ella como dicen las canciones, que le hubiera gustado besarla, que hubiera querido respirar su mismo aliento, que ella habría podido hacer con él cuanto se le antojara, que a sus ojos encarnaba todas las posibles cualidades femeninas.

—Sé que sus hijos hicieron un par de zapatos —concluyó Marcello—, muy bonitos, número cuarenta y tres, justamente el que yo calzo.

Se hizo un largo silencio. Rino tenía la vista clavada en el plato y no se atrevía a mirar a su padre. Solo se oía el alboroto del jilguero junto a la ventana. Fernando dijo despacio:

—Sí, es justamente un número cuarenta y tres.

—Me gustaría mucho verlos, si no es molestia.

Fernando farfulló.

—No sé dónde están. Nunzia, ¿tú lo sabes?

—Los tiene ella —dijo Rino señalando a la hermana.

Lila miró a la cara a Solara y luego dijo:

—Los tenía yo, sí, los había guardado en el cuartito. Pero mamá me pidió el otro día que hiciera limpieza y los tiré. Total, a nadie le gustaban.

Rino se enfadó y dijo:

—Eres una mentirosa, ve ahora mismo a traer los zapatos.

Fernando también insistió irritado:

—Anda, ve a traer los zapatos.

Dirigiéndose a su padre, Lila estalló:

—¿Y cómo es que ahora los quieres? Los he tirado porque dijiste que no te gustaban.

Fernando golpeó la mesa con la palma de la mano; tembló el vino en los vasos.

—Levántate ahora mismo y trae esos zapatos.

Lila apartó la silla, se levantó.

—Los he tirado —repitió con un hilo de voz y salió del cuarto.

No regresó.

El tiempo pasó en silencio. El primero en alarmarse fue precisamente Marcello. Realmente inquieto dijo:

—Tal vez me he equivocado, no sabía que hubiera problemas.

—No hay problemas —dijo Fernando y por lo bajo le ordenó a su esposa—: Ve a ver qué trama tu hija.

Nunzia salió del cuarto. Cuando regresó estaba muy avergonzada, Lila había desaparecido. La buscamos por toda la casa, no estaba. La llamamos por la ventana: nada. Desolado, Marcello se despidió. En cuanto se hubo marchado, Fernando le gritó a su mujer:

—Como que hay un Dios te juro que esta vez a tu hija la mato.

Rino se sumó a las amenazas de su padre, Nunzia se echó a llorar. Yo me fui casi de puntillas, asustada. En cuanto salí al rellano y cerré la puerta, Lila me llamó. Estaba en la última planta, subí de puntillas. La encontré en la penumbra, hecha un ovillo al lado de la puerta de la terraza. Tenía en el regazo los zapatos, era la primera vez que los veía completamente terminados. Brillaban bajo la luz débil de la bombilla colgada de un cable.

—¿Qué te costaba dejar que los viese? —le pregunté, desorientada.

Sacudió con fuerza la cabeza:

—No quiero ni que los toque.

Parecía como vencida por su propia reacción extrema. Le temblaba el labio inferior, algo que jamás le ocurría.

Poco a poco la convencí para que regresara, no podía quedarse allí escondida eternamente. La acompañé a su casa contando con que mi presencia la habría protegido. Pero de todas maneras hubo gritos, insultos, alguna bofetada. Fernando le gritó que por un capricho le había hecho hacer un papelón con un invitado importante. Rino le arrancó los zapatos de la mano, le dijo que eran suyos, que el trabajo lo había puesto él. Ella se echó a llorar murmurando: «Yo también he puesto mi trabajo, pero más me hubiera valido no haberlos hecho nunca, te has convertido en una bestia enloquecida». Nunzia fue quien terminó con aquel tormento. Se puso de color térreo, y, con una voz que no era la suya de siempre, ordenó a los hijos e incluso al marido —ella que era siempre sumisa— que callaran de una vez, que le dieran a ella los zapatos sin una sola palabra de protesta si no querían que los arrojara por la ventana. Rino le entregó los zapatos enseguida y por esa vez las cosas quedaron ahí. Yo me fui con disimulo.

28

Rino no se dio por vencido, en los días siguientes continuó agrediendo a su hermana verbalmente y a golpes. Cada vez que Lila y yo nos veíamos le descubría un nuevo moretón. Al cabo de un tiempo la noté resignada. Una mañana él la obligó a que salieran juntos y lo acompañara a la zapatería. Durante el trayecto, con actitudes cautas los dos buscaron la manera de poner fin a la guerra. Rino le dijo que la quería mucho pero que ella no deseaba el bien de nadie, ni de sus padres ni de sus hermanos. Lila murmuró:

—¿Cuál es tu bien, cuál es el bien de nuestra familia? Dímelo.

Mientras iban caminando, él le reveló lo que tenía en mente.

—Si a Marcello le gustan los zapatos, papá cambiará de idea.

—No creo.

—Seguro. Y si Marcello llega a comprarlos, papá entenderá que tus modelos son buenos, que pueden dar sus frutos y dejará que nos pongamos a trabajar.

—¿Los tres?

—Él y yo, y a lo mejor tú también. Papá es capaz de terminar un par de zapatos en cuatro días, como máximo cinco. Y yo, si me empeño, te demuestro que puedo hacer lo mismo que él. Los confeccionamos, los vendemos y nos autofinanciamos; los confeccionamos, los vendemos y nos autofinanciamos.

—¿A quién se los vendemos, siempre a Marcello Solara?

—Los Solara hacen negocios, conocen a gente de peso. Nos harán propaganda.

—¿Y nos la harán gratis?

—Si quieren un pequeño porcentaje, se lo damos.

—¿Y por qué iban a conformarse con un pequeño porcentaje?

—Porque me tienen aprecio.

—¿Los Solara?

—Sí.

Lila suspiró:

—Hagamos una cosa: se lo digo a papá y vemos qué opina.

—Ni se te ocurra.

—O así o nada.

Rino calló, muy nervioso.

—De acuerdo. De todos modos, habla tú que se te da mejor.

Esa misma noche, durante la cena, delante de su hermano, que tenía la cara roja como un tomate, Lila le dijo a Fernando que Marcello no solo había expresado mucha curiosidad por la iniciativa de los zapatos, sino que tal vez estuviera interesado en comprárselos, y además, si llegaba a entusiasmarse con el asunto desde el punto de vista comercial, le habría hecho mucha publicidad al producto en los ambientes que frecuentaba a cambio, obviamente, de un pequeño porcentaje sobre las ventas.

—Eso lo he dicho yo —aclaró Rino con los ojos bajos—, no Marcello.

Fernando miró a su esposa: Lila comprendió que habían hablado de aquello y que, en secreto, ya habían llegado a una conclusión.

—Mañana —dijo—, pongo vuestros zapatos en el escaparate de la tienda. Si alguien quiere verlos, si se los quiere probar, si se los quiere comprar, no importa qué carajo quiera hacer con ellos, tiene que hablar conmigo, soy yo quien decide.

Días más tarde pasé por el taller. Rino trabajaba, Fernando trabajaba, los dos doblados, con la cabeza gacha. En el escaparate, entre cajas de betún y cordones, vi los elegantes y armoniosos zapatos marca Cerullo. Un cartel pegado en el cristal, seguramente escrito por Rino, anunciaba pomposamente: «Se hacen zapatos marca Cerullo». Padre e hijo esperaban que llegase la buena suerte.

Pero Lila estaba escéptica, de morros. No daba crédito alguno a las ingenuas hipótesis de su hermano y le temía al indescifrable acuerdo entre su padre y su madre. En una palabra, esperaba cosas feas. Pasó una semana y nadie demostró el menor interés por los zapatos del escaparate, ni siquiera Marcello. Solo cuando Rino lo abordó, mejor dicho, casi lo arrastró a la fuerza al interior de la tienda, Solara les echó un vistazo, como si tuviera otra cosa que pensar. Se los probó, claro, pero dijo que le apretaban un poco, se los quitó enseguida y desapareció sin pronunciar una sola palabra elogiosa, como si le doliera la barriga y tuviera que irse a su casa corriendo. Decepción para el padre y el hijo. Pero Marcello reapareció a los dos minutos. Rino se levantó de un salto, radiante, y le tendió la mano como si con esa simple reaparición estuvieran sellando un acuerdo ya estipulado. Marcello no le hizo caso y dirigiéndose directamente a Fernando, dijo de un tirón:

—Mis intenciones son muy serias, don Fernà, quisiera la mano de su hija Lina.

29

Rino reaccionó a ese giro de los acontecimientos con una fiebre muy alta que lo mantuvo alejado del trabajo durante días. Cuando la fiebre remitió bruscamente, tuvo unos síntomas inquietantes: en plena noche se levantaba de la cama y, sin despertarse, mudo y muy agitado, iba a la puerta, trataba de abrirla, la forcejeaba con los ojos en blanco. Asustadas, Nunzia y Lila lo arrastraban de vuelta a la cama.

Fernando, por su parte, que junto con su esposa habían intuido enseguida las verdaderas intenciones de Marcello, habló con su hija de un modo calmado. Le explicó que la propuesta de Marcello Solara era importante no solo para su futuro, sino para el de toda la familia. Le dijo que ella todavía era una niña y que no estaba obligada a decir que sí enseguida, pero añadió que él, como padre, le aconsejaba que aceptara. Un largo noviazgo en casa la habría acostumbrado poco a poco al matrimonio.

Lila le contestó con la misma calma que antes de prometerse y después casarse con Marcello Solara, prefería ir a los pantanos y ahogarse. Siguió una enconada pelea, que no la hizo cambiar de opinión.

La noticia me dejó de piedra. Sabía muy bien que Marcello quería prometerse con Lila a toda costa, pero jamás hubiera imaginado que a nuestra edad se pudiera recibir una petición de matrimonio. Sin embargo, Lila la había recibido sin haber cumplido los quince, nunca había tenido novio en secreto, nunca había intercambiado un beso con nadie. Me puse de inmediato de su parte. ¿Casarse? ¿Con Marcello Solara? ¿E incluso tener hijos con él? No, de ninguna manera. La animé a que luchara en esa nueva guerra contra su padre y juré que la iba a apoyar, aunque él ya había perdido la calma y ahora la amenazaba, decía que por su bien le iba a romper los huesos si se negaba a aceptar a semejante buen partido.

No tuve manera de estar a su lado. A mediados de julio ocurrió algo que debería haber previsto y que, pese a todo, me tomó por sorpresa y me conmocionó. Una tarde, a última hora, después de dar el paseo habitual por el barrio junto con Lila para razonar sobre lo que le estaba sucediendo y buscar cómo salir del embrollo, regresé a casa y salió a abrirme mi hermana Elisa. Dijo emocionada que en el comedor estaba su maestra, es decir, la Oliviero. Estaba hablando con nuestra madre.

Me asomé tímidamente a la habitación y mi madre masculló enfadada:

—La maestra Oliviero dice que necesitas reposo, que te has cansado demasiado.

Miré a la Oliviero sin comprender. La que parecía necesitar reposo era ella, estaba pálida, con la cara hinchada. Me dijo:

—Mi prima me contestó precisamente ayer, puedes ir a su casa en Ischia y quedarte hasta finales de agosto. Te hospedará con gusto a cambio de que la ayudes con las tareas de la casa.

Se dirigió a mí como si ella fuera mi madre y como si mi madre, la verdadera, la de la pierna dañada y el ojo atravesado, no fuera más que un ser vivo de desecho y, como tal, no había que tomar en cuenta. Para colmo, después de comunicarnos la noticia, no se marchó enseguida sino que se entretuvo casi una hora más enseñándome uno por uno los libros que me había traído en préstamo. Me explicó cuáles debía leer primero y cuáles después, me hizo jurar que antes de leerlos los iba a forrar, me conminó a devolvérselos todos antes de finales del verano sin doblar una sola esquina. Mi madre aguantó paciente. Permaneció sentada, atenta, aunque el ojo bizco le diera un aire alucinado. Estalló cuando la maestra, por fin, se despidió con un saludo desdeñoso para ella y ni siquiera una caricia para mi hermana, que la esperaba con gran ilusión y de la que se hubiera sentido orgullosa. Trastornada por el rencor de la humillación que creía haber recibido por mi culpa, me dijo:

—La señorita debe ir a descansar a Ischia, la señorita está muy fatigada. Ve a preparar la cena, muévete, que si no, te doy un bofetón.

Dos días más tarde, después de tomarme las medidas y coserme deprisa y corriendo un traje de baño copiado de no sé dónde, ella misma me acompañó al barco. De camino al puerto, mientras me compraba el billete y luego mientras esperábamos el momento de embarcar, me machacó con sus recomendaciones. Lo que más la asustaba era la travesía. «Espero que el mar no esté movido», decía casi para sus adentros, y juraba que de pequeña, con tres o cuatro años, me había llevado a Coroglio todos los días para que se me curase un catarro y que el mar estaba en calma y que yo había aprendido a nadar. Pero yo no me acordaba ni de Coroglio, ni del mar, ni de que sabía nadar y se lo dije. Ella adoptó un tono hostil, como queriendo decir que si llegaba a ahogarme no sería por culpa de ella, que ya había hecho lo que debía para evitarlo, sino que debía achacarse exclusivamente a mi desmemoria. Después me rogó que no me alejara de la orilla ni siquiera con el mar en calma, que me quedara en casa si estaba agitado o había bandera roja. Y me dijo: «Sobre todo, si tienes el estómago lleno o te ha venido el mes, no se te ocurra mojarte nada, ni los pies». Antes de dejarme le pidió a un viejo marinero que me vigilara. Cuando el barco zarpó del muelle me sentí aterrada y feliz a un tiempo. Por primera vez salía de mi casa, hacía un viaje, un viaje por mar. El cuerpo ancho de mi madre, junto con el barrio y la historia de Lila se alejaron cada vez más hasta perderse de vista.

30

Volví a florecer. La prima de la maestra se llamaba Nella Incardo y vivía en Barano. Llegué al pueblo en el coche de línea, encontré fácilmente la casa. Nella resultó ser una mujerona amable, muy alegre, charlatana, soltera. Alquilaba sus habitaciones a los veraneantes y se reservaba un cuartito y la cocina. Yo dormiría en la cocina. Me tenía que hacer la cama por la noche y desmontarla por completo (armazón, travesaños, colchón) por la mañana. Me enteré de que tenía unas obligaciones ineludibles: levantarme a las seis y media, preparar el desayuno para ella y sus huéspedes —cuando llegué había una pareja de ingleses con dos niños—, recoger y lavar tazas y cuencos, poner la mesa para la cena, fregar los platos antes de acostarme. Tenía el resto del día libre. Podía quedarme en la terraza, leyendo frente al mar, o bajar andando por un sendero blanco y escarpado hasta una playa larga, ancha, oscura, que se llamaba playa dei Maronti.

Al principio, después de todos los miedos que me había metido mi madre y con todos los problemas que tenía con mi cuerpo, me pasaba el tiempo libre en la terraza, vestida; a diario le escribía a Lila unas cartas plagadas de preguntas, ocurrencias, descripciones de la isla hechas con estridentes entusiasmos. Pero una mañana Nella me tomó el pelo y me dijo: «¿Qué haces así? Ponte el traje de baño». Cuando me lo puse, estalló en carcajadas, le pareció de vieja. Me cosió otro, según ella más moderno, con un escote pronunciado, más ceñido en el trasero, de un bonito color azul. Me lo probé y se entusiasmó, dijo que ya era hora de que fuera a la playa, basta de terraza.

Al día siguiente, con mil prevenciones y mil curiosidades, equipada con una toalla y un libro me fui hacia la playa dei Maronti. El trayecto se me hizo larguísimo, no encontré a nadie que subiera o bajara. La playa era inmensa y estaba desierta, con una arena granulosa que crujía a cada paso. El mar despedía un olor intenso, un sonido seco, monótono.

Me quedé largo rato de pie, mirando aquella inmensa masa de agua. Después me senté en la toalla, sin saber bien qué hacer. Al final me levanté y fui a mojarme los pies. ¿Cómo era posible que viviera en una ciudad como Nápoles y que ni una sola vez se me hubiese ocurrido bañarme en el mar? Sin embargo, así era. Avancé con cuidado, dejando que el agua me subiera de los pies hasta las pantorrillas y de ahí a los muslos. Después pisé en falso y me hundí. Braceé aterrorizada, tragué agua, volví a la superficie, al aire. Me di cuenta de que espontáneamente movía los pies y los brazos de un modo determinado y que me mantenía a flote. De modo que sabía nadar. Era cierto, de pequeña mi madre me había llevado a la playa, mientras ella se hacía sus baños de arena, yo había aprendido. Como un rayo me vino su imagen, estaba más joven, menos deshecha, sentada en una playa negra bajo el sol del mediodía, llevaba un vestido blanco con estampado de florecillas, la pierna buena cubierta hasta la rodilla por el vestido, la dañada enterrada en la arena hirviente.

El agua de mar y el sol borraron rápidamente de mi cara la inflamación del acné. Me quemé, me bronceé. Esperé las cartas de Lila, al despedirnos habíamos prometido que nos escribiríamos, pero no llegó ninguna. Practiqué un poco el inglés con la familia que hospedaba Nella. Comprendieron que quería aprender y hablaban conmigo cada vez con más frecuencia y con simpatía, avancé mucho. Nella, que siempre estaba alegre, me animó, empecé a hacerle de intérprete. Entretanto, no perdía ocasión para cubrirme de elogios. Me preparaba unos platos enormes, cocinaba muy bien. Decía que había llegado hecha un trapo y que ahora, gracias a sus cuidados, estaba preciosa.

En una palabra, en los últimos diez días de julio sentí un bienestar hasta entonces desconocido. Experimenté una sensación que después se repetiría más veces en mi vida: la alegría de lo nuevo. Me gustaba todo: levantarme temprano, preparar el desayuno, recoger, pasear por Barano, cubrir el trayecto hasta la playa dei Maronti de subida y de bajada, leer tumbada al sol, zambullirme en el agua, volver a leer. No echaba de menos a mi padre, a mis hermanos, a mi madre, las calles del barrio, los jardincillos. Solo echaba de menos a Lila, Lila que no contestaba mis cartas. Temía que en mi ausencia le ocurrieran cosas, buenas o malas. Era un temor antiguo, un temor que no había superado: el miedo de que al perderme trozos de su vida, la mía perdiera intensidad e importancia. El hecho de que no me contestara acentuaba esa preocupación. Por más que en mis cartas me esforzara en comunicarle el privilegio de los días transcurridos en Ischia, me parecía que mi río de palabras y su silencio demostraban que mi vida era espléndida pero pobre en acontecimientos, tanto era así que me daba tiempo a escribirle a diario, mientras que la suya era negra pero plena.

A finales de julio Nella me dijo que tras marcharse los ingleses, el primero de agosto llegaba una familia napolitana. Era el segundo año que iban. Gente muy respetable, señores amabilísimos, exquisitos, especialmente el marido, un auténtico caballero que siempre le dirigía palabras hermosísimas. Y el hijo mayor, un muchacho apuesto: alto, delgado pero fuerte, este año cumplía diecisiete años. «Ya no estarás sola», me dijo, y yo me sentí incómoda, enseguida me entró la ansiedad por ese joven que llegaría, temía que no consiguiéramos decirnos ni dos palabras, no gustarle.

En cuanto se marcharon los ingleses, que me dejaron un par de novelas para que practicara con la lectura y su dirección —si algún día decidía ir a Inglaterra, debía ir a visitarlos—, Nella me pidió que la ayudara a limpiar a fondo las habitaciones, cambiar sábanas y toallas, rehacer las camas. Lo hice con gusto, y mientras fregaba el suelo, ella me gritó desde la cocina:

—Qué aplicada eres, también sabes leer en inglés. ¿No tienes bastante con los libros que has traído?

Y no hizo más que alabarme a distancia, en voz alta, por lo disciplinada que era, por lo juiciosa que era, por cómo me pasaba el día leyendo y también la noche. Cuando me reuní con ella en la cocina, la encontré con un libro en la mano. Dijo que se lo había regalado el señor que llegaría al día siguiente, lo había escrito él en persona. Nella lo guardaba en su mesita de noche, y todos los días antes de dormirse leía un poema, primero para sus adentros y luego en voz alta. Ya casi se los sabía todos de memoria.

—Fíjate lo que me ha escrito —dijo, y me tendió el libro.

Era *Señales de calma*, de Donato Sarratore. La dedicatoria decía: «A Nella, que es un azucarillo, y a sus mermeladas».

31

Escribí a Lila enseguida: páginas y páginas de aprensión, alegría, ganas de huir, anticipo apasionado del momento en que vería a Nino Sarratore, haría el trayecto a la playa dei Maronti con él, nos bañaríamos juntos, contemplaríamos la luna y las estrellas, dormiríamos bajo el mismo techo. No hice más que pensar en los momentos intensos en que, mientras él aferraba de la mano a su hermano, un siglo antes —ay, cuánto tiempo había pasado—, me había declarado su amor. Entonces éramos unos niños, ahora me sentía mayor, casi vieja.

Al día siguiente fui a la parada del coche de línea para ayudar a los huéspedes con el equipaje. Estaba muy intranquila, no había pegado ojo en toda la noche. El coche de línea llegó, se detuvo, bajaron los pasajeros. Reconocí a Donato Sarratore, reconocí a Lidia, su esposa, reconocí a Marisa, aunque estaba muy cambiada, reconocí a Clelia, siempre en su mundo, reconocí al pequeño Pino, que ahora era un chico serio, e imaginé que el niño caprichoso que atormentaba a su madre debía de ser el que iba en el cochecito bajo los proyectiles lanzados por Melina, la última vez que había visto a la familia Sarratore. Pero no vi a Nino.

Marisa me echó los brazos al cuello con un entusiasmo que jamás hubiera esperado: en todos esos años nunca, jamás me había acordado de ella, mientras que ella dijo haber pensado en mí con nostalgia en muchas ocasiones. Cuando se refirió a la época del barrio y le comentó a sus padres que yo era hija de Greco, el conserje, Lidia, su madre, hizo una mueca de fastidio y salió corriendo enseguida a aferrar a su hijo pequeño para reprocharle no sé qué cosa, mientras Donato Sarratore se ocupó del equipaje sin una frase del estilo: ¿cómo está tu padre?

Me deprimí. Los Sarratore se acomodaron en sus habitaciones, yo me fui a la playa con Marisa, que conocía muy bien los Maronti y toda Ischia, y andaba desatada, quería ir al puerto, donde había más animación, y a Forio, y a Casamicciola, a cualquier parte con tal de no quedarse en Barano que, según ella, era un cementerio. Me contó que estudiaba para secretaria de dirección y tenía un novio al que yo ya conocería porque vendría a verla, pero a escondidas. Por último me contó algo que hizo que me diera un vuelco el corazón. Lo sabía todo sobre mí, que cursaba el bachillerato superior, que era muy buena alumna y que era la novia de Gino, el hijo del farmacéutico.

—¿Quién te lo ha dicho?

—Mi hermano.

De modo que Nino me había reconocido, de modo que sabía quién era yo, de modo que lo suyo no era desconsideración, sino tal vez timidez, tal vez incomodidad, tal vez vergüenza por la declaración que me había hecho cuando era niño.

—Gino y yo rompimos hace mucho —dije—, tu hermano no está bien informado.

—Huy, ese solo piensa en los estudios, hace mucho que me habló de ti, porque casi siempre está con la cabeza en las nubes.

—¿No vendrá?

—Sí, cuando papá se marche.

Me contó cosas de Nino con aire muy crítico. Era una persona sin sentimientos. Nunca se entusiasmaba con nada, no se enfadaba pero tampoco era amable. Estaba siempre encerrado en sí mismo, solo se interesaba por los estudios. No le gustaba nada, era de sangre fría. El único que conseguía turbarlo un poquitín era su padre. No es que se pelearan, era un hijo respetuoso y obediente. Pero a Marisa le constaba que Nino no lo soportaba. Ella, en cambio, lo adoraba. Era el hombre más bueno y más inteligente del mundo.

—¿Y se va a quedar muchos días, tu padre? ¿Cuándo se va? —le pregunté con un interés tal vez excesivo.

—Solo tres días. Tiene que trabajar.

—¿Y Nino llega dentro de tres días?

Sí. Se ha inventado que tenía que ayudar con la mudanza a la familia de un amigo suyo.

—¿Y no es verdad?

—No tiene amigos. Y sería incapaz de mover esa piedra de aquí hasta allí, ni siquiera por mi madre, la única a la que quiere un poco, imagínate si va a ayudar a un amigo.

Nos bañamos, nos secamos dando un largo paseo por la orilla. Me señaló entre risas algo en lo que yo no me había fijado. Al final de la playa negruzca había unas siluetas blancas, inmóviles. Me arrastró riendo por la arena hirviente hasta que resultó evidente que se trataba de personas. Personas vivas y cubiertas de barro. Se curaban así, no se sabía de qué. Nos tumbamos en la arena y echamos a rodar, empujándonos, jugando a hacernos las momias como esas personas. Nos divertimos mucho, después nos dimos otro baño.

Por la noche la familia Sarratore cenó en la cocina y nos invitaron a Nella y a mí a compartir la mesa con ellos. Fue una bonita velada. Lidia no mencionó nunca el barrio, y, pasada la primera reacción de hostilidad, se informó sobre mí. Cuando Marisa le dijo que yo era muy estudiosa y que iba al mismo colegio que Nino se volvió especialmente amable. No obstante, el más cordial de todos fue Donato Sarratore. Colmó de cumplidos a Nella, me alabó por las notas que había sacado, tuvo muchas atenciones con Lidia, jugó con Ciro, el pequeño, quiso recoger él la mesa, no me permitió fregar los platos.

Lo analicé a fondo y me pareció una persona distinta de la que recordaba. Estaba más delgado, claro, y se había dejado bigote, pero aparte del aspecto había algo más que no conseguía entender y que dependía de su comportamiento. Quizá me pareció más paternal que mi padre y de una cortesía fuera de lo común.

Esa sensación se acentuó en los dos días siguientes. Cuando íbamos a la playa, Sarratore no dejaba que Lidia y nosotras, las dos chicas, lleváramos nada. Se ocupaba él de cargar con la sombrilla, las bolsas con la comida y las toallas tanto a la ida como a la vuelta, cuando el camino era todo cuesta arriba. Nos cedía la carga a nosotras únicamente cuando Ciro lloriqueaba y pretendía que lo llevaran en brazos. Tenía un cuerpo delgado, con poco vello. Lucía un traje de baño de un color indefinido, no era de tela, parecía de lana ligera. Nadaba mucho, pero sin alejarse, quería mostrarnos a Marina y a mí como era el estilo libre. Su hija nadaba como él, con las mismas brazadas muy meditadas, lentas, y yo no tardé en imitarlos. Se expresaba más en italiano que en dialecto y, sobre todo conmigo, ponía especial empeño en formular frases enrevesadas y perífrasis insólitas. Nos invitaba alegremente a mí, a Lidia, a Marisa, a correr con él de aquí para allá en la rompiente para tonificar los músculos, mientras nos hacía reír con muecas, vocecitas, andares cómicos. Cuando se bañaba con su mujer se quedaban flotando muy apretados, se hablaban en voz baja, se reían con frecuencia. El día en que se marchó me dio pena, como le dio pena a Marisa, como le dio pena a Lidia, como le dio pena a Nella. La casa, pese a llenarse con el sonido de nuestras voces, pareció silenciosa, un cementerio. El único consuelo era que por fin llegaría Nino.

32

Traté de sugerirle a Marisa que fuéramos a esperarlo al puerto, pero ella se negó, dijo que su hermano no merecía esas atenciones. Nino llegó por la noche. Alto, delgadísimo, camisa azul, pantalón oscuro, sandalias, un macuto al hombro, no manifestó la menor emoción al verme en Ischia, en aquella casa, hasta tal punto que pensé que en Nápoles tenían teléfono y que Marisa había encontrado el modo de avisarle. En la mesa habló con monosílabos, a la hora del desayuno no apareció. Se despertó tarde, fuimos a la playa tarde, se ocupó de llevar poco o nada. Se zambulló enseguida, con decisión, y nadó hacia mar abierto sin el virtuosismo exhibido por su padre, con naturalidad. Desapareció, temí que se hubiese ahogado, pero ni Marisa ni Lidia se mostraron preocupadas. Reapareció casi dos horas más tarde y se puso a leer y a fumar un cigarrillo tras otro. Se pasó todo el día leyendo, sin dirigirnos nunca la palabra y colocando las colillas en fila de dos en dos en la arena. Yo también me puse a leer y rechacé la invitación de Marisa para pasear por la rompiente. A la hora de la cena comió deprisa y salió. Recogí la mesa, lavé los platos pensando en él. Me hice la cama en la cocina y me puse a leer otra vez esperando que regresara. Leí casi hasta la una, después me dormí con la luz encendida y el libro abierto sobre el pecho. Por la mañana, al despertarme, la luz estaba apagada y el libro cerrado. Pensé que había sido él y por primera vez sentí una oleada de amor que me recorría las venas.

A los pocos días las cosas mejoraron. Noté que de vez en cuando me observaba y enseguida apartaba la vista. Le pregunté qué leía, le dije lo que leía yo. Hablamos de nuestras lecturas, aburriendo a Marisa. Al principio daba la impresión de que me escuchaba atentamente, después, como hacía Lila, se puso a hablar sin parar, cada vez más entusiasmado por sus razonamientos. Como quería que se percatara de mi inteligencia tendía a interrumpirlo, a dar mi opinión, pero era difícil, parecía contento de mi presencia solo si me quedaba callada y escuchaba, algo que pronto me resigné a hacer. Por lo demás, decía unas cosas que yo me sentía incapaz de pensar, o de expresar con la misma seguridad, y las decía en un italiano notable, fascinante.

A veces Marisa nos lanzaba bolas de arena, a veces irrumpía en la conversación gritando: «Basta ya, a quién cuernos le importa ese Dostoievski, a quién cuernos le importan los Karamazov». Nino se interrumpía bruscamente y se alejaba por la orilla con la cabeza gacha, hasta convertirse en un puntito. Yo pasaba un rato con Marisa hablando de su novio, que ya no podía venir a verla en secreto, y eso la hacía llorar. Entretanto, yo me sentía cada vez mejor, no podía creer que la vida pudiera ser así. Tal vez, pensaba, las muchachas de via dei Mille —esa que iba toda de verde, por ejemplo— llevan una vida como esta.

Cada tres o cuatro días regresaba Donato Sarratore, pero como mucho se quedaba veinticuatro horas y volvía a marcharse. Decía que no hacía más que pensar en el 13 de agosto, cuando podría quedarse en Barano dos semanas seguidas. En cuanto aparecía su padre, Nino se convertía en una sombra. Comía, desaparecía, reaparecía de madrugada y no pronunciaba una sola palabra. Escuchaba a su padre con una media sonrisa dócil, y dijera lo que dijese, él no asentía pero tampoco se oponía. La única vez que hacía algún comentario decidido y explícito era cuando Donato mencionaba el tan ansiado 13 de agosto. Entonces, a los dos minutos, le recordaba a su madre, a su madre, no a Donato, que inmediatamente después de la Asunción debía regresar a Nápoles porque había quedado en encontrarse con algunos compañeros del colegio —contaban con reunirse en una casa de campo en la zona de Avelino— para ponerse a hacer los deberes de las vacaciones. «Es mentira —me susurraba Marisa—, no tiene deberes.» Pero su madre lo alababa, también su padre. Es más, Donato aprovechaba esos momentos para exponer uno de sus argumentos preferidos: Nino tenía suerte de poder estudiar; él solo había podido cursar hasta el segundo año de la escuela industrial, después había tenido que ir a trabajar; pero si hubiera podido cursar los mismos estudios que su hijo, a saber dónde habría llegado. Y concluía: «Estudia, Ninù, tesoro de papá, haz lo que yo no he podido hacer».

Aquel tono molestaba a Nino más que cualquier otra cosa. Con tal de pirárselas algunas veces llegaba incluso a invitarnos a Marisa y a mí a salir con él. Y, ceñudo, les decía a sus padres, como si no hiciéramos más que atormentarlo: «Quieren tomar un helado, quieren dar un paseo, las acompaño».

En esas ocasiones Marisa corría a prepararse encantada de la vida y yo me amargaba porque tenía los mismos cuatro trapos de siempre. Pero me parecía que a él le importaba poco si yo era guapa o fea. En cuanto salíamos de casa, se ponía a charlar, y eso sumía a Marisa en la desesperación, decía que más le hubiera valido quedarse en casa. En cambio yo estaba pendiente de los labios de Nino. Me maravillaba que, entre el gentío del puerto, entre jóvenes y menos jóvenes que nos miraban a Marisa y a mí con intención, y reían, y trataban de entablar conversación, él no mostrara ni por asomo esa disposición a la violencia tan propia de Pasquale, Rino, Antonio, Enzo, cuando salían con nosotras y alguien nos lanzaba una mirada demasiado insistente. Como guardaespaldas de nuestra virtud valía bien poco. Tal vez porque tenía tantas cosas en la cabeza y ese afán tan grande de hablarme de ellas, dejaba que a nuestro alrededor ocurriera de todo.

Así fue como Marisa entabló amistad con unos muchachos de Forio, que luego fueron a verla a Barano, y ella los llevó con nosotros a la playa dei Maronti, hasta que al final acabó saliendo con ellos todas las noches. Íbamos los tres al puerto, y una vez allí, ella se marchaba con sus nuevos amigos (¿dónde se había visto que Pasquale se mostrara tan liberal con Carmela, y Antonio con Ada?) y nosotros paseábamos por la playa. Después, alrededor de las diez, nos reuníamos y regresábamos a casa.

Una noche, en cuanto nos quedamos solos, Nino me dijo de repente que de niño había envidiado mucho la relación que había entre Lila y yo. Nos veía de lejos, siempre juntas, siempre charlando, y le hubiera gustado hacer amistad con nosotras, pero nunca había tenido el valor. Sonrió y dijo:

—¿Te acuerdas de la declaración que te hice?

—Sí.

—Me gustabas muchísimo.

Se me encendieron las mejillas y susurré estúpidamente:

—Gracias.

—Pensaba que nos haríamos novios y así podríamos estar siempre los tres juntos, tú, tu amiga y yo.

—¿Juntos?

Sonrió al recordar cómo era de niño.

—No entendía nada de noviazgos.

Después me preguntó por Lila.

—¿Siguió estudiando?

—No.

—¿Y qué hace?

—Ayuda a sus padres.

—Era muy buena, no había manera de seguirle el ritmo, me obnubilaba la mente.

Lo dijo con esas mismas palabras —me obnubilaba la mente—, y si antes me había sentado mal el hecho de que dijese que su declaración de amor solo había sido un pretexto para inmiscuirse en la relación entre Lila y yo, esta vez sufrí abiertamente, noté un dolor en el pecho.

—Ya no es así —dije—, ha cambiado.

Sentí el impulso de añadir: «¿Has oído a los profesores, cómo hablan de mí en el colegio?». Menos mal que conseguí dominarme. A partir de esa conversación, dejé de escribir a Lila: me costaba contarle lo que me estaba sucediendo, de todos modos, no me contestaba. Me dediqué a cuidar de Nino. Sabía que se despertaba tarde y busqué todo tipo de excusas para no desayunar con los demás. Lo esperaba, iba con él a la playa, me ocupaba de preparar sus cosas, cargaba yo con ellas, nos bañábamos juntos. Pero cuando nadaba mar adentro, no me atrevía a seguirlo, volvía a la orilla y desde allí vigilaba con aprensión la estela que dejaba y el puntito negro de su cabeza. Me entraba el desespero si lo perdía de vista, me sentía feliz cuando lo veía regresar. En una palabra, lo quería, sabía que lo quería y estaba contenta.

Entretanto, el día de la Asunción se iba acercando. Una noche le dije que no quería ir al puerto. Prefería dar un paseo hasta la playa dei Maronti, había luna llena. Confiaba en que viniese conmigo y renunciara a acompañar a su hermana, que insistía en ir al puerto donde ya tenía una especie de novio con el que, me contaba, intercambiaba besos y abrazos, traicionando así a su otro novio de Nápoles. Pero él se fue con Marisa. Por una cuestión de principios, yo enfilé el camino pedregoso que llevaba a la playa. La arena estaba fría, de color negro grisáceo a la luz de la luna, el mar apenas respiraba. No había un alma y me puse a llorar de soledad. ¿Qué era yo, quién era yo? Me sentía otra vez hermosa, ya no tenía granos, el sol y el mar me habían estilizado, y sin embargo, la persona que me gustaba y a quien quería gustarle no mostraba ningún interés por mí. ¿Qué marcas llevaba encima, qué destino? Pensé en el barrio como en un torbellino del que era ilusorio tratar de salir. Después oí crujir la arena, me volví, vi la sombra de Nino. Se sentó a mi lado. Tenía que ir a recoger a su hermana al cabo de una hora. Lo noté nervioso, golpeaba la arena con el talón izquierdo. No habló de libros, de repente se puso a hablar de su padre.

—Dedicaré toda mi vida —dijo como si fuera una misión— a tratar de no parecerme a él.

—Es un hombre simpático.

—Eso dicen todos.

—¿Y entonces?

Hizo una mueca sarcástica que afeó su cara un instante.

—¿Cómo está Melina?

Lo miré llena de asombro. Había puesto mucho cuidado en no mencionar nunca a Melina en nuestras animadas conversaciones, y ahora era él quien sacaba el tema.

—Así así.

—Fue su amante. Él sabía que era una mujer frágil, pero se lió con ella de todos modos, por pura vanidad. Por vanidad haría daño a quien fuera, y no se sentiría responsable. Como está convencido de que hace feliz a la gente, se cree que hay que perdonárselo todo. Va a misa todos los domingos. A sus hijos nos trata con consideración. Colma de atenciones a mi madre. Pero la traiciona continuamente. Es un hipócrita, me da asco.

No supe qué decirle. En el barrio podían ocurrir cosas terribles, padres e hijos que a menudo llegaban a las manos, como Rino y Fernando, por ejemplo. Pero la violencia de esas pocas frases, construidas con cuidado, me hizo daño. Nino odiaba a su padre con todas sus fuerzas, por eso hablaba tanto de los hermanos Karamazov. Pero no era esa la cuestión. Lo que me turbó profundamente fue que Donato Sarratore, por lo que había comprobado con mis propios ojos, escuchado con mis oídos, no tenía nada que fuera tan repelente, era el padre que cualquier muchacha, cualquier muchacho hubiera deseado, de hecho, Marisa lo adoraba. Para colmo, si su pecado era la capacidad de amar, yo no veía nada de especialmente malvado, cuando hasta mi madre decía que a saber la de fechorías que habría hecho mi padre. Por tanto, esas frases cáusticas, ese tono cortante me parecieron terribles. Murmuré:

—Melina y él se vieron arrastrados por la pasión, como Dido y Eneas. Esas cosas hacen daño, pero también son muy conmovedoras.

—Ante Dios juró fidelidad a mi madre —exclamó de pronto, levantando la voz—. No la respeta a ella ni a Dios. —Se levantó de un salto, completamente alterado, tenía los ojos preciosos y brillantes—. Ni siquiera tú me entiendes —dijo, alejándose a grandes zancadas.

Lo alcancé, el corazón me palpitaba con fuerza.

—Te entiendo —murmuré y lo aferré con cautela del brazo.

Nunca nos habíamos rozado siquiera, aquel contacto me quemó los dedos, los aparté enseguida. Él se inclinó y me besó en los labios, un beso levísimo.

—Me voy mañana —dijo.

—Pero el trece es pasado mañana.

No contestó. Regresamos a Barano hablando de libros, después fuimos a buscar a Marisa al puerto. Notaba sus labios en los míos.

33

Me pasé la noche llorando en la cocina silenciosa. Me dormí al amanecer. Vino Nella a despertarme y me regañó, dijo que Nino había querido desayunar en la terraza para no molestarme. Se había marchado.

Me vestí a toda prisa, ella se dio cuenta de mi sufrimiento. Y al final cedió: «Anda, vete, a lo mejor llegas a tiempo». Fui corriendo al puerto esperando llegar antes de que zarpara el barco, pero ya estaba mar adentro.

Pasé unos días malos. Cuando limpiaba las habitaciones encontré un punto de lectura de cartulina azul que pertenecía a Nino y lo escondí entre mis cosas. Por la noche, cuando me acostaba en mi cama en la cocina, lo olía, lo besaba, lo lamía con la punta de la lengua y lloraba. Me conmovía mi propia pasión desesperada y el llanto se autoalimentaba.

Después llegó Donato Sarratore y empezaron sus quince días de vacaciones. Lamentó que su hijo se hubiese marchado, pero se alegró de que se reuniera a estudiar con sus compañeros en la zona de Avelino. «Es un muchacho realmente serio —me comentó—, como tú. Estoy orgulloso de él, como imagino que tu padre está orgulloso de ti.»

La presencia tranquilizadora de ese hombre me calmó. Quiso conocer a los nuevos amigos de Marisa, los invitó una noche a hacer una gran hoguera en la playa. Él mismo se afanó en amontonar toda la leña que pudo encontrar y se quedó con nosotros, los jóvenes, hasta tarde, El muchacho con el que Marisa estaba medio de novia rasgueaba la guitarra y Donato cantó, tenía una voz preciosa. Ya avanzada la noche se puso a tocar él, y lo hacía bien, interpretó piezas bailables. Hubo quien se lanzó a bailar, Marisa la primera.

Miraba a ese hombre y pensaba: él y su hijo no tienen un solo rasgo en común. Nino es alto, con un rostro delicado, la frente cubierta de negros cabellos, la boca siempre entreabierta, de labios incitantes; Donato, en cambio, es de estatura media, con unos rasgos marcados, entradas pronunciadas y la boca concentrada, casi sin labios. Nino mira siempre enfurruñado, sus ojos ven más allá de las cosas y las personas y parecen asustarse; Donato siempre tiene una mirada dispuesta a adorar la apariencia de las cosas o las personas y no hace más que sonreír. Nino tiene algo que lo reconcome por dentro, como Lila, se trata de un don y un sufrimiento, no están contentos, no se sueltan, temen lo que ocurre a su alrededor; este hombre, no, parece amar todas las manifestaciones de la vida, como si cada segundo vivido fuera de una limpidez absoluta.

A partir de esa noche, el padre de Nino me pareció un remedio sólido no solo contra la oscuridad en la que me había sumido su hijo al marcharse después de un beso casi imperceptible, sino también —me di cuenta con asombro— contra la oscuridad en la que me había sumido Lila al no contestar nunca mis cartas. Ella y Nino apenas se conocen, pensé, nunca se han tratado, y, sin embargo, ahora los encuentro muy parecidos: no necesitan de nada ni de nadie y siempre saben qué está bien y qué está mal. Pero ¿y si se equivocan? ¿Qué tiene de especialmente terrible Marcello Solara, qué tiene de especialmente terrible Donato Sarratore? No lo entendía. Quería a Lila y a Nino, y ahora, aunque de forma distinta, los echaba de menos, pero le estaba agradecida a ese padre odiado que a mí, a todos nosotros, los jóvenes, nos daba importancia, nos regalaba alegría y tranquilidad esa noche en la playa dei Maronti. De pronto me alegré de que ninguno de los dos estuviera en la isla.

Retomé la lectura, le mandé una última carta a Lila en la que le decía que, puesto que ella no había contestado ninguna de mis cartas, dejaría de escribirle. Estreché lazos con la familia Sarratore, me sentí hermana de Marisa, de Pinuccio y del pequeño Ciro, que ahora me quería mucho y conmigo, solo conmigo, no era caprichoso y jugaba tranquilo, juntos buscábamos conchillas. Lidia, cuya hostilidad hacia mí se había convertido definitivamente en simpatía y afecto, me elogiaba a menudo por la precisión con que lo hacía todo: poner la mesa, ordenar las habitaciones, fregar los platos, entretener al niño, leer y estudiar. Una mañana me hizo probar un vestido playero suyo que le iba estrecho y como Nella y también Sarratore, convocado de urgencia para emitir su opinión, se entusiasmaron por lo bien que me sentaba, me lo regaló. Había momentos en que daba incluso la impresión de que me prefería a Marisa. Decía: «Es holgazana, vanidosa, la he educado mal, no estudia; en cambio tú lo haces todo con mucho juicio». Y en una ocasión añadió: «Igual que Nino, pero tú eres radiante mientras que él está siempre nervioso». Al oír aquellas críticas Donato intervino y se puso a elogiar a su hijo mayor. «Es un muchacho que vale mucho», dijo y me pidió con la mirada una confirmación, y yo asentí con gran convicción.

Después de los largos baños en el mar, Donato se tendía a mi lado a secarse al sol y leía el periódico *Roma*, su único material de lectura. Me sorprendía que alguien que escribía poemas, que incluso los había reunido y publicado en una antología, no abriese nunca un libro. No se había llevado ninguno y los míos tampoco le llamaban la atención. A veces me declamaba un párrafo de algún artículo, palabras y frases que habrían hecho enfurecer a Pasquale y seguramente también a la profesora Galiani. Pero yo me callaba, no tenía ganas de ponerme a discutir con una persona tan cortés, destruyendo así la gran estima que me tenía. En cierta ocasión me leyó un artículo entero, del principio al final, y cada dos líneas miraba a Lidia sonriendo, y Lidia le respondía con una sonrisa cómplice. Al terminar me preguntó:

—¿Te ha gustado?

Era un artículo que hablaba de la velocidad de los viajes en tren y la comparaba con la de los viajes de antes, en calesa o a pie, por los senderos del campo. Estaba escrito con frases altisonantes que leía conmovido.

—Sí, muchísimo —contesté.

—Fíjate quién lo ha escrito. ¿Qué pone aquí?

Se inclinó hacia mí y desplegó el diario ante mis ojos. Leí emocionada:

—Donato Sarratore.

Lidia y él estallaron en carcajadas. Me dejaron en la playa vigilando a Ciro mientras ellos se bañaban como tenían costumbre, abrazados y hablándose al oído. Los observé y pensé: pobre Melina, pero sin rencor hacia Sarratore. Suponiendo que Nino tuviera razón y que entre los dos hubiese habido realmente algo; suponiendo que Sarratore hubiese traicionado de veras a Lidia, ahora que lo conocía lo suficiente, se me hacía más difícil que antes considerarlo culpable, máxime porque me parecía que ni siquiera su esposa lo consideraba culpable, aunque después de aquella historia lo hubiese obligado a abandonar el barrio. En cuanto a Melina, a ella también la comprendía. Había experimentado la alegría del amor por aquel hombre tan alejado de la media —revisor del ferrocarril, pero también poeta y periodista— y su mente frágil no había conseguido readaptarse a la cruda normalidad de la vida sin él. Me complacían estos pensamientos. En aquellos días estaba contenta por todo, por mi amor por Nino, por mi tristeza, por el afecto del que me sentía rodeada, por mi propia capacidad de leer, pensar, reflexionar en soledad.

34

A finales de agosto, cuando estaba a punto de agotarse esa época extraordinaria, ocurrieron dos cosas importantes, de repente, el mismo día. Era el 25, lo recuerdo con claridad porque era mi cumpleaños. Me levanté, preparé el desayuno para todos y en la mesa anuncié: «Hoy cumplo quince años», y mientras lo decía me acordé de que Lila los había cumplido el día 11, pero con tantas emociones, se me había olvidado. Aunque la costumbre dictaba que se celebraran sobre todo las onomásticas —por entonces los cumpleaños se consideraban irrelevantes—, los Sarratore y Nella insistieron en organizar una fiestecita para esa misma noche. Me alegré. Ellos se fueron a preparar para ir a la playa, yo me puse a recoger y en eso llegó el cartero.

Me asomé a la ventana, el cartero dijo que traía una carta para Greco. Bajé corriendo con el corazón galopándome en el pecho. Excluí la posibilidad de que me hubiesen escrito mis padres. ¿Sería una carta de Lila, de Nino? Era de Lila. Rasgué el sobre. Salieron cinco hojas escritas con letra apretada, las devoré, pero no entendí casi nada de lo que leí. Hoy puede parecer anómalo, sin embargo, ocurrió exactamente así: antes de sentirme turbada por el contenido, me sorprendió el hecho de que la escritura contuviese la voz de Lila. Y no solo eso. Desde las primeras líneas me vino a la cabeza *El hada azul*, el único texto suyo que había leído antes de aquella carta, exceptuando las redacciones sencillas de la escuela primaria, y comprendí qué era lo que entonces me había gustado tanto. *El hada azul* tenía la misma cualidad que ahora me llamaba la atención: Lila sabía hablar a través de la escritura; a diferencia de mí cuando escribía, a diferencia de Sarratore en sus artículos y poemas, a diferencia incluso de muchos escritores que había leído y que leía, ella se expresaba con frases cuidadas, sin errores pese a no haber seguido estudiando, pero, además, no dejaba ni rastro de afectación, no se notaba el artificio de la palabra escrita. Al leerla la estaba viendo, la estaba oyendo a ella. La voz engarzada en la escritura me conmocionó, me cautivó mucho más que cuando discutíamos cara a cara: estaba por completo despojada de los desechos de cuando se habla, de la confusión de lo oral; poseía el orden vivo que me imaginaba en el discurso si uno había tenido la suerte de nacer de la cabeza de Zeus y no de los Greco, de los Cerullo. Me avergoncé de las páginas infantiles que le había escrito, de los tonos excesivos, de las frivolidades, de la alegría fingida, del dolor fingido. A saber qué habría pensado Lila de mí. Sentí desprecio y rencor por el profesor Gerace que me había ilusionado poniéndome nueve en italiano. A los quince años, el día en que los cumplía, aquella carta tuvo como primer efecto el hacerme sentir una impostora. Conmigo la escuela había cometido un error y la prueba estaba allí, en la carta de Lila.

Después, poco a poco, me enteré de los contenidos. Lila me felicitaba por mi cumpleaños. No me había escrito antes porque se alegraba de que me divirtiera tanto al sol, de que me encontrara cómoda con los Sarratore, de que amara a Nino, de que me gustara tanto Ischia, la playa dei Maronti, y no quería estropearme las vacaciones con sus amargas historias. Pero ahora había sentido la urgencia de romper el silencio. Inmediatamente después de mi partida Marcello Solara, con el consentimiento de Fernando, había empezado a presentarse todas las noches en su casa para cenar. Llegaba a las veinte y treinta y se marchaba a las veintidós y treinta en punto. Siempre llevaba algo: pastas, chocolatinas, azúcar, café. Ella no probaba nada, no le daba confianzas, él la miraba en silencio. Al cabo de una semana de aquella tortura, en vista de que Lila hacía como si él no existiera, había decidido sorprenderla. Se había presentado por la mañana, acompañado de un tipo gordo, todo sudado, que depositó en el comedor una enorme caja de cartón. De la caja salió un objeto de todos conocido, pero que en el barrio muy pocos teníamos en nuestras casas: un televisor, es decir, un aparato en cuya pantalla se veían imágenes, exactamente como en el cine, pero que no llegaban a través de un proyector, sino del aire, y en cuyo interior había un misterioso tubo que se llamaba catódico. A causa de ese tubo, mencionado sin cesar por el hombre gordo y sudado, el aparato no había funcionado durante días. Después, a fuerza de probar una y otra vez, se había encendido y ahora, medio barrio, incluidos mi madre, mi padre y mis hermanos, iban a casa de los Cerullo a ver ese milagro. Rino no. Estaba mejor, la fiebre se le había pasado definitivamente, pero dejó de dirigirle la palabra a Marcello. Cuando este se presentaba, Rino se ponía a echar pestes del televisor y al cabo de un rato se iba a dormir sin probar bocado o salía a dar vueltas por ahí en compañía de Pasquale y Antonio hasta bien entrada la noche. Lila, en cambio, decía que le encantaba la televisión. Lo que más le gustaba era ver los programas con Melina, que se presentaba todas las noches y se quedaba largo rato en silencio, concentradísima. Era el único momento de paz. Por lo demás, todos descargaban en ella sus rabias: su hermano porque lo había abandonado a su destino de sirviente del padre mientras ella iba hacia un matrimonio que le permitiría vivir como una señora; Fernando y Nunzia porque no era amable con Solara, al contrario, lo trataba como una basura; y el propio Marcello que, sin que ella lo hubiese aceptado nunca, se sentía cada vez más prometido, mejor dicho, cada vez más amo y señor, y tendía a pasar de la muda devoción a los intentos de besarla, a preguntas suspicaces sobre dónde iba durante el día, a quién veía, si había tenido otros novios, si alguien se había atrevido a tocarla siquiera. Y como ella no le contestaba, o peor aún, le tomaba el pelo hablándole de los besos y abrazos intercambiados con novios inexistentes, una noche él le había dicho muy serio al oído: «Anda, búrlate de mí, pero ¿te acuerdas de aquella vez que me amenazaste con la chaira? Si me entero de que te gusta otro, que no se te olvide, yo no me limito a amenazarte, te mato y punto». De modo que ella no sabía cómo salir de aquella situación y, por si acaso, seguía llevando encima su arma. Pero estaba aterrorizada. En las últimas páginas escribía que notaba a su alrededor todo el mal del barrio. Es más, dejaba caer sombríamente: el mal y el bien están mezclados y se refuerzan mutuamente. Pensándolo bien, Marcello era realmente un buen partido, pero lo bueno olía a malo y lo malo olía a bueno, una amalgama que la dejaba sin aliento. Un par de noches antes le había ocurrido algo que le había dado mucho miedo. Marcello acababa de marcharse, la televisión estaba apagada, la casa, vacía. Rino había salido, sus padres se disponían a acostarse. Ella se encontraba en la cocina, fregando platos, estaba cansada, sin fuerzas, cuando oyó una explosión. Se volvió de golpe y se dio cuenta de que había explotado la olla grande de cobre. Así, sola. Colgaba de su clavo de siempre, pero en el centro tenía un corte largo, con los bordes levantados y retorcidos, y la olla se había deformado por completo, como si no lograra conservar su apariencia de olla. Su madre entró corriendo en camisón y le echó la culpa de haberla dejado caer, de haberla estropeado. Pero una ola de cobre, aunque se caiga, no se rompe y no se deforma de esa manera. «Estas son las cosas —concluía Lila— que me asustan. Más que Marcello, más que nadie. Y siento que debo encontrar una solución, de lo contrario, poco a poco, acabará rompiéndose todo, todo, todo.» Se despedía de mí, me felicitaba otra vez y, aunque deseaba lo contrario, aunque no veía la hora de volver a verme, aunque necesitaba urgentemente mi ayuda, me deseaba que pudiera quedarme en Ischia con la amable señora Nella y que no volviera al barrio nunca más.

35

La carta me turbó muchísimo. El mundo de Lila, como de costumbre, se superpuso rápidamente al mío. Todo lo que le había escrito entre julio y agosto me pareció banal y me entró el ansia de redimirme. No fui a la playa, enseguida traté de contestarle con una carta seria, que tuviera el mismo desarrollo esencial, limpio y a la vez coloquial que la suya. Si me había resultado fácil escribir las otras cartas —llenaba páginas y páginas en unos minutos, sin corregir nada— esa la escribí, la reescribí, volví a reescribirla, y, pese a todo, el odio de Nino a su padre, el papel que había desempeñado la historia de Melina en el nacimiento de ese feo sentimiento, toda la relación con la familia Sarratore, incluso mi ansiedad por lo que le estaba ocurriendo a Lila, me salieron mal. Donato, que en realidad era un hombre notable, en el papel resultó un padre de familia banal; y en cuanto a Marcello, solo fui capaz de darle unos consejos superficiales. Al final solo me pareció auténtica la contrariedad por el hecho de que ella tuviera televisión y yo no.

No conseguí contestarle, aunque me privé de la playa, del sol, del placer de estar con Ciro, con Pino, con Clelia, con Lidia, con Marisa, con Sarratore. Menos mal que en un momento dado Nella salió a la terraza a traerme una horchata y hacerme compañía. Menos mal que, cuando regresaron de la playa, los Sarratore lamentaron que me hubiese quedado en casa y reanudaron sus agasajos. Lidia quiso encargarse personalmente de preparar una tarta rellena de crema pastelera, Nella abrió una botella de vermut, Donato se puso a cantar canciones napolitanas, Marisa me regaló un caballito de mar de estopa que había comprado para ella la noche anterior en el puerto.

Me tranquilicé, pero entretanto no conseguía quitarme de la cabeza a Lila metida en problemas mientras yo me sentía tan bien, tan agasajada. De un modo un tanto dramático comenté que había recibido una carta de una amiga, que esa amiga me necesitaba y que pensaba marcharme antes de lo previsto. «Pasado mañana a más tardar», anuncié sin mucha convicción. En realidad, lo dije únicamente para oír cómo lo lamentaba Nella, cómo se apenaba Lidia porque Ciro iba a sufrir mucho, cómo se desesperaba Marisa, cómo exclamaba Sarratore desolado: «¿Y qué vamos a hacer nosotros sin ti?». Eran cosas que me conmovieron e hicieron que mi fiesta fuese aún más agradable.

Después, Pino y Ciro empezaron a adormecerse y Lidia y Donato los acostaron. Marisa me ayudó a lavar los platos, Nella me dijo que si quería descansar un poco más, ya se levantaba ella a preparar el desayuno. Protesté, era mi trabajo. De uno en uno se retiraron todos, me quedé sola. Me hice la cama en el rincón de siempre, revisé la cocina para ver si había cucarachas y mosquitos. Mi mirada cayó en las ollas de cobre.

Qué sugestiva era la escritura de Lila, contemplé las ollas con creciente inquietud. Me acordé de que siempre le había gustado su brillo, cuando las lavaba se dedicaba a lustrarlas con mucho cuidado. No era casualidad que, cuatro años antes, hubiese hecho caer sobre ellas el chorro de sangre brotado del cuello de don Achille cuando fue apuñalado. Y en aquellas ollas había depositado la nueva sensación de amenaza, la angustia ante la difícil elección que la esperaba, haciendo explotar una a modo de señal, como si su forma hubiese decidido ceder de buenas a primeras. ¿Sabía yo imaginar esas cosas sin ella? ¿Sabía dotar de vida a los objetos, hacer que se torcieran al unísono con la mía? Apagué la luz. Me desvestí y me metí en la cama con la carta de Lila y el punto de lectura azul de Nino, las cosas más valiosas que creía poseer en ese momento.

Por el ventanal entraba a raudales la luz blanca de la luna. Besé el punto de lectura como hacía todas las noches; en aquel débil resplandor intenté releer la carta de mi amiga. Brillaban las ollas, crujía la mesa, pesaba el techo allá en lo alto, comprimían las paredes el aire nocturno y el mar. Volví a sentirme humillada por la capacidad de escribir de Lila, por lo que ella sabía plasmar y yo no; se me empañaron los ojos. Claro que me alegraba de que ella fuera tan buena sin haber ido a la escuela, sin los libros de la biblioteca, pero esa alegría me hacía culpablemente infeliz.

Oí pasos. Vi entrar en la cocina la silueta de Sarratore, iba descalzo, con su pijama azul. Me tapé con la sábana. Fue al grifo, se sirvió un vaso de agua, bebió. Se quedó de pie unos segundos delante del fregadero, dejó el vaso, se acercó a mi cama. Se acurrucó a mi lado, apoyó los codos en el borde de la cama.

—Sé que estás despierta —dijo.

—Sí.

—No pienses en tu amiga, quédate.

—Lo está pasando mal, me necesita.

—Soy yo quien te necesita —dijo, se estiró, me besó en la boca sin la ligereza de su hijo, separándome los labios con la lengua.

Me quedé inmóvil.

Él apartó apenas la sábana sin dejar de besarme con cuidado, con pasión, y con la mano buscó mis pechos, me los acarició debajo del camisón. Después bajó hasta mis piernas, apretó con fuerza dos dedos contra la braguita. No dije ni hice nada, me sentía aterrada por su comportamiento, por el asco que me daba y el placer que, pese a todo, sentía. Sus bigotes me pinchaban el labio superior, su lengua era áspera. Se separó de mi boca despacio, apartó la mano.

—Mañana por la noche tú y yo daremos un largo paseo por la playa —dijo con voz ronca—, te quiero mucho y sé que tú también me quieres muchísimo. ¿No es así?

No dije nada. Él me rozó otra vez los labios con sus labios, murmuró un buenas noches, se levantó y salió de la cocina. Seguí sin moverme, no sé durante cuánto tiempo. Por más que tratara de alejar la sensación de su lengua, de sus caricias, de la presión de su mano, no lo conseguía. Nino había querido avisarme, ¿sabría acaso que ocurriría? Sentí un odio incontenible hacia

Donato Sarratore y repugnancia hacia mí misma, por el placer que me había quedado en el cuerpo. Aunque hoy pueda parecer inverosímil, desde que tenía memoria hasta esa noche, yo nunca me había dado placer, no lo conocía, me sorprendió notármelo en el cuerpo. Me quedé en la misma postura durante no sé cuántas horas. Después, con las primeras luces del alba, me levanté, recogí todas mis cosas, deshice la cama, escribí unas líneas de agradecimiento para Nella y me marché.

En la isla casi no había sonidos, el mar estaba en calma, solo los olores eran muy intensos. Con el dinero justo que me había dejado mi madre hacía más de un mes, me subí al primer barco que zarpaba. En cuanto la embarcación se movió y la isla, con sus colores tiernos de primeras horas de la mañana, se hubo alejado lo suficiente, pensé que por fin tenía algo para contarle a Lila que ella no habría podido equiparar con otro relato igualmente memorable. Pero supe de inmediato que el disgusto que me inspiraba Sarratore y la repugnancia que yo misma me daba iban a impedirme abrir la boca. De hecho esta es la primera vez que busco las palabras para aquel final inesperado de mis vacaciones.

36

Encontré Nápoles sumida en un bochorno maloliente y devastador. Mi madre, sin decir una sola palabra sobre mi nuevo aspecto —sin acné, morena por el sol—, me regañó por haber regresado antes de lo previsto.

—¿Qué has hecho —preguntó—, te has comportado mal, te ha echado la amiga de la maestra?

No ocurrió lo mismo con mi padre; le brillaron los ojos y me cubrió de elogios, entre los cuales, repetido cien veces, destacaba: «Virgen santa, qué hermosa hija tengo». En cuanto a mis hermanos, dijeron con cierto desprecio:

—Pareces una negra.

Me miré al espejo y yo también me maravillé: el sol me había dejado un rubio resplandeciente, pero la cara, los brazos, las piernas estaban como teñidos de oro oscuro. Mientras estuve inmersa en los colores de Ischia, entre caras morenas, mi transformación me había parecido a tono con el ambiente; ahora, de vuelta en el contexto del barrio, donde todas las caras, todas las calles seguían luciendo una palidez enfermiza, me pareció excesiva, casi una anomalía. La gente, los edificios, la avenida muy transitada y polvorienta, me dieron la impresión de una foto mal impresa como las de los periódicos.

En cuanto pude, fui a buscar a Lila. La llamé desde el patio, se asomó, apareció por el portón. Me abrazó, me besó, me colmó de elogios como jamás había hecho, hasta el punto de que me sentí abrumada por todo aquel afecto tan explícito. Era la misma y sin embargo, en poco más de un mes, había vuelto a cambiar. Ya no parecía una muchacha sino una mujer, una mujer de al menos dieciocho años, una edad que por entonces se me antojaba muy avanzada. Las viejas prendas le quedaban cortas y estrechas, como si en pocos minutos hubiera crecido con ellas puestas, ceñían su cuerpo más de lo aconsejable. Estaba aún más alta, tenía los hombros rectos, era sinuosa. Y su rostro palidísimo sobre el cuello delgado me pareció de una belleza delicada, anómala.

Noté que estaba nerviosa, en la calle miró a su alrededor, a su espalda, varias veces, pero no me dio explicaciones. Se limitó a decir: «Ven conmigo», y quiso que la acompañara a la charcutería de Stefano. Y cogiéndome del brazo, añadió: «Es algo que solo puedo hacer contigo, menos mal que has vuelto, creí que iba a tener que esperar hasta septiembre».

Jamás habíamos recorrido el trayecto a los jardincillos tan apretadas, tan compenetradas, tan felices de volver a vernos. Me contó que las cosas empeoraban cada día más. La noche anterior Marcello se había presentado con pastas y vino espumoso y le había regalado un anillo cubierto de brillantes. Ella lo había aceptado, se lo había puesto para evitar problemas en presencia de sus padres, pero poco antes de que él se marchara, ya en la puerta, se lo había devuelto de malas maneras. Marcello había protestado, la había amenazado como hacía con más frecuencia en los últimos días, después se había echado a llorar. Fernando y Nunzia se dieron cuenta enseguida de que algo no iba bien. Su madre se había encariñado con Marcello, le gustaban las cosas buenas que él llevaba todas las noches, estaba orgullosa de ser propietaria de un televisor; y Fernando se sentía como si hubieran acabado sus tribulaciones porque, gracias al próximo parentesco con los Solara, podía mirar el futuro sin inquietudes. De manera que en cuanto Marcello se hubo marchado, los dos la habían atormentado más que de costumbre para averiguar qué ocurría. Consecuencia: por primera vez, después de tanto tiempo, Rino la había defendido, había gritado que si su hermana no quería a un imbécil como Marcello, estaba en su santo derecho a rechazarlo y que, si ellos insistían en imponérselo, él, él personalmente, le prendería fuego a todo, la casa y la zapatería, con él y la familia entera dentro. Padre e hijo habían llegado a las manos, Nunzia se había interpuesto, se habían despertado todos los vecinos. No solo eso: tras echarse en la cama, nerviosísimo, Rino se había quedado profundamente dormido, y una hora más tarde había tenido otro de sus episodios de sonambulismo. Se lo encontraron en la cocina mientras encendía un fósforo tras otro y los pasaba cerca de la llave del gas, como para comprobar que no perdiera. Asustada, Nunzia había despertado a Lila y le había dicho: «Rino nos quiere quemar vivos a todos», y ella había salido corriendo para ver qué pasaba. Entonces había tranquilizado a su madre: Rino dormía y en sueños, a diferencia de cuando estaba despierto, se preocupaba realmente de que no hubiera fugas de gas. Lo había acompañado a su cuarto y lo había acostado.

—Ya no aguanto más —concluyó—, no te imaginas por lo que estoy pasando, tengo que salir de esta situación.

Se apretó contra mí como si pudiera cargarla de energía.

—Tú estás bien —dijo—, todo te va bien, tienes que ayudarme.

Le contesté que podía contar conmigo para lo que fuese y se mostró aliviada, me apretó el brazo y susurró:

—Mira.

A lo lejos vi una especie de mancha roja que irradiaba luz.

—¿Qué?

—¿No lo ves?

No veía bien.

—El nuevo coche que se ha comprado Stefano.

El automóvil estaba aparcado enfrente de la charcutería, que había sido ampliada y disponía de dos entradas; la tienda estaba repleta de gente. Las clientas que esperaban ser atendidas lanzaban miradas de admiración a ese símbolo de bienestar y prestigio: en el barrio nunca se había visto un vehículo de esas características, todo vidrio y metal, con el techo que se abría. Un coche de ricachones, nada que ver con el Fiat 1100 de los Solara.

Di vueltas a su alrededor mientras Lila permanecía en la sombra y vigilaba la calle como si esperara de un momento a otro alguna violencia. Stefano se asomó a la puerta de la charcutería con la bata manchada; la cabeza grande y la frente alta daban idea de cierta desproporción, aunque no era desagradable. Cruzó la calle, me saludó con cordialidad y dijo:

—Estás estupenda, pareces una actriz.

Él también estaba estupendo: había tomado el sol, como yo, quizá éramos los únicos de todo el barrio con un aspecto tan sano. Le dije:

—¡Qué moreno estás!

—Me tomé una semana de vacaciones.

—¿Dónde?

—En Ischia.

—Yo también estuve en Ischia.

—Lo sé, Lina me lo dijo; te busqué pero no te vi.

Señalé el coche.

—Es bonito.

Stefano adoptó una expresión de moderada conformidad. Apuntando a Lila, dijo con ojos pícaros:

—Lo he comprado para tu amiga, pero ella no se lo cree. —Miré a Lila que seguía seria, en la sombra, con expresión tensa. Dirigiéndose a ella, Stefano dijo vagamente irónico—: Lenuccia ya ha regresado, ¿qué vas a hacer?

Como si se hubiese disgustado, Lila dijo:

—Vámonos. Pero acuérdate de que la has invitado a ella, no a mí: yo me he limitado a acompañaros.

Él sonrió y entró en la tienda.

—¿Qué pasa? —le pregunté, desorientada.

—No lo sé —contestó, y quería decir que no sabía con certeza dónde se estaba metiendo. Tenía la expresión de cuando debía hacer mentalmente un cálculo difícil, pero sin la expresión descarada de siempre, la noté visiblemente preocupada, como si estuviese haciendo un experimento de dudoso resultado—. Todo empezó con la llegada de este coche.

Al principio en broma y después cada vez más en serio, Stefano le juró que había comprado el coche para ella, por el placer de abrirle la portezuela para que se subiera aunque fuera una sola vez. «Aquí dentro solo tú quedarás bien», le había dicho. Y desde que se lo habían entregado, a finales de julio, la había invitado continuamente, pero sin agobiarla, con amabilidad, a dar un paseo con él y Alfonso, después con él y Pinuccia, después incluso con él y su madre. Pero ella se había negado siempre hasta que acabó prometiéndole: «Daremos un paseo cuando Lenuccia vuelva de Ischia». Y allí estábamos, y lo que debía pasar, pasaría.

—¿Sabe él lo de Marcello?

—Claro que lo sabe.

—¿Y entonces?

—Entonces, insiste.

—Tengo miedo, Lila.

—¿Te acuerdas cuántas cosas hicimos que nos daban miedo? Te esperaba a ti justamente por eso.

Stefano regresó sin la bata; lucía cabello negro, cara morena, ojos negros y brillantes, camisa blanca y pantalón oscuro. Abrió el coche, se sentó al volante, subió la capota. Hice ademán de meterme en el exiguo espacio posterior, pero Lila me detuvo y ella se sentó detrás. A disgusto me acomodé al lado de Stefano, él arrancó enseguida en dirección a los edificios nuevos.

El calor bochornoso se dispersó con el viento. Me sentí bien, embriagada por la velocidad y las tranquilas certezas que desprendía el cuerpo de Carracci. Me pareció que Lila me lo había explicado todo sin explicarme nada. Sí, ahí estaba ese flamante coche deportivo que había sido comprado únicamente para llevarla a dar el paseo que acababa de comenzar. Sí, ahí estaba el joven que, pese a saber lo de Marcello Solara, violaba las normas viriles sin una inquietud visible. Sí, ahí estaba yo, metida deprisa y corriendo en esa historia para ocultar con mi presencia palabras secretas entre ellos, tal vez incluso una amistad. Pero ¿qué tipo de amistad? Seguramente con aquel paseo en coche estaba ocurriendo algo importante, sin embargo, Lila no había sabido o querido darme los elementos necesarios para entender. ¿Qué tramaba? No podía no saber que estaba iniciando un terremoto peor que cuando había lanzado trocitos de papel secante empapados en tinta. Y sin embargo, era probable que en verdad no apuntara a nada en concreto. Ella era así, rompía los equilibrios únicamente para ver de qué manera recomponerlos. De modo que ahí estábamos, corriendo con el cabello al viento, Stefano que conducía con satisfecha pericia, yo que iba a su lado como si fuese su novia. Pensé en cómo me había mirado al decirme que parecía una actriz. Pensé en la posibilidad de poder gustarle más que mi amiga. Pensé con horror en la posibilidad de que Marcello Solara le pegara un tiro. Su hermosa persona, de gestos seguros, habría perdido consistencia como el cobre de la olla descrita por Lila en su carta.

El paseo hasta los edificios nuevos sirvió para no pasar por delante del bar Solara.

—A mí no me importa que Marcello nos vea —dijo Stefano sin énfasis—, pero si a ti sí, por mí no hay problema.

Entramos en el túnel y enfilamos hacia el puerto deportivo. Era el camino que habíamos recorrido Lila y yo muchos años antes, cuando nos había sorprendido la lluvia. Cuando me referí a aquel episodio, ella sonrió, Stefano quiso que se lo contáramos. Lo hicimos con todo detalle, nos divertimos y entretanto llegamos a la zona de Granili.

—¿Qué os parece? Corre, ¿eh?

—Es muy veloz —dije yo, entusiasmada.

Lila no hizo ningún comentario. Miraba a su alrededor, a veces me tocaba el hombro para señalarme las casas, la andrajosa pobreza que se veía en las calles, como si se tratara de la confirmación de algo y yo tuviera que captarlo al vuelo. Después, sin preámbulos, seria, le preguntó a Stefano:

—¿Tú eres realmente distinto?

Él buscó sus ojos en el retrovisor.

—¿De quién?

—Ya lo sabes.

No contestó enseguida. Después, dijo en dialecto:

—¿Quieres que te diga la verdad?

—Sí.

—Esa es la intención, pero no sé en qué terminará.

En ese momento tuve la confirmación de que Lila me había ocultado no pocos detalles. Aquel tono alusivo probaba que entre ellos había confianza, que habían hablado otras veces y no en broma, sino con toda seriedad. ¿Qué me había perdido durante mi estancia en Ischia? Me volví para mirarla, tardaba en contestar, pensé que la respuesta de Stefano la había puesto nerviosa por su vaguedad. La vi bañada por el sol, los ojos entornados, la camisa henchida por el pecho y el viento.

—Aquí la miseria es peor que en nuestro barrio —dijo. Y después, sin ilación, añadió riendo—: No creas que me he olvidado de cuando me querías pinchar la lengua.

Stefano asintió.

—Eran otros tiempos —dijo.

—Nunca se deja de ser canalla, me doblabas en tamaño.

Él sonrió abochornado y sin contestar aceleró en dirección al puerto. El paseo duró algo menos de media hora, regresamos por el Rettifilo y la piazza Garibaldi.

—Tu hermano no está bien —dijo Stefano cuando nos acercábamos a los límites del barrio. Volvió a buscar su mirada en el retrovisor y le preguntó—: ¿Los zapatos que hicisteis son los del escaparate?

—¿Qué sabrás tú de zapatos?

—Rino no hace más que hablar de ellos.

—¿Y?

—Son muy bonitos.

Ella entornó los ojos, guiñó hasta cerrarlos casi del todo.

—Cómpratelos —dijo con su tono provocativo.

—¿Cuánto valen?

—Habla con mi padre.

Stefano hizo un decidido giro en U que me lanzó contra la portezuela, y enfilamos la calle de la zapatería.

—¿Qué haces? —preguntó Lila, alarmada.

—Has dicho que me los compre y voy a comprármelos.

37

Detuvo el coche delante de la zapatería, fue a abrirme la portezuela, me tendió la mano para ayudarme a salir. No se ocupó de Lila, que se las arregló sola y nos siguió. Él y yo nos detuvimos delante del escaparate ante los ojos de Rino y Fernando, que desde el interior de la tienda nos miraban con hosca curiosidad.

Cuando Lila nos alcanzó, Stefano abrió la puerta de la tienda, me cedió el paso y entró sin cedérselo a ella. Fue extremadamente cordial con el padre y el hijo, pidió ver los zapatos. Rino se precipitó a sacarlos del escaparate, Stefano los examinó, los elogió:

—Son ligeros, pero resistentes, tienen una línea realmente bonita. —Y me preguntó—: ¿Qué te parecen, Lenù?

—Son preciosos —contesté, abochornadísima.

Se dirigió a Fernando:

—Su hija dice que los tres han trabajado mucho en este par y que tienen pensado hacer más, también de señora.

—Sí —contestó Rino, mirando maravillado a su hermana.

—Sí —dijo Fernando, perplejo—, pero no enseguida.

—¿Y no hay, yo qué sé, un diseño, algo para que yo me haga una idea mejor?

Ligeramente alterado porque temía que se negara, Rino le pidió a su hermana:

—Ve a buscar los diseños.

Lila, que siguió sorprendiéndolo, no opuso resistencia. Fue a la trastienda, regresó y le tendió las hojas a su hermano, que se las pasó a Stefano. Estaban todos los modelos que había diseñado casi dos años antes.

Stefano me enseñó el diseño de un par de zapatos de señora de tacón muy alto.

—¿Tú te los comprarías?

—Sí.

Volvió a examinar los diseños. Se sentó en un taburete, se quitó el zapato derecho.

—¿Qué número es?

—Cuarenta y tres, pero podría ser un cuarenta y cuatro —mintió Rino.

Lila, que siguió sorprendiéndonos, se arrodilló delante de Stefano y con un calzador lo ayudó a deslizar el pie en el zapato nuevo. Después le quitó el otro zapato y repitió la operación.

Stefano, que hasta ese momento había interpretado el papel de hombre práctico y expeditivo, se quedó visiblemente turbado. Esperó que Lila se levantara, él siguió sentado un momento más como para recuperar la compostura. Luego se puso en pie, dio unos cuantos pasos.

—Me aprietan —dijo.

Rino se ensombreció, decepcionado.

—Podemos ponértelos en la horma y ensancharlos —intervino Fernando, con tono vacilante.

Stefano me miró y preguntó:

—¿Qué tal me quedan?

—Bien —dije.

—Entonces me los llevo.

Fernando se quedó impasible, a Rino se le iluminó la cara.

—Mira, Ste', que son un modelo exclusivo Cerullo, te costarán caros.

Stefano sonrió, adoptó un tono afectuoso:

—¿Y si no fueran un modelo exclusivo Cerullo, tú crees que me los compraría? ¿Cuándo estarán listos?

Rino miró a su padre, radiante.

—Dejémoslos en la horma por lo menos tres días —dijo Fernando, pero estaba claro que habría podido decir diez, veinte, un mes, de las ganas que tenía de ganar tiempo ante aquella novedad inesperada.

—Estupendo, pensad en un precio de amigos y vuelvo dentro de tres días para llevármelos.

Ante nuestras miradas perplejas dobló las hojas con los diseños y se las metió en el bolsillo. Después le estrechó la mano a Fernando, a Rino y fue hacia la puerta.

—Los diseños —dijo Lila fríamente.

—¿Te los puedo devolver dentro de tres días? —preguntó Stefano con tono cordial, y sin esperar su respuesta, abrió la puerta. Me dejó pasar y salió detrás de mí.

Me había acomodado ya en el coche, al lado de él, cuando Lila nos alcanzó. Estaba enojada:

—¿Te has creído que mi padre es tonto o que mi hermano es tonto?

—¿Qué quieres decir?

—Si piensas hacerte el gracioso con mi familia y conmigo, estás muy equivocado.

—Me ofendes: yo no soy Marcello Solara.

—¿Y quién eres?

—Un comerciante. Los zapatos que has dibujado no se han visto nunca. Y no me refiero solo a los que he comprado, sino a todos.

—¿Y entonces?

—Entonces, déjame pensar y nos vemos dentro de tres días.

Lila lo miró fijamente como si quisiera leerle el pensamiento, pero no se alejó del coche. Al final dijo una frase que yo jamás hubiera tenido el valor de pronunciar:

—Mira que Marcello ya ha intentado comprarme de todas las maneras, pero a mí no me compra nadie.

Stefano la miró a los ojos durante un buen rato.

—Yo no gasto una lira si no pienso que puedo conseguir cien.

Arrancó y nos fuimos. Ahora estaba segura: el paseo en coche había sido una especie de acuerdo alcanzado al final de varios encuentros y de mucho hablar. Dije débilmente, en italiano:

—Por favor, Stefano, ¿me dejas en la esquina? Si mi madre me ve contigo en coche me parte la cara.

38

Durante ese mes de septiembre la vida de Lila cambió de forma decisiva. No fue fácil, pero cambió. En cuanto a mí, había regresado de Ischia enamorada de Nino, marcada por los labios y las manos de su padre, convencida de que iba a llorar noche y día a causa de la mezcla de felicidad y horror que sentía dentro de mí. Ni siquiera tuve que tratar de encontrarle forma a mis emociones, todo se reorganizó en unas horas. Arrinconé la voz de Nino, el fastidio de los bigotes de su padre. La isla se desdibujó, se perdió en algún recoveco secreto de mi cabeza. Le hice sitio a lo que le estaba pasando a Lila.

En los tres días que siguieron al asombroso paseo en el descapotable, ella, con la excusa de las compras, fue a menudo a la charcutería de Stefano, pero siempre me pidió que yo la acompañara. Lo hice con el corazón en la boca, asustada de la posible irrupción de Marcello, pero también contenta de mi papel de confidente pródiga en consejos, de cómplice en la concepción de tramas, de destinataria aparente de las atenciones de Stefano. Éramos jovencitas, aunque nos imagináramos pérfidamente emancipadas. Con nuestra pasión habitual, poníamos de nuestra cosecha al interpretar los hechos —Marcello, Stefano, los zapatos—, y nos creíamos capaces de hacer que todo cuadrase. «Le diré esto», planteaba ella, y yo le sugería una pequeña variación: «No, mejor díselo así». Después ella y Stefano hablaban sin parar en un rincón, detrás del mostrador, mientras Alfonso intercambiaba algún comentario conmigo; Pinuccia, enfadada, atendía a los clientes, y en la caja, Maria espiaba con aprensión a su hijo mayor que en los últimos tiempos se ocupaba poco del trabajo y alimentaba los chismorreos de las comadres.

Como es natural, improvisábamos. Durante aquel ir y venir traté de comprender qué le pasaba realmente a Lila por la cabeza, y así poder estar en sintonía con sus objetivos. Al principio tuve la impresión de que su único propósito era que su padre y su hermano ganaran algo de dinero vendiéndole a Stefano, a un precio alto, el par de zapatos confeccionado por los Cerullo, pero enseguida me pareció que apuntaba más que nada a quitarse de encima a Marcello sirviéndose del joven charcutero. En este sentido, fue decisiva la respuesta que me dio cuando le pregunté:

—¿Cuál te gusta más de los dos?

Se encogió de hombros.

—Marcello nunca me ha gustado, me da asco.

—¿Te prometerías con Stefano con tal de echar a Marcello de tu casa?

Lo pensó un instante y contestó que sí.

A partir de ese momento, el fin último de toda nuestra intriga nos pareció ese: luchar por todos los medios contra la intrusión de Marcello en su vida. El resto no hizo más que agolparse alrededor de aquella idea por casualidad y nosotras nos limitamos a darle un curso, en ocasiones, una auténtica orquestación. O eso creímos. El único que actuó fue siempre Stefano.

A los tres días, puntualmente, se presentó en la tienda y compró los zapatos, a pesar de que le quedaban estrechos. Tras muchas vacilaciones, los dos Cerullo le pidieron veinticinco mil liras, pero estaban dispuestos a rebajar a diez mil. Stefano no pestañeó y pagó veinticinco mil liras más a cambio de los diseños de Lila que, dijo, le gustaban y quería enmarcar.

—¿Enmarcar? —preguntó Rino.

—Sí.

—¿Cómo el cuadro de un pintor?

—Sí.

—¿Y le has dicho a mi hermana que también le compras sus diseños?

—Sí.

Stefano fue más allá. En los días siguientes apareció otra vez por la zapatería y anunció al padre y al hijo que había alquilado un local adyacente a la tienda de ambos y añadió:

—Por ahora lo dejo así, pero si un día decide ampliar la tienda, estoy a su disposición, no lo olvide.

En casa de los Cerullo se habló mucho, en voz baja, sobre el significado de aquella frase: «¿Ampliar la tienda?». En vista de que ellos solos no llegaban a ninguna conclusión, Lila dijo:

—Os está proponiendo transformar la zapatería en un taller para confeccionar los zapatos Cerullo.

—¿Y el dinero? —preguntó Rino con cautela.

—Lo pone él.

—¿Te lo ha dicho a ti? —se alarmó Fernando, incrédulo, tras el apremio de Nunzia.

—Os lo ha dicho a vosotros dos —dijo Lila, señalando a su padre y a su hermano.

—Pero ¿sabe que los zapatos hechos a mano cuestan mucho?

—Se lo habéis demostrado.

—¿Y si no se venden?

—Vosotros perderéis el trabajo invertido y él, su dinero.

—¿Y nada más?

—Nada más.

Toda la familia vivió días de desasosiego. Marcello pasó a segundo plano. Llegaba por la noche a las ocho y media y la cena no estaba lista. A menudo se encontró con Melina y Ada delante del televisor, mientras los Cerullo confabulaban en otro cuarto.

Naturalmente, el más entusiasta era Rino, que recuperó la energía, el color, la alegría, y así como había sido amigo íntimo de los Solara, empezó a hacerse amigo íntimo de Stefano, Alfonso, Pinuccia, incluso de la señora Maria. Cuando por fin Fernando abandonó todas sus reservas, Stefano fue a la tienda y, tras una breve discusión, llegaron a un acuerdo verbal según el cual se haría cargo de todos los gastos y los dos Cerullo pondrían en marcha la producción tanto del modelo que Lila y Rino habían ya elaborado, como de todos los demás, con la condición de repartir los posibles beneficios al cincuenta por ciento. Sacó las hojas del bolsillo y se las enseñó de una en una.

—Mandará que hagan este, este, este —dijo—, pero espero que no tarden dos años como ocurrió con el otro par.

—Mi hija es una chica —se justificó Fernando, incómodo—, y Rino todavía no ha aprendido bien el oficio.

Stefano sacudió la cabeza con gesto cordial.

—A Lina déjenla en paz. Tendrán que contratar unos operarios.

—¿Y quién los va a pagar? —preguntó Fernando.

—Yo, claro. Elijan dos o tres, libremente, según su criterio.

La idea de contar nada menos que con unos operarios hizo que a Fernando le entrara el entusiasmo y se le soltara la lengua, ante la evidente contrariedad de su hijo. Habló de cuando había aprendido el oficio de su difunto padre. Habló de lo malo que había sido trabajar con máquinas en Casoria. Habló de que su error había sido casarse con Nunzia, tenía las manos débiles y pocas ganas de trabajar, pero si se hubiese casado con Ines, una novia muy trabajadora que había tenido en su juventud, ya llevaría mucho tiempo con empresa propia, mejor que la de Campanile, con un muestrario digno de exponerse en la Muestra de Oltremare. Habló también de que tenía en mente unos zapatos magníficos, material perfecto, y que si Stefano no se hubiera obsesionado con esas locuras de Lina, ahora habrían podido confeccionarlos y a saber cuántos habrían podido vender. Stefano escuchó con paciencia, pero al final recalcó que, por ahora, a él solo le interesaba ver confeccionados a la perfección los diseños de Lila. Rino cogió entonces las hojas de su hermana, las examinó a fondo y le preguntó con un leve tono de guasa:

—¿Cuando te los hayamos enmarcado dónde los vas a colgar?

—Aquí dentro.

Rino miró a su padre, que había vuelto a adoptar su cara sombría y no dijo palabra.

—¿Mi hermana está de acuerdo en todo? —preguntó.

Stefano sonrió:

—¿Y a quién se le ocurre hacer algo si tu hermana no está de acuerdo?

Se levantó, estrechó con fuerza la mano a Fernando y fue hacia la puerta. Rino lo acompañó y, súbitamente vencido por una preocupación, le gritó desde el umbral, mientras el charcutero iba hacia su descapotable rojo:

—Pero la marca de los zapatos será Cerullo.

Stefano le hizo un gesto con la mano sin volverse:

—Los ha creado una Cerullo y se llamarán Cerullo.

39

Esa misma noche, antes de salir a dar un paseo con Pasquale y Antonio, Rino dijo:

—Marcè, ¿has visto el coche que se ha comprado Stefano?

Atontado por el televisor encendido y la tristeza, Marcello ni siquiera contestó.

Entonces Rino sacó el peine del bolsillo, se peinó y comentó, alegre:

—¿Sabes que ha comprado nuestros zapatos por cuarenta y cinco mil liras?

—Se ve que tiene dinero para tirar —respondió Marcello, y Melina se echó a reír, no se supo si por aquella respuesta o por lo que daban en la televisión.

A partir de ese momento, noche tras noche, Rino encontró la manera de poner nervioso a Marcello, y el clima se hizo cada vez más tenso. Para colmo, en cuanto llegaba Solara, siempre bien recibido por Nunzia, Lila desaparecía, decía que estaba cansada y se iba a dormir. Una noche en que Marcello estaba muy de capa caída habló con Nunzia.

—Si su hija siempre se va a dormir en cuanto llego, ¿qué vengo yo a hacer aquí?

Evidentemente, esperaba que ella lo consolara diciéndole algo que lo animase a perseverar en el intento de ganarse el amor de la muchacha. Pero Nunzia no supo qué decirle y entonces él masculló:

—¿Le gusta otro?

—Qué va.

—Sé que hace la compra en la tienda de Stefano.

—¿Y dónde tendría que hacer la compra, hijo mío?

Marcello calló y bajó la vista.

—La han visto en el coche con el charcutero.

—Iba también Lenuccia: Stefano va detrás de la hija del conserje.

—Lenuccia no me parece una buena compañía para su hija. Dígale que no la vea más.

¿Yo no era una buena compañía? ¿Lila debía dejar de verme? Cuando mi amiga me refirió aquella solicitud de Marcello, me puse definitivamente de parte de Stefano y empecé a alabar sus modales discretos, su calmada determinación.

—Es rico —concluí.

Y mientras pronunciaba aquella frase, me di cuenta de que la riqueza con la que habíamos soñado de niñas sufría una ulterior modificación. Los cofres llenos de monedas de oro, que una procesión de sirvientes de librea depositaría en nuestro castillo cuando hubiésemos publicado un libro como *Mujercitas* —fama y riqueza—, se habían desvanecido definitivamente. Tal vez perduraba la idea del dinero como el cemento que consolidaría nuestra existencia e impediría que se desbordara junto con las personas que queríamos. Sin embargo, el rasgo fundamental que se mantenía firme era lo concreto, el gesto cotidiano, la negociación. Esta riqueza de la adolescencia provenía, sin duda, de una iluminación fantástica todavía infantil —los diseños de unos zapatos nunca vistos—, pero se había materializado en la pendenciera insatisfacción de Rino, que quería gastar como un ricachón, en el televisor, en las pastas, y el anillo de Marcello que intentaba comprar un sentimiento y, en fin, de modificación en modificación, en aquel joven cortés, Stefano, que vendía embutidos, era dueño de un descapotable rojo, gastaba cuarenta y cinco mil liras como si nada, enmarcaba dibujitos, quería comerciar no solo con quesos provolone sino también con zapatos, invertía en cuero y mano de obra, parecía convencido de saber inaugurar una nueva época de paz y bienestar para el barrio: en una palabra, era riqueza que estaba en los hechos cotidianos, y por eso mismo, carente de esplendor y de gloria.

—Es rico —oí repetir a Lila, y nos echamos a reír. Pero después añadió—: Y también simpático y bueno.

Yo me manifesté inmediatamente de acuerdo; eran esas unas cualidades que Marcello no poseía, un motivo más para ponerse de parte de Stefano. Ahora bien, aquellos dos adjetivos me confundieron, sentí que daban el golpe de gracia al fulgor de las fantasías infantiles. Me pareció entender que ya no habría castillos ni cofres que tuvieran que ver solo con Lila y conmigo, inclinadas y escribiendo una historia como *Mujercitas*. Al encarnarse en Stefano, la riqueza estaba tomando los rasgos de un hombre joven con bata manchada de aceite, adquiría aspecto, olor, voz, manifestaba simpatía y bondad, era un muchacho al que conocíamos de siempre, el hijo mayor de don Achille.

Me inquieté.

—Acuérdate de que quería pincharte la lengua —dije.

—Era un crío —contestó ella, conmovida, almibarada como jamás la había oído, hasta el punto de que justo en ese momento advertí que, de hecho, había llegado mucho más lejos de cuanto me había referido en palabras.

En los días siguientes todo resultó cada vez más claro. Vi cómo le hablaba a Stefano y cómo él parecía modelado por la voz de Lila. Me adapté al pacto que estaban fraguando, pues no quería que me dejaran de lado. Conspiramos durante horas —nosotras dos, los tres juntos—, para conseguir que cambiaran deprisa las personas, los sentimientos, la disposición de las cosas. Al local adyacente a la zapatería llegó un albañil que echó abajo la pared divisoria. Se reorganizó la zapatería. Aparecieron tres aprendices, muchachos de provincia, venían de Melito, eran casi mudos. En un rincón siguieron cambiando suelas, pero en el resto del espacio, Fernando distribuyó bancos, anaqueles, sus herramientas, sus hormas de madera ordenadas por números y, con inesperada energía, insospechada en un hombre tan delgado y devorado siempre por un rencoroso descontento, empezó a discurrir sobre lo que debía hacerse.

Precisamente el día en que el nuevo trabajo iba a comenzar, apareció Stefano. Llevaba un paquete envuelto en papel de embalaje. Se levantaron todos de un salto, Fernando incluido, como si se hubiese presentado para una inspección. Stefano abrió el paquete en cuyo interior había un número considerable de cuadritos del mismo tamaño, enmarcados con una moldura marrón. Eran las hojas de cuaderno de Lila, cubiertas por un vidrio como si fueran valiosas reliquias. Pidió permiso a Fernando para colgarlos en las paredes; Fernando masculló algo y Stefano pidió a Rino y a los aprendices que lo ayudaran a poner los clavos. Cuando uno de los cuadritos estuvo colgado, Stefano dijo a los tres ayudantes que salieran a tomar un café y les dio unas liras. En cuanto estuvo a solas con el zapatero remendón y su hijo, anunció en voz baja que quería casarse con Lila.

Se hizo un silencio insoportable. Rino se limitó a esbozar una sonrisita pedante. Fernando dijo al fin, con un hilo de voz:

—Stefano, Lina está prometida con Marcello Solara.

—Su hija no lo ve así.

—¿Qué dices?

Intervino Rino, muy contento:

—Dice la verdad: mamá y tú invitáis a casa a ese cabrón, pero Lina no lo quiere y nunca lo ha querido.

Fernando lanzó una mirada feroz a su hijo. El charcutero dijo con amabilidad, mirando a su alrededor:

—Ya tenemos el trabajo en marcha, no nos hagamos mala sangre. Yo solo le pido una cosa, don Fernà: deje que decida su hija. Si elige a Marcello Solara, me resigno. La quiero tanto que si es feliz con otro, me retiro, y entre nosotros tres las cosas siguen como están. Pero si me elige a mí... Si me elige a mí, no hay Cristo que valga, usted me tiene que dar la mano de su hija.

—Me estás amenazando —dijo Fernando, pero tibio, con tono de resignada confirmación.

—No, le estoy rogando que vele por el bien de su hija.

—Ya sé yo cuál es su bien.

—Sí, pero ella lo sabe mejor que usted.

Dicho lo cual, Stefano se levantó, abrió la puerta, me llamó, a mí, que esperaba fuera con Lila.

—Lenù.

Entramos. Cómo nos gustaba sentirnos el centro de aquellos hechos, las dos juntas, y conducirlos hacia su buen fin... Recuerdo la tensión sobreexcitada de aquel momento. Stefano le dijo a Lila:

—Te lo digo delante de tu padre, te quiero mucho, más que a mi vida. ¿Quieres casarte conmigo?

Lila respondió seria:

—Sí.

Fernando gesticuló un poco, después murmuró con la misma sumisión que en otros tiempos había manifestado respecto de don Achille:

—Le estamos haciendo una gran afrenta no solo a Marcello, sino a todos los Solara. ¿Quién se lo dice ahora al pobre muchacho?

—Yo —dijo Lila.

40

Dos noches más tarde, delante de toda la familia, menos Rino que había salido a dar un paseo, antes de sentarse a la mesa, antes de que se encendiera el televisor, Lila le pidió a Marcello:

—¿Me llevas a tomar un helado?

Marcello no dio crédito a sus oídos.

—¿Un helado? ¿Antes de cenar? ¿Tú y yo? —Y enseguida le preguntó a Nunzia—: ¿Señora, quiere venir usted también?

Nunzia encendió el televisor y contestó:

—No, gracias, Marcè. Pero no tardéis. Diez minutos como mucho, el tiempo de ir y volver.

—Sí —prometió él, feliz—, gracias.

Repitió «gracias» por lo menos cuatro veces. Imaginaba que había llegado el momento esperado, Lila se disponía a decirle que sí.

En cuanto salieron del edificio, ella lo miró de frente y recalcó con la gélida maldad que tan bien se le daba desde los primeros años de vida:

—Nunca te he dicho que te quería.

—Lo sé. Pero ¿me quieres ahora?

—No.

Marcello, que era grande y fornido, un muchachote sano e impetuoso de veintitrés años, se apoyó en una farola con el corazón destrozado.

—¿O sea que no?

—No. Quiero a otro.

—¿Quién es?

—Stefano.

—Ya lo sabía, pero no me lo podía creer.

—Tienes que creerlo, es así.

—Os mataré a ti y a él.

—Conmigo puedes intentarlo ahora mismo.

Marcello se apartó de la farola, enfurecido, y con una especie de estertor se mordió hasta hacerse sangre la mano derecha cerrada en un puño.

—Te quiero demasiado y no puedo hacerlo.

—Entonces pídeselo a tu hermano, a tu padre, a algún amigo vuestro, a lo mejor ellos sí pueden. Pero aclárales a todos que primero tienen que matarme a mí. Porque si tocáis a cualquier otro mientras yo esté viva, seré yo quien os mate, y sabes que voy a hacerlo, empezando por ti.

Marcello siguió mordiéndose el dedo con saña. Soltó una especie de sollozo contenido que le sacudió el pecho, se dio media vuelta y se marchó.

Ella le gritó:

—Envía a alguien a recoger el televisor, no nos hace falta.

41

Todo ocurrió en poco más de un mes y al final me pareció que Lila era feliz. Había encontrado una salida al proyecto de los zapatos, le había dado una oportunidad a su hermano y a toda su familia, se había librado de Marcello Solara y era la novia del joven acomodado más estimable del barrio. ¿Qué más podía pedir? Nada. Lo tenía todo. Cuando reanudaron las clases, todo me resultó más mediocre que de costumbre. Los estudios volvieron a absorberme y, para evitar que los profesores pudieran pillarme desprevenida, volví a hincar los codos en la mesa hasta las once de la noche y a ponerme el despertador a las cinco y media de la mañana. Vi a Lila cada vez menos.

Como compensación, se reforzaron las relaciones con Alfonso, el hermano de Stefano. A pesar de haber trabajado todo el verano en la charcutería, había aprobado con brillantez los exámenes de recuperación, con siete en cada una de las asignaturas que había suspendido: latín, griego e inglés. Gino, que había deseado que lo suspendieran para que su amigo pudiese repetir el curso con él, se quedó de una pieza. Cuando descubrió que nosotros dos, ya en el último año del bachillerato superior, todos los días íbamos y regresábamos juntos del colegio, se volvió más irritable y mezquino. No nos dirigió más la palabra ni a mí, su ex novia, ni a Alfonso, su ex compañero de pupitre, a pesar de que él estaba en el aula contigua a la nuestra y nos cruzábamos con frecuencia en los pasillos y en las calles del barrio. No se conformó con eso, no tardé en enterarme de que contaba cosas desagradables sobre nosotros. Decía que yo me había enamorado de Alfonso y que durante las clases me dedicaba a toquetearlo pese a que Alfonso no me correspondía, porque, como él muy bien sabía tras haberse sentado a su lado durante un año, no le gustaban las mujeres, prefería a los hombres. Se lo conté al pequeño de los Carracci esperando que fuera a partirle la cara a Gino, como era obligatorio en esos casos, pero él se limitó a decir en dialecto con tono despreciativo: «Todo el mundo sabe que el maricón es él».

Alfonso fue un descubrimiento agradable y providencial. Desprendía una sensación de limpio y educado. Aunque sus rasgos eran muy similares a los de Stefano, los mismos ojos, la misma nariz, la misma boca; aunque al crecer su cuerpo estuviera adoptando una constitución idéntica, cabeza grande, piernas un tanto cortas respecto del torso; aunque su mirada y sus gestos destilaran la misma mansedumbre, percibía en él una total ausencia de la determinación que se agazapaba en cada célula de Stefano y que, al final, en mi opinión, reducía su amabilidad a una especie de escondite del que salía de improviso. Alfonso era un muchacho tranquilizador, ese tipo de ser humano, raro en el barrio, del que sabes que no puedes esperar nada malo. Hacíamos el mismo trayecto y aunque hablábamos no nos sentíamos incómodos. Siempre tenía lo que yo necesitaba, y si no lo tenía, corría a buscarlo. Me amaba sin tensión alguna y yo le tomé cariño sosegadamente. El primer día de clase terminamos sentándonos en el mismo banco, algo audaz en aquellos tiempos, y aunque los demás chicos le tomaban el pelo porque siempre estaba a mi lado, y las chicas no paraban de preguntarme si éramos novios, los dos decidimos no cambiar de sitio. Era una persona de fiar. Si notaba que necesitaba tiempo para mí, me esperaba a cierta distancia o se despedía y se marchaba. Si notaba que quería que se quedara a mi lado, se quedaba aunque tuviera otras cosas que hacer.

Lo utilicé a él para huir de Nino Sarratore. La primera vez que nos vimos de lejos después de Ischia, Nino se me acercó muy amigablemente, pero lo despaché con dos frases frías. Y eso que me gustaba mucho, con solo ver asomar su figura alta y delgada me ponía colorada y el corazón me latía desbocado. Sin embargo, ahora que Lila estaba prometida en serio, prometida oficialmente —y con qué novio, un hombre amable, decidido, valiente, de veintidós años, no un muchachito—, era más urgente que nunca que yo también tuviera un novio envidiable para reequilibrar así nuestra relación. Qué bonito hubiera sido salir los cuatro, Lila con su novio, yo con el mío. Claro que Nino no tenía un descapotable rojo. Claro que era estudiante de bachillerato y no tenía una lira. Pero me sacaba casi dos cabezas, mientras que Stefano era algo más bajo que Lila. Y si Nino se lo proponía, hablaba un italiano de libro. Y leía y discutía sobre cualquier tema y era sensible a las grandes cuestiones de la condición humana, mientras que Stefano vivía encerrado en su charcutería, hablaba casi exclusivamente en dialecto, solo había cursado la escuela profesional, de la caja de la tienda se ocupaba su madre porque hacía las cuentas mejor que él y, pese a su buen carácter, tenía sensibilidad más que nada para sacarle rendimiento al dinero. No obstante, aunque me devorara la pasión, aunque viera con claridad todo el prestigio que podría adquirir a ojos de Lila si me relacionaba con él, por segunda vez desde que lo había visto y me había enamorado de él, no tuve valor de iniciar una relación. El motivo me pareció mucho más fundado que el de mi infancia. Cuando lo veía enseguida me venía a la cabeza la imagen de Donato Sarratore, aunque no se parecieran en nada. Y el asco, la rabia que me producía el recuerdo de lo que su padre me había hecho sin que yo hubiese sido capaz de rechazarlo lo abarcaba también a él. Claro que lo amaba. Deseaba hablar con él, pasear con él, y a veces me atormentaba pensando: por qué te comportas así, el padre no es el hijo, el hijo no es el padre, haz como hizo Stefano con los Peluso. Pero no podía. En cuanto imaginaba que lo besaba, sentía la boca de Donato, y una oleada de placer y asco confundía al padre y al hijo en una única persona.

Un episodio que me alarmó vino a complicar más la situación. Alfonso y yo ya teníamos la costumbre de regresar andando a casa. Íbamos hasta la piazza Nazionale y de ahí llegábamos al corso Meridionale. Era un largo paseo, pero hablábamos de los deberes, de los profesores, de nuestros compañeros, y resultaba agradable. En uno de esos trayectos, poco después de los pantanos, a la entrada de la avenida, me volví y en el terraplén del ferrocarril me pareció ver a Donato Sarratore con su uniforme de revisor. Me estremecí de rabia y horror y aparté la vista. Cuando volví a mirar, ya no estaba.

Fuera cierta o falsa aquella aparición, me quedó grabado el ruido del corazón en el pecho, como un disparo, y no sé por qué me vino a la cabeza el párrafo de la carta de Lila en el que describía el ruido de la cacerola de cobre al partirse. Ese ruido se repitió idéntico al día siguiente, en cuanto atisbé a Nino. Muerta de miedo, me refugié en el afecto por Alfonso, y tanto al entrar como al salir del colegio me mantuve siempre a su lado. En cuanto aparecía la silueta larguirucha del muchacho que amaba, me dirigía al hijo menor de don Achille como si tuviera cosas muy urgentes que contarle y nos alejábamos charlando.

En una palabra, fue una época confusa, me habría gustado acercarme a Nino, en cambio, procuraba no separarme de Alfonso. Además, por temor a que se aburriera y me dejara por otras compañías, siempre fui con él muy amable, a veces llegaba incluso a hablarle con voz aflautada. En cuanto notaba que me arriesgaba a alentar su afición por mí, cambiaba de tono. «¿Y si me malinterpreta y me declara su amor?», pensaba, preocupada. Habría sido bochornoso, me habría visto obligada a rechazarlo: Lila, que tenía mi edad, ya estaba prometida con un hombre hecho y derecho como Stefano; para mí habría sido humillante aceptar a un chico, el hermano pequeño de su novio. No obstante, mi cabeza levantaba fabulosos castillos en el aire, fantaseaba. Una vez en que regresaba con Alfonso por corso Meridionale y lo sentía a mi lado como un escudero que me escoltaba entre los mil peligros de la ciudad, me pareció bonito que a dos Carracci, Stefano y él, les hubiese tocado la función de protegernos, aunque de formas distintas, a Lila y a mí del mal negrísimo del mundo, del mismo mal que habíamos experimentado por primera vez justamente cuando subimos la escalera que llevaba a la casa de ambos, para recuperar las muñecas que nos había robado su padre.

42

Me gustaba descubrir nexos de ese tipo, especialmente si guardaban relación con Lila. Trazaba líneas entre momentos y hechos alejados entre sí, establecía convergencias y divergencias. En aquella época se convirtió en un ejercicio cotidiano: así como yo lo había pasado bien en Ischia, Lila lo había pasado mal en la desolación del barrio; así como yo había sufrido al abandonar la isla, ella se había sentido cada vez más feliz. Era como si por obra de un embrujo, la dicha o el dolor de una supusieran el dolor o la dicha de la otra. A mi entender, el aspecto físico también estaba sujeto a ese vaivén. En Ischia me había sentido guapa y la impresión no había desaparecido al regresar a Nápoles, al contrario, durante la diligente maquinación al lado de Lila para ayudarla a librarse de Marcello, hubo incluso momentos en que había llegado a creerme más guapa que ella, y en algunas miradas de Stefano había intuido la posibilidad de gustarle. Pero ahora Lila había recuperado la ventaja, la satisfacción había multiplicado su belleza, mientras que yo, agobiada por las fatigas del colegio, consumida por la pasión frustrada por Nino, volví a ser fea. Me desapareció el color sano, me brotó otra vez el acné. Y una mañana, así de golpe, surgió también el espectro de las gafas.

El profesor Gerace me hizo una pregunta sobre algo que había escrito en la pizarra y se dio cuenta de que yo apenas veía. Me indicó que debía ir inmediatamente a un oculista, me escribió una nota en el cuaderno, exigió que al día siguiente se la llevara firmada por mis padres. Regresé a casa, enseñé el cuaderno, sintiéndome culpable por el gasto que supondría la compra de unas gafas. Mi padre se ensombreció, mi madre me gritó: «¡Claro, de tanto estar encima de los libros, te has estropeado la vista!». Me sentí muy mortificada. ¿Había sido castigada por la soberbia de querer estudiar? ¿Y Lila? ¿Acaso no había leído mucho más que yo? ¿Entonces por qué ella tenía una vista perfecta y yo veía cada vez menos? ¿Por qué yo tenía que usar gafas el resto de mi vida y ella no?

La necesidad de llevar gafas aumentó mi preocupación por encontrar un designio que, tanto en el bien como en el mal, mantuviera unido mi destino al de mi amiga: yo ciega, ella un lince; yo con la pupila opaca, ella que desde siempre entornaba los ojos y lanzaba miradas que veían más; yo ceñida a su brazo, entre las sombras, ella que me guiaba con mirada rigurosa. Al final, gracias a sus tejemanejes en el ayuntamiento, mi padre reunió el dinero. Las quimeras se atenuaron. Fui al oculista, me diagnosticaron una fuerte miopía, las gafas se materializaron. Cuando me miré al espejo, para mí fue un duro golpe ver mi imagen tan nítida: impurezas en la piel, cara ancha, boca grande, ojos prisioneros tras la montura, nariz gruesa que parecía trazada con saña por un dibujante rabioso debajo de las cejas de por sí demasiado pobladas. Me sentí definitivamente fea y decidí ponerme las gafas únicamente en casa o, como mucho, si tenía que copiar algo de la pizarra. Pero una mañana, al salir de clase, me las olvidé encima del pupitre. Regresé al aula corriendo, lo peor ya había pasado. Con las prisas que nos entraban a todos al oír sonar el último timbrazo, se habían caído al suelo y tenían una patilla partida y una lente rota. Me eché a llorar.

No tuve valor de ir a mi casa, me refugié en la de Lila en busca de ayuda. Le conté lo ocurrido, me ordenó que le diera las gafas, las examinó. Me pidió que se las dejara. Se expresó con una determinación distinta de la que exhibía habitualmente, más tranquila, como si ya no fuera necesario batirse hasta el final por las cosas más nimias. Imaginé alguna intervención milagrosa de Rino con sus herramientas de zapatero y me fui para mi casa con la esperanza de que mis padres no notaran que iba sin gafas.

Días después, a últimas horas de la tarde, oí que me llamaban desde el patio. Lila estaba abajo, llevaba mis gafas sobre la nariz, y en ese momento, apenas me fijé en que se veían como nuevas, sino en lo bien que le quedaban. Bajé corriendo mientras pensaba: ¿por qué a ella que no las necesita le quedan tan bien las gafas y a mí, que no puedo prescindir de ellas, me hacen parecer un adefesio? En cuanto me asomé por el portón, se quitó las gafas divertida y parpadeó repetidas veces.

—Me hacen daño a los ojos —dijo, y me las calzó en la nariz exclamando—: ¡Si supieras lo bien que te sientan, debes llevarlas siempre!

Le había dado las gafas a Stefano, que las había hecho arreglar en una óptica del centro. Incómoda, murmuré que nunca iba a poder pagarle, y me contestó irónica, tal vez con un toque de perfidia:

—¿Pagarme en qué sentido?

—Darte el dinero.

Sonrió y luego dijo con orgullo:

—No hace falta, ahora con el dinero hago lo que me da la gana.

43

El dinero hizo que cobrara más fuerza la impresión de que lo que me faltaba a mí lo tenía ella y viceversa, en un juego continuo de intercambios y vuelcos que, a veces con alegría, a veces con sufrimiento, nos hacía indispensables la una a la otra.

Tras el episodio de las gafas me pregunté: «Ella tiene a Stefano, chasca los dedos y enseguida me manda a reparar las gafas, ¿y yo qué tengo?».

Me contesté que tenía la escuela, privilegio que ella había perdido para siempre. Traté de convencerme de que esa es mi riqueza. De hecho, ese año todos los profesores volvieron a elogiarme. Los boletines de calificaciones eran cada vez más brillantes, incluso en el curso de teología por correspondencia me fue estupendamente, recibí como premio una Biblia de tapas negras.

Exhibí mis éxitos como si se tratara del brazalete de plata de mi madre; sin embargo, no sabía qué hacer con aquella habilidad mía. En clase no había nadie con quien pudiera discutir sobre las cosas que leía, las ideas que se me ocurrían. Alfonso era un chico diligente; después del contratiempo del curso anterior, se había vuelto a encarrilar y en todas las asignaturas aprobaba con algo menos que notable. Pero cuando trataba de reflexionar con él sobre *Los novios*, o sobre las maravillosas novelas que yo seguía sacando de la biblioteca del maestro Ferraro, o incluso sobre el Espíritu Santo, se limitaba a escuchar y, por timidez o ignorancia, no decía nada que estimulara en mí ulteriores pensamientos. Para colmo, si, cuando le hacían preguntas en clase utilizaba un buen italiano, cara a cara no abandonaba nunca el dialecto, y en dialecto resultaba difícil discurrir sobre la corrupción de la justicia terrenal, tal como se desprendía claramente de la comida en casa de don Rodrigo, o de las relaciones entre Dios, el Espíritu Santo y Jesús, que, pese a ser una sola persona, al dividirse en tres, en mi opinión, debían a la fuerza ordenarse con arreglo a una jerarquía, y entonces, ¿quién iba primero y quién último?

No tardó en venirme a la cabeza lo que Pasquale me había dicho una vez: el mío, aunque fuese un instituto de bachillerato clásico, no debía de ser de los mejores. Concluí que tenía razón. Rara vez veía a mis compañeras de colegio bien vestidas como las muchachas de via dei Mille. Y al salir de clase, jamás de los jamases iban a recogerlas unos jóvenes con trajes elegantes, en automóviles más lujosos que los de Marcello o Stefano. También escaseaban las cualidades intelectuales. El único muchacho que gozaba de una fama similar a la mía era Nino, pero a esas alturas, en vista de la frialdad con que lo había tratado, se alejaba con la cabeza gacha sin mirarme siquiera. Entonces, ¿qué hacer?

Necesitaba expresarme, tenía la cabeza hecha un lío. Recurría a Lila, especialmente cuando en el colegio había vacaciones. Nos veíamos, hablábamos las dos. Le describía con detalle las clases, los profesores. Ella me escuchaba con atención, yo esperaba despertar su curiosidad, que regresara a aquella época en que secreta o abiertamente corría a conseguir los libros que le permitirían seguir mi ritmo. No ocurrió nunca, era como si una parte de ella tuviese firmemente controlada a la otra. No tardó en manifestarse su tendencia a intervenir de sopetón, casi siempre con ironía. Por poner un ejemplo, cierta vez le hablé de mi curso de teología y, para impresionarla con las cuestiones con las que me devanaba los sesos, le solté que no sabía qué pensar del Espíritu Santo, porque no tenía clara su función. Y razoné en voz alta:

—¿Qué es, un ente subordinado, al servicio de Dios y de Jesús, como un mensajero? ¿O una emanación de las primeras dos personas, un fluido milagroso de ambas? Ahora bien, en el primer caso, ¿cómo es posible que un ente que hace de mensajero se convierta después en uno solo con Dios y su hijo? ¿No sería acaso como decir que mi padre, que trabaja de conserje en el ayuntamiento, forma una unidad con el alcalde y el comandante Lauro? Por el contrario, si tenemos en cuenta el segundo caso, es decir, si lo consideramos un fluido, el sudor, la voz forman parte de la persona de la que emanan: ¿qué sentido tiene entonces considerar al Espíritu Santo separado de Dios o de Jesús? O el Espíritu Santo es la persona más importante y las otras dos son una de sus formas de ser, o no entiendo cuál es su función.

Recuerdo que Lila se estaba preparando para salir con Stefano: iban a ir a un cine del centro con Pinuccia, Rino y Alfonso. La observaba mientras se ponía una falda nueva, una chaqueta nueva; era ya otra persona, pero si incluso sus tobillos habían dejado de ser dos palitos. Sin embargo, vi que entrecerraba los ojos como cuando trataba de captar algo evasivo. Dijo en dialecto:

—¿Sigues perdiendo el tiempo con esas cosas, Lenù? Estamos volando encima de una bola de fuego. La parte que se ha enfriado flota sobre la lava. En esa parte construimos los edificios, los puentes y las calles. De vez en cuando la lava sale del Vesubio o provoca un terremoto que lo destruye todo. Hay microbios por todas partes que nos hacen enfermar y morir. Hay guerras. Mires donde mires hay una miseria que nos vuelve malvados. A cada instante puede ocurrir algo capaz de hacerte sufrir tanto que nunca tendrás lágrimas suficientes para lamentarlo. ¿Y qué haces tú? ¿Un curso de teología en el que te esfuerzas por entender qué es el Espíritu Santo? Déjalo estar, fue el diablo quien se inventó el mundo, no el Padre, el Hijo y el Espíritu Santo. ¿Quieres ver la sarta de perlas que me ha regalado Stefano?

Habló más o menos en esos términos, y me confundió. Y no solo en esa circunstancia, sino cada vez con mayor frecuencia, hasta que ese tono se estabilizó y pasó a ser su forma de desafiarme. Si yo hacía algún comentario sobre la Santísima Trinidad, ella, con unas cuantas frases apresuradas, casi siempre amables, echaba por tierra toda conversación posible y, acto seguido, se ponía a enseñarme los regalos de Stefano, el anillo de compromiso, el collar, un vestido nuevo, un sombrerito, mientras las cosas que me apasionaban, con las que me congraciaba con los profesores hasta el punto de que me consideraban una excelente alumna, perdían fuerza y quedaban arrinconadas, despojadas de sentido. Me olvidaba de mis ideas, de los libros. Me ponía a admirar todos esos regalos que chocaban con la casa pobre de Fernando, el zapatero remendón; me probaba los vestidos y los objetos de valor; enseguida me percataba de que a mí nunca iban a quedarme tan bien como a ella; y entonces me largaba.

44

En el papel de novia, Lila fue muy envidiada y provocó no poco descontento. Por lo demás, si su forma de ser había irritado cuando era una niña demacrada, no hablemos ahora, que había pasado a ser una muchacha muy afortunada. Ella misma me habló de la creciente hostilidad de la madre de

Stefano y, sobre todo, de Pinuccia. Las dos mujeres llevaban los malos pensamientos nítidamente grabados en la cara. ¿Quién se creía que era la hija del zapatero? ¿Qué pócima embrujada le había dado a beber a Stefano? ¿Cómo era posible que en cuanto ella abría la boca, él sacaba de inmediato la billetera? ¿Es que quiere venir a mandar en nuestra casa?

Si Maria se limitaba a ponerse de morros y callar, Pinuccia no se contenía, estallaba y se dirigía a su hermano con comentarios como este: «¿Por qué a ella le regalas de todo y a mí no solo no me has regalado nunca nada, sino que en cuanto me compro algo bonito, siempre me criticas diciendo que hago gastos inútiles?».

Stefano desplegaba su media sonrisa tranquila y no contestaba. Pero pronto, coherente con su talante acomodaticio, comenzó a hacerle regalos también a su hermana. Se inició así una competición entre las dos muchachas: iban juntas a la peluquería, se compraban vestidos idénticos. Aquello solo sirvió para encolerizar más a Pinuccia. No era fea, tenía unos años más que nosotras, tal vez estaba mejor formada, pero el efecto que cualquier objeto o prenda tenían cuando se los ponía Lila no era en absoluto comparable con el que tenía en ella. La primera en darse cuenta fue su madre. Cuando Maria veía a Lila y a Pinuccia emperifolladas para salir, con peinados similares, vestidos similares, siempre encontraba la manera de irse por las ramas y, de forma solapada, con tonos fingidamente cordiales, acababa criticando a su futura nuera por algo que había hecho días antes, dejar la luz de la cocina encendida o el grifo abierto después de servirse un vaso de agua. Hecho el comentario, se daba media vuelta como si tuviera mucho que hacer y mascullaba rabiosa:

—Volved temprano.

Nosotras, las muchachas del barrio, no tardamos en tener problemas no muy distintos. Los días de fiesta, a Carmela, que insistía en hacerse llamar Carmen, a Ada y a Gigliola, les dio por acicalarse y competir con Lila, sin decirlo, sin decírselo. En especial Gigliola, que trabajaba en la pastelería y que, aunque no de forma oficial, salía con Michele Solara, se compraba y se hacía comprar expresamente cosas bonitas para lucir cuando paseaba o iba en coche. Pero no había competición posible, Lila parecía inalcanzable, una figurilla cautivante a contraluz.

Al principio intentamos retenerla, imponerle las viejas costumbres. Conseguimos que Stefano se uniera a nuestro grupo, lo mimamos, lo embaucamos, y él parecía contento, tanto es así que un sábado, tal vez impulsado por la simpatía que sentía por Antonio y Ada, le dijo a Lila:

—Pregunta si Lenuccia y los hijos de Melina pueden venir mañana por la noche a cenar algo con nosotros.

Por «nosotros» se refería a ellos dos más Pinuccia y Rino, para quien a esas alturas era muy importante pasar el tiempo libre en compañía de su futuro cuñado. Aceptamos, pero fue una velada complicada. Ada, temerosa de hacer mal papel, le pidió a Gigliola que le prestara un vestido. Stefano y Rino no eligieron una pizzería sino un restaurante en Santa Lucia. Como Antonio, Ada y yo nunca habíamos pisado un restaurante, cosa de ricos, nos entró el nerviosismo: ¿cómo debíamos vestirnos, cuánto iba a costarnos? Mientras ellos cuatro salieron con la furgoneta, nosotros llegamos en autobús hasta la piazza Plebiscito y de allí hicimos juntos el resto del trayecto. Una vez en el restaurante, ellos pidieron con desenvoltura muchos platos, nosotros, casi nada, por miedo a que la cuenta subiera mucho y no tuviéramos para pagar. Estuvimos casi todo el rato callados, porque Rino y Stefano hablaron más que nada de dinero y no se les ocurrió otros temas de conversación para que participara al menos Antonio. Ada, que no se resignó a la marginación, se pasó toda la velada tratando de llamar la atención de Stefano, haciéndole un montón de melindres que incomodaron a su hermano. Al final, cuando llegó la hora de pagar, descubrimos que el charcutero se había ocupado de la cuenta; aquello no molestó en absoluto a Rino, pero Antonio regresó a su casa enfadado porque, pese a tener la misma edad que Stefano y el hermano de Lila, pese a trabajar como ellos, se sintió tratado como un pobre pelagatos. Pero lo más significativo fue que Ada y yo, con sentimientos distintos, nos dimos cuenta de que en un lugar público, fuera de la relación amistosa cara a cara, no sabíamos cómo tratar a Lila ni qué decirle. Iba tan bien maquillada, tan bien vestida, que en la furgoneta, en el descapotable, en el restaurante de Santa Lucia no desentonaba, pero físicamente no era adecuada para subirse al metro con nosotras, viajar en autobús, dar un paseo a pie, tomar una pizza en corso Garibaldi, ir al cine de la parroquia o a bailar a casa de Gigliola.

Esa noche resultó evidente que Lila estaba cambiando de estado. Pasaron los días, los meses y se transformó en una señorita que imitaba a las modelos de las revistas de moda, las muchachas de la televisión, las chicas que había visto pasear por via Chiaia. Cuando la veías, desprendía un fulgor que era como una violenta bofetada a la miseria del barrio. El cuerpo de muchachita del que todavía conservaba huellas cuando habíamos tejido juntas la trama que había desembocado en su noviazgo con Stefano fue desterrado muy pronto y enviado a oscuros territorios. Bajo la luz del sol surgió una joven mujer que, cuando salía los domingos del brazo de su novio, parecía aplicar las cláusulas de un acuerdo suscrito con su pareja, y Stefano, con sus regalos, parecía querer demostrar al barrio que, si Lila era hermosa, podía serlo cada vez más; y ella parecía haber descubierto la dicha de recurrir a la fuente inagotable de su belleza y sentir y exhibir que ningún perfil bien diseñado podía contenerla definitivamente, hasta el punto de que un nuevo peinado, un nuevo traje, un nuevo maquillaje de los ojos o de la boca no eran más que fronteras cada vez más avanzadas que borraban las anteriores. Stefano parecía buscar en ella el símbolo más evidente del futuro de bienestar y poder al que aspiraba; y ella parecía utilizar el sello que él le imprimía para ponerse a salvo a sí misma, y a su hermano, a sus padres, a los demás parientes, de todo aquello a lo que se había enfrentado desde pequeña.

Yo aún no sabía nada de eso que, en secreto, para sus adentros, después de la desagradable experiencia de año nuevo, ella llamaba desbordamiento. Pero conocía la historia de la olla que había explotado, permanecía siempre agazapada en algún rincón de mi cabeza, y le daba vueltas y más vueltas. Y recuerdo que una noche, en mi casa, releí expresamente la carta que me había enviado a Ischia. Qué seductora era su forma de contar cosas sobre sí misma y qué lejano parecía aquello. Tuve que reconocer que la Lila que me había escrito esas palabras había desaparecido. En la carta seguía estando la que había escrito *El hada azul*, la muchachita que había aprendido sola latín y griego, la que había devorado media biblioteca del maestro Ferraro, incluso la que había hecho los diseños de zapatos cuyos cuadritos colgaban en la zapatería. Pero en la vida diaria ya no la veía, ya no la oía más. La Cerullo nerviosa y agresiva estaba como inmolada. Aunque ella y yo seguíamos viviendo en el mismo barrio, aunque habíamos tenido la misma infancia, aunque celebrábamos las dos nuestro decimoquinto cumpleaños, de repente habíamos ido a parar a dos mundos distintos. A medida que pasaban los meses, yo me transformaba en una muchacha abandonada, desgreñada, gafuda, encorvada sobre unos libros sobados que despedían el tufo de los volúmenes comprados con grandes sacrificios en el mercado de segunda mano o conseguidos por la maestra Oliviero. Ella se paseaba del brazo de Stefano peinada como una diva, vestida con trajes que la hacían parecer una actriz o una princesa.

La contemplaba desde la ventana, sentía que su forma anterior se había roto y me acordaba de aquel párrafo precioso de la carta, del cobre partido y deformado. Era una imagen que utilizaba ya continuamente, cada vez que notaba una fractura dentro de ella o dentro de mí. Sabía —tal vez esperaba— que ninguna forma habría podido contener jamás a Lila y que tarde o temprano lo destrozaría todo otra vez.

45

Después de la desagradable velada en el restaurante de Santa Lucia no hubo otras ocasiones como aquellas, y no porque los novios no volvieran a invitarnos, sino porque nosotros fuimos dando largas, primero con una excusa, luego con otra. No obstante, cuando los deberes no acababan con todas mis energías, me dejaba convencer y asistía a algún baile en alguna casa, iba a comer una pizza con todo el grupo de antes. Aunque prefería salir únicamente cuando estaba segura de que vendría también Antonio, que en los últimos tiempos se dedicaba a mí de forma exclusiva, me hacía la corte con discreción y muchas atenciones. Claro, tenía el cutis reluciente y cubierto de puntos negros, los dientes con algunas manchas azules, las manos macizas, unos dedos robustos con los que en cierta ocasión había desatornillado sin esfuerzo los pernos de la rueda pinchada de un coche viejísimo que Pasquale se había comprado. Pero tenía un pelo ondulado tan negro que te daban ganas de acariciárselo, y aunque fuese muy tímido, las raras veces en que abría la boca, decía cosas ocurrentes. Por lo demás, era el único que se fijaba en mí. Enzo aparecía muy de vez en cuando, llevaba una vida de la que sabíamos poco o nada, pero cuando aparecía se dedicaba a Carmela sin exagerar demasiado, a su manera distante y calmada. En cuanto a Pasquale, después del rechazo de Lila parecía haber perdido el interés por las muchachas. Le hacía muy poco caso incluso a Ada, que con él era toda remilgos, aunque ella no dejaba de repetir sin parar que estaba harta de ver siempre nuestras feas caras.

Naturalmente, tarde o temprano, en aquellas veladas acabábamos siempre hablando de Lila, aunque diera la impresión de que nadie tenía ganas de nombrarla: los muchachos se sentían un tanto decepcionados, todos ellos hubieran querido estar en el lugar de Stefano. Pero el más infeliz era Pasquale: si los Solara no le hubiesen inspirado un odio que venía de muy lejos, probablemente se habría puesto públicamente del lado de Marcello, en contra de la familia Cerullo. Sus penas de amor lo carcomían por dentro; bastaba con que atisbara apenas a Lila y Stefano juntos para que se le quitaran las ganas de vivir. Pese a todo, era por naturaleza un muchacho de buenos sentimientos y buenos pensamientos, de manera que ponía mucho cuidado en controlar sus reacciones y tomar partido por la justicia. Cuando se supo que Marcello y Michele habían desafiado a Rino una noche, y, sin ponerle un dedo encima, lo habían cubierto de insultos, Pasquale había apoyado sin reservas los motivos de Rino. Cuando se supo que Silvio Solara, el padre de Michele y Marcello, se había presentado en la zapatería reformada de Fernando y le había reprochado tranquilamente el no haber sabido educar bien a su hija, y luego, tras echar una mirada a su alrededor, había comentado que el zapatero podría confeccionar todos los zapatos que quisiera, pero después a saber dónde iba a venderlos, nunca encontraría una tienda que se los comprara, por no mencionar toda la cola, el hilo, la brea, las hormas de madera y las suelas y medias suelas que, al menor despiste se podían prender fuego y adiós muy buenas, Pasquale había prometido que, en caso de que la zapatería Cerullo se incendiara, él y unos cuantos compañeros de confianza iban a encargarse de quemar el bar-pastelería Solara. Pero con Lila era crítico. Decía que debería haber huido de casa antes que aceptar que Marcello fuera todas las noches a hacerle la corte. Decía que debería haber roto a martillazos el televisor en lugar de verlo en compañía de quien se sabía que lo había comprado para tenerla a ella. Decía, en fin, que era una muchacha demasiado inteligente para enamorarse de verdad de un merluzo hipócrita como Stefano Carracci.

En esas ocasiones yo era la única que no se callaba la boca y censuraba abiertamente las críticas de Pasquale. Le rebatía con argumentos del tipo: no es fácil huir de casa; no es fácil oponerse a la voluntad de las personas que quieres; nada es fácil, lo cierto es que la criticas a ella en lugar de tomarla con tu amigo Rino: fue él quien la metió en ese lío con Marcello, y si Lila no hubiese encontrado la manera de salir de él, tendría que haberse casado con Marcello. Yo concluía con un panegírico de Stefano, que de todos ellos, los muchachos que conocían a Lila desde niña y la querían, había sido el único con el valor de apoyarla y ayudarla. Seguía entonces un desagradable silencio y yo me sentía muy orgullosa de haber refutado todas las críticas con un tono y en una lengua que, entre otras cosas, los había dejado cohibidos.

Pero una noche terminamos peleándonos a muerte. Habíamos ido todos, incluido Enzo, a comer una pizza al Rettifilo, a un local donde por una margarita y una cerveza cobraban cincuenta liras. En esa ocasión fueron las chicas las que empezaron: Ada, me parece, dijo que, en su opinión, Lila hacía el ridículo paseándose siempre como recién salida de la peluquería y vistiéndose como Soraya hasta para espolvorear la entrada de su casa con veneno para cucarachas; y quien más quien menos, todos nos echamos a reír. Después, una cosa lleva a la otra, Carmela llegó a decir claramente que, en su opinión, Lila se había prometido con Stefano por el dinero y para colocar al hermano y al resto de su familia. Yo estaba comenzando la acostumbrada defensa de oficio cuando Pasquale me interrumpió y dijo:

—No es esa la cuestión. La cuestión es que Lina sabe de dónde viene ese dinero.

—¿Otra vez quieres sacar a relucir a don Achille, el mercado negro, los trapicheos, la usura y las indecencias de antes y después de la guerra? —pregunté yo.

—Sí, y si tu amiga estuviera aquí, me daba la razón.

—Stefano no es más que un comerciante que sabe vender.

—¿Y el dinero que ha puesto en la zapatería de los Cerullo lo saca de la charcutería?

—¿Por qué, dices que no?

—Ese dinero viene del oro de las madres de familia que don Achille guardaba debajo del colchón. Lina se hace la señora con la sangre de toda la gente pobre de este barrio. Y se hace mantener, ella y toda su familia, antes de haberse casado.

Iba a contestarle cuando se entrometió Enzo con su indiferencia habitual:

—Perdona, Pascà, ¿qué significa «se hace mantener»?

No tuve más que oír la pregunta para comprender que la cosa tomaba mal cariz. Pasquale se puso colorado, se mostró incómodo:

—Mantener significa mantener. Perdona, pero ¿quién paga cuando Lina va a la peluquería, cuando se compra trajes y bolsos? ¿Quién ha puesto el dinero en la zapatería para que el remendón pueda jugar a ser fabricante de zapatos?

—¿O sea que estás diciendo que Lina no se ha enamorado, no se ha prometido, no se casará pronto con Stefano, sino que se ha vendido?

Nos quedamos todos callados. Antonio farfulló:

—Que no, Enzo, que no es eso lo que quiere decir Pasquale; tú sabes que quiere a Lina como la queremos todos nosotros.

Enzo le hizo señas para que callara.

—Calla, Anto', deja que conteste Pasquale.

Pasquale dijo sombrío:

—Sí, se ha vendido. Y le importa un carajo el olor del dinero que gasta todos los días.

A esas alturas traté otra vez de expresar mi opinión, pero Enzo me tocó el brazo.

—Perdona, Lenù, quiero que Pasquale me diga cómo llama él a una mujer que se vende.

Pasquale tuvo un impulso violento que todos vimos reflejado en sus ojos y dijo lo que desde hacía meses tenía en mente decir, gritar a todo el barrio:

—Furcia, la llamo furcia. Lina se ha comportado y se comporta como una furcia.

Enzo se levantó y dijo con un hilo de voz:

—Sal fuera.

Antonio se levantó de un salto, aferró de un brazo a Pasquale que quería salir y dijo:

—Vamos, no exageremos, Enzo. Lo que Pasquale dice no es una acusación, es una crítica en la que todos estamos de acuerdo.

Enzo contestó, esta vez en voz bien alta:

—Yo no. —Fue hacia la salida recalcando—: Os espero fuera a los dos.

Impedimos a Pasquale y a Antonio que salieran tras él, no pasó nada. Se limitaron a estar de morros unos cuantos días, y después, todo volvió a ser como antes.

46

He contando esta pelea para dar una idea de cómo pasó ese año y qué clima rodeó las elecciones de Lila, en especial entre los jóvenes que abierta o secretamente la habían amado, la habían deseado, y que, con toda probabilidad la amaban y la deseaban todavía. En cuanto a mí, resulta difícil explicar la maraña de sentimientos que bullían en mi interior. En todas las ocasiones defendía a Lila, y me gustaba hacerlo, me gustaba oírme hablar con la autoridad de quien cursa unos estudios difíciles. Pero sabía también que habría contado con el mismo entusiasmo, en todo caso con alguna exageración, cómo Lila había estado detrás de cada movimiento de Stefano, y yo con ella, encadenando un paso tras otro como si se tratara de un problema de matemáticas, hasta llegar a ese resultado: colocarse, colocar al hermano, tratar de llevar a cabo el proyecto de la fábrica de zapatos e incluso coger el dinero para hacer reparar mis gafas rotas.

Pasaba delante del viejo taller de Fernando y experimentaba un sentimiento de victoria por persona interpuesta. Era evidente que Lila lo había logrado. La zapatería, que nunca había tenido un rótulo, ahora lucía en lo alto de la vieja puerta una especie de placa en la que se leía: «Cerullo». Fernando, Rino y los tres aprendices trabajaban encolando, orillando, martillando, lijando desde la mañana hasta bien entrada la noche, inclinados sobre sus mesas. Se sabía que padre e hijo discutían mucho. Se sabía que Fernando sostenía que los zapatos, sobre todo los de señora, no se podían confeccionar como los había diseñado Lila, que no eran más que una fantasía de niña. Se sabía que Rino sostenía lo contrario y que iba a ver a Lila a pedirle su intervención. Se sabía que Lila decía que no quería saber nada, y que entonces Rino iba a ver a Stefano y lo arrastraba al taller para que le diera a su padre unas órdenes claras. Se sabía que Stefano iba y que se quedaba mirando los diseños de Lila enmarcados en las paredes, mientras sonreía para sus adentros y con tranquilidad decía que los zapatos los quería exactamente como se veían en esos cuadritos, que los había colgado allí precisamente para eso. Se sabía, en fin, que todo avanzaba muy despacio y que los trabajadores primero recibían unas instrucciones de Fernando, que después Rino cambiaba, se paraba todo y se volvía a empezar, entonces Fernando se daba cuenta de los cambios y volvía a cambiarlo todo, y llegaba Stefano y vuelta a empezar, terminaban a los gritos, rompiendo cosas.

Yo lanzaba una mirada y pasaba de largo. Pero me quedaban grabados los cuadritos colgados de las paredes. Pensaba: «Para Lila esos dibujos han sido un sueño, el dinero no tiene nada que ver, lo de venderse no tiene nada que ver. Todo este trabajo es el producto final de una inspiración suya, celebrada por Stefano solo por amor. Dichosa ella que es tan amada, que ama. Dichosa ella que es adorada por lo que es y por lo que sabe inventar. Ahora que le ha dado a su hermano lo que quería, ahora que lo ha alejado de los peligros, seguramente se inventará alguna otra cosa. Por eso no quiero perderla de vista. Algo pasará».

Pero no pasó nada. Lila se estabilizó en su papel de novia de Stefano. Y por las conversaciones que manteníamos, cuando yo encontraba tiempo, me pareció siempre satisfecha de haberse convertido en lo que era, como si no viera nada más allá, como si no quisiera ver nada más que el matrimonio, una casa, hijos.

Me llevé una decepción. Parecía dulcificada, sin las asperezas de siempre. Me di cuenta tiempo después, cuando a través de Gigliola Spagnuolo me llegaron comentarios infamantes sobre ella.

Gigliola me dijo con rabia, en dialecto:

—Ahora tu amiga vive como una princesa. Pero ¿sabe Stefano que cuando Marcello iba a verla a su casa, todas las noches ella le hacía un francés?

Yo no tenía ni idea de lo que era un francés. Conocía la expresión desde niña pero su sonido me remitía únicamente a una especie de insulto, a algo muy humillante.

—No es cierto.

—Lo dice Marcello.

—Miente.

—¿Sí? ¿O sea que también le miente a su hermano?

—¿A ti te lo ha dicho Michele?

—Sí.

Esperé que esas habladurías no llegaran a oídos de Stefano. Cada vez que volvía del colegio me decía: quizá debería avisar a Lila antes de que ocurra algo malo. Pero temía que se enfureciera y que, por como se había criado, por como era ella, fuese a ver directamente a Marcello Solara chaira en mano. De todos modos, al final me decidí: era mejor que le contara lo que sabía para que se preparara y enfrentara la situación. Pero descubrí que ya estaba al tanto de todo. Y no solo eso: estaba más informada que yo sobre lo que era un francés. Lo supe por el hecho de que utilizó una fórmula más clara para decirme que, con el asco que le daba, ella jamás le iba a hacer eso a ningún hombre, y mucho menos a Marcello Solara. Después me contó que Stefano ya se había enterado y que él le había preguntado qué tipo de relaciones había habido entre ella y Marcello en la época en que frecuentaba la casa de los Cerullo. Ella le había contestado con rabia: «Ninguna, ¿estás loco?». Y Stefano se había apresurado a contestarle que la creía, que nunca había dudado, que se lo había preguntado únicamente para que supiera que Marcello contaba esas guarradas de ella. Entretanto se le había puesto la expresión distraída de quien sin quererlo persigue imágenes de matanza que se le forman en la cabeza. Lila se había dado cuenta y habían discutido largo rato, le había confesado que sus manos también estaban sedientas de sangre. Pero ¿de qué servía? Y de tanto hablar, al final, de común acuerdo, habían decidido situarse un peldaño por encima de los Solara, de la lógica del barrio.

—¿Un peldaño por encima? —le pregunté, maravillada.

—Sí, ignorarlos, a Marcello, a su hermano, al padre, al abuelo, a todos. Hacer como si no existieran.

De modo que Stefano había seguido con su trabajo sin defender el honor de su novia, Lila había seguido con su vida de prometida sin recurrir a la chaira u otra cosa, los Solara habían seguido difundiendo obscenidades. La dejé, estaba estupefacta. ¿Qué estaba pasando? No lo entendía. Me parecía más claro el comportamiento de los Solara, coherente con el mundo que conocíamos desde niños. Pero ¿qué tenían en mente ella y Stefano, dónde se creían que vivían? Se comportaban de una manera que no se veía siquiera en los poemas que estudiaba en la escuela, en las novelas que leía. Estaba perpleja. No reaccionaban a las ofensas, ni siquiera a la francamente insoportable que les hacían los Solara. Hacían gala de gentileza y cortesía con todos, como si fuesen John y Jacqueline Kennedy de visita en un barrio de pordioseros. Cuando salían a pasear juntos y él le rodeaba siempre los hombros con el brazo, daba la impresión de que ninguna de las viejas reglas valiera para ellos: reían, bromeaban, se abrazaban, se besaban en los labios. Los veía pasar zumbando en el descapotable, solos, incluso de noche, vestidos siempre como actores de cine, y pensaba: a saber adónde van sin vigilancia, y no a escondidas, sino con el consentimiento de sus padres, con el consentimiento de Rino, a hacer sus cosas sin dar importancia a las murmuraciones de la gente. ¿Era Lila quien convencía a Stefano de que adoptara esos comportamientos que los convertía en la pareja más admirada y criticada del barrio? ¿Era esa la última novedad que se había inventado? ¿Quería salir del barrio quedándose en el barrio? ¿Quería arrastrarnos fuera de nosotros mismos, arrancarnos la antigua piel e imponernos una nueva, adecuada a la que ella se estaba inventando?

47

Todo volvió bruscamente a los cauces habituales cuando Pasquale se enteró de las habladurías sobre Lila. Ocurrió un domingo, mientras Carmela, Enzo, Pasquale, Antonio y yo paseábamos por la avenida. Antonio dijo:

—Me han dicho que Marcello Solara le cuenta a todo el mundo que Lina estuvo con él.

Enzo ni pestañeó. Pasquale se encendió enseguida:

—¿Estuvo cómo?

Antonio se sintió incómodo por mi presencia y la de Carmela y contestó:

—Ya me has entendido.

Se alejaron de nosotras, hablaron entre ellos. Vi y oí que Pasquale se enfurecía cada vez más, que físicamente Enzo se volvía cada vez más compacto, como si ya no tuviera brazos, piernas, cuello, y fuese un bloque de materia dura. ¿Por qué, me preguntaba, cómo es posible que se enfaden tanto? Lila no es hermana de ninguno de ellos, ni siquiera prima. Sin embargo, se sienten obligados a indignarse, los tres, más que Stefano, mucho más que Stefano, como si fueran los verdaderos novios. Pasquale sobre todo me pareció ridículo. En un momento dado, él que hacía apenas unos días había dicho lo que había dicho, se puso a gritar, y lo oímos bien, con estos oídos:

—Le parto la cara a ese cabrón, la está haciendo quedar como una furcia. Pero si Stefano se lo permite, un servidor no se lo va a permitir.

Siguió un silencio, regresaron junto a nosotras y callejeamos sin ganas, yo charlaba con Antonio, Carmela caminaba entre su hermano y Enzo. Al cabo de un rato nos acompañaron a casa. Los vi alejarse, Enzo que era el más bajo iba en el centro, y Antonio y Pasquale, a los lados.

En los días que siguieron se habló mucho del Fiat 1100 de los Solara. Había quedado destrozado. No solo eso: los dos hermanos habían sido salvajemente golpeados, aunque no supieron decir quién había sido. Juraban que habían sido atacados en un callejón oscuro por al menos diez personas, gente venida de fuera. Carmela y yo sabíamos muy bien que los agresores habían sido solo tres y nos preocupamos mucho. Esperamos las inevitables represalias durante un día, dos, tres. Evidentemente habían hecho bien las cosas. Pasquale siguió trabajando de albañil, Antonio de mecánico, Enzo con su carreta. Los Solara, en cambio, maltrechos y despistados, se pasaron una temporada moviéndose solo a pie, siempre acompañados de cuatro o cinco amigos. Reconozco que verlos en esas condiciones me alegró. Me sentí orgullosa de mis amigos. Con Carmen y Ada critiqué a Stefano y también a Rino porque habían hecho como que no se enteraban de nada. Pasó el tiempo, Marcello y Michele se compraron un Giulietta verde y volvieron a dárselas de amos y señores del barrio. Vivitos y coleando, más prepotentes que antes. Tal vez era señal de que Lila tenía razón: a la gente de esa ralea se la combatía conquistando una vida superior propia, de esas que ellos eran incapaces de imaginar siquiera. Mientras me examinaba de segundo de bachillerato superior, me anunció que se casaba en primavera, con poco más de dieciséis años.

48

La noticia me conmocionó. Cuando Lila me contó lo de su boda estábamos en junio, a pocas horas de los exámenes orales. Era lo previsible, claro, pero ahora que la fecha estaba fijada, el 12 de marzo, tuve la sensación de haberme distraído y dado contra una puerta. Me vinieron pensamientos mezquinos. Conté los meses: nueve. Tal vez nueve meses eran lo bastante largos para que el pérfido rencor de Pinuccia, la hostilidad de Maria, las habladurías de Marcello Solara que seguían volando de boca en boca por todo el barrio como la Fama en *La Eneida*, cansaran a Stefano llevándolo a romper el compromiso. Me avergoncé de mí misma, pero ya no podía reconocer un plan coherente en la bifurcación de nuestros destinos. Lo concreto de esa fecha hizo que cobrara forma la encrucijada que separaría nuestras vidas. Y, lo que es peor, di por descontado que su suerte sería mejor que la mía. Sentí con mayor fuerza que nunca la insignificancia del camino de los estudios, tuve claro que años antes lo había emprendido con el solo fin de provocar la envidia de Lila. En cambio ella, ahora, no atribuía ninguna importancia a los libros. Dejé de prepararme para el examen, por las noches no dormía. Pensé en mi escasísima experiencia amorosa: había besado una vez a Gino, había rozado apenas los labios de Nino, había padecido los fugaces y repugnantes contactos de su padre: eso era todo. En cambio Lila a partir de marzo, con dieciséis años, iba a tener un marido y al cabo de un año, con diecisiete, un hijo, y después otro más, y otro, y otro. Me sentí una sombra, lloré con desesperación.

Al día siguiente fui sin muchas ganas a hacer el examen. Pero me ocurrió algo que me hizo sentir mejor. El profesor Gerace y la profesora Galiani, que formaban parte del tribunal, elogiaron muchísimo mi trabajo de italiano. En particular Gerace dijo que había mejorado aún más la exposición. Quiso leer un párrafo a los demás miembros del tribunal. Y solo cuando lo oí, me di cuenta de lo que había tratado de hacer en los últimos meses cada vez que me ponía a escribir: librarme de mis tonos artificiosos, de las frases demasiado rígidas; tratar de conseguir una escritura fluida e irresistible como la de Lila en la carta de Ischia. Cuando oí mis palabras en la voz del profesor, mientras la profesora Galiani escuchaba y asentía en silencio, me di cuenta de que lo había conseguido. Naturalmente, no era la forma de escribir de Lila, era la mía. Y a mis profesores les parecía algo francamente fuera de lo común.

Aprobé todo con diez y pasé a primero del curso preuniversitario, pero en mi casa nadie se asombró ni lo celebró. Vi que estaban satisfechos, eso sí, y me alegré, pero no le dieron al hecho ninguna importancia. Al contrario, mi madre consideró que mi éxito escolar era algo del todo natural, mi padre me dijo que fuera enseguida a casa de la maestra Oliviero para animarla a que me consiguiera con tiempo los libros del curso siguiente. Y mientras salía, mi madre me gritó:

—Y si quiere mandarte otra vez a Ischia, dile que yo no me siento bien y que tienes que ayudar en casa.

La maestra me elogió, pero con desgana, en parte porque ella también ya daba por sentadas mis habilidades, en parte porque no se encontraba bien, la enfermedad que tenía en la boca le causaba mucho malestar. No mencionó nunca mi necesidad de descanso, ni a su prima Nella de Ischia. Aunque se puso a hablar por sorpresa de Lila. La había visto de lejos, en la calle. Dijo que iba con su novio, el charcutero. Después añadió una frase que siempre recordaré: «La belleza que Cerullo llevaba en la cabeza desde niña no ha encontrado salidas, Greco, y le ha ido a parar toda en la cara, el pecho, los muslos y el culo, sitios donde se pasa muy pronto y después es como si nunca la hubiese tenido».

Desde que la conocía nunca la había oído decir palabrotas. En esa ocasión dijo «culo» y después masculló: «Perdona». Pero no fue eso lo que me impresionó. Fue su amargura, como si la maestra se estuviera dando cuenta de que algo en Lila se había echado a perder porque ella, como maestra, no lo había protegido y desarrollado bien. Me sentí su alumna más lograda y me fui aliviada.

El único que me felicitó sin medias tintas fue Alfonso, que también aprobó todo con siete. Sentí que la suya era una admiración genuina y eso me encantó. Delante de las listas con las notas, presa del entusiasmo, en presencia de nuestros compañeros y sus padres, hizo algo inconveniente, como si se hubiese olvidado de que yo era una chica y no debía tocarme: me estrechó con fuerza entre sus brazos, me dio un beso ruidoso en la mejilla. Después se mostró confundido, me soltó enseguida, se disculpó, y, a pesar de todo, sin poder contenerse, gritó: «Todos dieces, imposible, todos dieces».

En el camino de regreso a casa hablamos mucho de la boda de su hermano, de Lila. Como me sentía particularmente cómoda, por primera vez le pregunté qué pensaba de su futura cuñada. Se tomó su tiempo antes de contestarme. Luego dijo:

—¿Te acuerdas de la competición que nos obligaron a hacer en la escuela?

—¿Cómo iba a olvidarla?

—Yo estaba seguro de ganar, todos le teníais miedo a mi padre.

—Lina también, de hecho, durante un rato trató de no vencerte.

—Sí, pero después decidió ganar y me humilló. Volví a casa llorando.

—Es feo perder.

—No fue por eso: me pareció insoportable que todos le tuvieran pavor a mi padre, yo el primero, y que esa niña, no.

—¿Te enamoraste de ella?

—¿Bromeas? Siempre me ha dado mucho respeto.

—¿En qué sentido?

—En el sentido de que mi hermano es muy atrevido al casarse con ella.

—¿Qué dices?

—Digo que tú eres mejor y que si yo hubiese tenido que elegir, me habría casado contigo.

Eso también me encantó. Nos echamos a reír y seguíamos riendo cuando nos despedimos. Él estaba condenado a pasar el verano en la charcutería, yo, por decisión de mi madre más que de mi padre, debía buscarme un trabajo para el verano. Prometimos vernos, ir a la playa juntos aunque fuese una vez. No ocurrió.

En los días siguientes recorrí con desgana el barrio. Le pregunté a don Paolo, el de la tienda de comestibles, si necesitaba una dependienta. Nada. Le pregunté al vendedor de periódicos: a él tampoco le servía para nada. Pasé por la papelería, la dueña se echó a reír: necesitaba a alguien, sí, pero no en ese momento; debía regresar en otoño, cuando empezaran las clases. Me disponía a marcharme cuando ella me llamó y me dijo:

—Eres una muchacha muy seria, Lenù, me fío de ti: ¿serías capaz de llevarme a las niñas a la playa?

Salí de la tienda encantada de la vida. La dueña de la papelería iba a pagarme —y muy bien— por llevar a la playa a sus tres niñas durante todo el mes de julio y los primeros diez días de agosto. Playa, sol y dinero. Debía ir a diario a un lugar entre Mergellina y Posillipo del que no sabía nada, tenía un nombre raro, se llamaba Sea Garden. Me fui para casa entusiasmada como si mi vida hubiese experimentado un vuelco decisivo. Ganaría dinero para mis padres, me bañaría en el mar, volvería a tener la piel tersa y dorada por el sol como el verano de Ischia. Qué dulce es todo, pensé, cuando luce un día hermoso y parece que todas las cosas buenas solo te esperan a ti.

Tras andar un breve trecho esa impresión de horas afortunadas se consolidó. Antonio me alcanzó, venía con su mono de mecánico, sucio de grasa. Me puse contenta, no importaba con quién me hubiese encontrado en ese momento de alegría, habría sido bien recibido. Me había visto pasar y había corrido para alcanzarme. Le conté enseguida lo de la dueña de la papelería, debió de ver por mi cara que se trataba de un momento feliz. Me había pasado meses deslomándome, sola y fea. Aunque estaba segura de querer a Nino Sarratore, lo había evitado siempre y ni siquiera había ido a ver si había aprobado y con qué notas. Lila se disponía a dar un salto definitivo que la alejaría de mi vida y ya no podría seguirle el ritmo. Pero ahora me sentía bien y quería sentirme aún mejor. Al intuir que estaba en la disposición adecuada, Antonio me preguntó si quería ser su novia, le dije que sí enseguida, aunque amara a otro, aunque por él no sintiera más que algo de simpatía. Tenerlo de novio a él, mayor, coetáneo de Stefano, trabajador, me pareció algo no muy distinto de haber aprobado todo con dieces, de la tarea remunerada de llevar al Sea Garden a las hijas de la dueña de la papelería.

49

Empecé con mi trabajo y mi noviazgo. La dueña de la papelería me sacó una especie de abono, y todas las mañanas cruzaba la ciudad con las tres niñas en autobuses atestados, para llevarlas a aquel lugar alegre y multicolor, sombrillas, mar azul, plataformas de cemento, estudiantes, mujeres acomodadas con mucho tiempo libre, mujeres vistosas con caras voraces. Trataba con amabilidad a los socorristas que intentaban pegar la hebra conmigo. Vigilaba a las niñas, me daba largos baños con ellas, luciendo el traje de baño que Nella me había cosido el año anterior. Les daba de comer, jugaba con ellas, las dejaba beber mucho rato en el surtidor de una fuente de piedra procurando que no resbalaran y se partieran los dientes en la pila.

Regresábamos al barrio a última hora de la tarde. Llevaba a las niñas a la dueña de la papelería, corría a la cita secreta con Antonio, quemada por el sol, salada por el agua de mar. Íbamos a los pantanos por calles secundarias, temía que me viera mi madre o quizá, todavía peor, la maestra Oliviero. Los primeros besos los intercambié con él. No tardé en permitirle que me tocara los pechos y entre las piernas. Una noche yo misma le apreté el pene oculto en los pantalones, tenso, grueso, y cuando él se lo sacó, lo tuve de buena gana en una mano mientras nos besábamos. Acepté esas prácticas con dos preguntas bien claras en mente. La primera era: ¿hacía Lila esas cosas con Stefano? La segunda era: ¿el placer que siento con este muchacho es el mismo que sentí la noche en que Donato Sarratore me tocó? En ambos casos, Antonio terminaba siendo solo un fantasma útil para evocar, por una parte, los amores entre Lila y Stefano, y por la otra, la emoción fuerte, difícil de digerir, que me había provocado el padre de Nino. Pero nunca me sentí culpable. Me resultaba tan grato, me demostraba una dependencia tan absoluta por esos pocos contactos en los pantanos, que no tardé en convencerme de que quien estaba en deuda conmigo era él, que el placer que le daba era muy superior al que él me daba a mí.

Algunos domingos nos acompañaba a las niñas y a mí al Sea Garden. Gastaba mucho dinero con fingida desenvoltura, a pesar de que ganaba muy poco, y para colmo detestaba quemarse al sol. Pero lo hacía por mí, para estar a mi lado, sin ningún resarcimiento inmediato, puesto que durante todo el día no había manera de besarnos o tocarnos. Además entretenía a las niñas con bromas dignas de un payaso y zambullidas de atleta. Mientras él jugaba con las pequeñas, yo me tumbaba al sol a leer y me disolvía en las páginas como una medusa.

En una de esas ocasiones levanté la vista un momento y vi a una muchacha alta, delgada, elegante, con un hermosísimo dos piezas rojo. Era Lila. Acostumbrada ya a atraer las miradas de los hombres, se movía como si en aquel lugar atestado no hubiese nadie, ni siquiera el joven socorrista que la precedía para acompañarla a la sombrilla. No me vio y yo dudé si debía llamarla. Llevaba gafas de sol y un bolso de tela multicolor. Todavía no le había hablado de mi trabajo ni de Antonio: es probable que temiera su juicio sobre una cosa y la otra. Esperemos que me llame ella, pensé y volví a centrarme en el libro, pero ya no pude seguir leyendo. Volví a mirar en su dirección. El socorrista le había desplegado la tumbona, ella se había sentado al sol. Entretanto, llegó Stefano, blanquísimo, en traje de baño azul, en la mano llevaba un portafolios, el encendedor, los cigarrillos. Besó a Lila en los labios como hacen los príncipes con las bellas durmientes, se sentó en otra tumbona.

Traté de concentrarme otra vez en la lectura. Hacía tiempo me había acostumbrado a la disciplina y esa vez, durante unos minutos, conseguí realmente volver a capturar el sentido de las palabras, recuerdo que la novela era *Oblómov*. Cuando volví a levantar la vista, Stefano seguía sentado contemplando el mar, Lila ya no estaba a su lado. La busqué con la mirada y vi que estaba hablando con Antonio, y Antonio me estaba señalando. La saludé con alborozo, ella respondió con el mismo alborozo y de inmediato se volvió para llamar a Stefano.

Nos bañamos los tres juntos, mientras Antonio se ocupaba de las hijas de la dueña de la papelería. Fue un día en apariencia alegre. En un momento dado Stefano nos arrastró a los cinco al bar y pidió de todo: bocadillos, bebidas, helados y las niñas abandonaron a Antonio para dedicar toda su atención a Stefano. Cuando los dos jóvenes se pusieron a hablar de no sé qué problemas con el descapotable, una conversación en la que Antonio hizo muy buen papel, me llevé a las niñas para que no molestaran. Lila me acompañó.

—¿Cuánto te paga la de la papelería? —me preguntó.

Se lo dije.

—Es poco.

—Según mi madre me paga demasiado.

—Tienes que hacerte valer, Lenù.

—Me haré valer cuando tenga que llevar a la playa a tus hijos.

—Te daré cofres de monedas de oro, ya sé yo cuánto vale pasar el tiempo contigo.

La miré para comprobar si bromeaba. No bromeaba, bromeó a continuación cuando, señalando a Antonio me preguntó:

—¿Él sabe lo que vales?

—Llevamos veinte días de novios.

—¿Lo quieres?

—No.

—¿Y entonces?

La desafié con la mirada.

—¿Tú quieres a Stefano?

—Muchísimo —contestó seria.

—¿Más que a tus padres y que a Rino?

—Más que a todos, pero no más que a ti.

—Me tomas el pelo.

Pero mientras tanto pensé: aunque me tome el pelo, es bonito que hablemos así, al sol, sentadas en el cemento caliente, con los pies en el agua; paciencia si no me ha preguntado qué libro estoy leyendo; paciencia si no se ha informado sobre cómo me han ido los exámenes de segundo de bachillerato superior; tal vez no todo haya terminado, incluso después de que se haya casado, algo perdurará entre las dos.

—Vengo todos los días. ¿Por qué no vienes tú también? —le sugerí.

Se entusiasmó ante esa posibilidad, habló con Stefano, que se mostró de acuerdo. Fue un día magnífico en el que todos, milagrosamente, nos sentimos a gusto. Después el sol comenzó a descender, era hora de llevar a las niñas a su casa. Stefano fue a la caja y descubrió que Antonio ya había pagado la cuenta. Se afligió muchísimo y se lo agradeció calurosamente. En cuanto Stefano y Lila partieron raudos en el descapotable, se lo reproché. Melina y Ada fregaban escaleras en los edificios y él ganaba cuatro liras en el taller.

—¿Por qué has pagado tú? —le pregunté en dialecto, enfadada.

—Porque tú y yo somos más guapos y más señores —contestó él.

50

Me encariñé con Antonio casi sin darme cuenta. Nuestros juegos sexuales se hicieron un poco más audaces, un poco más placenteros. Pensé que si Lila continuaba yendo al Sea Garden le preguntaría qué pasaba entre ella y Stefano cuando se alejaban solos en el coche. ¿Hacían lo mismo que hacíamos Antonio y yo o algo más, por ejemplo, las cosas que le atribuían las murmuraciones que difundían los dos Solara? Ella era la única con la que podía compararme. Pero no tuve ocasión de plantearle esas preguntas, no apareció más por el Sea Garden.

Poco antes del día de la Asunción terminó mi trabajo y terminó también la dicha de la playa y el sol. La dueña de la papelería se mostró sumamente satisfecha por cómo había cuidado a las niñas y, aunque a pesar de mis recomendaciones, las pequeñas le contaron a su madre que a veces venía a la playa un muchacho amigo mío con el que se zambullían de lo lindo, en lugar de reprochármelo, me dijo:

—Menos mal, desmelénate un poco, por favor, eres demasiado juiciosa para tu edad. —Y añadió con perfidia—: Piensa en la de cosas que hace Lina Cerullo.

A última hora de la tarde, en los pantanos, le dije a Antonio:

—Siempre ha sido así, desde que éramos niñas: todos creen que ella es mala y yo, buena.

Él me besó y murmuró irónico:

—¿Por qué, no es así?

Su respuesta me enterneció e impidió que le dijese que debíamos romper. Era una decisión que me parecía urgente, el afecto no era amor, yo amaba a Nino, sabía que siempre lo amaría. Había preparado un discurso sereno para Antonio, quería decirle: ha sido una época bonita, me has ayudado mucho en un momento en que estaba triste, pero ahora empiezan otra vez las clases y este año hago el primero de preuniversitario, tengo asignaturas nuevas, es un curso difícil, tendré que estudiar mucho; lo siento, pero debemos dejarlo. Sentía que era necesario y todas las tardes acudía a nuestra cita de los pantanos con mi discursito preparado. Pero él era tan afectuoso, tan apasionado, que me faltaba valor y lo iba posponiendo. Para la Asunción. Para después de la Asunción. Antes de final de mes. Me decía: no se puede besar, tocar a una persona, dejar que te toque y solo estar un poco encariñada; Lila quiere muchísimo a Stefano, yo a Antonio, no.

Pasó el tiempo y nunca encontré el momento adecuado para hablarle. Estaba preocupado. En general, cuando llegaba el calor Melina empeoraba, pero en la segunda mitad de agosto, el empeoramiento se hizo más visible. Había vuelto a pensar en Sarratore, al que ella llamaba Donato. Decía que lo había visto, decía que había ido a buscarla, sus hijos no sabían cómo calmarla. A mí me entró el miedo de que, en realidad, Sarratore hubiese vuelto a recorrer las calles del barrio no para buscar a Melina sino a mí. ¡Por la noche me despertaba sobresaltada con la impresión de que había entrado en mi cuarto colándose por la ventana. Después me tranquilicé, pensé: estará de vacaciones en Barano, en la playa dei Maronti, con este calor, las moscas y el polvo, seguro que aquí no está.

Pero una mañana, mientras iba a hacer la compra, oí que me llamaban. Me di la vuelta y en un primer momento no lo reconocí. Después distinguí mejor el bigote negro, los rasgos agradables dorados por el sol, la boca de finos labios. Pasé de largo, él me siguió. Dijo que el verano anterior había sufrido al no encontrarme en casa de Nella, en Barano. Dijo que no hacía más que pensar en mí, que sin mí no podía vivir. Dijo que para dar forma a nuestro amor había escrito muchos poemas y que le hubiera gustado regalármelos. Dijo que quería verme, hablarme con calma, y que si me negaba, se quitaba la vida. Entonces me detuve y le dije entre dientes que no quería verlo nunca más. Se desesperó. Murmuró que me esperaría para siempre, que todos los días a mediodía se apostaría a la entrada del túnel en la avenida. Negué enérgicamente con la cabeza: jamás iba a verme. Se inclinó para besarme, di un salto y me aparté con un gesto de repugnancia, sonrió contrariado. Y murmuró:

—Eres una chica buena y sensible, te traeré los poemas que más me gustan. —Y se marchó.

Estaba asustadísima, no sabía qué hacer. Decidí recurrir a Antonio. Esa misma tarde, en los pantanos, le dije que su madre tenía razón, Donato Sarratore merodeaba por el barrio. Me había parado en la calle. Me había pedido que le dijese a Melina que él la iba a esperar siempre, todos los días al mediodía, en la entrada del túnel. Antonio frunció el ceño y murmuró: «¿Qué hago?». Le dije que yo misma lo acompañaría a la cita y que juntos le hablaríamos claramente a Sarratore sobre el estado de salud de su madre.

No pude pegar ojo en toda la noche por la preocupación. Al día siguiente fuimos al túnel. Antonio estaba taciturno, caminaba sin prisa, yo notaba como si llevara encima un peso que lo frenaba. Una parte de él estaba furiosa y la otra cohibida. Pensé con rabia: fue capaz de enfrentarse a Solara por su hermana Ada, por Lila, pero ahora se siente intimidado; a sus ojos, Donato Sarratore es una persona importante, con prestigio. Verlo de ese modo me dio más valor todavía, me hubiera gustado sacudirlo, gritarle: tú no habrás escrito ningún libro, pero eres mucho mejor que ese hombre. Me limité a aferrarme de su brazo.

Cuando Sarratore nos vio de lejos trató de adentrarse a toda prisa en la oscuridad del túnel. Yo lo llamé:

—Señor Sarratore.

Se volvió a regañadientes.

Tratándolo de usted, algo realmente fuera de lo común por aquel entonces en nuestro ambiente, le dije:

—No sé si se acuerda de Antonio, es el hijo mayor de la señora Melina.

Sarratore hizo gala de una voz chillona, muy afectuosa:

—Claro que me acuerdo, hola, Antonio.

—Él y yo nos hemos prometido.

—Ah, qué bien.

—Y hemos hablado mucho, ahora le explicará.

Antonio comprendió que había llegado su turno y, tenso y muy pálido, esforzándose por expresarse en italiano, dijo:

—Me alegro mucho de verlo, señor Sarratore, yo no me olvido. Siempre le estaré agradecido por lo que hizo por nosotros al morir mi padre. Sobre todo le doy las gracias por haberme colocado en el taller del señor Gorresio, a usted le debo el haber aprendido un oficio.

—Dile lo de tu madre —lo apremié, nerviosa.

Se molestó, por señas me mandó callar y continuó:

—Usted ya no vive en el barrio y no tiene clara la situación. A mi madre le basta oír su nombre para perder la cabeza. Y si lo ve, si llega a verlo aunque sea una sola vez, acabará en el manicomio.

Sarratore se agitó:

—Antonio, hijo mío, nunca he tenido la menor intención de hacerle daño a tu madre. Tú precisamente te acordarás de cómo me volqué con vosotros. Lo único que he querido siempre fue ayudarla a ella y a vosotros.

—Entonces, si quiere seguir ayudándola, no la busque, no le mande libros, no se deje ver por el barrio.

—No me puedes pedir eso, no me puedes impedir que vuelva a visitar mis lugares queridos —dijo Sarratore con una voz cálida, artificialmente conmovida.

Ese tono me indignó. Ya lo conocía, lo había usado con frecuencia en Barano, en la playa dei Maronti. Era pastoso, acariciante, el tono que él imaginaba que debía tener un hombre importante que escribía versos y artículos en el *Roma*. Estuve a punto de intervenir, pero Antonio me sorprendió al adelantárseme. Echó los hombros hacia adelante, hundió en ellos la cabeza y tendió una mano hacia el pecho de Donato Sarratore golpeándolo con sus dedos poderosos. Y en dialecto le dijo:

—Yo no se lo impido. Pero le prometo que si le quita a mi madre el poco juicio que le queda, se le pasarán para siempre las ganas de volver a visitar estos lugares de mierda.

Sarratore se puso blanco como el papel.

—Sí —se apresuró a contestar—, lo he entendido, gracias.

Giró sobre los talones y se largó hacia la estación.

Me agarré del brazo de Antonio, orgullosa de su arrebato, pero me di cuenta de que estaba temblando. Quizá por primera vez pensé lo que habría supuesto para él, cuando era niño, la muerte de su padre, y después el trabajo, la responsabilidad que le había caído encima, el derrumbe de su madre. Lo alejé de allí cargada de afecto y me impuse un nuevo plazo: romperé con él después de la boda de Lila, me dije.

51

El barrio recordó aquella boda durante mucho tiempo. Sus preparativos se entrelazaron con el nacimiento lento, elaborado y belicoso de los zapatos Cerullo y parecieron dos empresas que, por un motivo o por otro, nunca iban a llevarse a término.

Por otra parte, la boda afectaba en buena medida a la zapatería. Fernando y Rino se deslomaban no solo con los zapatos nuevos, que por el momento no producían beneficio alguno, sino también en infinidad de otros trabajitos de rentabilidad inmediata cuyos ingresos necesitaban con urgencia. Debían reunir una suma considerable para asegurarle a Lila algo de ajuar y hacer frente al gasto del banquete, que habían querido asumir a toda costa para no quedar como unos pobres pelagatos. De modo que en casa de los Cerullo la tensión se mantuvo altísima durante meses: Nunzia se pasaba noche y día bordando sábanas, y Fernando montaba continuos numeritos y echaba de menos la época feliz en que, en su cuartucho, él era el rey y encolaba, cosía, martillaba tranquilo sujetando los clavitos entre los labios.

Los novios parecían los únicos serenos. Solo hubo entre ellos dos breves momentos de fricción. El primero, por su futura casa. Stefano quería comprar un apartamentito en el barrio nuevo; Lila hubiera preferido irse a un apartamento en los edificios viejos. Discutieron. La casa del barrio viejo era más grande pero oscura y sin vistas, como ocurría, por lo demás, con todas las de esa zona. El apartamento en el barrio nuevo era más pequeño pero contaba con una bañera enorme como la del anuncio de Palmolive, bidet y vistas al Vesubio. De nada sirvió destacar que, mientras que el Vesubio era un perfil fugaz y distante que se desdibujaba en el cielo nuboso, a menos de doscientos metros discurrían nítidas las vías del ferrocarril. Lo nuevo, los apartamentos con suelos relucientes y paredes blancas seducían a Stefano, y Lila no tardó en ceder. Para ella lo que más pesaba era que con menos de diecisiete años tendría su casa, con agua caliente que salía de los grifos, y no de alquiler, sino de propiedad.

El segundo motivo de fricción fue el viaje de novios. Stefano propuso como destino Venecia, y Lila, revelando una tendencia que más tarde marcaría toda su vida, insistió en no alejarse mucho de Nápoles. Sugirió unos días en Ischia, en Capri, como mucho en la costa amalfitana, todos ellos lugares donde nunca había estado. Su futuro marido estuvo enseguida de acuerdo.

Por lo demás hubo tensiones mínimas, reflejo más que nada de los problemas internos de las familias de procedencia. Por ejemplo, si Stefano iba a la zapatería Cerullo, y después veía a Lila, siempre se le escapaban palabras duras sobre Fernando y Rino y ella se disgustaba y los defendía. Él sacudía la cabeza, no muy convencido, empezaba a ver en la historia de los zapatos una inversión excesiva y al final del verano, cuando entre él y los dos Cerullo hubo fuertes tensiones, puso un límite exacto a tanto hacer y deshacer del padre, el hijo y los ayudantes. Dijo que para noviembre quería los primeros resultados: al menos los modelos de invierno de señora y caballero debían estar listos para exponerlos en el escaparate por Navidad. Después, un tanto nervioso, se le escapó delante de Lila que Rino estaba más dispuesto a pedir dinero que a trabajar. Ella defendió a su hermano, él le contestó, ella perdió los estribos, él se apresuró a dar marcha atrás. Fue a buscar el par de zapatos con el que había nacido todo el proyecto, zapatos comprados y nunca usados, guardados como precioso testigo de su historia, y los palpó, los olió, se conmovió hablando de cómo lo hacían sentir, de cómo veía y había visto siempre sus manitas casi de niña trabajando junto a las manazas del hermano. Estaban en la terraza de la vieja casa, donde habían lanzado los cohetes cuando compitieron con los Solara. Le aferró los dedos y se los besó uno por uno, diciéndole que jamás permitiría que volviera a arruinárselos.

La propia Lila me contó, muy alegre, ese acto de amor. Lo hizo cuando me llevó a ver la casa nueva. Qué esplendor: suelos de baldosas brillantísimas, bañera para darse baños de espuma, muebles tallados en el comedor y el dormitorio, nevera y hasta teléfono. Me apunté el número, emocionada. Habíamos nacido y vivido en casas diminutas, sin cuarto propio, sin un sitio donde estudiar. Yo seguía viviendo así, muy pronto ella dejaría de hacerlo. Salimos al balcón que daba a las vías y al Vesubio y le pregunté con cautela:

—¿Stefano y tú venís aquí solos?

—Algunas veces sí.

—¿Y qué pasa?

Me miró como si no entendiera.

—¿En qué sentido?

Me sentí violenta.

—¿Os besáis?

—A veces.

—¿Y después?

—Después basta, todavía no estamos casados.

Me sentí confusa. ¿Cómo podía ser? ¿Tanta libertad y nada? ¿Tantos chismes que circulaban por todo el barrio, las obscenidades de los Solara, y ellos solo se besaban?

—¿Y él no te lo pide?

—¿Por qué? ¿A ti te lo pide Antonio?

—Sí.

—Él a mí no. Está de acuerdo en que antes debemos casarnos.

La vi muy impresionada por mis preguntas, en la misma medida en que a mí me impresionaron sus respuestas. De manera que ella no le daba nada a Stefano, aunque salieran solos en coche, aunque estuvieran a punto de casarse, aunque ya tuviesen su casa amueblada, la cama con los colchones todavía embalados. En cambio yo, que no me iba a casar, hacía tiempo que había ido más allá de los besos. Cuando me preguntó con auténtica curiosidad si le daba a Antonio lo que él me pedía, me avergoncé de decirle la verdad. Le contesté que no y ella pareció alegrarse.

52

Fui espaciando las citas en los pantanos, entre otras cosas porque las clases estaban a punto de empezar. Estaba convencida de que, precisamente por las clases y los deberes, Lila iba a mantenerme al margen de los preparativos de la boda, ya se había acostumbrado a que yo desapareciera durante el curso académico. No fue así. Durante el verano las tensiones con Pinuccia habían ido a más. Ya no se trataba de trajes, peinados, fulares o pequeñas joyas. En presencia de Lila y de forma clara, Pinuccia llegó a decirle a su hermano que o su novia iba a trabajar a la charcutería, si no de inmediato, al menos después del viaje de novios —trabajar como hacía desde siempre toda la familia, como hacía también Alfonso cuando sus estudios se lo permitían— o ella tampoco trabajaría más. Y en esa ocasión contó con el apoyo explícito de su madre.

Lila ni pestañeó, dijo que estaba dispuesta a empezar enseguida, al día siguiente si era preciso, en el puesto que la familia Carracci decidiera. Esa respuesta, como todas las de Lila desde siempre, aunque pretendía ser conciliadora, llevaba dentro un toque de integridad, de desprecio, que encolerizó aún más a Pinuccia. Estaba clarísimo que la hija del zapatero era percibida por las dos mujeres como una bruja que pretendía convertirse en dueña y señora, tirar el dinero por la ventana sin mover un dedo para ganarlo, someter al hombre de la casa con sus artes, haciéndole hacer cosas muy injustas contra las de su propia sangre, es decir, contra su hermana e incluso su propia madre.

Según su costumbre, Stefano no reaccionó de inmediato. Esperó a que su hermana se desahogara, y después, como si el problema de Lila y su colocación en el pequeño negocio familiar jamás se hubiesen planteado, dijo con calma que, en lugar de trabajar en la charcutería, a Pinuccia le convenía ayudar a la novia con los preparativos de la boda.

—¿Ya no me necesitas? —le soltó la muchacha.

—No. A partir de mañana en tu sitio voy a poner a Ada, la hija de Melina.

—¿Te lo ha sugerido ella? —gritó la hermana, señalando a Lila.

—No es asunto tuyo.

—¿Lo has oído, ma? ¿Has oído lo que acaba de decir? Se cree el amo y señor, con derecho a todo.

Siguió un silencio insoportable; después, Maria se levantó de la silla detrás de la caja y le dijo a su hijo:

—Búscate también a alguien para este puesto, porque yo estoy cansada y no quiero seguir trabajando.

Así las cosas, Stefano cedió un poco. Dijo despacio:

—Vamos a calmarnos, no soy amo y señor de nada, los asuntos de la charcutería no me afectan solo a mí, nos afectan a todos. Debemos tomar una decisión. Pinù, ¿tú necesitas trabajar? No. Mamá, ¿usted necesita estar todo el día sentada detrás de la caja? No. Entonces demos trabajo a quien lo necesita. En el mostrador pongo a Ada y en la caja ya lo pensaré. Si no, ¿quién va a ocuparse de la boda?

No sé con certeza si detrás de la expulsión de Pinuccia y de su madre del trabajo cotidiano en la charcutería, detrás de la contratación de Ada, estaba realmente Lila (Ada estaba convencida de que sí; también se convenció Antonio, que empezó a hablar de nuestra amiga como de un hada buena). Pero quedó bien claro que el hecho de que la cuñada y la suegra dispusieran de tanto tiempo libre para ocuparse de su casamiento, no la benefició. Las dos mujeres le complicaron todavía más la vida, surgían conflictos por los detalles más nimios: las participaciones, la decoración de la iglesia, el fotógrafo, la pequeña orquesta, el salón para el convite, el menú, el pastel, las bomboneras, las alianzas, hasta el viaje de novios, puesto que Pinuccia y Maria consideraban poca cosa ir a Sorrento, Positano, Ischia y Capri. De buenas a primeras me metieron en el fregado, en apariencia para darle a Lila mi opinión sobre esto o lo otro, en realidad para apoyarla en una batalla difícil.

Yo estaba a comienzos del primer año del preuniversitario. Mi habitual y tozuda diligencia estaba acabando conmigo, estudiaba con excesivo tesón. Una vez, al volver de la escuela, me encontré con mi amiga y ella me soltó a boca de jarro:

—Por favor, Lenù, ¿puedes venir mañana a darme un consejo?

No sabía de qué me hablaba. Acababan de tomarme la lección de química y no me había ido muy bien, lo cual me hacía padecer.

—¿Un consejo sobre qué?

—Sobre el vestido de novia. Por favor, no me digas que no, porque si no vienes acabaré matando a mi cuñada y a mi suegra.

Fui. Muy incómoda, me reuní con ella, Pinuccia y Maria. La tienda estaba en el Rettifilo y recuerdo que había metido unos cuantos libros en el bolso con la esperanza de encontrar algún hueco para estudiar. Fue imposible. Desde las cuatro hasta las siete de la tarde miramos figurines, palpamos telas, Lila se probó vestidos de novia expuestos en los maniquíes de la tienda. Se probara lo que se probara, su belleza realzaba la prenda, la prenda realzaba su belleza. Le sentaban bien la organza rígida, el raso suave, el tul vaporoso. Le sentaban bien los cuerpos de encaje, las mangas abullonadas. Le sentaban bien las faldas anchas y las estrechas, las colas larguísimas y las cortas, el velo suelto y el sujeto, la corona de strass, la de perlitas o la de flores de azahar. La mayoría de las veces ella examinaba obediente los figurines o trataba de enfundarse los trajes que lucían bien en los maniquíes. Pero a veces, cuando ya no aguantaba el descontento de sus futuras parientes, le salía la Lila de antes, me miraba fijamente a los ojos y decía irónica, alarmando a la suegra y a la cuñada: «¿Y si nos inclináramos por un bonito raso verde, o una organza roja, o un elegante tul negro, o, mejor todavía, amarillo?». Bastaba con mi risita que indicaba que la novia bromeaba, para que nos pusiéramos otra vez a ponderar con envenenada seriedad las telas y los modelos. La modista no hacía más que repetir entusiasmada: «Elijan lo que elijan, por favor, tráiganme las fotos de la boda, que quiero exponerlas en el escaparate, así podré decir: a esta muchacha la he vestido yo».

El problema era elegir. Cada vez que Lila se inclinaba por un modelo, una tela, Pinuccia y Maria se decantaban por otro modelo, otra tela. Yo no abría la boca, estaba un poco atontada por todas aquellas discusiones y por el olor de los tejidos nuevos. Y entonces Lila me preguntó ceñuda:

—¿Tú qué opinas, Lenù?

Se hizo un silencio. De inmediato percibí con cierto estupor que las dos mujeres esperaban ese momento y lo temían. Puse en práctica una técnica aprendida en el colegio que consistía en lo siguiente: cada vez que no sabía contestar a una pregunta, abundaba en las premisas con la voz segura de quien sabe claramente adónde quiere llegar. Dejé constancia —en italiano— de que me gustaban muchísimo los modelos elegidos por Pinuccia y su madre. No me lancé a elogiarlos sino a demostrar con argumentos que eran muy adecuados a la formas de Lila. En el momento en que, como me pasaba en clase con los profesores, noté que contaba con la admiración y la simpatía de madre e hija, elegí uno de los figurines al azar, realmente al azar, procurando no tomarlo de entre los que le gustaban a Lila, y pasé a demostrar que, en síntesis, contenía tanto las cualidades de los modelos preferidos por las dos mujeres, como las cualidades de los modelos preferidos por mi amiga.

La modista, Pinuccia y su madre me dieron la razón enseguida. Lila se limitó a mirarme con los ojos entornados. Después, recuperó su mirada habitual y también me dio la razón.

A la salida, tanto Pinuccia como Maria estaban de muy buen humor. Se dirigían a Lila casi con afecto y, al comentar la compra, me mencionaban sin cesar con frases del estilo: como ha dicho Lenuccia, o bien, como Lenuccia con muy buen criterio ha dicho. Lila se las ingenió para rezagarse entre el gentío vespertino del Rettifilo y me preguntó:

—¿Eso aprendes en el colegio?

—¿Qué?

—A usar las palabras para tomarle el pelo a la gente.

El comentario me hirió y murmuré:

—¿No te gusta el modelo que hemos elegido?

—Me gusta muchísimo.

—¿Y entonces?

—Entonces, hazme el favor de acompañarnos todas las veces que te lo pida.

Estaba enfadada y contesté:

—¿Quieres usarme para tomarles el pelo?

Comprendió que me había ofendido, me apretó con fuerza la mano:

—No era mi intención ser desagradable. Solo quería decir que se te da bien hacerte querer. Desde siempre, la diferencia entre tú y yo, es que a mí la gente me tiene miedo y a ti no.

—Tal vez porque tú eres mala —le dije, cada vez más enojada.

—Es posible —contestó, y percibí que le había hecho daño como ella me lo había hecho a mí.

Me arrepentí y me apresuré a rectificar añadiendo:

—Antonio sería capaz de dejarse matar por ti, me ha pedido que te dé las gracias por haberle encontrado trabajo a su hermana.

—Ha sido Stefano quien le ha dado trabajo a Ada —contestó—. Yo soy mala.

53

A partir de ese momento me pidieron sin cesar que participase en las decisiones más difíciles, y a veces, según descubrí, la petición no venía de Lila sino de Pinuccia y su madre. De hecho, yo elegí las bomboneras. De hecho, yo elegí el restaurante de via Orazio. De hecho, yo elegí al fotógrafo, y las convencí para que al servicio fotográfico agregaran una película en súper 8. En todas las circunstancias me di cuenta de que mientras yo me apasionaba por todo, como si cada una de esas cuestiones fuese un adiestramiento para cuando a mí me tocara casarme, Lila prestaba muy poca atención a las estaciones de su matrimonio. Aquello me sorprendió, pero seguramente las cosas eran así. Para ella el verdadero compromiso era establecer de una vez por todas que en su vida futura de esposa y madre, en su casa, la cuñada y la suegra no debían meter la cuchara. No se trataba del habitual conflicto entre suegra, nuera, cuñada. Por como me utilizaba, por como manipulaba a Stefano, tuve la impresión de que, en el interior de la jaula en la que se había encerrado, se debatía por encontrar una forma de ser completamente suya que, pese a todo, no tenía clara.

Como es lógico, perdía tardes enteras dirimiendo las cuestiones de las tres, estudiaba poco y en un par de ocasiones llegué incluso a faltar a clase. En consecuencia, el boletín de calificaciones del primer trimestre no fue demasiado brillante. Mi nueva profesora de latín y griego, la estimadísima Galiani, me llevaba en palmitas, pero en filosofía, química y matemáticas a duras penas conseguí el aprobado. Para colmo, una mañana me metí en un lío gordo. Como el profesor de religión lanzaba continuas filípicas contra los comunistas, contra su ateísmo, me sentí inclinada a reaccionar, no sé bien si a causa del afecto que le tenía a Pasquale, que siempre se había declarado comunista, o sencillamente porque percibí que todo lo malo que decía el cura de los comunistas me concernía directamente en mi calidad de ojito derecho de la comunista por excelencia, la profesora Galiani. La cuestión es que levanté la mano y dije, yo que había terminado con éxito un curso de teología por correspondencia, que la condición humana se encontraba tan abiertamente expuesta a la furia ciega del azar que confiarse a un Dios, a Jesús, al Espíritu Santo —entidad esta última del todo superflua, pues solo estaba para componer una trinidad, significativamente más noble que el mero binomio padre-hijo— podía equipararse a coleccionar figuritas mientras la ciudad arde en el fuego del infierno. Alfonso comprendió de inmediato que me estaba pasando de la raya y tímidamente me tironeó de la bata, pero yo no le hice caso y llegué hasta el final, hasta esa comparación conclusiva. Por primera vez me echaron del aula y recibí un juicio negativo que quedó anotado en el registro de la clase.

Cuando salí al pasillo, al principio me sentí desorientada —¿qué había pasado, por qué me había comportado de forma tan temeraria, de dónde había sacado yo la convicción absoluta de que las cosas que decía eran correctas y debía decirlas?—, y me acordé de que había hablado de todo eso con Lila y me di cuenta de que me había metido en ese lío simplemente porque, a pesar de todo, seguía atribuyéndole autoridad suficiente para darme la fuerza de desafiar a mi profesor de religión. Lila ya no tocaba los libros, ya no estudiaba, estaba a punto de convertirse en la esposa de un charcutero, probablemente acabaría sentada detrás de la caja, en el puesto de la madre de Stefano, ¿y yo? ¿Yo había sacado de ella la energía para inventar una imagen que definía la religión como una colección de figuritas mientras la ciudad arde en el fuego del infierno? De modo que, ¿no era cierto que el colegio era una riqueza personal mía, alejada ya de su influencia? Lloré en silencio delante de la puerta del aula.

Las cosas tomaron un rumbo inesperado. Al final del pasillo apareció Nino Sarratore. Tras el nuevo encuentro con su padre tuve más motivos para comportarme como si él no existiera, pero verlo en esas circunstancias me reanimó, me sequé las lágrimas apresuradamente. De todos modos él debió de notar que algo no iba bien y vino hacia mí. Había crecido más, tenía la nuez de Adán muy prominente, rasgos afilados por la barba azulada, la mirada más decidida. Imposible esquivarlo. No podía volver a entrar en el aula, no podía alejarme hacia los lavabos, ambas cosas habrían complicado todavía más mi situación si al profesor de religión le daba por asomarse. Me quedé allí y cuando se me plantó delante y me preguntó por qué estaba fuera, qué había ocurrido, se lo conté todo. Frunció el ceño y dijo: «Vuelvo enseguida». Desapareció para reaparecer a los pocos minutos acompañado de la profesora Galiani.

La Galiani me cubrió de elogios. «Ahora bien —dijo como si nos estuviese dando una clase a Nino y a mí—, tras el ataque a fondo, llega la hora de mediar.» Llamó a la puerta de mi aula, la cerró a sus espaldas y cinco minutos después se asomó alegre. Podía volver a entrar con la condición de que me disculpara con el profesor por el tono demasiado agresivo que había exhibido. Me disculpé, oscilando entre el temor por las posibles represalias y el orgullo por el apoyo que había conseguido de Nino y la Galiani.

Me guardé muy bien de mencionar nada a mis padres, pero se lo dije todo a Antonio, que, muy orgulloso, le refirió lo ocurrido a Pasquale, que a su vez se topó una mañana con Lila y, vencido por la emoción de seguir amándola tanto, al no saber qué decirle, se aferró a mi historia como a un salvavidas y se la contó. Y así, en un abrir y cerrar de ojos, me convertí en una heroína no solo para mis amigos de siempre, sino también para el grupo reducido pero sumamente aguerrido de profesores y estudiantes que se batían contra los sermones del profesor de religión. Entretanto, al comprender que al cura no le habían bastado mis disculpas, puse manos a la obra para recuperar crédito ante él y los profesores que opinaban como él. Sin esfuerzo separé mis palabras de mí: con todos los profesores que me resultaban hostiles me mostré muy respetuosa, servicial, diligente, colaboradora, hasta el punto de que no tardaron en tenerme otra vez por una persona como Dios manda, a la que se podían perdonar ciertas afirmaciones disparatadas. Descubrí de ese modo que sabía hacer como la Galiani: exponer con firmeza mis opiniones y, mientras tanto, mediar ganándome la estima de todos con conductas irreprochables. En unos pocos días tuve la impresión de haber vuelto a ocupar, junto con Nino Sarratore, que cursaba el último año de preuniversitario e iba a hacer el examen final, un sitio en la lista de los alumnos más prometedores de nuestro desvencijado instituto.

No acabó allí la cosa. Unas semanas más tarde, Nino me pidió sin preámbulos, con su actitud huraña, que escribiese a toda prisa media página de cuaderno sobre el enfrentamiento con el cura.

—¿Para qué?

Me dijo que colaboraba en una revista que se llamaba *Nápoles, Refugio de los Pobres*. Había contado el episodio en la redacción y le habían dicho que si escribía a tiempo un relato trataría de publicarlo en el siguiente número. Me enseñó la revista. Era una publicación de unas cincuenta páginas, de un color gris sucio. En el índice aparecía él, con nombre y apellido, como firmante de un artículo titulado «Las cifras de la miseria». Me acordé de su padre, de la satisfacción y la vanidad con las que en la playa dei Maronti me había leído el artículo aparecido en el *Roma*.

—¿También escribes poemas? —le pregunté. Negó con una energía tan disgustada que me apresuré a prometerle—: De acuerdo, lo intentaré.

Volví a casa muy emocionada. Me notaba la cabeza repleta de las frases que iba a escribir y por el camino se las expuse detalladamente a Alfonso. Se inquietó por mí, me rogó que no escribiese nada.

—¿Pondrán tu nombre?

—Sí.

—Lenù, el cura se enojará otra vez y hará que te suspendan. Pondrá de su parte a la de química y al de matemáticas.

Me contagió su inquietud y perdí confianza. En cuanto nos separamos, ganó terreno la idea de poder enseñarle la revista, mi pequeño artículo, mi nombre impreso a Lila, a mis padres, a la maestra Oliviero, al maestro Ferraro. Después ya lo arreglaría. Había sido muy estimulante recibir la viva aprobación de quienes me parecían mejores (la Galiani, Nino) al enfrentarme a quienes me parecían peores (el cura, la profesora de química, el profesor de matemáticas), al tiempo que me comportaba con los adversarios de un modo que me permitiese no perder su simpatía y su estima. Pondría todo mi empeño para que la cosa se repitiera una vez publicado el artículo.

Dediqué la tarde a escribir y reescribir. Encontré frases sintéticas y densas. Traté de darle a mi postura la máxima dignidad teórica utilizando palabras difíciles. Escribí: «Si Dios está en todas partes, ¿qué necesidad tiene de difundirse a través del Espíritu Santo?». Pero solo la exposición de la premisa llenaba la media página. ¿Y el resto? Volvía a empezar. Y como desde la escuela primaria estaba adiestrada para intentarlo una y otra vez tozudamente, al final conseguí un resultado apreciable y me puse a estudiar las lecciones del día siguiente.

Media hora más tarde me asaltaron nuevamente las dudas, sentí la necesidad de una confirmación. ¿A quién podía darle a leer mi texto para tener una opinión? ¿A mi madre? ¿A mis hermanos? ¿A Antonio? Naturalmente, no, la única era Lila. Pero dirigirme a ella suponía seguir reconociéndole una autoridad, cuando en realidad era yo la que ya sabía más que ella. De modo que al principio me resistí. Temía que liquidara mi media página con alguna frasecita minimizante. Temía aún más que esa frasecita me empezara a dar vueltas en la cabeza, inclinándome hacia pensamientos excesivos que después acabaría transcribiendo en mi media página, descompensando así su equilibrio. Sin embargo, al final cedí y fui corriendo en su busca con la esperanza de encontrarla. Estaba en casa de sus padres. Le hablé de la propuesta de Nino y le entregué el cuaderno.

Miró la página sin ganas, como si la escritura le hiriese los ojos. Me preguntó exactamente lo mismo que Alfonso:

—¿Pondrán tu nombre?

Asentí.

—¿Pondrán Elena Greco?

—Sí.

Me devolvió el cuaderno y me dijo:

—No estoy en condiciones de decirte si es bueno o no.

—Por favor.

—No, no estoy en condiciones.

Tuve que insistir. Aunque sabía que no era cierto, le dije que si no le gustaba, si se negaba a leerlo, no se lo entregaría a Nino para que lo publicara.

Al final lo leyó. Me pareció que se contraía por completo, como si hubiese descargado sobre ella un peso enorme. Y tuve la impresión de que hacía un esfuerzo doloroso para liberar de algún lugar en lo más hondo de sí misma a la Lila de antes, la que leía, escribía, dibujaba, hacía proyectos, con la inmediatez y la naturaleza de una reacción instintiva. Cuando lo consiguió, todo resultó agradablemente ligero.

—¿Me dejas borrar?

—Sí.

Borró muchas palabras y una frase completa.

—¿Me dejas que cambie de sitio una cosa?

—Sí.

Encerró en un círculo una oración y con una línea ondulada la desplazó al comienzo de la página.

—¿Me dejas que lo pase todo a limpio en otra hoja?

—Ya lo hago yo.

—No, déjame a mí.

Tardó un rato en pasarlo a limpio. Cuando me devolvió el cuaderno, dijo:

—Eres muy buena, no me extraña que siempre te pongan diez.

Sentí que no era una ironía sino un cumplido sincero. Después, con repentina dureza, añadió:

—No quiero leer nada más de lo que escribes.

—¿Por qué?

—Porque me hace daño —contestó, se golpeó el centro de la cabeza con los dedos y se echó a reír.

54

Volví a casa feliz. Me encerré en el retrete para no molestar al resto de la familia y estudié hasta las tres de la madrugada y después, por fin, me fui a dormir. Me levanté a las seis y media para copiar otra vez el texto. Pero antes lo leí en la bonita letra redonda de Lila, una letra detenida en la escuela primaria, muy distinta ya de la mía, que se había reducido y simplificado. El texto de la página decía exactamente lo que yo había escrito, pero de forma más límpida, más inmediata. Las partes borradas, los cambios de sitio, los pequeños añadidos y, en cierta manera, su misma letra me dieron la impresión de que yo había escapado de mí misma y que ahora corría cien pasos más adelante con una energía, y, a la vez una armonía que la persona que se había quedado atrás no era consciente de tener.

Decidí dejar el texto con la letra de Lila. Se lo llevé a Nino tal como estaba para conservar la huella visible de su presencia en mis palabras. Él lo leyó pestañeando repetidas veces. Al final, con inesperada tristeza dijo:

—La Galiani tiene razón.

—¿En qué?

—Escribes mejor que yo.

Protesté, incómoda, pero él repitió la frase, después se dio media vuelta y se fue sin saludarme. Ni siquiera me dijo cuándo saldría la revista ni cómo podía conseguirla, y no me atreví a preguntárselo. Su comportamiento me molestó. Más aún porque cuando se alejaba, durante unos segundos reconocí los andares de su padre.

Nuestro nuevo encuentro terminó de esa manera. Una vez más nos equivocamos en todo. Nino se pasó días comportándose como si escribir mejor que él fuera una culpa que había que expiar. Me disgusté. Cuando de buenas a primeras volvió a asignarme cuerpo, vida, presencia, y me pidió que hiciéramos juntos parte del trayecto, le contesté fríamente que ya estaba ocupada, que mi novio venía a buscarme.

Durante un tiempo debió de creer que Alfonso era mi novio, pero aclaró la duda cuando, a la salida, vino su hermana Marisa a decirle no sé qué cosa. No nos veíamos desde las vacaciones en Ischia. Corrió hacia mí, me agasajó muchísimo, me contó cuánto se había disgustado porque yo no había vuelto a Barano ese verano. Y como iba con Alfonso, se lo presenté. En vista de que su hermano ya se había marchado, ella insistió en acompañarnos un trecho. Primero nos contó todas sus tribulaciones amorosas. Después, cuando se dio cuenta de que Alfonso y yo no éramos novios, dejó de dirigirme la palabra y se puso a charlar con él con sus maneras seductoras. Una vez en su casa, seguramente le contó a su hermano que entre Alfonso y yo no había nada, porque al día siguiente, Nino empezó a rondarme otra vez. Ahora nada más verlo me ponía nerviosa. ¿Era fatuo como su padre aunque lo detestara? ¿Creía que los demás no podían evitar quererlo, amarlo? ¿Estaba tan pagado de sí mismo que no toleraba más virtudes que las propias?

Le pedí a Antonio que fuera a buscarme al colegio. Me obedeció enseguida, desorientado y al mismo tiempo agradecido por mi petición. Lo que más debió de sorprenderlo fue que en público, delante de todos, le cogí la mano y entrelacé los dedos con los suyos. Siempre me había negado a pasear de aquella manera, tanto en el barrio como fuera: me veía como cuando de niña paseaba con mi padre. Y en esa ocasión lo hice. Sabía que Nino nos miraba y quería que se enterara de quién era yo. Escribía mejor que él, iba a publicar en la misma revista que él, en el colegio era tan buena como él o más, tenía un hombre, ahí estaba: por eso jamás iba a correr detrás de él como un animalito fiel.

55

También le pedí a Antonio que me acompañara a la boda de Lila, que nunca me dejara sola, que hablara y, si acaso, bailara siempre conmigo. Temía mucho aquel día, lo sentía como una ruptura definitiva, y a mi lado necesitaba a alguien que me apoyara.

Esta petición debió de complicarle todavía más la vida. Lila había enviado las participaciones a todos. En las casas del barrio las madres, las abuelas llevaban trabajando desde hacía tiempo para coser los trajes, conseguir sombreritos y bolsos, recorrer las tiendas en busca del regalo de bodas, no sé, un juego de copas, de platos, de cubiertos. El esfuerzo no lo hacían tanto por Lila, sino por Stefano, que era una persona tan formal, que te permitía pagar a final de mes. Pero sobre todo en una boda nadie podía quedar mal, especialmente las muchachas sin novio, que en esa ocasión tenían la posibilidad de encontrar uno, asentarse y, al cabo de pocos años, acabar también casadas.

Precisamente por ese último motivo quise que Antonio me acompañara. No tenía ninguna intención de oficializar nada —poníamos cuidado en mantener absolutamente en secreto nuestra relación—, pero tendía a controlar el ansia por ser atractiva. En esa ocasión quería mostrarme modosita, tranquila, con mis gafas, mi vestido pobre cosido por mi madre, los zapatos viejos, y mientras tanto pensar: tengo todo lo que debe tener una muchacha de dieciséis años, no necesito nada ni a nadie.

Pero Antonio no se lo tomó de la misma manera. Me quería, me consideraba la mayor fortuna que podía tocarle. A menudo se preguntaba en voz alta, con una pizca de tensa angustia bajo su apariencia divertida, cómo era posible que lo hubiese elegido precisamente a él que era tonto y no sabía juntar dos palabras seguidas. En realidad no veía la hora de ir a mi casa, presentarse ante mis padre y formalizar nuestra relación. Por tanto, al oír mi petición debió de pensar que por fin me estaba decidiendo a dejarlo salir de la clandestinidad y se endeudó para que el sastre le hiciera un traje a medida, sin contar con lo que ya le costaban el regalo de bodas, la ropa de Ada y de sus otros hermanos y darle a Melina una apariencia presentable.

Yo no me di cuenta de nada. Seguí adelante con la escuela, las consultas urgentes todas las veces que las cosas se complicaban entre Lila, su cuñada, su suegra, el agradable nerviosismo por la inminente publicación de mi pequeño artículo. En el fondo estaba convencida de que existiría de veras únicamente desde el momento en que mi firma, Elena Greco, apareciera impresa, e iba tirando a la espera de que llegase ese día sin prestarle demasiada atención a Antonio, al que se le había metido en la cabeza completar su vestimenta para la boda con un par de zapatos Cerullo. De vez en cuando me preguntaba:

—¿Sabes cómo lo tienen?

—Pregúntaselo a Rino, que Lina no sabe nada —le contestaba.

Ocurrió así. En noviembre, los Cerullo convocaron a Stefano sin preocuparse siquiera de enseñarle antes los zapatos a Lila que, además, seguía viviendo con ellos en la misma casa. Pero Stefano se presentó expresamente acompañado de su novia y de Pinuccia, los tres parecían salidos de la pantalla del televisor. Lila me contó que al ver confeccionados los zapatos que había diseñado años antes sintió una intensísima emoción, como si se le hubiese aparecido un hada y hecho realidad un deseo. Los zapatos eran tal como ella los había imaginado en su día. Hasta Pinuccia se quedó boquiabierta. Quiso probarse un modelo que le gustaba y elogió mucho a Rino, dando a entender que lo consideraba el verdadero artífice de esas obras maestras de robusta ligereza, de armonía disonante. El único que se mostró descontento fue Stefano. Interrumpió los elogios que Lila le hacía a su hermano, a su padre y a los trabajadores, acalló la voz melosa de Pinuccia que se congratulaba con Rino levantando el tobillo para enseñarle el pie extraordinariamente calzado, y modelo tras modelo, criticó las modificaciones introducidas a los diseños originales. Se ensañó sobre todo al comparar el zapato de caballero tal como lo habían hecho Rino y Lila a escondidas de Fernando, y el mismo zapato acabado por el padre y el hijo. «¿Qué son estos flecos, qué son estas costuras, y esta hebilla dorada?», preguntó enfadado. Por más que Fernando le explicara que todas las modificaciones estaban destinadas a darle más solidez al calzado o a disimular algún defecto de concepción, Stefano se mostró inflexible. Adujo que si había invertido tanto dinero no era para obtener unos zapatos cualquiera, sino unos que fuesen idénticos a los de Lila.

Hubo muchas tensiones. Lila se puso de parte de su padre, lo defendió débilmente y le pidió a su novio que se olvidara del asunto: las suyas eran fantasías de niña y las modificaciones, por lo demás no muy importantes, seguramente eran necesarias. Rino apoyó a Stefano y la discusión se prolongó. Tocó a su fin únicamente cuando Fernando, vencido por el agotamiento, se sentó en un rincón y mirando los cuadritos colgados en la pared dijo:

—Si quieres los zapatos para Navidad, ahí los tienes. Si los quieres idénticos a los que diseñó mi hija, te buscas a otro.

Stefano cedió; Rino también cedió.

En Navidad los zapatos aparecieron en el escaparate, un escaparate adornado con un cometa de guata. Pasé a verlos: eran objetos elegantes, cuidadosamente acabados; pero al contemplarlos daban una impresión de opulencia que desentonaba con el escaparate pobre, el paisaje desolado del exterior, el interior de la zapatería lleno de retales de piel y cuero, mesas de trabajo, leznas, hormas de madera y cajas de zapatos apiladas hasta el techo, a la espera de clientes. Incluso con las modificaciones aportadas por Fernando era el calzado de nuestros sueños infantiles, no pensado para la realidad del barrio.

De hecho, por Navidad no vendieron ni un solo par. El único que entró fue Antonio, le pidió a Rino un número 44, se los probó. Después me contó el placer que había sentido al verse tan bien calzado e imaginarse conmigo en la boda, con el traje nuevo y esos zapatos en los pies. Pero no pasó de ahí. Cuando preguntó el precio y Rino se lo dijo, se quedó boquiabierto:

—¿Estás loco?

Y cuando Rino le dijo:

—Te los vendo en cuotas mensuales.

Antonio le contestó riendo:

—Entonces me compro una Lambretta.

56

Con los preparativos de la boda, Lila no se dio cuenta de que su hermano, hasta ese momento alegre, juguetón a pesar de estar extenuado, volvía a sumirse en la tristeza, a dormir mal, a enfadarse por cualquier cosa. «Es como un niño —dijo para justificar delante de Pinuccia algunos de sus arrebatos—, cambia de humor según satisfagan o no al instante sus caprichos, no sabe esperar.» Ella, igual que Fernando, no sintió de ningún modo como un chasco la falta de ventas navideñas de zapatos. En definitiva, la fabricación de los zapatos no había seguido ningún plan: habían nacido de la voluntad de Stefano de ver concretada la inspiración purísima de Lila, los había pesados, los había ligeros, abarcaban casi todas las temporadas. Y eso era positivo. Las cajas blancas apiladas en la zapatería Cerullo contenían un discreto surtido. Bastaba con esperar y en invierno, primavera, otoño, los zapatos ya se venderían.

Pero Rino se fue alterando cada vez más. Pasada la Navidad, por iniciativa propia, fue a ver al dueño de la polvorienta tienda de calzados al final de la avenida y, aunque sabía que el hombre estaba atado de pies y manos a los Solara, le propuso que expusiera, sin compromiso, unos cuantos zapatos Cerullo, solo por ver cómo funcionaban. El hombre se negó cortésmente, le dijo que ese producto no se adecuaba a su clientela. Rino se lo tomó a mal y siguió un intercambio de palabrotas del que se habló en todo el barrio. Fernando se enfureció con su hijo, Rino lo insultó y Lila volvió a sentir a su hermano como un elemento de desorden, una manifestación de las fuerzas destructivas que la habían aterrado. Cuando salían los cuatro, notaba con aprensión que su hermano se las ingeniaba para que ella y Pinuccia se adelantaran y él se rezagaba para discutir con Stefano. En general, el charcutero lo escuchaba sin mostrar signos de fastidio. En una sola ocasión Lila lo oyó decir:

—Perdona, Rino, ¿a ti te parece que he puesto todo ese dinero en la zapatería así, a fondo perdido, solo por amor a tu hermana? Hemos hecho los zapatos, son bonitos, hay que venderlos. El problema es que debemos encontrar la plaza adecuada.

Ese «solo por amor a tu hermana» no le gustó. Pero lo dejó correr, porque esas palabras tuvieron un buen efecto en Rino, que se calmó y empezó a dárselas de estratega de las ventas, sobre todo cuando Pinuccia estaba delante. Decía que había que pensar en grande. ¿Por qué habían fracasado tantas buenas iniciativas? ¿Por qué el taller Gorresio tuvo que renunciar a los ciclomotores? ¿Por qué la boutique de la dueña de la mercería había durado seis meses? Porque eran empresas de corto aliento. Los zapatos Cerullo, en cambio, iban a salir lo antes posible del mercado del barrio para afirmarse en plazas más ricas.

Entretanto, se aproximaba la fecha de la boda. Lila iba corriendo a probarse el traje de novia, daba los últimos retoques a su futura casa, se peleaba con Pinuccia y Maria que, entre otras cosas, toleraban mal las intromisiones de Nunzia. Cerca del 12 de marzo las tensiones aumentaron aún más. Pero no por eso se produjeron encontronazos capaces de abrir grietas. Dos hechos en especial, ocurridos uno a continuación del otro, fueron los que hirieron profundamente a Lila.

Una gélida tarde de febrero me preguntó de buenas a primeras si podía acompañarla a ver a la maestra Oliviero. Jamás había manifestado interés alguno por ella, ningún afecto, ninguna gratitud. Pero ahora sentía la necesidad de llevarle la participación personalmente. Como en el pasado yo nunca le había hablado del tono hostil que la maestra había utilizado a menudo al referirse a ella, no me pareció oportuno contárselo en esa ocasión, máxime, porque en los últimos tiempos me parecía que la Oliviero estaba menos agresiva, más melancólica, de manera que era posible que la recibiera bien.

Lila puso sumo cuidado en su atuendo. Fuimos andando hasta el edificio donde vivía la maestra, a cuatro pasos de la parroquia. Mientras subíamos, la noté muy nerviosa. Yo estaba acostumbrada a ese recorrido, a esas escaleras, ella no; no dijo una sola palabra. Giré la palomilla del timbre, oí a la Oliviero arrastrar los pies.

—¿Quién es?

—Greco.

Abrió. Llevaba una pelerina violeta sobre los hombros y se cubría media cara con una bufanda. Lila le sonrió enseguida y dijo:

—Señorita Oliviero, ¿se acuerda de mí?

La Oliviero la miró fijamente como hacía en el colegio cuando Lila molestaba, después se dirigió a mí hablando con cierta dificultad, como si tuviera la boca llena:

—¿Quién es? No la conozco.

Lila se sintió confusa y se apresuró a aclarar en italiano:

—Soy Cerullo. Le traigo la participación, me caso. Y me gustaría mucho que viniera a mi boda.

La maestra se dirigió a mí y dijo:

—A Cerullo la conozco, esta no sé quién es.

Y nos cerró la puerta en la cara.

Nos quedamos quietas unos instantes en el descansillo, después le rocé una mano para confortarla. Ella la apartó, deslizó la participación debajo de la puerta y bajó las escaleras. En la calle habló sin parar de todos los problemas burocráticos en el ayuntamiento y en la parroquia y de lo útil que había resultado mi padre.

El otro dolor, tal vez mucho más profundo, le llegó por sorpresa de Stefano y la historia de los zapatos. Estaba decidido desde hacía tiempo que el padrino de pañuelo de su boda sería un pariente de Maria, emigrado a Florencia después de la guerra, que había abierto una pequeña tienda de objetos viejos de distinta procedencia, sobre todo artículos de metal. Ese pariente se había casado con una florentina e incluso había cogido el acento local. Precisamente por ese acento gozaba de cierto prestigio en la familia, razón por la cual ya había sido padrino de confirmación de Stefano. Pero de buenas a primeras el futuro marido cambió de idea.

Al principio, Lila me lo contó como si se tratara de un síntoma de nerviosismo de último momento. A ella le resultaba del todo indiferente quién fuera el padrino, lo esencial era decidirse. Pero Stefano se pasó varios días dándole respuestas vagas, confusas, no había manera de averiguar quién iba a sustituir a la pareja florentina. Después, a menos de una semana de la boda, se supo la verdad. Stefano le comunicó como hecho consumado, sin justificación alguna, que Silvio Solara, padre de Marcello y Michele, sería el compadre de pañuelo de su boda.

Lila, que hasta ese momento ni siquiera había considerado la posibilidad de que un pariente, aunque fuese lejano, de Marcello Solara estuviera presente en su boda, durante unos días volvió a ser la muchachita que yo tan bien conocía. Cubrió a Stefano de insultos vulgarísimos, le dijo que no quería volver a verlo nunca más. Se encerró en casa de sus padres, ya no se ocupó de nada más, no fue a la última prueba del vestido de novia, no hizo absolutamente nada que tuviese que ver con la inminente boda.

Comenzó la procesión de parientes. Primero llegó su madre, Nunzia, y le habló muy afligida del bien de la familia. Después llegó Fernando que, arisco, le dijo que no se comportara como una niña: para todo aquel que aspirara a un futuro en el barrio, era obligatorio tener a Silvio Solara de padrino. A continuación llegó Rino que, con tonos muy agresivos y la actitud del hombre de negocios al que solo le importan los beneficios, le explicó cómo estaban las cosas: Solara padre era como un banco y, sobre todo, el canal para colocar en las zapaterías los modelos Cerullo. «¿Qué quieres hacer? —le gritó con los ojos desorbitados e inyectados de sangre—, ¿arruinarme a mí y a toda la familia y echar a perder todo el trabajo que hemos hecho hasta ahora?» Inmediatamente después hizo acto de presencia incluso Pinuccia y le dijo, con tono un tanto fingido, el gran placer que habría sido para ella contar como padrino de pañuelo con el comerciante de metales de Florencia, pero que había que pensar, no se podía echar por los aires una boda y borrar un amor por una cuestión de tan poca importancia.

Pasaron un día y una noche. Nunzia se quedó muda en un rincón, sin moverse, sin hacer los quehaceres de la casa, sin irse a la cama. Después se escabulló sin que su hija la viera y vino a buscarme para que hablara con Lila y la hiciera entrar en razón. Aquello me halagó, pensé mucho por quién decantarme. Estaba en juego una boda, una cosa práctica, muy compleja, sobrecargada de afectos e intereses. Me asusté. Yo, que ya me sabía capaz de meterme públicamente con el mismísimo Espíritu Santo desafiando la autoridad del profesor de religión, de haberme encontrado en la situación de Lila no habría tenido el valor de echarlo todo por la borda. Pero ella sí, ella hubiera sido capaz, aunque la boda estuviera a un paso de celebrarse. ¿Qué hacer? Presentía que me habría bastado muy poco para empujarla hacia ese camino y que trabajar para conseguirlo me iba a dar mucha satisfacción. En el fondo eso era lo que realmente quería: reconducirla a la Lila pálida, la de la cola de caballo y los ojos escrutadores de rapaz, vestida con ropas de baratillo. Se acabó darse esos aires, esa actitud de Jacqueline Kennedy de barrio.

Para su desgracia y la mía, me pareció una acción mezquina. Creyendo que le hacía un bien, no quise devolverla a la vida gris de la casa Cerullo, y así, se me metió en la cabeza una única idea y no supe hacer otra cosa que repetírsela una y otra vez con persuasiva amabilidad: Lila, Silvio Solara no es Marcello, ni siquiera Michele; es un error confundirse, lo sabes mejor que yo, tú misma lo has dicho otras veces. No es él quien hizo subir al coche a Ada, no es él quien nos disparó la noche de fin de año, no es él quien se plantó a la fuerza en tu casa, no es él quien dijo esas cosas desagradables de ti; Silvio hará de padrino de pañuelo en tu boda y echará una mano a Rino y Stefano para encontrarle salida a los zapatos, es todo; no tendrá ningún peso en tu vida futura. Volví a mezclar las cartas que conocíamos de sobra. Hablé del antes y el después, de la vieja generación y de la nuestra, de lo diferentes que éramos nosotros, de lo diferentes que eran ella y Stefano. Este último argumento hizo mella en ella, la sedujo, lo remaché con mucha pasión. Me escuchó en silencio, evidentemente quería que la ayudasen a tranquilizarse y, poco a poco, se tranquilizó. Pero leí en sus ojos que esa jugada de Stefano le había mostrado un aspecto de él que no veía con claridad y, precisamente por eso, la asustaba todavía más que el desasosiego de Rino.

—Tal vez no es verdad que me quiere —me dijo.

—¿Cómo que no te quiere? Hace todo lo que le pides.

—Solo cuando no pongo en riesgo el dinero de verdad —dijo con un tono despectivo que jamás había utilizado al referirse a Stefano Carracci.

A pesar de todo volvió a ponerse en marcha. No se dejó ver en la charcutería, no fue a la casa nueva, en una palabra, no fue ella quien trató de reconciliarse. Esperó a que Stefano le dijera: «Gracias, te quiero mucho, ya sabes que hay cosas que se está obligado a hacer». Solo entonces dejó que se le acercara por la espalda y la besara en el cuello. Pero después se dio la vuelta de sopetón y mirándolo fijamente a los ojos le dijo:

—A Marcello Solara no se le verá el pelo en mi boda de ninguna de las maneras.

—¿Cómo lo hago?

—No lo sé, pero tienes que jurármelo.

Él resopló y le contestó riendo:

—De acuerdo, Lina, te lo juro.

57

Llegó el 12 de marzo, un día templado, ya primaveral. Lila quiso que yo fuera temprano a su vieja casa, para ayudarla a lavarse, a peinarse, a vestirse. Echó a su madre, nos quedamos solas. Se sentó en el borde de la cama en bragas y sujetador. Tendido a su lado estaba el traje de novia; parecía el cuerpo de una muerta; delante de ella, en el suelo de hexágonos, esperaba la tina de cobre llena hasta el borde de agua humeante. Me preguntó sin rodeos:

—¿A ti te parece que me equivoco?

—¿En qué?

—En casarme.

—¿Sigues pensando en la historia del padrino de pañuelo?

—No, pienso en la maestra. ¿Por qué no quiso dejarme entrar?

—Porque es una vieja gruñona.

Se quedó callada un rato mirando fijamente el agua que brillaba en la tina y luego dijo:

—Pase lo que pase, tú sigue estudiando.

—Me quedan dos años, me saco el diploma y se acabó.

—No, no lo dejes nunca; yo te daré el dinero, tienes que estudiar siempre.

Solté una risita nerviosa y le dije:

—Gracias, pero llega un momento en que los estudios se acaban.

—Para ti no. Tú eres mi amiga estupenda, tienes que llegar a ser la mejor de todos, de los chicos y las chicas.

Se levantó, se quitó las bragas y el sujetador, y dijo:

—Anda, ayúdame, que si no se me hace tarde.

Nunca la había visto desnuda, sentí vergüenza. Hoy puedo decir que fue la vergüenza de posar con placer sobre su cuerpo la mirada, de ser la testigo comprometida de su belleza de muchacha de dieciséis años, horas antes de que Stefano la tocara, la penetrara, tal vez la deformara dejándola preñada. Entonces solo fue una tumultuosa sensación de necesaria inconveniencia, una situación en la que no se puede mirar hacia otro lado, no se puede apartar la mano sin reconocer la propia turbación, sin declararla precisamente al retirarla, sin entrar en conflicto con la imperturbable inocencia de quien te está turbando, sin expresar precisamente con el rechazo la intensa emoción que te sacude, de modo que te obligas a quedarte, a seguir posando la mirada en los hombros de muchachito, en los pechos de tiesos pezones, en las caderas estrechas y las nalgas prietas, en el sexo negrísimo, en las piernas largas, en las rodillas tiernas, en los tobillos ondulados, en los pies elegantes; y haces como si no pasara nada, cuando en realidad todo está en curso, presente, allí en el cuarto pobre y sumido en la penumbra, con los muebles miserables, sobre un suelo de baldosas sueltas manchado de agua, y te agita el corazón y te inflama las venas.

La lavé con gestos lentos y esmerados, primero dejándola ovillada en la tina, luego pidiéndole que se pusiera de pie; conservo en los oídos el ruido del agua que gotea, y me quedó la impresión de que el cobre de la tina tuviese una consistencia muy similar a la de la carne de Lila, que era lisa, firme, tranquila. Tuve sentimientos y pensamientos confusos: abrazarla, llorar con ella, besarla, tirarle del pelo, reír, fingir competencias sexuales e instruirla con voz docta, distanciarla con palabras precisamente en el momento de máxima proximidad. Pero al final solo quedó el pensamiento hostil de que la estaba purificando de la cabeza a los pies, de buena mañana, solo para que Stefano la ensuciara en el curso de la noche. La imaginé, desnuda como estaba en ese momento, ceñida a su marido, en el lecho de la casa nueva, mientras el tren rechinaba bajo sus ventanas y la carne violenta de él entraba dentro de ella con un golpe limpio, como el tapón de corcho metido con un golpe de la palma en el cuello de una frasca de vino. De pronto me pareció que el único remedio contra el dolor que sentía, que iba a sentir, era encontrar un rincón bien apartado para que Antonio me hiciera a mí, a las mismas horas, exactamente lo mismo.

La ayudé a secarse, a vestirse, a ponerse el vestido de novia que yo —yo, pensé con una mezcla de orgullo y sufrimiento— había elegido para ella. La tela cobró vida, sobre su candor se difundió el calor de Lila, el rojo de la boca, los ojos negrísimos y duros. Al final se calzó los zapatos diseñados por ella misma. Apremiada por Rino, que lo habría tomado como una especie de traición si ella se hubiese negado, Lila había elegido un par de zapatos de tacón bajo, para no parecer mucho más alta que Stefano. Se miró al espejo subiéndose un poco el vestido.

—Son feos —dijo.

—No es cierto.

Rió nerviosa.

—Claro que sí, fíjate, los sueños de la cabeza han acabado bajo los pies. —Se volvió con repentina cara de susto—: ¿Qué va a ocurrirme, Lenù?

58

En la cocina, esperándonos con impaciencia, preparados desde hacía rato, estaban Fernando y Nunzia. Nunca los había visto tan emperifollados. En aquella época sus padres, los míos, los de todos, me parecían unos viejos.

Para mí no había grandes diferencias entre ellos y los abuelos maternos, los paternos, criaturas que ante mis ojos llevaban una especie de vida fría, una existencia sin nada en común con la mía, con la de Lila, Stefano, Antonio, Pasquale. Las personas realmente devoradas por el calor de los sentimientos, por el ardor de las ideas, éramos nosotros. Solo ahora, mientras escribo, me doy cuenta de que por aquel entonces Fernando no debía de tener más de cuarenta y cinco años, Nunzia sería algo más joven, y así, juntos, esa mañana, él con camisa blanca y traje oscuro, cara de Randolph Scott, y ella toda de azul, con un sombrerito azul y velo azul, causaban muy buena impresión. Lo mismo puede decirse de mis padres, sobre cuya edad puedo ser más exacta: mi padre tenía treinta y nueve años, mi madre, treinta y cinco. En la iglesia los observé durante un buen rato. Sentí con rabia que, ese día, mis éxitos en los estudios les servían de bien poco consuelo, es más, demostraban, especialmente para mi madre, que eran una inútil pérdida de tiempo. Cuando Lila, espléndida en el nimbo de deslumbrante candor de su vestido y el velo vaporoso, avanzó por la iglesia de la Sagrada Familia del brazo del zapatero y fue a reunirse con Stefano, muy apuesto, en el altar colmado de flores —bendito el florista que las había suministrado en abundancia—, mi madre, aunque su ojo bizco parecía vuelto hacia otro lado, me miró para reprocharme que yo estuviese allí, gafuda, lejos del centro de la escena, mientras que mi amiga mala había conseguido un marido pudiente, una actividad económica para su familia, una casa nada menos que en propiedad, equipada con bañera, nevera, televisor y teléfono.

La ceremonia fue larga, el párroco la hizo durar una eternidad. Al entrar en la iglesia los parientes y amigos del novio se habían colocado todos juntos de un lado; los parientes y amigos de la novia, del otro. El fotógrafo se pasó todo el tiempo haciendo un número infinito de fotos con flashes y reflectores, mientras su joven ayudante filmaba los aspectos destacados de la ocasión.

Antonio estuvo todo el tiempo sentado devotamente a mi lado, con su traje nuevo de sastrería, y dejó a Ada —enfadadísima porque, en su calidad de dependienta de la charcutería del novio, le hubiera gustado ocupar otro sitio bien distinto— la tarea de acomodarse al fondo con Melina y vigilarla, junto con sus demás hermanos. En una o dos ocasiones me susurró algo al oído, pero no le contesté. Para evitar habladurías, debía limitarse a estar a mi lado sin mostrar una especial intimidad. Recorrí con la mirada la iglesia repleta; la gente se aburría y, como yo, se dedicaba a mirar constantemente a su alrededor. Flotaba en el aire un intenso perfume a flores, un olor de trajes nuevos. Gigliola estaba hermosísima, igual que Carmela Peluso. Y los muchachos no les iban a la zaga. Enzo y, sobre todo, Pasquale parecían querer demostrar que, de haber estado ellos en el altar, al lado de Lila, habrían causado mejor impresión que Stefano. Mientras el albañil y el verdulero se encontraban en el fondo de la iglesia cual guardianes del éxito de la ceremonia, Rino, el hermano de la novia, rompiendo el orden de colocación de los familiares, había ido a sentarse al lado de Pinuccia, en la zona de los parientes del novio; él también me pareció perfecto con su traje nuevo, calzado con zapatos Cerullo, tan relucientes como el cabello peinado con brillantina. Qué ostentación. Era evidente que cuantos recibieron la participación no habían querido faltar, es más, se habían presentado vestidos como señores, y eso, por lo que yo sabía, por lo que todos sabíamos, suponía de hecho que no pocos —empezando por Antonio, que estaba sentado a mi lado— habían tenido que pedir dinero prestado. Me fijé entonces en Silvio Solara, gordo, con traje oscuro, de pie al lado del novio, mucho destello de oro en las muñecas. Me fijé en Manuela, su mujer, vestida de rosa, cargadísima de joyas, colocada al lado de la novia. El dinero de la ostentación salía de allí. Tras la muerte de don Achille, eran ese hombre, de cutis violáceo, ojos azules, entradas pronunciadas, y esa mujer delgada, de nariz larga y labios finos, quienes habían prestado dinero a todo el barrio (o, mejor dicho, era Manuela quien se ocupaba de los aspectos prácticos de la actividad: el registro de tapas rojas en el que apuntaba cantidades y vencimientos era famoso y temido). De hecho, la boda de Lila había sido un negocio no solo para el florista, no solo para el fotógrafo, sino sobre todo para esa pareja, que entre otras cosas, había suministrado también la tarta y los confites de las bomboneras.

Noté que Lila no los miró en ningún momento. Ni siquiera se volvió hacia Stefano, sino que clavó la vista en el cura. Pensé que vistos así, de espaldas, no hacían buena pareja. Lila era más alta, él más bajo. Lila proyectaba a su alrededor una energía que nadie podía pasar por alto, él parecía un hombrecito desvaído. Lila parecía sumamente concentrada, como si se hubiese empeñado en entender a fondo el verdadero significado del ritual; en cambio él se volvía de vez en cuando hacia su madre, que intercambiaba sonrisitas con Silvio Solara o se rascaba ligeramente la cabeza. En un momento dado me entró la angustia. Pensé: ¿y si Stefano no fuera realmente lo que aparenta? Pero por dos motivos no llegué a seguir el hilo de ese pensamiento. En primer lugar, los novios se dieron el sí de un modo decidido y claro y en medio de la conmoción general, se intercambiaron los anillos, se besaron, y tuve que reconocer que Lila ya estaba realmente casada. Y luego ocurrió que de golpe dejé de prestar atención a los novios. Me di cuenta de que había visto a todos menos a Alfonso; lo busqué con la mirada entre los parientes del novio, entre los de la novia, y lo encontré al fondo de la iglesia, medio oculto detrás de una columna. Le hice una seña, me contestó, vino hacia mí. Pero detrás de él apareció con gran pompa Marisa Sarratore. E inmediatamente después, larguirucho, las manos en los bolsillos, desgreñado, con la chaqueta y los pantalones ajados que llevaba en la escuela, Nino.

59

El séquito fue un confuso amontonamiento alrededor de los novios, que salieron de la iglesia acompañados de sonidos vibrantes del órgano y flashes del fotógrafo. Lila y Stefano se detuvieron en la explanada de la iglesia entre besos, abrazos, el caos de coches y los nervios de los parientes que se veían obligados a esperar, mientras otros, ni siquiera parientes consanguíneos —pero ¿más importantes, más queridos, más ricamente vestidos, las señoras con sombreros especialmente extravagantes?— eran repartidos de inmediato en los coches y conducidos al restaurante de via Orazio.

Qué arreglado iba Alfonso. Nunca lo había visto de traje oscuro, camisa blanca y corbata. Sin su humilde atuendo del colegio, sin su bata de charcutero, no solo me pareció que era mayor de dieciséis años, sino que de golpe —pensé— físicamente distinto de su hermano Stefano. Ya era más alto, más delgado, sobre todo era guapo como un bailarín español que había visto en la televisión, ojos grandes, labios gruesos, sin rastros aún de barba. Evidentemente Marisa no se separaba de su lado, la relación se había afianzado, debían de haberse visto sin que yo me enterara. ¿Acaso Alfonso, pese a mostrarse tan devoto a mí, se había dejado vencer por el pelo rizado de Marisa y su charla incesante que lo eximía, tan tímido él, de llenar los silencios en la conversación? ¿Se habrían prometido? Lo dudaba, él me lo habría contado. Pero estaba claro que las cosas estaban en marcha, hasta el punto de que la había invitado a la boda de su hermano. Y ella, sin duda para que sus padres le dieran permiso, había obligado a Nino a que la acompañara.

Allí estaba, en la explanada, el joven Sarratore, completamente fuera de lugar con su atuendo desaseado, demasiado alto, demasiado flaco, el pelo demasiado largo y despeinado, las manos demasiado hundidas en los bolsillos de los pantalones, el aire de quien no sabe dónde ponerse, los ojos clavados en los novios, como todos, pero sin ningún interés, solo por tener algo donde posarlos. Esa presencia inesperada contribuyó en gran medida al desorden emotivo del día. Nos habíamos saludado en la iglesia, apenas un susurro, hola, hola. Después Nino se había puesto detrás de su hermana y Alfonso; a mí me aferró firmemente del brazo Antonio y, aunque me solté enseguida, acabé de todos modos en compañía de Ada, Melina, Pasquale, Carmela, Enzo. Ahora, en el gentío, mientras los novios se subían a un gran coche blanco junto con el fotógrafo y su ayudante para ir al parque della Rimembranza a sacarse fotos, me entró la angustia de que la madre de Antonio reconociera a Nino, que viera en su cara algún rasgo de Donato. Fue una preocupación infundada. La madre de Lila, Nunzia, se la llevó, despistada, junto con Ada y sus hermanos más pequeños, en un coche que la sacó de allí.

En efecto, nadie reconoció a Nino, ni siquiera Gigliola, ni siquiera Carmela, ni siquiera Enzo. Tampoco notaron la presencia de Marisa, pese a que conservaba todavía rasgos de la niña que había sido. En ese momento los dos Sarratore pasaron del todo inadvertidos. Entretanto, Antonio me empujaba hacia el viejo coche de Pasquale; con nosotros iban Carmela y Enzo; nos disponíamos a partir y a mí no se me ocurrió otra cosa que preguntar: «¿Dónde están mis padres? Esperemos que alguien se ocupe de ellos». Enzo contestó que los había visto en el coche de no sé quién, de modo que no hubo nada que hacer, partimos. Apenas me dio tiempo a echarle un vistazo a Nino, que seguía de pie en la explanada con cara de aturdido, al lado de Alfonso y Marisa que hablaban entre ellos, luego lo perdí de vista.

Me puse nerviosa. Antonio, sensible a cada uno de mis cambios de humor, me susurró al oído:

—¿Qué pasa?

—Nada.

—¿Te has enfadado por algo?

—No.

Carmela rió y dijo:

—Está enfadada porque Lina se ha casado y a ella también le gustaría casarse.

—¿Por qué, a ti no te gustaría casarte? —preguntó Enzo.

—Si por mí fuera, me casaba mañana mismo.

—¿Y con quién?

—Ya sé yo con quién.

—Calla —dijo Pasquale—, que a ti no te quiere nadie.

Nos fuimos en dirección al puerto deportivo, Pasquale conducía como un loco. Antonio le había arreglado el automóvil tan bien que él corría como si se tratara de un coche de carreras. Corría como una flecha, haciendo rugir el motor, sin importarle las sacudidas provocadas por los baches. Se pegaba a los coches que tenía delante como si fuera a atropellarlos, frenaba unos centímetros antes de embestirlos, daba un brusco volantazo, los adelantaba. Nosotras, las muchachas, soltábamos gritos de miedo o pronunciábamos indignadas recomendaciones que provocaban su risa y lo impulsaban a pisar el acelerador más a fondo. Antonio y Enzo no pestañeaban siquiera, como mucho hacían comentarios vulgares sobre los automovilistas lentos, bajaban la ventanilla y, mientras Pasquale los adelantaba, les gritaban insultos.

Durante aquel trayecto hacia via Orazio, de un modo claro, empecé a sentirme como una extraña, infeliz por mi propia extrañeza. Me había criado con aquellos muchachos, consideraba normales sus comportamientos, su lengua violenta era también la mía. Pero desde hacía seis años seguía a diario un camino del que ellos lo ignoraban todo y que yo encaraba de forma brillante, tanto que era la más capaz. Con ellos no podía usar nada de lo que aprendía todos los días; debía contenerme, y, en cierto modo, autodegradarme. Con ellos me veía obligada a poner entre paréntesis lo que yo era en el colegio o a utilizarlo a traición, para intimidarlos. Me pregunté qué hacía en ese coche. Estaban mis amigos, claro, estaba mi novio, íbamos al banquete de bodas de Lila. Pero precisamente ese banquete ratificaba que Lila, la única persona a la que todavía sentía necesaria pese a nuestras vidas divergentes, ya no nos pertenecía y, al faltar ella, toda mediación entre esos jóvenes y yo, ese coche que recorría veloz las calles, había tocado a su fin. ¿Por qué no estaba con Alfonso, con quien compartía tanto el origen como la fuga? Sobre todo, ¿por qué no me había parado a pedirle a Nino quédate, ven al banquete, dime cuándo sale la revista con mi artículo, hablemos entre nosotros, cavemos una guarida que nos mantenga alejados de esta forma de conducir de Pasquale, de su vulgaridad, de los tonos violentos de Carmela y Enzo, y también de —sí, también— de Antonio?

60

Fuimos los primeros jóvenes en entrar en el salón del banquete. Mi mal humor fue en aumento. Silvio y Manuela Solara ya ocupaban su mesa junto al comerciante de metales, su consorte florentina, la madre de Stefano. Los padres de Lila también ocupaban una larga mesa con otros parientes, mis padres, Melina, Ada que estaba impaciente y recibió a Antonio con gestos rabiosos. La pequeña orquesta se acomodaba en su sitio, los músicos afinaban los instrumentos, el cantante probaba el micrófono. Recorrimos el salón incómodos. No sabíamos dónde sentarnos, ninguno de nosotros se atrevía a preguntar a los camareros. Antonio se pegaba a mi lado esforzándose por divertirme.

Mi madre me llamó, fingí no oírla. Me llamó otra vez y yo nada. Entonces se levantó, se acercó a mí con su paso claudicante. Quería que fuera a sentarme a su lado. Me negué. Y preguntó entre dientes:

—¿Por qué el hijo de Melina te está rondando siempre?

—No me está rondando nadie, ma.

—¿Te crees que me chupo el dedo?

—No.

—Ven a sentarte a mi lado.

—No.

—Te digo que vengas. No te mandamos a estudiar para dejar que te arruine un obrero que tiene a la madre loca.

La obedecí, estaba furiosa. Empezaron a llegar otros jóvenes, todos amigos de Stefano. Entre ellos vi a Gigliola, que me indicó por señas que me reuniera con ella. Mi madre me retuvo. Al final, Pasquale, Carmela, Enzo y Antonio se sentaron con el grupo de Gigliola. Ada, que había conseguido librarse de su madre endilgándosela a Nunzia, se me acercó y me dijo al oído: «Ven». Intenté levantarme pero mi madre me aferró de un brazo con rabia. Ada puso cara de disgustada y fue a sentarse al lado de su hermano, que de vez en cuando me miraba y yo le indicaba, volviendo los ojos hacia el techo, que estaba prisionera.

La pequeña orquesta empezó a tocar. El cantante, cuarentón, casi calvo, con rasgos muy delicados, canturreó algo a modo de prueba. Llegaron más invitados, el salón se llenó. Nadie disimulaba el apetito, pero como es natural, había que esperar a los novios. Traté de levantarme otra vez y mi madre me dijo entre dientes: «Tienes que quedarte cerca de mí».

Cerca de ella. Pensé en lo contradictoria que era sin darse cuenta, con sus rabias, sus gestos imperiosos. No hubiera querido que yo estudiara, pero dado que yo estudiaba, me consideraba mejor que los muchachos con los que me había criado, y reconocía, como por lo demás lo hacía yo misma en esa circunstancia, que mi lugar no estaba entre ellos. Sin embargo, me obligaba a permanecer a su lado para protegerme a saber de qué tempestad en el mar, a saber de qué abismo o precipicio, peligros que para ella, en ese momento, representaba Antonio. Pero permanecer a su lado suponía quedarme en su mundo, convertirme en alguien igual a ella en todo. Y si llegaba a ser igual a ella, ¿qué otro iba a corresponderme más que Antonio?

Entraron los novios, aplausos entusiastas. La orquesta atacó enseguida la marcha nupcial. Uní indisolublemente a mi madre, a su cuerpo, aquella extrañeza que crecía en mi interior. Ahí estaba Lila, agasajada por el barrio, aparentemente feliz. Sonreía elegante, cortés, su mano en la mano del marido. Estaba preciosa. En ella, en sus andares, me había fijado desde pequeña para huir de mi madre. Me había equivocado. Lila se había quedado allí, vinculada de forma manifiesta a ese mundo, del que imaginaba haber sacado lo mejor. Y lo mejor era ese joven, ese matrimonio, ese banquete, la jugada de los zapatos para Rino y su padre. Nada que tuviera que ver con mi recorrido de chica estudiosa. Me sentí completamente sola.

Los novios fueron obligados a bailar entre los destellos del fotógrafo. Dieron vueltas por el salón con movimientos medidos. Debo tomar nota, pensé: a pesar de todo, ni siquiera Lila ha conseguido huir del mundo de mi madre. Yo, en cambio, tengo que lograrlo, no puedo seguir siendo condescendiente. Debo anularla, como sabía hacer la Oliviero cuando se presentaba en casa para imponerle mi bien. Me retenía por el brazo pero yo debía ignorarla, acordarme de que yo era la mejor en italiano, latín y griego, acordarme de que me había enfrentado al profesor de religión, de que estaba a punto de publicarse un artículo con mi firma en la misma revista para la que escribía un muchacho apuesto y excelente alumno del último curso del bachillerato superior.

Nino Sarratore entró en ese momento. Lo vi antes que a Alfonso y Marisa, lo vi y me levanté de un salto. Mi madre intentó retenerme pero apenas alcanzó a aferrarme del dobladillo del vestido, yo tiré y me solté. Antonio, que no me perdía de vista, se iluminó, me lanzó una mirada seductora. Pero yo, yendo en sentido contrario a Lila y Stefano que se dirigían a ocupar sus sitios en el centro de la mesa entre los cónyuges Solara y la pareja de Florencia, fui derechita a la entrada, hacia Alfonso, Marisa y Nino.

61

Encontramos sitio. Charlé de todo un poco con Alfonso y Marisa, esperando que Nino se decidiera a dirigirme la palabra. Mientras tanto, Antonio se me acercó por la espalda, se inclinó y me dijo al oído:

—Te he guardado un sitio.

—Vete, mi madre se ha dado cuenta de todo —le susurré.

Miró a su alrededor, inseguro, muy intimidado. Regresó a su mesa.

En el salón se oía un runrún de descontento. Los invitados más hostiles habían empezado a notar que las cosas no funcionaban. El vino no era de la misma calidad en todas las mesas. Mientras algunos ya iban por el primer plato, a otros todavía no les habían servido los entrantes. Ya había quien decía en voz alta que donde se sentaban los parientes y amigos del novio el servicio era mejor que en los sitios ocupados por los parientes y amigos de la novia. Sentí que detestaba esas tensiones, su pendenciero aumento. Me armé de valor y metí a Nino en la conversación, le pedí que me hablara de su artículo sobre la miseria de Nápoles, con la intención de preguntarle enseguida, con naturalidad, si tenía noticias sobre el próximo número de la revista y mi media paginita. Él se lanzó a exponer unos temas muy interesantes y documentados sobre el estado de la ciudad. Me sorprendió su seguridad. En Ischia todavía conservaba los rasgos del chico atormentado, ahora me pareció hasta demasiado maduro. ¿Cómo era posible que un muchacho de dieciocho años hablara de la miseria no de forma genérica y con tonos tristes, como hacía Pasquale, sino con hechos concretos y ese aire distante, citando datos precisos?

—¿Dónde has aprendido esas cosas?

—Basta con leer.

—¿Qué?

—Periódicos, revistas, libros que tratan de estos problemas.

Yo jamás había hojeado ni un solo periódico ni una sola revista, leía únicamente novelas. La propia Lila, en la época en que leía, nunca había leído más que las viejas novelas sobadas de la biblioteca circulante. Iba atrasada en todo, Nino podía ayudarme a recuperar terreno.

Empecé a hacerle cada vez más preguntas y él las contestaba. Contestaba, sí, pero no daba respuestas fulgurantes como Lila, no tenía su capacidad de hacer que todo resultara atrayente. Construía discursos con tono de estudioso, plagados de ejemplos concretos, y cada una de mis preguntas era un pequeño impulso que ponía en marcha una avalancha: hablaba sin parar, sin florituras, sin ninguna ironía, duro, cortante. Alfonso y Marisa no tardaron en sentirse aislados. Marisa dijo: «Virgen santa, qué aburrido es mi hermano» y se pusieron a charlar entre ellos. Nino y yo también nos aislamos. No nos enteramos de nada de lo que ocurría a nuestro alrededor: no sabíamos qué nos servían en los platos, qué comíamos o bebíamos. Yo me esforzaba por encontrar preguntas que formularle, escuchaba comedida sus respuestas-río. No tardé en captar que el hilo de sus discursos estaba constituido por una sola idea fija que animaba cada frase: el rechazo de palabras vagas, la necesidad de distinguir claramente los problemas, plantear soluciones factibles, intervenir. Yo asentía todo el rato con la cabeza, me manifestaba de acuerdo en todo. Adopté un aire perplejo solo cuando habló mal de la literatura. «Si quieren ser vendedores de humo —repitió dos o tres veces muy enojado con sus enemigos, es decir con cualquiera que vendiese humo—, que escriban novelas, las leeré de buena gana, pero si realmente hace falta cambiar las cosas, entonces la cuestión es otra.» En realidad —me pareció entender— se servía de la palabra «literatura» para tomarla con quienes echaban a perder la cabeza de la gente a fuerza de lo que él calificaba como charlas inútiles. Ante una débil protesta mía, por ejemplo, contestó así: «El exceso de malas novelas de caballerías, Lenù, hacen un don Quijote; pero nosotros, con todo respeto por don Quijote, aquí en Nápoles, no necesitamos batirnos con molinos de viento para saber qué es malgastar esfuerzos; necesitamos personas que sepan cómo funcionan los molinos y los hagan funcionar».

Deseé entonces poder discutir todos los días con un muchacho de ese nivel: cuántos errores había cometido con él; qué tontería había sido quererlo, amarlo, y pese a todo evitarlo siempre. Su padre tenía la culpa. Pero también era culpa mía: con la tirria que yo le tenía a mi madre, ¿había dejado que su padre proyectara su mala sombra sobre el hijo? Me arrepentí, me deleité de mi arrepentimiento, de la aventura en la que me sentía inmersa. Mientras tanto levantaba a menudo la voz para imponerme al clamor del salón, la música, y él hacía lo mismo. A veces echaba un vistazo a la mesa de Lila: reía, comía, charlaba, ni siquiera se había dado cuenta de dónde estaba yo, de la persona con la que hablaba. Pero rara vez miraba hacia la mesa de Antonio, temía que me hiciera señas para que me reuniera con él. Pero notaba que no me quitaba los ojos de encima, que estaba nervioso y se estaba enfadando. Paciencia, pensé, total lo tengo decidido, mañana lo planto: no puedo seguir con él, somos muy distintos. Me adoraba, claro, se dedicaba por completo a mí, pero como un perrito. Estaba deslumbrada por la forma en que me hablaba Nino: sin ningún sometimiento. Me exponía su futuro, las ideas sobre las que iba a construirlo. Escucharlo estimulaba mis pensamientos casi como en otros tiempos me pasaba con Lila. Su dedicación a mí me hacía crecer. Él sí iba a apartarme de mi madre, él que no quería otra cosa que apartarse de su padre.

Noté que me tocaban el hombro, era Antonio otra vez. Dijo sombrío:

—Bailemos.

—Mi madre no quiere —susurré.

Contestó nervioso, en voz alta:

—Bailan todos, ¿qué problema hay?

Miré a Nino y sonreí un tanto incómoda; él sabía muy bien que Antonio era mi novio. Me miró serio, se volvió hacia Alfonso. Seguí a Antonio.

—No me aprietes.

—No te estoy apretando.

Reinaba un gran bullicio y una alegría achispada. Bailaban jóvenes, adultos, niños. Pero yo notaba lo que se ocultaba realmente tras la apariencia festiva. Los parientes de la novia transmitían con las muecas de sus caras un descontento pendenciero. Sobre todo las mujeres. ¿Se habían endeudado hasta el cuello por el regalo, los trajes que lucían, se habían arruinado, para que ahora las trataran como pordioseras, con vino malo y retrasos intolerables en el servicio? ¿Por qué Lila no intervenía, por qué no protestaba ante Stefano? Las conocía. Se tragarían la rabia por amor a Lila, pero finalizado el banquete, cuando ella se hubiese cambiado, cuando hubiese regresado con el traje del viaje de novios, cuando hubiese repartido los confites, cuando se hubiese ido toda elegante del brazo de su marido, entonces estallaría un litigio que haría historia, y daría origen a odios que durarían meses, años, a venganzas e insultos que arrastrarían a maridos e hijos, todos ellos obligados a demostrar a madres, hermanas y abuelas que sabían ser hombres. Conocía a todas, a todos. Veía las miradas feroces que los muchachos dirigían al cantante, a los músicos que observaban con descaro a sus novias o se dirigían a ellas con frases alusivas. Veía cómo se hablaban Enzo y Carmela mientras bailaban, veía también a Pasquale y a Ada, sentados a la mesa: era evidente que antes de que acabara la fiesta se harían novios y después se prometerían y, con toda probabilidad, al cabo de un año, o de diez, acabarían casados. Veía a Rino y Pinuccia. En su caso todo sería más rápido: si la fábrica de zapatos Cerullo arrancaba en serio, como mucho al cabo de un año tendrían un banquete de bodas no menos fastuoso que ese. Bailaban, se miraban a los ojos, se estrechaban con fuerza. Amor e interés. Charcutería más calzados. Edificios viejos más edificios nuevos. ¿Era como ellos? ¿Seguía siendo como ellos?

—¿Quién es ese? —preguntó Antonio.

—¿Quién va a ser? ¿No lo reconoces?

—No.

—Es Nino, el hijo mayor de Sarratore. Y esa es Marisa, ¿te acuerdas de ella?

Marisa no le importaba nada, Nino, sí. Dijo nervioso:

—¿Y tú primero me llevas a ver a Sarratore para amenazarlo y después te pasas horas charlando con su hijo? ¿Me he hecho el traje nuevo para ver cómo te diviertes con ese, que ni siquiera se ha cortado el pelo ni se ha puesto corbata?

Me dejó plantada en medio del salón y fue con paso veloz hacia la puerta de cristales que daba a la terraza.

Durante unos instantes no supe qué hacer. Si reunirme con Antonio. O regresar con Nino. Mi madre no me quitaba la vista de encima, aunque su ojo estrábico parecía mirar hacia otro lado. Mi padre no me quitaba la vista de encima y la suya era una fea mirada. Pensé: si vuelvo con Nino, si no me reúno con Antonio en la terraza, será él quien me deje y para mí será mejor así. Crucé el salón mientras la orquesta seguía tocando, las parejas seguían bailando. Me senté en mi sitio.

Nino pareció no haber prestado la menor atención a lo que acababa de ocurrir. Hablaba con su estilo torrencial de la profesora Galiani. La defendía ante Alfonso, yo sabía que no la podía ni ver. Nino estaba diciendo que a menudo él también acababa discrepando de ella —demasiado rígida—, pero como docente era extraordinaria, siempre lo había animado, le había transmitido la capacidad de estudiar. Traté de intervenir en la conversación. Sentía la urgencia de dejarme aferrar otra vez por Nino, no quería que empezara a discutir con mi compañero de clase tal como había discutido conmigo momentos antes. Para no acabar corriendo a hacer las paces con Antonio y decirle llorando: sí, tienes razón, no sé qué soy ni qué quiero realmente, te uso y después te tiro pero no tengo la culpa, me siento mitad de aquí, mitad de allá, perdóname, necesitaba que Nino me introdujera de forma exclusiva en las cosas que sabía, en sus capacidades, que me reconociera como su igual. Por ello casi le quité la palabra de la boca, y mientras él se esforzaba por retomar el discurso interrumpido, enumeré los libros que me había prestado la profesora desde comienzos del año, los consejos que me había dado. Asintió con un movimiento de la cabeza, medio enfurruñado, se acordó de que hacía un tiempo la profesora también le había prestado uno de esos textos y empezó a hablarme de él. Pero yo sentía cada vez más la urgencia de gratificaciones que me distrajeran de Antonio, y le pregunté sin venir a cuento:

—¿Cuándo sale la revista?

Me lanzó una mirada vacilante, cargada de cierta aprensión.

—Salió hace un par de semanas.

Me estremecí de alegría y le pregunté:

—¿Dónde la consigo?

—La venden en la librería Guida. De todos modos, te la puedo conseguir.

—Gracias.

Vaciló, luego dijo:

—Pero tu artículo no lo publicaron, al final no había espacio.

Alfonso esbozó enseguida una sonrisa de alivio y murmuró:

—Menos mal.

62

Teníamos dieciséis años. Yo estaba enfrente de Nino Sarratore, de Alfonso, de Marisa, me esforzaba por sonreír y decir con fingida despreocupación: «No importa, habrá otra ocasión»; Lila se encontraba en el otro extremo del salón —era la novia, la reina de la fiesta— y Stefano le hablaba al oído y ella sonreía.

El largo y extenuante banquete de bodas llegaba a su fin. La orquesta tocaba, el cantante cantaba. Antonio comprimía en su pecho el malestar que yo le había causado y miraba el mar de espaldas al salón. Enzo tal vez le estaba murmurando a Carmela que la quería. Rino seguramente ya lo había hecho con Pinuccia, que le hablaba mirándolo fijamente a los ojos. Con toda probabilidad Pasquale, asustado, le estaba dando vueltas a la idea, pero antes de que terminara la fiesta, Ada ya se habría encargado de encontrar la manera de arrancarle las palabras necesarias. Desde hacía rato se encadenaban los brindis con las alusiones obscenas; destacaba en ese arte el comerciante de metales. El suelo estaba cubierto de los chorretones de salsa dejados por un plato resbalado de las manos de algún niño, del vino derramado por el abuelo de Stefano. Me tragué las lágrimas. Pensé: tal vez publiquen mi texto en el número siguiente, tal vez Nino no insistió lo suficiente, tal vez debí haberme ocupado yo misma. Pero no dije nada, seguí sonriendo, encontré incluso fuerzas para decir:

—Además, con el cura ya me había peleado una vez, habría sido inútil volver a hacerlo.

—Pues sí —dijo Alfonso.

Nada atenuaba la desilusión. Me debatía para sustraerme a una especie de oscurecimiento en la cabeza, de dolorosa merma en la tensión, y no lo conseguía. Descubrí que había considerado la publicación de esas pocas líneas, mi firma impresa, como señal de que tenía realmente un destino, de que el esfuerzo del estudio conducía con seguridad hacia arriba, a alguna parte, de que la maestra Oliviero había tenido razón al empujarme a seguir adelante y a abandonar a Lila. «¿Sabes lo que es la plebe?» «Sí, señorita.» En ese momento supe lo que era la plebe con mayor claridad que años antes cuando la Oliviero me lo había preguntado. La plebe éramos nosotros. La plebe era ese disputarse la comida y el vino, ese pelearse para que te sirvieran el primero y mejor, ese suelo mugriento por el que los camareros iban y venían, esos brindis cada vez más vulgares. La plebe era mi madre, que había bebido y ahora se aflojaba apoyando la espalda contra el hombro de mi padre, serio, y se reía con la boca abierta de par en par de las alusiones sexuales del comerciante de metales. Reían todos, también Lila, con el aire de quien tiene un papel y lo interpreta hasta el final.

Tal vez asqueado por el espectáculo en curso, Nino se levantó y anunció que se marchaba. Se puso de acuerdo con Marisa para regresar a casa juntos; Alfonso prometió acompañarla a la hora acordada, al lugar acordado. Ella parecía muy orgullosa de contar con un caballero tan cumplido. Le pregunté a Nino, vacilante:

—¿No quieres saludar a la novia?

Extendió los brazos, farfulló algo sobre su atuendo y sin siquiera estrecharme la mano, sin un solo gesto dirigido a mí o a Alfonso, fue hacia la puerta con su paso oscilante de siempre. Sabía entrar y salir del barrio a su antojo, sin dejarse contaminar. Podía hacerlo, era capaz de hacerlo, tal vez lo había aprendido años antes, en la época de la borrascosa mudanza que a punto estuvo de costarle la vida.

Dudé de que yo fuera a conseguirlo. Estudiar no servía: ya podía sacar dieces en los deberes, eso no era más que el colegio; pero quienes trabajaban en la revista habían olido el informe mío y de Lila, y no lo habían publicado. Nino sí lo podía todo: tenía la cara, los gestos, el porte de quien iba a mejorar siempre. Cuando se perdió de vista me pareció que había desaparecido la única persona de todo el salón que contaba con la energía para sacarme de allí.

Después tuve la impresión de que la puerta del restaurante se cerraba por un golpe de viento. En realidad no hubo viento, tampoco un golpe de batientes. Solo ocurrió lo que era previsible que ocurriera. Llegaron justo para la tarta, para la bombonera, los apuestísimos, elegantísimos hermanos Solara. Se pasearon por el salón y saludaron a unos y a otros con su aire de amos y señores. Gigliola le echó los brazos al cuello a Michele, se lo llevó con ella y lo sentó a su lado. Lila, con un sonrojo repentino en el cuello y alrededor de los ojos, tironeó enérgicamente del brazo a su marido y le murmuró algo al oído. Silvio hizo una seña leve a sus hijos, Manuela los contempló con orgullo de madre. El cantante atacó *Lazzarella* imitando discretamente a Aurelio Fierro. Rino hizo acomodar a Marcello con una sonrisa amistosa. Marcello se sentó, se aflojó el nudo de la corbata, cruzó las piernas.

Lo imprevisible se reveló solo entonces. Vi que Lila perdía el color, se ponía palidísima como era de niña, más blanca que su vestido de novia, y sus ojos sufrieron esa contracción imprevista hasta convertirse en hendiduras. Tenía delante una botella de vino y temí que su mirada la traspasase con una violencia que la haría añicos y salpicaría el vino por todas partes. Pero no miraba la botella. Miraba más lejos, miraba los zapatos de Marcello Solara.

Eran zapatos Cerullo de caballero. No se trataba del modelo en venta, el de la hebilla dorada. Marcello llevaba los zapatos que había comprado tiempo atrás Stefano, su marido. Era el par que ella había confeccionado con Rino, que había hecho y deshecho durante meses, dejándose el alma y las manos en ellos.

Un mal nombre

Juventud

1

En la primavera de 1966, en un estado de gran agitación, Lila me confió una caja metálica con ocho cuadernos. Dijo que ya no podía tenerlos en su casa por temor a que su marido los leyera. Me llevé la caja sin más comentarios que alguna referencia irónica al exceso de bramante con que la había atado. Por aquella época nuestras relaciones eran pésimas, aunque al parecer yo era la única en considerarlas de ese modo. Las raras veces que nos veíamos, ella no mostraba incomodidad alguna; era afectuosa, jamás se le escapaba una palabra hostil.

Cuando me pidió que jurara que no abriría la caja bajo ningún concepto, se lo juré. Pero en cuanto me subí al tren, desaté el bramante, saqué los cuadernos y me puse a leer. No se trataba de un diario, pese a que en aquellos cuadernos figuraban informes detallados de los hechos de su vida desde que había terminado la primaria. Aquello parecía más bien el rastro de una tozuda autodisciplina de la escritura. Abundaban las descripciones: la rama de un árbol, los pantanos, una piedra, una hoja con nervaduras blancas, las cacerolas de su casa, las distintas piezas de la cafetera, el brasero, el carbón y el cisco, un mapa muy detallado del patio, la avenida, el armazón de hierro oxidado tirado más allá de los pantanos, los jardincillos y la iglesia, el corte de los arbustos al borde de las vías, los edificios nuevos, la casa de sus padres, las herramientas que usaban su padre y su hermano para remendar zapatos, sus movimientos cuando trabajaban, en especial los colores, los colores de todas las cosas en distintos momentos del día. No todo eran páginas descriptivas. Había palabras aisladas en dialecto y en italiano, a veces encerradas en un círculo, sin comentarios. Y ejercicios de traducción de latín y griego. Y párrafos enteros en inglés sobre las tiendas del barrio, la mercancía, el carrito abarrotado de frutas y verduras con el que Enzo Scanno recorría a diario las calles tirando del burro por el cabestro. Y muchas reflexiones sobre los libros que leía, las películas que veía en la sala del cura. Y muchas de las ideas que había defendido en sus discusiones con Pasquale, en las charlas que manteníamos ella y yo. Sin duda, la evolución era discontinua, pero todo aquello que Lila atrapaba en la escritura adquiría relieve, hasta el punto de que en las páginas escritas a los once o doce años no encontré una sola línea que sonara infantil.

Normalmente las frases eran de una gran precisión, la puntuación muy cuidada, la letra elegante como la que nos enseñó la maestra Oliviero. Aunque a veces, como si una droga le hubiese inundado las venas, Lila parecía incapaz de seguir el orden que se había impuesto. Entonces todo se volvía laborioso, las frases tomaban un ritmo sobreexcitado, la puntuación desaparecía. Por lo general, le bastaba poco para recuperar el ritmo distendido, claro está. Pero también había ocasiones en que se interrumpía de golpe y llenaba el resto de la página con dibujitos de árboles retorcidos, montañas gibosas y humeantes, caras torvas. Me cautivaron tanto el orden como el desorden, y cuanto más leía más engañada me sentía. Cuánto ejercicio había detrás de la carta que me había mandado años atrás a Ischia; con razón estaba tan bien escrita. Volví a meter todo dentro de la caja y me prometí no curiosear más.

No tardé en ceder; los cuadernos irradiaban la fuerza de seducción que Lila difundía a su paso desde pequeña. Había retratado con despiadada precisión el barrio, a sus familiares, a los Solara, Stefano, a cada persona o cosa. Por no hablar de la libertad que se había tomado conmigo, con lo que yo decía, con lo que pensaba, con las personas que amaba, hasta con mi aspecto físico. Había dejado grabados momentos decisivos para ella sin preocuparse por nada ni por nadie. Ahí estaba, descrito con gran nitidez, el placer que había sentido a los diez años cuando escribió su cuento *El hada azul*. Ahí estaba, expuesto con igual claridad, el sufrimiento porque nuestra maestra, la Oliviero, no se había dignado a decir una sola palabra sobre ese cuento, es más, lo había ignorado. Ahí estaban el dolor y la furia porque yo había ido al bachillerato elemental sin preocuparme por ella y la había abandonado. Ahí estaban el entusiasmo con el que había aprendido a hacer de zapatera, y la sensación de revancha que la impulsó a diseñar zapatos nuevos, y el placer de confeccionar el primer par con su hermano Rino. Ahí estaba el dolor, cuando Fernando, su padre, le había dicho que los zapatos no estaban bien hechos. Había de todo en aquellas páginas, pero especialmente, hablaba en ellas del odio que sentía por los hermanos Solara, de la feroz determinación con que había rechazado el amor de Marcello, el mayor, y del momento en que había decidido comprometerse con el apacible Stefano Carracci, el charcutero, que por amor quiso comprar el primer par de zapatos hecho por ella, y juró guardarlos para siempre. Ay, qué gran momento cuando, con quince años, se sintió una damita rica y elegante, del brazo de su novio que, movido solo por el amor que le tenía, había invertido un buen dinero en la fábrica de zapatos de su padre y su hermano, la fábrica Cerullo. Y qué grande fue su satisfacción: casi todos los zapatos ideados por ella hechos realidad, un piso en el barrio nuevo, casada a los dieciséis años. Y qué fastuoso el banquete de boda, qué feliz se había sentido. Pero Marcello Solara, acompañado de su hermano Michele, se había presentado en pleno festejo calzando ni más ni menos que los mismos zapatos que su marido tanto había dicho apreciar. Su marido. ¿Con qué clase de hombre se había casado? ¿Acaso ahora, que la suerte estaba echada, se arrancaría la máscara para mostrarle su verdadera y horrible cara? Preguntas, y los hechos de nuestra miseria expuestos sin artificios. Me dediqué mucho a aquellas páginas, durante días, semanas. Las estudié, acabé por aprenderme de memoria los párrafos que me gustaban, los que me exaltaban, los que me hipnotizaban, los que me humillaban. Sin duda, su naturalidad ocultaba un artificio, pero no supe descubrirlo.

En fin, una noche de noviembre, exasperada, salí con la caja a cuestas. Ya no soportaba sentir que llevaba a Lila encima y dentro de mí, incluso ahora que yo era muy apreciada, incluso ahora que tenía una vida fuera de Nápoles. Me detuve en el puente Solferino y contemplé las luces filtradas por una gélida neblina. Apoyé la caja en el parapeto, la empujé despacio, poco a poco, hasta que cayó al río, casi como si fuera ella, la propia Lila, la que se precipitaba con sus pensamientos, sus palabras, la maldad con la que devolvía golpe tras golpe a quien fuese, su manera de apropiarse de mí como hacía con todas las personas, las cosas, los hechos o los saberes que la tocaran de cerca: los libros y los zapatos, la dulzura y la violencia, el matrimonio y la noche de bodas, el regreso al barrio en su nuevo papel de señora Raffaella Carracci.

2

No conseguía creer que Stefano, tan amable, tan enamorado, le hubiese regalado a Marcello Solara el rastro de Lila niña, la marca de sus fatigas en los zapatos que ella había ideado.

Me olvidé de Alfonso y de Marisa que, sentados a la mesa, se hablaban con los ojos brillantes. Ya no hice caso de las carcajadas beodas de mi madre. Se desvanecieron la música, la voz del cantante, las parejas de bailarines, Antonio, que había salido a la terraza y, vencido por los celos, seguía al otro lado de la vidriera contemplando la ciudad violácea, el mar. Se desdibujó incluso la imagen de Nino, que acababa de abandonar el salón como un arcángel sin anunciaciones. Ahora yo solo veía a Lila que, fuera de sí, le hablaba a Stefano al oído, ella muy pálida con su traje de novia; él sin sonrisa, lucía una mancha blancuzca de malestar que, como una máscara de carnaval, le bajaba de la frente a los ojos sobre la cara encendida. ¿Qué estaba pasando, qué sucedería? Mi amiga tiraba del brazo de su marido con ambas manos. Lo hacía con fuerza, y yo que la conocía bien, sentía que, de haber podido, se lo habría arrancado del cuerpo para cruzar el salón enarbolándolo sobre la cabeza, mientras la sangre goteaba e iba dejando un reguero a su paso, y lo habría usado a modo de clava o de quijada de asno para partirle la cara a Marcello de un golpe certero. Sí, lo habría hecho, vaya si lo habría hecho, y de solo pensarlo el corazón me latía enfurecido, se me secaba la garganta. Después le habría sacado los ojos a los dos hombres, les habría arrancado la carne de los huesos de la cara, la habría emprendido con ellos a mordiscos. Sí, sí, sentí que eso quería, quería que ocurriera. Fin del amor y de aquella fiesta insoportable, nada de abrazos en una cama de Amalfi. Romperlo todo enseguida, las cosas y las personas del barrio, sembrar la destrucción, y huir Lila y yo, irnos a vivir lejos, bajando juntas con alegre derroche todos los peldaños de la abyección, solas, en ciudades desconocidas. Me pareció el broche adecuado para aquel día. Si nada podía salvarnos, ni el dinero, ni un cuerpo masculino, ni siquiera el estudio, más valía destruirlo todo sin demora. Creció dentro de mi pecho la rabia de ella, una fuerza mía y ajena que me llenó del placer de perderme. Deseé que aquella fuerza se desbordara. Pero me di cuenta de que al mismo tiempo me espantaba. Solo más tarde llegaría a comprender que sé cómo ser tranquilamente infeliz porque soy incapaz de reacciones violentas, las temo, prefiero permanecer inmóvil y cultivar el rencor. Lila no. Cuando dejó su sitio, se levantó con una decisión tal que hizo temblar la mesa, los cubiertos en los platos sucios. Se derramó una copa. Mientras Stefano se afanaba con movimientos mecánicos por contener el reguero de vino que se abría paso hacia el traje de la señora Solara, Lila salió a paso ligero por una puerta secundaria, tirando del traje de novia cada vez que se le enganchaba.

Pensé en correr tras ella, estrecharle una mano, susurrarle vámonos, vámonos de aquí. Pero no me moví. Tras un momento de incertidumbre, lo hizo Stefano, que la alcanzó pasando entre las parejas que bailaban.

Miré a mi alrededor. Todos se habían dado cuenta de que algo había contrariado a la novia. Pero Marcello seguía charlando con Rino, en tono cómplice, como si fuera normal que calzara aquellos zapatos. Siguieron los brindis cada vez más obscenos del comerciante de metales. Quienes se sentían relegados al final de la jerarquía de las mesas y de los invitados seguían esforzándose en poner a mal tiempo buena cara. En una palabra, nadie salvo yo parecía darse cuenta de que aquel matrimonio que acababa de celebrarse —y que probablemente duraría hasta la muerte de los cónyuges, rodeados de muchos hijos, muchísimos nietos, alegrías y dolores, bodas de plata, bodas de oro—, aunque su marido hiciera lo imposible por que lo perdonara, para Lila ya había terminado.

3

En aquel momento los hechos me decepcionaron. Me senté al lado de Alfonso y Marisa, sin prestar atención a sus conversaciones. Esperé señales de revuelta, pero no pasó nada. Como siempre, era difícil estar dentro de la cabeza de Lila: no la oí gritar, no la oí amenazar. Stefano reapareció media hora más tarde, muy cordial. Se había cambiado de traje, ya no llevaba la mancha blancuzca en la frente y alrededor de los ojos. Se paseó entre parientes y amigos esperando que llegara su esposa, y cuando ella regresó al salón, no vestida de novia, sino con un traje chaqueta de viaje en tono azul pastel, botones muy claros y un sombrerito azul oscuro, fue enseguida a su encuentro. Lila repartió los confites entre los niños, los cogía con una cuchara de plata de un recipiente de cristal, después pasó por las mesas y entregó las bomboneras, primero a sus parientes, luego a los parientes de Stefano. Hizo caso omiso de toda la familia Solara e incluso de su hermano Rino, que le preguntó con una sonrisita ansiosa: ¿Ya no me quieres? No le contestó, le entregó la bombonera a Pinuccia. Tenía la mirada ausente, los pómulos más marcados de lo habitual. Cuando llegó mi turno, distraída, sin siquiera dedicarme una sonrisa, me tendió la cestita de cerámica llena de confites y envuelta en un tul blanco.

Entretanto, los Solara se habían puesto nerviosos por la descortesía, pero Stefano lo remedió abrazándolos de uno en uno con una bonita expresión pacífica y murmurando:

—Está cansada, hay que tener paciencia.

Besó también a Rino en ambas mejillas; su cuñado hizo una mueca de disgusto y lo oí decir:

—No es cansancio, Ste', esa nació torcida y lo lamento por ti.

—Las cosas torcidas se enderezan —contestó Stefano, serio.

Después lo vi correr detrás de su mujer, que ya estaba en la puerta, mientras la orquesta difundía sonidos beodos y todos se agolpaban para los últimos saludos.

De modo que nada de fracturas, nada de huir juntas por las calles del mundo. Me imaginé a los novios, hermosos, elegantes, subiendo al descapotable. Poco después llegarían a la costa amalfitana, a un hotel de lujo, y las ofensas imperdonables se transformarían en una cara de enfado fácil de borrar. Ningún cambio de idea. Lila se había separado definitivamente de mí, y de pronto tuve la sensación de que, de hecho, la distancia era mayor de lo que había imaginado. No se había casado y nada más, no iba a limitarse a dormir todas las noches con un hombre solo para someterse a los ritos conyugales. Algo que no había entendido me saltó a la vista en ese momento. Al someterse al dato objetivo de que con el esfuerzo de su niñez su marido y Marcello habían sellado vete a saber qué acuerdo de negocios, Lila había reconocido quererlo a él más que a cualquier otra persona o cosa. Si ya se había dado por vencida, si ya había digerido la afrenta, el vínculo con Stefano debía de ser realmente muy fuerte. Lo amaba, lo amaba como las muchachas de las fotonovelas. Se pasaría el resto de su vida sacrificando todas sus cualidades por él, y él ni siquiera se percataría del sacrificio, se vería rodeado de la riqueza de sentimientos, de la inteligencia y la imaginación que la caracterizaba sin saber qué hacer con ella, la desaprovecharía. Yo, pensé, soy incapaz de amar a nadie de ese modo, ni siquiera a Nino; lo único que sé hacer es pasarme todo el tiempo encima de los libros. Por una fracción de segundo me vi idéntica a un cuenco abollado en el que mi hermana Elisa había dado de comer a un gatito hasta que el animal desapareció y el cuenco se quedó vacío, juntando polvo en el rellano. En ese momento, con una gran sensación de angustia, me convencí de que había llegado demasiado lejos. Debo volver sobre mis pasos, me dije, debo hacer como Carmela, Ada, Gigliola, la propia Lila. Aceptar el barrio, deshacerme de la soberbia, castigar la presunción, dejar de humillar a quien me quiere. Cuando Alfonso y Marisa se fueron para llegar a tiempo a la cita con Nino, di un largo rodeo para evitar a mi madre y me reuní con mi novio en la terraza.

Yo llevaba un vestido muy ligero, el sol se había puesto, empezaba a refrescar. En cuanto me vio, Antonio encendió un cigarrillo, se dio media vuelta y fingió contemplar el mar.

—Vámonos —dije.

—Vete con el hijo de Sarratore.

—Quiero irme contigo.

—Eres una mentirosa.

—¿Por qué?

—Porque si ese te aceptara, me dejarías aquí plantado sin siquiera decirme adiós.

Era cierto, pero me dio rabia que lo dijera así, tan abiertamente, sin cuidar las palabras. Contesté entre dientes:

—Si no entiendes que estando aquí corro el riesgo de que en cualquier momento llegue mi madre y la emprenda conmigo a bofetadas por culpa tuya, entonces significa que solo piensas en ti y que yo no te importo nada.

No oyó notas dialectales en mi voz, reparó en lo largo de la frase, en los subjuntivos y perdió la calma. Lanzó el cigarrillo, me agarró de una muñeca con una fuerza cada vez menos controlada y me gritó —un grito que se le ahogó en la garganta— que él estaba allí por mí, solo por mí, y que había sido yo quien le había dicho que no se separara de mí en ningún momento, en la iglesia y en la fiesta, yo, sí, y me pediste que te lo jurara, jadeó, jura, dijiste, jura que nunca me dejarás sola, y por eso me hice confeccionar el traje, y ahora tengo un montón de deudas con la señora Solara, y por darte el gusto, por hacer lo que me pediste que hiciera, no he acompañado a mi madre y a mis hermanos ni un minuto siquiera, ¿y cómo me recompensas?, tratándome como a un imbécil, solo has hablado con el hijo del poeta y me has humillado delante de todos los amigos, has hecho que quede como la mierda, porque para ti yo no soy nadie, porque tú eres muy instruida y yo no, porque no entiendo las cosas que dices, y es verdad, una verdad como un templo que no las entiendo, pero me cago en diez, Lenù, mírame, mírame a la cara: tú crees que puedes mangonearme como a un pelele, crees que yo no soy capaz de decir basta, pues te equivocas; lo sabes todo, pero no sabes que si ahora sales conmigo por esa puerta, si ahora yo te digo que de acuerdo y nos vamos, y después me entero de que te ves en la escuela, y a saber adónde más, con ese desgraciado de Nino Sarratore, yo te mato, Lenù, te mato, así que piénsatelo bien, déjame aquí ahora mismo, se desesperó, déjame, que es mejor para ti, dijo mientras me miraba con los ojos enrojecidos y enormes, y pronunciaba las palabras abriendo mucho la boca, gritándomelas sin gritar, con las ventanas de la nariz dilatadas, negrísimas, y un dolor tan grande en la cara que pensé: Quizá se está haciendo daño por dentro, porque las frases así gritadas en la garganta, en el pecho, sin que estallen en el aire, son como pedazos de hierro afilado que le hieren los pulmones y la faringe.

Necesitaba de un modo confuso aquella agresión. La presión en la muñeca, el miedo a que me pegara, su río de palabras dolidas terminó por consolarme, me pareció que él al menos me tenía mucho cariño.

—Me estás haciendo daño —murmuré.

Él aflojó despacio la presión, pero se quedó mirándome fijamente con la boca abierta. Darle peso y autoridad, anclarme a él, la piel de la muñeca se me estaba poniendo morada.

—¿Qué decides? —me preguntó.

—Quiero estar contigo —contesté, enfurruñada.

Cerró la boca, los ojos se le llenaron de lágrimas, miró hacia el mar para darse tiempo de contenerlas.

Poco después estábamos en la calle. No esperamos a Pasquale, Enzo, las chicas, no nos despedimos de nadie. Lo más importante era que no nos viese mi madre, por eso nos marchamos a pie, ya estaba oscuro. Caminamos un trecho, uno al lado del otro, sin tocarnos; después, con ademán inseguro, Antonio me rodeó los hombros con el brazo. Quería darme a entender que esperaba ser perdonado, como si el culpable fuese él. Como me quería, había decidido considerar las horas que pasé con Nino delante de sus ojos, seductora y seducida, como un momento de alucinación.

—¿Te he hecho un morado? —preguntó, tratando de cogerme la muñeca.

No contesté. Me estrechó el hombro con la mano abierta, yo tuve un gesto de fastidio que, de inmediato, lo impulsó a aflojar la presión. Esperó, esperé. Cuando intentó otra vez lanzarme su señal de rendición, le pasé el brazo alrededor de la cintura.

4

Nos besamos sin parar, detrás de un árbol, en el portón de un edificio, por las callejuelas mal iluminadas. Después tomamos un autobús, y otro más, y llegamos a la estación. Fuimos andando hacia los pantanos, sin dejar de besarnos por la calle poco transitada que bordeaba la vía.

Me sentía acalorada aunque el vestido era ligero y el frío de la noche cortaba el calor de la piel con estremecimientos súbitos. De vez en cuando Antonio se pegaba a mí entre las sombras, me abrazaba con tanta fogosidad que me hacía daño. Sus labios quemaban, el calor de su boca me encendía los pensamientos y la imaginación. Lila y Stefano, me decía, habrán llegado al hotel. Estarán cenando. O quizá ya se habrán preparado para la noche. Ay, dormir apretada a un hombre, no tener más frío. Sentía la lengua de Antonio agitarse en mi boca y mientras me apretaba los pechos por encima de la tela del vestido, yo le rozaba el sexo a través de un bolsillo del pantalón.

El cielo negro estaba surcado de claras neblinas cuajadas de estrellas. El olor a musgo y a tierra podrida de los pantanos llegaba mezclado con los olores dulzones de la primavera. La hierba estaba mojada, el agua soltaba repentinos sollozos, como si en ella hubiese caído una bellota, una piedra, una rana. Recorrimos un sendero que conocíamos bien, llevaba a un grupo de árboles secos, de tronco fino y ramas mal quebradas. A pocos metros se encontraba la vieja fábrica de conservas, un edificio con el techo hundido, todo chapas y vigas de hierro. Se apoderó de mí una urgencia por gustar, algo que tiraba de mí desde dentro como una cinta de terciopelo bien tensada. Quería que el deseo encontrara una satisfacción muy violenta, capaz de hacer añicos aquella jornada entera. Notaba el restregamiento que acariciaba y pinchaba agradablemente en el fondo del vientre, más fuerte que las otras veces. Antonio me decía palabras de amor en dialecto, me las decía en la boca, en el cuello, acuciante. Yo callaba, siempre había callado durante aquellos encuentros, me limitaba a suspirar.

—Dime que me quieres —suplicó en un momento dado.

—Sí.

—Dímelo.

—Sí.

No añadí más. Lo abracé, lo estreché contra mí con todas mis fuerzas. Hubiera querido ser acariciada y besada en cada centímetro de mi cuerpo, sentía la necesidad de ser triturada, mordida, quería quedarme sin aliento.

Él me apartó un poco y deslizó una mano dentro del sostén sin dejar de besarme. Pero no me bastó, esa noche era demasiado poco. Todos los contactos que habíamos tenido hasta ese momento, que él me había impuesto con cautela y que yo había aceptado con igual cautela, me parecían ahora insuficientes, incómodos, demasiado veloces. Sin embargo, no sabía cómo decirle que quería más, que no quería palabras. En cada uno de nuestros encuentros secretos celebrábamos un rito mudo, estación tras estación. Él me acariciaba los pechos, me subía la falda, me tocaba entre las piernas, al tiempo que, como una señal, me empujaba contra la agitación de piel tierna, cartílago, venas y sangre que vibraba en el interior de sus pantalones. Pero en esa ocasión tardé en liberarle el sexo, sabía que en cuanto lo hiciera él se olvidaría de mí, dejaría de tocarme. Mis pechos, mis caderas, mi trasero, mi pubis ya no lo mantendrían ocupado, se concentraría solamente en mi mano, más aún, enseguida la atraparía entre la suya para animarme a moverla al ritmo adecuado. Después sacaría el pañuelo para tenerlo preparado cuando llegara el momento en que de su boca saliera un leve jadeo y del pene su líquido peligroso. Entonces se apartaría un tanto aturdido, avergonzado quizá, y regresaríamos a casa. El final acostumbrado que una urgencia me impulsaba ahora, confusamente, a cambiar: me daba igual quedarme embarazada sin haberme casado, me daban igual el pecado, los guardianes divinos anidados en el cosmos sobre nuestras cabezas, me daba igual el Espíritu Santo o quien fuese, y Antonio lo notó y se sintió desorientado. Mientras me besaba cada vez más inquieto, intentó varias veces bajarme la mano, pero yo me resistí, empujé el pubis contra los dedos con los que me tocaba, empujé con fuerza, repetidas veces, con prolongados suspiros. Entonces él apartó la mano, intentó desabrocharse los pantalones.

—Espera —dije.

Lo arrastré hacia la fábrica de conservas en ruinas. Aquello estaba más oscuro, más reparado, pero lleno de ratas, oí sus cautos crujidos, sus carreras. El corazón empezó a latirme muy deprisa, tenía miedo de aquel lugar, de mí, de las ansias que me asaltaron de sustraerme a las formas y a la voz, tenía miedo de la sensación de extrañamiento que había descubierto dentro de mí horas antes. Quería hundirme otra vez en el barrio, ser como había sido. Quería deshacerme de los estudios, de los cuadernos repletos de ejercicios. Para qué ejercitarse, ya me dirás. Aquello en lo que podía convertirme fuera de la sombra de Lila ya no valía nada. ¿Qué era yo comparada con ella vestida de novia, con ella en el descapotable, con su sombrerito azul y el traje chaqueta pastel? ¿Qué era yo aquí, con Antonio, a escondidas, rodeada de chatarra oxidada y el crujido de las ratas, la falda enrollada en la cadera, las bragas bajadas, ávida, angustiada, sintiéndome culpable, mientras ella, desnuda, se entregaba con lánguida indiferencia, entre sábanas de lino, en un hotel con vistas al mar, y dejaba que Stefano la violara, la penetrara hasta el fondo, derramara su semen en ella, la dejara embarazada legítimamente y sin miedos? ¿Qué era yo mientras Antonio se afanaba con sus pantalones y me acomodaba entre las piernas, en contacto con su sexo desnudo, la carne henchida del macho, y me apretaba las nalgas restregándose contra mí, moviéndose adelante y atrás, jadeando? No lo sabía. Solo sabía que en ese momento yo no era lo que quería. No me bastaba con que me restregase. Quería ser penetrada, quería decirle a Lila a su regreso: yo también he dejado de ser virgen, lo que haces tú, yo también lo hago, no conseguirás dejarme atrás. Por eso me abracé al cuello de Antonio y lo besé, me puse de puntillas, con mi sexo busqué el suyo, se lo busqué sin decir palabra, a tientas. Él se dio cuenta y se ayudó con la mano, noté que asomaba apenas dentro de mí, me estremecí de curiosidad y de miedo. Pero también noté el esfuerzo que hacía por detenerse, por no seguir empujando con toda la violencia que había incubado a lo largo de la tarde y que, seguramente, seguía incubando ahora. Estaba a punto de echarse atrás, me di cuenta, y me apreté más a él para convencerlo de que siguiera. Pero Antonio lanzó un prolongado suspiro y me apartó de él diciendo en dialecto:

—No, Lenù, esto lo quiero hacer como se hace con una esposa, así no.

Me aferró la mano derecha, se la acercó al sexo con una especie de sollozo contenido, me resigné a masturbarlo.

Después, mientras salíamos de la zona de los pantanos, dijo, incómodo, que me respetaba y que no quería que hiciera algo de lo que luego me arrepintiera, no en ese lugar, no de esa manera sucia y sin cuidado. Lo dijo como si hubiese sido él quien había llegado demasiado lejos, o quizá creyera de verdad que así había sido. No pronuncié una sola palabra durante todo el trayecto, me despedí de él aliviada. Cuando llamé a la puerta de casa, me abrió mi madre; mis hermanos intentaron inútilmente contenerla, y, sin chillar, sin intentar siquiera lanzar el menor reproche, la emprendió conmigo a bofetadas. Las gafas salieron despedidas y cayeron al suelo, y enseguida me puse a gritarle con una alegría áspera, sin la menor sombra de dialecto:

—¿Ves lo que has hecho? Me has roto las gafas y ahora por tu culpa ya no podré estudiar, no iré más al colegio.

Mi madre se quedó paralizada, hasta la mano con la que me había pegado se detuvo en el aire como la hoja de un hacha. Elisa, mi hermana pequeña, recogió las gafas y dijo en voz baja:

—Toma, Lenù, no se te han roto.

5

Me entró tal agotamiento que no se me pasaba por más que intentase descansar. Por primera vez hice novillos. Calculo que falté unos quince días; a Antonio tampoco le dije que ya no podía con los estudios, que quería dejarlos. Salía de casa a la hora de siempre, me pasaba la mañana caminando sin rumbo por la ciudad. En esa época aprendí mucho de Nápoles. Hurgaba entre los libros usados de los puestos de Port'Alba, memorizaba sin proponérmelo títulos, nombres de autores, seguía en dirección a Toledo y el mar. O subía al Vomero por la via Salvator Rosa, llegaba a San Martino, regresaba bajando por il Petraio. O exploraba la Doganella, iba hasta el cementerio, paseaba sin rumbo por los senderos silenciosos, leía los nombres de los muertos. A veces unos jóvenes desempleados, viejos chochos, incluso distinguidos señores de mediana edad me abordaban con propuestas obscenas. Apuraba el paso con la vista baja, huía al oler el peligro, pero no desistía. Al contrario, cuantos más novillos hacía en aquellas largas mañanas de vagabundeo más se ensanchaba el agujero en la red de obligaciones escolares que me tenía presa desde los seis años. A la hora de siempre regresaba a casa y nadie sospechaba que yo, precisamente yo, hubiese faltado a clase. Me pasaba la tarde leyendo novelas, después corría a los pantanos a verme con Antonio, encantado con mi disponibilidad. Le habría gustado preguntarme si había visto al hijo de Sarratore. Le leía la pregunta en los ojos, pero no se atrevía a hacérmela, temía la pelea, temía que me enojara y le negara sus pocos minutos de placer. Me abrazaba para sentirme dócil contra su cuerpo y alejar así toda duda. En esos momentos descartaba que yo pudiera inferirle la ofensa de estar viendo también al otro.

Se equivocaba: en realidad, pese a sentirme culpable, no hacía otra cosa que pensar en Nino. Deseaba verlo, hablarle y, por otra parte, tenía miedo. Temía que me humillara con su superioridad. Temía que, de un modo u otro, sacara a relucir los motivos por los que no se había publicado el artículo sobre mi enfrentamiento con el profesor de religión. Temía que me refiriera las opiniones crueles del equipo de redacción. No lo habría soportado. Cuando daba vueltas sin rumbo por la ciudad, así como por la noche en la cama, cuando el sueño no venía y veía con nitidez mi insuficiencia, prefería creer que mi texto había ido a parar a la papelera pura y simplemente por falta de espacio. Atenuar, dejar que la cosa se diluyera. Sin embargo, era difícil. No había estado a la altura de la habilidad de Nino, de modo que no podía estar a su lado, conseguir que me escuchara, contarle mis pensamientos. Pero qué pensamientos, si no tenía ninguno. Era mejor excluirme yo solita, basta de libros, basta de notas, de sobresalientes. Confiaba en ir olvidándolo todo poco a poco: los conceptos que se me acumulaban en la cabeza, las lenguas vivas y muertas, el italiano mismo que afloraba espontáneo a los labios incluso en compañía de mis hermanos. Si he escogido este camino, pensaba, la culpa la tiene Lila, tengo que olvidarla también a ella: Lila siempre supo lo que quería y lo ha conseguido; yo no quiero nada, estoy hecha de aire. Confiaba en despertar por la mañana libre de deseos. Una vez vacía —planeaba—, el afecto de Antonio, mi afecto por él, bastarán.

Un buen día, al regresar a casa, me encontré con Pinuccia, la hermana de Stefano. Por ella me enteré de que Lila había regresado del viaje de novios y había organizado un banquete para celebrar el compromiso de la cuñada con su hermano.

—¿Rino y tú os habéis comprometido? —le pregunté haciéndome la sorprendida.

—Sí —contestó ella, radiante, y me enseñó el anillo que él le había regalado.

Recuerdo que mientras Pinuccia hablaba no tuve más que este pensamiento malicioso: Lila dio una fiesta en su nueva casa y no me invitó, pero mejor así, me alegro, basta ya de compararme con ella, no quiero volver a verla nunca más. Solo cuando terminamos de repasar hasta el último detalle de la fiesta de compromiso, pregunté cautelosamente por mi amiga. Pinuccia esbozó una sonrisita pérfida y contestó con una fórmula dialectal, *si sta imparando*, está espabilando. No pregunté en qué. Cuando llegué a casa, dormí toda la tarde.

Al día siguiente, como de costumbre, salí a las siete de la mañana para ir al colegio, o mejor dicho, para fingir que iba al colegio. Acababa de cruzar la avenida cuando vi a Lila bajarse del descapotable y meterse en nuestro patio sin siquiera volverse a saludar a Stefano, que estaba al volante. Iba vestida con esmero, llevaba grandes gafas oscuras aunque no había sol. Me llamó la atención un fular de gasa azul, lo llevaba anudado de manera que le cubría también los labios. Pensé con rencor que se trataba de un nuevo estilo suyo, ya no a lo Jacqueline Kennedy, sino más bien de señora tenebrosa, como imaginábamos desde niñas que seríamos. Seguí mi camino sin llamarla.

Tras unos cuantos pasos, retrocedí sin un plan claro, solo porque no pude resistirme. El corazón me latía con fuerza, mis sentimientos eran confusos. Tal vez quería pedirle que me dijera en la cara que nuestra amistad había terminado. Tal vez quería gritarle que había decidido dejar los estudios y casarme yo también, ir a vivir a la casa de Antonio con su madre y sus hermanos, fregar escaleras como Melina, la loca. Crucé el patio a paso ligero, la vi entrar por el portón donde vivía su suegra. Enfilé las escaleras, las mismas que de niñas habíamos subido juntas cuando fuimos a pedirle a don Achille que nos devolviera nuestras muñecas. La llamé, se volvió.

—Has regresado —dije.

—Sí.

—¿Y por qué no has venido a buscarme?

—No quería que me vieras.

—¿Los demás pueden verte y yo no?

—Los demás me dan igual, tú no.

La observé, indecisa. ¿Qué era lo que no debía ver? Subí los escalones que nos separaban y le aparté el fular con delicadeza, le subí las gafas.

6

Vuelvo a hacerlo ahora, con la imaginación, mientras empiezo a contar su viaje de novios, no solo como me lo refirió a mí allí, en el rellano, sino como lo leí después en sus cuadernos. Había sido injusta con ella, quise creer en una fácil rendición por su parte para poder degradarla como yo me había sentido degradada cuando Nino abandonó el salón del banquete, quise empequeñecerla para no sentir su pérdida. Y sin embargo, ahí estaba, al terminar la recepción, encerrada en el descapotable, el sombrerito azul, el traje chaqueta color pastel. Tenía los ojos encendidos por la rabia y en cuanto el coche se puso en marcha atacó a Stefano con las palabras y las frases más insoportables que se podían dirigir a un hombre de nuestro barrio.

Él encajó los insultos según su costumbre, con una sonrisa leve, sin decir palabra, y al final, ella se calló. Pero el silencio duró poco. Lila volvió a la carga con calma, apenas con un leve ahogo. Le dijo que no quería seguir en ese coche ni un minuto más, que le daba asco respirar el mismo aire que él, que quería bajarse enseguida. Stefano le vio el asco reflejado en la cara, pero siguió conduciendo sin decir nada, hasta que ella volvió a levantar la voz para exigirle que parara. Entonces él aparcó, pero cuando Lila hizo ademán de abrir la puerta, él la agarró del brazo con fuerza.

—Ahora escúchame bien —dijo en voz baja—, hay serios motivos para lo que ha pasado.

Le explicó con tranquilidad cómo había sido todo. Para evitar que la fábrica de zapatos cerrara incluso antes de haber abierto en serio las puertas, fue necesario formar sociedad con Silvio Solara y sus hijos, los únicos en condiciones de asegurar no solo que se colocaran los zapatos en las mejores tiendas de la ciudad, sino que se abriera antes del otoño nada menos que una tienda exclusiva de zapatos Cerullo en la piazza dei Martiri.

—A mí tus necesidades me resbalan —lo interrumpió Lila, soltándose.

—Mis necesidades son las tuyas, eres mi mujer.

—¿Yo? Yo ya no soy nada para ti, ni tú para mí. Suéltame el brazo.

Stefano le soltó el brazo.

—¿Y tu padre y tu hermano tampoco son nada?

—Cuando hables de ellos, lávate esa boca, no eres digno de nombrarlos siquiera.

Stefano los nombró, vaya si los nombró. Dijo que el acuerdo con Silvio Solara lo había querido Fernando en persona. Dijo que el mayor obstáculo había sido Marcello, enfadadísimo con Lila, con toda la familia Cerullo y, sobre todo, con Pasquale, Antonio, Enzo, que le habían destrozado el coche y lo habían molido a palos. Dijo que Rino se había encargado de aplacarlo, que hizo falta mucha paciencia, pero al final, cuando Marcello terminó diciendo: Entonces quiero los zapatos que hizo Lina; Rino le contestó: De acuerdo, quédate con los zapatos.

Fue un momento fatal, Lila notó una punzada en el pecho. Pero de todos modos gritó:

—¿Y tú qué hiciste?

Stefano dudó un instante.

—¿Qué querías que hiciera? ¿Pelearme con tu hermano, arruinar a tu familia, dejar que comenzara una guerra contra tus amigos, perder todo el dinero que había invertido?

Cada palabra, por su tonalidad y contenido, parecía una admisión hipócrita de culpabilidad. Ni lo dejó terminar siquiera, comenzó a asestarle puñetazos en el hombro mientras gritaba:

—Así que tú también dijiste de acuerdo, fuiste a buscar los zapatos y se los diste.

Stefano la dejó hacer y solo cuando ella hizo otra vez ademán de abrir la puerta para huir, le dijo con frialdad: Cálmate. Lila se volvió de golpe: ¿calmarse después de que él le hubiera echado la culpa a su padre y a su hermano, calmarse cuando los tres la habían tratado como un trapo para fregar suelos, como un felpudo? No quiero calmarme, gritó, cabrón, llévame enseguida a mi casa, eso que acabas de decirme, tienes que repetirlo delante de esos otros dos hombres de mierda. Y solo cuando pronunció esa expresión en dialecto, *uommen'e mmerd*, se dio cuenta de que había roto la barrera de tonos mesurados de su marido. Un instante después, Stefano la golpeó en la cara con la mano robusta, una bofetada violentísima que le pareció una explosión de verdad. Ella dio un respingo por la sorpresa y el ardor doloroso en la mejilla. Lo miró incrédula mientras él volvía a poner el motor en marcha y decía, con una voz que, por primera vez desde que había comenzado a cortejarla, ya no era tranquila, al contrario, le temblaba:

—¿Ves lo que me obligas a hacer? ¿Te das cuenta de que exageras?

—Nos hemos equivocado en todo —murmuró ella.

Pero Stefano lo negó con decisión, como si no quisiera considerar siquiera esa posibilidad, y le soltó un largo discurso, algo amenazante, algo didáctico, algo patético. Grosso modo le dijo lo siguiente: «No nos hemos equivocado en nada, Lina, lo único que tenemos que hacer es aclarar unas cuantas cosas. Tú ya no te llamas Cerullo. Tú eres la señora Carracci y tienes que hacer lo que yo te diga. Ya lo sé, te falta experiencia, no sabes qué es el comercio, te crees que encuentro el dinero tirado en la calle. Pero no es así. El dinero me lo tengo que ganar a diario, debo colocarlo donde pueda aumentar. Diseñaste los zapatos, tu padre y tu hermano saben trabajar bien, pero vosotros tres no estáis en condiciones de hacer que el dinero aumente. Los Solara, sí, así que, y escúchame bien lo que te digo, me importa un carajo que ellos no te gusten. A mí también me da asco Marcello, y cuando te mira, aunque sea de reojo, cuando pienso en las cosas que dijo de ti, me entran ganas de hundirle un cuchillo en la panza. Pero si me sirve para conseguir que el dinero aumente, entonces se convierte en mi mejor amigo. ¿Y sabes por qué? Porque si el dinero no aumenta, podemos despedirnos de este coche, ya no podré comprarte ese traje, perderemos también la casa con todo lo que hay dentro, no podrás seguir viviendo como una señora, y nuestros hijos se criarán como los hijos de los pobres. Así que atrévete a repetirme las cosas que me has dicho esta noche y te destrozo esa linda carita de tal forma que no podrás volver a salir de casa. ¿Entendido? Contesta».

Lila amusgó los ojos. La mejilla se le había puesto violácea, por lo demás, estaba muy pálida. No le contestó.

7

Llegaron a Amalfi de noche. Ninguno de los dos había pisado un hotel en su vida, se mostraron muy cohibidos. A Stefano lo intimidó sobre todo el tono vagamente irónico del encargado de la recepción, y sin querer adoptó una actitud de subalterno. Cuando se dio cuenta, disimuló la vergüenza con modales bruscos, las orejas se le arrebolaron en cuanto le pidieron que enseñara los documentos. Entretanto apareció el mozo, un cincuentón, con fino bigote, pero él lo echó como si fuese un ladrón; después, tras pensárselo mejor, le tendió con desprecio una jugosa propina sin haber utilizado sus servicios. Lila lo siguió escaleras arriba, cargado de maletas y —según me contó— peldaño tras peldaño, por primera vez tuvo la impresión de haber perdido por el camino al muchacho con el que se había casado esa mañana, de estar al lado de un desconocido. ¿Stefano era realmente tan ancho, con las piernas tan cortas y rechonchas, los brazos largos, los nudillos blancos? ¿Con quién se había unido para siempre? La furia que la había poseído durante el viaje dejó paso a la ansiedad.

Una vez en la habitación, él se esforzó por volver a ser afectuoso, pero estaba cansado y seguía nervioso por la bofetada que había tenido que propinarle. Adoptó un tono artificial. Elogió la habitación, muy espaciosa, abrió la ventana, salió al balcón, le dijo ven, qué bien huele el aire, mira cómo brilla el mar. Pero ella estaba buscando la manera de salir de aquella trampa y con un gesto vago le dijo que no, que tenía frío. Stefano cerró enseguida la ventana, dejó caer que si quería dar un paseo y comer fuera era mejor que se pusieran más abrigo, dijo: Si acaso a mí tráeme un chaleco, como si llevaran años viviendo juntos y ella supiese hurgar con mano hábil en las maletas, encontrar un chaleco para él exactamente como habría encontrado una camiseta para sí misma. Lila pareció acceder, pero de hecho no abrió las maletas, no sacó ni jerséis ni chalecos. Salió de inmediato al pasillo, no quería estar ni un minuto más en la habitación. Él la siguió rezongando: Yo puedo ir como estoy, pero me preocupo por ti, te vas a resfriar.

Pasearon por Amalfi, fueron a la catedral, subieron la escalinata, bajaron hasta la fuente. Stefano se esforzaba ahora por divertirla, pero ser divertido nunca había sido su fuerte, le salían mejor los tonos patéticos, o las frases sentenciosas del hombre hecho y derecho que sabe lo que quiere. Lila apenas le contestaba y al final su marido se limitó a indicarle esto o aquello exclamando: Mira. Pero a ella, que en otros tiempos le hubiera dado importancia a cada piedra, ahora no le interesaban ni la belleza de las callejuelas ni los perfumes de los jardines ni el arte y la historia de Amalfi, y mucho menos la voz de él que, tediosa, no paraba de repetir: Qué bonito, ¿eh?

Poco después, Lila empezó a temblar, pero no porque hiciera demasiado frío, sino por los nervios. Él se dio cuenta y le propuso que volvieran al hotel, se atrevió incluso a lanzar una frase del estilo: Así nos abrazamos y estamos calentitos. Pero ella quiso seguir paseando más y más, hasta que, vencida por el cansancio, aunque no tenía ni pizca de hambre, entró sin consultarlo en un restaurante. Stefano la siguió con paciencia.

Pidieron de todo, no comieron casi nada, bebieron mucho vino. En un momento dado él ya no aguantó más y le preguntó si seguía enojada. Lila negó con la cabeza y era verdad. Al oír aquella pregunta, ella misma se asombró al no notar en su pecho ni un poco de rencor a los Solara, a su padre y su hermano, a Stefano. Todo le había cambiado velozmente en la cabeza. De repente, ya no le importaba nada la historia de los zapatos, es más, ni siquiera lograba entender por qué se había ofendido tanto al ver a Marcello calzado con ellos. Ahora la aterraba y la hacía sufrir la gruesa alianza que le brillaba en el anular. Incrédula, hizo un repaso de aquel día: la iglesia, el oficio religioso, la fiesta. Qué he hecho, pensó aturdida por el vino, qué es esta argolla de oro, este cero brillante dentro del que he metido el dedo. Stefano llevaba otro igual, le brillaba entre pelos muy negros, dedos vellosos, decían los libros. Se acordó de él en traje de baño, como lo había visto en la playa. Pecho ancho, rótulas grandes como cuencos puestos del revés. De él no quedaba ni un pequeño detalle que, tras evocarlo, le revelara algún encanto. Ahora era un ser con el que sentía que no podía compartir nada y, no obstante, ahí estaba, con chaqueta y corbata, moviendo los labios hinchados, rascándose una oreja de lóbulo carnoso, y, con frecuencia, pinchando algo con el tenedor en el plato de ella para probar. Tenía poco o nada que ver con el vendedor de embutidos que la había atraído, con el muchacho ambicioso, muy seguro de sí mismo pero de buenos modales, con el novio de esa mañana en la iglesia. Mostraba en las fauces unos dientes blanquísimos, una lengua roja en el agujero negro de la boca, algo en él y alrededor de él se había roto. En aquella mesa, en medio del trajín de camareros, cuanto la había llevado hasta allí, a Amalfi, le pareció carente de toda coherencia lógica y, sin embargo, insoportablemente real. Por ello, mientras a ese ser irreconocible se le encendía la mirada al pensar que la tormenta había pasado, que ella había entendido sus motivos, que los había aceptado, que por fin podría hablarle de sus grandes proyectos, se le pasó por la cabeza birlar un cuchillo de la mesa para clavárselo en la garganta cuando estuvieran en la habitación e intentara tocarla.

Al final no lo hizo. Porque en aquel restaurante, en aquella mesa, obnubilada por el vino, toda su boda, desde el vestido de novia a la alianza, se le reveló desprovista de sentido; tuvo también la sensación de que cualquier posible demanda sexual por parte de Stefano le habría parecido insensata ante todo a él. Por ello primero analizó la manera de llevarse el cuchillo (lo tapó con la servilleta que se quitó, depositó ambos sobre su regazo, se dispuso a coger el bolso para meter dentro el cuchillo y dejar otra vez la servilleta sobre la mesa), pero después desistió. Los tornillos que mantenían unidos su nueva condición de esposa, el restaurante, Amalfi, le parecieron tan poco ajustados que, al terminar la cena, la voz de Stefano ya no le llegaba, en los oídos solo tenía un clamor de cosas, seres vivos y pensamientos, sin definición alguna.

De vuelta en el hotel, él le habló otra vez de los aspectos positivos de los Solara. Conocían gente importante en el ayuntamiento, le dijo, tenían enchufe con la Estrella y la Corona, con los del Movimiento Social Italiano. Le gustaba hablar como si de verdad entendiera algo de las intrigas de los Solara, adoptó el tono del hombre experto, subrayó: la política es mala pero es importante para ganar dinero. A Lila le volvieron a la cabeza las conversaciones que había mantenido con Pasquale tiempo atrás, y las mantenidas con Stefano durante el noviazgo, el proyecto de apartarse del todo de sus padres, de los atropellos, las hipocresías y las crueldades del pasado. Decía que sí, pensó, decía que estaba de acuerdo, pero no me prestaba atención. Con quién hablé entonces. No conozco a esta persona, no sé quién es.

Sin embargo, cuando él la tomó de la mano y le dijo al oído que la quería, no se apartó. Tal vez planeaba hacerle creer que todo estaba en orden, que eran en realidad unos recién casados en viaje de novios, para herirlo más profundamente cuando le dijera con toda la repugnancia que sentía en el estómago: Meterme en la cama con el mozo del hotel o contigo —los dos tenéis los dedos amarillentos por el tabaco— para mí es igual de repulsivo. O tal vez —y en mi opinión esto es más probable— estaba demasiado asustada y tendía a postergar toda reacción.

En cuanto llegaron a la habitación, él trató de besarla, ella se apartó. Seria, abrió las maletas, sacó su camisón, le tendió el pijama a su marido, que le sonrió contento por la atención, y otra vez intentó aferrarla. Pero ella se encerró en el cuarto de baño.

Cuando estuvo a solas se enjuagó la cara durante un buen rato para quitarse el aturdimiento del vino, la impresión de mundo desenfocado. No lo consiguió, es más, le aumentó la sensación de que a sus gestos les faltaba coordinación. Qué hago, pensó. Me quedo aquí encerrada toda la noche. ¿Y después?

Se arrepintió de no haberse llevado el cuchillo; es más, por un instante creyó que lo había hecho, pero luego debió reconocer que no. Se sentó en el borde de la bañera; admirada, la comparó con la de la casa nueva, pensó que la suya era más bonita. Sus toallas también eran de mejor calidad. ¿Suya, sus? ¿A quién pertenecían, de hecho, las toallas, la bañera, todo? Sintió fastidio ante la idea de que la propiedad de las cosas bonitas y nuevas estuviese garantizada por el apellido del individuo ese que la esperaba fuera. Propiedad de los Carracci, ella era asimismo propiedad de los Carracci. Stefano llamó a la puerta.

—¿Qué haces, te encuentras bien?

No contestó.

Su marido esperó un poco y llamó otra vez. Como no obtuvo respuesta, movió el picaporte nerviosamente y con tono de fingida diversión, preguntó:

—¿Tengo que echar la puerta abajo?

Lila no dudó de que habría sido capaz, pues el extraño que la esperaba fuera era capaz de todo. Yo también soy capaz de todo, pensó. Se desnudó, se lavó, se puso el camisón y se despreció por el mimo con el que lo había escogido meses antes. Stefano —un mero nombre que ya no coincidía con las costumbres y los afectos de horas antes— estaba sentado en el borde de la cama, en pijama, y se levantó de un salto en cuanto ella apareció.

—Sí que te has tomado tu tiempo.

—El necesario.

—Estás preciosa.

—Estoy muy cansada, quiero dormir.

—Dormiremos después.

—Ahora. Tú en tu lado, yo en el mío.

—De acuerdo, ven.

—Hablo en serio.

—Yo también.

Stefano soltó una risita, intentó aferrarla de la mano. Ella se apartó, él se ensombreció.

—¿Qué te pasa?

—No te quiero.

Stefano negó con la cabeza, indeciso, como si las tres palabras estuviesen en una lengua extranjera. Murmuró que hacía mucho que esperaba ese momento, día y noche. Por favor, le dijo, cautivador, hizo un gesto casi de desaliento, se señaló los pantalones del pijama color vino, murmuró con una sonrisa oblicua: Mira lo que me pasa con solo verte. Ella miró sin querer, puso cara de disgusto y apartó enseguida la vista.

Stefano comprendió entonces que estaba a punto de encerrarse otra vez en el cuarto de baño, y en un impulso casi animal la agarró de la cintura, la levantó por los aires y la lanzó sobre la cama. Qué estaba pasando. Era evidente que él no quería entender. Creía que en el restaurante se habían reconciliado, se preguntaba: Por qué ahora Lina se comporta así, es demasiado niña. De hecho, se le echó encima riendo, intentó tranquilizarla.

—Es algo bonito —dijo—, no tengas miedo. Yo te quiero más que a mi madre, más que a mi hermana.

Pero nada, ella ya se estaba levantando para huir de él. Qué difícil es seguir a esta chica: dice que sí y es no, dice que no y es sí. Stefano murmuró: ahora basta de caprichos, y la inmovilizó otra vez, se puso encima de ella a horcajadas, le sujetó las muñecas contra el cubrecamas.

—Dijiste que debíamos esperar y esperamos —dijo—, aunque estar a tu lado sin tocarte me costó un triunfo y sufrí. Pero ahora estamos casados, pórtate bien, no te preocupes.

Se inclinó para besarla en la boca, pero ella se lo impidió volviendo la cara con fuerza a la derecha y la izquierda, forcejeando, retorciéndose, repitiendo:

—Déjame, no te quiero, no te quiero, no te quiero.

Entonces, casi contra su voluntad, la voz de Stefano subió de tono:

—Ahora sí que me estás tocando los cojones, Lina.

Repitió la frase dos o tres veces, cada vez más alto, como para asimilar bien una orden que le venía de muy lejos, tal vez incluso de antes de nacer. La orden era: debes comportarte como un hombre, Ste'; o la doblegas ahora o no la doblegarás nunca; es necesario que tu esposa aprenda enseguida que ella es una mujer y tú un hombre, y que por eso debe ser obediente. Y Lila, al oírlo —me estás tocando los cojones, me estás tocando los cojones, me estás tocando los cojones—, al verlo, ancho y pesado encima de su pelvis estilizada, el sexo empinado estirando la tela del pijama como el soporte de un toldo, se acordó de cuando años antes él había querido agarrarle la lengua con los dedos para pinchársela con un alfiler porque había osado humillar a Alfonso en las competiciones de la escuela. De pronto tuvo la sensación de descubrir que nunca había sido Stefano, que siempre había sido el hijo mayor de don Achille. Y ese pensamiento, automáticamente, como una regurgitación, devolvió a la cara joven de su marido los rasgos que hasta ese momento, por prudencia, se habían mantenido ocultos en la sangre, pero que estaban allí desde siempre, a la espera de que llegara su momento. Oh, sí, para gustar al barrio, para gustarle a ella, Stefano se había esforzado en ser otro: sus rasgos se habían suavizado con la cortesía, la mirada se había adaptado a la docilidad, la voz se había modelado adoptando los tonos de la mediación, los dedos, las manos, todo el cuerpo, habían aprendido a contener la fuerza. Pero ahora las líneas del contorno, que durante mucho tiempo él se había impuesto, estaban a punto de ceder y Lila fue presa de un terror infantil, más grande que cuando habíamos bajado al sótano a recuperar nuestras muñecas. Don Achille resurgía del cieno del barrio nutriéndose de la materia viva de su hijo. El padre le resquebrajaba la piel, modificaba su mirada, explotaba en su cuerpo. Y así fue, ahí estaba, le rasgó el camisón dejando los pechos al descubierto, se los apretó con ferocidad, se inclinó para mordisquearle los pezones. Y cuando ella, como sabía hacer desde siempre, reprimió el horror y trató de quitárselo de encima tirándole del pelo, buscando con la boca para morderlo hasta hacerlo sangrar, él se apartó, le agarró los brazos, se los sujetó bajo las gruesas piernas dobladas, le dijo con desprecio: Qué haces, quédate quieta, eres menos que una ramita, si quiero romperte, te rompo. Pero Lila no se calmó, volvió a morder el aire, se arqueó para librarse de su peso. Inútil. Él tenía ahora las manos libres, e inclinado encima de ella, le daba pequeñas bofetadas con la punta de los dedos y le repetía, apremiante: Quieres ver qué gorda la tengo, eh, di que sí, que sí, que sí, hasta que se sacó del pijama el sexo rechoncho que, asomado encima de ella, le pareció un muñeco sin brazos y sin piernas, congestionado por mudos vagidos, ansioso por arrancarse de aquel otro muñeco más grande que decía con voz ronca: Ahora te la dejo probar, Lina, mira qué linda es, una así no la tiene cualquiera. Y como ella seguía forcejeando, la abofeteó dos veces, primero con la palma y luego con el dorso, y fue tanta la fuerza que ella comprendió que si seguía resistiéndose seguramente la mataría —o al menos don Achille lo habría hecho; le daba miedo a todo el barrio porque se sabía que con su fuerza podía lanzarte contra una pared o contra un árbol— y se vació de toda la rebelión abandonándose a un terror sordo, mientras él retrocedía, le subía el camisón, le murmuraba al oído: No te das cuenta de cuánto te quiero, pero ya lo verás, y desde mañana mismo serás tú la que me pida que te quiera como ahora y más, me suplicarás de rodillas, y yo te diré que de acuerdo pero solo si eres obediente, y serás obediente.

Cuando al cabo de unos intentos desmañados le desgarró la carne con una brutalidad entusiástica, Lila estaba ausente. La noche, la habitación, la cama, los besos de él, las manos sobre su cuerpo, toda la sensibilidad, eran absorbidos por un único sentimiento: odiaba a Stefano Carracci, odiaba su fuerza, odiaba su peso sobre ella, odiaba su nombre y su apellido.

8

Regresaron al barrio cuatro días más tarde. Esa misma noche Stefano invitó a la nueva casa a sus suegros y al cuñado. Con un aire más humilde de lo habitual le pidió a Fernando que le dijera a Lila cómo habían ido las cosas con Silvio Solara. Fernando le confirmó a su hija, con frases entrecortadas llenas de descontento, la versión de Stefano. A Rino en cambio, Carracci le pidió poco después que explicara por qué, de común acuerdo pero con gran dolor, al final decidieron darle a Marcello los zapatos que pedía. Con el tono del hombre que se las sabe todas, Rino sentenció: Hay situaciones en que las elecciones te vienen impuestas, y siguió hablando del serio problema en el que se habían metido Pasquale, Antonio y Enzo al darle una paliza a los hermanos Solara y destrozar su coche.

—¿Sabes quién arriesgó más? —dijo, inclinándose hacia su hermana y levantando poco a poco la voz—. Ellos, tus amigos, los paladines de Francia.

Marcello los reconoció y estaba convencido de que los habías enviado tú. ¿Cómo debíamos comportarnos Stefano y yo? ¿Querías que esos tres vagos recibieran el triple de palos que habían repartido? ¿Querías arruinarlos? ¿Y por qué? Por un par de zapatos del número cuarenta y tres, que tu marido no puede ponerse porque le aprietan y a la que caigan cuatro gotas se le llenarán de agua? Pusimos paz y como a Marcello le gustaban tanto esos zapatos, al final se los dimos.

Palabras, con ellas se hace y se deshace a voluntad. A Lila siempre se le habían dado bien las palabras, pero contrariamente a lo esperado, en esa ocasión no abrió la boca. Aliviado, Rino le recordó con tono travieso que desde niña había sido ella la que lo había azuzado con eso de que debían hacerse ricos. Entonces, dijo riendo, deja que nos hagamos ricos sin complicarnos la vida, que ya de por sí es bastante complicada.

En ese momento —una sorpresa para la dueña de casa, para los demás seguramente no— llamaron a la puerta y eran Pinuccia, Alfonso y su madre, Maria, con una bandeja repleta de pasteles recién hechos por Spagnuolo en persona, el pastelero de los Solara.

En un primer momento dio la impresión de que solo era una iniciativa para celebrar el regreso de los recién casados del viaje de novios, tanto es así que Stefano hizo circular las fotos de la boda que acababa de retirar del fotógrafo (para la película —aclaró— había que esperar un poco más). No tardó en quedar claro que la boda de Stefano y Lila ya era cosa del pasado, los pasteles eran para celebrar una nueva felicidad: el compromiso de Rino y Pinuccia. Todas las tensiones pasaron a un segundo plano. Rino cambió el tono violento de minutos antes por tiernas modulaciones dialectales, proposiciones amorosas fuera de tono, la idea de hacer enseguida, en la bonita casa de su hermana, la fiesta de compromiso. Después, con gestos teatrales, sacó del bolsillo un paquete; una vez desenvuelto, el paquete reveló un estuche abombado y oscuro; y al abrirlo, el estuche abombado y oscuro dejó ver un anillo de brillantes.

Lila notó que no era muy distinto del que ella llevaba en el dedo con la alianza y se preguntó de dónde habría sacado su hermano el dinero. Hubo besos y abrazos. Se habló mucho del futuro. Se avanzaron hipótesis sobre quién se ocuparía de la tienda de zapatos Cerullo en la piazza dei Martiri cuando los Solara la inauguraran en otoño. Rino sugirió que podría dirigirla Pinuccia, quizá sola, quizá con Gigliola Spagnuolo, oficialmente comprometida con Michele, y por ello planteaba exigencias. La reunión familiar se hizo más alegre, más llena de esperanzas.

Lila se quedó casi todo el rato de pie, sentarse le hacía daño. Nadie, ni siquiera su madre, que guardó silencio durante la visita, pareció notar que tenía la oreja derecha hinchada y negra, el labio inferior partido, moretones en los brazos.

9

Seguía en el mismo estado cuando en las escaleras que llevaban a la casa de su suegra le quité las gafas, le aparté el fular. La piel alrededor del ojo tenía un tono amarillento y el labio inferior era una mancha violeta con vetas rojo fuego.

Había dicho a parientes y amigos que, una hermosa mañana de sol se había caído en la escollera de Amalfi cuando ella y su marido iban en barca hasta una playa que había debajo de una pared amarilla. Durante la comida para celebrar el compromiso de su hermano con Pinuccia, contó aquella mentira con un tono irónico y todos, irónicamente, la creyeron, en especial las mujeres, que de toda la vida sabían lo que debían decir cuando los hombres que las querían y a quien ellas querían les pegaban una zurra. Para colmo, no había una sola persona en el barrio, en especial las de sexo femenino, que no pensara que a ella, desde hacía tiempo, le hacía falta una buena lección. Por eso los golpes no habían causado ningún escándalo, es más, Stefano vio crecer a su alrededor la simpatía y el respeto, este sí que sabía ser hombre.

A mí, en cambio, al verla tan maltrecha, se me hizo un nudo en la garganta y la abracé. Cuando dijo que no me había buscado porque no quería que la viera en ese estado, se me saltaron las lágrimas. El relato de su luna de miel, como la llamaban en las fotonovelas, aunque descarnado, casi gélido, me enfureció, me hizo sufrir. Me alegré de descubrir que ahora Lila necesitaba ayuda, tal vez protección, y me emocionó ese reconocimiento de su fragilidad, no ante el barrio, sino ante mí. Sentí que de forma inesperada las distancias habían vuelto a acortarse y sentí la tentación de decirle enseguida que había decidido no seguir estudiando, que estudiar era inútil, que no reunía las cualidades necesarias. Me pareció que esa noticia la consolaría.

Pero su suegra se asomó a la barandilla del último piso y la llamó. Lila concluyó su relato con unas cuantas frases apresuradas, dijo que Stefano la había engañado, que era clavadito a su padre.

—¿Te acuerdas de que en lugar de devolvernos las muñecas don Achille nos dio dinero? —me preguntó.

—Sí.

—No deberíamos haberlo aceptado.

—Nos compramos *Mujercitas*.

—Hicimos mal, a partir de ese momento, siempre lo he hecho todo mal.

No estaba inquieta, estaba triste. Se puso otra vez las gafas, se ató el fular. Me complació ese «nosotras» («nosotras no deberíamos haberlo aceptado», «nosotras hicimos mal»), pero me molestó el brusco paso al yo: «yo siempre lo he hecho todo mal». «Nosotras», me hubiera gustado corregirla, «siempre nosotras», pero no lo hice. Tuve la impresión de que trataba de asimilar su nueva condición, y que le urgía entender a qué podía aferrarse para hacerle frente. Antes de enfilar el tramo de escaleras, me preguntó:

—¿Quieres venir a estudiar a mi casa?

—¿Cuándo?

—Esta tarde, mañana, todos los días.

—Stefano se molestará.

—Si él es el dueño, yo soy la mujer del dueño.

—No lo sé, Lila.

—Te dejo una habitación y te encierras.

—¿Para qué?

Se encogió de hombros.

—Para saber que estás.

No le dije ni que sí ni que no. Me fui, caminé sin rumbo por la ciudad, como de costumbre. Lila estaba segura de que yo jamás dejaría de estudiar. Me había asignado esa figura de amiga granujienta y con gafas, siempre inclinada sobre los libros, alumna excelente, y no podía imaginar siquiera que yo pudiera cambiar. Pero quería salirme de ese papel. Debido a la humillación del artículo no publicado, me pareció haber comprendido toda mi ineptitud. A pesar de haber nacido y de haberse criado como Lila y yo dentro de los límites miserables del barrio, Nino sabía utilizar los estudios con inteligencia, yo no. De modo que basta de hacerse ilusiones, basta de esforzarse. Era preciso aceptar la suerte como habían hecho hacía tiempo Carmela, Ada, Gigliola, y, a su manera, la propia Lila. No fui a su casa ni esa tarde ni los días siguientes, y continué haciendo novillos y atormentándome.

Una mañana no me alejé demasiado del instituto, vagué por la via Veterinaria, detrás del Jardín Botánico. Pensaba en mis recientes conversaciones con Antonio: esperaba librarse del servicio militar por ser hijo de madre viuda, único sostén de la familia; quería pedir un aumento en el taller e ir ahorrando para conseguir la concesión de un surtidor de gasolina en la avenida; nos casaríamos y yo le echaría una mano con el surtidor. Una alternativa de vida sencilla, mi madre la habría aprobado. «No puedo contentar siempre a Lila», me dije. Pero qué difícil era borrarme de la cabeza las ambiciones inducidas por el estudio. A la hora en que terminaban las clases, casi sin quererlo, me acerqué por el colegio y di vueltas por ahí. Temía que me vieran los profesores; sin embargo, descubrí que deseaba que me vieran. Quería quedar marcada de forma irremediable como ex alumna modelo; o ser recuperada por el horario escolar, someterme a la obligación de volver a empezar.

Aparecieron los primeros grupos de alumnos. Oí que me llamaban, era Alfonso. Esperaba a Marisa, pero ella tardaba.

—¿Estáis juntos? —pregunté con recochineo.

—Qué va, es ella la que está obsesionada.

—Mentiroso.

—Mentirosa tú, que me mandaste decir que estabas enferma, y fíjate, estás la mar de bien. La Galiani pregunta siempre por ti, le he dicho que estabas con mucha fiebre.

—De hecho, tengo fiebre.

—Sí, sí, ya lo veo.

Llevaba bajo el brazo los libros sujetos con un elástico, tenía mala cara por la tensión de las horas de clase. ¿Acaso Alfonso, pese a su aspecto delicado, ocultaba también dentro del pecho a don Achille, su padre? ¿Será posible que los padres no mueran nunca, que los hijos los lleven dentro inevitablemente? De modo que, como un destino, ¿de mí saldrían mi madre y su cojera?

—¿Has visto lo que tu hermano le ha hecho a Lina? —le pregunté.

Alfonso se mostró incómodo.

—Sí.

—¿Y tú no le dices nada?

—Habría que ver lo que Lina le ha hecho a él.

—¿Serías capaz de comportarte igual con Marisa?

Soltó una risita tímida.

—No.

—¿Estás seguro?

—Sí.

—¿Por qué?

—Porque te conozco, porque hablamos, porque vamos juntos a la escuela.

Al momento no entendí: qué significaba te conozco, qué significaba hablamos y vamos juntos a la escuela. Vi a Marisa al final de la calle, corría porque iba con retraso.

—Ahí viene tu novia —dije.

No se volvió, se encogió de hombros, y farfulló:

—Vuelve al colegio, por favor.

—Me encuentro mal —repetí, y me alejé.

No quería intercambiar ni un saludo con la hermana de Nino, toda señal que lo evocara me ponía nerviosa. Por el contrario, las palabras nebulosas de Alfonso me hicieron bien; durante el trayecto les di vueltas en la cabeza. Dijo que nunca impondría a golpes su autoridad a su futura esposa porque me conocía a mí, hablábamos, nos sentábamos en el mismo pupitre. Se expresó con una sinceridad indefensa, sin temor a atribuirme, aunque de un modo confuso, la capacidad de influir sobre él, un varón, y modificar sus comportamientos. Le agradecí ese mensaje embarullado que me consoló y en mi fuero interno dio inicio a una mediación. Una convicción de por sí frágil necesita muy poco para debilitarse hasta ceder. Al día siguiente falsifiqué la firma de mi madre y volví al colegio. A última hora de la tarde, en los pantanos, le prometí a Antonio, apretada a él para combatir el frío: Termino el curso y nos casamos.

10

Mi trabajo me costó recuperar el terreno perdido, especialmente en las asignaturas de ciencias, y conseguí a duras penas reducir los encuentros con Antonio para poder concentrarme en los libros. Las veces que faltaba a una cita porque debía estudiar, él se entristecía, me preguntaba alarmado:

—¿Pasa algo?

—Tengo muchos deberes.

—¿Cómo es que de repente los deberes han aumentado?

—Siempre he tenido muchos.

—Últimamente casi no tenías.

—Casualidad.

—¿Qué me ocultas, Lenù?

—Nada.

—¿Me sigues queriendo?

Lo tranquilizaba, pero entretanto el tiempo se nos pasaba rapidísimo y volvía a casa enfadada conmigo misma por lo mucho que me quedaba por estudiar.

La idea fija de Antonio era siempre la misma: el hijo de Sarratore. Temía que yo hablara con él, incluso que lo viera. Naturalmente, para no hacerlo sufrir, le ocultaba que me cruzaba con Nino a la entrada, a la salida, en los pasillos. No ocurría nada especial, como mucho nos saludábamos de lejos y cada cual seguía su camino; se lo habría contado sin problemas a mi novio, si él hubiese sido una persona razonable. Pero Antonio no era razonable y, en realidad, yo tampoco. A pesar de que Nino no me daba cuerda, el mero hecho de verlo me tenía con la cabeza en las nubes durante las clases. Su presencia en un aula cercana a la mía, real, vivo, más culto que los profesores, audaz y desobediente, vaciaba de sentido los comentarios de mis maestros, las líneas de los libros, los planes de matrimonio, el surtidor de gasolina en la avenida.

Tampoco en casa conseguía estudiar. A los pensamientos confusos sobre Antonio, Nino y el futuro se sumaba la neurastenia de mi madre, que me pedía a gritos que hiciera esto y lo otro; se sumaban mis hermanos, que venían a verme en procesión para enseñarme sus deberes. Aquella molestia permanente no era una novedad, siempre había estudiado en medio del desorden. Pero ahora parecía haberse agotado la antigua determinación que me permitía dar lo mejor incluso en esas condiciones, ya no sabía o no quería conciliar el colegio con las exigencias de todos. Por eso me pasaba la tarde ayudando a mi madre, ocupándome de los ejercicios de mis hermanos, estudiando poco o nada para mí. Y si alguna vez sacrificaba el sueño a los libros, entonces, como seguía sintiéndome exhausta y dormir me parecía una tregua, por la noche dejaba correr los deberes y me iba a la cama.

Comencé a ir a clase no solo distraída sino sin prepararme, vivía sumida en la angustia de que los profesores me tomaran la lección, algo que no tardó en ocurrir. Una vez, en el mismo día, saqué dos en química, cuatro en historia del arte, tres en filosofía, y me encontraba en tal estado de fragilidad nerviosa que cuando me pusieron la última mala nota, me eché a llorar delante de todo el mundo. Fue un momento terrible, experimenté el horror y el goce de perderme, el espanto y el orgullo del extravío.

A la salida del colegio, Alfonso me dijo que su cuñada le había rogado que me pidiera que fuera a verla. Ve, me animó, preocupado, allí seguro que estudiarás mejor que en tu casa. Esa misma tarde me decidí y me fui al barrio nuevo. Pero no fui a casa de Lila con el propósito de encontrar una solución a mis problemas en el colegio, daba por sentado que nos pasaríamos todo el rato charlando y que mi condición de ex alumna modelo se agravaría todavía más. Me dije más bien: Mejor extraviarme en charlas con Lila que en medio de los gritos de mi madre, las peticiones insistentes de mis hermanos, el desasosiego que me causaba el hijo de Sarratore, las recriminaciones de Antonio; al menos aprendería algo de la vida matrimonial que pronto —ya lo daba por decidido— me tocaría en suerte.

Lila me recibió con evidente gusto. El ojo se le había deshinchado, el labio se le estaba cicatrizando. Iba por el apartamento bien vestida, bien peinada, con los labios pintados, como si su casa le resultara extraña y ella misma se sintiera de visita. En el vestíbulo seguían amontonados los regalos de boda, en las habitaciones flotaba un olor a cal y a pintura fresca mezclado con el suave aroma alcohólico que despedían los muebles recién estrenados del comedor: la mesa, el aparador con espejo enmarcado en ramas y hojas de madera oscura, la vitrina repleta de objetos de plata, platos, copas y botellas con licores de colores.

Lila preparó café, me divirtió sentarme con ella en la cocina amplia y jugar a las dueñas de casa como cuando éramos niñas delante del respiradero del sótano. Es relajante, pensé, hice mal en no venir antes. Tenía una amiga de mi edad, con casa propia, llena de cosas ricas, ordenadas. Esa amiga, que no tenía nada que hacer en todo el día, parecía alegrarse con mi compañía. Aunque habíamos cambiado y los cambios seguían su curso, la calidez entre nosotras continuaba intacta. ¿Por qué entonces no dejarme llevar? Por primera vez desde el día en que se casó, conseguí sentirme a gusto.

—¿Qué tal con Stefano? —le pregunté.

—Bien.

—¿Os habéis aclarado?

Sonrió divertida.

—Sí, está todo claro.

—¿Y?

—Un asco.

—¿Igual que en Amalfi?

—Sí.

—¿Ha vuelto a pegarte?

Se tocó la cara.

—No, esto es de antes.

—¿Entonces?

—Es la humillación.

—¿Y tú?

—Hago lo que él quiere.

Pensé un momento, y pregunté, evocadora:

—¿Pero por lo menos cuando dormís juntos es algo bonito?

Hizo una mueca de incomodidad, se quedó seria. Se puso a hablar de su marido con una especie de aceptación repulsiva. No era hostilidad, no era necesidad de revancha, ni siquiera era disgusto, sino un desprecio tranquilo, un desprecio que arrasaba con toda la persona de Stefano como agua contaminada sobre la tierra.

La escuché, me enteré a medias. Tiempo atrás había amenazado a Marcello con una chaira únicamente porque se había atrevido a sujetarme de la muñeca y romperme el brazalete. A partir de aquel episodio me convencí de que si Marcello la hubiese rozado siquiera, ella lo habría matado. Pero ahora, con Stefano no daba ni una sola muestra de agresividad explícita. Claro, la explicación era sencilla: desde niñas habíamos visto a nuestros padres zurrar a nuestras madres. Nos habíamos criado pensando que un desconocido no debía rozarnos siquiera, pero que nuestro padre, nuestro novio y nuestro marido podían darnos bofetadas cuando quisieran, por amor, para educarnos, para reeducarnos. Por lo tanto, dado que Stefano no era el odioso Marcello sino el joven al que había dicho querer muchísimo, el joven con el que se había casado y con el que había decidido vivir para siempre, debía asumir hasta el fondo la responsabilidad de su elección. Sin embargo, no todo cuadraba. A mis ojos Lila era Lila, no una mujer cualquiera del barrio. Tras recibir un sopapo del marido, nuestras madres no adoptaban esa expresión de tranquilo desprecio que mostraba ella. Se desesperaban, lloraban, se enfrentaban a su hombre con cara de pocos amigos, lo criticaban a sus espaldas, y, pese a todo, quien más quien menos, seguían apreciándolo (mi madre, por ejemplo, admiraba sin medias tintas los tejemanejes marrulleros de mi padre). Pero Lila exhibía una sumisión sin respeto.

—Yo estoy a gusto con Antonio, aunque no lo quiero —le dije.

Siguiendo nuestras antiguas costumbres, esperé que supiera captar en esa afirmación una serie de preguntas ocultas. Aunque amo a Nino —le decía sin decírselo de manera explícita—, me siento agradablemente excitada con solo pensar en Antonio, en sus besos, en los abrazos y frotamientos en los pantanos. En mi caso, el amor no es indispensable para el placer, ni siquiera para el aprecio. ¿Es posible, pues, que el asco, la humillación empiecen después, cuando un hombre te doblega y te viola a su antojo por el solo hecho de que ya le perteneces, con o sin amor, con o sin aprecio? ¿Qué ocurre cuando estás en una cama, vencida por un hombre? Ella ya lo había experimentado y me habría gustado que me hablara de ello. Pero se limitó a decir irónica: Mejor para ti si estás a gusto, y me condujo hasta una pequeña habitación que daba a las vías del tren. Era un cuarto desnudo en el que solo había un escritorio, una silla, un catre, nada en las paredes.

—¿Te gusta aquí?

—Sí.

—Entonces estudia.

Salió y cerró la puerta.

La habitación olía a paredes húmedas, más que el resto de la casa. Me asomé a la ventana, habría preferido seguir charlando. Pero de inmediato me quedó claro que Alfonso le había contado que no iba a clase y quizá también que sacaba malas notas, y que ella quería devolverme, aun a costa de imponérmela, la sabiduría que siempre me había atribuido. Mejor así. La oí moverse por la casa, llamar por teléfono. Me sorprendió que no dijera «Diga, soy Lina» o, no sé, «Soy Lina Cerullo», sino «Diga, soy la señora Carracci». Me senté al escritorio, abrí el libro de historia y me obligué a estudiar.

11

Aquella última etapa del año académico fue más bien desdichada. El edificio donde se encontraba el instituto estaba en ruinas, en las aulas había goteras; después de una fuerte tormenta, se hundió una calle a pocos metros de donde estábamos. Siguió una época en la que íbamos a clase en días alternos, los deberes en casa empezaron a contar más que las clases normales, los profesores nos cargaron de trabajo hasta lo indecible. Al salir de clase y pese a las protestas de mi madre, tomé la costumbre de ir directamente a la casa de Lila.

Llegaba a las dos de la tarde, dejaba los libros por ahí. Ella me preparaba un bocadillo de jamón, queso, salami, lo que yo quisiera. En casa de mis padres nunca se había visto semejante abundancia: qué rico el olor del pan fresco y los sabores del companaje, sobre todo el del jamón rojo intenso, todo entreverado de blanco. Comía con avidez y mientras tanto Lila me preparaba café. Después de charlar sin parar, me encerraba en el cuartito al que rara vez asomaba, solo para llevarme algo rico y picotear o beber conmigo. Como no tenía ganas de cruzarme con Stefano que, por lo general, regresaba de la charcutería alrededor de las ocho de la tarde, me largaba siempre a las siete en punto.

Me familiaricé con el apartamento, con su luz, con los sonidos que llegaban de las vías. Cada espacio, cada cosa, eran nuevas y limpias, pero más que todas el retrete, equipado con lavabo, bidet, bañera. Una tarde de especial desgana, le pedí a Lila si me podía bañar, yo que seguía lavándome debajo del chorro del grifo o en la palangana de cobre. Dijo que podía hacer lo que quisiera y fue a buscar toallas. Dejé correr el agua, que salía caliente del grifo. Me desnudé, me sumergí hasta el cuello.

Qué tibieza, fue un deleite inesperado. Al cabo de un rato eché mano de los numerosos frasquitos que abarrotaban las esquinas de la bañera, nació como del cuerpo una espuma vaporosa que a punto estuvo de desbordarse. Ah, cuántas cosas maravillosas tenía Lila. Ya no se trataba únicamente de limpieza del cuerpo, era juego, era abandono. Descubrí las barras de labios, el maquillaje, el espejo amplio que devolvía una imagen sin deformaciones, el aire del secador de pelo. Al final me quedó la piel suave como jamás la había sentido y una melena voluminosa, más rubia. La riqueza que anhelábamos cuando éramos niñas tal vez sea esto, pensé; no los cofres con monedas de oro y diamantes, sino una bañera, estar así en remojo todos los días, comer pan, salami, jamón, disponer de mucho espacio incluso en el retrete, tener teléfono, despensa y nevera llenas de comida, la foto en un marco de plata encima del aparador en la que sales con traje de novia, tener esta casa así enterita, con cocina, dormitorio, comedor, dos balcones y el cuartito donde me encierran para que estudie y donde, aunque Lila nunca lo haya dicho, muy pronto, cuando llegue, dormirá un niño.

A última hora de la tarde corrí a los pantanos, no veía la hora de que Antonio me acariciara, me oliera, se maravillara, gozara de esa limpieza opulenta que acentuaba la belleza. Era un regalo que quería hacerle. Pero él tenía sus angustias, dijo: Yo nunca podré darte esas cosas, y le contesté: Quién te dice que las quiero; y él respondió: Siempre quieres hacer lo que hace Lila. Me ofendí, nos peleamos. Yo era independiente. Solo hacía lo que me daba la gana, yo hacía lo que ni él ni Lila hacían o no sabían hacer, estudiaba, me encorvaba sobre los libros y me dejaba la vista. Le grité que no me entendía, que siempre trataba de rebajarme y ofenderme, salí corriendo.

Pero Antonio me entendía demasiado bien. Día tras día la casa de mi amiga me fascinaba cada vez más, se convirtió en un lugar mágico donde podía tenerlo todo, muy lejos de la miserable mediocridad de los viejos edificios donde nos habíamos criado, con paredes cochambrosas, puertas surcadas de arañazos, objetos eternos, siempre iguales, abollados, desportillados. Lila procuraba no molestarme, era yo quien la llamaba: Tengo sed, tengo un poco de hambre, encendamos la televisión, puedo ver esto, puedo ver aquello otro. Estudiar me aburría, me costaba. A veces le pedía que me escuchara mientras repetía en voz alta las lecciones. Ella se sentaba en el catre, yo al escritorio. Le indicaba las páginas que debía repetir y yo las declamaba, Lila seguía el texto línea por línea.

Fue en esas ocasiones cuando me di cuenta de cuánto había cambiado su relación con los libros. Ahora la intimidaban. No volvió a ocurrir que ella quisiera imponerme un orden, su ritmo, como si le bastara apenas con una frase suelta para hacerse una idea del conjunto y dominarlo hasta el punto de decirme: Este es el concepto que interesa, empieza desde aquí. Me seguía con el manual y cuando tenía la impresión de que me equivocaba, me corregía después de justificarse de mil maneras: A lo mejor no lo he entendido bien, será mejor que lo mires tú. Parecía no darse cuenta de que conservaba intacta la capacidad de aprender sin esfuerzo alguno. Entretanto yo sí me daba cuenta. Por ejemplo, vi que la química, que a mí me resultaba aburridísima, a ella le provocaba esa mirada penetrante y me bastaban unas pocas observaciones suyas para despertarme del sopor, para incitarme. Comprobé que media página del manual de filosofía era suficiente para que ella estableciera nexos sorprendentes entre Anaxágoras, el orden que el intelecto impone a la confusión de las cosas y las tablas de Mendeléiev. Pero con más frecuencia tuve la impresión de que tomaba conciencia de lo inadecuado de sus instrumentos, de la ingenuidad de sus observaciones y de que se contenía a propósito. En cuanto notaba que se dejaba llevar demasiado por el entusiasmo, se detenía como frente a una trampa y balbuceaba: Dichosa tú que entiendes, porque lo que es yo no sé de qué hablas.

Una vez cerró bruscamente el libro y dijo irritada:

—Basta.

—¿Por qué?

—Porque estoy harta, siempre la misma historia, en el interior de lo pequeño siempre hay algo todavía más pequeño que quiere salir a relucir, y en el exterior de lo grande hay algo todavía más grande que quiere mantenerlo prisionero. Me voy a cocinar.

Y sin embargo no estaba estudiando nada que tuviera que ver de un modo evidente con lo pequeño y lo grande. Solo le había causado irritación, o tal vez espanto, su propia capacidad de aprender y se había retirado.

¿Adónde?

A preparar la cena, a sacarle brillo a la casa, a ver la televisión con el volumen bajo para no molestarme, a contemplar las vías, el paso de los trenes, el perfil fugaz del Vesubio, las calles del barrio nuevo todavía sin árboles y sin tiendas, el escaso tráfico de coches, las mujeres con las bolsas de la compra y los hijos pequeños pegados a sus faldas. Rara vez, y solo por orden de Stefano, o porque él le pedía que lo acompañara, llegaba hasta el local —se encontraba a menos de quinientos metros de su casa, una vez la acompañé— donde abriría la nueva charcutería. Allí tomaba medidas con el metro de carpintero para diseñar estanterías y muebles.

Eso era todo, no tenía nada más que hacer. No tardé en darme cuenta de que desde el casamiento estaba más sola que de soltera. Yo a veces salía con Carmela, con Ada, incluso con Gigliola, y en el colegio hice amistad con las chicas de mi clase y de las otras aulas, hasta el punto de que a veces me encontraba con ellas para tomar un helado en la via Foria. Sin embargo, ella solo veía a Pinuccia, su cuñada. En cuanto a los muchachos, si en la época de su noviazgo seguían pasando por su casa para charlar, ahora, una vez casada, como mucho la saludaban con la mano cuando se la encontraban por la calle. Y eso que estaba preciosa y se vestía como en las revistas femeninas que compraba a montones. Pero su condición de esposa la encerró en una especie de urna de cristal, como un velero que navega a toda vela en un espacio inaccesible, incluso sin mar. Pasquale, Enzo, el propio Antonio, nunca se habrían aventurado a recorrer las calles blancas y sin sombra de las casas recién construidas para llegar hasta su portón, hasta su apartamento, para charlar un rato con ella o invitarla a dar un paseo. Era impensable. Incluso el teléfono, objeto negro colgado de la pared de la cocina, parecía un adorno inútil. Durante todo el tiempo que estudié en su casa, sonó en raras ocasiones, y casi siempre quien llamaba era Stefano, que había instalado un aparato también en la charcutería para recibir los pedidos de las clientas. Sus conversaciones de recién casados eran breves, ella respondía con apáticos síes, apáticos noes.

El teléfono le servía sobre todo para comprar. En aquella época salía muy poco de casa; esperó a que le desaparecieran por completo de la cara las marcas de la paliza, pero de todos modos hizo muchas compras. Por ejemplo, tras mi feliz baño, después de mi entusiasmo por cómo me había quedado el pelo, oí que pedía un nuevo secador de pelo, y cuando se lo entregaron, quiso regalármelo. Pronunciaba aquella especie de fórmula mágica («Oiga, soy la señora Carracci») y a continuación negociaba, discutía, renunciaba, compraba. No pagaba, los comerciantes eran todos del barrio, conocían bien a Stefano. Se limitaba a firmar, «Lina Carracci», el nombre y el apellido como nos había enseñado la maestra Oliviero, y ponía su firma a modo de ejercicio que se había impuesto, con una sonrisa concentrada, sin siquiera comprobar la mercancía, casi como si aquellos rasgos sobre el papel le importaran más que los objetos que le entregaban.

Compró también unos grandes álbumes de tapas verdes cubiertas de motivos florales, donde ordenó las fotos de la boda. Mandó expresamente hacer copias de no sé cuántas fotos para mí, todas aquellas en las que salíamos yo, mis padres, mis hermanos, incluso Antonio. Telefoneaba y se las encargaba al fotógrafo. En cierta ocasión descubrí una en la que se entreveía a Nino; estaban Alfonso y Marisa, él aparecía a la derecha, recortado por el borde del encuadre, y solo se le veían el mechón, la nariz y la boca.

—¿Me dejas que me quede esta también? —aventuré sin demasiada convicción.

—A ti no se te ve.

—Estoy aquí, de espaldas.

—De acuerdo, si la quieres te pido una copia.

Cambié bruscamente de idea.

—No, déjalo.

—No hagas cumplidos.

—No, deja.

La compra que más me impresionó fue la del proyector. Al fin habían revelado la película de su boda; el fotógrafo fue una noche a proyectársela a los recién casados y sus parientes. Lila averiguó el precio del aparato, pidió que se lo entregaran en casa y me invitó a ver la película. Colocó el proyector encima de la mesa del comedor, quitó de la pared un cuadro con la escena de una tempestad en el mar, insertó la película con destreza, bajó las persianas y las imágenes empezaron a deslizarse sobre la pared blanca. Una maravilla; la película era en color, de pocos minutos, me quedé atónita. Vi otra vez su entrada en la iglesia del brazo de Fernando, la salida a la explanada del templo al lado de Stefano, el paseo alegre que dieron por el parque delle Rimembranze que concluía con un largo beso en la boca, la llegada al salón del restaurante, el baile que siguió, los parientes que comían o bailaban, el corte de la tarta, el reparto de bomboneras, los saludos dirigidos al objetivo, Stefano alegre, ella sombría, ambos ya vestidos con la ropa para el viaje.

Tras el primer visionado me quedé impresionada sobre todo por mí misma. Me enfocaban dos veces. La primera en la explanada de la iglesia, al lado de Antonio: me vi torpe, nerviosa, con la cara comida por las gafas; la segunda, sentada a la mesa de Nino, casi no me reconocí; reía, movía las manos y los brazos con desdeñosa elegancia, me arreglaba el pelo con la mano, jugueteaba con el brazalete de mi madre, me encontré fina y guapa. De hecho, Lila exclamó:

—Fíjate qué bien has salido.

—Qué va —mentí.

—Se te ve tal como eres cuando estás contenta.

En el visionado siguiente (le pedí: Vuelve a ponerla, y ella no se hizo rogar), lo que me llamó la atención fue la entrada en el salón de los dos Solara. El fotógrafo había captado el momento que más me impactó: Nino abandonando el salón en el preciso instante en que Marcello y Michele hacían su entrada. Los dos hermanos avanzaban con sus trajes de domingo, el uno al lado del otro, altos, con músculos trabajados en el gimnasio levantando pesas; entretanto, Nino se escabullía con la cabeza gacha, chocando apenas contra el brazo de Marcello; y mientras este último se volvía de golpe con una mueca malvada de matón, él desaparecía indiferente, sin volverse.

El contraste me pareció brutal. No fue tanto por la pobreza de la ropa de Nino, que desentonaba con la riqueza de los trajes de los Solara, con el oro que lucían en el cuello, las muñecas y los dedos. Ni siquiera fue por su extrema delgadez, acentuada por la diferencia en la estatura —por lo menos cinco centímetros más que los dos hermanos, que también eran altos—, que sugería una fragilidad muy alejada de la viril robustez que ostentaban Marcello y Michele con gran complacencia. Fue más bien la displicencia. Mientras la altanería de los Solara podía considerarse normal, la soberbia despreocupación con la que Nino había chocado con Marcello para seguir de largo no tenía nada de normal. Incluso quienes lo detestaban, como Pasquale, Enzo, Antonio, de un modo u otro debían tener cuidado con los Solara. Sin embargo, Nino no solo no se había disculpado, sino que ni siquiera se había dignado mirar a Marcello.

La escena me pareció una prueba documental de cuanto había intuido mientras la viví en la realidad. En esa secuencia, el hijo de Sarratore aparecía —él que se había criado en los edificios del barrio viejo, igual que nosotras, que me había parecido muy asustado cuando se había visto ante la alternativa de ganar a Alfonso en las competiciones del colegio— del todo ajeno a la escala de valores en cuyo vértice estaban los Solara. Era una jerarquía que visiblemente no le interesaba, que quizá ya ni siquiera comprendía.

Lo miré seducida. Me pareció un príncipe asceta capaz de atemorizar a Michele y Marcello simplemente con su mirada que no los veía. Por un instante esperé que ahora, en la imagen, hiciera lo que no había hecho en la realidad: llevarme de allí.

Lila se fijó en Nino solo en ese momento, y preguntó con curiosidad:

—¿Es el mismo con el que estás sentada a la mesa junto con Alfonso?

—Sí. ¿No lo has reconocido? Es Nino, el hijo mayor de Sarratore.

—¿El mismo al que dejaste que te besara cuando estuviste en Ischia?

—Fuc una tontería.

—Menos mal.

—¿Menos mal por qué?

—Porque tiene unos humos, no sé quién se cree que es.

Casi para justificar aquella impresión dije:

—Este año se saca el título y es el mejor de todo el instituto.

—¿Por eso te gusta?

—Que no.

—Déjalo correr, Lenù, Antonio es mejor.

—¿Te parece?

—Sí. Este es seco, feo y, sobre todo, muy presuntuoso.

Aquellos tres adjetivos fueron para mí como una ofensa y estuve a punto de decirle: no es verdad, es muy apuesto, tiene los ojos chispeantes, y lamento que no te des cuenta, porque un muchacho así no lo encuentras ni en el cine ni en la televisión, ni siquiera en las novelas, y me siento feliz de amarlo desde que era niña, aunque él sea inalcanzable, aunque me case con

Antonio y me pase la vida poniendo gasolina en los coches, lo amaré más que a mí misma, lo amaré para siempre.

Me limité a decir, infeliz:

—Me gustaba en otra época, cuando íbamos a la primaria, ahora ya no me gusta.

12

Siguieron unos meses especialmente cargados de pequeños acontecimientos que me causaron grandes tormentos y que todavía hoy me resulta difícil ordenar. Por mucho que adoptara un tono desenvuelto y me impusiera una férrea disciplina, a menudo me dejaba llevar, con dolorosa complacencia, por oleadas de infelicidad. Todo parecía conjurarse en mi contra. En la escuela no conseguía sacar las notas de antes, pese a que había vuelto a estudiar. Los días pasaban sin un solo momento en que me sintiera viva. El trayecto hasta el colegio, hasta la casa de Lila, hasta los pantanos eran telones de fondo desteñidos. Nerviosa, desanimada, sin apenas darme cuenta, siempre acababa echándole la culpa a Antonio de gran parte de mis dificultades.

Él también estaba muy inquieto. Quería verme a todas horas, a veces dejaba el trabajo y lo encontraba esperándome cohibido en la acera, frente al portón del instituto. Estaba preocupado por las locuras de su madre, Melina, y lo aterraba la posibilidad de no librarse del servicio militar. En su día había presentado al distrito varias solicitudes y documentado la muerte de su padre, las condiciones de salud de su madre, su papel de único sostén de la familia, y parecía que el ejército, abrumado por los papeles, hubiese decidido olvidarse de él. Pero le habían contado que Enzo Scanno se marchaba en otoño y temía que le tocara a él también.

—No puedo dejar a mi madre, a Ada y a mis hermanos sin un céntimo y sin protección —se desesperaba.

Una vez apareció jadeante por la puerta del colegio; le habían contado que los carabineros habían ido a pedir información sobre él.

—Pregúntale a Lina —me pidió, angustiado—, que te diga si Stefano consiguió la exención por ser hijo de madre viuda o cualquier otro motivo.

Lo calmé, traté de distraerlo. Organicé para él una salida a la pizzería con Pasquale, Enzo y sus respectivas novias, Ada y Carmela. Confiaba en que hablando con sus amigos, encontrase la forma de tranquilizarse; no fue así. Como de costumbre, Enzo no manifestó la menor emoción por su partida, su única pena era que mientras estuviese en filas, su padre se vería obligado a salir otra vez a la calle con el carrito aunque la salud no lo ayudaba. En cuanto a Pasquale, nos reveló un tanto mustio que no había hecho el servicio militar porque una antigua tuberculosis había inducido al distrito militar a descartarlo. Pero dijo que lo sentía, porque la mili había que hacerla y no precisamente para servir a la patria. La gente como nosotros, masculló, tiene el deber de aprender a utilizar bien las armas, porque pronto llegará el momento en que los que tienen que pagar, pagarán. Después se pasó a hablar de política, es más, para ser exactos solo habló Pasquale, y de un modo muy exaltado. Dijo que los fascistas querían recuperar el poder con la ayuda de los democristianos, y añadió que la policía y el ejército los apoyaban. Comentó que era necesario prepararse, y se dirigió sobre todo a Enzo, que asentía con la cabeza e incluso, él que en general callaba, dejó caer con una risita: No te preocupes, que cuando vuelva te contaré cómo se dispara.

Ada y Carmela se mostraron muy impresionadas por esa conversación, parecían contentas de ser las novias de unos hombres tan peligrosos. A mí me hubiera gustado intervenir, pero sabía poco o nada de las alianzas entre fascistas, democristianos y la policía, en la cabeza no tenía un solo pensamiento. De vez en cuando miraba a Antonio, esperando que se apasionara con el tema, pero no fue así, solo intentó volver al punto que lo angustiaba. Preguntó en varias ocasiones: Cómo es la mili, y Pasquale, pese a no haberla hecho, le contestó: Una verdadera mierda, al que no se doblega, lo quiebran. Como de costumbre, Enzo se quedó callado como si el asunto no fuera con él. Antonio dejó de comer y mientras jugueteaba con la media pizza que tenía en el plato repitió en varias ocasiones palabras como: Esos no saben con quién se enfrentan, que lo intenten, seré yo quien los quiebre a ellos.

Cuando nos quedamos solos, de buenas a primeras, con tono deprimido, me dijo:

—Sé que si me voy a la mili no me esperarás, te irás con otro.

Y entonces lo comprendí. El problema no era Melina, no era Ada, ni siquiera eran sus otros hermanos que se quedarían sin un sostén, tampoco eran los atropellos del cuartel. El problema era yo. No quería dejarme ni un solo minuto y tuve la sensación de que por mucho que hiciera o dijera para tranquilizarlo, nunca me creería. Opté por hacerme la ofendida. Le dije que tomara ejemplo de Enzo: Él se fía, dije entre dientes, si tiene que ir, se va, no lloriquea, y eso que acaba de prometerse con Ada. Y mírate, tú te quejas sin motivo, sí, sin motivo, Antò, a fin de cuentas no te vas a ir, porque si a Stefano Carracci le concedieron la exención por ser hijo de madre viuda, por qué no te la iban a dar a ti.

El tono entre agresivo y afectuoso lo calmó. Pero antes de despedirse me repitió avergonzado:

—Pregúntale a tu amiga.

—También es amiga tuya.

—Sí, pero pregúntale tú.

Al día siguiente hablé con Lila, pero no sabía nada del servicio militar de su marido; de mala gana me prometió que se informaría.

No lo hizo enseguida tal como yo esperaba. Siempre había alguna tensión con Stefano y la familia de él. Maria le había dicho a su hijo que su mujer gastaba demasiado. Pinuccia ponía pegas por la nueva charcutería, decía que ella no pensaba ocuparse y que, en todo caso, le tocaba a su cuñada. Stefano acallaba a su madre y a su hermana pero al final terminaba por echarle en cara a su mujer los gastos excesivos, trataba de captar si, llegado el caso, estaría dispuesta a ocuparse de la caja registradora de la nueva tienda.

En aquella época Lila se volvió especialmente evasiva, incluso a mis ojos. Decía que iba a gastar menos, aceptaba de buen grado ocuparse de la charcutería, y entretanto gastaba aún más; y si antes se asomaba a la nueva tienda por curiosidad o por obligación, ahora ni eso. Tanto es así que ya no le quedaban morados en la cara y parecía dominada por el afán de salir a dar vueltas, sobre todo por las mañanas, cuando yo iba al colegio.

Paseaba con Pinuccia, competían para ver quién se vestía mejor, quién compraba más cosas inútiles. Por lo general, ganaba Pina, sobre todo porque, gracias a sus melindres un tanto infantiles, lograba sacarle dinero a Rino, que se sentía obligado a mostrarse más generoso que su cuñado.

—Yo me deslomo todo el día —le decía el novio a su novia—, diviértete también por mí.

Y con orgullosa displicencia, ante los ojos de los trabajadores y de su padre, se sacaba del bolsillo de los pantalones un fajo de billetes arrugados, se lo tendía a Pina y enseguida hacía el ademán burlón de querer darle algo también a su hermana.

Para Lila esos comportamientos eran molestos como las corrientes de aire que cierran las puertas de golpe y derriban los objetos de un estante. Pero asimismo veía en ellas la señal de que, por fin, la fábrica de zapatos arrancaba y, en el fondo, se alegraba de que los zapatos Cerullo estuvieran en los escaparates de muchas tiendas de la ciudad, los modelos de primavera se vendían bien, los nuevos pedidos eran cada vez más frecuentes. Tanto es así que Stefano se vio obligado a adquirir también el sótano debajo de la zapatería para transformarlo mitad en almacén, mitad en taller, mientras que Fernando y Rino tuvieron que buscar deprisa y corriendo otro ayudante y a veces trabajaban incluso de noche.

Naturalmente, abundaban las disputas. La decoración de la tienda de zapatos que los Solara se habían comprometido a abrir en la piazza dei Martiri debía correr por cuenta de Stefano que, alarmado por el hecho de que nunca se había estipulado nada por escrito, reñía bastante con Marcello y Michele. Al parecer, ya estaban a punto de formalizar un documento privado que pondría negro sobre blanco la cantidad (un tanto inflada) que Carracci tenía intención de invertir en la decoración. Y sobre todo Rino se sentía muy satisfecho de ese resultado: siempre que su cuñado ponía dinero, él se daba aires de amo y señor como si lo hubiera puesto él.

—Si seguimos así, el año que viene nos casamos —le prometía a su novia; y una mañana Pina quiso ir a la misma modista que le había hecho el vestido de novia a Lila, solo para echar un vistazo.

La modista las recibió a las dos muy afable, pero después, como le gustaba tanto Lila, le pidió que le contase con lujo de detalles la boda, e insistió mucho para que le dejara una foto ampliada en traje de novia. Lila mandó a hacer expresamente una copia y una mañana salió con Pina y fueron a llevársela.

En esa ocasión, mientras se paseaban por el Rettifilo, Lila le preguntó a su cuñada cómo había hecho Stefano para librarse del servicio militar, si los carabineros habían ido a comprobar su condición de hijo de madre viuda, si la exención se la comunicaron por correo desde el distrito militar o si había tenido que hacer el trámite en persona.

Pinuccia la miró irónica.

—¿Hijo de madre viuda?

—Sí, Antonio dice que si estás en esa situación, te libras.

—Yo sé que la única manera segura para librarse es pagando.

—¿Pagar a quién?

—A los del distrito.

—¿Stefano pagó?

—Sí, pero no se lo cuentes a nadie.

—¿Y cuánto pagó?

—Eso no lo sé. Los Solara se ocuparon de todo.

Lila se quedó helada.

—¿Cómo?

—Bueno, ya sabes que ni a Marcello ni a Michele los llamaron a filas. Se hicieron declarar inútiles por insuficiencia torácica.

—¿Esos dos? ¿Cómo es posible?

—A través de conocidos.

—¿Y Stefano?

—Recurrió a los mismos conocidos que Marcello y Michele. Pagas y los conocidos te hacen el favor.

Esa misma tarde mi amiga me dio todos los detalles, pero como si no cayera en la cuenta de lo malas que eran esas noticias para Antonio. Estaba electrizada —sí, electrizada— por la revelación de que la alianza entre su marido y los Solara no tenía su origen en las necesidades impuestas por los negocios, sino que venía de lejos, de antes de su compromiso.

—Me engañó, y cómo —repetía casi con satisfacción, como si aquella historia de la mili fuese la prueba definitiva de la verdadera naturaleza de Stefano y ahora se sintiera como liberada. Tardé un rato en animarme a preguntarle:

—¿Tú crees que si el distrito militar no le diera la exención a Antonio, los Solara podrían hacerle el mismo favor?

Me lanzó su mirada malévola, como si acabara de decir algo antipático, y zanjó la cuestión:

—Antonio nunca recurriría a los Solara.

13

A mi novio no le conté una sola palabra de aquella conversación. Evité verlo, le dije que tenía muchos deberes y varias pruebas orales a la vista.

No se trataba de una excusa, el colegio era un auténtico infierno. La delegación de educación vejaba al director, el director vejaba a los profesores, los profesores vejaban a los alumnos, los alumnos se atormentaban entre ellos. Buena parte de nosotros no soportábamos la carga de deberes, pero nos alegrábamos de tener clase en días alternos. Una minoría, en cambio, la tomaba con el estado ruinoso del edificio escolar, con la pérdida de horas de clase, y quería la vuelta inmediata al horario normal. Al frente de este bando estaba Nino Sarratore y eso me complicó aún más la vida.

Lo veía confabular en el pasillo con la Galiani, pasaba al lado de ellos esperando que la profesora me llamara. Nunca ocurría eso. Esperaba entonces que fuese él quien me dirigiera la palabra, pero eso tampoco sucedía. De modo que me sentía desacreditada. Ya no consigo sacar las notas de antes, pensaba, por eso en poquísimo tiempo he perdido el poco prestigio que había ganado. Por otra parte —me amargaba—, ¿qué pretendo? Si la Galiani o Nino me pidieran una opinión sobre esta historia de las aulas inservibles o el exceso de deberes, ¿qué podría decirles? De hecho, no tenía opiniones; me di cuenta una mañana en que Nino pasó delante de mí con una hoja mecanografiada y me preguntó bruscamente:

—¿Lo lees?

Me entraron unas palpitaciones tan fuertes que me limité a preguntar:

—¿Ahora?

—No, devuélvemelo a la salida.

Me embargó la emoción. Fui corriendo al baño y me puse a leer, alborotadísima. La hoja estaba plagada de cifras y hablaba de cosas de las que no tenía ni idea: plan regulador, construcción de escuelas, la Constitución italiana, algunos artículos fundamentales. Solo entendí lo que ya sabía, es decir, que Nino exigía el regreso inmediato al horario normal de clase.

Al regresar al aula, le pasé la hoja a Alfonso.

—Déjalo correr —me aconsejó él sin leerla siquiera—, estamos a final del curso, tenemos las últimas pruebas orales, ese quiere meterte en líos.

Pero yo me puse como loca, me latían las sienes, se me cerraba la garganta. En el colegio nadie se exponía como Nino sin temer a los profesores y al director. No solo era el mejor en todas las asignaturas, sino que sabía cosas que no se enseñaban, que ningún alumno, por aplicado que fuera, sabía. Tenía carácter. Y era apuesto. Conté las horas, los minutos, los segundos. Quería salir corriendo y devolverle la hoja, alabarlo, decirle que estaba de acuerdo en todo, que quería serle útil.

No lo vi en las escaleras, entre la multitud de alumnos, y en la calle no estaba. Salió entre los últimos, con su aire enfurruñado de siempre. Fui a su encuentro agitando alegremente la hoja y vertí sobre él una profusión de palabras, todas fuera de tono. Él me escuchó ceñudo, cogió la hoja, la arrugó con rabia y la tiró.

—La Galiani me dijo que no está bien —masculló.

Me sorprendí.

—¿Qué es lo que no está bien?

Hizo una mueca de disgusto y un gesto que significaba: dejémoslo correr, no vale la pena hablar de ello.

—Gracias de todos modos —dijo un tanto forzado, y se inclinó de repente y me dio un beso en la mejilla.

Desde el beso de Ischia, entre nosotros no había habido ningún otro contacto, ni siquiera un apretón de manos, y esa forma de despedirse, del todo insólita en aquella época, me paralizó. No me pidió que hiciéramos juntos parte del trayecto, no me dijo adiós, todo acabó allí. Sin fuerzas, sin voz, lo vi alejarse.

En ese momento ocurrieron dos cosas muy feas, una detrás de la otra. En primer lugar, por un callejón asomó una chica, seguramente más pequeña que yo, como mucho tendría quince años, que me sorprendió por su belleza limpia: proporcionada, el pelo negro, lacio y largo le caía sobre la espalda, sus gestos y movimientos tenían una gracia propias, todas las prendas primaverales que vestía eran de una medida estudiada. Alcanzó a Nino, él le pasó el brazo alrededor de los hombros, ella levantó la cara ofreciéndole la boca, se besaron; fue un beso muy distinto del que acababa de darme a mí. Acto seguido me di cuenta de que Antonio esperaba en la esquina. En lugar de estar en el trabajo, había venido a recogerme. A saber desde cuándo esperaba en la esquina.

14

Fue difícil convencerlo de que lo que había visto con sus propios ojos no era lo que imaginaba desde hacía tiempo, sino un comportamiento amistoso sin otros fines. «Ya está de novio —le dije—, lo has visto tú también.» Pero debió de captar un rastro de sufrimiento en mis palabras y me amenazó, empezaron a temblarle el labio inferior, las manos. Murmuré que estaba harta, que quería dejarlo. Cedió, nos reconciliamos. Pero a partir de ese momento confió todavía menos en mí y la angustia de tener que irse al servicio militar se sumó de forma definitiva al miedo de que lo dejara por Nino. Salía cada vez con más frecuencia del trabajo para pasar, según decía, a saludarme. En realidad, su meta era pillarme con las manos en la masa y probar en primer lugar a sí mismo que le era infiel. Ni él mismo sabía qué haría después.

Una tarde, su hermana Ada me vio pasar delante de la charcutería donde trabajaba con gran satisfacción suya y de Stefano. Se me acercó corriendo. Llevaba una bata blanca cubierta de manchas de grasa que le llegaba por debajo de la rodilla; pese a ello estaba guapa y se adivinaba por el carmín de los labios, los ojos pintados, los pasadores en el pelo, que debajo de la bata estaba vestida como para ir de fiesta. Dijo que quería hablarme y quedamos para vernos en el patio antes de cenar. Llegó jadeante de la tienda, acompañada de Pasquale, que había ido a recogerla.

Me hablaron juntos, una frase incómoda ella, una frase incómoda él. Comprendí que estaban muy preocupados, Antonio se enojaba por todo, ya no tenía paciencia con Melina, se ausentaba del trabajo sin avisar. Y también Gallese, el dueño del taller, estaba descolocado porque lo conocía desde que era un muchachito y nunca lo había visto de ese modo.

—Tiene miedo del servicio militar —dije.

—Si lo llaman, tendrá que ir a la fuerza —dijo Pasquale—, si no será desertor.

—Cuando tú estás con él, se le pasa todo —añadió Ada.

—No tengo mucho tiempo —respondí.

—Las personas son más importantes que el estudio —dijo Pasquale.

—No estés tanto con Lina y ya verás como encuentras tiempo —agregó Ada.

—Ya estoy haciendo lo que puedo —dije, picada.

—Tiene los nervios frágiles —dijo Pasquale.

—Desde niña cuido de una loca, dos serían francamente demasiado, Lenù —concluyó Ada, brusca.

Me disgusté, me asusté. Cargada de sentimientos de culpa, volví a ver a Antonio con mucha frecuencia, aunque no tuviera ganas, aunque tuviera que estudiar. No fue suficiente. Una noche, en los pantanos, se echó a llorar, me enseñó una tarjeta postal, no le habían dado la exención, debía marcharse en otoño, con Enzo. Y entonces hizo algo que me impresionó mucho. Se tiró al suelo y empezó a llenarse frenéticamente la boca con puñados de tierra. Tuve que abrazarlo con fuerza, murmurarle que lo quería, quitarle la tierra de la boca con los dedos.

En qué lío me estoy metiendo, pensé más tarde en la cama sin poder pegar ojo, y de repente me di cuenta de que se habían atenuado las ganas de abandonar los estudios, de aceptarme como era, de casarme con él, de vivir en casa de su madre, con sus hermanos, poniendo gasolina en los coches.

Decidí que debía hacer algo para ayudarlo y cuando se hubiese recuperado, cortar con esa relación.

Al día siguiente, muerta de miedo, fui a casa de Lila. La encontré hasta demasiado alegre, en aquella época las dos éramos inestables. Le conté lo de Antonio, lo de la tarjeta postal, y le dije que había tomado una decisión, sin que él se enterara, porque nunca me habría dado permiso; tenía intención de ir a ver a Marcello o incluso a Michele para pedirles si podían sacarlo del aprieto.

Exageré mi determinación. En realidad estaba confundida: por una parte, el intento me parecía obligado, puesto que yo era la causa del sufrimiento de Antonio, por la otra, se lo consultaba a Lila precisamente porque daba por descontado que me pediría que no lo hiciera. En aquella época yo estaba tan trastornada por mi propio desorden emocional que no tuve en cuenta el suyo.

Su reacción fue ambigua. Primero se burló de mí, me tachó de mentirosa, me dijo que debía de querer mucho a mi novio para estar dispuesta a ir en persona a humillarme ante los dos Solara, aun sabiendo que con todo lo ocurrido en el pasado no habrían movido un dedo por él. Pero después empezó a darle vueltas a la idea nerviosamente, se reía, se ponía seria, reía otra vez. Al final dijo: De acuerdo, ve, y a ver qué pasa. A continuación añadió:

—Bien mirado, Lenù, ¿qué diferencia hay entre mi hermano y Michele Solara o, un suponer, entre Stefano y Marcello?

—¿Qué quieres decir?

—Quiero decir que tal vez tendría que haberme casado con Marcello.

—No te entiendo.

—Al menos Marcello no depende de nadie, hace lo que le da la gana.

—¿Lo dices en serio?

Se apresuró a negarlo entre risas, pero no me convenció. Es imposible, pensé, que esté revalorizando a Marcello: todas esas risas no son auténticas, son solo el reflejo de malos pensamientos y del padecimiento porque no le van bien las cosas con el marido.

Lo comprobé de inmediato. Se puso seria, los ojos como dos ranuras, y dijo:

—Te acompaño.

—¿Adónde?

—A ver a los Solara.

—¿Para qué?

—Para comprobar si pueden ayudar a Antonio.

—No.

—¿Por qué?

—Porque harás que Stefano se enfade.

—¿Y a mí qué coño me importa? Si él recurre a ellos, yo, que soy su mujer, también puedo hacerlo.

15

No conseguí hacerla cambiar de idea. Un domingo, el día en que Stefano dormía hasta las doce, salimos juntas a dar un paseo y ella me llevó al bar Solara. Cuando la vi aparecer en la calle nueva todavía blancuzca por la cal, me quedé con la boca abierta. Se había vestido y maquillado de un modo muy llamativo, ya no se parecía a la Lila desaliñada de otros tiempos ni a la Jacqueline Kennedy de las revistas, sino, a juzgar por las películas que nos habían gustado, quizá a Jennifer Jones en *Duelo al sol*, o quizá a Ava Gardner en *Fiesta*.

Caminar a su lado me produjo incomodidad y una sensación de peligro. Tuve la sensación de que además de exponerme a las murmuraciones, estaba haciendo el ridículo, y que de rebote ambas cosas me afectaban también a mí, una especie de perrita desvaída pero fiel que le hacía de escolta. Todo en ella, del peinado a los pendientes, de la camisa ajustada a la falda estrecha y los andares, era inapropiado a las calles grises del barrio. Al verla las miradas masculinas parecían estremecerse como ofendidas. Las mujeres, especialmente las viejas, no se limitaban a lucir una expresión desorientada; alguna se detuvo al borde de la acera y se quedó mirándola con una risita entre divertida y molesta, como cuando Melina hacía cosas raras en la calle.

Sin embargo, cuando entramos en el bar Solara repleto de hombres que compraban los pasteles dominicales, solo hubo ojeadas respetuosas, algún gesto educado de saludo, la mirada francamente admirada de Gigliola Spagnuolo detrás del mostrador, el saludo de Michele que estaba en la caja registradora, un buenos días exagerado que pareció una exclamación de júbilo. El intercambio verbal que siguió fue todo en dialecto, como si la tensión impidiera pasar por los fatigosos filtros de la pronunciación, el léxico y la sintaxis del italiano.

—¿Qué ponemos hoy?

—Una docena de pasteles.

Michele le gritó a Gigliola, esta vez con un ligero matiz irónico:

—Doce pasteles para la señora Carracci.

Al oír aquel nombre, la cortina que daba al obrador se abrió y se asomó Marcello. Al ver a Lila allí, en su bar-pastelería, palideció y retrocedió. Al cabo de pocos segundos volvió a asomarse y salió a saludarnos. Dirigiéndose a mi amiga, murmuró:

—Me impresiona oír que te llaman señora Carracci.

—A mí también —dijo Lila y su media sonrisa divertida, la total ausencia de hostilidad, me sorprendieron no solo a mí sino a los dos hermanos.

Michele la miró de arriba abajo, con la cabeza inclinada a un lado, como si estuviese contemplando un cuadro.

—Te vimos —dijo. Y le gritó a Gigliola—: ¿No es cierto, Gigliò, que la vimos ayer por la tarde?

Gigliola asintió con la cabeza sin demasiado entusiasmo. Marcello también estuvo de acuerdo —la vimos, sí, la vimos—, pero sin la ironía de Michele, más bien como bajo efectos de la hipnosis en el espectáculo de un mago.

—¿Ayer por la tarde? —preguntó Lila.

—Ayer por la tarde —confirmó Michele—, en el Rettifilo.

Marcello fue al grano, molesto por el tono de su hermano:

—Estabas expuesta en el escaparate de la modista, había una foto tuya en traje de novia.

Hablaron un rato de la foto, Marcello con devoción. Michele con ironía, empleando expresiones diferentes ambos recalcaron que en aquella foto había quedado plasmada del mejor modo la belleza de Lila el día de su boda. Ella se mostró contrariada, pero con un toque de coquetería; la modista no le había dicho que pondría la foto en el escaparate, porque de haberlo hecho, nunca se la hubiera dado.

—Yo también quiero una foto en el escaparate —gritó Gigliola desde el mostrador, imitando el tono caprichoso de una niña.

—Si alguien se casa contigo —dijo Michele.

—Cásate tú conmigo —replicó ella, taciturna, y la cosa siguió así hasta que Lila dijo seria:

—Lenuccia también quiere casarse.

La atención de los hermanos Solara se desplazó con desgana hacia mí, que hasta ese momento me había sentido invisible y no había pronunciado palabra.

—Que no —me sonrojé.

—Cómo que no, yo me casaría contigo aunque seas una cuatro ojos —dijo Michele, que recibió otra mirada negra de Gigliola.

—Llegas tarde, ya está prometida —dijo Lila. Y poco a poco logró conducir a los dos hermanos hasta Antonio y evocar su situación familiar, hasta la vívida representación de cómo se agravaría aún más si lo llamaban a filas. No me impresionó su habilidad con las palabras, ya la conocía. Me impresionó el tono nuevo que empleaba, una sensata dosis de desfachatez y comedimiento. Ahí estaba, la boca llameante de carmín. Le hacía creer a Marcello que había enterrado el pasado, le hacía creer a Michele que su astuta arrogancia la divertía. Y, para mi gran asombro, con ambos empleaba las artes de la mujer que sabe muy bien lo que es un hombre, que en ese aspecto ya nada tiene que aprender, sino al contrario, mucho que enseñar; y mientras lo hacía, no actuaba como hacíamos de muchachitas cuando imitábamos las novelas donde aparecían damas perdidas, se notaba que sus conocimientos eran verdaderos y que no la sonrojaban. Después, bruscamente se volvía arisca, lanzaba señales de rechazo, ya sé que os gustaría tenerme pero yo no os quiero. Imponía distancia y los desorientaba, hasta tal punto que Marcello se cohibía y Michele se acobardaba sin saber muy bien qué hacer, con una mirada reluciente que daba a entender: Vete con ojo, que seas o no la señora Carracci, te doy un par de bofetadas, zorra. Entonces ella volvía a modificar el tono, a ejercer su influjo sobre ellos, se mostraba divertida, los divertía. ¿El resultado? Michele no perdió la compostura, pero Marcello dijo:

—Antonio no se lo merece, pero para contentar a Lenuccia, que es una buena chica, puedo pedirle a un amigo que averigüe si se puede hacer algo.

Me alegré, le di las gracias.

Lila eligió los pasteles, fue amable con Gigliola y también con su padre, el pastelero, que se asomó desde el obrador para decirle: Saludos para Stefano. Cuando intentó pagar, Marcello hizo un gesto claro de rechazo y su hermano, aunque con menos decisión, lo apoyó. Nos disponíamos a salir cuando Michele le dijo serio, con el tono calmado que adoptaba cuando quería algo y excluía toda discusión:

—Saliste muy bien en esa foto.

—Gracias.

—Se te ven bien los zapatos.

—No me acuerdo.

—Yo sí me acuerdo y quería pedirte una cosa.

—¿Tú también quieres una foto para ponerla aquí, en el bar?

—No —respondió Michele con una risita fría—, pero ya sabes que estamos decorando la tienda de la piazza dei Martiri.

—No sé nada de vuestras cosas.

—Pues tendrías que informarte porque se trata de cosas importantes y todos sabemos que no tienes un pelo de tonta. Creo que si esa foto le sirve a la modista para hacer publicidad del vestido de novia, nosotros la podemos utilizar mejor para hacer publicidad de los zapatos Cerullo.

Lila estalló en carcajadas y dijo:

—¿Quieres poner la foto en el escaparate de la piazza dei Martiri?

—No, quiero poner una ampliación bien, bien grande dentro, en la tienda.

Ella lo pensó un momento, luego hizo una mueca de indiferencia.

—No tenéis que preguntármelo a mí sino a Stefano, el que decide es él.

Vi que los dos hermanos se miraban perplejos y comprendí que ya habían hablado de esa idea y que habían dado por descontado que Lila nunca habría aceptado, de modo que no podían creer que ella no se hubiera enfurecido, que no hubiese dicho que no enseguida, sino que se sometiera sin discutir a la autoridad del marido. No la reconocían, y en ese momento ni yo misma sabía quién era.

Marcello nos acompañó a la puerta, y una vez fuera adoptó un tono solemne y dijo muy pálido:

—Es la primera vez que hablamos después de tanto tiempo, Lina, y estoy muy emocionado. Entre tú y yo hubo un malentendido, qué se le va a hacer, lo hecho, hecho está. Pero no quiero que entre nosotros las cosas queden sin aclarar. Y sobre todo no quiero culpas que no tengo. Sé que tu marido va por ahí diciendo que exigí los zapatos como una afrenta. Pero te juro aquí, delante de Lenuccia, que él y tu hermano insistieron en darme los zapatos para demostrarme que ya no había ningún rencor. Yo no tuve nada que ver.

Lila escuchó sin interrumpirlo ni una sola vez, con una expresión benévola en la cara. En cuanto él terminó, volvió a ser la de siempre. Dijo con desprecio:

—Sois como los niños que se acusan entre ellos.

—¿No me crees?

—No, Marcè, no te creo. Pero me importa un carajo lo que digas tú, lo que digan ellos.

16

Arrastré a Lila hasta nuestro viejo patio, no veía la hora de contarle a Antonio lo que había hecho por él. Le confesé muy exaltada: En cuanto se calme un poco, lo dejo; ella no hizo comentarios, la noté distraída.

Llamé, Antonio se asomó, bajó serio. Saludó a Lila aparentemente sin prestar atención a cómo iba vestida, a cómo iba maquillada, esforzándose incluso por mirarla lo menos posible, tal vez porque temía que le leyera en la cara su viril turbación. Le dije que no podía entretenerme, apenas el tiempo para darle la buena noticia. Me escuchó, pero mientras le hablaba me di cuenta de que se encogía como ante la punta de un cuchillo. Ha prometido que te ayudará, subrayé con entusiasmo, y le pedí a Lila su confirmación.

—Eso ha dicho Marcello, ¿no es cierto?

Lila se limitó a asentir. Pero Antonio se puso palidísimo, mantenía la vista baja.

—Nunca te he pedido que hablases con los Solara —murmuró con voz entrecortada.

Lila se apresuró a mentir:

—Ha sido idea mía.

—Gracias, no era necesario —contestó Antonio sin mirarla.

La saludó —la saludó a ella, a mí no—, se dio media vuelta, cruzó el portón y desapareció.

Me entró dolor de estómago. ¿En qué me había equivocado, por qué se ponía de ese modo? En el trayecto de vuelta me desahogué, le dije a Lila que Antonio era peor que Melina, su madre, tenía la misma sangre inestable, yo ya no aguantaba más. Ella me dejó hablar y, entretanto, consiguió que la acompañara hasta su casa. Cuando llegamos, me pidió que subiera.

—Está Stefano —aduje, pero no era ese el motivo, me preocupaba la reacción de Antonio y quería estar sola para tratar de entender en qué me había equivocado.

—Cinco minutos y te vas.

Subí. Stefano estaba en pijama, desgreñado, sin afeitar. Me saludó con amabilidad, lanzó una mirada a su mujer, al paquete de pasteles.

—¿Has estado en el bar Solara?

—Sí.

—¿Vestida así?

—¿No estoy bien así?

Stefano negó con la cabeza, malhumorado, abrió el paquete.

—¿Quieres un pastel, Lenù?

—No, gracias, tengo que ir a comer.

Él le hincó el diente a un *cannolo* y, dirigiéndose a su mujer, le preguntó:

—¿A quién habéis visto en el bar?

—A tus amigos —dijo Lila—, me hicieron muchos cumplidos. ¿No es así, Lenù?

Le refirió palabra por palabra lo que los Solara le habían dicho, salvo el asunto de Antonio, es decir, el verdadero motivo por el que habíamos ido al bar, el motivo por el que me pareció que me había acompañado. Y con tono deliberadamente satisfecho concluyó:

—Michele quiere poner la foto bien grande en la tienda de la piazza dei Martiri.

—¿Y tú le has dicho que estabas de acuerdo?

—Le he dicho que tienen que hablar contigo.

Stefano terminó de comerse el *cannolo* de un solo bocado y se lamió los dedos. Y como si se tratara del punto que más lo había turbado le dijo:

—¿Ves lo que me obligas a hacer? Por tu culpa, mañana tendré que ir a perder el tiempo con la modista del Rettifilo. —Suspiró y, dirigiéndose a mí, dijo—: Lenù, tú que eres una chica seria, trata de explicarle a tu amiga que yo tengo que trabajar en este barrio, que no debe hacerme quedar como el culo. Que tengas un buen domingo, y saluda a tus padres.

Se metió en el baño.

A sus espaldas, Lila le hizo una mueca burlona y luego me acompañó hasta la puerta.

—Si quieres, me quedo —sugerí.

—Será cabrón, no te preocupes.

Repitió poniendo voz gruesa de hombre palabras como «trata de explicarle a tu amiga», «no debe hacerme quedar como el culo», y la parodia le puso los ojos alegres.

—¿Y si te muele a palos?

—¿Y qué me van a hacer a mí los palos? Después de unos cuantos días estoy mejor que antes.

En el rellano volvió a decirme, otra vez con voz de hombre: «Lenù, yo tengo que trabajar en este barrio». Entonces me sentí obligada a imitar a Antonio y susurré: «Gracias, pero no era necesario». Y fue como si nos viésemos desde fuera, las dos metidas en líos con nuestros hombres, las dos allí en el rellano, ocupadas con nuestra imitación femenina, y nos echamos a reír. Le dije: Basta que movamos un dedo para que metamos la pata, quién entiende a los hombres, ay, la de problemas que nos dan, la abracé con fuerza y me fui. No llegué siquiera al final de las escaleras cuando oí a Stefano gritarle unas palabrotas odiosas. Esta vez con voz de ogro, como la de su padre.

17

De camino a casa empecé a preocuparme por ella y por mí. ¿Y si Stefano llegaba a matarla? ¿Y si Antonio llegaba a matarme? Me entró el pánico; en medio del bochorno polvoriento recorrí a paso veloz las calles domingueras que comenzaban a vaciarse, próxima ya la hora de la comida. Qué difícil orientarse, qué difícil no violar ninguna de las detalladísimas reglas masculinas. Lila, quizá guiada por sus cálculos secretos, quizá solo por maldad, había humillado a su marido al ir a coquetear a la vista de todos —ella, la señora Carracci— con Marcello Solara, su antiguo pretendiente. Y yo, sin querer, es más, convencida de obrar bien, fui a defender la causa de Antonio ante ellos, que años antes habían ofendido a su hermana, que le habían pegado una paliza tremenda, a quienes él había pegado una paliza tremenda. Cuando entré en el patio, oí que me llamaban, me sobresalté. Era él, que esperaba mi regreso asomado a la ventana.

Bajó y me entró miedo. Pensé: Llevará un cuchillo. Pero no, me habló todo el rato con las manos hundidas en los bolsillos, como para mantenerlas prisioneras, tranquilo, con la mirada distante. Me dijo que lo había humillado ante las personas que más despreciaba en el mundo. Me dijo que lo había hecho quedar como un calzonazos que manda a su mujer a pedir favores. Me dijo que él no se arrodillaba ante nadie y que pensaba hacer el servicio militar no una, sino mil veces, que prefería morir en filas antes que ir a besarle la mano a Marcello. Me dijo que si Pasquale y Enzo llegaban a enterarse, le escupirían a la cara. Me dijo que me dejaba, porque por fin tenía la prueba de que no me importaban nada él ni sus sentimientos. Me dijo que con el hijo de Sarratore podía decir y hacer lo que me viniera en gana, que no quería verme nunca más.

No logré contestarle. De buenas a primeras sacó las manos de los bolsillos, me empujó detrás del portón y me besó apretando con fuerza los labios sobre los míos, hurgándome desesperadamente la boca con la lengua. Después se apartó, se dio media vuelta y se fue.

Subí las escaleras de mi casa muy confundida. Pensé que tenía más suerte que Lila, Antonio no era como Stefano. Nunca me habría hecho daño, solo era capaz de hacerse daño a sí mismo.

18

Al día siguiente no vi a Lila, pero, por sorpresa, me vi obligada a ver a su marido.

Por la mañana fui al colegio deprimida, hacía calor, no había estudiado, apenas había pegado ojo. Las horas de clase fueron un desastre. Busqué a Nino en la entrada para subir las escaleras con él e intercambiar aunque solo fueran unas palabras, pero no apareció; a lo mejor estaba paseando por la ciudad con su novia, a lo mejor estaba en el bosque de Capodimonte para que le hicieran las cosas que, durante meses, yo le había hecho a Antonio. En la primera hora me preguntaron la lección de química y di unas respuestas confusas o insuficientes, a saber la nota que me pusieron, y ya no quedaba tiempo para remediarlo, corría el riesgo de tener que examinarme en septiembre. La Galiani se cruzó conmigo en los pasillos y me soltó un discurso sosegado cuyo sentido era: ¿Qué te está pasando, Greco, por qué has dejado de estudiar?, y no supe decir otra cosa que: Profesora, estudio, estudio muchísimo, se lo juro, y ella me escuchó un rato y después me dejó plantada y se fue a la sala de profesores. Me di un hartón de llorar en el lavabo, lágrimas de autocompasión por lo desgraciada que era mi vida: lo había perdido todo, el éxito escolar, a Antonio, a quien siempre quise dejar, y al final me había dejado él y ya lo echaba de menos, a Lila, que desde que era la señora Carracci se estaba convirtiendo en otra cada día que pasaba. Debilitada por el dolor de cabeza, regresé a casa a pie mientras pensaba en ella, en cómo me había utilizado —sí, utilizado— para ir a provocar a los Solara, para vengarse del marido, para mostrármelo en su miseria de macho herido, y durante todo el trayecto me pregunté: ¿Cómo es posible cambiar de ese modo, que ya nada la diferencie de alguien como Gigliola?

Al llegar a casa, me encontré con la sorpresa. Mi madre no me agredió como era su costumbre porque llegaba tarde y sospechaba que yo había estado con Antonio, o porque había desatendido alguna de mis innumerables tareas domésticas. Con una especie de enfado amable se limitó a decirme:

—Stefano me ha preguntado si hoy por la tarde puedes acompañarlo al Rettifilo a ver a la modista.

Creí que no la había entendido bien, estaba atontada por el cansancio y el abatimiento. ¿Stefano? ¿Stefano Carracci? ¿Quería que lo acompañara al Rettifilo?

—¿Por qué no va con su mujer? —bromeó desde la otra habitación mi padre, que formalmente se encontraba de baja por enfermedad pero que, en realidad, debía de estar cocinando alguno de sus tejemanejes indescifrables—. ¿En qué emplean el tiempo esos dos? ¿En jugar a la escoba?

Mi madre puso cara de asco. Comentó que a lo mejor Lila estaba ocupada, dijo que debíamos ser amables con los Carracci, que había quien nunca se contentaba con nada. En realidad mi padre estaba la mar de contento: mantener buenas relaciones con el charcutero suponía comprar comida a crédito y aplazar todo lo posible el pago. Pero le gustaba hacerse el gracioso. Desde hacía un tiempo, en cuanto se le presentaba la ocasión, se divertía haciendo siempre comentarios alusivos sobre una presunta pereza sexual de Stefano. En la mesa preguntaba de vez en cuando: ¿Qué hace Carracci, solo le gusta la televisión? Y se echaba a reír; no había que ser un lince para intuir que el sentido de su pregunta era: ¿Cómo es posible que esos dos no tengan hijos, Stefano funciona o no funciona? Mi madre, que captaba esas cosas al vuelo, le contestaba seria: Es pronto, déjalos en paz, qué pretendes. Pero de hecho se divertía tanto o más que él con la idea de que el charcutero Carracci no funcionara a pesar de todo su dinero.

La mesa ya estaba puesta, me esperaban a mí para comer. Mi padre se sentó con una leve mueca burlona y siguió con la broma dirigiéndose a mi madre:

—¿Alguna vez te he dicho yo: Lo siento, esta noche estoy cansado, juguemos a la escoba?

—No, porque no eres una persona respetable.

—¿Y tú quieres que me vuelva una persona respetable?

—Un poquito, sin exagerar.

—Entonces, a partir de esta noche, seré una persona respetable como Stefano.

—Sin exagerar, he dicho.

Cómo detestaba esos rifirrafes. Hablaban como si estuviesen seguros de que mis hermanos y yo no entendíamos; o tal vez daban por descontado que captábamos hasta el último matiz, pero consideraban que era el modo adecuado de enseñarnos cómo ser hombres y mujeres. Agotada por mis problemas, me habría gustado gritar, tirar el plato, huir, no volver a ver a mi familia, la humedad en los rincones del techo, las paredes desconchadas, el olor a comida, todo. Antonio: qué estupidez perderlo, ya estaba arrepentida, quería que me perdonara. Si me quedan asignaturas para septiembre, me dije, no me presento, hago que me suspendan, me caso con él enseguida. Después me vino otra vez a la cabeza Lila, la forma en que se había vestido, el tono con el que le había hablado a los Solara, lo que tenía en mente, hasta qué punto la humillación y los padecimientos la estaban volviendo mala. Me pasé toda la tarde elucubrando así, pensamientos inconexos. Un baño en la bañera de la casa nueva, nervios por la petición de Stefano, cómo avisar a mi amiga, qué quería de mí su marido. Y la química. Y Empédocles. Y estudiar. Y dejar de estudiar. Y al final el dolor frío. No había salida. Sí, ni Lila ni yo seríamos jamás la chica que había ido a esperar a Nino a la puerta del colegio. A las dos nos faltaba algo impalpable, pero fundamental, que ella demostraba tener solo mirándola de lejos y que o se tenía o no se tenía, porque para tener aquella cosa no bastaba con aprender latín, griego o filosofía, tampoco servía el dinero de los embutidos o de los zapatos.

Stefano llamó desde el patio. Bajé corriendo, enseguida le vi la expresión de abatimiento. Dijo que me rogaba que lo acompañase a recoger la foto que la modista exhibía sin permiso en el escaparate. Hazlo por cortesía, murmuró con un tono un tanto meloso. Después, sin decir palabra, me hizo subir a su descapotable y partimos embestidos por el viento caliente.

En cuanto salimos del barrio empezó a hablar y no calló hasta que llegamos a la tienda de la modista. Se expresó en un dialecto apacible, sin palabrotas ni burlas. Empezó diciendo que debía hacerle un favor, pero no me aclaró de inmediato cuál era ese favor, se limitó a decir, embarullado, que si se lo hacía a él, era como si se lo hiciera a mi amiga. Y pasó a hablarme de Lila, que si era muy inteligente, que si era muy guapa. Pero es rebelde por naturaleza, añadió, las cosas se hacen como dice ella o si no, te martiriza. Lenù, tú no sabes por lo que estoy pasando, o quizá sí lo sabes, pero solo sabes lo que ella te cuenta. Escúchame también a mí. A Lina se le ha metido entre ceja y ceja que no pienso más que en el dinero, y quizá sea cierto, pero lo hago por la familia, por su hermano, por su padre, por todos sus parientes. ¿Hago mal? Tú que eres tan instruida, dime si hago mal. ¿Qué quiere de mí, la miseria de la que viene? ¿O es que los únicos que pueden hacer dinero son los Solara? ¿O es que queremos dejar el barrio en manos de ellos? Si tú me dices que me equivoco, yo contigo no discuto, lo reconozco enseguida. Pero con ella tengo que discutir a la fuerza. No me quiere, me lo ha dicho, me lo repite. Hacerle entender que soy su marido es una guerra, y desde que me casé la vida es insoportable. Verla por la mañana, por la noche, dormir a su lado y no poder hacer que sienta cuánto la quiero con la fuerza de que soy capaz es algo horrible.

Le miré las manos anchas, aferradas al volante, la cara. Se le empañaron los ojos y reconoció que la noche de bodas había tenido que pegarle, que se había visto obligado a hacerlo, que todas las mañanas, todas las noches, ella le arrancaba las bofetadas de las manos adrede para degradarlo, para obligarlo a ser como él nunca, jamás hubiera querido ser. Ahí adoptó un tono casi asustado: No tuve más remedio que pegarle otra vez, no debería haber ido a ver a los Solara vestida de esa manera. Pero lleva dentro una fuerza que no consigo explicar. Es una fuerza malvada que hace que las buenas maneras sean inútiles, que todo lo sea. Un veneno. ¿Te das cuenta de que no se queda embarazada? Los meses pasan y nada. Los parientes, los amigos, los clientes me preguntan con una risita en los labios: ¿Alguna novedad?, y yo tengo que decirles: Qué novedad, haciéndome el despistado. Porque en caso contrario debería contestar. ¿Y qué voy a contestar? Hay cosas que sabes pero que no se pueden decir. Ella, con la fuerza que tiene, impide que los hijos le crezcan dentro, los mata, Lenù, y lo hace adrede para que crean que no sé ser hombre, para dejarme como el culo delante de todo el mundo. ¿Tú qué crees? ¿Exagero? No tienes idea del favor que me haces al escucharme.

No supe qué decirle. Estaba pasmada, nunca había oído a un hombre hablar de sí mismo de ese modo. Utilizó todo el rato, incluso cuando habló de su propia violencia, un dialecto cargado de sentimiento, sin defensas, como el de algunas canciones. Sin embargo, no sé por qué se comportó así. Desde luego que más tarde me reveló lo que quería. Quería que me aliara con él por el bien de Lila. Dijo que había que ayudarla a entender hasta qué punto era necesario que se comportara como una esposa y no como una enemiga. Me pidió que la convenciera para que le echara una mano con la segunda charcutería y con las cuentas. Pero para eso no hacía falta que se confesara conmigo de aquel modo. Probablemente pensó que Lila ya me había informado con todo lujo de detalles y que, por tanto, debía darme su versión de los hechos. O quizá no había contado con franquearse de una forma tan sincera con la mejor amiga de su mujer, quizá actuó movido por las emociones. O tal vez pensó que, si lograba conmoverme, yo después conmovería a Lila cuando se lo contara todo. De lo que no cabe duda es que lo escuché con creciente interés. Poco a poco me fue gustando aquella corriente desbordante y libre de confidencias tan íntimas. Pero, sobre todo, debo reconocer que me gustó la importancia que me atribuía. Cuando expresó con sus propias palabras una sospecha que yo misma había tenido siempre, es decir, que Lila albergaba una fuerza que la hacía capaz de todo, incluso de impedir que su organismo concibiera niños, tuve la impresión de que me estaba atribuyendo un poder benéfico, capaz de imponerse al maligno de Lila, y eso me halagó. Nos bajamos del coche, llegamos a la tienda de la modista, y me sentí consolada por ese reconocimiento. Llegué incluso a decirle pomposamente, en italiano, que habría hecho lo posible para ayudarlos a ser felices.

Pero cuando estuvimos frente al escaparate de la modista me puse otra vez nerviosa. Los dos nos quedamos mirando la foto enmarcada de Lila entre telas multicolores. Estaba sentada, con las piernas cruzadas, y el vestido de novia un poco subido dejaba al descubierto los zapatos, un tobillo. Apoyaba la barbilla en la palma de una mano, la mirada seria e intensa clavada con descaro en el objetivo, y en el pelo brillaba la diadema de flores de azahar. El fotógrafo había tenido suerte, sentí que había captado la fuerza de la que acababa de hablarme Stefano; era una fuerza —me pareció entender— contra la que tampoco Lila podía hacer nada. Me volví con la intención de decirle admirada y al mismo tiempo desolada: Ahí tienes eso de lo que hemos hablado, pero él empujó la puerta y me cedió el paso.

El tono que había empleado conmigo desapareció, fue duro con la modista. Dijo que era el marido de Lina, lo dijo con esas mismas palabras. Aclaró que él también se dedicaba al comercio, pero que nunca se le hubiera pasado por la cabeza hacerse propaganda de esa manera. Llegó a decir incluso: Usted es una mujer hermosa, ¿qué diría su marido si yo cogiera una foto suya y la expusiera entre los salamis y los quesos provolone? Le pidió que le devolviera la foto.

La modista se quedó cortada, trató de defenderse, al final cedió. Pero se mostró muy disgustada y, para demostrar el acierto de su iniciativa y el fundamento de su aflicción, contó tres o cuatro cosas que después, con los años, pasaron a ser como una pequeña leyenda en el barrio. En los días en que la foto estuvo en el escaparate, entraron a pedir información sobre la joven del vestido de novia el famoso Renato Carosone, un príncipe egipcio, Vittorio De Sica y un periodista del *Roma* que quería hablar con Lila y enviarle un fotógrafo para hacer un reportaje en traje de baño como los que se hacen a las misses. La modista juró que no le había dado la dirección a nadie, a pesar de que la negativa le había parecido muy descortés, especialmente en el caso de Carosone y de De Sica, por ser como eran personas tan importantes.

Noté que cuanto más hablaba la modista, más se ablandaba Stefano. Se volvió sociable, quiso que la mujer le refiriese esos episodios con más detalle. Cuando nos marchamos llevándonos la foto, su humor había cambiado y el monólogo del trayecto de vuelta ya no tuvo el tono atormentado del de ida. Stefano se mostró alegre, se puso a hablar de Lila con la soberbia de quien posee un objeto raro con cuya propiedad consigue un gran prestigio. Insistió otra vez en pedirme ayuda. Antes de dejarme debajo de casa me hizo jurar una y otra vez que me empeñaría en conseguir que Lila entendiera cuál era la senda correcta y cuál la errónea. Sin embargo Lila, en sus palabras, ya no era una persona ingobernable, sino una especie de fluido precioso, encerrado en un contenedor que le pertenecía. En los días siguientes, Stefano contó a todo el mundo, incluso en la charcutería, lo de Carosone y De Sica, hasta el punto de que se corrió la voz y Nunzia, la madre de Lila, se pasó el resto de sus días contándole a todos que su hija habría tenido la posibilidad de ser cantante y actriz, aparecer en la película *Matrimonio a la italiana*, salir en la televisión, hasta convertirse en princesa egipcia, si la modista del Rettifilo no se hubiese mostrado tan reticente y si el destino no la hubiese llevado a casarse a los dieciséis años con Stefano Carracci.

19

La profesora de química fue generosa conmigo (o tal vez fue la Galiani quien se empeñó en que lo fuera) y me regaló un aprobado. Saqué siete en todas las asignaturas de letras, seis en las de ciencias, aprobado en religión y, por primera vez, un ocho en conducta, señal de que el cura y buena parte del consejo escolar nunca me habían perdonado del todo. Me disgusté, pues consideraba el antiguo enfrentamiento con el profesor de religión sobre el papel del Espíritu Santo un acto de presunción y lamentaba no haberle hecho caso a Alfonso, que por aquel entonces había tratado de frenarme. Naturalmente, no conseguí la beca y mi madre se puso hecha una furia; me gritó que era por culpa del tiempo que había perdido con Antonio. Aquello me exasperó, le dije que no quería seguir estudiando. Ella levantó la mano para darme una bofetada, temió por mis gafas y corrió a buscar el sacudidor. En fin, malos tiempos, cada vez peores. Lo único que me pareció positivo ocurrió cuando fui al colegio a ver las notas y el bedel se me acercó corriendo para entregarme un paquete que la profesora Galiani le había dejado para mí. Eran libros, pero no novelas, sino libros cargados de razonamientos, una señal delicada de confianza que, no obstante, no bastó para levantarme el ánimo.

Demasiadas angustias y la impresión de equivocarme siempre, hiciera lo que hiciese. Busqué a mi ex novio, tanto en casa como en el trabajo, pero él siempre conseguía evitarme. Me asomé a la charcutería para pedirle ayuda a Ada. Me trató con frialdad, dijo que su hermano no quería verme más y a partir de ese día, cada vez que nos cruzábamos, me volvía la cara. Ahora que no tenía clases, despertarme por la mañana era un trauma, una especie de golpe doloroso en la cabeza. Al principio me esforcé por leer algunas páginas de los libros de la Galiani, pero me aburría, entendía poco o nada. Volví a sacar novelas de la biblioteca circulante, las leía una tras otra. Pero a la larga no me hicieron bien. Proponían vidas intensas, diálogos profundos, un fantasma de la realidad más apasionante que mi vida real. Así, para sentir como si no fuera verdadera, algunas veces me acercaba al colegio con la esperanza de ver a Nino, que estaba ocupado con los exámenes de bachillerato superior. El día del examen de griego lo esperé pacientemente durante horas. Pero justo cuando los primeros candidatos empezaron a salir con el diccionario de Rocci bajo el brazo, apareció la chica guapa y pulcra a la que había visto ofrecerle los labios. Esperó a unos metros de donde yo estaba y, en un instante, me dio por imaginarnos a las dos —figuritas expuestas como en un catálogo— tal como apareceríamos ante los ojos del hijo de Sarratore en cuanto cruzara el portón. Me sentí fea, desaliñada, y me marché.

Corrí a casa de Lila en busca de consuelo. Pero sabía que también me había equivocado con ella, había cometido una estupidez al no contarle que había ido con Stefano a recuperar la foto. ¿Por qué me lo callé? ¿Acaso me había complacido el papel de pacificadora que su marido me había propuesto y había creído poder desempeñarlo mejor si no le contaba lo del paseo en coche hasta el Rettifilo? ¿Acaso había temido traicionar las confidencias de Stefano y, por tanto, sin darme cuenta, la había traicionado a ella? No lo sabía. Seguramente, la mía no había sido una auténtica decisión, más bien una incertidumbre que, al principio, fue una distracción fingida y luego se convirtió en la convicción de que no haber contado enseguida lo ocurrido hacía que poner remedio fuera complicado, tal vez inútil. Qué sencillo resultaba hacer daño. Buscaba justificaciones que pudieran parecerle convincentes, pero no estaba en condiciones de encontrar ni una capaz de convencerme a mí misma. Intuía un fondo degradado en mis comportamientos, callaba.

Ella, por su parte, nunca dio señales de saber que había existido aquel encuentro. Me recibía siempre con amabilidad, dejaba que me diera baños en su bañera, que utilizara su maquillaje. Me comentaba poco o nada sobre las historias de las novelas que le contaba, prefería darme datos frívolos de la vida de actores y cantantes sobre los que leía en las revistas. Y ya no me confiaba ninguno de sus pensamientos o proyectos secretos. Si le veía algún cardenal y lo tomaba como pretexto para empujarla a preguntarse por los motivos de esa fea reacción de Stefano, si le decía que quizá él se enfurecía porque le habría gustado que ella lo ayudase, que lo apoyara en todas las adversidades, me miraba con ironía, se encogía de hombros y escurría el bulto. Al cabo de poco tiempo comprendí que pese a no querer romper su relación conmigo, había decidido dejar de hacerme confidencias. ¿Se había enterado acaso y ya no me consideraba una amiga de fiar? Llegué incluso a espaciar mis visitas con la esperanza de que ella me echara en falta, me pidiera explicaciones y llegáramos a sincerarnos. Pero tuve la sensación de que ni siquiera se daba cuenta. Hasta que no aguanté más y volví a verla con frecuencia, aunque ella no se mostraba ni contenta ni descontenta.

Aquel calurosísimo día de julio llegué a su casa especialmente afligida, pero no le conté nada de Nino, de la novia de Nino, porque, sin quererlo —ya se sabe cómo acaban estas cosas—, yo también llegué a reducir el juego de las confidencias a la mínima expresión. Fue hospitalaria como siempre. Preparó una horchata de almendras, me acurruqué en el sofá del comedor para tomar la bebida almibarada, molesta por el traqueteo de los trenes, por el sudor, por todo.

La observé en silencio moverse por la casa, me dio rabia su capacidad de vagar por los laberintos más deprimentes aferrándose al hilo de su decisión belicosa sin que se le notara. Pensé en lo que me había contado su marido, en las palabras sobre la fuerza que Lila reprimía, como el resorte de un dispositivo peligroso. Le miré el vientre y me imaginé que realmente allí dentro, todos los días, todas las noches, se enzarzaba en una batalla para destruir la vida que Stefano quería introducirle a la fuerza. Cuánto tiempo aguantará, me dije, pero no me atreví a formular preguntas explícitas, sabía que las consideraría desagradables.

No tardó en llegar Pinuccia, en apariencia se trataba de una visita entre cuñadas. En realidad, diez minutos más tarde llegó también Rino; él y Pina se besuquearon ante nuestros ojos de un modo tan excesivo que Lila y yo nos miramos irónicas. Cuando Pina dijo que quería ver el panorama, él la siguió y se encerraron en un cuarto durante una media hora larga.

Era algo habitual, Lila me lo contó con una mezcla de fastidio y sarcasmo, y yo sentí envidia por la desenvoltura de los novios, nada de miedos, nada de incomodidades, cuando reaparecieron estaban más contentos que antes. Rino fue a la cocina a servirse algo de comer, regresó, habló de zapatos con su hermana, dijo que las cosas iban cada vez mejor, intentó arrancarle sugerencias con las que después quedar bien ante los Solara.

—¿Sabías que Marcello y Michele quieren poner tu fotografía en la tienda de la piazza dei Martiri? —le preguntó de pronto, haciéndose el simpático.

—No me parece conveniente —se apresuró a comentar Pinuccia.

—¿Por qué? —preguntó Rino.

—¡Vaya pregunta! Si quiere, Lina puede poner su foto en la charcutería nueva. Es ella quien la va a llevar, ¿no? Si a mí me toca la tienda de la piazza dei Martiri, seré yo quien decida lo que se pone, ¿no?

Habló como si estuviese defendiendo ante todo los derechos de Lila en la intromisión de su hermano. En realidad, todos sabíamos que se defendía a ella misma y su futuro. Se había hartado de depender de Stefano, quería dejar la charcutería y le gustaba poder pensar que era dueña de una tienda del centro. Por ello, desde hacía un tiempo, Rino y Michele estaban enzarzados en una pequeña guerra cuyo motivo principal era la gestión de la tienda de zapatos, una guerra atizada por las presiones de sus respectivas novias: Rino insistía para que la llevara Pinuccia, Michele para que la llevara Gigliola. Pero Pinuccia era la más agresiva y no tenía dudas de que saldría ganando, sabía que podía sumar la autoridad de su novio a la de su hermano. Por eso, siempre que se presentaba la ocasión, se daba los aires de quien ya ha hecho el salto de calidad, ha dejado atrás el barrio y ahora decide lo que es adecuado y lo que no es adecuado al refinamiento de los clientes del centro.

Noté que Rino temía que su hermana pasara al ataque, pero Lila se mostró por completo indiferente. Entonces echó un vistazo al reloj para dar a entender que estaba muy ocupado y, con el tono de quien ve más allá, dijo:

—En mi opinión, esa foto tiene un gran potencial comercial. —Después le dio un beso a Pina, que se apartó de él enseguida para indicarle su desacuerdo, y se marchó.

Nos quedamos las tres chicas. Pinuccia me preguntó enfurruñada, con la esperanza de poder utilizar mi autoridad para zanjar la cuestión:

—Lenù, ¿tú qué opinas? ¿Te parece que la foto de Lina debe estar en la piazza dei Martiri?

—El que debe decidir es Stefano, y como fue expresamente a ver a la modista para que quitase la foto del escaparate, descarto que dé su permiso —le contesté en italiano.

Pinuccia se sonrojó, satisfecha, y casi gritó:

—Virgen santa, qué lista eres, Lenù.

Esperé que Lila diera su opinión. Siguió un largo silencio, después ella me habló solo a mí:

—¿Cuánto te apuestas a que te equivocas? Stefano dará su permiso.

—Que no.

—Sí.

—¿Qué te apuestas?

—Si pierdes, no aprobarás nunca con menos de una media de ocho.

La miré avergonzada. No habíamos hablado de que había aprobado el curso raspando, creía que no lo sabía; sin embargo, se había informado y ahora me lo echaba en cara. No has estado a la altura, me decía, has sacado malas notas. Pretendía de mí lo que ella habría hecho de estar en mi lugar. Quería verme realmente atada al papel de la que se pasa la vida encima de los libros, mientras ella tenía dinero, vestidos bonitos, casa, televisión, coche, se quedaba con todo, se lo permitía todo.

—¿Y si pierdes tú? —le pregunté con un deje de resentimiento.

De golpe recuperó esa mirada suya disparada desde oscuras troneras.

—Me inscribo en un colegio privado, retomo los estudios y juro que me saco el bachillerato al mismo tiempo que tú y con mejores notas.

«Al mismo tiempo que tú y con mejores notas.» ¿Era eso lo que tenía en mente? Sentí como si todo lo que bullía dentro de mí en esa mala época —Antonio, Nino, el descontento por lo insignificante que era mi vida— fuera tragado por un suspiro que lo abarcaba todo.

—¿Lo dices en serio?

—¿Desde cuándo las apuestas se hacen en broma?

Intervino Pinuccia, muy agresiva.

—Lina, no te hagas la loca como siempre; tienes la charcutería nueva, Stefano no puede llevarla solo. —Pero enseguida se mordió la lengua y añadió con fingida dulzura—: Aparte de que me gustaría saber cuándo me haréis tía Stefano y tú.

Empleó aquella fórmula almibarada, pero su tono me pareció rencoroso, y sentí que los motivos de ese rencor se mezclaban fastidiosamente con los míos. Pinuccia quería decir: Te has casado, mi hermano te lo da todo, ahora haz lo que debes hacer. De hecho, ¿qué sentido tenía ser la señora Carracci y cerrar todas las puertas, atrincherarse, resguardarse, custodiar dentro del vientre un furor envenenado? ¿Será posible que siempre tengas que hacer daño, Lila? ¿Cuándo vas a parar? ¿Mermará tu energía, se distraerá, se derrumbará al fin como un centinela soñoliento? ¿Cuándo llegará el día en que por fin te abras, te sientes detrás de la caja registradora, en el barrio nuevo, con el vientre cada vez más hinchado, hagas tía a Pinuccia, y a mí, a mí, me dejes seguir mi camino?

—Vete a saber —contestó Lila, recuperando sus ojos grandes y profundos.

—¿No irás a decirme que seré mamá antes que tú? —dijo su cuñada riéndose.

—Como sigas siempre pegada a Rino, es posible.

Tuvieron una pequeña disputa, pero dejé de prestarles atención.

20

Para aplacar a mi madre, ese verano tuve que buscarme un trabajo. Naturalmente, fui a ver a la dueña de la papelería. Me recibió como se recibe a una maestra del colegio o al médico, llamó a sus hijas que jugaban en la trastienda, las niñas me abrazaron, me besuquearon, quisieron que jugara un rato con ellas. Cuando dejé caer que buscaba trabajo, dijo que, con tal de que sus niñas pasaran los días con una muchacha buena e inteligente como yo, estaba dispuesta a mandarlas al Sea Garden enseguida, sin esperar a agosto.

—¿Cuándo sería? —le pregunté.

—¿La semana próxima?

—Estupendo.

—Te daré algo más que el año pasado.

Esa me pareció al fin una buena noticia. Volví a casa contenta y no me cambió el humor ni siquiera cuando mi madre me dijo que tenía suerte, como de costumbre, porque eso de darse baños y tomar el sol no era trabajar.

Reconfortada, al día siguiente fui a ver a la maestra Oliviero. Me fastidiaba tener que decirle que ese año no me había ido especialmente bien en el colegio, pero sentí la necesidad de verla, debía recordarle con discreción que me consiguiera los libros de segundo de bachillerato superior. Además, creía que se alegraría de saber que Lila, ahora que estaba convenientemente casada y disponía de mucho tiempo libre, quizá retomara los estudios. Ver en sus ojos la reacción a esa noticia me ayudaría a calmar el malestar que me había causado.

Llamé varias veces a la puerta, pero la maestra no abrió. Pregunté a los vecinos, pregunté por el barrio y regresé una hora más tarde, sin embargo tampoco me abrió. No obstante, nadie la había visto salir, y nadie se había encontrado con ella en las calles del barrio, en las tiendas. Como la mujer vivía sola, era mayor y no se encontraba bien, volví a preguntar a los vecinos. Una señora que vivía puerta con puerta con la maestra se decidió a pedir ayuda a su hijo. El muchacho entró en el apartamento saltando desde el balconcito de su casa a una de las ventanas de la maestra. La encontró sin conocimiento, en camisón, tirada en el suelo de la cocina. Llamaron al médico, que decidió ingresarla de inmediato en el hospital. La bajaron en brazos. La vi cuando salía por el portón, desaliñada, la cara hinchada, ella que siempre iba al colegio muy arreglada. Tenía los ojos asustados. La saludé con la mano, bajó la vista. La sentaron en un coche que salió tocando ruidosamente la bocina.

Aquel año el calor debió de afectar con seriedad los organismos más frágiles. Por la tarde oímos a los hijos de Melina que, desde el patio, llamaban a voces a su madre con tonos cada vez más preocupados. Como los gritos continuaban, decidí ir a ver qué pasaba y me topé con Ada. Nerviosa y con los ojos brillantes, me dijo que no encontraban a Melina. Antonio llegó enseguida, jadeante, palidísimo, no me miró siquiera y se fue corriendo. Poco después medio barrio buscaba a Melina, incluido Stefano que, en bata de charcutero, se sentó al volante de su descapotable, hizo subir a Ada a su lado y recorrió las calles a poca velocidad. Yo seguí a Antonio, corrimos de un lado para otro sin dirigirnos la palabra. Al final llegamos a la zona de los pantanos y los dos caminamos entre la hierba alta llamando a su madre. Él estaba demacrado y tenía ojeras azules. Le estreché la mano, quería servirle de consuelo, pero me rechazó. Dijo una frase odiosa: Déjame en paz, tú no eres una mujer. Noté un dolor fuerte en el pecho, pero en ese preciso instante vimos a Melina. Estaba sentada en el agua, refrescándose. El cuello y la cara asomaban a la superficie verdosa, tenía el pelo empapado, los ojos rojos, los labios sucios de hojitas y barro. Estaba en silencio, ella que desde hacía diez años vivía sus ataques de locura a gritos o cantando.

La llevamos a casa, Antonio la sostenía de un lado, yo del otro. La gente pareció aliviada, la llamaba, la saludaba débilmente con la mano. Vi a Lila junto a la verja, no había participado en la búsqueda. Aislada en su casa del barrio nuevo, la noticia debió de llegarle con retraso. Yo sabía que un fuerte vínculo la unía a Melina, pero me asombró comprobar que, mientras todos daban muestras de simpatía, y Ada llegaba corriendo gritando: Mamá, seguida de Stefano, que había dejado el coche en medio de la avenida con las puertas abiertas y tenía el aspecto feliz de quien ha temido lo peor aunque ahora descubre que todo ha ido bien, ella se mantenía a distancia con una expresión difícil de definir. Parecía conmovida por el penoso espectáculo que daba la viuda: sucia, la sonrisa inexpresiva, la ropa ligera empapada de agua y barro, bajo la tela se insinuaba el cuerpo consumido, el gesto débil con que saludaba a amigos y conocidos. No obstante, al mismo tiempo se la veía herida, aterrada incluso, como si en su interior sintiera el mismo desbarajuste. La saludé con la mano, no me devolvió el saludo. Entonces dejé a Melina con su hija y traté de alcanzarla, quería hablarle también de la maestra Oliviero, quería contarle la frase odiosa que me había dicho Antonio. Pero no la encontré, se había ido.

21

Cuando vi otra vez a Lila, enseguida me di cuenta de que no estaba bien y que tendía a hacer que yo también me sintiera mal. Pasamos una mañana en su casa en un ambiente en apariencia de juego. En realidad, con malicia creciente me obligó a probarme todos sus trajes pese a que le insistí en que no me cabían. El juego se convirtió en un tormento. Ella era más alta, más delgada, cada prenda suya que me ponía me hacía ridícula. Pero se negaba a reconocerlo, decía que bastaba con un arreglito por aquí y otro por allá, mientras me contemplaba cada vez más malhumorada, como si con mi aspecto le causara un agravio.

En un momento dado exclamó: Basta, y por la mirada y la cara que puso parecía haber visto un fantasma. Recuperó la compostura, se obligó a usar un tono frívolo y me contó que un par de noches antes había ido a tomar un helado con Pasquale y Ada.

Yo estaba en combinación, ayudándola a colgar los trajes en las perchas.

—¿Con Pasquale y Ada?

—Sí.

—¿Y también con Stefano?

—Yo sola.

—¿Te invitaron ellos?

—No, se lo pedí yo.

Y con el aire de quien quería sorprenderme añadió que no se había limitado a esa única escapada al mundo de cuando estaba soltera; al día siguiente también fue a comer una pizza con Enzo y Carmela.

—¿Siempre tú sola?

—Sí.

—¿Y qué dice Stefano?

Hizo una mueca de indiferencia.

—Casarse no significa llevar una vida de vieja. Si él quiere venir conmigo, bien; pero si por la noche está demasiado cansado, salgo sola.

—¿Y qué tal te fue?

—Me divertí.

Esperé que no me notara el resentimiento reflejado en la cara. Nos habíamos visto con frecuencia, habría podido decirme: Esta noche salgo con Ada, Pasquale, Enzo, Carmela, ¿quieres venir? Pero no me había dicho nada, había organizado sola aquellos encuentros, en secreto, como si no fuesen nuestros amigos de siempre, sino solo suyos. Y ahí estaba ella, contándome satisfecha y con todo lujo de detalles lo que se dijeron: Ada estaba preocupada, Melina no comía casi nada y vomitaba lo poco que ingería; Pasquale estaba inquieto por Giuseppina, su madre, que no podía dormir, se notaba las piernas pesadas, le entraban palpitaciones y cuando iba a ver a su marido a la cárcel, en el camino de vuelta lloraba a lágrima viva y no encontraba consuelo. La escuché. Noté que su forma de hablar era más consciente. Elegía palabras con carga emotiva, describía a Melina Cappuccio y a Giuseppina Peluso como si sus cuerpos se hubiesen apoderado del suyo imprimiéndole las mismas formas contraídas o dilatadas, los mismos malestares. Mientras lo contaba, se tocaba la cara, el pecho, la barriga, las caderas, como si ya no fueran suyos y quisiera demostrar que lo sabía todo de aquellas mujeres, hasta los detalles más nimios, para darme a entender que a mí nadie me contaba nada y a ella sí o, peor, para hacer que me sintiera encerrada en una nube, alguien que no se entera de cuánto sufren las personas que la rodean. Habló de Giuseppina como si jamás la hubiese perdido de vista pese a la vorágine del noviazgo y la boda; habló de Melina como si la madre de Ada y Antonio hubiese entrado en su cabeza desde siempre y conociera a fondo su locura. De ahí pasó a enumerarme a muchas otras personas del barrio a las que yo apenas conocía, mientras que ella, por el contrario, parecía conocer sus historias gracias a una especie de comunicación a distancia. Por último me anunció:

—También me tomé un helado con Antonio.

Al pronunciar su nombre me dio una punzada en el estómago.

—¿Cómo está?

—Bien.

—¿Dijo algo de mí?

—No, nada.

—¿Cuándo se marcha?

—En septiembre.

—Marcello no hizo nada para ayudarlo.

—Era previsible.

¿Previsible? Si era previsible que los Solara no harían nada, pensé, ¿por qué me llevaste a verlos? ¿Y por qué, tú que estás casada, ahora quieres volver a ver a los amigos así, sola? ¿Y por qué te tomaste un helado con Antonio y no me lo dijiste, a pesar de que sabes que es mi ex novio y que no quiere volver a saber nada de mí aunque yo sí quiero? ¿Quieres vengarte porque salí en coche con tu marido y no te dije una sola palabra de lo que hablamos? Nerviosa, me vestí y farfullé que tenía cosas que hacer, que debía marcharme.

—Tengo que contarte algo más.

Me anunció, seria, que Rino, Marcello y Michele habían querido que Stefano fuese a la piazza dei Martiri a ver cómo estaba quedando la tienda y que una vez allí, entre sacos de cemento, latas de pintura y brochas, los tres le enseñaron la pared frente a la entrada y le dijeron que pensaban colocar la ampliación de su foto vestida de novia. Stefano los escuchó, y luego les dijo que seguramente sería una buena publicidad para los zapatos, pero que no le parecía oportuno. Los tres insistieron, él le dijo que no a Marcello, que no a Michele y que no también a Rino. En una palabra, yo ganaba la apuesta, su marido no había cedido ante los Solara.

Esforzándome por parecer entusiasmada, dije:

—¿Has visto? Siempre hablando mal del pobre Stefano. Y fíjate, yo tenía razón. Ahora tendrás que ponerte a estudiar.

—Esperemos.

—¿El qué? Una apuesta es una apuesta y tú la has perdido.

—Esperemos —repitió Lila.

Aumentó mi malhumor. No sabe lo que quiere, pensé. Está disgustada porque no ha tenido razón sobre su marido. O no sé, a lo mejor exagero, a lo mejor ha valorado la negativa de Stefano, pero exige un enfrentamiento mucho más duro entre hombres a causa de su imagen y está decepcionada porque los Solara no insistieron más. Vi que se pasaba la mano con torpeza por la cadera y a lo largo de la pierna, como una caricia de despedida, y por un instante en sus ojos se reflejó aquella mezcla de sufrimiento, miedo y disgusto que le había notado la noche de la desaparición de Melina. Pensé: ¿Y si en secreto desea que su foto termine realmente expuesta, bien grande, en el centro de la ciudad y lamenta que Michele no haya conseguido imponerse a Stefano? Por qué no, quiere ser la primera en todo, ella es así: la más guapa, la más elegante, las más rica. Luego me dije: Sobre todo la más inteligente. Y ante la idea de que Lila retomara de veras los estudios sentí un disgusto que me mortificó. Seguro que recuperaría todos los años perdidos de colegio. Seguro que la encontraría a mi lado, codo con codo, en el examen de bachillerato. Y me di cuenta de que aquella perspectiva era insoportable. Pero aún más insoportable me resultó descubrir ese sentimiento dentro de mí. Me avergoncé y enseguida le dije lo bonito que sería volver a estudiar juntas, e insistí para que averiguara cómo hacerlo. Y cuando la vi encogerse de hombros, le dije:

—Ahora sí que tengo que irme.

Esta vez no me retuvo.

22

Como de costumbre, mientras bajaba las escaleras comencé a comprender sus razones, o eso me pareció: estaba aislada en el barrio nuevo, encerrada en su casa moderna, maltratada por Stefano, empeñada en vete a saber qué misteriosa lucha con su propio cuerpo para impedirle que concibiera hijos, envidiosa de mis éxitos académicos hasta el punto de hacerme notar con aquella apuesta loca que le hubiera gustado retomar los estudios. Para colmo, era probable que me viera mucho más libre que ella. La ruptura con Antonio, mis dificultades con el estudio le parecían tonterías comparadas con las suyas. Sin darme cuenta, de calle en calle, pasé de aprobarla a regañadientes, a renovar mi admiración por ella. Qué más daba, sería estupendo si retomaba los estudios. Regresar a la época de la primaria, cuando ella siempre era la primera y yo siempre la segunda. Devolverle sentido al estudio porque ella sabía darle sentido. Seguir su sombra y así sentirme fuerte y a salvo. Sí, sí, sí. Volver a empezar.

En un momento dado, en el trayecto hacia mi casa, me vino a la cabeza esa mezcla híbrida de sufrimiento, miedo y disgusto que había visto reflejada en su cara. Por qué. Recordé el cuerpo desaliñado de la maestra, el cuerpo sin gobierno de Melina. Sin un motivo evidente, observé con atención a las mujeres que iban por la avenida. De pronto tuve la sensación de haber vivido con una especie de limitación en la mirada, como si solo pudiera enfocarnos a las chicas, Ada, Gigliola, Carmela, Marisa, Pinuccia, Lila, yo misma, mis compañeras del colegio, y jamás hubiese reparado de veras en el cuerpo de Melina, en el de Giuseppina Peluso, en el de Nunzia Cerullo, en el de Maria Carracci. El único organismo de mujer que había analizado con creciente preocupación era el claudicante de mi madre, y solo por aquella imagen me había sentido asediada, amenazada, seguía temiendo que, en un abrir y cerrar de ojos, se impusiera a la mía. Sin embargo, en aquella ocasión, vi nítidamente a las madres de familia del barrio viejo. Eran nerviosas, eran condescendientes. Callaban con los labios apretados y los hombros caídos o proferían insultos terribles a los hijos que las atormentaban. Se arrastraban flaquísimas, con ojos y mejillas hundidas, o traseros anchos, tobillos hinchados, pechos pesados, las bolsas de la compra, los niños pequeños aferrados a sus faldas pidiendo que los auparan. Santo Dios, tenían diez, como mucho veinte años más que yo. Sin embargo, parecían haber perdido los rasgos femeninos que tanto nos importaban a nosotras, las muchachas, y a los que sacábamos partido con la ropa, el maquillaje. Habían sido devoradas por el cuerpo de sus maridos, de sus padres, de sus hermanos, a quienes terminaban por parecerse cada vez más, a causa de las fatigas o la llegada de la vejez, de la enfermedad. ¿Cuándo empezaba esa transformación? ¿Con las tareas domésticas? ¿Con los embarazos? ¿Con las palizas? ¿Lila se deformaría como Nunzia? ¿De su cara delicada surgiría Fernando, su paso elegante se transformaría en los andares de Rino, piernas abiertas, brazos separados del torso? ¿Y mi cuerpo también se estropearía un día dejando surgir no solo el de mi madre sino el de mi padre? ¿Y todo lo que aprendía en el colegio se esfumaría, dejando que el barrio volviera a prevalecer, las cadencias, las formas, todo se mezclaría en un fango negruzco, Anaximandro y mi padre, Folgóre y don Achille, las valencias y los pantanos, los aoristos, Hesíodo y el lenguaje perverso y soez de los Solara, como por lo demás le había ocurrido a lo largo de los milenios a la ciudad, cada vez más indecorosa, cada vez más degradada?

De golpe tuve la convicción de que sin darme cuenta había interceptado los sentimientos de Lila y los estaba sumando a los míos. ¿Por eso tenía esa expresión, ese malhumor? ¿Se había acariciado la pierna, la cadera, como una especie de adiós? ¿Se había palpado al hablar como si notara que las fronteras de su cuerpo eran asediadas por Melina, por Giuseppina, y eso la asustara, la disgustara? ¿Había buscado a nuestros amigos como una necesidad de reaccionar?

Recordé su mirada de pequeña, clavada en la Oliviero caída de la tarima como una muñeca rota. Recordé su mirada clavada en Melina mientras caminaba por la avenida comiéndose el jabón blando que acababa de comprar. Recordé a Lila cuando nos contaba a las niñas el homicidio, la sangre escurriéndose por la olla de cobre, cuando sostenía que el asesino no era un hombre sino una mujer, como si en el relato que nos hacía hubiese visto y oído partirse la forma de un cuerpo femenino por la necesidad de odio, por la urgencia de venganza o de justicia, y así perder su constitución.

23

A partir de la última semana de julio todos los días, incluido el domingo, fui con las niñas al Sea Garden. Además de las mil cosas que podían necesitar las hijas de la dueña de la papelería, en la bolsa de tela me llevé los libros que me había dejado la Galiani. Eran unas obras que reflexionaban sobre el pasado, sobre el presente, sobre el mundo tal como era y como debía ser. La escritura se asemejaba a la de los libros de texto, pero era más difícil y más interesante. No estaba acostumbrada a ese tipo de lecturas, me cansaba enseguida. Para colmo, las niñas exigían mucha atención. Además, estaban el mar adormilado, el embotamiento del sol que abrasaba el golfo y la ciudad, fantasías errantes, deseos, las ganas siempre presentes de deshacer el orden de las líneas y con él todo orden que requiriese esfuerzo, la espera de una realización aún lejana, y abandonarme a lo que tenía a mano, inmediatamente alcanzable, la vida tosca de las bestias del cielo, de la tierra, del mar. Me fui acercando a mi décimo séptimo cumpleaños con un ojo puesto en las hijas de la dueña de la papelería y el otro en el *Discurso sobre el origen de la desigualdad*.

Un domingo noté que me tapaban los ojos con las manos y oí una voz femenina que me preguntaba:

—¿Adivina quién soy?

Reconocí la voz de Marisa y esperé que Nino estuviera con ella. Cómo me hubiera gustado que me viera embellecida por el sol, el agua de mar y concentrada en la lectura de un libro difícil. «Eres Marisa», exclamé, feliz, y me volví de golpe. Pero no estaba Nino, sino Alfonso, con una toalla azul sobre el hombro, los cigarrillos, el encendedor y la billetera en la mano, un bañador negro con una franja blanca, él también blanquísimo como quien nunca ha visto un rayo de sol en su vida.

Me sorprendió verlos allí juntos. A Alfonso le habían quedado un par de asignaturas para octubre, y ocupado como estaba en la charcutería, imaginaba que los domingos se dedicaría a estudiar. En cuanto a Marisa, estaba convencida de que se encontraba en Barano veraneando con su familia. Pero me dijo que el año anterior sus padres habían discutido con Nella, la dueña de la casa, y con unos amigos del *Roma* habían alquilado una casita en Castelvolturno. Ella había vuelto a Nápoles a pasar unos días, necesitaba los libros del colegio —le habían quedado tres asignaturas colgadas— y, además, tenía que ver a alguien. Sonrió con coquetería a Alfonso, ese alguien era él.

No pude contenerme y allí mismo le pregunté cómo le había ido a Nino en el examen de bachillerato superior. Ella hizo una mueca de disgusto.

—Sacó ochos y nueves. En cuanto se enteró de las notas, se fue solo a Inglaterra sin un céntimo. Dice que buscará trabajo y que se quedará hasta que haya aprendido bien el inglés.

—¿Y después?

—Después no lo sé, a lo mejor se matricula en economía y comercio.

Tenía otras preguntas, incluso quería encontrar la manera de preguntarle quién era la chica que lo esperaba a la salida del colegio, y si de verdad se había marchado solo o se había ido con ella, cuando Alfonso comentó, incómodo:

—Lina está a punto de llegar. —Y añadió—: Antonio nos ha traído en coche.

¿Antonio?

Alfonso debió de notar mi cambio de expresión por el sonrojo que me tiñó la cara, por el estupor celoso de mis ojos. Sonrió y se apresuró a decir:

—Stefano estaba ocupado con los mostradores de la charcutería nueva y no ha podido venir. Pero Lina se moría de ganas de verte, tiene que decirte una cosa, así que le ha pedido a Antonio que nos acompañara.

—Sí, tiene que decirte una cosa urgente —subrayó Marisa, batiendo palmas muy alegre para darme a entender que ella ya sabía de qué se trataba.

Qué cosa sería. A juzgar por la reacción de Marisa, parecía algo bueno. Tal vez Lila había aplacado a Antonio y él quería volver conmigo. Tal vez los Solara habían movilizado por fin a sus contactos en el distrito militar y Antonio ya no se iba a la mili. Fue lo primero que pensé. Pero en cuanto los vi aparecer a los dos, comprendí que no se trataba de eso. Era evidente que Antonio había ido solo porque obedecer a Lila le daba sentido a su domingo vacío, solo porque ser amigo de ella le parecía una suerte y una necesidad. Pero seguía teniendo la cara triste, los ojos alarmados, me saludó fríamente. Le pregunté por su madre, me informó con parquedad. Miró a su alrededor, incómodo, y se zambulló enseguida con las niñas, que le hicieron muchas fiestas. En cuanto a Lila, estaba pálida, sin pintar, la mirada hostil. No me pareció que tuviera cosas urgentes que contarme. Se sentó en el cemento, cogió el libro que yo estaba leyendo, lo hojeó sin decir palabra.

Ante aquellos silencios, Marisa se sintió incómoda, trató de lucir su entusiasmo por todas las cosas de este mundo, después se mostró confusa y también fue a bañarse. Alfonso eligió un lugar lo más alejado posible de nosotras; inmóvil bajo el sol, se concentró en los bañistas, como si ver gente desnuda que entraba y salía del mar fuera un espectáculo de lo más apasionante.

—¿Quién te ha dado este libro? —me preguntó Lila.

—Mi profesora de latín y griego.

—¿Por qué no me has dicho nada?

—No pensé que pudiera interesarte.

—¿Qué sabrás de lo que me interesa o deja de interesarme?

Recurrí enseguida a un tono conciliador, pero sentí la necesidad de vanagloriarme.

—En cuanto lo termine te lo presto. Son libros que la profesora da a leer a los buenos alumnos. También Nino los lee.

—¿Y quién es Nino?

¿Lo hacía a propósito? ¿Fingía no recordar siquiera su nombre para restarle importancia a mis ojos?

—El de la película de tu casamiento, el hermano de Marisa, el hijo mayor de Sarratore.

—¿Ese chico feo que te gusta?

—Te dije que ya no me gusta. Pero hace cosas que están bien.

—¿Como qué?

—Por ejemplo, ahora está en Inglaterra. Trabaja, viaja, aprende a hablar inglés.

Fue resumir las palabras de Marisa y me entró la emoción.

—Imagínate si tú y yo pudiéramos hacer esas cosas —le dije a Lila—. Viajar. Mantenernos trabajando de camareras. Aprender a hablar inglés mejor que los ingleses. ¿Por qué él puede permitírselo y nosotras no?

—¿Ha terminado los estudios?

—Sí, ya tiene el bachillerato superior. Después cursará estudios muy difíciles en la universidad.

—¿Es buen alumno?

—Es bueno como tú.

—Yo no estudio.

—Sí que estudias. Perdiste la apuesta y ahora tienes que volver a tomar los libros.

—Para ya, Lenù.

—¿Stefano no quiere?

—Me tengo que ocupar de la charcutería nueva.

—Estudiarás en la charcutería.

—No.

—Lo prometiste. Dijiste que nos sacaríamos el bachillerato juntas.

—No.

—¿Por qué?

Lila pasó la mano varias veces por la cubierta del libro para alisarla.

—Estoy embarazada —dijo. Y sin esperar mi reacción, murmuró—: Qué calor. —Soltó el libro, se acercó al borde del cemento, y sin vacilar se zambulló en el agua gritándole a Antonio, que jugaba a salpicarse con Marisa y las niñas—: Tonì, sálvame.

Voló unos instantes con los brazos tendidos y golpeó el agua torpemente en plancha. No sabía nadar.

24

En los días siguientes Lila inició una época de agitada actividad. Empezó con la charcutería nueva, de la que se ocupó como si fuera lo más importante del mundo. Se despertaba temprano, antes que Stefano. Vomitaba, preparaba café, vomitaba otra vez. Él se había vuelto muy solícito, quería llevarla en coche, pero Lila se negaba, decía que tenía ganas de pasear; aprovechando el fresco de la mañana, antes de que estallara el calor, por calles desiertas, entre los edificios recién construidos y, en gran parte, aún vacíos, iba andando hasta la tienda en obras. Una vez allí, subía la persiana, limpiaba el suelo sucio de barniz, esperaba a los trabajadores y proveedores que entregaban las balanzas, los cortafiambres y muebles, daba indicaciones sobre cómo colocarlos, ella misma se encargaba de cambiarlos de lugar para probar nuevas ubicaciones, más eficaces. Hombretones amenazantes, muchachos de modales groseros eran tratados a baqueta y se sometían a todos sus caprichos sin protestar. Y como ella no terminaba de dar una orden y ya ponía manos a la obra y emprendía trabajos pesados, ellos le gritaban angustiados: Señora Carracci, y se desvivían por ayudarla.

Pese al bochorno que quitaba las fuerzas, Lila no tuvo bastante con la tienda del barrio nuevo. A veces acompañaba a su cuñada a la pequeña obra de la piazza dei Martiri, en general al cuidado de Michele, pero a menudo también de Rino, que se sentía con derecho a controlar los trabajos tanto en calidad de fabricante como de cuñado de Stefano, que era socio de los Solara. Y en aquel lugar Lila tampoco se estaba quieta. Lo inspeccionaba, se subía a las escaleras de los albañiles, observaba el ambiente desde arriba, bajaba, cambiaba las cosas de sitio. Al principio provocaba la susceptibilidad de todos, pero poco después uno tras otro, a regañadientes, acababan cediendo. Michele, pese a ser el que se mostraba más sarcásticamente hostil, fue el primero y el más dispuesto a entender las ventajas de las sugerencias de Lila.

—Señora Carracci —decía con recochineo—, pásate también por mi bar, que así me lo reorganizas, te pago.

A ella ni se le pasaba por la cabeza meter la cuchara en el bar de los Solara, por supuesto, pero tras sembrar bastante confusión en la piazza dei Martiri, se dedicó al reino de la familia Carracci, la antigua charcutería, y allí se instaló. Obligó a Stefano que dejara en casa a Alfonso porque debía estudiar para los exámenes de recuperación, y apremió a Pinuccia para que fuera más a menudo, acompañada por su madre, a meter la cuchara en la tienda de la piazza dei Martiri. Y así, hoy una cosa, mañana otra, reorganizó los dos ambientes contiguos de la tienda del barrio viejo para que el trabajo fuera más sencillo y eficiente. En poco tiempo demostró que tanto Maria como Pinuccia eran sustancialmente prescindibles; potenció el papel de Ada, y consiguió que Stefano aumentara el sueldo a la chica.

Cuando a última hora de la tarde yo regresaba del Sea Garden y entregaba a las niñas a la dueña de la papelería, casi siempre me pasaba por la charcutería a ver cómo estaba Lila, si el vientre aumentaba. Estaba nerviosa, no tenía buen color. A las cautas preguntas sobre el embarazo o no contestaba o me sacaba de la tienda y me decía cosas un tanto insensatas como: «No quiero hablar, es una enfermedad, llevo dentro un vacío que me pesa». Y luego se ponía a hablarme de la charcutería nueva y de la vieja y de la piazza dei Martiri con su habitual técnica elogiosa, a propósito para hacerme creer que eran lugares donde ocurrían cosas maravillosas que, pobrecita de mí, me estaba perdiendo.

Pero yo ya conocía sus trucos, la escuchaba y no me lo creía, aunque siempre terminaba hipnotizada por la energía con la que hacía de sirvienta y de ama y señora. Lila era capaz de hablar conmigo, y a la vez con las clientas y con Ada, todo sin parar ni un minuto de desenvolver, cortar, pesar, recibir el dinero, dar el cambio. Se anulaba en las palabras y los gestos, se consumía, parecía realmente empeñada en una lucha sin cuartel para olvidar el peso de lo que, sin embargo, definía de una forma incoherente como «un vacío dentro».

Con todo, lo que más me impresionó fue la desenvoltura con la que manejaba el dinero. Iba a la caja registradora y cogía lo que quería. Para ella el dinero era ese cajón, un cofre que se abría y ofrecía sus riquezas. En el caso (raro) de que el dinero de la caja no alcanzara, le bastaba con lanzarle una mirada a Stefano. Él, que parecía haber recuperado la generosa diligencia de cuando eran novios, se subía la bata, hurgaba en el bolsillo posterior de los pantalones, sacaba la billetera repleta y le preguntaba: «¿Cuánto necesitas?». Lila se lo indicaba con los dedos, su marido alargaba el brazo derecho con el puño cerrado, ella tendía la mano larga, fina.

Detrás del mostrador, Ada la contemplaba con la misma mirada con que se contemplan a las divas en las páginas de las revistas. Imagino que en aquella época la hermana de Antonio debió de sentirse como en un cuento de hadas. Le brillaban los ojos cuando Lila abría el cajón y le daba dinero. Lo repartía sin problemas, en cuanto el marido volvía la espalda. Le dio dinero a Ada para Antonio, que se iba al servicio militar, le dio dinero a Pasquale que necesitaba sacarse de urgencia nada menos que tres dientes. A comienzos de septiembre me preguntó en un aparte si me hacía falta dinero para los libros.

—¿Qué libros?

—Los del colegio, pero también los que no sean del colegio.

Le conté que la maestra Oliviero seguía ingresada en el hospital y que no sabía si me ayudaría a conseguir los libros de texto como solía hacer, y ella ya estaba dispuesta a meterme dinero en el bolsillo. Le puse pegas, rechacé su ayuda, no quería parecer una especie de pariente pobre obligada a pedir prestado. Le dije que había que esperar a que empezaran las clases, le dije que la dueña de la papelería me había ampliado el encargo del Sea Garden hasta mediados de septiembre, y que de ese modo ganaría algo más de lo previsto y me las arreglaría. Se disgustó, insistió en que le pidiera ayuda si la maestra no podía encargarse.

No solo yo, sino todos nosotros, los jóvenes, seguramente tuvimos algún problema ante esa prodigalidad suya. Pasquale, por ejemplo, no quería aceptar el dinero para el dentista, se sentía humillado, pero acabó cogiéndolo solo porque se le deformó la cara, tenía un ojo hinchado y las compresas de lechuga no le sirvieron de nada. Antonio también se ofendió lo suyo, hasta el punto de que para aceptar el dinero que nuestra amiga le daba a Ada bajo mano, tuvo que convencerse de que se trataba de un resarcimiento por la paga miserable que Stefano le había dado anteriormente. Siempre habíamos visto muy poco dinero y dábamos una gran importancia incluso a las diez liras; de hecho, si por la calle nos encontrábamos una monedita era un acontecimiento. Por eso nos parecía un pecado mortal que Lila repartiera dinero como si se tratara de un metal sin valor, de papel mojado. Lo hacía en silencio, con un gesto imperativo, como los que empleaba cuando de pequeña organizaba los juegos y repartía los puestos. Luego se ponía a hablar de otra cosa como si aquel tema nunca hubiese existido. Por otra parte —me dijo una noche Pasquale con su estilo críptico—, la mortadela se vende, los zapatos, también, y Lina siempre ha sido amiga nuestra, está de nuestra parte, es nuestra aliada, nuestra compañera. Ahora era rica, pero por mérito propio, sí, por mérito propio, porque el dinero no le llegaba por el hecho de ser la señora Carracci, la futura madre del hijo del charcutero, sino por haber inventado los zapatos Cerullo, y aunque ahora daba la impresión de que nadie recordaba ese detalle, nosotros, sus amigos, lo recordábamos.

Todo cierto. Cuántas cosas había hecho Lila que ocurriesen en pocos años. Ahora que teníamos diecisiete parecía que la esencia del tiempo ya no fuera fluida, sino que hubiese adquirido un aspecto viscoso y girara a nuestro alrededor como una crema amarilla en la máquina del pastelero. Lo confirmó la misma Lila con amargura un domingo, cuando con el mar en calma y el cielo blanco, apareció por sorpresa en el Sea Garden a eso de las tres de la tarde, sola, un hecho realmente anómalo. Había tomado el metro, un par de autobuses, y ahora estaba frente a mí, en traje de baño, la tez verdosa y una erupción de granos en la frente. «Diecisiete años de mierda», dijo en dialecto, pero con un aspecto alegre, los ojos llenos de sarcasmo.

Había reñido con Stefano. En los cruces cotidianos con los Solara había salido a colación el asunto de la gestión de la tienda de la piazza dei Martiri. Michele trató de imponer a Gigliola, amenazó de un modo exagerado a Rino, que apoyaba a Pinuccia, se lanzó muy decidido a una negociación agotadora con Stefano, en la que estuvieron a punto de llegar a las manos. ¿Y al final qué pasó? En apariencia, ni vencedores ni vencidos. Gigliola y Pinuccia dirigían juntas la tienda. Pero con la condición de que Stefano volviera a insistir en una antigua decisión.

—¿Cuál? —pregunté.

—A ver si la adivinas.

No la adiviné. Con su tono de recochineo, Michele le pidió a Stefano que cediera en lo de la foto de Lila en traje de novia. Y en esta ocasión, su marido cedió.

—¿En serio?

—En serio. Ya te había dicho yo que era cuestión de tiempo. Me expondrán dentro de la tienda. Al final, yo gano la apuesta, no tú. Ponte a estudiar, este año tendrás que sacar ocho en todo.

Aquí cambió de tono, se puso seria. Dijo que no estaba allí por lo de la foto, pues sabía desde hacía tiempo que para ese cabrón ella no era más que mercancía de cambio. Estaba allí por el embarazo. Me habló largo rato, nerviosa, como si se tratara de algo que hubiera que aplastar bajo la mano de un mortero, y lo hizo con gélida firmeza. No tiene sentido, dijo sin ocultar su angustia. Los hombres te introducen su aparato y te conviertes en una caja de carne con un muñeco vivo dentro. Lo tengo aquí y me repugna. No paro de vomitar, es mi proprio vientre el que no lo soporta. Sé que debo pensar en cosas bonitas, sé que debo resignarme, pero no lo consigo, no le encuentro sentido a todo esto, ni siquiera belleza. Además del hecho de que siento que no sé cómo tratar a los niños, añadió. Tú sí, basta con ver cómo te ocupas de las hijas de la dueña de la papelería. Yo no nací con esa disposición.

Esos comentarios me hicieron daño, ¿qué podía decirle?

—No sabes si tienes o no la disposición, debes intentarlo —traté de tranquilizarla, y le señalé a las niñas de la dueña de la papelería que jugaban no lejos de nosotras—: Quédate un poco con ellas, háblales.

Se echó a reír y la muy perversa me dijo que yo había aprendido a usar los tonos melosos de nuestras madres. Pero luego, un tanto incómoda, intentó intercambiar unas palabras con las niñas, se arrepintió y volvió a charlar conmigo. Me desentendí, le insistí, la animé a que se ocupara de Linda, la más pequeña de las hijas de la dueña de la papelería.

—Anda, acompáñala en su juego preferido, beber del chorro de la fuente, al lado del bar o a rociar agua por todas partes tapándolo con el pulgar —le dije.

A regañadientes se llevó a Linda de la mano. Pasó el tiempo y no volvían. Me preocupé, llamé a las otras dos niñas y fui a ver qué pasaba. Todo bien, Lila era la feliz prisionera de Linda. Sostenía a la niña encima del chorro y la dejaba beber y rociar agua por todas partes. Las dos reían con unas carcajadas que parecían gritos de alegría.

Sentí alivio. La dejé a ella y a las hermanas de Linda y fui a sentarme al bar, en un lugar desde donde podía vigilarlas a las cuatro y, de paso, leer un poco. Fíjate, así va a ser, pensé al mirarla. Lo que antes le parecía insoportable, ahora la alegra. Tal vez debería decirle que las cosas carentes de sentido son las más hermosas. Es una buena frase, le gustará. Dichosa ella que ya tiene cuanto vale la pena.

Durante un rato intenté seguir línea por línea los razonamientos de Rousseau. Después levanté la vista y vi que algo no iba bien. Gritos. Quizá Linda se había inclinado demasiado, quizá una de sus hermanas la había empujado, a Lila se le soltó la pequeña y fue a golpear con la barbilla en el borde de la fuente. Corrí hacia ellas, muy asustada. En cuanto me vio, Lila gritó con un tono infantil que nunca le había oído, ni siquiera cuando era niña:

—Ha sido su hermana, la ha hecho caer, no he sido yo.

Tenía en brazos a Linda; la niña no paraba de chillar y llorar, sangraba, mientras sus hermanitas miraban para otro lado con movimientos nerviosos y sonrisas contraídas, como si la cosa no fuera con ellas, como si no oyeran, como si no vieran.

Le quité a la niña de los brazos, la incliné encima del chorro y, con rabia, le enjuagué la cara echándole agua con la mano. Tenía un corte horizontal debajo de la barbilla. La dueña de la papelería no me pagará, pensé, mi madre se enfadará. Fui corriendo a ver al socorrista, que calmó a Linda con unos mimos, y a traición le curó la herida con alcohol, haciéndola chillar otra vez; después le puso un apósito de gasa en la barbilla y la calmó. En fin, nada grave. Compré helados para las tres niñas y regresé a la plataforma de cemento.

Lila se había ido.

25

La dueña de la papelería no se mostró especialmente afectada por la herida de Linda, pero cuando le pregunté si al día siguiente debía pasar a recoger a las niñas a la hora de siempre, me dijo que ese verano sus hijas ya habían tomado demasiados baños y que no me necesitaba más.

No le conté a Lila que había perdido el trabajo. Por su parte, ella nunca me preguntó cómo habían ido las cosas, ni se molestó en interesarse por Linda y su herida. Cuando volví a verla estaba muy ocupada con la inauguración de la nueva charcutería y me recordó a esos atletas que mientras entrenan saltan a la cuerda a un ritmo cada vez más frenético.

Me llevó a ver al tipógrafo, al que le había encargado un buen número de cartelitos que anunciaban la apertura de la nueva tienda. Quiso que fuera a ver al cura para fijar la hora en que pasaría a bendecir el local y la mercancía. Me anunció que había contratado a Carmela Peluso por un sueldo bastante más alto que el que cobraba en la mercería. Pero, sobre todo, me contó que en todos, en realidad en todos los frentes, estaba enzarzada en una dura guerra contra su marido, Pinuccia, su suegra, su hermano Rino. Aunque yo no la vi especialmente agresiva. Hablaba en voz baja, siempre en dialecto, haciendo otras mil cosas que parecían más importantes de lo que decía. Enumeró los agravios que sus parientes políticos y consanguíneos le habían hecho y le estaban haciendo.

—Han amansado a Michele —dijo—, igual que hicieron con Marcello. Se sirvieron de mí, para ellos no soy una persona sino una cosa. Les damos a Lina, la colgamos de la pared, total es una inútil, vale menos que cero.

Mientras hablaba, sus ojos relucientes se movían en el centro de unas ojeras de color violeta, la piel se notaba muy tensa sobre los pómulos, los dientes surgían como fogonazos, lucía breves sonrisas nerviosas. Pero no me convenció. Me pareció que detrás de la actividad belicosa se ocultaba una persona extenuada que buscaba una salida.

—¿Qué piensas hacer? —le pregunté.

—Nada. Lo único que sé es que tendrán que matarme para hacer lo que quieren con mi foto.

—Déjalo estar, Lila. Al fin y al cabo es algo bonito, piénsalo, solo a las actrices las ponen en los carteles.

—¿Y yo soy actriz?

—No.

—¿Entonces? Si mi marido ha decidido venderse a los Solara, ¿a ti te parece que puede venderme también a mí?

Intenté calmarla, tenía miedo de que Stefano perdiera la paciencia y le pegara. Se lo dije, se echó a reír; desde que estaba embarazada su marido no se atrevía siquiera a darle una bofetada. Justo cuando pronunció esa frase tuve la sospecha de que la foto era una excusa, que en realidad quería exasperarlos a todos, para dejarse machacar por Stefano, los Solara, Rino, provocarlos hasta el punto de que con las palizas la ayudaran a aniquilar la inquietud, el dolor, la cosa viva que llevaba en el vientre.

Mi conjetura se afianzó la noche en que se inauguró la charcutería. Se vistió de la forma más desaliñada posible. Delante de todos trató al marido como a un sirviente. Echó al cura que me había mandado convocar sin permitirle que bendijera la tienda y tras ponerle algo de dinero en la mano con gesto de desprecio. Se dedicó a cortar jamón, a preparar bocadillos y a repartirlos gratis a quien fuese, regados con un vaso de vino. Esto último tuvo tal éxito que nada más abrir la charcutería se llenó; ella y Carmela fueron tomadas al asalto y Stefano, que se había vestido muy elegante, no tuvo más remedio que ponerse tal como estaba, sin bata, y cubrirse de grasa, para ayudarlas a afrontar la situación.

Quedaron exhaustos; cuando se fueron a casa, su marido le montó un escándalo, y Lila hizo de todo para desatar su furia. Le gritó que si quería una mujer que lo obedeciera y punto iba listo, porque ella no era ni su madre ni su hermana, de manera que siempre se lo pondría difícil. Sacó a relucir a los Solara, la historia de la foto, lo cubrió de insultos. Al principio, él la dejó hacer, pero después le contestó con un alud de insultos. Sin embargo, no le pegó. Al día siguiente, cuando me contó cómo había ido, le dije que aunque Stefano tuviera sus defectos, era indudable que la quería. Ella lo negó. «De lo único que entiende es de esto», remachó frotándose el pulgar con el índice. De hecho, la charcutería ya era conocida en todo el barrio nuevo, y desde la mañana se llenó de clientes.

—La caja registradora está repleta. Gracias a mí. Le traigo riqueza, un hijo, ¿qué más quiere?

—¿Y qué más quieres tú? —le pregunté con una pizca de rabia que me asombró, tanto que me apresuré a sonreírle con la esperanza de que no lo hubiese notado.

Recuerdo que puso cara de asombro, se tocó la frente con los dedos. Quizá ni ella misma sabía lo que quería, solo sentía que no lograba encontrar sosiego.

La inauguración de la tienda de la piazza dei Martiri, muy seguida de la otra, resultó insoportable. Pero quizá este adjetivo es exagerado. Digamos que descargaba en todos nosotros, también en mí, la confusión que sentía en su interior. Por una parte, hacía que la vida fuera un infierno para Stefano, reñía con su suegra y su cuñada, iba a ver a Rino y se peleaba con él delante de los trabajadores y de Fernando, que se deslomaba más encorvado que nunca sobre su banco fingiendo no enterarse; por otra parte, ella misma notaba que se hundía en su descontento sin resignación, y a veces la pescaba en la charcutería del barrio nuevo, en los escasos momentos en que estaba vacía y no tenía que atender a los proveedores, con un aire ensimismado, una mano en la frente, entre el pelo, como para taponar una herida, con la expresión de quien intenta recobrar el aliento.

Una tarde yo estaba en casa, todavía hacía mucho calor pese a que ya estábamos a finales de septiembre. Iban a empezar las clases, me sentía a merced de los días. Mi madre me echaba en cara que me pasaba todo el tiempo sin hacer nada. A saber dónde estaría Nino, en Inglaterra o en ese espacio misterioso que era la universidad. Ya no tenía a Antonio, ni la esperanza de volver con él; se había marchado con Enzo Scanno al servicio militar, y se había despedido de todos menos de mí. Oí que me llamaban desde la calle, era Lila. Tenía los ojos brillantes, como afiebrados; dijo que había encontrado una solución.

—¿Una solución a qué?

—A la foto. Si quieren exponerla, tienen que hacerlo como yo diga.

—¿Y cómo dices tú?

No me lo contó, quizá en ese momento ella tampoco lo veía claro. Pero sabía qué tipo de persona era, y vi en su cara la expresión que asumía cuando desde un fondo interior y oscuro le llegaba una señal que le quemaba el cerebro. Me pidió que esa tarde la acompañara a la piazza dei Martiri. Allí debíamos reunirnos con los Solara, Gigliola, Pinuccia y su hermano. Quería que la ayudara, que la apoyara, y comprendí que tramaba algo capaz de llevarla más allá de su guerra permanente: un desahogo violento pero definitivo por la cantidad de tensiones acumuladas; o solo un modo de liberar la cabeza y el cuerpo de energías bloqueadas.

—De acuerdo —dije—, pero promete que no harás locuras.

—Lo prometo.

Tras cerrar las tiendas, ella y Stefano pasaron a recogerme en el coche. Por los pocos comentarios que se hicieron comprendí que el marido no sabía nada de lo que tramaba Lila y que en esa ocasión mi presencia, en lugar de tranquilizarlo, lo alarmó. Por fin Lila se había mostrado conciliadora. Le había dicho que si no existía la posibilidad de dejar la foto de lado, quería al menos dar su opinión sobre cómo exponerla.

—¿Es un problema de marco, de pared, de luz? —le preguntó él.

—Tengo que verlo.

—Pero después basta, Lina.

—Sí, después basta.

Hacía una tarde magnífica y cálida, la tienda proyectaba sobre la plaza las luces suntuosas que brillaban en su interior. La imagen gigantesca de Lila en traje de novia, apoyada en la pared central, se veía incluso de lejos. Stefano aparcó, entramos sorteando cajas de zapatos que seguían amontonadas al buen tuntún, latas de pintura, escaleras. Marcello, Rino, Gigliola y Pinuccia estaban visiblemente de morros; por distintos motivos no tenían ganas de someterse por enésima vez a los caprichos de Lila. El único que la recibió con irónica cordialidad fue Michele, que riendo se dirigió a mi amiga:

—Señora hermosa, ¿vas a decirnos de una vez qué tienes en la cabeza o solo quieres arruinarnos la tarde?

Lila miró el panel apoyado en la pared, pidió que lo pusieran en el suelo. Marcello dijo cauteloso, con la timidez recelosa que mostraba siempre ante Lila:

—¿Para qué?

—Ahora os lo enseño.

—No seas imbécil, Lina. ¿Sabes cuánto cuesta el panel? Pobre de ti si lo estropeas —la interrumpió Rino.

Los dos Solara tendieron la imagen en el suelo. Lila miró a su alrededor arrugando la frente, los ojos como dos ranuras. Buscaba algo que sabía que estaba, que quizá ella misma había mandado comprar. Localizó en un rincón un rollo de cartulina negra, cogió unas tijeras grandes y una caja de chinchetas de un estante. Con esa expresión de máxima concentración que le permitía aislarse de cuanto la rodeaba, regresó al panel. Ante nuestras miradas perplejas, en algún caso manifiestamente hostiles, con la precisión que siempre habían tenido sus manos, cortó tiras de papel negro y las clavó aquí y allá en la foto, pidiendo mi ayuda con gestos apenas esbozados o simples miradas.

Colaboré con la entrega creciente que había experimentado desde que éramos niñas. Qué emocionantes eran esos momentos, cómo me gustaba estar a su lado, colarme en sus intenciones, anticiparme a ellas. Sentí que veía algo que no estaba allí y que se empleaba a fondo para que lo viéramos nosotros también. No tardé en alegrarme y noté la plenitud que la embargaba y que fluía de sus dedos mientras ceñían las tijeras, mientras fijaban con chinchetas la cartulina negra.

Cuando terminó, ella misma, como si estuviese sola en aquel espacio, trató de levantar el bastidor, pero no lo consiguió. Marcello se apresuró a intervenir, intervine yo, lo apoyamos en la pared. Luego todos retrocedimos hacia la puerta, unos riendo socarronamente, otros amenazantes, otros atónitos. En la imagen, el cuerpo de Lila en traje de novia aparecía cruelmente triturado. Gran parte de la cabeza había desaparecido, igual que el vientre. Quedaban un ojo, la mano en la que apoyaba la barbilla, la mancha resplandeciente de la boca, franjas en diagonal sobre el busto, la línea de las piernas cruzadas, los zapatos.

—No puedo poner algo así en mi tienda —dijo Gigliola, conteniendo a duras penas la rabia.

—Estoy de acuerdo —estalló Pinuccia—; aquí tenemos que vender, y con ese mamarracho la gente saldrá corriendo. Rino, dile algo a tu hermana, por favor.

Rino fingió ignorarla, pero se dirigió a Stefano como si la culpa de lo que estaba pasando la tuviera su cuñado:

—Ya te dije que con esta no hay que discutir. Tienes que decirle sí, no y basta, si no, ya ves lo que pasa. No hacemos más que perder el tiempo.

Stefano no le contestó, observaba el panel apoyado en la pared, era evidente que buscaba una salida.

—¿Tú qué opinas, Lenù? —me preguntó.

—A mí me parece precioso —dije en italiano—. Está claro que no lo pondría en el barrio, no es el ambiente adecuado. Pero aquí es otra cosa, llamará la atención, gustará. En el *Confidenze* de la semana pasada vi que en la casa de Rossano Brazzi había un cuadro de este estilo.

Al oírme, Gigliola se enfadó aún más.

—¿Qué quieres decir? ¿Que Rossano Brazzi lo entiende todo, que vosotras dos lo entendéis todo y que Pinuccia y yo no entendemos nada?

En ese momento advertí el peligro. Me bastó con lanzar una mirada a Lila para darme cuenta de que, si al llegar a la tienda se sentía realmente dispuesta a ceder en caso de que el intento resultara infructuoso, ahora que el intento se había hecho realidad y había producido esa imagen de desfiguración no cedería ni un milímetro. Sentí que los minutos dedicados a trabajar en la foto habían roto ataduras: en ese momento la arrastraba un sentido exorbitante de sí misma y necesitaba un tiempo para retirarse a la dimensión de esposa del charcutero, no aceptaría ni medio suspiro de desacuerdo. Es más, mientras Gigliola hablaba, ella ya rezongaba: O así o nada, y quería pelear, quería romper, destrozar, de buena gana se hubiera echado sobre ella empuñando las tijeras.

Confié en la intervención solidaria de Marcello. Pero él siguió callado, con la cabeza gacha; comprendí que los sentimientos que pudiera conservar por Lila estaban desapareciendo en ese momento, ya no conseguía seguirle el ritmo con la afligida pasión de antes. Fue su hermano el que intervino, recriminando a su novia y a Gigliola con su voz más agresiva. «Cállate un momento», le dijo. Y en cuanto ella intentó protestar, insistió amenazante, sin mirarla siquiera, con la vista clavada en el panel: «Que te calles, Gigliò». Y luego se dirigió a Lila:

—A mí me gusta, señora. Te has borrado aposta y entiendo por qué, para que se vea bien la pierna, para que se vea lo bien que queda una pierna de mujer con estos zapatos. Bien hecho. Eres una tocacojones, pero cuando haces algo, lo haces como está mandado.

Silencio.

Gigliola se enjugó con la punta de los dedos las lágrimas silenciosas que no lograba contener. Pinuccia miró a Rino, luego a su hermano, como queriendo decirles: Hablad, defendedme, no permitáis que esta cabrona me pisotee. Stefano se limitó a decir tibiamente:

—Sí, a mí también me convence.

Y Lila dijo de inmediato:

—No está terminado.

—¿Qué más tienes que hacerle? —saltó Pinuccia.

—Tengo que ponerle un poco de color.

—¿Color? —murmuró Marcello, cada vez más desorientado—. Abrimos dentro de tres días.

—Si tenemos que esperar un poco más, esperamos —rió Michele—. Señora mía, ponte ya mismo a trabajar, haz lo que tengas que hacer.

Aquel tono autoritario, de quien hace y deshace como le da la gana, no gustó a Stefano.

—Está la charcutería nueva —dijo para dar a entender que necesitaba a su mujer allí.

—Arréglatelas —le contestó Michele—, aquí tenemos cosas más interesantes que hacer.

26

Pasamos los últimos días de septiembre encerradas en la tienda, nosotras dos y tres obreros. Horas magníficas de juego, invención, libertad, que no teníamos ocasión de disfrutar de aquella manera, juntas, desde la niñez. Lila me arrastró en su frenesí. Compramos cola, barnices, pinceles. Aplicamos con gran precisión (ella era exigente) los recortes de cartulina negra. Trazamos bordes rojos o azules entre los restos de la foto y las nubes oscuras que la engullían. A Lila siempre se le habían dado bien las líneas y los colores, pero en ese caso hizo algo más que —aunque no habría sabido decir qué era— con el paso de las horas me turbó.

Al principio tuve la sensación de que había orquestado aquel momento como conclusión ideal de los años iniciados con los diseños de los zapatos, cuando todavía era la niña Lina Cerullo. Y todavía pienso que gran parte del placer de aquellos días provenía de la cancelación de sus condiciones de vida, de nuestras condiciones de vida, de la capacidad que tuvimos de elevarnos por encima de nosotras mismas, de aislarnos en la realización pura y simple de aquella especie de síntesis visual. Nos olvidamos de Antonio, de Nino, de Stefano, de los Solara, de mis problemas con los estudios, de su embarazo, de las tensiones entre nosotras. Suspendimos el tiempo, aislamos el espacio, solo quedó el juego de la cola, las tijeras, las cartulinas, los colores, el juego de la invención compenetrada.

Pero hubo más. No tardó en volverme a la cabeza el verbo usado por Michele: borrar. Sí, es probable, muy probable que las tiras negras acabaran de hecho por aislar los zapatos dándoles más visibilidad; el joven Solara no era tonto, sabía mirar. Sin embargo, por momentos, cada vez con mayor intensidad, sentía que no era ese el verdadero objetivo de nuestro corta, pega y colorea. Lila era feliz, y me arrastraba cada vez más hacia su feroz felicidad, sobre todo porque de repente había encontrado, tal vez sin darse cuenta siquiera, una ocasión que le permitía representarse la furia contra sí misma, el nacimiento, quizá por primera vez en su vida, de la necesidad —y aquí el verbo empleado por Michele era adecuado— de borrarse.

A la luz de muchas de las cosas que ocurrieron después, hoy estoy bastante segura de que eso fue lo que pasó. Con las cartulinas negras, con los círculos verdes y violáceos que Lila trazaba alrededor de algunas partes de su cuerpo, con las líneas rojo sangre con las que se trituraba y decía triturar la foto, llevó a cabo su propia autodestrucción en la imagen, la ofreció a los ojos de todos en el espacio comprado por los Solara para exhibir y vender sus zapatos.

Es probable que fuese ella misma quien me sugirió esa impresión, quien la motivó. Mientras trabajábamos, empezó a hablarme de cuándo había empezado a darse cuenta de que era la señora Carracci. Al principio entendí poco o nada de lo que en el fondo me decía, me parecieron observaciones banales. Ya se sabe, cuando nosotras, las chicas, nos enamorábamos lo primero que tratábamos de ver era cómo sonaba nuestro nombre unido al apellido de nuestro amado. Yo, por ejemplo, todavía conservo un cuaderno de cuarto del bachillerato elemental en cuyas páginas practicaba la firma de Elena Sarratore, y recuerdo a la perfección que, apenas con un susurro, me llamaba a mí misma por ese nombre. Pero no era esa la intención de Lila. No tardé en comprender que me confesaba exactamente lo contrario; jamás se le había pasado por la cabeza un ejercicio parecido al mío. Al principio, la fórmula de su nueva designación, dijo, la había impresionado poco: «Raffaella Cerullo de Carracci». Nada de emocionante, nada de grave. Al principio aquel «de Carracci» no la había mantenido más ocupada que un ejercicio de análisis lógico, los mismos con los que nos atormentaba la maestra Oliviero en la primaria. ¿Qué era, un complemento del nombre? ¿Significaba que al dejar la casa de sus padres pasaba a vivir en la de Stefano? ¿Significaba que la casa nueva a la que se trasladase luciría en la puerta una placa de latón que llevaría grabado «Carracci»? ¿Significaba que si yo le hubiese escrito, ya no debería indicar como destinataria a Raffaella Cerullo sino a Raffaella Carracci? ¿Significaba que con el uso diario de la fórmula Raffaella Cerullo de Carracci no tardaría en desaparecer «Cerullo de», y ella misma pasaría a definirse y a firmar únicamente como Raffaella Carracci, y sus hijos tendrían que hacer memoria para acordarse del apellido de la madre, y los nietos ignorarían por completo el apellido de su abuela?

Sí. Una costumbre. Todo dentro de lo normal entonces. Pero, como era habitual en ella, Lila no se detuvo en ese punto, sino que fue más allá. Mientras trabajábamos con pinceles y barnices, me contó que había empezado a ver en esa fórmula un complemento con preposición, en la que «Cerullo de Carracci» daba a entender que Cerullo pertenecía a Carracci, quedaba absorbida por él, se disolvía en él. Y a partir de la brusca adjudicación a Silvio Solara del papel de padrino de pañuelo, a partir de la entrada en la sala del restaurante de Marcello Solara calzado nada menos que con los zapatos que, según había dado a entender Stefano, eran para él algo más que una reliquia sagrada, a partir de su viaje de bodas y de las palizas, hasta llegar a ese asentarse, en el vacío que sentía en su interior, de aquella cosa viva querida por Stefano, había sido arrastrada de manera progresiva por una sensación insoportable, una fuerza cada vez más apremiante que la estaba disgregando. Y aquella impresión se había acentuado, había prevalecido. Derrotada, Raffaella Cerullo había perdido forma y se había disuelto dentro del perfil de Stefano para convertirse en su emanación subalterna: la señora Carracci. Fue entonces cuando en el panel comencé a notar las huellas de lo que decía. «Se trata de un proceso que no ha terminado», dijo con un hilo de voz. Mientras tanto íbamos pegando cartulinas y repartiendo color. ¿Pero qué hacíamos realmente, en qué la estaba ayudando?

Al final, los obreros, muy perplejos, colgaron el panel de la pared. Nos entristecimos pero no nos lo confesamos, el juego había terminado. Limpiamos la tienda de arriba abajo. Lila analizó una vez más dónde poner un sofá y unos pufs. Terminado el trabajo, retrocedimos hacia la entrada y contemplamos nuestra obra. Ella se echó a reír como hacía tiempo que no la oía, con una carcajada franca se reía de sí misma. Yo estaba tan ensimismada observando la parte alta del panel, del que había desaparecido la cabeza de Lila, que no conseguí ver el conjunto. Allá en lo alto resaltaba un solo ojo muy vivo, envuelto en azul oscuro y rojo.

27

El día de la inauguración Lila llegó a la piazza dei Martiri sentada en el descapotable, al lado de su marido. Cuando se apeó, vi en su mirada la incertidumbre de quien teme algo feo. La sobreexcitación de los días del panel había desaparecido para dar paso al aspecto enfermizo de la mujer apáticamente grávida. No obstante, vestía con esmero, parecía salida de una revista de moda. Se apartó enseguida de Stefano y me llevó a ver los escaparates de la via dei Mille.

Paseamos un rato. Estaba tensa, no paraba de preguntarme si llevaba algo fuera de sitio.

—¿Te acuerdas —preguntó de pronto— de la chica toda vestida de verde, la que llevaba bombín?

Vaya si me acordaba. Me acordaba de la incomodidad que habíamos sentido años atrás cuando la vimos pasear por esa misma calle, y del enfrentamiento entre nuestros muchachos y los de la zona, y de la intervención de los Solara, y de Michele con la barra de hierro, y del miedo. Comprendí que deseaba oír algo capaz de calmarla, y dejé caer:

—Solo era cuestión de dinero, Lila. Hoy todo ha cambiado, eres mucho más hermosa que la muchacha vestida de verde.

Pero pensé: No es cierto, estoy mintiendo. Había algo malvado en la desigualdad, y ahora lo sabía. Actuaba en profundidad, cavaba más allá del dinero. No bastaban la caja registradora de las dos charcuterías y tampoco la de la fábrica de zapatos o la de la tienda de zapatos para ocultar nuestros orígenes. Lila misma, aunque hubiera sacado del cajón más dinero del que ya sacaba, aunque hubiese sacado millones, treinta o incluso cincuenta, no lo habría conseguido. Me había dado cuenta y, por fin, había algo que sabía mejor que ella; no lo había aprendido en aquellas calles, sino en la puerta del colegio, al observar a la chica que iba a buscar a Nino. Ella era superior a nosotras, así, sin proponérselo. Y eso resultaba insoportable.

Regresamos a la tienda. La tarde avanzó como en una especie de boda: comida, dulces, mucho vino; todos llevaban los trajes utilizados en el enlace de Lila: Fernando, Nunzia, Rino, la familia Solara al completo, Alfonso, nosotras, las chicas, Ada, Carmela y yo. Se amontonaron los coches aparcados desordenadamente, se amontonó la gente en la tienda, aumentó el clamor de voces. En abierta competición, Gigliola y Pinuccia se comportaron todo el tiempo como dueñas de casa, y cada una de ellas trataba de ser más dueña de casa que la otra, extenuadas por la tensión. El panel con la foto de Lila dominaba sobre las cosas y las personas. Algunos se detenían a contemplarlo con interés, otros le echaban una ojeada escéptica o directamente se reían. Yo no conseguía apartar los ojos de él. Lila ya no era reconocible. Quedaba una forma seductora y tremenda, una imagen de diosa tuerta que proyectaba sus pies bien calzados hacia el centro de la sala.

Entre el gentío Alfonso me llamó especialmente la atención por su vivacidad, su alegría, su elegancia. Nunca lo había visto así, ni en el colegio, ni en el barrio, ni en la charcutería, hasta la propia Lila lo sopesó largo rato, perpleja.

—Ya no es él —le dije riendo.

—¿Qué le ha pasado?

—No lo sé.

Alfonso fue la auténtica novedad positiva de aquella tarde. Algo que estaba silencioso en él despertó en esa ocasión, en la tienda iluminada con profusión. Fue como si de golpe hubiera descubierto que aquella parte de la ciudad hacía que se sintiera bien. Se volvió particularmente movido. Lo vimos ir de aquí para allá arreglando esto y lo otro, charlar con la gente elegante que entraba a curiosear, que examinaba la mercancía o se apoderaba de las pastas y una copa de vermut. En un momento dado se nos acercó y, usando un tono desenvuelto, elogió con franqueza el trabajo que habíamos hecho con la foto. Tan grande era su estado de libertad mental que venció su antigua timidez y le dijo a su cuñada: «Siempre he sabido que eras peligrosa», y la besó en ambas mejillas. Lo miré perpleja. ¿Peligrosa? ¿Qué habría intuido al ver el panel y que yo había pasado por alto? ¿Alfonso era capaz de no detenerse en las apariencias? ¿Sabía mirar con imaginación? ¿Tal vez su verdadero futuro no estaba en los estudios, sino en esa parte rica de la ciudad, donde sabría utilizar lo poco que aprendía en el colegio? Ay, sí, en su interior ocultaba a otra persona. Era distinto a todos los muchachos del barrio y, más que nada, era distinto a su hermano, Stefano, que estaba en un rincón, sentado en un puf, en silencio pero dispuesto a responder con sonrisas tranquilas a quien le dirigiese la palabra.

Anocheció. Fuera estalló de pronto una gran claridad. Los Solara, abuelo, padre, madre, hijos, salieron en tropel para verlo, arrastrados por un ruidoso entusiasmo de estirpe. Salimos todos a la calle. En lo alto de los escaparates y la entrada brillaba el rótulo: SOLARA.

—También en esto han cedido —me dijo Lila con una mueca.

Me empujó sin ganas hacia Rino, que parecía el más contento de todos, y le dijo:

—Si los zapatos son Cerullo, ¿por qué la tienda se llama Solara?

Rino la cogió del brazo y le dijo en voz baja:

—Lina, ¿por qué siempre tienes que tocar los cojones? ¿Te acuerdas de la trifulca en la que me metiste hace unos años en esta misma plaza? ¿Qué quieres que haga, que monte otra trifulca? Por una vez, confórmate. Estamos aquí, en el centro de Nápoles, y somos los dueños. ¿Ves ahora a todos los cabrones que hace menos de tres años querían molernos a palos? Se paran, miran los escaparates, entran, se sirven su pastita. ¿No te basta? Zapatos Cerullo, tienda Solara. ¿Qué quieres poner, allá arriba, Carracci?

Lila se soltó y le dijo sin agresividad:

—Yo estoy tranquila. Lo suficiente para decirte que nunca más vuelvas a pedirme nada. ¿Qué estás haciendo? ¿Le estás pidiendo dinero prestado a la señora Solara? ¿Stefano también? ¿Estáis los dos endeudados, por eso decís a todo que sí? De ahora en adelante, que cada palo aguante su vela, Rino.

Nos dejó plantados a los dos y fue directa hacia Michele Solara con una actitud alegremente coqueta. La vi alejarse con él hacia la plaza, dieron vueltas alrededor de los leones de piedra. Vi que su marido la seguía con la mirada. Me di cuenta de que no le quitaba los ojos de encima durante todo el tiempo que ella y Michele charlaron dando un paseo. Vi que Gigliola se ponía furiosa, hablaba sin parar al oído de Pinuccia y las dos la miraban.

Entretanto, la tienda se vació, alguien apagó el enorme rótulo luminoso. Durante unos instantes, en la plaza hubo unos momentos de oscuridad hasta que las farolas recuperaron su fuerza. Lila dejó a Michele riéndose, pero entró en la tienda con una cara de golpe sin vida, se encerró en el cuarto trasero donde estaba el retrete.

Alfonso, Marcello, Pinuccia y Gigliola se pusieron a ordenar la tienda. Me uní a ellos para echar una mano.

Lila salió del baño y Stefano, como si estuviera al acecho, la agarró enseguida de un brazo. Ella se soltó molesta y vino hacia mí. Estaba palidísima.

—Pierdo un poco de sangre. ¿Qué significa, que el niño está muerto? —susurró.

28

El embarazo de Lila duró en total poco más de diez semanas, después llegó la partera y le hizo un raspado. Al día siguiente se ocupó otra vez de la charcutería nueva junto con Carmen Peluso. A ratos amable, a ratos feroz, inició una larga temporada en la que dejó de correr de un lado a otro y pareció decidida a comprimir toda su vida en el orden de aquel espacio que olía a cal y a queso, abarrotado de embutidos, pan, mozzarella, anchoas en salmuera, bloques de chicharrones, sacos repletos de legumbres secas, vejigas redondas henchidas de manteca de cerdo.

Aquel comportamiento fue muy apreciado, sobre todo por Maria, la madre de Stefano. Como si hubiese reconocido en su nuera algo de sí misma, de repente se volvió más afectuosa, le regaló unos antiguos pendientes suyos de oro rojo. Lila los aceptó de buena gana y se los puso a menudo. Durante un tiempo conservó la tez pálida, los granos en la frente, los ojos sepultados en el fondo de las ojeras, los pómulos que le estiraban la piel hasta hacerla transparente. Después volvió a florecer y dedicó aún más energías a sacar adelante la tienda. Con la Navidad al caer, los ingresos aumentaron y al cabo de pocos meses superaron los de la charcutería del barrio viejo.

Creció el aprecio de Maria. Iba cada vez con más frecuencia a echarle una mano a su nuera en lugar de ayudar a su hijo, con cara de pocos amigos a raíz de la paternidad fallida y las tensiones de los negocios, o a su hija, que había empezado a trabajar en la tienda de la piazza dei Martiri y le había prohibido taxativamente a la madre que apareciera para no hacer que quedara mal delante de los clientes. La madura señora Carracci llegó incluso a tomar partido por la joven señora Carracci cuando Stefano y Pinuccia la culparon por no haber sabido retener al niño en su vientre.

—No quiere hijos —se lamentó Stefano.

—Sí, quiere seguir siendo una muchacha —lo apoyó Pinuccia—, no sabe hacer de esposa.

—Son cosas que no debéis pensar siquiera, los hijos los manda nuestro Señor y nuestro Señor se los lleva, no quiero oír más esas tonterías —les reprochó con dureza Maria.

—Calla —le gritó su hija, crispada—, que le diste a esa desgraciada los pendientes que me gustaban.

Sus discusiones, las reacciones de Lila no tardaron en convertirse en la comidilla del barrio, se difundieron y llegaron a mis oídos. Pero yo les prestaba poca atención, las clases habían empezado.

Las cosas no tardaron en tomar un cariz que me sorprendió a mí en primer lugar. Desde los primeros días comencé a destacar, como si la marcha de Antonio, la desaparición de Nino, quizá incluso el encadenamiento definitivo de Lila a la gestión de la charcutería, hubiesen disuelto algo dentro de mi cabeza. Descubrí que recordaba con precisión cuanto había estudiado mal el primer curso del bachillerato superior, respondía a las preguntas de repaso de los profesores con brillante rapidez. No solo eso. Quizá porque había perdido a Nino, su alumno más brillante, la profesora Galiani acentuó la simpatía que demostraba hacia mí y llegó a decirme que sería interesante e instructivo para mí participar en la marcha por la paz en el mundo que se iniciaba en Resina y llegaba a Nápoles. Decidí hacer una escapada, en parte por curiosidad, en parte por miedo a que la profesora Galiani se ofendiera, en parte porque la marcha pasaba por la avenida, tocaba el barrio, no me costaba esfuerzo. Pero mi madre quiso que me llevara a mis hermanos. Me peleé con ella, grité, se me hizo tarde. Llegué con ellos al puente de las vías, vi que debajo la gente desfilaba y ocupaba toda la calle impidiendo el paso de los coches. Eran personas normales y no marchaban, sino que paseaban llevando banderas y carteles. Quería ir a buscar a la Galiani, que me viera, les ordené a mis hermanos que me esperaran en el puente. Fue una pésima idea; no encontré a la profesora y, además, en cuanto les di la espalda, ellos se juntaron con otros niños y se pusieron a tirar piedras sobre los manifestantes y a proferir insultos. Volví corriendo a recogerlos, toda sudada, me los llevé de allí, espantada ante la idea de que la profesora Galiani, con su vista aguzada, los hubiera visto y se hubiera dado cuenta de que eran mis hermanos.

Entretanto pasaban las semanas, tenía nuevas clases y libros de texto que comprar. Me pareció del todo inútil enseñarle la lista de los manuales a mi madre para que hablara con mi padre y le sacara el dinero; yo ya sabía que no había dinero. Para colmo, no tenía noticias de la maestra Oliviero. Entre agosto y septiembre había ido a verla un par de veces al hospital, pero la primera vez la encontré dormida y la segunda, descubrí que le habían dado el alta y no había regresado a su casa. Como me vi entre la espada y la pared, a primeros de noviembre fui a preguntar por ella a su vecina y me enteré de que, dado su estado de salud, la había recogido una hermana suya que vivía en Potenza y no se sabía si regresaría a Nápoles, al barrio, a su trabajo. Así las cosas, pensé en hablar con Alfonso y proponerle que, cuando su hermano le hubiese comprado los libros, nos organizáramos para que yo pudiese usar los suyos. Él se mostró entusiasmado y me propuso que estudiáramos juntos, tal vez en la casa de Lila, que desde que se ocupaba de la charcutería estaba vacía de las siete de la mañana hasta las nueve de la noche. Nos decidimos por esa solución.

Pero una mañana Alfonso me dijo un tanto enfadado: «Hoy pásate por la charcutería a ver a Lila, quiere verte». Sabía por qué, pero ella le había hecho jurar que no dijese una palabra, y me fue imposible arrancarle el secreto.

Por la tarde fui a la charcutería nueva. Carmen, entre triste y alegre, quiso enseñarme una postal de no sé qué ciudad de Piamonte que le había mandado Enzo Scanno, su novio. Lila también había recibido una postal, pero de Antonio, y por un momento pensé que me había mandado llamar con el único propósito de enseñármela. Pero no solo no me dejó verla, sino que no me dijo nada de lo que le había escrito. Me llevó a la trastienda y me preguntó divertida:

—¿Te acuerdas de nuestra apuesta?

Asentí.

—¿Te acuerdas de que la perdiste?

Asentí.

—¿Te acuerdas entonces de que debes aprobar con una nota media de ocho?

Asentí.

Me indicó dos paquetes enormes envueltos con papel de embalar. Eran los libros de texto.

29

Pesaban mucho. Muy emocionada, en casa descubrí que no eran los libros de segunda mano, a menudo malolientes, que en otros cursos me había conseguido la maestra, sino que estaban nuevecitos, perfumados, recién salidos de la imprenta; entre ellos destacaban los diccionarios: el Zingarelli, el Rocci y el Calonghi-Georges, que la maestra nunca había podido conseguirme.

Mi madre, que siempre tenía una palabra despreciativa para todo lo que me ocurría, se echó a llorar cuando me vio desenvolver los paquetes. Sorprendida, atemorizada por su reacción anómala, me acerqué a ella y le acaricié un brazo. Es difícil precisar qué la conmovió; tal vez su sensación de impotencia ante nuestra miseria, tal vez la generosidad de la mujer del charcutero, no lo sé. Se le pasó enseguida, farfulló frases incomprensibles y se sumergió en sus tareas.

En el cuartito donde dormía con mis hermanos tenía una mesita descoyuntada, acribillada por la carcoma, donde solía hacer los deberes. Coloqué encima todos los libros y al verlos alineados sobre el tablero, contra la pared, me sentí llena de energías.

Los días empezaron a volar. Le devolví a la Galiani los libros que me había prestado para el verano, me pasó otros, todavía más difíciles. Los domingos los leía con diligencia, pero entendía poco o nada. Recorría todas las líneas con la vista, volvía las páginas, me aburría la construcción de los períodos, se me escapaba el sentido. Aquel año, el segundo del bachillerato superior, entre el estudio y las lecturas impenetrables me cansé muchísimo, pero fue un cansancio convencido, satisfecho.

Un día la profesora Galiani me preguntó:

—¿Qué periódico lees, Greco?

La pregunta me produjo la misma incomodidad que sentí cuando había hablado con Nino en la boda de Lila. La profesora daba por descontado que, por norma, yo hacía algo que en mi casa, en mi ambiente, no era en absoluto normal. ¿Cómo decirle que mi padre no compraba periódicos, que yo nunca había leído un periódico? No tuve valor y me afané por acordarme si Pasquale, que era comunista, leía alguno. Un esfuerzo inútil. Entonces me vino a la cabeza Donato Sarratore y me acordé de Ischia, de la playa dei Maronti, me acordé de que escribía en el *Roma*.

—Leo el *Roma* —respondí.

La profesora esbozó una sonrisa irónica y a partir del día siguiente empezó a pasarme sus diarios. Compraba dos, a veces tres, y después de clase me regalaba uno. Yo le daba las gracias y volvía a mi casa amargada por lo que me parecía una tarea escolar añadida.

Al principio dejaba el diario tirado por casa y aplazaba la lectura para después de finalizar los deberes; pero por la noche el diario había desaparecido, mi padre se había apropiado de él y lo leía en la cama o en el retrete. Así que tomé la costumbre de esconderlo entre mis libros y sacarlo solo por la noche, cuando todos dormían. A veces se trataba de *L'Unità*, a veces de *Il Mattino*, en otras ocasiones del *Corriere della Sera*, aunque los tres me resultaban difíciles; era como apasionarse por una historieta de la que desconocía las entregas anteriores. Corría de una columna a la otra más por obligación que por genuino interés y, mientras tanto, como en todas las cosas impuestas por la escuela, esperaba que lo que no entendía hoy, lo entendería el día siguiente a fuerza de insistir.

En esa época vi poco a Lila. A veces, nada más salir del colegio y antes de irme corriendo a hacer los deberes, pasaba por la charcutería nueva. Me moría de hambre y ella lo sabía; se apresuraba a prepararme un bocadillo con mucho relleno. Mientras lo devoraba, soltaba en buen italiano las frases memorizadas de los libros o los periódicos de la Galiani. No sé, me refería a «la atroz realidad de los campos de exterminio nazis», a «lo que los hombres pudieron hacer y lo que pueden hacer también hoy», a la «amenaza atómica y la obligación de la paz», al hecho de que «de tanto doblegar las fuerzas de la naturaleza con los instrumentos que inventamos, hemos llegado hoy al punto en que la fuerza de nuestros instrumentos se ha convertido en algo más preocupante que las fuerzas de la naturaleza», a la «necesidad de una cultura que combata y elimine el sufrimiento», a la idea de que «la religión desaparecerá de la conciencia de los hombres cuando logremos por fin construir un mundo de iguales, sin distinciones de clase, y con una sólida concepción científica de la sociedad y la vida». Le hablaba de esas y de otras cosas porque quería demostrarle que avanzaba con éxito hacia el curso siguiente con una nota media de ocho, porque no sabía qué más decirle, porque esperaba que rebatiera algo y pudiéramos retomar la antigua costumbre de discutir las dos. Pero ella decía poco o nada; es más, parecía incómoda, como si no entendiera bien de qué le estaba hablando. O bien, si hacía algún comentario, terminaba desenterrando una obsesión suya que ahora —no entendía por qué— había vuelto a carcomerla. Se ponía a hablar de la procedencia del dinero de don Achille, del dinero de los Solara, incluso en presencia de Carmen, que se apresuraba a asentir. Pero en cuanto entraba algún cliente, se callaba, se volvía amabilísima y eficiente, cortaba, pesaba, cobraba.

En una ocasión se quedó con la caja registradora abierta mirando fijamente el dinero.

—Este dinero lo gano yo con mi trabajo y el de Carmen —dijo de pésimo humor—. Pero todo lo que está aquí dentro no es mío, Lenù, se hizo con dinero de Stefano. Y Stefano acumuló ese dinero partiendo del capital de su padre. Sin el que don Achille guardó debajo del colchón dedicándose al mercado negro y a la usura, hoy no existiría esta tienda, tampoco existiría la fábrica de zapatos. Y te digo más: Stefano, Rino, mi padre no habrían vendido ni un solo zapato sin el dinero y los conocidos de la familia Solara, que también son usureros. ¿Está claro en dónde me he metido?

Claro estaba, pero no entendía a qué conducían esas reflexiones.

—Es agua pasada —le dije y le recordé las conclusiones a las que había llegado al comprometerse con Stefano—. Eso que dices quedó atrás, nosotras somos otra cosa.

Pero ella, que se había inventado esa teoría, se mostró poco convencida. Me dijo, y recuerdo muy bien la frase, en dialecto:

—Ya no me gusta lo que hice ni lo que estoy haciendo.

Pensé que tal vez había vuelto a ver a Pasquale, él siempre había sido de esa opinión. Pensé que quizá la relación se había reforzado, porque Pasquale estaba comprometido con Ada, dependienta de la charcutería vieja, y era hermano de Carmen, que trabajaba con ella en la nueva. Me fui descontenta, a duras penas manteniendo a raya un antiguo sentimiento de niña, la época en que sufría porque Lila y Carmela se habían hecho amigas y tendían a excluirme. Me tranquilicé estudiando hasta tarde.

Una noche estaba leyendo *Il Mattino*, se me cerraban los ojos por el cansancio, cuando un suelto sin firmar me produjo una auténtica descarga eléctrica que me despertó. No podía creerlo, se hablaba de la tienda de la piazza dei Martiri y se elogiaba el panel en el que habíamos trabajado Lila y yo.

Leí y releí, aún recuerdo algunas líneas: «Las muchachas que dirigen la acogedora tienda de la piazza dei Martiri no quisieron revelar el nombre del artista. Lástima. Quien ha inventado esa anómala amalgama de fotografía y color posee una imaginación vanguardista que, con divina ingenuidad pero también con una energía inusitada, somete la materia a las urgencias de un dolor íntimo y poderoso». Por lo demás, se elogiaba sin medias tintas la tienda de zapatos, «un signo importante del dinamismo que en los últimos años se ha adueñado del empresariado napolitano».

No pegué ojo.

Después de clase corrí a buscar a Lila. La tienda estaba vacía, Carmen había ido a casa de Giuseppina, su madre, que no se encontraba bien; Lila estaba hablando por teléfono con un proveedor de la provincia que no le había entregado las mozzarellas o los provolones o no recuerdo qué. La oí gritar, soltar palabrotas, me impresionó. Pensé que quizá el hombre que estaba al otro lado del teléfono era mayor, que se ofendería, que le enviaría a uno de sus hijos para vengarse. Pensé: Por qué siempre tiene que ser tan exagerada. Cuando terminó la llamada telefónica resopló contrariada y para justificarse me dijo:

—Si no lo hago así, ni siquiera me escuchan.

Le enseñé el diario. Le echó una mirada distraída y dijo:

—Ya lo sabía.

Me comentó que se trataba de una iniciativa de Michele Solara, que, como de costumbre, lo había hecho sin consultárselo a nadie. Fíjate, dijo; fue a la caja registradora, sacó un par de recortes ajados y me los pasó. En ellos también se hablaba de la tienda de la piazza dei Martiri. Uno era un artículo breve aparecido en el *Roma*; el autor se deshacía en elogios a los Solara, pero no hacía comentario alguno sobre el panel. El otro era un artículo de tres columnas, nada menos, publicado en el *Napoli notte*; ponía la tienda por las nubes, como si fuera un palacio real. Describía el ambiente en un italiano desbordante que exaltaba su decoración, su iluminación suntuosa, los maravillosos zapatos y, sobre todo «la amabilidad, la dulzura, la gracia de sus dos seductoras nereidas, las señoritas Gigliola Spagnuolo y Giuseppina Carracci, maravillosas muchachas en flor, al frente del destino de una empresa que ocupa un lugar destacado entre las florecientes actividades comerciales de nuestra ciudad». Había que llegar al final del artículo para encontrar una mención al panel al que, sin embargo, liquidaba en pocas líneas. El autor del artículo lo definía como un «burdo mamarracho, una nota discordante en un ambiente de majestuosa elegancia».

—¿Te has fijado en la firma? —me preguntó Lila con recochineo.

El suelto del *Roma* llevaba las iniciales d.s. y el artículo del *Napoli notte*, la firma de Donato Sarratore, el padre de Nino.

—Sí.

—¿Qué me dices?

—¿Qué quieres que te diga?

—De tal palo, tal astilla, eso quiero que me digas.

Se rió sin alegría. Me comentó que en vista del éxito creciente de los zapatos Cerullo y de la tienda Solara, Michele había decidido darle resonancia a la empresa y se había dedicado a repartir por ahí unas cuantas propinas, gracias a las cuales los periódicos de la ciudad publicaron con prontitud artículos elogiosos. En una palabra, publicidad. De pago. De nada servía leerla. En esos artículos, me dijo, no había una sola palabra verdadera.

Me quedé mortificada. No me gustó la forma en que subestimó a los periódicos, que yo trataba de leer diligentemente quitándole horas al sueño. Tampoco me gustó que destacara el parentesco entre Nino y el autor de los dos artículos. ¿Qué necesidad había de asociar a Nino con su padre, pomposo fabricante de frases falsas?

30

De todas maneras, gracias a aquellas frases al cabo de poco tiempo la tienda de los Solara y los zapatos Cerullo se afianzarían. Gigliola y Pinuccia se pavonearon mucho por cómo las citaban en los diarios, pero el éxito no atenuó su rivalidad y ambas pasaron a atribuirse el mérito de la suerte de la tienda; asimismo comenzaron a considerar a la otra un obstáculo en los nuevos éxitos. Había un único punto en el que siempre estuvieron de acuerdo: el panel de Lila era un oprobio. Trataban con descortesía a todas aquellas personas que, con sus finas vocecitas, se asomaban únicamente para echarle un vistazo. Enmarcaron los artículos del *Roma* y del *Napoli notte*, pero no el de *Il Mattino*.

Entre Navidad y Semana Santa los Solara y los Carracci se embolsaron mucho dinero. Stefano sobre todo suspiró aliviado. La charcutería nueva y la vieja tenían un buen rendimiento, la fábrica de zapatos Cerullo trabajaba a pleno ritmo. Además, la tienda de la piazza dei Martiri reveló algo que se sabía desde siempre; es decir, que los zapatos diseñados años atrás por Lila no solo se vendían bien en el Rettifilo, en la via Foria y en el corso Garibaldi, sino que merecían la aprobación de los grandes señores, los que echaban mano de la billetera con soltura. Se trataba, pues, de un mercado importante que había que consolidar y ampliar con urgencia.

Como confirmación del éxito, en primavera se empezó a ver en los escaparates de los suburbios alguna buena imitación del calzado Cerullo. Básicamente se trataba de zapatos idénticos a los de Lila, apenas modificados por unos flecos, unas tachuelas. Las protestas, las amenazas frenaron de inmediato su difusión; Michele Solara puso las cosas en su sitio. No se conformó con eso, sino que no tardó en llegar a la conclusión de que era necesario crear nuevos modelos. Por ese motivo una noche convocó en la tienda de la piazza dei Martiri a su hermano Marcello, al matrimonio Carracci, a Rino y, por supuesto, a Gigliola y Pinuccia. Pero Stefano se presentó por sorpresa sin Lila, dijo que su mujer se disculpaba, que estaba cansada.

Esa ausencia no gustó a los Solara. Si falta Lila, dijo Michele poniendo nerviosa a Gigliola, de qué coño vamos a hablar. Pero Rino se entrometió enseguida. Anunció, mintiendo, que su padre y él habían empezado a pensar desde hacía tiempo en nuevos modelos y tenían previsto presentarlos en una exposición programada en Arezzo para septiembre. Michele no se lo creyó, se puso todavía más nervioso. Dijo que había que hacer un relanzamiento con productos realmente innovadores y no con cosas normales. Al final se dirigió a Stefano:

—Necesitamos a tu señora, tenías que obligarla a venir.

Stefano contestó con un punto de agresividad sorprendente:

—Mi señora se desloma todo el día en la charcutería y por la noche tiene que quedarse en casa y ocuparse de mí.

—De acuerdo —dijo Michele deformando durante unos segundos la cara de muchacho apuesto con una mueca—, pero trata de ver si también consigue ocuparse un poco de nosotros.

La velada dejó a todos descontentos, pero sobre todo disgustó a Pinuccia y Gigliola. Por distintos motivos, las dos consideraron insoportable la importancia que Michele le atribuía a Lila, y en los días siguientes, su descontento acabó transformándose en un malhumor que a la menor ocasión provocaba peleas entre ellas.

Fue en aquella época —creo que en el mes de marzo— cuando se produjo un accidente del que no sé mucho. Una tarde, en el curso de una de sus disputas diarias, Gigliola le dio una bofetada a Pinuccia. Esta se quejó a Rino, que, convencido de encontrarse en la cresta de una ola de la altura de un edificio, se plantó en la tienda con aires de propietario y le echó a Gigliola una buena bronca. Gigliola reaccionó con mucha agresividad y él exageró hasta el punto de amenazarla con el despido.

—A partir de mañana —le dijo—, te vuelves a rellenar *cannoli* con ricota.

No tardó en aparecer Michele. Entre risas se llevó a Rino fuera, a la plaza, para que le diera una ojeada al rótulo de la tienda.

—Amigo mío —le dijo—, la tienda se llama Solara y tú no tienes derecho a venir aquí a decirle a mi novia que la despides.

Rino contraatacó recordándole que todo lo que había en la tienda era de su cuñado, que los zapatos los hacía él en persona, de manera que tenía derecho, vaya si lo tenía. Entretanto, en el interior de la tienda, Gigliola y Pinuccia, sintiéndose ambas bien protegidas por sus respectivos novios, habían empezado a insultarse con ganas. Los dos jóvenes entraron corriendo para tratar de calmarlas, pero no lo consiguieron. Entonces Michele perdió la paciencia y les gritó a las dos que estaban despedidas. No acabó ahí la cosa: se le escapó que confiaría la gestión de la tienda a Lila.

¿A Lila?

¿La tienda?

Las dos muchachas enmudecieron y aquella idea dejó de piedra también a Rino. La discusión se reanudó, esta vez centrada por completo en esa escandalosa afirmación. Gigliola, Pinuccia y Rino se aliaron contra Michele —qué es lo que no funciona, para qué quieres a Lina, nosotros conseguimos unos ingresos de los que no puedes quejarte, los modelos de los zapatos se me ocurrieron todos a mí, entonces ella no era más que una cría, qué podía inventar— y la tensión aumentó cada vez más. A saber durante cuánto tiempo habría seguido el altercado de no haber sido por el accidente que acabo de mencionar. De repente, no se sabe cómo, el panel —el panel con las tiras de cartulina negra, la foto, los densos manchones de color— soltó un sonido ronco, una especie de respiración enferma, y comenzó a arder envuelto en llamas. Pinuccia se encontraba de espaldas a la foto cuando ocurrió. La llamarada se proyectó hacia ella como salida de un hogar secreto y le lamió el pelo, que comenzó a crepitar, y se le habría quemado toda la cabellera si Rino no se hubiese abalanzado a apagar el fuego con sus propias manos.

31

Tanto Rino como Michele culparon del fuego a Gigliola, que fumaba a escondidas y por eso tenía un pequeño encendedor. Según Rino, Gigliola lo había hecho a propósito; mientras todos estaban ocupados tirándose los trastos a la cabeza, ella le había prendido fuego al panel que, repleto de cartulina, cola y colores ardió en un instante. Michele fue más cauto: ya se sabía que Gigliola jugueteaba sin parar con el encendedor y así, sin querer, en el ardor de la discusión, no se había dado cuenta de que la llama estaba demasiado cerca de la foto. Pero la chica no toleró ni el primero ni el segundo supuesto, y con un tono muy combativo le echó la culpa a la propia Lila, es decir, a su imagen deformada que se había prendido fuego sola, como le ocurría al diablo cuando para tentar a los santos adoptaba forma de mujer, aunque entonces los santos invocaban a Jesús y el demonio se transformaba en llama. Para afianzar su versión, añadió que Pinuccia le había referido que su cuñada poseía la capacidad de no quedarse embarazada; es más, si se quedaba encinta, dejaba que el niño se le escurriera de las entrañas rechazando los dones del Señor.

Tales habladurías se acentuaron cuando Michele Solara empezó a ir día sí, día no a la nueva charcutería. Pasaba mucho tiempo bromeando con Lila, bromeando con Carmen, hasta el punto de que esta última concluyó que iba a verla a ella; por una parte, temió que alguien le fuera con el cuento a Enzo, que estaba haciendo la mili en Piamonte, mientras que por la otra, se sintió halagada y empezó a coquetear. Lila en cambio le tomaba el pelo al joven Solara. Le habían llegado rumores difusos de su novia y por ello le decía:

—Más vale que te vayas, aquí somos todas brujas, muy peligrosas además.

Todas las veces que pasé a verla por aquella época nunca la vi realmente alegre. Asumía un tono artificial y hablaba de todo con sarcasmo. ¿Que tenía un morado en el brazo? Stefano le había hecho una caricia demasiado apasionada. ¿Que tenía los ojos enrojecidos de llorar? No eran lágrimas de sufrimiento sino de alegría. Cuidado con Michele, ¿que disfrutaba haciendo daño a la gente? Qué va, decía, si llega a rozarme, se quema; soy yo la que hace daño a la gente.

Sobre ese último punto desde siempre había un discreto acuerdo. Pero a Gigliola especialmente ya no le cabía duda: Lila era una furcia hechicera, le había embrujado al novio; por eso él le quería confiar la gestión de la tienda de la piazza dei Martiri. Se pasó días sin ir al trabajo, celosa, desesperada. Después se decidió a hablar con Pinuccia; se aliaron, pasaron al contraataque. Pinuccia se trabajó al hermano gritándole en repetidas ocasiones que era un cornudo complaciente y después se metió con Rino, su novio, diciéndole que no era dueño de nada, sino el sirviente de Michele. Y así, Stefano y Rino fueron una noche a esperar al joven Solara a la puerta del bar; cuando apareció le soltaron un discurso muy genérico que, en esencia, venía a decir: Deja en paz a Lila, le haces perder el tiempo, tiene que trabajar. Michele descifró de inmediato el mensaje y respondió gélido:

—¿Qué coño me estáis diciendo?

—Si no lo entiendes, significa que no quieres entender.

—No, mis queridos amigos, sois vosotros los que no queréis entender nuestras necesidades comerciales. Y si no queréis entenderlas, por fuerza debo ocuparme yo.

—¿Qué quieres decir? —preguntó Stefano.

—Que tu mujer está desaprovechada en la charcutería.

—¿En qué sentido?

—En la piazza dei Martiri haría en un mes lo que tu hermana y Gigliola no sacarían ni en cien años.

—Explícate bien.

—Lina debe mandar, Ste'. Debe tener una responsabilidad. Debe inventar las cosas. Debe pensar enseguida en nuevos modelos de zapatos.

Discutieron y al final, con mil salvedades, llegaron a un acuerdo. Stefano se negó en redondo a que su mujer fuera a trabajar a la piazza dei Martiri; la charcutería nueva estaba bien encarrilada y sacar a Lila de allí sería una tontería; pero se comprometió a hacer que diseñara los nuevos modelos en poco tiempo, al menos los de invierno. Michele dijo que no confiar a Lila la gestión de la tienda de zapatos era una estupidez; con una impasibilidad vagamente amenazante aplazó la discusión para después del verano y dio por hecho que ella se pondría a diseñar los nuevos zapatos.

—Tienen que ser modelos chic —advirtió—, debes insistir en ese punto.

—Como de costumbre hará lo que a ella le guste.

—Puedo aconsejarla, a mí me hace caso —dijo Michele.

—No hace falta.

Fui a ver a Lila poco después de ese acuerdo, me lo comentó ella misma. Acababa de salir del colegio, ya empezaba a hacer calor, me sentía cansada. La encontré sola en la charcutería y en ese momento me pareció en cierto modo aliviada. Dijo que no pensaba diseñar nada, ni una sandalia, ni una pantufla.

—Se enfadarán.

—¿Y yo qué quieres que haga?

—Es dinero, Lila.

—Tienen de sobra.

Parecía su forma habitual de obstinarse; ella era así, en cuanto alguien le pedía que se concentrara en algo, se le pasaban las ganas. Pronto comprendí que no se trataba de un rasgo de carácter, tampoco de disgusto por los negocios de su marido, de Rino, de los Solara, quizá reforzado por las charlas comunistas con Pasquale y Carmen. Había algo más y me lo contó despacio, con seriedad.

—No se me ocurre nada —dijo.

—¿Lo has intentado?

—Sí. Pero ya no es como a los doce años.

Comprendí que los zapatos habían salido de su cabeza esa única vez y que no saldrían nunca más, no tenía otros. Ese juego había terminado, no sabía jugar de nuevo. Hasta le repugnaba el olor del cuero, de las pieles, ya no sabía hacer lo que había hecho. Además, todo había cambiado. El pequeño taller de Fernando había sido engullido por los nuevos ambientes, por los bancos de los operarios, por tres máquinas. Era como si su padre hubiera menguado, ni siquiera discutía con su hijo mayor, trabajaba y nada más. Hasta los afectos se quedaron como sin voz. Si todavía la enternecía su madre cuando pasaba por la charcutería a llenar gratis la bolsa de la compra como si aún estuvieran en tiempos de miseria, si todavía le hacía regalitos a sus hermanos menores, ya no lograba sentir el vínculo con Rino. Dañado, roto. La necesidad de ayudarlo y protegerlo se había debilitado. Por eso faltaban todos los motivos que habían despertado la fantasía de los zapatos, el terreno en el que había germinado estaba seco. Fue sobre todo, dijo de pronto, una forma de demostrarte que sabía hacer bien las cosas aunque ya no fuera a la escuela. Después se rió nerviosa, me lanzó una mirada oblicua para sopesar mi reacción.

No le contesté, la fuerte emoción que sentía me lo impidió. ¿Lila era así? ¿No poseía mi tozuda diligencia? ¿Extraía de su interior pensamientos, zapatos, palabras escritas y orales, planes complicados, bríos e invenciones, con el único fin de enseñarme a mí algo de sí misma? ¿Y perdida esa motivación, se dispersaba? ¿Y el tratamiento al que había sometido su foto de novia tampoco podría repetirlo? ¿Acaso todo en ella era fruto del desorden de las ocasiones?

Tuve la sensación de que en algún lugar dentro de mí se atenuaba una larga tensión dolorosa y me enternecieron sus ojos brillantes, su sonrisa frágil. Pero duró poco. Ella siguió hablando, se tocó la frente con un gesto muy suyo, dijo con amargura:

—Siempre tengo que demostrar que puedo ser mucho mejor. —Y añadió, sombría—: Cuando abrimos esta tienda, Stefano me enseñó cómo engañar en el peso; yo, al principio, le grité: Eres un ladrón, es así como ganas dinero; después no supe resistirme, le demostré que había aprendido y enseguida me inventé mis propios trucos para engañar y se los enseñé, y siempre se me ocurren otros nuevos; os engaño a todos, engaño en el peso y en mil cosas más, engaño al barrio, no te fíes de mí, Lenù, no te fíes de lo que hago y digo.

Me sentí incómoda. Cambiaba en pocos segundos, yo ya no sabía qué quería Lila. ¿Por qué ahora me hablaba de ese modo? No entendía si lo tenía decidido o si las palabras le salían de la boca sin querer, en un flujo impetuoso en el que la intención de reforzar nuestra relación —intención verdadera— era barrida por la necesidad no menos auténtica de negarle una especificidad: Mira, con Stefano me comporto como contigo, hago lo mismo con todos, hago lo lindo y lo feo, el bien y el mal. Entrelazó las manos largas y finas, apretó con fuerza y me preguntó:

—¿Te has enterado de que Gigliola dice que la foto se prendió fuego sola?

—Qué bobada, Gigliola te tiene manía.

Soltó una risita como un chasquido, algo en ella se torció con demasiada brusquedad.

—Me duele aquí, detrás de los ojos, noto algo que hace presión. ¿Ves esos cuchillos? Son demasiado afilados, acabo de dárselos al afilador. Mientras corto el salami pienso en la cantidad de sangre que hay en el cuerpo de las personas. Si las cosas las llenas demasiado, se rompen. O sueltan chispas y se queman. Me alegro de que se quemara mi foto de novia. También deberían arder la boda, la tienda, los zapatos, los Solara, todo.

Comprendí que por más que se debatiera, por más que hiciera y proclamara, no conseguía salir; desde el día de su boda la acosaba una infelicidad cada vez más grande e ingobernable, y me dio lástima. Le dije que se calmara, asintió con la cabeza.

—Tienes que tratar de estar tranquila.

—Ayúdame.

—¿Cómo?

—Quédate a mi lado.

—Eso hago.

—No es cierto. Yo te cuento todos mis secretos, incluso los más feos, y tú casi nunca me cuentas nada de ti.

—Te equivocas. Eres la única persona a la que no le oculto nada.

Negó enérgicamente con la cabeza y dijo:

—Aunque seas mejor que yo, aunque sepas más cosas, no me dejes.

32

La acosaron hasta el cansancio, entonces fingió que cedía. Le dijo a Stefano que diseñaría los zapatos nuevos; en cuanto tuvo ocasión, también se lo dijo a Michele. Acto seguido, convocó a Rino y le habló tal y como él quería que lo hiciera desde hacía tiempo:

—Invéntatelos tú, a mí ya no me salen. Invéntatelos con papá, vosotros sois del oficio y sabéis cómo hacerlo. Pero hasta que los lancéis al mercado y los vendáis, no le digáis a nadie que no los hice yo, ni siquiera a Stefano.

—¿Y si no funcionan?

—La culpa será mía.

—¿Y si funcionan?

—Diré cómo están las cosas y tendrás el mérito que te corresponde.

A Rino le gustó mucho esa mentira. Se puso a trabajar con Fernando, pero de vez en cuando iba a ver a Lila en el más grande de los secretos para enseñarle lo que se le ocurría. Ella examinaba los modelos y, en principio, ponía cara de admiración, en parte porque no soportaba la expresión ansiosa de su hermano, en parte para sacárselo de encima a toda prisa. Pero no tardó en asombrarse de las bondades de los zapatos nuevos, en consonancia con los que ya estaban en el mercado y, sin embargo, reinventados. «Tal vez —me dijo un día con tono inesperadamente alegre—, los otros modelos no se me ocurrieron en realidad a mí, sino que son obra de mi hermano.» Y entonces fue como si se hubiese quitado un peso de encima. Redescubrió el afecto por él, o mejor dicho, se dio cuenta de que había exagerado con sus comentarios: ese vínculo no podía disolverse, no se disolvería jamás, hiciera lo que hiciese su hermano, aunque del cuerpo le saliera un ratón, un caballo desbocado, cualquier animal. La mentira —aventuró— le ha quitado a Rino el ansia de no saber hacer, y eso ha permitido que vuelva a ser el que era de jovencito, y ahora está descubriendo que de verdad tiene un oficio, que se le da bien. En cuanto a él, se mostraba cada vez más contento por cómo su hermana alababa su trabajo. Al final de cada consulta le pedía al oído la llave de su casa y, siempre rodeado del mayor de los secretos, iba con Pinuccia a pasar una hora.

Por mi parte, intentaba demostrarle que siempre sería su amiga; el domingo la invitaba a menudo a salir conmigo. En cierta ocasión llegamos hasta la Exposición de Ultramar con dos compañeras del colegio, que se sintieron intimidadas al enterarse de que llevaba más de un año casada, y se comportaron como si las hubiese obligado a salir con mi madre, respetuosas, mesuradas. Una de ellas le preguntó, dudosa:

—¿Tienes un niño?

Lila negó con la cabeza.

—¿No llegan?

Ella negó con la cabeza.

A partir de ese momento la tarde resultó casi un fracaso.

A mediados de mayo me la llevé a un círculo cultural al que me vi obligada a ir porque me lo había aconsejado la profesora Galiani, a escuchar a un científico que se llamaba Giuseppe Montalenti. Era la primera vez que nos encontrábamos ante semejante experiencia; Montalenti daba una especie de clase, pero no a jóvenes, sino a personas mayores que habían ido expresamente a escucharlo. Nos sentamos al fondo de la sala desierta y yo no tardé en aburrirme. La profesora me había mandado a mí, pero ella no dio señales de vida. Le murmuré a Lila: «Vámonos». Pero Lila se negó; me susurró que no se atrevía a levantarse, tenía miedo de interrumpir la conferencia; no era una preocupación propia de ella, signo de un temor reverencial imprevisto o de un creciente interés que no quería confesar. Nos quedamos hasta el final. Montalenti habló de Darwin; ninguna de las dos sabía quién era. A la salida le dije en broma:

—Ha dicho algo que yo ya sabía: eres un mono.

Pero ella no estaba para bromas.

—No quiero que se me olvide nunca —dijo.

—¿Que eres un mono?

—Que somos animales.

—¿Tú y yo?

—Todos.

—Pero él ha dicho que existen muchas diferencias entre nosotros y los monos.

—¿Sí? ¿Cuáles? ¿Que mi madre me hizo agujeros en las orejas y por eso llevo pendientes desde que nací, mientras que a los monos sus madres no se los hacen y por eso no llevan pendientes?

Fue oírla decir aquello y a las dos nos entró la risa floja; hicimos una lista de diferencias de ese tipo, una detrás de la otra, a cuál más absurda, y cuánto nos divertimos. Pero cuando regresamos al barrio se nos pasó el buen humor. Nos encontramos con Pasquale y Ada paseando por la avenida y por ellos nos enteramos de que Stefano buscaba a Lila por todas partes, estaba muy preocupado. Me ofrecí a acompañarla a su casa, y no quiso. No obstante, aceptó que Pasquale y Ada la llevaran en coche.

Solo al día siguiente me enteré por qué la buscaba Stefano. No era porque se nos había hecho tarde. Tampoco porque le fastidiara que de vez en cuando su mujer pasara su tiempo libre conmigo y no con él. El motivo era otro. Acababa de enterarse de los frecuentes encuentros de Pinuccia y Rino en su casa. Acababa de enterarse de que los dos se abrazaban en su propia cama, y de que Lila les daba la llave. Acababa de enterarse de que Pinuccia estaba embarazada. Pero lo que más lo enfureció fue que cuando le dio una bofetada a su hermana por las cochinadas que había hecho con Rino, Pinuccia le gritó: «Me tienes envidia porque yo soy una mujer y Lina no, porque Rino sabe cómo tratar a las mujeres y tú no». Y como al verlo tan agitado, al oírlo —y al acordarse del decoro con el que siempre la había tratado cuando eran novios— Lila se había echado a reír, para no matarla, Stefano se fue a dar un paseo en coche. Según ella, había salido a buscarse una puta.

33

La boda de Pinuccia y Rino se organizó deprisa y corriendo. Yo le presté poca atención, pues tenía los últimos deberes, las últimas pruebas orales. Para colmo me ocurrió algo que me puso nerviosísima. La Galiani, que tenía por norma saltarse con desenvoltura las reglas de comportamiento de los profesores, me invitó a mí —a mí y a nadie más del instituto— a su casa, a una fiesta que daban sus hijos.

Ya era bastante anormal que me prestara sus libros y sus periódicos, que me hubiese hablado de una marcha por la paz y de una conferencia compleja. Pero aquello colmaba la medida: me había llevado a un aparte y me había hecho la invitación. «Ven como te parezca —me dijo—, sola o acompañada, con novio o sin novio, lo importante es que vengas.» Así, tal cual, a pocos días de finalizar el año académico, sin preocuparse por todo lo que debía estudiar, sin preocuparse por el terremoto interior que me causaba.

Le dije enseguida que sí, pero no tardé en descubrir que jamás tendría el valor de ir. Una fiesta en casa de una profesora cualquiera ya era un acontecimiento impensable, no hablemos ya si esa profesora era la Galiani. Para mí era como si tuviese que presentarme en el palacio real, hacer una reverencia a la reina, bailar con los príncipes. Una alegría y al mismo tiempo una violencia, como una sacudida: ser arrastrada del brazo, obligada a hacer una cosa que, aunque te atraiga, sabes que no es adecuada para ti, sabes que, si las circunstancias no te obligaran, evitarías hacerla de buena gana. Probablemente a la profesora Galiani ni se le había pasado por la cabeza que yo no tenía qué ponerme. A clase iba con una bata negra carente de toda gracia; ¿qué esperaba la profesora que hubiese debajo de aquella bata, vestidos y ropa interior como la suya? Había carencias, había miseria, mala educación. Tenía un solo par de zapatos muy gastados. El único vestido que me parecía bueno era el que me había puesto para la boda de Lila, pero hacía calor, estaba bien para el mes de marzo, no para finales de mayo. De todas maneras, el único problema no era cómo vestir. Estaban la soledad, el bochorno de verme entre extraños, muchachos con formas de hablar, de bromear, con gustos que desconocía. Pensé en pedirle a Alfonso que me acompañara, siempre era muy amable conmigo. Pero recordé que Alfonso era mi compañero de clase y que la profesora solo me había invitado a mí. ¿Qué hacer? Me pasé días paralizada por la angustia, pensé en hablar con la Galiani y presentarle una excusa cualquiera. Después se me ocurrió pedirle consejo a Lila.

Como de costumbre, pasaba por una mala racha, tenía un morado amarillento debajo de un pómulo. No recibió bien la noticia.

—¿Qué vas a hacer allí?

—Me ha invitado.

—¿Dónde vive esa profesora?

—En el corso Vittorio Emanuele.

—¿Desde su casa se ve el mar?

—No lo sé.

—¿A qué se dedica su marido?

—Es médico en el hospital Cotugno.

—¿Y sus hijos siguen estudiando?

—No lo sé.

—¿Quieres uno de mis vestidos?

—Ya sabes que no me caben.

—Solo tienes el pecho más grande.

—Lo tengo todo más grande, Lila.

—Entonces no sé qué decirte.

—¿No voy?

—Es mejor.

—De acuerdo, no iré.

Se mostró visiblemente contenta de esa decisión. Me despedí, salí de la charcutería, enfilé por una calle con unos arbustos escuálidos de adelfas. Pero oí que me llamaba y regresé.

—Te acompañaré yo —dijo.

—¿Adónde?

—A la fiesta.

—Stefano no te dejará.

—Ya lo veremos. Dime si quieres llevarme o no.

—Claro que quiero.

Se puso tan contenta que no me atreví a intentar que cambiara de idea. En el camino de regreso a casa supe que mi situación se había agravado aún más. Ninguno de los obstáculos que me impedían ir a la fiesta había sido superado; para colmo, la oferta de Lila me confundía todavía más. Los motivos eran confusos y no tenía la menor intención de enumerármelos, pero si lo hubiese hecho, me habría encontrado ante afirmaciones contradictorias. Temía que Stefano no la dejara venir. Temía que Stefano la dejara venir. Temía que se vistiera de un modo llamativo como cuando había ido a ver a los Solara. Temía que, se vistiera como se vistiese, su belleza fuera a estallar como una estrella y todos se afanaran por atrapar un fragmento. Temía que hablara en dialecto, que dijera groserías, que resultara evidente que no había pasado de los estudios de primaria. Temía que en cuanto abriese la boca todos quedaran hipnotizados por su inteligencia y que hasta la propia Galiani quedara encantada. Temía que la profesora la considerase tan presuntuosa como ingenua y que me dijera: Quién es esta amiga tuya, deja de verla. Temía que comprendiera que yo no era más que una pálida sombra de ella y que dejara de ocuparse de mí para interesarse por ella, que quisiera volver a verla, que se empeñara en conseguir que retomara los estudios.

Durante un tiempo evité pasar por la charcutería. Confiaba en que Lila se olvidara de la fiesta, que llegara la fecha, que yo pudiese ir casi a escondidas y luego le dijera: No me dijiste nada más. Pero no tardó en venir a buscarme, algo que llevaba tiempo sin hacer. No solo convenció a Stefano de que nos llevara, sino de que fuera a recogernos, y quería saber a qué hora había que estar en casa de la profesora.

—¿Tú qué te pondrás? —le pregunté angustiada.

—Lo mismo que te pongas tú.

—Una camisa y una falda.

—Entonces yo también.

—¿Seguro que Stefano nos lleva y luego pasa a recogernos?

—Sí.

—¿Qué has hecho para convencerlo?

Hizo una mueca alegre, dijo que ya sabía cómo manejarlo.

—Cuando quiero algo —susurró como si no quisiera oírse—, me basta con hacer un rato de furcia.

Lo dijo tal cual, en dialecto, y añadió otras expresiones vulgares como ironizando consigo misma, para que yo comprendiera el asco que le daba su marido, la repugnancia que sentía por sí misma. Mi angustia fue en aumento. Debo decirle, pensé, que ya no voy a la fiesta, debo decirle que he cambiado de idea. Naturalmente, sabía que tras la apariencia de la Lila disciplinada, que trabajaba de la mañana a la noche, había una Lila que distaba mucho de estar doblegada, sobre todo ahora que yo asumía la responsabilidad de meterla en casa de la Galiani, la Lila recalcitrante me asustaba, me parecía cada vez más consumida por su negativa a aceptar la rendición. ¿Qué ocurriría si, en presencia de la profesora, había algo que hiciera que se rebelara? ¿Qué ocurriría si decidía emplear ese lenguaje que acababa de usar conmigo?

—Por favor, allí no hables así —dije, cautelosa.

Me miró perpleja.

—¿Así, cómo?

—Como ahora.

Calló un instante, luego dijo:

—¿Te avergüenzas de mí?

34

No me avergonzaba de ella, se lo juré, pero le oculté que temía tener que avergonzarme.

Stefano nos acompañó en el descapotable y nos dejó ante la casa de la profesora. Yo iba sentada detrás, ellos dos delante y, por primera vez, me llamaron la atención las gruesas alianzas que llevaban en la mano. Mientras que Lila iba con falda y camisa como había prometido, nada excesivo, ni siquiera el maquillaje, apenas un poco de barra de labios, él se había endomingado, con mucho oro, un penetrante olor a jabón de afeitar, como si esperara que en el último momento le dijéramos: Ven tú también. No se lo dijimos. Me limité a darle calurosamente las gracias en varias ocasiones; Lila se apeó del coche sin despedirse. Stefano se marchó con un doloroso chirrido de neumáticos.

El ascensor nos tentó, pero desistimos. Jamás habíamos tenido ocasión de usarlo, ni siquiera en el edificio nuevo de Lila había uno, y temimos vernos en apuros. La Galiani me había dicho que su apartamento estaba en el cuarto piso, que en la puerta había una placa con el nombre «Dr. Prof. Frigerio», pero comprobamos de todos modos las placas de cada planta. Yo iba delante, Lila, detrás, en silencio, tramo a tramo. Qué pulcro era el edificio, cómo brillaban los pomos de las puertas y las placas de latón. El corazón me latía con fuerza.

Identificamos la puerta primero por la música a todo volumen, por el murmullo de voces. Nos alisamos las faldas, yo me bajé la combinación que tendía a subírseme por las piernas, Lila se arregló el pelo con la punta de los dedos. Era evidente que las dos temíamos meter la pata, en un instante de distracción borrar la máscara decorosa que nos habíamos asignado. Toqué el timbre. Esperamos, nadie salió a abrirnos. Miré a Lila, toqué otra vez con un timbrazo más largo. Pasos veloces, la puerta se abrió. Apareció un chico moreno, más bien bajo, con una hermosa cara de mirada vivaz. Así a ojo, calculé que tendría unos veinte años. Emocionada, le dije que era una alumna de la profesora Galiani, él no me dejó terminar la frase, se rió y exclamó:

—¿Elena?

—Sí.

—En esta casa todos te conocemos, nuestra madre nunca pierde la ocasión de atormentarnos leyéndonos tus redacciones.

El chico se llamaba Armando y ese comentario fue decisivo, me dio una súbita sensación de poder. Todavía me acuerdo de él con simpatía, allí en el umbral. Sin lugar a dudas fue el primero en hacerme una demostración práctica de lo agradable que es llegar a un ambiente extraño, potencialmente hostil, y descubrir que tu buena fama te ha precedido, que no tienes que hacer nada para que te acepten, que tu nombre ya es conocido, que de ti ya se sabe suficiente, que son los demás, los extraños, quienes deben esforzarse por congraciarse contigo y no tú con ellos. Acostumbrada como estaba a la falta de ventajas, aquella ventaja imprevista me dio energía, me hizo desenvuelta. Desaparecieron los nervios, ya no me preocupé por lo que pudiera hacer o dejar de hacer Lila. Entusiasmada por mi inesperado protagonismo, llegué incluso a olvidarme de presentar a mi amiga a Armando, que por otra parte no pareció fijarse en ella. Me hizo pasar como si estuviera sola, insistiendo con alegría en que su madre no paraba de hablar de mí y de colmarme de elogios. Fui tras él rechazando los cumplidos; Lila cerró la puerta.

El apartamento era grande, todas las habitaciones, de techos altísimos y decorados con motivos florales, estaban abiertas e iluminadas. Me llamaron la atención los libros por todas partes, en aquella casa había más libros que en la biblioteca del barrio, paredes enteras tapizadas de anaqueles hasta el techo. Y música. Y muchachos que bailaban desenfrenados en una habitación muy amplia con una espléndida iluminación. Y otros que charlaban y fumaban. Se notaba que todos estudiaban y que sus padres habían estudiado. Como Armando: su madre profesora, su padre médico cirujano, que esa noche no estaba. El chico nos llevó a una pequeña terraza; aire tibio, mucho cielo, intenso perfume a glicinas y rosas mezclado con el del vermut y la pasta real. Vimos la ciudad llena de luces, la oscura llanura del mar. La profesora me llamó alegremente por mi nombre, fue ella quien hizo que me acordara de Lila, a mis espaldas.

—¿Es amiga tuya?

Balbuceé algo, me di cuenta de que no sabía cómo hacer las presentaciones.

—Esta es mi profesora. Ella se llama Lina. Fuimos juntas a la escuela primaria —dije.

La Galiani alabó con cordialidad las amistades largas: son importantes, un anclaje, frases genéricas pronunciadas con la vista clavada en Lila que, cohibida, pronunció algún monosílabo y, cuando advirtió que la profesora le miraba la alianza que llevaba en el dedo, la tapó a toda prisa con la otra mano.

—¿Estás casada?

—Sí.

—¿Tienes la misma edad que Elena?

—Tengo dos semanas más que ella.

La Galiani miró a su alrededor y se dirigió a su hijo:

—¿Se las has presentado a Nadia?

—No.

—¿A qué esperas?

—Tranquila, mamá, acaban de llegar.

—Nadia tiene muchas ganas de conocerte —me dijo la profesora—. Este es un granuja, no te fíes, pero ella es muy buena, te gustará, ya verás como haréis buenas migas.

La dejamos sola fumando. Por lo que entendí, Nadia era la hermana menor de Armando: Un coñazo de dieciséis años —la definió él con fingida agresividad—, me arruinó la niñez. Yo me referí con ironía a los problemas que siempre me habían causado mis hermanos pequeños y, riendo, me volví hacia Lila para que lo confirmara. Pero ella se quedó seria sin pronunciar palabra. Volvimos a la habitación donde bailaban, que ahora estaba en penumbra. Una canción de Paul Anka o tal vez «What a Sky», cualquiera se acuerda ahora. Las parejas bailaban bien apretadas, sombras lánguidas balanceándose. La música terminó. Antes de que alguien le diera a regañadientes al interruptor de la luz, sentí un golpe en el pecho, reconocí a Nino Sarratore. Estaba encendiendo un cigarrillo, la llamita le iluminó la cara. Llevaba casi un año sin verlo; me pareció más viejo, más alto, más desgreñado, más guapo. Mientras tanto en la habitación estalló la luz eléctrica y reconocí también a la chica con la que acababa de bailar. Era la misma que había visto en la puerta del colegio, la chica fina, luminosa, que me había obligado a tomar conciencia de mi opacidad.

—Ahí la tienes —dijo Armando.

Nadia, la hija de la profesora Galiani, era ella.

35

Por extraño que parezca, aquel descubrimiento no me estropeó el gusto de sentirme allí, en aquella casa, entre gente respetable. Amaba a Nino, no tenía dudas, nunca había dudado de ello. Y claro, debería haber sufrido ante aquella enésima prueba de que jamás lo tendría. Pero no sufrí. Que tuviera novia, que esa novia fuera mejor que yo en todo, ya lo sabía. La novedad era que se trataba de la hija de la Galiani, criada en aquella casa, entre aquellos libros. Enseguida sentí que aquello, en lugar de afligirme, me calmaba, justificaba aún más que se hubiesen elegido, lo convertía en un movimiento inevitable, en armonía con el orden natural de las cosas. En una palabra, me sentí como si de pronto tuviera ante mis ojos un ejemplo tan perfecto de simetría que había que disfrutar de él sin rechistar.

Pero eso no fue todo. En cuanto Armando le dijo a su hermana: «Nadia, esta es Elena, la alumna de mamá», la muchacha se ruborizó y me echó impulsivamente los brazos al cuello mientras murmuraba: «Elena, cuánto me alegro de conocerte». Después, sin darme tiempo a decir una sola palabra, se puso a elogiar sin la ironía de su hermano las cosas que yo escribía y cómo las escribía; lo hizo con tanto entusiasmo que me sentí como cuando su madre leía en clase algunos de mis trabajos. Puede que incluso mucho mejor, porque quienes la escuchaban, allí presentes, eran las personas que más me importaban, Nino y Lila, y los dos podían comprobar cómo me querían y me apreciaban en aquella casa.

Adopté una actitud de camaradería de la que jamás me había creído capaz, me lancé enseguida a una charla desenvuelta, saqué a relucir un italiano bonito y culto que no me sonó artificial como el que usaba en el colegio. Le pregunté a Nino por su viaje a Inglaterra, le pregunté a Nadia qué libros leía, qué música le gustaba. Bailé un poco con Armando, un poco con otros, sin parar, incluso me animé con un rock and roll en el curso del cual mis gafas salieron disparadas aunque no se me rompieron. Una velada milagrosa. En un momento dado vi que Nino hablaba con Lila, la invitaba a bailar. Pero ella se negó, salió de la habitación donde bailábamos, la perdí de vista. Pasó un buen rato antes de que volviera a acordarme de mi amiga. Fue preciso que los bailes se espaciaran lentamente, que Armando, Nino y otros dos chicos de su edad mantuvieran una encendida discusión, y que luego todos salieran con Nadia a la terraza, en parte por el calor, en parte para que se sumara a la discusión la Galiani, que se había quedado fumando sola mientras tomaba el fresco. «Ven», me dijo Armando cogiéndome de la mano. «Llamo a mi amiga», contesté y me solté. Acalorada, busqué a Lila por las habitaciones, la encontré sola, frente a una pared llena de libros.

—Anda, vamos a la terraza —dije.

—¿Para qué?

—Para tomar el fresco, para charlar.

—Ve tú.

—¿Te aburres?

—No, miro los libros.

—¿Has visto cuántos?

—Sí.

La noté descontenta. Porque no le habían prestado atención. Es por culpa de la alianza que lleva, pensé. O quizá en este lugar no se reconoce su belleza, cuenta más la de Nadia. O tal vez sea ella que, pese a tener marido, pese a haberse quedado embarazada, pese a haber tenido un aborto, pese a haber creado los zapatos, pese a saber cómo ganar dinero, en esta casa no sabe quién es, no sabe hacerse valer como en el barrio. Yo sí. Comprendí de golpe que se había terminado el estado de suspensión iniciado el día de la boda de Lila. Sabía estar con aquella gente, me sentía mejor con ellos que con mis amigos del barrio. La única ansiedad me la causaba Lila con su forma de apartarse, manteniéndose al margen. La alejé de los libros, la arrastré a la terraza.

Mientras la mayoría seguía bailando, alrededor de la profesora se había formado un grupito de tres o cuatro chicos y dos chicas. Pero solo hablaban los varones, la única mujer que intervenía, y lo hacía irónicamente, era la Galiani. Percibí enseguida que a los muchachos mayores, Nino, Armando y uno llamado Carlo, no les parecía digno enfrentarse a ella. Sobre todo tenían ganas de competir entre ellos, no la consideraban más que una autorizada dispensadora de la palma de la victoria. Armando se mostraba polémico con su madre, pero de hecho se dirigía a Nino. Carlo apoyaba las posturas de la profesora, si bien al enfrentarse a los otros dos tendía a distinguir sus razones de las de ella. Y Nino se mostraba en cortés desacuerdo con la Galiani, en conflicto con Armando, en conflicto con Carlo. Escuché encantada. Sus palabras eran pimpollos que en mi cabeza se convertían en flores más o menos conocidas, y entonces me entusiasmaba y simulaba participar, o adoptaban formas desconocidas para mí, y entonces me mantenía al margen para ocultar mi ignorancia. Sin embargo, en este segundo caso me ponía nerviosa: No sé de qué hablan, no sé quien es el tipo este, no entiendo. Eran sonidos carentes de significado, me demostraban que el mundo de las personas, de los hechos, de las ideas era vastísimo y mis lecturas nocturnas no eran suficientes; debía empeñarme todavía más para estar en condiciones de decirle a Nino, a la Galiani, a Carlo, a Armando: Sí, lo entiendo, lo sé. El planeta entero está amenazado. La guerra nuclear. El colonialismo, el neocolonialismo. Los *pieds-noirs*, la OAS y el Frente de Liberación Nacional. El furor de las matanzas. El gaullismo, el fascismo. *France*, *Armée*, *Grandeur*, *Honneur*. Sartre es pesimista, pero cuenta con las masas obreras comunistas de París. El deterioro de Francia, el de Italia. Abrirse a la izquierda. Saragat, Nenni. Fanfani en Londres, Macmillan. El congreso democristiano de nuestra ciudad. Los fanfanianos, Moro, la izquierda democristiana. Los socialistas han acabado en las fauces del poder. Seremos nosotros, los comunistas, nosotros con nuestro proletariado y nuestros parlamentarios, quienes consigamos que se promulguen las leyes de centroizquierda. En tal caso, un partido marxista-leninista se convertirá en una socialdemocracia. ¿Habéis visto cómo se comportó Leone en la inauguración del año académico? Armando movía la cabeza disgustado: El mundo no cambia con planificación, hace falta sangre, hace falta violencia. Nino le contestaba con calma: La planificación es un instrumento indispensable. Un discurso intenso, la Galiani mantenía a raya a los muchachos. Cuántas cosas sabían, controlaban toda la faz de la tierra. En un momento dado Nino se refirió con simpatía a Estados Unidos, dijo palabras en inglés como si fuera inglés. Noté que en un año se le había reforzado la voz, era gruesa, casi ronca, y la usaba de un modo menos rígido que cuando hablamos en la boda de Lila y después en el colegio. Se refirió también a Beirut como si hubiese estado allí y a Danilo Dolci, a Martin Luther King y a Bertrand Russell. Se mostró a favor de una formación que llamaba Brigadas Internacionales por la Paz y rebatió a Armando, que se refería a ellas con sarcasmo. Después se enfervorizó, subió el tono. Ay, pero qué guapo era. Dijo que el mundo disponía de la capacidad técnica para borrar de la faz de la tierra el colonialismo, el hambre, la guerra. Lo escuché trastornada por la emoción y, pese a sentirme perdida entre mil cosas que ignoraba —qué eran el gaullismo, la OAS, la socialdemocracia, la apertura a la izquierda; quiénes eran Danilo Dolci, Bertrand Russell, los *pieds-noirs*, los fanfanianos; y qué había ocurrido en Beirut, en Argelia—, tal como me había ocurrido mucho antes, sentí la necesidad de ocuparme de él, de cuidarlo, de protegerlo, de sostenerlo en cuanto hiciera en el curso de su vida. Fue el único momento de la velada en que envidié a Nadia, que estaba a su lado como una divinidad menor pero radiante. Después me oí pronunciar frases como si no fuera yo misma quien lo hacía, como si otra persona más segura, más informada, decidiera hablar por mi boca. Tomé la palabra sin saber qué iba a decir pero, al escuchar a los muchachos, dentro de mi cabeza habían salido a relucir frases leídas en los libros y en los periódicos de la Galiani, y a mi timidez se impusieron las ganas de pronunciarme, de hacer notar mi presencia. Utilicé el italiano elevado en el que me había adiestrado traduciendo latín y griego. Me puse de parte de Nino. Dije que no quería vivir en un mundo otra vez en guerra. Nosotros, dije, no debemos repetir los errores de las generaciones que nos precedieron. Hoy la guerra debe hacerse contra los arsenales atómicos, contra la propia guerra. Si permitimos el uso de esas armas, seremos todos mucho más culpables que los nazis. Ay, cómo me emocioné al hablar; noté que se me saltaban las lágrimas. Concluí diciendo que el mundo necesitaba con urgencia un cambio, había demasiados tiranos que esclavizaban a los pueblos. Pero ese cambio debía hacerse en paz.

No sé si fui apreciada por todos. Armando me pareció descontento y una chica rubia cuyo nombre desconocía me miró fijamente con una risita irónica. Pero mientras hablaba, Nino me hizo gestos de asentimiento. Y la Galiani, cuando expresó luego su opinión, me citó dos veces y fue emocionante oír: «Como ha dicho muy bien, Elena». Pero fue Nadia la que hizo que todo resultara más hermoso. Se apartó de Nino y se acercó a mí para murmurarme al oído: «Qué bien lo haces, qué valiente eres». Lila, que estaba a mi lado, no abrió la boca. Sin embargo, mientras la profesora seguía hablando me dio un codazo y susurró en dialecto:

—Me caigo de sueño, ¿por qué no preguntas dónde está el teléfono y llamas a Stefano?

36

Me enteré después por sus cuadernos del daño que le había hecho aquella velada. Reconocía que ella misma me había pedido acompañarme. Reconocía que se había creído capaz de poder salir de la charcutería al menos esa noche y pasarlo bien conmigo, participar en aquella brusca ampliación de mi mundo, conocer a la profesora Galiani, hablar con ella. Reconocía que se había creído capaz de encontrar la manera de no hacer un mal papel. Reconocía que había estado segura de gustarle a los hombres, siempre gustaba. Sin embargo, enseguida se había sentido sin voz, desgarbada, falta de gestos, de belleza. Enumeraba detalles: incluso cuando estábamos la una al lado de la otra, todos decidían dirigirse solo a mí; me sirvieron pastitas, me sirvieron bebida, nadie se prodigó con ella; Armando me había enseñado un cuadro de la familia, una pintura del siglo XVII, y me estuvo hablando un cuarto de hora; a ella la trataron como si no fuese capaz de entender. No la querían. No querían saber en absoluto qué tipo de persona era. Por primera vez aquella noche le había quedado claro que su vida sería siempre Stefano, las charcuterías, la boda de su hermano y Pinuccia, las charlas con Pasquale y Carmen, la guerra mezquina con los Solara. Eso escribió, y más, quizá esa misma noche, quizá por la mañana, en la tienda. Durante toda la velada, allí se había sentido definitivamente perdida.

Pero en el coche, de vuelta al barrio, no hizo comentario alguno sobre sus sentimientos, se limitó a mostrarse malvada, pérfida. Empezó nada más sentarse en el coche, cuando su marido preguntó malhumorado si nos habíamos divertido. Dejé que contestara ella, yo estaba aturdida por el esfuerzo, la excitación, el gusto. Poco a poco ella se dedicó a hacerme daño. Dijo en dialecto que en su vida se había aburrido tanto. Habría sido mejor si hubiésemos ido al cine, se lamentó con su marido, y —cosa rara, que evidentemente hizo adrede para herirme, para recordarme: Fíjate, bien o mal yo tengo un hombre, pero tú no tienes nada, eres virgen, lo sabrás todo, pero no sabes cómo es esto— le acarició la mano, que él tenía en la palanca de cambios. Incluso ver la televisión, dijo, habría sido más divertido que pasar el tiempo con gente de mierda. Ahí dentro no hay nada, un solo objeto, un solo cuadro, que hayan ganado ellos directamente. Los muebles son de hace cien años. La casa tiene por lo menos trescientos. Eso sí, algunos libros son nuevos, pero otros son viejísimos, tienen tanto polvo que a saber cuánto hace que no los hojean, libros viejos de derecho, de historia, de ciencias, de política. En esa casa han leído y estudiado los padres, los abuelos, los bisabuelos. Como mínimo desde hace cientos de años trabajan de abogados, de médicos, de profesores. Por eso hablan todos así, por eso se visten, comen y se mueven así y asá. Lo hacen porque nacieron en ese ambiente. Pero en la cabeza no tienen un solo pensamiento propio que se hayan esforzado en elaborar. Lo saben todo y no saben nada. Besó a su marido en el cuello, le acarició el pelo con la punta de los dedos. Si hubieses estado allí, Ste', solo habrías visto loros haciendo blablablá blablablá. No se entendía una palabra de lo que decían, ni siquiera se entendían entre ellos. ¿Tú sabes lo que es la OAS, lo que es la apertura a la izquierda? La próxima vez no me lleves a mí, Lenù, llévate a Pasquale, y así ves cómo los pone en su sitio en un dos por tres. Chimpancés que mean y cagan en un retrete en vez de hacerlo en el suelo y por eso se dan un montón de aires, y dicen saber lo que se debe hacer en China, lo que se debe hacer en Albania, lo que se debe hacer en Francia y en Katanga. Tú también, Lena, te lo tengo que decir: ten cuidado, te estás convirtiendo en la lora de los loros. Se dirigió a su marido riendo. Tendrías que haberla oído, le dijo. Ponía esa vocecita, chuchuchú, chuchuchú. ¿Por qué no le enseñas a Stefano cómo hablas con esos? El hijo de Sarratore y tú: tal para cual. «Las Brigadas Internacionales por la Paz; nosotros disponemos de la capacidad técnica; el hambre, la guerra.» ¿De verdad te esfuerzas tanto en el colegio para poder decir las cosas como las dice ese? «El que sabe resolver los problemas trabaja en favor de la paz.» Bravo. ¿Te acuerdas de cómo sabía resolver los problemas el hijo de Sarratore? Claro que te acuerdas, sí. ¿Y le haces caso? ¿Tú también quieres ser un pelele del barrio que representa su papel para que esa gente te reciba en su casa? ¿Y nosotros que sigamos hundidos en nuestra mierda, para que nos rompamos la cabeza solitos, mientras vosotros blablablá blablablá, que si el hambre, que si la guerra, que si la clase obrera, que si la paz?

Durante todo el trayecto desde el corso Vittorio Emanuele hasta casa, fue tan malvada que enmudecí y sentí que su veneno transformaba lo que me había parecido un momento importante de mi vida en un paso en falso que me había dejado en ridículo. Luché por no creérmela. La sentí realmente enemiga y capaz de todo. Sabía cómo poner al rojo vivo la fibra de la gente de bien, encendía en los pechos el fuego de la destrucción. Le di la razón a Gigliola y a Pinuccia, en la foto salía ella misma envuelta en llamas como el diablo. La odié; incluso Stefano se dio cuenta, porque cuando se detuvo en la verja e hizo que me apeara de su lado, dijo, conciliador: «Adiós, Lenù, buenas noches, Lina bromea», y yo murmuré: «Adiós», y me fui. Cuando el coche ya se alejaba oí que Lila me gritaba imitando la voz que, según ella, yo había puesto a propósito en casa de la profesora Galiani: «Adiós, eh, adiós».

37

Esa noche comenzó el largo y atormentado período que desembocó en nuestra primera ruptura y en una larga separación.

Me costó recuperarme. Hasta ese momento había habido mil motivos de tensión, su descontento y sus ansias de abusar se habían manifestado continuamente. Pero nunca, nunca, nunca se había empeñado en humillarme de forma tan explícita. Renuncié a mis visitas a la charcutería. Aunque me hubiera pagado los libros de texto, aunque hubiésemos hecho aquella apuesta, no fui a contarle que había superado el curso con ochos y dos nueves. En cuanto terminaron las clases, me puse a trabajar en una librería de la via Mezzocannone y desaparecí del barrio sin avisarla. El recuerdo del tono sarcástico de aquella noche, en lugar de atenuarse, se agigantó, y el rencor también cobró más fuerza. Me pareció que nada podía justificar lo que me había hecho. Tal como había ocurrido en otras ocasiones, jamás se me pasó por la cabeza que ella se hubiese visto en la necesidad de humillarme para poder soportar mejor su propia humillación.

La confirmación, que tuve poco después, de que había hecho un buen papel en la fiesta, me facilitó el desapego. Durante la pausa del mediodía, vagaba por la via Mezzocannone cuando oí que me llamaban. Era Armando, que iba a examinarse. Me enteré de que estudiaba medicina y el examen era difícil, pero antes de desaparecer en dirección a San Domenico Maggiore se entretuvo de todos modos conmigo, me cubrió de elogios y volvió a hablar de política. Por la tarde se pasó nada menos que por la librería, había sacado un veintiocho sobre treinta, estaba feliz. Me pidió mi número de teléfono, le dije que no tenía teléfono; me invitó a dar un paseo el domingo siguiente, le dije que el domingo tenía que ayudar a mi madre en casa. Se puso a hablar de América Latina, donde tenía intención de ir en cuanto acabara la carrera para ocuparse de los desheredados y convencerlos de que empuñaran las armas contra los opresores, y así estuvo dándome carrete hasta que tuve que decirle que se fuera antes de que el dueño se pusiera nervioso. En fin, que me alegré porque era evidente que le había gustado y me mostré amable, pero no disponible. En cualquier caso, las palabras de Lila me habían hecho daño. Me sentía mal vestida, mal peinada, falsa en los tonos, ignorante. Para colmo, al terminar las clases, sin la Galiani, la costumbre de leer los diarios se fue debilitando y así, incluso porque iba corta de dinero, no sentí la necesidad de pagarlos de mi bolsillo. Nápoles, Italia, el mundo se convirtieron rápidamente en una landa brumosa en la que ya no lograba orientarme. Armando hablaba, yo asentía con la cabeza, pero entendía poco o nada de lo que decía.

Al día siguiente recibí otra sorpresa. Mientras estaba barriendo la librería, aparecieron Nino y Nadia. Se habían enterado por Armando de que trabajaba allí y pasaron expresamente a saludarme. Me propusieron ir al cine con ellos el domingo siguiente. Tuve que decirles lo mismo que le había dicho a Armando: no podía, trabajaba toda la semana y el día de fiesta mis padres me querían en casa.

—Pero dar un paseo por el barrio sí podrás, ¿no?

—Eso sí.

—Entonces iremos a verte.

En ese momento el dueño me llamó con un tono más impaciente de lo habitual —era un hombre sesentón con el cutis de aspecto sucio, muy irascible, la mirada viciosa— y ellos se marcharon enseguida.

El domingo siguiente, a última hora de la mañana, oí que me llamaban desde el patio y reconocí la voz de Nino. Me asomé, estaba solo. En pocos minutos intenté adquirir un aspecto presentable y, sin avisar a mi madre, feliz y al mismo tiempo nerviosa, bajé corriendo. Cuando lo vi ante mí se me cortó la respiración. «Solo dispongo de diez minutos», le advertí sin aliento, y no salimos a caminar por la avenida, sino que dimos un paseo entre los edificios. ¿Por qué había venido sin Nadia? ¿Por qué había ido hasta allí si ella no podía acompañarlo? Contestó a mis preguntas sin que se las formulara. Nadia tenía a unos parientes de su padre de visita y la habían obligado a quedarse en casa. Él se había acercado para volver a ver el barrio, pero también para traerme material de lectura, el último número de una revista que se llamaba *Cronache meridionali.* Me tendió el ejemplar con gesto enfurruñado, le di las gracias, y de un modo incongruente se puso a hablar mal de la revista, hasta tal punto que me pregunté por qué habría decidido regalármela. «Es esquemática —dijo y riendo añadió—: Como la Galiani y como Armando.» Volvió a ponerse serio y adoptó un tono que me pareció de viejo. Dijo que le debía muchísimo a nuestra profesora, que sin ella la época del bachillerato superior le habría resultado una pérdida de tiempo, pero que era necesario estar en guardia, mantenerla a raya. «Su mayor defecto —subrayó— es que no soporta que nadie tenga una forma de pensar distinta de la suya. Aprovecha de ella cuanto pueda darte, pero después, sigue tu camino.» Dicho lo cual volvió a la revista, dijo que en ella también escribía la Galiani, y de repente, sin venir a cuento de nada, mencionó a Lila: «Si acaso, pásasela y que la lea ella también». No le dije que Lila ya no leía nada, que ahora se dedicaba a ser la señora Carracci, que de su niñez solo conservaba la malicia. Escurrí el bulto, pregunté por Nadia, me dijo que iba a emprender un largo viaje con su familia; irían en coche hasta Noruega, y después pasaría el resto del verano en Anacapri, donde su padre tenía una casa de la familia.

—¿Vas a ir a verla?

—Un par de veces, tengo que estudiar.

—¿Está bien tu madre?

—Muy bien. Este año vuelve a Barano, se ha reconciliado con la dueña de casa.

—¿Te irás de vacaciones con tu familia?

—¿Yo? ¿Con mi padre? Jamás de los jamases. Estaré en Ischia, pero por mi cuenta.

—¿Adónde irás?

—Un amigo mío tiene una casa en Forio. Sus padres se la dejan todo el verano y estaremos allí estudiando. ¿Y tú?

—Trabajaré en Mezzocannone hasta septiembre.

—¿También por la Asunción?

—No, por la Asunción no.

Sonrió.

—Entonces vente a Forio, la casa es grande; a lo mejor viene también Nadia dos o tres días.

Sonreí emocionada. ¿A Forio? ¿A Ischia? ¿A una casa sin adultos? ¿Se acordaba de la playa dei Maronti? ¿Se acordaba de que allí nos habíamos besado? Le dije que tenía que irme a casa.

—Volveré a pasar —prometió—, quiero saber qué opinas de la revista. —Y añadió en voz baja con las manos hundidas en los bolsillos—: Me gusta hablar contigo.

Vaya si había hablado. Me enorgullecí, me conmovió que se hubiese sentido a gusto. Murmuré: «A mí también», aunque había dicho poco o nada, y cuando me disponía a cruzar el portón, ocurrió algo que nos turbó a los dos. Un grito hendió la calma dominical del patio, y asomada a la ventana vi a Melina agitando los brazos para llamarnos la atención. Cuando Nino también se volvió para mirar, perplejo, Melina gritó aún con más fuerza, con una mezcla de júbilo y angustia. Gritó: Donato.

—¿Quién es? —preguntó Nino.

—Melina —respondí—, ¿te acuerdas?

Él hizo una mueca de incomodidad.

—¿La tiene tomada conmigo?

—No sé.

—Dice Donato.

—Sí.

Se volvió otra vez para mirar hacia la ventana a la que la viuda se asomaba sin dejar de gritar ese nombre.

—¿Crees que me parezco a mi padre?

—No.

—¿Seguro?

—Sí.

—Me voy —dijo nervioso.

—Es mejor.

Se alejó encorvado, a paso veloz, mientras Melina lo llamaba con más fuerza, cada vez más agitada: Donato, Donato, Donato.

Yo también salí corriendo, volví a mi casa con el corazón latiéndome con fuerza y mil pensamientos enmarañados. Nino no tenía un solo rasgo que lo asemejara a Sarratore: ni la estatura, ni la cara, ni los modales, ni siquiera la voz o la mirada. Era un fruto anómalo, dulcísimo. Qué fascinante estaba con el pelo largo y revuelto. Qué alejado estaba de cualquier otra forma masculina; en toda Nápoles no había nadie que se le pareciera. Y me apreciaba, aunque yo todavía tuviera que cursar tercero del bachillerato superior y él ya estuviera en la universidad. Había ido hasta el barrio en domingo. Se había preocupado por mí, había venido a ponerme en guardia. Quería avisarme de que la Galiani era agradable y buena pero ella también tenía sus defectos, y de paso me trajo la revista, convencido de que yo era capaz de leerla y de hablar de ella, y había llegado incluso a invitarme a ir a Ischia, a Forio, para la Asunción. Algo inviable, no se trataba de una verdadera invitación, él sabía muy bien que mis padres no eran como los de Nadia, que nunca me darían permiso; pese a ello, me había invitado, para que en las palabras que había pronunciado oyera otras palabras no dichas, como: «Me apetece verte, cómo me gustaría retomar las charlas que manteníamos en el Puerto, en la playa dei Maronti». Sí, sí, me oí gritar en mi fuero interno, a mí también me gustaría, me reuniré contigo, por la Asunción me escaparé de casa, que pase lo que tenga que pasar.

Escondí la revista entre mis libros. Pero por la noche, en cuanto me acosté, le eché un vistazo al índice y me quedé de piedra. Había un artículo de Nino. Un artículo suyo en aquella revista de aspecto muy serio: casi un libro, no la revistita de estudiantes gris y desastrada en la que, dos años antes, me había propuesto publicar mi artículo contra el cura, sino páginas de relieve escritas para grandes personas, por grandes personas. Sin embargo, ahí estaba, Antonio Sarratore, con nombre y apellido. Y yo lo conocía; apenas tenía dos años más que yo.

Leí, entendí poco, releí. El artículo hablaba de Programación, con mayúscula, de Plan, con mayúscula, y estaba escrito de una forma complicada. Pero era un retazo de su inteligencia, un retazo de su persona que, sin jactarse, como quien no quiere la cosa, me había regalado a mí.

A mí.

Se me saltaron las lágrimas, dejé la revista ya de madrugada. ¿Hablarle de ella a Lila? ¿Prestársela? No, era algo mío. Ya no quería tener una verdadera relación con ella, solo hola y adiós, frases superficiales. No sabía apreciarme. Otros sí sabían: Armando, Nadia, Nino. Ellos eran mis amigos, a ellos debía mis confidencias. En mí habían visto enseguida eso que ella se había apresurado a no ver. Porque tenía la mirada del barrio. Solo era capaz de mirar como Melina que, encerrada en su locura, veía a Donato en Nino, lo confundía con su ex amante.

38

Al principio no quería ir a la boda de Pinuccia y Rino; pero vino Pinuccia personalmente a traerme la invitación, y como me trató con afecto exagerado y además me pidió consejo sobre varias cosas, no supe decirle que no, aunque no hizo extensiva la invitación a mis padres y hermanos. No es por descortesía mía, se justificó, sino de Stefano. Su hermano no solo se había negado a darle algún dinero de la familia para que pudiera comprarse una casa (le dijo que las inversiones que había hecho en los zapatos y la charcutería nueva lo habían dejado sin un céntimo) sino que, dado que se encargaba de pagar el traje de novia, el reportaje fotográfico y, sobre todo, el banquete, había tachado personalmente a medio barrio de la lista de invitados. Un comportamiento intolerable, Rino estaba más avergonzado que ella. A su novio le hubiera gustado una boda tan fastuosa como la de su hermana y, como ella, tener una casa nueva con vistas a las vías. Pero, aunque ya fuera dueño de una fábrica de zapatos, él solo no daba abasto con todo, entre otras cosas porque era un derrochón y acababa de comprarse el Fiat 1100, y no tenía una sola lira ahorrada. Por eso, después de muchas resistencias, decidieron de común acuerdo ir a vivir a la vieja casa de don Achille, desalojando a Maria del dormitorio. Tenían la intención de ahorrar lo máximo posible y comprarse enseguida un apartamento más bonito que el de Stefano y Lila. Mi hermano es un cabrón, concluyó Pinuccia con rencor: cuando se trata de su mujer, despilfarra si hace falta, pero para su hermana no tiene ni un céntimo.

Evité hacer comentarios. Fui a la boda con Marisa y Alfonso, que cada vez daba más la impresión de esperar esas ocasiones mundanas para transformarse en otro; ya no era mi compañero de pupitre de siempre sino un joven de aspecto y modales agraciados, cabello moreno, el azul tupido de la barba que le cubría las mejillas, los ojos lánguidos, el traje que no le caía sin forma como les ocurría a los otros hombres, sino que le moldeaba el cuerpo esbelto y ágil.

Con la esperanza de que Nino se viera obligado a acompañar a su hermana, estudié a fondo su artículo y todo el número de *Cronache meridionali*. Pero quien hacía de escolta a Marisa era Alfonso, él iba a recogerla, él la llevaba de vuelta a casa, de modo que a Nino no se le vio el pelo. No me separé de ellos dos, quería evitar verme cara a cara con Lila.

En la iglesia la vi de reojo en la primera fila, entre Stefano y Maria, y era la más guapa, imposible no fijarse en ella. Después, en el banquete de boda que se organizó en el mismo restaurante de la via Orazio donde había sido su convite poco más de un año antes, nos cruzamos una sola vez e intercambiamos unas palabras circunspectas. Luego me pusieron en una mesa apartada con Alfonso, Marisa y un muchachito rubio de unos trece años, mientras ella y Stefano ocupaban la mesa de los novios, con los invitados de honor. Cuántas cosas habían cambiado en poco tiempo. No estaba Antonio, no estaba Enzo, los dos seguían en el servicio militar. Habían invitado a Carmen y Ada, las dependientas de la charcutería, pero a Pasquale no, o tal vez él hubiese decidido no asistir para no mezclarse con esos que, en las charlas de la pizzería, medio en broma, medio en serio, planeaba matar con sus propias manos. También faltaba su madre, Giuseppina Peluso, faltaban Melina y sus hijos. Sin embargo, los Carracci, los Cerullo y los Solara, socios con distintas participaciones en los negocios, estaban todos juntos sentados a la misma mesa que los novios, con los parientes de Florencia, es decir, el comerciante de metales y su mujer. Vi que Lila hablaba con Michele, que soltaba unas carcajadas exageradas. De vez en cuando miraba hacia donde yo estaba, pero yo apartaba enseguida la vista, entre molesta y dolida. Cómo reía, demasiado. Me recordó a mi madre. Igual que ella encarnaba a la mujer casada y exhibía unos modales y un dialecto chabacanos. Atraía por completo la atención de Michele, pese a estar acompañado de Gigliola, su novia, pálida, furiosa porque él no le hacía ni caso. Marcello era el único que de vez en cuando le dirigía la palabra a su futura cuñada para calmarla. Lila, Lila: quería excederse y con sus excesos hacernos sufrir a todos. Noté que Nunzia y Fernando también lanzaban a su hija largas miradas cargadas de aprensión.

La fiesta fue sobre ruedas, salvo por dos episodios aparentemente sin repercusiones. Veamos el primero. Entre los invitados estaba también Gino, el hijo del farmacéutico, prometido hacía poco con una prima segunda de los Carracci, una chica delgada con el cabello castaño pegado a la cabeza y unas ojeras violáceas. Al ir haciéndose mayor se había vuelto cada vez más odioso, no me perdonaba haberlo tenido como novio cuando era jovencita. Era perverso entonces y seguía siéndolo, y para colmo pasaba por un momento que lo hacía aún más peligroso: le habían suspendido otra vez. A mí hacía tiempo que ni me saludaba, pero había seguido persiguiendo a Alfonso; a veces se mostraba amigable, a veces se burlaba de él con insultos de carácter sexual. En esa ocasión, tal vez por envidia (Alfonso había superado el curso con un promedio de siete y, para colmo, iba acompañado de Marisa, que era agraciada y tenía unos ojos muy avispados), se comportó de un modo especialmente insoportable. A nuestra mesa se sentaba el chico rubio que he mencionado, guapo, muy tímido. Era hijo de un pariente de Nunzia emigrado a Alemania y casado con una alemana. Yo estaba nerviosísima y le daba poca cuerda al chico; tanto Alfonso como Marisa lo habían hecho que se sintiera a sus anchas. Sobre todo Alfonso, que se había puesto a charlar animadamente con él, se había preocupado cuando los camareros no lo atendían bien e incluso lo había acompañado a la terraza a ver el mar. Precisamente cuando los dos regresaron a la mesa haciéndose bromas, Gino dejó a su novia, que trataba de retenerlo entre risas, y vino a sentarse con nosotros. Se dirigió al chico en voz baja e indicándole a Alfonso, le dijo:

—Ojo con este, que es un maricón. Ahora te ha acompañado a la terraza, la próxima vez te acompaña al retrete.

Alfonso se encendió, pero no reaccionó, esbozó una sonrisa inerme y se quedó sin palabras. Fue Marisa la que se enfadó:

—¿Cómo te atreves?

—Me atrevo porque lo sé.

—A ver qué sabes.

—¿Segura?

—Sí.

—Mira que te lo digo.

—Dímelo.

—El hermano de mi novia estuvo una vez como invitado en casa de los Carracci y tuvo que dormir en la misma cama con este de aquí.

—¿Y?

—Él lo tocó.

—¿Él, quién?

—Él.

—¿Dónde está tu novia?

—Ahí la tienes.

—Dile a esa desgraciada que yo puedo probar que a Alfonso le gustan las mujeres; no sé si ella puede decir lo mismo de ti.

Tras lo cual se volvió hacia su novio y lo besó en la boca; un beso en público, tan intenso que yo jamás hubiera tenido el valor de hacer lo mismo delante de todos.

Lila, que seguía mirando hacia donde yo estaba como si me vigilara, fue la primera en darse cuenta del beso y se puso a batir palmas con un gesto espontáneo de entusiasmo. Aplaudió también Michele, riéndose, y Stefano lanzó un vulgar cumplido a su hermano, potenciado de inmediato por el comerciante de metales. En una palabra, chistes de todo tipo, pero Marisa consiguió hacer como si nada. Entretanto, mientras le apretaba a Alfonso una mano con una fuerza excesiva, hasta el punto de que los nudillos se le pusieron blancos, le dijo entre dientes a Gino, que se había quedado mirando el beso con cara de imbécil:

—Y ahora largo de aquí, o te doy una bofetada.

El hijo del farmacéutico se levantó sin decir palabra y regresó a su mesa, donde la novia se puso de inmediato a hablarle al oído con expresión agresiva. Marisa les lanzó a los dos una última mirada de desprecio.

A partir de ese momento la opinión que tenía de ella cambió. La admiré por su valor, por su tozuda capacidad de amar, por la seriedad con la que estaba unida a Alfonso. Fíjate, otra persona a la que he ignorado, pensé con amargura, y me he equivocado. Hasta qué punto me había cerrado los ojos la dependencia de Lila. Qué frívolo era su aplauso de minutos antes, y qué coherente con la diversión zafia de Michele, de Stefano y del comerciante de metales.

El segundo episodio tuvo como protagonista a la propia Lila. La fiesta tocaba casi a su fin. Me había levantado para ir al cuarto de baño y cuando pasaba delante de la mesa de la novia oí a la esposa del comerciante de metales reír sonoramente. Me volví. Pinuccia estaba de pie, defendiéndose, porque la mujer le subía el traje de novia a la fuerza y dejaba al descubierto sus piernas gruesas, robustas, al tiempo que le decía a Stefano:

—Fíjate qué piernas tiene tu hermana, fíjate qué culo y qué vientre. Hoy en día a vosotros, los hombres, os gustan las mujeres que parecen escobillas de retrete, pero son aquellas como nuestra Pinuccia las que Dios ha creado a propósito para daros hijos.

Lila, que se estaba llevando una copa a los labios, sin pensarlo un instante le echó el vino a la cara y le manchó el traje de shantung. Como de costumbre, enseguida pensé presa de la angustia: Cree que todo le está permitido, y ahora se armará la de Dios es Cristo. Me fui corriendo para el retrete, me encerré dentro, me quedé un buen rato. No quería ver la furia de Lila, no quería oírla. Quería mantenerme al margen, tenía miedo de verme implicada en su sufrimiento, temía que debido a una larga costumbre, me viera en la obligación de ponerme de su parte. Pero cuando salí todo estaba tranquilo. Stefano charlaba con el comerciante de metales y con su esposa, que seguía tiesa con su traje manchado. La orquesta tocaba, las parejas bailaban. Lila no estaba. La vi a través de la cristalera, en la terraza. Miraba el mar.

39

Tuve la tentación de ir con ella, pero enseguida cambié de idea. Debía de estar muy nerviosa, y seguramente me habría tratado mal; eso habría empeorado aún más las cosas entre nosotras. Decidí regresar a mi mesa cuando apareció a mi lado Fernando, su padre, y me preguntó con timidez si quería bailar.

No me atreví a negarme, bailamos un vals en silencio. Me guió con seguridad por la sala, entre las parejas achispadas, estrechándome demasiado la mano en su mano sudada. Su mujer debió de confiarle la tarea de decirme algo importante, pero él no encontró el valor. Solo al terminar el vals murmuró, para mi sorpresa, tratándome de usted: «Si no es demasiada molestia, hable usted un poco con Lina, su madre está preocupada». Luego añadió huraño: «Cuando necesite un par de zapatos, venga a verme, sin cumplidos», y regresó apresuradamente a su mesa.

Esa referencia a una especie de compensación por el tiempo que pudiera dedicar a Lila me molestó. Les pedí a Alfonso y a Marisa que nos fuéramos, algo que aceptaron de mil amores. Noté la mirada de Nunzia clavada en mí hasta que abandonamos el restaurante.

En los días siguientes empecé a perder confianza. Había creído que trabajar en una librería me permitiría disponer de muchos libros y de tiempo para leer, pero fui a parar a un mal sitio. El dueño me trataba como a una sirvienta, no toleraba verme quieta ni un instante; me obligaba a descargar las cajas, a apilarlas una encima de la otra, a vaciarlas, a colocar los libros nuevos, a reordenar los viejos, a quitarles el polvo, y me mandaba subir y bajar por una escalera de mano con el único fin de mirarme debajo de las faldas. Para colmo Armando, después de la primera salida en la que me había parecido muy amigable, no volvió a aparecer. Tampoco había vuelto a aparecer Nino, ni acompañado de Nadia ni solo. ¿Tan poco había durado su interés por mí? Comencé a sentir la soledad, el aburrimiento. Me cansaban el calor, el esfuerzo, el asco por las miradas y las palabras groseras del librero. Las horas pasaban lentas. ¿Qué hacía en aquella cueva sin luz, mientras por la acera desfilaban muchachos y muchachas hacia el misterioso edificio de la universidad, lugar en el que, casi con toda seguridad, jamás entraría? ¿Dónde estaba Nino? ¿Se habría marchado ya a estudiar a Ischia? Me había dejado la revista, su artículo, y yo los había estudiado como para un examen oral, pero ¿volvería él alguna vez para someterme al examen? ¿En qué me había equivocado? ¿Acaso me había mantenido demasiado distante? ¿Esperaba que yo preguntara por él y por eso no lo hacía él? ¿Debía hablar con Alfonso, ponerme en contacto con Marisa, preguntarle por su hermano? ¿Y por qué? Nino tenía una novia, Nadia: qué sentido tenía preguntarle a su hermana dónde estaba, qué hacía. Habría hecho el ridículo.

Día tras día fue mermando la opinión de mí misma que de forma tan inesperada había tomado cuerpo después de la fiesta; me deprimí. Levantarme temprano, ir corriendo a la via Mezzocannone, deslomarme todo el día, regresar a casa cansada, los miles de palabras del colegio comprimidas en la cabeza, sin utilizar. Me entristecí no solo recordando las charlas con Nino, sino pensando en los veranos en el Sea Garden con las hijas de la dueña de la papelería, con Antonio. De qué forma tan tonta había terminado nuestra historia, era la única persona que me había amado de verdad, no volvería a haber otras. Por las noches, en la cama, recordaba el olor de su piel, las citas en los pantanos, nuestros besos y toqueteos en la vieja fábrica de tomates.

Y así me estaba hundiendo en el desconsuelo cuando una noche, después de cenar, vinieron a buscarme Carmen, Ada y Pasquale, que llevaba una mano vendada porque se había hecho daño en el trabajo. Compramos unos helados, nos los tomamos en los jardincillos. Carmen me preguntó sin rodeos, un poco agresiva, por qué ya no se me veía por la charcutería. Le contesté que trabajaba en Mezzocannone y que no tenía tiempo. Ada dejó caer, con cierta frialdad, que si uno aprecia a una persona, siempre encuentra tiempo, pero dado que yo era así, pues qué remedio.

—¿Cómo soy? —pregunté.

—No tienes sentimientos —contestó—. Basta con ver cómo trataste a mi hermano.

Le recordé de malas maneras que era su hermano el que me había dejado y ella rebatió:

—Sí, eso no te lo crees ni tú, están los que dejan y los que saben hacerse dejar.

Aspecto con el que estuvo de acuerdo Carmen, que dijo:

—Pasa lo mismo con las amistades, parece que se rompen por culpa de uno, pero si lo analizas, la culpa es del otro.

Llegados a ese punto, me inquieté y dije marcando las palabras:

—A ver, si Lina y yo nos hemos distanciado, no es culpa mía.

Intervino Pasquale, que dijo:

—Lenù, lo importante no es quién tiene la culpa, lo importante es que nosotros debemos estar con Lina.

Sacó entonces a relucir la historia de sus dientes cariados, cómo lo había ayudado ella, habló del dinero que seguía pasándole bajo mano a Carmen y del que le mandaba a Antonio, que seguía en filas y que, aunque yo no lo supiera o no quisiera saberlo, las pasaba moradas. Cautelosa, intenté preguntar qué le ocurría a mi ex novio y me contaron en distintos tonos, más o menos agresivos, que le había dado un ataque de nervios, estaba mal, pero como era un tipo duro, no cedía y saldría adelante. Lina, en cambio…

—¿Qué le pasa a Lina?

—Quieren llevarla a un médico.

—¿Quién quiere llevarla?

—Stefano, Pinuccia, sus parientes.

—¿Por qué?

—Para averiguar cómo es posible que se quedara embarazada una sola vez y después nunca más.

—¿Y ella?

—Se hace la loca, no quiere ir.

Me encogí de hombros.

—¿Qué puedo hacer yo?

—Llévala tú —contestó Carmen.

40

Hablé con Lila. Se echó a reír, dijo que iría al médico únicamente si le juraba que no estaba enojada con ella.

—De acuerdo.

—Júralo.

—Lo juro.

—Jura por tus hermanos, jura por Elisa.

Le dije que ir al médico no era nada del otro mundo, pero que si no quería ir, a mí no me importaba, que hiciese lo que quisiera. Se puso seria.

—Entonces no lo juras.

—No.

Calló un momento, luego reconoció bajando la vista:

—De acuerdo, me he equivocado.

Hice una mueca de fastidio.

—Vete a ver al médico y ya me contarás.

—¿Tú no vienes?

—Si falto, el librero me despide.

—Te contrato yo —dijo irónica.

—Ve a ver al médico, Lila.

Fue al médico acompañada por Maria, Nunzia y Pinuccia. Las tres quisieron estar presentes en la visita. Lila fue obediente, disciplinada; nunca había pasado por una revisión así, estuvo todo el rato con los labios apretados, los ojos cerrados. Cuando el médico, un hombre muy mayor que le había aconsejado la partera del barrio, dijo con palabras doctas que todo estaba en orden, la madre y la suegra se alegraron, pero Pinuccia se ensombreció y preguntó:

—¿Cómo es posible que no se quede en estado y si se queda el embarazo no llega a término?

El médico notó la malevolencia y frunció el ceño.

—La señora es muy joven —dijo—, debe fortalecerse un poco.

«Fortalecerse.» No sé si el médico utilizó ese verbo; sin embargo, eso fue lo que me dijeron y me asombró mucho. Significaba que Lila, pese a la fuerza que demostraba en todo momento, era débil. Significaba que los niños no venían o no le duraban en el vientre, no porque ella tuviera un poder misterioso que los aniquilara, sino todo lo contrario, porque era una mujer incompleta. Mi rencor se atenuó. Cuando me contó en el patio la tortura de la revisión médica con expresiones vulgares dirigidas tanto al médico como a sus tres acompañantes, no mostré disgusto sino que me interesé; nunca me había revisado un médico, ni siquiera la partera. Al final concluyó sarcástica:

—Me desgarró con una cosa de hierro, me cobró un montón de dinero, ¿y todo eso para llegar a qué conclusión? Que necesito fortalecerme.

—¿De qué manera?

—Tomando baños de mar.

—No lo entiendo.

—Ir a la playa, Lenù, sol, agua salada. Parece ser que si una va a la playa se fortalece y se queda embarazada.

Nos despedimos de buen humor. Habíamos vuelto a vernos y, a fin de cuentas, lo habíamos pasado bien.

Al día siguiente se presentó otra vez, conmigo afectuosa, enfadada con su marido. Stefano quería alquilar una casa en Torre Annunziata y enviarla a pasar allí todo julio y agosto en compañía de Nunzia y Pinuccia, que también quería fortalecerse aunque no le hiciera ninguna falta. Ya estaban pensando cómo organizarse con las tiendas. Alfonso se ocuparía de la piazza dei Martiri con Gigliola, hasta que empezaran otra vez las clases, y Maria sustituiría a Lila en la charcutería nueva. Me dijo abatida:

—Si me paso dos meses con mi madre y Pinuccia, me pego un tiro.

—Pero te bañas, tomas el sol.

—No me gusta bañarme, no me gusta tomar el sol.

—Si yo pudiera fortalecerme en tu lugar, me iría mañana mismo.

Me miró con curiosidad y dijo en voz baja:

—Entonces ven conmigo.

—Tengo que trabajar en Mezzocannone.

Se entusiasmó, repitió que me contrataba ella, esta vez lo dijo sin ironías. Y comenzó a presionarme: «Renuncia, que yo te doy lo mismo que el librero». No paraba de insistir, dijo que si yo aceptaba todo resultaría aceptable, incluso Pinuccia con la barriga puntiaguda que ya se le notaba. Rehusé con amabilidad. Imaginé lo que ocurriría esos dos meses en la casa calurosa de Torre Annunziata: peleas con Nunzia, llantos; peleas con Stefano cuando llegara el sábado por la tarde; peleas con Rino cuando apareciera con su cuñado para reunirse con Pinuccia; peleas sobre todo con Pinuccia, continuas, bisbiseadas o teatrales, compuestas por irónicas perfidias e insultos inauditos.

—No puedo —dije al final con firmeza—, mi madre no me dejaría.

Ella se fue enojada, el idilio entre nosotras era frágil. A la mañana siguiente, Nino se presentó por sorpresa en la librería, estaba pálido, más delgado. Había tenido un examen tras otro, cuatro en total. Yo, que en mis fantasías veía espacios aireados detrás de las paredes de la universidad donde alumnos preparadísimos y viejos sabios se pasaban el día hablando de Platón y de Kepler, lo escuché fascinada, y me limité a decir: «Qué bien lo haces». En cuanto me pareció oportuno, elogié con infinidad de palabras un tanto hueras su artículo de *Cronache meridionali.* Me escuchó serio, sin interrumpirme, tanto es así que en un momento dado ya no supe qué más decir para demostrarle que conocía a fondo su texto. Al final, pareció alegrarse, exclamó que ni la Galiani ni Armando ni Nadia se lo habían leído con tanta atención. Me habló de otros artículos que tenía en mente sobre el mismo tema, confiaba en que se los publicasen. Me quedé escuchándolo en el umbral de la librería, fingiendo no enterarme de que el dueño me llamaba. Tras un grito más brutal que los otros, Nino refunfuñó: Qué quiere ese cabrón; se entretuvo un rato más exhibiendo su actitud descarada, me dijo que se marchaba a Ischia al día siguiente y me tendió la mano. Se la estreché —era fina, delicada— y tiró de mí, me acercó a él, se inclinó y me rozó los labios con los suyos. Fue un instante, luego me soltó con un movimiento ligero, una caricia en la palma de la mano con los dedos, y se marchó en dirección al Rettifilo. Me quedé mirándolo mientras se alejaba sin volverse, con su paso de condotiero distraído que nada temía del mundo, porque el mundo existía únicamente para someterse a él.

Esa noche no pegué ojo. Por la mañana me levanté temprano, corrí a la charcutería nueva. Encontré a Lila justo cuando subía la persiana metálica, Carmen no había llegado todavía. No le conté lo de Nino, me limité a murmurar, con el tono de quien pide lo imposible y lo sabe:

—Si vas a tomar baños de mar a Ischia en lugar de a Torre Annunziata, dejo el trabajo y voy contigo.

41

Desembarcamos en la isla el segundo domingo de julio, Stefano y Lila, Rino y Pinuccia, Nunzia y yo. Los dos hombres iban cargados de maletas, alertas como héroes de la Antigüedad que hubiesen ido a parar a tierras desconocidas, incómodos al verse privados de la coraza de sus coches, afligidos por el madrugón y la consiguiente renuncia al ocio del barrio propio de los festivos. Sus esposas, vestidas de fiesta, la tenían tomada con ellos cada una por distintos motivos; Pinuccia porque Rino iba demasiado cargado y no la dejaba llevar nada; Lila porque Stefano fingía saber qué hacer y adónde ir, pero se veía a las claras que no tenía ni idea. En cuanto a Nunzia, mostraba el aire de quien siente que la soportan a duras penas y se cuidaba mucho de decir algo inconveniente que molestase a los jóvenes. La única realmente contenta era yo, la bolsa al hombro con mis escasas pertenencias, entusiasmada con los olores de Ischia, los sonidos, los colores que, tras desembarcar, coincidieron sin decepcionarme con los recuerdos de las vacaciones de años atrás.

Nos acomodamos en dos mototaxis, cuerpos apretujados, sudor, equipaje. La casa, alquilada deprisa y corriendo gracias a la mediación de un proveedor de embutidos originario de Ischia, se encontraba en el camino que iba a un lugar llamado Cuotto. Era un edificio pobre y pertenecía a una prima del revendedor, una mujer flaquísima, de más de sesenta años, soltera, que nos recibió con una brusquedad eficiente. Stefano y Rino subieron las maletas a rastras por unas escaleras estrechas bromeando y, al mismo tiempo, maldiciendo por el esfuerzo. La dueña nos enseñó unos cuartos en penumbra, atestados de imágenes sagradas y lamparillas encendidas. Pero cuando abrimos las ventanas de par en par, más allá de la calle, más allá de los viñedos, más allá de las palmeras y los pinos, vimos una larga franja de mar. O mejor dicho: miraban al mar los dormitorios que se atribuyeron Pinuccia y Lila tras algunos roces del tipo «el tuyo es más grande; no, el más grande es el tuyo», mientras que el cuarto que le tocó a Nunzia tenía en lo alto una especie de ojo de buey desde el que jamás supimos qué se veía, y el que me tocó a mí —diminuto, apenas cabía la cama— asomaba a un gallinero próximo a un pequeño cañaveral.

En la casa no había nada para comer. Siguiendo las indicaciones de la dueña llegamos a una taberna mal iluminada, sin otros clientes. Nos sentamos vacilantes, solo queríamos llenar el estómago; pero al final hasta Nunzia, que recelaba de toda cocina que no fuese la suya, consideró que se comía bien y quiso llevarse algo para organizar la cena de esa noche. Stefano no hizo el menor ademán de querer pedir la cuenta y, tras dar largas en silencio, Rino se resignó a pagar por todos. Las chicas propusimos entonces ir a ver la playa, pero los dos hombres se mostraron reticentes, bostezaron, dijeron que estaban cansados. Insistimos, especialmente Lila. «Hemos comido demasiado —dijo—, nos hará bien caminar, la playa está aquí cerca, ¿mamá, tú tienes ganas?»

Nunzia se puso de parte de los varones y regresamos todos a casa.

Tras vagar aburridos por los cuartos, Stefano y Rino, casi al unísono, dijeron que querían dormir un rato. Rieron, se hablaron al oído, volvieron a reír y después hicieron señas a sus esposas, que los acompañaron sin muchas ganas al dormitorio. Nunzia y yo nos quedamos solas un par de horas. Comprobamos cómo estaba la cocina, la encontramos sucia, lo que llevó a Nunzia a arremangarse allí mismo y a lavarlo todo con cuidado: los platos, los vasos, los cubiertos, las cacerolas. Tuve que emplearme a fondo para imponerle mi ayuda. Me encomendó que memorizara una serie de peticiones urgentes para la dueña de casa y cuando ella misma perdió la cuenta de las cosas que faltaban, se asombró de que las recordara todas; dijo: «No me extraña que seas tan buena en la escuela».

Al fin reaparecieron las dos parejas, primero Stefano y Lila, luego Rino y Pinuccia. Volví a proponer que fuéramos a ver la playa, pero entre el café, las bromas y la charla, Nunzia, que se puso a cocinar, y Pinuccia, que se quedó agarrada a Rino y que si ahora toca, toca la barriga, que si luego le murmuraba quédate, vete mañana por la mañana, el tiempo se nos fue volando y tampoco hicimos nada. Al final, a los hombres les entraron las prisas; temieron perder el barco y maldiciendo por no haber llevado los coches, se fueron corriendo a buscar a alguien que los acercara al puerto. Se marcharon casi sin despedirse. A Pinuccia se le saltaron las lágrimas.

Las chicas nos pusimos en silencio a deshacer el equipaje, a acomodar nuestras cosas, mientras Nunzia se empeñaba en dejar el retrete como los chorros del oro. Solo cuando estuvimos seguras de que los dos hombres no habían perdido el barco y no regresarían, nos relajamos, empezamos a bromear. Nos esperaba una larga semana sin más obligaciones que cuidar de nosotras mismas. Pinuccia dijo que tenía miedo de quedarse sola en su cuarto —había una imagen de la Virgen de los Dolores con varios cuchillos en el corazón que brillaban a la luz de una lamparilla— y se fue a dormir con Lila. Yo me encerré en el cuartito a disfrutar de mi secreto: Nino estaba en Forio, no lejos de allí, quizá al día siguiente lo vería en la playa. Me sentí como una loca, una desconsiderada, pero me alegré. Había una parte de mí que estaba cansada de comportarse como una persona sensata.

Hacía calor, abrí la ventana. Me quedé escuchando el trajín de las gallinas, el crujido de las cañas, y entonces noté los mosquitos. Cerré la ventana a toda prisa y me pasé por lo menos una hora localizándolos y aplastándolos con uno de los libros que me había prestado la Galiani, *Teatro reunido*, de un escritor que se llamaba Samuel Beckett. No quería que Nino me viera en la playa con la cara y el cuerpo cubierto de ronchas rojas; no quería que me pescara con un libro de teatro, un lugar donde jamás había puesto los pies. Guardé a Beckett, marcado por las siluetas negras y ensangrentadas de los mosquitos, y me puse a leer un texto muy complicado sobre la idea de nación. Me dormí leyendo.

42

Por la mañana Nunzia, que se sentía consagrada a cuidar de nosotras, fue a buscar dónde hacer la compra y nosotras bajamos a la playa, la de Citara, que mientras duraron aquellas largas vacaciones creíamos que se llamaba Cetara.

Qué bonitos trajes de baño lucieron Lila y Pinuccia cuando se quitaron los playeros: de una pieza, claro, porque sus maridos, que de novios se mostraban condescendientes, en especial Stefano, ahora eran contrarios al dos piezas; pero los colores de las telas nuevas brillaban vívidos y el diseño de los escotes delantero y posterior fluía con elegancia sobre la piel. Debajo de un viejo vestido azul de mangas largas, yo llevaba el bañador de siempre, desteñido, dado de sí, el mismo que me había confeccionado años antes Nella Incardo en Barano. Me desvestí a regañadientes.

Paseamos un buen rato al sol, hasta unos vapores de agua caliente, y después regresamos. Pinuccia y yo nos dimos muchos baños, Lila no, pese a encontrarse allí para eso. Nino no apareció, naturalmente, y me sentí fatal, estaba convencida de que ocurriría como de milagro. Cuando las dos muchachas quisieron regresar a casa, me quedé en la playa y me fui hacia Forio caminando por la orilla. Por la noche estaba tan quemada que tuve la sensación de tener fiebre muy alta y en los días siguientes tuve que quedarme en casa y me salieron ampollas en los hombros. Me dediqué a limpiar la casa, a cocinar, a leer, y mi actividad conmovió a Nunzia, que se deshizo en elogios. Todas las noches, con la excusa de que había estado encerrada en casa para que no me diera el sol, obligaba a Lila y a Pina a ir andando hasta Forio, un trayecto largo. Vagábamos por el centro, tomábamos un helado. Esto sí que es bonito, se quejaba Pinuccia, donde estamos nosotras es un cementerio. Para mí Forio también era un cementerio, nunca vi a Nino.

Hacia finales de la semana le propuse a Lila que visitáramos Barano y la playa dei Maronti. Lila aceptó entusiasmada y Pinuccia no quiso quedarse y aburrirse con Nunzia. Salimos temprano. Nos pusimos el traje de baño debajo de los vestidos; en una bolsa llevaba las toallas de todas, los bocadillos, una botella de agua. Mi propósito declarado era aprovechar la excursión para saludar a Nella, la prima de la maestra Oliviero que me había hospedado durante mi estancia en Ischia. Pero el plan secreto era ver a la familia Sarratore y conseguir que Marisa me diera la dirección del amigo que alojaba a Nino en Forio. Por supuesto, temía toparme con Donato, su padre, pero confiaba en que estuviese trabajando; por otra parte, con tal de ver al hijo estaba dispuesta a correr el riesgo de tragarme algunos de sus comentarios repugnantes.

Cuando Nella abrió la puerta y aparecí ante ella como un fantasma, se quedó boquiabierta y se le saltaron las lágrimas.

—Es la alegría —se justificó.

No era ese el único motivo. Le había recordado a su prima, me dijo, que no se encontraba bien en Potenza, donde sufría sin restablecerse. Nos llevó a la terraza, nos convidó a todo, se ocupó mucho de Pinuccia y de su embarazo. Hizo que se sentara, quiso tocarle la barriga que le sobresalía un poco. Por mi parte obligué a Lila a hacer una especie de peregrinaje: le enseñé el rincón de la terraza donde había pasado tanto tiempo al sol, el lugar que ocupaba al sentarnos a la mesa, el rincón donde por la noche me hacía la cama. Por una fracción de segundo volví a ver a Donato inclinado sobre mí mientras deslizaba la mano debajo de la sábana y me tocaba. Sentí asco, pero eso no me impidió preguntarle a Nella con desenvoltura:

—¿Y los Sarratore?

—Están en la playa.

—¿Qué tal este año?

—Uf...

—¿Tienen demasiadas pretensiones?

—Desde que él trabaja más de periodista que de ferroviario, sí.

—¿Está aquí?

—Sí, pidió la baja por enfermedad.

—¿Y Marisa está?

—Marisa, no, pero salvo ella, los demás están todos.

—¿Todos?

—Ya me entiendes.

—No, le juro que no entiendo nada.

Ella se rió a gusto.

—Hoy también está Nino, Elenù. Cuando necesita dinero aparece durante medio día y después se va Forio, a casa de un amigo.

43

Dejamos a Nella, bajamos a la playa con nuestros bártulos. Lila me tomó el pelo con delicadeza durante todo el trayecto. «Qué lista eres —dijo—, me has hecho venir a Ischia solo porque está Nino, confiesa.» No confesé, escurrí el bulto. Pinuccia se alió a su cuñada con tonos más groseros y me acusó de haberla obligado a un viaje largo y agotador hasta Barano por motivos propios, sin tener en cuenta que ella estaba embarazada. A partir de ese momento negué con más firmeza, es más, las amenacé a las dos. Prometí que si hacían comentarios fuera de lugar en presencia de los Sarratore, tomaría el barco esa misma noche y regresaría a Nápoles.

Localicé enseguida a la familia. Estaban exactamente en el mismo sitio en el que se instalaban años antes y tenían la misma sombrilla, los mismos trajes de baño, las mismas bolsas, la misma forma de deleitarse al sol: Donato en la arena negra, con la barriga al aire y apoyado sobre los codos; Lidia, su mujer, sentada en una toalla mientras hojeaba una revista. Para mi gran decepción, debajo de la sombrilla no estaba Nino. Me puse a buscar en el agua, descubrí un puntito oscuro que aparecía y desaparecía sobre la superficie basculante del mar, confié en que fuera él. Después me hice notar llamando en voz alta a Pino, Clelia y Ciro, que jugaban en la orilla.

Ciro había crecido, no me reconoció, sonrió indeciso. Pino y Clelia corrieron entusiasmados a mi encuentro, y sus padres se volvieron a mirar con curiosidad. Lidia se levantó de un salto, gritó mi nombre y me saludó con la mano, Sarratore vino corriendo hacia mí con una sonrisa enorme y acogedora y los brazos abiertos. Evité el abrazo, le dije solo: Buenos días, qué tal. Fueron muy cordiales; les presenté a Lila y Pinuccia, mencioné a sus padres, les comenté con quién estaban casadas. Donato se concentró enseguida en las dos chicas. Pasó a llamarlas gentilmente señora Carracci y señora Cerullo, se acordó de ellas cuando eran niñas, con hueras florituras pasó a hablar sobre el paso del tiempo. Yo me entretuve con Lidia, le pregunté con educación por los niños y, sobre todo por Marisa. Pino, Clelia y Ciro estaban estupendamente y se notaba; se juntaron a mi alrededor esperando el momento adecuado para incluirme en sus juegos. En cuanto a Marisa, su madre me contó que estaba en Nápoles con sus tíos, le habían quedado cuatro asignaturas para septiembre y debía tomar clases de repaso. «Le está bien empleado —se ensombreció—, se ha pasado todo el año sin hacer nada y ahora merece sufrir.»

No dije nada, pero para mis adentros descarté que Marisa estuviera sufriendo: se pasaría todo el verano con Alfonso, en la tienda de la piazza dei Martiri y me alegré por ella. Noté que Lidia llevaba profundas huellas de dolor en la cara ensanchada, los ojos, los pechos hinchados, el vientre pesado. Durante todo el rato que estuvimos charlando vigiló con frecuencia, lanzándole miradas temerosas a su marido, que se dedicaba a Lila y a Pinuccia haciéndose el simpático. Dejó de prestarme atención y ya no le quitó los ojos de encima cuando él se ofreció a acompañarlas a darse un baño y le prometió a Lila que le enseñaría a nadar. «Les he enseñado a todos mis hijos —lo oímos decir—, a ti también te enseñaré.»

No le pregunté por Nino, y Lidia, por su parte, no lo mencionó. Pero en un momento dado el puntito negro en el azul brillante del mar dejó de alejarse. Invirtió la dirección, se agrandó, comencé a distinguir el blanco de la espuma que estallaba a su costado.

Sí, es él, pensé, nerviosísima.

Poco después Nino salió del agua mirando con curiosidad a su padre que, con un brazo mantenía a flote a Lila mientras con el otro le indicaba qué debía hacer. Cuando me vio y me reconoció no se le borró la expresión ceñuda.

—¿Qué haces aquí? —preguntó.

—Estoy de vacaciones —contesté—, he venido a saludar a la señora Nella.

Él lanzó otra mirada de fastidio en dirección a su padre y las dos muchachas.

—¿Esa no es Lina?

—Sí, y esa otra es su cuñada Pinuccia, no sé si te acuerdas de ella.

Se restregó bien el pelo con la toalla sin dejar de mirar a los tres que estaban en el agua. Le dije casi con un hilo de voz que estaríamos en Ischia hasta septiembre, que teníamos una casa no lejos de Forio, que con nosotras estaba la madre de Lila y los domingos vendrían los maridos de Lila y Pinuccia. Le hablaba y me parecía que ni siquiera me escuchaba, pero dejé caer de todos modos, pese a la presencia de Lidia, que el fin de semana no tenía nada que hacer.

—Déjate ver —dijo él, y dirigiéndose a su madre añadió—: Me voy.

—¿Ya?

—Tengo cosas que hacer.

—Está Elena.

Nino me miró como si en ese momento acabara de percatarse de mi presencia. Hurgó en la camisa colgada de la sombrilla, cogió un lápiz y un cuaderno, escribió algo, arrancó la hoja y me la dio.

—Esta es mi dirección —dijo.

Claro, decidido como los actores de cine. Cogí la hoja como si fuese una reliquia.

—Al menos come algo antes de irte —le suplicó su madre.

No le contestó.

—Y aunque sea de lejos despídete de papá.

Se cambió el bañador colocándose una toalla alrededor de la cintura, y se alejó por la orilla sin despedirse de nadie.

44

Pasamos todo el día en la playa dei Maronti, yo me dediqué a jugar y a bañarme con los niños, Pinuccia y Lila totalmente monopolizadas por Donato que, entre otras cosas, las llevó dando un paseo hasta las fuentes termales. Al final Pinuccia estaba deshecha, y para volver a casa Sarratore nos indicó una forma cómoda y agradable. Nos acercamos hasta un hotel que se levantaba casi en el agua como un palafito y allí, por unas pocas liras, tomamos una barca; nos pusimos en manos de un viejo marinero.

En cuanto nos hicimos a la mar, Lila subrayó, irónica:

—Nino no te ha dado cuerda.

—Tenía que estudiar.

—¿Y no podía despedirse al menos?

—Él es así.

—Pues muy mal —intervino Pinuccia—. Todo lo que tiene el padre de simpático lo tiene el hijo de grosero.

Las dos estaban convencidas de que Nino no me había hecho caso ni mostrado simpatía, dejé que se lo creyeran, preferí ser prudente y guardarme mis secretos. Además, me pareció que si pensaban que una alumna tan aplicada como yo no había sido digna de que él la mirase, se tragarían mejor que él las hubiese ignorado y, tal vez, incluso lo perdonarían. Quería protegerlo de su ojeriza, y lo conseguí; al parecer se olvidaron de él enseguida, y Pinuccia se entusiasmó con los modales de gran señor de Sarratore; Lila dijo satisfecha:

—Me ha enseñado a flotar y también cómo se nada. Se le da muy bien.

El sol se estaba poniendo. Recordé otra vez el acoso de Donato y me estremecí. Del cielo violeta se desprendía una fría humedad.

—Él fue quien escribió que el panel de la tienda de la piazza dei Martiri era feo —le dije a Lila.

Pinuccia asintió con una mueca de satisfacción.

—Tenía razón —dijo Lila.

Me irrité.

—Él es el que arruinó a Melina.

—A lo mejor la hizo disfrutar al menos una vez —respondió Lila con una risita.

Esa ocurrencia me hirió. Sabía cuánto había sufrido Melina, cuánto sufrían sus hijos. Conocía también el sufrimiento de Lidia, y sabía que tras sus modales exquisitos Sarratore ocultaba el deseo que no respeta nada ni a nadie. Tampoco se me olvidaba con qué aflicción había presenciado Lila desde pequeña las penas de la viuda Cappuccio. ¿Qué significaba ese tono, qué significaban esas palabras, acaso eran una señal para mí? ¿Acaso quería decirme: Eres una cría, no sabes nada de las necesidades de una mujer? Cambié bruscamente de idea sobre la reserva de mis secretos. Quise demostrar de inmediato que era una mujer como ellas y que sabía.

Nino me ha dado su dirección —le dije a Lila—. Si no te importa, cuando vengan Stefano y Rino iré a verlo.

Dirección. Ir a verlo. Fórmulas audaces. Lila amusgó los ojos, una línea muy definida le cruzó la frente amplia. Pinuccia adoptó una mirada maliciosa, le tocó una rodilla, se rió.

—¿Qué te parece? Lenuccia tiene una cita para mañana. Y tiene la dirección.

Me sonrojé.

—Pues oye, si vosotras estáis con vuestros maridos, ¿qué queréis que haga?

Durante un largo rato se impusieron el estrépito del motor, la presencia muda del marinero al timón.

—Hazle compañía a mi madre, que no te he traído aquí para que te diviertas —dijo Lila, fría.

Me mordí la lengua para no contestarle. Habíamos tenido una semana de libertad. Además, ese día tanto ella como Pinuccia, en la playa, al sol, durante los largos baños y gracias a las palabras que Sarratore sabía usar para lisonjear y hacer reír, se habían olvidado de sí mismas. Donato había hecho que se sintieran mujeres-niñas confiadas a un padre atípico, de esos raros que no castiga sino que te animan a expresar los deseos sin que te sientas culpable. Y ahora que el día había terminado, al anunciar que dispondría de un domingo todo para mí con un estudiante universitario, ¿qué hacía yo?:

les recordaba a ambas que la semana de suspensión de su estado de esposas tocaba a su fin y que los maridos estaban a punto de reaparecer. Sí, había exagerado. Muérdete la lengua, pensé, no hagas que se irrite.

45

Los maridos llegaron antes de lo previsto. Los esperábamos el domingo por la mañana, pero se presentaron el sábado por la noche, contentísimos, cada uno en una Lambretta que, según creo, habían alquilado en el puerto de Ischia. Nunzia preparó la cena, un montón de ricos platos. Hablamos del barrio, de las tiendas, del estado de la fabricación de los nuevos zapatos. Rino presumió mucho de los modelos que estaba poniendo a punto con su padre, pero de paso, en el momento oportuno, le puso a Lila delante de las narices varios bocetos que ella examinó sin ganas, sugiriéndole algunos cambios. Después nos sentamos a la mesa y los dos muchachos se lo zamparon todo, compitiendo por ver quién se atiborraba más. Todavía no habían dado las diez cuando arrastraron a las esposas a sus respectivos dormitorios.

Ayudé a Nunzia a recoger y lavar los platos. Después me encerré en el cuartito y leí un rato. Me moría de calor, pero temía las picaduras de los mosquitos y no abrí la ventana. Di vueltas y más vueltas en la cama, empapada de sudor; pensaba en Lila, en cómo se había doblegado poco a poco. Claro que no mostraba un afecto especial por su marido; ya no había esa ternura que alguna vez había visto en sus gestos durante el noviazgo; y en la cena había empleado a menudo palabras de disgusto por la forma en que Stefano engullía la comida, por la forma en que bebía; pero era evidente que, por precario que fuera, había alcanzado un equilibrio. Cuando él, después de algunos comentarios alusivos, se había ido al dormitorio, Lila lo siguió sin demora, sin decir: Ve tú que ya voy, resignada a una costumbre indiscutible. Entre ella y su marido no existía la alegría carnavalesca que exhibían Rino y Pinuccia, pero tampoco había resistencia. Hasta bien avanzada la noche oí los ruidos de las dos parejas, las carcajadas y los gemidos, las puertas que se abrían, el agua que salía del grifo, el inodoro cuando tiraban la cadena, las puertas que volvían a cerrarse. Por fin me dormí.

El domingo desayuné con Nunzia. Esperé hasta las diez a que alguno de ellos asomara; no hubo caso, y me fui a la playa. Me quedé hasta mediodía y no apareció nadie. Regresé a casa, Nunzia me dijo que las dos parejas se habían ido en las Lambretta a pasear por la isla, y que le habían rogado que no los esperasen a comer. Regresaron hacia las tres, achispados, contentos, quemados por el sol, los cuatro entusiasmados con Casamicciola, Lacco Ameno, Forio. Sobre todo las dos muchachas tenían los ojos encendidos y me lanzaron de inmediato miradas maliciosas.

—Lenù —casi gritó Pinuccia—, adivina qué ha pasado.

—¿Qué?

—En la playa nos encontramos a Nino —dijo Lila.

Se me paró el corazón.

—Ah.

—Virgen santa, qué bien nada —se entusiasmó Pinuccia, cortando el aire con brazadas exageradas.

—No es antipático, se ha interesado por cómo se hacen los zapatos —dijo Rino.

—Tiene un amigo que se llama Soccavo y es el de las mortadelas, el padre es dueño de una fábrica de embutidos en San Giovanni a Teduccio —añadió Stefano.

—Ese sí que está forrado —agregó Rino.

—Olvídate del estudiante, Lenù, que no tiene un céntimo, fíjate en Soccavo, te conviene —añadió Stefano.

Después de otros comentarios un tanto burlones (Fíjate tú, Lenuccia está a punto de ser la más rica de todas, parece que no ha roto un plato y sin embargo...), se retiraron otra vez a sus dormitorios.

Me quedé muy mortificada. Se habían cruzado con Nino, se habían bañado con él, habían conversado, y sin mí. Me puse el mejor vestido —el de siempre, el de la boda, aunque hiciera calor—, me peiné con esmero —el pelo se me había puesto rubísimo con el sol—, y le dije a Nunzia que me iba a dar un paseo.

Fui andando hasta Forio, nerviosa por el largo trayecto en solitario, por el calor, por el dudoso resultado de mi empresa. Localicé la dirección del amigo de Nino, llamé varias veces desde la calle, con la angustia de que no contestara.

—Nino, Nino.

Se asomó.

—Sube.

—Te espero aquí.

Esperé, temí que me tratara mal. Pero no, salió por el portón con un aire insólitamente cordial. Qué provocativa era su cara angulosa. Qué agradable la sensación de sofoco que sentía ante su larguísima silueta, los hombros anchos y el tórax estrecho, y esa piel tan tensa y morena que cubría su delgadez, solo huesos, músculos, tendones. Dijo que su amigo se reuniría con nosotros más tarde; nos fuimos a dar una vuelta por el centro de Forio, entre los tenderetes del domingo. Me preguntó por la librería de Mezzocannone. Le conté que Lila me había pedido que la acompañara en las vacaciones y por eso había renunciado. No mencioné el hecho de que me daba dinero, como si acompañarla fuese un trabajo, como si fuera empleada suya. Le pregunté por Nadia, se limitó a contestar: «Todo bien». «¿Os escribís?» «Sí.» «¿Todos los días?» «Todas las semanas.» Esa fue nuestra conversación, ya no teníamos nada más que decirnos sobre nosotros. No sabemos nada el uno del otro, pensé. Tal vez podría preguntarle qué tal van las relaciones con su padre, pero ¿en qué tono? Por lo demás, ¿acaso no he visto con mis propios ojos que van mal? Silencio, me cohibí.

Él no tardó en pasar al único terreno que parecía justificar nuestro encuentro. Dijo que se alegraba de verme, que con su amigo solo se podía hablar de fútbol o de las asignaturas de los exámenes. Me elogió. La Galiani tiene ojo, dijo, eres la única chica del colegio que siente curiosidad por las cosas que no sirven para las pruebas orales y la nota. Se puso a hablar de temas importantes, los dos echamos mano enseguida de un italiano florido y apasionado con el que sabíamos que destacábamos. Él abordó el tema de la violencia. Citó una manifestación por la paz en Cortona y la mezcló hábilmente con los palos que repartieron en una plaza de Turín. Dijo que quería entender mejor la relación entre inmigración e industria. Yo asentí, pero ¿qué sabía yo de esas cosas? Nada. Nino se dio cuenta y me refirió con detalle una revuelta de meridionales jovencísimos y de la dureza con que los había reprimido la policía.

—Los llaman nápoles, los llaman marroquíes, los llaman fascistas, provocadores, anarcosindicalistas. Pero son jóvenes de los que ninguna institución se ocupa, tan abandonados a sí mismos que cuando se enojan lo rompen todo.

Traté de decir algo que pudiera agradarle, me atreví a comentar:

—Si no se conocen a fondo los problemas y no se encuentran soluciones a tiempo, es natural que estallen los desórdenes. Pero la culpa no la tienen quienes se rebelan, la culpa la tienen quienes no saben gobernar.

Me lanzó una mirada de admiración y dijo:

—Es exactamente lo que pienso.

Aquello me dio un gusto inmenso. Me sentí alentada y, con cautela, pasé a reflexionar sobre cómo conciliar individualidad y universalidad, sacando a relucir a Rousseau y otros recuerdos de lecturas impuestas por la Galiani. Y le pregunté:

—¿Has leído a Federico Chabod?

Dejé caer aquel nombre porque era el autor del libro sobre la idea de nación del que había leído algunas páginas. No sabía nada más, pero en el colegio había aprendido a hacer creer que sabía muchísimo. «¿Has leído a Federico Chabod?» Fue el único momento en que Nino se mostró un tanto contrariado. Comprendí que no sabía quién era Chabod y eso me produjo una sensación de plenitud electrizante. Me lancé a resumirle lo poco que había aprendido, pero no tardé en comprender que saber, hacer gala de lo que sabía de un modo compulsivo, eran su punto fuerte y, al mismo tiempo, su fragilidad. Se sentía fuerte si destacaba y frágil si le faltaban las palabras. De hecho se ensombreció, y me interrumpió casi enseguida. Se salió por la tangente, me habló de las regiones, de la urgencia de apuntalarlas, de autonomía y descentralización, de programación económica sobre una base regional, todos temas de los que jamás había oído decir una sola palabra. Así que adiós a Chabod, le dejé el campo libre. Y me gustó oírlo hablar, ver la pasión reflejada en su cara. Cuando se apasionaba se le ponían unos ojos vivísimos.

Seguimos así por lo menos una hora. Ajenos al griterío a nuestro alrededor, todo chabacanamente en dialecto, nos sentimos únicos, él y yo solos, con nuestro italiano cuidado, con aquellas conversaciones que solo nos importaban a nosotros y a nadie más. ¿Qué estábamos haciendo? ¿Un debate? ¿Ejercicios para enfrentarnos en un futuro con gente que había aprendido a usar las palabras como nosotros? ¿Un intercambio de señales con el fin de probarnos que existían las bases para una amistad duradera y fructífera? ¿Una coraza culta para el deseo sexual? No lo sé. La verdad es que a mí no me apasionaban especialmente esos temas, esas cosas y las personas reales a las que aludían. No había educación, no había costumbre, solo mis ganas de siempre de no quedar mal. Pero fue bonito, sin duda, me sentí como cuando a final de año veía la sarta de mis notas y leía: aprobada. No tardé en comprender que no había comparación con los intercambios que años antes había mantenido con Lila, esos que me inflamaban la mente y en el curso de los cuales nos quitábamos las palabras de la boca y, mientras tanto, surgía un entusiasmo que era como una tempestad plagada de descargas eléctricas. Con Nino era distinto. Intuí que debía prestar atención y decir lo que él quería que dijera, ocultándole tanto mi ignorancia como las pocas cosas que sabía y él no. Lo hice y me sentí orgullosa por la forma en que me confiaba sus convicciones. Entonces ocurrió algo. De repente dijo: Basta, me agarró una mano y, como una leyenda fluorescente, anunció: Ahora te llevo a ver un paisaje que jamás olvidarás; me arrastró hasta la piazza del Soccorso sin soltarme ni un momento, es más, entrelazando sus dedos con los míos; tanto es así que no conservo recuerdo alguno del mar en forma de arco, muy azul, así de rendida me sentí por su apretón.

Eso sí que me conmocionó. En un par de ocasiones me soltó para arreglarse el pelo, y enseguida volvió a aferrarme de la mano. Me pregunté por un instante cómo se conciliaba ese gesto íntimo con su relación con la hija de la Galiani. Quizá para él, me dije, no es más que la forma de entender la amistad entre un varón y una mujer. Pero ¿y el beso que me había dado en Mezzocannone? Eso tampoco tenía nada de particular, nuevas costumbres, nuevas formas de ser jóvenes; de todos modos, de hecho, solo había sido algo ligero, un contacto fugaz. Debo conformarme con esta felicidad de ahora, con el azar de estas vacaciones que yo he querido; después lo perderé, después se irá, él tiene su propio destino que, de ningún modo, puede ser también el mío.

Estaba abstraída en estos pensamientos palpitantes cuando sentí un estruendo a mis espaldas y unos gritos descarados de reclamo. Nos adelantaron a toda velocidad las Lambretta de Rino y Stefano con sus esposas en el asiento posterior. Aminoraron la marcha, dieron la vuelta con una hábil maniobra. Yo me solté de la mano de Nino.

—¿Y tu amigo? —le preguntó Stefano, dando acelerones.

—Vendrá dentro de poco.

—Dale saludos.

—Sí.

—¿Quieres llevar a Lenuccia a dar una vuelta? —le preguntó Rino.

—No, gracias.

—Anímate, mira qué contenta está.

Nino se sonrojó y dijo:

—No sé montar en Lambretta.

—Es fácil, es como ir en bicicleta.

—Ya lo sé, pero no es para mí.

—Rinù, este se dedica al estudio, déjalo estar —se rió Stefano.

Nunca lo había visto tan alegre. Lila se apretaba contra él, ciñéndole la cintura con los dos brazos. Lo animó:

—Vámonos, que si no os dais prisa, perderéis el barco.

—Sí, sí, vamos —gritó Stefano—, que mañana nosotros trabajamos, no como vosotros que os quedáis aquí a tomar el sol y baños de mar. Adiós, Lenù, adiós, Nino, portaos bien, chicos.

—Un placer haberte conocido —dijo Rino con cordialidad.

Salieron disparados, Lila saludó a Nino agitando un brazo y gritando:

—Por favor, acompáñala a casa.

Mírala, ni que fuera mi madre, pensé un tanto irritada, se hace la mayor.

Nino volvió a tomarme de la mano y dijo:

—Rino es simpático, pero ¿por qué se habrá casado Lina con ese imbécil?

46

Al poco rato conocí también a Bruno Soccavo, su amigo; un muchacho bajito, de unos veinte años, con frente exigua, cabellos negrísimos y rizados, una cara agradable pero picada por un acné antiguo que debió de ser feroz.

Me acompañaron hasta casa, junto al mar violáceo del crepúsculo. Durante todo el trayecto Nino ya no me tomó de la mano, pese a que Bruno nos dejó prácticamente solos: o caminaba delante o se rezagaba, como si no quisiera molestarnos. Como Soccavo no me dirigió la palabra, yo tampoco le hablé, su timidez me cohibía. Pero en la puerta de casa, cuando nos separamos, fue él quien me preguntó de pronto: «¿Nos vemos mañana?». Y Nino quiso saber dónde íbamos a la playa, insistió para que le diese las indicaciones exactas. Se las di.

—¿Vais por la mañana o por la tarde?

—Por la mañana y por la tarde, Lina tiene que darse muchos baños.

Prometió que pasarían a vernos.

Subí las escaleras de casa a todo correr, feliz de la vida, pero en cuanto entré, Pinuccia empezó a tomarme el pelo.

—Mamá —le dijo a Nunzia durante la cena—, Lenuccia se ha puesto de novia con el hijo del poeta, el del pelo largo, ese tan flaco que se cree mejor que el resto del mundo.

—No es verdad.

—Es verdad de la verdadera, os hemos visto agarrados de la mano.

Nunzia no quiso hacerse eco del recochineo y se tomó el asunto con la seriedad compungida que la caracterizaba.

—¿A qué se dedica el hijo de Sarratore?

—Es estudiante universitario.

—Entonces, si os queréis, debéis esperar.

—No hay nada que esperar, señora Nunzia, somos amigos, nada más.

—Bueno, pero supongamos que os prometéis; primero él debe terminar sus estudios, después debe encontrar un trabajo digno de él, y cuando lo tenga os podréis casar.

—Te está diciendo que criarás moho —intervino Lila, divertida.

Pero Nunzia le echó en cara:

—No debes hablarle así a Lenuccia. —Y para consolarme, nos contó que ella se había casado con Fernando a los veintiún años, que a Rino lo había tenido con veintitrés. Luego se dirigió a su hija y sin malicia, solo con el fin de subrayar cómo eran las cosas, le dijo—: Tú, en cambio, te has casado demasiado joven.

Al oír el comentario, Lila se enfadó y se encerró en su dormitorio. Cuando Pinuccia llamó a la puerta para ir a dormir con ella, le gritó que no la molestara: «Tienes tu cuarto». Con aquel ambiente, ¿cómo hacía yo para decirles: Nino y Bruno han prometido que vendrán a verme a la playa? Lo dejé correr. Si ocurre, pensé, bien; y si no ocurre, para qué decir nada. Entretanto, Nunzia acogió pacientemente a su nuera en su cama y le rogó que no se tomara a mal los arrebatos de su hija.

La noche agitada no bastó para calmar a Lila. El lunes se despertó peor que cuando se había acostado. Es la ausencia de su marido, la justificó Nunzia, pero ni Pinuccia ni yo nos lo creímos. No tardé en descubrir que la tenía tomada sobre todo conmigo. En el trayecto a la playa me obligó a llevarle la bolsa, y cuando llegamos me mandó de vuelta dos veces; la primera, para buscarle un fular, la segunda, porque necesitaba unas tijeritas para las uñas. Cuando hice amago de protestar a punto estuvo de echarme en cara el dinero que me daba. Se contuvo a tiempo, aunque no lo bastante para que yo no lo captase; fue como cuando alguien hace ademán de ir a darte una bofetada y luego no te la da.

Era un día muy caluroso, estuvimos casi todo el rato en el agua. Lila practicó mucho para mantenerse a flote y me obligó a quedarme a su lado con el fin de sujetarla en caso de necesidad. Siguió con sus maldades. Me regañó a menudo, dijo que era una estúpida por fiarse de mí; yo tampoco sabía nadar, cómo iba a enseñarle a ella. Echó a faltar la capacidad de enseñar de Sarratore, me hizo jurar que al día siguiente volveríamos a la playa dei Maronti.

Mientras tanto, a fuerza de practicar, hizo muchos progresos. Tenía la capacidad de memorizar de inmediato cada movimiento. Gracias a esa capacidad había aprendido a ser zapatera remendona, a cortar con destreza embutidos y provolones, a engañar en el peso. Había nacido así, habría sido capaz de aprender el arte del cincel con solo estudiar los movimientos de un orfebre, y después habría trabajado el oro mejor que él. De hecho, lo había conseguido, ya no braceaba, desmañada, sino que imponía compostura a cada movimiento; era como si diseñara su cuerpo sobre la superficie transparente del mar. Piernas y brazos, largos, delgados, golpeaban el agua con ritmo tranquilo, sin levantar espuma como Nino, sin la tensión teatral de Sarratore padre.

—¿Voy bien así?

—Sí.

Era cierto. Al cabo de unas horas nadaba mejor que yo y, por descontado, que Pinuccia, y ya se mofaba de nuestra torpeza.

Aquel ambiente agobiante se esfumó de golpe cuando sobre las cuatro de la tarde Nino, que era altísimo, y Bruno, que le llegaba al hombro, aparecieron en la playa al mismo tiempo que un viento fresco que quitaba las ganas de bañarse.

Pinuccia fue la primera en descubrirlos mientras avanzaban por la rompiente, entre niños que jugaban con palitas y cubos. Se echó a reír por la sorpresa y dijo: «Ahí llegan el punto y la i». Así era. Nino y su amigo, toalla al hombro, cigarrillos y encendedor, avanzaban a paso mesurado, oteándonos entre los bañistas.

Me entró una repentina sensación de poder, grité, agité los brazos para señalarles dónde estábamos. Así que Nino había mantenido su promesa. Así que al día siguiente ya había sentido la necesidad de volver a verme. De modo que había venido expresamente desde Forio, arrastrando a su colega taciturno, y como no tenía nada en común con Lila y Pinuccia, era evidente que había dado ese paseo solo por mí, la única soltera y sin novio. Me sentí feliz, y cuanto más se nutría mi felicidad de confirmaciones —Nino tendió su toalla a mi lado, se tumbó, me señaló un borde de la tela azul y yo, que era la única sentada en la arena, me senté rápidamente a su lado— más cordial y locuaz me volvía yo.

Sin embargo, Lila y Pinuccia enmudecieron. Dejaron de soltar ironías sobre mí, dejaron de reñir entre ellas, se quedaron escuchando a Nino, que contaba unas divertidas anécdotas sobre cómo él y su amigo se organizaban la vida para estudiar.

Pasó un rato antes de que Pinuccia se atreviera a decir algo en una mezcla de italiano y dialecto. Dijo que el agua estaba bien caliente, que el hombre que vendía coco fresco todavía no había pasado, que le apetecía mucho. Nino no le hizo mucho caso, estaba muy ocupado con sus historias graciosas, y fue Bruno, más atento, quien se vio en la obligación de no pasar por alto las frases de una señora embarazada; preocupado por que el niño naciera con un antojo de coco, se ofreció a ir a buscarle un pedazo. A Pinuccia le gustó su voz entrecortada por la timidez pero amable, la voz de una persona que no quiere hacer daño a nadie, y se puso a charlar de buena gana con él, en voz baja, como para no molestar.

Sin embargo, Lila siguió callada. Hizo muy poco caso de las cortesías que intercambiaban Pinuccia y Bruno, aunque no se perdió una palabra de lo que nos decíamos Nino y yo. Esa atención me incomodó y un par de veces dejé caer que me apetecía mucho dar un paseo hasta las fumarolas, con la esperanza de que Nino dijera: Vamos. Pero él apenas había empezado a hablar del desorden en la construcción de Ischia, de modo que asintió mecánicamente y siguió con su discurso. Involucró a Bruno, tal vez molesto por el hecho de que hablara con Pinuccia, y le pidió que corroborase ciertos desastres perpetrados justo al lado de la casa de sus padres. Tenía una gran necesidad de expresarse, de sintetizar sus lecturas, de dar forma a sus observaciones directas. Era su manera de ordenar los pensamientos —hablar, hablar, hablar—, pero sin duda, pensé, también el síntoma de una soledad. Me sentí orgullosamente parecida a él, con las mismas ganas de dotarme de una identidad culta, de imponerla, de decir: He aquí lo que sé, he aquí en qué me estoy convirtiendo. Pero Nino no me dejó espacio para hacerlo, aunque debo decir que a ratos lo intenté. Me quedé escuchándolo, como los demás, y cuando Pinuccia y Bruno exclamaron: «Bueno, ya es hora de dar un paseo, nos vamos a buscar el coco», miré con insistencia a Lila, esperé que ella se fuera con su cuñada y por fin nos dejara solos a Nino y a mí para debatir los dos sentados en la misma toalla. Pero no dijo ni pío, y cuando Pina se dio cuenta de que se veía obligada a dar un paseo sola con un joven cortés, pero pese a todo desconocido, me pidió molesta: «Lenù, ven, ¿no querías dar un paseo?». Contesté: «Sí, pero déjanos terminar con este tema, después, si acaso os alcanzo». Descontenta, se alejó con Bruno hacia las fumarolas; los dos tenían exactamente la misma altura.

Nos quedamos reflexionando sobre cómo Nápoles e Ischia y toda la Campania habían acabado en manos de la peor gente que, sin embargo, se las daba de ser la mejor. «Saqueadores —los definió Nino en un crescendo—, devastadores, sanguijuelas, personas que se embolsan maletines de dinero y no pagan impuestos: constructores, abogados de constructores, camorristas, monárquico-fascistas y democristianos que se comportan como si el cemento se amasara en el cielo, y Dios mismo, con una paleta enorme, lo lanzara en bloques sobre las colinas, sobre las costas.» Pero que discurriéramos los tres es decir mucho. Discurrió sobre todo él; de vez en cuando yo echaba mano de alguna información leída en *Cronache meridionali*. En cuanto a Lila, intervino una sola vez y con cautela, cuando en la lista de malhechores él metió a los tenderos.

—¿Quiénes son los tenderos? —preguntó.

Nino se interrumpió en medio de una frase, la miró sorprendido.

—Los comerciantes.

—¿Por qué los llamas tenderos?

—Se dice así.

—Mi marido es tendero.

—No quería ofenderte.

—No estoy ofendida.

—¿Pagáis impuestos?

—Es la primera vez que oigo hablar de eso.

—¿En serio?

—Sí.

—Los impuestos son importantes para programar la vida económica de una comunidad.

—Si tú lo dices. ¿Te acuerdas de Pasquale Peluso?

—No.

—Es albañil. Sin todo ese cemento perdería su trabajo.

—Ah.

—Pero es comunista. Su padre, que también es comunista, según el tribunal mató a mi suegro, que había hecho dinero con el mercado negro y la usura. Y Pasquale es como su padre, nunca estuvo de acuerdo sobre el asunto de la paz, ni siquiera con sus compañeros comunistas. Pero, aunque el dinero de mi marido procede directamente del dinero de mi suegro, Pasquale y yo somos muy amigos.

—No entiendo adónde quieres llegar.

Lila hizo una mueca autoirónica.

—Yo tampoco, esperaba entenderlo escuchándoos a vosotros.

Eso fue todo, no dijo nada más. Pero mientras habló no empleó su habitual tono agresivo, dio la impresión de que quería de veras que la ayudáramos a entender, dado que en el barrio la vida era una madeja enredada. Utilizó casi siempre el dialecto, como para hacer notar con modestia: No uso trucos, hablo como soy. Y reunió con sinceridad cosas dispersas, sin buscar, como solía hacer, un hilo que las mantuviera unidas. Era cierto que tanto ella como yo nunca habíamos oído aquella palabra-fórmula cargada de desprecio cultural y político: tenderos. Era cierto que tanto ella como yo lo ignorábamos todo sobre los impuestos; nuestros padres, amigos, novios, maridos y parientes se comportaban como si no existieran y en el colegio no enseñaban nada que tuviera siquiera vagamente algo que ver con la política. Sin embargo, Lila consiguió desbaratar lo que hasta ese momento había sido una tarde nueva e intensa. Después de aquel intercambio de comentarios, Nino intentó retomar su discurso pero se embarulló, volvió a contar anécdotas cómicas sobre la vida en común con Bruno. Dijo que solo comían huevos y embutidos, y que bebían mucho vino. Después pareció incomodarse incluso con sus propias anécdotas y mostró alivio cuando Pinuccia y Bruno, con el pelo mojado como si acabaran de tomar un baño, regresaron comiendo coco.

—No sabéis cómo me he divertido —exclamó Pina, pero con el tono de quien quiere decir: Las dos sois unas cabronas, me habéis mandado a pasear sola con alguien que no sé ni quién es.

Cuando los dos muchachos se despidieron los acompañé un trecho con el único fin de dejar claro que eran amigos míos y habían venido por mí.

—Lina se ha perdido sin remedio, qué lástima —dijo Nino, enfurruñado.

Asentí, me despedí, me quedé un rato con los pies en el agua para calmarme.

Cuando regresamos a casa, Pinuccia y yo estábamos alegres; Lila, pensativa. Pinuccia le refirió a Nunzia la visita de los dos muchachos, e inesperadamente se mostró contenta de que Bruno se hubiese tomado tantas molestias para evitar que su hijo naciera con un antojo de coco. Es un muchacho educado, dijo, estudiante pero no demasiado aburrido, parece que no cuidara cómo va vestido, pero se nota que todo lo que lleva encima, el bañador, la camisa, las sandalias, es caro. Se mostró intrigada por el hecho de que se pudiera tener dinero de una forma distinta de su hermano, de Rino, de los Solara. Dijo una frase que se me quedó grabada: En el bar de la playa me compró esto y lo otro sin hacer alarde.

Su suegra, que en todas las vacaciones no fue a la playa ni un solo día pero se ocupó de la compra, de la casa, de preparar la cena y el almuerzo que nos llevábamos a la playa al día siguiente, escuchó como si la nuera le hablara de un mundo encantado. Por supuesto, notó enseguida que su hija tenía la cabeza en las nubes y le lanzó continuas miradas indagatorias. Pero Lila estaba realmente distraída, nada más. No armó líos de ningún tipo, readmitió a Pinuccia en su cama, dio las buenas noches a todas. Después hizo algo del todo inesperado. Yo acababa de meterme en la cama cuando se asomó a mi cuartito.

—¿Me dejas uno de tus libros? —me pidió.

La miré perpleja. ¿Quería leer? ¿Cuánto hacía que no abría un libro, tres, cuatro años? ¿Y por qué justo ahora decidía hacerlo? Cogí el libro de Beckett, el que usaba para matar mosquitos, y se lo di. Me pareció el texto más accesible de los que tenía.

47

La semana pasó entre largas esperas y encuentros que terminaban demasiado deprisa. Los dos muchachos tenían unos horarios que respetaban con rigor. Se despertaban a las seis de la mañana, estudiaban hasta la hora de comer, a las tres salían para acudir a la cita con nosotras, a las siete se iban, cenaban y se ponían otra vez a estudiar. Nino nunca apareció solo. Él y Bruno, pese a ser tan distintos en todo, estaban muy compenetrados, y sobre todo, parecían capaces de enfrentarse a nosotras solo si cada uno de ellos sacaba fuerzas de la presencia del otro.

Desde el principio Pinuccia no compartió la tesis de la compenetración. Sostenía que no eran ni especialmente amigos ni especialmente solidarios. Según ella, era una relación que se aguantaba gracias a la paciencia de Bruno, que tenía buen carácter y por eso aceptaba sin quejarse que Nino le pusiera la cabeza como un bombo de la mañana a la noche con todas las estupideces que soltaba sin parar. «Estupideces, sí», repitió, pero luego se disculpó con una pizca de ironía por haber definido así las charlas que tanto me gustaban también a mí. «Sois estudiantes —dijo—, es lógico que os entendáis entre vosotros; pero ¿os importa que diga que nosotras nos aburrimos?»

A mí me gustaron mucho esas palabras. Ratificaron en presencia de Lila, mudo testigo, que entre Nino y yo había una especie de relación exclusiva, en la que resultaba arduo incluirse. Pero un buen día Pinuccia le dijo a Bruno y a Lila con menosprecio: «Dejemos que estos dos se hagan los intelectuales y vamos a nadar, que el agua está buena». «Que se hagan los intelectuales» era sin duda una forma de decir que las cosas de las que hablábamos no nos interesaban de verdad, que la nuestra era una pose, una simulación. Mientras que a mí esa fórmula no me disgustó especialmente, le molestó mucho a Nino, que se interrumpió en mitad de una frase. Se levantó de un salto y corrió para zambullirse antes que los demás sin preocuparse por la temperatura del agua, nos salpicó mientras avanzábamos tiritando y suplicándole que parara, después se puso a luchar con Bruno como si quisiera ahogarlo.

¿Lo ves?, pensé, está lleno de grandes pensamientos, pero cuando quiere, sabe ser alegre y divertido. ¿Por qué a mí solo me muestra su cara seria? ¿La Galiani lo habrá convencido de que solo estoy interesada en el estudio? ¿O será que yo, con estas gafas, con mi forma de hablar, doy esa impresión?

A partir de ese momento noté con creciente amargura que las tardes pasaban dejando más que nada palabras cargadas de su ansiedad por expresarse y de la mía por anticipar un concepto, por sentir que se declaraba de acuerdo conmigo. Ya no volvió a tomarme de la mano, tampoco volvió a invitarme a que me sentara en el borde de su toalla. Al ver a Bruno y Pinuccia reír por tonterías, me daba envidia y pensaba: Cómo me gustaría reír con Nino como hacen ellos, no quiero nada, no espero nada, solo quisiera un poco más de confianza, aunque sea respetuosa como la que hay entre Pinuccia y Bruno.

Lila parecía tener otros problemas. Durante toda la semana estuvo tranquila. Se pasaba gran parte de la mañana nadando de un lado al otro siguiendo una línea paralela a la playa, y a pocos metros de la orilla. Pinuccia y yo la acompañábamos, e insistíamos en enseñarle aunque ella ya nadaba mucho mejor que nosotras. Pero enseguida nos daba frío y corríamos a tumbarnos en la arena hirviente, mientras ella seguía entrenándose con brazadas tranquilas, suaves pataleos, rítmicas boqueadas para coger aire como le había enseñado Sarratore padre. La misma exagerada de siempre, rezongaba Pinuccia al sol, acariciándose la barriga. Yo me levantaba a menudo y le gritaba: «Basta ya de nadar, llevas demasiado rato en el agua, te enfriarás». Sin embargo, Lila no me hacía caso y salía cuando ya estaba morada, los ojos blancos, los labios azules, las yemas de los dedos arrugadas. La esperaba en la orilla con su toalla calentada por el sol, se la echaba a los hombros, la restregaba con energía.

Cuando llegaban los dos muchachos, que no faltaron un solo día, o bien nos dábamos otro baño juntos —en general, Lila se negaba y se quedaba sentada en la toalla mirándonos desde la orilla— o íbamos todos a dar un paseo y ella se rezagaba para coger conchillas o, si Nino y yo nos poníamos a charlar del universo mundo, ella nos escuchaba con mucha atención pero raras veces metía baza. Y como entretanto se habían creado pequeñas costumbres, me sorprendió su empeño por respetarlas. Por ejemplo, Bruno llegaba siempre con bebidas frías que compraba por el camino en un establecimiento balneario, y un día ella le hizo notar que a mí me había comprado una gaseosa cuando, en general, yo tomaba naranjada; yo dije: «Gracias, Bruno, ya me va bien», pero ella lo obligó a que fuese a cambiármela. Por ejemplo, en un momento dado de la tarde, Pinuccia y Bruno iban a buscar coco fresco, y aunque nos pedían que los acompañásemos, a Lila jamás se le pasó por la cabeza hacerlo, tampoco a Nino y a mí; por tanto, llegó a ser del todo normal que ellos se marcharan secos y regresaran mojados tras un baño en el mar, y trajeran coco de pulpa blanquísima, hasta tal punto que, si por casualidad llegaban a olvidarse, Lila les decía: «¿Hoy no hay coco?».

También tenía mucho aprecio a mis conversaciones con Nino. Cuando hablábamos demasiado de lo divino y de lo humano se impacientaba y decía: «¿Hoy no has leído nada interesante?». Nino sonreía complacido, divagaba un poco y luego abordaba temas que le importaban. Hablaba y hablaba, pero entre nosotros nunca hubo verdaderos roces; yo casi siempre estaba de acuerdo con él y si Lila intervenía para objetar algo, lo hacía brevemente, con tacto, sin enfatizar demasiado el desacuerdo.

Una tarde él estaba citando un artículo muy crítico sobre el funcionamiento de la escuela pública y pasó sin solución de continuidad a hablar mal de la primaria que cursamos en el barrio. Yo estuve de acuerdo, hablé de los palmetazos en el dorso de la mano que nos daba la Oliviero cuando nos equivocábamos y de las cruelísimas competiciones de destreza a las que nos sometía. Lila me sorprendió diciendo que para ella la escuela primaria había sido muy importante y elogió a nuestra maestra en un italiano que hacía tiempo no le oía, tan preciso, tan intenso, que Nino no la interrumpió ni una sola vez para dar su opinión, sino que la escuchó con mucha atención y al final dijo unas frases genéricas sobre las distintas necesidades que tenemos y sobre cómo la misma experiencia puede satisfacer las necesidades de unos y no colmar las de otros.

Hubo otro caso en el que Lila mostró su desacuerdo con buenos modales y en un italiano culto. Cada vez me sentía más a favor de los discursos que teorizaban sobre las intervenciones competentes que, hechas a tiempo, habrían resuelto los problemas, eliminado las injusticias y evitado conflictos. Había aprendido rápidamente ese esquema de razonamiento —siempre se me ha dado bien— y lo aplicaba cada vez que Nino sacaba a relucir asuntos sobre los que había leído aquí y allá: colonialismo, neocolonialismo, África. Pero una tarde Lila le dijo con calma que no había nada que pudiera evitar el conflicto entre ricos y pobres.

—¿Por qué?

—Los que están abajo quieren subir, los que están arriba quieren seguir donde están, y hagas lo que hagas, siempre se acaba a escupitajos y a patadas en la cara.

—Precisamente por eso la cuestión es resolver los problemas antes de llegar a la violencia.

—¿Y cómo? ¿Poniendo a todos abajo, poniendo a todos arriba?

—Buscando un punto de equilibrio entre las clases.

—¿Un punto dónde? ¿Los de abajo se encuentran a mitad de camino con los de arriba?

—Digamos que sí.

—¿Y los de arriba se van para abajo de buena gana? ¿Y los de abajo renuncian a subir?

—Si se trabaja para resolver bien las cosas, sí. ¿No estás convencida?

—No. Las clases no juegan a la brisca sino que luchan, y la lucha es a muerte.

—Eso es lo que piensa Pasquale —dije.

—Ahora lo pienso yo también —contestó ella, tranquila.

Aparte de esos pocos enfrentamientos cara a cara, entre Lila y Nino rara vez hubo intercambios en los que yo no mediara. Lila nunca se dirigía a él directamente, y Nino tampoco se dirigía a ella, parecían cohibidos en presencia del otro. La vi mucho más cómoda con Bruno que, pese a ser taciturno, gracias a su amabilidad, al tono agradable con el que a veces la llamaba señora Carracci, consiguió establecer cierta familiaridad. Por ejemplo, en una ocasión en que nos dimos un largo baño todos juntos y, para mi sorpresa, en contra de su costumbre que tanto me inquietaba, Nino no se dedicó a nadar mar adentro, ella se dirigió a Bruno y no a él para pedirle que le enseñara cada cuántas brazadas había que sacar la cabeza para respirar. El muchacho le hizo enseguida una demostración. A Nino le molestó que no lo tuvieran en cuenta dada su maestría en la natación, intervino y se burló de Bruno por sus brazadas cortas y su falta de ritmo. Después quiso demostrarle a Lila cómo debía hacerse bien. Ella lo observó con atención y no tardó nada en imitarlo. Lila llegó a nadar con un estilo tal que Bruno la llamó la Esther Williams de Ischia, es decir, que llegó a ser tan habilidosa como la diva nadadora de las películas.

Cuando llegamos al fin de semana —recuerdo que el sábado hizo una mañana espléndida, el aire estaba fresco y el perfume intenso de los pinos nos acompañó todo el trayecto hasta la playa— Pinuccia confirmó, categórica:

—El hijo de Sarratore es realmente insoportable.

Yo defendí a Nino con cautela. Dije con tono entendido que quienes estudian, quienes se apasionan por las cosas, sienten la necesidad de comunicar a los demás sus pasiones, y eso le ocurría a él. Lila no pareció convencida, dijo una frase que me sonó ofensiva:

—Si a Nino le quitas de la cabeza lo que ha leído, no le queda nada.

—No es cierto. Yo lo conozco y tiene muchas cualidades —le solté.

Pinuccia le dio la razón, entusiasmada. Pero Lila, quizá porque no le gustó el apoyo, dijo que no se había explicado bien y le dio la vuelta al sentido de la frase, como si ella misma la hubiera formulado a modo de prueba, y ahora, al oírla, se hubiese arrepentido y se agarrara a un clavo ardiendo con tal de remediarlo. Nino, aclaró, se está acostumbrando a pensar que lo único que cuenta son los grandes temas, y si lo consigue, les dedicará toda la vida, sin interesarse por nada más, no como nosotras que solo pensamos en nuestras cosas, el dinero, la casa, el marido, tener hijos.

A mí tampoco me gustó esa explicación. ¿Qué estaba diciendo? ¿Que a Nino le traían sin cuidado los sentimientos por las personas, que su destino era vivir sin amor, sin hijos, sin casarse?

—¿Sabías que tiene novia y que la quiere mucho? Se escriben una vez por semana —me obligué a decir.

—Bruno no tiene novia, pero busca a su mujer ideal y cuando la encuentre, se casará y quiere tener muchos hijos —se entrometió Pinuccia. Después, sin que viniera muy a cuento, suspiró—: Esta semana se ha pasado volando.

—¿No estás contenta? Ahora vuelve tu marido —le dije.

Pareció ofendida por la posibilidad de que yo pudiera imaginar siquiera que estaba molesta por el regreso de Rino y exclamó:

—Claro que estoy contenta.

—¿Y tú estás contenta? —me preguntó Lila entonces.

—¿De que vuelvan vuestros maridos?

—No, me has entendido perfectamente.

Había entendido, pero no di el brazo a torcer. Quería decir que al día siguiente, domingo, mientras ellas estaban ocupadas con Stefano y Rino, yo vería a solas a los dos muchachos; es más, casi con toda seguridad, como la semana anterior, Bruno iría a la suya mientras yo pasaba la tarde con Nino. Y tenía razón, eso era exactamente lo que yo esperaba. Desde hacía días, antes de dormirme, pensaba en el fin de semana. Lila y Pinuccia disfrutarían de la dicha conyugal, mientras que a mí me estaban reservadas las pequeñas felicidades de la soltera gafuda que se pasa la vida estudiando: un paseo, las manos entrelazadas. O quién sabe, a lo mejor algo más.

—¿Qué debo entender, Lila? ¿Dichosas vosotras que estáis casadas? —dejé caer riendo.

48

El día pasó despacio. Mientras Lila y yo tomábamos tranquilamente el sol, esperando a que Nino y Bruno llegaran con bebidas frescas, el humor de Pinuccia comenzó a empeorar sin motivo. Pronunció frasecitas nerviosas a intervalos cada vez más breves. De pronto temía que los muchachos no vinieran, de pronto exclamaba que no podíamos perder el tiempo esperando que aparecieran. Cuando ellos llegaron puntuales con las bebidas de siempre, se mostró arisca, dijo que se sentía fatigada. Minutos más tarde, siempre de mal humor, cambió de idea y, bufando, se avino a ir a comprar coco.

En cuanto a Lila, hizo algo que no me gustó. Durante toda la semana no habló del libro que le había prestado, hasta el punto de que se me había olvidado. En cuanto Pinuccia y Bruno se alejaron, ella no esperó a que Nino nos entretuviera, sino que sin preámbulos le preguntó:

—¿Has ido alguna vez al teatro?

—Algunas veces.

—¿Y te gustó?

—Más o menos.

—Yo no he ido nunca, pero lo he visto por televisión.

—No es lo mismo.

—Ya lo sé, pero es mejor que nada.

Dicho lo cual sacó de la bolsa el libro que yo le había dado, el volumen con todo el teatro de Beckett, y se lo enseñó.

—¿Este lo has leído?

Nino cogió el libro, lo examinó y reconoció avergonzado:

—No.

—Así que hay algo que no has leído.

—Sí.

—Deberías leerlo.

Lila empezó a hablarnos del libro. Para mi sorpresa se aplicó a fondo, lo hizo con el estilo de otros tiempos, eligiendo las palabras para hacernos ver las personas y las cosas, y también la emoción que le producía rediseñarlas, tenerlas allí en ese momento, vivas. Dijo que no debíamos esperar la guerra atómica, que en el libro era como si ya hubiese pasado. Nos habló un buen rato de una señora que se llamaba Winnie y que, en un momento dado, exclamaba: «Otro día divino», y ella misma declamó la frase; al pronunciarla fue tal su turbación que le tembló un poco la voz: «Otro día divino», palabras insoportables, porque nada, nada en la vida de Winnie, nos explicó, nada en sus gestos, en su cabeza, era divino, ni ese día ni los anteriores. Pero, añadió, quien más la había impactado era un tal Dan Rooney. Dan Rooney, dijo, es ciego, pero no se amarga por ello, porque considera que la vida es mejor si no se ve; llega incluso a preguntarse si quedándose sordo y mudo, la vida no sería todavía más vida, vida pura, vida sin otra cosa que la vida.

—¿Por qué te ha gustado? —le preguntó Nino.

—Todavía no sé si me ha gustado.

—Pero te ha intrigado.

—Me ha hecho pensar. ¿Qué quiere decir que la vida es más vida sin la vista, sin el oído, incluso sin palabras?

—A lo mejor no es más que una ocurrencia.

—No, ¿por qué ocurrencia? Ahí hay una cosa que sugiere otras mil más, no es ninguna ocurrencia.

Nino no contestó. Con la vista clavada en la cubierta del libro como si esta también tuviese que ser descifrada, se limitó a decir:

—¿Lo has terminado?

—Sí.

—¿Me lo prestas?

Esa petición me desconcertó, me dolió. Nino había dicho, yo lo recordaba bien, que la literatura le interesaba poco y nada, que sus lecturas eran otras. Le había dado a Lila el libro de Beckett precisamente porque sabía que yo no podría utilizarlo en mis conversaciones con él. Y ahora que ella le hablaba del libro, no solo la escuchaba, sino que le pedía que se lo prestara.

—Es de la Galiani. Ella me lo dio —dije.

—¿Tú lo has leído? —me preguntó él.

Tuve que reconocer que no lo había leído, pero me apresuré a aclarar:

—Pensaba ponerme esta noche.

—Cuando lo termines, ¿me lo prestas?

—Si tanto te interesa —dije enseguida—, léelo tú primero.

Nino me dio las gracias, con la uña rascó los restos de un mosquito pegados a la cubierta y, dirigiéndose a Lila, dijo:

—Lo leo en una noche y mañana lo comentamos.

—Mañana no, no nos veremos.

—¿Por qué?

—Estaré con mi marido.

—Ah.

Me pareció enfadado. Esperé con impaciencia que se dirigiese a mí para preguntarme si nos veríamos él y yo. Pero en un arrebato de fastidio, dijo:

—Mañana yo tampoco puedo. Esta noche llegan los padres de Bruno y me tengo que ir a dormir a Barano. Vuelvo el lunes.

¿Barano? ¿El lunes? Esperé que me pidiese que nos viéramos en la playa dei Maronti. Pero estaba distraído, tal vez seguía rumiando lo de Rooney, que no se contentaba con ser ciego sino que también quería ser sordo y mudo. No me lo dijo.

49

En el camino de vuelta a casa le dije a Lila:

—Si te presto un libro, que dicho sea de paso no es mío, te pido por favor que no lo lleves a la playa. No puedo devolvérselo a la Galiani con arena entre las páginas.

—Perdóname —dijo ella y, alegre, me dio un beso en la mejilla. Quizá para que la perdonase quiso llevar mi bolsa y la de Pinuccia.

Poco a poco me calmé. Pensé que no era casualidad que Nino hubiese mencionado que se iba a Barano, quería que yo lo supiera y decidiese por mi cuenta si quería reunirme con él. Él es así, me dije cada vez más aliviada, necesita que lo sigan; mañana me levantaré temprano e iré. La que siguió de mal humor fue Pinuccia. Normalmente se enfadaba por todo, pero enseguida se le pasaba, en especial ahora que el embarazo no solo le había suavizado el cuerpo, sino también las aristas del carácter. No hubo caso, se puso todavía más de morros.

—¿Bruno te ha dicho algo desagradable? —le pregunté en un momento dado.

—No, qué va.

—¿Y qué ha pasado?

—Nada.

—¿No te sientes bien?

—La mar de bien, ni siquiera yo sé qué tengo.

—Ve a prepararte, que ahora llega Rino.

—Sí.

Pero sin quitarse el bañador húmedo se quedó hojeando distraídamente una fotonovela. Lila y yo nos pusimos guapas; Lila, sobre todo, se emperifolló como para ir a una fiesta, pero Pinuccia nada. Entonces, hasta Nunzia, que trajinaba en silencio con la cena, dijo en voz baja:

—Pinù, ¿qué te pasa, bonita, no te vas a cambiar?

No respondió. Solo cuando oyó el estruendo de las Lambretta y las voces de los dos jóvenes que las llamaban, Pina se levantó de un salto y salió corriendo a encerrarse en el dormitorio mientras gritaba:

—Por favor, no lo dejéis entrar.

Pasamos una velada confusa que, de forma distinta, acabó por confundir también a los maridos. Stefano, acostumbrado ya a la conflictividad permanente de Lila, de forma inesperada se encontró con una chica muy afectuosa, dispuesta a abandonarse a besos y caricias sin el fastidio habitual; mientras Rino, que estaba acostumbrado a las empalagosas zalamerías de Pinuccia, todavía más empalagosas desde que estaba embarazada, se quedó mortificado al ver que su esposa no bajaba corriendo las escaleras para recibirlo y tuvo que ir a buscarla al dormitorio; cuando por fin la abrazó, notó enseguida el esfuerzo que hacía ella por mostrarse contenta. Eso no fue todo.

Mientras Lila, después de unos vasos de vino, se rió mucho cuando los dos jóvenes empezaron con las achispadas alusiones sexuales con las que expresaban su deseo, en el momento en que Rino le susurró entre risas no sé qué frase al oído, Pinuccia se apartó con brusquedad y siseó medio en italiano:

—Basta ya, eres un paleto.

—¿A mí me llamas paleto? ¿Paleto a mí? —se enfadó él.

Ella resistió unos minutos, después le empezó a temblar el labio inferior y se refugió en el dormitorio.

—Es el embarazo —dijo Nunzia—, hay que tener paciencia con ella.

Silencio. Rino terminó de comer, después refunfuñó, fue a ver a su mujer. No regresó a la mesa.

Lila y Stefano decidieron dar un paseo en Lambretta para ver la playa de noche. Nos dejaron bromeando entre ellos y besuqueándose. Yo recogí, peleándome como siempre con Nunzia, que no quería que moviera un dedo. Hablamos un rato de cuando había conocido a Fernando y se enamoraron; dijo algo que me sorprendió mucho: «Quieres toda la vida a personas que nunca sabes realmente quiénes son». Fernando había sido bueno y malo a partes iguales, y ella lo había querido mucho, pero también lo había odiado. Y subrayó: «De manera que no hay por qué preocuparse. Pinuccia está de mala leche, pero ya se le pasará. ¿Te acuerdas de cómo volvió Lina del viaje de novios? Y fíjate ahora, ahí los tienes. Toda la vida es así, unas veces tocan bofetones, otras veces tocan besos».

Me retiré a mi cuartito; traté de terminar el libro de Chabod, pero me volvió a la cabeza lo embobado que se había quedado Nino por la forma en que Lila le había hablado del tal Rooney, y se me pasaron las ganas de perder el tiempo con la idea de nación. Nino también es huidizo, pensé; con Nino cuesta asimismo saber quién es. Parecía que la literatura no le importaba y fíjate tú, Lila coge un libro de teatro al azar, dice cuatro tonterías, y él se apasiona. Hurgué entre los libros a ver si había otros temas literarios, pero no encontré nada. En cambio descubrí que me faltaba un libro. ¿Cómo era posible? La Galiani me había dado seis. Uno lo tenía Nino, otro lo estaba leyendo yo, en el alféizar de mármol había tres. ¿Dónde estaba el sexto?

Busqué por todas partes, incluso debajo de la cama; entretanto recordé que era un libro sobre Hiroshima. Me inquieté, seguramente lo había cogido Lila mientras yo me aseaba en el retrete. ¿Qué le estaba pasando? Después de años de zapatería, noviazgo, amor, charcutería, tejemanejes con los Solara, ¿había decidido volver a ser la que fue en la primaria? Claro que ya había dado una señal: quiso hacer aquella apuesta que, más allá del resultado, seguramente había sido una manera de manifestarme su deseo de ponerse a estudiar. Pero ¿acaso tuvo aquello continuidad, se había empeñado en serio? No. ¿En cambio bastaron las charlas de Nino, seis tardes al sol en la arena, para devolverle las ganas de aprender, tal vez para volver a competir y ver quién era la mejor? ¿Por eso había elogiado a la maestra Oliviero? ¿Por eso le había parecido bonito que alguien se apasionara durante toda la vida solo por las cosas importantes y no por las banales? Salí de puntillas de mi cuartito procurando que la puerta no chirriara.

La casa estaba en silencio. Nunzia se había ido a dormir, Stefano y Lila aún no habían regresado. Entré en su dormitorio: un caos de vestidos, zapatos, maletas. En una silla encontré el libro, se titulaba *Hiroshima il giorno dopo*. Lo había cogido sin pedirme permiso, como si mis cosas fuesen suyas, como si lo que yo era se lo debiese a ella, como si también la atención que la Galiani dedicaba a mi formación dependiera del hecho de que ella, con un gesto distraído, con una frase apenas esbozada, me hubiese puesto en la condición de conquistar ese privilegio. Pensé en llevarme el libro. Pero me avergoncé, cambié de idea, lo dejé allí.

50

Fue un domingo aburrido. Pasé calor toda la noche, no me atrevía a abrir la ventana por miedo a los mosquitos. Me dormí, me desperté, volví a dormirme. ¿Voy a Barano? ¿Con qué resultado? ¿Me paso el día jugando con Ciro, Pino y Clelia, mientras Nino está todo el rato nadando o sentado al sol sin abrir la boca, en sorda disputa con su padre? Me desperté tarde, a las diez, y en cuanto abrí los ojos me llegó de muy lejos una sensación de ausencia que me llenó de angustia.

Supe por Nunzia que Pinuccia y Rino se habían ido a la playa y que Stefano y Lila seguían durmiendo. Mojé sin ganas un poco de pan en el café con leche, renuncié definitivamente a ir a Barano, y me marché a la playa nerviosa, afligida.

Al llegar encontré a Rino durmiendo al sol, el pelo mojado, el cuerpo pesado abandonado panza abajo sobre la arena, y a Pinuccia paseando por la orilla. La invité a que fuéramos hacia las fumarolas, se negó de malos modos. Me fui sola y, para tranquilizarme, di un largo paseo en dirección a Forio.

La mañana pasó a trompicones. A mi regreso me di un baño y me tumbé al sol. Tuve que oír a Rino y a Pinuccia que, como si yo no estuviera allí, se murmuraban frases como esta:

—No te vayas.

—Tengo trabajo, los zapatos deben estar listos para el otoño. ¿Los has visto, te gustan?

—Sí, pero los añadidos que te ha hecho poner Lila son feos, quítalos.

—Que no, que quedan bien.

—¿Lo ves? Todo lo que yo digo te importa un pimiento.

—No es cierto.

—Muy cierto, ya no me quieres.

—Te quiero y me gustas mucho, ya lo sabes.

—Sí, claro, con esta barriga.

—Diez mil besos le doy a esa barriga tuya. Me paso toda la semana pensando solo en ti.

—Entonces no vayas a trabajar.

—No puedo.

—Entonces esta noche me vuelvo contigo.

—Está todo pagado, tienes que hacer vacaciones.

—Pues ya no quiero.

—¿Por qué?

—Porque en cuanto me duermo, tengo unas pesadillas horribles y me paso toda la noche sin pegar ojo.

—¿También cuando duermes con mi hermana?

—Peor todavía, si tu hermana pudiera matarme, me mataría.

—Ve a dormir con mi mamá.

—Tu mamá ronca.

El tono de Pinuccia era insoportable. Me pasé todo el día sin poder entender el motivo de aquella queja. Era cierto que dormía mal. Pero que quisiese que Rino se quedara, que quisiese nada menos que marcharse con él, me pareció un embuste. Llegué a convencerme de que trataba de decirle algo que ella misma ignoraba y por eso solo conseguía manifestarlo en forma de incordio. Después lo dejé correr, otras cosas ocuparon mi atención. En primer lugar, la exuberancia de Lila.

Cuando se presentó en la playa con el marido, me pareció aún más feliz que la noche anterior. Quiso enseñarle que había aprendido a nadar y juntos se alejaron de la orilla, en alta mar, decía Stefano, aunque en realidad se adentraron unos cuantos metros. Ella, elegante y precisa en las brazadas y en la forma rítmica con que había aprendido a girar la cabeza para coger aire hurtando la boca al mar, no tardó en dejarlo atrás. Después se detuvo para esperarlo riendo, mientras él la alcanzaba con brazadas torpes, la cabeza erguida y el cuello estirado, resoplando contra el agua que le salpicaba la cara.

Por la tarde aumentó su alegría cuando salieron a dar un paseo en Lambretta. Rino también quiso corretear un poco y como Pinuccia se negó —temía caerse y perder al niño— me dijo: «Ven tú, Lenù». Para mí aquella fue mi primera experiencia, Stefano que corría delante, Rino que lo perseguía, y el viento, y el miedo a caerme o a que nos estampáramos, y una excitación creciente, el fuerte olor que emanaba de la espalda sudada del marido de Pinuccia, el engreimiento bravucón que lo impulsaba a quebrantar todas las reglas y a responder a quienes protestaban con el estilo del barrio, frenando de golpe, amenazando, siempre dispuesto a enzarzarse en una pelea para afirmar su derecho a hacer lo que le venía en gana. Fue divertido, un regreso a las emociones de muchachita maleducada, muy distintas de las que me producía Nino cuando aparecía en la playa por las tardes, en compañía de su amigo.

Durante aquel domingo nombré a menudo a los dos muchachos; me gustaba sobre todo pronunciar el nombre de Nino. Enseguida noté que tanto Pinuccia como Lila se comportaban como si a Bruno y a Nino no los hubiésemos visto las tres, sino yo sola. La consecuencia fue que cuando sus maridos se despidieron para correr a coger el barco, Stefano me dio recuerdos para el hijo de Soccavo como si yo fuese la única que tenía la posibilidad de verlo, y Rino me tomó el pelo con burlas del tipo: «¿Quién te gusta más, el hijo del poeta o el hijo del chacinero? ¿Cuál de los dos te parece más guapo?», como si su esposa y su hermana no dispusieran de elementos para formular su propia opinión.

Por último, me irritaron ambas por cómo reaccionaron a la marcha de sus maridos. Pinuccia se puso contenta, sintió la necesidad de lavarse el pelo que —dijo en voz alta— llevaba lleno de arena. Lila zanganeó por la casa, después fue a tumbarse en la cama revuelta sin preocuparse por el desorden de su cuarto. Cuando me asomé para darle las buenas noches, vi que ni siquiera se había desvestido: estaba leyendo el libro sobre Hiroshima, los ojos entornados, el ceño fruncido. No se lo reproché, me limité a decirle, quizá con cierta aspereza:

—¿Cómo es que de repente te han vuelto las ganas de leer?

—No es asunto tuyo —me contestó.

51

El lunes apareció Nino, casi un fantasma evocado por mi deseo, no a las cuatro de la tarde, como de costumbre, sino a las diez de la mañana. Fue una gran sorpresa. Las tres acabábamos de llegar a la playa, hostiles, cada una convencida de que las otras habían ocupado demasiado rato el retrete, Pinuccia especialmente nerviosa por cómo se le había estropeado el pelo mientras dormía. Fue la primera en hablar, torva, casi agresiva. Le preguntó a Nino, incluso antes de que él explicara por qué había revolucionado sus horarios:

—¿Por qué no ha venido Bruno, tenía algo mejor que hacer?

—Sus padres siguen en la casa, se marchan a mediodía.

—¿Y después vendrá?

—Creo que sí.

—Porque si no viene, yo me voy a dormir, con vosotros tres me aburro.

Y mientras Nino nos contaba lo desagradable que había sido el domingo en Barano, hasta tal punto que a primera hora de la mañana se había largado y, como no podía ir a casa de Bruno, había venido directo a la playa, ella intervino en un par de ocasiones para preguntar quejumbrosa: ¿Quién viene a bañarse conmigo? Dado que tanto Lila como yo no le hicimos caso, enrabietada, se metió sola en el agua.

Paciencia. Nosotras preferimos escuchar con mucha atención a Nino mientras enumeraba los ultrajes recibidos de su padre. Un tramposo, lo definió, un holgazán. Se había establecido en Barano y prolongado aún más la baja de su trabajo por no sé qué enfermedad falsa que, no obstante, le había sido debidamente certificada por un amigo suyo, médico de la Entidad Nacional de Previsión.

—Mi padre —nos dijo, disgustado— es la total negación del interés general. —Dicho lo cual, sin solución de continuidad, hizo algo imprevisible. Con un movimiento súbito que me hizo dar un brinco, se inclinó y me besó en la mejilla, un beso fuerte, ruidoso, al que siguió la frase—: Estoy muy contento de verte.

Después, con un tono un tanto cohibido, como si se hubiese dado cuenta de que esa efusividad conmigo podía resultar una descortesía con Lila, dijo:

—¿Puedo darte un beso a ti también?

—Claro —contestó Lila, condescendiente, y él le dio un beso leve, sin chasquido, un contacto apenas perceptible.

Tras lo cual se puso a hablar con tono exaltado de los textos teatrales de Beckett: ah, cómo le habían gustado esos tipos sepultados hasta el cuello en la tierra; y qué hermosa la frase sobre el fuego que el presente enciende dentro de ti; y, aunque entre las mil cosas sugerentes que decían Maddie y Dan Rooney le había resultado difícil encontrar el punto exacto citado por Lila, bueno, el concepto de que la vida se siente más cuando eres ciego, sordo, mudo y, si acaso, sin gusto y sin tacto, era objetivamente interesante en sí mismo; en su opinión significaba: eliminemos todos los filtros que nos impiden saborear con plenitud este estar aquí y ahora, verdaderos.

Lila se mostró perpleja, dijo que le había dado vueltas y que la vida en estado puro le daba miedo. Se expresó con un punto de énfasis, exclamó: «La vida sin ver y sin decir, sin decir y sin escuchar, la vida sin un envoltorio, sin un contenedor, está deformada». No utilizó exactamente esas palabras, pero seguro que usó «deformada» y lo hizo con gesto de repulsión. Nino repitió sin convicción: «Deformada», como si fuese una palabrota. Luego retomó sus razonamientos, si bien de un modo aún más exaltado, hasta que de buenas a primeras, se quitó la camiseta exhibiéndose en toda su morena delgadez, nos aferró a ambas de la mano y nos arrastró al agua mientras yo gritaba feliz: «No, no, no, qué frío, no», y el respondía: «Por fin otro día divino», y Lila reía.

De manera que Lila está equivocada, pensé satisfecha. De manera que seguro que existe otro Nino, no el muchacho tenebroso, no ese que solo se entusiasma reflexionando sobre el estado general del mundo, sino este muchacho, este muchacho que juega, que nos arrastra impetuosamente al agua, que nos aferra, nos estrecha, nos atrae hacia él, se aleja a nado, deja que lo alcancemos, lo atrapemos, que lo hundamos bajo el agua entre las dos y se finge derrotado, finge que lo ahogamos.

Cuando llegó Bruno las cosas mejoraron aún más. Paseamos todos juntos y, poco a poco, Pinuccia recuperó el buen humor. Quiso darse otro baño, quiso comer coco. A partir de ese momento, y durante toda la semana que siguió, nos pareció del todo natural que los dos muchachos se reunieran con nosotras en la playa a las diez de la mañana y que se quedaran hasta el atardecer, cuando nosotras decíamos: «Tenemos que marcharnos, si no Nunzia se enfada» y ellos se resignaban a retirarse para estudiar un rato.

Cuánta confianza entre nosotros. Si Bruno se burlaba de Lila llamándola señora Carracci, ella le daba en broma un puñetazo en el hombro, lo perseguía amenazándolo. Si mostraba excesiva devoción por Pinuccia porque llevaba una criatura en el vientre, Pinuccia se colgaba de su brazo y decía: «Anda, vamos, quiero una gaseosa». En cuanto a Nino, ahora me cogía a menudo de la mano, me ceñía los hombros con el brazo, mientras ponía el otro brazo sobre los de Lila, le tomaba el índice, el pulgar. Cedieron las cautas distancias. Nos convertimos en un grupo de cinco chicos que con poco o nada se divertían. Y pasamos de un juego a otro, el que perdía pagaba prenda. Las prendas consistían casi siempre en besos, pero besos en broma, obviamente: Bruno debía besar los pies llenos de arena de Lila; Nino, mi mano, y luego las mejillas, la frente, una oreja y con chasquido. Jugamos largas partidas de pandero, y la pelota volaba por el aire impulsada por el golpe seco en la piel tensada; Lila era buena, Nino también. Pero el más ágil de todos, el más certero era Bruno. Él y Pinuccia ganaban siempre, tanto contra Lila y yo, como contra Lila y Nino, como contra Nino y yo. Ganaban también porque al final se había afianzado en todos una especie de gentileza intencional hacia Pina. Ella corría, se lanzaba, rodaba por la arena olvidándose de su estado, entonces la dejábamos ganar, aunque solo fuera para que se calmase. Bruno la reprendía benévolo, la hacía sentar, decía basta ya y gritaba: «Punto para Pinuccia, campeona».

Comenzó a extenderse un hilo de felicidad que atravesó las horas y los días. Ya no me molestaba que Lila me cogiera los libros, al contrario, me parecía algo bonito. No me molestaba que, cuando las discusiones se animaban, ella diera cada vez más su opinión y Nino la escuchara con atención y diera la impresión de que se quedaba sin palabras para replicar. Al contrario, me resultaba apasionante que en esas circunstancias él dejara de repente de dirigirse a ella y, de improviso, se pusiera a debatir conmigo, como si eso lo ayudara a recuperar sus convicciones.

Así ocurrió la vez en que Lila sacó a relucir su lectura de Hiroshima. Siguió un debate muy tenso, porque, según deduje, Nino era crítico con Estados Unidos, sin duda, y no le gustaba que los norteamericanos tuviesen una base militar en Nápoles, pero al mismo tiempo se sentía atraído por su forma de vida, decía que quería estudiarla, y por eso se quedó de una pieza cuando Lila vino a decir, más o menos, que lanzar las bombas atómicas sobre Japón había sido un crimen de guerra, más que un crimen de guerra —la guerra tenía poco o nada que ver—: había sido un crimen de soberbia.

—Acuérdate de Pearl Harbor —dijo él, cauteloso.

Yo no sabía qué era Pearl Harbor, pero descubrí que Lila lo sabía. Le dijo que Pearl Harbor e Hiroshima no eran comparables, que Pearl Harbor era un vil acto de guerra e Hiroshima era un horror desatinado, ferocísimo y vengativo, peor, mucho peor, que los exterminios de los nazis. Y concluyó: A los norteamericanos habría que procesarlos como a los peores criminales, esos que hacen cosas espantosas con el solo fin de aterrorizar a los que quedan vivos para mantenerlos de rodillas. Fue tal su vehemencia que Nino, en lugar de pasar al contraataque, se quedó callado y pensativo. Acto seguido, se dirigió a mí como si ella no estuviera presente. Dijo que el problema no residía ni en la ferocidad ni en la venganza, sino en la urgencia de poner fin a la más atroz de las guerras y, al mismo tiempo, precisamente usando esa nueva y terrible arma, a todas las guerras. Habló en voz baja, mirándome a los ojos, como si solo le interesara mi aprobación. Fue un momento lleno de encanto. Él mismo era un encanto cuando hacía esas cosas. Me emocionaba tanto que las lágrimas me asomaban a los ojos y me costaba un triunfo tragármelas.

Llegamos otra vez al viernes, un día muy caluroso que pasamos casi todo el tiempo en el agua. Y de pronto algo volvió a torcerse.

Regresábamos a casa, acabábamos de dejar a los dos muchachos, el sol se ponía y el cielo estaba entre rosa y azulado, cuando Pinuccia, que de pronto se había quedado callada después de tantas horas de desparpajo sin fin, tiró la bolsa al suelo, se sentó en el borde del camino y se puso a chillar de rabia, gritos breves y débiles, casi gañidos.

Lila amusgó los ojos, la miró como si no viera a su cuñada, sino algo feo para lo que no estaba preparada. Yo volví sobre mis pasos, asustada.

—¿Qué te pasa, Pina, no te encuentras bien? —le pregunté.

—No soporto este bañador mojado.

—Todas llevamos el bañador mojado.

—A mí me molesta.

—Tranquila, anda, ven. ¿Ya no tienes hambre?

—No me digas tranquila. Me molesta cuando me dices tranquila. No te aguanto más, Lenù, tú y tu tranquila.

Y volvió a sus gañidos golpeándose los muslos.

Sentí que Lila se alejaba sin esperarnos. Sentí que había decidido seguir no por fastidio o indiferencia, sino porque en aquel comportamiento había algo ardiente que, si se quedaba cerca, la quemaba. Ayudé a Pinuccia a levantarse, le llevé la bolsa.

52

Poco a poco se tranquilizó, pero pasó la velada con cara de pocos amigos, como si le hubiésemos infligido no sé qué ofensa. Cuando en un momento dado se mostró descortés también con Nunzia, criticando de mala manera la cocción de la pasta, Lila resopló, pasó de golpe a un dialecto feroz y descargó sobre ella los insultos imaginativos que tan bien se le daban. Esa noche, Pina decidió dormir conmigo.

Tuvo un sueño agitado. Para colmo, como éramos dos en el cuartito nos ahogábamos de calor. Empapada de sudor, me resigné a abrir la ventana y los mosquitos me machacaron. Eso me quitó el sueño definitivamente, esperé a que amaneciera y me levanté.

Ahora yo también estaba de pésimo humor, tenía tres o cuatro ronchas que me afeaban la cara. Fui a la cocina, Nunzia estaba lavando nuestra ropa sucia. Lila también estaba levantada, había tomado pan mojado en leche y leía otro de mis libros, a saber cuándo me lo había quitado. Nada más verme, me lanzó una mirada indagatoria y me preguntó con una aprensión genuina que no esperaba:

—¿Cómo está Pinuccia?

—No lo sé.

—¿Estás enojada?

—Sí, no he pegado ojo y fíjate cómo tengo la cara.

—No se nota nada.

—Tú no notarás nada.

—Tampoco Nino y Bruno notarán nada.

—¿Y eso qué tiene que ver?

—¿Tú aprecias a Nino?

—Te he dicho cien veces que no.

—Tranquila.

—Estoy tranquila.

—Vigilemos a Pinuccia.

—Vigílala tú, es tu cuñada, no mía.

—Estás enojada.

—Sí, sí y sí.

El día fue más caluroso que el anterior. Fuimos a la playa angustiadas, el mal humor se transmitía de una a la otra como una infección.

A medio camino Pinuccia cayó en la cuenta de que no había cogido su toalla y le dio otro ataque de nervios. Lila siguió andando con la cabeza gacha, sin volverse siquiera.

—Ya voy yo a buscártela —me ofrecí.

—No, me vuelvo a casa, hoy no me apetece ir a la playa.

—¿Te encuentras mal?

—Estoy perfectamente.

—¿Entonces?

—Fíjate la barriga que tengo.

Le miré la barriga y le dije sin pensarlo:

—¿Y yo? ¿No ves las ronchas que tengo en la cara?

Se puso a gritar, me dijo:

—Eres una imbécil. —Y echó a andar a paso veloz para alcanzar a Lila.

Cuando llegamos a la playa se disculpó, murmuró:

—Eres tan cumplida que a veces me haces enfadar.

—No soy cumplida.

—Quería decir que eres buena.

—No soy buena.

Lila, que trataba por todos los medios de no hacernos caso y contemplaba el mar en dirección a Forio, dijo gélida:

—Callaos de una vez, que ahí vienen.

Pinuccia dio un respingo.

—El punto y la i —murmuró con una repentina suavidad en el tono y se pasó la barra de labios aunque ya llevaba bastante carmín.

En cuanto al mal humor, los muchachos no nos fueron a la zaga. Nino se dirigió a Lila con tono sarcástico:

—¿Esta noche llegan los maridos?

—Claro.

—¿Qué vais a hacer de bueno?

—Comer, beber e ir a dormir.

—¿Y mañana?

—Mañana comeremos, beberemos e iremos a dormir.

—¿Se quedan también el domingo por la noche?

—No, el domingo comemos, bebemos y dormimos solo por la tarde.

Ocultándome tras un tono de autoironía me esforcé por decir:

—Yo estoy libre, no como, no bebo, no voy a dormir.

Nino me miró como si acabara de descubrir algo que nunca había notado, hasta tal punto que me pasé la mano por el pómulo derecho, donde tenía una roncha más hinchada que las otras.

—Bien, mañana nos vemos aquí a las siete de la mañana y luego subimos a la montaña. A la vuelta, playa hasta tarde. ¿Qué me dices? —me dijo serio.

Noté en las venas la tibieza del júbilo.

—De acuerdo, a las siete; yo traigo la comida —dije con alivio.

—¿Y nosotras? —preguntó Pinuccia, desolada.

—Vosotras tenéis a vuestros maridos —murmuró él, y pronunció «maridos» como quien dice sapos, culebras, arañas, hasta tal punto que ella se levantó de golpe y se fue a la orilla.

—Lleva una temporada que está muy sensible —la justifiqué—, pero es por culpa del estado de buena esperanza, normalmente no es así.

—La acompaño a comprar coco —dijo Bruno con su tono paciente.

Lo seguimos con la mirada mientras, bajito pero bien formado, el tórax poderoso, los muslos fuertes, avanzaba por la playa con paso tranquilo, como si el sol se hubiese olvidado de poner al rojo vivo los granos de arena que pisaba. Cuando Pina y Bruno enfilaron hacia el establecimiento, Lila dijo:

—Vamos a nadar.

53

Fuimos los tres juntos hacia el agua, yo en el centro, ellos dos a los costados. Es difícil describir la repentina sensación de plenitud que se había apoderado de mí cuando Nino dijo: «Mañana nos vemos aquí a las siete». Me daba pena, claro, el humor cambiante de Pinuccia, pero era una pena débil, no podía hacer mella en mi estado de bienestar. Por fin me sentía contenta de mí misma, del domingo largo e intenso que me esperaba; me sentía orgullosa de estar allí, en ese momento, con las personas que desde siempre habían tenido un peso en mi vida, un peso ni siquiera comparable al de mis padres, al de mis hermanos. Los aferré a los dos de la mano, lancé un grito de felicidad, tiré de ellos hasta el agua formando gélidas estelas de espuma. Nos zambullimos como si fuéramos un único organismo.

En cuanto estuvimos debajo del agua nos soltamos las manos. Nunca me había gustado el agua fría en el pelo, en la cabeza, en las orejas. Salí a la superficie resoplando para quitarme el agua. Pero vi que ellos ya nadaban y empecé a nadar yo también para no perderlos. La empresa se reveló enseguida difícil: era incapaz de mantener el rumbo, la cabeza en el agua, las brazadas tranquilas; el brazo derecho era más potente que el izquierdo, me desviaba; procuraba no tragar agua salada. Traté de seguirlos sin perderlos de vista a pesar de mi miopía. Se detendrán, pensé. El corazón me latía deprisa, bajé el ritmo hasta quedar flotando para admirar cómo avanzaban hacia el horizonte con seguridad, uno al lado del otro.

Quizá se estaban alejando demasiado. Para colmo, presa del entusiasmo, yo también había ido más allá de la tranquilizadora línea imaginaria que normalmente me permitía regresar a la orilla con pocas brazadas y que Lila tampoco había cruzado nunca. Sin embargo, ahí estaba, compitiendo con Nino. Aunque inexperta, no cedía, quería seguirle el ritmo, se alejaba cada vez más.

Empecé a preocuparme. Y si se queda sin fuerzas. Y si se encuentra mal. Nino es buen nadador, la ayudará. Pero y si le da un calambre y él también desfallece. Miré a mi alrededor, la corriente me arrastraba hacia la izquierda. No puedo esperarlos aquí, debo volver a la playa. Eché un vistazo bajo el agua, fue un error. El azul transparente se transformaba enseguida en azul marino, y después se oscurecía como la noche, pese a que el sol brillaba, la superficie del mar resplandecía y unas briznas blanquísimas se extendían por el cielo. Percibí el abismo, fui consciente de su liquidez sin asideros, lo sentí como una sepultura de la que, en un abrir y cerrar de ojos, podía salir cualquier cosa, rozarme, agarrarme, morderme, arrastrarme hasta el fondo.

Traté de calmarme, grité: Lila. Mis ojos sin gafas no me ayudaban, vencidos por el centelleo del agua. Pensé en la excursión con Nino del día siguiente. Regresé despacio, de espaldas, remando con brazos y piernas hasta que alcancé la orilla.

Me senté allí, medio en el agua, medio en la arena, vislumbré con dificultad sus cabezas negras, flotando abandonadas sobre la superficie del mar, sentí alivio. Lila no solo estaba a salvo, sino que lo había conseguido, le había plantado cara a Nino. Qué tozuda es, qué exagerada, qué valiente. Me levanté y me reuní con Bruno que estaba sentado al lado de nuestras cosas.

—¿Dónde está Pinuccia? —pregunté.

Esbozó una sonrisa tímida que, me pareció, ocultaba un disgusto.

—Se ha ido.

—¿Adónde?

—A casa, dice que tiene que hacer las maletas.

—¿Las maletas?

—Se quiere marchar, ya no le apetece dejar a su marido solo durante tanto tiempo.

Cogí mis cosas, y después de rogarle que no perdiera de vista a Nino y, sobre todo, a Lila, salí corriendo, todavía mojada, para tratar de descubrir qué más le pasaba a Pina.

54

La tarde fue desastrosa y la velada que siguió, aún más desastrosa. Me encontré a Pinuccia haciendo realmente las maletas, y Nunzia no conseguía aplacarla.

—No tienes que preocuparte —le decía con calma—, Rino sabe lavarse los calzoncillos, sabe cocinar, además está su padre, están los amigos. Él no piensa que tú hayas venido aquí a divertirte, entiende que has venido a descansar para tener un niño sano y hermoso. Anda, que te ayudo a ponerlo todo otra vez en su sitio. Yo nunca he veraneado, pero hoy no falta el dinero, gracias a Dios, y aunque no hay que malgastarlo, no es ningún pecado disfrutar de algunas comodidades, os lo podéis permitir. Así que Pinù, por favor, hija mía, Rino ha trabajado toda la semana, vendrá cansado, está a punto de llegar. Que no te vea así, ya lo conoces, luego se preocupa, y en cuanto se preocupa, se cabrea, y si se cabrea, ¿cuál es el resultado? El resultado es que tú quieres marcharte para estar cerca de él, él se ha marchado para estar cerca de ti, y ahora que os reunís y deberíais estar contentos, os tiráis los trastos a la cabeza. ¿Te parece bonito?

Pero Pinuccia se mostró impermeable a las razones que le exponía Nunzia. Empecé a enumerárselas yo también, y llegamos a un punto en que mientras nosotras le sacábamos de las maletas sus numerosas pertenencias, ella volvía a ponerlas, gritaba, se calmaba y vuelta a empezar.

En un momento dado Lila también regresó. Se apoyó en la jamba de la puerta y contempló ceñuda, con la arruga larga, horizontal, en la frente, aquella imagen descompuesta de Pinuccia.

—¿Todo en orden? —le pregunté.

Asintió con la cabeza.

—Ahora ya sabes nadar muy bien.

No dijo una palabra.

Tenía la expresión de quien se ve obligada a reprimir la alegría y el susto a la vez. Se notaba que la escena de Pinuccia le resultaba cada vez más intolerable. Su cuñada volvía a escenificar sus propósitos de partida, adioses, quejas por haberse dejado este o aquel objeto, suspiros por su Rinuccio, todo salpicado contradictoriamente por la añoranza del mar, los olores de los jardines, la playa. Sin embargo, Lila no decía nada, ni una sola de sus frases malvadas, ni un solo comentario sarcástico. Al final, como si no se tratara de una llamada al orden, sino del anuncio de algo inminente que nos amenazaba a todas, solo atinó a decir:

—Están a punto de llegar.

Abatida, Pinuccia se desplomó en la cama, al lado de las maletas cerradas. Lila hizo una mueca, se retiró para arreglarse. Regresó poco después con un vestido rojo muy ceñido y el pelo negrísimo recogido. Fue la primera en oír el ruido de las Lambretta, se asomó a la ventana, saludando entusiasmada con la mano. Después se volvió seria hacia Pinuccia y con su tono más despectivo, dijo entre dientes:

—Ve a lavarte la cara y quítate ese bañador mojado.

Pinuccia la miró sin reaccionar. Entre las dos muchachas pasó algo raudo, un relampagueo invisible de sus sentimientos secretos, un acribillarse con partículas infinitesimales disparadas desde el fondo de sí mismas, una sacudida y un temblor que duraron un largo segundo y que yo capté perpleja, pero no supe entender; pero ellas sí, ellas se entendieron, en algo se reconocieron, y Pinuccia supo que Lila sabía, comprendía y quería ayudarla incluso con el desprecio. Por eso la obedeció.

55

Stefano y Rino irrumpieron en la casa. Lila se mostró aún más afectuosa que la semana anterior. Abrazó a Stefano, se dejó abrazar, lanzó un grito de alegría cuando él se sacó del bolsillo un estuche y ella lo abrió y en su interior encontró un collar de oro con un colgante en forma de corazón.

Por supuesto, Rino también tenía un regalito para Pinuccia, que hizo lo imposible por reaccionar como su cuñada, pero sus ojos reflejaban claramente el dolor de su fragilidad. Así, los besos de Rino, los abrazos y el regalo no tardaron nada en desmontar la horma de esposa feliz en la que se había encerrado deprisa y corriendo. Empezó a temblarle la boca, se abrió la fuente de las lágrimas y dijo con voz entrecortada:

—He hecho las maletas. No quiero quedarme aquí un minuto más, quiero estar contigo siempre, solo contigo.

Rino sonrió, se conmovió ante tanto amor, se echó a reír. Después dijo:

—Yo también quiero estar contigo siempre, solo contigo.

Al final entendió que su mujer no solo le estaba comunicando cuánto lo había echado de menos y cuánto lo echaría de menos, sino que quería irse de veras, que todo estaba preparado para su marcha, e insistía en su decisión con un llanto verdadero, insoportable.

Se encerraron en el dormitorio a discutir, pero la discusión duró poco, Rino regresó con nosotros gritándole a su madre:

—Mamá, quiero saber qué ha pasado. —Y sin esperar su respuesta, se volvió agresivo hacia su hermana—. Si tú tienes la culpa, juro por Dios que te parto la cara. —Luego le gritó a su mujer, que seguía en el dormitorio—: Basta ya, me has tocado los cojones, ven aquí enseguida, estoy cansado, quiero comer.

Pinuccia reapareció con los ojos hinchados. Al verla, Stefano bromeó en un intento de desdramatizar, abrazó a su hermana, suspiró:

—Ay, el amor, cómo sois las mujeres, hacéis que nos volvamos locos.

Luego, como si acabara de recordar la causa primera de su locura, besó a Lila en los labios y, al comprobar la infelicidad de la otra pareja, se sintió feliz de lo inesperadamente felices que eran ellos.

Nos sentamos todos a la mesa, Nunzia nos sirvió en silencio de uno en uno. Esta vez fue Rino el que no aguantó más, gritó que ya no tenía hambre, lanzó el plato lleno de espaguetis con almejas al centro de la cocina. Yo me asusté, Pinuccia se echó a llorar otra vez. Stefano también perdió su tono mesurado y, cortante, le dijo a su mujer:

—Anda, vámonos, que te llevo a un restaurante. —Y entre las protestas de Nunzia y de Pinuccia salieron de la cocina. En el silencio que siguió oímos arrancar la Lambretta.

Ayudé a Nunzia a limpiar el suelo. Rino se levantó, se fue al dormitorio. Pinuccia corrió a encerrarse en el retrete, pero salió poco después, se reunió con su marido y cerró la puerta del cuarto. Solo entonces Nunzia explotó, olvidándose de su papel de suegra condescendiente:

—¿Has visto a esa desgraciada lo que hace sufrir a Rinuccio? ¿Qué le ha pasado?

Le dije que no lo sabía, y era cierto, pero dediqué la velada a consolarla cantándole las loas de los sentimientos de Pinuccia. Dije que si yo hubiese llevado un hijo en el vientre, habría querido igual que ella estar siempre cerca de mi marido para sentirme protegida, para estar segura de que mi responsabilidad de madre era compartida por la suya de padre. Dije que si Lila estaba allí para quedarse embarazada, y se notaba que la cura era adecuada, que los baños de mar le estaban haciendo bien —bastaba con ver la felicidad que le iluminaba la cara cuando llegaba Stefano—, Pinuccia, por su parte, ya estaba llena de amor y deseaba darle todo ese amor a Rino, a cada minuto del día y de la noche, de lo contrario le pesaba y sufría.

Fue una hora dulce, Nunzia y yo en la cocina en orden, los platos y las ollas relucientes tras un cuidadoso lavado, mientras ella me decía:

—Qué bien hablas, Lenù, ya se ve que tendrás un magnífico futuro. —Se le saltaron las lágrimas y murmuró que Lila debería haber estudiado, que era su destino—. Pero mi marido no quiso —añadió—, y yo no supe oponerme; entonces no teníamos dinero, sin embargo, habría podido ser como tú. Pero no, se casó, tomó otro camino y ahora no se puede volver atrás, la vida nos lleva a donde ella quiere. —Me deseó mucha felicidad—. Con un joven guapo que haya estudiado como tú —dijo, y me preguntó si de veras me gustaba el hijo de Sarratore. Lo negué, pero le confié que al día siguiente me iría a la montaña con él. Se alegró, me ayudó a preparar unos bocadillos con salami y provolone. Los envolví, los metí en la bolsa junto con la toalla de playa y todo lo que podía necesitar. Me rogó que fuese juiciosa como siempre y nos deseamos buenas noches.

Fui a encerrarme en mi cuartito, leí un rato, pero distraída. Qué bonito sería salir por la mañana temprano, con el aire fresco, los perfumes. Cómo me gustaban el mar, incluso Pinuccia, sus llantos, la pelea de esa noche, ese amor pacificador que de semana en semana aumentaba entre Lila y Stefano. Y cómo deseaba a Nino. Y qué agradable era tenerlos allí conmigo, todos los días, a él y a mi amiga, contentos los tres pese a las incomprensiones, pese a los malos sentimientos que no siempre permanecían silenciosos en el fondo negro.

Oí regresar a Stefano y Lila. Sus voces y sus risas sofocadas. Las puertas se abrieron, se cerraron, se volvieron a abrir. Oí el grifo, la cisterna. Después apagué la luz, oí el leve crujido del cañaveral, el ajetreo del gallinero, me dormí.

Pero me desperté enseguida, había alguien en el cuarto.

—Soy yo —susurró Lila.

Noté que se sentaba en el borde de la cama, hice ademán de encender la luz.

—No —dijo—, es solo un momento.

La encendí de todos modos, me incorporé.

La vi allí delante, con un camisoncito rosa pálido. Tenía la piel tan morena por el sol que sus ojos parecían blancos.

—¿Has visto qué lejos he llegado?

—Has estado muy bien, pero has hecho que me preocupara.

Irguió la cabeza con orgullo y esbozó una sonrisa como para decir que el mar ya le pertenecía. Y se puso seria.

—Tengo que contarte algo.

—¿Qué?

—Nino me ha besado —dijo, y lo pronunció con un hilo de voz, como quien al confesarse espontáneamente trata de ocultarse algo más inconfesable—. Me ha besado pero yo he mantenido los labios apretados.

56

El relato fue detallado. Exhausta de tanto nadar y, al mismo tiempo satisfecha por haber dado esa prueba de valentía, ella se apoyó en él para no esforzarse tanto y mantenerse a flote. Pero Nino se aprovechó de la proximidad y apretó con fuerza sus labios a los de ella. Ella cerró enseguida la boca y, aunque él intentó abrírsela con la punta de la lengua, ella no la abrió. «Estás loco —le dijo—, estoy casada.» Pero Nino le contestó: «Yo te quiero desde mucho antes que tu marido, desde que hicimos aquella competición en clase». Lila le ordenó que nunca más volviese a intentarlo y salió nadando hacia la orilla.

—Apretó con tanta fuerza que me hizo daño en los labios —concluyó—, todavía me duelen.

Esperaba que yo reaccionara, pero conseguí no hacerle preguntas ni comentarios. Cuando me rogó que no fuera a la montaña con él a menos que me acompañara Bruno, le dije fríamente que si Nino intentaba besarme también a mí, no me habría parecido mal, yo no estaba casada, ni siquiera prometida. Y añadí:

—La única pena es que no me guste. Su beso me provocaría la misma reacción que poner los labios sobre un ratón muerto.

Fingí entonces no poder contener un bostezo y ella, después de lanzarme una mirada que me pareció de afecto y admiración al mismo tiempo, se fue a dormir. Desde que salió del cuarto hasta el amanecer no hice más que llorar.

Hoy vuelvo a sentir cierta incomodidad cuando recuerdo lo que sufrí, no siento ninguna comprensión por la que yo era entonces. Pero durante aquella noche tuve la sensación de que ya no me quedaban motivos para vivir. Por qué Nino se había comportado de ese modo. Besaba a Nadia, me besaba a mí, besaba a Lila. Cómo era posible que fuese la misma persona que yo amaba, tan seria, tan cargada de pensamientos. Pasaron las horas, pero me resultó imposible aceptar que todo lo que tenía de profundo al abordar los grandes problemas del mundo, lo tuviera de superficial en los sentimientos amorosos. Empecé a cuestionarme a mí misma, había caído en un error, me había hecho ilusiones. ¿Cómo era posible que yo, bajita, demasiado rellena, gafuda, yo voluntariosa pero no inteligente, yo que me fingía culta, informada, cuando en realidad no lo era, hubiese llegado a pensar que le gustaría aunque no fuera más que durante unas vacaciones? Además, ¿acaso lo había pensado realmente? Analicé con minuciosidad mi comportamiento. No, era incapaz de reconocer con claridad mis deseos. No solo procuraba ocultárselos a los demás, sino que me los confesaba a mí misma de un modo escéptico, sin convicción. ¿Por qué nunca le dije a Lila con claridad lo que sentía por Nino? Y ahora, ¿por qué no le gritaba el dolor que me causaba con esa confidencia en plena noche, por qué no le revelaba que, mucho antes de besarla a ella, Nino me había besado a mí? ¿Qué me impulsaba a comportarme de ese modo? ¿Acaso mantenía a raya mis sentimientos porque me espantaba la violencia con la que en mi fuero íntimo quería las cosas, a las personas, los elogios, los triunfos? ¿Acaso temía que si no conseguía lo que quería, esa violencia me estallara en el pecho y derivara en sentimientos peores, por ejemplo, el que me había impulsado a comparar la bonita boca de Nino con la carne de un ratón muerto? ¿Por eso incluso cuando daba un paso al frente siempre estaba dispuesta a retroceder? ¿Por eso siempre tenía preparada una sonrisa amable, una carcajada alegre, cuando las cosas tomaban mal cariz? ¿Por eso tarde o temprano siempre acababa encontrándole una justificación adecuada a quienes me hacían sufrir?

Preguntas y lágrimas. Clareaba el día cuando me pareció entender lo que había pasado. Nino había creído sinceramente que amaba a Nadia. Seguro que, impulsado por la buena imagen que tenía de mí la profesora Galiani, se había pasado años mirándome con simpatía y sincera estima. Pero ahora, en Ischia, tras ver a Lila, había comprendido que desde la niñez ella había sido —y en el futuro seguiría siendo— su verdadero y único amor. Eso era, seguro que había sido así. ¿Cómo reprochárselo? ¿Dónde estaba la culpa? En la historia de ambos había algo intenso, sublime, afinidades electivas. Evoqué versos y novelas a modo de tranquilizantes. Tal vez, pensé, estudiar solo me sirve para esto: para calmarme. Ella le había encendido la llama en el pecho; durante años, él la había custodiado sin darse cuenta; y ahora que aquella llama ardía con fuerza, no podía hacer otra cosa que amarla. Aunque ella no lo amara. Aunque estuviese casada y fuera inaccesible, prohibida; el matrimonio dura para siempre, más allá de la muerte. A menos que lo quebrantes condenándote al vendaval del infierno hasta el día del Juicio. Cuando amaneció, tuve la sensación de haber aclarado las cosas. El amor de Nino por Lila era un amor imposible. Como el mío por él. Solo en aquel marco de imposibilidad, el beso que le había dado mar adentro comenzó a parecerme pronunciable.

El beso.

No había sido una elección, había ocurrido; más aún cuando Lila sabía hacer que las cosas ocurrieran. Pero yo no, qué voy a hacer ahora. Iré a la cita. Subiremos al monte Epomeo. O quizá no. Me marcho esta noche con Stefano y Rino. Diré que me ha escrito mi madre, que me necesita. Cómo hago para escalar el monte con él cuando sé que ama a Lila, que la ha besado. Cómo soportaré verlos juntos a diario, mientras nadan mar adentro y se alejan cada vez más. Estaba extenuada, me quedé dormida. Cuando me desperté sobresaltada, el formulario que había repasado mentalmente había logrado dominar un poco el dolor. Acudí corriendo a la cita.

57

Estaba segura de que no se presentaría; sin embargo, cuando llegué a la playa, ya estaba allí y sin Bruno. Pero me di cuenta de que no tenía ganas de buscar el camino para ir a la montaña, internarse por senderos desconocidos. Dijo que estaba dispuesto a ir, si a mí me hacía ilusión, pero con el calor que hacía previó que la fatiga llegaría al límite de lo soportable y excluyó que pudiéramos encontrar algo que valiera lo que un buen baño en el mar. Empecé a preocuparme, pensé que de un momento a otro me diría que se volvía a su casa a estudiar. Pero, para mi sorpresa, me propuso que alquiláramos una barca. Contó una y mil veces el dinero que tenía, yo saqué la calderilla que llevaba. Sonrió, dijo con amabilidad: «Tú ya te has ocupado de los bocadillos, esto lo pago yo». Minutos más tarde estábamos en el mar, él a los remos, yo, sentada en la popa.

Me sentí mejor. Pensé que quizá Lila me había mentido, que él nunca la había besado. Pero en alguna parte dentro de mí sabía que no era así; yo sí que mentía a veces, incluso (o especialmente) a mí misma; en cambio ella, hasta donde yo alcanzaba a recordar, nunca lo había hecho. No tuve más que esperar un poco y el propio Nino se encargó de aclararlo. Cuando estuvimos en medio del mar, soltó los remos, se tiró al agua, yo lo imité. No nadó como tenía costumbre hasta confundirse con el ligero ondear del mar. Se fue hasta el fondo, desapareció, reapareció más allá, volvió a sumergirse. Como a mí me inquietaba la profundidad, me limité a dar unas vueltas alrededor de la barca y no me atreví a alejarme demasiado, luego me cansé y me subí con torpeza. Poco después se reunió conmigo, se puso a los remos, empezó a remar con energía, siguiendo una línea paralela a la costa, en dirección a Punta Imperatore. Hasta ese momento solo intercambiamos algunos comentarios sobre los bocadillos, el calor, el mar, sobre lo bien que habíamos hecho en no enfrentarnos a los caminos de herradura que llevaban al Epomeo. Para mi asombro creciente todavía no había recurrido a los temas que leía en los libros, las revistas, los diarios, aunque de vez en cuando, temiendo el silencio, yo dejaba caer alguna frase que pudiera servir de mecha a su pasión por las cosas del mundo. Pero no había manera, tenía otras cosas en la cabeza. De hecho, en un momento dado, soltó los remos, contempló un momento una pared de roca, el vuelo de una gaviota, y luego dijo:

—¿Te ha contado algo Lina?

—¿Sobre qué?

Apretó los labios, incómodo, y dijo:

—Está bien, ya te cuento yo lo que pasó: ayer la besé.

Ese fue el comienzo. Se pasó el resto del día hablando solo de ellos dos. Nos dimos otros baños, se fue a explorar peñascos y grutas, nos comimos los bocadillos, bebimos toda el agua que yo llevaba, quiso enseñarme a remar, pero en cuanto a hablar, no hubo manera de que habláramos de otra cosa. Lo que más me impresionó fue que ni una sola vez trató de transformar, como solía hacer, su cuestión particular en una cuestión general. Solo él y Lila, Lila y él. No dijo nada sobre el amor. No dijo nada sobre los motivos por los que uno acaba enamorándose de una persona en lugar de otra. Pero me preguntó obsesivamente cosas de ella, sobre su relación con Stefano.

—¿Por qué se casó con él?

—Porque se enamoró.

—No puede ser.

—Te aseguro que es así.

—Se casó por el dinero, para ayudar a su familia, para quedar bien situada ella misma.

—Si hubiese sido solo por eso, se habría casado con Marcello Solara.

—¿Quién es?

—Un tipo que tiene más dinero que Stefano y que cometió locuras para conquistarla.

—¿Y ella?

—No lo quería.

—Así que, en tu opinión, se casó con el charcutero por amor.

—Sí.

—¿Y qué es eso de que tiene que darse baños de mar para tener hijos?

—Se lo dijo el médico.

—¿Y ella los quiere?

—Al principio no, ahora no lo sé.

—¿Y él?

—Él sí.

—¿Está enamorado?

—Muy enamorado.

—Y tú, desde fuera, ¿notas que entre ellos va todo bien?

—Con Lina nunca nada va todo bien.

—¿A qué te refieres?

—Tuvieron problemas desde el primer día de casados, pero por culpa de Lina, que no sabe adaptarse.

—¿Y ahora?

—Ahora van mejor.

—No me lo creo.

Le dio vueltas a ese punto, siempre más escéptico. Pero yo insistí: Lila nunca había querido a su marido como en esa época. Y cuanto más incrédulo se mostraba él, más cargaba yo las tintas. Le dije abiertamente que entre ellos no podía pasar nada, no quería que se hiciera ilusiones. Aunque no sirvió para agotar el tema. Cada vez tenía más claro que ese día entre el mar y el cielo le resultaría más agradable cuanto más detalles le diera yo de Lila. No le importaba que cada palabra mía le causara sufrimiento. Le importaba que le contase todo lo que yo sabía, lo bueno y lo malo, y que llenara nuestros minutos y nuestras horas con el nombre de ella. Eso hice, y si al principio me dolió, poco a poco las cosas cambiaron. Ese día me di cuenta de que hablar de Lila con Nino, en las semanas siguientes, podía ser una nueva forma de la relación entre los tres. Jamás lo tendríamos ni ella ni yo. Pero durante el resto de las vacaciones, las dos podíamos conseguir su atención; ella como objeto de una pasión sin salidas, yo en cuanto sabia consejera que mantenía a raya tanto la locura de él como la de ella. Me consolé con esa hipótesis de centralidad. Lila había venido a mí para contarme lo del beso de Nino; y él, impulsado por la confesión de ese beso, se dedicó a entretenerme un día entero. Me convertiría en necesaria tanto para ella como para él.

En efecto, Nino ya no podía prescindir de mí.

—¿Tú crees que nunca me querrá? —me preguntó en un momento dado.

—Ha tomado una decisión, Nino.

—¿Cuál?

—Amar a su marido, tener un hijo con él. Ha venido aquí para eso.

—¿Y mi amor por ella?

—Cuando te quieren tiendes a devolver ese cariño. Es probable que se sienta complacida. Pero si no quieres sufrir más, no esperes otra cosa. Cuanto más afecto y estima nota Lina a su alrededor, más cruel se vuelve. Siempre ha sido así.

Nos separamos después de la puesta de sol y durante un rato tuve la impresión de haber pasado un bonito día. Pero en el trayecto de regreso volvió la desazón. ¿Cómo podía pensar que soportaría ese suplicio, hablar de Lila con Nino, de Nino con Lila, y al mismo tiempo, desde el día siguiente, asistir a sus discusiones, a sus juegos, a sus abrazos, a sus toqueteos? Llegué a casa decidida a anunciar que mi madre me quería de vuelta en el barrio. Pero en cuanto entré Lila me abordó con dureza.

—¿Dónde has estado? Hemos ido a buscarte. Te necesitábamos, tenías que ayudarnos.

Supe que no habían pasado un buen día. Por culpa de Pinuccia, que había atormentado a todo el mundo. Al final se había puesto a gritar que si su marido no quería que volviese a casa, significaba que no la quería y entonces prefería morirse con su niño dentro. Así las cosas, Rino acabó cediendo y se la llevó a Nápoles.

58

Al día siguiente comprendí lo que supondría la marcha de Pinuccia. La velada sin ella me pareció positiva: no más lloriqueos, la casa se calmó, el tiempo pasó silencioso. Cuando me retiré a mi cuartito y Lila me siguió, en apariencia, la conversación estuvo libre de tensiones. Me mantuve distante, no dije ni una palabra sobre lo que realmente sentía.

—¿Entiendes por qué ha querido marcharse? —me preguntó Lila hablando de Pinuccia.

—Porque quiere estar con su marido.

Negó con la cabeza y dijo seria:

—Le dan miedo sus propios sentimientos.

—¿Qué quieres decir?

—Que se ha enamorado de Bruno.

Me sorprendí, jamás se me habría ocurrido esa posibilidad.

—¿Pinuccia?

—Sí.

—¿Y Bruno?

—No se ha dado cuenta de nada.

—¿Estás segura?

—Sí.

—¿Cómo lo sabes?

—Bruno está por ti.

—Tonterías.

—Nino me lo dijo ayer.

—Hoy no me ha dicho nada.

—¿Qué habéis hecho?

—Hemos alquilado una barca.

—¿Tú y él solos?

—Sí.

—¿De qué habéis hablado?

—De todo un poco.

—¿También de eso que te conté?

—¿De qué?

—Ya lo sabes.

—¿Del beso?

—Sí.

—No, no me ha dicho nada.

Pese a estar aturdida después de tantas horas al sol y de tantos baños, conseguí no decir una sola palabra errada. Cuando Lila se fue a dormir tuve la sensación de flotar sobre las sábanas y de que el cuartito oscuro estaba en realidad lleno de luces azules y rojizas. ¿Pinuccia se había marchado deprisa y corriendo porque se había enamorado de Bruno? ¿Bruno no la quería a ella sino a mí? Reflexioné sobre la relación entre Pinuccia y Bruno, volví a oír frases, tonos de voz, y a ver gestos, y me convencí de que Lila no se equivocaba. De pronto la hermana de Stefano me inspiró una gran simpatía, por la fuerza que había demostrado al obligarse a marchar. Pero no me convencí de que Bruno estuviese por mí. Nunca me había mirado siquiera. Además del detalle de que, si hubiese tenido los ojos puestos donde decía Lila, habría acudido él a la cita y no Nino. O por lo menos habrían venido juntos. De todas maneras, fuera cierto o no, no me gustaba: demasiado bajo, demasiados rizos, poca frente, dientes de lobo. No y no. Debo mantenerme en el medio, pensé. Eso haré.

Al día siguiente llegamos a la playa a las diez y descubrimos que los dos muchachos ya estaban allí, se paseaban de aquí para allá por la orilla. Lila justificó la ausencia de Pinuccia con pocas palabras: tenía que trabajar, se había vuelto con su marido. Ni Nino ni Bruno mostraron la menor pena y eso me turbó. ¿Cómo se podía desaparecer así sin dejar un vacío? Pinuccia había estado dos semanas con nosotros. Habíamos paseado juntos los cinco, habíamos conversado, bromeado, nos habíamos bañado. En aquellos quince días seguramente le ocurrió algo que la había marcado, jamás olvidaría ese primer veraneo. ¿Pero nosotros? Nosotros, que tanto habíamos contado para ella aunque de distintas formas, de hecho no notábamos su ausencia. Nino, por ejemplo, no comentó nada sobre su marcha repentina. Y Bruno se limitó a decir serio: «Qué pena, ni siquiera hemos podido despedirnos». Un minuto más tarde hablábamos de otra cosa, como si ella jamás hubiese ido a Ischia, a Citara.

Tampoco me gustó aquella especie de rápido ajuste en los papeles. Nino, que se dirigía a Lila y a mí juntas (y en muchísimas ocasiones solo a mí), se dedicó enseguida a hablar solo con ella, como si al ser cuatro, ya no fuera necesario tomarse la molestia de entretenernos a las dos. Bruno, que hasta el sábado anterior se había ocupado en exclusiva de Pinuccia, pasó a interesarse por mí del mismo modo tímido y solícito, como si entre ella y yo no hubiese nada que nos diferenciase, ni siquiera el hecho de que ella estaba casada y embarazada y yo no.

En el primer paseo que dimos por la orilla, salimos los cuatro juntos. Pero Bruno no tardó en echarle el ojo a una caracola arrastrada por las olas y dijo: «Qué bonita», y se agachó a recogerla. Yo, por educación, lo esperé y él me regaló la caracola, que no era nada del otro mundo. Entretanto, Nino y Lila siguieron andando, lo que nos convirtió en dos parejas paseando por la ribera; ellos dos delante, nosotros dos detrás; ellos hablando animadamente, yo tratando de mantener una conversación con Bruno mientras a él le costaba mantenerla conmigo. Intenté apurar el paso, él me siguió con desgana. Resultaba difícil establecer un verdadero contacto. Decía cosas genéricas, no sé, sobre el mar, sobre el cielo, sobre las gaviotas, pero estaba claro que interpretaba un papel que, según él, se adecuaba a mí. Con Pinuccia debía de hablar de otras cosas, de lo contrario, era difícil entender cómo habían podido pasar con gusto tanto tiempo juntos. Por lo demás, aunque hubiese tocado temas más interesantes, habría sido difícil descifrar lo que decía. Si se trataba de preguntar la hora o pedir un cigarrillo o un poco de agua, ponía una voz natural, tenía una pronunciación clara. Pero cuando se ponía en el otro papel de joven devoto («La caracola, te gusta, fíjate qué bonita es, te la regalo»), se aturullaba, no hablaba en italiano y tampoco en dialecto, sino en una lengua confusa que le salía en voz baja, farfullada, como si se avergonzase de lo que estaba diciendo. Yo asentía con la cabeza, pero entendía poco y, mientras tanto, aguzaba el oído para captar lo que se decían Nino y Lila.

Imaginaba que él abordaba los temas serios que estaba estudiando, o que ella hacía gala de las ideas que le venían de los libros que me había sustraído, y en varias ocasiones intenté acortar la distancia para intervenir en sus charlas. Pero todas las veces que conseguía acercarme lo bastante para captar alguna frase, me quedaba desorientada. Me dio la impresión de que él le hablaba de su infancia en el barrio y lo hacía con tonos intensos, incluso dramáticos; ella escuchaba sin interrumpirlo. Me sentí indiscreta, perdí terreno, quedé definitivamente rezagada aburriéndome con Bruno.

Cuando todos juntos decidimos bañarnos, tampoco logré reconstruir a tiempo el antiguo trío. Sin previo aviso, Bruno me empujó al agua, me hundí, acabé mojándome el pelo, algo que no quería. Cuando salí a la superficie,

Nino y Lila flotaban unos metros más allá y seguían hablando, serios. Se quedaron en el agua mucho más que nosotros, pero sin alejarse demasiado de la orilla. Debían de estar tan enfrascados en lo que se decían que incluso renunciaron a exhibirse nadando mar adentro.

A última hora de la tarde Nino se dirigió a mí por primera vez. Preguntó de forma brusca, como si él mismo pretendiera una respuesta negativa:

—¿Por qué no nos vemos después de cenar? Pasamos a buscaros y luego os acompañamos a casa.

Nunca nos habían pedido que saliéramos de noche. Eché una mirada interrogante a Lila, pero ella miró para otro lado.

—En casa está la mamá de Lila, no podemos dejarla siempre sola —dije.

Nino no contestó y su amigo no intervino para echarle una mano. Pero después del último baño, antes de separarnos, Lila dijo:

—Mañana por la noche iremos a Forio para telefonear a mi marido. Si acaso nos tomamos un helado juntos.

Esa ocurrencia me molestó, aunque todavía me molestó más lo que ocurrió poco después. En cuanto los dos muchachos se marcharon en dirección a Forio, mientras recogía sus cosas, ella se dedicó a reprocharme como si de todo el día, de cada una de las horas, de cada uno de los pequeños acontecimientos, hasta de esa petición de Nino, hasta de la contradicción clara entre mi respuesta y la suya, yo fuese culpable de un modo tan indescifrable como irrefutable:

—¿Por qué te has quedado siempre con Bruno?

—¿Yo?

—Sí, tú. No te atrevas nunca más a dejarme sola con ese.

—Pero ¿qué dices? Si fuisteis vosotros los que caminabais deprisa sin parar y sin esperarnos.

—¿Nosotros? El que corría era Nino.

—Habrías podido decirle que tenías que esperarme.

—Y tú habrías podido decirle a Bruno: Muévete, que si no los perdemos. Hazme un favor, si tanto te gusta, salid por la noche por vuestra cuenta. Así eres libre de decir y hacer lo que te dé la gana.

—Yo estoy aquí por ti, no por Bruno.

—A mí no me parece que estés aquí por mí, siempre vas a la tuya.

—Si ya no soy plato de tu gusto, me marcho mañana por la mañana.

—¿Ah, sí? ¿Y mañana por la noche tengo que ir yo sola a tomar un helado con esos dos?

—Lila, lo de tomar un helado con ellos fue idea tuya.

—¡Qué remedio! Tengo que ir a telefonear a Stefano, y ya me dirás tú lo mal que quedaríamos si nos cruzáramos con ellos en Forio.

Continuamos de esta guisa hasta casa, después de cenar, en presencia de Nunzia. No fue un verdadero altercado, sino un intercambio ambiguo con picos de perfidia en los que las dos tratamos de comunicarnos algo sin entendernos. Nunzia, que nos escuchaba perpleja, en un momento dado dijo:

—Mañana, después de cenar, yo también voy con vosotras a tomar un helado.

—El trayecto es largo —dije. Pero Lila intervino, brusca:

—No tenemos por qué ir andando. Tomemos una mototaxi, somos ricas.

59

Al día siguiente, para adecuarnos al nuevo horario de los dos muchachos, llegamos a la playa a las nueve en lugar de las diez, pero ellos no estaban. Lila se puso nerviosa. Esperamos, no aparecieron ni a las diez ni más tarde. Se presentaron a primera hora de la tarde, con un aire despreocupado, muy cómplice. Dijeron que, como iban a pasar con nosotras la velada, habían decidido adelantar el estudio. Lila tuvo una reacción que me asombró, ante todo a mí: los echó. Dijo entre dientes, pasando a un dialecto violento, que podían irse a estudiar cuando quisieran, toda la tarde y toda la noche, enseguida, que nadie se lo impedía. Y como Nino y Bruno se esforzaron en no tomárselo en serio y siguieron sonriendo como si esa reacción de Lila no fuese más que una ocurrencia chistosa, ella se puso el vestido playero, aferró impulsivamente la bolsa y se marchó a grandes zancadas en dirección al camino. Nino corrió tras ella pero volvió enseguida con cara de funeral. Nada que hacer, se había enfadado de veras y no quiso atender a razones.

—Se le pasará —dije fingiendo tranquilidad, y me bañé con ellos. Me sequé al sol mientras me comía un bocadillo, charlé sin muchas ganas, después anuncié que yo también tenía que irme a casa.

—¿Y esta noche? —preguntó Bruno.

—Lina tiene que telefonear a Stefano, allí estaremos.

Pero el arrebato me había inquietado mucho. ¿Qué significaban esos tonos, esos modales? ¿Qué derecho tenía a enojarse porque no habían respetado la cita? ¿Por qué no lograba contenerse y trataba a los dos chicos como si fueran Pasquale o Antonio o incluso los Solara? ¿Por qué se comportaba como una niña caprichosa y no como la señora Carracci?

Llegué a casa con la lengua fuera. Nunzia lavaba toallas y bañadores, Lila se encontraba en su habitación, sentada en la cama y, cosa también rara, estaba escribiendo. Tenía el cuaderno sobre las rodillas, los ojos entrecerrados y el ceño fruncido, uno de mis libros descansaba sobre las sábanas. Hacía mucho tiempo que no la veía escribir.

—Has tenido una reacción exagerada —le dije.

Se encogió de hombros, no apartó la vista del cuaderno, siguió escribiendo toda la tarde.

Por la noche se emperifolló como cuando debía llegar su marido y nos hicimos llevar a Forio. Me sorprendió que Nunzia, que jamás tomaba el sol y estaba blanquísima, le hubiese pedido expresamente la barra de labios a su hija para colorearse un poco los labios y las mejillas. Dijo que no quería dar la impresión de estar ya muerta.

Nos topamos enseguida con los dos muchachos, estaban apostados frente al bar como dos centinelas junto a su garita. Bruno seguía llevando pantalón corto, solo se había cambiado la camisa. Nino vestía pantalón largo, una camisa de un blanco cegador y el cabello rebelde tan forzadamente en orden que, cuando lo vi, me pareció menos guapo. Cuando se dieron cuenta de la presencia de Nunzia se quedaron tiesos. Nos sentamos debajo de una marquesina, a la entrada de un bar, y pedimos helado *spumone*. Nunzia nos dejó maravillados cuando se puso a hablar sin parar. Se dirigió solo a los muchachos. Elogió a la madre de Nino, a la que recordaba hermosa; contó varios episodios de los tiempos de la guerra, hechos ocurridos en el barrio, y le preguntó a Nino si los recordaba; cuando él le decía que no, ella le respondía: «Pregúntale a tu madre, ya verás como ella se acuerda». Lila no tardó en mostrar su impaciencia, anunció que era hora de telefonear a Stefano y entró en el bar, donde estaban las cabinas. Nino enmudeció y Bruno se apresuró a sustituirlo en la conversación con Nunzia. Míralo, pensé molesta, no muestra tanto empacho como cuando habla conmigo cara a cara.

—Disculpadme un momento —dijo de repente Nino, se levantó y entró en el bar.

Nunzia se inquietó, me susurró al oído:

—¿No irá a pagar? La mayor soy yo y me toca a mí.

Bruno la oyó y dijo que ya estaba todo pagado, que de ninguna manera dejaría pagar a una señora. Nunzia se resignó y pasó a informarse sobre la fábrica de embutidos del padre de Bruno; se jactó de su marido y de su hijo, que, también propietarios, tenían una fábrica de zapatos.

Entretanto, Lila no regresaba y me preocupé. Dejé a Nunzia y a Bruno charlando, yo también entré en el bar. ¿Desde cuándo duraban tanto las llamadas telefónicas a Stefano? Fui a las dos cabinas, ambas estaban vacías. Eché un vistazo alrededor, pero me quedé tan pasmada que molestaba a los hijos del dueño que servían las mesas. Descubrí una puerta abierta para permitir que pasara el aire, que daba a un patio. Me asomé, vacilante; un olor a neumáticos viejos se mezclaba con el del gallinero. El patio estaba vacío, pero observé que en un costado de la tapia había una abertura tras la cual se entreveía un jardín. Crucé el espacio repleto de chatarra oxidada y antes de pasar al jardín vi a Lila y Nino. Un fulgor de noche estival acariciaba las plantas. Estaban abrazados, se besaban. Él tenía una mano debajo de la falda, ella trataba de apartársela, pero no dejaba de besarlo.

Retrocedí deprisa, tratando de no hacer ruido. Regresé al bar, le dije a Nunzia que Lila seguía al teléfono.

—¿Se están peleando?

—No.

Sentí como si me estuviese quemando, pero las llamas eran frías y no notaba dolor. Está casada, me dije, lleva casada poco más de un año.

Lila regresó sin Nino. Estaba impecable y, sin embargo, sentí su desorden en la ropa, en el cuerpo.

Esperamos un rato, él no daba señales de vida; me di cuenta de que los detestaba a los dos. Lila se levantó y dijo: «Vámonos, es tarde». Cuando ya estábamos sentadas en el vehículo que nos llevaría de vuelta a casa, Nino nos alcanzó a la carrera, se despidió con alegría. «Hasta mañana», gritó, cordial como no lo había visto nunca. Pensé: Que Lila esté casada no es un obstáculo ni para él ni para ella, y esa constatación me pareció tan odiosamente cierta que se me revolvió el estómago y me tapé la boca con la mano.

Lila se acostó enseguida, esperé en vano que viniera a confesarme lo que había hecho y lo que se proponía hacer. Hoy creo que ni ella misma lo sabía.

60

Los días que siguieron aclararon cada vez más la situación. Nino solía llegar con un diario, un libro; no volvió a ocurrir. Se desvanecieron las conversaciones encendidas sobre la condición humana, se redujeron a frases distraídas que buscaban el camino hacia palabras más privadas. Lila y Nino tomaron por costumbre nadar un largo rato juntos, hasta hacerse imperceptibles desde la orilla. O nos imponían largos paseos que consolidaron la separación en parejas. Y nunca, jamás, Nino se acercaba a mí, ni Bruno a Lila. Se hizo natural que los rezagados fuesen ellos dos. Las veces que me daba la vuelta de repente, tenía la impresión de haber causado un doloroso desgarro. Las manos, las bocas se separaban de un brinco, como por efecto de un tic.

Sufría pero, debo reconocer, con un fondo permanente de incredulidad que hacía que el sufrimiento llegara en oleadas. Tenía la impresión de asistir a una representación sin sustancia: jugaban a los novios, ambos conscientes de que no lo eran ni podían serlo; él ya estaba prometido, ella estaba nada menos que casada. Por momentos los miraba como divinidades caídas: antes tan buenos, tan inteligentes, y ahora tan estúpidos, empeñados en un juego estúpido. Planeaba decirle a Lila, a Nino, a los dos: Quién os creéis que sois, volved a poner los pies sobre la tierra.

No logré hacerlo. Al cabo de dos o tres días las cosas dieron otro giro más. Empezaron a ir de la mano sin esconderse, con una desvergüenza ofensiva, como si hubiesen decidido que con nosotros no valía la pena fingir. Con frecuencia se peleaban en broma, para agarrarse, golpearse, estrujarse, rodar juntos por la arena. Durante los paseos, en cuanto descubrían una choza abandonada, un antiguo establecimiento convertido en palafito, un sendero que se perdía entre la vegetación salvaje, como niños decidían emprender una exploración y no nos animaban a que los siguiéramos. Se alejaban, él delante, ella detrás, en silencio. Cuando se tumbaban al sol, acortaban lo más posible las distancias. Al principio se conformaban con el leve contacto de sus hombros, con rozarse los brazos, las piernas, los pies. Después, tras volver de nadar interminablemente mar adentro, se tumbaban uno al lado de la otra en la toalla de Lila, que era la más grande y, poco después, con naturalidad, Nino le rodeaba los hombros con un brazo, ella apoyaba la cabeza sobre su pecho. En una ocasión llegaron incluso a besarse en los labios, riendo, un beso alegre y rápido. Yo pensaba: Está loca, están locos. ¿Y si los ve alguien de Nápoles que conoce a Stefano? ¿Y si pasa el revendedor que nos consiguió la casa? ¿Y si a Nunzia le diera por venir a la playa?

No daba crédito a tanta inconsciencia; sin embargo, a cada instante superaban el límite. Verse solo de día ya no les parecía suficiente; Lila decidió que debía telefonear a Stefano todas las noches, pero rechazaba de malas maneras la propuesta de Nunzia de acompañarnos. Después de cenar me obligaba a ir a Forio. Hacía una llamada telefónica brevísima a su marido y después, a pasear, ella con Nino, yo con Bruno. Nunca regresábamos a casa antes de medianoche y los dos chicos nos acompañaban a pie por la playa oscura.

El viernes por la noche, es decir, el día antes del regreso de Stefano, de pronto ella y Nino riñeron, pero no en broma, sino en serio. Nosotros tres tomábamos un helado, sentados a la mesa; Lila había ido a telefonear. Amenazante, Nino se sacó del bolsillo unos folios escritos por ambas caras y se puso a leer sin dar explicaciones, aislándose de la sosa conversación que manteníamos Bruno y yo. Cuando ella regresó, él no se dignó a mirarla siquiera, no guardó los folios, siguió leyendo. Lila esperó medio minuto, después preguntó con tono alegre:

—¿Tan interesante es?

—Sí —contestó Nino sin levantar la vista.

—Entonces lee en voz alta, queremos oírte.

—Son cosas mías, no os conciernen.

—¿Qué es? —preguntó Lila, pero se notaba que lo sabía.

—Una carta.

—¿De quién?

—De Nadia.

Con un ademán fulminante, imprevisible, ella se inclinó y le arrancó los folios de las manos. Nino dio un respingo, como si lo hubiese picado un insecto enorme, pero no hizo nada por recuperar la carta, aun cuando Lila se puso a leérnosla con tonos declamatorios, en voz muy alta. Era una carta de amor un tanto infantil, insistía línea tras línea con variaciones melifluas sobre el tema de la añoranza. Bruno escuchaba en silencio, con una sonrisa incómoda, y yo, al ver que Nino no daba señales de tomarse aquello como una broma, sino que, sombrío, se miraba los pies morenos entre las tiras de las sandalias, le susurré a Lila:

—Basta, devuélvesela.

En cuanto hablé, ella interrumpió la lectura, conservó en la cara la expresión divertida y no le devolvió la carta.

—Te avergüenzas, ¿eh? —le preguntó—. Tú tienes la culpa. ¿Cómo puedes ser el novio de alguien que escribe así?

Nino no dijo nada, siguió mirándose los pies. Intervino Bruno, él también con tono alegre:

—A lo mejor es que cuando uno se enamora de una persona, no la somete antes a un examen para comprobar si sabe escribir una carta de amor.

Pero Lila ni siquiera se volvió para mirarlo, siguió dirigiéndose a Nino como si continuaran en nuestra presencia una discusión secreta:

—¿La quieres? ¿Y por qué? Explícanoslo. ¿Porque vive en el corso Vittorio Emanuele, en una casa llena de libros y cuadros antiguos? ¿Porque habla con esa voz que hace ñe ñe ñe ñe? ¿Porque es hija de la profesora?

Nino salió al fin de su ensimismamiento y dijo cortante:

—Devuélveme esa carta.

—Te la devuelvo si la rompes enseguida, aquí, delante de nosotros.

Al tono divertido de Lila, Nino respondió con monosílabos muy serios, cargados de evidentes vibraciones agresivas.

—¿Y después?

—Después le escribimos entre todos a Nadia una carta en la que le dices que la dejas.

—¿Y después?

—La mandamos esta misma noche.

Durante un momento él no dijo nada, después asintió.

—Hagámoslo.

Incrédula, Lila le indicó los folios.

—¿De veras vas a romperlos?

—Sí.

—¿Y la dejas?

—Sí. Pero con una condición.

—Habla.

—Que tú dejes a tu marido. Ahora. Vamos al teléfono todos juntos y se lo dices.

Aquellas palabras me produjeron una intensísima emoción, en un primer momento no entendí por qué. Él las pronunció levantando la voz de un modo tan repentino que se le quebró. Y al oírlo, los ojos de Lila se convirtieron en dos ranuras según esa forma tan característica que yo conocía tan bien. Ahora cambiará de tono. Ahora, pensé, se volverá mala. En efecto, le dijo: Cómo te atreves. Le dijo: Con quién te crees que estás hablando. Le dijo:

—¿Cómo se te ocurre poner en el mismo plano esta carta, tus tonterías con esa golfa de buena familia, a mí, a mi marido, mi matrimonio y todo lo que es mi vida? Muchos aires te das tú, pero no entiendes lo que es una broma. Es más, no entiendes nada. Nada, lo has oído bien, y no pongas esa cara. Vámonos a dormir, Lenù.

61

Nino no hizo nada por retenernos, Bruno dijo: «Nos vemos mañana». Tomamos una mototaxi y regresamos a casa. Pero durante el trayecto Lila empezó a temblar, me aferró una mano y me la estrujó con fuerza. Me confesó de un modo caótico todo lo que había ocurrido entre Nino y ella. Había deseado que la besara, se había dejado besar. Había deseado que la tocara, se había dejado tocar.

—No consigo pegar ojo. Cuando me duermo, me despierto sobresaltada, miro el reloj con la esperanza de que sea de día, de que sea la hora de ir a la playa. Pero es de noche, y ya no consigo dormirme otra vez, tengo en la cabeza todas las palabras que él ha dicho, todas las que no veo la hora de decirle yo. He resistido. He dicho: Yo no soy como Pinuccia, puedo hacer lo que me dé la gana, puedo comenzar y puedo dejarlo, es un pasatiempo. Mantuve los labios apretados, después me dije: Qué más da, qué es un beso, y descubrí lo que era, no lo sabía, te juro que no lo sabía, y ya no pude evitarlo. —Le di la mano, entrelacé mis dedos con los suyos, bien apretados, y soltarme fue como si me doliera—. Cuántas cosas me he perdido que ahora me llegan todas juntas. Hago de novia ahora que ya estoy casada. Estoy sobre ascuas, el corazón me late en la garganta y en las sienes. Y me gusta todo. Me gusta que él me arrastre a sitios apartados, me gusta el miedo a que alguien nos vea, me gusta la idea de que nos vean. ¿Tú hacías esas cosas con Antonio? ¿Sufrías cuando tenías que dejarlo y no veías la hora de volver a verlo? ¿Es normal, Lenù? ¿A ti te pasaba lo mismo? No sé cómo empezó ni cuándo. Al principio él no me gustaba, me gustaba cómo hablaba, lo que decía, pero físicamente, no. Pensaba: Cuántas cosas sabe este, tengo que escuchar, tengo que aprender. Ahora, mientras habla, ni siquiera logro concentrarme. Le miro la boca y me da vergüenza mirársela, aparto la vista. En poco tiempo quiero con locura todo de él: las manos, las uñas finísimas, esa delgadez, las costillas marcadas, el cuello flaco, la barba que se afeita mal y está siempre áspera, la nariz, el vello del pecho, las piernas largas y esbeltas, las rodillas. Quiero acariciarlo. Y me vienen a la cabeza cosas que me dan asco, me dan verdadero asco, Lenù, pero me gustaría hacérselas para darle placer, para que estuviera contento.

Estuve escuchándola buena parte de la noche en su habitación, con la puerta cerrada, la luz apagada. Ella estaba tumbada del lado de la ventana y el fulgor de la luna le hacía brillar el pelo de la nuca, la cadera alta; yo estaba tumbada del lado de la puerta, el lado de Stefano, y pensaba: Su marido duerme aquí todos los fines de semana, de este lado de la cama, y la acerca a él, por la tarde, por la noche, y la abraza. Y aquí, en esta misma cama, ella me habla de Nino. Las palabras para él le causan desmemoria, borran de estas sábanas todo rastro del amor conyugal. Habla de él y al hacerlo lo llama para que venga aquí, lo imagina abrazado a ella, y como se ha olvidado de sí misma no detecta infracción ni culpa. Se abre, me dice cosas que le convendría guardarse. Me dice cuánto desea a la persona que yo deseo desde siempre, y lo hace convencida de que yo, por insensibilidad, por falta de agudeza visual, por incapacidad de captar lo que ella sabe captar, nunca me había fijado en esa misma persona, en sus cualidades. No sé si lo hace de mala fe o realmente se ha convencido —por culpa mía, por mi tendencia a esconderme— de que desde la primaria hasta hoy yo he estado sorda y ciega, hasta tal punto que fue necesario que ella descubriese aquí, en Ischia, la fuerza que irradia el hijo de Sarratore. Ay, cómo detesto su presunción, me envenena la sangre. Así y todo no sé decirle basta, no consigo irme a mi cuartito a gritar en silencio, sino que me quedo aquí, de vez en cuando la interrumpo, trato de calmarla.

Simulé un desinterés que no tenía.

—Es el efecto del mar —le dije—, del aire libre, de las vacaciones. Además, Nino sabe embaucarte, habla de un modo que hace que todo parezca fácil. Pero menos mal que mañana llega Stefano, ya verás, Nino te parecerá un crío. Lo que en realidad es, lo conozco bien. A nosotras nos parece el no va más, pero si piensas en cómo lo trata el hijo de la Galiani, ¿te acuerdas de él?, te das cuenta enseguida de que lo sobrevaloramos. Claro que comparado con Bruno parece extraordinario, pero a fin de cuentas no es más que el hijo de un ferroviario al que se le ha metido en la cabeza estudiar. No olvides que Nino era de nuestro barrio, viene de ahí. No olvides que en la escuela tú eras mucho mejor, aunque él fuese mayor. Además, ya te habrás dado cuenta de cómo se aprovecha de su amigo, le hace pagar todo, las bebidas, los helados.

Me costó decir esas cosas, para mí eran mentiras. De poco sirvieron; Lila rezongó, objetó con cautela, yo rebatí. Hasta que terminó por enfadarse y se puso a defender a Nino con el tono de quien dice: Solo yo sé qué clase de persona es. Me preguntó por qué siempre le había hablado de él restándole importancia. Me preguntó qué tenía contra él.

—Te ayudó —dijo—, si hasta quiso que te publicaran en una revista esa tontería que escribiste. A veces no me gustas, Lenù, lo subestimas todo, subestimas a todos, incluso a la gente que con solo verla se hace querer.

Perdí la calma, ya no la soportaba. Había hablado mal de la persona que quería para que ella se sintiera mejor y ahora ella me ofendía. Al fin conseguí decir:

—Haz lo que te parezca, yo me voy a dormir.

Pero ella se apresuró a cambiar de tono, me abrazó, me estrechó con fuerza para retenerme, me susurró al oído:

—Dime qué tengo que hacer.

La aparté con disgusto, susurré que era ella quien debía decidir, que no podía decidir yo en su lugar.

—¿Qué hizo Pinuccia? —le dije—. Al fin y al cabo se comportó mejor que tú.

Estuvo de acuerdo, cubrimos a Pinuccia de alabanzas y, de buenas a primeras, suspiró:

—De acuerdo, mañana no voy a la playa y pasado mañana me vuelvo a Nápoles con Stefano.

62

Fue un sábado horrible. Ella no fue a la playa, y yo tampoco, pero no hice más que pensar en Nino y en Bruno, que nos esperaban inútilmente. Y no me atreví a decir: Voy un ratito a la playa, me doy un baño rápido y vuelvo. Ni siquiera me atreví a preguntar: ¿Qué hago, preparo las maletas, nos marchamos, nos quedamos? Ayudé a Nunzia a limpiar la casa, a cocinar para el almuerzo y la cena, vigilando de vez en cuando a Lila, que ni siquiera se levantó; se quedó leyendo en la cama y escribiendo en su cuaderno, y cuando su madre la llamó para comer, no contestó; cuando la llamó otra vez, cerró la puerta del dormitorio con tal violencia que tembló toda la casa.

—Tanta playa altera los nervios —dijo Nunzia mientras comíamos solas.

—Sí.

—Y eso que no está embarazada.

—No.

A última hora de la tarde Lila se levantó de la cama, picó algo, se pasó horas en el retrete. Se lavó el pelo, se maquilló, se puso un bonito vestido verde, pero siguió con cara enfurruñada. Pese a todo, recibió a su marido con modos afectuosos y él, al verla, la besó como en las películas, un largo beso intenso, mientras Nunzia y yo hacíamos de incómodas espectadoras. Stefano me dio recuerdos de mi familia, dijo que Pinuccia se había dejado de caprichos, nos contó con detalle que los Solara estaban contentos con los nuevos modelos de zapatos puestos a punto por Rino y Fernando. Pero ese comentario no le gustó a Lila y entre ellos se agriaron las cosas. Hasta ese momento ella había lucido una sonrisa forzada, pero fue oír el nombre de los Solara y empezar a agredir al marido; dijo que esos dos le importaban un cuerno, que no quería vivir solo para saber lo que pensaban y lo que dejaban de pensar. Stefano se afligió, puso cara ceñuda. Comprendió que el encanto de las últimas semanas había terminado, pero le contestó con su media sonrisa condescendiente, dijo que se limitaba a contarle lo que había ocurrido en el barrio, que no había necesidad de emplear ese tono. De poco sirvió. Lila transformó rápidamente la velada en un conflicto sin tregua. Stefano no podía pronunciar una sola palabra sin que ella tuviese algo que objetar de forma agresiva. Se fueron a la cama riñendo y los oí pelearse hasta que me dormí.

Me desperté al amanecer. No sabía qué hacer, si recoger mis cosas, si esperar a que Lila tomara una decisión; si irme a la playa, pero con el riesgo de toparme con Nino, algo que Lila no me habría perdonado, si seguir devanándome los sesos todo el día como ya hacía, encerrada en mi cuartito. Decidí dejar una nota en la que avisaba que me iba a la playa dei Maronti y que regresaría a primera hora de la tarde. Escribí que no podía marcharme de Ischia sin despedirme de Nella. Lo escribí de buena fe, pero hoy sé bien cómo funciona mi cabeza: quería encomendarme a la suerte; Lila no podría reprocharme si me encontraba con Nino, que iría a pedirle dinero a sus padres.

El resultado fue un día malogrado y un discreto derroche de dinero. Cogí una barca, me hice llevar a la playa dei Maronti. Fui al lugar donde solían instalarse los Sarratore y solo encontré la sombrilla. Miré a mi alrededor, vi a Donato en el agua y él me vio a mí. Agitó los brazos para saludarme, vino corriendo, me dijo que su mujer y sus hijos habían ido a pasar el día a Forio, con Nino. Me llevé un chasco, la suerte no solo era irónica, sino despectiva; me había sustraído al hijo para entregarme a la charla pegajosa del padre.

Cuando traté de liberarme para ir a casa de Nella, Sarratore no me soltó, recogió deprisa sus cosas y quiso acompañarme. Durante el trayecto adoptó un tono empalagoso y, sin ningún pudor, se puso a hablar de lo ocurrido entre nosotros tiempo atrás. Me pidió perdón, murmuró que el corazón no obedece a razones, me habló con palabras suspirantes de mi belleza de entonces y, sobre todo, de la actual.

—No exageremos —dije y, aunque sabía que debía mostrarme seria y arisca, me eché a reír por los nervios.

Aunque iba cargado con la sombrilla y sus bártulos, él no supo renunciar a soltarme una parrafada anhelante. En esencia vino a decir que el problema de la juventud radicaba en la falta de ojos para vernos y de sentimientos para sentirnos con objetividad.

—Está el espejo —repliqué—, que es objetivo.

—¿El espejo? El espejo es lo último de lo que te puedes fiar. Apuesto a que te sientes menos guapa que tus dos amigas.

—Sí.

—Sin embargo, eres mucho más guapa que ellas. Ten confianza. Fíjate qué bonito pelo rubio tienes. Y qué porte. Solo tienes que abordar y resolver dos problemas. El primero es el traje de baño, no es el adecuado a tus posibilidades; el segundo es el modelo de gafas. El que llevas no es en absoluto adecuado, Elena, demasiado pesado. Tienes una cara tan delicada, moldeada de una forma tan distinguida por las cosas que estudias. Necesitarías unas gafas mucho más ligeras.

Lo escuché cada vez menos molesta, parecía un científico experto en belleza femenina. Sobre todo habló con un conocimiento tan desinteresado que me llevó a pensar: ¿Y si tuviera razón? A lo mejor no sé valorarme. Por otra parte, ¿con qué dinero me compro ropa adecuada, un traje adecuado, unas gafas adecuadas? Estaba a punto de entregarme a un lamento sobre la pobreza y la riqueza cuando él me dijo con una sonrisa:

—Por lo demás, si no te fías de mi juicio, te habrás dado cuenta, espero, de cómo te miraba mi hijo aquella vez que vinisteis a vernos.

Solo entonces comprendí que me mentía. Eran palabras para alimentar mi vanidad, destinadas a hacerme sentir bien y a empujarme hacia él por necesidad de gratificación. Me sentí estúpida, herida no por él, con sus mentiras, sino por mi propia estupidez. Le paré los pies con una descortesía creciente que lo dejó helado.

Al llegar a la casa, charlé un rato con Nella, le dije que a lo mejor regresábamos todos a Nápoles a última hora de la tarde y que quería despedirme.

—Qué pena que te vayas.

—Sí.

—Quédate a comer conmigo.

—No puedo, tengo que irme.

—Pero si no te marchas, jura que vendrás otra vez y no con tantas prisas. Te quedarás todo el día conmigo, y la noche, ya sabes que cama hay. Tengo que contarte muchas cosas.

—Gracias.

—Contamos contigo, ya sabes cuánto te queremos —intervino Sarratore.

Me fui corriendo; había un pariente de Nella que iba al Puerto en coche y quería aprovechar para que me llevara.

Durante el trayecto, las palabras de Sarratore me pillaron por sorpresa y, aunque no hacía más que rechazarlas, comenzaron su labor de zapa. No, tal vez no había mentido. Sabía ver realmente más allá de las apariencias. Estaba claro que, de algún modo, se había fijado en la mirada que su hijo me había echado. Y si era guapa, si Nino me había encontrado de veras atractiva —y yo sabía que era así, porque al fin y al cabo me había besado, me había tomado de la mano—, era hora de que analizara los hechos tal como habían ocurrido: Lila me lo había quitado; Lila lo había alejado de mí para atraerlo. Tal vez no lo había hecho a propósito, pero lo había hecho.

Decidí de repente que debía buscarlo, verlo a toda costa. Ahora que nuestra marcha era inminente, ahora que la fuerza de seducción que Lila había ejercido en él ya no tendría la oportunidad de cautivarlo, ahora que ella misma había decidido regresar a la vida que le correspondía, él y yo podíamos retomar nuestra relación. En Nápoles. En forma de amistad. Si acaso podíamos vernos para hablar de ella. Y después volveríamos a nuestras conversaciones, a nuestras lecturas. Le demostraría que sabía apasionarme por sus cosas seguramente mejor que Lila, tal vez incluso mejor que Nadia. Sí, debía hablar con él enseguida, decirle que me marchaba, decirle: Nos vemos en el barrio en la piazza Nazionale, en Mezzocannone, donde tú quieras, pero lo antes posible.

Tomé una mototaxi, me hice llevar a Forio, a casa de Bruno. Llamé, no se asomó nadie. Vagué por la ciudad en un estado de creciente malestar, después me fui a la playa y eché a andar por la orilla. Al parecer, en esta ocasión la suerte estuvo de mi lado. Llevaba mucho rato caminando cuando me topé con él de frente; Nino se alegró de encontrarme, una alegría mal contenida. Tenía los ojos demasiado brillantes, los gestos exaltados, la voz chillona.

—Os busqué ayer y hoy. ¿Dónde está Lina?

—Con su marido.

Del bolsillo de los pantalones sacó un sobre, me lo puso en la mano con una fuerza excesiva.

—¿Puedes dársela?

Me harté.

—Es inútil, Nino.

—Tú dásela.

—Esta noche nos vamos, regresamos a Nápoles.

Hizo una mueca atormentada, dijo ronco:

—¿Quién lo ha decidido?

—Ella.

—No me lo creo.

—Es así, me lo dijo anoche.

Pensó un momento, señaló el sobre.

—Te pido por favor que se la lleves de todos modos, enseguida.

—De acuerdo.

—Jura que lo harás.

—Ya te he dicho que sí.

Me acompañó un largo trecho echando pestes de su madre y sus hermanos. Son una tortura, dijo, menos mal que se han vuelto a Barano. Le pregunté por Bruno. Hizo una mueca de disgusto, estaba estudiando, también echó pestes de él.

—¿Y tú no estudias?

—No puedo.

Hundió la cabeza entre los hombros, se deprimió. Se puso a hablarme de los engaños de los que uno mismo puede ser víctima por el mero hecho de que un profesor, por problemas suyos, te haga creer que eres bueno. Se había dado cuenta de que las cosas que quería aprender nunca le habían interesado de veras.

—¿Qué dices? ¿Así de repente?

—Basta un instante para cambiarte la vida de arriba abajo.

Qué le estaba pasando, palabras banales, ya no lo reconocía. Me juré que lo ayudaría a entrar en razón.

—Ahora estás demasiado inquieto y no sabes lo que dices —dejé caer con el mejor de mis tonos sensatos—. Pero en cuanto regreses a Nápoles, si tienes ganas, nos vemos y hablamos.

Asintió con la cabeza, pero poco después casi gritó con rabia:

—Se acabó la universidad, quiero buscarme un trabajo.

63

Me acompañó casi hasta casa, llegué a temer que nos cruzáramos con Stefano y Lila. Me despedí deprisa y enfilé las escaleras.

—Mañana por la mañana a las nueve —gritó.

Me detuve.

—Si nos marchamos, te veré en el barrio, búscame allí.

Nino negó con la cabeza, decidido.

—No os marcharéis —dijo como si diera una orden amenazante al destino.

Saludé con la mano una última vez y subí corriendo las escaleras, lamentando no haber podido comprobar qué había en el sobre.

En casa encontré mal ambiente. Stefano y Nunzia confabulaban; Lila debía de estar en el retrete o en el dormitorio. Cuando entré los dos me miraron con antipatía. Furioso, Stefano dijo sin rodeos:

—¿Quieres explicarme que estáis liando tú y esa?

—¿En qué sentido?

—Dice que se ha cansado de Ischia, que quiere ir a Amalfi.

—Yo no sé nada.

Intervino Nunzia, pero no con su tono materno de siempre:

—Lenù, no le metas en la cabeza ideas equivocadas, que el dinero no se puede tirar por la ventana. ¿A santo de qué sale ahora con lo de Amalfi? Aquí hemos pagado para quedarnos hasta septiembre.

Me enfurecí.

—Os equivocáis. Soy yo la que hace lo que Lina quiere y no al revés —dije.

—Eso significa que tiene que entrar en razón —saltó Stefano—. Regreso la semana que viene, y pasamos la Asunción todos juntos, ya verás como os divertiréis. Pero ahora no quiero caprichos. Qué cojones. ¿A ti te parece que ahora os voy a llevar a Amalfi? ¿Y si Amalfi no os gusta, adónde os llevo, a Capri? ¿Y después? Basta ya, Lenù.

Su tono me atemorizó.

—¿Dónde está? —pregunté.

Nunzia me indicó el dormitorio. Fui a ver a Lila convencida de que encontraría las maletas hechas y a ella decidida a marcharse, aun a riesgo de que la molieran a palos. Pero la vi en combinación, durmiendo en la cama sin hacer. En la habitación reinaba el desorden de siempre, aunque las maletas estaban amontonadas en un rincón, vacías. La sacudí.

—Lila.

Se sobresaltó, me preguntó enseguida con una mirada velada por el sueño:

—¿Dónde has estado, has visto a Nino?

—Sí. Me ha dado esto para ti.

A regañadientes le entregué el sobre. Lo abrió, sacó una hoja. La leyó y, en un abrir y cerrar de ojos, se puso radiante, como si una inyección de sustancias excitantes hubiese acabado con su somnolencia y su desconsuelo.

—¿Qué te dice? —le pregunté con cautela.

—A mí nada.

—¿Y entonces?

—Habla de Nadia, la deja.

Metió la carta en el sobre, me la entregó y me rogó que la escondiera bien.

Me quedé desconcertada, con el sobre en la mano. ¿Nino dejaba a Nadia? ¿Y por qué? ¿Porque Lila se lo había pedido? ¿Para que ella se saliera con la suya? Estaba decepcionada, decepcionada, decepcionada. Sacrificaba a la hija de la profesora Galiani por el juego en el que estaba metido con la mujer del charcutero. No dije nada, me quedé mirando a Lila mientras se vestía y se maquillaba. Al final le pregunté:

—¿Por qué le pediste a Stefano algo tan absurdo como ir a Amalfi? No te entiendo.

Ella sonrió.

—Yo tampoco.

Salimos de la habitación. Lila besuqueó a Stefano restregándose contra él con alegría, decidimos acompañarlo al Puerto, Nunzia y yo en una mototaxi, él y Lila en la Lambretta. Tomamos un helado mientras esperábamos el barco. Lila fue amable con su marido, le hizo mil recomendaciones, prometió llamarlo por teléfono todas las noches. Antes de enfilar la pasarela, él me puso el brazo sobre los hombros y me murmuró al oído:

—Perdóname, estaba furioso. Sin ti no sé cómo habría acabado todo esta vez.

Era una frase cortés en la que, no obstante, noté una especie de ultimátum que venía a decirme: Por favor, dile a tu amiga que si sigue tirando demasiado de la cuerda, acabará rompiéndose.

64

En el encabezamiento de la carta constaba la dirección de Nadia en Capri. En cuanto el barco se alejó del muelle llevándose a Stefano, Lila nos condujo alegremente hacia el estanco, compró un sello y, mientras yo distraía a Nunzia, copió en el sobre la dirección y lo despachó.

Paseamos por Forio, pero yo estaba demasiado tensa, hablaba todo el rato con Nunzia. Cuando regresamos a casa, me llevé a Lila a mi cuarto y le canté las cuarenta. Ella me escuchó en silencio, si bien con una actitud distraída, como si por una parte notara la gravedad de la situación que le comentaba y, por otra, se abandonara a pensamientos que restaban toda importancia a cada una de mis palabras.

—Lila, no sé qué tienes en mente aunque, en mi opinión, estás jugando con fuego —le dije—. Stefano se ha ido contento y si lo llamas por teléfono todas las noches, se pondrá más contento todavía. Pero ojo, que dentro de una semana volverá y se quedará hasta el veinte de agosto. ¿Crees que podrás seguir así? ¿Crees que podrás jugar con la vida de la gente? ¿Sabías que Nino quiere dejar los estudios y buscarse un trabajo? ¿Qué le has metido en la cabeza? ¿Y por qué has hecho que dejara a su novia? ¿Quieres arruinarlo? ¿Os queréis arruinar?

Al oír esa última pregunta, se estremeció y se echó a reír, si bien con una risa forzada. Adoptó un tono que parecía divertido, pero a saber. Dijo que debía sentirme orgullosa de ella, que me había hecho quedar muy bien. ¿Por qué? Porque la habían considerado en todos los sentidos más fina que la finísima hija de mi profesora. Porque el muchacho más aplicado de mi colegio y tal vez de Nápoles y tal vez de Italia y tal vez del mundo entero —a juzgar, claro, por lo que yo contaba— acababa de dejar a esa niña bien, nada menos que por darle el gusto a ella, la hija de un zapatero, con diploma de primaria, casada con Carracci. Lo dijo con creciente sarcasmo y como si por fin me desvelase un cruel plan de venganza. Debí de poner mala cara, se dio cuenta, pero durante unos minutos siguió con ese tono, como si no pudiera parar. ¿Hablaba en serio? ¿En ese momento era ese su verdadero estado de ánimo?

—¿Para quién estás haciendo esta escena? ¿Para mí? ¿Quieres hacerme creer que Nino está dispuesto a cualquier locura con tal de complacerte? —exclamé.

La carcajada desapareció de sus ojos, se puso seria, cambió bruscamente de tono:

—No, estoy enredando, es justo lo contrario. Soy yo la que está dispuesta a cualquier locura; nunca me había ocurrido por nadie, y me alegro de que esté sucediendo ahora.

Después, vencida por la incomodidad, se fue a dormir sin darme siquiera las buenas noches.

Caí en un duermevela agotador y me pasé las horas tratando de convencerme de que su último torrente de palabras era más cierto que el flujo que lo había precedido.

En el curso de la semana siguiente tuve la prueba. En primer lugar, desde el lunes comprendí que, tras la marcha de Pinuccia, Bruno estaba realmente por mí y que consideraba llegado el momento de comportarse conmigo como Nino lo hacía con Lila. Mientras nos bañábamos, tiró de mí con torpeza hacia él para besarme, me hizo tragar bastante agua, empecé a toser y me vi obligada a regresar enseguida a la orilla. Me lo tomé mal, lo notó. Cuando vino a tumbarse al sol, junto a mí, con cara de perro apaleado, le solté un discurso amable aunque firme cuyo sentido era: Bruno, eres muy simpático, pero entre tú y yo no puede haber más que un sentimiento fraterno. Se entristeció si bien no se dio por vencido. Esa misma noche, después de la llamada telefónica a Stefano, nos fuimos los cuatro a pasear por la playa, luego nos sentamos en la arena fría y nos tumbamos a mirar las estrellas, Lila apoyada en los codos, Nino con la cabeza sobre su vientre, yo con la cabeza sobre la barriga de Nino, Bruno con la cabeza sobre la mía. Nos quedamos con los ojos clavados en las constelaciones, y utilizamos fórmulas conocidas para alabar la portentosa arquitectura del cielo. No todos, Lila no. Ella estuvo callada y cuando agotamos el catálogo de admirado estupor, dijo que el espectáculo de la noche le daba miedo, que no veía en él ninguna arquitectura sino solo fragmentos de vidrio desperdigados sin ton ni son en un betún azul. Eso nos hizo callar a todos y yo me puse nerviosa por la costumbre que había tomado de hablar en último lugar, lo que le daba un margen prolongado para la reflexión, y con media frase le permitía desbaratar todo lo que habíamos dicho de un modo más o menos impulsivo.

—Pero qué miedo ni qué ocho cuartos —exclamé—, es precioso.

Bruno me apoyó enseguida. Nino, por su parte, le dio cuerda: con un leve movimiento me pidió que quitara la cabeza de su barriga, se sentó y se puso a conversar con ella como si estuvieran solos. El cielo, la bóveda celeste, el orden, el desorden. Al final se levantaron y charlando se perdieron en la oscuridad.

Me quedé tumbada, pero apoyada en los codos. El cuerpo caliente de Nino ya no me servía de cojín y me molestaba el peso de la cabeza de Bruno en el vientre. Le pedí disculpas rozándole el pelo. Él se incorporó, me aferró por la cintura y pegó la cara contra mis pechos. Murmuré: No, pero me tumbó igualmente sobre la arena y buscó mi boca apretándome fuerte el pecho con una mano. Lo rechacé con fuerza gritando: Para ya, y esta vez me mostré desagradable.

—No me gustas. ¿Cómo quieres que te lo diga? —le dije entre dientes.

Él se detuvo, avergonzado, y se sentó.

—¿Es posible que no te guste ni un poco? —dijo en voz muy baja.

Traté de explicarle que no era algo que pudiera medirse.

—No es cuestión de más o menos belleza, de más o menos simpatía; la cuestión es que hay personas que me atraen y otras no, independientemente de cómo son en realidad —le dije.

—¿No te gusto?

—No —resoplé.

En cuanto pronuncié aquel monosílabo, me eché a llorar, y mientras lloraba no hice más que balbucear cosas como:

—Ves, lloro sin motivo, soy una imbécil, no vale la pena que pierdas el tiempo conmigo.

Él me rozó la mejilla con los dedos y trató otra vez de abrazarme murmurando: Tengo ganas de hacerte muchos regalos, te los mereces, eres tan hermosa. Me aparté con rabia, me volví hacia la oscuridad y grité con la voz rota:

—Lila, vuelve enseguida, quiero irme a casa.

Los dos amigos nos acompañaron hasta el pie de la escalinata, luego se marcharon. Mientras Lila y yo subíamos a casa, en la oscuridad, le dije exasperada:

—Ve donde te dé la gana, haz lo que te dé la gana, yo no te acompaño más. Es la segunda vez que Bruno me mete mano, no quiero volver a quedarme sola con él, ¿está claro?

65

Hay momentos en que recurrimos a fórmulas insensatas y planteamos exigencias absurdas para ocultar sentimientos lineales. Hoy sé que en otras circunstancias, tras alguna resistencia, habría cedido a los avances de Bruno. No me gustaba, es verdad, pero tampoco Antonio me había gustado especialmente. Con los hombres nos encariñamos poco a poco, con independiencia del hecho de que coincidan o no con el modelo de hombre adoptado en las distintas etapas de la vida. Y en aquella etapa de su vida, Bruno Soccavo era cortés y generoso, y habría sido fácil tenerle un poco de cariño. Pero los motivos para rechazarlo no tenían nada que ver con su atractivo real. La verdad era que quería frenar a Lila. Quería estorbarla. Quería que se diera cuenta de la situación en la que se estaba metiendo y me estaba metiendo. Quería que me dijera: De acuerdo, tienes razón, me estoy equivocando, ya no me internaré con Nino en la oscuridad, no te dejaré sola con Bruno, a partir de este momento me comportaré como corresponde a una mujer casada.

Por supuesto no fue así. Se limitó a decir:

—Se lo cuento a Nino y ya verás como Bruno no te molestará más.

Y así, día tras día, seguimos reuniéndonos con los dos muchachos a las nueve de la mañana y nos separábamos a medianoche. Pero el martes por la noche, después de la llamada telefónica a Stefano, Nino dijo:

—No habéis venido nunca a ver la casa de Bruno. ¿Queréis subir?

Enseguida dije que no, me inventé que me dolía la barriga y que quería irme a casa. Nino y Lila se miraron, indecisos, Bruno no dijo nada. Noté el peso del descontento de Nino y Lina y añadí, incómoda:

—Si acaso otro día.

Lila no abrió la boca, pero cuando nos quedamos solas, exclamó:

—No puedes amargarme la vida, Lenù.

—Si Stefano llega a enterarse de que hemos ido solas a casa de esos dos, no la tomará contigo sino también conmigo —respondí.

Y no me conformé con eso. En casa, avivé el descontento de Nunzia y lo utilicé para animarla a reprender a su hija por tomar tanto el sol y tantos baños, por quedarse dando vueltas por ahí hasta medianoche. Como si quisiera reconciliar a madre e hija, llegué incluso a decir:

—Señora Nunzia, mañana por la noche venga a tomar un helado con nosotras, verá como no hacemos nada malo.

Lila se puso furiosa, dijo que todo el año llevaba una vida sacrificada, siempre encerrada en la charcutería, y tenía derecho a un poco de libertad. Nunzia también perdió los papeles:

—¿Qué estás diciendo, Lina? ¿La libertad? ¿Qué libertad? Estás casada, tienes que rendir cuentas a tu marido. Lenuccia puede querer un poco de libertad, tú no.

Su hija se encerró en el dormitorio con un portazo.

Al día siguiente, Lila se salió con la suya; su madre se quedó en casa y nosotras fuimos a telefonear a Stefano. «Os quiero en casa a las once en punto», dijo Nunzia enfurruñada, dirigiéndose a mí, y yo le contesté: «De acuerdo». Me lanzó una larga mirada escrutadora. Estaba alarmada. Era la encargada de vigilarnos, aunque no nos vigilaba; temía que nos metiéramos en líos, pero pensaba en su juventud sacrificada y no se atrevía a prohibirnos alguna que otra distracción inocente. Para tranquilizarla repetí: «A las once».

La llamada telefónica a Stefano duró como mucho un minuto. Cuando Lila salió de la cabina, Nino volvió a preguntar:

—Lenù, ¿te encuentras bien esta noche? ¿Venís a ver la casa?

—Anda, ven —me animó Bruno—, tomáis algo y luego os vais.

Lila asintió, yo no dije nada. Por fuera el edificio era viejo, mal conservado, pero por dentro estaba recién restaurado: el sótano blanco y bien iluminado, repleto de vinos y embutidos; una escalinata de mármol con barandilla de hierro forjado; puertas macizas en las que brillaban picaportes dorados; ventanas con armazones también dorados; muchas habitaciones, sofás amarillos, televisor; en la cocina alacenas de color aguamarina y en los dormitorios, armarios que parecían iglesias góticas. Pensé, por primera vez con claridad, que Bruno era realmente rico, más rico que Stefano. Pensé que si mi madre llegaba a enterarse de que me había cortejado el hijo estudiante del dueño de las mortadelas Soccavo, y que me había invitado a su casa y en lugar de dar gracias a Dios por la suerte que me había deparado y tratar de que se casara conmigo lo había rechazado nada menos que en dos ocasiones, me molería a palos. Por otra parte, el hecho de pensar en mi madre, en su pierna dañada, hizo que me sintiera físicamente inadecuada hasta para Bruno. En aquella casa me acobardé. Por qué estaba allí, qué hacía yo allí. Lila fingía desenvoltura, se reía con frecuencia; yo me sentía como si tuviera fiebre, la boca amarga. Empecé a decir que sí para evitar el fastidio de decir que no. Quieres tomar esto, quieres que ponga este disco, quieres ver la televisión, quieres helado. Tardé en darme cuenta de que Nino y Lila habían desaparecido, pero cuando lo hice me alarmé. ¿Dónde se habían metido? ¿Era posible que se hubiesen encerrado en el dormitorio de Nino? ¿Era posible que Lila estuviese dispuesta a transgredir también ese límite? Era posible que... No quise pensarlo siquiera. Me levanté de un brinco, le dije a Bruno:

—Se ha hecho tarde.

Él fue amable, pero con un punto de melancolía.

—Quédate un rato más —murmuró.

Dijo que al día siguiente se marchaba muy temprano, debía asistir por fuerza a una fiesta familiar. Me anunció que estaría ausente hasta el lunes y esos días sin mí serían un tormento. Me cogió una mano con delicadeza, dijo que me quería mucho y frases por el estilo. Aparté la mano despacio, no intentó ningún otro contacto. Se limitó a hablar durante mucho rato de sus sentimientos por mí, él que en general era de pocas palabras, y me costó interrumpirlo. Cuando por fin lo conseguí, dije:

—Tengo que marcharme. —Y luego, en voz siempre más alta—: Lila, ven, por favor, son las diez y cuarto.

Pasaron unos minutos, los dos reaparecieron. Nino y Bruno nos acompañaron a la mototaxi. Bruno se despidió de nosotras como si se marchara a América el resto de su vida y no a Nápoles por unos días. En el trayecto de vuelta Lila dijo con un tono confidente, como si se tratara de una gran noticia:

—Nino me ha dicho que te aprecia mucho.

—Yo no —contesté enseguida, hosca. Y añadí entre dientes—: ¿Y si te quedas embarazada?

—No hay peligro. Solo nos besamos y nos abrazamos —me dijo al oído.

—Ah.

—De todas maneras yo no me quedo embarazada.

—Te pasó una vez.

—Te he dicho que no me quedo embarazada. Él sabe cómo se hace.

—¿Él, quién?

—Nino. Usaría un preservativo.

—¿Y eso qué es?

—No sé, lo ha llamado así.

—¿No sabes qué es y te fías?

—Es algo que se pone encima.

—¿Encima de qué?

Quería obligarla a llamar a las cosas por su nombre. Quería que entendiera bien lo que me estaba diciendo. Primero me aseguraba que se besaban nada más, después hablaba de él como de alguien que sabía cómo evitar que se quedara embarazada. Yo estaba furiosa, pretendía que se avergonzara. Pero ella parecía contenta de todo lo que le había ocurrido y de lo que le ocurriría. Tanto es así que una vez en casa fue amable con Nunzia, subrayó que habíamos vuelto con mucha antelación y se preparó para irse a la cama. Sin embargo, dejó abierta la puerta de su dormitorio y cuando me vio lista para irme a dormir me llamó.

—Quédate un rato conmigo, cierra la puerta —dijo.

Me senté en la cama, esforzándome por que notara que estaba harta de ella y de todo.

—¿Qué tienes que decirme?

—Quiero ir a dormir a casa de Nino —susurró.

Me quedé boquiabierta.

—¿Y Nunzia?

—Espera, no te enfades. Queda poco tiempo, Lenù. Stefano llegará el sábado, se quedará diez días, después volveremos a Nápoles. Y todo habrá terminado.

—¿Todo qué?

—Esto, estos días, estas noches.

Hablamos largo rato, me pareció muy lúcida. Murmuró que nunca más le ocurriría nada parecido. Me susurró que lo amaba, que lo deseaba. Usó ese verbo, «amar», que solo habíamos encontrado en los libros y en el cine, que en el barrio no usaba nadie; yo, como mucho, lo decía para mis adentros, todos preferíamos «querer». Ella no, ella amaba. Amaba a Nino. Pero sabía a la perfección que era preciso sofocar ese amor, había que impedir a toda costa que respirase. Lo haría, lo haría a partir del sábado por la noche. No tenía dudas, lo conseguiría, y yo debía fiarme de ella. Pero deseaba dedicarle a Nino el poco tiempo que quedaba.

—Quiero pasar con él una noche y un día enteros en una cama —dijo—. Quiero dormir abrazada a él y besarlo cuando me apetezca, acariciarlo cuando me apetezca, incluso mientras duerme. Y después basta.

—Es imposible.

—Tienes que ayudarme.

—¿Cómo?

—Debes convencer a mi madre de que Nella nos ha invitado a pasar dos días en Barano y que nos quedaremos a dormir allí.

Me callé un momento. De modo que ya tenía una idea, ya tenía un plan. Seguramente lo había elaborado con Nino, tal vez él había alejado a Bruno a propósito. Vete a saber desde cuándo tramaban cómo hacerlo, dónde hacerlo. Fin de las discusiones sobre el neocapitalismo, sobre el neocolonialismo, sobre África y América Latina, sobre Beckett, sobre Bertrand Russell. Extravagancias. Nino ya no discutía sobre nada. Sus brillantes cerebros ahora se ejercitaban solo para engañar a Nunzia y a Stefano utilizándome a mí.

—Has perdido el juicio —le dije, furiosa—, pongamos que tu madre te cree, pero tu marido nunca se lo tragará.

—Tú convéncela para que nos deje ir a Barano y yo la convenzo de que no se lo cuente a Stefano.

—No.

—¿Ya no somos amigas?

—No.

—¿Ya no eres amiga de Nino?

—No.

Pero Lila sabía muy bien cómo enredarme en sus asuntos. Y yo era incapaz de resistirme; por una parte decía basta, por otra me deprimía la idea de no formar parte de su vida, de su modo de inventársela. ¿Qué era ese engaño sino otra de sus fantasiosas jugadas, siempre cargadas de riesgos? Nosotras dos juntas, apoyándonos, luchando contra todos. Dedicaríamos el día siguiente a vencer las resistencias de Nunzia. Y al siguiente saldríamos temprano, las dos juntas. En Forio nos separaríamos. Ella iría a refugiarse a casa de Bruno, con Nino; yo tomaría la barca hacia la playa dei Maronti. Ella pasaría todo el día y toda la noche con Nino; yo me quedaría en casa de Nella y dormiría en Barano. Al día siguiente regresaría a Forio a la hora de comer, nos reuniríamos en casa de Bruno para volver juntas. Perfecto. Cuanto más se calentaba la cabeza planificando con minuciosidad cómo cuadrar todos los pasos del engaño, más hábilmente me calentaba la mía y me abrazaba, me rogaba. Ahí tienes una nueva aventura, juntas. Ahí tienes cómo nos apoderaríamos de lo que la vida no quería darnos. Ahí lo tienes. ¿O acaso prefería que ella se privara de esa alegría, que Nino sufriera, que los dos perdieran el juicio y acabaran por no manejar con prudencia su deseo sino dejándose arrastrar peligrosamente por él? Aquella noche hubo un momento en que, a fuerza de seguir el hilo de sus argumentaciones, llegué a pensar que apoyarla en la empresa, además de ser un hito importante en nuestra larga hermandad, era también la forma de manifestar mi amor —ella decía amistad, pero yo, desesperada, pensaba: amor, amor, amor— por Nino. Fue entonces cuando le dije:

—De acuerdo, te ayudaré.

66

Al día siguiente le conté a Nunzia unas patrañas tan infames que yo misma me avergoncé. En el centro de las mentiras puse a la maestra Oliviero, que a saber en qué terribles condiciones se encontraba en Potenza, y fue idea mía, no de Lila.

—Ayer —le dije a Nunzia—, vi a Nella Incardo y me dijo que su prima, que está convaleciente, fue a pasar unos días de vacaciones en su casa para restablecerse definitivamente. Mañana por la noche, Nella dará una fiesta para la maestra y nos ha invitado a Lila y a mí, que fuimos sus mejores alumnas. A nosotras nos gustaría mucho ir, pero como se hará muy tarde, no es posible. Sin embargo, Nella nos dijo que podríamos quedarnos a dormir en su casa.

—¿En Barano? —preguntó Nunzia, ceñuda.

—Sí, la fiesta es allí.

Silencio.

—Ve tú, Lenù, Lila no puede, su marido se enfadará.

—No se lo diremos —dejó caer Lila.

—¿Cómo se te ocurre?

—Mamá, él está en Nápoles y yo aquí, no se enterará nunca.

—De un modo u otro las cosas acaban sabiéndose.

—Que no.

—Que sí, basta. Lina, no quiero discutir más, si Lenuccia quiere ir, bien, pero tú te quedas.

Seguimos así durante una hora larga, yo hacía hincapié en que la maestra estaba muy enferma y a saber si sería la última ocasión para mostrarle nuestra gratitud, y Lila apremiándola así:

—Cuántas mentiras le dijiste tú a papá, confiesa, y no con mala intención, sino con buena intención, para disponer de tiempo para ti, para hacer algo correcto que él jamás te habría dejado hacer.

Tira y afloja, al principio Nunzia dijo que ella jamás le había dicho a Fernando ni una sola mentirijilla; después reconoció que le había dicho una, dos, muchísimas; al final le gritó con una mezcla de rabia y orgullo materno:

—¿Qué pasó cuando te hice? ¿Un accidente, un sollozo, una convulsión, se cortó la luz, se quemó una bombilla, se cayó de la cómoda la palangana llena de agua? Seguro que algo debió de pasar para que nacieras tan insoportable, tan distinta de las demás. —Entonces se entristeció, pareció dulcificarse. Pero enseguida volvió a encolerizarse, dijo que al marido no había que decirle mentiras con el único fin de ir a ver a una maestra.

—A la Oliviero le debo lo poco que sé, con ella hice todos los cursos —exclamó Lila.

Nunzia acabó cediendo. Pero nos impuso un horario preciso: el sábado a las dos en punto debíamos estar de vuelta en casa. Ni un minuto más.

—¿Y si llega Stefano y no os encuentra? Por favor, Lina, no me pongas en un aprieto. ¿Está claro?

—Está claro.

Fuimos a la playa. Lila estaba radiante, me abrazó, me besó, dijo que me estaría eternamente agradecida. Pero yo ya me sentía culpable por aquel recuerdo de la Oliviero utilizado como motivo principal de una fiesta, en Barano, imaginándomela como era cuando nos enseñaba con energía y no como debía de estar en ese momento, peor de como la había visto cuando se la llevaron en ambulancia, peor de como la había visto en el hospital. Desapareció la satisfacción por haber inventado una mentira eficaz, perdí el frenesí de la complicidad, volví a sentirme amargada. Me pregunté por qué apoyaba a Lila, por qué la encubría; de hecho quería traicionar a su marido, quería violar el vínculo sagrado del matrimonio, quería quitarse de encima su condición de esposa, quería hacer algo por lo que Stefano, si llegaba a descubrirla, le rompería la cabeza. De pronto me acordé de lo que le había hecho a su foto en traje de novia y me entró dolor de estómago. Ahora, pensé, se comporta del mismo modo, pero no con una foto, sino con su propio papel de señora Carracci. Y también esta vez me mete en el lío para que la ayude. Nino es un instrumento, sí, sí. Como las tijeras, la cola, el color, él le sirve para deformarse. Hacia qué fea acción me está empujando. Y por qué me dejo llevar.

Lo encontramos en la playa, nos esperaba. Preguntó nervioso:

—¿Y?

Ella le contestó:

—Sí.

Salieron corriendo a meterse en el agua sin invitarme siquiera; además, no habría ido. Era tal mi angustia que me dio frío, ¿y para qué bañarme, para quedarme sola en la orilla, atemorizada por la profundidad?

Soplaba el viento, había alguna que otra nube, el mar estaba un poco agitado. Se zambulleron sin dudarlo, Lila con un prolongado grito de alegría. Felices, pletóricos de su propia historia, tenían la energía de quien se apodera con éxito de lo que desea, cueste lo que cueste. Se perdieron enseguida entre las olas con brazadas decididas.

Me sentí encadenada a un pacto insoportable de amistad. Qué tortuoso era todo. Yo había arrastrado a Lila hasta Ischia. Yo la había utilizado para perseguir a Nino, para colmo sin esperanzas. Había renunciado al dinero de la librería de Mezzocannone por el dinero que ella me daba. Me había puesto a su servicio y ahora hacía el papel de la criada que echa una mano a su señora. Encubría su adulterio. Lo preparaba. La ayudaba a quedarse con Nino, a quedarse con él en mi lugar, a que se la tirara —sí, a que se la tirara—, a follar con él todo un día y toda una noche, a hacerle mamadas. Me empezaron a latir las sienes, pateé una, dos, tres veces la arena con el talón y me deleité sintiendo cómo me resonaban en la cabeza las palabras de la infancia, sobrecargadas de sexo confusamente imaginado. Desapareció el instituto, desapareció la hermosa sonoridad de los libros, de las traducciones del griego y del latín. Clavé la vista en el mar resplandeciente, la larga masa grisácea que desde el horizonte avanzaba hacia el cielo azul, hacia el blanco veteado del calor, y los entreví, a Nino y a Lila, puntitos negros. No supe si seguían nadando hacia el celaje del horizonte o si estaban regresando. Deseé que se ahogaran y que la muerte les arrebatara a ambos los goces del mañana.

67

Oí que me llamaban, me volví de golpe.

—No me equivocaba, la he visto bien —dijo una voz masculina en tono de guasa.

—Ya te decía yo que era ella —dijo una voz femenina.

Los reconocí enseguida, me levanté. Eran Michele Solara y Gigliola, acompañados por el hermano de ella, un chico de doce años que se llamaba Lello.

Los traté con muchos cumplidos, aunque en ningún momento les dije: Sentaos. Esperaba que por algún motivo tuviesen prisa, que se fueran enseguida, pero Gigliola tendió con cuidado su toalla sobre la arena y luego la de Michele, depositó sobre ella la bolsa, los cigarrillos, el encendedor y le dijo al hermano: Túmbate en la arena caliente que sopla el viento, llevas el bañador mojado y te enfriarás. Qué hacer. Me esforcé por no mirar hacia el mar, como si de esa manera a ellos tampoco les diera por mirar y, encantada, presté atención a Michele, que se puso a charlar con ese tono suyo despojado de emociones, indiferente. Se habían tomado un día de descanso, en Nápoles hacía demasiado calor. Barco por la mañana, barco por la noche, buenos aires. Total, en la tienda de la piazza dei Martiri estaban Pinuccia y Alfonso, mejor dicho, Alfonso y Pinuccia, porque Pinuccia no hacía gran cosa, pero Alfonso era muy bueno. Justamente por indicación de Pina decidieron venirse a Forio. Las encontraréis allí, ya lo veréis, les había dicho, bastará con que os deis una vuelta por la playa. Y así fue, después de andar y andar, Gigliola terminó gritando: ¿Esa de ahí no es Lenuccia? Y aquí nos tienes. Repetí muchas veces: Qué gusto, mientras Michele, distraído, ponía los pies llenos de arena en la toalla de Gigliola, y ella lo reprendía —«A ver si prestas atención»—, pero fue inútil. Una vez concluido el relato de cómo habían ido a parar a Ischia, yo sabía que la verdadera pregunta estaba a punto de llegar, se la leí en los ojos antes de que la formulara:

—¿Y Lina dónde está?

—Se está bañando.

—¿Con este mar?

—No está tan revuelto.

Fue inevitable, tanto él como Gigliola se volvieron a contemplar el mar lleno de rizos espumosos. Pero lo hicieron distraídamente, mientras se acomodaban sobre las toallas. Michele se peleó con el chico, que quería darse otro baño.

—Quieto ahí —le dijo—, ¿quieres morir ahogado? —Y tras darle una historieta, añadió dirigiéndose a su novia—: A este no nos lo traemos nunca más.

Gigliola me cubrió de elogios:

—Te veo estupenda, tan morena que el pelo se te ha aclarado todavía más.

Yo sonreí, me mostré esquiva, pero no dejaba de pensar: Tengo que buscar la manera de llevármelos de aquí.

—¿Por qué no venís a descansar a casa? —sugerí—. Está Nunzia, se pondrá muy contenta.

Rechazaron la invitación, su barco salía al cabo de un par de horas, preferían tomar el sol un rato más y después se pondrían en marcha.

—Entonces vayamos al bar a tomarnos algo —dije.

—Sí, pero esperemos a Lina.

Como siempre en las situaciones tensas me empeñé en borrar el tiempo con palabras y los ametrallé con una ráfaga de preguntas, todo lo que se me pasaba por la cabeza: qué tal estaba Spagnuolo, el pastelero, qué tal estaba Marcello, ya había encontrado novia, qué le parecían a Michele los nuevos modelos de zapatos, y qué opinaba su padre, y qué opinaba su madre, y qué opinaba su abuelo. En un momento dado me levanté y dije:

—Llamo a Lina —me fui a la orilla y empecé a gritar—: Lina, vuelve, que están Michele y Gigliola. —Pero fue inútil, no me oyó.

Regresé a la toalla, y reanudé la conversación para distraerlos. Confiaba en que, al volver a la orilla, Lila y Nino advirtieran el peligro antes de que los viesen Gigliola y Michele y evitaran toda actitud íntima. Pero mientras que Gigliola me prestaba atención, Michele no tuvo siquiera la buena educación de fingir. Había ido a Ischia expresamente para ver a Lila y hablar con ella de los nuevos zapatos, estaba segura de eso, y lanzaba largas miradas al mar, cada vez más agitado.

Al final la vio. La vio salir del agua, con la mano entrelazada a la de Nino, una pareja tan atractiva que no pasaba inadvertida, los dos altos, los dos naturalmente elegantes, sus hombros se tocaban, se sonreían. Estaban tan amartelados que no se dieron cuenta enseguida de que yo tenía compañía. Cuando Lila reconoció a Michele y apartó la mano, era demasiado tarde. Tal vez Gigliola no notó nada, su hermano estaba leyendo la historieta, pero Michele los vio y se volvió a mirarme como para leer en mi cara la confirmación de lo que acababa de ocurrir ante sus propios ojos. Debió de encontrarla en forma de espanto. Dijo serio, con el tono lento que adoptaba cuando debía enfrentarse a algo que requería velocidad y decisión:

—Diez minutos más, lo que tardemos en saludar y nos vamos.

En realidad se quedaron más de una hora. Cuando Michele oyó el apellido de Nino, al que presenté subrayando mucho el hecho de que se trataba de un compañero nuestro de la primaria y compañero mío del bachillerato, le hizo la pregunta más fastidiosa:

—¿Eres el hijo del que escribe en el *Roma* y en el *Napoli notte*?

Nino asintió sin entusiasmo y Michele lo miró con fijeza un largo instante, como si quisiera descubrir en sus ojos la confirmación del parentesco. Después no volvió a dirigirle la palabra, habló solo con Lila.

Lila se mostró cordial, irónica, a veces pérfida.

—El farolero de tu hermano jura que los nuevos zapatos son idea suya —le dijo Michele.

—Es cierto.

—Entonces por eso son una porquería.

—Ya verás como esa porquería se venderá mejor que la anterior.

—Tal vez, pero eso será si tú vienes a la tienda.

—Ya tienes a Gigliola que lo hace muy bien.

—A Gigliola la necesito en la pastelería.

—Problema tuyo, yo tengo que estar en la charcutería.

—Ya verás como te trasladan a la piazza dei Martiri, señora mía, y tendrás carta blanca.

—Carta blanca, carta negra, quítatelo de la cabeza, estoy bien donde estoy.

Y así siguieron con el mismo tono, era como si jugasen a una partida de pandero con las palabras. De vez en cuando Gigliola y yo intentábamos meter baza, sobre todo Gigliola, que estaba furiosa por la forma en que su novio hablaba de su destino sin siquiera consultarla. En cuanto a Nino, noté que estaba pasmado, o tal vez admirado al ver que Lila, hábil e impávida, encontraba frases adecuadas a las de Michele en dialecto.

Finalmente el joven Solara anunció que debían marcharse, tenían la sombrilla y sus cosas bastante lejos. Se despidió de mí, se despidió muy efusivo de Lila, confirmando que en septiembre la esperaba en la tienda. A Nino, en cambio, le dijo serio, como a un subalterno al que se le pide que vaya a comprar un paquete de cigarrillos Nazionali:

—Dile a tu papá que hizo muy mal en escribir que no le gustó la decoración de la tienda. Cuando se cobra, lo suyo es escribir que todo es muy bonito, de lo contrario, no se vuelve a ver una lira.

Nino se quedó bloqueado por la sorpresa, tal vez por la humillación, y no contestó. Gigliola le tendió la mano, él se la estrechó mecánicamente. Los novios se marcharon llevándose al chico, que echó a andar detrás de ellos sin dejar de leer la historieta.

68

Estaba enojada, aterrorizada, insatisfecha de todos mis gestos y mis palabras. En cuanto Michele y Gigliola se alejaron lo suficiente, le dije a Lila en voz alta para que Nino también me oyera:

—Os ha visto.

—¿Quién es? —preguntó Nino, incómodo.

—Un camorrista de mierda que se lo tiene muy creído —dijo Lila con desprecio.

La corregí enseguida, Nino tenía que saberlo:

—Es socio de su marido. Se lo contará todo a Stefano.

—¿Todo qué? —reaccionó Lila—. No hay nada que contar.

—Sabes muy bien que se chivarán.

—¿Ah, sí? Me importa un carajo.

—Pues a mí no.

—Paciencia. Total, aunque no me ayudes, las cosas saldrán como tienen que salir.

Y como si yo no estuviera allí, se dedicó a ponerse de acuerdo con Nino para el día siguiente. Pero mientras que ella, precisamente a raíz de aquel encuentro con Michele Solara, daba la sensación de haber centuplicado sus energías, él parecía un juguete al que se le había acabado la cuerda.

—¿Seguro que no te meterás en líos por mi culpa? —murmuró.

Lila le acarició la mejilla:

—¿Ya no quieres?

La caricia pareció reanimarlo.

—Es que estoy preocupado por ti.

Dejamos a Nino temprano, nos fuimos para casa. Por el camino describí escenarios catastróficos —«Esta noche Michele hablará con Stefano, Stefano lo dejará todo y mañana por la mañana estará aquí, no te encontrará en casa, Nunzia lo enviará a Barano, tampoco te encontrará en Barano, lo perderás todo, Lila, escúchame, así no solo causarás tu propia ruina sino también la mía, mi madre me partirá los huesos»—, pero ella se limitó a escucharme distraída, a sonreír, a repetirme el mismo concepto con distintas formulaciones: Yo te quiero, Lenù, siempre te querré; por eso deseo que al menos una vez en tu vida sientas lo que yo siento en este momento.

Entonces pensé: Peor para ti. Por la noche nos quedamos en casa. Lila fue amable con su madre, quiso cocinar ella, quiso que se dejara servir, recogió, lavó los platos, llegó incluso a sentársele en las rodillas, a echarle los brazos al cuello, a apoyar la frente en su frente con repentina melancolía. Nunzia, que no estaba acostumbrada a esas gentilezas y debió de encontrarlas incómodas, en un momento dado se echó a llorar y, entre lágrimas, le dijo una frase que los nervios cargaron de ambigüedad:

—Te lo pido por favor, Lina, no hay madre que tenga una hija como tú, no hagas que me muera del disgusto.

Lila se burló de ella cariñosamente y la acompañó a acostarse. Por la mañana fue ella quien me levantó de la cama; una parte de mí estaba tan afligida que no quería despertar y hacerse cargo del día. Mientras la mototaxi nos llevaba a Forio, le describí otros terribles escenarios que la dejaron por completo indiferente: «Nella se ha marchado», «Nella tiene otros invitados y no tiene sitio para mí», «Los Sarratore deciden venir a Forio y visitar a su hijo». Ella respondió en tono de broma: «Si Nella se ha marchado, te recibirá la madre de Nino», «Si no hay lugar, te vuelves y duermes en la casa de Bruno», «Si la familia Sarratore en pleno llama a la puerta de la casa de Bruno, no abriremos». Y continuamos de esta guisa hasta que, poco antes de las nueve, llegamos a nuestro destino. Nino esperaba asomado a la ventana, bajó corriendo a abrir el portón. Me saludó con la mano, tiró de Lila y la metió dentro.

Eso que hasta llegar a ese portón podía evitarse, a partir de aquel momento se convirtió en un mecanismo imparable. Con dinero de Lila, en la misma mototaxi, me hice llevar a Barano. Durante el trayecto me di cuenta de que no lograba odiarlos de verdad. A Nino le tenía ojeriza, Lila despertaba en mí sentimientos hostiles, incluso podía desearles la muerte a los dos, pero casi como una magia paradójica que pudiera salvarnos a los tres. Odiarlos no. Más bien me odiaba a mí misma, me despreciaba. Existía, estaba allí en la isla, el viento agitado por la moto me embestía perfumado con los olores intensos de la vegetación de la cual se evaporaba la noche. Pero era un estar mortificado, plegado a los motivos de otros. Yo vivía en ellos, a media voz. Ya no conseguía apartar las imágenes de los abrazos, de los besos en la casa vacía. Su pasión me invadía, me turbaba. Los amaba a los dos y por eso no conseguía amarme a mí misma, sentirme, afirmarme con una necesidad de vivir mía, que tuviera la misma fuerza ciega y sorda que la de ellos. Eso me parecía.

69

Nella y la familia Sarratore me recibieron con el entusiasmo de siempre. Adopté mi máscara más dócil, la máscara de mi padre cuando recibía propinas, la máscara elaborada por mis antepasados para esquivar el peligro, siempre temerosos, siempre subalternos, siempre agradablemente voluntariosos, y pasé de una mentira a otra con maneras simpáticas. Le dije a Nella que si había decidido molestarla no era por elección propia sino por necesidad. Le dije que los Carracci tenían invitados, y que esa noche no había sitio para mí en la casa. Le dije que confiaba en no haberme propasado al presentarme de esa forma tan imprevista, y que si había problemas, regresaba a Nápoles unos días.

Nella me abrazó, me dio de comer y me juró que tenerme en su casa le daba un placer inmenso. Me negué a ir a la playa con los Sarratore, pese a las protestas de los niños. Lidia insistió para que me reuniera con ellos lo antes posible y Donato declaró que me esperaría para que nos bañáramos juntos. Me quedé con Nella, la ayudé a ordenar la casa, a cocinar para el almuerzo. Durante un rato todo me resultó menos pesado: las mentiras, imaginar el adulterio que se estaba cometiendo, mi complicidad, unos celos que no conseguían definirse porque al mismo tiempo sentía celos de Lila que se entregaba a Nino, y de Nino que se entregaba a Lila. Entretanto, mientras hablaba con Nella, me pareció menos hostil con los Sarratore. Dijo que marido y mujer habían alcanzado un equilibrio y como ellos estaban bien, le causaban menos molestias a ella. Me habló de la maestra Oliviero; la telefoneó expresamente para contarle que había ido a verla y la encontró muy fatigada pero más optimista. En fin, que durante un rato hubo un tranquilo intercambio de información. Pero bastaron unas cuantas frases, un desvío inesperado, y el peso de la situación en la que estaba metida regresó con fuerza.

—Te elogió mucho —dijo Nella hablando de la Oliviero—, pero cuando se enteró de que habías venido a verme con dos amigas tuyas casadas, me preguntó un montón de cosas, especialmente de la señora Lina.

—¿Qué dijo?

—Dijo que en toda su carrera de maestra nunca había tenido una alumna tan aventajada.

El recuerdo de la antigua primacía de Lila me sentó fatal.

—Es cierto —reconocí.

Pero Nella hizo una mueca de completo desacuerdo, se le encendieron los ojos.

—Mi prima es una maestra excepcional —dijo—, pero en mi opinión, en este caso se equivoca.

—No, no se equivoca.

—¿Puedo decirte lo que pienso?

—Claro.

—¿No te ofenderás?

—No.

—La señora Lina no me gustó nada. Tú eres mucho mejor, eres más guapa y más inteligente. Lo comenté también con los Sarratore y ellos están de acuerdo conmigo.

—Lo dice porque me tiene cariño.

—No. Escúchame bien, Lenù. Sé que sois muy amigas, me lo dijo mi prima. Y yo no quiero meterme donde no me llaman. Pero a mí me basta una ojeada para juzgar a las personas. La señora Lina sabe que eres mejor que ella y por eso no te quiere como la quieres tú.

Sonreí con fingido escepticismo.

—¿Me quiere mal?

—No lo sé. Pero ella sabe cómo hacer daño, lo lleva escrito en la cara, basta con mirarle la frente y los ojos.

Moví la cabeza, reprimí la satisfacción. Ay, ojalá hubiese sido todo tan simple. Pero yo ya sabía —aunque no como lo sé hoy— que entre nosotras todo era más enmarañado. Y bromeé, me reí, hice reír a Nella. Le dije que Lila nunca causaba buena impresión la primera vez. Desde pequeña parecía un diablo, y lo era realmente, pero en el buen sentido. Tenía una mente despierta y cuando se empeñaba en algo, siempre le salía bien, de haber podido estudiar habría sido científica como madame Curie o una magnífica novelista como Grazia Deledda, e incluso como Nilde Iotti, la señora de Togliatti. Al oír esos dos nombres, santo cielo, exclamó Nella, y se persignó con ironía. Luego soltó una risita, después soltó otra y ya no pudo contenerse, quiso decirme al oído un secreto muy divertido que le había contado Sarratore. Según él, Lila era de una belleza casi fea, de esas que encanta a los hombres, pero que también les da miedo.

—¿Miedo de qué? —pregunté en voz baja. Y ella en voz aún más baja contestó:

—Miedo de que no les funcione el aparato o de que se les arrugue o de que ella saque un cuchillo y se lo corte.

Se rió, se le estremeció el pecho, los ojos se le llenaron de lágrimas. Estuvo un buen rato sin poder contenerse y no tardé en notar una incomodidad que con ella no había sentido nunca. No era la risotada de mi madre, la risotada obscena de la mujer que sabe. En la de Nella había algo casto y al mismo tiempo chabacano, era una risotada de la virgen entrada en años que me asaltó y me impulsó a reír también, pero de un modo forzado. ¿Qué es lo que tanto divierte, me pregunté, a una buena mujer como ella? Entretanto me vi envejecida, con esa risotada de candor malicioso en el pecho. Pensé: Yo también terminaré riéndome así.

70

Los Sarratore llegaron a comer. Dejaron en el suelo un reguero de arena, un olor a mar y sudor, un reproche alegre porque los chicos me habían esperado inútilmente. Puse la mesa, la recogí, lavé los platos, acompañé a Pino, Clelia y Ciro hasta el borde de un cañaveral para ayudarlos a cortar cañas y construir una cometa. Me sentí bien con los niños. Mientras sus padres descansaban, mientras Nella dormitaba en una tumbona en la terraza, el tiempo pasó volando, la cometa me absorbió por completo; apenas pensé en Nino y Lila.

A última hora de la tarde nos fuimos todos a la playa, Nella también, para remontar la cometa. Corrí de acá para allá por la playa, perseguida por los tres chicos que se quedaban mudos, con la boca abierta, cuando la cometa parecía elevarse, y lanzaban gritos prolongados cuando la veían golpear la arena tras una pirueta imprevisible. Lo intenté varias veces pero no conseguí remontarla, pese a las instrucciones que Donato me gritaba desde la sombrilla. Al final, cubierta de sudor, me di por vencida, les dije a Pino, Clelia y Ciro: «Pedídselo a vuestro padre». Arrastrado por sus hijos llegó Sarratore, que revisó el armazón de caña, el papel de seda azul, el bramante; después comprobó el viento y echó a correr hacia atrás, dando enérgicos saltitos pese al cuerpo rechoncho. Los chicos se mantuvieron junto a él, entusiasmados, y yo también me reanimé, eché a correr otra vez con ellos, hasta que me contagiaron la felicidad que transmitían. Nuestra cometa se elevaba cada vez más, volaba, ya no hacía falta correr, bastaba con sujetar el bramante. Sarratore era un buen padre. Demostró que con su ayuda tanto Ciro, como Clelia, como Pino podían sujetar el bramante, incluso yo. De hecho, me lo entregó, pero se quedó a mis espaldas, respirándome en el cuello, diciendo: «Así, muy bien, tira un poco, suelta» y oscureció.

Cenamos, la familia Sarratore salió a dar un paseo por el pueblo, el marido, la mujer y los tres hijos, morenos por el sol y vestidos de fiesta. Por más que me invitaron con insistencia, me quedé con Nella. Ordenamos, ella me ayudó a hacer la cama en el rincón habitual de la cocina, nos fuimos a la terraza a tomar el fresco. No se veía la luna, en el cielo había alguna nube henchida de blanco. Hablamos de lo guapos e inteligentes que eran los hijos de Sarratore, después Nella se quedó traspuesta. Y de golpe, el día, la noche que estaba empezando, se me vinieron encima. Salí de casa de puntillas, me fui hacia la playa dei Maronti.

A saber si Michele Solara se había guardado lo que había visto. A saber si todo saldría bien. A saber si Nunzia dormiría ya en la casa del camino de Cuotto o estaría tratando de calmar al yerno que, tras tomar el último barco se había presentado por sorpresa y, al no encontrar a su mujer, estaba hecho una furia. Quién sabe si Lila habría telefoneado a su marido y, tras asegurarse de que seguía en Nápoles, lejos, en el apartamento del barrio nuevo, ahora estaría en la cama con Nino, sin miedos, pareja secreta, pareja absorta en disfrutar de la noche. Todas las cosas del mundo pendían de un hilo, eran puro riesgo, y quien no aceptaba arriesgarse acababa deteriorándose en un rincón, sin confianza con la vida. De repente comprendí por qué no había conseguido a Nino, por qué se lo había quedado Lila. Era incapaz de entregarme a los sentimientos verdaderos. No sabía dejarme arrastrar más allá de los límites. No poseía la fuerza emotiva que había empujado a Lila a hacer lo imposible para disfrutar de ese día y de esa noche. Me quedaba atrás, a la espera. En cambio ella tomaba posesión de las cosas, las quería de verdad, se apasionaba con ellas, jugaba al todo o nada, y no temía el desprecio, el escarnio, los escupitajos, las palizas. En una palabra, ella se había merecido a Nino porque consideraba que amarlo suponía tratar de conseguirlo, no esperar a que él la quisiera.

Bajé toda la pendiente oscura. La luna asomaba ahora entre las nubes ralas de bordes claros y la noche olía a gloria, se oía el hipnótico rumor de las olas. En la playa me quité los zapatos, la arena estaba fría, una luz azul grisácea se prolongaba hasta el mar y luego se extendía por todo su tembloroso manto. Pensé: Sí, Lila tiene razón, la belleza de las cosas es un truco, el cielo es el trono del miedo; estoy viva, ahora, aquí a diez pasos del agua, y esto de bello no tiene nada, es aterrador; formo parte de esta playa, del mar, del hormigueo de todas las formas animales, del terror universal; en este momento soy la partícula infinitesimal a través de la cual el temor a todo toma conciencia de sí mismo; yo; yo, que escucho el ruido del mar, que siento la humedad y la arena fría; yo, que imagino toda Ischia, los cuerpos entrelazados de Nino y Lila, Stefano que duerme solo en la casa nueva cada vez menos nueva, los furores que acompañan la felicidad de hoy para alimentar la violencia de mañana. Ah, es cierto, tengo demasiado miedo y por eso confío en que todo acabe pronto, que las imágenes de las pesadillas me coman el alma. Deseo que de esta oscuridad broten manadas de perros rabiosos, víboras, escorpiones, enormes serpientes marinas. Deseo que mientras estoy aquí sentada, a la orilla del mar, de la noche lleguen asesinos que desgarren mi cuerpo. Sí, sí, que se me castigue por mi inutilidad, que me ocurra lo peor, algo tan devastador que me impida enfrentarme a esta noche, a mañana, a las horas y a los días que vendrán para confirmarme con pruebas cada vez más concluyentes mi constitución inadecuada. Me asaltaron pensamientos como este, pensamientos altisonantes de muchacha afligida. Me abandoné a ellos no sé durante cuánto tiempo. Después alguien dijo «Lena», y me rozó el hombro con dedos fríos. Me estremecí, el corazón me dio un vuelco tan helado que cuando me volví de golpe y reconocí a Donato Sarratore, el aliento me estalló en la garganta como el sorbo de una pócima mágica, esa que en los poemas devuelven la fuerza y la urgencia de vivir.

71

Donato me dijo que Nella se había despertado, y al no verme en casa se había preocupado. Lidia también se alarmó y le pidió que fuera a buscarme. Él era el único al que le había parecido normal que yo no estuviera en casa. Había tranquilizado a las dos mujeres, les había dicho: «Acostaos, seguramente se habrá ido a la playa a disfrutar de la luna». De todos modos, para contentarlas, por prudencia, había venido a echar un vistazo. Y ahí estaba yo sentada, escuchando cómo respiraba el mar, contemplando la divina belleza del cielo.

Eso dijo, palabra más, palabra menos. Se sentó a mi lado, murmuró que me conocía como se conocía a sí mismo. Teníamos la misma sensibilidad por las cosas hermosas, la misma necesidad de disfrutar de ellas, de encontrar las palabras adecuadas para describir la dulzura de la noche, la seducción de la luna, el destello del mar, la forma en que dos almas saben encontrarse y reconocerse en la oscuridad, en el aire perfumado. Mientras hablaba percibí con claridad lo ridículo de su voz impostada, la zafiedad de su poetizar, el tosco lirismo tras el que ocultaba el deseo de meterme mano. Pero pensé: Tal vez estamos cortados por el mismo patrón, tal vez estamos realmente condenados sin culpa a la misma e idéntica mediocridad. Apoyé pues la cabeza en su hombro y murmuré: «Tengo un poco de frío». Y él se apresuró a rodearme la cintura con el brazo, me acercó despacio a él, me preguntó si así me sentía mejor. Con un hilo de voz contesté: «Sí», y Sarratore me levantó la barbilla con el pulgar y el índice, posó con suavidad los labios sobre los míos, preguntó: «¿Qué tal así?». Me asedió luego con besos cada vez menos suaves sin dejar de murmurar: «¿Y así, y así, sigues teniendo frío, mejor así, estás mejor así?». Su boca era tibia y húmeda, la recibí en la mía con gratitud creciente, el beso se hizo más y más prolongado, la lengua rozó la mía, la golpeó, se hundió en mi boca. Me sentí mejor. Noté que recuperaba terreno, que el frío remitía, desaparecía, que el miedo se olvidaba de sí, que las manos de él se llevaban el frío, pero despacio, como si estuviese hecho de finísimas capas y Sarratore tuviera la habilidad de quitarlas con cauta precisión, de una en una, sin desgarrarlas, y que su boca también tuviera esa capacidad, y sus dientes, su lengua, y que por eso sabía de mí mucho más de lo que Antonio había conseguido aprender nunca, sabía incluso todo aquello que yo misma ignoraba. Comprendí que oculta dentro de mí llevaba a otra que los dedos, la boca, los dientes, la lengua sabían descubrir. Capa a capa, esa otra se quedó sin escondites, se expuso de un modo desvergonzado, y Sarratore demostró saber cómo evitar que huyera, que se avergonzara, supo retenerla como si fuera la razón fundamental de su motilidad afectuosa, de sus presiones ahora suaves, ahora frenéticas. Durante todo el tiempo no me arrepentí ni una sola vez de haber aceptado lo que estaba ocurriendo. No cambié de idea y me enorgullecí de aquello, quería que así fuera, me lo impuse. Tal vez me ayudó el hecho de que Sarratore se olvidó poco a poco de su lenguaje florido, que a diferencia de Antonio no reclamó ninguna intervención por mi parte, no me aferró en ningún momento una mano para que lo tocara, sino que se limitó a convencerme de que le gustaba todo de mí y se dedicó a mi cuerpo con el cuidado, la devoción y el orgullo del varón entregado por completo a demostrar que conoce a fondo a las mujeres. Ni siquiera lo oí comprobar «Eres virgen», probablemente estaba tan seguro de mi estado que se habría sorprendido de lo contrario. Cuando me vi arrastrada por una necesidad de gustar tan exigente y tan egocéntrica que borró no solo todo el mundo sensible sino también su cuerpo, a mis ojos viejo, y las etiquetas con que podía clasificarse —padre de Nino, ferroviario-poeta-periodista, Donato Sarratore— se dio cuenta y me penetró. Sentí que primero lo hacía con delicadeza, después con una arremetida limpia y decidida que me causó un desgarrón en el vientre, una punzada borrada de inmediato por un balanceo rítmico, un roce, una embestida, un vaciarme y llenarme a golpes de ávido deseo. Hasta que salió de mí de repente, se tendió de espaldas sobre la arena y soltó una especie de rugido ahogado.

Nos quedamos en silencio, regresaron el mar, el cielo tremendo, me sentí aturdida. Eso incitó a Sarratore a lanzarse otra vez a su tosco lirismo, creyó necesario devolverme a mí misma con palabras tiernas. Como mucho conseguí aguantar un par de frases. Me incorporé con brusquedad, me sacudí la arena del pelo, de todo el cuerpo, me arreglé la ropa. Cuando él aventuró: «¿Dónde podemos vernos mañana?», le contesté en italiano, con una voz tranquila cargada de soberbia, que se equivocaba, que no debía buscarme nunca más, ni en Cetara ni en el barrio. Y como soltó una sonrisita escéptica, le dije que lo que le podía hacer Antonio Cappuccio, el hijo de Melina, no era nada comparado con lo que le haría Michele Solara, al que conocía bien y al que me bastaba con decirle una sola palabra para que él las pasara canutas. Le dije que Michele se moría por partirle la cara, porque había cobrado para escribir sobre la tienda de la piazza dei Martiri y no había hecho bien su trabajo.

Durante todo el trayecto de regreso seguí amenazándolo, un poco porque volvió a la carga con frasecitas empalagosas, un poco porque me asombraba que el tono amenazante, que desde pequeña había empleado únicamente en dialecto, se me diera bien incluso en lengua italiana.

72

Temí encontrarme a las dos mujeres despiertas, pero no, ambas dormían. No estaban tan preocupadas como para perder el sueño, me consideraban juiciosa, se fiaban de mí. Dormí profundamente.

A la mañana siguiente me desperté alegre y aunque Nino, Lila, lo ocurrido en la playa dei Maronti cayeron sobre mí en fragmentos, seguí sintiéndome bien. Charlé mucho rato con Nella, desayuné con los Sarratore, no me disgustó la amabilidad fingidamente paternal con la que me trató Donato. Ni por un segundo pensé que el sexo con ese hombre un tanto rechoncho, vanidoso, charlatán, hubiese sido un error. Sin embargo, verlo allí sentado a la mesa, escucharlo, y tomar conciencia de que él me había desvirgado, me dio asco. Fui a la playa con toda la familia, me bañé con los niños, dejé a mis espaldas una estela de simpatía. Llegué a Forio muy puntual.

Llamé a Nino, se asomó enseguida. Rehusé subir, en parte porque debíamos marcharnos lo antes posible, en parte porque no quería guardar en la memoria imágenes de cuartos en los que Nino y Lila habían vivido solos durante casi dos días. Esperé, Lila no llegaba. Me volvió de golpe el nerviosismo, imaginé que Stefano había encontrado la forma de partir por la mañana, que estaba desembarcando unas horas antes de lo previsto, que iba ya rumbo a la casa. Llamé otra vez, Nino volvió a asomarse, me indicó por señas que debía esperar apenas unos minutos. Bajaron un cuarto de hora más tarde, se abrazaron y se besaron durante un buen rato en el portón. Lila corrió a mi encuentro, pero se detuvo de golpe como si se hubiese olvidado de algo, volvió sobre sus pasos, lo besó de nuevo. Aparté la vista, incómoda, y recobró fuerza la idea de que yo estaba mal hecha, de que carecía de una auténtica capacidad para involucrarme. Por el contrario, ellos dos me parecieron otra vez guapísimos, perfectos en sus movimientos, tanto fue así que gritar: «Muévete, Lina» fue como desfigurar una imagen de fantasía. Ella pareció arrancada por una fuerza cruel, la mano fue despacio del hombro de él, pasando por el brazo, hasta tocar los dedos, como en una figura de baile. Finalmente se reunió conmigo.

Cubrimos el trayecto en mototaxi y apenas intercambiamos unas pocas palabras.

—¿Todo bien?

—Sí. ¿Y tú?

—Bien.

Yo no le conté nada de lo mío, ella no me contó nada de lo suyo. Los motivos de aquel laconismo eran muy distintos. No tenía ninguna intención de expresar en palabras lo que me había ocurrido: era un hecho desnudo, se refería a mi cuerpo, a su capacidad de reacción fisiológica; que en él se hubiese introducido por primera vez una parte minúscula del cuerpo de otro me parecía irrelevante; la masa nocturna de Sarratore no me transmitía nada salvo una sensación de extrañamiento, y era un alivio que se hubiese desvanecido como una tempestad que no llega. Pero me pareció claro que Lila callaba porque no tenía palabras. La noté sumida en un estado sin pensamientos ni imágenes, como si al separarse de Nino se hubiese dejado olvidada en él una parte de sí misma, hasta la capacidad de referir lo que le había ocurrido, lo que le estaba ocurriendo. Esa diferencia entre nosotras me entristeció. Traté de hurgar en mi experiencia de la playa para encontrar algo equivalente a su doloroso y feliz desconcierto. También me di cuenta de que en la playa dei Maronti, en Barano, no había dejado nada, ni siquiera a esa otra nueva que llevaba dentro y que se me había desvelado. Me lo había llevado todo y por eso no sentía la urgencia —que leía en cambio en los ojos de Lila, en su boca entreabierta, en sus puños apretados— por regresar, por reunirme con quien tuve que dejar. Y si a simple vista mi condición podía parecer más sólida, más compacta, al lado de Lila, me sentía pantanosa, me sentía tierra demasiado empapada de agua.

73

Menos mal que no leí sus cuadernos sino tiempo después. Contenían páginas y páginas dedicadas a aquel día y aquella noche con Nino, y lo que decían aquellas páginas era exactamente lo que yo no tenía que decir. Lila no escribía ni una sola palabra que hablase de placeres sexuales, nada que pudiera resultar útil para aproximar su experiencia a la mía. Pero hablaba de amor y lo hacía de un modo sorprendente. Decía que desde el día de su boda hasta aquellas vacaciones en Ischia, sin darse cuenta, había estado a punto de morir. Describía con detalle una sensación de muerte inminente: merma de energías, somnolencia, una fuerte presión en el centro de la cabeza, como si entre el cerebro y el hueso del cráneo llevara una ampolla de aire en continua expansión, la impresión de que todo se movía deprisa para irse, que la velocidad de cada movimiento de las personas y las cosas era excesiva y la irritaba, la hería, le causaba dolores físicos en la barriga y dentro de los ojos. Decía que todo eso iba acompañado de un embotamiento de los sentidos, como si la hubiesen envuelto en guata y las heridas no le vinieran del mundo real sino de una cámara de aire entre su cuerpo y la masa de algodón hidrófilo dentro de la cual se sentía empaquetada. Por otra parte, admitía que la muerte inminente le parecía afianzada de un modo tal que le quitaba el respeto por todo; en primer lugar, por sí misma, como si ya nada importara y todo mereciera ser arruinado. A veces la dominaba la furia de expresarse sin mediación alguna: expresarse por última vez, antes de volverse como Melina, antes de cruzar la avenida en el preciso instante en que pasara un camión, para ser atropellada, arrastrada lejos. Nino había cambiado ese estado, la había arrancado de la muerte. Y lo había hecho desde el momento en que en casa de la profesora Galiani la había invitado a bailar y ella se había negado, aterrorizada por esa oferta de salvación. Luego en Ischia, día tras día, él había asumido el poder del socorrista. Le había devuelto la capacidad de sentir. Sobre todo, le había resucitado el sentido de sí misma. Sí, resucitado. Líneas y más líneas en cuyo centro se encontraba el concepto de resurrección: un extático elevarse, el fin de todo vínculo y, sin embargo, el inefable placer de un nuevo vínculo, un resurgir que era un insurgir, él y ella, ella y él juntos volvían a aprender la vida, apartaban de ella el veneno, la reinventaban como pura dicha del pensar y el vivir.

Eso decía, más o menos. Sus palabras eran muy hermosas, lo mío solo es un resumen. Si me las hubiera confiado entonces, en la mototaxi, habría sufrido aún más, pues en su plenitud satisfecha habría reconocido el revés de mi vacío. Habría comprendido que se había encontrado con algo que yo creía conocer, que había creído sentir por Nino, pero que no conocía, y que tal vez nunca llegaría a conocer sino de una forma débil, amortiguada. Habría comprendido que no jugaba a la ligera un juego de verano sino que en su interior crecía un sentimiento intensísimo que la había desbordado. Sin embargo, mientras regresábamos a casa de Nunzia después de nuestras transgresiones, no supe librarme de mi habitual y confuso sentimiento de disparidad, de la impresión —recurrente en nuestra historia— de que me estaba perdiendo algo que ella estaba ganando. Por eso sentí a ratos la necesidad de equilibrar la balanza, contarle cómo había perdido la virginidad entre el mar y el cielo, de noche, en la playa dei Maronti. Podría no mencionar el nombre del padre de Nino, pensé, podría inventarme un marinero, un contrabandista de cigarrillos americanos, y contarle lo que me ocurrió, decirle qué bonito había sido. Pero comprendí que no me importaba hablarle de mí y de mi placer, quería ofrecerle mi relato solo para animarla a que ella hiciera el suyo y enterarme de cuánto placer había obtenido de Nino para compararlo con el mío y sentir —eso esperaba— que le llevaba ventaja. Por suerte para mí intuí que nunca hablaría y que solo yo me habría expuesto tontamente. Me quedé en silencio como se quedó en silencio ella.

74

Una vez en casa Lila recuperó la palabra junto con una efusividad sobreexcitada. Nunzia nos recibió íntimamente aliviada por nuestro regreso, aunque hostil. Dijo que no había pegado ojo, que había oído ruidos inexplicables en la casa, que había tenido miedo de los fantasmas y los asesinos. Lila la abrazó y Nunzia casi la rechazó.

—¿Te divertiste? —le preguntó.

—Muchísimo, quiero cambiarlo todo.

—¿Qué quieres cambiar?

Lila rió.

—Lo pienso y te lo digo.

—En primer lugar díselo a tu marido —contestó Nunzia con un imprevisible tono hiriente.

Su hija la miró asombrada, con un asombro complacido y quizá también un tanto conmovida, como si la sugerencia le pareciera adecuada y urgente.

—Sí —dijo, y se fue a su habitación; después se encerró en el retrete.

Salió más tarde, todavía en combinación, por señas me indicó que fuese a su habitación. Fui de mala gana. Clavó en mí sus ojos afiebrados, dijo con una especie de ansiedad frases veloces:

—Quiero estudiar todo lo que estudia él.

—Va a la universidad, son cosas complicadas.

—Quiero leer los mismos libros que él, quiero entender bien lo que piensa, quiero aprender no por la universidad sino por él.

—Lila, no seas loca, quedamos en que lo veías esta vez y basta. ¿Qué te pasa? Cálmate, Stefano está a punto de llegar.

—¿Tú crees que si pongo mucho empeño, puedo entender las cosas que él entiende?

Ya no pude más. Lo que yo ya sabía y no quería reconocer, me resultó muy claro en ese momento: ella también veía en Nino a la única persona capaz de salvarla. Se había apoderado de un antiguo sentimiento mío, lo había hecho suyo. Y conociéndola como la conocía, no me cabía ninguna duda: habría superado todos los obstáculos y habría llegado hasta el fondo. Le contesté con dureza:

—No. Son temas difíciles, estás muy atrasada en todo, no lees el diario, no sabes quién gobierna, por no saber no sabes ni quién manda en Nápoles.

—¿Y tú lo sabes?

—No.

—Él cree que sí, ya te dije que te aprecia mucho.

Noté que me ruborizaba.

—Trato de aprender, y cuando no sé algo, finjo saberlo —murmuré.

—También cuando uno finge saber, poco a poco acaba aprendiendo. ¿Me puedes ayudar?

—No, ni hablar, Lila, no es algo que debas hacer. Déjalo en paz, por tu culpa ahora dice que quiere dejar la universidad.

—Estudiará, ha nacido para eso. Y aun así hay muchas cosas que él tampoco sabe. Si estudio las cosas que no sabe, cuando le sirvan se las diré y así le seré útil. Tengo que cambiar, Lenù, ya mismo.

—Estás casada, tienes que quitártelo de la cabeza, no eres adecuada a sus exigencias —volví a estallar.

—¿Quién es adecuada?

Quise herirla.

—Nadia —respondí.

—La ha dejado por mí.

—¿Entonces todo en orden? No quiero oírte más, estáis locos los dos, haced lo que os parezca.

Me marché a mi cuartito, carcomida por el descontento.

75

Stefano llegó a la hora de siempre. Las tres lo recibimos con fingida alegría, y él se mostró amable pero un poco tenso, como si detrás de la cara benévola ocultara una preocupación. Como ese día empezaban sus vacaciones, me sorprendió que no hubiera llevado equipaje. Lila no pareció fijarse en el detalle, pero Nunzia sí, y le preguntó:

—Te veo con la cabeza en las nubes, Ste', ¿hay algo que te preocupa? ¿Se encuentra bien tu madre? ¿Y Pinuccia? ¿Qué tal van los zapatos? ¿Qué dicen los Solara, están contentos?

Él le contestó que todo estaba en orden y cenamos, pero la conversación no fue fluida. Al principio Lila se esforzó por mostrarse de buen humor, pero al ver que Stefano contestaba con monosílabos y sin muestras de cariño, se irritó y se calló. Solo Nunzia y yo tratamos por todos los medios de evitar que el silencio se aposentara. A los postres Stefano le dijo a su mujer con una media sonrisa:

—¿Te bañas con el hijo de Sarratore?

Me quedé sin aliento. Lila le contestó contrariada:

—A veces. ¿Por qué?

—¿Cuántas veces? ¿Una, dos, tres, cinco, cuántas? Lenù, ¿tú lo sabes?

—Una vez —contesté—, fue hace dos o tres días y nos bañamos todos juntos.

Stefano siguió con su media sonrisa en la cara y se dirigió a su mujer:

—¿Y entre el hijo de Sarratore y tú hay tanta confianza que salís del agua agarrados de la mano?

Lila le clavó los ojos en la cara.

—¿Quién te lo ha dicho?

—Ada.

—¿Y quién se lo ha dicho a Ada?

—Gigliola.

—¿Y a Gigliola?

—Gigliola te vio, desgraciada. Vino aquí con Michele, vinieron a saludaros. Y no es verdad que tú y ese pedazo de mierda os bañabais con Lenuccia, sino que os bañabais solos y os agarrabais de la mano.

Lila se levantó y dijo con calma:

—Me voy a dar un paseo.

—Tú no vas a ninguna parte, siéntate ahí y contesta.

Lila siguió de pie. De repente dijo en italiano y con una mueca que quiso ser de cansancio aunque —me di cuenta— era de desprecio:

—Qué estúpida he sido al casarme contigo, no vales nada. ¿Sabes que Michele Solara me quiere en su tienda, sabes que por eso Gigliola si pudiera matarme, me mataría, y tú qué haces, te crees lo que dice? No quiero volver a oírte, te dejas manipular como un pelele. Lenù, ¿me acompañas?

Hizo ademán de ir a la puerta, y yo de levantarme, pero Stefano se incorporó de un salto, la agarró de un brazo y le dijo:

—No vas a ninguna parte. Dime si es cierto o no que te bañaste sola con el hijo de Sarratore, si es cierto o no que os paseáis por ahí agarrados de la mano.

Lila trató de soltarse pero no pudo. Dijo entre dientes:

—Suéltame, me das asco.

Así las cosas, Nunzia intervino. Reprendió a la hija, dijo que no debía permitirse decir algo así a Stefano. E inmediatamente después, con una energía sorprendente, casi le gritó al yerno que terminara de una vez, que Lila ya le había contestado, que Gigliola había dicho aquellas cosas por pura envidia, que la hija del pastelero era una pérfida, que tenía miedo de perder el puesto de piazza dei Martiri, que a Pinuccia también la quería echar para quedarse sola y ser la única dueña y señora de la tienda, que no tenía la menor idea de zapatos, ella que ni siquiera sabía hacer pasteles, mientras que todo, todo, todo, todo era mérito de Lila, hasta la buena marcha de la nueva charcutería, y por eso su hija no merecía que la trataran así, no, no se lo merecía.

Fue una bronca en toda regla: se le encendió la cara, entrecerró los ojos, en un momento dado fue como si se ahogara, tal fue el torrente de frases que soltó sin tomar aliento. Pero Stefano no escuchó ni una sola palabra. Su suegra seguía hablando cuando él se llevó a Lila a rastras para el dormitorio gritándole: «Tú me contestas ahora mismo», y como ella lo cubrió con los peores insultos y se agarró a la puerta de un mueble para resistirse, la arrancó con una fuerza tal que la puerta se abrió de par en par, el mueble se tambaleó peligrosamente con un ruido de platos y vasos desplazados y Lila salió volando por la cocina y fue a estamparse contra la pared del pasillo que llevaba a su dormitorio. Un instante después, su marido la volvió a agarrar y, sujetándola del brazo, como si fuera una taza sostenida por el asa, la metió en el cuarto y cerró la puerta a sus espaldas.

Oí la llave girar en la cerradura, aquel ruido me aterrorizó. En esos momentos interminables, vi con mis propios ojos que Stefano estaba de verdad habitado por el fantasma de su padre, que la sombra de don Achille realmente podía hincharle las venas del cuello y la ramificación azul bajo la piel de la frente. Aunque estaba asustada, sentía que no podía quedarme quieta, sentada a la mesa, como Nunzia. Me aferré al picaporte y empecé a sacudirlo, a golpear con el puño contra la madera de la puerta, suplicando:

—Stefano, por favor, no es verdad, déjala. Stefano, no le hagas daño.

Pero él ya se había encerrado en su propia rabia, gritaba que quería saber la verdad y como Lila no contestaba, es más, daba la impresión de haber abandonado el cuarto, durante un rato fue como si hablara solo y se abofeteara, se golpeara, rompiera cosas.

—Voy a llamar a la dueña de casa —le dije a Nunzia y bajé corriendo las escaleras.

Quería preguntarle a la dueña si tenía otra llave o si estaba su sobrino, que era un hombre corpulento y podría echar la puerta abajo. No obstante llamé sin resultado, la mujer no estaba, y si estaba no me abrió. Entretanto, los gritos de Stefano partían las paredes, se propagaban por la calle, por el cañaveral, en dirección al mar, y pese a ello no parecían encontrar más oídos que los míos, nadie se asomó en las casas vecinas, nadie acudió. En tono más atenuado solo llegaron las súplicas de Nunzia alternadas con la amenaza de que si Stefano seguía haciéndole daño a su hija, se lo contaría todo a Fernando y a Rino y ellos, como hay Dios, lo matarían.

Subí otra vez corriendo, no sabía qué hacer. Me abalancé con todo el peso del cuerpo contra la puerta, grité que había llamado a la policía, que estaba en camino. Después, como Lila seguía sin dar señales de vida, me puse a chillar:

—Lila, ¿estás bien? Por favor, Lila, dime cómo estás.

Solo entonces oímos su voz. No se dirigía a nosotras, sino a su marido, gélida:

—¿Quieres la verdad? Sí, el hijo de Sarratore y yo nos bañamos agarrados de la mano. Sí, nos vamos mar adentro y nos besamos y nos tocamos. Sí, me dejé follar por él cien veces y me he dado cuenta de que eres un mierda, que no vales nada, que lo único que sabes es exigir cosas repugnantes que me hacen vomitar. ¿Te enteras? ¿Contento ahora?

Silencio. Después de aquellas palabras, Stefano no dijo ni pío, yo dejé de aporrear la puerta, Nunzia dejó de llorar. Volvieron los ruidos del exterior, los coches que pasaban, alguna voz lejana, el batir de alas de las gallinas.

Pasaron unos minutos y fue Stefano quien habló otra vez, pero en un tono tan bajo que no pudimos oír lo que decía. Comprendí que buscaba la manera de calmarse: frases breves e inconexas: Déjame ver qué te has hecho, no te muevas, basta ya. La confesión de Lila debió de resultarle tan insoportable que terminó por considerarla una mentira. Había visto en aquella confesión un instrumento del que ella se había valido para hacerle daño, una exageración equivalente a una bofetada propinada para conseguir que volviera a poner los pies sobre la tierra, frases que, en definitiva, querían decir: Si todavía no te has dado cuenta de las cosas sin fundamento de las que me estás acusando, ven y escúchame, que ahora mismo te aclaro las ideas.

A mí, en cambio, las palabras de Lila me parecieron tan terribles como los golpes de Stefano. Comprendí que si me aterraba la violencia sin medias tintas que él reprimía con sus modales amables y esa cara apacible, ahora no soportaba el coraje de ella, aquel descaro temerario suyo que le permitía gritarle la verdad como si fuera una mentira. Cada palabra que ella había dirigido a Stefano logró devolverle la cordura a él, que la había considerado una mentira, y me atravesó de manera dolorosa a mí, que sabía la verdad. Cuando la voz del charcutero llegó más clara, tanto Nunzia como yo supimos que lo peor había pasado, don Achille se estaba retirando de su hijo para devolverlo a su vertiente apacible, flexible. Y Stefano, tras recuperar ese aspecto que había hecho de él un comerciante de éxito, estaba ahora perdido, no entendía qué le había pasado a su voz, a sus manos, a sus brazos. Aunque probablemente la imagen de Lila y Nino tomados de la mano seguía grabada en su cabeza, lo que Lila le había evocado con su torrente de palabras era imposible que no tuviera los trazos palmarios de irrealidad.

La puerta no se abrió, la llave no giró en la cerradura hasta que se hizo de día. Pero los tonos de Stefano se volvieron tristes, parecían súplicas deprimidas, y Nunzia y yo esperamos fuera durante horas, haciéndonos compañía con frases desalentadoras, apenas perceptibles. Cuchicheo dentro, cuchicheo fuera.

—Si se lo cuento a Rino —murmuraba Nunzia—, lo mata, seguro que lo mata.

Y yo susurraba, como si la creyera:

—Por favor, no se lo cuente.

Entretanto pensaba: Después de la boda, tanto Rino como Fernando no movieron un dedo por Lila; por no mencionar que desde que nació le pegaron todas las veces que quisieron. Y después me decía: Los hombres están todos cortados por el mismo patrón, Nino es el único diferente. Y suspiraba, mientras el rencor cobraba fuerza: Ahora está definitivamente claro que se lo quedará Lila, aunque esté casada, y juntos saldrán de esta porquería, mientras que yo no saldré en la vida.

76

Con las primeras luces del alba Stefano salió del dormitorio; Lila no.

—Haced las maletas, nos vamos —dijo.

Nunzia no pudo morderse la lengua y le indicó con acritud los daños que había causado en las cosas de la dueña de casa, le dijo que había que resarcirla. Él le contestó —como si muchas de las palabras que ella le había gritado horas antes se le hubiesen quedado grabadas y sintiera la urgencia de poner los puntos sobre las íes— que siempre había pagado y que seguiría pagando.

—Esta casa la he pagado yo —enumeró con voz fatigada—, sus vacaciones las he pagado yo, todo lo que tienen usted, su marido, su hijo se lo he dado yo, así que no me toque más los cojones, haga las maletas y vámonos.

Nunzia no volvió a abrir la boca. Poco después, Lila salió de la habitación con un vestido amarillito de manga larga y unas enormes gafas de sol de estrella de cine. No nos dirigió la palabra. No lo hizo en el puerto, no lo hizo en el barco, ni siquiera cuando llegamos al barrio. Se fue a su casa con su marido sin despedirse.

En cuanto a mí, decidí que a partir de ese momento viviría para ocuparme únicamente de mí; al regresar a Nápoles eso hice, me impuse una actitud de absoluta distancia. No busqué a Lila, no busqué a Nino. Acepté sin replicar el escándalo que armó mi madre, que me acusó de haber ido a Ischia a vivir como una señora sin pensar que en casa necesitaban dinero. Hasta mi padre, que aunque no hacía más que elogiar mi aspecto sano, el rubio dorado de mi pelo, no se quedó atrás: en cuanto mi madre me agredió en su presencia, enseguida le echó una mano. «Ya eres mayorcita, tú sabrás lo que tienes que hacer», dijo.

Urgía ganar dinero. Habría podido exigirle a Lila lo que me había prometido como compensación por mi permanencia en Ischia, pero tras mi decisión de desinteresarme de ella y, sobre todo, después de las palabras brutales que Stefano le había dicho a Nunzia (y en cierto modo también a mí), no lo hice. Por el mismo motivo excluí por completo aceptar que, como el año anterior, me comprara los libros del colegio. Cuando me crucé con Alfonso le pedí que le dijese que ese año ya me había ocupado de los libros y di por zanjado el tema.

Pero después de la Asunción me presenté de nuevo en la librería de Mezzocannone, y en parte porque había sido una dependienta eficiente y disciplinada, en parte por mi aspecto, que gracias al sol y la playa había mejorado mucho, tras cierta resistencia, el propietario volvió a admitirme. No obstante, quiso que no me marchara cuando empezaran las clases, sino que siguiera trabajando, aunque fuera por las tardes, mientras durara la campaña de venta de libros de texto. Acepté y pasé largas jornadas en la librería recibiendo a los maestros, que venían cargados de bolsas, a vender por unas cuantas liras los libros que recibían como obsequio de las editoriales, y estudiantes que por aún menos vendían sus libros descuajaringados.

Viví una semana de auténtica angustia porque no me venía la menstruación. Temí que Sarratore me hubiese dejado preñada, me desesperé, estaba amable por fuera, torva por dentro. Pasé noches sin dormir, pero no busqué el consejo ni el consuelo de nadie, me lo tragué todo yo solita. Al final, una tarde en que estaba en la librería, fui al retrete mugriento de la tienda y me vi las manchas de sangre. Fue uno de los raros momentos de bienestar de aquella época. La menstruación me pareció una especie de eliminación simbólica y definitiva de la irrupción de Sarratore en mi cuerpo.

A principios de septiembre pensé que Nino debía de haber regresado de Ischia y empecé a temer y a esperar que apareciera al menos a saludarme. Pero no se le vio el pelo ni en la via Mezzocannone ni en el barrio. En cuanto a Lila, solo la vi de lejos, un par de veces, en domingo, mientras pasaba rauda en coche por la avenida, al lado de su marido. Bastaron esos segundos para irritarme. Qué había ocurrido. Cómo había arreglado sus cosas. Seguía teniéndolo todo, quedándose con todo: el coche, Stefano, la casa con cuarto de baño, teléfono y televisor, bonitos vestidos, el bienestar económico. Además, a saber qué planes pergeñaba dentro de su cabeza. Sabía cómo era y me decía que no renunciaría a Nino aunque Nino renunciara a ella. Deseché esos pensamientos y me obligué a respetar el pacto firmado conmigo misma: planificar mi vida sin ellos y aprender a que no me doliera. Para ello me concentré en una especie de autoadiestramiento en reaccionar poco o nada. Aprendí a reducir mis emociones al mínimo: si el propietario me metía la mano donde no debía, lo rechazaba sin indignarme; si los clientes eran groseros, ponía al mal tiempo buena cara; incluso con mi madre conseguí mantener siempre la calma. Todos los días me decía: soy lo que soy y no puedo hacer más que aceptarme; he nacido así, en esta ciudad, con este dialecto, sin dinero; daré lo que pueda dar, tomaré lo que pueda tomar, soportaré lo que haya que soportar.

77

Y empezó otra vez el curso. Solo cuando entré en el aula el primero de octubre me di cuenta de que estaba en tercero de bachillerato superior, que tenía dieciocho años, que el tiempo de estudio, en mi caso ya de por sí milagrosamente largo, estaba a punto de terminar. Mejor así. Hablé mucho con Alfonso de lo que haríamos tras conseguir el diploma. Estaba tan perdido como yo. Haremos oposiciones, sugirió, pero en realidad no teníamos una idea clara de lo que era una oposición, decíamos «hacer oposiciones, ganar las oposiciones», pero el concepto era vago; ¿había que presentar un trabajo escrito, someterse a un examen oral? ¿Qué se ganaba, un sueldo?

Alfonso me confió que pensaba casarse en cuanto ganara una oposición cualquiera.

—¿Con Marisa?

—Claro.

Alguna que otra vez le pregunté, cautelosa, por Nino, pero a él no le caía bien, ni siquiera se saludaban. Nunca había entendido qué veía yo en él. Es feo, decía, contrahecho, pura piel y huesos. Marisa, en cambio, le parecía guapa. Y enseguida añadía, poniendo cuidado en no herirme: «Tú también eres guapa». Le gustaba la belleza y especialmente el cuidado del cuerpo. Él mismo se cuidaba mucho, olía a barbería, se compraba trajes, todos los días iba a levantar pesas. Me contó que se había divertido mucho en la tienda de la piazza dei Martiri. No era como la charcutería. Allí podías ponerte elegante, es más, debías. Allí podías hablar en italiano, la gente era respetable, había estudiado. Allí, incluso cuando te arrodillabas delante de los clientes y las clientas para que se calzaran los zapatos, lo podías hacer con buenos modales, como un caballero del amor cortés. Por desgracia, no había ninguna posibilidad de seguir en la tienda.

—¿Por qué?

—Bah.

Al principio fue vago y yo no insistí. Después me contó que Pinuccia se quedaba casi siempre en casa porque no quería cansarse, se le había puesto una barriga puntiaguda; además, estaba claro que cuando tuviera el niño ya no le quedaría tiempo para trabajar. En teoría, eso debería haberle allanado el camino, los Solara estaban contentos con él; a lo mejor, después de obtener el diploma podría establecerse allí enseguida. Pero no había ninguna posibilidad, y fue ahí cuando surgió de pronto el nombre de Lila. Nada más oírlo, me entró ardor de estómago.

—¿Y ella qué tiene que ver?

Me enteré de que había vuelto de las vacaciones como loca. Seguía sin quedarse embarazada, los baños de mar no habían servido, desvariaba. En cierta ocasión rompió todas las macetas con plantas de su balcón. Decía que iba a la charcutería, pero dejaba a Carmen sola y se iba por ahí. Por las noches, Stefano se despertaba y no la encontraba en la cama; se paseaba por la casa, leía y escribía. Y así, de repente, se había calmado. O mejor dicho, había concentrado toda su capacidad de arruinarle la vida a Stefano en un único objetivo: conseguir que contrataran a Gigliola en la charcutería nueva para ocuparse ella de la piazza dei Martiri.

Me quedé de una pieza.

—Es Michele el que la quiere en la tienda —dije—, pero ella no quiere ir.

—Eso era antes. Ahora ha cambiado de idea, está removiendo cielo y tierra para quedarse allí. El único obstáculo es que Stefano no está de acuerdo. Pero ya se sabe que mi hermano hace lo que ella quiere.

No pregunté más, no quería de ninguna manera verme arrastrada otra vez por los asuntos de Lila. Durante un tiempo me sorprendí preguntándome: ¿Qué estará tramando, por qué de buenas a primeras quiere ir a trabajar al centro? Después lo dejé correr, estaba liada con otros problemas: la librería, el colegio, los exámenes orales, los libros de texto. Compré algunos, la mayoría se los robé al librero sin el menor escrúpulo. Volví a estudiar de firme, sobre todo de noche. Porque por las tardes, hasta las vacaciones de Navidad, cuando me despedí, estuve ocupada con la librería. Inmediatamente después la profesora Galiani en persona me consiguió un par de alumnos particulares, a los que me dediqué mucho. Entre el colegio, las clases y el estudio no me quedó tiempo para nada más.

Cuando a final de mes le entregaba el dinero que ganaba, mi madre se lo metía en el bolsillo sin decir palabra; pero por la mañana se levantaba temprano a prepararme el desayuno, a veces hasta me hacía un huevo batido, tarea a la que se dedicaba con tanto esmero —mientras yo seguía en la cama adormilada, oía el cloc cloc de la cuchara contra la taza— que se me disolvía en la boca como una crema, no tenía ni un solo granito de azúcar. En cuanto a los profesores del instituto, era como si les resultara imposible no considerarme la alumna más brillante, casi como por obra de una especie de perezoso funcionamiento del polvoriento engranaje escolar. Defendí sin problemas mi papel de primera de la clase y, tras la marcha de Nino, me situé entre las mejores de todo el colegio. Pero no me resultó difícil comprender que pese a ser siempre muy generosa conmigo, la Galiani me atribuía no sé qué culpa que le impedía ser cordial como antes. Por ejemplo, cuando le devolví sus libros, se molestó porque estaban llenos de arena y se los llevó sin prometer que me prestaría otros. Por ejemplo, no me pasó más sus diarios, y durante un tiempo me vi obligada a comprarme *Il Mattino*, si bien después dejé de hacerlo, me aburría, era tirar el dinero. Por ejemplo, nunca más volvió a invitarme a su casa, aunque me hubiera gustado ver otra vez a Armando, su hijo. Con eso y con todo siguió elogiándome en público, poniéndome buenas notas, aconsejándome conferencias e incluso películas importantes que proyectaban en un centro de curas de Port'Alba. Hasta que una vez, cuando faltaba poco para las vacaciones de Navidad, me llamó a la salida del colegio e hicimos juntas parte del trayecto. Me preguntó sin rodeos qué sabía de Nino.

—Nada —le contesté.

—Dime la verdad.

—Es la verdad.

Poco a poco salió a relucir que, pasado el verano, Nino no había vuelto a dar señales de vida ni con ella ni con su hija.

—Rompió con Nadia de una forma desagradable —dijo con acritud de madre—, le mandó unas cuantas líneas por carta desde Ischia y la hizo sufrir mucho. —Luego se contuvo y, otra vez en su papel de profesora, añadió—: Paciencia, qué se le va a hacer, sois jovencitos, el dolor os hace crecer.

Asentí.

—¿A ti también te dejó? —me preguntó.

Me ruboricé.

—¿A mí?

—¿No os visteis en Ischia?

—Sí, pero entre nosotros no hubo nada.

—¿Segura?

—Claro que sí.

—Nadia está convencida de que la dejó por ti.

Negué con fuerza, le dije que estaba dispuesta a ver a Nadia y decirle que entre Nino y yo nunca había habido nada y que nunca habría nada. Se puso contenta, me aseguró que se lo diría. No dije una sola palabra sobre Lila, naturalmente, y no solo porque estaba decidida a ir a lo mío, sino también porque hablar de ella me habría deprimido. Intenté salirme por la tangente, pero ella siguió con lo de Nino. Dijo que corrían distintos rumores sobre él. Algunos comentaban que en otoño no solo no se había presentado a un solo examen, sino que incluso había abandonado los estudios; otros juraban que lo habían visto una tarde por la via Arenaccia, solo, borracho como una cuba, haciendo eses, bebiendo de vez en cuando a morro de una botella. No obstante, concluyó, Nino no le caía bien a todo el mundo y quizá había quien disfrutaba haciendo correr rumores sobre él. Aunque sería una pena que fueran ciertos.

—Seguramente son mentiras —dije.

—Ojalá. Pero no hay modo de seguirle la pista a ese muchacho.

—Sí.
—Es muy brillante.
—Sí.
—Si te enteras de en qué anda metido, dímelo.

Nos separamos, corrí a darle clase de griego a una chica de bachillerato elemental que vivía en el Parco Margherita. Sin embargo, resultó difícil. En la amplia sala en permanente penumbra donde me recibían con respeto, había muebles solemnes, alfombras con escenas de cacería, antiguas fotos de militares de alta graduación, infinidad de otras muestras de una tradición de autoridad y bienestar económico que a mi pálida alumna de catorce años le causaban un atontamiento del cuerpo y el intelecto, y a mí me producía un sensación de rechazo. En aquella ocasión tuve que emplearme a fondo para vigilar las declinaciones y conjugaciones. La silueta de Nino me volvía sin cesar a la cabeza, tal como la había descrito la Galiani: la chaqueta raída, la corbata al viento, las piernas largas dando pasos inseguros, la botella vacía que, tras el último trago, se hacía añicos contra las piedras de la via Arenaccia. ¿Qué había ocurrido entre Lila y él después de Ischia? En contra de mis previsiones, evidentemente ella se había arrepentido, todo había terminado, había recuperado la cordura. Pero Nino no: de joven estudioso con una respuesta bien articulada para todo había pasado a ser un inadaptado vencido por el mal de amores por la mujer del charcutero. Pensé en preguntarle otra vez a Alfonso si tenía noticias. Pensé en ir yo misma a ver a Marisa para interesarme por su hermano. Pero no tardé en obligarme a quitármelo de la cabeza. Se le pasará, me dije. ¿Acaso él me ha buscado a mí? No. ¿Y Lila me ha buscado? No. ¿Por qué tengo que preocuparme por él, o por ella, cuando ellos no me hacen ni caso? Terminé con la clase y seguí mi camino.

78

Después de Navidad me enteré por Alfonso de que Pinuccia había dado a luz un varón al que llamaron Fernando. Fui a verla pensando encontrarla en cama, feliz, con el niño prendido al pecho. Me la encontré levantada, en camisón y pantuflas, de morros. Echó de malas maneras a su madre, que le decía: «Métete en la cama, no te canses»; y cuando me llevó a la cuna, dijo sombría: «Nunca me sale nada bien, fíjate qué feo es, me impresiona no solo tocarlo, sino mirarlo». A pesar de que desde el umbral de la puerta Maria murmurase como fórmula sedante: «Pero qué dices, Pina, es precioso», ella siguió repitiendo con rabia: «Es feo, es más feo que Rino, en esa familia son todos feos». Luego respiró hondo y exclamó desesperada, con lágrimas en los ojos: «La culpa es mía, no elegí bien a mi marido, pero cuando una es una muchachita no piensa y ahora fíjate qué hijo he tenido, tiene la nariz aplastada como la de Lina». Y, sin solución de continuidad, se puso a cubrir de insultos a su cuñada.

Por ella me enteré de que Lila, la muy puta, llevaba ya quince días haciendo y deshaciendo a su antojo en la tienda de la piazza dei Martiri. Gigliola tuvo que ceder, regresó a la pastelería de los Solara; ella misma, Pinuccia, tuvo que ceder, encadenada al niño a saber durante cuánto tiempo; todos tuvieron que ceder, ante todo Stefano, como de costumbre. Y ahora, no había día en que Lila no inventara algo: iba a trabajar vestida de azafata de Mike Bongiorno, y si no la llevaba su marido en coche se hacía llevar sin problemas por Michele; había gastado un dineral en dos cuadros que no se entendía qué representaban y los había colgado en la tienda a saber con qué fin; había comprado numerosos libros para colocarlos en un estante en lugar de los zapatos; había decorado una especie de salita con sofás, sillones, pufs y una copa de cristal donde guardaba chocolatinas de Gay-Odin a disposición de quien quisiera servirse, gratis, como si ella no estuviera allí para aguantar el olor a pies de los clientes, sino para hacer de dama del castillo.

—Y eso no es todo —dijo—, hay algo todavía peor.

—¿Qué?

—¿Sabes lo que hizo Marcello Solara?

—No.

—¿Te acuerdas de los zapatos que le dieron Stefano y Rino?

—¿Esos confeccionados tal y como los diseñó Lina?

—Esos, una porquería de zapatos, Rino siempre decía que les entraba agua.

—Bueno, ¿qué pasó?

Pina me conmocionó con una jadeante historia, por momentos confusa, de dinero, pérfidas tramas, engaños, deudas. Lo que pasó fue que Marcello, descontento con los nuevos modelos hechos por Rino y Fernando, seguramente de acuerdo con Michele, había mandado elaborar esos zapatos, pero no en la fábrica Cerullo, sino en otra de Afragola. Tras lo cual, por Navidad los distribuyó con la marca Solara en las tiendas y, sobre todo, en la de la piazza dei Martiri.

—¿Y podía hacerlo?

—Y tanto, son dos: mi hermano y mi marido, esos dos imbéciles, se los regalaron, así que él puede hacer lo que le venga en gana.

—¿Y entonces?

—Entonces —dijo—, ahora te encuentras en Nápoles los zapatos Cerullo y los zapatos Solara. Y los zapatos Solara están funcionando de maravilla, mejor que los Cerullo. Y todas las ganancias son para los Solara. Tanto es así que Rino está muy nervioso, porque esperaba competencia, sí, pero no la de los propios Solara, sus socios, y para colmo con un zapato fabricado con sus manos y después tontamente descartado.

Me vino a la cabeza Marcello, aquella vez que Lila lo amenazó con la chaira. Era más lento que Michele, más tímido. ¿Qué necesidad tenía de cometer ese desplante? Los tejemanejes de los Solara eran muy numerosos, algunos a la luz del día, otros no, y aumentaban cada día más. Conservaban amistades poderosas desde los tiempos de su abuelo, hacían favores y los recibían. Su madre prestaba dinero con intereses usureros y llevaba un libro que asustaba a medio barrio, tal vez incluso a los Cerullo y los Carracci. Para Marcello, y por tanto, también para su hermano, los zapatos y la tienda de la piazza dei Martiri eran solo uno de los tantos pozos a los que su familia iba por agua, y, seguramente, no era de los más importantes. ¿Por qué entonces?

La historia de Pinuccia empezó a irritarme; tras la apariencia del dinero percibí algo desalentador. El amor de Marcello por Lila había terminado, pero la herida seguía ahí y se había enconado. Eliminada toda dependencia, él se sentía libre de hacer daño a quienes lo habían humillado en el pasado.

—Rino —me confirmó Pinuccia— fue con Stefano a protestar, pero sin resultado.

Los Solara los trataron con arrogancia, era gente acostumbrada a hacer lo que quería, por lo que el encuentro fue como hablar con un muro. Al final Marcello les dijo vagamente que tanto él como su hermano pensaban en toda una línea Solara que repitiera, con variantes, las características de aquel zapato de prueba. Y luego añadió, sin un nexo claro: «A ver qué tal funciona vuestra nueva producción y si vale la pena mantenerla en el mercado». ¿Entendido? Entendido. Marcello quería eliminar la marca Cerullo, sustituirla por la marca Solara y causar así un daño económico a Stefano. Tengo que irme del barrio, de Nápoles, me dije, ¿qué me importan a mí sus peleas? Entretanto pregunté:

—¿Y Lina?

Los ojos de Pinuccia soltaron un relámpago feroz.

—Ella es el problema.

Lina se había tomado a risa el asunto. Cuando Rino y su marido se enfadaban, ella se recochineaba así: «Los zapatos se los regalasteis vosotros, no yo; vosotros negociasteis con los Solara, no yo. Si sois unos mamones, ¿qué queréis que haga yo?». Era irritante, no se sabía de parte de quién estaba, de la familia o de los dos Solara. Tanto es así que cuando Michele volvió a insistir en que la quería en la piazza dei Martiri, de buenas a primeras ella dijo que sí, es más, atormentó a Stefano para que la dejara ir.

—¿Cómo es posible que Stefano cediera? —pregunté.

Pinuccia lanzó un largo suspiro de impaciencia. Stefano cedió porque esperaba que Lila, dado que Michele la apreciaba tanto, y dado que Marcello siempre había tenido debilidad por ella, consiguiera arreglar las cosas. Pero Rino no se fiaba de su hermana, estaba asustado, se pasaba las noches sin dormir. El viejo zapato que Fernando y él habían descartado y que Marcello había hecho confeccionar en su forma original, gustaba, se vendía. ¿Qué pasaría si los Solara se ponían a negociar directamente con Lila y si a ella, que era cabrona de nacimiento, le daba por diseñarlos para ellos?

—No ocurrirá —le dije a Pinuccia.

—¿Te lo ha dicho ella?

—No, no la veo desde el verano.

—¿Y entonces?

—Sé cómo es ella. Lina se interesa por una cosa y se empeña al máximo. Pero cuando la consigue, se le pasan las ganas, ya no se ocupa más de ella.

—¿Estás segura?

—Sí.

A Maria le gustaron mis palabras, se agarró a ellas para calmar a su hija.

—¿Lo has oído? —dijo—. Todo está en orden, Lenuccia sabe lo que dice.

Pero de hecho no sabía nada, la parte menos pedante de mí tenía bien presente la imprevisibilidad de Lila, por eso no veía la hora de marcharme de aquella casa. ¿Qué pinto yo, pensaba, en todas estas historias mezquinas, en la pequeña venganza de Marcello Solara, en este bregar y estar todos nerviosos por el dinero, los coches, las casas, los muebles y adornos y las vacaciones? ¿Y cómo ha podido Lila, después de Ischia, después de Nino, regresar y competir con esos camorristas? Me sacaré el diploma, haré unas oposiciones, las ganaré. Saldré de esta porquería, me iré lo más lejos posible. Enternecida con el niño que Maria tenía ahora en brazos, dije:

—Qué hermoso es.

79

No supe resistirme. Lo fui aplazando pero al final me di por vencida: le pedí a Alfonso que un domingo diéramos un paseo él, Marisa y yo. Alfonso se alegró mucho, fuimos a una pizzería de la via Foria. Me interesé por Lidia, por los chicos, sobre todo por Ciro, y después pregunté qué era de la vida de Nino. Ella me contestó con desgana, hablar de su hermano la ponía nerviosa. Dijo que había pasado por una larga temporada de locura y su padre, al que ella adoraba, las pasó moradas; Nino había llegado a ponerle las manos encima. Nunca supieron qué había causado la locura: no quería seguir estudiando, se quería marchar de Italia. Y de repente se le había pasado; había vuelto a ser el de antes y acababa de empezar a examinarse otra vez.

—¿Así que está bien?

—Ni idea.

—¿Está contento?

—En la medida en que alguien como él puede estar contento, sí.

—¿Y solo se dedica a estudiar?

—¿Quieres decir si tiene novia?

—No, qué va, quiero decir si sale, si se divierte, si va a bailar.

—Y qué sé yo, Lena. No para en casa. Ahora le ha dado la manía del cine, las novelas, el arte y las pocas veces que pasa por casa no hace más que discutir con papá con el único fin de ofenderlo y pelearse.

Sentí alivio al enterarme de que Nino había recobrado la razón, pero al mismo tiempo me amargué. ¿El cine, las novelas, el arte? Qué deprisa cambiaban las personas, sus intereses, sus sentimientos. Frases bien organizadas que son sustituidas por frases bien organizadas, el tiempo es un discurrir de palabras coherentes solo en apariencia, quien más palabras tiene, más acumula. Me sentí estúpida, había desatendido las cosas que me gustaban por adecuarme a lo que le gustaba a Nino. Sí, sí, hay que resignarse a lo que se es, cada cual por su camino. Confié en que Marisa no le contara que me había visto y había preguntado por él. Después de aquella tarde, ni siquiera a Alfonso volví a mencionarle a Nino o a Lila.

Me refugié aún más en mis obligaciones, las multipliqué para llenar mis días y mis noches. Aquel año estudié de un modo obsesivo, puntilloso, y acepté dar más clases particulares por bastante dinero. Me impuse una disciplina férrea, mucho más dura de la que llevaba desde la infancia. El tiempo medido, una línea recta que iba desde el amanecer hasta bien entrada la noche. En otros tiempos había tenido a Lila, un continuo y feliz desvío hacia territorios sorprendentes. Ahora todo lo que yo era quería conseguirlo por mí misma. Tenía casi diecinueve años, nunca más dependería de nadie, nunca más añoraría a nadie.

El tercer año de bachillerato superior pasó como un solo día. Luché con la geografía astronómica, la geometría, la trigonometría. Fue una especie de carrera por saberlo todo, cuando en realidad daba por descontado que mi incapacidad era constitucional y por tanto imposible de eliminar. No obstante, me gustaba intentarlo. ¿Que no tenía tiempo de ir al cine? Me aprendía los títulos y las tramas. ¿Que nunca había estado en el Museo Arqueológico? Iba corriendo y pasaba allí medio día. ¿Que nunca había visitado la pinacoteca de Capodimonte? Me hacía una escapadita, un par de horas y listo. En una palabra, estaba muy ocupada. ¿Qué me importaban a mí los zapatos y la tienda de la piazza dei Martiri? No fui nunca.

A veces me cruzaba con Pinuccia que, exhausta, venía empujando a Fernando en el cochecito. Me paraba un momento, escuchaba distraída sus quejas sobre Rino, Stefano, Lila, Gigliola, todos. A veces me cruzaba con Carmen, cada día más amargada por lo mal que iban las cosas en la charcutería nueva desde que Lila se había marchado abandonándola a los atropellos de Maria y Pinuccia, y dejaba que se desahogara un momento contándome cómo echaba de menos a Enzo Scanno, cómo contaba los días esperando que terminara el servicio militar, cómo se deslomaba su hermano Pasquale entre el trabajo en la obra y la militancia comunista. A veces me cruzaba con Ada, que había empezado a detestar a Lila, pero estaba muy contenta con Stefano, hablaba de él con ternura, y no solo porque le había aumentado más el sueldo, sino porque era un hombre muy trabajador, que se mostraba abierto con todos, y no se merecía esa mujer que lo ponía como un trapo.

Fue ella quien me contó que a Antonio lo habían licenciado con antelación debido a un agotamiento nervioso.

—¿Cómo es posible?

—Ya sabes qué tipo de persona es, el agotamiento ya lo tenía cuando estaba contigo.

Fea frase que me hirió, traté de no pensar. Un domingo de invierno me crucé por casualidad con Antonio, estaba tan delgado que a duras penas lo reconocí. Le sonreí, esperando que se detuviera, pero no pareció percatarse de mi presencia y pasó de largo. Lo llamé, se volvió con una sonrisa extraviada.

—Hola, Lenù.

—Hola. Me alegro mucho de verte.

—Yo también.

—¿Qué haces?

—Nada.

—¿No vuelves al taller?

—El puesto ya está ocupado.

—Eres bueno, encontrarás trabajo en otro sitio.

—No, si no me cuido, no conseguiré trabajar.

—¿Qué tuviste?

—Miedo.

Eso dijo: miedo. Una noche, en Cordenons, mientras estaba de guardia, se acordó de un juego que le hacía su padre cuando todavía vivía y él era muy, muy pequeño: con una pluma se dibujaba ojos y bocas en los cinco dedos de la mano izquierda y luego los hacía mover y hablar como si fuesen personas. Era un juego tan bonito que al recordarlo se le habían saltado las lágrimas. Pero aquella noche, durante su guardia, tuvo la impresión de que la mano de su padre había entrado en la suya y que ahora llevaba dentro de los dedos gente de verdad, pequeñita, muy pequeñita, pero completamente formada, que reía y cantaba. El miedo le había dado por ese motivo. Golpeó con la mano contra la garita hasta hacerse sangre, pero los dedos siguieron riendo y cantando sin parar un solo instante. Solo se sintió mejor cuando, al acabar su turno, se fue a dormir. Tras descansar un poco, a la mañana siguiente ya no tenía nada. Pero le quedó el terror a que se le repitiera la enfermedad de la mano. Y se le repitió, cada vez con más frecuencia, a sus dedos les daba por reír y cantar también durante el día. Hasta que enloqueció y lo mandaron al médico.

—Ahora se me ha pasado —dijo—, pero me puede volver a suceder.

—Dime cómo puedo ayudarte.

Pensó un momento, como si de verdad estuviese valorando una serie de posibilidades.

—Nadie puede ayudarme —murmuró.

Comprendí enseguida que ya no sentía nada por mí, yo había salido definitivamente de su cabeza. Por ello, después de aquel encuentro, todos los domingos tomé por costumbre pasar debajo de sus ventanas y llamarlo. Dábamos un paseo por el patio, estábamos un rato de palique y cuando él se cansaba, nos despedíamos. A veces bajaba con Melina, vistosamente maquillada, y paseábamos él, su madre y yo. En ocasiones nos veíamos con Ada y Pasquale y dábamos una vuelta más larga, pero en general hablábamos nosotros tres; Antonio se quedaba callado. En una palabra, se convirtió en una costumbre tranquila. Fui con él al funeral de Nicola Scanno, el verdulero, que murió de repente a causa de una pulmonía; Enzo vino de permiso pero no llegó a tiempo para verlo con vida. También fuimos juntos a consolar a Pasquale, a Carmen y a Giuseppina, la madre de ambos, cuando nos enteramos de que su padre, el ex carpintero que había matado a don Achille, murió de un infarto en la cárcel. Y también estábamos juntos cuando supimos que a don Carlo Resta, el vendedor de jabones y menaje, lo habían matado de una paliza en su propio sótano. Hablamos largo y tendido del asunto, todo el barrio lo hizo, las conversaciones difundieron verdades y fantasías crueles; hubo quien contó que los golpes no fueron suficientes y le habían metido una lima por la nariz. Se atribuyó el crimen a algún inadaptado, gente que se había llevado la recaudación del día. Pero más tarde, Pasquale nos dijo que había oído rumores según él mucho más fundados: don Carlo estaba en deuda con la madre de los Solara, porque tenía el vicio de jugar a las cartas y recurría a ella para solucionar sus deudas de juego.

—¿Y entonces? —le preguntó Ada, que siempre se mostraba escéptica cuando su novio planteaba hipótesis arriesgadas.

—Entonces como él no quiso pagarle a la usurera, lo mandaron matar.

—¡Sí, anda! Siempre dices tonterías.

Es posible que Pasquale exagerara pero, en primer lugar, nunca se supo quién mató a don Carlo Resta; y, en segundo lugar, los Solara compraron por muy poco dinero el sótano y toda la mercancía, aunque dejaron dentro a la mujer de don Carlo y al hijo mayor para que lo gestionaran.

—Por generosidad —dijo Ada.

—Porque es gente de mierda —dijo Pasquale.

No recuerdo si Antonio hizo comentarios sobre aquel episodio. Estaba oprimido por su malestar que, en cierto modo, se agudizaba con las charlas de Pasquale. Tenía la sensación de que la disfunción de su cuerpo se extendía a todo el barrio y que se manifestaba a través de los hechos abominables que ocurrían.

Lo más terrible para nosotros sucedió un domingo tibio, primaveral, cuando él, Pasquale, Ada y yo esperábamos en el patio a Carmela, que había subido a casa a buscar un jersey. A los cinco minutos Carmen se asomó a la ventana y le gritó a su hermano:

—Pasquà, no encuentro a mamá. La puerta del retrete está cerrada con llave por dentro, pero ella no contesta.

Pasquale subió los escalones de dos en dos y nosotros, detrás de él. Encontramos a Carmela angustiada delante de la puerta del baño y Pasquale llamó apurado, educadamente, varias veces, pero nadie contestó. Antonio le dijo a su amigo, indicando la puerta: No te preocupes, te la arreglo yo y, tras aferrar el picaporte, casi lo arrancó de cuajo.

La puerta se abrió. Giuseppina Peluso había sido una mujer radiante, enérgica, trabajadora, afable, capaz de enfrentarse a todas las adversidades. Siempre se había ocupado de su marido encarcelado, a cuya detención, según recordaba yo, se había opuesto con todas sus fuerzas cuando lo acusaron de haber matado a don Achille Carracci. Cuatro años antes había recibido con ponderada aprobación la invitación de Stefano para pasar juntos la Nochevieja, había asistido a la fiesta con sus hijos, contenta de aquella reconciliación entre las familias. Se había alegrado cuando, gracias a Lila, su hija consiguió trabajo en la charcutería del barrio nuevo. Pero una vez fallecido su marido, evidentemente se había cansado, y en poco tiempo se había transformado en una mujer menuda, sin la energía de otros tiempos, piel y huesos. Había desenganchado la lámpara de techo del baño, un plato metálico colgado de una cadena, y al gancho clavado del techo había atado el alambre de tender la ropa. Después se había colgado del cuello.

Antonio fue el primero en verla y estalló en sollozos. Fue más fácil calmar a Carmen y Pasquale, los hijos de Giuseppina, que a él. Me repetía horrorizado: ¿Has visto que estaba descalza y tenía las uñas de los pies largas y que las de un pie las llevaba pintadas de rojo y las del otro no? Yo no me había fijado pero él sí. Pese a la enfermedad de los nervios, había regresado del servicio militar más convencido que antes de que le tocaba el papel del hombre que se enfrenta en primer lugar al peligro, sin miedo, y sabe resolver todos los problemas. Sin embargo, era frágil. Después de aquel episodio se pasó semanas viendo a Giuseppina en todos los rincones oscuros de su casa, y eso hizo que empeorase, así que desatendí algunas de mis obligaciones para ayudarlo a que se calmara. Fue la única persona del barrio a la que veía de una forma más o menos asidua hasta que me examiné de bachillerato superior. A Lila apenas la vi de lejos, con su marido, en el entierro de Giuseppina, mientras estrechaba contra ella a Carmen, que sollozaba. Stefano y ella habían enviado una enorme corona de flores en cuyo lazo violeta se leían las condolencias del matrimonio Carracci.

80

No dejé de ver a Antonio a causa de los exámenes. Las dos cosas acabaron por coincidir, porque precisamente por esa época fue él quien vino a buscarme, un tanto aliviado, para anunciarme que había aceptado trabajar para los hermanos Solara. La cosa no me gustó, me pareció otro signo de su malestar. Odiaba a los Solara. De jovencito se había peleado con ellos por defender a su hermana. Pasquale, Enzo y él le habían dado una buena paliza a Marcello y Michele y les habían destrozado el Fiat 1100. Pero sobre todo a mí me había dejado por haber ido a ver a Marcello a pedirle que lo ayudase a librarse del servicio militar. ¿Por qué se doblegaba de ese modo? Me dio unas explicaciones confusas. Dijo que en la mili había aprendido que si eres soldado raso debes obedecer a todo aquel que lleve galones. Dijo que el orden es mejor que el desorden. Dijo que había aprendido a acercarse a un hombre por la espalda y matarlo sin que lo notara llegar. Comprendí que el malestar tenía bastante que ver en ello, pero que el problema real era la miseria. Había ido al bar a pedir trabajo. Marcello lo había maltratado un rato, pero después le había ofrecido un tanto al mes —así lo dijo— sin un encargo preciso, solo por estar a su disposición.

—¿A su disposición?

—Sí.

—¿A su disposición para qué?

—No lo sé.

—Déjalos correr, Antò.

No los dejó correr. Y por esa relación de dependencia acabó discutiendo con Pasquale y con Enzo, que había regresado del servicio militar más taciturno que de costumbre, más inflexible. Con malestar o sin él, ninguno de ellos consiguió perdonarle a Antonio aquella decisión. Especialmente Pasquale, aunque estuviese de novio con Ada, llegó a amenazarlo; dijo que le daba igual que fuese su cuñado, pero que no quería volver a verlo.

Me desentendí a toda prisa de esas disputas y me concentré en el examen de bachillerato superior. Mientras estudiaba día y noche, a veces rendida por el calor, recordaba el verano anterior, sobre todo los días de julio, antes de que Pinuccia se marchara, cuando Lila, Nino y yo formábamos un trío feliz, o al menos eso me parecía. Eludí todas las imágenes e incluso el más leve eco de las frases; no me permití distracciones.

El examen fue un momento decisivo en mi vida. En un par de horas escribí una redacción sobre el papel de la naturaleza en la poética de Giacomo Leopardi en la que, además de los versos que sabía de memoria, incluí una reelaboración del manual de historia de la literatura italiana en un bonito estilo; pero sobre todo, entregué la prueba de latín y la de griego cuando mis compañeros, incluido Alfonso, acababan de ponerse a trabajar. Con eso llamé la atención de los examinadores, en especial de una anciana profesora flaquísima, con un traje chaqueta rosa y el pelo celeste recién peinado de peluquería, que me obsequió con muchas sonrisas. Sin embargo, el verdadero vuelco se produjo en los orales. Todos los profesores me elogiaron, aunque obtuve la conformidad sobre todo de la examinadora del cabello azul turquí. Le había llamado la atención mi planteamiento no solo por lo que decía, sino por cómo lo decía.

—Escribe usted muy bien —me dijo con un acento para mí indescifrable, pero en cualquier caso muy alejado del de Nápoles.

—Gracias.

—¿De veras considera que nada está destinado a durar, ni siquiera la poesía?

—Eso piensa Leopardi.

—¿Está segura?

—Sí.

—¿Y qué piensa usted?

—Pienso que la belleza es un engaño.

—¿Como el jardín leopardiano?

No sabía nada de los jardines leopardianos, pero contesté:

—Sí. Como el mar en un día sereno. O como una puesta de sol. O como el cielo de noche. Son polvos compactos aplicados sobre el horror. Si se quitan, nos quedamos solos con nuestro espanto.

Las frases me salieron bien, las pronuncié con una cadencia inspirada. Por lo demás, no improvisaba, se trataba de adaptaciones orales de lo que había escrito en la redacción.

—¿Qué facultad tiene intención de elegir?

Sabía poco o nada de facultades, esa acepción del término me resultaba escasamente conocida. Me salí por la tangente:

—Me presentaré a alguna oposición.

—¿No irá a la universidad?

Las mejillas se me encendieron como si no lograra ocultar una culpa.

—No.

—¿Necesita trabajar?

—Sí.

Me dieron permiso para retirarme, regresé donde estaban Alfonso y los otros. Poco después la profesora me alcanzó en el pasillo, me habló un buen rato de una especie de colegio en Pisa donde, si aprobabas un examen como el que acababa de hacer, se podía estudiar gratis.

—Si viene a verme dentro de un par de días, le daré toda la información necesaria.

La escuché, pero como cuando te hablan de algo que jamás tendrá nada que ver contigo. A los dos días, cuando fui al colegio solo por miedo a que la profesora se ofendiera y me pusiese una nota baja, me quedé pasmada por la información clarísima que había transcrito para mí en un folio. No volví a verla, ni siquiera sé cómo se llamaba, y sin embargo, cuánto le debo. Sin dejar de tratarme de usted, pasó con naturalidad a un comedido abrazo de despedida.

Terminaron los exámenes, aprobé con una media de nueve. También hizo buen papel Alfonso, que sacó una media de siete. Antes de abandonar para siempre, sin ningún pesar, el edificio gris y maltrecho cuyo único mérito, a mis ojos, era el de haber sido frecuentado también por Nino, entreví a la Galiani y fui a saludarla. Se congratuló por mi magnífico resultado pero sin entusiasmo. No me sugirió libros para el verano, no me preguntó qué pensaba hacer tras haber conseguido el diploma de bachillerato superior. Su tono distante me disgustó, creía que las cosas entre nosotras se habían aclarado. ¿Cuál era el problema? ¿Acaso cuando Nino había dejado a su hija sin volver a dar señales de vida a mí me había ligado a él para siempre, jóvenes cortados por el mismo patrón, de escasa sustancia, poco serios, de poco fiar? Acostumbrada como estaba a caer simpática a todo el mundo y a conservar a mi alrededor esa simpatía cual centelleante armadura, aquello me sentó fatal, y creo que su desinterés debió de influir en gran medida en la decisión que tomé más tarde. Sin contárselo a nadie (¿a quién iba a pedir consejo sino a la

Galiani?), presenté la solicitud de admisión en la Escuela Normal de Pisa. A partir de ese momento me afané por ganar dinero. Dado que las buenas familias a cuyos hijos había dado clases durante todo el año estaban contentas conmigo y mi fama de buena maestra se había difundido, llené mis días de agosto con un apreciable número de nuevos alumnos que en septiembre debían hacer exámenes de recuperación de latín, griego, historia, filosofía e incluso matemáticas. A final del mes me vi rica, había reunido setenta mil liras. Le di cincuenta mil a mi madre, que reaccionó con un gesto violento, casi me arrancó de la mano todo ese dinero y se lo metió en el sujetador, como si no estuviéramos en la cocina de casa sino en la calle y temiera que se lo robasen. Le oculté que me había guardado veinte mil liras para mí.

Avisé a mi familia que debía ir a examinarme a Pisa el día antes de viajar. Y anuncié: «Si me aceptan, iré a estudiar allí sin pagar una sola lira». Hablé con mucha decisión, en italiano, como si fuera un asunto que no podía expresarse en dialecto, como si mi padre, mi madre, mis hermanos no debieran o no pudieran entender lo que me disponía a hacer. De hecho se limitaron a escucharme incómodos; me pareció que a sus ojos ya no era yo, sino una extraña que iba de visita a una hora inoportuna. Al final mi padre dijo: «Haz lo que tengas que hacer, pero ten cuidado, nosotros no te podemos ayudar» y se fue a dormir. Mi hermana pequeña me preguntó si podía ir conmigo. Mi madre no dijo nada, pero antes de alejarse me dejó cinco mil liras sobre la mesa. Las miré un buen rato, sin tocarlas. Después, venciendo los escrúpulos por la forma en que dilapidaba el dinero para perseguir mis caprichos, pensé: Es dinero mío, y me lo quedé.

Por primera vez salí de Nápoles, de la Campania. Descubrí que tenía miedo de todo: miedo de equivocarme de tren, miedo de tener ganas de hacer pis y no saber adónde ir, miedo de que se hiciera de noche y no lograra orientarme en una ciudad desconocida, miedo de que me atracaran. Me guardé todo el dinero en el sostén, como hacía mi madre, y me pasé horas presa de una cauta angustia que convivió sin solución de continuidad con una creciente sensación de liberación.

Todo salió lo mejor posible. Excepto el examen, me pareció. La profesora del pelo azul turquí me había ocultado que sería mucho más difícil que el final del bachillerato superior. El latín, especialmente, me pareció muy complicado, pero en realidad ese fue solo la cima más alta; cada prueba se convirtió en una ocasión para comprobar de modo sutilísimo mis competencias. Peroré, balbuceé, a menudo fingí tener la respuesta en la punta de la lengua. El profesor de italiano me trató como si incluso el sonido de mi voz le molestara: «Usted, señorita, más que escribir argumentando, escribe disparatando; veo, señorita, que se lanza temerariamente a abordar asuntos que presentan unos problemas de planteamiento crítico de los que no tiene la menor idea». Me deprimí, perdí enseguida la confianza en lo que decía. El profesor se dio cuenta y, mirándome con ironía, me pidió que le hablara de algo que hubiese leído hacía poco. Imagino que se refería a algo de un autor italiano, pero yo no lo entendí y me agarré al primer pretexto que me pareció seguro, es decir, a los comentarios que habíamos hecho el verano anterior, en Ischia, en la playa de Citara, a propósito de Beckett y de Dan Rooney que, pese a ser ciego, aspiraba también a quedarse sordo y mudo. La expresión irónica del profesor se transformó poco a poco en una mueca perpleja. Me interrumpió enseguida y me pasó al profesor de historia. Este no le fue a la zaga. Me sometió a una lista infinita y agotadora de preguntas formuladas con extrema precisión. Hasta ese momento nunca me había sentido tan ignorante, ni siquiera en mis peores años académicos, esos en los que había ofrecido una prueba muy pobre de mí. Supe contestar a todo, fechas, hechos, pero siempre de forma aproximada. En cuanto él me apretaba con preguntas aún más implacables, yo cedía. Al final me preguntó, disgustado:

—¿Alguna vez ha leído algo que no sea estrictamente el libro de texto?

—Estudié la idea de nación —respondí.

—¿Recuerda el autor del libro?

—Federico Chabod.

—Veamos qué ha entendido.

Me escuchó unos minutos con atención, después me dio permiso para retirarme dejándome la certeza de haber dicho tonterías.

Lloré a mares, como si, por descuido, en algún sitio se me hubiese perdido la parte más prometedora de mí. Después me dije que era una estupidez desesperarme, sabía desde siempre que en realidad no era buena. Lila sí que era buena, Nino sí que era bueno. Yo solo era presuntuosa y me habían castigado justamente.

Sin embargo, me enteré de que había pasado el examen. Tendría un puesto para mí, una cama que no debía montar por las noches y recoger por las mañanas, un escritorio y todos los libros que necesitaba. Yo, Elena Greco, la hija del conserje, a los diecinueve años me disponía a salir del barrio, me disponía a dejar Nápoles. Sola.

81

Comenzó una sucesión de días afanosos. Poca ropa para llevarme, poquísimos libros. Las palabras enfurruñadas de mi madre: «Si ganas dinero, envíamelo por correo; ¿y ahora quién va a ayudar a tus hermanos con los deberes? Por tu culpa irán mal en el colegio. Anda, vete, a mí qué coño me importa, siempre supe que te creías mejor que yo y que todos». Y además las palabras hipocondríacas de mi padre: «Tengo un dolor aquí, vete a saber qué será, ven con papá, Lenù, no sé si cuando vuelvas me encontrarás todavía entre los vivos». Y además las palabras insistentes de mis hermanos: «Si vamos a verte, ¿podremos dormir contigo, podremos comer contigo?». Y además Pasquale que me dijo: «Ten cuidado, Lenù, a saber dónde te lleva tanto estudio. Acuérdate de quién eres y de parte de quién estás». Y además, Carmen, que era frágil y no conseguía superar la muerte de su madre, me saludó con la mano y se echó a llorar. Y además Alfonso, que se quedó patidifuso y murmuró: «Sabía que seguirías estudiando». Y además Antonio, que en lugar de prestar atención a lo que le decía sobre adónde me iba, y lo que haría, me repitió varias veces: «Ahora me siento realmente bien, Lenù, se me ha pasado todo, la mili era lo que me hacía daño». Y además Enzo, que se limitó a tenderme la mano y a estrechármela con tanta fuerza que me quedó dolorida durante días. Y por último Ada, que solo me preguntó: «¿Se lo has dicho a Lina, eh, se lo has dicho? —Soltó una risita e insistió—: Díselo, así revienta».

Imaginé que Lila ya se había enterado por Alfonso, por Carmen, incluso por su marido, al que seguramente se lo había contado Ada, que me disponía a irme a Pisa. Si no ha venido a felicitarme, pensé, es probable que la noticia la haya molestado de veras. Por otra parte, suponiendo que no supiera nada, ir expresamente a contárselo cuando hacía más de un año que apenas nos hablábamos, me pareció fuera de lugar. Dejé el asunto de lado y me dediqué a ultimar detalles antes de mi marcha. Le escribí a Nella para contarle lo que me había ocurrido y le pedí la dirección de la maestra Oliviero, pues quería darle la noticia. Fui a ver a un primo de mi padre, que había prometido prestarme una vieja maleta suya. Me pasé por unas cuantas casas donde había dado clases y donde me quedaba algún dinero por cobrar.

Me pareció una ocasión para ofrecer una especie de despedida a Nápoles. Crucé la via Garibaldi, subí por los Tribunales y en la piazza Dante tomé un autobús. Fui hasta el Vomero, primero pasé por la via Scarlatti, luego por Villa Santarella. Después bajé en el funicular hasta la piazza Amedeo. Las madres de mis alumnos me recibieron siempre con pena, en algún caso con mucho afecto. Además del dinero, me ofrecieron café y casi siempre un regalito. Al final del recorrido, caí en la cuenta de que estaba cerca de la piazza dei Martiri.

Enfilé por la via Filangieri, sin saber muy bien qué hacer. Me vino a la cabeza la inauguración de la tienda de zapatos, Lila vestida de gran señora y la desazón que le había dado por no haber cambiado de veras, por no tener la misma finura que las muchachas de ese barrio. En cambio yo, pensé, estoy realmente cambiada. Llevo siempre los mismos trapos, pero he sacado el bachillerato superior y estoy a punto de irme a estudiar a Pisa. No he cambiado en el aspecto, sino en lo profundo. Pronto le tocará el turno al aspecto y ya no será aspecto.

Me alegré de ese pensamiento, de esa constatación. Me detuve delante del escaparate de una óptica, examiné las monturas. Sí, tendré que cambiar de gafas, las que llevo me comen la cara, necesito una montura más ligera. Vi una muy fina, de lentes grandes y redondos. Recogerme el pelo. Aprender a maquillarme. Dejé atrás el escaparate y llegué a la piazza dei Martiri.

A esa hora muchas tiendas tenían la persiana medio echada, la de los Solara estaba bajada en sus tres cuartas partes. Miré a mi alrededor. ¿Qué sabía de las nuevas costumbres de Lila? Nada. Cuando trabajaba en la charcutería nueva no regresaba a casa a la hora del almuerzo, aunque la tenía a un tiro de piedra. Se quedaba en la tienda y comía algo con Carmen o charlaba conmigo las veces que pasaba a verla después de clases. Ahora que trabajaba en la piazza dei Martiri era aún menos probable que regresara a su casa para almorzar, un esfuerzo inútil, además del hecho de que no disponía de tiempo suficiente. Quizá estaba en algún bar, o dando una vuelta por el paseo marítimo en compañía de la dependienta que seguramente tenía. O quizá estaba descansando dentro. Golpeé en la persiana con la mano abierta. No hubo respuesta. Golpeé de nuevo. Nada. Llamé, oí pasos en el interior, la voz de Lila preguntó:

—¿Quién es?

—Elena.

—¡Lenù! —la oí exclamar.

Subió la persiana, apareció ante mí. Hacía tiempo que no la veía ni siquiera de lejos, la vi cambiada. Llevaba una camisa blanca y una falda estrecha azul, iba peinada y maquillada con el cuidado habitual. Pero daba la impresión de que la cara se le hubiese ensanchado y aplanado, todo su cuerpo me pareció más ancho y más plano. Tiró de mí hacia adentro, volvió a bajar la persiana. El ambiente, suntuosamente iluminado, había cambiado por completo, no parecía realmente una tienda de zapatos, sino un salón. Dijo con un tono tal de verdad que la creí:

—Qué estupendo lo que ha ocurrido, Lenù, no sabes cuánto me alegro de que hayas venido a despedirte. —Sabía lo de Pisa, naturalmente. Me abrazó con fuerza, me estampó dos sonoros besos en las mejillas, se le llenaron los ojos de lágrimas, repitió—: Cuánto, cuánto me alegro. —Después se volvió hacia la puerta del retrete y gritó—: Ven Nino, puedes salir, es Lenuccia.

Me quedé sin aliento. La puerta se abrió y allí estaba Nino de verdad, con su pose habitual, la cabeza gacha, las manos en los bolsillos. La cara demacrada por la tensión.

—Hola —murmuró.

No supe qué decir y le tendí la mano. Él me la estrechó sin energía. Entretanto, Lila pasó a contarme muchas cosas importantes con una serie de frases breves: llevaban casi un año viéndose a escondidas; por mi bien había decidido no comprometerme aún más en un enredo que, si llegaba a descubrirse, me habría causado problemas también a mí; estaba embarazada de dos meses, iba a confesárselo todo a Stefano, quería dejarlo.

82

Lila habló con un tono que le conocía bien, el tono de la determinación, ese con el que se esforzaba por apartar toda emoción y se limitaba a sumar rápidamente hechos y comportamientos casi con indiferencia, como si temiera que si se permitía apenas un temblor en la voz o el labio inferior, todo perdería las líneas del contorno, se habría desbordado hasta acabar arrastrándola. Nino se quedó sentado en el sofá con la cabeza gacha y, como mucho, se limitó a asentir unas cuantas veces. Estaban cogidos de la mano.

Dijo que esos encuentros en la tienda, con tantos nervios, se terminaron en el momento en que se había hecho un análisis de orina y se había enterado del embarazo. Ahora Nino y ella necesitaban una casa propia, una vida propia. Quería compartir con él amistades, libros, conferencias, cines, teatros, música.

—No soporto más que vivamos separados —dijo. Había ocultado en alguna parte algo de dinero y estaba en tratos para conseguir un pequeño apartamento en Campi Flegrei, por veinte mil liras al mes. Iban a encerrarse allí, a la espera de que naciera el niño.

¿Cómo? ¿Sin trabajo? ¿Con Nino que tenía que estudiar? No pude controlarme.

—¿Qué necesidad hay de que dejes a Stefano? —dije—. Se te dan bien las mentiras, le has contado muchas, puedes seguir haciéndolo tan tranquila.

Me miró con los ojos amusgados. Vi que captaba claramente el sarcasmo, el resentimiento, hasta el desprecio que encerraban aquellas palabras tras la apariencia de consejo amistoso. También notó la forma brusca en que Nino levantaba la cabeza, su boca entreabierta como si fuera a decir algo pero luego se contenía para evitar discusiones.

—Decir mentiras me ha servido para que no me mataran. Pero ahora prefiero que me maten, antes que seguir así —respondió.

Cuando me despedí deseándoles lo mejor, por mi propio bien confié en no volver a verlos nunca más.

83

Los años de la Escuela Normal fueron importantes, pero no para la historia de nuestra amistad. Llegué al colegio cargada de timideces y torpezas. No tardé en darme cuenta de que hablaba un italiano libresco rayano a veces en el ridículo, especialmente cuando, en mitad de un período en exceso cuidado, me faltaba una palabra y llenaba el hueco italianizando un término dialectal; hice un esfuerzo por corregirme. Sabía poco o nada de buenos modales, hablaba en voz muy alta, masticaba haciendo ruido; tuve que tomar nota de la incomodidad ajena y tratar de controlarme. En mi afán por mostrarme sociable interrumpía las conversaciones, me pronunciaba sobre asuntos que no me concernían, adoptaba actitudes demasiado íntimas; procuré ser amable pero distante. En cierta ocasión cuando a una muchacha de Roma le pregunté algo que ahora no recuerdo, contestó parodiando mi acento y todas se echaron a reír. Me sentí herida, pero reaccioné riendo y acentuando el dejo dialectal como si estuviese burlándome alegremente de mí misma.

En las primeras semanas pugné contra las ganas de volverme a casa para encerrarme en mi apacible modestia habitual. Pero desde el interior mismo de esa molestia empecé a destacar y, poco a poco, a gustar. Gusté a alumnas, alumnos, bedeles, profesores, en apariencia sin esfuerzo. En realidad tuve que ingeniármelas a fondo. Aprendí a controlar la voz y los gestos. Asimilé una serie de reglas de comportamiento escritas y no escritas. Controlé al máximo el acento napolitano. Conseguí demostrar que era buena y digna de estima, sin adoptar nunca tonos soberbios, ironizando sobre mi ignorancia, fingiéndome sorprendida de mis buenos resultados. Evité sobre todo granjearme enemistades. Cuando alguna de las chicas se mostraba hostil conmigo, concentraba mi atención en ella, era cordial a la par que discreta, servicial pero con mesura, y no cambiaba de actitud ni siquiera cuando se ablandaba y era ella la que me buscaba. Con los profesores hacía otro tanto. Por supuesto, con ellos me comportaba con más cautela, pero el objetivo era el mismo: ganarme su aprecio, su simpatía y su afecto. Me acercaba a los más huraños, a los más austeros, con sonrisas serenas y un aire devoto.

Hice los exámenes con regularidad, estudiando con la cruel autodisciplina de siempre. Me aterraba la idea de no aprobar y perder lo que, pese a las dificultades, me había parecido enseguida el paraíso en la tierra: un espacio mío, una cama mía, un escritorio mío, una silla mía, libros, libros, libros, una ciudad en las antípodas del barrio y de Nápoles, rodeada únicamente de gente que estudiaba y estaba predispuesta a discutir sobre lo que estudiaba. Me empeñé y perseveré de tal modo que ningún profesor nunca me puso menos de treinta puntos sobre treinta y, al cabo de un año pasé a ser una alumna de las consideradas prometedoras, a cuyos respetuosos gestos de saludo se podía responder con cordialidad.

Solo hubo dos momentos difíciles y ambos ocurrieron en los primeros meses. Una mañana, la muchacha de Roma que se había burlado de mi acento, me agredió en presencia de otras alumnas gritándome que le faltaba dinero del bolso y que si no se lo devolvía de inmediato, me denunciaría ante la directora. Comprendí que no podía reaccionar con una sonrisa conciliadora. Le di un fuerte bofetón y la cubrí de insultos en dialecto. Todas se asustaron. Yo era una persona catalogada entre las que siempre ponían al mal tiempo buena cara y la reacción la descolocó. La muchacha de Roma se quedó sin palabras, se taponó la nariz que sangraba, una amiga suya la acompañó al baño. Horas más tarde las dos fueron a buscarme y la que me había acusado de ladrona se disculpó, había encontrado el dinero. Le di un abrazo, le dije que sus disculpas me parecían sinceras, y de veras lo pensaba. Yo me había criado de un modo en el que, aunque me hubiese equivocado en algo, jamás me habría disculpado.

La otra dificultad seria se presentó en vísperas de la fiesta inaugural que se celebraría antes de las vacaciones navideñas. Se trataba de una especie de baile de debutantes al cual, en sustancia, era inevitable asistir. Entre las chicas no se hablaba de otra cosa: participarían todos los muchachos de la piazza dei Cavalieri; era un gran momento para que el sector femenino y el masculino se familiarizaran. Yo no tenía qué ponerme. Aquel otoño hizo frío, nevó mucho y la nieve me embelesó. Más tarde descubrí hasta qué punto podía fastidiar el hielo en las calles, las manos sin guantes se volvían insensibles, los pies se llenaban de sabañones. Mi guardarropa constaba de dos vestidos de invierno confeccionados por mi madre dos años antes, un abrigo raído heredado de una tía, una amplia bufanda azul que me había tejido yo misma, un único par de zapatos de medio tacón, remendados varias veces. Ya tenía numerosos problemas a los que hacer frente, con esa fiesta no sabía cómo comportarme. ¿Pedía ayuda a mis compañeras? La gran mayoría de ellas había mandado confeccionar un traje para la ocasión y era probable que entre los vestidos de diario tuvieran alguno con el que yo pudiera hacer un buen papel. Pero después de las experiencias con Lila ya no toleraba la idea de probarme las prendas de otras y descubrir que no me quedaban bien. ¿Y si me hacía la enferma? Me inclinaba por esta solución, aunque me deprimía: estar sana, morirme de ganas de parecer una Natasha que asiste al baile con el príncipe Andréi o con Kuraguin, pero quedarme sola mirando el techo mientras me llegaba el eco de la música, el murmullo de las voces, las carcajadas. Al final tomé una decisión quizá humillante pero de la cual, seguramente, no me arrepentiría: me lavé el pelo, me lo recogí, me pinté los labios y me puse uno de mis dos vestidos, el que tenía una única virtud: era azul oscuro.

Fui a la fiesta y al principio me sentí incómoda. No obstante, mi indumentaria tenía el mérito de no despertar envidias; todo lo contrario, provocaba sentimientos de culpa que animaban a la solidaridad. De hecho, muchas conocidas benévolas me hicieron compañía y los muchachos me sacaron a bailar a menudo. Me olvidé de cómo estaba vestida e incluso del estado de mis zapatos. Para colmo precisamente esa noche conocí a Franco Mari, un chico feúcho si bien muy divertido, de un ingenio brillante, descarado y manirroto, un año mayor que yo. Pertenecía a una familia muy acomodada de Reggio Emilia, era militante comunista pero crítico con las tendencias socialdemócratas de su partido. Con él pasé alegremente gran parte de mi escasísimo tiempo libre. Me regaló de todo: ropa, zapatos, un abrigo nuevo, gafas que me devolvieron los ojos y la cara entera, libros de cultura política, que era la cultura que él más apreciaba. Aprendí de él cosas horrendas sobre el estalinismo y me animó a leer las obras de Trotski, gracias a las cuales se había formado una sensibilidad antiestalinista y la convicción de que en la Unión Soviética no existían ni el socialismo y mucho menos el comunismo: la revolución se había interrumpido y había que relanzarla.

También a cargo de él hice mi primer viaje al extranjero. Fuimos a París, a un congreso de jóvenes comunistas de toda Europa. Pero vi poco de París, nos pasamos todo el tiempo en ambientes cargados de humo. De la ciudad guardé la impresión de unas calles mucho más coloridas que las de Nápoles y Pisa, el fastidio por el sonido de las sirenas de la policía y el estupor por la difusa presencia de negros, tanto en las calles como en las salas donde Franco hizo una larga intervención en francés, muy aplaudida. Cuando le conté a Pasquale esa experiencia política mía, no quiso creer que yo —«Precisamente tú», dijo— hubiese hecho algo semejante. Después guardó un incómodo silencio cuando hice gala de mis lecturas y me califiqué de filotrotskista.

De Franco tomé, además, varias costumbres que más tarde se reforzaron con las indicaciones y los discursos de algunos profesores: utilizar el verbo estudiar incluso cuando se leían libros de ciencia ficción; confeccionar fichas muy minuciosas de todos los textos estudiados; entusiasmarme cada vez que me encontraba con párrafos donde se narraban bien los efectos de la desigualdad social. A él le importaba mucho eso que él llamaba mi reeducación, y yo me dejé reeducar de buen grado. Pero muy a mi pesar no conseguí enamorarme de él. Lo quise, quise su cuerpo inquieto, pero nunca lo sentí indispensable. Lo poco que sentía se agotó al poco tiempo cuando Franco perdió su plaza en la Escuela Normal; en un examen sacó diecinueve sobre treinta y lo echaron. Nos escribimos durante algunos meses. Trató de ser readmitido, dijo que lo hacía solamente para estar a mi lado. Lo animé a someterse a un nuevo examen, suspendió. Nos escribimos algunas veces más, después durante bastante tiempo no supe más de él.

84

Esto, grosso modo, fue lo que me ocurrió en Pisa desde finales de 1963 hasta finales de 1965. Qué fácil es hablar de mí sin Lila; el tiempo se apacigua y los hechos destacados se deslizan por la línea de los años como maletas en la cinta de un aeropuerto; los coges, los pones sobre la página y listo.

Es más complicado contar lo que durante esos años le ocurrió a ella. En ese caso la cinta va más lenta, acelera, dobla bruscamente, descarrila. Las maletas caen, se abren, su contenido se desperdiga por todas partes. Sus objetos acaban mezclados con los míos y para recogerlos me veo obligada a repasar la narración que se refiere a mí (y que me había salido sin tropiezos) ampliando frases que ahora me suenan demasiado sintéticas. Por ejemplo, ¿si Lila hubiese ido en mi lugar a la Escuela Normal, acaso habría puesto al mal tiempo buena cara? Y esa vez en que le propiné el bofetón a la muchacha de Roma, ¿cuánto influyó su forma de comportarse? ¿Cómo se las arregló —incluso desde la distancia— para acabar con mi docilidad artificial, hasta qué punto fue ella la que me dio la determinación necesaria, hasta qué punto me dictó incluso los insultos? ¿Y la temeridad, cuando entre mil miedos y mil escrúpulos metía en mi cuarto a Franco, de quién me venía si no de su ejemplo? ¿Y la sensación de descontento cuando me daba cuenta de que lo que sentía por él no era amor, cuando comprobaba mi frigidez sentimental, de dónde emanaba si no, por comparación, de la capacidad de amar que ella había demostrado y estaba demostrando?

Sí, es Lila la que hace fatigosa la escritura. Mi vida me impulsa a imaginarme cómo habría sido la suya si le hubiese tocado lo que a mí, cómo habría utilizado mi suerte. Y su vida asoma sin cesar a la mía, en las palabras que he pronunciado, en cuyo interior hay a menudo un eco de las suyas, en ese gesto decidido que es una readaptación de un gesto suyo, en ese *de menos* mío que lo es a causa de un *de más* suyo, en ese *de más* mío que es la interpretación forzada de un *de menos* suyo. Sin contar lo que nunca me dijo pero que me dejó intuir, lo que no sabía y que después leí en sus cuadernos. Así el relato de los hechos debe contar con filtros, remisiones, verdades parciales, mentiras a medias; se deriva una extenuante medición del tiempo pasado basada toda en el metro incierto de las palabras.

Por ejemplo, debo reconocer que de los sufrimientos de Lila se me escapó todo. Puesto que se había apoderado de Nino, puesto que con sus artes secretas se había quedado embarazada de él y no de Stefano, puesto que por amor estaba a punto de hacer algo inconcebible en el ambiente en el que nos habíamos criado —abandonar al marido, renunciar al bienestar económico recién conquistado, arriesgarse a que la mataran junto a su amante y al niño que llevaba en el vientre— la consideré feliz con esa felicidad borrascosa de las novelas, de las películas y de las historietas, la única que en aquella época me interesaba de veras, es decir, no la felicidad conyugal, sino la felicidad de la pasión, una furiosa confusión del mal y del bien que le había ocurrido a ella y no a mí.

Me equivocaba. Ahora vuelvo atrás, al momento en que Stefano nos sacó de Ischia y sé con certeza que desde el instante en que el barco se alejó de la orilla y Lila se dio cuenta de que por las mañanas ya no volvería a encontrar a Nino esperándola en la playa, que no volvería a discutir, a hablar, a cuchichear con él, que no volverían a nadar juntos, que no volverían a besarse, a abrazarse, a amarse, ella quedó violentamente marcada por el dolor. En pocos días toda su vida de señora Carracci —equilibrios y desequilibrios, estrategias, batallas, guerras y alianzas, problemas con los proveedores y los clientes, el arte de engañar en el peso, el compromiso de hacer que aumentara el dinero de la caja— se esfumó, perdió autenticidad. Solo Nino se hizo concreto y auténtico, y también ella que lo quería, que lo deseaba de día y de noche, que se agarraba a su marido en la oscuridad del dormitorio para olvidarse del otro aunque fuera unos minutos. Un feo segmento de tiempo. Era justo en esos minutos cuando era más fuerte su necesidad de tenerlo, y en una forma muy nítida, con una gran precisión en los detalles, rechazaba a Stefano como si fuera un desconocido y se refugiaba en un rincón de la cama llorando e insultándolo a gritos, o se escapaba al baño y se encerraba con llave.

85

En un primer momento pensó en esfumarse de noche y regresar a Forio, pero comprendió que su marido no tardaría en encontrarla. Entonces pensó en preguntarle a Alfonso si Marisa sabía cuándo regresaba su hermano de Ischia, pero temió que su cuñado se lo contara a Stefano y lo dejó correr. Encontró en la guía telefónica el número de casa de los Sarratore y llamó. Se puso Donato. Ella dijo que era una amiga de Nino, él la interrumpió con voz resentida y colgó. Por desesperación volvió a la idea de embarcarse; estaba a punto de decidirse, cuando una tarde a principios de septiembre Nino se presentó en la puerta de la charcutería llena de gente, completamente borracho y con la barba larga.

Lila frenó a Carmen, que ya había reaccionado y se disponía a echar a aquel inadaptado que, para ella, era un desconocido que estaba mal de la chaveta. «Ya me ocupo yo», le dijo y se lo llevó de allí. Gestos decididos, voz fría, la certeza de que Carmen Peluso no había reconocido al hijo de Sarratore, ahora muy distinto del niño que había cursado con ellas la primaria.

Reaccionó deprisa. Viéndola parecía la de siempre, la que sabe resolver todos los problemas. De hecho, ya no sabía dónde estaba. Se habían esfumado las paredes cargadas de mercancías, la calle había perdido definición, se habían borrado las fachadas pálidas de los edificios nuevos, sobre todo no sentía el peligro que estaba corriendo. Nino, Nino, Nino; solo tenía conciencia de la alegría y el deseo. Él estaba frente a ella, por fin otra vez, y cada uno de sus rasgos proclamaba de un modo evidente que había sufrido y sufría y que la había buscado y la quería, hasta el punto de que intentaba abrazarla, besarla por la calle.

Se lo llevó a su casa, le pareció el sitio más seguro. ¿Viandantes? No vio ninguno. ¿Vecinos del barrio? No vio ninguno. Hicieron el amor en cuanto ella cerró la puerta del apartamento a sus espaldas. No tuvo ningún escrúpulo. Solo sentía la urgencia de poseer a Nino, enseguida, de tenerlo, de retenerlo. Esa necesidad no mermó ni siquiera cuando se aplacaron. El barrio, el vecindario, la charcutería, las calles, los ruidos del tren, Stefano, Carmen que estaría esperando nerviosa, regresaron lentamente, pero como objetos que había que ordenar deprisa para evitar no solo que fuesen un estorbo, sino poniendo además cuidado de que, apilados a tontas y a locas, de repente no se vinieran abajo.

Nino le reprochó que se hubiese marchado sin avisarle, la estrechó, quiso poseerla otra vez. Exigía que se fueran enseguida, juntos, pero no sabía decir dónde. Ella le contestaba sí, sí, sí, y compartía por completo su locura, pese a que, a diferencia de él, sentía que el tiempo, los segundos y los minutos verdaderos que pasaban volando agigantaban el riesgo de que los sorprendieran. Por ello, abandonada con él en el suelo, miraba la lámpara que colgaba del techo justo encima de ellos como una amenaza, y si antes solo se había preocupado de poseer a Nino enseguida, y luego ya podía venirse todo abajo, ahora reflexionaba sobre cómo seguir teniéndolo apretado contra ella sin que la lámpara se descolgara del techo, sin que el suelo se abriera y él cayera para siempre de un lado, y ella del otro.

—Vete.

—No.

—Estás loco.

—Sí.

—Te lo ruego, por favor, vete.

Lo convenció. Esperó que Carmen dijera algo, que los vecinos chismorrearan, que Stefano regresase de la otra charcutería para darle una paliza. No ocurrió, se sintió aliviada. Le aumentó el sueldo a Carmen, se volvió cariñosa con el marido, se inventó excusas que le permitieran verse a escondidas con Nino.

86

Al principio el mayor problema no fue un posible chismorreo que lo echase todo a perder, sino él, el muchacho amado. No daba importancia más que a aferrarla, besarla, morderla, penetrarla. Era como si quisiese, como si pretendiese vivir toda la vida con la boca pegada a la de ella, dentro de su cuerpo. Y no toleraba las separaciones, lo aterraban, temía que ella desapareciese de nuevo. Por eso se aturdía con el alcohol, no estudiaba, fumaba como un carretero. Era como si para él en el mundo no hubiera nada más que ellos dos, y si recurría a las palabras, lo hacía solo para gritarle sus celos, para decirle obsesivamente lo intolerable que le resultaba que siguiera viviendo con el marido.

—Yo lo he dejado todo —murmuraba, exhausto—, pero tú no quieres dejar nada.

—¿Qué piensas hacer? —le preguntaba ella entonces.

Nino enmudecía, desorientado por la pregunta, o se enojaba como si el estado de las cosas lo ofendiera. Decía con desesperación:

—Tú ya no me quieres.

Pero Lila lo quería, lo quería más y más, aunque también quería otra cosa y la quería ya. Quería que él retomara los estudios, quería que siguiera removiéndole la cabeza como en la época de Ischia. La niña prodigiosa de la primaria, la muchachita que había deslumbrado a la maestra Oliviero, la que había escrito *El hada azul*, había reaparecido y se inquietaba con una energía nueva. Nino la había encontrado en el fondo de la negrura en la que estaba hundida y la había sacado de allí. Aquella muchachita lo urgía para que volviera a ser el joven estudioso de antes y la ayudara a crecer hasta encontrar la fuerza para barrer con la señora Carracci. Algo que poco a poco consiguió.

No sé qué pasó; Nino debió de intuir que para no perderla debía volver a ser algo más que un amante enardecido. O quizá no, quizá advirtió sencillamente que la pasión lo estaba vaciando. La cuestión es que retomó los estudios. Al principio Lila se puso contenta; poco a poco él recobró la compostura, volvió a ser el mismo que había conocido en Ischia, y por eso le resultó aún más necesario. No solo recuperó a Nino, sino también parte de sus palabras, de sus ideas. Él leía a Smith a disgusto, ella también trataba de hacerlo; él leía a Joyce más a disgusto aún, y ella también lo intentaba. Compró los libros de los que le hablaba las raras veces que conseguían verse. Quería comentarlos, nunca había manera.

Carmen, siempre más desorientada, no entendía qué urgencias debía atender Lila cuando, con una excusa o con otra, se ausentaba unas horas. Enfurruñada, la observaba mientras, incluso en los momentos en que la charcutería estaba más llena, le dejaba el peso de los clientes y parecía no ver ni oír nada, de tan enfrascada que estaba en un libro o escribiendo en sus cuadernos. Había que decirle: «Por favor, Lina, ¿me ayudas?». Solo entonces ella levantaba la vista, se pasaba la punta de los dedos por los labios, decía que sí.

En cuanto a Stefano, oscilaba siempre entre nerviosismos y aquiescencia. Mientras discutía con el cuñado, con el suegro, con los Solara, y se amargaba porque los hijos no llegaban pese a los baños de mar, su mujer ironizaba sobre el gran lío de los zapatos y se enfrascaba hasta las tantas con novelas, revistas, diarios: le había vuelto esa manía, como si la vida auténtica ya no le interesara. La observaba, no entendía y no tenía tiempo ni ganas de entender. Después de Ischia una parte de él, la más agresiva, ante esas actitudes a veces de rechazo, a veces de pacífico aislamiento, pugnaba por provocar un nuevo enfrentamiento y conseguir una aclaración definitiva. Pero la otra parte, más prudente, tal vez pávida, frenaba a la primera, hacía como si nada, pensaba: Mejor así que cuando toca los cojones. Y Lila, que había captado ese pensamiento, trataba de hacer que le durara en la cabeza. Por la noche, cuando los dos volvían a casa de trabajar, trataba a su marido sin hostilidad. Pero después de la cena y la charla se refugiaba cautamente en la lectura, un espacio mental inaccesible para él, habitado solo por ella y por Nino.

¿En qué se convirtió el muchacho para ella en aquella época? En un apetito sexual que la tenía en un estado de permanente fantasía erótica; en una llamarada de la cabeza por estar a la altura de la de él; sobre todo en un proyecto abstracto de pareja secreta, encerrada en una especie de refugio que debía ser medio cabaña para dos corazones, medio laboratorio de ideas sobre la complejidad del mundo, él presente y activo, ella una sombra pegada a sus talones, apuntadora prudente, devota colaboradora. Las raras veces que lograban estar juntos no unos minutos sino una hora entera, esa hora se transformaba en un flujo inagotable de intercambios sexuales y verbales, un bienestar general que, en el momento de la separación, hacía insoportable el regreso a la charcutería y a la cama de Stefano.

—No aguanto más.

—Yo tampoco.

—¿Qué hacemos?

—No lo sé.

—Quiero estar siempre contigo.

O al menos, añadía ella, unas cuantas horas todos los días.

¿De dónde sacar un tiempo fijo y sin riesgos? Ver a Nino en su casa era muy peligroso, verlo en la calle todavía más peligroso. Sin contar que a veces Stefano llamaba por teléfono a la charcutería y ella no estaba y dar una explicación plausible resultaba arduo. Así, acuciada por las impaciencias de Nino y las quejas del marido, en lugar de recuperar el sentido de la realidad y reconocer a las claras que se encontraba en un callejón sin salida, Lila empezó a actuar como si el mundo real fuese un telón de fondo o un tablero de ajedrez, y bastara con desplazar un escenario pintado, mover unas cuantas piezas, para que el juego, lo único que realmente importaba, su juego, el juego de ellos dos, pudiera continuar. En cuanto al futuro, el futuro pasó a ser el día siguiente y después el siguiente y el siguiente. O imágenes repentinas de destrucción y sangre, muy presentes en sus cuadernos. No escribía nunca «Moriré asesinada», sino que anotaba hechos de la crónica de sucesos, a veces los reinventaba. Eran historias de mujeres asesinadas, insistía en el ensañamiento del asesino, en la sangre por doquier. E incluía los detalles que los periódicos no referían: ojos arrancados de las órbitas, heridas causadas por el cuchillo en la garganta o en los órganos internos, la hoja que atravesaba el pecho, los pezones cortados, el vientre rajado del ombligo para abajo, la hoja que hurgaba en los genitales. Era como si a la posibilidad real de muerte violenta también quisiera restarle fuerza reduciéndola a palabras, a un esquema gobernable.

87

Desde esa óptica de juego con probables resultados mortales Lila intervino en el enfrentamiento entre su hermano, su marido y los hermanos Solara. Se sirvió del convencimiento de Michele de que ella era la persona más adecuada para gestionar la situación comercial de la piazza dei Martiri. De buenas a primeras dejó de decirle que no y tras una agresiva negociación gracias a la cual consiguió una autonomía absoluta y una paga semanal bastante sustanciosa, como si no fuera la señora Carracci, aceptó ir a trabajar a la tienda de zapatos. Se desentendió de su hermano, que se sentía amenazado por la nueva marca Solara y veía en esa maniobra de Lila una especie de traición; también se despreocupó de su marido, que al principio se enfureció y la amenazó, pero luego la animó a emprender en su nombre complicadas mediaciones con los dos hermanos a propósito de unas deudas contraídas con la madre de estos, del cobro y el pago de ciertas cantidades. Asimismo pasó por alto las palabras empalagosas de Michele, que le iba continuamente detrás para controlar, sin que se notara, la reorganización de la tienda y, de paso, la presionaba para conseguir nuevos modelos de zapatos directamente de ella, pasando por encima de Rino y Stefano.

Hacía tiempo que Lila había intuido que su hermano y su padre serían barridos, que los Solara se apoderarían de todo, que Stefano se mantendría a flote solo si dependía cada vez más de sus trapicheos. Pero si antes esa perspectiva la indignaba, ahora en sus apuntes escribía que aquello la dejaba por completo indiferente. Claro, Rino le daba pena, lamentaba que su papel de jefecillo estuviese ya en declive, sobre todo ahora que estaba casado y tenía un hijo. No obstante, a sus ojos todos los vínculos anteriores habían pasado a tener escasa consistencia, su capacidad de afecto había tomado un único camino, todos sus pensamientos, todos sus sentimientos tenían como único destinatario a Nino. Si antes había maniobrado para que su hermano se enriqueciera, ahora maniobraba únicamente para complacerlo a él.

La primera vez que fue a la tienda de la piazza dei Martiri para ver qué hacer con ella se sorprendió al comprobar que en la pared que había ocupado el panel con su foto vestida de novia seguía estando la mancha negroamarillenta de la llamarada que lo había destruido. Esa huella le molestó. No me gusta nada, pensó, de cuanto me ocurrió y cuanto hice antes de Nino. Y de pronto le pasó por la cabeza que en ese espacio del centro de la ciudad se habían producido, por oscuros motivos, los momentos culminantes de su guerra. La noche de los enfrentamientos con los jóvenes de la via dei Mille, allí había decidido definitivamente huir de la miseria. Allí se había arrepentido de esa decisión y había mutilado su foto vestida de novia y, como afrenta, había exigido que aquella desfiguración se exhibiera en la tienda como parte del decorado. Allí había descubierto los síntomas de que su embarazo estaba a punto de malograrse. Allí, ahora, estaba naufragando la empresa de los zapatos, fagocitada por los Solara. Y allí, precisamente, terminaría su matrimonio, se quitaría de encima a Stefano y su apellido con todo lo que eso supondría. Qué dejadez, le dijo a Michele Solara señalando la mancha de la quemadura. Luego salió a la acera a contemplar los leones de piedra en el centro de la plaza y le dieron miedo.

Lo mandó pintar todo. En el retrete, que no tenía ventanas, abrió una puerta tapiada que en otros tiempos daba a un patio interior e hizo instalar un cristal esmerilado para que entrara algo de luz. Compró dos cuadros de un pintor que había visto en una galería del Chiatamone y le gustaron. Contrató a una dependienta, no del barrio, sino a una muchacha de Materdei que había estudiado para secretaria. Consiguió que las horas de cierre de la una a las cuatro fueran horas de absoluto descanso para ella y la dependienta, por lo que la muchacha le estuvo siempre muy agradecida. Mantuvo a raya a Michele que, pese a apoyar todas sus innovaciones con los ojos cerrados, pretendía que lo informara con todo detalle sobre lo que hacía y lo que gastaba.

Entretanto, en el barrio, la decisión de ir a trabajar a la piazza dei Martiri la aisló más de lo que ya estaba. Una muchacha que se había casado bien y que de la nada había conseguido una vida acomodada, una hermosa muchacha que podía dedicarse a mandar en su casa, en las propiedades de su marido, ¿para qué se levantaba de la cama por las mañanas y se pasaba todo el día fuera de casa, en el centro, como empleada, complicándole la vida a Stefano, a su suegra, que por su culpa debía volver a deslomarse en la charcutería nueva? Sobre todo Pinuccia y Gigliola, cada cual a su manera, cubrieron a Lila con todo el barro que pudieron, y eso era previsible. Menos previsible fue que Carmen, que adoraba a Lila por todo el bien que había recibido de ella, en cuanto dejó la charcutería le retiró su afecto como quien aparta la mano rozada por los colmillos de un animal. No le gustó el brusco paso de amiga-colaboradora a criada en las zarpas de la madre de Stefano. Se sintió traicionada, abandonada a su destino, y no supo dominar el resentimiento. Llegó incluso a discutir con Enzo, su novio, que no aprobaba su crispación, movía la cabeza y en su estilo lacónico, con dos o tres palabras, más que defender a Lila le atribuía una especie de intangibilidad, el privilegio de tener razones siempre justas e indiscutibles.

—Todo lo que hago yo está mal, todo lo que hace ella está bien —mascullaba Carmen con amargura.

—¿Quién ha dicho eso?

—Tú. Lina piensa, Lina hace, Lina sabe. ¿Y yo qué? Ella se ha ido y es a mí a quien ha dejado aquí. Naturalmente, ella ha hecho bien en irse y yo hago mal en lamentarme. ¿No es así? ¿No es eso lo que piensas?

—No.

Pese al monosílabo puro y simple, Carmen no se quedaba convencida, sufría. Intuía que Enzo estaba harto de todo, de ella también, y eso la irritaba aún más; desde la muerte de su padre, desde que había regresado de la mili, el muchacho hacía lo que debía hacer, la vida de siempre, si bien ya cuando estaba en el servicio militar se había apuntado a clases nocturnas para sacarse no se sabía bien qué diploma. Ahora se aislaba en sus pensamientos para rugir como una bestia —dentro rugidos, fuera silencio— y Carmen no lo soportaba; sobre todo no podía aceptar que él se encendiera aunque fuese un poco cuando se hablaba de esa cabrona, y se lo gritaba, y se echaba a llorar chillando:

—Lina me da asco, porque a ella todo le importa una mierda, aunque a ti eso te gusta, ya lo sé. Ahora si yo me comporto como se comporta ella, me rompes la cara.

Ada, en cambio, hacía tiempo que se había puesto de parte de su empleador, Stefano, y en contra de la esposa que lo tiranizaba, y cuando Lila se fue al centro a trabajar de dependienta de lujo, se limitó a ser aún más pérfida. Hablaba mal de ella con quien se le pusiera a tiro, a cara descubierta, sin pelos en la lengua, pero sobre todo la tomaba con Antonio y Pasquale. Decía: «A vosotros, los varones, siempre os ha tenido engañados, porque sabe cómo manejaros, porque es una zorra». Lo decía tal cual, con rabia, como si Antonio y Pasquale fuesen los representantes de toda la cortedad del sexo masculino. Insultaba a su hermano, que no se pronunciaba, le chillaba: «Te callas la boca porque tú también sacas dinero de los Solara, los dos sois empleados de la empresa, y ya sé que te dejas mandar por una mujer, la ayudas a ordenar la tienda, ella te dice mueve eso y mueve aquello otro y tú obedeces». Vapuleaba aún más a su novio, Pasquale, con el que cada vez se entendía menos, lo agredía sin parar, le decía: «Qué sucio estás, qué mal hueles». Él le pedía disculpas, acababa de salir del trabajo, pero Ada seguía ensañándose con él, lo hacía a la menor ocasión, hasta el punto en que Pasquale cedió en el tema de Lila para vivir tranquilo, de lo contrario debía romper el noviazgo; ahora bien, todo hay que decirlo, aquello no fue lo único: hasta ese momento a menudo se había enojado con su novia y con su hermana por la forma en que habían olvidado todos los beneficios obtenidos del ascenso de Lila, pero cuando una mañana vio a nuestra amiga con Michele Solara que en su Giulietta la llevaba a la piazza dei Martiri vestida de puta de altos vuelos, más pintada que una puerta, reconoció que no podía entender por qué, sin una verdadera necesidad económica, había podido venderse a un tipo así.

Como de costumbre, Lila no hizo ni caso a la hostilidad que crecía a su alrededor, se dedicó a su nuevo trabajo. Las ventas experimentaron un aumento espectacular. La tienda se convirtió en un lugar al que se iba a comprar, sí, pero también por el gusto de conversar con aquella joven brillante, que ponía libros entre los zapatos, libros que leía, que convidaba con chocolatinas acompañadas de palabras inteligentes, y, sobre todo, que no daba la impresión de querer venderles zapatos Cerullo o zapatos Solara a la esposa o a las hijas del abogado o del ingeniero, al periodista de *Il Mattino*, al joven o al viejo gagá que malgastaban tiempo y dinero en el Círculo, sino tan solo hacer que se sentaran en el sofá y en las butacas para hablar de lo divino y de lo humano. El único obstáculo era Michele. En horario de trabajo, a menudo estaba en medio como el jueves, y en cierta ocasión le dijo con ese tono suyo siempre irónico, siempre insinuante:

—Te equivocaste de marido, Lina. Tuve buen ojo. Fíjate qué bien te mueves con la gente que nos puede ser útil. En pocos años, tú y yo juntos nos adueñaremos de Nápoles y haremos lo que nos venga en gana.

Dicho lo cual intentó besarla.

Ella lo rechazó, él no se lo tomó a mal.

—De acuerdo, sé esperar —le dijo divertido.

—Espera donde quieras, pero no aquí —le contestó ella—, porque si esperas aquí, mañana mismo vuelvo a la charcutería.

Michele espació sus visitas, aunque se multiplicaron las visitas secretas de Nino. Durante meses, en la tienda de la piazza dei Martiri Lila y él tuvieron por fin una vida propia que duraba tres horas diarias excepto domingos y fiestas de guardar, un tiempo insoportable. El muchacho entraba por la puertecita del retrete, a la una, en cuanto la dependienta se iba y bajaba la persiana en sus tres cuartas partes, y se largaba por esa misma puerta a las cuatro en punto, antes de que la dependienta regresara. Las raras veces en que hubo algún problema —en un par de ocasiones llegaron Michele y Gigliola, y en un momento de especial tensión apareció incluso Stefano— Nino se encerró en el retrete y se escabulló por la puerta que daba al patio.

Creo que para Lila ese fue un tumultuoso período de prueba con vistas a una existencia feliz. Por una parte, seguía interpretando con empeño el papel de joven señora que daba un toque excéntrico al comercio de zapatos; por la otra, leía para Nino, estudiaba para Nino, reflexionaba para Nino. También las personas de cierto relieve con las que tenía ocasión de tratar en la tienda le parecían especialmente relaciones que podía usar para ayudarlo a él.

Fue por entonces cuando Nino publicó en *Il Mattino* un artículo sobre Nápoles que le dio una discreta fama en los ambientes universitarios. Yo ni me enteré, y menos mal; si me hubiese implicado en su historia como en Ischia, habría quedado marcada de un modo tan brutal que jamás habría conseguido recuperarme. Sobre todo no habría tardado en comprender que muchas líneas de ese escrito —no las más informadas, sino aquel par de intuiciones que no exigían grandes competencias, solo una conexión fulminante entre aspectos muy alejados entre sí— eran de Lila, y que suyo era, especialmente, el tono de la escritura. Nino nunca había sabido escribir así ni habría sido capaz de hacerlo luego. Solo ella y yo sabíamos escribir de ese modo.

88

Después descubrió que estaba embarazada y decidió poner fin al enredo de la piazza dei Martiri. Un domingo de finales del otoño de 1963 se negó a ir a comer a casa de su suegra, como solía hacer, y se dedicó a cocinar con mucho empeño. Mientras Stefano iba por unos pasteles a la tienda de los Solara y a dejarle unos cuantos a su madre y a su hermana para que le perdonaran la deserción dominical, Lila metió en una maleta comprada para el viaje de bodas parte de su ropa interior, algún vestido, un par de zapatos de invierno, y la ocultó detrás de la puerta del salón. Después fregó todas las cacerolas que había ensuciado, puso la mesa en la cocina con mimo, sacó de un cajón un cuchillo para la carne y lo dejó en el fregadero tapado con un trapo. Por último, mientras esperaba el regreso de su marido, abrió la ventana para que se fuera el olor a comida y se quedó acodada en el alféizar mirando los trenes y las vías relucientes. El frío acabó con el calorcito del apartamento, pero no le molestó, le daba energía.

Stefano regresó, se sentaron a la mesa. Irritado por haber tenido que privarse de la buena cocina de su madre, no dijo ni una sola palabra para elogiar la comida, sino que se mostró más duro de lo habitual con Rino, su cuñado, y más afectuoso de lo habitual con su sobrinito. Lo llamó varias veces «El hijo de mi hermana», como si la aportación de Rino hubiese tenido muy poco valor. Cuando llegaron a los postres, él se comió tres pasteles, ella, ninguno. Stefano se limpió con cuidado la boca sucia de crema y le dijo:

—Vamos a dormir un rato.

—A partir de mañana ya no iré a la tienda —le respondió Lila.

Stefano comprendió enseguida que la tarde tomaba un mal cariz.

—¿Por qué?

—Porque ya no me apetece.

—Lina, no hagas cagadas, sabes muy bien que un poco más y tu hermano y yo nos matamos a golpes con esos, no compliques las cosas.

—No complico nada. Pero yo allí no vuelvo a poner los pies.

Stefano guardó silencio y Lila supo que estaba alarmado, que quería escaquearse sin profundizar en el asunto. Su marido temía que ella estuviera a punto de revelarle alguna afrenta de los Solara, una ofensa imperdonable ante la cual, una vez conocida, tendría que reaccionar con una ruptura irremediable. Algo que no podía permitirse.

—De acuerdo —le dijo cuando decidió hablar—, no vayas más, vuelve a la charcutería.

—Tampoco me apetece ir a la charcutería —respondió ella.

Stefano la miró perplejo.

—¿Quieres quedarte en casa? Muy bien. Eres tú la que quiso ponerse a trabajar, yo nunca te lo pedí. ¿Es así o no?

—Así es.

—Entonces quédate en casa, por mí encantado.

—Tampoco quiero quedarme en casa.

Él estuvo a punto de perder la calma, la única manera que conocía para vencer la ansiedad.

—Si tampoco quieres quedarte en casa, ¿se puede saber qué cojones quieres?

—Quiero irme —contestó Lila.

—¿Adónde?

—No quiero seguir a tu lado, quiero dejarte.

Stefano no supo hacer otra cosa que echarse a reír. Aquellas palabras le parecieron tan inconcebibles que durante unos minutos pareció aliviado. La pellizcó en la mejilla, le dijo con su media sonrisa de siempre que eran marido y mujer y que marido y mujer no se dejan, le prometió que el domingo siguiente la llevaría a la costa amalfitana y así se relajaban un poco. Pero ella le contestó con calma que no había motivo para seguir juntos, que se había equivocado desde el principio, que incluso cuando eran novios por él solo había sentido simpatía, que ahora sabía con claridad que nunca lo había querido y que ya no soportaba ser mantenida por él, ayudarlo a ganar dinero, dormir a su lado. Fue al terminar esta declaración cuando recibió una bofetada que la tiró de la silla. Se levantó mientras Stefano se abalanzaba sobre ella para agarrarla, corrió al fregadero, aferró el cuchillo que había ocultado debajo del trapo. Se volvió en el mismo instante en que él se disponía a golpearla de nuevo.

—Hazlo y te mato como mataron a tu padre —le dijo.

Stefano se detuvo, aturdido por aquella alusión al destino del padre. Murmuró cosas como: «Anda, mátame, haz lo que te dé la gana». Tuvo un gesto de aburrimiento y le entró un largo bostezo, un bostezo incontenible, con la boca abierta, que le dejó los ojos brillantes. Le volvió la espalda y, sin dejar de renegar con frases de descontento —«Anda, anda, que te lo he dado todo, te lo he concedido todo, y fíjate cómo me pagas, a mí que te saqué de la miseria, que enriquecí a tu hermano, a tu padre a toda tu familia de mierda»—, se sentó a la mesa y se comió otro pastel. Después salió de la cocina, se retiró al dormitorio, desde donde le gritó de pronto:

—No te puedes imaginar siquiera cuánto te quiero.

Lila dejó el cuchillo en el fregadero, pensó: No se cree que lo dejo; tampoco se creería que tengo a otro, no puede. Pese a todo, hizo de tripas corazón y fue al dormitorio para confesarle lo de Nino, para decirle que estaba embarazada. Pero su marido dormía; de golpe, se había echado encima el sueño como un manto hechizado. Entonces ella se puso el abrigo, cogió la maleta y salió del apartamento.

89

Stefano durmió todo el día. Cuando se despertó y se dio cuenta de que su mujer no estaba hizo como si nada. Se comportaba así desde niño, cuando su padre lo aterrorizaba con su sola presencia y él, como reacción, se había ejercitado hasta conseguir su media sonrisa, sus movimientos lentos y tranquilos, su distancia mesurada de todas las cosas del mundo que lo rodeaba, para mantener a raya no solo el miedo sino también las ganas de abrirle el pecho con las manos y arrancarle el corazón.

Salió a última hora de la tarde e hizo algo arriesgado: se plantó debajo de la ventana de Ada, su dependienta, y, aunque sabía que debía estar en el cine o por ahí con Pasquale, la llamó, la llamó varias veces. Ada se asomó entre feliz y alarmada. Se había quedado en casa porque Melina desvariaba más de lo habitual, y desde que trabajaba para los Solara, Antonio no paraba en casa, no tenía horarios. Pero estaba su novio haciéndole compañía. Stefano subió de todos modos y, sin referirse nunca a Lila, pasó la velada en casa de los Cappuccio hablando de política con Pasquale y de asuntos referentes a la charcutería con Ada. Cuando regresó a su casa fingió que Lila se había ido a ver a sus padres y antes de meterse en la cama se afeitó con cuidado. Durmió toda la noche a pierna suelta.

Al día siguiente empezaron las historias. La dependienta de la piazza dei Martiri le comunicó a Michele que Lila no había dado señales de vida. Michele telefoneó a Stefano y Stefano le dijo que su mujer estaba enferma. La enfermedad duró días, de modo que Nunzia se dio una vuelta para ver si su hija la necesitaba. Nadie le abrió; regresó por la tarde, después del cierre de las tiendas. Stefano acababa de volver del trabajo y estaba sentado delante del televisor, con el volumen alto. Soltó una maldición, fue a abrir, la hizo pasar. En cuanto Nunzia dijo: «¿Cómo está Lila?», él contestó que lo había abandonado, después se echó a llorar.

Acudieron las dos familias: la madre de Stefano, Alfonso, Pinuccia con el niño, Rino, Fernando. Por un motivo o por otro todos estaban espantados, pero solo Maria y Nunzia se preocuparon abiertamente por la suerte de Lila y se preguntaron adónde habría ido. Los demás riñeron entre ellos por motivos que tenían poco que ver con ella. Rino y Fernando, que la tenían tomada con Stefano porque no hacía nada por impedir el cierre de la fábrica de zapatos, lo acusaron de no haber comprendido nunca a Lila y de haber hecho muy mal enviándola a la tienda de los Solara. Pinuccia se enfadó y le gritó al marido y al suegro que Lila siempre había sido una cabeza loca y que la víctima de Stefano no era ella, sino justamente al revés. Cuando Alfonso se atrevió a sugerir que había que ir a la policía, preguntar en los hospitales, los ánimos se encendieron todavía más, se le echaron encima como si los hubiera insultado; Rino, en especial, gritó que lo único que faltaba era que se convirtieran en el chiste del barrio. Fue Maria la que dijo en voz baja: «A lo mejor ha ido a quedarse unos días con Lenù». Aquella suposición cobró fuerza. Siguieron discutiendo pero todos, menos Alfonso, fingieron creer que, por culpa de Stefano y de los Solara, Lila estaba deprimida y había decidido marcharse a Pisa. «Sí —dijo Nunzia, calmándose—, eso hace siempre, en cuanto tiene un problema, busca a Lenù.» A partir de ese momento todos empezaron a enfadarse por aquel viaje arriesgado, ella sola, en tren, tan lejos, sin avisar a nadie. Por otra parte, que Lila estuviera conmigo pareció tan creíble y, al mismo tiempo, tan tranquilizador que no tardó en convertirse en un hecho cierto. Solo Alfonso dijo: «Mañana salgo y voy a ver», pero enseguida le pararon los pies, primero Pinuccia: «Adónde vas a ir, tienes que trabajar», luego Fernando que refunfuñó: «Dejémosla tranquila, así se calma».

Al día siguiente esa fue la versión que dio Stefano a cuantos preguntaban por Lila: «Se fue a Pisa invitada por Lenuccia, quiere descansar». Pero por la tarde a Nunzia le entró otra vez la angustia, buscó a Alfonso y le preguntó si tenía mi dirección. No la tenía, no la tenía nadie, solo mi madre. Entonces Nunzia mandó a Alfonso a preguntarle, pero mi madre, por su natural hostilidad hacia quien fuese o por proteger mis estudios de distracciones, se la dio incompleta (es probable que ella misma la tuviera así: mi madre escribía a duras penas, las dos sabíamos que jamás utilizaría esa dirección). De todas maneras Nunzia y Alfonso me escribieron juntos una carta en la que me preguntaban con muchos rodeos si Lila estaba conmigo. La enviaron a la Universidad de Pisa, nada más, con mi nombre y mi apellido, y me llegó con mucho retraso. La leí, me enfadé todavía más con Lila y con Nino; no contesté.

Entretanto, ya al día siguiente de la llamada partida de Lila, Ada, además de ocuparse de la charcutería vieja, además de hacerse cargo de toda su familia y de las necesidades de su novio, pasó también a ordenar la casa de Stefano y a cocinar para él, algo que puso de muy mal humor a Pasquale. Se pelearon, él le dijo: «No te pagan para hacer de criada», y ella le contestó: «Mejor hacer de criada que perder el tiempo discutiendo contigo». En la piazza dei Martiri, sin embargo, para mantener tranquilos a los Solara, enviaron corriendo a Alfonso, que se encontró a gusto; salía por la mañana temprano vestido como para ir de boda y regresaba a última hora de la tarde muy satisfecho, le encantaba pasarse el día en el centro. En cuanto a Michele, que con la desaparición de la señora Carracci se había vuelto intratable, llamó a Antonio y le dijo:

—Búscala.

—Nápoles es grande, Michè, y también Pisa, y no te digo Italia. ¿Por dónde empiezo? —masculló.

—Por el hijo mayor de Sarratore —respondió Michele. Le lanzó la mirada que reservaba a todos aquellos que, a sus ojos, valían menos que cero y le dijo—: Como se te ocurra comentar algo por ahí sobre esta búsqueda, te mando encerrar en el manicomio de Aversa y de allí no sales más. Todo lo que averigües, todo lo que veas, vienes y me lo cuentas únicamente a mí. ¿Entendido?

Antonio asintió.

90

Lo que más había atemorizado a Lila desde siempre es que las personas, mucho más que las cosas, perdieran sus contornos y, ya sin forma, se desbordaran. La había aterrado el desbordamiento de su hermano, al que quería más que a cualquiera de sus familiares; la había horrorizado la destrucción de Stefano en su paso de novio a marido. Gracias a sus cuadernos me enteré de hasta qué punto la había marcado su noche de bodas y cuánto temía la posible desfiguración del cuerpo de su esposo, su deformación a causa de los impulsos internos de los deseos y de las iras o, al contrario, de las intenciones taimadas, de las vilezas. De noche, sobre todo, temía despertarse y encontrarlo deformado en la cama, reducido a excrecencias que reventaban por el exceso de humores, la carne que manaba disuelta, y con ella cuanto la rodeaba, los muebles, el interior del apartamento y ella misma, su esposa, partida, tragada por aquel flujo sucio de materia viva.

Cuando la puerta se cerró a sus espaldas y, como envuelta en una blanca estela de vapor que la hacía invisible, cruzó el barrio con su maleta, cogió el metro y llegó a Campi Flegrei, Lila tuvo la impresión de haber dejado atrás un espacio blando, habitado por formas indefinidas y de dirigirse hacia una estructura por fin capaz de contenerla toda, realmente toda, sin que se resquebrajara ella y se resquebrajaran las figuras de alrededor. Llegó a su destino por calles desoladas. Arrastró la maleta hasta la segunda planta de un bloque de pisos popular, hasta un apartamento de dos habitaciones, oscuro, mal conservado, con viejos muebles de pésima hechura, un retrete donde solo había un inodoro y un lavabo. Ella se había encargado de todo, Nino debía prepararse para los exámenes y, además, estaba trabajando en un nuevo artículo para *Il Mattino* y en la transformación en un ensayo de otro anterior, rechazado por *Cronache meridionali*, pero por el que se interesó una revista llamada *Nord e Sud*. Había visto la casa, la había alquilado pagando tres meses por adelantado. Ahora, nada más entrar, sintió una inmensa alegría. Descubrió con sorpresa el placer de haber abandonado a quien parecía que formaría parte de ella para siempre. Placer, sí, ella escribía así. No sintió en absoluto la pérdida de las comodidades del barrio nuevo, no notó el olor a moho, no vio las manchas de humedad en un rincón del dormitorio, no se percató de la luz gris que a duras penas se filtraba por la ventana, no se deprimió ante aquel ambiente que, de inmediato, presagiaba el regreso a la miseria de su niñez. Al contrario, se sintió como si por arte de una magia buena, hubiese desaparecido de un lugar donde sufría para reaparecer en otro lugar que le prometía la felicidad. Una vez más sufrió, creo, la fascinación de borrarse; basta con todo lo que había sido; basta con la avenida, los zapatos, las charcuterías, el marido, los Solara, la piazza dei Martiri; basta también conmigo, la novia, la mujer, ya no más, perdida. De sí misma solo había dejado a la amante de Nino, que llegó a última hora de la tarde.

Estaba visiblemente emocionado. La abrazó, la besó, miró a su alrededor desorientado. Atrancó puertas y ventanas como si temiera imprevistas irrupciones. Hicieron el amor, por primera vez en una cama desde aquella noche en Forio. Luego él se levantó, se puso a estudiar, se quejó bastante de la luz demasiado tenue. Ella también se levantó de la cama y lo ayudó a repasar. Se acostaron a las tres de la madrugada, tras revisar juntos el nuevo artículo para *Il Mattino*, y durmieron abrazados. Lila se sintió segura, aunque fuera llovía, los cristales temblaban, la casa le resultaba extraña. Qué nuevo era el cuerpo de Nino, largo, delgado, tan opuesto al de Stefano. Qué excitante era su olor. Tuvo la sensación de provenir de un mundo de sombras y de haber llegado a un lugar donde por fin la vida era real. Por la mañana, en cuanto puso los pies en el suelo, tuvo que salir corriendo al retrete a vomitar. Cerró la puerta para que Nino no la oyera.

91

La convivencia duró veintitrés días. De hora en hora sentía crecer el alivio por haberlo dejado todo. No echaba de menos ninguna de las comodidades de las que había disfrutado tras la boda, no la entristecía haberse separado de sus padres, de sus hermanos, de Rino, de su sobrinito. No le preocupaba que se le acabara el dinero. Tenía la impresión de que solo contaba el hecho de que se despertaba con Nino y que se dormía con él, que estaba a su lado cuando estudiaba o escribía, que mantenían animadas discusiones en las que volcaban las turbulencias de la mente. Por la noche salían juntos, iban al cine o elegían la presentación de un libro, un debate político, a menudo se les hacía tarde, regresaban andando a casa, bien agarraditos, para protegerse del frío o de la lluvia, riñendo, bromeando.

En una ocasión fueron a oír a un escritor que escribía libros pero que también hacía películas y se llamaba Pasolini. Todo lo relacionado con él provocaba alboroto y a Nino no le gustaba, torcía el gesto, decía: «Es maricón, se dedica más que nada a montar escándalos»; tanto es así que puso cierta resistencia, prefería quedarse en casa estudiando. Pero Lila sentía curiosidad y lo obligó a ir. El encuentro se organizó en el mismo lugar al que una vez, obedeciendo a la profesora Galiani, lo había obligado a ir yo. Lila salió entusiasmada, empujó a Nino hacia el escritor, quería hablarle. Pero Nino se puso nervioso e hizo lo imposible por apartarla, sobre todo cuando se dio cuenta de que en la acera de enfrente había unos muchachos que gritaban insultos. «Vámonos —dijo, preocupado—, no me gusta él y tampoco me gustan los fascistas.» Pero Lila se había criado rodeada de palizas, no tenía la menor intención de largarse, de modo que él trataba de arrastrarla hacia un callejón y ella se soltaba, reía, respondía a los insultos con insultos. Se dejó llevar de pronto por Nino cuando, en el mismo momento en que comenzaba la pelea, entre los matones reconoció a Antonio. Los ojos y los dientes le brillaban como si fuesen de metal, aunque a diferencia de los otros no gritaba. Le pareció que estaba demasiado ocupado repartiendo tortazos para haberla visto; de todos modos, aquello le estropeó la velada. En el camino de vuelta hubo alguna tensión con Nino: no estaban de acuerdo sobre las cosas que había dicho Pasolini, era como si hubiesen ido a lugares distintos y escuchado a personas distintas. La cosa no acabó ahí. Esa noche él echó de menos el largo y emocionante período de los encuentros furtivos en la piazza dei Martiri y, al mismo tiempo, intuyó que había algo de Lila que le molestaba. Ella notó su irritada distracción y, para evitar más tensiones, le ocultó que entre los agresores había visto a un amigo del barrio, el hijo de Melina.

A partir del día siguiente, Nino se mostró cada vez menos dispuesto a sacarla a pasear. Primero adujo que tenía que estudiar, y era cierto; después se le escapó que las veces que habían estado en lugares públicos ella se mostraba a menudo excesiva.

—¿En qué sentido?

—Exageras.

—¿Por ejemplo?

Se puso a enumerar de mala gana:

—Haces comentarios en voz alta; si alguien te manda callar, montas un escándalo, importunas a los conferenciantes tratando de pegar la hebra. Eso no se hace.

Lila sabía desde siempre que eso no se hacía, pero se había convencido de que ahora con él todo era posible, incluso cubrir de un salto las distancias, incluso hablar cara a cara con la gente que valía la pena. ¿Acaso en la tienda de los Solara no había sido capaz de darle conversación a personas importantes? ¿Acaso no había sido gracias a uno de esos clientes que él había publicado su primer artículo en *Il Mattino*? ¿Entonces? Le dijo: «Eres demasiado tímido, todavía no has comprendido que eres mejor que ellos y que harás cosas mucho más importantes». Después lo besó.

Sin embargo, las noches siguientes a veces con un pretexto, a veces con otro, Nino empezó a salir solo. En cambio, si se quedaba en casa y estudiaba, se quejaba de que en el edificio había mucho ruido. O bufaba porque tenía que ir a pedir dinero a su padre, que lo torturaría con preguntas del estilo: ¿dónde duermes, en qué andas metido, dónde vives, estás estudiando? O bien, ante la capacidad de Lila de relacionar cosas muy alejadas entre sí, en lugar de entusiasmarse como de costumbre, sacudía la cabeza, se irritaba.

Al cabo de un tiempo llegó a estar de tan mal humor, iba tan retrasado con los exámenes, que para seguir estudiando dejó de acostarse a la misma hora que ella. Lila decía: «Es tarde, vamos a dormir»; él contestaba con tono distraído: «Ve tú, que enseguida voy». Contemplaba el relieve de su cuerpo bajo las mantas y deseaba su tibieza pero también le daba miedo. Todavía no he terminado la universidad, pensaba, no tengo trabajo; si no quiero echar a perder mi vida debo poner todo mi empeño; pero no, aquí estoy, con esta persona casada, que está embarazada, que todas las mañanas vomita, que me impide todo tipo de disciplina. Cuando se enteró de que *Il Mattino* no le publicaría el artículo sufrió mucho. Lila lo consoló, le dijo que lo mandara a otros periódicos. Pero luego añadió:

—Mañana hago una llamada.

Quería telefonear al redactor que había conocido en la tienda de los Solara para enterarse de qué estaba mal.

—No llames a nadie —exclamó él.

—¿Por qué?

—Porque ese cabrón nunca ha estado interesado en mí sino en ti.

—No es cierto.

—Y tan cierto, no soy imbécil, tú no haces más que crearme problemas.

—¿Qué quieres decir?

—No debí hacerte caso.

—¿Qué he hecho?

—Me has confundido las ideas. Porque eres como una gota de agua: ploc ploc ploc. Hasta que no se hace lo que tú dices, no paras.

—El artículo lo pensaste y lo escribiste tú.

—Exacto. Entonces, ¿por qué me lo hiciste rehacer cuatro veces?

—Fuiste tú quien lo quiso rehacer.

—Seamos claros, Lina, búscate algo que te guste, vuelve a vender zapatos, vuelve a vender embutidos, pero no quieras ser lo que no eres echándome a perder a mí.

Llevaban veintitrés días viviendo juntos, una nube en la cual los dioses los habían ocultado para que pudieran gozar el uno del otro sin ser molestados. Aquellas palabras la golpearon en lo más hondo.

—Vete —le dijo.

Él se puso la chaqueta encima del jersey a toda prisa y salió dando un portazo.

Lila se sentó en la cama y pensó: Dentro de diez minutos volverá; se ha dejado los libros, los apuntes, la crema y la maquinilla de afeitar. Después estalló en llanto: ¿Cómo he podido pensar en vivir con él, en poder ayudarlo? La culpa es mía; con tal de dar rienda suelta a mis pensamientos, le hice escribir algo equivocado.

Se metió en la cama y esperó. Esperó toda la noche, pero Nino no regresó ni a la mañana siguiente ni después.

92

Lo que cuento ahora me lo refirieron distintas personas en distintas épocas. Empiezo por Nino, que dejó el apartamento de Campi Flegrei y se refugió en casa de sus padres. Su madre lo trató mejor, mucho mejor que a un hijo pródigo. En cambio con su padre se enzarzó al cabo de una hora, volaron los insultos. Donato le gritó en dialecto que se fuera de casa o se quedara, pero lo que no podía ser de ninguna manera era que desapareciese durante un mes sin avisar a nadie y después regresara únicamente para mangar dinero como si lo hubiese ganado él.

Nino se retiró a su habitación y en su fuero íntimo se planteó muchas reflexiones. Pese a que quería volver corriendo al lado de Lina, pedirle perdón, gritarle que la amaba, sopesó la situación y se convenció de que había caído en una trampa, no por culpa suya, no por culpa de Lina, sino del deseo. Y pensó: Ahora por ejemplo, no veo la hora de volver con ella, cubrirla de besos, asumir mis responsabilidades; pero una parte de mí sabe muy bien que lo que he hecho hoy impulsado por la desilusión es cierto y justo; Lina no es apropiada para mí, Lina está embarazada, me da miedo lo que lleva en el vientre; por eso, bajo ningún concepto debo regresar, debo ir corriendo a ver a Bruno, pedirle dinero prestado, marcharme de Nápoles como ha hecho Elena, estudiar en otra parte.

Reflexionó durante toda la noche y todo el día siguiente, a ratos trastornado por la necesidad de Lila, a ratos aferrándose a pensamientos gélidos que evocaban sus desvergonzadas ingenuidades, su ignorancia en exceso inteligente, la fuerza con la que le metía dentro unos pensamientos que parecían grandes intuiciones y no eran más que temeridades.

A última hora de la tarde telefoneó a Bruno y, presa del delirio, salió para pasar por su casa. Corrió bajo la lluvia hasta la parada del autobús, al vuelo cogió el que lo llevaba. Pero de repente cambió de idea y en la piazza Garibaldi se bajó de un salto. Fue en metro hasta Campi Flegrei, no veía la hora de abrazar a Lila, de poseerla de pie, enseguida, nada más entrar en el apartamento, contra la pared del recibidor. Ahora le parecía que eso era lo más importante, después pensaría qué hacer.

Estaba oscuro, caminó a grandes zancadas bajo la lluvia. No hizo caso de la silueta negra que iba hacia él. Recibió un empujón tan violento que cayó al suelo. Siguió una larga paliza, patadas y puñetazos, puñetazos y patadas. El que lo golpeaba repetía sin cesar pero sin rabia:

—Déjala, no vuelvas a verla, no vuelvas a tocarla. Repite: La dejo. Repite: No la veo más, no la toco más. Mierda, que eres un mierda: te gusta, eh, beneficiarte a las mujeres de los demás. Repite: Me equivoqué, la dejo.

Nino repetía obediente, pero su agresor no paraba. Se desmayó más por el miedo que por el dolor.

93

Fue Antonio quien le pegó la paliza a Nino, pero a su jefe le contó poco o nada. Cuando Michele le preguntó si había encontrado al hijo de Sarratore, contestó que sí. Cuando le preguntó con visible nerviosismo si esa pista lo había conducido a Lila, contestó que no. Cuando le preguntó si había tenido noticias de ella, dijo que de Lila no había ni rastro y que lo único que estaba más claro que el agua era que el hijo de Sarratore no tenía nada que ver con la señora Carracci.

Mentía, naturalmente. Había encontrado a Nino y a Lila bastante deprisa, por casualidad, la noche que por trabajo tuvo que dar leña a los comunistas. Había partido unas cuantas caras y después se retiró de la pelea para seguirlos, cuando los dos salieron corriendo. Descubrió dónde vivían, comprendió que vivían juntos, y los días siguientes analizó todos sus movimientos, cómo vivían. Al verlos sintió admiración y envidia al mismo tiempo. Admiración por Lila. ¿Cómo es posible, se dijo, que haya abandonado su casa, una casa magnífica, que haya dejado al marido, las charcuterías, los coches, los zapatos, a los Solara, por un estudiante sin un céntimo que la tiene en un lugar casi peor que el barrio? ¿Qué tiene esa muchacha, es valiente, está loca? Después se concentró en la envidia por Nino. Lo que más le dolía era que el cabrón flaco y feo que me gustaba a mí también le gustaba a Lila. ¿Qué tenía el hijo de Sarratore, cuál era su ventaja? Lo pensó día y noche. Le entró una especie de obsesión enfermiza que le crispaba los nervios y se le concentraba en las manos, hasta el punto de que las entrelazaba sin parar, las juntaba como si rezara. Al final decidió que debía liberar a Lila, a pesar de que en ese momento, tal vez ella no tuviera intención alguna de ser liberada. Pero —se dijo— las personas tardan en comprender lo que está bien y lo que está mal, y ayudarlas supone hacer por ellas aquello que en un determinado momento de su vida son incapaces de realizar. Michele Solara no le había ordenado que le diera una paliza al hijo de Sarratore, eso no; su jefe le había ocultado lo esencial, de manera que no había motivo para llegar a tanto; zurrarlo había sido una decisión suya, que tomó en parte porque quería quitárselo a Lila, y de esa manera devolverle lo que ella incomprensiblemente había desechado, y en parte por gusto, por ese fastidio que sentía no hacia Nino, un insignificante pellejo blanduzco de piel afeminada y huesos demasiado largos y frágiles, sino por eso que nosotras dos le habíamos atribuido y le atribuíamos.

Debo reconocer que, tiempo después, cuando me contó todo aquello me pareció comprender sus motivos. Me enterneció, lo acaricié en la mejilla para consolarlo por aquellos sentimientos feroces que había tenido. Él se sonrojó, se embarulló, para demostrarme que no era una bestia, y dijo: «Después lo ayudé». Levantó al hijo de Sarratore, y tal como estaba, medio atontado, lo acompañó hasta una farmacia, donde lo dejó en la entrada y regresó al barrio a hablar con Enzo y Pasquale.

Los dos habían decidido de mala gana reunirse con él. Ya no lo consideraban amigo, sobre todo Pasquale, pese a que era el novio de su hermana. Pero a Antonio eso ya no le importaba, hacía como si nada, se comportaba como si la hostilidad de Enzo y Pasquale porque se había vendido a los Solara fuera un enfado que no menoscababa la amistad. No les contó nada sobre Nino, se concentró en el hecho de que había localizado a Lila y que debían ayudarla.

—¿A hacer qué? —preguntó Pasquale con tono agresivo.

—A volver a su casa; no fue a ver a Lenuccia, vive en un sitio de mierda en Campi Flegrei.

—¿Sola?

—Sí.

—¿Y cómo es que tomó esa decisión?

—No lo sé, no he hablado con ella.

—¿Por qué?

—La encontré por encargo de Michele Solara.

—Eres un fascista de mierda.

—No soy nada, hice un trabajo.

—Ah, qué bien. ¿Y ahora qué quieres?

—A Michele no le he dicho que la encontré.

—¿Y?

—No quiero perder el puesto, tengo que ganarme la vida. Si Michele llega a enterarse de que le he mentido, me echa. Vais vosotros a buscarla y la lleváis a su casa.

Pasquale lo cubrió otra vez con todo tipo de insultos, y en esa ocasión, Antonio apenas reaccionó. Solo se puso nervioso cuando su futuro cuñado dijo que Lila había hecho bien en dejar a su marido y todo lo demás; si al fin se había retirado de la tienda de los Solara, si se había dado cuenta de que había cometido un error casándose con Stefano, no sería él quien fuera a buscarla para llevarla de vuelta.

—¿Quieres dejarla sola en Campi Flegrei? —le preguntó Antonio, perplejo—. ¿Sola y sin un céntimo?

—¿Por qué, es que nosotros somos ricos? Lina ya es mayorcita y sabe qué es la vida. Si ha tomado esta decisión, sus motivos tendrá, dejémosla en paz.

—Pero ella nos ayudó siempre que pudo.

Tras aquella referencia al dinero que Lila le había dado, Pasquale se avergonzó. Masculló cosas genéricas sobre los ricos y los pobres, sobre la condición de las mujeres dentro y fuera del barrio, sobre el hecho de que si se trataba de darle algo de pasta él estaba dispuesto. Pero Enzo que hasta ese momento no había abierto la boca, lo interrumpió con un gesto contrariado, y le dijo a Antonio:

—Dame la dirección, ya iré yo a averiguar qué intenciones tiene.

94

Y fue de verdad, al día siguiente. Cogió el metro, se bajó en Campi Flegrei y buscó la calle, el portón.

Por aquella época de Enzo yo solo sabía que ya nada, absolutamente nada le parecía bien: ni las quejas de su madre, ni el peso de sus hermanos, ni la camorra del mercado hortofrutícola, ni las vueltas que daba con el carrito y en las que cada vez ganaba menos, ni las charlas comunistas de Pasquale y ni siquiera su noviazgo con Carmen. Pero como era de carácter cerrado, resultaba difícil hacerse una idea sobre cómo era. Por Carmen me había enterado de que estudiaba en secreto, que quería sacarse por libre el diploma de perito industrial. En esa misma ocasión —¿sería Navidad?— Carmen me había contado que tras regresar de la mili en primavera solo le había dado cuatro besos. Y había añadido con irritación:

—A lo mejor no es hombre.

Nosotras, las chicas, cuando un tipo no se fijaba mucho en nosotras, solíamos decir que no era hombre. ¿Lo era Enzo o no lo era? Yo no entendía nada de ciertas interioridades oscuras de los varones, ninguna de nosotras entendía nada, de manera que ante cualquiera de sus manifestaciones confusas recurríamos a aquella fórmula. Algunos como los Solara, como Pasquale, como Antonio, como Donato Sarratore, incluso como Franco Mari, mi novio de la Escuela Normal, nos querían con las más variadas tonalidades —agresivas, sumisas, despistadas, atentas— pero nos querían sin lugar a duda. Otros como Alfonso, como Enzo, como Nino, eran —según tonalidades asimismo variadas— de un comedimiento distante, como si entre nosotras y ellos hubiese un muro y el esfuerzo por escalarlo fuera tarea nuestra. Después de la mili, Enzo había acentuado esta característica y no solo no hacía nada por gustar a las mujeres, en realidad no hacía nada por gustar al universo mundo. Incluso su cuerpo, de por sí de baja estatura, parecía haber empequeñecido aún más como por efecto de una autocompresión, se había convertido en un bloque compacto de energía. La piel se le había tensado sobre los huesos de la cara como un toldo, y había reducido su andar al puro compás de las piernas, de él no se movía nada más, ni los brazos, ni el cuello, ni la cabeza y ni siquiera el pelo, un casco rubio rojizo. Cuando decidió ir a ver a Lila se lo comunicó a Pasquale y a Antonio no para discutirlo, sino en forma de advertencia breve y efectiva para cortar toda discusión. Y cuando llegó a Campi Flegrei no lo hizo perplejo. Encontró la calle, encontró el portón, enfiló las escaleras y llamó a la puerta correcta con determinación.

95

Puesto que Nino no regresó ni a los diez minutos ni al cabo de una hora y ni siquiera al día siguiente, Lila se volvió malvada. No se sintió abandonada, sino humillada, y aunque en su fuero íntimo había reconocido no ser la mujer adecuada para él, consideró insoportable que él se lo hubiese confirmado desapareciendo de su vida de manera brutal al cabo de apenas veintitrés días. Por despecho tiró todo lo que él había dejado: libros, calzoncillos, calcetines, un jersey, incluso un cabo de lápiz. Lo hizo, se arrepintió, se echó a llorar. Cuando por fin se quedó sin lágrimas, se vio fea, hinchada, estúpida, envilecida por los amargos sentimientos que Nino, precisamente Nino al que amaba y por quien se creía correspondida, le suscitaba. El apartamento se mostró de golpe tal como era, un espacio sórdido con paredes invadidas por todos los ruidos de la ciudad. Advirtió entonces el hedor, las cucarachas que entraban por la puerta de las escaleras, las manchas de humedad del techo, y por primera vez sintió que volvía a atraparla la niñez, pero no la de las fantasías, sino la de las privaciones crueles, de las amenazas y las palizas. Es más, descubrió de golpe que una fantasía que desde niñas nos había reconfortado —hacernos ricas— se le había esfumado de la cabeza. Pese a que la miseria de Campi Flegrei le parecía más negra que la del barrio de nuestros juegos, pese a que su situación se había agravado por el crío que esperaba, pese a que en pocos días se había gastado todo el dinero que tenía, descubrió que la riqueza ya no le parecía un premio y un rescate, ya no le decía nada. La sustitución en la adolescencia de aquellos cofres repletos de monedas de oro y piedras preciosas de nuestra niñez por los billetes manoseados, impregnados de malos olores, que se amontonaban en la caja registradora cuando trabajaba en la charcutería o en la caja metálica coloreada de la tienda de la piazza dei Martiri, dejó de funcionar, se había apagado su último destello. La relación entre el dinero y la posesión de las cosas la había decepcionado. No quería nada para ella ni para el hijo que iba a tener. Para ella, ser rica suponía tener a Nino, y como Nino se había marchado, se sintió pobre de una pobreza que no había dinero capaz de eliminar. Dado que para esa nueva condición suya no existía remedio —desde pequeña había cometido demasiados errores y todos habían confluido en ese último error: creer que el hijo de Sarratore no podría prescindir de ella como ella de él, y que el de ambos era un destino único y excepcional, y que la suerte de amarse duraría eternamente y le restaría fuerza a cualquier otra necesidad—, se sintió culpable y decidió no salir más, no buscarlo, no comer, no beber, y esperar que su vida y la del niño perdieran todo contorno, toda definición posible, y que ella no encontrara nada más dentro de su cabeza, ni una brizna de aquello que más la enfurecía, es decir, la conciencia del abandono.

Y llamaron a la puerta.

Lila pensó que era Nino, abrió; se encontró con Enzo. No se sintió decepcionada al verlo. Pensó que había ido a llevarle un poco de fruta como había hecho muchos años antes, cuando era pequeño, tras perder la competición orquestada por el director y la maestra Oliviero, tras haberla herido con una piedra, y se echó a reír. Enzo consideró la carcajada como un signo de malestar. Entró, pero dejando la puerta abierta por respeto, no quería que los vecinos pensaran que recibía hombres como una puta. Miró a su alrededor, observó de reojo su aspecto desgreñado, y, pese a no ver lo que aún no se veía, es decir, el embarazo, dedujo que estaba realmente necesitada de ayuda. Con su tono serio, carente por completo de emociones, incluso antes de que ella pudiera calmarse y dejar de reír, le dijo:

—Ahora nos vamos.

—¿Adónde?

—Con tu marido.

—¿Te ha mandado él?

No.

—¿Quién te manda?

—No me manda nadie.

—No pienso ir.

—Entonces me quedo aquí contigo.

—¿Para siempre?

—Hasta que cambies de idea.

—¿Y el trabajo?

—Me he hartado del trabajo.

—¿Y Carmen?

—Tú eres mucho más importante.

—Se lo diré, así te dejará.

—Se lo diré yo, lo tengo decidido.

A partir de ese momento habló con indiferencia, en voz baja. Ella le contestó riendo socarrona, burlándose, como si ninguna de las palabras de ambos fuera cierta y estuviesen hablando en broma de un mundo, de personas, de sentimientos que no existían desde hacía tiempo. Enzo se dio cuenta y durante un rato no dijo nada más. Se paseó por el apartamento, vio la maleta de Lila, la llenó con lo que encontró en los cajones, en el armario. Ella lo dejó hacer porque no consideraba que se tratara del Enzo de carne y hueso, sino de una sombra de colores como en el cine, y aunque hablara seguía siendo un efecto de la luz. Tras preparar la maleta, Enzo volvió a hacerle frente y le soltó un discurso especialmente sorprendente. Con su tono concentrado y distante a la vez, le dijo:

—Lina, yo te quiero desde que éramos niños. No te lo he dicho nunca porque eres muy hermosa y muy inteligente, mientras que yo soy bajo, feo y no valgo nada. Ahora vas a volver con tu marido. No sé por qué lo has dejado ni quiero saberlo. Lo único que sé es que aquí no puedes quedarte, no te mereces vivir en la basura. Te acompañaré hasta el portón y esperaré; si él te trata mal, subo y lo mato. No lo hará, al contrario, se pondrá contento de que vuelvas. Pero hagamos un pacto: si no llegas a un acuerdo con tu marido, yo te he llevado de vuelta con él y yo te vendré a recoger otra vez. ¿De acuerdo?

Lila dejó de reírse, entrecerró los ojos, lo escuchó por primera vez con atención. Hasta aquel momento las relaciones entre ella y Enzo habían sido rarísimas, pero las veces en que yo había estado presente siempre me habían sorprendido. Entre ellos había algo indefinible, nacido en la confusión de la niñez. Creo que ella confiaba en Enzo, sentía que podía contar con él. Cuando el muchacho cogió la maleta y fue hacia la puerta que seguía abierta, ella dudó un instante, después lo siguió.

96

Enzo esperó de veras debajo de las ventanas de Lila y Stefano la noche que la acompañó a su casa y, probablemente, si Stefano le hubiese pegado, él habría subido y lo habría matado. Pero Stefano no le pegó; al contrario, la recibió con gusto en una casa pulcra y en perfecto orden. Se comportó como si su mujer hubiese venido de veras a verme a Pisa, aunque no había ninguna prueba de que las cosas hubiesen ocurrido en realidad así. Por otra parte, Lila no recurrió ni a esa ni a otras excusas. Al día siguiente, cuando se despertó, anunció con desgana: «Estoy embarazada» y él se sintió tan feliz que cuando ella añadió: «No es hijo tuyo», se echó a reír con genuina alegría. Y cuando ella repitió aquella frase con rabia creciente, una dos tres veces, y trató también de golpearlo con los puños cerrados, se puso a mimarla, a besarla, murmurando: «Basta, Lina, basta, basta, basta, no me cabe la alegría en el cuerpo. Ya sé que te he tratado mal, pero ya basta, no me digas más cosas feas», y los ojos se le llenaron de lágrimas de felicidad.

Desde hacía tiempo Lila sabía que las personas se dicen mentiras para defenderse de la verdad de los hechos, pero se sorprendió de que su marido estuviera en condiciones de mentirse con tan gozosa convicción. Por otra parte ya no le importaba nada, ni de Stefano ni de sí misma y tras repetir sin emoción unas cuantas veces más: «No es hijo tuyo», se refugió en la modorra de su embarazo. Prefiere postergar el dolor, pensó, muy bien, que haga lo que le parezca, si no quiere sufrir ahora, ya sufrirá más adelante.

Acto seguido pasó a enumerarle lo que quería y lo que no quería: no quería trabajar más ni en la tienda de la piazza dei Martiri ni en la charcutería; no quería ver a nadie, ni amigos, ni parientes, y sobre todo a los Solara; quería quedarse en casa para hacer de esposa y madre. Él aceptó, convencido de que al cabo de unos días cambiaría de idea. Pero Lila se recluyó de veras en el apartamento, sin mostrar nunca la menor curiosidad por los tejemanejes de Stefano, por los de su hermano y su padre, por las vicisitudes de los parientes de él y de sus propios parientes.

En un par de ocasiones Pinuccia se presentó con su hijo, Ferdinando, llamado Dino, pero no le abrió.

En otra ocasión fue a verla Rino, muy nervioso, y Lila lo recibió; estuvo escuchando todos sus chismorreos sobre cómo se habían enfadado los Solara porque había desaparecido de la tienda, sobre lo mal que le iba con los zapatos Cerullo puesto que Stefano solo pensaba en sus asuntos y ya no invertía. Cuando por fin calló, le dijo: «Rino, tú eres el hermano mayor, ya tienes una edad, mujer e hijo, hazme un favor, vive tu vida sin recurrir continuamente a mí». A él le sentó fatal y se marchó deprimido después de quejarse de que todos se hacían cada vez más ricos mientras que por culpa de su hermana, que ya se sentía únicamente una Carracci y le importaban un pimiento su familia, y la sangre de los Cerullo, él corría el riesgo de perder lo poco que había conquistado.

Hasta el mismísimo Michele Solara se tomó la molestia de ir a visitarla —en los primeros tiempos incluso dos veces al día— en horarios en los que estaba seguro de no encontrarse con Stefano. Pero ella no le abrió nunca, se quedó en silencio, sentada en la cocina, casi sin respirar, hasta el punto de que en una ocasión, antes de marcharse él le gritó desde la calle: «Quién cojones te crees que eres, zorra, tenías un pacto conmigo y no lo has respetado».

Lila recibió de buen grado en su casa solo a Nunzia y a Maria, la madre de Stefano, que siguieron solícitas su embarazo. Ella dejó de vomitar, pero le quedó la tez gris. Tenía la impresión de haberse puesto gruesa e hinchada por dentro más que por fuera, como si en el envoltorio del cuerpo todos los órganos hubiesen empezado a engordar. El vientre le parecía una burbuja de carne que se expandía con los soplidos del niño. Temía aquella expansión, temía que le ocurriera lo que desde siempre le daba más pánico: romperse, desbordarse. Luego sintió de golpe que amaba al ser que llevaba en sus entrañas, aquella modalidad absurda de la vida, aquel nódulo en expansión, que en un momento dado expulsaría por el sexo como un monigote de cuerda, y a través de él recuperó la noción de sí misma. Horrorizada por su ignorancia, por los errores que podía llegar a cometer, se puso a leer cuanto caía en sus manos sobre el embarazo, lo que ocurre en el vientre, cómo hay que prepararse para el parto. En esos meses salió muy poco. Dejó de comprarse vestidos y objetos para la casa, tomó la costumbre de pedirle a su madre que le llevase al menos un par de periódicos y a Alfonso, unas revistas. Era el único gasto que hacía. En cierta ocasión Carmen apareció para pedirle dinero y le dijo que hablara con Stefano, que ella no tenía, y la muchacha se marchó alicaída. Ya no le importaba nada de nadie, solo le importaba el niño.

Aquello hirió a Carmen que se volvió todavía más resentida. En su día no le había perdonado a Lila que hubiese interrumpido su asociación en la charcutería nueva. Ahora no le perdonó que le cerrara el grifo. Pero sobre todo no le perdonó —como empezó a comentar por ahí— que hubiese ido a la suya: se había largado, había vuelto, y pese a eso, seguía en su papel de señora, con una bonita casa, y ahora hasta con un hijo en camino. Cuanto más puta eres, decía, más sales ganando. En cambio ella, que se deslomaba de la mañana a la noche sin ninguna satisfacción, había sufrido una desgracia tras otra. Se le murió el padre en la cárcel. Se le murió la madre de esa forma que no quería ni pensar. Y lo que faltaba, también Enzo. La esperó una noche delante de la charcutería para decirle que no se veía con ánimos de seguir con el noviazgo. Eso fue todo, pocas palabras como de costumbre, ni una sola explicación. Ella se fue llorando a ver a su hermano y Pasquale se encontró con Enzo para pedirle explicaciones. Pero Enzo no se las dio, de modo que dejaron de hablarse.

Cuando regresé de Pisa para las vacaciones de Semana Santa y me crucé con ella en los jardincillos, se desahogó conmigo. «Y yo, tonta de mí —lloró—, que lo esperé todo el tiempo que estuvo en la mili. Y yo, tonta de mí, que trabajo de la mañana a la noche por cuatro chavos.» Dijo que estaba harta de todo. Y sin venir a cuento de nada se dedicó a cubrir de insultos a Lila. Llegó incluso a atribuirle una relación con Michele Solara, al que habían visto con frecuencia merodeando cerca de la casa de los Carracci. «Cuernos y pasta, así es como medra esa», masculló.

Pero ni una palabra sobre Nino. Milagrosamente, el barrio no supo nada de aquella historia. Por esa misma época, Antonio me contó lo de la paliza que le había dado y cómo había enviado a Enzo a recuperar a Lila, pero solo me lo contó a mí, y estoy segura de que jamás se lo dijo a nadie más. Por lo demás, me enteré de otros detalles a través de Alfonso; tras interrogarlo con insistencia, me comentó que había sabido por Marisa que Nino se había marchado a estudiar a Milán. Gracias a ellos, el Sábado Santo, cuando me crucé por casualidad con Lila en la avenida, sentí un leve placer al pensar que yo sabía más que ella de los hechos de su vida y que de lo que sabía resultaba fácil deducir lo poco que la había favorecido quitarme a Nino.

Tenía una barriga bastante grande, parecía una excrecencia de su cuerpo delgadísimo. Su cara tampoco lucía la belleza lozana de las embarazadas; es más, se le había puesto fea, verduzca, la piel tensa sobre los anchos pómulos. Las dos tratamos de hacer como si nada.

—¿Cómo estás?

—Bien.

—¿Me dejas que te toque la barriga?

—Sí.

—¿Qué hay de aquel asunto?

—¿Cuál?

—El de Ischia.

—Se terminó.

—Lástima.

—¿Y tú qué haces?

—Estudio, tengo un lugar para mí y todos los libros que necesito. También tengo una especie de novio.

—¿Una especie?

—Sí.

—¿Cómo se llama?

—Franco Mari.

—¿Qué hace?

—Estudia como yo.

—Esas gafas te quedan la mar de bien.

—Me las regaló Franco.

—¿Y ese vestido?

—También regalo suyo.

—¿Es rico?

—Sí.

—Me alegro. ¿Qué tal te va en los estudios?

—Hinco los codos, si no me echan.

—Ten cuidado.

—Tengo cuidado.

—Dichosa tú.

—Ya.

Dijo que salía de cuentas en julio. Tenía un médico, el mismo que la había mandado a darse baños de mar. Un médico, no la comadrona del barrio.

—Siento miedo por el niño —dijo—, no quiero tenerlo en casa.

Había leído que era mejor dar a luz en una clínica. Sonrió, se tocó la barriga. Luego dejó caer una frase poco clara:

—Sigo aquí solo por esto.

—¿Es bonito notar el niño dentro de ti?

—No, me da repelús pero lo llevo a gusto.

—¿Stefano se enfadó?

—Quiere creer lo que le conviene.

—¿Como qué?

—Que durante un tiempo estuve un poco loca y que me escapé para estar contigo en Pisa.

Fingí no saber nada y puse cara de asombro:

—¿En Pisa? ¿Tú y yo?

—Sí.

—¿Y si llegara a preguntarme, le digo que fue así?

—Dile lo que te parezca.

Nos despedimos con la promesa de escribirnos. Nunca nos escribimos y yo no hice nada por tener noticias sobre el parto. A veces afloraba un sentimiento que reprimía enseguida para que no se hiciera consciente: quería que le ocurriera algo, que el niño no naciera.

97

En aquel entonces soñé mucho con Lila. Una vez estaba en la cama con un camisón de encaje de color verde; llevaba trenzas, que en la realidad nunca se había hecho, sostenía en brazos a una niña vestida de rosa y no paraba de repetir con voz afligida: «Sacadme una foto pero solo a mí, a la niña no». Otra vez me recibía contenta y después llamaba a su hija, que llevaba el mismo nombre que yo y le decía: «Lenù, ven a saludar a la tía». Pero aparecía una giganta gorda, mucho mayor que nosotras, y Lila me mandaba desnudarla, lavarla y cambiarle el pañal y el fajero. Cuando me despertaba sentía la tentación de buscar un teléfono y llamar a Alfonso para averiguar si el niño había nacido bien, si ella estaba contenta. Pero entre el estudio y los exámenes, se me olvidaba. En agosto, cuando me libré de las dos tareas, no volví a casa. A mis padres les escribí contándoles unas cuantas mentiras y me fui con Franco a Versilia, a un apartamento de su familia. Por primera vez me puse un bañador de dos piezas: cabía en el puño de una mano y me sentí audaz.

En Navidad supe por Carmen lo terrible que había sido el parto de Lila.

—Estuvo a punto de morir —dijo—, tanto es así que al final el médico tuvo que cortarle la barriga, si no el niño no nacía.

—¿Tuvo un varón?

—Sí.

—¿Está bien?

—Es precioso.

—¿Y ella?

—Se ha ensanchado.

Me enteré de que a Stefano le hubiera gustado ponerle a su hijo el nombre de su padre, Achille, pero Lila se opuso y los gritos de la pareja, que hacía tiempo que no se oían, resonaron por toda la clínica, hasta el punto de que las enfermeras les llamaron la atención. Al final, al niño le pusieron Gennaro, es decir, Rino, como el hermano de Lila.

Escuché, no me pronuncié. Me sentía insatisfecha y para hacer frente a la insatisfacción me imponía una actitud distante. Carmen me lo hizo notar:

—Hablo, hablo, pero tú no dices ni una palabra, haces que me sienta como el telediario. Ya no te importamos un cuerno, ¿es eso?

—Que no.

—Estás más guapa, hasta la voz te ha cambiado.

—¿Tenía la voz fea?

—Tenías la voz que tenemos nosotros.

—¿Y ahora?

—Ahora menos.

Pasé en el barrio diez días, del 24 de diciembre de 1964 al 3 de enero de 1965, pero nunca fui a ver a Lila. No quería ver a su hijo, tenía miedo de reconocer algo de Nino en su boca, su nariz, en el corte de los ojos o las orejas.

En mi casa me trataban ahora como si fuera una persona importante que se había dignado a hacerles una rápida visita de cortesía. Mi padre me observaba complacido. Notaba su mirada satisfecha, pero si le dirigía la palabra, se sentía incómodo. No me preguntaba qué estudiaba, para qué servía, a qué me dedicaría después, y no porque no quisiera enterarse, sino por temor a no entender mis respuestas. En cambio mi madre se movía rabiosa por la casa y yo, al oír su paso inconfundible, pensaba en cuánto había temido llegar a ser como ella. Menos mal que le había sacado mucha ventaja, ella se daba cuenta y la tenía tomada conmigo. Incluso ahora, cuando me hablaba, parecía que yo fuera culpable de algo feo, en todas las circunstancias percibía en su voz un tono de desaprobación, pero a diferencia de lo que ocurría en el pasado, nunca me dejó fregar los platos, recoger la mesa, lavar el suelo. Hubo cierta incomodidad también con mis hermanos. Se esforzaban por hablarme en italiano y a menudo se corregían ellos solos los errores, avergonzándose. Pero con ellos trataba de hacerles ver que era la de siempre y poco a poco se convencieron.

Por la noche no sabía cómo pasar el tiempo, los amigos de antes ya no formaban un grupo. Pasquale estaba en pésimas relaciones con Antonio y lo evitaba por todos los medios. Antonio no quería ver a nadie, en parte porque no tenía tiempo (los Solara no paraban de enviarlo de un sitio a otro), en parte porque no sabía de qué hablar: no podía contar cosas de su trabajo y no tenía vida privada. Cuando salía de la charcutería, Ada corría a ocuparse de su madre y sus hermanos o estaba cansada, deprimida, y se iba a dormir, lo cierto es que ya casi ni se veía con Pasquale, algo que a él lo ponía muy nervioso. En cuanto a Carmen, odiaba todo y a todos, tal vez incluso a mí: odiaba el trabajo en la charcutería nueva, a los Carracci, a Enzo que la había dejado, a su hermano que se había limitado a pelearse con él y no le había partido la cara. Enzo, sí. Enzo, en fin —que ahora tenía a su madre, Assunta, con una larga enfermedad y cuando no se deslomaba para ganarse el jornal se ocupaba de ella, incluso de noche, y sin embargo, para sorpresa de todos había conseguido sacarse el diploma de perito industrial—, a Enzo no se le veía el pelo. Me intrigó la noticia de que había conseguido esa cosa tan difícil que era diplomarse como alumno libre. Quién lo hubiera dicho, pensé. Antes de regresar a Pisa me empleé a fondo y lo convencí para dar una vuelta. Lo felicité calurosamente por el resultado que había conseguido, pero él se limitó a hacer una mueca restándole importancia. Había reducido su vocabulario hasta tal punto que solo hablé yo, no dijo casi nada. La única frase que recuerdo la pronunció antes de separarnos. No me había referido nunca a Lila hasta ese momento, ni una palabra. Sin embargo, como si yo no hubiese hecho más que hablar de ella, dijo de repente:

—De todas formas, Lina es la mejor madre de todo el barrio.

Ese «de todas formas» me puso de mal humor. Jamás le había atribuido a Enzo una especial sensibilidad, pero en aquella ocasión, caminando a su lado, me convencí de que había oído —oído como si la hubiese declamado en voz alta— la larga lista muda de culpas que le achacaba a nuestra amiga, como si mi cuerpo la recitara con rabia sin que yo lo advirtiera.

98

Por amor al pequeño Gennaro, Lila volvió a salir de casa. Metía al niño todo vestido de azul o de blanco en el cochecito monumental e incómodo, regalo de su hermano, que había costado un ojo de la cara, y se paseaba sola por el barrio nuevo. En cuanto Rinuccio lloraba, iba hasta la charcutería y lo amamantaba ante la turbación de su suegra, los tiernos cumplidos de las clientas y el fastidio de Carmen, que trabajaba con la cabeza gacha sin pronunciar palabra. En cuanto el niño se quejaba, Lila le daba de mamar. Le gustaba mucho sentírselo prendido, le gustaba notar la leche que fluía de ella a él vaciándole gradualmente el pecho. Era el único vínculo que le producía bienestar y en sus cuadernos confesaba que temía el momento en que el niño dejara de prenderse a su pecho.

Cuando llegó el buen tiempo, como en el barrio nuevo solo había calles abrasadas y unos pocos arbustos o arbolillos esmirriados, empezó a ir hasta los jardincillos delante de la iglesia. Todo aquel que pasaba por allí, se detenía a mirar al niño y se lo elogiaba poniéndola contenta. Si tenía que cambiarlo, iba a la charcutería vieja y allí, en cuanto entraba, las clientas le hacían un montón de fiestas a Gennaro. Ada, por su parte, con su delantal demasiado pulcro, carmín en los labios finos, la cara pálida, el pelo en orden, los modales imperativos incluso con Stefano, se comportaba como una criada respondona cada vez con mayor descaro y, con lo ocupada que estaba, hacía lo imposible por darle a entender que ella, el cochecito y su hijo eran un estorbo. Pero Lila no le hacía mucho caso. La confundía más la indiferencia arisca de su marido, en privado distraído pero no hostil con el niño; en público, delante de las clientas que ponían vocecitas infantiles llenas de ternura y querían cogerlo en brazos y lo besuqueaban, ni siquiera lo miraba, es más, mostraba desinterés. Lila se iba a la trastienda, lavaba a Gennaro, lo vestía deprisa y volvía a marcharse a los jardincillos. Allí contemplaba a su hijo enternecida, buscando en su cara los rasgos de Nino y preguntándose si lo que ella no conseguía ver estaría entreviéndolo Stefano.

Pero no tardaba en dejarlo correr. En general, los días le pasaban por encima sin darle la menor emoción. Se ocupaba sobre todo de su hijo, la lectura de un libro le duraba semanas, dos o tres páginas diarias. En los jardincillos, si el niño dormía, de vez en cuando se dejaba distraer por las ramas de los árboles que echaban brotes nuevos y escribía algo en su cuaderno desgastado.

En cierta ocasión se dio cuenta de que a pocos pasos de allí, en la iglesia se celebraba un funeral y fue con el niño a ver; descubrió que era el funeral de la madre de Enzo. Lo vio tieso, muy pálido, aunque no se acercó a darle el pésame. En otra ocasión que estaba sentada en un banco con el cochecito al lado, inclinada sobre un libro grueso con el lomo verde, se detuvo delante de ella una vieja flaquísima apoyada en un bastón, las mejillas chupadas como si se las hubiera tragado con su propia respiración.

—Adivina quién soy.

A Lila le costó reconocerla, pero al final los ojos de la mujer, le recordaron en un santiamén a la imponente maestra Oliviero. Se levantó emocionada, hizo ademán de ir a abrazarla pero ella se apartó irritada. Lila le enseñó al niño, dijo con orgullo: «Se llama Gennaro», y como todo el mundo le elogiaba al crío, esperó que la maestra también lo hiciera. Pero la Oliviero ni se fijó en el niño, solo pareció interesada en el libro voluminoso que su ex alumna tenía en la mano, un dedo entre las páginas a modo de señalador.

—¿Qué es?

Lila se puso nerviosa. La maestra había cambiado en el aspecto, en la voz, en todo, menos los ojos y el tono brusco, el mismo que empleaba cuando le hacía una pregunta desde su tarima. Entonces ella tampoco se mostró cambiada, le contestó indolente y agresiva a la vez:

—Se titula *Ulises*.

—¿Habla de la *Odisea*?

—No, habla de la mediocridad de la vida de hoy.

—¿Y qué más?

—Nada más. Dice que tenemos la cabeza llena de tonterías. Que somos carne, sangre y huesos. Que todas las personas valen lo mismo. Que solo queremos comer, beber, follar.

La maestra, que por esa última palabra la regañó como cuando iba a la escuela, y Lila adoptó un aire más descarado y se echó a reír de modo que la vieja se enfadó todavía más, le preguntó cómo era el libro. Ella le contestó que era difícil y que no lo entendía todo.

—¿Entonces por qué lo lees?

—Porque lo leía alguien que conocí. Pero a él no le gustaba.

—¿Y a ti?

—A mí sí.

—¿Aunque sea difícil?

—Sí.

—No leas libros que no puedes entender, te hace daño.

—Hay muchas cosas que hacen daño.

—¿No estás contenta?

—Más o menos.

—Estabas destinada a grandes cosas.

—Las he hecho: me he casado y he tenido un hijo.

—De eso todos son capaces.

—Yo soy como todos.

—Te equivocas.

—No, la que se equivoca es usted, siempre estuvo equivocada.

—Eras maleducada de niña y sigues siendo maleducada ahora.

—Se ve que conmigo no hizo un buen trabajo.

La Oliviero la miró con atención y Lila leyó en su cara la angustia del error. La maestra trataba de encontrar en sus ojos la inteligencia que había visto cuando era niña, quería la confirmación de que no se había equivocado. Ella pensó: Debo borrarme enseguida de la cara todo signo que le dé la razón, no quiero que me suelte un sermón por cómo me he echado a perder. Entretanto se sintió expuesta a un enésimo examen y, paradójicamente, temía el resultado. Está descubriendo que soy estúpida, se dijo mientras el corazón le latía cada vez más deprisa, está descubriendo que toda mi familia es estúpida, que mis antepasados son estúpidos y que mis descendientes serán estúpidos, que Gennaro será estúpido. Se disgustó, guardó el libro en el bolso, aferró la empuñadura del cochecito, murmuró nerviosa que tenía que marcharse. Vieja loca, se pensaba que todavía podía reprenderla. Dejó a la maestra en los jardincillos, pequeña, agarrada a su bastón, devorada por un mal al que no quería rendirse.

99

Le entró la obsesión de estimular la inteligencia de su hijo. No sabía qué libros comprar y le pidió a Alfonso que preguntara a los libreros. Alfonso le llevó un par de obras a las que Lila se dedicó con mucho empeño. En sus cuadernos encontré apuntes sobre cómo leía textos complejos; avanzaba con dificultad página a página, pero al cabo de poco perdía el hilo, pensaba en otra cosa; sin embargo, obligaba a sus ojos a seguir deslizándose por las líneas, los dedos volvían la página de manera automática y al final, pese a no haber entendido, tenía la impresión de que las palabras le habían entrado igualmente en la cabeza y suscitado pensamientos. A partir de ese momento releía el libro, y al leer corregía los pensamientos o los ampliaba, hasta que el texto dejaba de servirle y buscaba otros.

Su marido regresaba por la noche y se encontraba con que no había preparado la comida y hacía jugar al niño con juegos que se había construido sola. Se enfadaba pero ella, como ocurría desde hacía tiempo, no reaccionaba. Parecía como si no lo oyera, como si la casa estuviese habitada solo por ella y su hijo; cuando se levantaba y se ponía a cocinar lo hacía no porque Stefano tuviera hambre, sino porque a ella le había entrado apetito.

Fue por aquella época cuando sus relaciones, tras un largo período de mutua tolerancia, volvieron a empeorar. Una noche Stefano le gritó que se había hartado de ella, del niño, de todo. En otra ocasión dijo que se había casado demasiado joven sin entender lo que hacía. Pero cierta vez que ella le contestó: «Yo tampoco sé lo que hago aquí, cojo al niño y me voy», él, en lugar de gritarle vete, perdió la calma como no la perdía desde hacía tiempo y le pegó delante del niño, que la miraba fijamente desde la manta en el suelo, un poco aturdido por el griterío. Con la nariz sangrando y Stefano que la cubría de insultos, Lila se volvió hacia su hijo riendo, y le dijo en italiano (hacía tiempo que solo le hablaba en italiano): «Mira cómo juega papá, nos estamos divirtiendo».

No sé por qué, pero a partir de determinado momento le dio por ocuparse también de su sobrino, Fernando, al que ya llamaban Dino. Es posible que todo se debiera a que necesitaba comparar a Gennaro con otro niño. O tal vez no, tal vez sintió escrúpulos de dedicar sus cuidados solo a su hijo y le pareció justo ocuparse también del sobrino. Aunque Pinuccia seguía considerando a Dino la prueba viviente del desastre que era su vida y no paraba de gritarle, a veces incluso mientras le pegaba: «¿Quieres callarte de una vez? ¿Qué quieres de mí, quieres que me vuelva loca?», se negó en redondo a que ella se lo llevara a su casa y lo tuviera haciendo juegos misteriosos junto con el pequeño Gennaro. Le dijo con rabia: «Ocúpate de criar a tu hijo, que yo me ocupo del mío, y en vez de perder el tiempo, cuida de tu marido o acabarás perdiéndolo». Pero entonces intervino Rino.

Fue una época pésima para el hermano de Lila. Discutía continuamente con su padre, que quería cerrar la fábrica de zapatos porque estaba harto de deslomarse para enriquecer a los Solara y no comprendía que hubiese que seguir adelante a toda costa, echaba de menos su pequeño taller. Discutía a menudo con Marcello y Michele, que lo trataban como a un muchachito petulante, y cuando el problema era el dinero hablaban directamente con Stefano. Discutía sobre todo con este último, gritos e insultos, porque su cuñado ya no le daba ni una lira y, según él, estaba negociando en secreto para pactar el traspaso del negocio de los zapatos a los Solara. Discutía con Pinuccia, que lo acusaba de haberle hecho creer que era un potentado cuando no era más que un títere que se dejaba manejar por todos, por su padre, por Stefano, por Marcello y Michele. Por ello, cuando comprendió que Stefano la tenía tomada con Lila por hacer demasiado de madre y poco de esposa, y que Pinuccia no quería dejar al niño con su cuñada ni siquiera una hora, para provocar, él en persona empezó a llevarle al niño a su hermana. Y como en la fábrica de zapatos había cada vez menos trabajo, tomó la costumbre de quedarse a veces durante horas en el apartamento del barrio nuevo para ver qué hacía Lila con Gennaro y Dino. Se quedó encantado al ver la paciencia maternal de su hermana, cómo se divertían los niños, cómo su hijo, que en casa lloraba siempre y se quedaba apático en el corralito como un cachorro melancólico, con Lila se volvía decidido, rápido, parecía feliz.

—¿Qué le haces? —preguntaba admirado.

—Hago que jueguen.

—Mi hijo ya jugaba antes.

—Aquí juega y aprende.

—¿Por qué pierdes tanto tiempo?

—Porque he leído que todo lo que somos se decide ahora, en los primeros años de vida.

—¿Y el mío está saliendo bien?

—Ya lo ves.

—Sí, lo veo, es más listo que el tuyo.

—El mío es más pequeño.

—¿A ti te parece que Dino es inteligente?

—Todos los niños lo son, basta con adiestrarlos.

—Adiéstralo, Lina, no te canses enseguida como haces siempre. Haz que se vuelva inteligentísimo.

Pero ocurrió que una noche Stefano llegó antes de lo habitual y especialmente nervioso. Encontró a su cuñado sentado en el suelo de la cocina y en vez de limitarse a poner cara ceñuda al ver el desorden, el desinterés de su mujer, la atención que reservaba a los niños en lugar de a él, le dijo a Rino que aquella era su casa, que no le gustaba encontrárselo allí todos los días perdiendo el tiempo, que la fábrica de zapatos se estaba yendo al traste por culpa de su holgazanería, que los Cerullo no eran de fiar, en fin, que te vas ahora mismo o te echo a patadas en el culo.

Siguió una bronca. Lila le gritó que no debía hablarle así a su hermano, Rino le echó en cara al cuñado todo lo que hasta ese momento o bien le había dicho de pasada o se había callado por precaución. Volaron insultos incalificables. Abandonados a la confusión, los dos niños pasaron a arrancarse los juguetes y a chillar, sobre todo el más pequeño, vencido por el más grande. Rino le gritó a Stefano, con el cuello hinchado, las venas como cables eléctricos, que era fácil hacerse el amo y señor con los bienes que don Achille había robado a medio barrio, y añadió: «Tú no eres nadie, no eres más que un mierda, tu padre sí que sabía ser delincuente, tú ni eso sabes».

Siguió un momento terrible al que Lila asistió aterrorizada. De repente Stefano aferró con las dos manos a Rino por las caderas, como un bailarín de danza clásica hace con su pareja y, aunque tenían la misma estatura, la misma constitución, aunque Rino forcejeara, chillara y escupiera, lo levantó con una fuerza prodigiosa y lo estampó contra la pared. Acto seguido lo agarró de un brazo y lo arrastró por el suelo hasta la puerta, la abrió, lo puso en pie y lo lanzó escaleras abajo, pese a que Rino trataba de reaccionar, pese a que Lila tras espabilarse se le había lanzado encima suplicándole que se calmara.

No acabó ahí la cosa. Stefano volvió sobre sus pasos enfurecido y ella comprendió que quería hacerle a Dino lo mismo que había hecho con su padre, lanzarlo escaleras abajo como un objeto. Se le tiró encima, sobre los hombros, lo agarró por la cara y lo arañó mientras le gritaba: «Es un niño, Ste', es un niño». Él se quedó paralizado y dijo en voz baja: «Estoy hasta los cojones de todo, no aguanto más».

100

Siguió un época complicada. Rino dejó de ir a casa de su hermana, pero Lila no quiso renunciar a que Rinuccio y Dino estuvieran juntos, y tomó la costumbre de ir ella a casa de su hermano, a escondidas de Stefano. Pinuccia se aguantaba, torva, y al principio Lila trató de explicarle lo que intentaba hacer: ejercicios de reactividad, juegos de adiestramiento, llegó incluso a confiarle que le habría gustado hacer participar a todos los niños del barrio. Pero Pinuccia le contestó simplemente: «Tú estás loca y a mí me importan una mierda las gilipolleces que haces. ¿Quieres llevarte al niño? ¿Quieres matarlo, quieres comértelo como hacen las brujas? Adelante, yo no lo quiero, nunca lo he querido, tu hermano ha sido la ruina de mi vida y tú eres la ruina de la vida de mi hermano». Y para rematar, añadió: «Ese pobre infeliz hace muy bien en ponerte los cuernos».

Lila no reaccionó.

No preguntó a qué venía aquella frase, es más, hizo un gesto instintivo, un gesto de esos que se hacen para espantar una mosca. Cogió a Rinuccio, y pese a que la apenaba privarse de su sobrino, no regresó más.

En la soledad de su apartamento descubrió que tenía miedo. No le importaba en absoluto que Stefano pagara a alguna puta, al contrario, se alegraba, así no tenía que aguantar que por la noche la buscara. Después de aquella frase de Pinuccia empezó a preocuparse por el niño: si su marido se había buscado otra mujer, si la quería a diario y a todas horas, podía volverse loco, podía llegar a echarla a ella. Hasta ese momento la posibilidad de una ruptura definitiva de su matrimonio le había parecido una liberación, pero ahora temió perder la casa, los medios, el tiempo, todo lo que le permitía criar al niño de la mejor manera.

Empezó a dormir poco o nada. Quizá las broncas de Stefano no eran solo el síntoma de su desequilibrio constitucional, la mala sangre que hacía saltar la tapadera de actitudes bondadosas, quizá se había enamorado de veras de otra, como le había pasado a ella con Nino, y ya no soportaba quedarse en la jaula del matrimonio, la paternidad, incluso las charcuterías y demás tejemanejes. Lila reflexionaba pero no sabía qué hacer. Sentía que debía decidirse a afrontar la situación, aunque solo fuera para dominarla; sin embargo, lo iba aplazando, renunciaba, contaba con el hecho de que Stefano disfrutara de su amante y la dejara a ella en paz. A fin de cuentas, pensaba, basta con aguantar un par de años, lo suficiente para que el niño crezca y se forme.

Organizó su jornada para que él encontrara siempre la casa en orden, la cena preparada, la mesa puesta. No obstante, después del escándalo con Rino, Stefano no recuperó nunca su antigua docilidad, estaba siempre enfurruñado, siempre preocupado.

—¿Hay algo que no va bien?

—El dinero.

—¿El dinero y nada más?

Stefano se enfadaba:

—¿Qué quiere decir «nada más»?

Para él no había en la vida más problema que el dinero. Después de cenar sacaba cuentas y maldecía todo el rato: la charcutería nueva no ganaba como antes; los dos Solara, sobre todo Michele, se comportaban con los zapatos como si el negocio fuera cosa de ellos y ya no hubiera que repartir los beneficios; sin decirle nada a él, a Rino y a Fernando, por muy poco dinero, encargaban la confección de los antiguos modelos Cerullo a los zapateros del extrarradio; entretanto mandaban diseñar los nuevos modelos Solara a artesanos que en realidad se limitaban a modificar apenas los de Lila; de esta manera, la pequeña empresa de su suegro y su cuñado estaba yéndose a pique y arrastrándolo a él, que había invertido en ella.

—¿Entendido?

—Sí.

—Entonces trata de no tocar los cojones.

Sin embargo, Lila no se convencía. Tenía la impresión de que su marido exageraba a propósito los problemas reales pero del pasado para ocultarle los motivos verdaderos y nuevos de sus desequilibrios y de la hostilidad cada vez más explícita hacia ella. Le atribuía culpas de todo tipo, en especial la de haberle complicado las relacionas con los Solara. En cierta ocasión le gritó:

—¿Se puede saber qué le has hecho al cabronazo de Michele?

—Nada —contestó ella.

—No puede ser, cada vez que hay una discusión te pone a ti en medio pero me fastidia a mí; trata de hablar con él y a ver si te enteras qué quiere, si no os tendré que partir la cara a los dos —dijo él.

—¿Si me quiere follar qué hago, me dejo follar? —preguntó Lila en un arrebato.

Se arrepintió al instante de haberle gritado de ese modo —en algunas ocasiones el desprecio se imponía a la prudencia—, aunque ya estaba hecho, y Stefano le dio una bofetada. La bofetada tuvo poca importancia, ni siquiera fue con la mano abierta como de costumbre, apenas la golpeó con la punta de los dedos. Pesó más lo que le dijo enseguida, disgustado:

—Lees, estudias, pero eres vulgar, no soporto a las que son como tú, me das asco.

A partir de aquel día regresó cada vez más tarde. Los domingos, en lugar de dormir hasta las doce como era su costumbre, salía temprano y no se le veía el pelo en todo el día. A la menor alusión de Lila sobre problemas concretos de la rutina familiar, perdía los estribos. Por ejemplo, con los primeros calores Lila quería que Rinuccio pasara las vacaciones en la playa y le preguntó a su marido cómo iban a organizarse.

—Te tomas el autocar y vas a Torregaveta —respondió él.

—¿No es mejor alquilar una casa? —aventuró ella.

—¿Para qué, para que estés pendoneando de la mañana a la noche como una furcia? —contestó Stefano.

Salió, esa noche no regresó.

Todo se aclaró poco después. Lila fue al centro con el niño, buscaba un libro que había encontrado citado en otro, pero no dio con él. Dio vueltas y más vueltas y al final fue a la piazza dei Martiri para preguntarle a Alfonso, que seguía gestionando la tienda con satisfacción, si podía buscárselo. Se encontró con un joven muy apuesto, muy bien vestido, uno de los muchachos más apuestos que había visto en su vida; se llamaba Fabrizio. No era un cliente, sino un amigo de Alfonso. Lila se entretuvo charlando con él, y descubrió que sabía un montón de cosas. Conversaron animadamente sobre literatura, la historia de Nápoles, cómo se enseña a los niños, tema del que Fabrizio estaba muy informado, pues trabajaba en eso en la universidad. Alfonso estuvo escuchándolos todo el rato en silencio y cuando Rinuccio empezó a quejarse, se ocupó de calmarlo. Después llegaron unos clientes, y Alfonso los atendió. Lila habló un rato más con Fabrizio, hacía tiempo que no sentía el placer de una conversación que le encendiera el pensamiento. Cuando el joven tuvo que marcharse, la besó en ambas mejillas con entusiasmo infantil, luego hizo lo mismo con Alfonso, dos sonoros chasquidos. Le gritó desde la puerta:

—Ha sido una magnífica charla.

—Para mí también.

Lila se entristeció. Mientras Alfonso seguía atendiendo a las clientas, pensó en la gente que había conocido en aquel sitio, Nino, la persiana bajada, la penumbra, las conversaciones agradables, él que entraba a hurtadillas a la una en punto y desaparecía a las cuatro, después de hacer el amor. Le pareció un tiempo imaginado, una excéntrica fantasía, y miró a su alrededor incómoda. No sintió nostalgia de aquella época, no sintió nostalgia de Nino. Solo sintió que el tiempo había pasado, que lo que había sido importante ya no lo era, que en su cabeza seguía reinando el barullo y que no quería aclararse. Cogió al niño y se disponía a marcharse cuando entró Michele Solara.

La saludó con entusiasmo, jugó con Gennaro, dijo que era clavado a ella. La invitó al bar, la convidó a un café, decidió llevarla al barrio. Ya en el coche le dijo:

—Deja a tu marido ya, hoy mismo. Me hago cargo de ti y de tu hijo. He comprado una casa en el Vomero, en la piazza degli Artisti. Si quieres te llevo ahora mismo, para que la veas, la he comprado pensando en ti. Allí puedes hacer lo que te dé la gana, leer, escribir, inventar cosas, dormir, reír, hablar, y estar con Rinuccio. A mí lo único que me interesa es poder mirarte y escucharte.

Por primera vez en su vida Michele se expresó sin su tono burlón. Mientras conducía y hablaba, presa de una ligera angustia, la miraba de reojo para comprobar sus reacciones. Lila estuvo todo el tiempo con la vista clavada al frente mientras trataba de quitarle a Gennaro el chupete de la boca, pues según ella lo usaba demasiado. Pero el niño le apartaba la mano con energía. Cuando Michele calló —ella no lo interrumpió en ningún momento— le preguntó:

—¿Has terminado?

—Sí.

—¿Y Gigliola?

—¿Qué tiene que ver Gigliola? Tú dime sí o no, luego se verá.

—No, Michè, la respuesta es no. No quise a tu hermano y tampoco te quiero a ti. Primero, porque ni tú ni él me gustáis, y segundo, porque os creéis con derecho a todo y no tenéis ningún respeto por nada.

Michele no reaccionó enseguida, balbuceó algo sobre el chupete, como: Dáselo, no lo hagas llorar. Luego dijo sombrío:

—Piénsalo bien, Lina. Es posible que mañana mismo te arrepientas y seas tú la que venga a suplicarme.

—Lo dudo mucho.

—¿Sí? Ahora me vas a oír.

Le reveló lo que todos sabían («Incluso tu madre, tu padre y el cabrón de tu hermano, pero no te dicen nada para vivir en paz»); Stefano había tomado a Ada como amante, desde hacía bastante tiempo. La cosa había empezado antes del viaje a Ischia. «Cuando tú estabas de vacaciones —le dijo—, ella iba todas las noches a tu casa.» Al regresar Lila los dos lo habían dejado por un tiempo. Pero no supieron resistirse; reanudaron los encuentros, rompieron otra vez, volvieron a estar juntos cuando ella desapareció del barrio. Recientemente Stefano había alquilado un apartamento en el Rettifilo, donde se veían.

—¿Me crees?

—Sí.

—¿Y entonces?

Entonces qué. A Lila no la turbó tanto el hecho de que su marido tuviera una amante y que la amante fuese Ada, sino lo absurdo de cada una de sus palabras y de sus gestos cuando había ido a buscarla a Ischia. Le volvieron a la cabeza los gritos, las palizas, la partida.

—Me dais asco tú, Stefano, todos —le dijo a Michele.

101

De repente Lila se sintió del lado de la razón y eso la calmó. Esa noche acostó a Gennaro y esperó el regreso de Stefano. Él volvió pasada la medianoche, la encontró sentada a la mesa de la cocina. Lila levantó la mirada del libro que estaba leyendo, le dijo que sabía lo de Ada, que sabía desde cuándo duraba y que no le importaba nada. «Lo que tú me hiciste a mí, yo te lo hice a ti», le dijo bien claro, con una sonrisa. ¿Cuántas veces se lo había dicho en el pasado, dos, tres? Pero le repitió que Gennaro no era hijo suyo y concluyó que podía hacer lo que le pareciera, acostarse con quien quisiera, donde quisiera. Y le gritó de pronto: «Lo importante es que nunca más me toques».

No sé qué tenía en mente, quizá solo quería aclarar ese punto. O quizá se esperaba de todo. Esperaba que él lo confesara punto por punto, que luego le diera una paliza, que la echara de casa, que la obligara a ella, su esposa, a hacerle de criada a su amante. Estaba preparada para todo tipo de agresiones y a la perversidad de quien se siente amo y señor, de quien tiene dinero para comprarlo todo. Sin embargo, no fue posible conseguir ninguna palabra que aclarase y ratificase el fracaso de su matrimonio. Stefano lo negó. Dijo torvo, pero tranquilo, que Ada no era más que la dependienta de su charcutería, que los rumores que corrían sobre ellos carecían de fundamento. Después se enfadó y le gritó que si volvía a decir eso tan feo sobre su hijo, como había Dios que la mataba; Gennaro era su vivo retrato, clavadito a él, lo afirmaban todos, era inútil que siguiera provocándolo con eso. Por último —y eso fue lo más sorprendente— le declaró su amor, como había hecho en el pasado, sin cambiar las fórmulas. Dijo que la amaría eternamente, porque era su mujer, porque se habían casado delante del cura y que nada podía separarlos. Cuando se le acercó para besarla y ella lo rechazó, la agarró, la levantó en peso, la llevó al dormitorio donde estaba la cuna del niño, le arrancó la ropa y la penetró a la fuerza, mientras ella le suplicaba en voz muy baja, reprimiendo los sollozos: «Se despertará Rinuccio, nos ve, nos oye, por favor, vamos al otro cuarto».

102

A partir de aquella noche Lila perdió gran parte de las pequeñas libertades que le quedaban. Stefano se comportó de un modo por completo incongruente. Dado que su mujer ya estaba al corriente de su relación con Ada, olvidó toda cautela, con frecuencia no regresaba a dormir a casa; en domingos alternos se iba por ahí a pasear en coche con su amante; ese agosto incluso se la llevó de vacaciones a Estocolmo en un descapotable, pese a que oficialmente Ada había ido a Turín, a casa de una prima que trabajaba en la Fiat. Entretanto le entraron unos celos enfermizos: no quería que su mujer saliera de casa, la obligaba a hacer la compra por teléfono y si Lila salía una horita para que el niño tomara el aire, le preguntaba con quién se había encontrado, con quién había hablado. Se sentía más marido que nunca y la vigilaba. Era como si temiese que su propia traición la autorizara a traicionarlo. Lo que hacía en sus encuentros con Ada en el Rettifilo le removía la imaginación y le provocaba fantasías detalladas en las que Lila hacía mucho más con sus amantes. Temía ser ridiculizado por una posible infidelidad de Lila, pero por otra parte se jactaba de la suya.

No todos los hombres le inspiraban celos, tenía una jerarquía propia. Lila no tardó en comprender que le preocupaba especialmente Michele, por el que se sentía estafado en todo y mantenido en un permanente estado de subordinación. Aunque ella nunca le dijo una palabra sobre aquella vez en que Solara había intentado besarla, sobre aquella vez en que le había propuesto ser su amante, Stefano intuía que robarle a su mujer como afrenta constituía una maniobra importante para llegar a arruinarlo en los negocios. Pero por otra parte, la lógica de los negocios suponía que Lila se mostrara al menos un tanto cordial. En consecuencia, nada de lo que ella hiciera le iba bien. A veces la asediaba de forma obsesiva: «¿Has visto a Michele, has hablado con él, te ha pedido que diseñaras más zapatos?». A veces le gritaba: «A ese cabrón no le dices ni hola, ¿está claro?». Y le abría los cajones, hurgaba en busca de pruebas de su naturaleza de furcia.

La intervención primero de Pasquale, luego de Rino complicó aún más la situación.

Naturalmente, Pasquale fue el último, incluso después que Lila, en enterarse de que su novia era la amante de Stefano. Nadie le fue con el cuento, los vio él con sus propios ojos, a última hora de la tarde de un domingo de septiembre, salir abrazados por un portón del Rettifilo. Ada le había dicho que estaba ocupada con Melina y no podían verse. Por otra parte, él estaba siempre por ahí o por trabajo o por sus compromisos políticos y no hacía mucho caso a los malabares y escaqueos de su novia. Verlos supuso un dolor tremendo, complicado por el hecho de que, mientras su primer impulso habría sido degollarlos a los dos, su formación de militante comunista se lo prohibía. En los últimos tiempos Pasquale había llegado a secretario de la sección del partido de su barrio y, aunque en el pasado, como todos los muchachos con los que nos habíamos criado, de haberse dado el caso nos había tachado de zorras, ahora —como se mantenía informado, leía *L'Unità*, estudiaba folletos, presidía debates de su sección— ya no se atrevía a hacerlo; es más, en líneas generales, se esforzaba por considerar que las mujeres no éramos inferiores a los hombres y teníamos nuestros sentimientos, nuestras ideas, nuestras libertades. Dividido entre la furia y la amplitud de miras, a la noche siguiente, sucio del trabajo como estaba, fue a ver a Ada y le dijo que lo sabía. Ella se mostró aliviada y lo reconoció todo, lloró, le pidió perdón. Cuando él le preguntó si lo había hecho por el dinero, le contestó que quería a Stefano y que solo ella sabía lo bueno, generoso y cortés que era. El resultado fue que Pasquale asestó un puñetazo a una pared de la cocina de los Cappuccio y se marchó para su casa llorando, con los nudillos doloridos. Tras lo cual se pasó toda la noche hablando con Carmen; los dos hermanos sufrieron juntos, el uno por culpa de Ada, la otra por culpa de Enzo, al que no lograba olvidar. Las cosas se pusieron realmente feas cuando Pasquale, pese a haber sido traicionado, decidió que debía defender tanto la dignidad de Ada como la de Lila. En primer lugar quiso aclarar las cosas y fue a hablar con Stefano, al que le soltó un discurso complicado que en esencia venía a decir que debía dejar a su esposa e iniciar un concubinato en regla con su amante. Después fue a ver a Lila y le reprochó que dejara que Stefano pisoteara sus derechos de esposa y sus sentimientos de mujer. Una mañana —eran las seis y media— Stefano se encaró con él cuando salía para ir al trabajo y, sin malicia, le ofreció dinero para que dejara de importunarlo a él, a su mujer y a Ada. Pasquale cogió el dinero, lo contó y lo lanzó al aire diciendo: «Trabajo desde que era niño, no te necesito», tras lo cual, como disculpándose, añadió que debía marcharse, de lo contrario llegaría tarde y lo despedirían. Cuando ya se había alejado cambió de idea, se dio media vuelta y le gritó al charcutero, que estaba recogiendo el dinero esparcido por el suelo: «Eres peor que ese cerdo fascista de tu padre». La emprendieron a golpes, unos puñetazos tremendos, tuvieron que separarlos, si no se habrían matado.

También hubo problemas por parte de Rino. No toleró que su hermana abandonara su empeño en hacer de Dino un niño muy inteligente. No toleró que su cuñado no solo no le diera una lira más, sino que llegara incluso a ponerle la mano encima. No toleró que la relación de Stefano y Ada se hiciera de dominio público, con todas las consecuencias humillantes para Lila. Y reaccionó de una forma inesperada. Dado que Stefano golpeaba a Lila, él empezó a golpear a Pinuccia. Dado que Stefano tenía una amante, Rino se buscó una amante. Es decir, comenzó una persecución de la hermana de Stefano que era un reflejo de la que Stefano sometía a su hermana.

Esto hundió a Pinuccia en la desesperación: lágrimas y más lágrimas, súplicas, ruegos para que acabara de una vez. No hubo manera. En cuanto su mujer abría la boca Rino perdía por completo el juicio, aterrorizando así también a Nunzia, y entonces gritaba: «¿Quieres que acabe? ¿Quieres que me calme? Ve a ver a tu hermano y dile que tiene que dejar a Ada, que tiene que respetar a Lina, que debemos ser una familia unida y que debe darme el dinero que él y los Solara me han chorizado y que me están chorizando». Como consecuencia de aquello, a menudo Pinuccia huía de buen grado de su casa, toda desgreñada, para ir corriendo a la charcutería del hermano donde se ponía a llorar delante de Ada y las clientas. Stefano la arrastraba a la trastienda y ella le enumeraba las peticiones del marido, pero concluía: «No le des nada a ese cabronazo, ve ahora mismo a mi casa y mátalo».

103

Esa era más o menos la situación cuando regresé al barrio en las vacaciones de Semana Santa. Hacía dos años y medio que vivía en Pisa, era una alumna muy brillante, regresar a Nápoles para las fiestas se había convertido para mí en una carga que accedía a llevar para no discutir con mis padres, sobre todo con mi madre. Me ponía nerviosa en cuanto el tren entraba en la estación. Temía que, al terminar las vacaciones, un incidente cualquiera me impidiese regresar a la Escuela Normal: una enfermedad grave que me llevara a un internamiento en el caos de un hospital, algún hecho terrible que me obligara a dejar de estudiar porque la familia me necesitaba.

Llevaba pocas horas en casa. Mi madre acababa de hacerme una malévola enumeración de todas las desgracias de Lila, de Stefano, de Ada, de Pasquale, de Rino, de la fábrica de zapatos que estaba al borde del cierre, de los tiempos que corrían, que un año tenías dinero, te creías el amo del mundo, te comprabas el descapotable, y al año siguiente tenías que venderlo todo, acababas en el libro rojo de la señora Solara y dejabas de darte tantos aires. Y de golpe paró en seco su letanía y me dijo: «Tu amiga creía que había llegado vete a saber dónde, con su boda de princesa, su coche grande, la casa nueva, y fíjate que hoy tú eres mucho más lista y más guapa que ella». Acto seguido hizo una mueca para reprimir la satisfacción y me entregó una nota que, naturalmente, ya había leído aunque iba dirigida a mí. Lila quería verme, me invitaba a comer al día siguiente, Viernes Santo.

La suya no fue la única invitación; siguieron unos días muy ajetreados. Poco después Pasquale me llamó desde el patio y, como si hubiese bajado del

Olimpo y no de la casa oscura de mis padres, quiso exponerme sus ideas sobre la mujer, contarme cuánto sufría, conocer mi opinión sobre cómo se estaba comportando. Lo mismo hizo Pinuccia por la noche, furiosa tanto con Rino como con Lila. Lo mismo hizo de manera inesperada Ada a la mañana siguiente, ardiendo en odios y sentimientos de culpa.

Con los tres adopté un tono distante. A Pasquale le recomendé calma, a Pinuccia que se preocupara en primer lugar por su hijo, a Ada que tratara de ver si era su verdadero amor. Pese a la superficialidad de las palabras, debo decir que me intrigó sobre todo ella. Mientras me hablaba, la miré fijamente como si fuera un libro. Era la hija de Melina, la loca, la hermana de Antonio. En su cara reconocí a su madre, muchos rasgos de su hermano. Se había criado sin padre, expuesta a todos los riesgos, acostumbrada a trabajar. Durante años había fregado las escaleras de nuestros edificios junto con Melina, cuyo cerebro se atascaba sin previo aviso. Los Solara se la habían llevado en el coche cuando era muchachita y podía imaginarme lo que le habían hecho. De manera que me pareció normal que se enamorase de Stefano, un jefe amable. Lo quería, me dijo, se querían. Con ojos brillantes de pasión murmuró: «Dile a Lina que el corazón no atiende a razones y que si ella es la esposa, yo soy quien se lo ha dado y se lo da todo a Stefano, todas las atenciones y los sentimientos que un hombre puede querer, y muy pronto, también hijos, por eso él es mío, ya no le pertenece a ella».

Comprendí que quería quedarse con todo lo que pudiera, Stefano, las charcuterías, el dinero, la casa, los coches. Y pensé que tenía todo el derecho a pelear aquella batalla; quien más quien menos la peleábamos todos. Traté de calmarme únicamente porque estaba muy pálida, tenía los ojos inflamados. Y me alegré al oír que me estaba muy agradecida, fue un placer para mí que me consultaran como una vidente, repartir consejos en un buen italiano que la confundía a ella, a Pasquale, a Pinuccia. Fíjate, pensé con sarcasmo, para qué sirven los exámenes de historia, la filología clásica, la lingüística y los miles de fichas con los que me ejercito en el rigor, para calmarlos por unas horas. Me consideraban por encima de las partes, exenta de malos sentimientos y pasiones, esterilizada por el estudio. Acepté el papel que me asignaron sin mencionar mis angustias, mis audacias, las veces que en Pisa lo había arriesgado todo al dejar que Franco entrara en mi habitación o al colarme yo en la suya, al irnos solos de vacaciones a Versilia viviendo como si estuviéramos casados. Me sentí contenta de mí misma.

A medida que se acercaba la hora de la comida, el placer dio paso al fastidio y fui a casa de Lila sin ganas. Temía que encontrara la manera de restaurar en un soplo la antigua jerarquía, haciéndome perder la confianza en mis decisiones. Temía que me señalara en el pequeño Gennaro los rasgos de Nino para recordarme que el juguete que debía ser mío le había tocado a ella en suerte. Pero no fue así, inmediatamente. Rinuccio —así lo llamaba cada vez con más frecuencia— me conmovió enseguida: era un guapísimo niño moreno y Nino todavía no se reflejaba en su cara y su cuerpo, tenía rasgos que evocaban a Lila, incluso a Stefano, como si lo hubiesen engendrado los tres. En cuanto a ella, la noté frágil, como rara vez había sido. Nada más verme le brillaron los ojos y le entró un temblor en todo el cuerpo, tuve que abrazarla con fuerza para tranquilizarla.

Noté que para no quedar mal conmigo se había peinado deprisa, y que con las mismas prisas se había puesto algo de carmín en los labios, un vestido de rayón gris perla de la época de su noviazgo, zapatos de tacón. Seguía siendo guapa, pero como si los huesos de la cara se le hubiesen hecho más grandes, los ojos más pequeños y bajo la piel ya no fluyera la sangre sino un líquido opaco. La vi delgadísima, al abrazarla le noté los huesos, el vestido ceñido le marcaba el vientre hinchado.

Al principio fingió que todo iba bien. Se alegró de que me entusiasmara con el niño, le gustó cómo jugaba con él, quiso enseñarme las cosas que Rinuccio sabía decir y hacer. De un modo ansioso que no le conocía, empezó a soltarme toda la terminología sacada de las lecturas desordenadas que había hecho. Me citó autores que jamás había oído mencionar, obligó a su hijo a lucirse en ejercicios que había inventado para él. Noté que tenía una especie de tic, una mueca de la boca: la abría de repente y luego apretaba los labios como para contener la emoción provocada por las cosas que decía. Por lo general, la mueca iba acompañada de un enrojecimiento de los ojos, un resplandor rosado que la contracción de los labios, cual mecanismo de resorte, ayudaba instantáneamente a reabsorberse en el fondo de la cabeza. Me repitió varias veces que si nos dedicásemos con asiduidad a cada niño pequeño del barrio, al cabo de una generación todo habría cambiado, ya no existirían los listos y los incapaces, los buenos y los malos. Después miró a su hijo y estalló otra vez en llanto. «Me ha estropeado los libros», dijo entre lágrimas como si Rinuccio lo hubiese hecho, y me los enseñó, rotos, partidos por la mitad. Me costó entender que el culpable no era el pequeño sino su marido. Murmuró: «Ha tomado la costumbre de hurgar entre mis cosas, no quiere que tenga ni un pensamiento mío, si descubre que le he ocultado la menor tontería, me pega». Se subió a una silla, del altillo del armario del dormitorio bajó una caja de metal, me la entregó y dijo: «Aquí está todo lo que ocurrió con Nino, y muchos pensamientos que me cruzaron por la cabeza en estos años, y también cosas mías y tuyas que nunca nos hemos dicho. Llévatela, tengo miedo de que él la encuentre y se ponga a leer. Pero no quiero. No son cosas para él, no son cosas para nadie, ni siquiera para ti».

104

Acepté la caja de mala gana, pensé: Dónde la meto, qué hago con ella. Nos sentamos a la mesa. Me sorprendió que Rinuccio comiera solo, que utilizara unos pequeños cubiertos de madera para él, y que una vez superada la timidez inicial me hablara en italiano sin trabucar las palabras, que a cada pregunta mía respondiera a tono, con precisión, y a su vez me hiciera preguntas. Lila dejó que conversara con su hijo, casi no comió, absorta con la vista clavada en el plato. Al final, cuando ya me iba, dijo:

—No recuerdo nada de Nino, de Ischia, de la tienda de la piazza dei Martiri. Y eso que me parecía que lo quería más que a mí misma. Ni siquiera me interesa saber qué ha sido de él, adónde ha ido.

Pensé que era sincera y no le conté nada de lo que sabía.

—Es lo que tienen de bueno los encaprichamientos —dejé caer—, al cabo de un tiempo se pasan.

—¿Tú estás contenta?

—Bastante.

—Qué bonito pelo tienes.

—Ya.

—Tienes que hacerme otro favor.

—Tú dirás.

—Debo irme de esta casa antes de que, sin darse cuenta siquiera, Stefano nos mate al niño y a mí.

—Ahora sí que haces que me preocupe.

—Tienes razón, perdona.

—Dime qué tengo que hacer.

—Ve a ver a Enzo. Dile que lo he intentado pero que no hay manera.

—No entiendo.

—No importa que lo entiendas, debes regresar a Pisa, tienes tus cosas. Tú dile eso y ya está: Lina lo ha intentado pero no hay manera.

Me acompañó a la puerta con el niño en brazos.

—Rino, saluda a la tía Lenù —le dijo a su hijo.

El niño sonrió, dijo adiós con la mano.

105

Antes de marcharme fui a buscar a Enzo. Dado que cuando le dije: «Lila me ha pedido que te diga que lo ha intentado pero no hay manera» por su cara no pasó ni la sombra de una emoción, pensé que el mensaje lo había dejado por completo indiferente. Y añadí: «Está muy mal. Por otra parte, la verdad es que no sé qué se puede hacer». Él apretó los labios, adoptó una expresión grave. Nos despedimos.

En el tren abrí la caja metálica, pese a que había jurado no hacerlo. Contenía ocho cuadernos. Desde las primeras líneas empecé a sentirme mal. Una vez en Pisa, el malestar fue aumentando a lo largo de los días, de los meses. Cada palabra de Lila me empequeñecía. Me daba la impresión de que cada frase, incluso las que escribió siendo aún niña, me vaciaba las mías no de entonces, sino del presente. Entretanto cada página suscitaba pensamientos míos, ideas mías, páginas mías como si hasta ese momento hubiese vivido en un sopor solícito pero vano. Me aprendí de memoria aquellos cuadernos y al final hicieron que sintiese que el mundo de la Escuela Normal, las amigas y los amigos que me estimaban, la mirada afectuosa de aquellos profesores que me animaban a hacer siempre más, formaban parte de un universo demasiado protegido y por ello demasiado previsible, en comparación con ese otro tempestuoso que, en las condiciones de vida del barrio, Lila había sido capaz de explorar con sus líneas presurosas, en páginas arrugadas, llenas de manchas.

Todos mis esfuerzos pasados me parecieron carentes de sentido. Me asusté, durante meses estudié mal. Estaba sola, Franco Mari había perdido su puesto en la Escuela Normal, no conseguía sacudirme de encima la impresión de cortedad que se había apoderado de mí. Llegó un momento en que tuve claro que pronto sacaría una mala nota y que me echarían también a mí. Por eso, una noche de finales de otoño, sin un proyecto definido, salí con la caja metálica. Me detuve en el puente Solferino y la lancé al Arno.

106

El último año pisano cambió la óptica con la que había vivido los tres primeros. Me asaltó un desamor ingrato por la ciudad, por las compañeras y los compañeros, por los profesores, por los exámenes, por los días gélidos, por las reuniones políticas en las noches cálidas bajo el Baptisterio, por las películas del cinefórum, por todo el espacio urbano, siempre el mismo: el Tímpano, el Lungarno Pacinotti, la via XXIV Maggio, la via San Frediano, la piazza dei Cavalieri, la via Consoli del Mare, la via San Lorenzo, recorridos idénticos y sin embargo extraños aunque el panadero me saludara y la quiosquera me hablara del tiempo, extraños en las voces que, sin embargo, enseguida me había esforzado por imitar, extraños en el color de las piedras, de las plantas, de los letreros y de las nubes o del cielo.

No sé si ocurrió a causa de los cuadernos de Lila. Lo cierto es que enseguida después de leerlos y mucho antes de tirar la caja que los contenía, me desilusioné. Se pasó la impresión inicial de encontrarme en medio de una batalla intrépida. Se pasaron las palpitaciones en cada examen y la alegría de haberlo aprobado con la nota más alta. Se pasó el placer de reeducarme en la voz, en el gesto, en el modo de vestir y de andar, como si compitiera por el premio al mejor disfraz, a la máscara lucida tan bien que era casi rostro.

De pronto fui consciente de aquel casi. ¿Lo había conseguido? Casi. ¿Me había arrancado de Nápoles, del barrio? Casi. ¿Tenía amigas y amigos nuevos, que venían de ambientes cultos, a menudo mucho más cultos de aquel al que pertenecían la profesora Galiani y sus hijos? Casi. ¿De un examen a otro me había convertido en una alumna bien recibida por los profesores ensimismados que me examinaban? Casi. Detrás del casi me pareció ver cómo estaban las cosas. Tenía miedo. Tenía miedo como el primer día que había llegado a Pisa. Temía a quien sabía ser culto sin el casi, con desenvoltura.

En la Escuela Normal eran muchos. No se trataba solo de los alumnos que aprobaban los exámenes de forma brillante, latín o griego o historia. Eran jóvenes —casi todos varones, como eran por otra parte los profesores destacados y los nombres ilustres que habían pasado por aquella institución— que destacaban porque sabían sin esfuerzo aparente el uso presente y futuro de su esfuerzo en los estudios. Lo sabían por su origen familiar o por su orientación instintiva. Sabían cómo se hacía un periódico o una revista, cómo estaba organizada una editorial, qué era una redacción radiofónica o televisiva, cómo nacía una película, cuáles eran las jerarquías universitarias, qué había más allá de las fronteras de nuestros pueblecitos o ciudades, más allá de los Alpes, más allá del mar. Conocían los nombres de la gente importante, a las personas a las que admirar y a las que despreciar. En cambio yo no sabía nada, para mí cualquiera que estampara su nombre en un periódico o un libro era un dios. Si alguien me decía con admiración o fastidio: aquel es Fulano, aquel es el hijo de Mengano, aquella es la sobrina de Zutano, me callaba y fingía estar al tanto. Intuía, claro está, que se trataba de apellidos realmente importantes, sin embargo, no los había oído en mi vida, no sabía qué habían hecho de importante, desconocía el mapa del prestigio. Por ejemplo, me presentaba a los exámenes preparadísima, pero si de pronto el profesor me hubiera preguntado: «¿Sabe usted de dónde me viene la autoridad gracias a la cual imparto esta asignatura en esta universidad?», no habría sabido qué contestar. En cambio los demás estaban al corriente. Por eso me movía entre ellos temiendo decir y hacer algo equivocado.

Cuando Franco Mari se enamoró de mí, se atenuó ese miedo. Él me instruía, aprendí a moverme dentro de su estela. Franco era muy alegre, atento con los demás, desvergonzado, audaz. Se sentía tan seguro de haber leído los libros adecuados y, por tanto, de estar en lo cierto, que siempre hablaba con autoridad. Aprendí a expresarme en privado, y más raramente en público, apoyándome en su prestigio. Era buena, o al menos iba mejorando. Segura de sus certezas, a veces lograba ser más desvergonzada que él, a veces más eficaz. Pero aunque hacía muchos progresos, conservaba la preocupación de no estar a la altura, de decir cosas equivocadas, de revelar cuán ignorante e inexperta era precisamente en las cosas de todos conocidas. Y cuando muy a su pesar Franco salió de mi vida, el miedo recobró fuerza. Tuve la prueba de algo que en el fondo ya sabía. Su bienestar económico, su buena educación, el prestigio de joven militante de izquierdas muy conocido entre los estudiantes, la sociabilidad, incluso su valor cuando intervenía con discursos bien calibrados contra personas poderosas dentro y fuera de la universidad, le habían otorgado un aura que, por ser su novia, su chica o su compañera, se había extendido de manera automática a mí, como si el puro y simple hecho de que me amara fuese la certificación pública de mis cualidades. No obstante, al perder su puesto en la Escuela Normal sus méritos se desvanecieron, dejaron de irradiarse sobre mí. Los estudiantes de buena familia ya no me invitaban a excursiones y fiestas dominicales. Algunos volvieron a tomarme el pelo por mi acento napolitano. Todo aquello que él me había regalado, estaba pasado de moda, se me había envejecido encima. Pronto comprendí que Franco, su presencia en mi vida, habían ocultado mi condición real pero no la habían cambiado, no había conseguido integrarme de veras. Me encontraba entre los que se esforzaban día y noche, que conseguían magníficos resultados, que eran tratados incluso con simpatía y aprecio, pero que jamás lucirían con la actitud adecuada la alta calidad de esos estudios. Siempre tendría miedo: miedo de decir la frase equivocada, de usar un tono excesivo, de ir vestida de forma inadecuada, de revelar sentimientos mezquinos, de no tener pensamientos interesantes.

107

He de decir que fue una época deprimente también por otros motivos. En la piazza dei Cavalieri todos sabían que por las noches iba a la habitación de Franco, que había ido sola con él a París, a Versilia, y eso me había dado fama de chica fácil. Resulta complicado explicar cuánto me había costado adaptarme a la idea de la libertad sexual que Franco sostenía con ardor, yo misma me lo ocultaba para parecerle libre y sin prejuicios. No podía ir por ahí repitiendo las ideas que él me había transmitido como un evangelio, es decir, que las medio vírgenes eran la peor especie de mujer, pequeñoburguesas que preferían dejarse dar por culo antes que hacer las cosas como estaba mandado. Tampoco podía contar que en Nápoles tenía una amiga que a los dieciséis años ya estaba casada, que a los dieciocho se había echado un amante, que se había quedado embarazada de él, que había vuelto con su marido, y a saber cuántas cosas más habría hecho; en definitiva, que acostarme con Franco me parecía poca cosa comparado con las turbulencias de Lila. Me vi obligada a aceptar las maliciosas ocurrencias de las chicas, las vulgares de los chicos, sus miradas insistentes a mis pechos abundantes. Me vi obligada a rechazar con maneras expeditivas las maneras expeditivas con las que alguno se ofreció a sustituir a mi ex novio. Me vi obligada a resignarme a que mis pretendientes respondieran a mis negativas con palabras vulgares. Seguía de largo con los dientes apretados, me decía: Ya pasará.

Ocurrió entonces que una tarde, en un café de la via San Frediano, delante de varios estudiantes, uno de mis pretendientes rechazados me gritó serio, mientras salía con mis dos compañeras: «Nápoles, acuérdate de devolverme el jersey azul que me dejé en tu cuarto». Carcajadas, salí sin replicar.

No tardé en darme cuenta de que me seguía un muchacho en el que ya me había fijado en los cursos por su aspecto cómico. No era ni un joven intelectual tenebroso como Nino ni un muchacho despreocupado como Franco. Era gafudo, muy tímido, solitario, con una enmarañada mata de cabellos negrísimos, un cuerpo decididamente pesado, los pies torcidos. Me siguió hasta el colegio y al fin me llamó:

—Greco.

Fuera quien fuese, sabía mi apellido. Me detuve por educación. El joven se presentó: Pietro Airota, y me soltó un discurso torpe, muy confuso. Dijo que se avergonzaba de sus compañeros, pero que también se detestaba por haber sido un cobarde y no haber intervenido.

—¿Intervenir para hacer qué? —pregunté irónica y también asombrada de que alguien como él, encorvado, con gafas gruesas, aquel pelo ridículo, y el aire y el lenguaje de quien se pasa la vida entre libros se sintiera en la obligación de hacer de paladín de Francia como los muchachos del barrio.

—Para defender tu buen nombre.

—No tengo un buen nombre.

Balbuceó algo que me pareció una mezcla de disculpa y saludo y se fue.

Al día siguiente lo busqué yo; en las clases empecé a sentarme a su lado, dábamos largos paseos juntos. Me sorprendió: había empezado a trabajar en la tesis igual que yo, hacía literatura latina igual que yo; pero con la diferencia de que él no decía «tesis» sino «trabajo»; y en un par de ocasiones se le escapó «libro», un libro que estaba escribiendo y que publicaría en cuanto sacara la licenciatura. ¿Trabajo, libro? ¿Cómo hablaba? Pese a tener veintidós años empleaba un tono grave, recurría constantemente a citas muy cultas, se comportaba como si ya tuviera una cátedra en la Escuela Normal o en otra universidad.

—¿De veras vas a publicar la tesis? —le pregunté en cierta ocasión, incrédula.

Me miró tan asombrado como yo.

—Si es buena, sí.

—¿Se publican todas las tesis que salen bien?

—Por qué no.

Él estudiaba los ritos báquicos, yo el cuarto libro de la *Eneida*.

—A lo mejor Baco es más interesante que Dido —murmuré.

—Todo es interesante si lo sabes trabajar.

Nunca hablamos de temas cotidianos, tampoco de la posibilidad de que Estados Unidos proporcionaran armas nucleares a Alemania Occidental, tampoco si Fellini era mejor que Antonioni, como me había acostumbrado a hacer Franco, sino solo de literatura latina, de literatura griega. Pietro tenía una memoria prodigiosa; sabía relacionar textos alejados entre sí y los recitaba como si los tuviera delante, pero sin pedantería, sin engreimiento, casi como si se tratara de la cosa más obvia entre dos personas dedicadas a nuestros estudios. Cuanto más lo trataba más me daba cuenta de que era realmente bueno, bueno como yo nunca llegaría a ser, porque allí donde yo solo era cauta por miedo a desbarrar, él exhibía una especie de tranquila disposición al pensamiento ponderado, a la afirmación jamás arriesgada.

Después de la segunda o tercera vez que paseaba con él por el corso Italia o entre la catedral y el camposanto, comprobé que todo a mi alrededor volvía a cambiar. Una chica conocida me dijo una mañana con amigable fastidio:

—¿Qué les haces a los hombres? Has conquistado también al hijo de Airota.

No sabía quién era Airota padre, pero de hecho reaparecieron los tonos respetuosos en boca de los compañeros de curso, fui invitada otra vez a las fiestas o a la taberna. Hubo un momento en que llegué a sospechar que lo hacían para que llevara conmigo a Pietro, puesto que en general él iba a la suya. Empecé a preguntar por ahí con el objetivo de averiguar cuáles eran los méritos del padre de mi nuevo amigo. Descubrí que enseñaba literatura griega en Génova y era además una figura destacada del Partido Socialista. Esta noticia me restó vivacidad, temí decir o haber dicho en presencia de Pietro frases ingenuas o erradas. Mientras él seguía hablándome de su tesis-libro, yo, por miedo a decir tonterías, le hablaba cada vez menos de la mía.

Un domingo llegó al colegio sin aliento, quiso que almorzara con sus familiares, padre, madre y hermana, que habían ido a verlo. Fui presa de la angustia, traté de ponerme lo más guapa posible. Pensé: Me equivocaré en los subjuntivos, me encontrarán torpe, son unos grandes señores, tendrán un coche inmenso con chófer, qué voy a decir, tendré cara de besugo. En cuanto los vi, me tranquilicé. El profesor Airota era un hombre de estatura media dentro de un traje gris más bien arrugado, tenía la cara alargada con signos de cansancio, gafas grandes; cuando se quitó el sombrero vi que estaba completamente calvo. Adele, su esposa, era una mujer flaca, no guapa pero fina, elegante sin ostentación. El coche era idéntico al Fiat 1100 de los Solara antes de que se compraran el Giulietta y, según descubrí, desde Génova a Pisa no lo había conducido un chófer sino Mariarosa, la hermana de Pietro; graciosa, de ojos inteligentes, que enseguida me abrazó y me besó como si fuéramos amigas desde hacía tiempo.

—¿Has conducido tú todo el trayecto desde Génova hasta aquí? —le pregunté.

—Sí, me gusta conducir.

—¿Ha sido difícil conseguir el permiso?

—Qué va.

Tenía veinticuatro años y trabajaba en la cátedra de historia del arte de la Universidad de Milán, estudiaba a Piero della Francesca. Lo sabía todo de mí, es decir, todo lo que sabía su hermano, mis intereses por el estudio y punto. Las mismas cosas que sabían también el profesor Airota y Adele, su esposa. Pasé con ellos una mañana agradable, hicieron que me sintiera cómoda. A diferencia de Pietro, su padre, su madre y su hermana tenían una conversación muy variada. Por ejemplo, durante el almuerzo en el restaurante del hotel donde se hospedaban, el profesor Airota y su hija mantuvieron afectuosas discusiones sobre temas políticos de los que había oído hablar a Pasquale, a Nino y a Franco, pero de los que, en esencia, sabía poco o nada. Palabras como: Os habéis dejado atrapar por el interclasismo; tú la llamas trampa, yo la llamo mediación; mediación en la que los democristianos son siempre los únicos ganadores; la política de centroizquierda es difícil; si es difícil, volved al socialismo; el Estado está en crisis y requiere una reforma urgente; no estáis reformando absolutamente nada; qué harías en nuestro lugar; la revolución, la revolución y la revolución; la revolución se hace sacando a Italia del Medievo; si nosotros, los socialistas, no estuviéramos en el gobierno, los estudiantes que en la escuela hablan de sexo estarían en la cárcel, igual que los que reparten octavillas pacifistas; me gustaría ver lo que vais a hacer con el Tratado del Atlántico Norte; siempre estuvimos contra la guerra y contra todos los imperialismos; ¿gobernáis con los democristianos y vais a seguir siendo antiamericanos?

Así, frases rápidas: un ejercicio polémico del que los dos disfrutaban sin duda, quizá una costumbre que practicaban desde siempre en casa. Reconocí en ellos, padre e hija, lo que nunca tuve y que, ahora lo sabía, siempre echaría en falta. Qué era. No estaba en condiciones de decirlo con precisión; quizá el adiestramiento para sentir íntimamente mías las cuestiones del mundo; la capacidad de considerarlas cruciales y no como pura información para lucirla en un examen, con miras a una buena nota; un esquema mental que no lo redujera todo a una batalla mía individual, al esfuerzo de afirmarme. Mariarosa era amable, su padre también; los dos empleaban tonos mesurados, sin una sombra de los excesos verbales de Armando, el hijo de la Galiani, o de Nino; sin embargo, infundían calor a las fórmulas políticas que en otras ocasiones me habían parecido frías, alejadas de mí, utilizables únicamente para no hacer un mal papel. Azuzándose entre ellos, pasaron sin solución de continuidad a los bombardeos sobre Vietnam del Norte, a las revueltas estudiantiles en este o aquel campus, a los miles de focos de lucha antiimperialista de América Latina y África. Y aquí la hija parecía más informada que su padre. Cuántas cosas sabía Mariarosa, hablaba como si tuviera información de primera mano, tanto que llegó un momento en que Airota lanzó una mirada irónica a su mujer y Adele le dijo:

—Eres la única que todavía no ha elegido postre.

—Tomaré el pastel de chocolate —contestó ella interrumpiéndose con un mohín gracioso.

La miré admirada. Conducía un coche, vivía en Milán, enseñaba en la universidad, le plantaba cara a su padre sin hostilidad. ¿Y yo qué? Me aterraba la idea de abrir la boca y, a la vez, me humillaba estar callada. No logré dominarme y dije levantando la voz:

—Después de Hiroshima y Nagasaki los norteamericanos tendrían que haber sido juzgados por crímenes contra la humanidad.

Silencio. Toda la familia clavó en mí los ojos. Mariarosa exclamó: Así se habla, me tendió la mano, se la estreché. Me sentí animada y, acto seguido, solté una efervescencia de palabras, fragmentos de antiguas oraciones memorizadas en distintas épocas. Hablé de planificación y racionalización, de precipicio socialdemocristiano, de neocapitalismo, de lo que es una estructura, de revolución, de África, de Asia, de educación preescolar, de Piaget, de connivencia entre la policía y la magistratura, de corrupción fascista en toda la estructura del Estado. Me mostré confusa, jadeante. El corazón me latía con fuerza, olvidé con quién estaba y dónde me encontraba. Sin embargo, noté a mi alrededor un clima de consenso creciente y me alegré de haberme explayado, me pareció que había hecho un buen papel. Además, me gustó que ningún miembro de aquella familia estupenda me preguntara como solía ocurrir, de donde venía yo, a qué se dedicaba mi padre, qué hacía mi madre. Era yo, yo, yo.

Pasé también la tarde discutiendo con ellos. Y al anochecer, dimos un paseo todos juntos, antes de ir a cenar. A cada paso el profesor Airota se cruzaba con gente conocida. Además se pararon a saludarlo muy calurosamente dos profesores de la universidad y sus esposas.

108

Al día siguiente ya dejé de sentirme bien. El tiempo pasado con los parientes de Pietro me había dado una prueba ulterior de que mis fatigas en la Escuela Normal eran un error. El mérito no era suficiente, se precisaba algo más que yo no tenía ni sabía aprender. Qué vergüenza esa acumulación de palabras agitadas, sin rigor lógico, sin calma, sin ironía, algo que en cambio sabían hacer Mariarosa, Adele, Pietro. Había aprendido el ensañamiento metódico de la investigadora que somete a comprobación hasta las comas, eso sí, y daba prueba de ello en los exámenes, o con la tesis que estaba escribiendo. Pero de hecho seguía siendo una inexperta en exceso culturizada, no poseía la coraza para avanzar a paso tranquilo como hacían ellos. El profesor Airota era un dios inmortal que había dado a sus hijos armas mágicas antes de la batalla. Mariarosa era invencible. Y Pietro perfecto con su educación exquisitamente culta. ¿Yo? Yo solo podía quedarme al lado de ellos, brillar gracias a su fulgor.

Me entró la angustia de perder a Pietro. Lo busqué, me aferré a él, le tomé cariño. Pero esperé inútilmente que se me declarara. Una noche lo besé en la mejilla, y al final él me besó en la boca. Empezamos a vernos en lugares apartados, a última hora de la tarde, esperando algo de oscuridad. Yo lo tocaba a él, él me tocaba a mí, nunca quiso penetrarme. Tuve la impresión de haber vuelto a los tiempos de Antonio; sin embargo, la diferencia era enorme. Estaba la emoción de salir por las noches con el hijo de Airota y sacar fuerzas de él. De vez en cuando pensaba en llamar a Lila desde un teléfono público: quería contarle que tenía este nuevo novio y que era casi seguro que nuestras tesis de final de carrera serían publicadas, se convertirían en libros tal y como son los libros auténticos, con cubierta, título, nombre. Quería contarle que no se podía descartar que tanto él como yo acabáramos enseñando en la universidad; su hermana Mariarosa ya lo hacía a los veinticuatro años. También quería decirle: Tienes razón, Lila, si te enseñan las cosas bien desde pequeña, de mayor todo te cuesta menos, te convierte en alguien que parece haber nacido enseñada. Pero al final lo dejé correr. Telefonearla a ella, ¿por qué? ¿Para quedarme escuchando en silencio sus cuitas? O si me dejaba hablar, ¿para decirle qué? Sabía muy bien que a mí nunca me ocurriría lo que seguramente le ocurriría a Pietro. Sobre todo, sabía que él no tardaría en desaparecer como Franco, y a fin de cuentas estaba bien así, porque no lo quería, estaba con él en los callejones oscuros, en los prados, solo para sentir menos el miedo.

109

Poco antes de las vacaciones de Navidad de 1966 cogí una gripe muy fuerte. Telefoneé a una vecina de casa de mis padres —por fin en el barrio viejo ya eran varios los que tenían teléfono— y avisé que no volvería por vacaciones. Después me hundí en unos días desolados de fiebres altas y tos, mientras el colegio se vaciaba, se hacía más silencioso. No comía nada, me costaba incluso beber. Una mañana en que me entregué a un duermevela agotador, oí voces altas en mi dialecto, igual que en el barrio, cuando las mujeres se pelean de una ventana a la otra. Del fondo más negro de mi cabeza me llegó el paso conocido de mi madre. No llamó, abrió de par en par la puerta, entró cargada de bolsas.

Algo impensable. Pocas veces se había alejado del barrio, como mucho para ir al centro. Por lo que yo sabía, jamás había salido de Nápoles. Sin embargo, se había subido al tren, había viajado de noche y había venido a colmar mi habitación de platos navideños preparados de antemano expresamente para mí, charlas pendencieras a voz en cuello, órdenes que, como por arte de magia, debían restablecer mi salud para que esa misma noche pudiera regresar con ella, porque debía regresar, en casa estaban sus otros hijos y mi padre.

Ella me debilitó más que la fiebre. Hablaba a gritos, movía las cosas de sitio y guardaba la ropa haciendo tanto ruido que temí que viniera la directora. En un momento dado tuve la sensación de que me desmayaba, cerré los ojos con la esperanza de que la oscuridad nauseabunda en la que me sentía hundida no me siguiera. Pero no se detuvo ante nada. Siempre en movimiento por la habitación, servicial y agresiva, me habló de mi padre, de mis hermanos, de los vecinos, de los amigos y, naturalmente, de Carmen, Ada, Gigliola, Lila.

Trataba de no escucharla, pero ella me insistía con: «¿Te das cuenta de lo que hizo, te das cuenta de lo que pasó?», y me sacudía tocándome un brazo o un pie sepultados bajo las mantas. En el estado de fragilidad debido a la gripe, descubrí que estaba más sensible de lo habitual a todo aquello que no soportaba de ella. Me enfadé —y se lo dije— por cómo a cada palabra quería demostrarme que, comparadas conmigo, todas mis coetáneas no habían llegado a nada. «Calla de una vez», murmuré. Ella ni caso, repetía sin cesar: «En cambio tú».

Lo que más me hirió fue notar tras su orgullo de madre el temor a que de un momento a otro las cosas cambiaran y yo perdiera puntos otra vez, ya no le diera la ocasión de presumir. Confiaba poco en la estabilidad del mundo. Por eso me alimentó a la fuerza, me secó el sudor, me obligó a tomarme la temperatura no sé cuántas veces. ¿Temía que me muriese privándola de mi existencia-trofeo? ¿Temía que, al haberme debilitado, cediera, me degradaran de algún modo y tuviera que irme a casa sin gloria? Me habló obsesivamente de Lila. Fue tal su insistencia que de pronto intuí cuánto la había tenido en consideración desde pequeña. También ella, también mi madre, pensé, se ha dado cuenta de que es mejor que yo y ahora se sorprende de que la haya superado, no acaba de creérselo del todo, tiene miedo de perder el puesto de madre más afortunada del barrio. Fíjate qué combativa es, fíjate cuánta presunción destilan sus ojos. Noté la energía que difundía a su alrededor y pensé que su paso claudicante le había exigido para sobrevivir más fuerza de lo normal, hasta imponerle la ferocidad con la que se había rebelado dentro y fuera de la familia. ¿Y mi padre, qué era mi padre? Un hombrecito débil preparado para ser servicial y tender la mano con disimulo para embolsarse unas propinillas; con seguridad jamás habría conseguido superar todos los obstáculos y llegar hasta el interior de aquel edificio austero. Ella lo había logrado.

Cuando se marchó y regresó el silencio, por una parte sentí alivio, por la otra, a causa de la fiebre, me conmoví. Me la imaginé sola, preguntando a todos los transeúntes si esa era la dirección correcta para llegar a la estación de trenes, ella, a pie, con su pierna dañada, en una ciudad desconocida. Jamás gastaría en un autobús, ponía cuidado en ahorrar incluso cinco liras. Lo conseguiría de todos modos; compraría el billete correcto y tomaría los trenes correctos, toda la noche viajando en asientos incomodísimos, o de pie, hasta Nápoles. Allí, tras otra larga caminata, llegaría al barrio donde se pondría a limpiar y cocinar, cortaría a pedazos la anguila, y prepararía la ensalada de refuerzo, y el caldo de gallina, y los *struffoli*, sin descansar siquiera un poco, rabiosa, pero diciéndose, en algún rincón de su cerebro, para consolarse: «Lenuccia es mejor que Gigliola, que Carmen, que Ada, que Lina, que todas».

110

Según mi madre, por culpa de Gigliola la condición de Lila se hizo aún más insoportable. Todo empezó un domingo de abril, cuando la hija de Spagnuolo, el pastelero, invitó a Ada al cine de la parroquia. La noche siguiente, tras el cierre de las tiendas, pasó por su casa y le dijo: «¿Qué haces aquí solita? Ven a ver la televisión a casa de mis padres y tráete también a Melina». Una cosa lleva a la otra, la hizo participar también en las salidas nocturnas con Michele Solara, su novio. Solían ir a la pizzería en un grupo de cinco: Gigliola, su hermano pequeño, Michele, Ada, Antonio. La pizzería estaba en el centro, en Santa Lucia. Michele conducía, Gigliola toda emperifollada iba a su lado y en los asientos traseros viajaban Lello, Antonio y Ada.

A Antonio no le apetecía pasar el tiempo libre con su jefe y al principio trató de decirle a Ada que tenía cosas que hacer. Pero cuando Gigliola comentó que Michele se había enojado mucho por su evasiva, hundió la cabeza entre los hombros y a partir de entonces obedeció. La conversación era casi siempre entre las chicas, Michele y Antonio apenas intercambiaban palabra; es más, con frecuencia, Solara se levantaba de la mesa a iba a cuchichear con el dueño de la pizzería, con el que se traía unos tejemanejes de lo más variados. El hermano de Gigliola se comía la pizza y se aburría apaciblemente.

El tema preferido de las dos muchachas era la relación de Ada con Stefano. Hablaban de los regalos que él le había hecho y le hacía, del viaje maravilloso a Estocolmo en agosto del año anterior (la de mentiras que había tenido que contar Ada al pobre Pasquale), de cómo se comportaba en la charcutería, donde la trataba mejor que si fuera la dueña. Ada se ablandaba y hablaba y hablaba. Gigliola la escuchaba y, de vez en cuando, decía cosas como:

—La Iglesia, si quiere, puede anular un matrimonio.

Ada se interrumpía, fruncía el ceño.

—Ya lo sé, pero es difícil.

—Difícil, no imposible. Hay que dirigirse al Tribunal de la Rota.

—¿Y eso qué es?

—No lo sé exactamente, pero el Tribunal de la Rota puede pasar por encima de todo.

—¿Estás segura?

—Lo he leído.

Ada se sintió feliz de aquella amistad inesperada. Hasta ese momento había vivido su historia bien calladita, entre muchos miedos e infinidad de remordimientos. Ahora descubría que hablar de ella hacía que se sintiera bien, le daba buenas razones, borraba la culpa. Lo único que le amargaba el consuelo era la hostilidad de su hermano y, de hecho, cuando regresaban no hacían más que discutir. En cierta ocasión Antonio estuvo en un tris de darle unas bofetadas y le gritó:

—¿Por qué cojones le cuentas tus cosas a todo el mundo? ¿Te haces cargo de que quedas como una furcia y yo como un macarra?

Ella le dijo con el tono menos irritante de que fue capaz:

—¿Sabes por qué Michele Solara viene a cenar con nosotros?

—Porque es mi jefe.

—Ay, sí, justamente por eso.

—¿Por qué entonces?

—Porque estoy con Stefano, alguien que vale. Si de ti dependiera, no habría pasado nunca de ser la hija de Melina.

Antonio perdió los estribos y le dijo:

—Tú no estás con Stefano, eres la puta de Stefano.

Ada estalló en sollozos.

—No es cierto, Stefano solo me quiere a mí.

Una noche las cosas se pusieron aún más feas. Estaban en casa, habían terminado de cenar. Ada fregaba los platos, Antonio miraba el vacío, la madre canturreaba una vieja canción mientras barría el suelo con excesiva energía. Y entonces, sin querer, Melina le pasó la escoba por los pies a su hija y se armó la gorda. Según una creencia —no sé si todavía existe— si a una soltera le barrían los pies, no se casaba nunca. En un instante Ada vio su futuro. Dio un salto atrás como si la hubiese rozado una cucaracha y el plato que tenía en la mano cayó al suelo.

—Me has barrido los pies —chilló dejando a su madre boquiabierta.

—Lo ha hecho sin querer —dijo Antonio.

—Lo ha hecho adrede. No queréis que me case, os va de perlas que me mate a trabajar para vosotros, me queréis tener aquí toda la vida.

Melina intentó abrazar a su hija diciendo no, no, no, pero Ada la rechazó con malos modos, hasta el punto de que la mujer retrocedió, se golpeó contra una silla y acabó en el suelo entre los pedazos del plato roto.

Antonio se precipitó a ayudar a su madre, pero Melina se puso a chillar de miedo, miedo del hijo, miedo de la hija, de las cosas a su alrededor. Y Ada, de rebote, se puso a chillar más que ella y a decir:

—Ya veréis como me caso, y pronto, porque si Lina no se quita de en medio sola, la quito yo de en medio, y de la faz de la tierra.

Así las cosas, Antonio salió de casa dando un portazo. Más desesperado que de costumbre, en los días siguientes trató de apartarse de aquella nueva tragedia de su vida, se esforzó por mantenerse sordo y mudo, evitó pasar por delante de la charcutería vieja; si por casualidad se cruzaba con Stefano Carracci, miraba para otro lado antes de que sus ganas de repartir palos aumentaran. Notaba un dolor en la cabeza, ya no entendía qué estaba bien y qué estaba mal. ¿Había hecho bien no entregando a Lila a Michele? ¿Había estado bien decirle a Enzo que la llevase de vuelta a su casa? Si Lila no hubiese vuelto con su marido, ¿habría cambiado la situación de su hermana? Todo ocurre por casualidad, razonaba, sin el bien y sin el mal. Pero cuando llegaba a ese punto, el cerebro se le atascaba y a la menor ocasión, casi para librarse de los malos sueños, volvía a pelearse con Ada. Le gritaba: «Es un hombre casado, cabrona, tiene un hijo pequeño, eres peor que nuestra madre, eres una insensata». Ada corría a ver a Gigliola y le confiaba: «Mi hermano está loco, mi hermano me quiere matar».

Y así, una tarde, Michele llamó a Antonio y lo mandó a Alemania a hacer un trabajo largo. Él no protestó, al contrario, obedeció de buena gana, se marchó sin despedirse de su hermana ni de Melina. Daba por descontado que en tierra extranjera, entre gente que hablaba como los nazis en el cine del cura, lo acuchillarían, le pegarían cuatro tiros, y estaba contento. Consideraba más insoportable seguir teniendo ante sus ojos el sufrimiento de su madre y de Ada sin poder hacer nada, que morir asesinado.

Enzo fue la única persona a la que quiso ver antes de subirse al tren. Lo encontró atareado: por aquella época estaba intentando venderlo todo, el burro, el carro, la tiendecita de su madre, un huerto cerca de las vías. Quería darle parte de lo que consiguiera a una tía soltera que se había ofrecido a cuidar de sus hermanos.

—¿Y tú? —le preguntó Antonio.

—Estoy buscando trabajo.

—¿Quieres cambiar de vida?

—Sí.

—Haces bien.

—Es una necesidad.

—En cambio yo soy lo que soy.

—Tonterías.

—Es así, pero está bien. Ahora tengo que marcharme y no sé cuándo volveré. Por favor, ¿podrías echarle una ojeada de vez en cuando a mi madre, mi hermana y los niños?

—Si me quedo en el barrio, sí.

—Nos equivocamos, Enzù, no tendríamos que haber llevado a Lina a su casa.

—Puede.

—Todo es un follón, nunca se sabe qué hay que hacer.

—Sí.

—Adiós.

—Adiós.

Ni siquiera se estrecharon la mano. Antonio fue a la piazza Garibaldi y tomó el tren. Hizo un viaje larguísimo e insoportable, un día y una noche, mientras un montón de voces rabiosas le fluían por las venas. Al cabo de unas horas ya estaba muy cansado, le hormigueaban los pies, no viajaba desde que había vuelto del servicio militar. De vez en cuando se bajaba para tomar un poco de agua en la fuente, pero tenía miedo de que el tren se le escapara. Tiempo después me contaría que en la estación de Florencia se había sentido tan deprimido que pensó: Me quedo aquí y voy a ver a Lenuccia.

111

Al partir Antonio, el vínculo entre Gigliola y Ada se hizo muy estrecho. Gigliola le sugirió algo que la hija de Melina tenía en mente desde hacía tiempo, es decir, que no debía seguir esperando, había que forzar la situación matrimonial de Stefano. «Lina debe marcharse de esa casa —le dijo—, para que entres tú. Si esperas demasiado, se romperá el encantamiento y lo perderás todo, incluido tu puesto en la charcutería, porque ella recuperará el terreno y obligará a Stefano a echarte.» Gigliola llegó incluso a confesarle que hablaba por experiencia, que ella tenía exactamente el mismo problema con Michele. «Si espero que se decida a casarse conmigo —le susurró—, me haré vieja; por eso no paro de machacarlo: o nos casamos antes de la primavera de 1968 o lo planto y a tomar por culo.»

Y así Ada pasó a envolver a Stefano en una red de deseo genuino y pegajoso que hacía que se sintiera un hombre especial, mientras le susurraba entre besos: «Tienes que decidir, Ste', o conmigo o con ella; no digo que la dejes en la calle con el niño, es hijo tuyo, tienes ciertos deberes; pero haz como hacen hoy tantos actores y personas importantes, le das un dinero y listo. Total en el barrio todo el mundo ya sabe que yo soy tu verdadera mujer, así que quiero estar siempre, siempre, siempre contigo».

Stefano le decía que sí y la estrechaba con fuerza en la incómoda camita del Rettifilo, pero después no hacía gran cosa, salvo regresar a casa con Lila y gritar, unas veces porque no tenía calcetines limpios, otras porque la había visto hablando con Pasquale o con algún otro.

Ada empezó entonces a desesperarse. Un domingo por la mañana se encontró con Carmen, que le habló con tono muy recriminatorio de sus condiciones de trabajo en las dos charcuterías. Y palabra va, palabra viene, se pusieron a escupir veneno sobre Lila, a la cual ambas, por distintos motivos, consideraban el origen de todos sus males. Al final Ada no pudo resistirse y le habló de su situación sentimental, sin tener en cuenta que Carmen era hermana de su ex novio. Carmen, que no veía la hora de formar parte de la red de chismorreos, escuchó encantada de la vida; intervino a menudo para atizar el fuego, con sus consejos trató de hacerle el mayor daño posible a Ada, que había traicionado a Pasquale, y a Lila, que la había traicionado a ella. Pero, debo decir, prescindiendo de rencores, estaba el gusto de tener que ver con una persona, su amiga de la infancia, que había terminado asumiendo nada menos que el papel de amante de un hombre casado. Y a pesar de que nosotras, las muchachas del barrio, quisiéramos desde pequeñas convertirnos en esposas, de hecho, al hacernos mayores, casi siempre simpatizábamos con las amantes, que nos parecían personajes más animados, más combativos y, sobre todo, más modernos. Por otra parte, esperábamos que, al enfermar gravemente y morir la mujer legítima (en general una mujer muy pérfida o, en todo caso, infiel desde hacía tiempo), la amante dejaría de serlo y coronaría su sueño de amor convirtiéndose en esposa. En una palabra, estábamos de parte de la infracción, pero solo para que se reafirmara el valor de la regla. En consecuencia, pese a sus muchos consejos taimados, Carmen acabó por apoyar con pasión la historia de Ada, sintió emociones auténticas y un día le dijo con toda honestidad: «No puedes seguir así, tienes que echar a esa cabrona, casarte con Stefano, darle hijos tuyos. Pregunta a los Solara si conocen a alguien en el Tribunal de la Rota».

Ada no tardó en sumar las sugerencias de Carmen a las de Gigliola y una noche, en la pizzería, acudió directamente a Michele y le preguntó:

—¿Tú tienes manera de llegar al Tribunal de la Rota?

—No lo sé, puedo enterarme, siempre se puede encontrar a un amigo —le contestó irónico—. Pero ahora tú coge lo que es tuyo, eso es lo más urgente. Y no te preocupes por nada: si alguien te tiene manía, me lo mandas a mí.

Las palabras de Michele fueron muy importantes, Ada se sintió apoyada, nunca en toda su vida se había visto rodeada de tanta aprobación. Sin embargo, el machaqueo de Gigliola, los consejos de Carmen, aquella inesperada promesa de protección por parte de una autoridad masculina de gran peso, e incluso la rabia porque en agosto Stefano no había querido hacer un viaje al extranjero como el año anterior sino que fueron unas cuantas veces al Sea Garden, no bastaron para lanzarla al ataque. Fue necesario un nuevo hecho, real y concreto: descubrir que estaba embarazada.

El embarazo hizo que Ada se sintiera furiosamente feliz, pero se guardó la noticia, no se la contó ni siquiera a Stefano. Una tarde se quitó la bata, salió de la charcutería como si fuera a tomar un poco el aire, y se fue para la casa de Lila.

—¿Ha pasado algo? —preguntó perpleja la señora Carracci cuando le abrió la puerta.

—No ha pasado nada que no sepas —respondió Ada.

Entró y le dijo de todo en presencia del niño. Empezó tranquila, habló de los actores y de los ciclistas, se definió como una especie de dama blanca, pero más moderna, y mencionó el Tribunal de la Rota para demostrar que, en algunos casos en los que el amor es muy fuerte, la Iglesia y Dios disuelven los matrimonios. Y como Lila la escuchó sin interrumpirla, algo que Ada nunca hubiera imaginado —es más, esperaba que pronunciara una sola palabra para hacerla sangrar por la boca a fuerza de golpes—, se puso nerviosa y empezó a pasearse por el apartamento, en primer lugar para demostrarle que había estado a menudo en aquella casa y la conocía a fondo; en segundo lugar para reprocharle:

—Fíjate qué asco, los platos sucios, el polvo, los calcetines y los calzoncillos siguen tirados en el suelo, ¿cómo es posible que el pobrecito viva así?

—Al final, presa de un frenesí incontenible, se puso a recoger la ropa sucia del suelo del dormitorio gritando—: A partir de mañana vendré yo a ordenar. Ni la cama sabes hacer, fíjate, Stefano no soporta que dobles la sábana así, me ha dicho que te lo ha explicado mil veces y tú ni caso. —Tras lo cual se detuvo de pronto, confundida, y dijo en voz baja—: Tienes que irte, Lina, porque si no te vas, mato a tu niño.

Lila solo consiguió contestarle:

—Te estás comportando como tu madre, Ada.

Esas fueron las palabras. Me imagino su voz, ahora; nunca fue capaz de usar tonos conmovidos, debió de hablar según su costumbre, con gélida malicia o con indiferencia. Sin embargo, años después me contaría que al ver en su casa a Ada en aquel estado, se acordó de los gritos de Melina, la amante abandonada, cuando la familia Sarratore se había marchado del barrio, y que vio otra vez la plancha que salía volando por la ventana y que a punto estuvo de matar a Nino. Ahí estaba la larga llama de los sufrimientos, que tanto la había impresionado entonces, ardía de nuevo en Ada; con la diferencia de que no era la mujer de Sarratore quien la alimentaba, sino ella misma, Lila. Un feo juego de espejos que en aquella época se nos escapó a todas. Pero a ella no y por eso es probable que en lugar de rencor, en lugar de su habitual determinación a hacer daño, le saliera la amargura, la piedad. Seguramente trató de cogerle una mano, le dijo:

—Siéntate, te preparo una manzanilla.

Pero en todas las palabras de Lila, desde la primera a la última y, sobre todo en aquel gesto, Ada vio un insulto. Se apartó de golpe, torció los ojos de un modo impresionante enseñando solo el blanco y cuando se le vieron otra vez las pupilas, aulló:

—¿Me estás diciendo que estoy loca? ¿Que estoy loca como mi madre? Entonces te conviene ir con cuidado, Lina. No me toques, quítate de en medio, tómate tú una manzanilla. Que yo ahora voy a ordenar este asco de casa.

Barrió, fregó los suelos, hizo la cama y durante todo el tiempo no dijo nada más.

Lila la siguió con la mirada, temiendo que se rompiera como un cuerpo artificial sometido a una aceleración excesiva. Después cogió al niño y salió; durante mucho rato estuvo dando vueltas por el barrio nuevo hablando con Rinuccio, señalándole las cosas, nombrándolas, inventando cuentos. No obstante, lo hizo más por mantener bajo control la angustia que por entretener al niño. No regresó a su casa hasta que, de lejos, vio a Ada salir por el portón e irse corriendo como si se le hiciera tarde.

112

Cuando Ada regresó al trabajo, sin aliento, agitadísima, Stefano le preguntó ceñudo pero tranquilo:

—¿Dónde has estado?

Ella le contestó, delante de las clientas que esperaban que las despacharan:

—Ordenando tu casa, que estaba hecha un asco. —Y dirigiéndose al público al otro lado del mostrador—: En la cómoda había tanto polvo que podías escribir encima.

Para decepción de las clientas, Stefano se calló. Cuando la tienda quedó vacía y llegó la hora de cerrar, Ada limpió, barrió, sin dejar de vigilar a su amante con el rabillo del ojo. Nada, él hacía las cuentas sentado delante de la caja, fumando cigarrillos americanos de olor intenso. Tras apagar la última colilla, cogió la barra para bajar la persiana, pero la bajó desde dentro.

—¿Qué haces? —preguntó Ada, alarmada.

—Saldremos por la puerta del patio.

Tras lo cual la golpeó en la cara tantas veces, primero con la palma, luego con el dorso, que ella se apoyó en el mostrador para no desmayarse.

—¿Cómo te has atrevido a ir a mi casa? —le dijo con la voz estrangulada por el esfuerzo de no gritar—. ¿Cómo te has atrevido a molestar a mi mujer y a mi hijo? —Al final se dio cuenta de que se le estaba partiendo el corazón y trató de calmarse. Era la primera vez que le pegaba. Temblando masculló—: No lo vuelvas a hacer nunca más. —Y se marchó dejándola ensangrentada en la tienda.

Al día siguiente Ada no fue a trabajar. Tal como estaba, maltrecha, se presentó en casa de Lila; y cuando Lila le vio los moretones en la cara, enseguida la dejó entrar.

—Prepárame la manzanilla —dijo la hija de Melina.

Lila se la preparó.

—El niño es guapo.

—Sí.

—Idéntico a Stefano.

—No.

—Tiene sus mismos ojos, su misma boca.

—No.

—Si tú tienes que leer tus libros, adelante, de la casa y de Rinuccio me ocupo yo.

Lila la miró, esta vez casi divertida, luego le dijo:

—Haz lo que te dé la gana, pero no te acerques al niño.

—No te preocupes, no le haré nada.

Ada puso manos a la obra: ordenó, lavó la ropa, la tendió al sol, cocinó para el almuerzo, preparó la cena. De pronto se detuvo, embelesada por cómo jugaba Lila con Rinuccio.

—¿Cuántos años tiene?

—Dos años y cuatro meses.

—Es pequeño, lo fuerzas mucho.

—No, hace lo que puede.

—Estoy embarazada.

—¿Qué dices?

—Lo que oyes.

—¿De Stefano?

—¿De quién si no?

—¿Él lo sabe?

—No.

Así las cosas Lila comprendió que su matrimonio estaba realmente en las últimas pero, como le ocurría siempre cuando advertía un cambio inminente, no sintió ni pena, ni angustia, ni preocupación. Cuando llegó Stefano, encontró a su mujer leyendo en la sala, a Ada jugando en la cocina con el niño, el apartamento que despedía un rico olor y resplandecía como un objeto precioso, grande y único. Comprendió que la paliza no había servido, se puso blanco, le faltó el aliento.

—Vete —le dijo a Ada en voz baja.

—No.

—¿Pero qué se te ha metido en la cabeza?

—Que me quedo aquí.

—¿Quieres hacer que me vuelva loco?

—Sí, así somos dos.

Lila cerró el libro, cogió al niño sin decir palabra y se retiró a la habitación donde tiempo atrás había estudiado yo y donde ahora dormía Rinuccio. Stefano le susurró a su amante:

—Así me vas a arruinar. No es verdad que me quieres, Ada, tú quieres hacerme perder toda la clientela, quieres dejarme sin un céntimo, y ya sabes que tu situación no es buena. Te lo ruego, dime qué quieres y te lo doy.

—Quiero estar contigo para siempre.

—Sí, pero aquí no.

—Aquí.

—Esta es mi casa, está Lina, está Rinuccio.

—A partir de ahora estaré yo también: estoy embarazada.

Stefano se sentó. Se quedó callado mirando la barriga de Ada, de pie delante de él, como si le estuviera traspasando el vestido, las bragas, la piel, como si viese al niño ya formado, un ser vivo dispuesto a abalanzarse sobre él. Después llamaron a la puerta.

Era un camarero del bar Solara, un chico de dieciséis años contratado desde hacía poco. Le dijo a Stefano que Michele y Marcello querían verlo enseguida. Stefano reaccionó, en un primer momento consideró aquel mensaje como una salvación, dada la tormenta que tenía en su casa. Le dijo a Ada: «No te muevas de aquí». Ella le sonrió, asintió. Stefano salió, cogió el coche y se plantó delante de los dos Solara. En qué follón me he metido, pensó. ¿Qué tengo que hacer? Si mi padre viviera, me rompería las piernas con una barra de hierro. Las mujeres, las deudas, el registro rojo de la señora Solara. Algo no ha funcionado. Lina. Ella lo había arruinado. ¿Qué cojones quieren Marcello y Michele, a esta hora, con tanta urgencia?

Enseguida lo descubrió: querían la charcutería vieja. No lo dijeron, pero se lo dieron a entender. Marcello se limitó a hablar de otro préstamo que estaban dispuestos a hacerle. No obstante, dijo, los zapatos Cerullo deben pasar definitivamente a nuestras manos, no queremos saber nada más del vago de tu cuñado, no inspira ninguna confianza. Necesitamos una garantía, un activo, un inmueble, piénsatelo. Dicho lo cual, se fue, dijo que tenía cosas que hacer. Stefano se vio entonces cara a cara con Michele. Discutieron mucho rato para ver si se podía salvar la pequeña fábrica de Rino y Fernando, si se podía prescindir de lo que Marcello había denominado la garantía. Pero Michele negó con la cabeza y dijo:

—Hacen falta garantías, los escándalos no benefician a los negocios.

—No te entiendo.

—Yo me entiendo solo. ¿A quién quieres más, a Lina o a Ada?

—No es cosa tuya.

—No, Ste', cuando se trata de dinero tus cosas son cosas mías.

—Qué quieres que te diga, somos hombres, ya sabes cómo es esto. Lina es mi mujer, Ada es otra cosa.

—¿O sea que a Ada la quieres más?

—Sí.

—Entonces arregla la situación y después hablamos.

Pasaron días y días negrísimos antes de que Stefano encontrara la manera de salir del apuro. Peleas con Ada, peleas con Lila, el trabajo a la deriva, la charcutería vieja cerrada a menudo, el barrio que observaba y memorizaba y todavía se acuerda. La hermosa pareja de novios. El descapotable. Pasa Soraya con el sha de Persia, pasan John y Jacqueline. Al final Stefano se resignó y le dijo a Lila:

—Te he encontrado un sitio muy fino, adecuado para ti y Rinuccio.

—Qué generoso eres.

—Iré dos veces por semana para estar con el niño.

—Por mí como si no lo ves nunca más, total no es hijo tuyo.

—Eres una cabrona, me pinchas para que acabe partiéndote la cara.

—Párteme la cara cuando quieras, ya estoy acostumbrada. Pero tú ocúpate de tu hijo, que del mío me ocupo yo.

Él resopló, se enojó, intentó golpearla de veras. Al final le dijo:

—El sitio está en el Vomero.

—¿Dónde?

—Mañana te llevo y así lo ves. Está en la piazza degli Artisti.

Como un relámpago a Lila le vino a la cabeza la propuesta que Michele Solara le había hecho tiempo atrás: «He comprado una casa en el Vomero, en la piazza degli Artisti. Si quieres te llevo ahora mismo, para que la veas, la he comprado pensando en ti. Allí puedes hacer lo que te dé la gana, leer, escribir, inventar cosas, dormir, reír, hablar, y estar con Rinuccio. A mí lo único que me interesa es poder mirarte y escucharte». Incrédula, negó con la cabeza y le dijo a su marido:

—No tiene vuelta de hoja, eres *n'omm'e mmerd.*

113

Ahora Lila está atrincherada en la habitación de Rinuccio, piensa qué hacer. Nunca volverá a casa de sus padres: el peso de su vida le pertenece, no quiere volver a ser hija. Con su hermano no puede contar; Rino está fuera de sí, la toma con Pinuccia para vengarse de Stefano, además ha empezado a pelearse con Maria, su suegra, porque está desesperado, sin un céntimo, cargado de deudas. Solo cuenta con Enzo; se ha fiado y se fía de él, si bien nunca ha dado señales de vida; es más, es como si hubiese desaparecido del barrio. Piensa: Me prometió que me sacaría de aquí. Pero a veces espera que no mantenga la promesa, teme causarle problemas. No le preocupa un posible enfrentamiento con Stefano, su marido ha renunciado a ella; además, es un cobarde, aunque tenga la fuerza de una bestia feroz. A quien teme es a Michele Solara. Tal vez no hoy, ni mañana, pero cuando menos me lo espere se me plantará delante y si no me someto, me lo hará pagar, y se lo hará pagar a cuantos me hayan ayudado. Por eso es mejor que me vaya sin comprometer a nadie. Debo encontrar trabajo, en lo que sea, ganar lo suficiente para dar de comer al niño y pagarme un techo.

De solo pensar en su hijo se le quitan las fuerzas. Qué habrá ido a parar a la cabeza de Rinuccio: imágenes, palabras. Se preocupa por las voces que llegaron a su hijo sin control. A saber si habrá oído la mía cuando lo llevaba en el vientre. A saber cómo se le habrá grabado en la fibra de su ser. Se habrá sentido querido, se habrá sentido rechazado, habrá notado mi inquietud. Cómo se protege a un hijo. Alimentándolo. Queriéndolo. Enseñándole cosas. Haciendo de filtro de toda sensación que pueda mutilarlo para siempre. Perdí a su verdadero padre, que no sabe nada de él y que nunca lo querrá. Stefano, que no es su padre y, sin embargo, algo lo ha querido, nos ha vendido por el amor de otra mujer y de un hijo más real. Qué será de este niño. Ahora Rinuccio ya sabe que cuando me voy a otro cuarto no me pierde, sigo estando. Se desenvuelve con objetos y fantasmas de objetos, con el exterior y el interior. Come solo con cuchara y tenedor. Manipula las cosas y las forma, las transforma. De la palabra ha pasado a la frase. En italiano. Ya no dice Rinuccio quiere, sino yo quiero. Reconoce las letras del alfabeto. Las une para escribir su nombre. Le gustan los colores. Es alegre. Pero toda esta furia. Ha visto cómo me insultaban y me pegaban. Me ha visto romper cosas e insultar. En dialecto. Ya no puedo seguir aquí.

114

Lila salía cautelosa de la habitación solo cuando no estaba Stefano, cuando no estaba Ada. Le preparaba algo de comer a Rinuccio, picaba algo ella también. Sabía que el barrio chismorreaba, que los rumores corrían. A última hora de una tarde de noviembre sonó el teléfono.

—Dentro de diez minutos estoy allí.

Lo reconoció y sin especial sorpresa le contestó:

—De acuerdo. —Luego—: Enzo.

—Sí.

—No estás obligado.

—Lo sé.

—Los Solara están en medio.

—Me la traen floja los Solara.

Llegó exactamente diez minutos más tarde. Subió, ella había puesto sus cosas y las del niño en dos maletas y encima de la mesita de noche del dormitorio había dejado todas las joyas, incluido el anillo de compromiso y la alianza.

—Es la segunda vez que me voy —le dijo—, pero esta vez no vuelvo.

Enzo echó un vistazo a su alrededor, nunca había puesto un pie en aquella casa. Ella tiró de su brazo:

—Stefano podría llegar de repente, a veces lo hace.

—¿Qué problema hay? —contestó él.

Tocó objetos que le parecían caros, un florero, un cenicero, la plata reluciente. Hojeó un cuadernito donde Lila apuntaba las cosas que debía comprar para el niño y la casa. Luego echó una mirada indagadora, le preguntó si estaba segura de su decisión. Dijo que había encontrado trabajo en una fábrica de San Giovanni a Teduccio, donde había alquilado una casa, tres habitaciones, la cocina un poco oscura.

—Sin embargo, todo lo que te ha dado Stefano —añadió—, ya no lo tendrás, yo no puedo dártelo. —Al final le hizo notar—: A lo mejor tienes miedo porque no estás muy convencida.

—Estoy convencida —dijo ella cogiendo en brazos a Rinuccio con un gesto de impaciencia—, y no tengo miedo a nada. Vamos.

Él se entretuvo un poco más. Arrancó una hoja del cuadernito de la compra y escribió algo. Dejó la nota encima de la mesa.

—¿Qué has escrito?

—La dirección de San Giovanni.

—¿Por qué?

—No estamos jugando al escondite.

Al final cogió las maletas y empezó a bajar las escaleras. Lila cerró la puerta con llave y dejó la llave puesta en la cerradura.

115

No sabía nada de San Giovanni a Teduccio. Cuando me dijeron que Lila se había ido allí a vivir con Enzo, lo único que me vino a la cabeza fue la fábrica de Bruno Soccavo, el amigo de Nino, una empresa que producía embutidos y que estaba precisamente por esa zona. La asociación de ideas me molestó. Hacía tiempo que no pensaba en el verano de Ischia; la ocasión me permitió darme cuenta de que la fase feliz de aquellas vacaciones se había desvanecido, mientras que su aspecto desagradable se había ampliado. Descubrí que todos los sonidos de entonces, todos los perfumes me repugnaban pero, para mi sorpresa, lo que me resultó más insoportable de cuanto guardaba en la memoria, hasta el punto de provocarme prolongados llantos, fue la noche en la playa dei Maronti con Donato Sarratore. Solo el dolor por lo que estaba ocurriendo entre Lila y Nino pudo impulsarme a considerarla agradable. Al cabo de tanto tiempo me di cuenta de que aquella primera experiencia de penetración, en la oscuridad, en la arena fría, con aquel hombre banal que era el padre del chico al que yo quería, había sido degradante. Sentí vergüenza y esa vergüenza se sumó a las otras vergüenzas de distinta naturaleza que estaba experimentando.

Trabajaba día y noche en la tesis, perseguía a Pietro y le leía en voz alta lo que había escrito. Él era amable, movía la cabeza, buscaba de memoria en Virgilio y otros autores y recuperaba párrafos que pudieran servirme. Yo apuntaba cada una de las palabras que salían de su boca, y trabajaba con esos textos, pero de malhumor. Me movía entre sentimientos contradictorios. Buscaba ayuda y me humillaba pedírsela, le estaba agradecida y me mostraba hostil, sobre todo detestaba que hiciera lo imposible para que no me pesara su generosidad. Lo que más angustia me producía era coincidir con él, antes o después que él, cuando iba a presentarle mi investigación al ayudante que nos supervisaba a los dos, un hombre de unos cuarenta años, serio, atento, en ocasiones incluso sociable. Veía que Pietro era tratado como si ya fuera titular de una cátedra, y yo como una alumna brillante normal. A menudo renunciaba a hablar con el profesor por rabia, por soberbia, por miedo a tener que comprobar mi inferioridad constitucional. Debo hacerlo mejor que Pietro, pensaba, sabe muchas más cosas que yo aunque es gris, no tiene imaginación. Su modo de proceder, el modo que trataba de sugerirme con gentileza, era demasiado cauto. Así que deshacía lo hecho, volvía a empezar, perseguía una idea que me parecía sorprendente. Cuando volvía a ver al profesor, me escuchaba, sí, me elogiaba, pero sin gravedad, como si mi afanarme solo fuese un juego bien jugado. No tardé en comprender que Pietro Airota tenía un futuro y yo no.

En una ocasión, a eso se sumó mi inexperiencia. El ayudante me trató amistosamente.

—Es usted una alumna de una gran sensibilidad. ¿Piensa enseñar cuando termine la licenciatura? —dijo.

Pensé que se refería a enseñar en la universidad y di un respingo de alegría, se me encendieron las mejillas. Dije que me gustaban la enseñanza y la investigación, dije que me habría gustado seguir trabajando en el cuarto libro de la *Eneida*. Él se dio cuenta enseguida de que lo había interpretado mal y se mostró incómodo. Amontonó una serie de frases genéricas sobre el placer de estudiar durante toda la vida y me aconsejó unas oposiciones que se convocarían en otoño, había pocos puestos en juego en las escuelas para la formación de maestros.

—Necesitamos —me espoleó, subiendo el tono— magníficos profesores que formen magníficos maestros.

Fue todo. Vergüenza, vergüenza, vergüenza. Esa forma de presumir que había crecido dentro de mí, esa ambición de ser como Pietro. Lo único que tenía en común con él era los pequeños intercambios sexuales al caer la noche. Jadeaba, se restregaba contra mí, no pedía nada que yo no le concediera espontáneamente.

Me quedé estancada. Durante un tiempo no conseguí trabajar en la tesis, miraba las páginas de los libros sin ver los renglones. Me quedaba en la cama con la vista clavada en el techo, me preguntaba qué hacer. Tirar la toalla cuando estaba tan cerca del final, regresar al barrio. Conseguir el título, enseñar en las escuelas de bachillerato elemental. Profesora. Sí. Más que la Oliviero. A la misma altura que la Galiani. O tal vez no, un poco más abajo. Profesora Greco. En el barrio me considerarían un personaje importante, la hija del conserje que desde niña lo sabía todo. Solo yo, que había conocido Pisa, a profesores importantes, a Pietro, Mariarosa, su padre, sabría con claridad que no había llegado muy lejos. Un gran esfuerzo, muchas esperanzas, bonitos momentos. Añoraría el resto de mi vida la época de Franco Mari. Qué hermosos los meses, los años pasados con él. En un primer momento no comprendí su importancia, y ahora, fíjate, me entristecía. La lluvia, el frío, la nieve, los perfumes de la primavera a orillas del Arno y en las callejuelas floridas de la ciudad, el calor que nos transmitíamos. La elección de un vestido, de las gafas. Su gusto por modificarme. Y París, el viaje emocionante a un país extranjero, los cafés, la política, la literatura, la revolución que no tardaría en llegar, aunque la clase obrera se estaba integrando. Y él. Su habitación por la noche. Su cuerpo. Todo había terminado, daba vueltas nerviosa en la cama sin poder dormirme. Me estoy engañando, pensaba. ¿De verdad había sido tan bonito? Sabía muy bien que también entonces la vergüenza estaba presente. Y las molestias, las humillaciones, el disgusto: aceptar, soportar, esforzarse. ¿Es posible que incluso los momentos felices del placer no resistan nunca un examen riguroso? Es posible. La negrura de la playa dei Maronti no tardó en alcanzar también el cuerpo de Franco y después el cuerpo de Pietro. Me sustraje a los recuerdos.

A partir de determinado momento, con la excusa de que llevaba retraso y corría el riesgo de no acabar la tesis a tiempo, vi a Pietro cada vez menos. Una mañana compré un cuaderno cuadriculado y me puse a escribir en tercera persona sobre lo que me había ocurrido aquella noche en la playa cerca de Barano. Luego, siempre en tercera persona, escribí sobre lo que me había pasado en Ischia. Luego hablé un poco de Nápoles y del barrio. Después cambié nombres, lugares y situaciones. Luego imaginé una fuerza oscura agazapada en la vida de la protagonista, un ente con la capacidad de soldarle el mundo a su alrededor, con los colores de la llama del soplete: un casquete azul violáceo donde todas las cosas le salían bien soltando chispas pero que no tardaba en desoldarse, rompiéndose en fragmentos grises carentes de sentido. Tardé veinte días en escribir aquella historia, un lapso en el que no vi a nadie, salía solo para ir a comer. Al final releí algunas páginas, no me gustaron, lo dejé correr. Pero entretanto descubrí que estaba más tranquila, como si la vergüenza hubiese pasado de mí al cuaderno. Me puse otra vez en circulación, acabé la tesis a toda prisa, volví a ver a Pietro.

Su amabilidad, su atención me conmovieron. Cuando obtuvo el título llegaron su familia al completo y muchos amigos pisanos de sus padres. Noté con sorpresa que ya no sentía resentimiento por lo que le esperaba a Pietro, por la planificación de su vida. Al contrario, me alegré de que tuviera un destino tan magnífico y agradecí a toda su familia que me invitaran a la fiesta que dieron a continuación. Mariarosa se ocupó especialmente de mí. Discutimos de forma encendida sobre el golpe de Estado fascista en Grecia.

Yo obtuve el título en la convocatoria siguiente. Evité informar a mis padres, temí que mi madre se sintiera en la obligación de venir a agasajarme. Me presenté ante los profesores con uno de los vestidos que me había regalado Franco, el que me parecía todavía aceptable. Después de mucho tiempo me sentí realmente contenta de mí misma. A punto de cumplir los veintitrés años ya tenía la licenciatura en letras con la nota máxima y matrícula de honor y el título de doctora. Mi padre no había pasado del quinto curso de primaria, mi madre lo había dejado en segundo; por lo que yo sabía, ninguno de mis antepasados había sabido nunca leer y escribir de corrido. Qué prodigioso esfuerzo había hecho.

Lo celebraron conmigo unas cuantas compañeras de curso y Pietro. Recuerdo que hacía mucho calor. Después de los ritos estudiantiles de costumbre, volví a mi habitación para refrescarme un poco y dejar la carpeta de la tesis. Él me esperó fuera, quería llevarme a cenar. Me vi en el espejo, tuve la impresión de que era guapa. Cogí el cuaderno con la historia que había escrito y lo metí en el bolso.

Era la primera vez que Pietro me llevaba a un restaurante, Franco lo había hecho a menudo y me lo había enseñado todo sobre la disposición de los cubiertos, las copas.

—¿Somos novios? —me preguntó.

—No lo sé.

Sacó del bolsillo un paquete y me lo dio.

—Durante todo este año he creído que sí —murmuró—. Pero si tú opinas otra cosa, considéralo un regalo por la licenciatura.

Desenvolví el paquete, vi un estuche de color verde. En su interior había un anillo con brillantitos.

—Es precioso —dije.

Me lo probé, la medida era correcta. Pensé en los anillos que Stefano le había regalado a Lila, mucho más caros que ese. Pero era la primera joya que recibía, Franco me había hecho muchos regalos, pero nunca joyas, la única que yo tenía era el brazalete de plata de mi madre.

—Somos novios —le dije, me incliné sobre la mesa y le di un beso en los labios. Él se puso colorado.

—Tengo otro regalo —murmuró.

Me pasó un sobre, eran las galeradas de su tesis-libro. Qué rapidez, pensé con afecto e incluso con un poco de alegría.

—Yo también tengo un regalito para ti.

—¿Qué es?

—Una tontería, pero no sabría qué otra cosa darte que sea realmente mía.

Saqué el cuaderno del bolso, se lo pasé.

—Es una novela —dije—, un *unicum*: único ejemplar, único intento, única rendición. Nunca más volveré a escribir. —Y riendo añadí—: Hay alguna página un tanto audaz.

Me pareció perplejo. Me dio las gracias, dejó el cuaderno sobre la mesa. Enseguida me arrepentí de habérselo dado. Pensé: Es un estudioso serio, tiene grandes tradiciones a sus espaldas, está a punto de publicar un ensayo sobre los ritos báquicos que constituirá los cimientos de su carrera; la culpa es mía, no debería haberlo incomodado con una historieta que ni siquiera está escrita a máquina. Sin embargo, en aquel caso tampoco me sentí incómoda, él era él, yo era yo. Le dije que me presentaría a las oposiciones para profesor de escuela de formación de maestros, le dije que regresaría a Nápoles, le dije riendo que nuestro noviazgo tendría una vida difícil, yo en una ciudad del Sur y él en otra del Norte. Pero Pietro se quedó serio, lo tenía todo claro en la cabeza, me planteó su proyecto: dos años para estabilizarse en la universidad y después se casaría conmigo. Incluso fijó la fecha: septiembre de 1969. Cuando salimos se dejó el cuaderno sobre la mesa. Se lo hice notar divertida: «¿Y mi regalo?». Se quedó cortado, corrió a recuperarlo.

Dimos un largo paseo. Nos besamos, nos abrazamos en el paseo a orillas del Arno, le pregunté, medio en serio medio en broma, si quería colarse en mi habitación. Dijo que no con la cabeza, me besó otra vez con pasión. Entre él y Antonio había bibliotecas enteras, pero se parecían.

116

Viví el regreso a Nápoles como cuando llevas un paraguas defectuoso que con un golpe de viento se te cierra de pronto en la cabeza. Llegué al barrio en pleno verano. Me hubiera gustado encontrar un trabajo enseguida, pero mi condición de licenciada hacía improbable que fuera por ahí en busca de los pequeños empleos de antes. Por otra parte, no tenía dinero y me humillaba pedírselo a mi padre y a mi madre, que ya se habían sacrificado bastante por mí. No tardé en ponerme nerviosa. Todo me molestaba, las calles, las feas fachadas de los edificios, la avenida, los jardincillos, aunque al principio me había conmovido con cada piedra, cada olor. ¿Y si Pietro se busca otra, pensaba, y si no gano la oposición, qué voy a hacer? No es posible que me quede aquí para siempre, prisionera de este lugar y de esta gente.

Mis padres, mis hermanos estaban muy orgullosos de mí, aunque notaba que no sabían por qué: ¿para qué servía yo, para qué había vuelto, cómo hacían para demostrarle a los vecinos que yo era la gloria de la familia? Bien mirado no hacía más que complicarles la vida llenando con mi presencia el pequeño apartamento, haciendo más complicada la distribución de las camas por la noche, estorbando en una rutina que ya no me tenía en cuenta. Para colmo me pasaba la vida con la nariz hundida en un libro, de pie, sentada en un rincón o en otro, monumento inútil al estudio, una persona soberbiamente pensativa a la que todos se esforzaban por no molestar, pero que los impulsaba a preguntarse: ¿qué intenciones tendrá?

Mi madre aguantó unos días antes de interrogarme sobre mi novio, cuya existencia dedujo más por el anillo que llevaba en el dedo que por mis confidencias. Quería saber a qué se dedicaba, cuánto ganaba, cuándo se presentaría en casa acompañado de sus padres, adónde me iría a vivir cuando me casara. Al principio le di alguna información: era un profesor de la universidad, por ahora no ganaba nada, estaba publicando un libro que los demás profesores consideraban muy importante, nos casaríamos dentro de un par de años, sus padres eran de Génova, quizá me iría a vivir a esa ciudad o donde él consiguiera un puesto. Pero por cómo me miraba absorta, por cómo volvía a hacerme siempre las mismas preguntas, tuve la impresión de que no me escuchaba, tan concentrada estaba en sus preconceptos. ¿Estaba de novia con un tipo que no había venido ni venía a pedir mi mano, que vivía muy lejos, que enseñaba aunque no le pagaban, que publicaba un libro pero no era famoso? Como de costumbre, se puso nerviosa aunque ya no me montaba escándalos. Trataba de contener su desaprobación, quizá ya ni siquiera se sentía capaz de comunicármela. De hecho, el propio idioma se había convertido en un signo de extrañamiento. Me expresaba de una forma demasiado compleja para ella, si bien me esforzaba en hablar en dialecto, y cuando me daba cuenta y simplificaba las frases, la simplificación las hacía artificiales y por ello confusas. Para colmo, el esfuerzo que había hecho por borrar de mi voz el acento napolitano no había convencido a los pisanos pero la estaba convenciendo a ella, a mi padre, a mis hermanos, al barrio entero. Por la calle, en las tiendas, en el rellano de casa, la gente me trataba con una mezcla de respeto y burla. A mis espaldas empezaron a llamarme la pisana.

En aquella época le escribí largas cartas a Pietro, que me contestaba con cartas aún más largas. Al principio esperé que comentara algo sobre mi cuaderno, después yo misma lo olvidé. No nos decíamos nada concreto, aún conservo aquellas cartas; ni siquiera hay en ellas un detalle útil para reconstruir la vida cotidiana de entonces, cuánto costaba el pan o una entrada de cine, cuánto ganaba un conserje o un profesor. No sé, nos concentrábamos en un libro que él había leído, en un artículo interesante para nuestros estudios, en alguna elucubración suya o mía, en las turbulencias entre los estudiantes de las universidades, en temáticas neovanguardistas de las que no sabía nada pero que él, sorprendentemente, conocía a fondo, y que lo divertían hasta el punto de hacer que escribiera: «De buena gana haría un librito con el papel arrugado, ese en el que empiezas una frase, no funciona, haces con él una pelota y lo tiras. Estoy juntando unos cuantos, me gustaría imprimirlo tal como está, arrugado, con la ramificación casual de los pliegues que se enreda entre las frases esbozadas, interrumpidas. Tal vez esa sea hoy la única literatura posible». Esta última observación me impactó. Según recuerdo, sospeché que era su manera de comunicarme que había leído mi cuaderno y que el regalo literario que le había hecho le había parecido un producto rezagado.

Durante aquellas semanas de calor agobiante el cansancio de años me envenenó el cuerpo, me sentí sin energías. Aquí y allá tuve noticias sobre el estado de salud de la maestra Oliviero; confié en que se encontrara bien, en poder verla y obtener algo de fuerza de su satisfacción por mis buenos resultados en los estudios. Me enteré de que su hermana había venido a recogerla y se la había llevado de vuelta a Potenza. Me sentí muy sola. Llegué a añorar a Lila, nuestras confrontaciones turbulentas. Me entraron ganas de buscarla y medir la distancia que ya había entre nosotras. Pero no lo hice. Me limité a llevar a cabo una retorcida y ociosa investigación sobre qué se pensaba de ella en el barrio, sobre los rumores que corrían.

Ante todo busqué a Antonio. No estaba, se comentaba que se había quedado en Alemania; hubo quien decía que se había casado con una alemana hermosísima, de un rubio platino, regordeta, de ojos azules, y que era padre de gemelos.

Hablé entonces con Alfonso, fui a verlo a menudo a la tienda de la piazza dei Martiri. Se había vuelto realmente apuesto, parecía un hidalgo refinadísimo, se expresaba en un italiano muy cuidado con gozosas inserciones dialectales. Gracias a él, la tienda de los Solara iba viento en popa. Su sueldo era satisfactorio, había alquilado una casa en Ponte di Tappia y no echaba de menos el barrio, ni a sus hermanos, ni el olor y la pringue de las charcuterías. «El año que viene me caso», me anunció sin demasiado entusiasmo. La relación con Marisa había durado, se había consolidado y no le quedaba más que dar el paso definitivo. Salí algunas veces con ellos, hacían buena pareja; ella había perdido la antigua viveza cargada de palabras y ahora parecía más bien atenta a no decir cosas que pudieran contrariarlo. No le pregunté en ningún momento por su padre, su madre, sus hermanos. Tampoco le pregunté por Nino ni ella me contó nada, como si hubiese desaparecido para siempre también de su vida.

Vi a Pasquale y a su hermana Carmen; él seguía haciendo trabajos de albañilería por Nápoles y su provincia, ella seguía trabajando en la charcutería nueva. Pero el detalle que enseguida se encargaron de contarme fue que los dos tenían nuevos amores: Pasquale salía en secreto con la hija mayor de la dueña de la mercería, una niña muy jovencita; Carmen se había prometido con el de la gasolinera de la avenida, un hombre honrado, que rondaba los cuarenta y la quería mucho.

Fui a ver también a Pinuccia, que estaba casi irreconocible: desaliñada, nerviosa, flaquísima, resignada a su suerte, tenía las marcas de las palizas que Rino seguía dándole para vengarse de Stefano y los signos aún más visibles de una infelicidad sin remedio, en el fondo de los ojos y en las arrugas profundas alrededor de la boca.

Al final me armé de valor y localicé a Ada. Imaginé que la encontraría más consumida que Pina, humillada por su papel de concubina. En cambio vivía en la casa que había sido de Lina y estaba hermosísima, parecía tranquila, hacía poco había dado a luz a una niña que se llamaba Maria. Pasé todo el embarazo trabajando, dijo con orgullo. Vi con mis propios ojos que era la auténtica dueña de las dos charcuterías, corría de una a otra, se ocupaba de todo.

Cada uno de mis amigos de la infancia me contó algo de Lila, pero Ada me pareció la más informada. Sobre todo fue la que me habló de ella con mayor comprensión, casi con simpatía. Estaba feliz, feliz con la niña, con el bienestar económico, el trabajo, Stefano, y tuve la impresión de que se sentía sinceramente agradecida con Lila por toda aquella felicidad. Exclamó admirada:

—Hice cosas de loca, lo reconozco. Pero Lina y Enzo fueron más locos que yo. Todo les daba igual, no les importaba nada de nadie, ni de sí mismos, imagínate cómo sería que me dieron miedo a mí, a Stefano y al cabrón ese de Michele Solara. ¿Sabes que ella no se llevó nada? ¿Sabes que me dejó todas las joyas? ¿Sabes que dejaron apuntada en un papel dónde iban a vivir, la dirección completa, con número y todo, como diciendo: Venid a buscarnos, haced lo que queráis, qué coño nos importa?

Le pedí la dirección, la apunté. Mientras la anotaba me dijo:

—Si la ves, dile que no soy yo quien impide a Stefano que vea al niño, es él que anda siempre muy ocupado y aunque lo lamenta, no puede. Dile que los Solara no se olvidan de nada, sobre todo Michele. Dile que no se fíe de nadie.

117

Enzo y Lila se mudaron a San Giovanni a Teduccio en un Seiscientos usado que él acababa de comprarse. Durante todo el trayecto no se dijeron nada, pero los dos combatieron el silencio hablando con el niño, Lila como si se dirigiera a un adulto, y Enzo con monosílabos como: bien, qué, sí. Ella casi no conocía San Giovanni. Había estado una vez con Stefano, se habían parado en el centro a tomar un café y había tenido una buena impresión. Aunque Pasquale, que iba con frecuencia para trabajar como albañil y por su militancia comunista, en cierta ocasión le había hablado muy descontento, descontento como trabajador y descontento como militante. «Es una inmundicia —había dicho—, una cloaca, cuanta más riqueza se produce, más aumenta la miseria, y no logramos cambiar nada, aunque seamos fuertes.» Sin embargo, Pasquale siempre era muy crítico con todo y por ello, poco fiable. Mientras el Seiscientos avanzaba por calles en mal estado, casas deterioradas y edificios de reciente construcción, Lila prefirió convencerse de que estaba llevando al niño a un pueblo bonito cerca del mar y solo pensó en el discurso que por claridad y honestidad quería hacerle enseguida a Enzo.

Pero a fuerza de pensarlo no se lo hizo. «Más tarde», se dijo. Y así llegaron al apartamento que Enzo había alquilado, en la segunda planta de un edificio nuevo y, sin embargo, ya miserable. Las habitaciones estaban medio vacías, él dijo que había comprado lo indispensable, pero que a partir del día siguiente conseguiría todo lo que fuera necesario. Lila lo tranquilizó, ya bastante había hecho. Decidió que había llegado el momento de hablar cuando se vio delante de la cama de matrimonio. Con tono afectuoso le dijo:

—Yo te aprecio mucho, Enzo, desde que éramos niños. Hiciste algo por lo que te admiro: te pusiste a estudiar solo, conseguiste un diploma, ya sé la constancia que hace falta, yo nunca la he tenido. También eres la persona más generosa que conozco, lo que estás haciendo por Rinuccio y por mí no lo habría hecho nadie. Pero no puedo dormir contigo. No es porque nos hemos visto a solas como mucho dos o tres veces. Tampoco es porque no me gustes. Es porque no tengo sensibilidad, soy como esa pared o esta mesita. De manera que si consigues vivir en la misma casa conmigo sin tocarme, bien; pero si no lo consigues, te comprendo y mañana por la mañana me busco otro sitio. Ten en cuenta que siempre te estaré agradecida por lo que has hecho por mí.

Enzo la escuchó sin interrumpirla. Al final, señalando la cama de matrimonio le dijo:

—Ponte tú aquí, que yo me arreglo en el catre.

—Prefiero el catre.

—¿Y Rinuccio?

—He visto que hay otro catre.

—¿Duerme solo?

—Sí.

—Puedes quedarte todo el tiempo que quieras.

—¿Estás seguro?

—Segurísimo.

—No quiero que pasen cosas feas que estropeen la relación.

—No te preocupes.

—Perdóname.

—Ya me va bien. Si en una de esas recuperas la sensibilidad, ya sabes dónde encontrarme.

118

No recuperó la sensibilidad, al contrario, en su interior creció una sensación de extrañamiento. El aire cargado de las habitaciones. La ropa sucia. La puerta del retrete que no cerraba bien. Imagino que San Giovanni debió de parecerle un precipicio en las lindes del barrio. Con tal de ponerse a salvo no se había fijado dónde ponía los pies y había caído en un hondo agujero.

Rinuccio la preocupó enseguida. El niño, por lo general tranquilo, empezó con caprichos durante el día, llamaba a Stefano, y por la noche se despertaba llorando. Las atenciones de su madre, su forma de hacerlo jugar, lo calmaban, sí, pero ya no lo fascinaban, al contrario, empezaron a irritarlo. Lila inventaba nuevos juegos, al niño se le iluminaban los ojos, la besaba, quería ponerle las manos en el pecho, lanzaba gritos de felicidad. Pero después la rechazaba, jugaba solo o dormitaba sobre una manta tendida en el suelo. Y en la calle daba diez pasos y se cansaba, decía que le dolía una rodilla, quería que lo auparan, y si ella se negaba a levantarlo en brazos, se tiraba al suelo y se ponía a chillar.

Al principio Lila se negó, después, poco a poco empezó a dejar que se saliera con la suya. Como de noche solo se calmaba si lo dejaba en su catre, le permitió dormir con ella. Cuando salían a hacer la compra lo cargaba en brazos y eso que era un niño bien alimentado y pesaba: de un lado las bolsas, del otro él. Regresaba exhausta.

No tardó en redescubrir lo que era vivir sin dinero. Nada de libros, nada de revistas ni de periódicos. Las prendas que había llevado para Rinuccio, como el niño crecía a ojos vista, se le quedaron pequeñas. Ella misma tenía muy poca ropa que ponerse. Pero hacía como si nada. Enzo trabajaba todo el día, le daba el dinero que necesitaba, pero ganaba poco; además, debía pasarle algo a los parientes que se ocupaban de sus hermanos. A duras penas les llegaba para pagar el alquiler, la luz y el gas. Sin embargo, Lila no parecía preocupada. En su imaginario, el dinero que había tenido y malgastado formaba una unidad con la miseria de la niñez, carecía de sustancia tanto cuando lo había como cuando no lo había. Al parecer le preocupaba mucho más la posibilidad de que se destruyera la educación que le había dado a su hijo, y ponía todo su empeño en conseguir que volviera a ser enérgico, avispado, abierto como había sido hasta hacía poco. No obstante, ahora daba la impresión de que Rinuccio se sentía bien solo cuando lo dejaba en el rellano jugando con el niño de su vecina. Allí se peleaba, se ponía perdido, reía, comía porquerías, parecía feliz. Desde la cocina Lila lo observaba y lo vigilaba a él y a su amiguito, enmarcados por la puerta de las escaleras. Es listo, pensaba, es más listo que el otro, y eso que es mayor; tal vez debo aceptar que no puedo tenerlo bajo una campana de cristal, que le he dado lo necesario pero que de ahora en adelante se arreglará solo, que ahora necesita repartir palos, quitarle las cosas a los demás, ensuciarse.

Un día apareció Stefano en el rellano. Al salir de la charcutería había decidido ir a ver a su hijo. Rinuccio lo recibió con júbilo, y su padre jugó un rato con el pequeño. Pero Lila se dio cuenta de que el marido se aburría, que no veía la hora de marcharse. En el pasado daba la impresión de que no pudiera vivir sin ella y el niño: y ahora, ahí lo tenías, mirando el reloj, bostezando, con toda seguridad había ido porque lo había mandado la madre o nada menos que Ada. En cuanto al amor, a los celos, se le habían pasado, ya no rabiaba más.

—Voy a dar un paseo con el niño.

—Mira que siempre quiere que lo lleven en brazos.

—Lo llevaré en brazos.

—No, hazlo caminar.

—Haré lo que me parezca.

Salieron, volvieron a la media hora, dijo que debía irse corriendo para la charcutería. Juró que Rinuccio no se había quejado nunca, ni había pedido que lo llevaran en brazos. Antes de marcharse le dijo:

—He visto que aquí te conocen como la señora Cerullo.

—Es lo que soy.

—Si no te he matado y no te mato es porque eres la madre de mi hijo. Pero tú y ese cabronazo de tu amigo os estáis arriesgando mucho.

Lila se rió, lo provocó.

—Tú solo sabes hacerte el matón con los que no pueden partirte la cara, cabrón —dijo.

Después comprendió que su marido se refería a los Solara y le gritó desde el rellano, mientras él bajaba las escaleras:

—Dile a Michele que si se deja ver por aquí, le escupo a la cara.

Stefano no le contestó, desapareció en la calle. Regresó, creo que como mucho otras cuatro o cinco veces. La última vez que vio a su mujer le gritó enfurecido:

—También eres la vergüenza de tu familia. Ni tu madre quiere volver a saber de ti.

—Se ve que nunca entendieron la vida que hice contigo.

—Te traté como a una reina.

—Para eso prefiero ser pordiosera.

—Si llegas a quedarte otra vez embarazada, tendrás que abortar, porque llevas mi apellido y no quiero que sea hijo mío.

—No me quedaré preñada.

—¿Por qué? ¿Has decidido dejar de follar?

—Vete a la mierda.

—Yo ya te he avisado.

—Total, Rinuccio tampoco es hijo tuyo pero lleva tu apellido.

—Zorra, si me lo repites, quiere decir que es cierto. No quiero volver a veros ni a ti ni a él.

En realidad nunca la había creído. Pero por oportunismo fingió que sí. Prefirió que la vida tranquila se impusiera al caos emotivo que ella le causaba.

119

Lila le contaba a Enzo con detalle las visitas de su marido. Él la escuchaba con atención y casi nunca hacía comentarios. Seguía reprimiendo todas sus manifestaciones. Tampoco le comentaba qué trabajo hacía en la fábrica y si estaba o no contento. Salía a las seis de la mañana, regresaba a las siete de la tarde. Cenaba, jugaba un rato con el niño, escuchaba lo que ella le decía. En cuanto Lila hablaba de las necesidades urgentes de Rinuccio, al día siguiente, él volvía con el dinero necesario. Jamás le dijo que le pidiera a Stefano que contribuyese al mantenimiento del hijo, ni que se buscara un trabajo. Se limitaba a mirarla como si solo viviera para llegar a esas horas del atardecer y sentarse con ella en la cocina, oírla hablar. En un momento dado se levantaba, daba las buenas noches y se encerraba en el dormitorio.

Ocurrió entonces que Lila tuvo un encuentro del que resultaron consecuencias importantes. Una tarde, tras dejar a Rinuccio en casa de su vecina, salió sola. Oyó un claxon insistente a su espalda. Era un coche de lujo, alguien le hacía señas con la mano desde la ventanilla.

—Lina.

Ella miró con atención. Reconoció la cara de lobo de Bruno Soccavo, el amigo de Nino.

—¿Qué haces aquí? —le preguntó él.

—Vivo aquí.

En ese momento le contó poco o nada de sí misma, por aquella época eran cosas difíciles de explicar. No mencionó a Nino y él hizo otro tanto. Le preguntó si había terminado la licenciatura, él le dijo que había decidido abandonar los estudios.

—¿Te has casado?

—Qué va.

—¿Tienes novia?

—Un día sí y otro no.

—¿Qué haces?

—Nada, hay otros que trabajan por mí.

Casi como un juego a ella le dio por preguntarle:

—¿Me darías trabajo?

—¿A ti? ¿Y para qué?

—Pues para trabajar.

—¿Quieres hacer salamis y mortadelas?

—¿Por qué no?

—¿Y tu marido?

—Ya no tengo marido. Pero tengo un hijo.

Bruno la examinó con atención para comprobar si estaba bromeando. Se mostró desorientado, se fue por la tangente.

—No es un trabajo agradable —le dijo.

Después habló sin parar de los problemas de pareja en general, de su madre, que discutía siempre con su padre, de su reciente amor desesperado por una mujer casada, pero ella lo había dejado. Una locuacidad anómala en Bruno, la invitó a un bar donde siguió hablándole de él. Al final, cuando Lila le dijo que tenía que irse, le preguntó:

—¿En serio dejaste a tu marido? ¿En serio tienes un niño?

—Sí.

Él frunció el ceño, apuntó algo en una servilleta.

—Ve a ver a este señor, lo encontrarás por la mañana a partir de las ocho. Enséñale esto.

Lila sonrió incómoda.

—¿La servilleta?

—Sí.

—¿Y con eso basta?

Él asintió, de repente cohibido por el tono burlón de ella.

—Aquel fue un verano maravilloso —murmuró.

—Para mí también —dijo ella.

120

De todo esto me enteré después. Me hubiera gustado utilizar enseguida la dirección de San Giovanni que me había dado Ada, pero a mí también me ocurrió algo decisivo. Una mañana leí sin muchas ganas una larga carta de Pietro, y al final de la última página encontré unas cuantas líneas en las que me comunicaba que había dado a leer mi texto (así lo llamaba) a su madre. A Adele le había parecido tan bueno que lo había mandado mecanografiar y se lo había pasado a una editorial de Milán para la que llevaba años traduciendo. Allí lo habían valorado y querían publicarlo.

Eran las últimas horas de una mañana otoñal, recuerdo una luz gris. Estaba sentada a la mesa de la cocina, la misma en la que mi madre estaba planchando la ropa. La vieja plancha se deslizaba sobre la tela con energía, la madera vibraba bajo mi codo. Me quedé largo rato mirando aquellas líneas. Dije muy suave, en italiano, para convencerme de que aquello era real:

—Mamá, aquí dice que me van a publicar una novela que he escrito.

Mi madre se detuvo, apartó la plancha de la tela, la dejó en vertical.

—¿Has escrito una novela? —preguntó en dialecto.

—Creo que sí.

—¿La has escrito sí o no?

—Sí.

—¿Te pagan?

—No lo sé.

Salí corriendo para el bar Solara, donde se podían hacer llamadas interurbanas con cierta comodidad. Al cabo de varios intentos —Gigliola me gritó desde el mostrador: «Ya puedes hablar»— me atendió Pietro, pero debía ir a trabajar y tenía prisa. Dijo que de aquello no sabía más que lo que me había escrito.

—¿Tú leíste mi texto? —le pregunté nerviosa.

—Sí.

—Pero no me dijiste nada.

Farfulló algo sobre la falta de tiempo, los estudios, los encargos.

—¿Qué te parece?

—Bueno.

—¿Bueno y nada más?

—Bueno. Habla con mi madre; yo soy filólogo, no literato.

Me dio el número de casa de sus padres.

—No tengo ganas de llamar, me da apuro.

Noté cierto nerviosismo, raro en él que siempre usaba un tono amable.

—Has escrito una novela, asume la responsabilidad —dijo.

Apenas conocía a Adele Airota, en total la había visto cuatro veces y no habíamos intercambiado más que frases de cortesía. En todo ese tiempo tuve la convicción de que se trataba de una acomodada y culta madre de familia

—los Airota nunca hablaban de sí mismos, se comportaban como si sus actividades en el mundo tuvieran escaso interés, aunque al mismo tiempo daban por descontado que eran de todos conocidas— y solo entonces me di cuenta de que tenía un trabajo, de que estaba en condiciones de ejercer un poder. Presa de la angustia, telefoneé, me contestó la criada, me pasó con ella. Me saludó con cordialidad, pero me trató de usted, yo la traté de usted. Dijo que en la editorial estaban todos muy convencidos de las bondades del libro y que, por lo que ella sabía, ya me habían mandado un borrador del contrato.

—¿Contrato?

—Claro. ¿Se ha comprometido con algún otro editor?

—No. Pero ni siquiera he releído lo que escribí.

—¿Lo escribió tal cual, a vuelapluma? —me preguntó vagamente irónica.

—Sí.

—Le aseguro que está listo para su publicación.

—Necesitaría trabajarlo un poco más.

—Fíese: no toque ni una coma, tiene sinceridad, naturalidad, y el misterio de la escritura que solo tienen los libros auténticos.

Volvió a congratularse, aunque acentuando la ironía. Dijo que, como yo ya sabía, la *Eneida* tampoco estaba acabada. Me atribuyó una larga práctica como escritora, me preguntó si tenía más cosas en el cajón, se mostró asombrada cuando le confesé que era lo primero que escribía. «Talento y suerte», exclamó. Me confió que de pronto se había abierto un hueco en la programación editorial y que consideraban mi novela no solo magnífica sino providencial. Pensaban publicarla en primavera.

—¿Tan pronto?

—¿Le parece mal?

Me apresuré a decir que no.

Gigliola, que seguía detrás del mostrador y había oído la conversación, al final me preguntó intrigada:

—¿Qué pasa?

—No lo sé —contesté, y salí a toda prisa.

Vagué por el barrio presa de una felicidad incrédula, me latían las sienes. Mi respuesta a Gigliola no había sido una manera de no darle cuerda, de veras no lo sabía. ¿Qué era esa noticia imprevista: unas cuantas líneas de Pietro, cuatro palabras en una llamada interurbana, nada que fuera en realidad cierto? ¿Y qué era un contrato, suponía dinero, suponía derechos y obligaciones, me arriesgaba a meterme en algún lío? Dentro de unos días me enteraré de que han cambiado de idea, pensé, el libro no se publicará. Releerán mi historia, quien la ha encontrado bien, la encontrará fútil, quien no la ha leído se enfadará con quien estaba dispuesto a publicarla, todos la tomarán con Adele Airota, y la misma Adele Airota cambiará de idea, se sentirá humillada, me echará la culpa del papelón, convencerá a su hijo de que me deje. Pasé delante del edificio de la antigua biblioteca del barrio; hacía mucho tiempo que no ponía allí los pies. Entré, estaba vacía, olía a polvo y aburrimiento. Recorrí distraídamente las estanterías, toqué los libros desencuadernados sin fijarme en el título o el autor, solo por rozarlos con los dedos. Papel viejo, hilos de algodón ensortijados, letras del alfabeto, tinta. Volúmenes, palabra voraginosa. Busqué *Mujercitas*, lo encontré. ¿Cómo era posible que estuviese ocurriendo de veras? ¿Cómo era posible que a mí, a mí, estuviese por tocarme en suerte lo que Lila y yo habíamos planeado hacer juntas? Dentro de unos meses habría unos pliegos de papel impreso cosidos, pegados, llenos de palabras mías, y en la cubierta el nombre, Elena Greco, yo, punto de ruptura en una larga cadena de analfabetos, de semianalfabetos, oscuro apellido que ahora se cargaría de luz por toda la eternidad. Dentro de unos años —tres, cinco, diez, veinte— el libro iría a parar a esos estantes de la biblioteca del barrio donde yo había nacido, sería catalogado, la gente lo pediría en préstamo para saber qué había escrito la hija del conserje. Oí la cisterna del inodoro, esperé que apareciera el maestro Ferraro, el mismo de cuando yo era una niña diligente: la cara enjuta quizá más arrugada, el pelo blanquísimo cortado a cepillo pero siempre tupido sobre la frente baja. Por fin alguien que podía apreciar lo que me estaba pasando, que habría más que justificado mi cabeza enfervorecida, el latido feroz de las sienes. Pero del retrete salió un desconocido, un hombrecito redondo que rondaba los cuarenta.

—¿Viene a sacar libros? —me preguntó—. Dese prisa que estoy a punto de cerrar.

—Buscaba al maestro Ferraro.

—Ferraro se jubiló.

Darme prisa, debía cerrar.

Me marché. Justamente ahora que estaba a punto de convertirme en escritora, en todo el barrio no había nadie capaz de decir: Qué cosa tan extraordinaria has conseguido.

121

No imaginé que ganaría dinero. Sin embargo, recibí el borrador del contrato y descubrí que, seguramente gracias al apoyo de Adele, la editorial me daba un adelanto de doscientas mil liras, cien mil a la firma y cien mil a la entrega. Mi madre se quedó sin aliento, no lo podía creer. Mi padre dijo: «Yo tardo meses en ganar todo ese dinero». Los dos empezaron a jactarse en el barrio y fuera de él: nuestra hija se ha hecho rica, es escritora, se casa con un profesor de la universidad. Volví a florecer, dejé de estudiar para las oposiciones. En cuanto me llegó el dinero me compré un vestido, algo de maquillaje, por primera vez en mi vida fui a la peluquería y me marché a Milán, ciudad que no conocía.

En la estación me costó orientarme. Al final, tomé el metro correcto, llegué preocupada hasta el portón de la editorial. Le di mil explicaciones al portero, que no me las había pedido; es más, mientras le hablaba siguió leyendo el diario. Subí en el ascensor, llamé, entré. Me deslumbró la pulcritud. Sentía la cabeza abarrotada de todo lo que había estudiado y deseaba exhibir para demostrar que, pese a ser mujer, pese a que se me notaran los orígenes, era una persona que había conquistado el derecho a publicar ese libro, y ahora, a los veintitrés años, nada, nada, nada mío podía ponerse en tela de juicio.

Me recibieron con amabilidad, me llevaron de despacho en despacho. Hablé con el redactor que se estaba ocupando de mi texto mecanografiado, un hombre mayor, calvo, pero con una cara muy agradable. Conversamos un par de horas, me elogió mucho, citó con frecuencia y gran respeto a Adele Airota, me señaló las modificaciones que me aconsejaba, me dejó una copia del texto con sus notas. Al despedirse de mí dijo con tono grave: «Es una buena historia, una historia de hoy muy bien articulada y escrita de una forma siempre sorprendente; pero no es esa la cuestión. Es la tercera vez que leo su libro y en cada página hay algo poderoso que no logro ver de dónde viene». Me ruboricé, le di las gracias. Ay, lo que había sido capaz de conseguir, y qué deprisa iba todo, cómo gustaba y cómo me hacía querer, cómo sabía hablar de mis estudios, de dónde los había cursado, de mi tesis sobre el cuarto libro de la *Eneida*; rebatía las atentas observaciones con atenta precisión imitando adrede los tonos de la profesora Galiani, de sus hijos, de Mariarosa. Una empleada atractiva y agradable llamada Gina me preguntó si necesitaba un hotel y, al ver que asentía, me buscó uno en la via Garibaldi. Para mi estupor descubrí que todo corría a cargo de la editorial, cada céntimo que gastara para comer, incluidos los billetes de tren. Gina me dijo que presentara una nota de gastos, que me los reembolsarían, y me encareció que le diera saludos a Adele. «Me ha telefoneado —dijo—, la aprecia mucho.»

Al día siguiente me fui a Pisa, quería abrazar a Pietro. En el tren repasé una por una las notas del redactor y, satisfecha, vi mi libro con los ojos de quien lo elogiaba y se empeñaba en hacerlo todavía mejor. Llegué a destino muy contenta conmigo misma. Mi novio me buscó alojamiento en la casa de una madura ayudante de literatura griega que yo también conocía. Por la noche me llevó a cenar y por sorpresa me enseñó mi texto mecanografiado. Él también tenía una copia y había hecho unas notas, las repasamos juntos una por una. Se caracterizaban por su rigor habitual y se referían sobre todo al léxico.

—Lo pensaré —dije, y le di las gracias.

Después de cenar nos internamos en un prado. Al final de un agotador amartelamiento rodeados de frío, agarrotados por los abrigos y los jerséis de lana, me pidió que puliese con cuidado las páginas en las que la protagonista perdía la virginidad en la playa.

—Es un momento importante —dije perpleja.

—Tú misma dijiste que son páginas un tanto subidas de tono.

—En la editorial no pusieron objeciones.

—Ya te lo comentarán.

Me puse nerviosa, le dije que también lo pensaría y al día siguiente me marché para Nápoles de malhumor. Si las páginas de ese episodio causaban impresión a Pietro, que era un joven de muchas lecturas, que había escrito un libro sobre los ritos báquicos, ¿qué dirían mi madre y mi padre, mis hermanos, el barrio, si llegaban a leerlas? En el tren me ensañé con el texto teniendo en cuenta las observaciones del redactor, las de Pietro, y borré lo que pude. Quería que el libro fuera bueno, que no disgustara a nadie. Dudaba que alguna vez volviera a escribir otro.

122

Al llegar a casa tuve una mala noticia. Mi madre, convencida de estar en su derecho a mirar mis cartas en mi ausencia, había abierto un paquete postal enviado desde Potenza. En el paquete encontró unos cuantos cuadernos míos de la primaria y una nota de la hermana de la maestra Oliviero. La maestra, decía la nota, había muerto serenamente veinte días antes. En los últimos tiempos se acordaba a menudo de mí, y había dejado el encargo de que me devolvieran algunos cuadernos de la primaria que había conservado como recuerdo. Me conmoví más que mi hermana Elisa, que llevaba horas llorando sin consuelo. Aquello irritó a mi madre: primero lanzó un grito a su hija más pequeña y luego, para que yo, su hija mayor, me enterara bien, comentó en voz alta: «Esa cretina siempre se creyó más madre que yo».

Me pasé todo el día pensando en la Oliviero y en lo orgullosa que habría estado de mi licenciatura con la nota máxima, del libro que estaba a punto de publicar. Cuando todos se fueron a dormir, me encerré en la cocina silenciosa y hojeé los cuadernos uno por uno. Qué bien me había enseñado la maestra, qué bonita caligrafía me había dado. Lástima que la mano adulta la hubiese empequeñecido, que la velocidad hubiese simplificado las letras. Sonreí al ver los errores de ortografía marcados con trazos furiosos, los bien, los excelente —que escribía sinuosamente en el margen cuando se encontraba con una bonita frase o la solución correcta a un problema difícil—, las notas siempre altas que me había puesto. ¿Había sido en realidad más madre que mi madre? Desde hacía un tiempo ya no estaba tan segura. Pero había conseguido imaginar para mí un camino que mi madre no estaba en condiciones de imaginar y me había obligado a recorrerlo. Por eso le estaba agradecida.

Estaba guardando el paquete para irme a la cama cuando noté que entre las páginas de uno de los cuadernos había un folleto delgado, una decena de hojas cuadriculadas, dobladas y sujetas con un alfiler. De pronto noté un vacío en el pecho, reconocí *El hada azul*, el cuento que Lila había escrito muchos años antes, ¿cuántos? Trece, catorce. Cómo me había gustado la cubierta pintada con lápices de pastel, las letras bien dibujadas del título; en su momento lo había considerado un auténtico libro y qué envidia me había producido. Abrí el folleto por la página central. El alfiler se había oxidado dejando en el papel una mancha marrón. Descubrí maravillada que la maestra había escrito junto a una frase: precioso. ¿De modo que lo había leído? ¿De modo que le había gustado? Pasé las páginas una tras otra, estaban llenas de sus muy bien, te felicito, excelente. Me enfadé. Vieja bruja, pensé, ¿por qué nunca nos dijiste que te había gustado, por qué le negaste a Lila esa satisfacción? ¿Qué fue lo que te impulsó a luchar por mi instrucción y no por la de ella? ¿Acaso basta para justificarte la negativa del zapatero a que su hija hiciera el examen de admisión a la enseñanza media? ¿Qué insatisfacciones tuyas tenías en la cabeza de las que te desquitaste con ella? Me puse a leer *El hada azul* desde el principio, sobrevolando la tinta pálida, la letra tan parecida a la mía de entonces. Pero ya en la primera página empecé a notar dolor de estómago y no tardé en cubrirme de sudor. No reconocí hasta el final lo que había comprendido tras leer unas cuantas líneas. Las páginas infantiles de Lila eran el corazón secreto de mi libro. Quien hubiese querido saber qué le daba calor y de dónde nacía el hilo resistente pero invisible que unía las frases, habría tenido que referirse a aquel folleto de niña, diez paginitas de cuaderno, el alfiler oxidado, la cubierta coloreada con brío, el título, y ni una firma.

123

Me pasé la noche despierta, esperé que amaneciera. La prolongada hostilidad hacia Lila se desvaneció; de repente, lo que le había quitado a ella me pareció mucho más que todo lo que ella hubiera podido quitarme a mí. Decidí ir sin demora a San Giovanni a Teduccio. Quería devolverle *El hada azul*, enseñarle mis cuadernos, hojearlos con ella, alegrarnos por los comentarios de la maestra. Sobre todo sentía la necesidad de que se sentara a mi lado y decirle: Ves cómo estábamos compenetradas, una en dos, dos en una, y probarle con el rigor que me parecía haber aprendido en la Escuela Normal, con el ensañamiento filológico que había aprendido de Pietro, cómo su libro de niña había echado raíces profundas en mi cabeza hasta llegar a ser, con el paso de los años, otro libro, diferente, adulto, mío, y sin embargo inseparable del suyo, de las fantasías que habíamos elaborado juntas en el patio de nuestros juegos, ella y yo sin cesar, formadas, deformadas, reformadas. Tenía ganas de abrazarla, besarla y decirle: Lila, de ahora en adelante, no importa lo que nos pase a ti o a mí, no nos debemos perder más.

Pero aquella fue una mañana dura, tuve la impresión de que la ciudad hacía lo imposible por interponerse entre ella y yo. Cogí un autobús llenísimo que iba hacia la Marina, viajé apretujada de un modo insoportable por cuerpos miserables. Subí a otro autobús más repleto aún, me equivoqué de dirección. Me apeé rendida, desgreñada, enmendé el error tras una larga espera y mucha rabia. Aquel pequeño desplazamiento por Nápoles me dejó baldada. ¿Para qué servían en aquella ciudad los años de bachillerato elemental, de bachillerato superior, de Escuela Normal? Para llegar a San Giovanni tuve que retroceder a la fuerza, como si Lila no hubiese ido a vivir a una calle, a una plaza, sino a un riachuelo del pasado, antes de que fuéramos al colegio, a un tiempo negro sin normas y sin respeto. Eché mano del dialecto más violento del barrio, insulté, me insultaron, amenacé, se chotearon de mí, contesté choteándome a mi vez, un arte malvado en el que estaba adiestrada. Nápoles me había servido mucho en Pisa, pero Pisa no servía en Nápoles, era un estorbo. Los buenos modales, la voz y el aspecto cuidados, el amasijo en la cabeza y la lengua de lo que había aprendido en los libros, eran todos muestras inmediatas de debilidad que me convertían en presa segura, de esas que no se libran. En los autobuses y por las calles que llevaban a San Giovanni acabé relacionando la antigua capacidad de arrinconar la docilidad en el momento oportuno con la soberbia de mi nuevo estado: tenía un título de licenciatura con la nota máxima y matrícula de honor, había comido con el profesor Airota, estaba de novia con su hijo, había depositado algo de dinero en Correos, en Milán había sido tratada con respeto por personas de prestigio; ¿cómo se atrevía esa gente de mierda? Sentí dentro de mí una fuerza que ya no sabía adaptarse al haz como si nada con el que, en general, era posible sobrevivir en el barrio y fuera de él. Cuando entre la multitud de viajeros, en más de una ocasión, noté sobre mi cuerpo las manos de los hombres, me atribuí el derecho sacrosanto a la furia y reaccioné con gritos de desprecio, pronuncié palabras irreproducibles como las que sabía decir mi madre y sobre todo Lila. Exageré hasta tal punto que cuando me bajé del autobús tuve la certeza de que alguien se apearía conmigo para matarme.

No ocurrió, pero me alejé igualmente llevando conmigo la rabia y el miedo. Había salido de casa demasiado arreglada, ahora me sentía vejada por fuera y por dentro.

Traté de recomponerme, me dije: calma, ya casi estás. Pedí información a los viandantes. Avancé por el corso San Giovanni a Teduccio con el viento helado en la cara, me pareció un canal amarillento de paredes cubiertas de arañazos, negras aberturas, mugre. Vagué, confundida por las señas amables tan plagadas de detalles que resultaban inútiles. Por fin di con la calle, con el portón. Subí unos escalones sucios, siguiendo un fuerte olor a ajo, voces de niños. Una mujer muy gorda con un jersey verde asomó a una puerta ya abierta, me vio y gritó: «¿A quién busca?». «Carracci», dije. Al verla perpleja me corregí enseguida: «Scanno», el apellido de Enzo. Y enseguida añadí: «Cerullo». La mujer repitió entonces «Cerullo» y levantando un brazo gordo dijo: «Más arriba». Le di las gracias, seguí subiendo, mientras ella se asomaba a la barandilla y mirando hacia arriba, gritaba: «Titì, ahí sube una que pregunta por Lina».

Lina. Aquí, en boca de extrañas, en este lugar. Solo en ese momento me di cuenta de que tenía en mente a Lila como la había visto la última vez, en el apartamento del barrio nuevo, dentro del orden que, pese a estar cargado de angustia, parecía el telón de fondo de su vida, los muebles, la nevera, el televisor, el niño muy cuidado, ella misma con su aspecto debilitado, sin duda, pero todavía de joven señora acomodada. En ese momento no sabía nada de cómo vivía, qué hacía. El chismorreo se interrumpía en el abandono de su marido, en el hecho increíble de que había dejado una bonita casa, el dinero y se había marchado con Enzo Scanno. No sabía nada del encuentro con Soccavo. Por ello yo había partido del barrio con la certeza de que la encontraría en una casa nueva, entre libros abiertos y juegos instructivos para su hijo, o como mucho, fuera de casa, haciendo la compra. Y mecánicamente, por pereza, para no sentirme incómoda, había colocado aquellas imágenes dentro de un topónimo, San Giovanni a Teduccio, después de los Granili, al fondo de la Marina. Por ello subí con esa expectativa. Pensé: Por fin lo he conseguido, fin del trayecto. Llegué así a casa de Titina, una mujer joven con una niña en brazos que lloraba con calma, sollozos leves, dos velas que le bajaban hasta el labio superior de la nariz roja de frío, y otros dos niños agarrados a su falda, uno a cada lado.

Titina volvió la vista a la puerta cerrada de enfrente.

—Lina no está —dijo hostil.

—¿Enzo tampoco?

—No.

—¿Ha sacado a pasear al niño?

—¿Y usted quién es?

—Una amiga, me llamo Elena Greco.

—¿Y no reconoce a Rinuccio? Rinù, ¿alguna vez has visto a esta señorita?

Le dio un coscorrón a uno de los niños que estaba a su lado, solo entonces lo reconocí. El niño me sonrió, dijo en italiano:

—Hola, tía Lenù. Mamá vuelve esta noche a las ocho.

Lo levanté, lo abracé, lo elogié por lo guapo que estaba y por lo bien que hablaba.

—Es listísimo —reconoció Titina—, nació profesor.

De ahí en adelante abandonó toda hostilidad para conmigo, quiso que entrara en su casa. En el pasillo oscuro tropecé con algo que seguramente sería de los niños. La cocina estaba en desorden, todo inmerso en una luz grisácea. En la máquina de coser la tela seguía sujeta a la aguja, y esparcidas por el suelo había otras telas de distintos colores. Con repentina incomodidad Titina trató de ordenar, luego desistió y me preparó café, siempre con su hija en brazos. Senté a Rinuccio en mi regazo, le hice preguntas estúpidas a las que él contestó con avispada resignación. Entretanto la mujer me informó sobre Lila y Enzo.

—Ella —dijo— hace salamis en Soccavo.

Me sorprendí, solo entonces me acordé de Bruno.

—¿Soccavo, el de los embutidos?

—Sí, el mismo.

—Lo conozco.

—No es buena gente.

—Conozco al hijo.

—Abuelo, padre e hijo son todos la misma mierda. Han hecho dinero y se han olvidado de cuando no tenían ni un céntimo partido por la mitad.

Pregunté por Enzo. Dijo que trabajaba en las locomotoras, usó esa palabra, y enseguida me di cuenta de que creía que él y Lila estaban casados, definió a Enzo con simpatía y respeto como «el señor Cerullo».

—¿Cuándo vuelve Lina?

—Esta noche.

—¿Y el niño?

—Se queda conmigo, come, juega, todo aquí.

De modo que el viaje no había terminado: yo me acercaba, Lila se alejaba.

—¿Cuánto se tarda en llegar a la fábrica andando? —le pregunté.

—Veinte minutos.

Titina me dio las señas, que apunté en un papel. Mientras Rinuccio preguntó modosito:

—Tía, ¿puedo irme a jugar?

Esperó que le dijera que sí, corrió al pasillo con el otro niño y enseguida oí gritar un feo insulto en dialecto. La mujer me lanzó una mirada incómoda y desde la cocina gritó en italiano:

—Rino, no digas malas palabras, mira que voy y te hago chas chas en las manitas.

Le sonreí, me vino a la cabeza mi viaje en autobús. A mí hazme también chas chas en las manitas, pensé, me encuentro en la misma situación que Rinuccio. Como la pelea en el pasillo no cesaba, tuvimos que acudir. Los dos niños se pegaban entre el ruido de cosas que se lanzaban y aullidos feroces.

124

Llegué a la zona de la fábrica Soccavo por un sendero de tierra batida, entre basuras de todo tipo, un hilo de humo negro en el cielo helado. Antes de ver la tapia noté un olor a grasa animal mezclado con leña quemada que me repugnó. El guardián dijo con recochineo que no se iba a visitar a las amiguitas en horas de trabajo. Pedí hablar con Bruno Soccavo. Cambió de tono, balbuceó que Bruno casi nunca iba a la fábrica. Telefonee a su casa, contesté. Se puso incómodo, dijo que no podía molestarlo sin motivo. «Si no llama usted —le advertí—, voy a buscar un teléfono y lo hago yo.» Me echó una mirada aviesa, no sabía qué hacer. Pasó un hombre en bicicleta, frenó, le dijo una obscenidad en dialecto. Al verlo, el guardián pareció aliviado. Se puso a charlar con él como si yo ya no existiera.

En el centro del patio ardía una hoguera. Pasé junto al fuego, la llamarada cortó el aire frío unos segundos. Llegué a una construcción baja de color amarillo, empujé una puerta pesada, entré. El olor a grasa, que fuera ya era penetrante, me resultó insoportable. Me crucé con una muchacha visiblemente enfadada que se arreglaba el pelo con gestos nerviosos. Le dije «por favor», siguió de largo con la cabeza gacha, dio unos cuantos pasos, se detuvo.

—¿Qué pasa? —preguntó, grosera.

—Busco a una chica que se llama Cerullo.

—¿Lina?

—Sí.

—En la sección de embutido.

Le pregunté dónde estaba, no me contestó, se fue. Empujé otra puerta. Me embistió un calor que contribuyó a que el olor a grasa fuera más nauseabundo. El ambiente era grande, había unos depósitos repletos de un agua lechosa donde, entre nubes de vapor, flotaban unos cuerpos oscuros removidos por unas siluetas lentas, encorvadas, operarios sumergidos hasta la cadera. No vi a Lila. Pregunté a un tipo que, tumbado en el suelo de baldosas que era un pantano, se afanaba por arreglar un tubo.

—¿Sabe dónde puedo encontrar a Lina?

—¿Cerullo?

—Cerullo.

—En la sección de mezclado.

—Me han dicho que en la de embutido.

—¿Y si ya lo sabe, para qué pregunta?

—¿Dónde está la sección de mezclado?

—Siga recto y de frente.

—¿Y la de embutido?

—A la derecha. Si no la encuentra allí, busque en la sección de deshuesado. O en las celdas. La cambian siempre.

—¿Por qué?

Esbozó una sonrisa aviesa.

—¿Es amiga suya?

—Sí.

—Entonces dejémoslo correr.

—Dígamelo.

—¿No se va a ofender?

—No.

—Es una tocacojones.

Seguí las indicaciones, nadie me paró. Los trabajadores, tanto hombres como mujeres, me parecieron encerrados en una indiferencia siniestra, incluso cuando reían o se gritaban insultos parecían distantes de sus propias carcajadas, de las voces, de la inmundicia que manipulaban, del hedor. Llegué hasta unas operarias en bata azul que elaboraban la carne, cofias en la cabeza; las máquinas hacían un ruido de chatarra y un plas plas de materia blanda, picada, mezclada. Pero Lila no estaba. Tampoco la vi donde embutían una pasta rosada mezclada con cubos de grasa en intestinos; tampoco donde con cuchillos afilados troceaban, deshuesaban, cortaban usando las hojas con peligroso frenesí. Di con ella en las celdas. Salió de un frigorífico envuelta en una especie de hálito blanco. Ayudada por un tipo de baja estatura, llevaba al hombro un bloque rojizo de carne congelada. Lo depositó en un carrito, ella hizo ademán de volver al hielo. Enseguida le vi una mano vendada.

—Lila.

Se volvió con cautela, me miró dudosa. «¿Qué haces tú aquí?», dijo. Tenía los ojos febriles, las mejillas más hundidas de lo habitual, sin embargo parecía gruesa, alta. Ella también vestía una bata azul, pero encima de una especie de abrigo largo, y calzaba unos zapatones de militar. Quería abrazarla pero no me atreví; no sé por qué, temía que se desmigajara entre mis brazos. Fue ella, en cambio, la que me estrechó durante unos larguísimos instantes. Noté la tela húmeda que llevaba encima, despedía un olor todavía más ofensivo que el que emanaba el ambiente.

—Ven —dijo—, apartémonos de aquí. —Y al que trabajaba con ella le gritó—: Dos minutos. —Me llevó a un rincón.

—¿Cómo me has encontrado?

—He entrado.

—¿Y te han dejado pasar?

—He dicho que te buscaba y que era amiga de Bruno.

—Bien hecho, así se convencen de que le hago mamadas al hijo del dueño y me dejarán un rato en paz.

—¿Qué dices?

—Así funciona.

—¿Aquí dentro?

—En todas partes. ¿Te has sacado la licenciatura?

—Sí. Pero ha ocurrido algo todavía mejor, Lila. He escrito una novela y me la publicarán en abril.

Tenía una tez grisácea, como si le faltara la sangre, y sin embargo se ruborizó. Vi el sonrojo subirle por la garganta, las mejillas, hasta el borde de los ojos, tanto que los entrecerró como si temiera que la llama le quemara las pupilas. Después me cogió una mano y me la besó, primero en el dorso, después en la palma.

—Me alegro por ti —murmuró.

En ese momento no reparé demasiado en el afecto de aquel gesto, me impresionaron la hinchazón de las manos y las heridas, cortes antiguos y nuevos, uno reciente en el pulgar izquierdo, de bordes inflamados, e imaginé que el vendaje de la derecha cubría una herida aún más fea.

—¿Qué te has hecho?

Se apartó enseguida, metió las manos en los bolsillos.

—Nada. Deshuesando las piezas se te estropean los dedos.

—¿Deshuesas las piezas de carne?

—Me ponen donde les da la gana.

—Habla con Bruno.

—Bruno es el más mierda de todos. Aparece por aquí solo para ver a cuál de nosotras puede pasarse por la piedra en la sala de curado.

—Lila.

—Es la verdad.

—¿Estás mal?

—Estoy estupendamente. Aquí en las celdas incluso me pagan diez liras más la hora, como complemento por el frío.

El hombre la llamó:

—Cerù, han pasado los dos minutos.

—Voy —dijo ella.

—Ha muerto la maestra Oliviero —murmuré.

Se encogió de hombros y dijo:

—Estaba enferma, tenía que ocurrir.

Al ver que el hombre junto al carrito se ponía nervioso, me apresuré a añadir:

—Me hizo llegar *El hada azul.*

—¿Qué es *El hada azul*?

La miré para comprobar si era verdad que no se acordaba y me pareció sincera.

—El libro que escribiste cuando tenías diez años.

—¿Libro?

—Lo llamábamos así.

Lila apretó los labios, negó con la cabeza. Estaba alarmada, temía problemas con el trabajo, pero en mi presencia fingía que ella hacía allí lo que le venía en gana.

Debo irme, pensé.

—Ha pasado mucho tiempo desde entonces —dijo, y se estremeció.

—¿Tienes fiebre?

—¡Qué va!

Busqué el folleto en mi bolso, se lo entregué. Lo cogió, lo reconoció, pero no mostró emoción alguna.

—Era una niña presuntuosa —mascculló.

Me apresuré a contradecirla.

—El cuento —le dije— sigue siendo precioso. Volví a leerlo y he descubierto que, sin darme cuenta, siempre lo he tenido en la cabeza. De ahí sale mi libro.

—¿De esta tontería? —Soltó una carcajada sonora y nerviosa—. Entonces el que te lo publica está loco.

—Estoy esperando, Cerù —le gritó el hombre.

—No me toques los cojones —le contestó ella.

Metió el folleto en el bolsillo y me cogió del brazo. Fuimos hacia la salida. Pensé en cómo me había arreglado para ella y en lo complicado que había sido llegar hasta aquel sitio. Había imaginado llantos, confidencias, reflexiones, una magnífica mañana de confesiones y reconciliación. Pero ahí estábamos dando aquel paseo del brazo, ella arrebujada, sucia, marcada, yo disfrazada de señorita de buena familia. Le dije que Rinuccio era lindísimo y muy inteligente. Elogié a su vecina, le pregunté por Enzo. Se alegró de que hubiese encontrado bien al niño, elogió a su vez a su vecina. Pero lo que la animó fue la alusión a Enzo, se iluminó, se volvió charlatana.

—Es amable —dijo—, bueno, no tiene miedo a nada, es inteligentísimo, estudia de noche, sabe un montón de cosas.

Nunca la había oído hablar así de nadie.

—¿Qué estudia? —le pregunté.

—Matemáticas.

—¿Enzo?

—Sí. Leyó algo sobre los ordenadores, o vio un anuncio, no sé, y se entusiasmó. Dice que un ordenador no es como se ve en el cine, todo bombillas de colores que se encienden, se apagan y hacen bip. Dice que es una cuestión de lenguajes.

—¿Lenguajes?

Ella adoptó aquella mirada penetrante que tan bien le conocía.

—No lenguajes para escribir novelas —dijo, y me turbó el tono de infravaloración con que pronunció la palabra novelas, me turbó la risita que siguió—. Son lenguajes de programación. Por la noche, cuando el niño se ha dormido, Enzo se pone a estudiar.

Tenía el labio inferior reseco, resquebrajado por el frío, la cara consumida por la fatiga. Sin embargo, con qué orgullo pronunció: «se pone a estudiar». Pese a que usó la tercera persona del singular, comprendí que no solo Enzo se había entusiasmado por aquel tema.

—¿Y tú qué haces?

—Le hago compañía; él está cansado y si se queda solo, se duerme. Pero juntos es bonito, uno dice una cosa, el otro dice otra. ¿Sabes qué es un diagrama de bloques?

Negué con la cabeza. Sus ojos se hicieron pequeñísimos, me soltó el brazo, se puso a hablar para contagiarme su nueva pasión. En el patio, entre el olor de la fogata y el intenso de las grasas animales, de la carne, de los cartílagos, esta Lila arropada, despeinada, palidísima, sin una pizca de maquillaje, recobró vida y energía. Habló de la reducción de todo a la alternativa verdadero-falso, citó el álgebra booleana y muchas otras cosas de las que yo no sabía nada. Y sin embargo, como siempre, sus palabras consiguieron sugestionarme. Mientras hablaba, vi la casa pobrísima por la noche, el niño durmiendo en la otra habitación; vi a Enzo sentado en la cama, molido tras fatigar todo el día en las locomotoras de a saber qué fábrica; la vi a ella, tras la jornada en los depósitos de cocción o en la sección de deshuesado o en las celdas a veinte grados bajo cero, sentada con él sobre las mantas. Los vi a los dos bajo la luz formidable del sacrificio del sueño, oí sus voces: hacían ejercicios con los diagramas de bloques, practicaban para limpiar el mundo de lo superfluo, esquematizaban las acciones de cada día con arreglo a dos únicos valores ciertos: cero y uno. Palabras oscuras en el cuarto miserable, susurradas para no despertar a Rinuccio. Comprendí que había llegado hasta allí llena de soberbia y me di cuenta de que —de buena fe, claro, con afecto— había hecho aquel largo viaje sobre todo para enseñarle lo que ella había perdido y yo había ganado. Pero ella lo había captado desde el instante en que me tuvo delante y ahora, arriesgándose a tener roces con sus compañeros y a que le pusieran multas, reaccionaba explicándome, de hecho, que yo no había ganado nada, que en el mundo no había nada que ganar, que su vida estaba llena de aventuras diferentes y desatinadas igual que la mía, y que el tiempo sencillamente se escurre sin sentido alguno, y que era bonito solo vernos de vez en cuando para oír el sonido loco del cerebro de la una resonando dentro del sonido loco del cerebro de la otra.

—¿Te gusta vivir con él? —pregunté.

—Sí.

—¿Tendréis hijos?

Hizo una mueca fingidamente divertida.

—No estoy con él.

—¿No?

—No, no tengo ganas.

—¿Y él?

—Espera.

—Quizá lo sientes como un hermano.

—No, me gusta.

—¿Y entonces?

—No sé.

Nos detuvimos al lado del fuego, ella me señaló al guardián.

—Ojo con ese —dijo—, cuando salgas es capaz de acusarte de que has robado una mortadela con tal de cachearte para meterte mano.

Nos abrazamos, nos besamos. Le dije que volvería a buscarla, que no quería perderla, y era sincera. Ella sonrió y murmuró: «Yo tampoco quiero perderte». Sentí que ella también era sincera.

Me alejé muy emocionada. Llevaba dentro de mí la pena de dejarla, el antiguo convencimiento de que sin ella nunca me ocurriría nada realmente importante y, sin embargo, sentía la necesidad de huir para no tener que seguir aguantando el olor a grasa que despedía toda ella. Tras unos cuantos pasos apresurados no resistí, me volví para saludarla otra vez. La vi de pie al lado de la hoguera, sin forma de mujer a causa de su indumentaria, mientras hojeaba el folleto de *El hada azul*. De repente lo echó al fuego.

125

No le había dicho de qué iba mi libro ni cuándo llegaría a las librerías. Ni siquiera le había hablado de Pietro, del proyecto de casarnos al cabo de un par de años. Su vida me había superado y tardé días en devolver a la mía sus contornos nítidos y su espesor. Lo que me devolvió de manera definitiva a mi propio yo —¿pero a cuál de ellos?— fueron las galeradas del libro: ciento treinta y nueve páginas, papel grueso, las palabras del cuaderno, fijadas por mi letra, se me hicieron placenteramente extrañas gracias a los caracteres de imprenta.

Pasé horas felices leyendo, releyendo, corrigiendo. Fuera hacía frío, un viento gélido se colaba por las rendijas. Me sentaba a la mesa de la cocina con Gianni y Elisa, que estudiaban. Mi madre trajinaba a nuestro alrededor, pero con sorprendente cautela, para no molestar.

Al poco tiempo fui otra vez a Milán. En aquella ocasión, por primera vez en mi vida, me permití tomar un taxi. Al final de una jornada de trabajo dedicada a sopesar las últimas correcciones, el redactor calvo me dijo: «Haré que le pidan un taxi», y no supe decirle que no. De modo que cuando desde Milán fui a Pisa, en la estación miré a mi alrededor y pensé: Por qué no, haré otra vez de gran señora. Y la tentación asomó otra vez cuando regresé a Nápoles, en el caos de la piazza Garibaldi. Me hubiera gustado llegar al barrio en taxi, cómodamente sentada en el asiento posterior, con un chófer a mi disposición que, al llegar al portón, me abriría la puerta. No me vi con ánimos, de modo que regresé a casa en autobús. Pero debía de llevar encima algo que me hacía diferente, porque cuando saludé a Ada, que sacaba a pasear a la niña, ella me miró distraída, y siguió de largo. Después se detuvo, volvió sobre sus pasos, me dijo: «Qué bien se te ve, no te había reconocido, estás cambiada, pareces otra».

En un primer momento me puse contenta, pero enseguida me disgusté. ¿Qué ventaja podía sacarle a eso de parecer otra? Quería seguir siendo yo, vinculada a Lila, al patio, a las muñecas perdidas, a don Achille, a todo. Era la única manera de sentir intensamente lo que me estaba ocurriendo. Por otra parte resulta difícil resistirse a los cambios, en aquella época, a mi pesar, cambié más que en los años de Pisa. En primavera salió el libro, que contribuyó a darme una nueva identidad mucho más que la licenciatura. Cuando le enseñé un ejemplar a mi madre, a mi padre, a mis hermanos, se lo pasaron en silencio, sin hojearlo. Miraban con fijeza la cubierta con sonrisas inseguras, me parecieron agentes de policía ante un documento falso. Mi padre dijo: «Es mi apellido», pero habló sin satisfacción, como si de pronto, en lugar de estar orgulloso de mí, hubiese descubierto que le había robado dinero de los bolsillos.

Pasaron los días, se publicaron las primeras reseñas. Las hojeé con ansiedad, herida por cualquier alusión crítica por leve que fuera. Leí en voz alta a toda la familia las más benévolas, mi padre se tranquilizó. Elisa dijo con recochineo: «Tendrías que haber firmado como Lenuccia, Elena da asco».

En aquellos días agitados mi madre compró un álbum para las fotos y empezó a pegar en él todo lo bueno que se escribía sobre mí. Una mañana me preguntó:

—¿Cómo se llama tu novio?

Lo sabía, pero tenía algo en mente y para comunicármelo quería empezar por allí.

—Pietro Airota.

—Así que tú te llamarás Airota.

—Sí.

—¿Y si escribes otro libro, en la cubierta pondrás Airota?

—No.

—¿Por qué?

—Porque me gusta Elena Greco.

—A mí también —dijo.

Pero nunca me leyó. Tampoco me leyó mi padre. Peppe, Gianni, Elisa, al principio tampoco me leyeron en el barrio. Una mañana vino un fotógrafo, estuvo dos horas sacándome fotos, primero en los jardincillos, luego en la avenida, luego a la entrada del túnel. Poco después apareció una de esas fotos en *Il Mattino*, esperé que los viandantes me pararan por la calle, que me leyeran por curiosidad. Pero nadie, ni siquiera Alfonso, Ada, Carmen, Gigliola, Michele Solara, que no era del todo ajeno al alfabeto como su hermano Marcello, me dijo nunca, ni siquiera de pasada: Está bien tu libro o, qué sé yo, tu libro no me ha gustado. Se limitaban a lanzarme calurosos saludos y seguían su camino.

Tuve que vérmelas por primera vez con unos lectores en una librería de Milán. No tardé en descubrir que el encuentro había sido sugerido con insistencia por Adele Airota, que seguía a distancia la evolución del libro y viajó expresamente desde Génova para estar presente. Pasó por mi hotel, me acompañó toda la tarde, con discreción trató de calmarme. Me entró un temblor en las manos que no se me pasaba con nada, no me salían las palabras, notaba un sabor amargo en la boca. Sobre todo estaba enfadada con Pietro, que se había quedado en Pisa porque estaba ocupado. Pero Mariarosa, que vivía en Milán, pasó a verme, alegre, antes del encuentro, luego tuvo que marcharse.

Fui para la librería muerta de miedo. Encontré la salita llena, entré con la vista baja. Creí que me desmayaría de emoción. Adele saludó a muchos de los presentes, eran amigos y conocidos suyos. Se sentó en la primera fila, me lanzó miradas de ánimo, de vez en cuando se volvió a cuchichear con una señora de su edad, sentada a sus espaldas. Hasta aquel momento solo había hablado en público en dos ocasiones, obligada por Franco, y el público estaba formado por seis o siete compañeros de él que sonreían comprensivos. Ahora la situación era distinta. Tenía delante unos cuarenta extraños de aspecto fino y cultivado que me observaban en silencio, sin simpatía, en gran parte obligados a estar allí por el prestigio de los Airota. Me entraron ganas de levantarme y salir corriendo.

Pero comenzó el rito. Un crítico mayor, profesor universitario muy apreciado en aquella época, habló cuanto pudo sobre las bondades de mi libro. No entendí nada de su discurso, solo pensé en lo que iba a decir yo. Me retorcía en la silla, me dolía el estómago. El mundo se había ido, en desorden, y yo no lograba encontrar dentro de mí la autoridad para obligarlo a regresar y reordenarlo. No obstante, me hice la desenvuelta. Cuando me tocó el turno, hablé sin saber bien qué decía, hablé para no quedarme callada, y gesticulé demasiado, exhibí demasiada competencia literaria, hice demasiada ostentación de mi cultura clásica. Después reinó el silencio.

¿Qué pensaban de mí las personas que tenía enfrente? ¿Cómo estaría evaluando mi intervención el crítico y profesor sentado a mi lado? Y Adele, tras su aspecto de mujer condescendiente, ¿se estaría arrepintiendo de haberme apoyado? Cuando la miré, enseguida me di cuenta de que le imploraba con los ojos el consuelo de un gesto de asentimiento, y me avergoncé. Entretanto, a mi lado, el profesor me tocó un brazo como para calmarme, y pidió al público que interviniera. Muchos bajaron la vista incómodos y la fijaron en sus rodillas o el suelo. El primero en hablar fue un señor maduro con gruesas gafas, muy conocido entre los presentes, desconocido para mí. En cuanto oyó su voz, Adele hizo una mueca de fastidio. El hombre habló largo rato de la decadencia del mundo editorial, más preocupada por las ganancias que por la calidad literaria; luego se refirió a la connivencia mercantil de los críticos y de la tercera página de los periódicos, dedicada a la cultura; por último se concentró en mi libro, primero con ironía, luego, cuando citó las páginas más subidas de tono, con matices abiertamente hostiles. Me ruboricé y más que contestarle, farfullé cosas genéricas, que no venían al caso. Hasta que, exhausta, me callé y clavé la vista en la mesa. El profesor-crítico me animó con una sonrisa, con la mirada, creyendo que quería continuar. Cuando se dio cuenta de que no tenía esa intención.

—¿Alguna otra pregunta? —dijo.

Al fondo se levantó una mano.

—Yo, por favor.

Un joven alto, de cabello largo y enmarañado, barba muy tupida y muy negra, se refirió de un modo despreciativo y polémico a la intervención anterior y, a trechos, también a la introducción del buen hombre sentado a mi lado. Dijo que vivíamos en un país muy provinciano, en el que cualquier ocasión valía para lamentarse, pero que entretanto nadie se arremangaba y se ponía a reorganizar las cosas para que funcionaran. Después se dedicó a elogiar la fuerza modernizadora de mi novela. Lo reconocí sobre todo por la voz: era Nino Sarratore.

Las deudas del cuerpo

Tiempo intermedio

1

Vi a Lila por última vez hace cinco años, en el invierno de 2005. Paseábamos muy de mañana por la avenida y, como nos ocurría desde hacía mucho tiempo, no conseguíamos sentirnos cómodas. Recuerdo que solo hablaba yo, ella canturreaba, saludaba a la gente que ni siquiera le contestaba, las raras veces en que me interrumpía se limitaba a pronunciar frases exclamativas, sin nexo evidente con lo que yo decía. A lo largo de los años habían pasado demasiadas cosas feas, algunas horribles, y para recuperar la confianza tendríamos que habernos confesado pensamientos secretos, pero yo no tenía fuerzas para encontrar las palabras, y a ella, que tal vez sí las tenía, no le apetecía, no le veía la utilidad.

Pese a todo, la quería mucho y cuando iba a Nápoles siempre intentaba verla, aunque debo reconocer que me daba un poco de miedo. Había cambiado mucho. La vejez se había cebado en ambas, pero mientras yo luchaba contra la tendencia a ganar peso, ella no cambiaba, estaba siempre en los huesos. Se cortaba ella misma el pelo, lo llevaba corto y muy canoso, no por decisión propia sino por dejadez. La cara muy ajada recordaba cada vez más a la de su padre. Reía con una risa nerviosa, casi un chillido, y hablaba en voz demasiado alta. Gesticulaba sin parar, dando al gesto una determinación tan feroz que era como si quisiera partir en dos los edificios, la calle, los transeúntes, a mí misma.

Estábamos llegando a la altura de la escuela primaria cuando un hombre joven que no conocía nos adelantó jadeando y le gritó que en un parterre, junto a la iglesia, habían encontrado el cadáver de una mujer. Apuramos el paso hacia los jardincillos, Lila me arrastró hacia el corrillo de curiosos abriéndose paso a empellones. La mujer, tendida de lado, era extraordinariamente gorda y vestía un impermeable pasado de moda color verde oscuro. Lila la reconoció enseguida, yo no: era nuestra amiga de la infancia Gigliola Spagnuolo, la ex mujer de Michele Solara.

No la veía desde hacía unos veinte años. La cara hermosa se había consumido, los tobillos se habían hecho enormes. El pelo, antes moreno, era ahora rojo fuego, largo como lo llevaba de jovencita, pero ralo y esparcido sobre la tierra removida. Llevaba un zapato muy gastado de tacón bajo en un pie; el otro pie estaba embutido en un calcetín de lana gris, agujereado en el dedo gordo, y el zapato se encontraba a un metro de distancia, como si lo hubiese perdido al patear por el dolor o el susto. Me eché a llorar, Lila me miró con fastidio.

Sentadas en un banco cercano, esperamos en silencio que se llevaran a Gigliola. Por ahora no se sabía qué le había ocurrido, ni cómo había muerto. Nos fuimos a casa de Lila, el antiguo y pequeño apartamento de sus padres en el que ahora vivía con su hijo Rino. Hablamos de nuestra amiga, Lila echó pestes de ella, la vida que había llevado, sus pretensiones, sus perfidias. Ahora era yo la que no conseguía escuchar, pensaba en aquella cara de perfil sobre la tierra, en lo ralo del pelo largo, en las zonas calvas blanquísimas del cráneo. Cuántos de los que habían sido niños con nosotras ya habían muerto, desaparecido de la faz de la tierra a causa de enfermedades, porque la nervadura no había resistido la lija del sufrimiento, porque su sangre había sido derramada. Nos quedamos un rato en la cocina, con desgana, sin que ninguna de las dos se decidiera a recoger, después volvimos a salir.

El sol del precioso día invernal daba a las cosas un aspecto sereno. El barrio viejo, a diferencia de nosotras, seguía idéntico. Resistían las casas bajas y grises, el patio de nuestros juegos, la avenida, las bocas negras del túnel y la violencia. Pero había cambiado el paisaje de alrededor. La verdosa extensión de los pantanos había desaparecido, la vieja fábrica de conservas estaba destruida. En su lugar, se veían los destellos de los rascacielos de cristal, en otros tiempos signo de un futuro radiante en el que nadie había creído nunca. Con el paso de los años, había registrado todos los cambios, a veces con curiosidad, aunque con frecuencia distraída. De niña había imaginado que más allá del barrio, Nápoles ofrecía maravillas. El rascacielos de la estación central, por ejemplo, me había impresionado mucho décadas antes, porque se levantaba planta tras planta, un esqueleto de edificio que entonces se nos antojaba altísimo, al lado de la audaz estación del ferrocarril. Cómo me sorprendía cuando pasaba por la piazza Garibaldi. Fíjate qué alto es, le decía a Lila, a Carmen, a Pasquale, a Ada, a Antonio, a todos los compañeros de entonces con los que me aventuraba a ir en dirección al mar, hasta el límite de los barrios ricos. Allá arriba, pensaba, viven los ángeles y seguramente disfrutan de toda la ciudad. Cómo me hubiera gustado escalarlo, subir hasta arriba del todo. Era nuestro rascacielos, a pesar de que se encontraba fuera del barrio, algo que veíamos crecer día tras día. Pero las obras se interrumpieron. Cuando regresaba a casa desde Pisa, el rascacielos de la estación, más que el símbolo de una comunidad que se renovaba, me parecía un nuevo nido de ineficiencia.

Por aquella época me convencí de que no había mucha diferencia entre el barrio y Nápoles, el malestar se deslizaba de uno a la otra sin solución de continuidad. Siempre que regresaba me encontraba con una ciudad cada vez más de mírame y no me toques, que no aguantaba los cambios de estación, el calor, el frío y, sobre todo, los temporales. Cuando no se inundaba la estación de la piazza Garibaldi, se venía abajo la Galería enfrente del museo o se producía un desprendimiento y nos quedábamos sin luz. Guardaba en mi memoria calles oscuras plagadas de peligros, el tráfico cada vez más caótico, el empedrado en mal estado, charcos enormes. Las alcantarillas sobrecargadas se desbordaban, soltaban chorros. Como ríos de lava, las aguas residuales, las inmundicias y las bacterias bajaban de las colinas cubiertas de obras flamantes y frágiles para descargar en el mar o erosionar el mundo de abajo. La gente moría a causa de la desidia, de la corrupción, de los atropellos; sin embargo, cuando llegaban las elecciones, daba su apoyo entusiasta a los políticos que le hacían la vida insoportable. En cuanto bajaba del tren, me movía con cautela por los lugares donde me había criado, procurando hablar siempre en dialecto como para dejar bien claro «soy de los vuestros, no me hagáis daño».

Cuando obtuve la licenciatura, cuando escribí a vuelapluma un relato que, de forma por completo inesperada, en pocos meses, se convirtió en libro, las cosas del mundo del que venía me parecieron aún más desmejoradas. Mientras que en Pisa, en Milán, me sentía bien, por momentos incluso feliz, cada vez que regresaba a mi ciudad temía que algo imprevisto me impidiera escapar de ella, que me arrebataran las cosas que había conquistado. No podría volver con Pietro, con quien iba a casarme pronto; me impedirían acceder al espacio pulcro de la editorial; no podría disfrutar ya de las atenciones de Adele, mi futura suegra, una madre como nunca había sido la mía. Ya en el pasado la ciudad me había parecido abarrotada, toda ella una muchedumbre de la piazza Garibaldi a la Forcella, en la Duchesca, en Lavinaio, en el Rettifilo. A finales de los años sesenta tuve la sensación de que la multitud había aumentado y de que la intolerancia, la agresividad, se extendían incontroladas. Una mañana fui hasta la via Mezzocannone, donde años antes había trabajado de dependienta en una librería. Había ido por curiosidad, para ver de nuevo el lugar donde me había deslomado, sobre todo para echar un vistazo a la universidad en la que nunca había entrado. Quería compararla con la de Pisa, con la Escuela Normal, esperaba incluso encontrarme con los hijos de la profesora Galiani —Armando, Nadia— y jactarme de mis logros. Pero la calle, los espacios universitarios me llenaron de angustia, estaban repletos de estudiantes napolitanos y de la provincia y de todo el sur, jóvenes bien vestidos, bulliciosos, seguros de sí mismos, y muchachos de modales toscos y a la vez serviles. Se amontonaban en las entradas, dentro de las aulas, delante de las secretarías donde se formaban largas colas a menudo pendencieras. Tres o cuatro se liaron a bofetadas sin previo aviso a unos pasos de mí, como si les hubiese bastado con verse para llegar a una explosión de insultos y golpes, una furia de machos que gritaba sus ansias de sangre en un dialecto que hasta a mí me costaba entender. Huí de allí, como si algo amenazante me hubiese rozado en un lugar que imaginaba seguro, habitado solo de buenas razones.

En una palabra, cada año me parecía peor. En aquella época de lluvias, la ciudad había vuelto a quebrarse, un edificio entero se había inclinado de lado como una persona que se apoya en el brazo de un viejo sillón y el brazo cede. Muertos, heridos. Y gritos, palizas, cartas bomba. Era como si la ciudad guardase en sus vísceras una furia que no conseguía salir y por eso la erosionaba, o estallaba en pústulas en la superficie, henchidas de veneno contra todos, niños, adultos, ancianos, gente de otras ciudades, norteamericanos de la OTAN, turistas de todas las nacionalidades, los mismos napolitanos. ¿Cómo se podía resistir en aquel lugar de desorden y peligro, en los suburbios, en el centro, en las colinas, al pie del Vesubio? Qué fea impresión me había causado San Giovanni a Teduccio, el viaje para llegar hasta allí. Qué fea impresión me había causado la fábrica donde trabajaba Lila, y la propia Lila, Lila con su hijo pequeño, Lila que vivía en un edificio miserable con Enzo aunque no durmieran juntos. Me había contado que él quería estudiar el funcionamiento de los ordenadores y ella intentaba ayudarlo. Se me había quedado grabada su voz que trataba de borrar San Giovanni, los embutidos, el olor de la fábrica, su condición, citándome con fingida pericia siglas como: Centro de Cibernética de la Universidad Estatal de Milán, Centro Soviético para la Aplicación de los Ordenadores a las Ciencias Sociales. Quería hacerme creer que no tardaría en crearse un centro así también en Nápoles. Y pensé: En Milán, a lo mejor, en la Unión Soviética seguramente, pero no aquí, aquí son locuras de tu imaginación desbocada a las que también estás arrastrando al pobre y leal Enzo. Mejor irse. Marcharse definitivamente, lejos de la vida que habíamos experimentado desde el nacimiento. Establecerse en territorios bien organizados donde de verdad todo era posible. Y me largué, vaya si me largué. Aunque para descubrir en las décadas siguientes que me había equivocado, que se trataba de una cadena con eslabones cada vez más grandes: el barrio remitía a la ciudad, la ciudad a Italia, Italia a Europa, Europa a todo el planeta. Hoy lo veo así: no es el barrio el que está enfermo, no es Nápoles, sino el planeta, es el universo, o los universos. La habilidad consiste en ocultar u ocultarse el verdadero estado de las cosas.

De eso hablé aquella tarde con Lila, en el invierno de 2005, con énfasis y a manera de enmienda. Quería reconocerle que ella lo había entendido todo desde niña, sin haber salido nunca de Nápoles. Pero me avergoncé casi enseguida, noté en mis palabras el pesimismo irascible del que envejece, el tono que, lo sabía, ella detestaba. De hecho me enseñó los dientes envejecidos esbozando una sonrisa que era una mueca nerviosa y dijo:

—¿Te las das de sabihonda, sueltas sentencias? ¿Qué intenciones tienes? ¿Quieres escribir sobre nosotros? ¿Quieres escribir sobre mí?

—No.

—Di la verdad.

—Sería demasiado complicado.

—Pero lo has pensado, lo estás pensando.

—Lo cierto es que sí.

—Debes dejarme en paz, Lenù. Debes dejarnos en paz a todos. Nosotros debemos desaparecer, no nos merecemos nada, ni Gigliola ni yo, nadie.

—Eso no es verdad.

Puso una cara fea, de descontento y me escrutó con las pupilas que apenas se le veían, los labios entrecerrados.

—Está bien —dijo—, escribe si tanto te empeñas, escribe sobre Gigliola, sobre quien te dé la gana. Pero sobre mí no, ni se te ocurra, prométemelo.

—No escribiré sobre nadie, tampoco sobre ti.

—Cuidado que te vigilo.

—¿Sí?

—Voy a entrar en tu ordenador, te leeré los archivos, los borraré.

—Anda ya.

—¿Crees que no soy capaz?

—Sé que eres capaz. Pero sé protegerme.

Se rió a su antigua manera malvada.

—De mí no.

2

Nunca se me olvidarán aquellas tres palabras, fue lo último que me dijo: «De mí no». Ya llevo varias semanas escribiendo de firme, sin perder tiempo en releer lo escrito. Si Lila sigue viva —fantaseo mientras bebo el café a sorbos y contemplo el Po golpear contra los pilares del puente Principessa Isabella—, no sabrá resistirse, vendrá a curiosear en mi ordenador, leerá, y como es una vieja maniática se enojará por mi desobediencia, querrá entrometerse, corregirá, añadirá, se olvidará de su afán por desaparecer. Después enjuago la taza, vuelvo al escritorio, retomo la escritura a partir de aquella fría primavera en Milán, de aquella noche en la librería, desde la que han pasado más de cuarenta años, cuando el hombre de las gafas gruesas habló con sarcasmo de mí y de mi libro delante de todos, y yo contesté temblando, de forma confusa. Hasta que de repente se levantó Nino Sarratore, casi irreconocible por la barba descuidada, negrísima, y atacó con dureza a quien me había atacado. A partir de ese momento todo mi ser empezó a gritar en silencio su nombre —cuánto hacía que no lo veía, cuatro, cinco años— y pese a estar helada por los nervios noté que me ruborizaba.

En cuanto Nino terminó su intervención, el hombre pidió la réplica con gesto contenido. Estaba claro que se lo había tomado a mal, pero me sentía demasiado alborotada por emociones violentas para comprender enseguida el porqué. Naturalmente me había dado cuenta de que la intervención de Nino había desplazado el discurso de la literatura a la política, y de forma agresiva, casi irrespetuosa. Sin embargo, en ese momento no le di demasiada importancia a la cuestión, no lograba perdonarme el no haber sabido resistir al enfrentamiento, el haberme mostrado incoherente frente a un público muy culto. Y eso que yo era buena. En el curso preuniversitario había reaccionado a la condición de desventaja tratando de ser como la profesora Galiani, me había apropiado de sus tonos, de su lenguaje. En Pisa, aquel modelo de mujer no había sido suficiente, allí tuve que vérmelas con personas muy combativas. Franco, Pietro, todos los estudiantes que destacaban y, por supuesto, los profesores prestigiosos de la Normal, se expresaban con un lenguaje complejo, escribían con cuidadísimo artificio, tenían una habilidad categorizadora, una claridad lógica, que la Galiani no poseía. Pero me ejercité para ser como ellos. A menudo lo había conseguido, me había parecido que dominaba las palabras hasta el punto de eliminar para siempre las incongruencias de estar en el mundo, la aparición de las emociones, los discursos angustiados. En una palabra, sabía recurrir a una forma de hablar y escribir que, mediante un vocabulario muy selecto, un estilo amplio y meditado, la disposición insistente de los razonamientos y una pulcritud formal que no debía faltar nunca, apuntaba a aniquilar al interlocutor hasta el punto de quitarle las ganas de objetar. Pero aquella noche las cosas no habían salido como debían. Primero Adele y sus amigos, a los que imaginaba de finísimas lecturas, y después el hombre de las gafas gruesas, me habían intimidado. Había vuelto a ser la chiquilla voluntariosa que venía del barrio, la hija del conserje con acento dialectal del sur, que no salía de su asombro al comprobar que había ido a parar a aquel sitio para interpretar el papel de la escritora joven y culta. Y así perdí confianza y me expresé sin convicción, desordenadamente. Sin contar a Nino. Su aparición me quitó por completo el control, y la calidad de su intervención en mi defensa me confirmó que, de repente, había perdido mis habilidades. Proveníamos de ambientes no muy diferentes, los dos nos habíamos esforzado por conquistar ese lenguaje. Sin embargo, él no solo lo había utilizado con naturalidad, volviéndolo con facilidad contra su interlocutor, sino que, a intervalos, cuando le parecía necesario, se permitió incluso sembrar intencionadamente el desorden en aquel italiano refinado, usando un descarado desprecio que no tardó en hacer notar lo obsoleto y quizá también lo ridículo del tono profesoral del hombre de las gafas gruesas. Así, cuando vi que este último quería volver a hablar, pensé: Se ha enfadado mucho y si antes ha hablado mal de mi libro, ahora hablará todavía peor para humillar a Nino porque lo ha defendido.

Pero el hombre parecía centrado en otra cosa, no volvió a referirse a mi novela, no me involucró más. Se concentró en algunas fórmulas que Nino había utilizado marginalmente, pero que había repetido varias veces: expresiones como «soberbia propia de barones», «literatura antiautoritaria». Solo entonces comprendí que su enfado se debía a la tensión política del discurso. No le había gustado aquel léxico y lo subrayó quebrando la voz profunda con un imprevisto falsete sarcástico: «¿De manera que la audacia del conocimiento se define hoy como soberbia, de manera que la literatura se ha convertido en antiautoritaria?». A continuación se lanzó a jugar agudamente con la palabra «autoridad», gracias a Dios —dijo—, una barrera contra los jóvenes poco cultivados que van soltando sentencias sobre todo y al buen tuntún, recurriendo a las tonterías aprendidas en a saber qué curso alternativo de la Estatal. Y habló largo y tendido sobre el tema, dirigiéndose al público, nunca directamente a Nino o a mí. Hacia el final, se concentró primero en el anciano crítico sentado a mi lado y luego directamente en Adele, quizá desde el principio verdadero objetivo de la polémica. No tengo nada contra los jóvenes, dijo a modo de síntesis, sino contra los adultos titulados que, por interés, están siempre dispuestos a aprovechar la estupidez del momento. Y con eso se calló al fin e hizo ademán de marcharse con suaves pero enérgicos disculpe, permiso, gracias.

Los presentes se levantaron y lo dejaron pasar, hostiles y sin embargo deferentes. A esas alturas me quedó definitivamente claro que era un hombre de prestigio, un prestigio de una magnitud que hasta la propia Adele respondió a su colérico gesto de saludo con un cordial: Gracias, hasta la vista. Quizá por eso Nino sorprendió un poco a todos cuando, de forma imperativa y a la vez burlona, dando a entender que sabía con quién se la jugaba, lo llamó con el título de profesor, «Profesor, adónde va, no se me escape» y, acto seguido, gracias a la agilidad de sus largas piernas, le cortó la salida, se enfrentó a él, le dijo frases en esa nueva lengua suya que, desde donde yo estaba, oí a medias y entendí a medias, pero que debían de ser como cables de acero bajo un sol intenso. El hombre escuchó inmóvil, sin impaciencia, luego hizo un gesto con la mano que significaba apártate y se dirigió hacia la salida.

3

Aturdida, me levanté de la mesa; no conseguía asimilar que Nino estuviera realmente allí, en Milán, en aquella salita. Y sin embargo, allí estaba, venía hacia mí sonriendo, pero con paso mesurado, sin prisa. Nos estrechamos la mano, la suya estaba muy caliente, la mía, helada, y nos dijimos cuánto nos alegrábamos de vernos después de tanto tiempo. Saber que por fin había pasado lo peor de la velada y que ahora él estaba frente a mí, en carne y hueso, atenuó mi mal humor pero no mi inquietud. Se lo presenté al crítico que había elogiado generosamente mi libro, le dije que era un amigo de Nápoles, que habíamos hecho juntos el curso preuniversitario. A pesar de haber recibido también alguna estocada de Nino, el profesor fue amable, lo elogió por la forma en que había tratado a aquel tipo, se refirió a Nápoles con simpatía, se dirigió a él como a un alumno brillante al que hay que animar. Nino contó que vivía en Milán desde hacía años, se dedicaba a la geografía económica, pertenecía —y sonrió— a la categoría más miserable de la pirámide académica, es decir, la de los ayudantes. Lo hizo de un modo cautivador, sin el tono enfurruñado que utilizaba de muchacho, y tuve la impresión de que llevaba una armadura más ligera que aquella otra que me había fascinado en el curso preuniversitario, como si se hubiese desprendido de pesos excesivos para poder batirse más rápidamente y con elegancia. Noté con alivio que no llevaba alianza.

Entretanto algunas de las amigas de Adele se habían acercado para que les firmase el libro, algo que me emocionó, era la primera vez que me ocurría. Vacilé; no quería perder de vista a Nino ni un solo instante, pero al mismo tiempo quería atenuar la impresión de mocetona torpe que debía de haberles causado. Lo dejé con el profesor anciano —se llamaba Tarratano— y atendí con cortesía a mis lectoras. Quería darme prisa, pero los ejemplares eran nuevos, olían a imprenta, muy distintos de los libros raídos y malolientes que Lila y yo sacábamos de la biblioteca del barrio, y no tuve valor de emborronarlos a la ligera con el bolígrafo. Hice gala de mi mejor letra, la de la época de la maestra Oliviero, me inventé unas dedicatorias elaboradas que causaron cierta impaciencia en las señoras que esperaban. Lo hice con el corazón desbocado, vigilando a Nino. Temblaba de solo pensar que se fuera.

No lo hizo. Adele se había acercado a él y a Tarratano, y Nino se dirigía a ella con deferencia y desenvoltura a la vez. Me acordé de cuando hablaba con la profesora Galiani en los pasillos del instituto, y no tardé nada en unir mentalmente al alumno brillante de entonces con el hombre joven de ahora. Descarté, sin dudarlo, como una desviación inútil que nos había hecho sufrir a todos, al estudiante universitario de Ischia, al amante de mi amiga casada, al muchacho perdido que se escondía en el retrete de la tienda de la piazza dei Martiri y que era el padre de Gennaro, un niño al que jamás había visto. La irrupción de Lila lo había desviado, para qué negarlo, pero —en aquel momento me pareció evidente— no había sido más que un paréntesis. Por más intensa que hubiese sido aquella experiencia, por más que lo hubiese marcado profundamente, había terminado. Nino se había reencontrado a sí mismo y me alegré. Pensé: Debo contarle a Lila que lo he visto, que está bien. Después cambié de idea: No, no se lo contaré.

Cuando terminé con las dedicatorias, la salita estaba casi vacía. Adele me cogió una mano con delicadeza, me alabó mucho por la forma en que había hablado de mi libro y por cómo había contestado a la pésima intervención —así la definió— del hombre de las gafas gruesas. Al ver que yo negaba haberlo hecho bien (me constaba que no era cierto), pidió a Nino y a Tarratano que se pronunciaran; naturalmente, los dos se deshicieron en elogios. Nino llegó a decir, mientras me miraba serio: «No se imaginan ustedes cómo era esta chica ya en el bachillerato superior, inteligente, culta, muy valiente y hermosa». Mientras yo notaba que me ardían las mejillas, se puso a hablar con una gracia irónica sobre mi conflicto de años antes con el profesor de religión. Adele lo escuchaba, riendo a menudo. En nuestra familia, dijo, nos dimos cuenta enseguida de las cualidades de Elena, y luego anunció que había reservado mesa para cenar en un sitio cerca de allí. Me alarmé, murmuré incómoda que estaba cansada y no tenía hambre, insinué que como hacía mucho que no nos veíamos, me habría gustado mucho dar un breve paseo con Nino antes de irme a dormir. Sabía que era una descortesía por mi parte, la cena era una ocasión para agasajarme y agradecer a Tarratano el apoyo dado al libro, pero no supe contenerme. Adele me miró un instante con expresión irónica, replicó que, por supuesto, mi amigo también estaba invitado y, misteriosa, como para resarcirme del sacrificio que yo hacía, añadió: Te tengo reservada una sorpresa. Miré a Nino con inquietud: ¿Aceptaría la invitación? Dijo que no quería molestar, echó un vistazo al reloj, aceptó.

4

Salimos de la librería. Adele se adelantó discretamente con Tarratano, Nino y yo los seguimos. No tardé en comprobar que no sabía qué decirle, temía que cada palabra fuera equivocada. Se encargó él de evitar el silencio. Elogió otra vez mi libro, se puso a hablar con mucho aprecio de los Airota (los definió como «la más respetable de las familias de Italia que valen algo»), dijo que conocía a Mariarosa («siempre está en primera línea, hace dos semanas tuvimos una discusión impresionante»), me felicitó porque acababa de enterarse por Adele que estaba comprometida con Pietro; me dejó de piedra cuando dijo conocer su libro sobre los ritos báquicos; pero sobre todo habló con deferencia del cabeza de familia, el profesor Guido Airota, «un hombre verdaderamente excepcional». Me molestó un poco que ya supiera lo de mi compromiso y me incomodó que el elogio de mi libro sirviera de introducción al elogio mucho más encendido de toda la familia de Pietro, del libro de Pietro. Lo interrumpí, le pregunté sobre él, pero se mostró vago, se refirió de pasada a un librito a punto de publicarse que definió como aburrido pero de lectura obligada. Insistí, le pregunté si le habían resultado difíciles los primeros años en Milán. Me contestó con frases genéricas sobre los problemas que se tienen cuando se viene del sur sin un céntimo en el bolsillo. Y de improviso me preguntó:

—¿Has vuelto a vivir a Nápoles?

—Por ahora sí.

—¿En el barrio?

—Sí.

—Yo he roto definitivamente con mi padre y ya no veo a nadie de mi familia.

—Qué lástima.

—Es mejor así. Lo único que siento es no tener noticias de Lina.

Por un instante pensé que me había equivocado, que Lila nunca había salido de su vida, que no había venido a la librería por mí sino solo para saber de ella. Después me dije: Si de veras hubiera querido noticias de Lila, en todos estos años habría encontrado la manera de informarse, y reaccioné impulsivamente, con el tono rotundo de quien quiere cerrar un tema deprisa:

—Ha dejado a su marido y vive con otro.

—¿Qué ha tenido, un niño o una niña?

—Un niño.

—Lina es valiente, incluso demasiado —dijo, con una mueca de descontento—. Pero no sabe adaptarse a la realidad, es incapaz de aceptar a los demás y aceptarse a sí misma. Quererla fue una experiencia difícil.

—¿En qué sentido?

—No sabe qué es la entrega.

—¿No exageras un poco?

—No, está mal hecha, en la cabeza y en todo, también en el sexo.

Aquellas últimas palabras —«también en el sexo»— me impresionaron más que las otras. ¿De modo que Nino tenía un juicio negativo sobre su relación con Lila? ¿De modo que, turbándome, acababa de decirme que aquella opinión incluía también la esfera sexual? Por un instante miré fijamente las siluetas oscuras de Adele y su amigo que caminaban delante de nosotros. La turbación se transformó en inquietud, percibí que «también en el sexo» era un preámbulo, que él quería ser aún más explícito. Años atrás, poco después de casarse, Stefano se había franqueado conmigo, me contó sus problemas con Lila, pero lo había hecho sin referirse nunca al sexo, en el barrio nadie lo habría hecho al hablar de la mujer a la que quería. Era impensable, por ejemplo, que Pasquale me hablara de la sexualidad de Ada o, peor aún, que Antonio hablara con Carmen o Gigliola de mi sexualidad. Era algo que se hacía entre hombres —con vulgaridad, cuando a nosotras, las chicas, no nos apreciaban o dejaban de apreciarnos—, pero entre hombres y mujeres, no. Intuí que Nino, el nuevo Nino, consideraba del todo normal tratar conmigo el tema de las relaciones sexuales que había tenido con mi amiga. Me sentí incómoda, me eché atrás. De esto, pensé, tampoco debo hablarle nunca a Lila; entretanto dije con fingida desenvoltura: Agua pasada, no nos pongamos tristes, hablemos de ti, ¿en qué trabajas, qué perspectivas tienes en la universidad, dónde vives, vives solo? Pero seguramente puse demasiado entusiasmo, debió de notar que me había escabullido a toda prisa. Sonrió irónico, iba a responderme. Pero habíamos llegado al restaurante, entramos.

5

Adele distribuyó los sitios: yo al lado de Nino y enfrente de Tarratano, ella al lado de Tarratano y enfrente de Nino. Pedimos, y, mientras, la conversación derivó hacia el hombre de las gafas gruesas, un profesor de literatura italiana —según entendí— asiduo colaborador del *Corriere della Sera*, democristiano. Esta vez ni Adele ni su amigo se mordieron la lengua. Fuera del ritual de la librería, al referirse a aquel tipo echaron pestes y alabaron a Nino por la forma en que le había hecho frente y lo había desarmado. Se divirtieron sobre todo recordando las palabras con las que él lo había atacado cuando abandonaba la sala, frases que ellos habían oído y yo no. Le preguntaron la formulación exacta, Nino evitó responder, dijo que no se acordaba. Después las palabras fueron saliendo, quizá reinventadas para la ocasión, algo así como «con tal de salvaguardar la autoridad en cada una de sus formas, usted estaría dispuesto a suspender la democracia». A partir de ese momento solo hablaron ellos tres, con creciente fervor, de los servicios secretos, de Grecia, de las torturas en las cárceles de aquel país, de Vietnam, de la inesperada aparición del movimiento estudiantil no solo en Italia sino en Europa y el mundo, de un artículo del profesor Airota aparecido en la revista *Il Ponte* —con el que Nino dijo estar de acuerdo palabra por palabra— sobre el estado de la investigación y la enseñanza en la universidad.

—Le diré a mi hija que le ha gustado —comentó Adela—. A Mariarosa le pareció malo.

—Mariarosa solo se apasiona con aquellas cosas que el mundo no puede dar.

—Así es, exactamente así.

Yo no sabía nada de aquel artículo de mi futuro suegro. Aquello hizo que me sintiera incómoda, me quedé escuchando en silencio. Primero los exámenes, luego la tesis de final de carrera, luego el libro y su publicación apresurada habían absorbido gran parte de mi tiempo. Estaba informada de los acontecimientos mundiales solo por encima y poco o nada había oído hablar sobre estudiantes, manifestaciones, enfrentamientos, heridos, detenciones, sangre. Como ya no estaba en la universidad, cuanto sabía realmente sobre aquel caos eran los refunfuños de Pietro, que se quejaba de lo que en sus cartas definía como «idioteca pisana». En consecuencia notaba a mi alrededor un escenario de trazos confusos. Trazos que, por el contrario, mis comensales parecían saber descifrar con precisión extrema, Nino mejor que los otros. Estaba a su lado, escuchaba, nuestros brazos se rozaban, solo un contacto a través de la tela que, sin embargo, me emocionaba. Había conservado su inclinación por las cifras: desgranaba datos sobre los inscritos en la universidad, ya eran multitud, y sobre la capacidad real de los edificios, sobre las horas efectivamente trabajadas por los barones, sobre cuántos, más que dedicarse a investigar y enseñar, se sentaban en el Parlamento o en los consejos de administración o se dedicaban a asesorías muy bien remuneradas y al ejercicio privado de la profesión. Adele asentía, su amigo también, a veces intervenían para hablar de personas que nunca había oído nombrar. Me sentí excluida. La celebración por mi libro ya no ocupaba el primer lugar en sus pensamientos, mi suegra parecía haber olvidado la sorpresa que me había anunciado. Susurré una disculpa y me levanté, Adele hizo un gesto distraído, Nino siguió hablando con pasión. Tarratano debió de pensar que me aburría y, solícito, dijo con voz casi inaudible:

—No tarde, me interesa mucho su opinión.

—No tengo opinión —contesté con media sonrisa.

—Una escritora —dijo sonriendo a su vez— siempre debe inventarse una.

—Tal vez no sea escritora.

—Sí que lo es.

Fui al lavabo. Nino siempre había tenido la capacidad de mostrarme mi atraso en cuanto abría la boca. Tengo que ponerme a estudiar, pensé, ¿cómo he podido descuidarme tanto? Claro, si me lo propongo, con las palabras sé simular algo de competencia, algo de pasión. Pero no puedo seguir así, he aprendido demasiadas cosas que no sirven y muy poco de las que sirven. Desde que terminó mi historia con Franco, he perdido la poca curiosidad que sentía por el mundo que él me transmitió. Y el compromiso con Pietro no me ha ayudado, lo que a él no le interesa ha dejado de interesarme a mí. Qué distinto es Pietro de su padre, de su hermana, de su madre. Y, sobre todo, qué distinto es de Nino. De haber sido por él, tampoco habría escrito mi novela. La aceptó casi con fastidio, como una infracción a las normas académicas. Tal vez esté exagerando y solo sea culpa mía. Soy una muchacha limitada, consigo concentrarme en una sola cosa a la vez y excluyo todo lo demás. Pero ahora cambiaré. En cuanto termine esta cena aburrida me llevaré a Nino conmigo, lo obligaré a pasear toda la noche, le preguntaré qué libros debo leer, qué películas debo ver, qué música debo escuchar. Lo cogeré del brazo y le diré: Tengo frío. Propósitos confusos, proposiciones incompletas. Me oculté a mí misma la inquietud que sentía, solo me dije: Podría ser la única ocasión que tenemos, mañana me iré, no lo veré más.

Entretanto me miraba en el espejo con rabia. Tenía cara de cansada, los granitos en la barbilla y las ojeras violáceas anunciaban la regla. Soy fea y bajita, tengo demasiado pecho. Debería haber comprendido hace mucho que nunca le he gustado, no es casualidad que prefiriera a Lila. Pero ¿con qué resultado? «Está mal hecha también en el sexo», dijo. Hice mal en escaparme por la tangente. Debí mostrar curiosidad, dejarlo continuar. Si vuelve a sacar el tema seré más desinhibida, le diré: ¿Cuándo una chica está mal hecha en el sexo? Te lo pregunto, le comentaré riendo, para corregirme yo también, llegado el caso. Suponiendo que eso pueda corregirse, quién sabe. Recordé con asco lo ocurrido con su padre en la playa dei Maronti. Pensé en cuando hacía el amor con Franco en la camita de su cuarto de Pisa. ¿Y si en aquellas ocasiones había hecho algo mal que fue notado pero que me fue ocultado? Y si esa misma noche, vamos a suponer, me diera por acostarme con Nino, ¿volvería a equivocarme, hasta tal punto que él pensaría: Está mal hecha como Lila, y hablaría de ello a mis espaldas con sus amigas de la Estatal, puede que incluso con Mariarosa?

Me di cuenta de lo desagradable de aquellas palabras, tendría que habérselas reprochado. De aquellas relaciones equivocadas, debería haberle dicho, de una experiencia sobre la que ahora emites un juicio negativo, nació un hijo, el pequeño Gennaro, que es muy inteligente; no está bien que hables así, la cuestión no puede reducirse a quien está mal hecha o bien hecha, Lila se arruinó por ti. Y decidí: cuando me quite de encima a Adele y a su amigo, cuando me acompañe al hotel, volveré sobre el tema y se lo diré.

Salí del lavabo. Regresé a la sala, descubrí que en mi ausencia la situación había cambiado. En cuanto mi suegra me vio, agitó una mano y alegre, con las mejillas encendidas, anunció: Por fin ha llegado la sorpresa. La sorpresa era Pietro, estaba sentado a su lado.

6

Mi novio se levantó de un salto, me abrazó. Nunca le había contado nada de Nino. Le había mencionado a Antonio, pocas palabras, y algo le había dicho de mi relación con Franco que, por lo demás, era bien conocida en el ambiente estudiantil pisano. A Nino no lo había nombrado siquiera. Era una historia que me hacía daño, tenía momentos penosos de los que me avergonzaba. Contarla suponía confesar que amaba desde siempre a una persona como jamás lo amaría a él. Y darle un orden, un sentido, suponía hablar de Lila, de Ischia, tal vez llegar hasta el punto de reconocer que el episodio de sexo con un hombre maduro, tal como figuraba en mi libro, se inspiraba en una experiencia real en la playa dei Maronti, una decisión de muchachita desesperada que ahora, al cabo de tanto tiempo, me parecía algo repugnante. Así que asuntos míos, me había guardado mis secretos. Si Pietro se hubiese enterado, habría comprendido fácilmente el motivo del descontento con el que lo recibía.

Se sentó otra vez a la cabecera de la mesa, entre su madre y Nino. Se zampó el filete, bebió vino, pero me miraba alarmado, notaba mi mal humor.

Seguramente se sentía culpable por no haber llegado a tiempo y por haberse perdido un acontecimiento importante de mi vida, porque su desinterés podía interpretarse como un signo de que no me amaba, porque me había dejado entre extraños sin el consuelo de su afecto. Difícil decirle que mi cara triste, mi mutismo, tenían su explicación precisamente en el hecho de que no hubiese estado ausente hasta el final, de que se hubiese entrometido entre Nino y yo.

Por otra parte, esto último me hacía aún más infeliz. Nino estaba sentado a mi lado pero no me dirigía la palabra. Parecía contento de la llegada de Pietro. Le servía vino, le ofrecía sus cigarrillos, le encendía uno, y ahora los dos exhalaban humo con los labios apretados, hablaban del pesado viaje en coche de Pisa a Milán, del placer de conducir. Me impresionó qué diferentes eran: Nino, enjuto, bamboleante, la voz alta y cordial; Pietro, fornido, con su cómica madeja de pelo enredado sobre la frente enorme, las carnosas mejillas despellejadas por la navaja de afeitar, la voz normalmente baja. Parecían felices de haberse conocido, algo bastante anómalo en Pietro, siempre distante. Nino lo asediaba, se mostraba realmente interesado por sus estudios («He leído en alguna parte un artículo en el que contrapones la leche y la miel al vino y a cualquier otra forma de ebriedad»), lo animaba a hablarle del ello, y mi novio, que, en general, tendía a no decir nada sobre esos temas, cedía, corregía con afabilidad, se abría. Cuando Pietro empezaba a tomar confianza, intervino Adele.

—Basta de charla —le dijo a su hijo—. ¿Y la sorpresa para Elena?

La miré insegura. ¿Había más sorpresas? ¿No bastaba que Pietro hubiese conducido durante horas sin parar para llegar al menos a la cena en mi honor? Pensé en mi novio con curiosidad, exhibía el gesto enfurruñado que le conocía y que ponía cuando las circunstancias lo obligaban a hablar bien de sí mismo en público. Me anunció, casi con un susurro, que ya era profesor titular, un jovencísimo profesor titular con cátedra en Florencia. Así, como por arte de magia, como era habitual en él. No presumía nunca de su pericia, yo sabía poco o nada de cuánto lo apreciaban como estudioso, me ocultaba las pruebas durísimas a las que se sometía. Y ahora, soltaba así aquella noticia, con desprecio, como obligado por su madre, como si para él no significase gran cosa. Sin embargo, suponía un notable prestigio para alguien tan joven, suponía seguridad económica, suponía marcharse de Pisa, suponía sustraerse a un ambiente político y cultural que, no sé por qué, lo exasperaba desde hacía meses. Sobre todo suponía que en otoño, a más tardar a principios del año siguiente, nos casaríamos y yo me iría de Nápoles. Nadie apuntó a esto último, todos se limitaron a darnos la enhorabuena tanto a Pietro como a mí. También Nino, que enseguida echó un vistazo al reloj, soltó algunas frases ácidas sobre las carreras universitarias y exclamó que lo sentía mucho pero que debía marcharse.

Nos levantamos todos. No sabía qué hacer, busqué inútilmente su mirada, sentí dentro de mí una gran pena. Fin de la velada, ocasión perdida, deseos frustrados. Ya en la calle esperé que me diera un número de teléfono, una dirección. Se limitó a estrecharme la mano y a desearme lo mejor de lo mejor. A partir de ese momento tuve la impresión de que con cada uno de sus movimientos me excluía a propósito. A modo de despedida esbocé una media sonrisa agitando la mano en el aire como si empuñara una estilográfica. Era una súplica, significaba: Sabes dónde vivo, escríbeme, te lo ruego. Pero ya me había dado la espalda.

7

Le di las gracias a Adele y a su amigo por las molestias que se habían tomado por mí y mi libro. Los dos se deshicieron en sinceros elogios a Nino, hablándome como si yo hubiese contribuido a criarlo y a que llegara a ser tan simpático e inteligente. Pietro no dijo nada, se limitó a hacer un gesto un tanto nervioso cuando su madre le rogó que regresara temprano, pues ambos se alojaban en casa de Mariarosa. Me apresuré a decirle: No hace falta que me acompañes, ve con tu madre. A nadie se le ocurrió pensar que lo decía en serio, que estaba triste y prefería estar sola.

Durante todo el trayecto me mostré arisca. Me quejé de que Florencia no me gustaba, y no era cierto. Me quejé y dije que no quería seguir escribiendo, que quería enseñar, y no era cierto. Me quejé de que estaba cansada, de que tenía mucho sueño, y no era cierto. Y no acabó ahí la cosa, cuando Pietro me anunció sin rodeos que quería conocer a mis padres, le grité: Estás loco, a mi familia la dejas en paz, no tienes nada que ver con ellos y ellos no tienen nada que ver contigo. Entonces me preguntó asustado:

—¿Ya no quieres que nos casemos?

Estuve a punto de contestarle: No, no quiero, pero me mordí la lengua a tiempo, sabía que eso tampoco era cierto. Con un hilo de voz le dije: Perdóname, estoy deprimida, claro que quiero casarme contigo, y lo aferré de la mano, entrelacé mis dedos con los suyos. Era un hombre inteligente, extraordinariamente culto y bueno. Lo quería, no era mi intención hacerlo sufrir. Sin embargo, precisamente cuando le estrechaba la mano, precisamente cuando le confirmaba que quería casarme con él, supe con claridad que si aquella noche no se hubiese presentado en el restaurante, habría intentado acostarme con Nino.

Me costó hacerme esa confesión. Sin duda era una mala acción que Pietro no se merecía y, pese a ello, la habría cometido de buena gana y sin remordimientos. Habría encontrado la manera de atraer a Nino después de todos los años transcurridos, de la primaria al preuniversitario, hasta la época de Ischia y de la piazza dei Martiri. Me habría acostado con él, aunque aquella frase que había dicho sobre Lila no me había gustado y me angustiaba. Me habría acostado con él y nunca se lo habría contado a Pietro. A lo mejor se lo habría contado a Lila, pero a saber cuándo, en todo caso cuando fuéramos viejas, cuando imaginaba que ni a ella ni a mí ya nada podía importarnos. El tiempo, como en todo, era decisivo. Nino habría durado una sola noche, me habría dejado por la mañana. Pese a que lo conocía de toda la vida, estaba lleno de fantasías, conservarlo para siempre habría sido imposible, venía de la infancia, estaba construido con deseos infantiles, carecía de concreción, no se asomaba al futuro. En cambio Pietro era de ahora, macizo, una piedra de lindero. Delimitaba una tierra muy nueva para mí, una tierra de buenas razones, gobernada por normas recibidas de su familia que daban sentido a todas las cosas. Regían grandes ideales, el culto al buen nombre, cuestiones de principio. Nada de lo relacionado con los Airota era casualidad. Casarse, por ejemplo, suponía contribuir a una batalla laica. Los padres de Pietro se habían casado solo por lo civil y Pietro, que, por lo que yo sabía, tenía una vasta cultura religiosa, y tal vez por eso mismo nunca se habría casado por la iglesia, antes habría renunciado a mí. Lo mismo podía decirse del bautismo. Pietro no estaba bautizado, Mariarosa tampoco, de manera que nuestros posibles hijos tampoco serían bautizados. Todo en él funcionaba de ese modo, parecía guiado siempre por un orden superior que, pese a no tener un origen divino sino familiar, le daba igualmente la certeza de estar del lado de la verdad y la justicia. En cuanto al sexo, no sé, era cauto. Sabía bastantes cosas de mi historia con Franco Mari para deducir que yo no era virgen, sin embargo, nunca había mencionado el tema, ni media frase recriminatoria, ni una ocurrencia grosera, era difícil imaginarlo con una puta, y yo descartaba que hubiese dedicado un solo minuto de su vida a hablar de mujeres con otros hombres. Detestaba las ocurrencias lujuriosas.

Detestaba el chismorreo, las voces estridentes, las fiestas, todo tipo de derroches. Pese a gozar de una posición muy acomodada, y en abierta polémica con sus padres y su hermana, tendía a una especie de ascetismo en la abundancia. Poseía un marcado sentido del deber, jamás habría faltado a su compromiso conmigo, jamás me habría traicionado.

De manera que no, no quería perderlo. Paciencia si mi naturaleza, tosca a pesar de los estudios cursados, estaba alejada de su rigor, si no sabía honestamente cuánto habría soportado toda aquella estructura racional. Él me daba la certidumbre de huir de la maleabilidad oportunista de mi padre y de la ordinariez de mi madre. Por eso rechacé por la fuerza el pensamiento de Nino, cogí a Pietro del brazo, murmuré: Sí, casémonos lo antes posible, quiero irme de casa, quiero sacarme el carnet de conducir, quiero viajar, quiero tener teléfono, televisión, nunca he tenido nada. Al oír aquello se puso contento, se rió, dijo que sí a todo lo que yo pretendía confusamente. Cuando estuvimos cerca del hotel se detuvo, murmuró con voz ronca: ¿Puedo dormir contigo? Aquella fue la última sorpresa de la noche. Lo miré perpleja; muchas veces había estado dispuesta a hacer el amor, él siempre lo había evitado; pero tenerlo en mi cama allí, en Milán, en el hotel, después de la discusión traumática de la librería, después de Nino, no me apetecía. Contesté: Hemos esperado tanto, podemos esperar un poco más. Lo besé en un rincón oscuro, desde el umbral del hotel lo contemplé mientras se alejaba por el corso Garibaldi y, de vez en cuando, se daba la vuelta, me decía adiós con gesto tímido. Los andares desordenados, los pies planos, la alta maraña de pelo me enternecieron.

8

De ahí en adelante la vida comenzó a martillearme sin tregua, los meses se fueron sucediendo deprisa uno tras otro, no había día en que no ocurriera algo bueno o malo. Regresé a Nápoles sin dejar de pensar en Nino, darle vueltas a nuestro encuentro sin consecuencias; por momentos se imponían las ganas de ir corriendo a ver a Lila, esperar que regresara del trabajo, contarle lo que se podía contar sin hacerle daño. Después me convencí de que la sola mención de Nino la habría mortificado, y renuncié a ello. Lila se había deslizado por su pendiente, Nino por la suya, yo tenía cosas urgentes de las que ocuparme. Por ejemplo, la misma noche de mi regreso de Milán, le comuniqué a mis padres que Pietro iría a conocerlos, que probablemente nos casaríamos antes de final de año, que me iría a vivir a Florencia.

No mostraron alegría ni satisfacción. Pensé que se habían acostumbrado definitivamente a que entrara y saliera a mi antojo, cada vez más extraña a la familia, indiferente a sus problemas de supervivencia. Y me pareció dentro de la normalidad que solo mi padre se inquietara un poco, siempre nervioso ante situaciones para las que no se sentía preparado.

—¿Es necesario que venga a nuestra casa el profesor de universidad? —preguntó molesto.

—¿Adónde iba a ir si no? —se enfadó mi madre—. ¿Cómo hará para pedir la mano de Lenuccia si no viene aquí?

Como de costumbre, me pareció más dispuesta que él, concreta, decidida hasta el punto de rozar la insensibilidad. Pero en cuanto lo hizo callar, en cuanto su marido se fue a dormir y Elisa, Peppe y Gianni se prepararon las camas en el comedor, tuve que cambiar de opinión. Me agredió en voz muy baja y pese a ello a gritos, siseando con los ojos enrojecidos: Para ti somos el último mono, nos dices las cosas a último momento, a saber quién se cree que es la señorita porque ha estudiado, porque escribe libros, porque se casa con un profesor, pero querida mía, no se te olvide que has salido de este vientre y estás hecha de esta carne, así que no te des aires de superioridad y no olvides nunca que si eres inteligente, yo, que te llevé aquí dentro, soy tan inteligente como tú o más, y que de haber tenido la oportunidad, habría hecho las mismas cosas que tú, ¿entendido? Después, aprovechando el ímpetu de aquella furia, primero me echó en cara que, como me había ido y solo había pensado en mí, por mi culpa a mis hermanos no les había ido nada bien en la escuela; después me pidió dinero, es más, me exigió que se lo diera, dijo que lo necesitaba porque tenía que comprarle un vestido decente a Elisa y arreglar un poco la casa, dado que la obligaba a recibir a mi novio.

Pasé por alto el fracaso escolar de mis hermanos. Pero le di el dinero enseguida, aunque no era cierto que lo necesitara para la casa, me pedía dinero sin cesar, cualquier excusa era buena. Seguía sin poder aceptar, aunque no lo hubiese dicho nunca abiertamente, que tuviera mi dinero en una cuenta de la oficina de correos, que no se lo entregara a ella como había hecho siempre, cuando llevaba a la playa a las hijas de la dueña de la papelería o cuando trabajaba en la librería de Mezzocannone. Tal vez, pensé, comportándose como si mi dinero le perteneciera, quiere convencerme de que yo misma le pertenezco y que, aunque me case, le perteneceré siempre.

Mantuve la calma, a manera de indemnización le comuniqué que haría instalar en casa un teléfono, que compraría a plazos un aparato de televisión. Ella me miró insegura, con una admiración repentina que chocaba con cuanto acababa de decirme.

—¿Televisión y teléfono en esta casa?

—Claro.

—¿Los pagarás tú?

—Sí.

—¿Sabe el profesor que no tenemos ni un céntimo para tu dote ni para la fiesta?

—Lo sabe, y no habrá ninguna fiesta.

De nuevo cambió de humor, los ojos se le inflamaron otra vez.

—¿Cómo que no habrá fiesta? Que la pague él.

—No, prescindiremos de la fiesta.

Mi madre volvió a enfurecerse, me provocó de todas las formas posibles, quería que le replicara para enojarse mejor.

—¿Te acuerdas de la boda de Lina, te acuerdas de la fiesta que hizo?

—Sí.

—¿Y tú que eres mucho mejor que ella no quieres hacer nada?

—No.

Seguimos así hasta que decidí que más que dosificar su rabia, me convenía sumar todos los arrebatos en uno.

—No solo no daremos una fiesta —dije—, sino que nos casaremos en el ayuntamiento y no por la iglesia.

Entonces fue como si un viento fuerte hubiese abierto de par en par puertas y ventanas. Aunque de muy escasa religiosidad, mi madre perdió por completo el control y, con la cara roja, inclinada hacia adelante, se puso a chillar insultos terribles. Gritó que el matrimonio no valía nada si el cura no decía que era válido. Gritó que si no me casaba ante Dios, jamás sería esposa sino una puta cualquiera y, a pesar de la pierna dañada, casi salió volando a despertar a mi padre, a mis hermanos, para ponerlos al corriente de lo que siempre había temido, es decir, que el exceso de estudios me había ablandado el cerebro, que había tenido todas las suertes posibles, pero que me dejaba tratar como una furcia, y que ella no podría volver a salir de casa por la vergüenza de tener una hija sin Dios.

Atontado y en calzoncillos, mi padre junto con mis hermanos trataron de comprender a qué nuevo lío debían enfrentarse por culpa mía, y entretanto procuraron tranquilizarla, pero fue inútil. Gritaba que quería echarme de casa enseguida, antes de que la expusiera a la vergüenza de tener ella también, ella también, una hija concubina como Lila y Ada. Mientras, aunque no hacía nada para abofetearme en serio, golpeaba el aire como si yo fuese una sombra y me tuviera agarrada de verdad y me estuviese dando una paliza tremenda. Tardó un buen rato en calmarse, cosa que ocurrió gracias a Elisa. Mi hermana preguntó con cautela:

—Pero ¿eres tú la que se quiere casar en el ayuntamiento o es tu novio?

Le expliqué a ella, pero como si estuviese aclarando el punto a todos, que hacía tiempo que para mí la Iglesia ya no significaba nada, que a mí me daba igual casarme en el ayuntamiento o en el altar; pero para mi novio era importantísimo que nos casáramos únicamente por lo civil, que él lo sabía todo sobre temas religiosos y creía que la religión, algo muy digno, se echaba a perder cuando metía baza en los asuntos del Estado. En fin, si no nos casamos en el ayuntamiento, concluí, él no se casa conmigo.

Fue entonces cuando mi padre, que de inmediato se había puesto del lado de mi madre, dejó de golpe de hacerse eco de sus insultos y sus quejas.

—¿No se casa contigo?

—No.

—¿Y qué hace, te deja?

—Nos vamos a vivir juntos a Florencia sin casarnos.

Aquella noticia fue considerada por mi madre la más insoportable de todas. Perdió por completo los estribos, prometió que llegado el caso agarraría un cuchillo y me degollaría. En cambio, mi padre se alborotó nervioso el pelo y le dijo:

—Cállate un momento, no me hagas cabrear y pensemos. Sabemos de sobra que puedes casarte delante del cura, dar una fiesta por todo lo alto y aun así acabar muy mal.

Era evidente que él también se refería a Lila, que era el escándalo siempre vivo del barrio y, al fin, mi madre lo comprendió. El cura no era una garantía, nada era una garantía en el feo mundo en que vivíamos. Por ello no gritó más y dejó a mi padre la tarea de analizar la situación y en ese caso darme la razón. De todos modos, ella no dejó de ir de acá para allá cojeando, meneando la cabeza, profiriendo insultos por lo bajo contra mi futuro marido. ¿Qué era el profesor? ¿Era comunista? ¿Comunista y profesor? Profesor de mierda, gritó. ¿Qué clase de profesor es alguien que piensa como él? Un desgraciado piensa así. Pero qué desgraciado ni qué ocho cuartos, replicó mi padre, es alguien que ha estudiado y sabe mejor que nosotros las asquerosidades que hacen los curas, por eso quiere dar el sí en el ayuntamiento. De acuerdo, tienes razón, muchos comunistas lo hacen así. De acuerdo, tienes razón, de esta forma da la sensación de que nuestra hija no está casada. Pero yo a ese profesor de universidad le daría un voto de confianza; la quiere, no puedo creer que ponga a Lenuccia en la situación de que parezca una furcia. Y aunque no queramos fiarnos de él —pero yo sí me fío, ojo, aunque no lo conozca todavía, es una persona importante, y a las chicas de aquí ni se les ha pasado por la cabeza un partido como él—, fiémonos al menos del ayuntamiento. Yo trabajo en el ayuntamiento, y puedo asegurarte que un matrimonio celebrado allí vale tanto como el de la iglesia, puede que más.

Seguimos así durante horas. En un momento dado mis hermanos no podían más de sueño y se fueron a dormir. Yo me quedé para tranquilizar a mis padres y convencerlos de que aceptaran algo que, en ese momento, para mí era una clara señal de mi entrada en el mundo de Pietro. Además, de esa manera, por una vez me sentía más audaz que Lila. Y, sobre todo, si volvía a cruzarme con Nino, me habría gustado poder decirle con indirectas: Ya ves adónde me ha llevado la discusión con el profesor de religión, cada elección tiene su historia, muchos momentos de nuestra existencia permanecen comprimidos en un rincón a la espera de una salida, y al final esa salida llega. Pero habría exagerado, en realidad todo era más simple. Desde hacía unos diez años el Dios de la infancia, que ya era bastante débil, se había retirado a un rincón como un anciano enfermo y yo no sentía ninguna necesidad de la santidad del matrimonio. Lo esencial era irme de Nápoles.

9

El horror que sentía mi familia ante la idea de una unión exclusivamente por lo civil sin duda no se borró aquella noche, pero se atenuó. Al día siguiente, mi madre me trató como si cuanto tocaba —la cafetera, la taza con la leche, el azucarero, la hogaza de pan— estuviesen allí solo para que ella cayera en la tentación de lanzármelas a la cara. Con todo no se puso a gritar otra vez. En cuanto a mí, no le hice ni caso, salí bien temprano, fui a iniciar los trámites para la instalación del teléfono. Concluido el recado pasé por Port'Alba, recorrí las librerías. Estaba decidida a conseguir en poco tiempo expresarme sin timidez cada vez que se me presentaran situaciones como la de Milán.

Elegí libros y revistas intuitivamente, gasté bastante dinero. Después de mucho dudarlo, sugestionada por aquella frase de Nino que con frecuencia me volvía a la cabeza, terminé por comprarme los *Tres ensayos sobre teoría sexual* —no sabía casi nada de Freud, y lo poco que sabía me incomodaba—, así como un par de obritas dedicadas al sexo. Pensaba hacer como en el pasado con las asignaturas de la escuela, los exámenes, la tesis, como había hecho con los diarios que me pasaba la Galiani o con los textos marxistas que unos años antes me había pasado Franco. Quería estudiar el mundo contemporáneo. Resulta difícil precisar qué llevaba almacenado ya por entonces. Estaban las discusiones con Pasquale, y también con Nino. Estaba la atención prestada a Cuba y a América Latina. Estaban la miseria incurable del barrio, la batalla perdida de Lila. Estaba la escuela que rechazó a mis hermanos simplemente porque habían sido menos tozudos que yo, menos inclinados al sacrificio. Estaban las largas conversaciones con Franco y las ocasionales con Mariarosa, confusas dentro de una única hilacha nebulosa («el mundo es profundamente injusto y hay que cambiarlo, pero la coexistencia pacífica entre el imperialismo norteamericano y las burocracias estalinistas, así como las políticas reformistas de los partidos obreros europeos y, en especial, los italianos, apuntan a mantener al proletariado en un compás de espera dependiente que echa agua al fuego de la revolución, con la consecuencia de que si gana el estancamiento mundial, si gana la socialdemocracia, en el curso de los siglos el capitalismo acabará triunfando y la clase obrera será víctima de la coacción del consumo»). Estos estímulos habían hecho efecto, seguramente bullían en mi interior desde hacía tiempo, por momentos me emocionaban. Pero creo que lo que me impulsó a ponerme al día a marchas forzadas, al menos al principio, fue la antigua urgencia de salir bien parada. Desde hacía tiempo estaba convencida de que podemos educarnos en todo, incluso en la pasión política.

Mientras pagaba, de reojo vi mi novela en una estantería, y miré enseguida para otro lado. Cada vez que veía el libro en algún escaparate, entre otras novelas de reciente publicación, sentía en mi interior una mezcla de orgullo y miedo, un pellizco de placer que acababa en angustia. Claro, el relato había nacido por casualidad, en veinte días, sin compromiso, como un sedante contra la depresión. Además, sabía bien qué era la gran literatura, había trabajado a fondo los clásicos, y mientras escribía jamás se me había pasado por la cabeza que estuviese haciendo algo de valor. Pero el esfuerzo de dar con una forma me había comprometido. Y el compromiso se había convertido en ese libro, un objeto que me contenía. Ahora yo estaba allí, expuesta, y verme me producía violentas palpitaciones en el pecho. Sentía que no solo en mi libro, sino en general en las novelas, había algo que me inquietaba, un corazón desnudo y palpitante, el mismo que se me había salido del pecho en el instante lejano en que Lila había propuesto que escribiésemos juntas un cuento. Me había tocado a mí hacerlo en serio. Pero ¿era eso lo que quería? ¿Escribir, escribir no por casualidad, escribir mejor que como lo había hecho? ¿Y estudiar los relatos del pasado y el presente para comprender cómo funcionaban, y aprender, aprenderlo todo sobre el mundo con el único propósito de construir corazones muy vivos, que nadie habría puesto a punto mejor que yo, ni siquiera Lila si hubiese tenido ocasión?

Salí de la librería, me detuve en la piazza Cavour. Hacía un día estupendo, la via Foria parecía inusualmente limpia y sólida pese a las barbacanas que apuntalaban la Galería. Me impuse la disciplina de siempre. Saqué un cuadernito que había comprado hacía poco, quería empezar a hacer como los escritores de verdad, apuntar pensamientos, observaciones, datos útiles. Leí *L'Unità* de arriba abajo, anoté lo que no sabía. En *Il Ponte* encontré el artículo del padre de Pietro, lo hojeé con curiosidad pero no me pareció tan importante como Nino había sostenido, al contrario, me causó una desagradable impresión al menos por dos motivos: en primer lugar, Guido Airota empleaba de forma aún más rígida el mismo lenguaje académico que el hombre de las gafas gruesas; en segundo lugar, en un pasaje en el que hablaba de las estudiantes («es una multitud nueva —escribía—, pertenecen a todas luces a un ambiente no acomodado, señoritingas con ropas modestas y de modesta educación que de la desmesurada fatiga de los estudios pretenden justamente un futuro hecho no solo de ritualidad doméstica»), me pareció ver una alusión a mí, voluntaria o del todo irreflexiva. Lo apunté también en mi cuaderno («¿qué soy yo para los Airota, la joya de la corona de su amplitud de miras?») y no precisamente de buen humor, de hecho, me aburría y empecé a hojear el *Corriere della Sera*.

Recuerdo que el aire estaba tibio, conservo, ya sea inventado o real, un recuerdo olfativo, mezcla de papel impreso y pizza frita. Leí los titulares página a página hasta que me quedé sin aliento. Intercalada entre cuatro densas columnas de plomo estaba mi foto. En el fondo se veía un escorzo del barrio, el túnel. El titular decía: «Memorias picantes de una muchacha ambiciosa. Primera novela de Elena Greco». Firmaba el artículo el hombre de las gafas gruesas.

10

Mientras leía me cubrí de un sudor frío, tuve la sensación de estar a punto de desmayarme. Mi libro era tratado como una ocasión para confirmar que en los últimos diez años, en todos los sectores de la vida productiva, social y cultural, desde las fábricas, a las oficinas, la universidad, el mundo editorial, el cine, el mundo entero se había desmoronado por la presión de una juventud consentida y falta de valores. De vez en cuando se citaba alguna frase mía entrecomillada para demostrar que yo era un exponente adecuado de mi generación malcriada. Hacia el final me definía como «una muchachita empeñada en ocultar su falta de talento tras unas paginitas excitantes de mediocre trivialidad».

Me eché a llorar. Era lo más duro que había leído desde la publicación del libro, y no en un periódico de escasa tirada, sino en el diario de mayor difusión de Italia. Lo que me pareció más intolerable era la imagen de mi cara sonriente en medio de un texto tan ofensivo. Regresé a casa andando, no sin antes haberme desprendido del *Corriere*. Temía que mi madre leyera la reseña y la utilizara en mi contra. Imaginé que querría incluirla también en su álbum para echármela en cara cada vez que le diera disgustos.

Encontré la mesa puesta solo para mí. Mi padre estaba trabajando, mi madre había ido a pedir no sé qué a una vecina y mis hermanos ya habían comido. Me tragué la pasta con patatas releyendo frases sueltas de mi libro. Pensaba con desesperación: quizá sea cierto que no vale nada, quizá me lo publicaron por hacerle un favor a Adele. ¿Cómo había podido concebir frases tan flojas, consideraciones tan banales? Y qué desaliño, cuántas comas inútiles, no escribiré más. Seguí allí, deprimida entre el disgusto por la comida y el disgusto por el libro, cuando llegó Elisa con una notita. Se la había dado la señora Spagnuolo a cuyo número de teléfono, y gracias a su amabilidad, podía recurrir quien me buscara para llamadas urgentes. La notita decía que había recibido tres llamadas, una de Gina Medotti, encargada de la oficina de prensa de la editorial, una de Adele y una de Pietro.

Los tres nombres, escritos con la caligrafía premiosa de la señora Spagnuolo, tuvieron el efecto de darle cuerpo a un pensamiento que hasta minutos antes se había quedado en el fondo. Las palabras desagradables del hombre de las gafas gruesas se estaban difundiendo con rapidez, a lo largo del día llegarían a todas partes. Ya las habían leído Pietro, su familia, los directivos de la editorial. Quizá también le habían llegado a Nino. Quizá mis profesores de Pisa las tenían ante sus ojos. Seguramente habían llamado la atención de la Galiani y sus hijos. Y quién sabe, quizá también las había leído Lila. Me eché a llorar otra vez, asustando a Elisa.

—¿Qué te pasa, Lenù?

—No me siento bien.

—¿Te hago una manzanilla?

—Sí.

No hubo tiempo. Llamaron a la puerta, era Rosa Spagnuolo. Alegre, un poco jadeante tras haber subido las escaleras corriendo, dijo que mi novio preguntaba otra vez por mí, estaba al teléfono, qué bonita voz, qué bonito acento del norte. Corrí a contestar disculpándome mil veces por la molestia. Pietro intentó consolarme, dijo que su madre me recomendaba que no me disgustase, lo esencial era que se hablara del libro. Pero yo, sorprendiendo a la señora Spagnuolo que me conocía como una muchacha dócil, casi le grité: Qué me importa que se hable si se habla mal. Él me recomendó de nuevo que me calmara y añadió: Mañana saldrá un artículo en *L'Unità*. Puse fin a la llamada gélidamente, dije: Sería mejor que nadie se ocupara más de mí.

No pegué ojo en toda la noche. Por la mañana no supe resistirme y fui corriendo a comprar *L'Unità*. Lo hojeé deprisa, delante del quiosco, a un paso de la escuela primaria. Me encontré otra vez con mi foto, la misma que la del *Corriere*, en esta ocasión arriba en el centro del artículo, al lado del titular: «Jóvenes rebeldes y viejos reaccionarios. A propósito del libro de Elena Greco». No había oído nunca el nombre del firmante del artículo, pero estaba claro que era alguien que escribía bien, sus palabras actuaron como un bálsamo. Elogiaba mi novela sin medias tintas y denigraba al prestigioso profesor de las gafas gruesas. Volví a casa fortalecida, puede incluso que de buen humor. Hojeé mi libro y esta vez me pareció bien organizado, escrito con pericia. Mi madre dijo hosca: ¿Has ganado el gordo de la lotería? Dejé el diario encima de la mesa de la cocina sin decirle nada.

Hacia el final de la tarde reapareció la Spagnuolo, otra llamada para mí. Ante mi incomodidad, mis excusas, dijo sentirse muy feliz de poder serle útil a una muchacha como yo, me cubrió de elogios. Gigliola ha tenido suerte, suspiró cuando bajábamos las escaleras, su padre se la llevó a trabajar a la pastelería de los Solara cuando tenía trece años, y menos mal que se ha comprometido con Michele que si no, se habría pasado la vida deslomándose. Abrió la puerta de su casa, me precedió por el pasillo hasta el teléfono colgado de la pared. Noté que había puesto una silla expresamente para que estuviera cómoda; cuánta deferencia hacia quien había estudiado, estudiar se consideraba un truco de los chicos más listos para eludir fatigas. ¿Cómo hago para explicarle a esta mujer, pensé, que soy esclava de las letras y los números desde los seis años, que mi humor depende del éxito de sus combinaciones, que esta alegría de haberlo hecho bien es rara, inestable, que dura una hora, una tarde, una noche?

—¿Lo has leído? —me preguntó Adele.

—Sí.

—¿Estás contenta?

—Sí.

—Entonces te doy otra buena noticia. El libro empieza a venderse, si sigue así, lo reimprimimos.

—¿Qué significa eso?

—Significa que nuestro amigo del *Corriere* creyó que nos destruiría pero nos ha hecho un favor. Adiós, Elena, disfruta del éxito.

11

El libro se vendía en serio, me di cuenta en los días siguientes. La señal más notable fue que se multiplicaron las llamadas de Gina, a veces para avisarme de la publicación de una reseña en tal periódico, a veces para anunciarme alguna invitación en librerías y círculos culturales, sin olvidarse nunca de saludarme con la frase afectuosa: El libro se abre camino, licenciada Greco, enhorabuena. Gracias, decía, pero no estaba contenta. Los artículos de los periódicos me parecían superficiales, se limitaban a aplicar o bien el esquema entusiasta de *L'Unità* o el destructivo del *Corriere*. Y pese a que en cada ocasión Gina me repetía que los comentarios negativos también ayudaban al libro a abrirse camino, aquellas opiniones me hacían daño y esperaba nerviosa algunas propuestas favorables para equilibrar las contrarias y sentirme mejor. De todos modos, dejé de esconderle a mi madre las reseñas pérfidas, se las entregué todas, las buenas y las malas. Ella intentaba leerlas silabeando con aire hosco, pero nunca conseguía pasar de las primeras cuatro o cinco líneas, entonces, o encontraba enseguida un pretexto para pelearse, o por aburrimiento se refugiaba en su afán de coleccionismo. Su objetivo era llenar el álbum entero, y cuando no tenía recortes para darle se quejaba, temía que le quedasen páginas en blanco.

La reseña que más daño me hizo por aquella época apareció en el *Roma*. Seguía párrafo por párrafo la del *Corriere*, pero con un estilo florido que hacia el final hacía hincapié obsesivamente en un solo concepto, el siguiente: Las mujeres están perdiendo todo freno, basta con leer la obscena novela de Elena Greco para comprobarlo, es un mal remedo de la ya vulgar *Buenos días, tristeza*. El contenido no fue lo que más me hirió, sino la firma. El artículo era de Donato Sarratore, el padre de Nino. Pensé en cómo me había impresionado de adolescente el hecho de que aquel hombre fuese autor de un libro de poemas; pensé en el halo de gloria en el que lo había encerrado al enterarme de que escribía en periódicos. ¿A qué venía esa reseña? ¿Acaso había querido vengarse porque se había reconocido en el repulsivo padre de familia que trataba de seducir a la protagonista? Estuve tentada de llamarlo por teléfono y gritarle en dialecto los insultos más insoportables. Renuncié únicamente porque me acordé de Nino y me pareció que había descubierto algo importante: su experiencia y la mía eran similares. Los dos nos habíamos negado a tomar como modelos a nuestras familias, desde siempre me había empeñado en distanciarme de mi madre, él había roto definitivamente los lazos con su padre. Esta afinidad me consoló, la rabia se fue aplacando poco a poco.

Aunque no había tenido en cuenta que el *Roma* era el periódico más leído en el barrio. Lo comprobé al final de la tarde. Gino, el hijo del farmacéutico, ahora un joven todo músculos inflados gracias al levantamiento de pesas, justo cuando yo pasaba por allí se asomó a la puerta de la farmacia de su padre, en bata blanca de médico, a pesar de no haberse graduado. Me llamó agitando el diario y dijo, en un tono bastante serio, además, porque recientemente había hecho su pequeña carrera en una sección del partido Movimiento Social Italiano: ¿Has visto las cosas que escriben de ti? Para no darle el gusto contesté: Escriben muchas, y seguí por mi camino saludando con la mano. Él se quedó cortado, masculló algo, después añadió con explícita malicia: Tengo que leer ese libro tuyo, veo que es muy interesante.

Ese fue solo el comienzo. Al día siguiente, en la calle se me acercó Michele Solara, que se empeñó en invitarme a un café. Fuimos a su bar y mientras Gigliola nos servía sin pronunciar palabra, es más, visiblemente molesta por mi presencia y quizá también por la de su novio, él me soltó: Lenù, Gino me pasó un artículo en el que se dice que has escrito un libro prohibido para menores de dieciocho años. Fíjate tú, quién lo hubiera dicho. ¿Eso estudiaste en Pisa? ¿Eso te enseñaron en la universidad? No me lo puedo creer. Para mí que Lina y tú tenéis un pacto secreto: Ella hace cosas feas y tú las escribes. ¿Es así? Dime la verdad. Me puse colorada, no esperé el café, saludé a Gigliola y me fui. Él gritó a mis espaldas, divertido: Qué te pasa, te has ofendido, anda, ven, estaba bromeando.

Poco después siguió un encuentro con Carmen Peluso. Mi madre me había obligado a ir a la charcutería nueva de los Carracci porque allí el aceite estaba más barato. Era por la tarde, no había clientes, Carmen me cubrió de elogios. Qué bien estás, murmuró, es un honor ser amiga tuya, la única suerte que he tenido en toda mi vida. Después me contó que había leído el artículo de Sarratore, pero únicamente porque un proveedor se había dejado el *Roma* en la tienda. Lo definió como una maldad y su indignación me pareció auténtica. En cambio Pasquale, su hermano, le había pasado el artículo de *L'Unità*, muy muy bueno, con una foto bien bonita. Toda tú eres hermosa, dijo, y todo lo que haces. Se había enterado por mi madre de que pronto me casaría con un profesor universitario y me iría a Florencia a vivir en una casa digna de una señora. Ella también se casaría, con el de la gasolinera de la avenida, pero a saber cuándo, no tenían dinero. Y sin solución de continuidad empezó a quejarse de Ada. Desde que Ada había ocupado el lugar de Lila al lado de Stefano, todo había ido de mal en peor. Se dedicaba a mandar también en las charcuterías y le tenía manía, la acusaba de robar, la trataba a baqueta, la vigilaba. Por eso no aguantaba más, quería renunciar e irse a trabajar al surtidor de gasolina con su futuro marido.

La escuché con atención, me acordé de cuando Antonio y yo queríamos casarnos y poner también un surtidor. Se lo conté para divertirla, pero ella se puso a rezongar amargamente: Sí, ya, lo que faltaba, tú en un surtidor de gasolina, dichosa tú que has podido salir de esta miseria. Después murmuró frases oscuras: Hay demasiada injusticia, Lenù, demasiada, hay que acabar con ella, ya no se aguanta más. Y mientras seguía hablando, de un cajón sacó mi libro, la cubierta doblada y sucia. Era el primer ejemplar que veía en manos de alguien del barrio, me impactaron las primeras páginas, hinchadas y renegridas, y las demás apretadas y blancas. Lo leo despacio por la noche, me dijo ella, o cuando no hay clientes. Pero todavía voy por la página treinta y dos, me queda muy poco tiempo, lo tengo que hacer todo yo, los Carracci me tienen aquí encerrada desde las seis de la mañana a las nueve de la noche. Y de repente me preguntó con picardía: ¿Falta mucho para llegar a las páginas picantes? ¿Cuánto me queda por leer?

«Las páginas picantes.»

Poco después me crucé con Ada, que llevaba en brazos a Maria, la hija que había tenido con Stefano. Me costó mostrarme cordial después de lo que me había contado Carmen. Alabé a la niña, le dije que el vestido era bonito, los pendientes una monada. Pero Ada fue arisca. Me habló de Antonio, dijo que se escribían, que no era cierto que se hubiese casado y tenido hijos, dijo que yo le había quemado el cerebro y la capacidad de amar. Y siguió con mi libro. No lo había leído, me aclaró, pero había oído decir que no era un libro para tener en casa. Y casi se enojó: Imagínate, la niña se hace mayor y lo encuentra, ¿qué hago? Lo siento, no voy a comprarlo. Pero, añadió, me alegro de que te estés forrando, te felicito.

12

Estos episodios, uno detrás de otro, hicieron que me preguntara si el libro se vendía porque tanto los periódicos hostiles como los favorables hablaban de la presencia de páginas escabrosas. Incluso llegué a pensar que Nino se había referido a la sexualidad de Lila simplemente porque creía que con una que escribía lo que yo escribía se podían sacar esos temas sin problemas. Vete a saber, me dije, si Lila habrá conseguido el libro como hizo Carmen. La imaginé por la noche al volver de la fábrica —Enzo en la soledad de un cuarto, ella y el niño en el otro—, extenuada y, sin embargo, leyéndome absorta, la boca entrecerrada, el ceño fruncido como hacía cuando se concentraba. ¿Qué juicio le habría merecido? ¿Acaso ella también habría limitado la novela a las páginas picantes? Aunque tal vez no lo estuviera leyendo, dudaba que tuviese dinero para comprárselo, debería haberle llevado uno de regalo. Durante un tiempo me pareció una buena idea, después lo dejé estar. Seguía apreciando a Lila más que a ninguna otra persona, pero no me decidí a ir a verla. No tenía tiempo, eran muchas las cosas que debía estudiar y aprender deprisa. Además, la conclusión de nuestro último encuentro —ella con el delantal encima del abrigo, en el patio de la fábrica, delante de la hoguera donde ardían las páginas de *El hada azul*— había sido un adiós definitivo a los restos de la infancia, la confirmación de que nuestros caminos se separaban, tal vez me habría dicho: No tengo tiempo de leerte, ¿no ves la vida que llevo? Seguí mi camino.

Mientras tanto, por el motivo que fuese, el libro se vendía cada vez mejor. En una ocasión me telefoneó Adele y, con su mezcla habitual de ironía y afecto me dijo: Si sigue así te harás rica y ya no sabrás qué hacer con el pobre Pietro. Después me pasó nada menos que con su marido. Guido quiere hablar contigo, dijo. Me puse nerviosa, había mantenido poquísimas conversaciones con el profesor Airota, y me cohibían. El padre de Pietro fue muy amable, me felicitó por el éxito, ironizó sobre el sentimiento de pudor de mis detractores, habló del larguísimo medievo italiano, me alabó por mi contribución a la modernización del país, y siguió con fórmulas de ese estilo. No dijo nada concreto sobre la novela, seguramente no la había leído, era un hombre muy ocupado. Pero fue bonito que, de todos modos, quisiera expresarme su apoyo y su estima.

No se mostró menos efusiva Mariarosa, ella también me colmó de elogios. Al principio pareció a punto de hablarme con detalle del libro después, muy agitada, cambió de tema, dijo que quería invitarme a la Estatal, le parecía importante que participara en lo que definió como «el imparable fluir de los acontecimientos». Viaja mañana mismo, me animó, ¿has visto lo que está pasando en Francia? Yo estaba al corriente, vivía pegada a una vieja radio azul cubierta de una capa de grasa que mi madre tenía en la cocina, y dije sí, es magnífico, Nanterre, las barricadas en el Barrio Latino. Pero ella me pareció mucho más informada, mucho más implicada. Planeaba viajar a París con algunos de sus compañeros, me invitó a que fuese con ella en coche. La idea me tentó. Está bien, dije, lo pensaré. Subir a Milán, pasar a Francia, llegar a París en plena revuelta, enfrentarme a la brutalidad de la policía, caer con todas mis circunstancias personales en el magma más incandescente de aquellos meses, retomar aquel viaje fuera de Italia que había hecho años antes con Franco. Qué bonito habría sido marcharme con Mariarosa, la única chica que conocía tan desinhibida, tan moderna, tan comprometida con los acontecimientos del mundo, casi tan dueña del discurso político como los hombres. La admiraba, no había muchachas que destacaran por su fama de lanzarlo todo por los aires. Los héroes jóvenes que por su cuenta y riesgo se enfrentaban a la violencia de la reacción se llamaban Rudi Dutschke, Daniel Cohn-Bendit, y, como en las películas de guerra, donde solo había hombres, era difícil identificarse con ellos, solo se podía amarlos, embutirse en la cabeza sus pensamientos, padecer por su suerte. Me dio por pensar que entre los compañeros de Mariarosa quizá estuviese también Nino. Se conocían, era posible. Ay, encontrarme otra vez con él, verme arrastrada por aquella aventura, exponerme con él a los peligros. El día pasó así. Ahora la cocina estaba en silencio, mis padres dormían, mis hermanos seguían callejeando, Elisa se lavaba encerrada en el retrete. Marcharme a la mañana siguiente.

13

Me marché, pero no a París. Después de las elecciones generales de aquel año turbulento, Gina me envió de gira para promocionar el libro. Empecé por Florencia. Una profesora amiga de un amigo de los Airota me invitó a dar una charla en la facultad de magisterio y acabé en uno de aquellos cursos alternativos, impartidos en las universidades en huelga, para hablar ante unos treinta estudiantes. Enseguida me llamó la atención el hecho de que muchas de las muchachas eran incluso peores que las descritas por mi suegro en *Il Ponte*: mal vestidas, mal maquilladas, desaliñadas en su exposición en exceso emocionada, rabiosas con los exámenes, con los profesores. Animada por la profesora, opiné con visible entusiasmo sobre las manifestaciones estudiantiles, sobre todo acerca de las que estaban en marcha en Francia. Hice gala de lo que estaba aprendiendo, me sentí satisfecha. Noté que me expresaba con convicción y claridad, que en especial las chicas me admiraban por cómo hablaba, por las cosas que sabía, por la forma en que trataba hábilmente los problemas complicados del mundo organizándolos en un cuadro coherente. No tardé en darme cuenta de que tendía a evitar toda referencia a mi libro. Me incomodaba hablar de él, temía reacciones como las del barrio, prefería resumir en mis propias palabras los pensamientos de la revista *Quaderni piacentini* o de la *Monthly Review*. Por otra parte me habían invitado por el libro, alguien pedía la palabra. Las primeras preguntas se refirieron todas al esfuerzo del personaje femenino por salvarse del ambiente en que había nacido. Solo hacia el final una muchacha, la recuerdo muy alta y delgadísima, me pidió que explicara, salpicando sus frases con risas nerviosas, por qué había considerado necesario escribir, dentro de una historia tan pulida, una parte escabrosa.

Me sentí avergonzada, tal vez me puse colorada, expuse un cúmulo de motivos sociológicos. Solo hacia el final hablé de la necesidad de contar todas las experiencias humanas de un modo franco, incluso —subrayé— aquello que parece impronunciable y que por eso callamos incluso a nosotras mismas. Aquellas últimas palabras gustaron, recuperé prestigio. La profesora que me había invitado las elogió, dijo que meditaría sobre ellas, que me escribiría.

Su aprobación me fijó en la cabeza ese puñado de conceptos que no tardaron en convertirse en un estribillo. Los usaba a menudo en público, a veces de forma divertida, a veces con tono dramático, a veces sintéticamente, a veces ampliándolos con elaboradas piruetas verbales. Me sentí especialmente cómoda una noche en una librería de Turín, frente a un público bastante numeroso al que me enfrenté con creciente desenvoltura. Empezaba a parecerme natural que alguien me interrogara con simpatía o de forma provocativa sobre el episodio de sexo en la playa, máxime cuando aquella respuesta preparada, perfeccionada de forma siempre más agradable, conquistaba cierto éxito.

Por encargo de la editorial, Tarratano, el anciano amigo de Adele, me acompañó a Turín. Dijo sentirse orgulloso de haber sido el primero en intuir el potencial de mi novela y me presentó al público con las mismas fórmulas entusiastas que había utilizado tiempo atrás en Milán. Al final de la velada me felicitó por el notable progreso que había hecho en poco tiempo. Después me preguntó con su habitual tono bondadoso: ¿Por qué acepta tan de buen grado que califiquen sus páginas eróticas de escabrosas, por qué usted misma las califica así en público? Me comentó que no debía hacerlo: en primer lugar, mi novela no se agotaba en el episodio de la playa, contenía otros más interesantes, más hermosos; además, si aquí y allá el tono tenía tintes audaces, se debía, sobre todo, a que había sido escrito por una muchacha; la obscenidad, concluyó, no es ajena a la buena literatura y al auténtico arte del relato, aunque rebase el límite de la decencia, nunca es escabroso.

Me quedé confundida. Aquel hombre cultísimo me estaba explicando con tacto que los pecados de mi libro eran veniales, y que me equivocaba al hablar siempre de ellos como si fuesen mortales. O sea que exageraba. Era víctima de la miopía del público, de su superficialidad. Me dije: Basta, debo ser menos dependiente, debo aprender a disentir de mis lectores, no debo bajar a su nivel. Y decidí que en cuanto tuviera ocasión sería más dura con quien sacara a colación aquellas páginas.

Durante la cena en el restaurante del hotel que la oficina de prensa nos había reservado, entre incómoda y divertida, escuché a Tarratano que, para confirmarme que era una escritora sustancialmente casta, citaba a Henry Miller o me explicaba, llamándome mi querida niña, que no pocas escritoras muy dotadas de los años veinte y treinta sabían y escribían sobre sexo de un modo que yo, de momento, ni siquiera imaginaba. Apunté sus nombres en mi cuadernito, pero mientras iba pensando: Pese a sus elogios, este hombre no me considera de gran talento; a sus ojos soy una muchacha agraciada con un éxito inmerecido; no considera relevantes siquiera las páginas que más atraen a los lectores, pueden escandalizar a quien sabe poco o nada, pero no a personas como él.

Dije que estaba un poco cansada y ayudé a levantarse a mi acompañante, que había bebido mucho. Era un hombre pequeño pero con un notable vientre de gastrónomo. Unos mechones de pelo blanco le caían alborotados sobre las orejas grandes, tenía una cara rojísima partida por una boca fina, una nariz grande y ojos muy vivaces, fumaba mucho, tenía los dedos amarillos. En el ascensor intentó abrazarme y besarme. Pese al forcejeo a duras penas conseguía quitármelo de encima, no se rendía. Me quedaron grabados el contacto con su barriga y su aliento a vino. En aquel entonces no se me habría ocurrido jamás que un hombre mayor, tan respetable, tan culto, aquel hombre tan amigo de mi futura suegra, pudiera comportarse de aquella manera tan inconveniente. Cuando llegamos al pasillo se apresuró a pedirme perdón, le echó la culpa al vino y se encerró a toda prisa en su habitación.

14

Al día siguiente, en el desayuno y durante todo el viaje en coche a Milán, habló con conocimiento de causa de lo que consideraba el período más apasionante de su vida, los años entre 1945 y 1948. Noté en su voz una auténtica melancolía, que desapareció cuando pasó a describir con un entusiasmo igualmente auténtico el nuevo ambiente de revolución, la energía, dijo, que se estaba apropiando de jóvenes y viejos. Me limité a asentir durante todo el tiempo, asombrada por su empeño en convencerme de que mi presente era, de hecho, su pasado entusiasta que se estaba repitiendo. Me dio un poco de lástima. En un momento dado, una distraída referencia biográfica me llevó a hacer unos cálculos rápidos: la persona que estaba frente a mí tenía cincuenta y ocho años.

Al llegar a Milán pedí que me dejara cerca de la editorial y me despedí de mi acompañante. Estaba un poco aturdida, había dormido mal. Durante el trayecto traté de quitarme definitivamente de encima el malestar del contacto físico con Tarratano, pero seguí notando su mancha y una confusa contigüidad con cierta grosería del barrio. En la editorial fui muy agasajada. No era la cortesía de unos meses antes, sino una especie de satisfacción generalizada que significaba: Qué listos hemos sido al intuir que eras buena. Hasta la telefonista, la única en aquel ambiente que me había tratado con suficiencia, salió de su garita y me abrazó. Y el redactor que tiempo atrás me había sometido a una corrección puntillosa y sutil, me invitó a comer por primera vez.

En cuanto nos sentamos en un pequeño restaurante semivacío cerca de allí, volvió a destacar que mi escritura encerraba un secreto fascinante y, entre plato y plato, me sugirió que, sin prisas pero sin dormirme demasiado en los laureles, lo mejor era que empezara a planificar una nueva novela. Tras lo cual me recordó que a las tres de la tarde yo tenía un compromiso en la Estatal. Mariarosa no tenía nada que ver, había sido la propia editorial que, a través de sus contactos, me había organizado algo con un grupo de alumnos. Cuando esté allí, dije, ¿por quién pregunto? Mi prestigioso acompañante dijo con orgullo: Mi hijo la esperará en la entrada.

Recogí el equipaje en la editorial y me fui al hotel. Estuve unos minutos y salí otra vez para la universidad. Hacía un calor insoportable. Me encontré con un telón de fondo de carteles escritos con letra apretada, banderas rojas y de pueblos en lucha, pancartas que anunciaban iniciativas y, sobre todo, con un fuerte vocerío, carcajadas y una alarma difusa. Me paseé un rato en busca de señales relacionadas conmigo. Recuerdo a un joven moreno que me atropelló de lleno al pasar corriendo, perdió el equilibrio, lo recuperó, se alejó por la calle como si lo persiguieran, aunque detrás de él no había nadie. Recuerdo el toque solitario de una trompeta, purísimo, que perforó el aire sofocante. Recuerdo una muchacha rubia, menuda, que arrastraba ruidosamente una cadena con un cerrojo enorme en el extremo y gritaba solícita a no sé quién: Ya voy. Lo recuerdo porque, mientras esperaba que alguien me reconociera y se me acercara, para darme tono saqué mi cuadernito y apunté algunas cosas. Pasó media hora, no vino nadie. Me puse a examinar con más atención anuncios y carteles esperando leer mi nombre, el título de la novela. Fue inútil. Un tanto nerviosa, renuncié a parar a uno de aquellos estudiantes, me daba vergüenza citar mi libro como tema de discusión en un ambiente donde los anuncios fijados en las paredes se referían a asuntos mucho más relevantes. Con fastidio me vi debatiéndome entre sentimientos encontrados: una fuerte simpatía por todos aquellos muchachos y chicas que en aquel sitio hacían gala de movimientos y voces de total indisciplina, y el miedo a que ahora, precisamente allí, el desorden del que llevaba huyendo desde niña pudiera atraparme otra vez para lanzarme en medio de aquel barullo donde pronto un poder incuestionable —un bedel, un profesor, el rector, la policía— me pillaría en falta —a mí, que siempre había sido buena— y me castigaría.

Pensé en largarme, ¿qué me importaba a mí un puñado de muchachos apenas más jóvenes que yo a los que les habría contado las tonterías de siempre? Quería volver al hotel, disfrutar de mi condición de autora de cierto éxito que viajaba mucho, comía en el restaurante y dormía en un hotel. Pero pasaron cinco o seis muchachas con aspecto de atareadas, cargadas de bolsas, y casi sin querer fui detrás de ellas, de las voces, de los gritos, y del sonido de la trompeta. Y así, caminando caminando, fui a parar delante de un aula repleta de la que en ese preciso instante se elevaba un clamor rabioso. Y como las muchachas a las que había seguido entraron, yo también entré con cautela.

Se estaba produciendo un acalorado enfrentamiento entre distintas facciones, tanto en el aula abarrotada, como en el pequeño gentío que sitiaba la cátedra. Me quedé cerca de la puerta, dispuesta a marcharme, disuadida por una bruma ardiente de humos y alientos, por un fuerte olor de excitación.

Traté de orientarme. Discutían sobre cuestiones de procedimiento, creo, en un ambiente en el que nadie —había quien gritaba, quien callaba, quien se pitorreaba, quien reía, quien se movía veloz como una estafeta en el campo de batalla, quien no prestaba ninguna atención, quien estudiaba— parecía considerar que el acuerdo fuera posible. Esperé que en alguna parte estuviera Mariarosa. Entretanto, me iba acostumbrando al clamor, a los olores. Cuánta gente; predominaban los hombres, guapos, feos, elegantes, desaliñados, violentos, atemorizados, divertidos. Observé con curiosidad a las mujeres, tuve la impresión de ser la única que se encontraba sola. Algunas —por ejemplo, las que había seguido hasta allí— formaban un núcleo compacto que en ese momento repartía octavillas por el aula repleta; gritaban juntas, reían juntas, y si se alejaban unos metros, no se quitaban el ojo de encima para no perderse. Amigas desde hacía tiempo o quizá conocidas ocasionales, parecían obtener autorización del grupo para estar en aquel lugar caótico, sin duda seducidas por el clima desenfrenado, pero dispuestas a aquella experiencia con la condición de no separarse, como si hubiesen establecido preventivamente, en lugares más seguros, que si una de ellas se marchaba, se marcharían todas. Otras, en cambio, solas o como mucho en pareja, se habían infiltrado en las filas masculinas y exhibían una intimidad provocadora, una disolución alegre de las distancias de seguridad, y me parecieron las más felices, las más agresivas, las más orgullosas.

Me sentí distinta, clandestinamente presente, sin los requisitos para gritar yo también algo, para permanecer dentro de aquellos vapores y aquellos olores que, se me ocurría ahora, me recordaban los olores y los vapores emanados por el cuerpo de Antonio, por su aliento, cuando nos abrazábamos en los pantanos. Había sido demasiado miserable, demasiado acuciada por la obligación de destacar en los estudios. Al cine había ido poco o nada. Nunca había comprado discos como me hubiera gustado. No había sido fan de ningún cantante, no había ido corriendo a ningún concierto, no había coleccionado autógrafos, nunca me había emborrachado, el poco sexo que había practicado había sido con disgusto, a escondidas, atemorizada. Aquellas muchachas, sin embargo, quien más, quien menos, debieron de criarse con más bienestar, y a la actual muda de piel habían llegado más preparadas que yo, quizá sentían su presencia en aquel lugar, en aquel ambiente, no como un descarrío sino como una elección adecuada y urgente. Ahora que tengo algo de dinero, pensé, ahora que a saber cuánto ganaré, puedo recuperar algunas de las cosas perdidas. O quizá no, quizá ya era demasiado culta, demasiado ignorante, demasiado contenida, estaba demasiado habituada a enfriar la vida almacenando ideas y datos, demasiado próxima al matrimonio y al acomodo definitivo, en una palabra, obtusamente demasiado formada dentro de un orden que allí parecía superado. Ese último pensamiento me horrorizó. Vete ahora mismo de aquí, me dije, cada gesto, cada palabra es una afrenta al esfuerzo que he hecho. Pero me colé en el aula repleta.

De inmediato me llamó la atención una muchacha muy hermosa, de rasgos delicados, largos cabellos negros sobre los hombros, seguramente más joven que yo. La vi y ya no pude quitarle los ojos de encima. Estaba de pie entre unos jóvenes muy combativos, y detrás, pegado a ella como un guardaespaldas, se encontraba un hombre moreno de unos treinta años que fumaba un puro. La muchacha destacaba en aquel ambiente no solo por su belleza sino porque llevaba en brazos a un niño de pocos meses, lo estaba amamantando, y mientras seguía con atención el conflicto en curso, a veces ella también gritaba algo. Cuando el niño, una mancha azul con piernecitas y piececitos desnudos de color rojizo, despegaba la boca del pezón, ella no metía el pecho en el sujetador, se quedaba así, expuesta, la camisa blanca desabrochada, el seno turgente, ceñuda, la boca entreabierta, hasta que se daba cuenta de que su hijo había dejado de mamar y mecánicamente intentaba prendérselo otra vez al pecho.

Aquella muchacha me turbó. En el aula ruidosa, con aquel humo espeso, se revelaba como un icono de maternidad fuera de la norma. Tenía unos años menos que yo, un aspecto fino, la responsabilidad de un hijo. Pero parecía empeñada sobre todo en rechazar los rasgos de la joven mujer plácidamente absorta en el cuidado de su hijo. Chillaba, gesticulaba, exigía que le dieran la palabra, reía de rabia, señalaba a alguien con desprecio. Pese a todo el hijo formaba parte de ella, le buscaba el pezón, lo perdía. Juntos componían una imagen trémula, expuesta, a punto de romperse como si estuviese pintada en un cristal, el niño se le caería de los brazos o algo, un codo, un gesto incontrolado, lo golpearía en la cabeza. Me alegré cuando de repente Mariarosa se materializó a su lado. Ahí estaba, al fin. Qué animada se la veía, qué sonrojada, qué cordial, me pareció que tenía mucha confianza con la joven madre. Agité una mano, no me vio. Le habló un rato al oído a la muchacha, desapareció, reapareció entre los que se peleaban alrededor de la cátedra.

Mientras tanto, por una puerta lateral irrumpió un grupito que con su sola aparición calmó un poco los ánimos. Mariarosa hizo una seña, esperó otra como respuesta, cogió el megáfono, pronunció unas cuantas palabras que apaciguaron definitivamente el aula abarrotada. En aquel momento, durante unos segundos, tuve la sensación de que Milán, las tensiones de aquella época, mi propia agitación, tenían la fuerza de encontrarle una salida a las sombras que llevaba en la cabeza. ¿En aquellos días cuántas veces había pensado en mi primera educación política? Mariarosa cedió el megáfono a un joven que se había acercado a ella y al que reconocí al instante. Era Franco Mari, mi novio de los primeros años en Pisa.

15

Estaba idéntico: el mismo tono de voz cálido y persuasivo, la misma capacidad de organizar el discurso que partiendo de propuestas generales, paso a paso, llegaba de forma coherente a las experiencias cotidianas, a la vista de todos, desvelando su sentido. Mientras escribo me doy cuenta de que recuerdo muy poco de su aspecto físico, solo la palidez de su cara lampiña, el pelo corto. Sin embargo, hasta ese momento, su cuerpo era el único al que me había estrechado como si estuviésemos casados.

Me acerqué a Franco después de su intervención, los ojos se le iluminaron de asombro, me abrazó. Nos costó comunicarnos, un tipo lo tiró del brazo, otro se puso a hablarle con tonos duros señalándolo insistentemente con el dedo, como si tuviese que rendir cuentas de culpas horribles. Me quedé entre quienes se encontraban al lado de la cátedra, incómoda, en la confusión había perdido a Mariarosa. Pero esta vez fue ella la que dio conmigo, me tiró del brazo.

—¿Qué haces tú aquí? —preguntó, contenta.

Evité explicarle que había faltado a una cita y que estaba allí de casualidad.

—Lo conozco a él —dije, señalando a Franco.

—¿A Mari?

—Sí.

Me habló de Franco con entusiasmo, luego susurró: Me pasarán factura, lo he invitado yo, fíjate la que hemos armado. Y como él había dormido en su casa y al día siguiente se marchaba para Turín, insistió enseguida en que me quedase en su casa. Acepté, lástima por el hotel.

La asamblea se prolongó un buen rato, hubo momentos de gran tensión, un permanente estado de alarma. Cuando salimos de la universidad oscurecía. Además de Franco, se unieron a Mariarosa la joven madre, que se llamaba Silvia, y el hombre de unos treinta años en el que me había fijado en el aula, el que fumaba el puro, un tal Juan, pintor venezolano. Fuimos todos a cenar a una taberna que conocía mi cuñada. Charlé con Franco lo suficiente para comprender que me había equivocado, no estaba idéntico. Sobre la cara le habían puesto, o tal vez se la había puesto él solo, una máscara que, pese a coincidir a la perfección con sus rasgos de antes, le había borrado la generosidad. Ahora estaba rígido, contenido, sopesaba las palabras. En el curso de un breve intercambio en apariencia confidencial, no mencionó en ningún momento nuestra antigua relación y cuando fui yo quien habló de ella para quejarme porque dejó de escribirme, fue al grano, murmuró: Así tenía que ser. Sobre la universidad también se mostró vago, comprendí que no se había licenciado.

—Hay otras cosas que hacer —dijo.

—¿Como qué?

Se dirigió a Mariarosa, casi contrariado por el tono demasiado privado de nuestro intercambio:

—Elena pregunta qué hay que hacer.

—La revolución —respondió alegre Mariarosa.

—¿Y en el tiempo libre? —dejé caer, adoptando un tono irónico.

Juan intervino serio, agitando con dulzura el puño del niño de Silvia, que estaba a su lado:

—En el tiempo libre la preparamos.

Después de cenar nos metimos todos en el coche de Mariarosa; vivía en Sant'Ambrogio, en un viejo apartamento muy grande. Me enteré de que el venezolano tenía allí una especie de estudio, una habitación sumida en un gran desorden adonde nos llevó a Franco y a mí y nos enseñó sus obras: grandes tablas con escenas urbanas atestadas de gente, realizadas con pericia casi fotográfica, pero en las que había clavado, estropeándolas, tubitos de pintura, pinceles, paletas o cuencos para el aguarrás y trapos. Mariarosa lo alabó mucho, pero dirigiéndose sobre todo a Franco, cuya opinión parecía importarle en especial.

Los espié, no entendía. Seguramente Juan vivía allí, seguramente allí también vivía Silvia que, desenvuelta, se movía por la casa con Mirko, el niño. Pero si en un primer momento pensé que el pintor y la joven madre eran pareja y subalquilaban alguna de las habitaciones, no tardé en cambiar de idea. De hecho, durante toda la noche el venezolano manifestó hacia Silvia una amabilidad distraída, mientras que con frecuencia le pasó el brazo por los hombros a Mariarosa e incluso la besó una vez en el cuello.

Al principio se habló mucho de las obras de Juan. Franco siempre había tenido una habilidad envidiable para las artes visuales y una sensibilidad crítica muy marcada. Nos quedamos todos escuchándolo con gusto, menos Silvia, cuyo hijo, hasta ese momento muy bueno, de repente se puso a llorar y no conseguía calmarse. Yo esperé un rato a que Franco hablara también de mi libro, estaba segura de que diría cosas inteligentes como las que, con cierta dureza, estaba diciendo de los cuadros de Juan. Pero nadie mencionó mi novela, y tras un arranque de impaciencia del venezolano que no había apreciado una ocurrencia de Franco sobre el arte y la sociedad, pasamos a discurrir sobre el atraso cultural de Italia, sobre el panorama político tras las elecciones, sobre los retrocesos en cadena de la socialdemocracia, sobre estudiantes y represión policial, sobre la que se denominó enseguida «la lección de Francia». El intercambio entre los dos hombres no tardó en tornarse polémico. Silvia, que no lograba averiguar qué quería

Mirko y salía, entraba, le gritaba severa como si ya fuera mayor, lanzó a menudo frases esquemáticas para mostrar su desacuerdo desde el largo pasillo por el que paseaba a su hijo o desde la habitación donde había ido para cambiarlo. Tras hablarnos de las guarderías infantiles organizadas en la Sorbona para los hijos de los estudiantes en huelga, Mariarosa evocó la ciudad de París de principios de junio, helada y lluviosa, todavía paralizada por la huelga general, aunque no de primera mano (lamentó no haber podido viajar), pero así se la había descrito en una carta una amiga suya. Franco y Juan escucharon distraídos los dos, pero sin perder el hilo de la discusión entre ellos, al contrario, siguieron enfrentándose con animosidad creciente.

La consecuencia fue que nosotras, las tres mujeres, nos encontramos en la condición de terneras soñolientas a la espera de que los dos toros midieran hasta el fondo sus respectivas potencias. Aquello me irritó. Esperé que Mariarosa volviera a intervenir en la conversación, yo también contaba con hacerlo. Pero Franco y Juan no nos dejaron meter baza, mientras tanto, el niño gritaba y Silvia lo trataba de forma cada vez más agresiva. Lila, pensé, era mucho más joven que ella cuando tuvo a Gennaro. Y me di cuenta de que ya durante la asamblea algo me había impulsado a establecer un nexo entre ambas. Quizá había sido la soledad de madre que había experimentado Lila tras la desaparición de Nino y la ruptura con Stefano. O su belleza: si se hubiese encontrado en aquella asamblea con Gennaro habría sido una madre aún más seductora, aún más decidida que Silvia. Pero Lila ya había quedado aislada. La ola que había notado en el aula llegaría hasta San Giovanni a Teduccio, pero ella, en aquel lugar donde había acabado degradándose, ni siquiera se daría cuenta. Qué pena, me sentí culpable. Debería habérmela llevado de allí, haberla raptado, haber hecho que viajara conmigo. O al menos haber reforzado su presencia dentro de mi cuerpo, haber mezclado su voz con la mía. Como en ese momento. La oí decir: Si te callas, si dejas que estos dos sigan hablando, si te comportas como una planta de interior, al menos échale una mano a esta chica, piensa en lo que supone tener un niño pequeño. Confusión de espacios y tiempos, de humores lejanos. Me levanté de un salto, con delicadeza y preocupación le quité el niño a Silvia, ella me lo entregó de buena gana.

16

Qué niño tan bien hecho, fue un momento memorable. Mirko me sedujo de inmediato, en las muñecas y las piernas tenía unos pliegues de carne rosada. Qué hermoso era, qué forma de ojos más bonita, cuánto pelo, qué pies más largos y delicados, qué bien olía. Le susurré todos aquellos cumplidos despacito, mientras lo paseaba por la casa. Las voces de los hombres se alejaron, también las ideas que defendían, su animosidad, y ocurrió un hecho nuevo para mí. Sentí placer. Como una llamarada incontrolable noté el calor del niño, su motilidad, y me pareció que todos mis sentidos se volvían más atentos, como si la percepción de aquel fragmento perfecto de vida que tenía entre mis brazos se hubiera agudizado hasta el paroxismo y sintiera su dulzura y su responsabilidad y me dispusiera a protegerlo de todas las sombras malvadas al acecho en los rincones oscuros de la casa. Mirko debió de notarlo y se calmó. Eso también me produjo placer y me sentí orgullosa de haber podido darle paz.

Cuando regresé a la habitación, Silvia, que se había acomodado en el regazo de Mariarosa y escuchaba la discusión entre los dos hombres participando con exclamaciones nerviosas, se volvió para contemplarme y debió de verme en la cara el goce con el que estrechaba al niño contra mi pecho. Se levantó de un salto, me lo quitó con un gracias brusco, se fue a acostarlo. Me invadió una desagradable sensación de pérdida. Sentí que el calor de Mirko me abandonaba, volví a sentarme de mal humor, con pensamientos confusos. Quería recuperar al niño, esperaba que se pusiese a llorar otra vez, que Silvia me pidiera ayuda. ¿Qué bicho me ha picado? ¿Deseo tener hijos? ¿Quiero ser madre, quiero amamantar y acunar? ¿Matrimonio más embarazo? ¿Y si mi madre sale de mi vientre justamente cuando creo encontrarme a salvo?

17

Tardé en concentrarme en la lección que nos llegaba desde Francia, en el tenso enfrentamiento entre los dos hombres. Pero no me daba la gana de quedarme callada. Quería decir algo de lo que había leído y pensado sobre los hechos de París, el discurso se me retorcía en frases que se me quedaban incompletas en la mente. Y me asombraba que Mariarosa, tan capaz ella, tan libre, siguiera callada, que siempre se limitara a aprobar con bonitas sonrisas cuanto decía Franco, algo que ponía nervioso y por momentos le restaba seguridad a Juan. Si ella no habla, me dije, hablaré yo, si no, ¿por qué acepté venir aquí, por qué no me fui al hotel? Tenía una respuesta a aquellas preguntas. Deseaba enseñar a quien me había conocido en el pasado en qué me había convertido. Quería que Franco se diera cuenta de que no podía tratarme como la muchachita de antes, quería que se percatara de que me había convertido en una persona completamente distinta, quería que en presencia de Mariarosa dijese que «esa otra persona» contaba con su estima. Por ello, en vista de que el niño no lloraba, en vista de que Silvia había desaparecido con él, en vista de que ninguno de los dos me necesitaba más, esperé todavía un poco y al final encontré la manera de discrepar de mi ex novio. Una discrepancia improvisada, no intervine movida por sólidas convicciones, el objetivo era manifestarme en contra de Franco y lo hice, tenía en mente las fórmulas, las mezclé con fingida seguridad. Así, a ojo, dije que me sentía perpleja por el grado de madurez de la lucha de clases en Francia, que de momento encontraba bastante abstracta la unión estudiantes-obreros. Hablé con decisión, temía que uno de los dos hombres me interrumpiera para decir algo que reavivara la discusión entre ellos. Pero me escucharon con atención, todos, incluida Silvia que había regresado casi de puntillas sin el niño. Y ni Franco ni Juan mostraron signos de impaciencia mientras yo hablaba, al contrario, el venezolano asintió cuando en dos o tres ocasiones pronuncié la palabra «pueblo». Cosa que molestó a Mari. Estás diciendo que la situación «no es objetivamente» revolucionaria, subrayó él con ironía; ya le conocía ese tono, significaba que se defendía tomándome el pelo. Entonces hablamos a la vez, mis frases se superpusieron a las suyas y viceversa: No sé qué significa «objetivamente»; significa que actuar es inevitable; de modo que si no es inevitable, te quedas mano sobre mano; no, el deber del revolucionario es siempre hacer lo posible; en Francia los estudiantes hicieron lo imposible, la máquina de la educación se rompió y no se arreglará nunca más; reconoces que las cosas han cambiado y seguirán cambiando; sí, pero nadie te ha pedido a ti o a quien sea un certificado en papel timbrado para tener la garantía de que la situación es «objetivamente» revolucionaria, los estudiantes actuaron y punto; no es cierto; es cierto. Y así sucesivamente. Hasta que los dos callamos a la vez.

Fue un intercambio anómalo, no por los contenidos sino por el tono encendido, sin tener en cuenta los buenos modales. Noté un brillo divertido en los ojos de Mariarosa, comprendió que si Franco y yo hablábamos así, entre ambos había habido mucho más que una familiaridad entre compañeros de la universidad. Venid a echarme una mano, pidió a Silvia y a Juan. Tenía que coger una escalera, buscar sábanas para mí, para Franco. Los dos la siguieron, Juan le dijo algo al oído.

Franco clavó la vista en el suelo un momento, apretó los labios como para reprimir una sonrisa y dijo con un matiz afectuoso:

—Sigues siendo la pequeñoburguesa de siempre.

Aquella era la etiqueta con la que a menudo, años atrás, me tomaba el pelo cuando temía que nos sorprendieran en su habitación. Libre de la vigilancia de los otros, dije en un arrebato:

—Aquí el pequeñoburgués eres tú, por origen, por cultura, por comportamientos.

—No quería ofenderte.

—No me has ofendido.

—Has cambiado, te has vuelto agresiva.

—Soy la misma de siempre.

—¿Todo bien en tu casa?

—Sí.

—¿Y aquella amiga a la que apreciabas tanto?

La pregunta llegó con un salto lógico que me desorientó. ¿Le había hablado de Lila en el pasado? ¿En qué términos? ¿Y por qué le venía ahora a la cabeza? ¿Dónde estaba el nexo que él había visto por ese lado y yo no?

—Está bien —dije.

—¿Qué hace?

—Trabaja en una fábrica de embutidos en las afueras de Nápoles.

—¿No se había casado con un tendero?

—El matrimonio no funcionó.

—Cuando vaya a Nápoles tienes que presentármela.

—Claro.

—Déjame un número, una dirección.

—De acuerdo.

Me miró para evaluar qué palabras podían hacerme menos daño y preguntó:

—¿Ha leído ella tu libro?

—No lo sé. ¿Tú lo has leído?

—Claro.

—¿Qué te ha parecido?

—Bueno.

—¿En qué sentido?

—Había algunas páginas bonitas.

—¿Cuáles?

—Esas en las que das a la protagonista la capacidad de juntar a su manera los fragmentos de las cosas.

—¿Eso es todo?

—¿No te parece bastante?

—No. Está claro que no te ha gustado.

—Te he dicho que es buena.

Lo conocía, trataba de no humillarme. Aquello me exasperó y dije:

—Es un libro que ha provocado discusiones, se está vendiendo mucho.

—Entonces bien, ¿no?

—Sí, pero para ti no. ¿Qué es lo que no funciona?

Apretó otra vez los labios, se decidió a hablar:

—Dentro no hay gran cosa, Elena. Te escudas en amoríos y afanes de ascenso social para ocultar justamente lo que valdría la pena contar.

—¿Por ejemplo?

—Dejémoslo, es tarde, debemos descansar. —Trató de adoptar un aire de benévola ironía, pero en realidad mantuvo aquel tono nuevo de quien tiene un deber importante y a todo lo demás se dedica a cuentagotas—: Has hecho lo posible, ¿no? Pero, objetivamente, este no es momento para escribir novelas.

18

Mariarosa apareció en ese preciso momento con Juan y Silvia, trajeron toallas limpias y unas prendas para dormir. Seguramente ella oyó aquella última frase, comprendió sin duda que hablábamos de mi libro, pero no dijo una sola palabra. Podía haber dejado caer que a ella el libro le había gustado, que las novelas pueden escribirse en cualquier momento, pero no lo hizo. Deduje que, más allá de las manifestaciones de simpatía y afecto, en aquellos ambientes tan cultos y tan absorbidos por la pasión política mi libro era considerado una cosita insignificante, y que las páginas que contribuían a su difusión o bien eran consideradas un mal remedo de textos mucho más rompedores, que entre otras cosas yo nunca había leído, o bien merecían aquella etiqueta descalificadora de Franco: «Una historia de amoríos».

Mi cuñada me indicó el cuarto de baño y mi habitación con una cortesía evasiva. Me despedí de Franco, que se marchaba muy temprano. Solo le estreché la mano; él, por su parte, no hizo amago de ir a abrazarme. Lo vi desaparecer en una habitación con Mariarosa y por la expresión sombría de Juan, por la mirada infeliz de Silvia, comprendí que el invitado y la dueña de la casa dormirían juntos.

Me retiré a la habitación que me habían asignado. Me encontré con un fuerte olor a humo rancio, una camita sin hacer, ni una mesita de noche, ni una lámpara más que la débil luz en el centro del techo, periódicos amontonados en el suelo, algunos números del *Menabò*, de *Nuovo impegno*, de *Marcatré*, carísimos libros de arte, algunos de ellos ajados, otros evidentemente intactos. Debajo de la cama localicé un cenicero repleto de colillas, abrí la ventana, lo dejé en el alféizar. Me desnudé. El camisón que me había prestado Mariarosa era demasiado largo y demasiado estrecho. Por el pasillo en penumbra fui descalza hasta el cuarto de baño. No me pesó la falta de cepillo, nadie me había educado para que me lavase los dientes, era una costumbre reciente adquirida en Pisa.

Cuando me metí en la cama traté de borrar al Franco que había visto esa noche y sustituirlo por el Franco de años antes, el muchacho rico y generoso que me había amado, que me había ayudado, que me había comprado de todo, que me había instruido, que me había llevado a París a algunas de sus reuniones políticas y de vacaciones a Versilia, a casa de su familia. No lo conseguí. El presente se impuso con sus turbulencias, los gritos del aula abarrotada, la jerga política que me bullía en la cabeza y se derramaba sobre mi libro menospreciándolo. ¿Acaso me hacía ilusiones sobre mi futuro literario? ¿Tenía razón Franco y había otras cosas que hacer en lugar de escribir novelas? ¿Qué impresión le había causado yo? ¿Qué recuerdo conservaba de nuestro amor, suponiendo que conservara alguno? ¿Se estaría quejando de mí con Mariarosa como Nino se había quejado de Lila conmigo? Estaba afligida, desanimada. Era evidente que la velada, que yo había imaginado dulce y tal vez un tanto melancólica, me pareció triste. No veía la hora de que pasara la noche para regresar a Nápoles. Tuve que levantarme para apagar la luz. Volví a la cama en la oscuridad.

Me costó dormirme. Di vuelvas y más vueltas, la cama y la habitación conservaban los olores de otros cuerpos, una intimidad similar a la de mi casa, pero en este caso se componía de rastros de desconocidos, quizá repugnantes. Me quedé traspuesta, pero me desperté de golpe, alguien había entrado en la habitación. Murmuré: ¿Quién es? Me contestó Juan, dijo sin preámbulos con voz suplicante, como si me pidiera un favor importante, casi como una forma de servicio de urgencias:

—¿Puedo dormir contigo?

La petición me pareció tan aburda que, para despertarme del todo, para comprender, pregunté:

—¿Dormir?

—Sí, me acuesto a tu lado, no te molesto, lo único que quiero es no estar solo.

—De ninguna manera.

—¿Por qué?

No supe qué contestar, murmuré:

—Estoy comprometida.

—¿Y qué? Dormimos y nada más.

—Vete, por favor, ni siquiera te conozco.

—Soy Juan, te he enseñado mis obras, ¿qué más quieres?

Noté que se sentaba en la cama, vi su silueta oscura, lo oí respirar, el aliento le olía a puro.

—Por favor —murmuré—, tengo sueño.

—Eres escritora, escribes sobre el amor. Todo lo que nos ocurre alimenta la imaginación y nos ayuda a crear. Déjame estar cerca de ti, es algo de lo que podrás escribir.

Me rozó un pie con la punta de los dedos. No lo aguanté más, me levanté de un salto y fui hacia el interruptor, encendí la luz. Seguía sentado en la cama, en calzoncillos y camiseta.

—Fuera —dije entre dientes y lo hice de una forma tan perentoria, tan visiblemente próxima a gritar, tan decidida a ser la primera en agredirlo y a luchar con todas mis fuerzas, que se levantó despacio y dijo asqueado:

—Eres una mojigata.

Salió. Cerré la puerta a su espalda, no había llave.

Estaba atónita, estaba furiosa, estaba asustada, me bullía en la cabeza un dialecto sanguinario. Esperé un poco antes de meterme otra vez en cama, pero no apagué la luz. ¿Qué daba yo a entender de mí, qué persona parecía que era, qué legitimaba la petición de Juan? ¿Sería por la fama de mujer libre que me estaba dando mi libro? ¿Sería por las palabras políticas que había pronunciado, que evidentemente no solo eran una justa dialéctica, un juego para demostrar que era tan hábil como los hombres, sino que definían toda la persona, incluida la disponibilidad sexual? ¿Era una especie de pertenencia al mismo grupo lo que había llevado a aquel hombre a meterse sin reparo alguno en mi habitación, o a Mariarosa a llevarse a Franco a la suya, ella también sin reparo alguno? ¿Acaso a mí también me había contaminado aquella excitación erótica difusa que había notado en el aula de la universidad, y la irradiaba sin darme cuenta? En Milán me había sentido dispuesta a hacer el amor con Nino, traicionando a Pietro. Pero aquella pasión venía de lejos, justificaba el deseo sexual y la traición, mientras que el sexo por el sexo, aquella petición pura y simple de orgasmo, no, no conseguía cautivarme, no estaba preparada, me disgustaba. ¿Por qué dejarme tocar por el amigo de Adele en Turín, por qué dejarme tocar en esta casa por Juan, qué tenía yo que demostrar, qué querían demostrar ellos? Recordé de pronto el episodio con Donato Sarratore. No tanto la noche en la playa de Ischia, la que había convertido en escena novelesca, sino aquella vez en que había aparecido en la cocina de Nella y yo acababa de meterme en cama y él me besó, me tocó, causándome una oleada de placer en contra de mi propia voluntad. ¿Entre la muchacha de entonces, estupefacta, atemorizada, y la mujer agredida en el ascensor, la mujer que había sufrido aquella irrupción de ahora, existía algún vínculo? ¿El cultísimo Tarratano amigo de Adele, el artista venezolano Juan estaban cortados por el mismo patrón que el padre de Nino, revisor de trenes, poetastro y plumífero?

19

No pude pegar ojo. A los nervios, a los pensamientos contradictorios se sumó Mirko, que empezó a llorar otra vez. Evoqué la fuerte emoción que había sentido al tenerlo entre mis brazos y, como no se calmaba, no pude contenerme. Me levanté, seguí el sonido del llanto, llegué a la puerta desde la que se filtraba la luz. Llamé, Silvia contestó ruda. La habitación era más acogedora que la mía, había en ella un armario, una cómoda, una cama matrimonial en la que estaba sentada la muchacha en baby-doll rosa, las piernas cruzadas, la expresión de rabia. Los brazos abandonados, el dorso de ambas manos sobre la sábana, depositado sobre los muslos desnudos, como una ofrenda votiva, Mirko también desnudo, morado, el agujero negro de la boca abierta de par en par, los ojitos apretados, agitaba brazos y piernas. Al principio me recibió con hostilidad, después se ablandó. Dijo que se sentía una madre incapaz, que no sabía qué hacer, que estaba desesperada. Al final murmuró: Está siempre así, menos cuando come, a lo mejor se siente mal, se me morirá aquí, en la cama, y mientras hablaba la vi muy distinta de Lila, fea, estropeada por las muecas nerviosas de la boca, por los ojos demasiado abiertos. Hasta que se echó a llorar.

El llanto de madre e hijo me enterneció, me hubiera gustado abrazarlos a los dos, estrecharlos, acunarlos. Susurré: ¿Puedo cogerlo en brazos? Entre sollozos me dijo que sí con la cabeza. Le quité al niño del regazo, me lo acerqué al pecho y volví a notar el flujo de olores, sonidos, tibieza, cómo, tras la separación, su energía vital se apresuraba a regresar a mí con alegría. Me paseé por la habitación murmurando una especie de letanía asintáctica que inventé sobre la marcha, una larga e insensata declaración de amor. Milagrosamente Mirko se calmó, se quedó dormido. Lo puse despacio al lado de su madre, pero sin ganas de separarme de él. Temía regresar a mi habitación, una parte de mí estaba segura de que encontraría a Juan y querría quedarse allí.

Silvia me agradeció sin gratitud, un gracias al que añadió una fría enumeración de mis méritos: Eres inteligente, lo sabes todo, sabes hacerte respetar, eres una madre auténtica, afortunados los hijos que tendrás. Me mostré esquiva, me voy, dije. A ella le dio un arrebato de ansiedad, me aferró una mano, me rogó que me quedara: Siente tu presencia, dijo, hazlo por él, dormirá tranquilo. Acepté enseguida. Nos metimos en la cama con el niño en el medio, apagamos la luz. Pero no dormimos, nos pusimos a hablar de nosotras.

En la oscuridad Silvia se volvió menos hostil. Me habló del asco que había sentido al enterarse de que estaba embarazada. Le había ocultado el embarazo al hombre que amaba y se lo había ocultado a sí misma, se había convencido de que se le pasaría como una enfermedad que debe seguir su curso. Pero mientras tanto su cuerpo reaccionaba, se deformaba. Silvia tuvo que contárselo a sus padres, profesionales muy acomodados de Monza. Le montaron un escándalo, se marchó de casa. En lugar de reconocer que había dejado pasar los meses a la espera de un milagro, en lugar de confesarse que nunca había considerado la posibilidad de abortar por miedo físico, se había puesto a decir que quería el niño por amor al hombre que la había dejado preñada. Él le había dicho: Si tú lo quieres, por amor a ti, yo también lo quiero. Amor ella, amor él; en aquel momento ambos hablaban en serio. Pero al cabo de unos meses, incluso antes de que el embarazo llegara a término, el amor los había abandonado a los dos; Silvia insistió varias veces con pesar en ese punto. No había quedado nada, solo rencor. Se había encontrado sola y, si hasta ese momento había conseguido salir adelante, era gracias a Mariarosa, a la que elogió mucho, habló de ella con gran entusiasmo, una profesora muy buena, realmente de parte de los alumnos, una compañera inestimable.

Le conté que toda la familia Airota era digna de admiración, que estaba comprometida con Pietro, que nos casaríamos en otoño. Ella me soltó: El matrimonio me horroriza y la familia también, son cosas antiguas. Después adoptó de pronto un tono melancólico.

—El padre de Mirko también trabaja en la universidad.

—¿Ah, sí?

—Todo empezó porque cursé su asignatura. Estaba tan seguro de sí mismo, tan preparado, era tan inteligente, apuestísimo. Tenía todas las cualidades. Y mucho antes de que comenzaran las luchas decía: Debéis reeducar a vuestros profesores, no os dejéis tratar como bestias.

—¿Se ocupa algo del niño?

Soltó una carcajada en la oscuridad, murmuró agria:

—Un hombre, salvo los momentos locos en que lo amas y se mete dentro de ti, se mantiene siempre fuera. Por eso, después, cuando ya no lo amas, te irrita incluso el hecho de pensar que alguna vez lo quisiste. Yo le gusté a él, él me gustó a mí, punto. Me ocurre varias veces al día que alguien me guste. ¿A ti no? Dura un poco, luego se me pasa. Solo queda el niño, es una parte de ti; el padre, en cambio, era un extraño y vuelve a ser un extraño. Ni siquiera su nombre tiene ya el sonido de antes. Nino, decía yo, y no hacía más que repetirlo para mis adentros en cuanto me despertaba, era una palabra mágica. Pero ahora es un sonido que me entristece.

Se quedó callada un rato.

—¿El padre de Mirko se llama Nino? —susurré al final.

—Sí, lo conoce todo el mundo, en la universidad es muy famoso.

—¿Nino qué más?

—Nino Sarratore.

20

Me fui muy temprano, dejé a Silvia durmiendo con el niño prendido al pecho. Del pintor, ni rastro. Logré despedirme de Mariarosa, que se había levantado muy temprano para llevar a Franco a la estación y acababa de regresar. Estaba adormilada, me pareció incómoda.

—¿Has dormido bien? —preguntó.

—He hablado mucho con Silvia.

—¿Te ha dicho lo de Sarratore?

—Sí.

—Sé que sois amigos.

—¿Te lo dijo él?

—Sí. Cotilleamos un poco sobre ti.

—¿Es cierto que Mirko es hijo suyo?

—Sí. —Reprimió un bostezo, sonrió—. Nino es fascinante, las chicas se lo disputan, se lo van pasando. Menos mal que estos son tiempos felices, tomas lo que quieres, más aún porque él desprende una fuerza que habla de alegría y ganas de hacer.

Dijo que el movimiento tenía una gran necesidad de personas como él. Pero, dijo, había que cuidar de él, conseguir que creciera, orientarlo. Las personas muy capaces, dijo, deben ser guiadas, porque dentro de ellas siempre acecha el demócrata burgués, el técnico empresarial, el modernizador. Las dos sentimos no haber tenido tiempo para estar juntas y nos prometimos que en la próxima ocasión trataríamos de ponerle remedio. Recogí el equipaje en el hotel, me fui.

Precisamente en el tren, durante el largo viaje a Nápoles, tomé conciencia de la segunda paternidad de Nino. Una sordidez gris se extendió de Silvia a Lila, de Mirko a Gennaro. Tuve la sensación de que la pasión de Ischia, la noche de amor en la playa de Forio, la relación secreta de la piazza dei Martiri y el embarazo palidecían, quedaban reducidos a un artefacto mecánico que, tras dejar Nápoles, Nino había activado con Silvia y a saber con cuántas otras. Aquello me ofendió, como si llevara a Lila agazapada en un rincón de la cabeza y abrigara sus mismos sentimientos. Me sentí dolida como se habría sentido ella si se hubiese enterado, me enfurecí como si hubiera sufrido el mismo agravio. Nino había traicionado a Lila, me había traicionado a mí. Ella y yo soportábamos la misma humillación, lo amábamos sin haber sido nunca correspondidas. A pesar de sus cualidades era un hombre frívolo, superficial, un organismo animal que chorreaba sudores y fluidos y dejaba a sus espaldas, como el residuo de un placer distraído, la materia viva concebida, nutrida, formada en los vientres femeninos. Recordé aquel día de hacía años, cuando vino a verme al barrio y nos quedamos hablando en el patio y al verlo desde su ventana, Melina lo había confundido con su padre. La ex amante de Donato había captado parecidos para mí inexistentes. Pero ahora estaba claro, ella estaba en lo cierto y yo me había equivocado. Nino no huía en absoluto de su padre por miedo a ser como él, Nino ya era como su padre y no quería reconocerlo.

A pesar de todo no pude detestarlo. En el calor abrasador del tren no solo me acordé de cuando lo había visto en la librería sino que lo integré en acontecimientos, palabras, frases de aquellos días. El sexo me había perseguido, me había invadido, sucio y atractivo, obsesivamente presente en los gestos, las charlas, los libros. Las paredes divisorias se estaban derrumbando, las cadenas de los buenos modales se estaban rompiendo. Y Nino vivía intensamente aquella época. Formaba parte de la agresiva asamblea de la Estatal con su olor intenso, encajaba en el desorden de la casa de Mariarosa, de la que, sin duda, había sido amante. Con su inteligencia, sus deseos, su capacidad de seducción, se movía en aquellos tiempos seguro, curioso. Tal vez me había equivocado al relacionarlo con los sucios deseos de su padre, sus comportamientos pertenecían a otra cultura, y Silvia y Mariarosa habían hecho hincapié en ello: las chicas se lo disputaban, él las tomaba, no había abusos, no había culpa, solo los derechos del deseo. A saber, tal vez cuando Nino me había dicho que Lila estaba mal hecha también en el sexo, quería expresarme que se había terminado el tiempo de las exigencias, que cargar de responsabilidad el placer era una injusticia. Y si estaba cortado por el mismo patrón que su padre, lo cierto era que su pasión por las mujeres hablaba de algo bien distinto.

Sorprendida y contrariada, llegué a Nápoles en el momento en que al pensar en cuánto amaba Nino y cuánto era amado, una parte de mí había cedido y llegado a reconocer: Qué tiene de malo, disfruta de la vida con quien sabe disfrutarla. Y mientras regresaba al barrio, me di cuenta de que precisamente porque todas lo querían y él las tomaba a todas, yo que lo había querido desde siempre, lo quería aún más. Por ello decidí que haría lo imposible por no volver a encontrarme con él. En cuanto a Lila, no sabía cómo comportarme. ¿Callarme, contárselo todo? Cuando la viera, lo decidiría sobre la marcha.

21

En casa no tuve ni quise tener tiempo de volver sobre ese punto. Pietro telefoneó, anunció que la semana siguiente iría a conocer a mis padres. Lo acepté como una desgracia inevitable, me afané por buscarle un hotel, limpiar la casa a fondo, atenuar la ansiedad de mis familiares. Esfuerzo inútil este último, la situación había empeorado. En el barrio habían aumentado los chismes malévolos sobre mi libro, sobre mí, sobre mi continuo viajar sola. Mi madre se había defendido jactándose de que estaba a punto de casarme, pero, para evitar que mi decisión de no hacerlo ante Dios complicara la situación, se había inventado que no me casaba en Nápoles sino en Génova. En consecuencia, los chismes se redoblaron, algo que la exasperó.

Una tarde me encaró con extrema dureza, dijo que la gente leía mi libro, se escandalizaba y hablaba a sus espaldas. Mis hermanos —gritó— habían tenido que darle una paliza a los hijos del carnicero, que me habían llamado zorra; y eso no era todo, le habían partido la cara a un compañero del colegio de Elisa que le había pedido que hiciera cosas feas como su hermana mayor.

—¿Qué escribiste? —me chilló.

—Nada, ma.

—¿Escribiste las porquerías que haces por ahí?

—De qué porquerías hablas, léelo.

—No tengo tiempo que perder con tus chorradas.

—Entonces déjame en paz.

—Si tu padre se entera de lo que dicen de ti, te echa de casa.

—No hace falta, me voy yo.

A última hora de la tarde salí a dar un paseo para no echarle en cara cosas de las que luego me arrepentiría. Por la calle, en los jardincillos, en la avenida, tuve la impresión de que la gente me miraba con insistencia, sombras rabiosas de un mundo en el que ya no vivía. En un momento dado me crucé con Gigliola, que volvía del trabajo. Vivíamos en el mismo edificio, cubrimos el trayecto juntas, pero temí que tarde o temprano encontrase la manera de decirme algo irritante. Sin embargo, para mi sorpresa, se expresó con timidez, ella que siempre era agresiva cuando no malvada:

—Leí tu libro, es bonito, hay que tener valor para escribir esas cosas.

Me puse tensa.

—¿Qué cosas?

—Las que haces en la playa.

—No las hago yo, las hace el personaje.

—Sí, pero las contaste muy bien, Lenù, tal como pasan, con esa suciedad. Son secretos que se saben únicamente si se es mujer. —Me agarró del brazo, me obligó a pararme, murmuró—: Si ves a Lina, dile que tenía razón, tengo que reconocérselo. Hizo bien en mandar a tomar por saco al marido, a la madre, al padre, al hermano, a Marcello, a Michele, y a toda esa mierda. Yo también debería haber huido de aquí, tomar ejemplo de vosotras dos que sois inteligentes. Pero qué le voy a hacer, nací estúpida.

Ya no nos dijimos nada importante, yo me quedé en mi rellano, ella se fue a su casa. Pero aquellas frases se me quedaron en la cabeza. Me sorprendió que hubiese unido arbitrariamente la caída de Lila y mi ascenso, como si al compararlos con su condición tuviesen la misma carga positiva. Pero sobre todo se me quedó grabado el hecho de que en la suciedad de mi relato había reconocido la suciedad de su propia experiencia. Era algo nuevo, no supe cómo valorarlo. Con más razón porque llegó Pietro y durante un tiempo se me olvidó.

22

Fui a recogerlo a la estación, lo acompañé a la via Firenze, a un hotel que me había aconsejado mi padre y por el que me había decidido. Pietro me pareció más nervioso que mi familia. Bajó del tren desaliñado como siempre, la cara cansada, enrojecida por el calor, arrastrando una maleta enorme. Quiso comprar un ramo de flores para mi madre y, en contra de su costumbre, no estuvo satisfecho hasta que le pareció lo bastante grande, lo bastante caro. Al llegar al hotel me dejó en el vestíbulo con las flores, juró que bajaría enseguida, reapareció al cabo de media hora con traje azul, camisa blanca, corbata celeste y zapatos bien lustrados. Me eché a reír, me preguntó: ¿No estoy bien? Lo tranquilicé, estaba la mar de bien. Pero por la calle noté las miradas de los hombres, las risitas burlonas, como si yo fuera sola, es más, con una pizca añadida de saña, como si quisieran destacar que mi acompañante no merecía respeto. Pietro, con aquel enorme ramo de flores que no me dejó llevar a mí, tan respetable en todos los detalles, en mi ciudad estaba fuera de lugar. Aunque me pasara el brazo libre por los hombros, tuve la sensación de que era yo quien debía protegerlo a él.

Nos abrió Elisa, luego llegó mi padre, después mis hermanos, todos vestidos de tiros largos, todos demasiado cordiales. Por último se dejó ver mi madre, el ruido de sus andares torcidos nos llegó inmediatamente después de la descarga de la cisterna del retrete. Se había marcado el pelo y puesto colorete en los labios y las mejillas, pensé que en otros tiempos había sido una muchacha hermosa. Aceptó las flores con suficiencia, pasamos al comedor que, para la ocasión, no conservaba rastros de las camas que hacíamos por la noche y recogíamos por la mañana. Todo estaba como los chorros del oro, la mesa estaba puesta con primor. Mi madre y Elisa se habían pasado días cocinando, y eso hizo que la cena fuese interminable. Pietro me dejó pasmada, se volvió muy comunicativo. Le preguntó a mi padre por su trabajo en el ayuntamiento y le dio cuerda hasta el punto de que mi padre se olvidó de su italiano forzado y se puso a contar en dialecto anécdotas divertidas sobre los empleados del ayuntamiento que mi novio, pese a entender poco, demostró apreciar muchísimo. En especial, comió como no había visto hacerlo jamás, y no solo felicitó a mi madre y a mi hermana por cada plato, sino que él, que era incapaz de freír un huevo, se interesó por los ingredientes de cada plato como si entre sus planes estuviera meterse pronto en la cocina. Fue tal su predilección por el *gâteau* de patatas que mi madre terminó sirviéndole una segunda ración muy abundante y le prometió, si bien con su tono apático, que le haría otro antes de que se marchara. Al cabo de poco el ambiente se hizo agradable. Hasta Peppe y Gianni renunciaron a salir con sus amigos.

Después de cenar llegó el momento crucial. Pietro se puso muy serio y le pidió mi mano a mi padre. Utilizó esa misma fórmula con voz emocionada, lo que hizo que a mi hermana le brillaran los ojos y divirtió a mis hermanos. Mi padre se sintió incómodo, farfulló frases de simpatía por un profesor tan bueno y serio que lo honraba con aquella petición. Y la velada parecía por fin llegar a su conclusión, cuando intervino mi madre.

—Nosotros no estamos de acuerdo en que no os caséis por la iglesia —dijo furiosa—, un matrimonio sin cura no es un matrimonio.

Silencio. Mis padres debieron de llegar a un acuerdo secreto y mi madre asumió el deber de hacerlo público. Pero mi padre no supo resistir y enseguida obsequió a Pietro con una media sonrisa para indicarle que él, pese a formar parte de aquel nosotros invocado por su mujer, estaba dispuesto a rebajar sus pretensiones. Pietro correspondió a la sonrisa, pero en esta ocasión no lo consideró un interlocutor válido y se dirigió únicamente a mi madre.

Le había hablado de la hostilidad de mis padres, estaba preparado. Arrancó con un discurso sencillo, afectuoso pero, como era habitual en él, muy claro. Dijo que comprendía, pero que a su vez deseaba ser comprendido. Dijo que tenía en muy gran estima a cuantos se encomendaban con sinceridad a un dios, pero que él no había sentido la necesidad de hacerlo. Dijo que no ser creyente no suponía no creer en nada, pues él tenía sus convicciones y una fe absoluta en su amor por mí. Dijo que era ese amor lo que consolidaría nuestro matrimonio, no un altar, un cura, un funcionario del ayuntamiento. Dijo que su rechazo de la ceremonia religiosa era para él una cuestión de principio y que, seguramente, yo dejaría de amarlo, o seguramente lo amaría menos, si él demostraba ser un hombre sin principios. Dijo, en fin, que seguramente mi propia madre se negaría a confiar a su hija a una persona dispuesta a derribar aunque fuera uno solo de los pilares en que había fundado su propia existencia.

Al oír aquellas palabras mi padre dio grandes muestras de consenso, y mis hermanos se quedaron boquiabiertos, Elisa se emocionó otra vez. Pero mi madre no se inmutó. Dedicó unos instantes a palpar su alianza, después miró a Pietro a la cara y en lugar de insistir en el tema para mostrarse persuadida o volver a discutir, empezó a encomiarme con gélida determinación. Desde pequeña yo había sido una niña fuera de lo común. Había hecho cosas que ninguna otra chica del barrio había conseguido hacer. Yo era su orgullo, el orgullo de toda la familia. Yo nunca la había decepcionado. Yo me había ganado el derecho a ser feliz y si alguien llegaba a hacerme sufrir, ella lo haría sufrir mil veces más.

La escuché sin saber dónde meterme. Mientras hablaba traté de adivinar si lo decía en serio o, como era habitual en ella, pretendía aclararle a Pietro que le importaban un bledo su título de profesor y su palabrería, que no era él quien le hacía un favor a los Greco, sino que los Greco le hacían un favor a él. No lo conseguí. Pero mi novio se lo creyó a pies juntillas y mientras mi madre hablaba no hizo más que asentir. Cuando por fin ella calló, Pietro le dijo que sabía muy bien cuánto valía yo y que le estaba agradecido por haberme educado así. Luego metió la mano en un bolsillo de la chaqueta y sacó un estuche azul que me tendió con gesto tímido. Pero ¿esto qué es, pensé, me dio un anillo y ahora me da otro? Entretanto abrí el estuche. Contenía nada menos que un anillo hermosísimo, de oro rojo con un engarce de amatista rodeado de brillantes. Pietro murmuró: Era de mi abuela, la madre de mi madre, y en casa estamos todos contentos de que lo tengas tú.

Aquel regalo fue la señal de que la ceremonia había terminado. Volvimos a beber, mi padre se puso otra vez a contar hechos divertidos de su vida privada y laboral, Gianni le preguntó a Pietro de qué equipo era, Peppe lo desafió a echar un pulso. Mientras tanto yo ayudé a mi hermana a recoger. En la cocina cometí el error de preguntarle a mi madre:

—¿Qué te ha parecido?

—¿El anillo?

—Pietro.

—Es feo, tiene los pies torcidos.

—Papá no era mejor.

—¿Qué tienes tú que decir de tu padre?

—Nada.

—Entonces cállate, solo con nosotros sabes ser prepotente.

—No es cierto.

—¿No? ¿Y por qué te dejas mandar? Si él tiene principios, ¿acaso tú no tienes los tuyos? Hazte respetar.

—Ma —intervino Elisa—, Pietro es un señor y tú no sabes qué es un señor de verdad.

—¿Y tú sí? Ándate con ojo, que eres pequeña y si no sabes estar en tu sitio, te doy un bofetón. ¿Has visto qué pelo tiene? ¿Un señor lleva el pelo así?

—Un señor no tiene la belleza normal, ma, un señor se nota, tiene clase.

Mi madre fingió querer golpearla, y riendo mi hermana me sacó de la cocina y dijo alegre:

—Dichosa tú, Lenù. Qué refinado es Pietro, cómo te quiere. Te ha dado nada menos que el anillo antiguo de su abuela, ¿me lo dejas ver?

Volvimos al comedor. Todos los hombres de la casa querían echar un pulso con mi novio, les gustaba mostrarse superiores al profesor por lo menos en las pruebas de fuerza. Él no se achicó. Se quitó la chaqueta, se arremangó la camisa, se sentó a la mesa. Perdió con Peppe, perdió con Gianni, también perdió con mi padre. Pero me sorprendió el empeño con que se tomó la competición. Se puso morado, se le hinchó una vena de la frente, discutió porque sus adversarios violaban sin pudor las reglas de la confrontación. Sobre todo resistió con tozudez contra Peppe y Gianni, que levantaban pesas, contra mi padre, que era capaz de desenroscar pernos solo con la fuerza de sus dedos. Temí todo el tiempo que, con tal de no ceder, se dejara romper el brazo.

23

Pietro se quedó tres días. Mi padre y mis hermanos se encariñaron con él rápidamente. Estos últimos sobre todo se alegraban de que no se diera aires y que se interesara por ellos a pesar de que la escuela los había considerado incapaces. Mi madre, por su parte, siguió tratándolo sin afecto y solo se ablandó el día antes de que se fuera. Era domingo, mi padre dijo que quería enseñarle a su yerno lo bonita que era Nápoles. El yerno aceptó, nos propuso que comiéramos fuera.

—¿En un restaurante? —preguntó mi madre, frunciendo el ceño.

—Sí, señora, tenemos que celebrarlo.

—Mejor que cocine yo, habíamos dicho que te haría el *gâteau*.

—No, gracias, usted ya ha trabajado bastante.

Mientras nos preparábamos mi madre me preguntó en un aparte:

—¿Paga él?

—Sí.

—¿Segura?

—Segura, ma, nos ha invitado él.

Fuimos endomingados al centro por la mañana temprano. Y ocurrió algo que nos maravilló, a mí en primer lugar. Mi padre se había impuesto el deber de hacer de guía. Enseñó al invitado el Macho Angevino, el Palacio Real, las estatuas de los reyes, Castel dell'Ovo, la via Caracciolo y el mar. Pietro lo escuchaba con expresión muy atenta. Pero a partir de un momento dado él, que venía por primera vez a nuestra ciudad, pasó con discreción a contárnosla, a descubrírnosla. Fue bonito. Yo nunca había mostrado un interés especial por el ambiente de mi infancia y mi adolescencia, y me maravilló que Pietro supiese hablar de él con tan admirada erudición. Dio pruebas de conocer la historia de Nápoles, su literatura, las fábulas, las leyendas, muchas anécdotas, los monumentos visibles y los ocultos por la negligencia. Me figuré que en parte conocía la ciudad porque era un hombre que lo sabía todo y, en parte, porque la había estudiado a fondo, con su rigor habitual, porque era mi ciudad, porque mi voz, mis gestos, todo mi cuerpo habían recibido su influjo. Naturalmente, mi padre no tardó en sentirse desautorizado, mis hermanos se aburrieron. Lo noté, le hice señas a Pietro para que lo dejara. Él se sonrojó, se calló enseguida. Pero mi madre, con uno de sus giros imprevisibles, se le colgó de un brazo y le dijo:

—Sigue, me gusta, nadie me ha contado nunca estas cosas.

Fuimos a comer a un restaurante de Santa Lucia que, según mi padre (nunca había ido, pero le habían hablado de él), era magnífico.

—¿Puedo pedir lo que quiera? —me susurró Elisa al oído.

—Sí.

El tiempo pasó agradablemente, sin darnos cuenta. Mi madre bebió demasiado y dijo alguna grosería, mi padre y mis hermanos empezaron a bromear entre ellos y con Pietro. Yo no perdí de vista a mi futuro marido, tenía la certeza de que lo quería, era una persona que conocía su propia valía y, sin embargo, si hacía falta, se olvidaba de sí mismo con naturalidad. Por primera vez me fijé en su tendencia a escuchar, el tono de voz comprensivo como el de un confesor laico, y me gustaron. Quizá debí convencerlo para que se quedara un día más y llevarlo a casa de Lila, decirle: Me caso con este hombre, estoy a punto de marcharme de Nápoles con él, ¿qué me dices, hago bien? Y estaba sopesando aquella posibilidad cuando cinco o seis estudiantes que ocupaban una mesa próxima y celebraban no sé qué comiendo una pizza, empezaron a mirar con insistencia en nuestra dirección y a reírse. Comprendí enseguida que Pietro les parecía cómico por las cejas muy pobladas, por la mata de pelo alta sobre la frente. Al cabo de pocos minutos mis hermanos se levantaron a la vez, fueron a la mesa de los estudiantes y armaron una pelotera con la violencia de siempre. Hubo un alboroto, gritos, algún puñetazo. Mi madre gritó insultos en apoyo de sus hijos, mi padre y Pietro corrieron a separarlos. Pietro se mostró casi divertido, parecía no haber entendido el motivo de la pelea. Ya en la calle dijo irónico: ¿Es una costumbre local, os levantáis de repente y vais a pegarle a los de la mesa de al lado? Al final, él y mis hermanos acabaron más alegres y más unidos que antes. En cuanto pudo, mi padre llamó aparte a Peppe y Gianni y les reprochó el papel de maleducados que habían hecho delante del profesor. Oí que Peppe se justificaba casi susurrando: Se estaban burlando de Pietro, papá, ¿qué coño querías que hiciéramos? Me gustó que dijera Pietro y no el profesor, pues con eso daba a entender que había que considerarlo parte de la familia, alguien de casa, un amigo de muy grandes cualidades, y que, aunque su aspecto fuera un tanto anómalo, nadie le tomaría el pelo en su presencia. Entretanto, aquel incidente me convenció de que era mejor no llevar a Pietro a casa de Lila, la conocía, era mala, lo habría encontrado ridículo y se habría burlado de él como los muchachos del restaurante.

Por la noche, agotados tras pasar el día fuera, comimos algo en casa y luego volvimos a salir todos juntos, acompañamos a mi novio hasta la puerta de su hotel. En el momento de despedirnos, mi madre, que estaba eufórica, de pronto le estampó dos sonoros besos en las mejillas. Pero cuando regresamos al barrio poniendo a Pietro por las nubes, ella se mantuvo distante todo el trayecto sin abrir la boca. Solo antes de retirarse a su dormitorio me dijo con rencor:

—Tienes mucha suerte, no te lo mereces a ese pobre muchacho.

24

El libro se vendió a lo largo de todo el verano, yo seguí hablando de él por toda Italia. Ahora procuraba defenderlo con tono indiferente, a veces enfriando al público más indiscreto. De vez en cuando me venían a la cabeza las palabras de Gigliola y las mezclaba con las mías tratando de encontrarles un hueco.

Entretanto, a principios de septiembre, Pietro se trasladó a Florencia, a un hotelito cerca de la estación, y se puso a buscar casa. Encontró un pequeño apartamento de alquiler por la zona de Santa Maria del Carmine y lo fui a ver enseguida. Tenía dos habitaciones oscuras, en pésimo estado. La cocina era diminuta, el baño no tenía ventana. En el pasado, cuando iba a estudiar al flamante apartamento de Lila, a menudo ella dejaba que me tendiera en su bañera reluciente y disfrutara de la tibieza y la gruesa capa de espuma. La bañera de la casa de Florencia estaba mellada, amarillenta, era de esas en las que hay que sentarse. Pero reprimí el descontento, dije que me parecía bien; Pietro empezaba el curso, tenía trabajo, no podía perder tiempo. No obstante, en comparación con la casa de mis padres era un palacio.

Cuando Pietro se disponía a firmar el contrato de alquiler, Adele hizo una escapada y no se mostró tan tímida como yo. Opinó que el apartamento era un tugurio por completo inadecuado para dos personas que debían pasar gran parte de su tiempo encerradas en casa trabajando. Por ello hizo lo que su hijo no había hecho y que habría podido hacer. Cogió el teléfono y, sin hacer caso de la contrariedad manifiesta de Pietro, movilizó a unos cuantos conocidos florentinos, toda gente con cierto poder. A los pocos días encontró en San Niccolò, por un alquiler irrisorio porque era un favor, cinco habitaciones luminosas, una cocina grande, un baño pasable. No se conformó con eso: mandó hacer unas reformas por su cuenta, me ayudó a amueblar la casa. Enumeraba posibilidades, daba consejos, me guiaba. Con frecuencia comprobé que no se fiaba ni de mi docilidad ni de mi gusto. Si decía que sí, quería enterarse bien si yo estaba realmente de acuerdo, si decía que no, me perseguía hasta que cambiaba de opinión. En general, hacíamos siempre lo que ella decía. Por otra parte, raras veces me oponía, la seguía sin tensiones, es más, me esforzaba por aprender. Me subyugaba el ritmo de sus frases, su gesto, sus peinados, sus vestidos, sus zapatos, sus broches, sus collares, sus pendientes siempre hermosísimos. Y a ella le gustaba mi actitud de alumna aplicada. Me convenció para que me cortara el pelo muy corto, me animó a comprar ropa de su gusto en una tienda carísima que le hacía grandes descuentos, me regaló un par de zapatos que le gustaban y que se habría comprado para ella pero no los consideraba adecuados para su edad, incluso me llevó a ver a un amigo suyo dentista.

Entretanto, ya fuera porque, según Adele, el apartamento requería siempre nuevos arreglos, ya fuera porque Pietro estaba agobiado con el trabajo, la boda se aplazó del otoño a la primavera, lo que permitió a mi madre prolongar su guerra para sacarme dinero. Traté de evitar conflictos demasiado duros demostrándole que no me olvidaba de mi familia de origen. Cuando llegó el teléfono, hice pintar el pasillo y la cocina, mandé colocar un nuevo papel pintado de flores color vino en el comedor, le regalé un abrigo a Elisa, compré un televisor a plazos. Llegó un momento en que también me hice un regalo: me apunté a una autoescuela, aprobé fácilmente el examen, me saqué el carnet de conducir. Mi madre se puso furiosa:

—¿Te gusta tirar el dinero? ¿Para qué necesitas tú el carnet de conducir si no tienes coche?

—Ya veremos.

—¿Quieres comprarte un coche, ¿eh? ¿Cuánto dinero tienes guardado?

—No es asunto tuyo.

Pietro tenía coche, una vez casada contaba con usar el suyo. Cuando él regresó a Nápoles, precisamente en coche, para llevar a sus padres a conocer a los míos, me dejó conducir un poco por el barrio viejo y el nuevo. Recorrí al volante la avenida, pasé delante de la escuela primaria, de la biblioteca, subí por las calles donde Lila había tenido su casa tras la boda, di la vuelta, bordeé los jardincillos y aquella experiencia de conducción es lo único divertido que recuerdo. Por lo demás, fue una tarde horrible a la que siguió una cena interminable. Pietro y yo hicimos un gran esfuerzo para sacar a las dos familias de su incomodidad, eran mundos tan distantes que los silencios fueron muy prolongados. Cuando los Airota se marcharon cargados con una cantidad enorme de sobras que mi madre se empeñó en darles, de repente tuve la sensación de estar equivocándome en todo. Yo venía de esa familia, Pietro de la otra, cada uno llevaba en el cuerpo a sus antepasados. ¿Cómo iría nuestro matrimonio? ¿Qué me esperaba? ¿Prevalecerían las afinidades sobre las diferencias? ¿Sería capaz de escribir otro libro? ¿Cuándo, sobre qué? ¿Y Pietro me apoyaría? ¿Y Adele? ¿Y Mariarosa?

Una noche, mientras tales pensamientos me daban vueltas en la cabeza, me llamaron desde la calle. Corrí a la ventana, había reconocido enseguida la voz de Pasquale Peluso. Comprobé que no estaba solo, Enzo lo acompañaba. Me alarmé. ¿A esa hora Enzo no debía estar en San Giovanni a Teduccio, en casa, con Lila y Gennaro?

—¿Puedes bajar? —me gritó Pasquale.

—¿Qué ocurre?

—Lina no se siente bien y quiere verte.

Voy, dije, y me lancé escaleras abajo a pesar de que mi madre gritó a mis espaldas: Adónde vas a estas horas, vuelve aquí.

25

Hacía mucho que no veía a Pasquale y a Enzo, pero no hubo rodeos, habían venido por Lila y me hablaron enseguida de ella. Pasquale se había dejado la barba como el Che Guevara y dio la impresión de que esa decisión lo mejoraba. Sus ojos parecían más grandes y más intensos, el bigote poblado le cubría los dientes picados incluso cuando reía. Pero Enzo no había cambiado, siempre silencioso, siempre concentrado. Solo cuando nos montamos en el viejo coche de Pasquale caí en la cuenta de lo sorprendente que era verlos juntos. Estaba convencida de que en el barrio ya nadie quería saber nada de Lila y Enzo. Sin embargo, las cosas no eran así: Pasquale iba a verlos a su casa, había acompañado a Enzo a buscarme, Lila los había enviado juntos a mi casa.

Fue Enzo quien me contó lo sucedido a su manera parca y ordenada. Al salir de trabajar en una obra por la zona de San Giovanni a Teduccio, Pasquale debía ir a cenar a casa de ellos. Pero Lila, que solía volver de la fábrica sobre las cuatro y media, todavía no había aparecido a las siete, cuando llegaron Enzo y Pasquale. En el apartamento no había nadie, Gennaro estaba en casa de la vecina. Los dos se pusieron a cocinar, Enzo le dio de comer al niño. Lila apareció sobre las nueve, palidísima, muy nerviosa. No respondió a las preguntas de Enzo y Pasquale. La única frase que dijo, pero con tono de pánico era: Se me están despegando las uñas. Era falso, Enzo le cogió las manos para comprobarlo, las uñas estaban en su sitio. Entonces ella se enojó y se encerró en su habitación con Gennaro. Al cabo de un rato pidió a gritos que fueran a ver si yo estaba en el barrio, quería hablar conmigo urgentemente.

—¿Habéis discutido? —le pregunté a Enzo.

—No.

—¿Se encontraba mal, se ha hecho daño en el trabajo?

—Creo que no, no lo sé.

—Ahora no nos angustiemos —me dijo Pasquale—. ¿Qué te apuestas a que cuando Lina te vea se calma? No sabes cómo me alegro de que te hayamos encontrado, ahora eres una persona importante, estarás muy ocupada.

Como me mostraba esquiva, citó como prueba el antiguo artículo de *L'Unità* y Enzo asintió con la cabeza para indicar que él también lo había leído.

—Lila también lo leyó —dijo.

—¿Y qué dijo?

—Estaba encantada con la foto.

—Pero daban a entender —protestó Pasquale— que todavía eras estudiante. Deberías escribir una carta al periódico para decirles que ya tienes el título.

Se quejó de todo el espacio que *L'Unità* dedicaba a los estudiantes. Enzo le dio la razón, hacían comentarios no muy alejados de los que había oído en Milán, aunque la jerga era más tosca. Estaba claro que en especial Pasquale quería entretenerme con argumentos dignos de alguien que, pese a ser amiga de ellos, aparecía en *L'Unità* con foto y todo. Aunque quizá lo hicieron también para mitigar la angustia, la de ellos y la mía.

Escuché lo que contaban. Comprendí enseguida que su relación se había fortalecido precisamente gracias a la pasión política. Se encontraban a menudo después del trabajo, en reuniones del partido o de no sé qué comité. Los escuché, intervine por educación, replicaron, pero entretanto no conseguí quitarme de la cabeza a Lila carcomida por vete a saber qué angustia, ella que siempre era tan resistente. Cuando llegamos a San Giovanni me pareció que estaban orgullosos de mí, Pasquale, en particular, no se había perdido una sola de mis palabras y con frecuencia me miraba por el espejo retrovisor. Aunque conservaba su tono sabelotodo de siempre —era secretario de la sección del Partido Comunista del barrio—, en realidad atribuía a mi consenso político el poder de ratificar que estaba en lo cierto. Tanto es así que cuando se sintió abiertamente apoyado, me comentó con cierto pesar que él, Enzo y otros estaban abocados a un duro enfrentamiento dentro del partido, que antes de romper con las vacilaciones y plantear la confrontación —lo dijo enojado, golpeando el volante con las manos— prefería esperar un silbido de Aldo Moro, como cuando se llama a un perro obediente.

—¿Qué opinas? —preguntó.

—Es así —dije.

—Eres lista —me alabó entonces con solemnidad mientras subíamos las sucias escaleras—, siempre lo has sido. ¿No, Enzo?

Enzo asintió con la cabeza, pero comprendí que su preocupación por Lila aumentaba como la mía con cada escalón que subíamos, y se sentía culpable por haberse distraído con la conversación. Abrió la puerta, dijo en voz alta ya estamos aquí, me indicó una puerta con la mitad cubierta por un cristal esmerilado de la que provenía una claridad de pocos vatios. Llamé con suavidad, entré.

26

Lila estaba acostada en un catre, completamente vestida. Gennaro dormía a su lado. Pasa, me dijo, sabía que vendrías, dame un beso. La besé en las dos mejillas, me senté en la camita vacía que debía de ser la de su hijo. ¿Cuánto tiempo había pasado desde la última vez que la vi? La encontré todavía más delgada, más pálida, tenía los ojos enrojecidos, las fosas nasales agrietadas, las manos largas llenas de cortes. Siguió hablando casi sin pausas, en voz baja para no despertar al niño: Te he visto en los periódicos, qué guapa estás, qué bonito pelo, lo sé todo de ti, sé que te casas, él es profesor, bien hecho, te vas a vivir a Florencia, perdona que te haya hecho venir a estas horas, es que la cabeza no me ayuda, se me despega como el papel pintado, menos mal que estás aquí.

—¿Qué ocurre? —le pregunté e hice ademán de acariciarle una mano.

Bastaron aquella pregunta, aquel gesto. Abrió los ojos como platos, se agitó, retiró la mano bruscamente.

—No estoy bien —dijo—, pero espera, no te asustes, ahora me calmo.

Se calmó. Dijo despacio, recitando casi cada palabra:

—Te he molestado, Lenù, porque me tienes que prometer una cosa, eres la única de quien me fío. Si llegara a pasarme algo, si acabo en el hospital, si me llevan al manicomio, si no me encuentran más, tú tienes que ocuparte de Gennaro, debes llevarlo contigo, educarlo en tu casa. Enzo es bueno, es honrado, me fío de él, pero al niño no puede darle lo que tú le puedes dar.

—¿Por qué dices esas cosas? ¿Qué te ocurre? Si no me lo cuentas, no lo entiendo.

—Antes debes prometérmelo.

—De acuerdo.

Se agitó otra vez, me asustó.

—No, no me digas de acuerdo. Debes decirme, aquí y ahora, que te quedarás con el niño. Y si te hiciera falta dinero, busca a Nino, dile que debe ayudarte. Pero prométeme: «Al niño lo educo yo».

La miré indecisa, se lo prometí. Se lo prometí y estuve escuchándola toda la noche.

27

Tal vez esta es la última vez que hablo de Lila con todo lujo de detalles. Después ella se volvió cada vez más huidiza y el material a mi disposición se empobreció. Por culpa de la divergencia de nuestras vidas, por culpa de la distancia. Sin embargo, incluso cuando viví en otras ciudades y no nos veíamos casi nunca y ella, como de costumbre, nunca me daba noticias suyas y yo me esforzaba en no pedírselas, su sombra me acicateaba, me deprimía, me henchía de orgullo, me desinflaba, impidiendo que me tranquilizara.

Hoy, cuando escribo, aquel acicate me resulta aún más necesario. Quiero que ella esté, por eso escribo. Quiero que borre, que añada, que colabore en nuestra historia volcando en ella, según su inspiración, las cosas que sabe, que dijo o que pensó: aquella vez que se encontró delante de Gino, el fascista; aquella vez que conoció a Nadia, la hija de la profesora Galiani; aquella vez que regresó a la casa del corso Vittorio Emanuele donde tiempo antes se había sentido fuera de lugar; la vez que observó con crudeza su experiencia del sexo. En mi incomodidad mientras la escuchaba, en los dolores, en las pocas cosas que le dije durante su largo relato, pensaré después.

28

En cuanto *El hada azul* se convirtió en cenizas volátiles en la hoguera de la explanada, Lila regresó al trabajo. No sé cuánto influyó en ella nuestro encuentro, seguramente durante días se sintió infeliz pero consiguió no preguntarse por qué. Había aprendido que buscar motivos le hacía daño y esperó que la infelicidad se transformara primero en un mal humor genérico, luego en melancolía y, por último, en el afán normal de cada día: ocuparse de Gennaro, rehacer las camas, mantener la casa limpia, lavar y planchar la ropa del niño, de Enzo y la suya, preparar la comida para los tres, dejar a Rino en casa de la vecina con mil recomendaciones, correr a la fábrica y soportar la fatiga y los atropellos, regresar y dedicarse a su hijo y también un poco a los niños con los que Gennaro jugaba, ocuparse de la cena, comer otra vez los tres juntos, acostar a Gennaro mientras Enzo recogía y lavaba los platos, regresar a la cocina para ayudarlo a estudiar, algo que él valoraba mucho y que ella, aunque cansada, no quería negarle.

¿Qué veía en Enzo? Bien mirado, creo que lo mismo que había querido ver en Stefano y en Nino: una forma de reorganizarlo todo por fin del modo adecuado. Pero mientras que Stefano, tras quitarse la máscara del dinero, había resultado ser una persona peligrosa y sin sustancia; mientras que Nino, tras quitarse la máscara de la inteligencia, se había convertido en un humo negro de dolor, de momento le parecía que Enzo era incapaz de darle sorpresas desagradables. Había sido el niño de la primaria que ella, por oscuros motivos, siempre había respetado, y ahora era un hombre tan íntimamente compacto en todos sus gestos, tan decidido frente al mundo y tan tolerante con ella, que excluía que pudiese deformarse de golpe.

Es verdad, no dormían juntos, Lila no podía. Cada cual se encerraba en una habitación, y ella lo oía moverse al otro lado de la pared hasta que cesaban los ruidos y solo quedaban los de la casa, los del edificio y de la calle. Le costaba conciliar el sueño a pesar del cansancio. En la oscuridad todos los motivos de infelicidad que, por prudencia, había dejado sin nombre, se mezclaban y se concentraban en Gennaro. Pensaba: ¿Qué será de este niño? Pensaba: No debo llamarlo Rinuccio, de ese modo lo empujo a retroceder al dialecto. Pensaba: Tengo que ayudar también a los niños con los que juega si no quiero que, a fuerza de estar con ellos, se eche a perder. Pensaba: No tengo tiempo, ya no soy la de antes, ya no escribo, ya no leo ni un solo libro.

A veces notaba un peso en el pecho. Se alarmaba, encendía la luz en mitad de la noche, miraba a su hijo dormido. Veía en él poco o nada de Nino, Gennaro le recordaba más bien a su hermano. Cuando era más pequeño, el niño la seguía a todas partes, pero ahora se aburría, gritaba, quería irse a jugar, le decía palabrotas. Lo quiero mucho —reflexionaba Lila—, pero ¿lo quiero mucho tal como es? Fea pregunta. Cuanto más examinaba a su hijo y aunque su vecina lo encontrara muy inteligente, más notaba que no estaba saliendo como ella hubiera querido. Sentía que los años que se había dedicado solo a él no habían servido, ahora consideraba falso que la calidad de una persona dependiera de la calidad de su primera infancia. Había que ser constantes, y Gennaro no tenía constancia; por otra parte, ella tampoco la tenía. Se me va la cabeza continuamente, se decía, yo estoy mal hecha y él está mal hecho. Después se avergonzaba de pensar así, le susurraba al niño dormido: Eres listo, ya sabes leer, ya sabes escribir, sabes sumar y restar, tu madre es una estúpida, nunca está contenta. Besaba al pequeño en la frente, apagaba la luz.

Pero seguía sin poder conciliar el sueño, sobre todo cuando Enzo regresaba tarde y se iba a la cama sin invitarla a estudiar. En esas ocasiones, Lila imaginaba que había estado con alguna puta o que tenía una amante, una obrera de la fábrica donde trabajaba, una militante de la célula comunista en la que se había inscrito enseguida. Los hombres son así, pensaba, al menos los que yo conocí, tienen que chingar sin parar si no, no son felices. Dudo que Enzo sea distinto, por qué debería serlo. Por lo demás, yo lo he rechazado, lo he dejado solo en la cama, no puedo exigir nada. Solo temía que él se enamorara y la echara. No le preocupaba encontrarse sin casa, tenía un trabajo en la fábrica de embutidos y se sentía fuerte, sorprendentemente, mucho más fuerte que cuando se había casado con Stefano y se había visto con mucho dinero pero sometida a él. Más bien la aterraba perder la gentileza de Enzo, la atención que prestaba a cada una de sus ansiedades, la fuerza tranquila que desprendía y gracias a la cual la había salvado, primero de la ausencia de Nino, después de la presencia de Stefano. Máxime porque en las condiciones de vida que llevaba ahora, él era el único que seguía gratificándola al atribuirle capacidades extraordinarias.

—¿Sabes qué significa esto?

—No.

—Míralo bien.

—Es alemán, Enzo, no entiendo el alemán.

—Pero si te concentras, al cabo de un tiempo lo entenderás —le decía él, medio en broma, medio en serio.

Enzo, que había hecho un gran esfuerzo para obtener el diploma y lo había conseguido, la consideraba a ella, que no había pasado de quinto curso de la primaria, dotada de una inteligencia mucho más ágil que la suya y le atribuía la virtud milagrosa de dominar enseguida cualquier materia. De hecho, cuando a partir de poquísimos elementos se había convencido no solo de que los lenguajes de programación de los ordenadores albergaban el futuro de la humanidad, sino de que la élite que se adelantara a dominarlos desempeñaría un papel excepcional en la historia del mundo, de inmediato se dirigió a ella.

—Ayúdame.

—Estoy cansada.

—Llevamos un asco de vida, Lina, tenemos que cambiar.

—A mí me va bien así.

—El niño está todo el día con extraños.

—Es mayor, no puede vivir bajo una campana de cristal.

—Fíjate cómo tienes las manos.

—Son mis manos y hago con ellas lo que me da la gana.

—Quiero ganar más, para ti y para Gennaro.

—Tú ocúpate de tus cosas que yo me ocupo de las mías.

Reacciones ásperas, como siempre. Enzo se había matriculado en un curso por correspondencia con entregas mensuales —algo caro para sus bolsillos, con exámenes periódicos que había que enviar a un centro internacional de procesamiento de datos con sede en Zurich, que los devolvía corregidos—, y poco a poco había interesado a Lila y ella se esforzaba por seguirle el ritmo. Pero se comportaba de una forma completamente distinta a como lo había hecho con Nino, al que acosaba con la obsesión de demostrarle que estaba en condiciones de ayudarlo en todo. Cuando estudiaba con Enzo estaba tranquila, no intentaba ganarle. Las horas que por la noche dedicaban al curso eran para él un esfuerzo, para ella un sedante. Tal vez por eso, las raras veces en que regresaba tarde y daba la impresión de poder prescindir de ella, Lila se quedaba despierta, inquieta, escuchando el ruido del agua en el retrete, con la que imaginaba que Enzo se estaba quitando del cuerpo todo rastro del contacto con sus amantes.

29

En la fábrica —lo había comprendido enseguida— el cansancio excesivo empujaba a la gente a querer follar no con la mujer o el marido y en su propia casa, a la que regresaba extenuada y sin ganas, sino allí, en el trabajo, por la mañana o por la tarde. Los hombres alargaban la mano a la menor ocasión, bastaba con que pasaran a tu lado para que te hicieran propuestas; las mujeres, sobre todo las menos jóvenes, reían, se frotaban contra ellos con sus pechos grandes, se enamoraban, y el amor se convertía en una distracción que atenuaba el cansancio y el aburrimiento, daba una impresión de verdadera vida.

Desde los primeros días de trabajo los hombres intentaron acortar distancias, como para olerla. Lila los rechazaba, ellos reían o se alejaban canturreando cancioncitas plagadas de alusiones obscenas. Una mañana, para dejar las cosas claras de una vez por todas, casi le arrancó la oreja a un tipo que al pasar a su lado le dijo una frase vulgar y le estampó un beso en el cuello. Era un tipo guapetón, de unos cuarenta años, se llamaba Edo, le hablaba a todas de forma insinuante y contaba chistes verdes con mucha gracia. Lila le agarró el pabellón con una mano, se lo estrujó y tiró con todas sus fuerzas, las uñas clavadas en la carne, y no soltó la presa aunque el hombre chillaba al tiempo que trataba de esquivar las patadas que ella le daba. Después, hecha una furia, fue a ver a Bruno Soccavo para protestar.

Desde que Bruno había hecho que la contratasen, Lila lo había visto pocas veces, de pasada, sin prestarle atención. En aquellas circunstancias, sin embargo, tuvo ocasión de observarlo bien; estaba de pie, detrás del escritorio, se levantó expresamente, como hacen los caballeros cuando en la habitación entra una señora. Lila se sorprendió: Soccavo tenía la cara hinchada, los ojos empañados por la abundancia, el pecho pesado, y sobre todo una tez encendida que chocaba como un magma contra el pelo negrísimo y el blanco de los dientes de lobo. Se preguntó: ¿Qué tendrá que ver este tipo con el muchacho amigo de Nino que estudiaba derecho? Y sintió que no había continuidad entre la época de Ischia y la fábrica de embutidos; en medio se extendía el vacío, y en el salto de un espacio al otro Bruno se había echado a perder, quizá porque su padre había estado enfermo hacía poco y el peso de la empresa (las deudas, decían) había caído de pronto sobre sus hombros.

Le expuso sus quejas, él se echó a reír.

—Lina —la reprendió—, yo te hice un favor, ahora no me montes follones. Aquí todos nos deslomamos, no estés siempre con el fusil preparado. De vez en cuando la gente tiene que relajarse, si no, me crea problemas.

—Pues os relajáis entre vosotros.

Él le lanzó una mirada divertida.

—Sabía que te gustaba la broma.

—Me gusta cuando decido yo.

El tono violento de Lila hizo que cambiara el suyo. Se puso serio, le dijo sin mirarla: Tú siempre igual, qué guapa estabas en Ischia. Después le indicó la puerta y añadió: Vete a trabajar, anda.

A partir de entonces, cada vez que se cruzaba con ella por la fábrica, nunca dejaba de dirigirle la palabra delante de todos y siempre para hacerle algún cumplido amable. Aquella confianza terminó por confirmar la situación de Lila en la fábrica: caía en gracia al joven Soccavo, por lo que convenía dejarla en paz. Al parecer, aquel punto se confirmó una tarde, poco después del descanso de mediodía, cuando una mujerona llamada Teresa le cerró el paso y le dijo con recochineo: Te buscan en la sala de curado. Lila fue a la enorme sala donde secaban los embutidos, un cuarto rectangular repleto de fiambres que colgaban del techo bajo una luz amarillenta. Se encontró allí a Bruno que, al parecer, estaba haciendo unos controles, cuando en realidad andaba con ganas de conversación.

Mientras daba vueltas por la sala palpando y oliendo con aire de experto, le preguntó por Pinuccia, su cuñada, y —algo que irritó a Lila— dijo sin mirarla, es más, examinando una *sopressata*: Nunca estuvo contenta con tu hermano, aquel verano se enamoró de mí como tú de Nino. Luego pasó delante de ella y dándole la espalda añadió: Gracias a ella descubrí que a las mujeres embarazadas les gusta mucho hacer el amor. Y sin darle tiempo a comentar o ironizar o enojarse, se detuvo en el centro de la sala y dijo que si desde niño el establecimiento en su conjunto le había dado náuseas, allí, en el secadero, siempre se había sentido bien, tenía algo satisfactorio, pleno, el producto que llegaba a su plenitud, que se afinaba, que despedía su olor, que estaba listo para salir al mercado. Mira, toca, le dijo, es compacto, duro, huele el aroma que despide, se parece al olor que sueltan un hombre y una mujer cuando se abrazan y se tocan —¿te gusta?—, si supieras la de mujeres que he traído aquí desde que era jovencito. Entonces la aferró por la cintura, le recorrió el largo cuello con los labios, y ya le estaba apretando el trasero, parecía tener cien manos, la toqueteó por encima del delantal, por debajo, a una velocidad frenética y jadeante, una exploración sin placer, un puro deseo intrusivo.

Comenzando por el olor de los embutidos, a Lila todo le trajo a la memoria la violencia de Stefano, y por unos segundos se sintió anulada, temió por su vida. Después la furia se apoderó de ella, golpeó a Bruno en la cara y entre las piernas, le gritó eres un hombre de mierda, ahí abajo no tienes nada, anda, ven aquí, sácala que te la arranco, cabrón.

Bruno la soltó, retrocedió. Se tocó el labio, sangraba, soltó una risita incómoda, farfulló: Perdona, pensé que por lo menos sentirías un poco de gratitud. Lila le gritó: ¿Me estás diciendo que si no pago prenda, me despides, es eso? Él se rió otra vez, negó con la cabeza: No, si no quieres, no quieres, basta, te he pedido perdón, ¿qué más tengo que hacer? Pero ella estaba fuera de sí, solo entonces comenzaba a notarse encima el rastro de sus manos y sabía que le duraría, que no era algo que se quitara con jabón. Retrocedió hacia la puerta, le dijo: Por ahora te ha ido bien, pero me despidas o no, juro que haré que maldigas el momento en que me has tocado. Salió mientras él murmuraba: Qué te he hecho, no te he hecho nada, anda, ven aquí, si todos los problemas fueran estos, anda, hagamos las paces.

Ella volvió a su puesto. Trabajaba entonces en medio de los vapores de la zona de lavado, era una especie de auxiliar que, entre otras cosas, debía mantener seco el suelo, un esfuerzo por completo inútil. Edo, el tipo al que casi le había arrancado la oreja, la miró con curiosidad. Todos, obreros y obreras, clavaron los ojos en ella cuando regresó del secadero. Lila no respondió a la mirada de nadie. Agarró un trapo, lo tiró sobre las baldosas, comenzó a pasarlo por el suelo, que era un cenagal, diciendo en voz alta, amenazante: Vamos a ver si hay algún otro hijo de puta que quiera intentarlo. Sus compañeros se concentraron en el trabajo.

Se pasó días esperando el despido, pero no llegó. Las veces en que por casualidad se cruzaba con Bruno, él le sonreía amable, ella respondía con un gesto frío. Ninguna consecuencia, pues, salvo el asco de aquellas manos cortas y los arrebatos de odio. Pero los jefecillos, al ver que Lila seguía pasando de todos ellos con la soberbia de siempre, volvieron de golpe a atormentarla cambiándola sin cesar de puesto, haciéndola trabajar hasta agotarla, diciéndole obscenidades. Señal de que les habían dado permiso.

A Enzo no le contó nada de la oreja que casi le había arrancado a Edo, de la agresión de Bruno, de las marranadas y las fatigas de cada día. Si él le preguntaba qué tal le iba en la fábrica de embutidos, le contestaba con sarcasmo: ¿Por qué no me cuentas qué tal te va donde trabajas tú? Y como él callaba, Lila se burlaba un rato de él y luego se dedicaban juntos a hacer los ejercicios del curso por correspondencia. Se refugiaban en el estudio por varios motivos, el más importante, para evitar preguntarse por el futuro: qué eran el uno para el otro, por qué él se ocupaba de ella y de Gennaro, por qué ella aceptaba que lo hiciera, por qué desde hacía tiempo vivían en la misma casa pero todas las noches Enzo esperaba inútilmente que ella fuera con él y daba vueltas y más vueltas en la cama, iba a la cocina con la excusa de beber agua, lanzaba una mirada al cristal de la puerta para comprobar si no había apagado la luz y espiar su sombra. Tensiones mudas —llamo a su puerta, lo dejo entrar—, dudas de él y de ella. Al final preferían aturdirse compitiendo con los diagramas de bloques como si se tratara de aparatos de gimnasia.

—Hagamos el esquema de la puerta que se abre —decía Lila.

—Hagamos el esquema del nudo de la corbata —decía Enzo.

—Hagamos el esquema de cuando le ato los zapatos a Gennaro —decía Lila.

—Hagamos el esquema de cuando preparamos café con la cafetera napolitana.

De las acciones más simples a las más complicadas, se devanaban los sesos para esquematizar la cotidianidad, aunque las pruebas de Zurich no lo tuvieran previsto. Y no porque Enzo lo quisiera sino porque como siempre Lila, que había empezado con sordina, a medida que pasaban los días se había ido entusiasmando cada vez más y ahora, a pesar de que por la noche la casa estaba helada, le había entrado el frenesí de reducir la totalidad del mundo miserable en el que vivían a la verdad del 0 y el 1. Era como si tendiese a una linealidad abstracta —la linealidad que paría todas las abstracciones—, esperaba que le asegurase una pulcritud relajante.

—Esquematicemos la fábrica —le propuso una noche.

—¿Todo lo que se hace allí? —preguntó él, perplejo.

—Sí.

La miró y dijo:

—De acuerdo, empecemos por la tuya.

Ella hizo una mueca de fastidio, murmuró un buenas noches y se fue a su cuarto.

30

Aquellos equilibrios, ya bastante precarios, se modificaron al reaparecer Pasquale. Trabajaba en una obra de la zona y había ido a San Giovanni a Teduccio para asistir a una reunión en la sección local del Partido Comunista. Él y Enzo se encontraron por casualidad en la calle y recuperaron enseguida la antigua confianza, terminaron hablando de política, manifestaron el mismo descontento. Al principio, Enzo fue cauto en sus comentarios, pero Pasquale, a pesar de que en el barrio tenía un cargo importante —era secretario de sección—, por sorpresa, fue de todo menos cauto y atacó al partido, que era revisionista, y también al sindicato, que con demasiada frecuencia cerraba los dos ojos. Los dos confraternizaron hasta tal punto que Lila se encontró en casa a Pasquale a la hora de cenar y tuvo que preparar algo también para él.

La velada empezó mal. Ella se sintió observada, tuvo que hacer un esfuerzo para no enfadarse. ¿Qué quería Pasquale, espiarla, contar en el barrio cómo vivía? ¿Con qué derecho se presentaba allí para juzgarla? No le dirigía una sola palabra amistosa, no le daba información sobre su familia, sobre Nunzia, sobre su hermano Rino, sobre Fernando. Eso sí, le lanzaba miradas de macho como en la fábrica, de valoración, y si ella se daba cuenta, apartaba la vista. Seguramente la encontraba más fea, sin duda estaría pensando: Cómo pude enamorarme de esta de jovencito, qué estúpido fui. Y sin duda la consideraba una pésima madre, en vista de que en lugar de haber criado a su hijo en el bienestar de las charcuterías Carracci, lo había arrastrado hasta aquella miseria. En un momento dado Lila resopló y le dijo a Enzo: Recoge tú, yo me voy a la cama. Pero Pasquale adoptó por sorpresa el tono de las grandes ocasiones y un tanto emocionado le dijo: Lina, antes de que te vayas tengo que decirte algo: no hay ninguna mujer como tú, te entregas a la vida con una fuerza que si la tuviéramos todos, a saber desde cuándo el mundo ya habría cambiado. Así, roto el hielo de ese modo, le contó que Fernando se había puesto otra vez a remendar zapatos, que Rino se había convertido en la cruz de Stefano y le mendigaba dinero sin parar, que a Nunzia se la veía poco, no salía de casa. Pero tú hiciste bien, remachó: En el barrio nadie le dio tantas patadas en la cara a los Carracci y a los Solara como tú, y estoy de tu parte.

A partir de aquella noche fue a menudo por allí, lo que repercutió mucho en el estudio del curso por correspondencia. Llegaba a la hora de cenar con cuatro pizzas calientes, interpretaba el papel habitual de quien lo sabe todo sobre cómo funciona el mundo capitalista y anticapitalista, y la antigua amistad se reforzó. Era evidente que vivía sin afectos; su hermana Carmen tenía novio y disponía de poco tiempo para ocuparse de él. Pero reaccionaba a la soledad con un activismo rabioso que a Lila le gustaba, la intrigaba. Aunque exhausto tras deslomarse en la obra, se dedicaba al sindicato, iba a lanzar pintura roja como la sangre contra el consulado de Estados Unidos, si había que dar leña a los fascistas estaba siempre en primera fila, participaba en un comité obreros-estudiantes en el que no paraba de pelearse con estos últimos. Y no hablemos del Partido Comunista: a causa de sus posturas muy críticas, esperaba perder el cargo de secretario de la sección de un momento a otro. Con Enzo y con Lila hablaba a calzón quitado, mezclando resentimientos personales y motivos políticos. A mí me dicen que soy enemigo del partido, se quejaba, a mí me dicen que monto demasiado follón, que tengo que quedarme tranquilo. Son ellos los que están destruyendo el partido, ellos los que lo están transformando en una pieza del sistema, ellos los que han convertido el antifascismo en vigilancia democrática. ¿Sabéis a quién han puesto al frente de la sección del Movimiento Social en el barrio? A Gino, el hijo del farmacéutico, un siervo estúpido de Michele Solara. ¿Y yo tengo que aguantar que los fascistas levanten la cabeza en mi barrio? Mi padre —decía conmovido— se entregó por entero al partido, ¿y para qué, por este antifascismo superficial, por esta mierda de hoy? Cuando el pobre había ido a parar a la cárcel siendo inocente, inocentísimo, se enfadaba —él no había matado a don Achille—, el partido lo había abandonado, pese a haber sido un gran compañero, pese a haberse tragado los «cuatro días de Nápoles» y combatido en el ponte della Sanità, pese a que durante la posguerra, en el barrio, se había expuesto más que nadie. ¿Y Giuseppina, su madre? ¿Alguien la había apoyado? En cuanto hablaba de su madre, Pasquale se sentaba a Gennaro en las rodillas y le preguntaba: ¿Ves qué guapa es tu madre, la quieres?

Lila escuchaba. A veces le daba por pensar que debería haberle dicho que sí a aquel muchacho, el primero que se había fijado en ella, sin apuntar a Stefano y su dinero, sin meterse en líos por culpa de Nino: quedarse en su sitio, no pecar de soberbia, apaciguar la cabeza. Pero otras veces, por culpa de las diatribas de Pasquale, se sentía otra vez atrapada por la infancia, por la ferocidad del barrio, por don Achille, por su asesinato que ella, de pequeña, había contado tantas veces y con tantos detalles inventados que ahora tenía la impresión de haberlo presenciado. Y así se acordaba de la detención del padre de Pasquale, de que el carpintero gritaba como un descosido, igual que su mujer y que Carmen, y no le gustaba, los recuerdos verdaderos se mezclaban con los falsos, veía la violencia, la sangre. Entonces se estremecía, inquieta, eludía el flujo de los rencores de Pasquale, para calmarse lo animaba a evocar, yo qué sé, la Navidad y la Semana Santa en familia, la buena cocina de su mamá Giuseppina. Él se dio cuenta enseguida de este detalle y quizá debió de pensar que Lila echaba de menos los afectos familiares como los echaba de menos él. La cuestión es que en cierta ocasión llegó sin avisar y le dijo alegre: Mira a quién he traído. Le había llevado a Nunzia.

Madre e hija se abrazaron, Nunzia lloró a moco tendido, le regaló un pinocho de trapo a Gennaro. En cuanto intentó criticar a su hija por sus decisiones, Lila, que al principio se había alegrado de verla, le dijo: Ma, o hacemos como si nada hubiera pasado o será mejor que te vayas. Nunzia se ofendió, se puso a jugar con el niño, diciendo a menudo, como si hablara de veras con el pequeño: Si tu mamá se va a trabajar, ¿dónde te deja a ti, pobre criatura? A este punto, Pasquale comprendió que se había equivocado, dijo que era tarde, que debían irse. Nunzia se levantó y se dirigió a su hija con un tono entre la amenaza y la súplica. Tú, se lamentó, primero nos hiciste vivir como señores y después nos arruinaste. Tu hermano se sintió abandonado y no quiere verte más, tu padre te ha borrado; Lina, te lo ruego, no te digo que hagas las paces con tu marido, eso no es posible, pero por lo menos aclara las cosas con los Solara, que por tu culpa esos se quedaron con todo, y Rino, tu padre, nosotros, los Cerullo, volvemos a no ser nadie.

Lila la escuchó y luego casi la sacó a empujones y le dijo: Es mejor que no vuelvas. A Pasquale le gritó lo mismo.

31

Demasiados problemas juntos: los sentimientos de culpa por Gennaro, por Enzo; los duros turnos en el trabajo, las horas extra, las porquerías de Bruno; su familia que quería que volviera a cargar con ellos; y la presencia de Pasquale con el que era inútil mostrarse arisca. Él no se enfadaba nunca, irrumpía alegre, y a veces arrastraba a Lila, Gennaro y Enzo a la pizzería, a veces los llevaba en coche a Agerola para que el niño tomara el aire. Pero sobre todo trató de implicarla en sus actividades. La animó a inscribirse en el sindicato, a pesar de que ella no quería, lo hizo únicamente como una afrenta a Soccavo, que no lo habría visto con buenos ojos. Le pasó folletos de distintos tipos, muy claros, muy esenciales, sobre temas como la hoja de salario, la contratación, las «jaulas salariales», sabiendo muy bien que si él ni siquiera los había hojeado, tarde o temprano Lila acabaría leyéndolos. Se la llevó junto con Enzo y el niño a la Riviera di Chiaia, a una manifestación por la paz en Vietnam que terminó en una desbandada general: piedras que volaban, fascistas que provocaban, policías que cargaban, Pasquale que repartía golpes, Lila que gritaba insultos y Enzo que maldecía el momento en que habían decidido meter a Gennaro en aquella barahúnda.

En aquella época hubo, sobre todo, dos episodios que contaron para Lila. En una ocasión Pasquale insistió mucho en que ella fuera a oír a una compañera importante. Lila aceptó la invitación, sentía curiosidad. Pero escuchó poco o nada de la exposición —un discurso superficial sobre el partido y la clase obrera— porque la compañera importante llegó tarde y cuando la reunión comenzó al fin, Gennaro se impacientó, ella se vio obligada a entretenerlo, y salía a la calle para que jugara, lo entraba de nuevo, volvía a salir. No obstante, lo poco que escuchó le bastó para percatarse de cuánta grandeza tenía aquella mujer y de cómo se distinguía en todo del público obrero y pequeñoburgués que tenía delante. Por ello, al darse cuenta de que Pasquale, Enzo y algún otro no estaban contentos con lo que decía la oradora, pensó que eran injustos, que deberían haber estado agradecidos a aquella señora culta que había ido a malgastar su tiempo con ellos. Cuando Pasquale hizo una intervención tan polémica que la compañera diputada se enojó y con la voz quebrada exclamó irritada: Basta, ahora me levanto y me voy, su reacción le gustó, se sintió de su parte. Pero, evidentemente, como le ocurría siempre, por dentro era una maraña de sentimientos. Cuando Enzo gritó para apoyar a Pasquale: Compañera, sin nosotros tú ni siquiera existes, por eso te vas a quedar donde estás hasta que nosotros queramos y te irás solo cuando nosotros te lo digamos, cambió de idea, compartió de pronto la violencia de aquel «nosotros», le pareció que la mujer se la merecía. Regresó a casa enojada con el niño que le había echado a perder la velada.

Mucho más agitada fue la reunión del comité en la que Pasquale, en su afán por comprometerse, se había apuntado. Lila fue no solo porque a él le importaba mucho, sino porque le parecía que la inquietud que lo impulsaba a buscar y a entender era buena. El comité se reunía en Nápoles, en una vieja casa de la via dei Tribunali. Llegaron una noche en el coche de Pasquale, se encaramaron a la escalinata maltrecha, pero monumental. La habitación era grande, los asistentes, pocos. Lila se dio cuenta de lo fácil que era distinguir las caras de los estudiantes de las de los trabajadores, la desenvoltura de los jefes del balbuceo de las bases. Hubo algo que no tardó en irritarla. Los estudiantes hacían unos discursos que le parecieron hipócritas. Además, siempre con la misma cantilena: Estamos aquí para aprender de vosotros, es decir, de los obreros; en realidad, hacían gala de ideas demasiado claras sobre el capital, la explotación, la traición de las socialdemocracias, las formas de la lucha de clase. Para colmo, según descubrió, las pocas muchachas, en general taciturnas, se deshacían en cháchara zalameras con Enzo y Pasquale. Sobre todo Pasquale, el más sociable, era tratado con mucha simpatía. Era considerado un obrero que, a pesar de llevar en el bolsillo el carnet del Partido Comunista, a pesar de dirigir una sección, había decidido llevar su experiencia de proletario al campo revolucionario. Cuando él o Enzo tomaron la palabra, los estudiantes se mostraron siempre de acuerdo, mientras que entre ellos no hacían más que tirarse de los pelos. Como siempre, Enzo fue de pocas palabras pero consistentes. Pasquale, por su parte, medio en dialecto, medio en italiano, habló con locuacidad de los progresos que hacía el trabajo político en las obras de la provincia y lanzó dardos polémicos contra los estudiantes, que eran poco activos. Al final, sin preaviso, la sacó a colación a ella, Lila. La presentó con nombre y apellido, la definió como compañera obrera que trabajaba en una pequeña industria de alimentación, la elogió mucho.

Lila arrugó la frente, entrecerró los ojos, no le gustó que todos la miraran como un bicho raro. Y cuando, después de Pasquale, intervino una muchacha —la primera mujer en tomar la palabra— se molestó todavía más; en primer lugar porque se expresaba como un libro, en segundo lugar porque la citó varias veces llamándola compañera Cerullo, en tercer lugar porque la conocía: era Nadia, la hija de la profesora Galiani, la novia de Nino que le mandaba cartas de amor a Ischia.

Al principio temió que Nadia la hubiese reconocido a su vez, pero aunque la muchacha hablaba dirigiéndose casi siempre a ella, no dio señales de recordarla. Por lo demás, ¿a santo de qué debería acordarse de ella? A saber a cuántas fiestas de ricos había asistido y qué multitud de sombras nublaba su memoria. En cambio Lila había tenido aquella única ocasión de años atrás y le había quedado muy grabada. Se acordaba con precisión de la casa del corso Vittorio Emanuele, de Nino, de todos aquellos jóvenes de buena familia, de los libros, los cuadros, y la desagradable experiencia por la que había pasado, de la desazón que había sentido. No lo soportó, se levantó mientras Nadia seguía hablando y salió a pasear con Gennaro, llevando consigo una energía negativa que, al no encontrar un desahogo concreto, se le anudó en el estómago.

Al cabo de un rato regresó, decidida a dar su opinión para no sentirse menos. Un joven con el pelo rizado hablaba con gran competencia sobre la empresa Italsider y el trabajo a destajo. Lila esperó a que el muchacho terminara, e ignorando la mirada perpleja de Enzo, pidió la palabra. Habló largo rato, en italiano, mientras Gennaro se agitaba en sus brazos. Empezó despacio luego, en el silencio general, siguió con voz tal vez demasiado alta. Con tono burlón dijo que no sabía nada de la clase obrera. Dijo que solo conocía a los obreros y obreras de la fábrica donde trabajaba, personas de las que no había absolutamente nada que aprender más que la miseria. ¿Os imagináis, preguntó, lo que supone pasar ocho horas diarias sumergidos hasta la cintura en el agua de cocción de las mortadelas? ¿Os imagináis lo que supone tener los dedos llenos de heridas a fuerza de descarnar huesos de animales? ¿Os imagináis lo que supone entrar y salir de las cámaras frigoríficas a veinte grados bajo cero para cobrar diez liras más la hora —diez liras— en concepto de complemento por frío? Si os lo imagináis, ¿qué creéis que vais a aprender de gente que está obligada a vivir así? Las obreras tienen que dejarse tocar el culo sin rechistar por jefecitos y compañeros. Si al hijo del amo le viene en gana, algunas deben seguirlo al secadero, cosa que pedía ya su padre, tal vez también su abuelo, y allí, antes de echársete encima, ese mismo hijo del dueño te suelta un discursito ensayado sobre cómo lo excita el olor del embutido. Tanto hombres como mujeres son sometidos a cacheos, porque a la salida hay una cosa que se llama «parcial» y que, si se enciende la luz roja en lugar de la verde, quiere decir que te estás llevando salamis o mortadelas. El «parcial» lo dirige el guardián, un espía del dueño, que enciende la luz roja no solo a los posibles ladrones sino sobre todo a las muchachas guapas y reservadas y a los tocapelotas. Esa es la situación en la fábrica donde yo trabajo. El sindicato nunca ha puesto los pies allí y los obreros no son más que pobre gente bajo coacción, sujeta a la ley del dueño, es decir, yo te pago, por tanto, te poseo y poseo tu vida, tu familia, cuanto te rodea, y si no haces lo que te digo, te destruyo.

Al principio nadie abrió la boca. Después siguieron otras intervenciones, y en todas citaron a Lila con devoción. Al terminar la reunión, Nadia fue a abrazarla. La colmó de elogios: Qué hermosa eres, qué bien lo has hecho, qué bien hablas. Le dio las gracias, le dijo seria: Has hecho que comprendamos cuánto trabajo nos queda por delante. A pesar del tono alto, casi solemne, a Lila le pareció más niña de como la recordaba cuando, aquella noche de hacía unos años, la había visto con Nino. ¿Qué hacían, ella y el hijo de Sarratore, bailaban, charlaban, se toqueteaban, se besaban? Ya no lo sabía. Sin duda, la muchacha tenía una hermosura que no se olvida. Y ahora, al verla ante ella, le pareció aún más limpia que entonces, limpia y frágil y tan genuinamente expuesta al padecimiento ajeno, que parecía sentir en carne propia su tormento hasta lo insoportable.

—¿Volverás?

—Tengo al niño.

—Debes volver, te necesitamos.

Pero Lila negó con la cabeza, incómoda, le repitió a Nadia: Tengo al niño, y se lo enseñó con un gesto de la mano, le dijo a Gennaro: Saluda a la señorita, dile que sabes leer y escribir, dile algo para que vea lo bien que hablas. Y como Gennaro miró para otro lado y ocultó la cara en su cuello, y Nadia esbozó una sonrisa pero no pareció hacerle caso, repitió: Tengo al niño, trabajo ocho horas al día sin contar las extras, la gente que está en mi situación, por la noche solo quiere dormir. Se marchó confundida, con la impresión de haberse expuesto demasiado a personas con buenas intenciones, sin duda, pero que, aunque lo comprendían todo en abstracto, en concreto no podían entenderla. «Yo sé —le quedó dando vueltas en la cabeza sin llegar a convertirse en sonido—, yo sé qué significa la vida acomodada llena de buenas intenciones, tú no te imaginas siquiera lo que es la verdadera miseria.»

En la calle su desazón aumentó. Mientras iban hacia el coche, notó que Pasquale y Enzo estaban enfurruñados, intuyó que su intervención los había herido. Pasquale la sujetó de un brazo con delicadeza, salvando la distancia física que hasta ese momento no había intentado franquear, y le preguntó:

—¿De verdad trabajas en esas condiciones?

Molesta por el contacto, ella apartó el brazo y se revolvió:

—¿Y tú cómo trabajas, vosotros dos cómo trabajáis?

No le contestaron. Trabajaban duramente, ya se sabía. Y al menos Enzo, en la fábrica, seguramente tenía ante los ojos a alguna obrera no menos derrengada que Lila por el esfuerzo, las humillaciones y las obligaciones domésticas. Sin embargo, ahora, los dos se ensombrecían por las condiciones en las que trabajaba ella, no podían tolerarlo. A los hombres había que ocultárselo todo. Preferían no saber, preferían fingir que lo que ocurría bajo las órdenes del patrón, milagrosamente no le ocurría a la mujer a la que querían y a la que —esa era la idea con la que se habían criado— debían proteger aun a costa de su vida. Ante aquel silencio Lila se enfadó todavía más.

—A tomar por culo —dijo—, vosotros y la clase obrera.

Subieron al coche, durante todo el viaje hasta San Giovanni a Teduccio solo intercambiaron frases vagas. Pero cuando Pasquale los dejó delante de su casa le dijo serio: No hay nada que hacer, siempre eres la mejor, y arrancó de vuelta para el barrio. En cambio Enzo, con el niño dormido en brazos, refunfuñó sombrío:

—¿Por qué nunca me has contado nada? ¿Alguien te ha metido mano en la fábrica?

Estaban cansados, decidió tranquilizarlo, le contestó:

—Conmigo no se atreven.

32

Días más tarde empezaron los problemas. Lila llegó al trabajo muy de mañana, con la cabeza ocupada en mil tareas y por completo desprevenida ante lo que ocurriría. Hacía mucho frío, llevaba días con un poco de tos, notaba que estaba incubando una gripe. En la entrada se encontró con un par de chicos, debían de haber decidido faltar a clase. Uno de ellos la saludó con cierta confianza y no le entregó una octavilla, como ocurría a veces, sino varias páginas ciclostiladas. Ella respondió al saludo con una mirada perpleja, había visto al chico en el comité de la via dei Tribunali. Después se metió el folleto en el bolsillo del abrigo y pasó delante de Filippo, el guardián, sin dignarse a mirarlo siquiera, hasta el punto de que él le gritó: Así me gusta, no me des ni los buenos días, ¿eh?

Trabajó con la obstinación de siempre —en aquella época estaba en la sala de deshuesado—, se olvidó del chico. A la hora del almuerzo fue al patio con su fiambrera a buscar un rincón para comer al sol, pero en cuanto la vio Filippo salió de la garita y fue hacia ella. Era un tipo cincuentón, de baja estatura, pesado, propenso a las obscenidades más asquerosas pero dado también a un sentimentalismo empalagoso. Hacía poco había tenido el sexto hijo y se conmovía fácilmente, abría la cartera y obligaba a todos a ver la foto del niño. Lila pensó que quizá se había decidido a enseñársela también a ella, pero no fue así. El hombre sacó el folleto ciclostilado del bolsillo de la cazadora y con tono muy agresivo le dijo:

—Cerù, escúchame bien lo que te voy a decir. Si las cosas que están escritas aquí se las dijiste tú a esos cabronazos, te has metido en un buen lío, ¿lo has entendido?

—No sé de qué coño me estás hablando —le contestó ella, gélida—, déjame comer.

Filippo le lanzó con rabia el folleto a la cara y estalló:

—No lo sabes, ¿eh? Entonces léelo. Aquí dentro siempre hemos estado todos a partir un piñón y solo una zorra como tú podría ir por ahí diciendo estas cosas. ¿O sea que yo enciendo el parcial como me da la gana? ¿Yo le meto mano a las mujeres? ¿Yo, un padre de familia? Fíjate bien lo que te digo, si don Bruno no te las hace pagar y bien caro, como hay Dios que te parto la cara yo mismo.

Le dio la espalda y regresó a su garita.

Lila terminó de comer tranquilamente, luego recogió el folleto. El título era pretencioso: «Investigación sobre la condición obrera en Nápoles y provincia». Echó una ojeada a las páginas, encontró una entera dedicada a la fábrica de embutidos Soccavo. Leyó palabra por palabra cuanto había salido de su boca en la reunión de la via dei Tribunali.

Hizo como si nada. Dejó el folleto en el suelo, volvió a entrar sin mirar en ningún momento hacia la garita y retomó su trabajo. Pero estaba furiosa con quien la había metido en aquel berenjenal sin avisar siquiera, especialmente con Nadia, la mosquita muerta; seguro que ella había escrito aquello, todo bien ordenadito y lleno de necedades emocionadas. Mientras trabajaba a cuchillo la carne fría, el olor le daba náuseas y la rabia iba en aumento, notó a su alrededor la hostilidad de sus compañeros, hombres y mujeres. Todos se conocían desde hacía tiempo, sabían que eran víctimas conniventes, y no tenían la menor duda de quién había hecho de espía, ella, la única que de entrada se había comportado como si la necesidad de deslomarse no coincidiera con la necesidad de humillarse.

Por la tarde llegó Bruno y al rato la mandó llamar. Estaba más colorado de lo habitual, tenía en la mano el folleto ciclostilado.

—¿Has sido tú?

—No.

—Dime la verdad, Lina. Allá fuera ya hay bastante gente que monta follones, ¿ahora tú también los ayudas?

—Te he dicho que no.

—No, ¿eh? Pero aquí no hay nadie que tenga la capacidad y la cara dura de inventarse todas estas mentiras.

—Habrá sido alguno de los empleados.

—Los empleados ni en sueños.

—Entonces qué quieres de mí, los pajaritos cantan, tómala con ellos.

Él resopló, parecía realmente agotado.

—Te di un trabajo —dijo—. Me callé la boca cuando te inscribiste en la CGIL, mi padre te hubiera echado a patadas. De acuerdo, cometí una estupidez en la sala de curado, pero te pedí disculpas, no puedes decir que te he acosado. ¿Y tú qué haces, te vengas dejando mi empresa en mal lugar y poniendo negro sobre blanco que yo me llevo a las obreras a la sala de curado? ¿Cómo se te ocurre, yo con las obreras, estás loca? Estás haciendo que me arrepienta del bien que te he hecho.

—¿El bien? Yo trabajo como una burra y tú me pagas una miseria. Es más el bien que yo te hago a ti que el que tú me haces a mí.

—¿Lo ves? Hablas como uno de esos cabrones. Al menos ten el valor de reconocer que esto lo has escrito tú.

—Yo no he escrito nada.

Bruno torció la boca, miró las páginas que tenía delante, y ella comprendió que vacilaba, no se decidía: ¿Emplear tonos más duros, amenazarla, despedirla, dar marcha atrás y tratar de averiguar si se estaban cocinando otras iniciativas de ese tipo? Se decidió ella, dijo en voz baja —a regañadientes pero con un pequeño mohín cautivador que desentonaba con el recuerdo de la violencia de él, aún viva en su cuerpo— tres frases conciliadoras:

—Fíate, tengo un hijo pequeño, de verdad que esto no lo he hecho yo.

Él asintió con la cabeza pero al mismo tiempo refunfuñó, descontento:

—¿Sabes lo que me obligas a hacer ahora?

—No, y no quiero saberlo.

—Te lo digo igual. Si esos son amigos tuyos, avísales. En cuanto vuelvan a montarme follón delante de la verja, haré que los muelan a palos para que se les pasen las ganas. En cuanto a ti, ándate con cuidado, si sigues tirando de la cuerda, acabarás rompiéndola.

La jornada no terminó allí. A la salida, al pasar Lila, se encendió la luz roja del parcial. El ritual de siempre, todos los días el guardián elegía alegremente a tres o cuatro víctimas, las muchachas tímidas se dejaban manosear sin levantar la vista, las mujeres avispadas reían y decían: Filì, si tienes que tocar, toca, pero date prisa que tengo que preparar la cena. Esa vez Filippo paró solo a Lila. Hacía frío, el viento soplaba con fuerza. El guardián salió de la garita.

—Atrévete a rozarme siquiera —dijo Lila, estremeciéndose— y juro que como hay Dios que te mato yo o te mando matar.

Filippo le indicó, ceñudo, una mesita de bar que desde siempre estaba al lado de la garita.

—Vacía los bolsillos de una vez, pon las cosas aquí encima.

Lila se encontró en el abrigo una salchicha fresca, notó con asco la carne blanda prensada dentro de la tripa. La sacó, soltó una carcajada y dijo:

—Qué gente de mierda sois todos.

33

Amenazas de denuncia por robo. Deducciones del salario, multas. E insultos de Filippo a ella, de ella a Filippo. A Bruno no se le vio el pelo, sin embargo, seguro que seguía en la fábrica, su coche estaba en el patio. Lila intuyó que a partir de ese momento para ella las cosas empeorarían aún más.

Regresó a casa más cansada de lo habitual, se enojó con Gennaro porque quería quedarse con la vecina, preparó la cena. A Enzo le dijo que se las arreglara solo con el estudio y se acostó temprano. Como no lograba entrar en calor bajo las mantas, se levantó y se puso un jersey de lana encima del camisón. Se disponía a meterse otra vez en la cama cuando de pronto, sin motivo aparente, notó el corazón en la garganta latiendo con tanta fuerza que parecía el de otra persona.

Ya conocía aquellos síntomas, acompañaban a aquella cosa a la que después —once años más tarde, en 1980— llamaría desbordamiento. Nunca se le había manifestado de forma tan violenta, y sobre todo era la primera vez que le ocurría estando sola, sin gente a su alrededor que, por un motivo u otro, pusiera en marcha aquel malestar. Con un rictus horrorizado, no tardó en darse cuenta de que no estaba sola. De la cabeza despegada le salían figuras y voces del día, fluctuaban por la habitación: los dos muchachos del comité, el guardián, los compañeros de trabajo, Bruno en la sala de curado, Nadia, todos a cámara rápida como en una película muda, incluso los destellos de la luz roja del parcial se repetían a intervalos brevísimos, incluso Filippo que le arrancaba la salchicha de las manos y profería amenazas. Todo era una alucinación creada por la mente; en la habitación, salvo Gennaro acostado en la camita de al lado, con su respiración regular, no había personas ni sonidos reales. Pero aquello no la calmó, al contrario, multiplicó su espanto. Los latidos del corazón eran tan potentes que parecían capaces de hacer saltar el engranaje de las cosas. La tenacidad de la mordaza que apretaba y mantenía unidas las paredes del cuarto se debilitaba, aquellos golpes violentos en la garganta sacudían la cama, abrían grietas en el enlucido, le desencajaban la bóveda craneal, tal vez romperían al niño, sí, lo romperían como un muñeco de celuloide, abriéndolo por el pecho y la barriga y la cabeza para desvelar su interior. Tengo que alejarlo, pensó, cuanto más cerca esté, más probabilidades hay de que se rompa. Pero se acordó de otro niño al que había alejado, el niño que jamás había conseguido formarse en su vientre, el hijo de Stefano. Lo eché de mí, o eso decían a mis espaldas Pinuccia y Gigliola. A lo mejor fue así, a lo mejor lo expulsé de mí a propósito. ¿Por qué nada de lo que he hecho hasta ahora me ha salido bien? El latido no daba señales de calmarse, las siluetas de humo la asediaban con el zumbido de sus voces, se levantó de nuevo de la cama, se sentó en el borde. Estaba empapada de un sudor pegajoso, como aceite helado. Apoyó los pies descalzos contra la camita de Gennaro, la empujó despacio, y la alejó aunque no demasiado. Si lo tenía a su lado, temía romperlo, si lo alejaba, tenía miedo de perderlo. Fue a la cocina con pasos pequeños, apoyándose en los muebles, en las paredes, pero mirando siempre a su espalda por temor a que el suelo cediera y se tragara a Gennaro. Bebió del grifo, se enjuagó la cara, el corazón se detuvo de golpe, lanzándola hacia delante como por efecto de un brusco frenazo.

Se acabó. El machihembrado de las cosas se unió otra vez, el cuerpo se recuperó, se secó. Ahora Lila temblaba, y estaba tan cansada que las paredes le daban vueltas, temió desmayarse. Tengo que ir a ver a Enzo, pensó, entrar en calor, meterme en su cama ahora, apretarme a su espalda mientras duerme, conciliar yo también el sueño. Pero renunció. Se notó en la cara el pequeño mohín gracioso que había hecho al decirle a Bruno: Fíate, tengo un hijo pequeño, de verdad que esto no lo he hecho yo, una mueca cautivadora, seductora quizá, el cuerpo de mujer que reaccionaba por su cuenta pese al asco. Se avergonzó; ¿cómo había podido comportarse de aquel modo sabiendo lo que Soccavo le había hecho en la sala de curado? Y aun así. Ah, ese urgir a los hombres y empujarlos como animalitos obedientes hacia objetivos que no eran los suyos. No, no, basta, en el pasado lo había hecho por distintos motivos, casi sin darse cuenta, con Stefano, con Nino, con los Solara, puede que incluso con Enzo; pero basta ya, no quería más. Se las arreglaría sola, con el guardián, con sus compañeros de trabajo, con los estudiantes, con Soccavo, con su propia cabeza llena de pretensiones que no conseguía resignarse y, consumida por el choque con personas y cosas, estaba cediendo.

34

Al despertar comprobó que tenía fiebre, tomó una aspirina y fue igualmente a trabajar. En el cielo todavía nocturno había una luz débil, azulada, que lamía edificios bajos, hierbajos cubiertos de barro y chatarra. Al enfilar el trayecto sin asfaltar que conducía a la fábrica, mientras esquivaba charcos, comprobó que los estudiantes eran cuatro, los dos del día anterior, un tercero de la misma edad y uno grueso, decididamente obeso, de unos veinte años. Estaban pegando en la tapia carteles que invitaban a la lucha y apenas habían empezado a repartir unas octavillas con el mismo contenido. Pero si el día antes tanto los obreros como las obreras, por curiosidad, por educación, las habían aceptado, ahora la gran mayoría o pasaba de largo con la cabeza gacha o cogía la octavilla, hacía una pelota y la tiraba enseguida.

En cuanto vio que los chicos ya estaban allí, puntuales como si aquello que llamaban trabajo político tuviese horarios más constrictivos que el suyo, Lila sintió aversión. La aversión se transformó en hostilidad cuando el chico del día anterior la reconoció y, con ánimo cordial, fue hacia ella corriendo empuñando un buen fajo de octavillas en la mano.

—¿Todo en orden, compañera?

Lila no le hizo caso, tenía la garganta inflamada, le latían las sienes. El muchacho la persiguió.

—Soy Dario —dijo inseguro—, a lo mejor no te acuerdas, nos vimos en la via dei Tribunali.

—Ya sé quién coño eres —le soltó—, pero no quiero tener nada que ver ni contigo ni con tus amigos.

Dario se quedó sin habla y aminoró el paso.

—¿La octavilla no la quieres? —dijo para sí.

Lila no contestó para evitar gritarle cosas antipáticas. Pero se le quedó grabada la cara de confusión del muchacho, esa expresión que adoptan las personas cuando sienten que están en lo cierto y no entienden por qué los demás no son de la misma opinión. Pensó que debería haberle explicado como era debido por qué en el comité había dicho las cosas que había dicho, y por qué le había parecido inadmisible que aquellas cosas hubiesen terminado en un folleto ciclostilado, y por qué consideraba inútil y estúpido que ellos cuatro, en lugar de seguir en la cama o estar a punto de entrar en el aula de una escuela, estuvieran allí, con el frío, repartiendo una hoja con un texto denso a personas que apenas sabían leer y que, para colmo, no tenían motivos para someterse a ese esfuerzo, dado que ya sabían cómo era la situación, la vivían a diario, o podían incluso contar detalles peores, sonidos impronunciables que nunca nadie habría dicho, escrito, leído, y que, sin embargo, en potencia, guardaban los verdaderos motivos de su sumisión. Pero tenía fiebre, estaba harta de todo, le hubiera costado demasiado trabajo. Además, había llegado a la verja y allí la situación se estaba complicando.

El guardián se desgañitaba con el muchacho más grande, el obeso, le chillaba en dialecto: Tú pasa de esa línea, pasa, cabrón, pasa, y así entras sin permiso en una propiedad privada y te pego un tiro. El estudiante, encabronado a su vez, replicaba riendo, una larga carcajada agresiva, que acompañaba con insultos, lo llamaba siervo, le gritaba en italiano, dispara, a ver cómo disparas, esta no es propiedad privada, todo lo que hay aquí dentro es del pueblo. Lila pasó al lado de ambos —la de veces que había asistido a fanfarronadas de ese estilo, Rino, Antonio, Pasquale, incluso Enzo eran maestros en esas cosas— y le dijo a Filippo, seria: Dale el gusto, no pierdas tiempo en charlas, alguien que podría estar durmiendo o estudiando en lugar de venir aquí a tocar los cojones se merece que le peguen un tiro. El guardián la vio, la oyó, se quedó boquiabierto tratando de decidir si de veras lo animaba a cometer una locura o le tomaba el pelo. El estudiante no tuvo dudas; la miró con rabia, le gritó: Anda, entra, ve a besarle el culo al patrón, y retrocedió unos cuantos pasos meneando la cabeza, luego siguió repartiendo octavillas a un par de metros de la verja.

Lila enfiló hacia el patio. Eran las siete de la mañana y ya estaba cansada, notó que le ardían los ojos, ocho horas de trabajo le parecían una eternidad. Entretanto a sus espaldas se oyó un chirrido de frenos y gritos masculinos, se dio media vuelta. Habían llegado dos automóviles, uno gris y otro azul. Alguien ya se había bajado del primero y se puso a romper los carteles recién encolados a la tapia. Esto se pone feo, pensó Lila, e instintivamente volvió atrás sabiendo que debía hacer como los demás, darse prisa, entrar y ponerse a trabajar.

Dio unos cuantos pasos, los suficientes para distinguir con claridad al joven que iba al volante del automóvil gris: era Gino. Lo vio abrir la portezuela y apearse del coche, alto y musculoso como era ahora, empuñando un garrote. Los demás, los que arrancaban carteles, los que todavía se estaban bajando despacio de los coches, siete u ocho en total, llevaban cadenas y barras de hierro. Fascistas, casi todos del barrio, Lila conocía a algunos. Fascistas como había sido don Achille, el padre de Stefano, como el propio Stefano no tardó en revelarse, como eran los Solara, abuelo, padre, nietos, aunque a intervalos eran monárquicos o democristianos, según conviniera. Los detestaba desde que, de niña, se había imaginado con lujo de detalles sus marranadas, desde que le pareció descubrir que no había manera de librarse de ellos, de hacer borrón y cuenta nueva. El vínculo entre pasado y presente nunca se había perdido realmente, el barrio los amaba en su gran mayoría, los mimaba, aparecían con su mugre a cuestas cada vez que surgía la ocasión de repartir palos.

Dario, el chico de la via dei Tribunali, fue el primero en reaccionar, corrió a protestar por los carteles arrancados. Llevaba en la mano la resma de octavillas, Lila pensó: Tíralas, imbécil, pero él no lo hizo. Lo oyó decir en italiano frases inútiles como dejadlo ya, no tenéis derecho, y lo vio darse la vuelta hacia los suyos en busca de ayuda. Este no tiene ni idea de cómo repartir palos: Nunca pierdas de vista al adversario, en el barrio nadie se ponía a charlar. Como mucho se lanzaban gritos entrecerrando los ojos para meter miedo y de paso aprovechar para ser el primero en golpear y hacer el mayor daño posible, sin detenerse, correspondía a los demás detenerte si podían. Uno de los que arrancaban carteles se comportó exactamente de ese modo, sin preámbulos, golpeó a Dario en la cara, con el puño, lo tiró al suelo en medio de las octavillas que se le habían caído, después se le echó encima y siguió golpeándolo, mientras las hojas volaban a su alrededor como si una feroz excitación se hubiese apoderado de las cosas. A esas alturas el estudiante obeso vio al chico en el suelo y corrió en su auxilio desarmado, pero a medio camino lo detuvo un tipo con una cadena que lo golpeó en un brazo. Enardecido, el joven aferró la cadena y empezó a tirar para arrancársela a su agresor, y los dos se la disputaron unos segundos insultándose a gritos. Hasta que Gino se acercó al estudiante gordo por la espalda y lo derribó de un garrotazo.

Lila se olvidó de la fiebre y del cansancio, corrió a la verja sin un objetivo preciso. No sabía si quería tener un ángulo visual más claro, si quería ayudar a los estudiantes, si sencillamente la movía un instinto que siempre había tenido, en virtud del cual las palizas no le daban miedo, al contrario, encendían su furia. No le dio tiempo a salir a la calle, tuvo que apartarse para que no la arrollara un grupito de trabajadores que atravesaban la verja a la carrera. Hubo quien había intentado detener a los agresores, seguramente Edo junto con otros, pero no lo habían conseguido y ahora huían. Huían hombres y mujeres, perseguidos por dos jóvenes con barras de hierro. Una que se llamaba Isa, una empleada, mientras corría le gritó a Filippo: Por qué no intervienes, haz algo, llama a los guardias, y Edo, al que le sangraba la mano, dijo en voz alta como hablando consigo mismo: Voy a buscar el hacha y ya veremos. Por tanto, cuando Lila llegó al camino sin asfaltar, el coche azul ya se alejaba, y en el gris se estaba subiendo Gino, que la reconoció, se detuvo estupefacto, dijo: Lina, ¿aquí has venido a parar? Después, izado al interior del vehículo por sus camaradas, arrancó y partió gritando por la ventanilla: Vivías como una señora, cabrona, y mira tú cómo vives ahora.

35

Pasó la jornada de trabajo sumida en la angustia; como siempre, Lila la contuvo con una actitud a veces desdeñosa, a veces amenazante. Todos le dejaron entrever que la culpa de aquel ambiente de tensión, desatado de repente en una fábrica siempre tranquila, la tenía ella. No tardaron en perfilarse dos grupos: uno, compuesto por unos pocos, quería reunirse en algún lugar a la hora del almuerzo y aprovechar la situación para animar a Lila a que fuese a ver al dueño con alguna cauta reivindicación económica; el otro, compuesto por la mayoría, a Lila ni siquiera le dirigía la palabra y se mostraba contrario a cualquier iniciativa que complicara una vida laboral de por sí complicada. No hubo manera de que los dos grupos llegasen a un acuerdo. Es más, Edo, que pertenecía al primer grupo y estaba bastante nervioso porque le dolía la mano, llegó a decir a un compañero que pertenecía al segundo: Si se me infecta la mano, si me la cortan, voy a tu casa, la rocío con gasolina y te quemo a ti con toda tu familia dentro. Lila no hizo caso a ninguno de los dos bandos. Se encerró en sí misma y trabajó con la cabeza gacha y su eficiencia habitual, echándose a la espalda los chismorreos, los insultos y el resfriado. Pero reflexionó mucho sobre lo que le esperaba, por la cabeza febril le pasó un torbellino de pensamientos distintos, qué había pasado con los estudiantes golpeados, dónde habían huido, en qué lío la habían metido; Gino la criticaría por todo el barrio, le iría con el cuento a Michele Solara; qué humillación pedirle favores a Bruno, pero no le quedaba otro remedio, temía que la despidiese, temía perder un salario que, aunque miserable, le permitía querer a Enzo sin considerarlo fundamental para su supervivencia y la de Gennaro.

Después recordó la mala noche que había pasado. ¿Qué le había ocurrido, debía ver a un médico? ¿Y si el médico le encontraba algún mal, cómo se las arreglaría con el trabajo y el niño? Cuidado, no debía inquietarse, debía poner orden. Por eso, a la hora del almuerzo, agobiada por las preocupaciones, se resignó a ir a ver a Bruno. Quería hablarle de la mala jugada que le hicieron con la salchicha, de los fascistas de Gino, e insistir en que no tenía la culpa. Pero antes, despreciándose, se encerró en el retrete para arreglarse el pelo y pintarse un poco los labios. La secretaria le dijo hostil que Bruno no estaba, y que era casi seguro que no iría en toda la semana. La asaltó otra vez la angustia. Cada vez más nerviosa, pensó en pedirle a Pasquale que impidiera a los estudiantes regresar a la verja, se dijo que, desaparecidos los muchachos del comité, desaparecerían los fascistas, la fábrica se tranquilizaría y regresaría a las antiguas costumbres. Pero ¿cómo localizaría a Peluso? No sabía dónde estaba la obra donde trabajaba, no se veía con ánimo de ir a buscarlo al barrio, temía cruzarse con su madre, su padre, o con su hermano, con el que no deseaba enfrentarse. Y así, molida, sumó todas sus insatisfacciones y decidió acudir directamente a Nadia. Al finalizar su turno volvió corriendo a su casa, dejó una nota a Enzo en la que le pedía que preparara la cena, abrigó bien a Gennaro con abrigo y gorro, subió a un autobús tras otro, hasta llegar al corso Vittorio Emanuele.

El cielo era de color pastel, sin un penacho de nubes, pero la luz de finales de la tarde iba mermando y el viento era fuerte, soplaba un aire violeta. Se acordó con precisión de la casa, el portón, cada detalle, y la humillación de años antes reavivó aún más el rencor de ahora. Qué deleznable era el pasado, se desmoronaba sin cesar, se le venía encima. De aquella casa a la que había subido conmigo para ir a una fiesta que la había hecho sufrir, ahora había salido rodando Nadia, la ex novia de Nino, para hacerla sufrir aún más. Pero ella no era de las que se quedaban quietas, caminó calle arriba arrastrando a Gennaro. Quería decirle a aquella muchacha: Tú y los otros estáis metiendo en líos a mi hijo; para ti solo es una diversión, nunca te pasará nada grave; para mí, para él, no, es algo serio, así que o haces algo para arreglarlo todo o te parto la cara. Eso mismo pensaba decirle, y tosía y la rabia iba en aumento, no veía la hora de desahogarse.

Encontró el portón abierto. Subió la escalera, se acordó de mí y de ella, de Stefano, que nos había acompañado a la fiesta, de los trajes, de los zapatos, de cada palabra que nos habíamos dicho a la ida y a la vuelta. Tocó el timbre, le abrió la profesora Galiani en persona, idéntica a como la recordaba, amable, toda arreglada aunque estuviera en casa. En comparación con ella, Lila se sintió sucia por el olor a carne cruda que llevaba encima, por el resfriado que le congestionaba el pecho, por la fiebre que desordenaba los sentimientos, por el niño que se quejaba en dialecto, disgustándola.

—¿Está Nadia? —preguntó, brusca.

—No, ha salido.

—¿Cuándo vuelve?

—Lo siento, no lo sé, dentro de diez minutos, dentro de una hora, hace lo que le viene en gana.

—¿Puede decirle que Lina ha preguntado por ella?

—¿Es algo urgente?

—Sí.

—¿Quiere dejarme a mí el recado?

¿Y qué recado iba a dejarle? Lila se despistó, le dio por mirar más allá de la Galiani. Se entrevía la vejez aristocrática de los muebles y las arañas de luces, la estantería repleta que la había embelesado, los preciosos cuadros de las paredes. Pensó: Ahí tienes, el mundo que ambicionaba Nino antes de enfangarse conmigo. Pensó: Qué sé yo de esta otra Nápoles, nada; nunca viviré aquí y Gennaro tampoco; que sea destruida entonces, que venga el fuego y la ceniza, que la lava llegue hasta lo alto de las colinas. Finalmente respondió: No, gracias, tengo que hablar con Nadia. Se dispuso a despedirse, había hecho el viaje en balde. Pero le había gustado el comportamiento hostil con el que la profesora había hablado de su hija y exclamó de repente, con un tono frívolo:

—¿Sabe que hace unos años vine a una fiesta en esta casa? Me esperaba quién sabe qué pero me aburrí, no veía la hora de irme.

36

La Galiani también debió de notar algo que le gustó, quizá una franqueza rayana en la mala educación. Cuando Lina mencionó nuestra amistad, la profesora pareció contenta, exclamó: Ah, sí, Greco, no hemos vuelto a verla, el éxito se le ha subido a la cabeza. Hizo pasar a la madre y al niño al salón, donde había dejado a su nietecito que jugaba, un niño rubio al que casi ordenó: Marco, saluda a nuestro nuevo amigo. Lila, a su vez, empujó a su hijo hacia adelante, dijo: Ve, Gennaro, juega con Marco, y se sentó en un viejo y cómodo sillón verde sin dejar de hablar de la fiesta de años antes. La profesora lamentó no guardar ningún recuerdo, Lila se acordaba de todo. Dijo que había sido una de las peores veladas de su vida. Le contó cómo se había sentido fuera de lugar, ironizó sin morderse la lengua sobre las charlas que había oído y de las que no se había enterado de nada. Era muy ignorante, exclamó con una alegría excesiva, y hoy lo soy todavía más que entonces.

La Galiani la escuchaba, impresionada por su sinceridad, por aquel tono que descolocaba, por las frases en un italiano muy intenso, de una ironía hábilmente administrada. Imagino que debió de notar en Lila ese algo inasible que seducía y alarmaba a un tiempo, una potencia de sirena, le ocurría a todos, le ocurrió a ella también; la charla se interrumpió solo cuando Gennaro le dio una bofetada a Marco gritándole un insulto en dialecto y quitándole un cochecito verde. Lila se levantó como una tromba, agarró a su hijo del brazo, con fuerza le pegó varias veces en la mano con la que había golpeado al otro niño, y aunque la Galiani decía débilmente: Déjelo, son niños, lo recriminó con dureza obligándolo a devolver el juguete. Marco lloraba. Gennaro no derramó una lágrima, es más, le tiró el juguete con desprecio. Lila lo golpeó de nuevo, muy fuerte, en la cabeza.

—Nos vamos —dijo luego, nerviosa.

—No se vaya, quédese un rato más.

Lila se sentó otra vez.

—No es siempre así.

—Es un niño guapísimo. ¿No, Gennaro, que eres guapo y bueno?

—No es bueno, no es nada bueno. Pero es muy aplicado. Aunque sea pequeño, sabe leer y escribir todas las letras, mayúsculas y minúsculas. ¿Qué me dices, Gennà, quieres enseñarle a la profesora cómo lees?

Cogió una revista de una bonita mesa de cristal, le indicó una palabra al azar de la cubierta, dijo: Lee, anda. Gennaro se negó, Lila le dio un golpecito en el hombro, repitió amenazante: Que leas, Gennà. El niño deletreó de mala gana, d-e-s-t, luego se detuvo mirando con rabia el cochecito de Marco. Marco lo apretó fuerte contra el pecho, sonrió y leyó con desenvoltura, destino.

Lila se quedó mortificada, se ensombreció, miró al nieto de la Galiani con irritación.

—Lee bien.

—Porque yo le dedico mucho tiempo. Sus padres siempre están por ahí.

—¿Cuántos años tiene?

—Tres y medio.

—Parece mayor.

—Sí, es bien plantado. ¿Y su hijo cuántos tiene?

—Todavía no ha cumplido cinco —reconoció Lila de mala gana.

La profesora acarició a Gennaro.

—Tu mamá te ha hecho leer una palabra difícil —le dijo—, pero eres muy aplicado, se nota que sabes leer.

En ese momento se oyó un revuelo, la puerta de las escaleras se abrió y se cerró, ruido de pasos por la casa, voces masculinas, voces femeninas. Ahí están mis hijos, dijo la Galiani y llamó: Nadia. No fue Nadia quien asomó la cabeza en la habitación, irrumpió bulliciosamente una muchacha esbelta, muy pálida, rubísima y con unos ojos de un azul tan azul que parecía de imitación. La muchacha abrió los brazos y le gritó a Marco: ¿Quién le da un beso a su mamá? El niño corrió a recibirla y ella lo abrazó, lo besuqueó, mientras asomaba Armando, el hijo mayor de la Galiani. Lila se acordó también de él inmediatamente, y lo observó mientras arrancaba casi a Marco de los brazos de su madre gritando: Ahora mismo le das también al menos treinta besos a papá. Marco empezó a besar a su padre en la mejilla contando, uno, dos, tres, cuatro.

—Nadia —llamó otra vez la Galiani con un tono de repente crispado—. ¿Estás sorda? Ven, que tienes visita.

Nadia apareció al fin en la habitación. Detrás de ella entró Pasquale.

37

El resentimiento de Lila volvió a estallar. ¿Así que al salir del trabajo Pasquale corría a casa de esa gente, entre madres y padres y abuelas y tíos y niños felices, todos afectuosos, todos bien educados, todos de mentalidad tan abierta que lo acogían como a uno de ellos, aunque trabajara de albañil y todavía llevara encima las sucias huellas de la fatiga?

Nadia la abrazó a su manera emocionada. Menos mal que estás aquí, le dijo, deja al niño con mi madre, tenemos que hablar. Lila replicó agresiva que sí, tenían que hablar enseguida, ella había ido para eso. Y como subrayó que disponía de apenas unos minutos, Pasquale se ofreció a acompañarla a casa en coche. Salieron del salón, dejaron a los niños y a la abuela y se reunieron todos —también Armando, también la muchacha rubia, que se llamaba Isabella— en el cuarto de Nadia, un cuarto espacioso, con una camita, un escritorio, estantes repletos de libros, carteles de cantantes, películas y luchas revolucionarias de las que Lila sabía poco o nada. Allí estaban otros tres jóvenes, dos a los que ella no había visto nunca, y Dario, bastante maltrecho por la paliza que le habían dado, repantigado en la cama de Nadia con los zapatos encima del edredón rosa. Los tres fumaban, el cuarto estaba lleno de humo. Lila no esperó más, ni siquiera respondió al saludo de Dario. Dijo que la habían metido en un lío, que por su desconsideración corría el riesgo de que la despidiesen, que el folleto ciclostilado había armado un lío padre, que nunca más debían acercarse a la verja, que por culpa de ellos habían llegado los fascistas y ahora todo el mundo la tenía tomada tanto con los rojos como con los negros. Y a Dario le dijo entre dientes: En cuanto a ti, si no sabes repartir leña, quédate en tu casa, ¿sabías que podían haberte matado? Pasquale intentó interrumpirla en un par de ocasiones, pero ella lo rechazó despectiva, como si su sola presencia en aquella casa fuera una traición. En cambio los demás escucharon en silencio. Solo cuando Lila hubo terminado, intervino Armando. Tenía los rasgos delicados de su madre, las cejas negras pobladísimas, la sombra violácea de la barba bien rasurada que le llegaba hasta los pómulos, y hablaba con una voz cálida, gruesa. Se presentó, dijo alegrarse mucho de conocerla, y lamentar no haber estado cuando había hablado en el comité, pero que habían debatido mucho entre ellos sobre lo que había contado y como lo habían considerado una contribución importante, al final habían decidido poner cada una de sus palabras por escrito. No te preocupes, concluyó tranquilo, te apoyaremos a ti y a tus compañeros en todas las formas posibles.

Lila tosió, el humo del cuarto le irritaba aún más la garganta.

—Deberías haberme informado.

—Es cierto, pero no hubo tiempo.

—El tiempo, si se quiere, se encuentra.

—Somos pocos y cada vez hay más iniciativas.

—¿A qué te dedicas?

—¿En qué sentido?

—¿Cómo te ganas la vida?

—Soy médico.

—¿Como tu padre?

—Sí.

—¿Y en este momento te estás jugando el puesto? ¿De un momento a otro tú y tu hijo podéis terminar en la calle?

—Es un error competir a ver quién arriesga más, Lina —dijo Armando, meneando la cabeza descontento.

—A él lo detuvieron dos veces —aclaró Pasquale— y yo llevo encima ocho denuncias. Aquí no hay quien arriesga menos o arriesga más.

—¿Ah, no?

—No —dijo Nadia—, estamos todos en primera línea y dispuestos a asumir nuestras responsabilidades.

—¿Y si pierdo mi trabajo, vengo a vivir aquí, me dais vosotros de comer, la responsabilidad de mi vida la asumís vosotros? —gritó Lila, olvidándose de que estaba en casa ajena.

—Si quieres, sí —contestó Nadia tranquilamente.

Tres palabras nada más. Lila comprendió que la frase no iba en broma, que Nadia hablaba en serio, que aunque Bruno Soccavo despidiera a todo el personal, ella, con su voz licorosa, habría ofrecido la misma respuesta falta de sentido. Aseguraba que estaba al servicio de los obreros y, mientras tanto, desde su cuarto en una casa llena de libros, con vistas al mar, quería mandarte, quería decirte lo que debías hacer con tu trabajo, decidía por ti, tenía la solución lista aunque terminaras en la calle. Yo si quiero, a punto estuvo de decirle, lo rompo todo mucho mejor que tú, mosquita muerta, no hace falta que tú me digas, con esa voz de santurrona, cómo tengo que pensar, qué tengo que hacer; pero se contuvo.

—Tengo prisa —le dijo a Pasquale con brusquedad—, ¿qué haces, me acompañas o te quedas?

Silencio. Pasquale lanzó una mirada a Nadia, farfulló: Te acompaño, y Lila hizo ademán de salir del cuarto sin saludar. La muchacha se apresuró a abrirle paso y mientras le iba diciendo que era inaceptable trabajar en las condiciones que Lila había descrito tan bien, que era urgente encender la chispa de la lucha, y otras frases por el estilo. No te eches atrás, la exhortó al fin, antes de entrar en el salón. Pero no obtuvo respuesta.

La Galiani leía ceñuda, sentada en un sillón. Cuando levantó la vista, se dirigió a Lila ignorando a su hija, ignorando a Pasquale que acababa de aparecer con aire incómodo.

—¿Se marcha?

—Sí, es tarde. Muévete, Gennaro, devuélvele el cochecito a Marco y ponte el abrigo.

La Galiani sonrió a su nieto, que estaba enfurruñado.

—Marco se lo ha regalado.

Lila entrecerró los ojos hasta que fueron dos rendijas.

—Todos son generosos en esta casa, gracias.

La profesora la observó mientras peleaba con su niño para ponerle el abrigo.

—¿Puedo preguntarle algo?

—Diga.

—¿Qué estudios tiene?

La pregunta pareció disgustar a Nadia, que intervino:

—Mamá, Lina tiene que irse.

Por primera vez Lila notó el nerviosismo en su voz de niña, y eso la complació.

—¿Me dejas hablar un poco? —le soltó la Galiani con un tono no menos nervioso. Y le repitió a Lila, pero con amabilidad—: ¿Qué estudios tiene?

—Ninguno.

—Al oír cómo habla, cómo grita, no lo parece.

—Es así, dejé los estudios en quinto de primaria.

—¿Por qué?

—No tenía aptitudes.

—¿Cómo lo supo?

—Greco sí las tenía, yo no.

La Galiani meneó la cabeza mostrando su desacuerdo,

—Si hubiese estudiado —dijo—, habría tenido tanto éxito como Greco.

—¿Y usted cómo lo sabe?

—Es mi trabajo.

—Ustedes los profesores insisten tanto en los estudios porque con eso se ganan el pan, pero estudiar no sirve para nada, ni siquiera para mejorar, al contrario, hace a la gente aún más mala.

—¿Elena se ha vuelto más mala?
—No, ella no.
—¿Cómo es eso?
Lila le encasquetó a su hijo el gorro de lana.
—De niñas hicimos un pacto: la mala soy yo.

38

En el coche la tomó con Pasquale («¿Te has convertido en el siervo de esa gente?») y él dejó que se desahogara. Cuando consideró que había agotado todas las recriminaciones, atacó con sus fórmulas políticas, la condición obrera en el sur, el estado de servidumbre en el que se encontraba, el chantaje permanente, la debilidad de los sindicatos cuando no su falta, la necesidad dc forzar las situaciones y llegar a la lucha. Lina, le dijo en dialecto con tono de desconsuelo, tú tienes miedo de perder las cuatro liras que te pagan, y tienes razón, debes criar a Gennaro. Pero yo sé que eres una compañera de verdad, sé que lo entiendes, los trabajadores de aquí no hemos estado nunca dentro de las franjas salariales, estamos fuera de toda regla, estamos bajo cero. Por eso es un insulto decir: Dejadme en paz, yo tengo mis problemas y voy a lo mío. Cada uno, en el puesto que le ha tocado, debe hacer lo que puede.

Lila estaba exhausta, menos mal que Gennaro dormía en el asiento posterior con el cochecito apretado en la mano derecha. Oyó el discursito de Pasquale a ratos. De vez en cuando le venían a la cabeza la hermosa casa del corso Vittorio Emanuele y la profesora y Armando e Isabella y Nino, que se había largado para buscarse en algún lugar una esposa del estilo de Nadia, y Marco, que tenía tres años y ya sabía leer mucho mejor que su hijo. Qué esfuerzo inútil conseguir que Gennaro fuese aplicado. El niño ya se estaba echando a perder, se estaba sumergiendo en aquel ambiente y ella no conseguía retenerlo. Cuando llegaron frente a su casa y se vio obligada a invitar a Pasquale a subir, le dijo: No sé qué ha preparado Enzo, cocina muy mal, no sé si te conviene quedarte, y esperó que se fuera. Pero él contestó: Subo diez minutos y me voy, de modo que ella le rozó un brazo con la punta de los dedos y murmuró:

—No le cuentes nada a tu amigo.
—¿Nada de qué?

—De los fascistas. Si se entera, esta misma noche sale a partirle la cara a Gino.

—¿Lo quieres?

—No quiero hacerle daño.

—Ah.

—Es así.

—Mira que Enzo sabe mejor que yo y que tú qué hay que hacer.

—Sí, pero de todos modos no le cuentes nada.

Pasquale asintió con expresión ceñuda. Cargó con Gennaro, que no quería despertarse, y lo subió escaleras arriba seguido de Lila, que rezongaba amargada: Vaya día, estoy muerta de cansancio, tú y tus amigos me habéis metido en un lío enorme. A Enzo le dijeron que habían estado en una reunión en casa de Nadia, y Pasquale no le dio pie a preguntar, charló sin parar hasta medianoche. Dijo que Nápoles, como todo el mundo, era un hervidero de vida nueva; elogió mucho a Armando que, como buen médico que era, en lugar de pensar en su carrera curaba gratis a la gente sin dinero, se ocupaba de los niños de los Quartieri Spagnoli y con Nadia e Isabella estaba metido en mil proyectos al servicio del pueblo, un asilo, un ambulatorio. Dijo que ya nadie estaba solo, los compañeros se ayudaban, la ciudad vivía momentos hermosísimos. Vosotros, dijo, no debéis quedaros aquí encerrados en casa, debéis salir, debemos estar más juntos. Y al final anunció que para él el Partido Comunista se había terminado, demasiadas cosas feas, demasiados compromisos nacionales e internacionales, no aguantaba más aquella mediocridad. Enzo se inquietó mucho con esa decisión, la discusión entre ellos se encrespó y continuó largo rato, el partido es el partido, no, sí, no, ya está bien de políticas de estabilización, hay que atacar al sistema en sus estructuras. Lila se aburrió enseguida, fue a acostar a Gennaro, que entretanto había cenado lloriqueando porque tenía sueño, y ya no regresó a la cocina.

Pero se quedó despierta incluso cuando Pasquale se marchó y se apagaron los signos de la presencia de Enzo en la casa. Se tomó la temperatura, tenía treinta y ocho. Recordó el momento en que a Gennaro le había costado leer. Vaya palabra le había puesto delante de los ojos: destino. Seguro que Gennaro no la había oído nunca. No basta con conocer el alfabeto, pensó, son muchas las dificultades. Si Nino lo hubiese tenido con Nadia, el destino de ese hijo habría sido bien distinto. Se sintió una madre inadecuada. Sin embargo fui yo quien lo quiso, pensó, con Stefano no deseaba hijos, con Nino, sí. A Nino lo había querido de veras. Lo había deseado muchísimo, había deseado gustarle, y por complacerlo habría hecho de buena gana todo aquello que por su marido había tenido que hacer a la fuerza, venciendo el asco, simplemente para que no la matara. Pero eso que decían que debía sentir al ser penetrada, no lo había sentido nunca, la verdad, y no solo con Stefano, tampoco con Nino. Los hombres le daban tanta importancia a la polla, estaban tan orgullosos de ella, que tenían la convicción de que tú debías darle más importancia que ellos. Gennaro también, no hacía más que juguetear con su pilila, a veces daba vergüenza cuánto se la meneaba con las manos, cuanto se la estiraba. Lila temía que se hiciera daño, e incluso para lavarlo o ayudarlo a mear, había tenido que esforzarse, acostumbrarse. Enzo era tan discreto, nunca iba por la casa en calzoncillos, nunca decía una palabra vulgar. Por ese motivo sentía por él un intenso afecto, y le estaba agradecida por su devota espera en el otro cuarto, que jamás había desembocado en un mal paso. El control que él ejercía sobre las cosas y sobre sí mismo le pareció el único consuelo. Pero después afloró el sentimiento de culpa, eso que a ella la consolaba, seguramente a él lo hacía sufrir. Y la idea de que Enzo sufriera por su culpa se sumó a todas las cosas feas de aquel día. Los acontecimientos y las conversaciones le dieron vueltas en la cabeza en desorden, largo rato. Tonos de voz, palabras sueltas. ¿Cómo comportarse al día siguiente en la fábrica? ¿De verdad había todo ese fervor en Nápoles y el mundo, o eran Pasquale, Nadia y Armando quienes se lo imaginaban por aburrimiento, para aplacar sus propias ansias, para darse ánimos? ¿Debía fiarse, con el riesgo de caer prisionera de las fantasías? ¿O era mejor recurrir otra vez a Bruno para salir del lío? Pero ¿de veras servía de algo tratar de calmarlo, y arriesgarse a que se le echara otra vez encima? ¿Servía de algo someterse a los atropellos de Filippo y los jefecillos? No logró avanzar mucho. Al final, en el duermevela, llegó a un viejo principio que nosotras dos habíamos asimilado desde pequeñas. Le pareció que para salvarse, para salvar a Gennaro, debía someter a quien quería someterla, debía meter miedo a quien quería meterle miedo. Se durmió con la intención de hacer daño: a Nadia, demostrándole que no era más que una chica de buena familia toda palabrería melosa; a Soccavo, echándole a perder el placer de olisquear embutidos y mujeres en la sala de curado.

39

Se despertó a las cinco de la mañana empapada en sudor, ya no tenía fiebre. En la verja de la fábrica no se encontró con los estudiantes, sino con los fascistas. Los mismos coches, las mismas caras del día anterior, gritaban consignas, repartían octavillas. Lila notó que se cocinaba más violencia y avanzó, la cabeza gacha, las manos en los bolsillos, con la esperanza de entrar en el establecimiento antes de los palos. Pero Gino se le plantó delante.

—¿Todavía sabes leer? —le preguntó en dialecto tendiéndole una octavilla. Ella siguió con las manos hundidas en los bolsillos del abrigo.

—Yo sí —replicó—. ¿Y tú cuándo aprendiste?

Intentó seguir su camino, pero fue inútil. Gino se lo impidió, por la fuerza le metió la octavilla en el bolsillo con un gesto tan violento que le arañó la mano con la uña. Con calma Lila hizo una pelota con el papel.

—No sirve ni para limpiarse el culo —dijo, y lo tiró.

—Recógelo —le ordenó el hijo del farmacéutico agarrándola del brazo—, recógelo ahora mismo y ándate con mucho ojo, que ayer por la tarde le pedí al cornudo de tu marido permiso para romperte la cara y él me lo dio.

Lila clavó los ojos en los suyos.

—¿Y tú para romperme la cara fuiste a pedirle permiso a mi marido? Suéltame el brazo ahora mismo, cabrón.

En ese momento llegó Edo, que en lugar de hacerse el loco, como era de esperar, se detuvo.

—¿Te está molestando, Cerù?

Fue un instante. Gino le dio un puñetazo en la cara, Edo quedó tendido en el suelo. Lila sintió el corazón en la boca, todo empezó a tomar velocidad, cogió una piedra y apretándola con fuerza golpeó en el pecho al hijo del farmacéutico. Siguió un largo instante. Mientras Gino la empujaba lanzándola contra un poste de la luz, mientras Edo trataba de incorporarse, por la calle sin asfaltar, levantando polvo, llegó otro coche. Lila lo reconoció, era el automóvil destartalado de Pasquale. Ahí lo tienes, pensó, Armando me hizo caso, quizá también Nadia, son gente educada, pero Pasquale no pudo resistirse, ha venido a hacer la guerra. En efecto, se abrieron las portezuelas y bajaron cinco hombres, él incluido. Era gente de las obras, llevaban mazas nudosas con las que empezaron a golpear a los fascistas con una ferocidad metódica, sin encarnizarse, un solo golpe certero con el propósito de derribarlos. Lila se dio cuenta enseguida de que Pasquale iba a por Gino y como ella a Gino lo tenía aún a unos pasos, lo agarró de un brazo con las dos manos y le dijo riendo: Será mejor que te vayas, si no, te matan. Pero él no se fue, al contrario, la apartó de otro empujón y se abalanzó sobre Pasquale. Lila ayudó entonces a Edo a levantarse, trató de arrastrarlo hasta el patio, lo cual resultó difícil porque pesaba y se retorcía, gritaba insultos, sangraba. Se calmó un poco al ver a Pasquale golpear a Gino con el garrote y dejarlo tendido en el suelo. Ya había mucha confusión, volaban a modo de proyectiles restos de objetos viejos recogidos al costado de la calle y escupitajos e insultos. Pasquale había dejado aturdido a Gino y, con la ayuda de otro, un hombre en camiseta de tirantes encima de unos anchos pantalones azules sucios de cal, se precipitaron hacia el patio. Los dos aporrearon la garita de Filippo que, aterrorizado, se había encerrado dentro. Destrozaron los cristales y gritaban obscenidades, mientras la sirena de la policía se aproximaba. Lila notó una vez más el placer ansioso de la violencia. Sí, pensó, debía meter miedo a quien quería meterle miedo, no hay otro remedio, golpe por golpe, lo que tú me quitas yo vuelvo a cogerlo, lo que tú me haces, te lo devuelvo. Pero mientras Pasquale y los suyos ya se subían al coche, mientras los fascistas hacían lo mismo levantando a peso a Gino y llevándoselo, mientras la sirena de la policía se acercaba cada vez más, ella notó espantada que el corazón se le estaba poniendo como el resorte demasiado tensado de un juguete y comprendió que debía buscar cuanto antes un lugar donde sentarse. Cuando estuvo dentro de la fábrica, se dejó caer en el vestíbulo, la espalda apoyada en la pared, y trató de calmarse. Teresa, la mujerona que andaría por los cuarenta y trabajaba en la sala de deshuesado, se ocupó de Edo y le limpió la sangre de la cara.

—¿A este primero le arrancas una oreja y después le prestas auxilio? —le tomó el pelo a Lila—. Tendrías que haberlo dejado allá fuera.

—Él me ayudó a mí y yo a él.

Teresa se dirigió a Edo incrédula:

—¿Que tú la has ayudado?

—No me daba la gana —farfulló él— que un extraño le partiera la cara, quiero ser yo quien se la parta.

—¿Habéis visto cómo se ha cagado encima Filippo? —dijo la mujer.

—Se lo tiene merecido —rezongó Edo—, lástima que solo le rompieran la garita.

Teresa se volvió hacia Lila y le preguntó con un punto de malicia:

—¿Tú has llamado a los comunistas? Di la verdad.

¿Está bromeando, se preguntó Lila, o es una espía y dentro de nada le irá con el cuento al dueño?

—No —contestó—, pero sé quién ha llamado a los fascistas.

—¿Quién?

—Soccavo.

40

Por la noche después de la cena, Pasquale apareció con una expresión siniestra e invitó a Enzo a una reunión en la sección de San Giovanni a Teduccio. Lila estuvo a solas con él unos minutos.

—Menuda cagada la de esta mañana —le dijo.

—Hago lo que es necesario.

—¿Tus amigos estaban de acuerdo?

—¿Quiénes son mis amigos?

—Nadia y su hermano.

—Claro que estaban de acuerdo.

—Pero se quedaron en casa.

—¿Quién te ha dicho que se quedaron en casa? —rezongó Pasquale.

No estaba de buen humor, es más, era como si estuviese vacío de energías, como si el ejercicio de la violencia se hubiese tragado su deseo de hacer. Para colmo no le había pedido que fuese a la reunión, se había dirigido solo a Enzo, algo que no ocurría nunca, incluso cuando era tarde, hacía frío y resultaba improbable que ella sacara a Gennaro. Tal vez tenían otras guerras de hombres que emprender. Tal vez estaba enfadado con ella porque, con su resistencia a la lucha, lo hacía quedar mal con Nadia y Armando. Seguramente estaba molesto por el tono crítico con el que ella se había referido a la expedición de la mañana. Está convencido, pensó Lila, de que yo no he entendido por qué atacó a Gino de ese modo, por qué quería romperle la cabeza al guardián. Buenos o malos, todos los hombres se creen que en cada una de sus empresas debes colocarlos en un altar cual san Jorge que mata al dragón. Me considera una ingrata, lo hizo para vengarme, le gustaría que al menos le diera las gracias.

Cuando los dos salieron, se acostó, leyó hasta tarde los folletos sobre trabajo y sindicato que Pasquale le había dado tiempo antes. Le sirvieron para mantenerse anclada a las cosas grises de cada día, temía el silencio de la casa, el sueño, los latidos desobedientes del corazón, las formas que a cada momento amenazaban con estropearse. Leyó mucho pese al cansancio y, como le ocurría siempre, se apasionó, aprendió deprisa muchísimas cosas. Para sentirse a salvo, se obligó a esperar que Enzo regresara. Pero él no volvió, el sonido de la respiración regular de Gennaro acabó por hacerse hipnótico y se quedó dormida.

A la mañana siguiente, Edo y la mujer de la sala de deshuesado empezaron a rondarla con palabras y gestos tímidamente amistosos. Y Lila no solo no los rechazó sino que también trató con amabilidad a sus otros compañeros. Se mostró disponible con quien bufaba, comprensiva con quien se enojaba, solidaria con quien maldecía por los atropellos. Llevó el malestar de unos hacia el malestar de otros uniéndolo todo firmemente a base de buenas palabras. En especial en los días siguientes, le dio cada vez más cuerda a Edo, a Teresa y a su minúsculo partido, transformando la pausa del almuerzo en un momento de conciliábulo. Y como cuando quería sabía dar la impresión de que no era ella la que hacía y deshacía, sino que eran los demás, se encontró cada vez más rodeada de gente contenta de oír que les decían que sus quejas genéricas no eran más que necesidades justas y urgentes. Sumó las reivindicaciones de la sala de deshuesado a las de las celdas, a las de la zona de lavado, y descubrió no sin cierta sorpresa que los problemas de un sector dependían de los problemas de otro y que todos juntos eran eslabones de la misma cadena de explotación. Hizo una lista pormenorizada de las enfermedades originadas por las condiciones de trabajo: lesiones en las manos, en los huesos, en los bronquios. Reunió datos suficientes para demostrar que todo el establecimiento estaba en pésimo estado, que las condiciones higiénicas eran deplorables, que se trabajaba con productos a veces deteriorados, a veces de dudosa procedencia. Cuando pudo hablar con Pasquale cara a cara y le contó lo que había organizado en tan poco tiempo, pese a ser un arisco se quedó con la boca abierta de admiración, dijo radiante: Sabía que lo harías, y le concertó cita con un tal Capone, secretario de la Cámara del Trabajo.

Lila pasó a limpio con su bonita letra cuanto había puesto negro sobre blanco y le llevó la copia a Capone. El secretario examinó las páginas, él también se entusiasmó. Le dijo cosas como: De dónde has salido, compañera, has hecho un magnífico trabajo, muy bien. Y luego: Nosotros nunca conseguimos entrar en la fábrica Soccavo, ahí son todos fascistas, pero ahora que estás tú, las cosas cambiarán.

—¿Cómo procederemos a partir de ahora? —preguntó ella.

—Formad una comisión.

—Ya la tenemos formada.

—Estupendo, entonces lo primero es poner orden en esto.

—¿En qué sentido ponemos orden?

Capone miró a Pasquale, Pasquale no dijo nada.

—Estáis pidiendo demasiadas cosas juntas, algunas de ellas no se han pedido en ningún otro sitio, hay que establecer prioridades.

—Allí dentro todo es prioritario.

—Ya lo sé, pero es cuestión de táctica: si lo pedís todo de golpe, os arriesgáis a no conseguir nada.

Lila entrecerró los ojos como dos rendijas, siguió una disputa. Entre otras cosas salió a relucir que la comisión no podía ir a negociar directamente con el patrón, hacía falta la mediación del sindicato.

—¿Y yo no soy el sindicato? —se encabritó ella.

—Claro que sí, pero hay unos momentos y unas maneras.

Se enzarzaron de nuevo. Capone dijo: Decididlo vosotros, abrid la discusión, no sé, sobre los turnos, las vacaciones, las horas extra, y luego se irá avanzando. De todos modos, concluyó, no sabes cómo me alegro de tener una compañera como tú, es algo raro, debemos coordinarnos, haremos grandes avances en el sector de la alimentación, escasean las mujeres comprometidas. Dicho lo cual echó mano de la cartera, que llevaba en el bolsillo posterior de los pantalones, y le preguntó:

—¿Quieres algo de dinero para los gastos?

—¿Qué gastos?

—El ciclostil, el papel, el tiempo que pierdes, cosas así.

—No.

Capone volvió a guardar la cartera en el bolsillo.

—Y ahora no vayas a desanimarte y desaparecer, Lina, mantengámonos en contacto. Me apunto tu nombre y apellido, quiero hablar de ti en el sindicato, tenemos que utilizarte.

Lila se marchó descontenta, le dijo a Pasquale: ¿Con quién me has llevado a hablar? Él la tranquilizó, le confirmó que Capone era una bellísima persona, dijo que tenía razón, que había que comprender, que estaba la estrategia y estaba la táctica. Después se dejó llevar por el entusiasmo, casi se conmueve, hizo ademán de abrazarla, lo pensó mejor, dijo: Tú tira para adelante, Lina, a la mierda la burocracia, yo mientras informo al comité.

Lila no hizo ninguna selección de los objetivos. Se limitó a reducir el primer borrador, que era muy amplio, y volcarlo en una hoja bien apretada que le entregó a Edo: una lista de peticiones que atacaban la organización del trabajo, los ritmos, el estado general de la fábrica, la calidad del producto, el riesgo permanente de sufrir heridas o padecer enfermedades, las indemnizaciones miserables, los aumentos salariales. Así las cosas surgió el problema de quién le llevaría la lista a Bruno.

—Ve tú —le dijo Lila a Edo.

—Yo me cabreo con facilidad.

—Mejor.

—No soy la persona adecuada.

—Eres muy adecuado.

—No, ve tú que estás inscrita en el sindicato. Además sabes hablar bien, enseguida lo pondrás en su sitio.

41

Lila sabía desde el principio que le tocaría a ella. Fue dando largas, dejó a Gennaro con su vecina, asistió con Pasquale a una reunión del comité de la via dei Tribunali convocada para discutir también la situación en la fábrica Soccavo. Esta vez eran doce, incluidos Nadia, Armando, Isabella y Pasquale. Lila hizo circular la copia que había preparado para Capone, en aquella primera versión todas las peticiones estaban mejor argumentadas. Nadia las leyó con atención. Al final dijo: Pasquale tenía razón, eres de las que no se echan atrás, en poquísimo tiempo has hecho un trabajo excelente. Y elogió con un tono de sincera admiración no solo el contenido político y sindical del documento sino su redacción; qué buena eres, dijo, ¿cuándo se había visto que se pudiera escribir así sobre este asunto? Sin embargo, después de aquella introducción, le desaconsejó que planteara enseguida un enfrentamiento directo con Soccavo. Y Armando fue del mismo parecer.

—Esperemos a reforzarnos y crecer —dijo—, la fabriquita de Soccavo es una realidad que necesita madurar. Tenemos un pie dentro, eso en sí es un gran resultado, no podemos arriesgarnos a que acaben con nosotros simplemente por precipitarnos.

—¿Qué proponéis? —preguntó Dario.

—Convoquemos una reunión más amplia —contestó Nadia, pero dirigiéndose a Lila—. Volveremos a vernos lo antes posible con tus compañeros, consolidaremos vuestra estructura y, en todo caso, con tu material prepararemos otro documento ciclostilado.

Ante aquellas súbitas cautelas, Lila sintió una satisfacción pendenciera muy grande.

—¿O sea que os pensáis que me he tomado todo este trabajo y estoy arriesgando mi puesto de trabajo para que vosotros podáis hacer una reunión más amplia y otro documento ciclostilado? —dijo con recochineo.

No tuvo ocasión de disfrutar de aquella impresión de revancha. De repente, Nadia, que estaba delante de ella, empezó a vibrar como un cristal mal sujeto, se desmoronó. Sin un motivo evidente, a Lila se le cerró la garganta, y los gestos más leves de los presentes, incluso un pestañeo, se aceleraron. Cerró los ojos, se apoyó en el respaldo de la silla destartalada en la que estaba sentada, sintió que se ahogaba.

—¿Te pasa algo? —preguntó Armando.

Pasquale se inquietó.

—Se cansa demasiado —dijo—. Lina, ¿qué tienes, quieres un vaso de agua?

Dario corrió a buscar agua, mientras Armando le tomaba el pulso y Pasquale, nervioso, la apremiaba:

—Qué notas, estira las piernas, respira.

Lila susurró que se encontraba bien, apartó de golpe la muñeca que le sostenía Armando, dijo que lo único que quería era que la dejaran en paz un momento. Y como Dario había regresado con el agua, bebió un sorbito, murmuró que no era nada, solo un poco de gripe.

—¿Tienes fiebre? —preguntó Armando con tranquilidad.

—Hoy no.

—¿Tos, dificultad para respirar?

—Un poco, noto que el corazón me late en la garganta.

—¿Estás un poco mejor ahora?

—Sí.

—Acompáñame a la otra habitación.

Lila no quería y, sin embargo, notaba por dentro una gran angustia. Obedeció, se levantó con dificultad, siguió a Armando, que entretanto había cogido un maletín de cuero negro con hebillas doradas. Fueron a una habitación que Lila no había visto aún, grande, fría, con tres catres en los que había viejos colchones de aspecto mugriento, un armario con espejo y el azogue carcomido, una cómoda. Exhausta, se sentó en una de las camas, no se sometía a una visita médica desde el embarazo. Cuando él le preguntó por los síntomas, se los ocultó todos, solo se refirió al peso que notaba en el pecho, pero añadió: Es una tontería.

Armando le hizo la revisión en silencio y ella odió al instante aquel silencio, le pareció un silencio maligno. Aquel hombre distante, limpio, a pesar de sus preguntas, parecía no fiarse en absoluto de las respuestas. Las sometía a una comprobación como si solo su cuerpo, potenciado por instrumentos y competencias, fuese un mecanismo fiable. La auscultaba, la palpaba, la escrutaba, y entretanto le imponía la espera de palabras definitivas sobre lo que le estaba ocurriendo en el pecho, en el vientre, en la garganta, lugares aparentemente bien conocidos que ahora ella sentía como del todo desconocidos.

—¿Duermes bien? —le preguntó por fin Armando.

—Muy bien.

—¿Cuánto?

—Depende.

—¿De qué?

—De los pensamientos.

—¿Comes suficiente?

—Cuando tengo ganas.

—¿A veces te cuesta respirar?

—No.

—¿Dolor en el tórax?

—Un peso, pero ligero.

—¿Sudores fríos?

—No.

—¿Te has desmayado alguna vez o has notado que ibas a hacerlo?

—No.

—¿Eres regular?

—¿En qué?

—La menstruación.

—No.

—¿Cuándo fue la última vez que te vino?

—No lo sé.

—¿No lo apuntas?

—¿Hay que apuntarlo?

—Es mejor. ¿Utilizas anticonceptivos?

—¿Qué quieres decir?

—Preservativos, espiral, la píldora.

—¿Qué píldora?

—Un nuevo medicamento: lo tomas y no te quedas embarazada.

—¿En serio?

—Sí, en serio. ¿Tu marido nunca utiliza preservativos?

—Ya no tengo marido.

—¿Te dejó?

—Lo dejé yo.

—¿Cuando estabais juntos los utilizaba?

—No tengo ni idea de cómo es un preservativo.

—¿Tienes una vida sexual regular?

—¿Qué necesidad hay de hablar de estas cosas?

—Si no quieres, no hablamos.

—No quiero.

Armando guardó sus instrumentos en el maletín, se sentó en una silla medio desfondada, lanzó un suspiro.

—Tienes que parar, Lina, has sometido a tu cuerpo a un esfuerzo excesivo.

—¿Qué quieres decir?

—Que estás desnutrida, agitada, te has descuidado mucho.

—¿Y qué más?

—Tienes un poco de catarro, te daré un jarabe.

—¿Y qué más?

—Deberías hacerte una serie de análisis, el hígado está un poco agrandado.

—No tengo tiempo para análisis, recétame algo.

Armando meneó la cabeza, descontento.

—Vamos a ver —dijo—, como he visto que contigo es mejor ir al grano, te lo diré sin más, tienes un soplo.

—¿Qué es?

—Un problema en el corazón, y podría ser algo no benigno.

Lila hizo una mueca de ansiedad.

—¿Qué quieres decir, me voy a morir?

—No —dijo él sonriendo—, pero tiene que verte un cardiólogo. Mañana ve a verme al hospital y te mandaré a uno muy competente.

Lila arrugó la frente y se levantó.

—Mañana estaré ocupada —dijo gélida—, iré a ver a Soccavo.

42

La exasperó el tono preocupado de Pasquale. Mientras conducía hacia su casa le preguntó:

—¿Qué te ha dicho Armando, cómo estás?

—Bien, tengo que comer más.

—Lo ves, no te cuidas.

—Pasquà —estalló Lila—, tú no eres mi padre, no eres mi hermano, no eres nadie. Déjame en paz, ¿está claro?

—¿No puedo preocuparme por ti?

—No, y ojo con lo que haces y lo que dices, sobre todo a Enzo. Si le cuentas que me he sentido mal, cosa que no es verdad, ha sido solo un mareo, te arriesgas a perder mi amistad.

—Tómate un par de días de descanso, no vayas a ver a Soccavo. Capone no te lo aconsejó, tampoco el comité, es una cuestión de oportunidad política.

—Me importa un carajo la oportunidad política. Vosotros me habéis metido en líos y ahora hago lo que me da la gana.

No lo invitó a subir y él se fue enojado. Una vez en casa, Lila le hizo muchos mimos a Gennaro, preparó la cena, esperó a Enzo. Ahora le parecía que tenía la respiración entrecortada de forma estable. Como Enzo tardaba, le dio de comer a Gennaro, temió que fuera una de esas noches en las que se iba con mujeres y regresaba de madrugada. Cuando el niño derramó un vaso lleno de agua, dejó de lado las ternuras, le gritó como si fuera adulto, en dialecto: ¿Quieres parar de moverte de una vez o tengo que llenarte la cara de bofetadas, por qué te empeñas en arruinarme así la vida?

Enzo llegó en ese momento, ella trató de ser amable. Comieron, si bien Lila tenía la impresión de que al bocado le costaba llegar al estómago, le raspaba por dentro. En cuanto Gennaro se durmió, se dedicaron al curso por correspondencia de Zurich, pero Enzo se cansó enseguida, en varias ocasiones, con amabilidad, dijo que quería irse a dormir. Fueron intentos vanos, Lila trataba de demorarse, tenía miedo de encerrarse en su habitación, temía que en cuanto se encontrara sola en la oscuridad reaparecieran todos juntos los síntomas que le había ocultado a Armando y la mataran.

—¿Me dices qué tienes? —le preguntó él en voz baja.

—Nada.

—Vas y vienes con Pasquale, ¿por qué, qué secretos tenéis?

—Son cosas del sindicato, me obligaron a afiliarme y ahora tengo que ocuparme de algunos asuntos.

Enzo puso cara de desaliento.

—¿Qué pasa? —le preguntó ella.

—Pasquale me ha contado lo que estás haciendo en la fábrica. Se lo contaste a él, se lo contaste a los del comité. ¿Por qué el único que no se merece saber nada soy yo?

Lila se irritó, se levantó, fue al retrete. Pasquale no había resistido. ¿Qué le había contado? ¿Solo lo del jaleo sindical que quería armarle a Soccavo o también lo de Gino, de la indisposición que había tenido en la via dei Tribunali? No había podido callarse la boca, la amistad entre hombres tiene pactos no escritos pero sólidos, no como la amistad entre mujeres. Tiró de la cadena y volvió con Enzo.

—Pasquale es un soplón —dijo.

—Pasquale es un amigo. Pero tú, ¿qué eres tú?

El tono le hizo daño, cedió de forma inesperada, de golpe. Los ojos se le llenaron de lágrimas, intentó tragárselas pero fue inútil, humillada por su propia debilidad.

—No quiero causarte más problemas de los que ya te he causado —sollozó—, tengo miedo de que me eches. —Se sonó la nariz y añadió con un hilo de voz—: ¿Puedo dormir contigo?

Enzo la miró incrédulo.

—¿Dormir cómo?

—Como quieres tú.

—¿Y tú quieres?

Lila murmuró, la vista clavada en el jarro de agua en el centro de la mesa, un jarro gracioso, le gustaba mucho a Gennaro, tenía cabeza de gallina:

—Lo esencial es que me dejes estar a tu lado.

Enzo meneó la cabeza descontento.

—Tú no me quieres.

—Te quiero, pero no siento nada.

—¿No sientes nada por mí?

—Qué dices, a ti te quiero un montón y todas las noches deseo que me llames y me tengas abrazada. Pero aparte de eso no deseo nada más.

Enzo palideció, su cara hermosa se contrajo como si sufriera un dolor insoportable.

—Te repugno —confirmó.

—No, no, no, hagamos lo que quieras, ahora mismo, estoy dispuesta.

Él esbozó una sonrisa desolada, guardó silencio un rato. Luego no soportó la ansiedad de ella y refunfuñó:

—Vamos a dormir.

—¿Cada cual en su habitación?

—No, en la mía.

Aliviada, Lila fue a desvestirse. Se puso el camisón, entró en la habitación de Enzo temblando de frío. Él ya estaba en la cama.

—¿Me pongo de este lado?

—Sí.

Se escurrió entre las mantas, apoyó la cabeza sobre su hombro, le pasó un brazo sobre el pecho. Enzo se quedó inmóvil, ella notó enseguida que desprendía un calor intensísimo.

—Tengo los pies helados —susurró—, ¿puedo ponerlos cerca de los tuyos?

—Sí.

—¿Te acaricio un poco?

—Déjame en paz.

Poco a poco se le fue pasando el frío. El dolor del pecho se desvaneció, se olvidó del nudo en la garganta, se abandonó a la tregua de la tibieza.

—¿Puedo dormir? —preguntó, aturdida por el cansancio.

—Duerme.

43

Al alba se sobresaltó, su cuerpo le recordó que debía despertarse. En un santiamén la asaltaron los malos pensamientos, todos muy nítidos: el corazón enfermo, las regresiones de Gennaro, los fascistas del barrio, la pedantería de Nadia, la informalidad de Pasquale, la lista de reivindicaciones. Solo entonces se dio cuenta de que había dormido con Enzo, pero él ya no estaba en la cama. Se levantó deprisa justo para oír que se cerraba la puerta de casa. ¿Se había levantado en cuanto ella se había dormido? ¿Se había pasado toda la noche despierto? ¿Había dormido en la otra habitación con el niño? ¿O se había dormido con ella olvidándose de todos los deseos? Lo único cierto era que había desayunado solo, después de dejar la mesa puesta para ella y Gennaro. Se había ido a trabajar sin decir una palabra, la cabeza llena de pensamientos.

Después de dejar a su hijo con la vecina, Lila también se fue corriendo para la fábrica.

—Entonces qué, ¿te has decidido? —preguntó Edo, de morros.

—Me decidiré cuando yo quiera —contestó Lila, recuperando sus tonos de antes.

—Somos una comisión, tienes que informarnos.

—¿Habéis hecho circular la lista?

—Sí.

—¿Y qué dicen los demás?

—El que calla otorga.

—No —dijo ella—, el que calla se caga encima.

Capone tenía razón, Nadia y Armando también. Era una iniciativa débil, forzada. Lila trabajó con saña cortando carne, tenía ganas de hacer daño y hacerse daño. Clavarse el cuchillo en la mano, dejar que resbalara ahora, de la carne muerta a la suya, viva. De gritar, de arremeter contra los demás, de hacer pagar a todos su incapacidad de encontrar un equilibrio. Ay, Lina Cerullo, eres incorregible. ¿Por qué preparaste esa lista? ¿No quieres dejarte explotar? ¿Quieres mejorar tu situación y la de esta gente? ¿Estás convencida de que tú y ellos empezaréis por aquí, por lo que sois ahora, para después sumaros a la marcha victoriosa del proletariado del mundo entero? Ni hablar. ¿Marcha para convertirse en qué? ¿Otra vez en obreros, siempre obreros? ¿Obreros que se desloman de la mañana a la noche, pero en el poder? Ni hablar. Detallitos para dorarle la píldora a la fatiga. Te consta de sobra que son unas condiciones terribles, no hay que mejorarlas sino eliminarlas, lo sabes desde niña. ¿Mejorar, mejorarse? Tú, por ejemplo, ¿has mejorado, has llegado a ser como Nadia o Isabella? ¿Tu hermano ha mejorado, ha llegado a ser como Armando? ¿Y tu hijo es como Marco? No, nosotros seguiremos siendo como somos y ellos seguirán siendo como son. Entonces, ¿por qué no te resignas? La culpa la tiene tu cabeza que no sabe calmarse, busca sin cesar una manera de funcionar. Diseñar zapatos. Ingeniárselas para montar una fábrica de zapatos. Reescribir los artículos de Nino, obsesionarlo hasta que hacía lo que tú le decías. Con Enzo, usar el curso por correspondencia de Zurich a tu manera. Y ahora demostrarle a Nadia que si ella hace la revolución, tú la haces mejor que ella. La cabeza, ah, sí, el mal está ahí; por la insatisfacción de la cabeza el cuerpo está enfermando. Estoy harta de mí, de todo. También estoy harta de Gennaro, su destino, si le va bien, es acabar en un puesto como este y humillarse ante cualquier patrón por cinco liras más.

¿Y entonces? Entonces, Cerullo, asume tus responsabilidades y haz lo que siempre tuviste en mente: Dale un susto a Soccavo, quítale el vicio de cepillarse a las obreras en la sala de secado. Hazle ver al estudiante con cara de lobo lo que has sabido preparar. Aquel verano en Ischia. Las bebidas, la casa de Forio, la cama lujosa en la que dormí con Nino. El dinero salía de este lugar, de este olor fétido, de estas jornadas transcurridas en la mierda, de este esfuerzo retribuido con unas pocas liras. ¿Qué he cortado aquí? Sale a chorros una pasta amarillenta, qué asco. El mundo da vueltas, menos mal, si se cae, se rompe.

Poco antes de la pausa del almuerzo se decidió, le dijo a Edo: Voy. Pero ni siquiera tuvo tiempo de quitarse el delantal, fue la secretaria del dueño quien se presentó en la sala de deshuesado para decirle:

—El doctor Soccavo quiere que vayas ahora mismo a su despacho.

Lila pensó que algún chivato le había ido ya con el cuento a Bruno sobre lo que estaban preparando. Dejó su puesto de trabajo, sacó de su armarito la hoja con las reivindicaciones y subió. Llamó a la puerta del despacho, entró. Bruno no estaba solo en la habitación. Sentado en el sillón, con el cigarrillo en los labios, encontró a Michele Solara.

44

Sabía desde siempre que tarde o temprano Michele volvería a aparecer en su vida, pero encontrárselo en el despacho de Bruno la atemorizó igual que los espíritus de los rincones oscuros de la casa cuando era niña. Qué pinta aquí este tipo, pensó, tengo que irme. Pero al verla Solara se puso de pie, abrió los brazos, parecía realmente emocionado. Dijo en italiano: Lina, qué gusto, qué alegría verte. Quería abrazarla, y lo habría hecho si ella no lo hubiese rechazado con un gesto instintivo de repugnancia. Michele se quedó unos instantes con los brazos abiertos, después, desordenadamente, con una mano se acarició un pómulo, la nuca, y con la otra señaló a Lila y hablándole a Soccavo dijo con falsedad:

—Fíjate tú, no me lo puedo creer, de veras, ¿tú tenías escondida a la señora Carracci entre los embutidos?

—Vuelvo más tarde —le dijo Lila a Bruno con brusquedad.

—Siéntate —le ordenó él, taciturno.

—Prefiero estar de pie.

—Siéntate, que te cansas.

Ella negó con la cabeza, siguió de pie, y Michele miró a Soccavo con una sonrisa cómplice.

—Ella es así —le dijo—, resígnate, nunca obedece.

La voz de Solara le sonó a Lila más poderosa que en el pasado, pronunciaba las sílabas finales de todas las palabras, como si en esos últimos años se hubiese sometido a ejercicios de pronunciación. Tal vez para ahorrar fuerzas, tal vez por el puro afán de contradecirlo, cambió de idea y se sentó. Michele, a su vez, ocupó el sillón, pero dirigiéndose por completo a ella, como si a partir de ese momento Bruno ya no estuviese en la habitación. La escrutó un buen rato, con simpatía, y con cierta pena le dijo: Tienes las manos estropeadas, qué pena, con lo bonitas que las tenías de chica. Y enseguida se puso a hablar de la tienda de la piazza dei Martiri con tono informativo, como si Lila fuese todavía su empleada y se encontraran en una reunión de trabajo. Le habló de nuevas estanterías, nuevos puntos de luz y le contó que había mandado tapiar otra vez la puerta del lavabo que daba al patio. Lila se acordó de aquella puerta y dijo con calma, en dialecto:

—Me importa un carajo tu tienda.

—Nuestra tienda, querrás decir, la creamos juntos.

—Yo contigo nunca creé nada.

Michele sonrió otra vez, meneando la cabeza en señal de leve desacuerdo. El que pone el dinero, dijo, hace y deshace exactamente como el que trabaja con las manos y la cabeza. El dinero inventa los panoramas, las situaciones, la vida de las personas. No te imaginas a la de gente que puedo hacer feliz o arruinar con solo firmar un cheque. Después siguió charlando con tranquilidad, parecía contento de contarle las últimas noticias como suelen hacer los amigos. Comenzó por Alfonso, que en la piazza dei Martiri había hecho bien su trabajo y ahora ganaba lo suficiente para poder formar una familia. Pero no tenía ganas de casarse, prefería mantener a la pobre Marisa en su condición de novia vitalicia y seguir haciendo lo que le daba la gana. Entonces él, como patrono, lo había animado, una vida ordenada es beneficiosa para los empleados, se había ofrecido a pagarle el banquete de boda, y así, por fin, en junio se celebraría la boda. Ves, le dijo, lo de Alfonso no es nada, si hubieras seguido trabajando conmigo, a ti te habría dado todo lo que me hubieses pedido, te habrías convertido en una reina. Después, sin darle tiempo a replicar, sacudió la ceniza del cigarrillo en un viejo cenicero de bronce y le anunció que él también se casaba, también en junio, y con Gigliola, naturalmente, el gran amor de su vida. Lástima que no pueda invitarte, se lamentó, me hubiera gustado, pero no quiero incomodar a tu marido. Y se puso a hablar de Stefano, de Ada y de su niña, alabándolos a los tres, subrayando que las dos charcuterías ya no funcionaban como antes. Hasta que a Carracci le duró el dinero de su padre, le comentó, se mantuvo a flote, pero el comercio ahora es un mar agitado, desde hace un tiempo Stefano hace aguas, no sale adelante. La competencia, dijo, había aumentado, no paraban de abrirse nuevas tiendas. A Marcello, por ejemplo, también se le había metido en la cabeza ampliar el viejo almacén de don Carlo, que en paz descanse, y transformarlo en uno de esos locales donde se vendía de todo, pastillas de jabón, bombillas eléctricas, mortadela, dulces. Y así lo había hecho, la empresa marchaba viento en popa, la había llamado De Todo para Todos.

—¿Estás diciendo que tu hermano y tú habéis conseguido arruinar también a Stefano?

—¿Cómo que arruinar, Lina? Nosotros hacemos nuestro trabajo y punto, es más, cuando podemos ayudar a los amigos, los ayudamos con mucho gusto. ¿Adivina a quién puso Marcello a trabajar en la nueva tienda?

—No lo sé.

—A tu hermano.

—¿O sea que habéis convertido a Rino en vuestro dependiente?

—Bueno, tú lo dejaste en la estacada, y el pobre tiene que cargar con tu padre, tu madre, un hijo, Pinuccia que está otra vez embarazada. ¿Qué querías que hiciera? Le pidió ayuda a Marcello y Marcello lo ayudó. ¿No te alegras?

—No, no me alegro —contestó Lila, gélida—, no me gusta nada de lo que hacéis.

Michele torció el gesto, se acordó de Bruno.

—Ya lo ves, es como te decía, su problema es que tiene mal carácter.

Bruno esbozó una sonrisa incómoda que quería ser cómplice.

—Es así.

—¿A ti también te ha hecho daño?

—Un poco.

—¿Sabías que todavía era una niña cuando le puso una chaira en el cuello a mi hermano que era el doble de grande? Y no iba en broma, se notaba que estaba dispuesta a usarla.

—¿En serio?

—Sí. Esta es corajuda, decidida.

Lila apretó los puños con fuerza, detestaba la debilidad que se notaba en el cuerpo. La habitación le daba vueltas, los cuerpos de las cosas muertas y de las personas vivas se dilataban. Miró a Michele que aplastaba la colilla en el cenicero. Estaba empleando demasiada energía como si él también, a pesar del tono tranquilo, tratara de dar rienda suelta a un malestar. Lila clavó la vista en sus dedos que no paraban de aplastar la colilla, las uñas estaban blancas. Una vez, pensó, me pidió que fuera su amante. Pero no es eso lo que en realidad quiere, hay algo más, algo que no tiene que ver con follar y que ni él mismo sabe explicarse. Tiene una fijación, es como una superstición. Tal vez cree que tengo un poder y que ese poder le resulta indispensable. Lo querría para sí pero no logra apoderarse de él, y sufre por ello, es una cosa que no me puede quitar por la fuerza. Sí, tal vez sea así. Si no fuera así, ya me habría aplastado. Pero ¿por qué justamente yo? ¿Qué ha visto en mí que le sirve? No debo quedarme aquí, bajo su mirada, no debo escucharlo, me da miedo lo que ve y lo que quiere.

—Te dejo una cosa y me voy —le dijo Lila a Soccavo.

Se puso en pie, dispuesta a entregar la lista de reivindicaciones, un gesto que le pareció cada vez más carente de sentido y, sin embargo, necesario. Quería dejar la hoja en la mesa al lado del cenicero, y salir de aquella habitación. Pero la voz de Michele la detuvo. Ahora era decididamente afectuosa, casi acariciante, como si hubiese intuido que ella trataba de rehuirlo e hiciera todo lo posible para engatusarla y retenerla.

—¿Lo ves? —siguió diciéndole a Soccavo—. Tiene muy mal carácter. Estoy hablando y ella pasa olímpicamente, saca una hoja, dice que quiere irse. Pero la perdonas, porque ese mal carácter se compensa con muchísimas cualidades. ¿Tú te crees que has contratado a una obrera? Ni hablar. Esta señora es mucho, mucho más que eso. Si la dejas hacer, transforma la mierda en oro, es capaz de reorganizarte este cuchitril y llevarlo a niveles que ni te imaginas. ¿Por qué? Porque tiene una cabeza que normalmente no solo no la tiene ninguna mujer, sino que tampoco la tenemos nosotros, los hombres. Yo la tengo fichada desde que era casi una niña y es así, tal cual. Esta me diseñó unos zapatos que todavía hoy sigo vendiendo en Nápoles y fuera, y gano un montón de dinero. Y me reestructuró una tienda de la piazza dei Martiri con una fantasía tan grande que me la convirtió en un salón para los señores de la via Chiaia, de Posillipo, del Vomero. Y podría hacer muchas, muchísimas cosas más. Pero es una cabeza loca, se cree que puede hacer siempre lo que le viene en gana. Va, viene, arregla, rompe. ¿Qué te crees, que yo la despedí? No, un buen día, como si tal cosa, no se presentó más a trabajar. Así como te lo cuento, desapareció. Y si la agarras de nuevo, se vuelve a escapar, es una anguila. Su problema es este, aunque es muy inteligente, no llega a entender qué puede y qué no puede hacer. Eso es porque todavía no ha encontrado un hombre de verdad. Un hombre de verdad pone a la mujer en su sitio. ¿Que no sabe cocinar? Aprende. ¿Que tiene la casa sucia? La limpia. Un hombre de verdad es capaz de conseguir que la mujer haga de todo. Por ponerte un ejemplo, no hace mucho conocí a una tipa que no sabía silbar. Pues bien, estuvimos juntos apenas dos horas, horas de fuego, y después le dije: Anda, ahora silba. Y ella, no te lo vas a creer, silbó. Si a la mujer la sabes educar, bien. Si no la sabes educar, déjala correr, que te hará daño.

Pronunció aquellas últimas palabras con un tono muy serio, como si resumiesen un mandamiento imprescindible. Pero ya mientras hablaba, debió de darse cuenta de que él no había estado y seguía sin estar en condiciones de respetar su propia ley. Entonces cambió de expresión, cambió la voz de golpe, sintió la urgencia de humillarla. Con un arranque de impaciencia se volvió hacia Lila y, en un crescendo de vulgaridades dialectales, subrayó:

—Pero con esta es difícil, no te la quitas de encima así como así. Y eso que, ahí donde la ves, tiene los ojos pequeños, las tetas pequeñas, el culo pequeño, es un palo de escoba. Qué vas a hacer con una así, ni siquiera se te levanta. Pero basta un segundo, un solo segundo, la miras y quieres tirártela.

Fue entonces cuando Lila notó un impacto violento dentro de la cabeza, como si el corazón, en lugar de martillearle en la garganta, le hubiese estallado en la bóveda craneal. Le gritó un insulto no menos repulsivo que las palabras que él acababa de pronunciar, agarró el cenicero de bronce del escritorio desparramando ceniza y colillas por todas partes, trató de golpearlo. Pero el ademán, pese a la furia, le salió lento, sin fuerza. Y también la voz de Bruno —«Lina, por favor, qué haces»— la atravesó apática. Tal vez por eso, Solara la inmovilizó fácilmente y fácilmente le quitó el cenicero.

—¿Tú te crees que dependes del doctor Soccavo? —le dijo con rabia— ¿Te crees que aquí yo no soy nadie? Te equivocas. Hace tiempo que el doctor

Soccavo está en el libro rojo de mi madre, que es un libro mucho más importante que el *Libro rojo de Mao*. Por eso no dependes de él, dependes de mí, siempre y solo de mí. Y hasta ahora yo te he dejado hacer, quería ver adónde mierda ibas a parar, tú y el mamón ese con el que follas. Pero a partir de ahora que no se te olvide que te tengo bien fichada y si te necesito, tienes que venir corriendo, ¿está claro?

Solo entonces Bruno se levantó de un salto y, nerviosísimo, exclamó:

—Suéltala, Michè, ahora sí que exageras.

Solara soltó despacio la muñeca de Lila, y dirigiéndose a Soccavo, masculló de nuevo en italiano:

—Tienes razón, perdona. Pero la señora Carracci tiene esa capacidad, de un modo u otro siempre te obliga a exagerar.

Lina reprimió la rabia, se restregó con cuidado la muñeca, con la punta de los dedos se quitó la ceniza que le había caído encima. Después dobló la hoja de las reivindicaciones, la puso delante de Bruno y mientras iba hacia la puerta se volvió hacia Solara y le dijo:

—Sé silbar desde los cinco años.

45

Cuando bajó del despacho del jefe, muy pálida, Edo le preguntó cómo había ido, pero Lila no le contestó, lo apartó con la mano y se encerró en el lavabo. Temía que Bruno la mandara llamar de inmediato, temía verse obligada a un enfrentamiento en presencia de Michele, temía la fragilidad insólita de su cuerpo, no conseguía acostumbrarse. Desde el ventanuco vigiló el patio y lanzó un suspiro de alivio cuando vio a Michele, alto, el paso nervioso, la frente con entradas, la cara rasurada con esmero, cazadora de cuero negro con pantalones oscuros, subirse a su coche y marcharse. A ese punto, regresó a la sala de deshuesado.

—¿Y? ¿Qué tal ha ido? —le preguntó Edo de nuevo.

—Ha ido bien. Pero de ahora en adelante os las arregláis solos.

—¿En qué sentido?

No tuvo tiempo de contestar, la secretaria de Bruno llegó jadeante, el patrón quería verla de inmediato. Acudió como esa santa que, pese a tener aún la cabeza sobre los hombros, la lleva también en la mano como si ya se la hubiesen cortado. En cuanto la tuvo enfrente, Bruno casi gritó:

—¿Qué queréis, que por la mañana también os lleve el café a la cama? ¿Qué es esta novedad, Lina? Pero ¿te das cuenta? Siéntate y explícamelo. No me lo puedo creer.

Lila le explicó petición por petición con el tono que empleaba con Gennaro cuando se negaba a entender. Destacó que le convenía tomarse en serio aquel papel y abordar los distintos puntos con espíritu constructivo, porque si él se comportaba de forma irrazonable, no tardaría en caerle encima la inspección de trabajo. Por último, le preguntó en qué clase de líos se había metido para acabar en manos de gente peligrosa como los Solara. Al oírla, Bruno perdió por completo la calma. La tez roja se tornó violácea, los ojos se le inyectaron de sangre, le dijo a gritos que la arruinaría, que no tenía más que darle unas liras bajo mano a los cuatro gilipollas que había puesto en su contra para dejarlo todo arreglado. Aulló que hacía años que su padre daba gratificaciones a la inspección de trabajo, que me vengan a inspeccionar, mira cómo tiemblo. Gritó que los Solara le quitarían las ganas de hacerse la sindicalista y concluyó con la voz quebrada: Fuera, fuera inmediatamente, fuera.

Lila fue hacia la puerta.

—Es la última vez que me ves —le dijo desde el umbral—. A partir de este momento dejo de trabajar aquí dentro.

Al oír aquellas palabras Soccavo volvió bruscamente en sí. Hizo una mueca de alarma, debía de haberle prometido a Michele que no la despediría.

—¿Qué pasa? ¿Ahora te ofendes? —le dijo—. ¿Ahora me vienes con caprichos? Qué dices, anda, ven aquí, hablemos, soy yo quien decide si te despido o no. Cabrona, te he dicho que vengas.

Por una fracción de segundo a ella le vino de nuevo a la cabeza Ischia, las mañanas en que esperábamos que llegaran Nino y su amigo rico que tenía casa en Forio, el muchacho lleno de atenciones y siempre paciente. Salió y cerró la puerta a sus espaldas. De inmediato se echó a temblar con violencia, se cubrió de sudor. No fue a la sala de deshuesado, no se despidió de Edo ni de Teresa, pasó delante de Filippo que la miró extrañado, le gritó: Cerù, adónde vas, vuelve. Pero ella cubrió a la carrera todo el camino sin asfaltar, se subió al primer autobús que iba a la Marina, llegó a la playa. Vagó mucho. Soplaba un viento frío, subió al Vomero en el funicular, paseó por la piazza Vanvitelli, la via Scarlatti, la via Cimarosa, tomó otra vez el funicular de bajada. Se dio cuenta tarde de que se había olvidado de Gennaro. Regresó a casa a las nueve, pidió a Enzo y a Pasquale, que le hacían preguntas ansiosas para entender qué le había pasado, que fueran al barrio a buscarme.

Y aquí estamos ahora, en plena noche, en esta habitación desnuda de San Giovanni a Teduccio. Gennaro duerme, Lila habla y habla en voz baja, Enzo y Pasquale esperan en la cocina. Yo me siento como el caballero de una novela antigua que, encerrado en su armadura resplandeciente, tras acometer mil empresas prodigiosas por el mundo, se topa con un pastor harapiento, desnutrido, que sin apartarse nunca del pastizal, con portentoso coraje doblega y domina a horribles bestias con sus propias manos.

46

Fui una oyente tranquila, la dejé hablar. Algunos momentos del relato, sobre todo cuando la expresión de la cara de Lila y el curso de las frases experimentaban una repentina y dolorosa contracción nerviosa, me turbaron mucho. Noté un fuerte sentimiento de culpa, pensé: Esta es la vida que podía haberme tocado y si no ha sido así también es mérito de Lila. A veces estuve a punto de abrazarla, con más frecuencia tuve ganas de hacerle preguntas y comentarios. Pero en general me contuve, la interrumpí dos o tres veces como mucho.

Por ejemplo, seguro que me entrometí cuando ella habló de la Galiani y de sus hijos. Me hubiera gustado que me contara mejor qué había dicho mi profesora, cuáles habían sido sus palabras exactas, si con Nadia y Armando había surgido alguna vez mi nombre. Pero advertí a tiempo la mezquindad de tales demandas y me contuve, aunque una parte de mí considerase que la curiosidad era legítima, al fin y al cabo se trataba de conocidos míos a los que apreciaba.

—Antes de marcharme definitivamente a Florencia —me limité a decir—, tendré que ir a saludar a la Galiani. Si acaso me acompañas, ¿te apetece? —Y añadí—: Después de Ischia nos distanciamos un poco, ella me echó a mí la culpa de que Nino dejara a Nadia. —Y como Lila me miró como si no me viese, dije—: Los Galiani son magníficas personas, un pelín creídos, eso del soplo hay que comprobarlo.

—El soplo existe —reaccionó entonces ella.

—De acuerdo —contesté—, pero Armando también te dijo que vieras a un cardiólogo.

—Pero él de todos modos lo oyó —dijo.

Pero sobre todo me sentí implicada en los asuntos de sexo. Cuando me contó lo de la sala de secado, estuve a punto de decirle: A mí, en Turín, se me echó encima un viejo intelectual; y en Milán, un pintor venezolano al que había conocido pocas horas antes entró en mi cuarto para meterse en mi cama como si se tratara de un favor que le debía. Sin embargo, también en ese caso me contuve. ¿Qué sentido tenía hablar de mis cosas en ese momento? Además, ¿lo que hubiera podido referirle se parecía de veras a lo que ella me estaba contando?

Esta última pregunta se me planteó con claridad en el momento en que de la enunciación de los hechos —años antes cuando me contó su noche de bodas solo habíamos hablado de hechos muy brutales— Lila pasó a hablarme de su sexualidad en general. Para nosotras era algo por completo nuevo que abordáramos ese tema. La procacidad del ambiente del que proveníamos servía para agredir o defenderse pero, precisamente porque era la lengua de la violencia, no facilitaba sino que obstaculizaba las confidencias íntimas. Por eso sentí vergüenza, clavé la vista en el suelo cuando con el crudo vocabulario del barrio dijo que chingar nunca le había proporcionado el placer que de jovencita había esperado, al contrario, siempre había sentido poco o nada, y que después de Stefano, después de Nino, hacerlo le causaba hasta fastidio, tanto es así que no había podido aceptar dentro de ella ni siquiera a un hombre amable como Enzo. Y no solo eso, añadió con un léxico aún más brutal, que había hecho a la fuerza, a veces por curiosidad, a veces por pasión, todo aquello que un hombre podía querer de una mujer, pero que incluso cuando había deseado concebir un hijo con Nino, y se había quedado embarazada, el placer que especialmente en esa circunstancia de gran amor se decía que debía existir, pues no había existido.

Ante tanta claridad comprendí que no podía seguir callada, que debía hacerle notar mi afinidad, que debía reaccionar a sus confidencias con una confidencia similar. Pero la idea de tener que hablar de mí —el dialecto me disgustaba y, aunque pasara por ser autora de páginas escabrosas, el italiano que había aprendido me parecía demasiado precioso para la materia pegajosa de las experiencias sexuales— aumentó la incomodidad, me olvidé de que la suya era una confesión difícil, que cada palabra aunque vulgar se engarzaba en la extenuación que reflejaba su cara, en el temblor de sus manos, y fui al grano.

—Para mí no es así —dije.

No mentí, aunque tampoco era la verdad. La verdad era más complicada y para darle forma habría necesitado las palabras de la experiencia. Debería haberle explicado que cuando salía con Antonio restregarme contra él, dejar que me tocara, me había producido siempre un gran placer, y que todavía deseaba ese placer. Debería haber admitido que dejarme penetrar también había sido para mí una decepción, una experiencia echada a perder por el sentimiento de culpa, por la incomodidad en que se mantenían las relaciones sexuales, por el miedo de ser descubiertos, por la prisa que se derivaba, por el terror de quedarme embarazada. Pero debería haber añadido que Franco —lo poco que sabía del sexo en gran parte podía atribuirse a él—, antes de entrar dentro de mí y después dejaba que me restregara contra su pierna, su vientre, y eso era bonito, y a veces hacía que también la penetración fuese agradable. En consecuencia —debería haberle dicho a modo de conclusión—, ahora esperaba mi boda, Pietro era un hombre muy amable, confiaba en que la tranquilidad y la legitimidad del lecho conyugal me ofrecerían el tiempo y la ocasión de descubrir el placer del coito. Si me hubiese expresado de ese modo, habría sido honesta. Pero nosotras dos, con casi veinticinco años, no contábamos con la tradición de confidencias tan articuladas. Solo hubo algunas referencias genéricas durante su noviazgo con Stefano y el mío con Antonio, pero se trató de frases reacias, de alusiones. En cuanto a Donato Sarratore, en cuanto a Franco, nunca le había hablado ni del primero ni del segundo. Por eso me ceñí a aquellas pocas palabras —«para mí no es así»—, que debieron de sonarle como si le estuviese diciendo: Tal vez no seas normal. Y de hecho me miró perpleja.

—En el libro escribiste otra cosa —dijo como para defenderse.

Entonces lo había leído.

—A estas alturas ni sé qué acabé poniendo en mi libro —murmuré a la defensiva.

—Acabaste poniendo cosas sucias —dijo—, cosas que los hombres no quieren oír y que las mujeres saben pero tienen miedo de decir. ¿Y ahora qué haces, te escondes?

Más o menos esas fueron sus palabras, seguro dijo «sucias». De modo que ella también me citaba las páginas escabrosas y lo hacía como Gigliola, que había empleado la palabra «suciedad». Esperé que me diera una valoración general del libro, pero no lo hizo, se sirvió de él solo como un puente para remachar otra vez aquello que llamó varias veces, con insistencia, «el fastidio de chingar». Eso está en tu novela, exclamó, y si lo contaste es que lo conoces, es inútil que me digas: para mí no es así. Y farfullé sí, tal vez sea cierto, pero no sé. Y mientras ella con atormentada desvergüenza seguía confiándome sus cosas —mucha excitación, satisfacción poca, sensación de asco—, me acordé otra vez de Nino, asomaron de nuevo las preguntas a las que no cesaba de darle vueltas en la cabeza. Aquella larga noche llena de confesiones, ¿era un buen momento para decirle que lo había visto? ¿Debía avisarla que no podía contar con Nino para que la ayudara con Gennaro, que tenía otro hijo, que a los hijos se los echaba a las espaldas con indiferencia? ¿Debía aprovechar ese momento, esas admisiones suyas, para hacerle saber que en Milán él me había dicho algo desagradable de ella, «Lila está mal hecha también en el sexo»? ¿Debía llegar a decirle que en sus confidencias agitadas, en su forma de leer las páginas sucias de mi libro, ahora, mientras hablaba, me parecía hallar una confirmación de que, en esencia, tenía razón? ¿Qué había querido dar a entender, de hecho, el hijo de Sarratore sino aquello que ella misma estaba admitiendo? ¿Se había dado cuenta de que para Lila dejarse penetrar era solo un deber, que no lograba gozar de la cópula? Él, me dije, es experto. Ha conocido a muchas mujeres, sabe lo que es una buena conducta sexual femenina, por lo tanto, sabe reconocer una mala conducta. «Estar mal hecha en el sexo» significa, evidentemente, no poder sentir placer con los embates del hombre, significa retorcerse de ganas restregándose para calmar el deseo, significa agarrarle las manos, llevarle las manos hacia el sexo como a veces había hecho yo con Franco ignorando su fastidio, incluso el tedio de quien ya ha tenido su orgasmo y quisiera dormir. Aumentó la incomodidad, pensé: Escribí esto en mi novela, esto lo reconocieron Gigliola y Lila, ¿probablemente también lo reconoció Nino y por eso quería hablar de ello? Me lo tragué todo.

—Lo siento —murmuré sin ton ni son.

—¿Qué?

—Que te hayas quedado embarazada sin alegría.

—Más lo siento yo —contestó ella en un arrebato de sarcasmo.

Por último la interrumpí cuando ya al alba acababa de referirme el enfrentamiento con Michele. Le dije: Basta, cálmate, tómate la temperatura. Tenía treinta y ocho y medio. La abracé con fuerza, le susurré: Ahora yo me ocuparé de ti y hasta que te hayas restablecido estaremos siempre juntas, y si tengo que irme a Florencia el niño y tú os vendréis conmigo. Se negó con energía, me hizo la última confesión de aquella noche en vela. Dijo que había hecho mal en seguir a Enzo a San Giovanni a Teduccio, quería regresar al barrio.

—¿Al barrio?

—Sí.

—Estás loca.

—En cuanto me sienta mejor, me voy.

Se lo eché en cara, le dije que esa idea era producto de la fiebre, que el barrio la destrozaría, que volver a poner allí los pies era una estupidez.

—Yo no veo la hora de irme —exclamé.

—Tú eres fuerte —me contestó, asombrándome—, yo nunca he sido fuerte. Cuanto más te alejas, más verdadera te sientes, mejor estás. Yo, apenas cruzo el túnel de la avenida, me asusto. ¿Te acuerdas cuando tratamos de llegar a la playa y nos pilló la lluvia? ¿Cuál de las dos quería seguir adelante y cuál dio media vuelta, tú o yo?

—No me acuerdo. De todos modos, tú al barrio no vuelves.

Intenté inútilmente hacerla cambiar de idea, discutimos mucho.

—Anda —dijo al final—, habla con esos dos, hace horas que esperan. No han pegado ojo y tienen que ir a trabajar.

—¿Qué les digo?

—Lo que te dé la gana.

La arropé con las mantas, tapé también a Gennaro, que se había pasado toda la noche moviéndose en sueños. Noté que Lila ya se estaba durmiendo.

—No tardaré en volver —murmuré.

—Acuérdate de lo que me has prometido —dijo.

—¿Qué?

—¿Ya te has olvidado? Si me ocurre algo, tienes que ocuparte de Gennaro.

—No te ocurrirá nada.

Mientras salía del cuarto, Lila se sobresaltó en el duermevela y murmuró:

—Vigílame hasta que me duerma. Vigílame siempre, también cuando te vayas de Nápoles. Así sé que me ves y estoy tranquila.

47

En el tiempo que transcurrió desde aquella noche hasta el día de mi boda —me casé el 17 de mayo de 1969 en Florencia, y después de un viaje de novios a Venecia de apenas tres días inicié con entusiasmo mi vida de casada—, traté de hacer por Lila todo lo que pude. La verdad es que al principio pensé en atenderla hasta que se le curara la gripe. Estaba ocupada con la casa de

Florencia, tenía algunos compromisos por lo del libro —el teléfono sonaba sin cesar y mi madre rezongaba, le había dado el número a medio barrio pero nadie la llamaba, tener este trasto en casa, decía, es más un incordio que otra cosa, las llamadas casi siempre eran para mí—, tomaba apuntes para hipotéticas nuevas novelas, trataba de llenar las lagunas de mi cultura literaria y política. Pero el estado de debilidad general en el que se encontraba mi amiga me llevó pronto a desatender mis asuntos y a ocuparme cada vez más de ella. Mi madre captó enseguida que habíamos retomado nuestra relación, la cosa le pareció indignante, echó rayos y centellas, nos cubrió a las dos de insultos. Seguía creyendo que podía decirme lo que debía o no debía hacer, me seguía renqueando, sin parar de criticarme, a veces parecía decidida a colarse en mi propio cuerpo con tal de no permitir que fuese dueña de mí misma. ¿Qué tienes tú que ver con esa, me apremiaba, piensa en lo que eres tú y en lo que es ella, no te parece suficiente con el libro asqueroso que has escrito que encima quieres seguir siendo amiga de una zorra? Pero yo me comporté como si estuviese sorda. Vi a Lila todos los días y me dediqué a reorganizarle la vida desde el momento en que la dejé dormida en su cuarto y me enfrenté a los dos hombres que habían esperado toda la noche en la cocina.

Les dije a Enzo y a Pasquale que Lila estaba enferma, que no podía seguir trabajando en la fábrica Soccavo, que lo había dejado. Con Enzo no tuve necesidad de derrochar palabras, desde hacía tiempo había comprendido que ella no podía seguir en la fábrica, que se había metido en una situación difícil, que algo en su interior estaba cediendo. En cambio Pasquale, mientras conducía de madrugada hacia el barrio por calles todavía sin tráfico, se resistió. No exageremos, dijo, es cierto que Lila lleva una vida dura, pero es lo que le pasa a todos los explotados del mundo. Después, con la misma modalidad que lo caracterizaba desde jovencito, se puso a hablarme de los campesinos del sur, de los obreros del norte, de África, de los afroamericanos, de los vietnamitas, del imperialismo estadounidense. No tardé en interrumpirlo, le dije: Pasquale, si Lina sigue así, se muere. No se rindió, siguió planteándome objeciones, y no porque no apreciara a Lila, sino porque la lucha en la fábrica Soccavo le parecía importante, consideraba fundamental el papel de nuestra amiga y, en el fondo, estaba convencido de que echarle tanto cuento a una gripe de nada no era cosa de ella sino mía, intelectual pequeñoburguesa más preocupada por una febrícula que por las consecuencias políticas negativas de una derrota obrera. Como no se decidía a decirme estas cosas de forma explícita sino con medias frases, se las resumí yo con imperturbable claridad, para demostrarle que había entendido. Aquello lo puso más nervioso aún y cuando me dejó en la verja me dijo: Ahora tengo que irme a trabajar, Lenù, pero ya seguiremos hablando. En cuanto regresé a la casa de San Giovanni a Teduccio le dije a Enzo en un aparte: Mantén a Pasquale lejos de Lina, si es que la quieres, no debe oír hablar más de la fábrica.

En aquella época llevaba siempre en el bolso un libro y mi cuaderno de apuntes: leía en el autobús o cuando Lila se quedaba dormida. A veces la descubría con los ojos abiertos, mirándome fijamente, tal vez espiaba para ver qué leía, pero nunca me preguntó siquiera el título del libro, y cuando traté de leerle unas páginas —de las escenas de la posada de Upton, recuerdo—, cerró los ojos como si la aburriera. Al cabo de unos días, se le pasó la fiebre, pero no la tos, por eso la obligué a seguir guardando cama. Me ocupé de la casa, cociné, me dediqué a Gennaro. Tal vez porque ya era grandecito, un tanto agresivo, caprichoso, encontré al niño falto de la inerme seducción que desprendía Mirko, el otro hijo de Nino. Pero a veces pasaba de juegos violentos a melancolías repentinas, se dormía en el suelo, y eso me enterneció, le tomé cariño, algo que, cuando le resultó claro, hizo que no se despegara de mí, impidiéndome ocuparme de las tareas de la casa o leer.

Entretanto traté de comprender mejor la situación de Lila. ¿Tenía dinero? No. Le presté un poco y lo aceptó después de jurarme mil veces que me lo devolvería. ¿Cuánto le debía Bruno? Dos meses. ¿Y la indemnización? No lo sabía. ¿A qué se dedicaba Enzo, cuánto ganaba? Ni idea. ¿Y ese curso por correspondencia de Zurich, qué posibilidades concretas ofrecía? No sé. No paraba de toser, le dolía el pecho, sudaba, notaba un nudo en la garganta, de repente el corazón le latía enloquecido. Apunté con sumo cuidado todos los síntomas e intenté convencerla de que era necesario que se sometiera a una nueva revisión médica, mucho más seria de la que le había hecho Armando. No me dijo que sí pero tampoco se opuso. Una noche en que Enzo todavía no había regresado, vino Pasquale en una escapada, dijo con buenas maneras que él, los compañeros del comité y algunos obreros de la fábrica Soccavo querían saber cómo estaba. Repetí que no se encontraba bien, que necesitaba reposo, pero él igualmente pidió verla, solo para saludarla. Lo dejé en la cocina, fui a ver a Lila, le aconsejé que no lo viera. Hizo una mueca que significaba: Hago lo que me digas. Me conmovió que se sometiera a mí —ella que desde siempre había mandado, hecho y deshecho— sin discutir.

48

Esa misma noche desde la casa de mis padres mantuve una larga conversación telefónica con Pietro, le conté punto por punto todos los problemas de Lila y cuánto me gustaría ayudarla. Me escuchó con paciencia. En un momento dado mostró incluso espíritu de colaboración, se acordó de un joven helenista pisano, obsesionado con los ordenadores, que fantaseaba con que revolucionarían la filología. Me enterneció que, pese a ser alguien que estaba siempre pensando en su trabajo, en esa ocasión se esforzara en resultar útil por amor a mí.

—Localízalo —le rogué—, háblale de Enzo, nunca se sabe, podría surgir una perspectiva de trabajo.

Prometió que lo haría y añadió que, por lo que recordaba, Mariarosa había tenido una breve historia de amor con un joven abogado napolitano, a lo mejor conseguía localizarlo y pedirle si me podía ayudar.

—¿A qué?

—A recuperar el dinero de tu amiga.

Me entusiasmé.

—Telefonea a Mariarosa.

—De acuerdo.

—Que no se quede en promesa —insistí—, telefonea de verdad, por favor.

Guardó silencio, luego dijo:

—En este momento has usado el tono de mi madre.

—¿En qué sentido?

—Parecías ella cuando algo le interesa mucho.

—Por desgracia, no me parezco en nada.

Guardó silencio otra vez.

—Menos mal que eres distinta. De todos modos, en estas cosas ella es única. Háblale de esa chica y verás como te ayuda.

Llamé a Adele. Lo hice con cierto reparo, que superé acordándome de todas las veces que la había visto en acción tanto por mi libro, como para buscar la casa de Florencia. Era una mujer a la que le gustaba esforzarse. Si necesitaba algo, cogía el teléfono, y eslabón tras eslabón, formaba la cadena que la llevaba a su objetivo. Sabía pedir de tal forma que resultaba imposible decirle que no. Y franqueaba con desenvoltura fronteras ideológicas, no respetaba jerarquías, localizaba mujeres de la limpieza, empleaduchos, industriales, intelectuales, ministros, y a todos se dirigía con cordial indiferencia, como si en realidad fuera ella quien estuviera haciendo el favor que estaba a punto de pedir. Entre mil disculpas incómodas por las molestias que le causaba, a Adele también le conté con lujo de detalles lo de mi amiga, y ella sintió curiosidad, se apasionó, se indignó.

—Déjame que lo piense —me dijo al final.

—Claro.

—Mientras tanto, ¿puedo darte un consejo?

—Claro.

—No seas tímida. Eres escritora, usa tu papel, experiméntalo, hazlo valer. Estos son tiempos decisivos, todo está saltando por los aires. Participa, mantente presente. Empieza por esa gentuza de tu tierra, ponla contra las cuerdas.

—¿Cómo?

—Escribiendo. Dale a Soccavo y a la gente como él un susto de muerte. ¿Me prometes que lo harás?

—Lo intentaré.

Me pasó el nombre de un redactor de *L'Unità*.

49

La llamada telefónica a Pietro y, sobre todo, a mi suegra, liberaron un sentimiento que hasta ese momento había mantenido a raya, es más, que había reprimido, pero que estaba vivo y dispuesto a ganar terreno. Tenía que ver con mi cambio de estado civil. Era probable que los Airota, sobre todo Guido, pero quizá la propia Adele, consideraran que yo, aunque muy voluntariosa, era una chica muy alejada de la persona que hubieran querido para su hijo. Era igualmente probable que mi origen, mi entonación dialectal, mi falta de elegancia en todo, sometieran a una dura prueba su amplitud de miras. Con cierto exceso hubiera podido suponer que también la publicación de mi libro formaba parte de un plan de emergencia destinado a hacer de mí alguien presentable en su mundo. Pero era incontrovertible el hecho de que me habían aceptado, me disponía a casarme con Pietro con su consentimiento, estaba a punto de entrar en una familia protectora, una especie de castillo bien fortificado desde el cual podía avanzar sin miedo o en el que podría refugiarme si me sentía en peligro. Por tanto, urgía que me acostumbrara a esa nueva pertenencia, sobre todo debía ser consciente de ella. Ya no era una pequeña cerillera siempre al borde de consumir el último fósforo, me había provisto de una considerable reserva de cerillas. Por ello —lo comprendí de golpe— podía hacer por Lila mucho más de lo que había calculado hacer.

Con esta perspectiva, le pedí a mi amiga que me diera la documentación que había reunido contra Soccavo y ella me la entregó pasivamente, sin siquiera preguntar en qué la utilizaría. Me puse a leer con creciente interés. Cuántas cosas terribles había logrado decir con precisión y eficacia. Cuántas experiencias insoportables se advertían tras la descripción de la fábrica. Durante largo rato di vueltas en mis manos a esas páginas, después, de golpe, casi sin haberlo decidido, busqué en la guía, telefoneé a la fábrica Soccavo. Impuse a mi voz el tono apropiado, dije con la soberbia apropiada: Soy Elena Greco, pedí que me pasaran con Bruno. Él fue cordial —qué alegría oírte—, yo, fría. Dijo: Cuántas cosas estupendas has hecho, Elena, he visto tu foto en el *Roma*, muy bien, qué tiempos aquellos en Ischia. Le contesté que a mí también me alegraba oírlo, pero que Ischia estaba muy lejos, y que para bien y para mal todos habíamos cambiado, que de él, por ejemplo, había oído malos rumores que confiaba que no fuesen ciertos. Comprendió al vuelo y se rebeló enseguida. Habló fatal de Lila, de su ingratitud, de los problemas que le había causado. Yo cambié de tono, le contesté que creía más a Lila que a él. Coge papel y bolígrafo, dije, apunta mi número, ¿lo tienes? Ahora da orden de que le paguen hasta el último centavo de lo que le debes, y avísame cuándo puedo pasar a recoger el dinero, no me gustaría que tu foto saliera en los diarios.

Colgué antes de que pudiera replicar, me sentí orgullosa de mí misma. No había mostrado la mínima emoción, había estado seca, unas pocas frases en italiano, al principio amables, luego distantes. Esperé que Pietro tuviera razón: ¿de veras estaba adquiriendo el tono de Adele, estaba aprendiendo sin darme cuenta su manera de estar en el mundo? Decidí averiguar si, en caso de querer, me encontraba en condiciones de cumplir la amenaza con la que había concluido la llamada telefónica. Inquieta como no había estado al llamar a Bruno —se trataba siempre del muchacho aburrido que había tratado de besarme en la playa de Citara—, marqué el número de la redacción de *L'Unità*. Mientras el teléfono sonaba, esperé que no se oyera como fondo la voz de mi madre que le gritaba a Elisa algo en dialecto. Me llamo Elena Greco, le dije a la telefonista, no me dio tiempo de decirle qué quería, la mujer exclamó: ¿Elena Greco la escritora? Había leído mi libro, me cubrió de elogios. Le di las gracias, me sentí alegre, fuerte, sin necesidad de hacerlo le expliqué que tenía pensado escribir un artículo sobre una pequeña fábrica de las afueras, le mencioné al redactor que me había aconsejado Adele. La telefonista me felicitó otra vez, adoptó de nuevo un tono profesional. No se retire, me dijo. Al cabo de un minuto, una voz masculina muy ronca me preguntó burlona desde cuándo quienes cultivaban las bellas letras estaban dispuestos a ensuciar su pluma con el trabajo a destajo, los turnos y las horas extra, temas aburridísimos de los que se mantenían a distancia en especial las jóvenes novelistas de éxito.

—¿De qué se trata? —me preguntó—. ¿Trabajadores de la construcción, portuarios, mineros?

—Es una pequeña fábrica de embutidos —murmuré—, nada del otro mundo.

El hombre siguió tomándome el pelo:

—No tiene por qué disculparse, me parece estupendo. Si Elena Greco, a la que este periódico le dedicó nada menos que media página de elogios desmesurados, decide escribir sobre salchichas, ¿qué vamos a decir nosotros, los pobres redactores, que no nos interesa? ¿Treinta líneas le parecen bien? ¿Son pocas? Aumentemos, pongamos sesenta. Cuando termine, ¿qué hará, me lo trae en persona o me lo dicta?

Enseguida me puse a escribir el artículo. Debía exprimir de las páginas de Lila mis sesenta líneas y por el bien de ella quería hacer un buen trabajo. Pero no tenía ninguna experiencia en artículos periodísticos, a excepción de aquella vez en que, con quince años y pésimos resultados, había tratado de escribir sobre el conflicto con el profesor de religión para la revista de Nino. No sé, quizá fuera ese recuerdo lo que me complicó las cosas. O quizá el sarcasmo del redactor que todavía me resonaba en los oídos, especialmente cuando al final de la conversación me dio recuerdos para mi suegra. Sin duda le dediqué mucho tiempo, redacté y corregí con empeño. Cuando me pareció que había terminado no me sentí satisfecha y no llevé el artículo al periódico. Antes debo hablar con Lila, me dije, es algo que debemos decidir juntas, lo entrego mañana.

Al día siguiente fui a casa de Lila, me pareció que estaba bastante mal. Refunfuñó que cuando yo no estaba, ciertas presencias aprovechaban para salir de las cosas y molestarla a ella y a Gennaro. Después se dio cuenta de que me alarmaba y puso una cara divertida, murmuró que eran tonterías, que lo único que quería era que me quedara con ella más tiempo. Hablamos mucho, la tranquilicé, pero no le pedí que leyera el artículo. Desistí cuando me dio por pensar que si *L'Unità* me rechazaba la nota, me vería obligada a decirle que no la habían encontrado adecuada y me sentiría humillada. Por la noche, hizo falta la llamada telefónica de Adele para inocularme una considerable dosis de optimismo y hacer que me decidiera. Había hablado con su marido y también con Mariarosa. En pocas horas puso en movimiento a medio mundo: eminencias de la medicina, profesores socialistas con conocimientos sobre sindicatos, un democristiano al que definió como un poco memo pero buena persona y muy experto en derechos de los trabajadores. El resultado fue que al día siguiente tenía cita con el mejor cardiólogo de Nápoles —un amigo de amigos, no tenía que pagar nada—, que la inspección de trabajo haría inmediatamente una visita a la fábrica Soccavo, que para recuperar el dinero de Lila podía recurrir a ese amigo de Mariarosa que Pietro me había mencionado, un joven abogado socialista con bufete en la piazza Nicola Amore, al que ya había puesto al corriente.

—¿Contenta?

—Sí.

—¿Has escrito tu artículo?

—Sí.

—¿Lo ves? Estaba segura de que no lo escribirías.

—Ya lo tengo listo, mañana lo llevo a *L'Unità*.

—Bien. Corro el riesgo de subestimarte.

—¿Es un riesgo?

—La subestimación siempre lo es. ¿Qué tal va con el tontaina de mi hijo?

50

A partir de ese momento todo empezó a volverse fluido, como si dominara el arte de hacer rodar los acontecimientos como agua de manantial. Pietro también había trabajado para Lila. Su colega helenista resultó ser un literato parlanchín, pero de todos modos fue útil, conocía a alguien de Bolonia realmente experto en ordenadores —la fuente fiable de sus fantasías de filólogo— que le había dado el número de un conocido de Nápoles, considerado igualmente fiable. Me dictó nombre, apellido, dirección y teléfono de ese señor napolitano y yo le hice muchas fiestas, ironicé con afecto sobre su esfuerzo emprendedor, incluso le solté un beso por teléfono.

Fui enseguida a ver a Lila. Tenía una tos cavernosa, la cara tirante y pálida, la mirada excesivamente vigilante. Pero yo llevaba magníficas noticias y estaba contenta. La sacudí, la abracé, sostuve sus manos entre las mías con fuerza, y mientras tanto le hablé de la llamada telefónica que había hecho a Bruno, le leí el artículo que había preparado, le enumeré los resultados del solícito ajetreo de Pietro, de mi suegra, de mi cuñada. Me escuchó como si le hablara desde muy lejos —de otro mundo al que me hubiera ido—, y lograra oír claramente solo la mitad de las cosas que decía. Para colmo, Gennaro la zarandeaba sin parar para que jugaran y ella, mientras yo hablaba, lo escuchaba sin entusiasmo. Me sentí contenta de todos modos. En otros tiempos Lila había abierto la milagrosa caja registradora de la charcutería y me había comprado de todo, especialmente libros. Ahora yo abría mis cajas y le devolvía el favor, con la esperanza de que se sintiera a salvo como ya me sentía yo.

—Entonces, ¿vienes mañana a ver al cardiólogo? —le pregunté al fin.

Reaccionó a la pregunta de un modo incongruente, dijo con una risita:

—A Nadia no le gustará esta forma de encarar las cosas. Y a su hermano tampoco.

—¿Qué forma? No entiendo.

—Nada.

—Lila —dije—, por favor, qué tiene que ver Nadia, no le des más importancia de la que ya se da ella. Y a Armando déjalo correr, siempre fue un tipo superficial.

Me sorprendí de mis propios juicios, a fin de cuentas sabía poco de los hijos de la Galiani. Y por unos segundos tuve la impresión de que Lila podría no reconocerme y ver ante ella a un espíritu que se aprovechaba de su debilidad.

En realidad, más que hablar mal de Nadia y Armando, solo pretendía hacerle entender que las jerarquías del poder eran otras, que comparados con los Airota, los Galiani no pintaban nada, y que la gente como Bruno Soccavo o el camorrista de Michele pintaba todavía menos, en fin, que debía hacer lo que yo le decía y dejar de preocuparse. Pero mientras iba hablando me di cuenta de que rayaba en la jactancia y le acaricié la mejilla, me mostré llena de admiración por el compromiso político de los dos hermanos, y riendo le solté: Pero fíate de mí.

—De acuerdo —refunfuñó ella—, vayamos al cardiólogo.

—¿Y a Enzo —le insistí—, para cuándo le pido cita, a qué hora, en qué días?

—Cuando quieras, pero después de las cinco.

En cuanto regresé a casa volví a ponerme al teléfono. Llamé al abogado, le conté con detalle la situación de Lila. Telefoneé al cardiólogo, le confirmé la cita. Telefoneé al experto en ordenadores, trabajaba en el Ente para el Desarrollo, me dijo que los cursos por correspondencia de Zurich no servían para nada, pero que de todos modos podía mandarle a Enzo tal día a tal hora a tal dirección. Telefoneé a *L'Unità*, el redactor dijo: Se lo toma usted con calma, ¿me va a traer el artículo o habrá que esperar hasta Navidad? Telefoneé a la secretaria de Soccavo, le rogué que le dijera al patrón que, como no había tenido noticias de él, no tardaría en salir un artículo mío en *L'Unità*.

Esta última llamada produjo una rápida y violenta reacción. Soccavo me llamó dos minutos más tarde, esta vez no fue amigable, me amenazó. Le contesté que dentro de poco se le echarían encima la inspección de trabajo y un abogado que se ocuparía de los intereses de Lila. Después, agradablemente sobreexcitada —me sentía orgullosa de batirme, por afecto y convicción, contra la injusticia, a despecho de Pasquale y Franco que todavía se creían que podían darme lecciones—, a última hora de la tarde fui corriendo a *L'Unità* a entregar mi artículo.

El hombre con el que había hablado era de mediana edad, bajito, gordo, con ojillos vivaces permanentemente encendidos por una ironía benévola. Me hizo sentar en una silla desvencijada y leyó el artículo con atención. Al final dejó las hojas sobre el escritorio y dijo:

—¿Y estas son sesenta líneas? A mí me parecen ciento cincuenta.

Noté que me sonrojaba.

—Las he contado varias veces, son sesenta —murmuré.

—Sí, pero manuscritas y con una letra que no se lee ni con lupa. Aunque la nota es realmente buena, compañera. Agénciate una máquina de escribir y recorta lo que puedas.

—¿Ahora?

—¿Cuándo si no? Para una vez que tengo algo que si lo compagino se ve, ¿me quieres hacer esperar hasta las calendas griegas?

51

Qué llena de energía me sentí en aquellos días. Fuimos al cardiólogo, una lumbrera que tenía casa y consulta en la via Crispi. Para la ocasión cuidé mucho mi aspecto. El médico, pese a ser de Nápoles, estaba relacionado con el mundo de Adele y no quería hacerla quedar mal. Me cepillé el pelo, me puse un vestido que ella me había regalado, usé un perfume suave parecido al suyo, me maquillé con discreción. Quería que el doctor, si llegaba a telefonear a mi suegra o se encontraba con ella por casualidad, le hablara bien de mí. En cambio Lila se presentó tal como la veía todos los días en su casa, sin preocuparse en absoluto de su aspecto. Nos sentamos en un recibidor grande, con cuadros del siglo XIX en las paredes: una dama en un sillón con una sirvienta negra en el fondo, el retrato de una anciana señora y una escena de caza grande y luminosa. Había otras dos personas esperando, un hombre y una mujer, los dos mayores, los dos con el aspecto pulcro y elegante de la gente acomodada. Esperamos en silencio. Lila, que por el camino ya me había elogiado mucho por mi aspecto, hizo un solo comentario en voz baja: Pareces salida de uno de estos cuadros, tú eres la dama y yo la criada.

Esperamos unos minutos. Una enfermera nos llamó, y sin motivos aparentes nos hizo pasar antes que los pacientes que esperaban. Solo entonces Lila se puso nerviosa, quiso que estuviera presente, juró que sola no entraría nunca y terminó empujándome para que entrara primero como si fuera yo quien debía pasar la revisión. El médico era un hombre huesudo de unos sesenta años, de abundante cabello cano. Me recibió con amabilidad, lo sabía todo de mí, charló durante diez minutos como si Lila no estuviese presente. Dijo que su hijo también se había graduado en la Escuela Normal, pero seis años antes que yo. Subrayó que su hermano era escritor y tenía cierta popularidad, pero solo en Nápoles. Elogió mucho a los Airota, conocía bien a un primo de Adele que era un físico famoso.

—¿Cuándo será la boda? —me preguntó.

—El diecisiete de mayo.

—¿El diecisiete? Trae mala suerte. Por favor, cambie de fecha.

—Ya no es posible.

Lila estuvo callada todo el rato. No prestó ninguna atención al médico, percibí su curiosidad, parecía asombrada por cada gesto, por cada palabra mía. Cuando el médico se concentró al fin en ella y le hizo muchísimas preguntas, ella contestó de mala gana, en dialecto o con un italiano penoso que reproducía fórmulas dialectales. Tuve que intervenir a menudo para recordarle los síntomas que me había referido o para dar importancia a aquellos a los que ella restaba importancia. Al final, con expresión ceñuda se sometió a una revisión minuciosa y a pruebas exhaustivas, como si el cardiólogo y yo le estuviéramos haciendo un agravio. Contemplé su cuerpo delgado en una combinación de color celeste pálido, demasiado grande para ella, muy ajada. A su cuello largo parecía costarle trabajo sostener la cabeza, la piel tirante sobre los huesos como papel de seda a punto de rasgarse. Noté que el pulgar de su mano izquierda hacía de vez en cuando un movimiento involuntario. Pasó más de media hora antes de que el doctor le pidiese que se vistiera. Ella se vistió vigilándolo de reojo, entonces comprobé que estaba asustada. El cardiólogo fue al escritorio, se sentó y finalmente anunció que estaba todo en orden, no había encontrado ningún soplo. Señora, le dijo, tiene usted un corazón perfecto. Pero el efecto de ese dictamen en Lila fue, en apariencia, inconsistente, no se mostró contenta, al contrario, pareció contrariada. Fui yo la que se sintió aliviada como si aquel corazón fuera mío, y fui yo quien dio señales de preocupación cuando el médico, dirigiéndose otra vez a mí y no a Lila, como si su falta de reacción lo hubiese ofendido, añadió ceñudo que, no obstante, en relación con el estado general de mi amiga había que tomar medidas urgentes. El problema, dijo, no es la tos, la señora está resfriada, tuvo un poco de gripe, le recetaré un jarabe. Según él, el problema era el agotamiento debido a un grave deterioro orgánico, Lila debía cuidarse más, comer con regularidad, someterse a un tratamiento reconstituyente, concederse por lo menos ocho horas de sueño. Gran parte de los síntomas de su amiga, me dijo, desaparecerán cuando haya recuperado fuerzas. De todos modos, concluyó, le aconsejo que la vea un neurólogo.

Aquella última palabra sacudió a Lila. Arrugó la frente, se inclinó hacia delante, habló en italiano.

—¿Me está diciendo que estoy enferma de los nervios?

El médico la miró sorprendido, como si por arte de magia la paciente a la que acababa de explorar hubiese sido sustituida por otra persona.

—Al contrario, le aconsejo que se someta a una revisión, nada más.

—¿He hecho o dicho algo indebido?

—No, no se preocupe, la revisión no tiene otra finalidad que obtener un cuadro claro de su situación.

—Una pariente mía —dijo Lila—, prima de mi madre, era infeliz, fue infeliz toda su vida. En verano, cuando yo era pequeña, la oía por la ventana abierta, gritaba, reía. O bien cuando la veía por la calle, hacía cosas un poco raras. Cosas de la infelicidad, pero aun así nunca fue a un neurólogo, al contrario, no fue nunca a ningún médico.

—Pues no le hubiera venido mal una visita.

—Las enfermedades nerviosas son cosa de señoras.

—¿La prima de su madre no es una señora?

—No.

—¿Y usted?

—Yo todavía menos.

—¿Se siente feliz?

—Estoy estupendamente.

El médico se dirigió otra vez a mí, malcarado:

—Reposo absoluto. Oblíguele a hacer este tratamiento, bien hecho. Si tiene ocasión de llevarla unos días al campo, tanto mejor.

Lila se echó a reír, volvió al dialecto:

—La última vez que fui a ver a un médico me mandó que fuera a la playa y tuve un montón de problemas.

El cardiólogo fingió no haberla oído, me sonrió para conseguir de mí una sonrisa cómplice, me indicó el nombre de un neurólogo amigo suyo, al que telefoneó en persona para que nos atendiera lo antes posible. No fue fácil arrastrar a Lila a la nueva consulta médica. Dijo que no tenía tiempo que perder, que ya se había aburrido de sobra con el cardiólogo, que debía ocuparse de Gennaro y, sobre todo, que no tenía dinero que tirar y tampoco quería que lo tirara yo. Le aseguré que la visita era gratis, y al final accedió de mala gana.

El neurólogo era un hombrecito vivaz, completamente calvo, con consulta en un viejo edificio de la via Toledo, y en cuya sala de espera muy ordenada exhibía únicamente libros de filosofía. Le gustaba tanto oírse hablar que me pareció que prestaba más atención al hilo de su discurso que a la paciente. La examinaba y se dirigía a mí, le hacía preguntas y me proponía una profunda reflexión suya sin tener en cuenta las respuestas que ella le daba. De todas maneras concluyó distraído que los nervios de Lila estaban en orden como su músculo cardíaco. Pero —añadió siempre dirigiéndose a mí— mi colega tiene razón, mi querida licenciada Greco, el organismo está debilitado, en consecuencia, tanto el alma iracunda como la concupiscente aprovechan para imponerse a la racional, devolvamos el bienestar al cuerpo y devolveremos la salud a la mente. A continuación llenó una receta con signos indescifrables, al tiempo que recitaba en voz alta los nombres de los medicamentos y las dosis. Después pasó a los consejos. Para relajarse, le aconsejó largos paseos, pero evitando la playa, mejor, dijo, el bosque de Capodimonte o del parque dei Camaldoli. Le aconsejó que leyera mucho, pero durante el día, jamás por la noche. Le aconsejó que tuviera las manos ocupadas, pese a que le habría bastado con echar una mirada atenta a las de Lila para comprender que ella las tenía demasiado ocupadas. Cuando se puso a insistir sobre los beneficios neurológicos de las labores de ganchillo, Lila se agitó en la silla, no esperó a que el médico terminara de hablar, y al hilo de sus pensamientos secretos, le preguntó:

—Aprovechando que estamos aquí, ¿me podría dar esas píldoras para no tener hijos?

El médico frunció el ceño, creo que yo también. Me pareció una petición fuera de lugar.

—¿Usted está casada?

—Lo estuve, ya no lo estoy.

—¿En qué sentido ya no lo está?

—Me separé.

—Sigue estando casada.

—Vaya.

—¿Tiene hijos?

—Uno.

—Uno solo es poco.

—A mí me basta.

—En su estado, un embarazo la ayudaría, no hay mejor medicina para una mujer.

—Conozco mujeres destrozadas por los embarazos. Mejor las píldoras.

—Para su problema debe consultar con un ginecólogo.

—¿Usted solo entiende de nervios, no conoce esas píldoras?

El médico se molestó. Charló un rato más y luego, cuando ya estábamos en la puerta, me dio la dirección y el teléfono de una doctora que trabajaba en un laboratorio de análisis de Ponte di Tappia. Póngase en contacto con ella, como si la petición del anticonceptivo la hubiese hecho yo, y se despidió de nosotras. A la salida, la secretaria pretendió que pagáramos. Comprendí que el neurólogo era ajeno a la cadena de favores que había puesto en marcha Adele. Pagué.

Cuando estuvimos en la calle, Lila casi gritó, enfadada: No tomaré ni uno solo de los medicamentos que me ha dado ese imbécil, total, la cabeza se me va lo mismo, ya lo sé. Contesté: No estoy de acuerdo, pero haz lo que quieras. Entonces ella se quedó confusa, murmuró: No la tengo tomada contigo, sino con los médicos, y paseamos en dirección de Ponte di Tappia, pero sin confesárnoslo, como si camináramos sin rumbo fijo, para estirar las piernas. A ratos callaba, a ratos imitaba con irritación los tonos y las charlas del neurólogo. Me pareció que esas antipatías suyas eran síntoma de una recuperación de la vitalidad.

—¿Te va un poco mejor con Enzo? —le pregunté.

—Siempre igual.

—Entonces ¿para qué quieres las píldoras?

—¿Tú las conoces?

—Sí.

—¿Y las tomas?

—No, pero las tomaré en cuanto me case.

—¿No quieres hijos?

—Sí, pero antes quiero escribir otro libro.

—¿Tu marido sabe que no quieres tenerlos enseguida?

—Se lo diré.

—¿Vamos a ver a esa mujer y le pedimos que nos dé píldoras para las dos?

—Lila, no son caramelos que puedes tomar sin ton ni son. Si no haces nada con Enzo, déjalo estar.

Ella me miró amusgando los ojos, en cuyo interior apenas se veían las pupilas.

—Ahora no hago nada, pero más adelante quién sabe.

—¿En serio?

—¿Según tú no debería?

—Eres muy dueña.

En Ponte di Tappia buscamos una cabina y telefoneamos a la doctora; dijo estar dispuesta a vernos enseguida. De camino al laboratorio me mostré cada vez más contenta de su acercamiento a Enzo, y ella pareció animada por mi aprobación. Fuimos otra vez las muchachitas de otros tiempos, no hicimos más que decirnos: Habla tú con ella que eres más cara dura; no, tú que vas vestida como una señora, yo no tengo prisa; yo tampoco; entonces para qué vamos.

La doctora nos esperaba en el portón, con su bata blanca. Era una mujer sociable, de voz chillona. Nos invitó al bar y nos trató como si fuéramos amigas desde hacía tiempo. Subrayó en varias ocasiones que no era ginecóloga, pero se mostró tan pródiga en explicaciones y consejos que, mientras yo me mantuve distante, aburriéndome un poco, Lila hizo preguntas cada vez más explícitas, planteó objeciones, nuevas preguntas y observaciones irónicas. Simpatizaron mucho. Al final, junto con un montón de recomendaciones, recibimos una receta cada una. La doctora se negó a ser recompensada porque, dijo, era una misión que se había propuesto junto con otros amigos. Al despedirse —quería regresar al trabajo— en lugar de estrecharnos la mano nos abrazó. Ya en la calle, Lila dijo seria: Al fin una persona respetable. Ahora estaba alegre, hacía tiempo que no la veía así.

52

A pesar del apoyo entusiasta del redactor, *L'Unità* tardaba en publicar mi artículo. Estaba nerviosa, temía que no saliera más. Pero justo al día siguiente de la visita al neurólogo, por la mañana bien temprano fui al quiosco, hojeé el periódico pasando a toda prisa de página en página y por fin lo encontré. Esperaba que lo publicaran recortado entre bagatelas locales, pero no, ahí estaba, en las páginas nacionales, entero, con mi firma; verla impresa me traspasó como una aguja larga. Pietro me telefoneó contento, también Adele se mostró entusiasmada, dijo que a su marido le había gustado mucho el artículo, incluso a Mariarosa. Lo sorprendente fue que me telefonearon para felicitarme el director de mi editorial, dos personalidades conocidísimas que colaboraban desde hacía años con la editorial, y Franco, Franco Mari, que le había pedido mi número a Mariarosa, me habló con respeto, dijo que se alegraba por mí, que había ofrecido un ejemplo de investigación en toda regla sobre la condición obrera, que esperaba que nos viéramos pronto para poder reflexionar juntos. Así las cosas, esperé que por algún canal imprevisto me llegara también la aprobación de Nino. Fue inútil, me quedé mortificada. Tampoco dio señales de vida Pasquale aunque, no obstante, desde hacía tiempo había dejado de leer el diario del partido por rechazo político. De todas maneras me consoló el redactor de *L'Unità*, que me buscó para contarme cuánto había gustado la nota en la redacción, y con su habitual actitud burlona me invitó a que me comprara una máquina de escribir y siguiera produciendo cosas buenas.

Sin embargo, debo decir que la llamada telefónica que más me descolocó fue la de Bruno Soccavo. Me hizo llamar por su secretaria, luego se puso él. Habló con un tono melancólico, como si el artículo —que en principio no citó nunca— lo hubiera golpeado con tanta dureza que le hubiese arrebatado todo espíritu vital. Dijo que en los días pasados en Ischia, durante nuestros agradables paseos por la playa, me había amado como nunca había amado después. Me declaró toda su admiración por el rumbo que desde jovencita había conseguido imprimirle a mi vida. Juró que su padre le había entregado una empresa en serias dificultades, plagada de feas costumbres, y él no era más que el heredero involuntario de una situación que él mismo consideraba deplorable. Afirmó que mi artículo —por fin lo citó— había sido esclarecedor y que quería corregir lo antes posible muchos defectos heredados del pasado. Lamentó los malentendidos con Lila y me anunció que el departamento de administración estaba arreglándolo todo con mi abogado. Concluyó con cautela: Tú conoces a los Solara, en este trance difícil me están ayudando a darle una nueva cara a la fábrica Soccavo. Y añadió: Michele te envía muchos recuerdos. Le mandé saludos, tomé nota de sus buenos propósitos y colgué. Telefoneé enseguida al abogado amigo de Mariarosa para comentarle la llamada. Él me confirmó que el tema del dinero se había resuelto y días más tarde fui a verlo al bufete para el que trabajaba. Tenía apenas unos años más que yo, era simpático, salvo por los labios finos y desagradables, vestía con mucho esmero. Quiso llevarme a un bar a tomar un café. Estaba lleno de admiración por Guido Airota, se acordaba bien de Pietro. Me entregó el dinero que la fábrica Soccavo había pagado a Lila, me rogó que tuviera cuidado no fuera a ser que me robaran. Describió el caos de estudiantes, sindicalistas y policías que había encontrado en la verja, dijo que también se había presentado en la fábrica el inspector de trabajo. Sin embargo no me pareció satisfecho.

—¿Conoces a los Solara? —me preguntó ya en la puerta, cuando estábamos a punto de despedirnos.

—Es gente del barrio en el que me crié.

—¿Sabes que ellos están detrás de la fábrica Soccavo?

—Sí.

—¿Y no estás preocupada?

—No entiendo.

—Quiero decir, el hecho de que los conozcas desde siempre y que hayas estudiado fuera de Nápoles, quizá no te permita ver con claridad la situación.

—La veo con mucha claridad.

—En los últimos años los Solara se han extendido, en esta ciudad son gente de peso.

—¿Y?

Apretó los labios, me tendió la mano.

—Nada, hemos conseguido el dinero, todo está en orden. Saludos a Mariarosa y Pietro. ¿Para cuándo la boda? ¿Te gusta Florencia?

53

Le entregué el dinero a Lila, que lo contó con satisfacción dos veces, nada menos, y quiso devolverme enseguida la cantidad que le había prestado. Poco después llegó Enzo, acababa de entrevistarse con el experto en ordenadores. Se lo veía contento, naturalmente dentro de los límites de esa impasibilidad suya que, tal vez incluso contra su propio deseo, reprimía emociones y palabras. Lila y yo nos las vimos negras para arrancarle la información, pero al final obtuvimos un panorama bastante claro. El experto había sido muy amable. Al principio le confirmó que el curso por correspondencia de Zurich era dinero tirado, pero después se había dado cuenta de que Enzo valía, pese a la inutilidad del curso. Le comentó que IBM estaba a punto de producir en Italia, en su establecimiento de Vimercate, un ordenador modernísimo, y que la filial de Nápoles necesitaba con urgencia perforadores verificadores, operadores, programadores analistas. Le aseguró que le avisaría en cuanto la empresa comenzara los cursos de formación. Había tomado nota de todos sus datos.

—¿Te ha parecido serio? —preguntó Lila.

Para atestiguar la seriedad de su interlocutor, se refirió a mí y dijo:

—Lo sabía todo del novio de Lenuccia.

—¿Qué dijo?

—Me dijo que es el hijo de una persona importante.

Lila puso cara de disgusto. Sabía, obviamente, que la cita se había conseguido a través de Pietro y que el apellido Airota había influido en el buen éxito de aquella reunión, pero me pareció contrariada por el hecho de que Enzo lo reconociera. Pensé que le molestaba la idea de que él también me debiera algo, como si aquella deuda, que entre ella y yo no podía tener consecuencia alguna, ni siquiera la dependencia de la gratitud, a Enzo, en cambio, podía perjudicarlo. Me apresuré a decir que el prestigio de mi suegro tenía poca importancia, que el experto en ordenadores me había dejado bien claro que lo ayudaría únicamente si valía. Lila reaccionó con un gesto de aprobación un tanto excesivo.

—Vale muchísimo —subrayó.

—En mi vida he visto un ordenador —dijo Enzo.

—¿Y qué? Ese tipo se habrá dado cuenta igual de que sabes manejarte.

Él lo pensó y le contestó a Lila con una admiración que por un momento me dio envidia:

—Se quedó impresionado con los ejercicios que me hiciste hacer.

—¿Sí?

—Sí. Sobre todo el esquema de cosas como planchar, como clavar un clavo.

A partir de ese momento bromearon entre ellos recurriendo a unas fórmulas que no comprendía y me dejaban de lado. Y de repente los vi como una pareja enamorada, muy feliz, con un secreto propio tan secreto que incluso ellos mismos desconocían. Volví a ver el patio de cuando éramos niñas. Volví a ver a Lila y a Enzo mientras rivalizaban por obtener la mejor nota en aritmética ante los ojos del director y la Oliviero. Volví a verlos mientras él, que nunca lloraba, se desesperaba por haberla herido con una piedra. Pensé: Su manera de estar juntos proviene de lo mejor del barrio. Tal vez Lila tenga razón en querer regresar.

54

Empecé a fijarme en los carteles de «Se arrienda» pegados en los portones, que indicaban las casas en alquiler. Entretanto llegó, dirigida a mí y no a mi familia, la invitación a la boda de Gigliola Spagnuolo y Michele Solara. A las pocas horas me trajeron en mano otra invitación, se casaban Marisa Sarratore y Alfonso Carracci, y tanto la familia Solara como la familia Carracci se dirigían a mí con deferencia: Distinguida doctora Elena Greco. Casi de inmediato, las dos participaciones de boda me parecieron una buena ocasión para enterarme de si valía la pena apoyar el regreso de Lila al barrio. Planeé ir a ver a Michele, Alfonso, Gigliola, Marisa, en apariencia para felicitarlos y decirles que las bodas se celebrarían cuando yo ya no estaría en Nápoles, pero en realidad solo para averiguar si los Solara y los Carracci seguían con ganas de atormentar a Lila. Alfonso me parecía la única persona capaz de decirme de forma desapasionada hasta qué punto seguía vivo el rencor de Stefano hacia su mujer. Y con Michele —aunque lo detestaba, puede que sobre todo porque lo detestaba— planeaba hablar con calma de los problemas de salud de Lila, haciéndole entender que, aunque él se creía vete a saber qué y se mofaba de mí como si fuera la muchachita de otros tiempos, ahora ya tenía fuerza suficiente para complicarle la vida y los negocios en caso de que le diera por seguir persiguiendo a mi amiga. Metí las dos tarjetas en el bolso, no quería que mi madre las viera y se ofendiera por el relieve que se me daba a mí y no a ella y a mi padre. Me tomé un día para dedicarlo a esas visitas.

El tiempo no presagiaba nada bueno, cogí el paraguas, aunque estaba de buen humor, quería andar, reflexionar, darle una especie de saludo al barrio y a la ciudad. Llevada por mi costumbre de estudiante aplicada empecé por la visita más difícil, la de Solara. Fui al bar, pero no estaban ni él ni Gigliola y tampoco Marcello, me dijeron que quizá estaban en la nueva tienda de la avenida. Hice una escapada al ritmo de los ociosos que miran a su alrededor sin prisas. Habían borrado definitivamente el recuerdo de la gruta oscura y profunda de don Carlo, donde de pequeña iba a comprar jabón líquido y otros productos para la casa. De las ventanas del tercer piso partía un enorme cartel, dispuesto en vertical, «De Todo para Todos», que llegaba hasta la amplia entrada. La tienda estaba llena de luces encendidas aunque fuese de día, y ofrecía artículos de todo tipo, el triunfo de la abundancia. Encontré a Rino, el hermano de Lila, había engordado mucho. Me trató con frialdad, dijo que ahí dentro el patrón era él, no sabía nada de los Solara. Si buscas a Michele ve a su casa, dijo hostil, y me dio la espalda como si tuviera algo urgente que hacer.

Me puse otra vez en camino, fui al barrio nuevo, donde sabía que toda la familia Solara había adquirido años antes un piso inmenso. Me abrió Manuela, la madre, la usurera, a la que no veía desde la boda de Lila. Noté que me observaba por la mirilla. Lo hizo un buen rato, después descorrió el cerrojo y apareció en el vano de la puerta, en parte contenida por la oscuridad del apartamento, en parte erosionada por la luz que llegaba del ventanal de las escaleras. Se había consumido. La piel tirante cubría los huesos grandes, tenía una pupila muy luminosa y la otra casi apagada. En las orejas, el cuello, el vestido oscuro que le bailaba encima, destellaban oros como si se preparase para una fiesta. Me trató con amabilidad, quiso que pasara, que tomara un café. Michele no estaba, me enteré de que tenía otra casa, en Posillipo, adonde se iría a vivir definitivamente después de la boda. La estaba decorando con Gigliola.

—¿Dejarán el barrio? —pregunté.

—Por supuesto.

—¿Para ir a Posillipo?

—Seis habitaciones, Lenù, frente al mar. Yo hubiera preferido el Vomero, pero Michele quiso hacer lo que le daba la gana. Eso sí, es un apartamento bien ventilado, por la mañana hay una luz que no te la puedes ni imaginar.

Me sorprendió. Jamás hubiera pensado que los Solara se alejarían del lugar de sus trapicheos, de la guarida donde ocultaban el botín. Y hete aquí que precisamente Michele, el más despierto, el más ávido de la familia, se iba a vivir a otro lugar, más arriba, encima de Posillipo, frente al mar y el Vesubio. El delirio de grandeza de los dos hermanos había aumentado de verdad, el abogado tenía razón. Pero en un primer momento me puse contenta, me alegré de que Michele se marchara del barrio. Consideré que aquello jugaba a favor de un posible regreso de Lila.

55

Le pedí la dirección a la señora Manuela, me despedí y crucé la ciudad, primero en metro hasta Mergellina, después un trecho andando y un trecho en autobús hasta Posillipo. Estaba intrigada. Me sentía parte de un poder legítimo, universalmente admirado, aureolado de cultura de alto nivel, y quería comprobar qué aspecto estridente había asumido el poder que desde la infancia había tenido ante mis ojos, el placer vulgar del abuso, la práctica impune del crimen, las trampas sonrientes a la obediencia a las leyes, la ostentación del derroche tal como los encarnaban los hermanos Solara. Pero Michele se me escapó de nuevo. En el último piso de un edificio de reciente construcción, solo encontré a Gigliola, que me recibió con evidente admiración y con una ojeriza igualmente evidente. Noté que mientras había utilizado el teléfono de su madre a todas horas yo había sido cordial, pero desde que había hecho instalar el aparato en casa de mis padres toda la familia Spagnuolo había salido de mi vida sin que me diera cuenta. ¿Y ahora, a las doce de la mañana, sin previo aviso, en un día oscuro que amenazaba lluvia, me presentaba allí, en Posillipo, irrumpía en la casa todavía patas arriba de una futura esposa? Sentí vergüenza, me mostré artificialmente alegre para que me perdonara. Durante un rato Gigliola exhibió su enfado, tal vez incluso su alarma, después se impuso la jactancia. Deseó que la envidiara, quiso sentir de forma tangible que yo la consideraba la más afortunada de todas nosotras. Por ello, vigilando mis reacciones, disfrutando de mi entusiasmo, me enseñó una habitación tras otra, los muebles carísimos, las lámparas suntuosas, dos cuartos de baño grandes, el calentador de agua enorme, el frigorífico, la lavadora, nada menos que tres teléfonos, por desgracia todavía no funcionaban, el televisor de no sé cuántas pulgadas y, por último, la terraza, que no era una terraza sino un jardín colgante repleto de flores que, por culpa del mal día, no se podían apreciar en todo su colorido.

—Mira, ¿alguna vez habías visto el mar así? ¿Y Nápoles? ¿Y el Vesubio? ¿Y el cielo? ¿Alguna vez habías visto en el barrio todo este cielo?

Nunca. El mar era de plomo y el golfo lo ceñía como el borde de un crisol. La masa densa y enmarañada de nubes negrísimas rodaba hacia nosotras. Pero en el fondo, entre el mar y las nubes, se veía un claro alargado que chocaba contra la sombra violeta del Vesubio, una herida por la que chorreaba un blanco de plomo cegador. Nos quedamos un buen rato mirando, los vestidos ceñidos al cuerpo por el viento. Estaba como hipnotizada por la belleza de Nápoles, nunca la había visto así, ni siquiera años antes desde la terraza de la Galiani. La destrucción de la ciudad ofrecía a cambio de un alto precio puntos de vista en cemento asomados a un paisaje extraordinario. Michele había adquirido uno memorable.

—¿No te gusta?

—Maravilloso.

—No hay comparación con la casa de Lina en el barrio, ¿no?

—No, no hay comparación.

—He dicho Lina, pero ahora allí vive Ada.

—Sí.

—Esto de aquí es mucho más señorial.

—Sí.

—Pero has puesto mala cara.

—No, me alegro por ti.

—A cada cual, lo suyo. Tú has estudiado y escribes libros, y yo tengo esto.

—Sí.

—No estás convencida.

—Estoy convencidísima.

—En este edificio, si te fijas en las placas, solo viven ingenieros, abogados, grandes profesores. El paisaje y las comodidades se pagan. Si tu marido y tú ahorráis, yo creo que también os podréis comprar un piso como este.

—No creo.

—¿Él no quiere venir a vivir a Nápoles?

—Lo descarto.

—Nunca se sabe. Qué suerte tienes, he oído la voz de Pietro muchas veces por teléfono, lo he visto desde la ventana, se nota que es un buen muchacho. No es como Michele, hará lo que tú quieras.

Dicho lo cual me hizo entrar en la casa, quiso que comiéramos algo. Sacó jamón y provolone, cortó unas rebanadas de pan. Es todavía una leonera, se disculpó, pero cuando pases por Nápoles con tu marido, ven a visitarme, te enseñaré cómo lo he arreglado todo. Abrió los ojos enormes y brillantes, entusiasmada por el esfuerzo de que no quedaran dudas sobre su bienestar. Pero ese futuro improbable —Pietro y yo viajando a Nápoles y haciéndoles una visita a ella y a Michele— debió de resultar insidioso. Se distrajo un momento, le vinieron malos pensamientos, y cuando retomó la jactancia, había perdido fe en lo que decía, empezó a cambiar. Yo también he tenido suerte, recalcó, pero habló sin satisfacción, es más, con una especie de sarcasmo dirigido contra sí misma. Carmen, enumeró, acabó emparejándose con el del surtidor de la avenida, Pinuccia está amargada con el mamarracho de Rino, Ada es la puta de Stefano. Yo, en cambio, dichosa de mí, tengo a Michele, que es guapo, inteligente, manda a todo el mundo y por fin se decide a casarse conmigo, y ya ves adónde me ha traído, no sabes la fiesta que ha preparado, organizaremos una boda que ni el sha de Persia organizó cuando se casó con Soraya. Menos mal que lo pesqué y me lo quedé para mí de pequeña, he sido la más lista. Y continuó, pero adoptando un talante autoirónico. Cantó las alabanzas de su propia astucia, pasando poco a poco de las comodidades que había conquistado al acaparar a Solara a la soledad de su tarea de novia. A Michele, dijo, apenas se le ve el pelo, es como si me estuviera casando sola. De repente me preguntó, casi como si de veras quisiera una opinión: ¿Tú crees que existo? Mírame, en tu opinión, ¿existo? Con la palma de la mano se golpeó el pecho exuberante, pero lo hizo como para demostrarme prácticamente que la mano la traspasaba, que por culpa de Michele, su cuerpo ya no estaba. Él lo había tomado todo de ella enseguida, cuando era casi una niña. Él la había consumido, la había ajado, y ahora que ella tenía veinticinco años, él ya se había acostumbrado y ni la miraba. Se trinca a todas las que se le ponen por delante. No sabes qué asco me da cuando alguien pregunta cuántos hijos queréis y él fanfarronea, dice: Preguntadle a Gigliola, yo ya tengo hijos, pero ni idea de cuántos son. ¿Tu marido dice estas cosas? ¿Tu marido dice, con Lenuccia quiero tres hijos, con las otras no sé? Delante de todos me trata como un trapo. Y yo sé por qué. Nunca me ha querido. Se casa conmigo para tener una criada de confianza, todos los hombres se casan para eso. Y nunca deja de repetirme: Qué coño hago yo contigo, no sabes nada, no eres inteligente, no tienes buen gusto, esta casa contigo es un desperdicio, contigo todo se vuelve un asco. Se echó a llorar, dijo entre sollozos:

—Perdona, hablo así porque escribiste ese libro que me gustó y sé que conoces estos dolores.

—¿Por qué dejas que te diga esas cosas?

—Porque si no, no se casa conmigo.

—Pero después de la boda se las harás pagar.

—¿De qué forma? Le importo una mierda, si ahora no lo veo nunca, imagínate después.

—Entonces no te entiendo.

—No me entiendes porque no estás en mi lugar. ¿Tú te quedarías con un tipo que sabes bien que está enamorado de otra?

La miré perpleja.

—¿Michele tiene una amante?

—Muchísimas, es hombre, la mete y la saca donde le parece. Pero ese no es el punto.

—¿Y cuál es el punto?

—Lenù, si te lo digo, no tienes que contárselo a nadie, si no Michele me mata.

Se lo prometí, y he mantenido la promesa: lo escribo aquí, ahora, solo porque ella está muerta.

—Quiere a Lina —dijo—. Y la quiere como a mí nunca me ha querido, como nunca más volverá a querer a nadie.

—Tonterías.

—No me digas que son tonterías, Lenù, porque si no, es mejor que te vayas. Es así. Él quiere a Lina desde aquel maldito día en que ella le puso la chaira en la garganta a Marcello. No me lo estoy inventando, me lo ha dicho él.

Y me contó unas cosas que me turbaron profundamente. Me contó que no hacía mucho, en esa misma casa, una noche Michele se había emborrachado y le había dicho con cuántas mujeres había estado, el número exacto: Ciento veintidós, gratis y pagando. Tú estás en esa lista, aclaró, y seguramente no formas parte de las que más me hicieron gozar, al contrario. ¿Sabes por qué? Porque eres imbécil y hasta para follar bien hace falta un poco de inteligencia. Por ejemplo, no sabes hacer una mamada, eres una negada, y es inútil explicártelo, no te sale, se nota demasiado que te da asco. Y siguió así durante un rato, diciendo más y más barbaridades, con él la vulgaridad era la norma. Después quiso explicarle bien claro cómo estaban las cosas: se casaba con ella por el respeto que le tenía a su padre, consumado pastelero al que tenía cariño; se casaba porque había que tener esposa y también hijos y también una casa de representación; pero no quería que hubiese equívocos: ella para él no era nada, no la había puesto en un altar, no era la que él más quería, de modo que ni se le ocurriera atreverse a tocarle los cojones creyéndose con algún derecho. Feas palabras. En un momento dado, hasta Michele debió de darse cuenta, y le entró una especie de melancolía. Murmuró que para él las mujeres eran juguetes con unos cuantos agujeros para jugar con ellos. Todas. Todas menos una. Lina era la única mujer del mundo a la que amaba —amaba, sí, como en las películas— y respetaba. Me dijo, sollozó Gigliola, que ella sí habría sabido cómo decorar esta casa. Me dijo que darle a ella dinero para que lo gastara, eso sí habría sido un placer. Me dijo que con ella a su lado habría llegado a ser alguien realmente importante en Nápoles. Me dijo: ¿Te acuerdas de lo que fue capaz de hacer con aquella foto de ella vestida de novia, te acuerdas cómo arregló la tienda? Y tú, y Pinuccia, y todas las demás, ¿qué coño sois, qué coño sabéis hacer? Eso le había dicho y algo más. Le había dicho que pensaba en Lila día y noche, pero no con las ganas normales, el deseo de ella no se parecía al que él conocía. En realidad, no la quería. Es decir, no la quería como en general quería a las mujeres, para sentirlas debajo, para darles la vuelta de un lado, del otro, abrirlas, desfondarlas, para ponerlas bajo los pies y aplastarlas. No la quería para beneficiársela y olvidarse de ella. La quería por la ternura de esa cabeza llena de ideas. La quería por su inventiva. Y la quería sin estropearla, para hacerla durar. La quería no para follársela, esa palabra aplicada a Lila le molestaba. La quería para besarla y acariciarla. La quería para que lo acariciara, lo ayudara, lo guiara, le diera órdenes. La quería para ver cómo cambiaba con el paso del tiempo, cómo envejecía. La quería para reflexionar con ella y para que lo ayudara a reflexionar. ¿Lo entiendes? Habló de ella como nunca me ha hablado a mí, que nos vamos a casar. Te lo juro, es tal como te lo cuento. Murmuraba: Mi hermano Marcello y ese huevón de Stefano, y Enzo con su cara de culo, ¿qué han entendido de Lina? ¿Se han dado cuenta de lo que perdieron, de lo que pueden perder? No, no tienen inteligencia para eso. Solo yo sé qué es ella, quién es. La he reconocido. Y sufro al pensar en cómo se está desaprovechando. Desvarió así, para desahogarse. Y yo lo escuché sin decir nada, hasta que se durmió. Lo miraba y decía: Cómo es posible que Michele sea capaz de semejante sentimiento; no es él quien habla, es otro. Y odié a ese otro, pensé: Ahora lo acuchillo mientras duerme y recupero a mi Michele. Con Lila no tengo nada, no le guardo rencor. Hace años quería matarla, cuando Michele me quitó la tienda de la piazza dei Martiri y me mandó otra vez detrás del mostrador de la pastelería. Entonces me sentí una mierda. Pero ahora ya no la odio, ella no tiene nada que ver. Siempre quiso mantenerse al margen. No es imbécil como yo que me caso con él, nunca se lo quedará. Es más, como Michele arramblará con todo lo que encuentre a su paso pero con ella no podrá, desde hace un tiempo le tengo cariño: Por lo menos hay una que lo hará sudar sangre.

Me quedé escuchándola, a intervalos traté de restarle importancia para consolarla. Le dije: Si se casa contigo significa que, diga lo que diga, te aprecia, no desesperes. Gigliola meneó enérgicamente la cabeza, se secó las mejillas con los dedos. Tú no lo conoces, dijo, nadie lo conoce como yo.

—¿Te parece que puede perder la cabeza y hacerle daño a Lina? —pregunté.

Soltó una especie de exclamación, entre la carcajada y el grito.

—¿Él? ¿A Lina? ¿No has visto cómo se ha comportado en todos estos años? Él puede hacerme daño a mí, a ti, a quien sea, incluso a su padre, a su madre, a su hermano. Puede hacerle daño a todas las personas a las que Lina aprecia, a su hijo, a Enzo. Y puede hacerlo sin ningún escrúpulo, en frío. Pero a ella, a ella personalmente, nunca le hará nada.

56

Decidí completar mi ronda de exploración. Fui andando hasta Mergellina y llegué a la piazza dei Martiri justo cuando el cielo negro estaba tan bajo que parecía apoyarse sobre los edificios. Me apresuré a entrar en la elegante zapatería Solara convencida de que el temporal estallaría de un momento a otro. Encontré a Alfonso todavía más guapo de lo que recordaba, ojos grandes de largas pestañas, labios bien perfilados, el cuerpo esbelto y fuerte a la vez, su italiano se había vuelto un tanto artificial por el estudio del latín y el griego. Se mostró sinceramente feliz de verme. El pasar juntos los arduos años del bachillerato elemental y superior había creado entre ambos una relación afectuosa que, aunque llevábamos tiempo sin vernos, se reanudó enseguida. Empezamos a bromear. Hablamos a calzón quitado, atropelladamente, de nuestro pasado escolar, de los profesores, del libro que había publicado, de su boda, de la mía. Fui yo, naturalmente, quien sacó a colación a Lila, y él se mostró confuso, no quería hablar mal de ella, pero tampoco de su hermano, ni siquiera de Ada.

—Era previsible que acabara así —se limitó a decir.

—¿Por qué?

—¿Te acuerdas cuando te decía que Lina me daba miedo?

—Sí.

—No era miedo, lo comprendí mucho más tarde.

—¿Y qué era?

—Extrañamiento y apoyo, un efecto de distancia y cercanía a la vez.

—¿Y eso?

—Es difícil de explicar. Tú y yo nos hicimos amigos enseguida, a ti te quiero. Con ella eso siempre me pareció imposible. Tenía un no sé qué de tremendo que hacía que me dieran ganas de ponerme de rodillas y confesarle mis pensamientos más íntimos.

—Hermoso, una experiencia casi religiosa —ironicé.

Él se quedó serio.

—No, solo es reconocer una subordinación. Fue hermoso cuando me ayudó a estudiar, eso sí. Leía el manual, entendía enseguida, me resumía todo de forma sencilla. Entonces hubo y todavía hoy hay momentos en que pienso: Si hubiese nacido mujer, me habría gustado ser como ella. En realidad, dentro de la familia Carracci éramos dos cuerpos extraños, ni ella ni yo podíamos durar. Por eso a mí sus culpas nunca me han importado para nada, yo siempre me sentí de su parte.

—¿Stefano sigue cabreado con ella?

—No lo sé. Si la odia, está metido en demasiados líos para darse cuenta. En este momento, Lina es el último de sus problemas.

La afirmación me pareció sincera y, sobre todo, fundada, dejé a un lado el tema de Lila. Volví a preguntarle por Marisa, por la familia Sarratore y, al final, por Nino. Fue vago al hablar de todos, en especial, de Nino, al que nadie —por deseo de Donato, me dijo— se había atrevido a invitar al insoportable banquete de boda que se le venía encima.

—¿No estás contento de casarte? —aventuré.

Miró a través del escaparate: relampagueaba, tronaba, pero todavía no llovía.

—Estaba bien como estaba —dijo.

—¿Y Marisa?

—Ella no, no estaba bien.

—¿Querías que fuera novia toda la vida?

—No lo sé.

—O sea que al final le darás el gusto.

—Recurrió a Michele.

Lo miré confusa.

—¿En qué sentido?

Se rió, una risita nerviosa.

—Fue a verlo, lo puso en mi contra.

Estaba sentada en un puf, él estaba de pie, a contraluz. Tenía la figura tensa y compacta de los toreros en las películas sobre corridas.

—No lo entiendo. ¿Te casas con Marisa porque ella le pidió a Solara que te dijera que debías hacerlo?

—Yo me caso con Marisa para no darle un disgusto a Michele. Fue él quien me puso en la tienda, confió en mi capacidad, le tengo cariño.

—Estás loco.

—Lo dices porque tienes una idea equivocada de Michele, no sabéis cómo es. —Contrajo la cara, trató en vano de contener las lágrimas. Añadió—: Marisa está embarazada.

—Ah.

De manera que ese era el verdadero motivo. Muy avergonzada, le cogí una mano, traté de calmarlo. Se tranquilizó con mucho esfuerzo.

—La vida es algo muy feo, Lenù —me dijo.

—No es verdad. Marisa será una buena esposa y una madre estupenda.

—Marisa me la trae floja.

—Ahora no exageres.

Me clavó los ojos, noté que me examinaba como para comprender algo de mí que lo dejaba pasmado.

—¿A ti tampoco te ha dicho nada Lina? —preguntó.

—¿Qué me tenía que decir?

Meneó la cabeza, repentinamente divertido.

—¿Ves cómo tengo razón? Es una persona fuera de lo común. Una vez le confié un secreto. Estaba asustado y necesitaba contarle a alguien el motivo de mi miedo. Se lo dije a ella y ella me escuchó con atención, hasta tal punto que me calmé. Para mí fue importante hablar con ella, me parecía que no escuchaba con los oídos sino con un órgano que solo ella tenía y que hacía que las palabras fueran aceptables. Al final no le pedí, como se suele hacer: Jura, por favor, que no me traicionarás. Pero ahora está claro que si no te lo ha contado a ti, no se lo ha contado a nadie, ni siquiera para desquitarse, ni siquiera en la época más dura para ella, en la de los odios y las palizas de mi hermano.

No lo interrumpí. Solo sentí que estaba disgustada porque le había confiado a saber qué a Lila y no a mí, que también era amiga suya de toda la vida. Él debió de notarlo y decidió poner remedio.

—Lenù, soy maricón —me susurró al oído, abrazándome con fuerza—, las mujeres no me gustan.

Cuando estaba a punto de marcharme, murmuró incómodo: Estaba seguro de que ya te habías dado cuenta. Aquello aumentó mi disgusto, en realidad, jamás se me había pasado por la cabeza.

57

Así pasó aquel largo día, oscuro pero sin lluvia. Y comenzó entonces a invertirse una tendencia que transformó rápidamente una fase en apariencia de crecimiento de la relación entre Lila y yo en deseo de cortar por lo sano y volver a ocuparme de mi vida. O tal vez había comenzado antes, con detalles minúsculos que, aunque me irritaban, apenas notaba, y en cambio ahora empezaban a sumarse. La serie de visitas había sido útil, sin embargo, regresé a casa insatisfecha. ¿Qué amistad era la mía con Lila, si ella me había ocultado durante años lo de Alfonso, con el que sabía que tenía una relación importante? ¿Acaso era posible que no se hubiese dado cuenta de la dependencia absoluta que tenía Michele de ella, o acaso por motivos suyos había decidido ocultármela?

Pasé el resto del día sumida en un caos de lugares, tiempos, personas distintas: la trastornada señora Manuela, el vacuo de Rino, Gigliola en la primaria, Gigliola en el bachillerato elemental, Gigliola seducida por la belleza poderosa de los jóvenes Solara, Gigliola deslumbrada por el Fiat 1100, y Michele que atraía a las mujeres como Nino, pero a diferencia de él era capaz de una pasión absoluta, y Lila, Lila que había sabido suscitar esa pasión, un impulso que no solo se nutría de un afán de mandar, de bravuconadas de arrabal, de venganza, de bajas pasiones, como ella solía decir, sino que era una forma obsesiva de valorización de la mujer, no devoción, no subordinación, más bien un amor masculino de lo más refinado, un sentimiento complicado que, con determinación, en cierto modo con ferocidad, sabía hacer que una mujer fuese la elegida entre todas las mujeres. Compartí los sentimientos de Gigliola, comprendí su humillación.

Por la noche vi a Lila y a Enzo. No dije nada de la exploración que había hecho por el bien de ella y también para proteger al hombre con el que vivía. Aproveché un momento en que Lila estaba en la cocina para darle de comer al niño, y le dije a Enzo que ella tenía intención de regresar al barrio. Decidí no ocultarle mi opinión. Dije que no me parecía buena idea, pero que creía que había que apoyar todo aquello que pudiese ayudarla a estabilizarse —estaba sana, solo necesitaba recuperar el equilibrio—, o que ella juzgaba de ayuda. Tanto más cuanto que había pasado el tiempo y que, por lo que yo sabía, en el barrio no estarían peor que en San Giovanni a Teduccio. Enzo se encogió de hombros.

—No tengo nada en contra. Me levantaré más temprano por la mañana, volveré un poco más tarde por la noche.

—He visto que se alquila la vieja casa de don Carlo. Los hijos se fueron a Caserta y ahora la viuda quiere reunirse con ellos.

—¿Cuánto pide de alquiler?

Se lo dije: en el barrio los alquileres estaban más baratos que en San Giovanni a Teduccio.

—De acuerdo —accedió Enzo.

—De todos modos ya sabes que tendréis problemas.

—Aquí también los tenemos.

—Las molestias se multiplicarán, y también las peticiones.

—Ya se verá.

—¿Estarás a su lado?

—Mientras ella quiera, sí.

Nos reunimos con Lila en la cocina, le hablamos de la casa de don Carlo. Ella acababa de pelearse con Gennaro. Ahora que el niño pasaba más tiempo con su madre y menos con la vecina estaba desorientado, tenía menos libertad, se veía obligado a perder una serie de costumbres y se rebelaba, con cinco años pretendía que le dieran de comer. Lila se había puesto a gritar, él había estrellado el plato contra el suelo rompiéndolo en mil pedazos. Cuando entramos en la cocina, Lila acababa de darle una bofetada.

—¿Has sido tú quien le ha dado de comer haciendo el avioncito con la cuchara? —me preguntó agresiva.

—Solo una vez.

—No lo hagas.

—No ocurrirá más —dije.

—Sí, nunca más, porque después tú te vas a hacer de escritora y yo tengo que malgastar así mi tiempo.

Poco a poco se tranquilizó, limpié el suelo. Enzo le dijo que a él ya le iba bien buscar casa en el barrio; conteniendo el resentimiento, yo le hablé del apartamento de don Carlo. Nos escuchó sin ganas mientras consolaba al niño, luego reaccionó como si Enzo hubiese sido el que quería mudarse, como si yo fuera la que la empujaba a tomar aquella decisión. Nos dijo: De acuerdo, hago lo que vosotros me digáis.

Al día siguiente fuimos todos a ver la casa. Estaba en pésimas condiciones, pero Lila se entusiasmó: le gustaba que estuviera en las lindes del barrio, casi tocando el túnel, y que desde las ventanas se viera el surtidor de gasolina del novio de Carmen. Enzo observó que por la noche les molestaría el tráfico de camiones que pasaban por la avenida y los trenes en el patio de maniobras. Pero como a ella le parecieron bonitos también los ruidos que habían acompañado nuestra infancia, acordaron con la viuda un precio adecuado. A partir de ese momento, por las noches, en lugar de regresar a San Giovanni a Teduccio, Enzo iba al barrio a ocuparse de una serie de trabajos que debían transformar el apartamento en una vivienda digna.

Mayo ya estaba a la vuelta de la esquina, la fecha de mi boda se acercaba, iba a Florencia y volvía. Pero Lila, como si no tuviera en absoluto en cuenta esa fecha, me comprometía en gastos para terminar de arreglar definitivamente la casa. Compramos una cama de matrimonio, un catre para Gennaro, fuimos juntas a echar la solicitud para la instalación del teléfono. La gente nos observaba por la calle, algunos me saludaban solo a mí, algunos a las dos, otros hacían como que no nos habían visto. En cualquier caso, Lila parecía sentirse cómoda. Una vez nos cruzamos con Ada, estaba sola, hizo gestos amables, pasó de largo como si llevara prisa. Otra vez nos encontramos con Maria, la madre de Stefano, Lila y yo la saludamos, ella nos volvió la cara. Una vez Stefano en persona pasó en coche y se paró por iniciativa propia; se bajó del automóvil, habló alegremente solo conmigo, me preguntó por mi boda, alabó Florencia, donde había estado hacía poco con Ada y la niña; le hizo una carantoña a Gennaro, saludó a Lila con una inclinación de la cabeza y se marchó. Una vez vimos a Fernando, el padre de Lila: encorvado, muy envejecido, estaba de pie, delante de la escuela primaria, y Lila se inquietó, le dijo a Gennaro que quería que conociese a su abuelo, yo traté de impedírselo, pero ella quiso ir de todos modos, y Fernando hizo como si la hija no estuviera presente, miró a su nieto unos segundos, dijo bien claro: Si ves a tu madre, dile que es una zorra, y se marchó.

Pero el encuentro más perturbador, aunque en un primer momento pareció el menos significativo, se produjo el día antes de que ella se mudara definitivamente al nuevo apartamento. Justo cuando salíamos de casa, nos encontramos con Melina, que llevaba de la mano a su nieta Maria, la hija de Stefano y Ada. Como siempre tenía ese aire distraído, pero iba bien vestida, se había oxigenado el pelo, llevaba la cara muy maquillada. Me reconoció a mí pero no a Lila, o tal vez al principio decidió hablar solo conmigo. Se dirigió a mí como si todavía fuera la novia de Antonio, su hijo; dijo que pronto regresaría de Alemania y que en sus cartas preguntaba siempre por mí. Le alabé mucho el vestido y el pelo, me pareció contenta. Pero se mostró aún más contenta cuando elogié a su nieta que, tímida, se apretaba a la falda de su abuela. Fue entonces cuando debió de sentirse en la obligación de colmar de elogios a Gennaro y dirigiéndose a Lila, preguntó: ¿Es tu hijo? Solo entonces pareció percatarse de la presencia de Lila —que hasta ese momento la había mirado fijamente sin decir palabra—, y debió de acordarse de que era la mujer a la que su hija Ada le había robado el marido. Los ojos se le hundieron en las ojeras enormes y dijo muy seria: Lina, qué fea y flaca te has puesto, con razón Stefano te dejó plantada, a los hombres les gusta que haya carne, si no, no saben de dónde agarrarse y se van. Después, con un movimiento demasiado rápido de la cabeza se dirigió a Gennaro, casi gritó señalando a la niña: ¿Sabías que esta es tu hermanita? Daos un beso, venga, ay, madre mía del alma, qué guapos sois. Gennaro besó enseguida a la niña, que se dejó besar sin protestar, y al ver las dos caras juntas, Melina exclamó: Cómo se parecen los dos a su padre, clavaditos. Tras esa confirmación, como si tuviera cosas urgentes que hacer, tiró de su nieta y se marchó sin despedirse.

Lila se había quedado muda todo el rato. Pero me di cuenta de que le ocurría algo muy violento, como aquella vez cuando de niña había visto a Melina pasar por la avenida comiendo jabón blando. En cuanto la mujer y la niña se alejaron, en un arrebato se despeinó frenéticamente con una mano, parpadeó y dijo: Me volveré como ella. Después trató de arreglarse otra vez el pelo.

—¿Has oído lo que ha dicho? —murmuró.

—No es cierto que estés flaca y fea.

—Qué coño me importa si estoy flaca y fea, te hablo del parecido.

—¿Qué parecido?

—Entre los dos niños. Melina tiene razón, los dos son idénticos a Stefano.

—Pero qué dices, la pequeña sí, pero Gennaro es distinto.

Ella se echó a reír, después de tanto tiempo recuperó la carcajada maliciosa de siempre.

—Son dos gotas de agua —remachó.

58

Tenía que irme como fuera. Ya había hecho por ella cuanto podía, ahora me arriesgaba a empantanarme yo misma en reflexiones inútiles sobre quién era el verdadero padre de Gennaro, sobre cuán lejos había llegado a ver Melina, sobre las vueltas secretas que daba la cabeza de Lila, sobre lo que sabía y no sabía o suponía y no decía, o le iba bien creer, y así sucesivamente, en una espiral que me consumía. Hablamos de aquel encuentro aprovechando que Enzo estaba trabajando. Empleé lugares comunes como: Una mujer siempre sabe quién es el padre de sus hijos. Dije: Tú siempre sentiste que ese hijo era de Nino, es más, lo quisiste precisamente por eso, ¿y ahora estás segura de que es de Stefano solo porque te lo ha dicho Melina, la loca? Pero ella reía socarrona, decía: Qué estúpida, ¿cómo no me di cuenta? Y parecía alegrarse, algo para mí incomprensible. Así que al final me callé. Si aquella nueva convicción la ayudaba a sentirse mejor, estupendo. Y si se trataba de otro síntoma de su inestabilidad, ¿qué podía yo hacer? Basta. Habían comprado mi libro en Francia, España y Alemania, lo traducirían. Había publicado otros dos artículos sobre el trabajo femenino en las fábricas de Campania y en *L'Unità* estaban contentos. En la editorial me presionaban para que escribiera otra novela. En fin, que debía dedicarme a mil cosas mías, con Lila ya me había prodigado bastante y no podía seguir perdiéndome detrás de los enredos de su vida. En Milán, animada por Adele, me compré para la boda un traje chaqueta color crema, me quedaba bien, la chaqueta era muy ajustada, la falda corta. Mientras me lo probaba pensé en Lila, en su suntuoso traje de novia, en la foto que la modista había expuesto en el escaparate del Rettifilo, y la comparación hizo que me sintiera definitivamente distinta. Su boda, la mía: mundos ya alejados. Hacía un tiempo le había comentado que no me casaría por la iglesia, que no me pondría el traje de novia tradicional, que Pietro había aceptado a duras penas que asistieran los parientes más próximos.

—¿Por qué? —me preguntó, pero sin un interés especial.

—¿Por qué qué?

—Por qué no os casáis por la iglesia.

—No somos creyentes.

—¿Y el dedo de Dios, y el Espíritu Santo? —citó, recordándome el artículo que habíamos escrito juntas cuando éramos jovencitas.

—He crecido.

—Al menos organiza una fiesta, invita a los amigos.

—A Pietro no le gusta.

—¿A mí tampoco me vas a invitar?

—¿Vendrías?

Se echó a reír meneando la cabeza.

—No.

Eso fue todo. Pero a primeros de mayo, cuando decidí cumplir con una última iniciativa antes de abandonar definitivamente la ciudad, en ese y en otros aspectos, las cosas tomaron un cariz desagradable. Decidí al fin ir a ver a la Galiani. Busqué su número, la llamé por teléfono. Le dije que estaba a punto de casarme, que me iba a vivir a Florencia, que quería pasar a saludarla. Ella, sin sorprenderse, sin alegría, pero con amabilidad, me citó a las cinco de la tarde del día siguiente. Antes de colgar, me pidió: Trae también a esa amiga tuya, Lina, si le apetece.

En ese caso Lila no se hizo rogar, dejó a Gennaro con Enzo. Me maquillé, me peiné, me vestí según el gusto que había aprendido de Adele, y ayudé a Lila a quedar al menos presentable, puesto que resultaba difícil convencerla de que se pusiera guapa. Quería llevar unos pasteles, le dije que no era necesario. Pero compré un ejemplar de mi libro, aunque daba por seguro que la Galiani lo había leído; lo hice con el único propósito de poder dedicárselo.

Llegamos puntuales, tocamos el timbre, silencio. Tocamos otra vez, nos abrió Nadia, jadeante, ligera de ropa, sin su cortesía habitual, como si hubiésemos sembrado el desorden no solo en su aspecto sino en su buena educación. Le comenté que tenía una cita con su madre. No está, dijo, pero nos hizo pasar a la sala. Desapareció.

Nos quedamos mudas, intercambiamos sonrisitas incómodas en el silencio de la casa. Pasaron tal vez cinco minutos, al fin se oyeron unos pasos en el corredor. Asomó Pasquale un poco desgreñado. Lila no mostró la menor sorpresa, yo exclamé realmente asombrada: ¿Qué haces tú aquí? Él contestó serio, sin cordialidad: Qué hacéis vosotras aquí. Aquella frase le dio la vuelta a la situación, yo le tuve que explicar a él, como si aquella fuera su casa, que tenía una cita con mi profesora.

—Ah —dijo, y le preguntó a Lila, con recochineo—: ¿Y tú ya te has recuperado?

—Bastante.

—Me alegro.

Me enfadé, respondí por ella, dije que Lila apenas empezaba a encontrarse mejor y que, de todos modos, la fábrica Soccavo había recibido una buena lección, habían ido los inspectores, la empresa había tenido que pagarle a Lila todo lo que le debía.

—¿Ah, sí? —dijo él en el momento en que reapareció Nadia, ahora arreglada como para salir—. ¿Qué te parece, Nadia? Dice la licenciada Greco que le dio una buena lección a Soccavo.

—¡Yo no! —exclamé.

—No, ella no, a Soccavo la lección se la dio el Padre Eterno.

Nadia esbozó una sonrisa, cruzó la habitación y, aunque el sofá estaba libre, con un gracioso movimiento se sentó en las rodillas de Pasquale. Me sentí incómoda.

—Yo solo traté de ayudar a Lina.

Pasquale pasó un brazo por la cintura de Nadia y se inclinó hacia mí.

—Muy bien —exclamó—. Eso quiere decir que en todas las fábricas, en todas las obras, en todos los rincones de Italia y el mundo, en cuanto el patrón monta un follón y los obreros corren peligro, llamamos a Elena Greco, ella telefonea a sus amigos, a la inspección de trabajo, a los santos del cielo y lo arregla.

Nunca me había hablado de ese modo, ni siquiera cuando era jovencita y él ya me parecía mayor, se daba aires de político experto. Me sentí ofendida, iba a contestarle, pero intervino Nadia, dejándome fuera. Se dirigió a Lila con su vocecita lenta, como si conmigo no valiera la pena hablar:

—Los inspectores de trabajo no sirven de nada, Lina. Fueron a la fábrica de Soccavo, levantaron sus actas, ¿y después? En la fábrica todo sigue como antes. Entretanto, quienes se expusieron están en un lío, quien guardó silencio recibió unas cuantas liras bajo mano, la policía cargó contra nosotros y los fascistas vinieron hasta la puerta de mi casa y le pegaron una paliza a Armando.

No terminó siquiera de hablar y Pasquale volvió a dirigirse a mí con más dureza que antes, esta vez levantando la voz:

—Explícanos qué mierda creías resolver —dijo con una pena y una desilusión sinceras—. ¿Tú sabes la situación que hay en Italia? ¿Tienes idea de qué es la lucha de clases?

—No grites, por favor —lo invitó Nadia, luego se dirigió otra vez a Lila y casi susurró—: A los compañeros no se los abandona.

—Habría salido mal de todos modos —contestó ella.

—¿Qué quieres decir?

—Ahí dentro no se gana con octavillas, ni siquiera repartiendo palos a los fascistas.

—¿Y cómo se gana?

Lila se quedó callada.

—¿Se gana movilizando a los amigos buenos de los patronos? —dijo Pasquale entre dientes mirándola—. ¿Se gana aceptando un poco de dinero y a los demás que les den?

—Basta ya, Pasquale —estallé, y sin querer también levanté la voz—: ¿A qué viene ese tono? Las cosas no ocurrieron así.

Quería explicarme, hacerlo callar, aunque notaba un vacío en la cabeza, no sabía qué argumentos emplear, y el único concepto que tenía en la punta de la lengua era pérfido y políticamente inutilizable: ¿Me tratas así porque ahora que puedes tocar con tus manos a esta señorita de buena familia, te crees quién sabe quién? Pero Lila me detuvo con un gesto de fastidio del todo inesperado que me confundió.

—Basta, Lenù, ellos tienen razón —dijo.

Me sentí fatal. ¿Que tenían razón ellos? Quería replicar, desahogarme también con ella, ¿qué había querido decir? Pero en ese momento llegó la Galiani, se oyeron sus pasos en el corredor.

59

Esperé que la profesora no me hubiese oído gritar. Y entretanto rogaba por que Nadia se levantara de un salto de las rodillas de Pasquale y corriera a sentarse en el sofá, deseaba verlos a los dos humillados por la necesidad de fingir una falta de intimidad. Noté que también Lila los miraba irónica. Pero los dos se quedaron donde estaban, es más, Nadia echó un brazo alrededor del cuello de Pasquale como si temiera caerse, al tiempo que le decía a su madre que acababa de asomar por la puerta: La próxima vez avísame cuando tengas visitas. La profesora no le contestó, se dirigió a nosotras con frialdad: Disculpadme, se me ha hecho tarde, pasemos a mi despacho. La seguimos, mientras Pasquale apartaba a Nadia murmurando con un tono que de pronto me pareció deprimido: Anda, vamos a tu cuarto.

La Galiani se adelantó por el pasillo refunfuñando irritada: Lo que realmente me molesta es la grosería. Nos hizo pasar a una habitación ventilada con un viejo escritorio, muchos libros, antiguas sillas tapizadas. Adoptó un tono amable, pero estaba claro que luchaba contra el mal humor. Dijo que se alegraba de verme y de volver a ver a Lila; sin embargo, en cada palabra que decía y en las pausas la noté más y más encolerizada, tuve ganas de marcharme lo antes posible. Me disculpé por no haber dado señales de vida, me referí de un modo un tanto angustiado al esfuerzo de los estudios, el libro, las mil cosas que me habían tenido ocupada, mi compromiso, la boda ya próxima.

—¿Te casas por la iglesia o solo por lo civil?

—Solo por lo civil.

—Bien.

Se dirigió a Lila, quería incluirla en la conversación.

—¿Usted se casó por la iglesia?

—Sí.

—¿Es creyente?

—No.

—Entonces ¿por qué se casó por la iglesia?

—Por la costumbre.

—No habría que hacer las cosas solo por la costumbre.

—La de cosas que hacemos así.

—¿Irá a la boda de Elena?

—No me ha invitado.

Me estremecí y me apresuré a aclarar:

—No es verdad.

—Es cierto —rió Lila, socarrona—, se avergüenza de mí.

El tono era irónico, pero de todos modos me sentí herida. ¿Qué le pasaba? ¿Por qué antes no me había dado la razón delante de Nadia y Pasquale, y ahora decía algo tan desagradable delante de la profesora?

—Tonterías —dije, y para calmarme, saqué mi libro del bolso, se lo tendí a la Galiani diciendo—: Quería darle esto.

Ella lo miró un instante sin verlo, abstraída en alguno de sus pensamientos, luego me dio las gracias, dijo que ya lo tenía y me lo devolvió.

—¿A qué se dedica tu marido? —me preguntó.

—Es catedrático de literatura latina en Florencia.

—¿Es mucho mayor que tú?

—Tiene veintisiete años.

—¿Tan joven y ya catedrático?

—Es bueno.

—¿Cómo se llama?

—Pietro Airota.

La Galiani me miró de hito en hito, como en la escuela cuando me tomaba la lección y le daba una respuesta que consideraba incompleta.

—¿Pariente de Guido Airota?

—Es su hijo.

Sonrió con explícita malicia.

—Buen matrimonio.

—Nos queremos.

—¿Has empezado ya a escribir otro libro?

—Eso intento.

—He visto que colaboras con *L'Unità*.

—Pocas cosas.

—Yo ya no escribo para ellos, es un periódico de burócratas.

Se dedicó otra vez a Lila, daba la impresión de que quería comunicarle su simpatía de todas las formas posibles.

—Es notable lo que hizo en la fábrica —le dijo.

Lila hizo una mueca de irritación.

—No hice nada.

—No es verdad.

La Galiani se levantó, hurgó entre los papeles del escritorio, le enseñó unas hojas como si fueran una prueba irrefutable.

—Nadia dejó este texto suyo por ahí y yo me permití leerlo. Es un trabajo valiente, nuevo, muy bien escrito. Deseaba volver a verla para poder decírselo.

En sus manos tenía las páginas de Lila de las que yo había extraído mi primer artículo para *L'Unità*.

60

Ay, sí, era hora de que me hiciera a un lado. Salí de la casa de los Galiani amargada, con la boca seca, sin haber encontrado el valor de decirle a la profesora que no tenía derecho a tratarme de ese modo. No se pronunció sobre mi libro, aunque lo tenía desde hacía tiempo y seguramente lo había leído o al menos hojeado. No me pidió que le dedicara el ejemplar que le había llevado expresamente y cuando yo, antes de marcharnos —por pura debilidad, por una necesidad mía de concluir aquella relación de un modo afectuoso—, me ofrecí de todos modos a dedicárselo, no dijo ni sí ni no, sonrió, siguió hablando con Lila. Además, no dijo nada de mis artículos, al contrario, antes los había citado únicamente para incluirlos en el juicio negativo a propósito de *L'Unità*, luego sacó las páginas de Lila y se puso a hablar con ella como si mi opinión sobre aquella materia no contara para nada, como si ya no estuviera en la habitación. Me hubiera gustado gritarle: Sí, es cierto, Lila tiene una gran inteligencia, inteligencia que siempre le reconocí, que amo, que ha influido en todo lo que he hecho; pero yo he cultivado la mía con gran esfuerzo y con éxito, me aprecian en todas partes, no soy una nulidad pretenciosa como tu hija. Pero me quedé callada, escuchando cómo hablaban de la fábrica, del trabajo y las reivindicaciones. En el rellano siguieron hablando entre ellas, hasta que la Galiani se despidió de mí distraídamente, en cambio, a Lila le dijo, tuteándola ya: Da señales de vida, y la abrazó. Me sentí humillada. Para colmo a Pasquale y a Nadia no se les volvió a ver el pelo, no tuve ocasión de rebatirles y me tragué también la rabia contra ellos: qué tenía de malo ayudar a una amiga, para hacerlo me había expuesto, cómo se habían permitido criticar mi actuación. Ahora, en las escaleras, en el vestíbulo, en la acera del corso Vittorio Emanuele, estábamos solo Lila y yo. Me sentí dispuesta a gritarle: De veras piensas que me avergüenzo de ti, cómo se te ocurre, por qué le diste la razón a esos dos, eres una ingrata, hice de todo para estar a tu lado, para serte útil, y tú me tratas así, estás realmente mal de la cabeza. En cuanto estuvimos en la calle, antes de que pudiera abrir la boca (por otra parte, ¿qué habría cambiado si lo hubiese hecho?), ella me cogió del brazo y se puso a defenderme y a despotricar contra la Galiani.

No encontré un solo resquicio para echarle en cara que hubiese tomado partido por Pasquale y Nadia y su excusa insensata de que no la quería en mi boda. Se comportó como si hubiese sido otra Lila la que decía aquellas cosas, una Lila de la que ni ella misma sabía nada y a la cual era inútil pedir explicaciones. Qué gentuza —empezó a decir y no paró hasta el metro de la piazza Amedeo—, has visto cómo te ha tratado la vieja, se ha querido vengar, no puede soportar que escribas libros y artículos, no puede soportar que estés a punto de hacer una buena boda y lo que menos puede soportar es que Nadia, educada expresamente para ser mejor que todas, Nadia que debía darle tantas satisfacciones, no haga nada bueno, se ha liado con el albañil y hace de puta delante de sus propias narices; sí, no puede soportarlo, pero tú haces mal en disgustarte, pasa de ellos, no deberías haberle dejado tu libro, no deberías haberle preguntado si quería una dedicatoria y, sobre todo, no deberías habérsela escrito, a esta gente hay que tratarla a patadas en el culo, tu defecto es que eres demasiado buena, cuando todos los que estudiaron te dicen algo, tú picas, como si solo ellos tuvieran cabeza, pero no es así, relájate, anda, cásate, haz el viaje de novios, ya te has preocupado demasiado por mí, escribe otra novela, sabes que espero de ti cosas hermosísimas, te quiero.

Derrotada, la escuché durante todo el tiempo. Con ella no había manera de tranquilizarse, tarde o temprano, todos los puntos firmes de nuestra relación resultaban ser una fórmula provisional, no tardaba en desplazársele algo dentro de la cabeza que la desequilibraba y me desequilibraba. No entendí si aquellas palabras servían, de hecho, para pedirme perdón, si hablaba en broma ocultando sentimientos que no tenía intención de confiarme o si apuntaba a un adiós definitivo. Ciertamente era falsa, y era ingrata, y yo, pese a todos mis cambios, seguía siendo inferior a ella. Sentí que nunca conseguiría librarme de aquella subordinación, y me resultó insoportable. Deseé —y no conseguí mantener a raya el deseo— que el cardiólogo se hubiese equivocado, que Armando tuviera razón, que estuviera realmente enferma y se muriera.

Desde entonces y durante años dejamos de vernos, solo nos hablábamos por teléfono. Nos convertimos la una para la otra en fragmentos de voz, sin tener jamás la comprobación de la mirada. Pero el deseo de que se muriera se mantuvo agazapado en un rincón, lo echaba y no se iba.

61

La víspera de mi marcha para Florencia no pude dormir. De todos los pensamientos dolorosos, el más persistente estaba relacionado con Pasquale. Sus críticas me quemaban. En un primer momento las había rechazado en bloque, ahora oscilaba entre la convicción de que no me las merecía y la idea de que si Lila le había dado la razón tal vez me había equivocado. Al final hice algo que no había hecho nunca: a las cuatro de la mañana me levanté de la cama y salí de mi casa sola, antes de que amaneciera. Me sentía muy desdichada, quería que me ocurriera algo feo, un acontecimiento que, al castigarme por mis actos errados y mis malos pensamientos, de rebote castigara también a Lila. Pero no me pasó nada. Caminé largo rato por las calles desiertas, mucho más seguras que cuando estaban abarrotadas. El cielo se tornó violáceo. Llegué a la playa frente al mar, hoja grisácea bajo el cielo pálido con nubes raras de bordes rosados. La mole de Castel dell'Ovo estaba nítidamente partida en dos por la luz, una silueta ocre resplandeciente por el lado del Vesubio, una mancha marrón por el lado de Mergellina y Posillipo. La calle a lo largo del espigón estaba vacía, el mar no hacía ruido pero emanaba un olor intenso. A saber qué sentimiento me habrían producido Nápoles, yo misma, si todas las mañanas me hubiese despertado en uno de esos edificios costeros y no en el barrio. ¿Qué pretendo? ¿Cambiar mi nacimiento? ¿Además de a mí misma cambiar también a los demás? ¿Repoblar esta ciudad ahora desierta con ciudadanos despojados del tormento de la miseria o la avidez, del resentimiento y las furias, capaces de disfrutar del esplendor del paisaje como las divinidades que en otros tiempos lo habitaron? ¿Complacer a mi demonio, darle una buena vida y sentirme feliz? Había usado el poder de los Airota, gente que luchaba por el socialismo desde hacía generaciones, gente que estaba de parte de aquellos como Pasquale y Lila, no porque pensara en arreglar todos los desastres del mundo, sino porque estaba en condiciones de ayudar a una persona que quería, y me había parecido una falta no hacerlo. ¿Había actuado mal? ¿Debía dejar a Lila con sus problemas? Nunca más, nunca más movería un dedo por nadie. Me marché, fui a casarme.

62

No recuerdo nada de mi boda. El apoyo de alguna foto, en lugar de avivar la memoria, la congeló alrededor de unas pocas imágenes: Pietro con una expresión distraída, yo que parecía enojada, mi madre que está desenfocada pero aun así consigue mostrarse descontenta. O no. De la ceremonia en sí no recuerdo nada, si bien llevo grabada en la memoria la larga discusión que tuve con Pietro días antes de casarnos. Le dije que tenía intención de tomar la píldora para no quedarme embarazada, que en primer lugar me parecía urgente tratar de escribir otro libro. Tenía la certeza de que estaría de acuerdo conmigo. En cambio, por sorpresa, se mostró contrario. En primer lugar lo convirtió en un problema de legalidad, la píldora todavía no estaba oficialmente en el mercado; después dijo que se corría la voz de que dañaba la salud; luego hizo un discurso complicado sobre sexo, amor y fecundación; por último refunfuñó que cuando alguien tiene realmente que escribir, escribe como sea, aunque esté esperando un hijo. Me disgusté, me enojé, aquella reacción no me pareció coherente con el joven culto que había querido casarse solo por lo civil, y se lo dije. Reñimos. Llegamos al día de la boca sin reconciliarnos, él mudo, yo fría.

Hay además otra sorpresa que no se me ha borrado: la fiesta. Habíamos decidido casarnos, saludar a los parientes, irnos a casa sin celebraciones de ningún tipo. Aquella decisión había madurado tras enlazar la vocación ascética de Pietro y mi tendencia a demostrar que ya no pertenecía al mundo de mi madre. Pero nuestra línea de conducta fue desbaratada en secreto por Adele. Nos arrastró a casa de una amiga suya, para un brindis, según dijo; una vez allí, Pietro y yo nos encontramos en medio de una gran fiesta en una nobilísima residencia florentina, entre un notable número de parientes de los Airota y personas conocidas y conocidísimas que se quedaron hasta la noche. Mi marido se puso negro, y yo me pregunté desorientada por qué, dado que de hecho se trataba de la fiesta de mi boda, había tenido que limitarme a invitar únicamente a mis padres y mis hermanos.

—¿Tú sabías algo de esto? —le dije a Pietro.

—No.

Durante un rato enfrentamos juntos la situación. Pero él no tardó en eludir los intentos de su madre y su hermana de presentarle a esta o a aquella persona, se atrincheró en un rincón junto con mis parientes, conversó con ellos todo el rato. Al principio, un tanto a disgusto, me resigné a vivir en la trampa en la que habíamos caído, después empecé a encontrar emocionante que políticos de fama, prestigiosos intelectuales, jóvenes revolucionarios, incluso un poeta y un novelista de renombre, mostraran interés por mí, por mi libro y me elogiaran por los artículos de *L'Unità*. El tiempo pasó volando, me sentí cada vez más aceptada en el mundo de los Airota. Incluso mi suegro quiso tenerme a su lado y me interrogó con amabilidad sobre mi competencia en asuntos de trabajo. No tardó en formarse un corrillo, eran todas personas comprometidas con diarios y revistas en los que discurrían sobre la marea de reivindicaciones que recorría el país. Y ahí estaba yo, con ellos, y aquella era mi fiesta, y yo me encontraba en el centro de la conversación.

En un momento dado, mi suegro elogió mucho un ensayo aparecido en *Mondo Operaio* que, según él, planteaba con nítida inteligencia el problema de la democracia en Italia. Gracias a una gran cantidad de datos, en esencia, el texto venía a demostrar que mientras la RAI, los grandes periódicos, la escuela, la universidad, el poder judicial siguieran trabajando día tras día para consolidar la ideología dominante, las elecciones estarían de hecho amañadas, y los partidos obreros nunca conseguirían los votos suficientes para gobernar. Gestos de asentimiento, citas en apoyo de la idea, referencias a tal y cual contribución. Al final el profesor Airota, con toda su autoridad, mencionó el nombre del autor del artículo, y supe incluso antes de que lo pronunciara —Giovanni Sarratore— que se trataba de Nino. Me puse tan contenta que no pude contenerme, dije que lo conocía, llamé a Adele para que confirmara a su marido y a los allí presentes qué brillante era mi amigo napolitano.

Nino participó en mi boda aun sin estar presente, y hablando de él me sentí autorizada a referirme también a mí, a las razones por las que había empezado a ocuparme de las luchas de los trabajadores, de la necesidad de ofrecer elementos para que partidos y representaciones parlamentarias de izquierda subsanaran los retrasos que habían acumulado en la comprensión del ambiente político y económico existente, y así seguí pronunciando otras fórmulas que había aprendido hacía poco pero que usé con desenvoltura. Me sentí capaz. Y me puse cada vez de mejor humor, me gustó estar al lado de mis suegros y sentirme apreciada por sus amigos. Al final, cuando mis parientes se despidieron tímidamente y se marcharon corriendo para alojarse no sé dónde a la espera del primer tren que los llevara de vuelta a Nápoles, se me habían pasado las ganas de seguir de morros con Pietro. Debió de darse cuenta, porque se ablandó a su vez y abandonó toda tensión.

En cuanto llegamos a nuestro apartamento y cerramos la puerta de casa a nuestras espaldas, empezamos a hacer el amor. Al principio me gustó mucho, pero el día me reservaba otro descubrimiento sorprendente. Cuando Antonio, mi primer novio, se frotaba contra mí era rápido e intenso; Franco hacía grandes esfuerzos por contenerse, pero llegaba un momento en que se retiraba con un jadeo, o, cuando se ponía preservativo, se detenía de golpe y parecía volverse más pesado, me aplastaba bajo su peso riéndose en mi oído. En cambio Pietro se afanó durante un tiempo que me pareció eterno. Me daba golpes meditados, violentos, hasta el punto de que poco a poco el placer inicial se atenuó, vencido por la insistencia monótona y el dolor que notaba en el vientre. Se cubrió de sudor a causa de la prolongada fatiga, tal vez por el sufrimiento, y al verle la cara y el cuello empapados, al tocarle la espalda mojada, se me pasaron por completo las ganas. Pero él no se percató, siguió retirándose y luego hundiéndose dentro de mí con fuerza, rítmicamente, sin detenerse nunca. No sabía cómo comportarme. Lo acariciaba, le susurraba palabras de amor y, mientras tanto, esperaba que acabara. Cuando estalló en un bramido y se desplomó, exhausto al fin, me alegré, aunque me sentía dolorida e insatisfecha.

Se quedó en la cama muy poco rato, se levantó, fue al cuarto de baño. Lo esperé unos minutos, pero estaba cansada, me quedé profundamente dormida. Me desperté sobresaltada una hora más tarde y vi que no había vuelto a la cama. Lo encontré en su despacho, sentado a su escritorio.

—¿Qué haces?

—Trabajo.

—Ven a dormir.

—Ve tú, ya iré yo luego.

Estoy convencida de que me quedé embarazada esa noche.

63

En cuanto supe que esperaba un hijo me entró el pánico y telefoneé a mi madre. Por más que nuestra relación fuera conflictiva, en aquellas circunstancias prevaleció la necesidad de hablar con ella. Fue un error, enseguida empezó a agobiarme. Quería viajar, pasar en casa una temporada, ayudarme, guiarme, o, al revés, llevarme de vuelta al barrio, tenerme otra vez a su lado, ponerme en manos de la vieja comadrona que había traído al mundo a todos sus hijos. Me costó Dios y ayuda mantenerla a raya, dije que me atendía un ginecólogo amigo de mi suegra, un gran profesor, y que daría a luz en su clínica. Se ofendió. Me soltó entre dientes: Prefieres a tu suegra que a mí, y no me telefoneó más.

Al cabo de unos días llamó Lila. Tras mi marcha, habíamos intercambiado algunas llamadas, pero de pocos minutos, no queríamos gastar demasiado, ella alegre, yo distante, ella que me preguntaba irónica por mi vida de casada, yo que la informaba seria sobre mi salud. En esta ocasión me di cuenta de que algo no funcionaba.

—¿La tienes tomada conmigo? —preguntó.

—No, ¿por qué?

—No me has avisado. La noticia me llegó gracias a que tu madre presume con todos de tu embarazo.

—Me lo confirmaron hace muy poco.

—Creía que tomabas la píldora.

Me incomodé.

—Sí, pero después decidí que no.

—¿Por qué?

—Los años pasan.

—¿Y el libro que tienes que escribir?

—Ya veré.

—No lo dejes.

—Haré lo posible.

—Debes hacer lo imposible.

—Lo intentaré.

—Yo sí tomo la píldora.

—¿O sea que con Enzo van bien las cosas?

—Bastante bien, pero nunca más quiero quedarme embarazada.

Calló, yo tampoco dije nada. Cuando habló de nuevo, me contó tanto sobre la primera vez que se había dado cuenta de que esperaba un hijo como de la segunda. Definió ambas como una fea experiencia: La segunda, dijo, estaba segura de que el niño era de Nino y aunque me sentía mal estaba contenta. Pero contenta o no, ya lo verás, el cuerpo sufre, no le da la gana de deformarse, hay demasiado dolor. Y a partir de ese momento siguió en un crescendo cada vez más negro, eran cosas suyas que ya me había contado pero nunca con tanto afán por implicarme en su padecimiento para que yo también lo sintiera. Era como si quisiera prepararme para lo que me esperaba, estaba muy preocupada por mí y por mi futuro. La vida de otro, dijo, primero se te agarra al vientre y cuando al fin sale, te convierte en prisionera, te lleva de la traílla, ya no vuelves a ser dueña de ti misma. Describió animadamente cada fase de mi maternidad calcándola de la suya, se expresó con su habitual eficacia. Es como si te hubieses fabricado tu propio tormento, exclamó, y me di cuenta de que no lograba pensar que ella era ella y yo era yo, le parecía inconcebible que yo pudiera tener un embarazo distinto del suyo, un sentimiento de los hijos distinto. Daba tan por descontado que me encontraría con sus mismas dificultades, que me pareció dispuesta a considerar como traición un posible goce mío de la maternidad.

No quise oírla más, aparté el auricular del oído, me aterraba. Nos despedimos sin entusiasmo.

—Si me necesitas —dijo—, avísame.

—De acuerdo.

—Tú me ayudaste, ahora te quiero ayudar yo.

—De acuerdo.

Pero aquella llamada telefónica no me ayudó en absoluto, al contrario, me dejó inquieta. Vivía en una ciudad de la que no sabía nada, aunque gracias a Pietro ya conocía hasta el último de sus rincones, algo que no podía decir de Nápoles. Amaba el paseo a la orilla del Arno, hacía largas caminatas, pero no me gustaba el color de las casas, me ponía de mal humor. El tono burlón de sus habitantes —el portero del edificio, el carnicero, el panadero, el cartero— me impulsaba a ser igualmente burlona, de él nacía una hostilidad sin motivo. Y además, a la infinidad de amigos de mis suegros, tan disponibles el día de la boda, no se les había vuelto a ver el pelo, y Pietro no tenía intención de verlos. Me sentía sola y frágil. Compré algunos libros sobre cómo ser una madre perfecta y me preparé con mi habitual diligencia.

Pasaron los días, las semanas, pero lo sorprendente fue que el embarazo no me pesó ni pizca, al contrario, me volvió ligera. Las náuseas fueron irrelevantes, no noté debilidad alguna, ni en el cuerpo, ni en el humor, ni en las ganas de hacer cosas. Estaba de cuatro meses cuando mi libro recibió un premio importante que me proporcionó un renombre aún mayor y algo más de dinero. Fui a recogerlo a pesar del ambiente político hostil reinante en aquel tipo de reconocimientos y me sentí en un estado de gracia, orgullosa de mí misma, con un sentimiento de plenitud física e intelectual que barrió con mi timidez y me hizo muy comunicativa. En el discurso de agradecimiento hablé demasiado, dije que me sentía feliz como los astronautas en la blanca extensión de la luna. Un par de días más tarde, como me sentía fuerte, telefoneé a Lila para contarle lo del premio. Quería que supiera que las cosas no iban como ella había previsto, al contrario, que todo marchaba sin contratiempos, que estaba satisfecha. Era tal mi engreimiento que deseaba pasar por alto los disgustos que me había dado. Pero Lila había leído en *Il Mattino* —solo los diarios napolitanos habían dedicado unas líneas al premio— aquella frase mía sobre los astronautas y, sin darme tiempo a contárselo, me la criticó con dureza. La blanca extensión de la luna, ironizó, para decir chorradas a veces vale más callarse la boca. Y añadió que la luna era una piedra entre miles de millones de piedras más y, visto que todas eran piedras, lo mejor era mantenerse con los pies bien plantados en los problemas de la tierra.

Se me encogió el estómago. ¿Por qué seguía hiriéndome? ¿No quería que fuera feliz? ¿O acaso no se había recuperado nunca y era su malestar lo que acentuaba su lado malvado? Me vinieron a la cabeza una serie de palabrotas pero no conseguí pronunciarlas. Ella, como si ni siquiera se hubiese percatado de que me había hecho daño, o como si pensara que tenía derecho a hacérmelo, se puso a contarme sus cosas con tono muy amigable. Había hecho las paces con su hermano, con su madre, incluso con su padre; se había peleado con Michele Solara por el viejo asunto de la marca de los zapatos y el dinero que le debía a Rino; se había puesto en contacto con Stefano para exigirle que, al menos desde el punto de vista económico, se comportara como padre también con Gennaro y no solo con Maria. Empleó frases rabiosas, por momentos vulgares, contra Rino, contra los Solara, contra Stefano. Al final, como si de verdad tuviera una urgente necesidad de conocer mi opinión, me preguntó: ¿He hecho bien? No le contesté. Había ganado un premio importante y ella solo se había fijado en la frase sobre los astronautas. Le pregunté, quizá para ofenderla, si seguía notando aquellos síntomas como si la cabeza se le despegara. Dijo que no, repitió un par de veces que estaba estupendamente, dejó caer con una risita autoirónica: Solo de vez en cuando con el rabillo del ojo veo gente salir de los muebles. Y luego me preguntó: ¿Va todo bien con el embarazo? Bien, muy bien, dije, nunca me he sentido mejor.

Viajé mucho en esos meses. Me invitaban aquí y allá no solo por mi libro sino también por los artículos que escribía, que a su vez me obligaban a desplazarme para ver de cerca las nuevas formas de huelga, las reacciones de la patronal. Nunca pensé en esmerarme para llegar a ser articulista. Lo hacía porque haciéndolo era feliz. Me sentía desobediente, en rebelión y henchida de tal poder que mi docilidad parecía una mascarada. Precisamente gracias a ella conseguía colarme en los piquetes delante de las fábricas, hablaba con obreros, obreras, sindicalistas, me escabullía entre los agentes de policía. Nada me daba miedo. Cuando la Banca dell'Agricoltura saltó por los aires me encontraba en Milán, en la editorial, pero no me alarmé, no me asaltaron negros presagios. Me consideraba parte de una fuerza imparable, me consideraba invulnerable. Nadie podía hacerme daño ni a mí ni a mi niño. Nosotros dos éramos la única realidad duradera, yo visible y él (o ella, pero Pietro deseaba un varón) por ahora invisible. El resto era un flujo de aire, una oleada inmaterial de imágenes y sonidos que, fuera desastrosa o benéfica, constituía material para mi trabajo, pasaba de largo o se detenía para que yo la pusiera en palabras mágicas dentro de un relato, un artículo, un discurso público, procurando que nada quedara fuera del esquema y todos los conceptos gustaran a los Airota, a la editorial, a Nino que, sin duda, desde alguna parte me leía, también a Pasquale, por qué no, y a Nadia, y a Lila, que al fin deberían pensar: Mira, hemos sido injustos con Lena, está de nuestra parte, fíjate tú lo que escribe.

Fue una época especialmente intensa, la del embarazo. Me sorprendió que estar preñada me volviera más propensa a hacer el amor. Era yo quien buscaba a Pietro, lo abrazaba, lo besaba, aunque él no tenía predilección por los besos y pasaba casi enseguida a poseerme de aquella manera suya larga, dolorosa. Después se levantaba, trabajaba hasta tarde. Yo dormía una o dos horas, me despertaba, no lo encontraba en la cama, encendía la luz, leía hasta que me notaba cansada. Entonces iba a su despacho, lo obligaba a ir a la cama. Él me obedecía, pero se levantaba muy temprano, era como si el sueño lo espantara. En cambio yo dormía hasta mediodía.

Hubo un solo acontecimiento que me angustió. Estaba de siete meses, la barriga me pesaba. Me encontraba en la verja de entrada de la empresa Nuovo Pignone, se produjeron disturbios, escapé. Tal vez hice un mal movimiento, no lo sé, lo cierto es que noté una punzada muy dolorosa en el centro de la nalga derecha que me bajó por la pierna como un hierro caliente. Volví a casa renqueando, me metí en cama, se me pasó. Pero de vez en cuando el dolor reaparecía, se irradiaba por el muslo hacia la ingle. Me acostumbré a reaccionar buscando posturas que lo atenuaran, pero cuando me di cuenta de que tendía a renquear invariablemente, me asusté, fui a ver al médico que seguía mi embarazo. Me tranquilizó, dijo que estaba todo en orden, el peso que llevaba en el vientre me fatigaba y eso me producía un poco de ciática. A qué viene tanta preocupación, me preguntó con tono afectuoso, es usted una persona tan serena. Mentí, le dije que no lo sabía. En realidad lo sabía muy bien, temía que el paso de mi madre me hubiese alcanzado al fin, que se hubiese instalado en mi cuerpo, que renquearía siempre como ella.

Tras oír las palabras del ginecólogo me tranquilicé. El dolor duró un tiempo más, pero luego desapareció. Pietro me prohibió que hiciera más locuras, basta ya con tanto correr de aquí para allá. Le di la razón, los últimos meses del embarazo los pasé leyendo, no escribí casi nada. Nuestra hija nació el 12 de febrero de 1970, a las cinco y veinte de la mañana. La llamamos Adele, aunque mi suegra no hacía más que repetir: Pobre niña, Adele es un nombre horrible, ¿por qué no le ponéis cualquier otro menos ese? Di a luz tras unos dolores atroces que, sin embargo, duraron poco. Cuando la niña nació y la vi, el pelo negrísimo, un organismo violáceo que se retorcía y gemía llena de energía, sentí un placer físico tan arrollador que aún hoy no consigo encontrar ningún otro con el que compararlo. No la bautizamos, mi madre me gritó al teléfono cosas muy desagradables, juró que no vendría nunca a conocerla. Se calmará, pensé entristecida, de todas maneras, si no viene, peor para ella.

En cuanto me levanté, telefoneé a Lila, no quería que se ofendiera porque no le había avisado.

—Ha sido una experiencia hermosísima —dije.

—¿El qué?

—El embarazo, el parto. Adele es muy guapa y muy buena.

—Cada cual cuenta la vida como le viene bien —me contestó.

64

Qué madeja de hilos con puntas ilocalizables descubrí dentro de mí en aquella época. Eran viejos y desteñidos, novísimos, a veces de colores vivaces, a veces sin color, finísimos, casi invisibles. Aquel estado de bienestar terminó de golpe precisamente cuando tenía la impresión de haber huido de los vaticinios de Lila. La niña cambió a peor, y los hilos más antiguos de aquella trama afloraron a la superficie como por obra de un gesto distraído. Al principio, cuando estábamos aún en la clínica, se me había prendido al pecho fácilmente, pero una vez en casa algo se torció y ya no quiso saber nada. Mamaba unos segundos y se ponía a chillar como un animalito furioso. Me vi débil, expuesta a viejas supersticiones. ¿Qué le pasaba? ¿Mis pezones eran demasiado pequeños, se le salían de la boca? ¿Mi leche no le gustaba? ¿O tal vez, con un maleficio a distancia le habían inoculado una aversión hacia mí, su madre?

Comenzó un calvario de médico en médico, ella y yo solas, Pietro siempre estaba ocupado con la universidad. El pecho inútilmente hinchado empezó a hacerme daño, notaba en los senos piedras candentes, imaginaba infecciones, amputaciones. Para vaciarme y recoger leche suficiente para alimentar a la niña con biberón, para aliviar el dolor, me torturaba con el sacaleches. Le susurraba persuasiva: Come, venga, eres tan buena, eres tan dulce, qué boquita más rica tienes, qué ojitos más lindos, qué te pasa, qué tienes. Inútil. Muy a mi pesar primero me decanté por la lactancia mixta, después renuncié también a eso. Pasé a la leche artificial, que me obligó día y noche a largos preparativos, un engorroso sistema de esterilización de tetinas y biberón, un control obsesivo del peso primero y de la nutrición después, sentimientos de culpa con cada diarrea. A veces me acordaba de Silvia que, en el clima turbulento de la asamblea estudiantil de Milán, amamantaba con naturalidad a Mirko, el hijo de Nino. ¿Por qué yo no? Me hartaba de llorar en secreto.

Durante unos días la niña se regularizó, sentí alivio, esperé que hubiese llegado el momento de reorganizar mi vida. Pero la tregua duró menos de una semana. En su primer año de vida la pequeña apenas pegó ojo, su cuerpo tan menudo se retorcía y alborotaba durante horas con una energía y una resistencia insospechadas. Solo se calmaba si la paseaba por la casa, estrechándola entre mis brazos, hablándole: Y ahora esta niña tan bonita de su mamá se portará bien, ahora se estará calladita, ahora descansará, ahora se dormirá. Pero la niña tan bonita no quería dormir, parecía temerle al sueño como su padre. ¿Qué tenía, dolor de barriga, hambre, miedo al abandono porque no le había dado el pecho, mal de ojo, le había entrado un demonio en el cuerpo? ¿Y yo qué tenía? ¿Qué veneno se me había metido en la leche? ¿Y la pierna? ¿Era una impresión mía o empezaba a dolerme otra vez? ¿Era culpa de mi madre? ¿Quería castigarme porque me había pasado toda la vida tratando de no parecerme a ella? ¿O había algo más?

Una noche, resurgió el hilo de voz de Gigliola, cuando iba por el barrio diciendo que Lila tenía un poder tremendo, que era capaz de hacer maleficios con el fuego, que ahogaba a las criaturas en su vientre. Me avergoncé de mí misma, traté de reaccionar, necesitaba descansar. Traté entonces de dejar a la pequeña con Pietro que por su costumbre de estudiar de noche notaba menos el cansancio. Decía: Estoy agotada, llámame dentro de un par de horas, y me iba a la cama, me sumía en el sueño como si perdiera el sentido. Pero en una ocasión me despertó el llanto desesperado de la niña, esperé, no paraba. Me levanté. Descubrí que Pietro había llevado la cuna a su despacho y, sin prestar la menor atención a los gritos de su hija, seguía doblado sobre sus libros, rellenando fichas como si estuviese sordo. Perdí por completo los papeles, me hundí aún más, lo insulté en mi dialecto. Te importa una mierda todo, ¿eso que haces es más importante que tu hija? Distante y gélido, mi marido me invitó a salir de la habitación y a llevarme la cuna. Debía terminar un artículo importante para una revista inglesa, el plazo de entrega estaba muy próximo. A partir de entonces no le pedí más ayuda y si él me la ofrecía, le decía: No, gracias, ya me arreglo, sé que estás ocupado. Después de cenar daba vueltas a mi alrededor indeciso, cohibido, después se encerraba en su despacho y trabajaba hasta altas horas de la noche.

65

Me sentí abandonada pero con la impresión de que me lo merecía: no era capaz de procurarle serenidad a mi hija. Sin embargo, apreté los dientes y fui tirando, pese a que me sentía cada vez más asustada. Mi organismo se negaba al papel de madre. Y por más que rechazara el dolor de la pierna haciendo lo imposible por ignorarlo, el dolor había vuelto, aumentaba. Pero yo insistía, me deslomaba cargando con todo. Como el edificio no tenía ascensor, subía y bajaba el cochecito con la niña dentro, iba a hacer la compra, regresaba cargada de bolsas, limpiaba la casa, cocinaba, pensaba: Me estoy poniendo fea y vieja antes de tiempo, como las mujeres del barrio. Y naturalmente, justo cuando me sentía más desesperada, telefoneaba Lila.

En cuanto oía su voz me entraban ganas de gritarle: Qué me has hecho, todo iba de maravilla y ahora, de buenas a primeras, pasa lo que tú decías, la niña está mal, renqueo, cómo es posible, no aguanto más. Pero lograba contenerme a tiempo, murmuraba: Todo bien, la niña está un poquito pesada y por ahora engorda poco, pero es maravillosa, estoy contenta. Después me dedicaba a preguntarle con fingido interés por Enzo, por Gennaro, por las relaciones con Stefano, por su hermano, el barrio, si había tenido más problemas con Bruno Soccavo y Michele. Contestaba en un feo dialecto sucio y agresivo, pero en general sin rabia. Soccavo, decía, tendrá que sudar tinta china. Y a Michele, si me lo llego a encontrar, le escupo a la cara. En cuanto a Gennaro, ahora hablaba de él explícitamente como hijo de Stefano y decía: Es cuadrado como su padre, y reía si yo le decía es un niño tan agradable, me soltaba: Qué madrecita más buena, te lo regalo. En aquellas frases notaba el sarcasmo de quien sabía, gracias a quién sabe qué secreto poder, lo que realmente me pasaba, y sentía rencor, pero con más motivo insistía con mi teatro —escucha qué vocecita más linda tiene Dede, aquí en Florencia se está de maravilla, estoy leyendo un libro interesante de Baran— y seguía así hasta que ella me obligaba a bajar el telón para hablarme del curso de IBM que había empezado Enzo.

Solo de él hablaba con respeto, mucho rato, y en cuanto terminaba me preguntaba por Pietro.

—¿Estás bien con tu marido?

—Estupendamente.

—Yo también con Enzo.

Cuando colgaba, su voz dejaba una estela de imágenes y sonidos del pasado que me duraba horas en la cabeza: el patio, los juegos peligrosos, la muñeca que ella me había tirado al sótano, las escaleras oscuras para ir a recuperarla a casa de don Achille, su boda, su generosidad y su malicia, cómo se había quedado con Nino. No tolera mi buena suerte, pensaba amedrentada, quiere que vuelva con ella, tenerme a sus órdenes, que la respalde en sus cosas, en sus guerras miserables del barrio. Después me decía: Seré estúpida, de qué me ha servido estudiar, y simulaba tenerlo todo bajo control. A mi hermana Elisa, que me telefoneaba con frecuencia, le decía que ser madre era una maravilla. A Carmen Peluso, que me avisaba de su boda con el de la gasolinera de la avenida, le contestaba: Ay, qué buena noticia, te deseo que seas muy feliz, dale recuerdos a Pasquale, en qué anda metido. Con mi madre, las raras veces que llamaba, me mostraba fingidamente radiante, una sola vez bajé la guardia y le pregunté: Qué te pasó en la pierna, por qué renqueas, pero me contestó: A ti qué carajo te importa, métete en tus asuntos.

Luché durante meses, traté de mantener a raya las partes más opacas de mí misma. A veces me sorprendía rezándole a la Virgen pese a considerarme atea, y me avergonzaba. Con frecuencia, cuando estaba sola en casa con la niña, soltaba unos gritos desesperados, no palabras, solo el aliento que salía con la desesperación. Pero aquella época horrible se negaba a pasar, fue un tiempo lento y tormentoso. Por las noches, paseaba a la niña de una punta a otra del pasillo, renqueando, ya no le susurraba palabras sin sentido, la ignoraba y trataba de pensar en mí, tenía siempre en la mano un libro, una revista, aunque apenas lograba leer nada. De día, cuando Adele dormía plácidamente —al principio había empezado a llamarla Ade, sin darme cuenta de que esas tres letras incluían un infierno porque recordaban demasiado el Hades, hasta el punto de que cuando Pietro me lo hizo notar, me sentí incómoda y pasé a Dede—, intentaba escribir para el diario. Pero ya no tenía tiempo —y seguramente tampoco ganas— de andar por ahí paseándome en nombre de *L'Unità*. De ese modo, los textos que escribía perdieron energía, solo trataba de lucir mi habilidad formal y me salía un guirigay carente de sustancia. Una vez escribí deprisa y corriendo un artículo, se lo hice leer a Pietro antes de dictárselo a los de la redacción.

—Está vacío —dijo.

—¿En qué sentido?

—No son más que palabras.

Me ofendí, de todos modos lo dicté. No lo publicaron. Y a partir de ese momento, con cierto malestar, tanto la redacción local como la nacional empezaron a rechazar mis textos pretextando problemas de espacio. Sufrí, como a través de violentas sacudidas provenientes de profundidades inaccesibles, me di cuenta de que a mi alrededor se estaba desmoronando todo aquello que hasta poco antes había tomado por una forma de vida y de trabajo adquirida. Leía solo por tener los ojos posados en un libro o una revista, pero era como si me detuviese en los signos y ya no tuviera acceso a los significados. En dos o tres ocasiones me topé por casualidad con artículos de Nino, pero leerlos no me procuró el placer habitual de imaginármelo, de oír su voz, de disfrutar de sus pensamientos. Me alegré por él, claro, si escribía significaba que estaba bien, que vivía su vida a saber dónde, a saber con quién. Pero clavaba la vista en la firma, leía unas cuantas líneas, me retraía siempre como si cada una de sus frases negro sobre blanco hiciera aún más insoportable mi situación. Ya no tenía curiosidad, no lograba siquiera cuidar mi aspecto. Por lo demás, ¿para qué cuidarme? No veía a nadie, solo a Pietro, que me trataba con modales amables, pero percibía que yo para él era una sombra. A veces tenía la sensación de pensar con su cabeza y me parecía captar su descontento. Casarme no había hecho más que complicarle la existencia de estudioso, y justo cuando su fama iba en aumento, especialmente en

Inglaterra y Estados Unidos. Lo admiraba; sin embargo, me exasperaba. Le hablaba siempre con una mezcla de resentimiento y subordinación.

Basta, dejemos estar *L'Unità*, me impuse un día, ya será bastante si consigo encontrar el tema adecuado para un nuevo libro, en cuanto lo tenga listo, todo se arreglará. Pero ¿qué libro? A mi suegra, a la editorial les aseguraba que lo tenía encarrilado, pero mentía, mentía en toda ocasión con tonos muy cordiales. En realidad no tenía más que cuadernos repletos de apuntes desganados, nada más. Y cuando los abría, de noche o de día según los horarios que me marcaba Dede, me quedaba dormida encima de ellos sin darme cuenta. Un día, a última hora de la tarde, Pietro regresó de la universidad y me encontró en una situación peor de la que yo lo había sorprendido a él tiempo atrás: estaba en la cocina, profundamente dormida, con la cabeza apoyada sobre la mesa; la niña no había comido y se la oía chillar a lo lejos, en el dormitorio. Su padre la encontró en la cuna, semidesnuda, olvidada. Cuando Dede se calmó, agarrada vorazmente al biberón, Pietro dijo desolado:

—¿Será posible que no tengas a nadie que pueda ayudarte?

—En esta ciudad no, lo sabes de sobra.

—Pídele a tu madre que venga, o a tu hermana.

—No quiero.

—Entonces pídeselo a esa amiga tuya de Nápoles. Tú te prodigaste con ella, ella hará lo mismo por ti.

Di un respingo. Por una fracción de segundo, sentí con claridad que una parte de mí estaba segura de que Lila ya estaba presente, en mi casa; si en otros tiempos acechaba dentro de mí, ahora se había escurrido dentro de Dede, con los ojos entrecerrados, la frente fruncida. Meneé la cabeza con energía. Deseché enseguida aquella imagen, deseché aquella posibilidad, pero ¿qué cosas se me ocurrían?

Pietro se resignó a telefonear a su madre. Le pidió muy a regañadientes si podía venir a quedarse unos días con nosotros.

66

Me puse en manos de mi suegra con una sensación inmediata de alivio, y también en ese caso ella resultó ser la mujer a la que me hubiera gustado parecerme. Al cabo de pocos días dio con una mocetona de poco más de veinte años, Clelia, originaria de la Maremma, a la que impartió instrucciones precisas para que se ocupara lo mejor posible de la casa, de la compra, de la cocina. Cuando Pietro se encontró a Clelia en casa sin siquiera haber sido consultado se rebeló.

—En mi casa no quiero esclavas —dijo.

—No es una esclava, es una asalariada —le contestó Adele con calma.

—Para ti entonces la que tendría que hacer de esclava soy yo, ¿no? —le solté, fuerte gracias a la presencia de mi suegra.

—Tú haces de madre, no de esclava.

—Te lavo y te plancho la ropa, te limpio la casa, te cocino, te he dado una hija, la crío entre mil dificultades, estoy exhausta.

—¿Y quién te obliga, cuándo te he pedido yo nada?

No aguanté el embate, pero Adele sí; aplastó al hijo con un sarcasmo rayano a veces en la ferocidad, y Clelia se quedó. Tras lo cual mi suegra me quitó a la niña, trasladó la cuna al cuarto que le había asignado, vigiló con gran precisión los horarios de los biberones tanto de noche como de día. Cuando se dio cuenta de que renqueaba, me acompañó a ver a un médico amigo suyo que me prescribió varias inyecciones. Ella misma se presentaba todas las mañanas y todas las noches con la cacerolita de la jeringa y las ampollas para clavarme alegremente la aguja en las nalgas. Enseguida noté la mejoría, el dolor de la pierna desapareció, el humor mejoró, me tranquilicé. Pero Adele no dejó de ocuparse de mí. Me impuso gentilmente que volviese a cuidar mi aspecto personal, me mandó al peluquero, me obligó a regresar al dentista. Y, sobre todo, me habló con frecuencia de teatro, de cine, de un libro que estaba traduciendo, de otro que estaba preparando, de lo que habían escrito en esta o aquella revista su marido y otra gente famosa a la que, en confianza, llamaba por el nombre de pila. Fue a ella a quien oí hablar por primera vez de folletos feministas muy combativos. Mariarosa conocía a las muchachas que trabajaban en ellos, estaba prendada de ellas, las tenía en gran estima. Ella no. Con su tono irónico habitual dijo que desvariaban sobre la cuestión femenina como si se la pudiera abordar prescindiendo del conflicto de clase. Léelos de todos modos, me aconsejó al fin, y me dejó un par de esas obritas con una última frase sibilina: Si quieres ser escritora, no te pierdas nada. Las guardé, no me apetecía perder el tiempo con textos que la propia Adele subestimaba. Pero sobre todo, precisamente en esa ocasión, sentí que ninguna de las charlas cultas de mi suegra nacía de una auténtica necesidad de intercambiar ideas conmigo. Adele apuntaba deliberadamente a sacarme de la condición desesperante de madre incapaz, lo suyo era un frotar palabras para arrancarles chispas y avivar el fuego en mi cabeza y mi mirada heladas. Pero en realidad le gustaba más salvarme que escucharme.

Y después, después Dede, pese a todo, seguía llorando por la noche, la oía, me inquietaba, de ella me llegaba un sentimiento de infelicidad que echaba por tierra la acción benéfica de mi suegra; y a pesar de disponer de más tiempo, no conseguía escribir; y Pietro, habitualmente contenido, en presencia de su madre se volvía desinhibido hasta la descortesía, a su regreso a casa seguía casi siempre un encontronazo a golpes de sarcasmo entre ellos dos, y aquello acababa por aumentar la sensación de derrumbe que notaba a mi alrededor. No tardé en darme cuenta de que mi marido encontraba natural considerar a Adele la responsable en última instancia de sus problemas. La tomaba con ella por cualquier cosa, incluso por lo que le ocurría en el trabajo. Yo sabía poco o nada de ciertas tensiones agotadoras por las que estaba pasando en la universidad, en general a mi «qué tal va» contestaba «bien», tendía a ahorrármelo. Pero con su madre perdía todo freno, asumiendo el tono recriminatorio del niño que se siente abandonado. Descargaba en Adele todo aquello que a mí me ocultaba, y si la cosa ocurría en mi presencia, hacía como si no estuviera, como si yo, su mujer, debiera ser solo un testigo mudo.

Así me resultaron claras muchas cosas. Los colegas, todos mayores que él, atribuían a su apellido su fulgurante carrera, y también la incipiente fama en el extranjero que empezaba a rozarlo, y le hacían el vacío. Los estudiantes lo consideraban inútilmente riguroso, un burgués sabihondo que cultivaba su parcelita sin ceder nada al magma del presente, en definitiva, un enemigo de clase. Y él, como siempre, ni se ofendía ni atacaba, sino que seguía por su camino dando —de eso estaba segura— unas clases de nítida inteligencia, evaluando competencias con similar nitidez, suspendiendo. Pero es difícil, casi gritó una noche, dirigiéndose a Adele con tono quejumbroso. Después bajó la voz de inmediato, murmuró que necesitaba tranquilidad, que el trabajo era agotador, que no eran pocos los colegas que le ponían en contra a los estudiantes, que grupos de jóvenes irrumpían a menudo en el aula donde trabajaba y lo obligaban a interrumpir la clase, que en las paredes habían aparecido pintadas infames. Entonces, incluso antes de que Adele se pronunciase, estallé sin control. Si fueras algo menos reaccionario, dije, no te pasarían estas cosas. Y él, por primera vez desde que lo conocía, me contestó de mala manera, entre dientes: Cállate la boca, no haces más que soltar frases hechas.

Fui a encerrarme al cuarto de baño y de golpe me di cuenta de que casi no lo conocía. ¿Qué sabía de él? Era un hombre pacífico pero con una determinación rayana en la tozudez. Estaba de parte de la clase obrera y de los estudiantes, pero enseñaba y tomaba exámenes de la forma más tradicional. Era ateo, no había querido casarse por la iglesia, me había impuesto no bautizar a Dede, pero admiraba las comunidades cristianas de Oltrarno y hablaba de temas religiosos con mucha competencia. Era un Airota, pero no soportaba los privilegios y las comodidades que acompañaban el apellido. Me calmé, traté de estar más cerca de él, de hacerle notar mi afecto. Es mi marido, me dije, debemos hablar más. Pero la presencia de Adele llegó a ser cada vez más un problema. Había entre ellos algo no expresado que impulsaba a Pietro a olvidar los buenos modales y a Adele a hablarle como se habla a un inepto sin esperanza de redención.

Vivían de esa manera, entre continuos enfrentamientos: él peleaba con su madre, terminaba diciendo una frase que me hacía enfadar, yo lo agredía. Hasta que llegó un momento en que durante la cena mi suegra le preguntó en mi presencia por qué dormía en el sofá. Él le contestó: Será mejor que mañana te vayas. No intervine, sin embargo, sabía por qué dormía en el sofá: lo hacía por mí, para no despertarme cuando a eso de las tres de la mañana dejaba de estudiar y se permitía descansar un poco. Al día siguiente, Adele regresó a Génova. Me sentí perdida.

67

Sin embargo, pasaron los meses y la niña y yo salimos adelante. Dede empezó a andar sola el día de su primer cumpleaños: su padre se acuclilló frente a ella, le hizo muchas fiestas, ella sonrió, se separó de mí y fue hacia él con los brazos abiertos, insegura, la boca entrecerrada, como si fuese la meta feliz de su año de llantos. A partir de ese momento, sus noches se volvieron tranquilas, también las mías. La niña pasaba cada vez más tiempo con Clelia, su inquietud se atenuó, conseguí recobrar un poco de espacio para mí. Pero descubrí que no me apetecía embarcarme en actividades laboriosas. Como tras una larga enfermedad, no veía la hora de estar al aire libre, disfrutar del sol y los colores, pasear por calles atestadas, ver escaparates. Y como tenía bastante dinero mío, en aquella época compré ropa para mí, para la niña y para Pietro, llené la casa de muebles y adornos, derroché el dinero como nunca lo había hecho. Sentía la necesidad de estar guapa, conocer personas interesantes, conversar, pero no había conseguido relacionarme con nadie y, por otra parte, Pietro rara vez traía invitados a casa.

Poco a poco traté de retomar la vida gratificante que había tenido hasta un año antes, y solo entonces caí en la cuenta de que el teléfono sonaba cada vez menos, que eran raras las llamadas para mí. El recuerdo de mi novela se estaba desvaneciendo y con ello menguaba la curiosidad por mi nombre. A aquella época de euforia siguió una fase en la que, preocupada, en ciertos momentos deprimida, me preguntaba qué debía hacer; volví a leer literatura contemporánea, con frecuencia me avergonzaba de mi novela que, en comparación, parecía frívola y muy tradicional, dejé a un lado los apuntes para el nuevo libro, que tendían a repetir el viejo, me esforcé por pensar en historias de mayor calado que contuvieran el tumulto del presente.

Retomé también mis tímidas llamadas telefónicas a *L'Unità* e intenté escribir otros artículos, pero no me costó demasiado comprender que mis textos ya no gustaban en la redacción. Había perdido terreno, estaba escasamente informada, no tenía tiempo de desplazarme para presenciar situaciones específicas y contarlas, escribía con elegancia frases de un rigor abstracto con el fin de mostrar no sé bien a quién —y nada menos que en ese periódico— que apoyaba las críticas más duras al Partido Comunista y los sindicatos. Hoy me resulta difícil explicar por qué me empeñaba en escribir aquellos textos o, para expresarlo mejor, por qué, pese mi escasa participación en la vida política de la ciudad, y pese a mi docilidad, me sentía cada vez más atraída por posturas extremas. Tal vez lo hacía por inseguridad. O tal vez por desconfianza hacia toda forma de mediación, arte que, desde la primera infancia, hacía coincidir con las maquinaciones de mi padre cuando se movía con astucia en la ineficiencia del ayuntamiento. O por el conocimiento vivo de la miseria, que me sentía obligada a no olvidar, quería estar de parte de quienes habían quedado atrapados en ella y luchaban por hacer saltar todo por los aires. O porque no me importaban gran cosa la política corriente, las reivindicaciones, solo quería que algo grande —había utilizado y utilizaba a menudo esa fórmula— se difundiera y yo pudiese vivirlo y contarlo. O porque —me costaba reconocerlo— mi modelo seguía siendo Lila con su tozuda irracionalidad que no aceptaba soluciones intermedias, hasta el punto de que, pese a encontrarme ya alejada de ella en todos los sentidos, quería decir y hacer lo que imaginaba que ella habría dicho y hecho si hubiese contado con mis instrumentos, si no se hubiese recluido en el espacio del barrio.

Dejé de comprar *L'Unità*, empecé a leer *Lotta Continua* e *Il Manifesto*. En este último diario descubrí que de vez en cuando aparecía la firma de Nino. Como siempre, qué bien documentados estaban sus textos, con qué lógica convincente estaban formulados. Como cuando era jovencita y hablaba con él, sentí la necesidad de encerrarme yo también en una red de propuestas generales expresamente formuladas que me impidiera seguir dispersándome. Asimilé de forma definitiva que ya no pensaba en él con deseo, ni siquiera con amor. Me pareció que se había convertido en una figura del pesar, la síntesis de lo que me arriesgaba a no llegar a ser jamás pese a haber tenido la posibilidad. Proveníamos del mismo ambiente, los dos habíamos conseguido salir de él con brillantez. Entonces, ¿por qué yo me deslizaba hacia la mediocridad? ¿Por culpa del matrimonio? ¿Por culpa de la maternidad y de Dede? ¿Porque era mujer, porque debía ocuparme de la casa y la familia y quitar la mierda y cambiar pañales? Cada vez que daba con un artículo de Nino, y el artículo me parecía bien escrito, me ponía de mal humor. Y el que pagaba los platos rotos era Pietro, en realidad el único interlocutor que tenía. La tomaba con él, lo acusaba de haberme abandonado a mí misma en la época más terrible de mi vida, de ocuparse únicamente de su carrera olvidándose de mí. Nuestras relaciones —me costaba reconocerlo porque me daba pavor, pero la realidad era esa— iban de mal en peor. Comprendía que se sentía mal por sus problemas de trabajo, sin embargo, no conseguía justificarlo, al contrario, lo criticaba, a menudo partiendo de posturas políticas no muy alejadas de las de los estudiantes que se lo ponían difícil. Él me escuchaba incómodo, replicando poco o nada. En aquellos momentos, sospechaba que las palabras que tiempo atrás me había gritado (cállate la boca, no haces más que soltar frases hechas) no habían sido solo una intemperancia ocasional, sino que señalaban que, en general, no me consideraba a la altura de una discusión seria. Eso me exasperaba, me deprimía, el rencor aumentaba, especialmente porque yo misma sabía que oscilaba entre sentimientos contradictorios que, reducidos a la mínima expresión, podían sintetizarse así: la desigualdad era la que hacía que los estudios fueran dificilísimos para algunos (para mí, por ejemplo), y casi una distracción para otros (para Pietro, por ejemplo); y por otra parte, con o sin desigualdad, había que estudiar, y bien, mejor dicho, muy bien; estaba orgullosa de mi recorrido, de la habilidad que había demostrado, y me negaba a creer que mi esfuerzo hubiese sido inútil, en ciertos aspectos torpe. Sin embargo, por oscuros motivos, con Pietro me inclinaba a dar forma solo a la injusticia de la desigualdad. Le decía: Te comportas como si delante tuvieras alumnos todos iguales, pero no es así, es una forma de sadismo pretender los mismos resultados de chicos que no han tenido las mismas oportunidades. Incluso llegué a criticarlo cuando me contó que había tenido una discusión muy violenta con un colega que le llevaba por lo menos veinte años, un conocido de su hermana que había creído encontrar en él un aliado contra los miembros más conservadores del claustro. Ocurrió que aquel profesor le había aconsejado de manera amistosa que fuera menos duro con los alumnos. Pietro le había contestado con sus modales educados, pero exentos de medias tintas, que no consideraba que fuese duro, sino solo exigente. Bueno, le había dicho el profesor, sé menos exigente, en especial con aquellos que generosamente emplean gran parte de su tiempo en cambiar este tinglado. Con aquel comentario las cosas se precipitaron, aunque no sé de qué manera ni sobre la base de qué argumentos. Pietro, cuyo relato tendía como siempre a desdramatizar, sostenía que para defenderse se había limitado a decir que tenía por costumbre tratar siempre a todos los muchachos con el respeto que se merecían; después admitía haber acusado a su colega de emplear dos varas de medir: condescendiente con los alumnos más agresivos y despiadado hasta la humillación con los alumnos más miedosos. El profesor se lo tomó a mal, había llegado a gritarle que solo porque conocía bien a su hermana evitaba decirle —pero de paso se lo había dicho— que era un cretino indigno de la cátedra que ocupaba.

—¿No podrías ser más cauto?

—Soy cauto.

—No me lo parece.

—Bueno, pero tengo que decir lo que pienso.

—Quizá deberías aprender a distinguir a los amigos de los enemigos.

—No tengo enemigos.

—Tampoco amigos.

Palabra va, palabra viene, exageré. La consecuencia de esa forma tuya de comportarte —murmuré— es que nadie en esta ciudad, y mucho menos los amigos de tus padres, nos invitan a cenar o a un concierto o a una excursión al campo.

68

A esas alturas me quedó claro que, en su ambiente de trabajo Pietro era considerado un hombre aburrido, muy alejado del activismo entusiasta de su familia, un Airota fallido. Y yo compartía esa opinión, aspecto nada beneficioso para nuestras relaciones íntimas. Cuando por fin Dede se tranquilizó y empezó a dormir con regularidad, él regresó a nuestra cama, pero en cuanto se me acercaba sentía aversión, tenía miedo de quedarme embarazada otra vez, quería que me dejara dormir. Así que lo alejaba sin palabras, me bastaba con darle la espalda y si él insistía y se me apretaba contra el camisón con el sexo, le daba un golpecito en una pierna con el talón, una señal para que entendiera: No quiero, tengo sueño. Pietro se apartaba descontento, se levantaba, se iba a estudiar.

Una noche discutimos por enésima vez sobre Clelia. Siempre se producía alguna tensión cuando había que pagarle, pero esa vez resultó evidente que Clelia era una excusa. Él murmuró sombrío: Elena, debemos analizar nuestra relación y hacer un balance. Accedí enseguida. Le dije que adoraba su inteligencia y su buena educación, que Dede era maravillosa, pero añadí que no quería más hijos, que me resultaba insoportable el aislamiento en el que había terminado, que deseaba volver a tener una vida activa, que no me había deslomado desde la niñez para terminar prisionera de los papeles de madre y esposa. Discutimos, yo con dureza, él con amabilidad. No protestó más por Clelia, al final capituló. Se decidió a comprar preservativos, empezó a invitar a cenar a amigos, o mejor dicho, conocidos —no tenía amigos—, se resignó a que de vez en cuando yo fuera con Dede a asambleas y manifestaciones a pesar de la sangre que cada vez con más frecuencia había en las calles.

Aquel nuevo ciclo en lugar de mejorarme la vida, me la complicó. Dede se aferró cada vez más a Clelia y cuando la llevaba conmigo se aburría, se ponía nerviosa, me tiraba de las orejas, del pelo, de la nariz, pedía por ella llorando. Me convencí de que se quedaba más a gusto con la chica de la Maremma que conmigo, y eso contribuyó a que resurgiera la sospecha de que como no le había dado el pecho y su primer año de vida había sido duro, a sus ojos yo no era más que una figura oscura, la mujer infame que la reprendía a la menor ocasión y, de paso, por celos maltrataba a su tata alegre, compañera de juegos, narradora de cuentos. Me rechazaba incluso cuando con gesto mecánico, pañuelo en mano, le limpiaba los mocos de la nariz o los restos de comida de la boca. Lloraba, decía que le hacía daño.

En cuanto a Pietro, los preservativos entorpecían ulteriormente su sensibilidad, para alcanzar el orgasmo empleaba un tiempo aún más largo del que en general necesitaba, sufría él, me hacía sufrir a mí. A veces me dejaba penetrar de espalda, tenía la impresión de notar menos dolor, y mientras me asestaba sus golpes violentos le agarraba una mano, me la llevaba al sexo esperando que entendiera que quería que me acariciase. Pero parecía incapaz de hacer ambas cosas, y como prefería la primera, se olvidaba casi enseguida de la segunda, y tampoco, una vez satisfecho, parecía intuir que deseaba una parte cualquiera de su cuerpo para aplacar a mi vez el deseo. Una vez obtenido su goce me acariciaba el pelo, murmuraba: Voy a trabajar un rato. Cuando se iba, la soledad me parecía un premio de consolación.

A veces, en las manifestaciones, observaba con curiosidad a los varones jóvenes que se exponían impávidos a cualquier peligro, cargados de una energía feliz incluso cuando se sentían amenazados y se volvían amenazantes. Me fascinaban, me sentía atraída por aquel calor febril. Pero me consideraba en todo alejada de las muchachas vivaces que les iban detrás, era demasiado culta, gafuda, estaba casada, iba siempre justa de tiempo. Así que regresaba a casa descontenta, trataba a mi marido con frialdad, me sentía vieja. Solo en un par de ocasiones fantaseé con que uno de aquellos jóvenes, muy famoso en Florencia, muy querido, se fijaba en mí y me llevaba de allí como cuando de jovencita me sentía patosa y no quería bailar, pero Antonio o Pasquale me tiraban de un brazo y me obligaban. Naturalmente nunca ocurrió. En cambio, fueron los conocidos que Pietro empezó a llevar a casa quienes crearon complicaciones. Me mataba preparando las cenas, hacía de esposa que sabía mantener viva la conversación y no me lamentaba, yo misma le había pedido a mi marido que trajera invitados. No tardé en advertir con malestar que aquel rito no se agotaba en sí mismo, me sentía atraída por cualquier hombre que me diera un poco de cuerda. Alto, bajo, delgado, gordo, feo, apuesto, viejo, casado o soltero, si el invitado alababa alguno de mis comentarios, si se acordaba de mi libro con palabras bonitas, si llegaba a entusiasmarse con mi inteligencia, yo lo miraba con agrado y, tras un breve intercambio de frases y miradas, él captaba esa buena disposición mía. Entonces, si al principio se había mostrado aburrido, el hombre se volvía brioso, acababa ignorando por completo a Pietro, multiplicaba sus atenciones hacia mí. Cada una de sus palabras se hacía más y más alusiva y, en el curso de la conversación, sus gestos, sus comportamientos se volvían más íntimos. Con la punta de los dedos me rozaba un hombro, una mano, clavaba sus ojos en los míos pronunciando frases melosas, tocaba mis rodillas con las suyas, la punta de mis zapatos con la de los suyos.

En esos momentos me sentía bien, me olvidaba de la existencia de Pietro y Dede, la estela de pesadísimas obligaciones que dejaban a su paso. Solo temía el momento en que el invitado se marchara y yo regresaba a la mediocridad de la casa: días inútiles, pereza, rabias ocultas tras la docilidad. Por eso me extralimitaba: la excitación me impulsaba a hablar demasiado y en voz alta, cruzaba las piernas procurando enseñar lo más posible, con gesto irreflexivo me desabrochaba un botón de la blusa. Era yo misma la que acortaba las distancias, como si una parte de mí estuviese convencida de que, pegándome de algún modo a aquel extraño, conservaría en el cuerpo parte del bienestar que sentía en ese momento, y cuando él se hubiese marchado del apartamento, solo o con su mujer o su pareja, yo notaría menos la depresión, el vacío tras la exhibición de sentimientos e ideas, la angustia del fracaso.

En realidad, después cuando estaba sola en la cama y Pietro estudiaba, me sentía sencillamente estúpida, me despreciaba. Pero por más que me esforzara no conseguía enmendarme. Máxime porque aquellos hombres se convencían de haber causado buena impresión y, en general, telefoneaban al día siguiente, inventaban excusas para verme otra vez. Aceptaba. Pero en cuanto llegaba al lugar de la cita me asustaba. El simple hecho de que se hubiesen entusiasmado pese a tener, pongamos, treinta años más que yo o estar casados, anulaba su autoridad, anulaba el papel salvador que les había atribuido, y el placer mismo que había sentido durante el juego de seducción resultaba un desliz infamante. Me preguntaba aturdida: ¿Por qué me comporté de ese modo, qué me está ocurriendo? Prestaba más atención a Dede y a Pietro.

Pero a la ocasión siguiente todo volvía a empezar. Fantaseaba, escuchaba a todo volumen la música que había pasado por alto de jovencita, no leía, no escribía. Sobre todo me amargaba cada vez más el hecho de que, por haberme impuesto autodisciplina en todo, me había perdido la alegría de desmelenarme de la que, al parecer, habían gozado y gozaban las mujeres de mi edad del ambiente en el que ahora vivía. Por ejemplo, las veces que Mariarosa viajaba a Florencia, por motivos de estudio o para reuniones políticas, venía a dormir a casa con hombres siempre distintos, en ocasiones con amigas, y tomaba drogas, y se las ofrecía a sus compañeros y nos las ofrecía a nosotros; y si Pietro se ensombrecía y se encerraba en su despacho, yo, en cambio, estaba fascinada, la rechazaba insegura de probar marihuana o ácido —temía ponerme enferma—, pero me quedaba discutiendo con ella y sus amigos hasta la madrugada.

Se hablaba de todo, los intercambios eran a menudo violentos, tenía la impresión de que la buena lengua que tanto me había costado adquirir se había vuelto inadecuada. Demasiado cuidada, demasiado perfecta. Fíjate cómo se ha modificado el lenguaje de Mariarosa, pensaba, ha cortado con su educación, es una deslenguada. Ahora, la hermana de Pietro se expresaba peor que como nos expresábamos Lila y yo de jovencitas. No pronunciaba una sola frase sin aderezarla con la palabra «coño». «¿Dónde coño he puesto el encendedor, dónde coño están los cigarrillos?» Lila nunca había dejado de hablar así; ¿qué debía hacer yo, volver a ser como ella, regresar al punto de partida? ¿Para qué me había esforzado tanto?

Observaba a mi cuñada. Me gustaba cómo mostraba solidaridad conmigo y cómo ponía incómodo a su hermano con los hombres que nos traía a casa. Una noche interrumpió bruscamente la conversación para decirle al muchacho que la acompañaba: Se acabó, vamos a follar. Follar. Pietro había inventado una jerga de niños de buena familia para las cosas del sexo, yo la había adoptado y la usaba en lugar del léxico dialectal soez que conocía desde mi primera infancia. Pero ahora, ¿para sentirse realmente en el mundo cambiante, había que volver a poner en circulación las palabras obscenas, decir: quiero que me follen, jódeme así o asá? Con mi marido, impensable. Sin embargo, los pocos hombres con los que trataba, todos cultísimos, se disfrazaban gustosamente de pueblo llano, se mostraban divertidos con mujeres que fingían ser verduleras, parecían disfrutar tratando a una señora como si fuese una furcia. Al principio eran muy formales, se contenían. Pero no veían la hora de iniciar una escaramuza que de lo no dicho pasara a lo dicho, y a lo dicho con todas las letras, en un juego de libertad donde la timidez femenina era considerada un signo de credulidad hipócrita. Por contra, la franqueza, la inmediatez, eran cualidades de la mujer liberada, y yo me esforzaba por adaptarme. Pero cuanto más me adaptaba, más me sentía poseída por mi interlocutor. En un par de casos creí haberme enamorado.

69

Me ocurrió primero con un ayudante de literatura griega, un tipo de mi edad originario de Asti, que en su ciudad natal tenía una novia con la que decía no estar contento; después, con el marido de una encargada de papirología, una pareja con dos niños de pocos años, ella de Catania, él de Florencia, ingeniero que enseñaba mecánica, se llamaba Mario, tenía una vasta cultura política, bastante autoridad pública, cabello largo, en sus ratos libres tocaba la batería en un grupo de rock, y era siete años mayor que yo. Con ambos el procedimiento fue el mismo: Pietro los invitó a cenar, yo empecé a flirtear. Llamadas telefónicas, feliz participación en manifestaciones, muchos paseos, a veces con Dede, a veces yo sola, y algún cine. Con el ayudante me retiré en cuanto él fue explícito. En cambio Mario me envolvió en una tela cada vez más apretada y una noche, en su coche, me besó, un beso prolongado, y me acarició los pechos dentro del sostén. A duras penas conseguí apartarlo, le dije que no quería verlo más. Pero él telefoneó, volvió a telefonear, lo echaba de menos, cedí. Como me había besado y metido mano, estaba convencido de tener ciertos derechos y enseguida se comportó como si lo retomáramos desde el punto en que lo habíamos dejado. Insistía, proponía, exigía. Cuando yo por una parte lo provocaba y por la otra me hacía desear riendo, se hacía el ofendido, me ofendía.

Una mañana paseaba con él y con Dede que, si no recuerdo mal, tendría poco más de dos años y estaba muy ocupada con su queridísimo muñeco Tes, nombre inventado por ella. En aquellas circunstancias le dedicaba muy poca atención, estaba cautivada por el juego verbal, a ratos me olvidaba por completo de ella. En cuanto a Mario, no tenía en absoluto en cuenta la presencia de mi hija, solo se ocupaba de estar encima de mí con comentarios sin tabúes, se dirigía a Dede para susurrarle burlonamente al oído cosas como: Por favor, ¿puedes decirle a tu mamá que sea buena conmigo? El tiempo voló, nos separamos, Dede y yo enfilamos el camino de vuelta a casa. Tras dar unos cuantos pasos la niña dijo seca: Tes me ha dicho que le contará un secreto a papá. El corazón dejó de latirme. ¿Tes? Sí. ¿Y qué le dirá a papá? Tes lo sabe. ¿Algo bueno o algo malo? Malo. La amenacé: Explícale a Tes que si le cuenta eso a papá, lo encerrarás con llave en el trastero, a oscuras. Se echó a llorar, tuve que llevarla a casa en brazos, a ella que con tal de contentarme caminaba fingiendo que no se cansaba nunca. De modo que Dede comprendía, o al menos percibía, que entre aquel hombre y yo había algo que su padre no habría tolerado.

Interrumpí otra vez los encuentros con Mario. ¿Al fin y al cabo qué era? Un burgués enfermo de pornolalia. Pero la inquietud no cesó, me crecía por dentro un afán de violación, quería desenfrenarme como parecía que el mundo se estaba desenfrenando. Aunque fuese una sola vez deseaba salirme del matrimonio, o, por qué no, de todas las cosas de mi vida, de aquello que había aprendido, de aquello que había escrito, de aquello que trataba de escribir, de la niña que había traído al mundo. Ah, sí, el matrimonio era una cárcel: Lila, que era valiente, se había escapado aún a riesgo de su propia vida. ¿En cambio yo qué riesgos corría con Pietro, tan distraído, tan ausente? Ninguno. ¿Entonces? Telefoneé a Mario. Dejé a Dede con Clelia, me reuní con él en su estudio. Nos besamos, me lamió los pezones, me tocó entre las piernas como hacía Antonio en los pantanos tantos años atrás. Pero cuando se bajó los pantalones y con los calzoncillos en las rodillas me agarró de la nuca tratando de empujarme contra su sexo, me solté, dije que no, me arreglé la ropa y huí.

Regresé a casa nerviosísima, carcomida por la culpa. Hice el amor con Pietro apasionadamente, nunca me había sentido tan involucrada, fui yo misma la que no quiso que se pusiera un preservativo. Por qué me preocupo, me dije, dentro de poco me toca la regla, no pasará nada. Pero pasó. Al cabo de unas semanas comprobé que estaba otra vez embarazada.

70

Con Pietro ni siquiera traté de hablar de aborto —estaba muy contento de que le diera otro hijo—, por lo demás, yo tenía miedo de tomar esa medida, la palabra me daba dolor de estómago. De aborto habló Adele, por teléfono, pero me escaqueé enseguida con frases genéricas como: Dede necesita compañía, es feo criarse solos, es mejor darle un hermanito o una hermanita.

—¿Y el libro?

—Lo tengo encarrilado —mentí.

—¿Me lo dejarás leer?

—Claro.

—Todos estamos esperando.

—Lo sé.

Estaba aterrada, casi sin reflexionar tomé una decisión que asombró mucho a Pietro, quizá incluso a mí. Telefoneé a mi madre, le dije que esperaba otro hijo, le pregunté si quería venir a Florencia, a quedarse una temporada. Refunfuñó que no podía, debía ocuparse de mi padre, de mis hermanos. Le grité: Eso quiere decir que por tu culpa no escribiré más. ¿A quién carajo le importa, me contestó, no te basta con vivir como una señora? Y colgó. Pero a los cinco minutos llamó Elisa. Ya me ocupo yo de la casa, dijo, mamá irá mañana.

Pietro fue en coche a la estación a recoger a mi madre, lo que la enorgulleció, hizo que se sintiera amada. En cuanto puso los pies en mi casa, le enumeré una serie de reglas: No modifiques el orden de mi despacho y el de Pietro; no malcríes a Dede; no te metas entre mi marido y yo; controla a Clelia sin entrar en conflicto con ella; considérame una extraña a la que no debes molestar bajo ningún concepto; quédate en la cocina o en tu habitación cuando tenga invitados. Estaba resignada a que no respetara ninguna de aquellas reglas, sin embargo, como si el miedo a ser despachada de vuelta hubiese modificado su naturaleza, al cabo de unos días se convirtió en una sierva devota que se ocupaba de todas las tareas de la casa y resolvía los problemas con decisión y eficiencia sin molestarnos nunca a mí o a Pietro.

De vez en cuando iba a Nápoles y enseguida su ausencia hacía que me sintiera expuesta al azar, tenía miedo de que no regresara más. Pero siempre lo hizo. Me contaba las novedades del barrio (Carmen estaba embarazada, Marisa había tenido un varón, Gigliola estaba a punto de darle a Michele Solara el segundo hijo, de Lila no decía nada para evitar conflictos) y después se convertía en una especie de espíritu de la casa que, invisible, nos aseguraba a todos nosotros ropa blanca limpia y bien planchada, comidas con los sabores de la infancia, un apartamento siempre pulcro, un orden que apenas desorganizado se reorganizaba con maniática puntualidad. Pietro lo pensó bien y trató otra vez de liberarse de Clelia y mi madre se mostró de acuerdo. Me enojé, pero en lugar de tomarla con mi marido le eché una bronca a ella, que se retiró a su cuarto sin replicar. Pietro me regañó y puso de su parte para que me reconciliara con mi madre, lo que ocurrió pronto y de buena gana. La adoraba, decía que era una mujer muy inteligente, y a menudo después de cenar se quedaba charlando con ella en la cocina. Dede la llamaba abuela y se encariñó con ella hasta el punto de disgustarse cuando aparecía Clelia. Ya está, me dije, todo en orden, ahora no tienes excusas. Y me obligué a concentrarme en el libro.

Repasé los apuntes. Me convencí definitivamente de que debía ir por otro camino. Quería dejar atrás lo que Franco había definido como una «historia de amoríos» y escribir algo adecuado a los tiempos de manifestaciones en las plazas, muertes violentas, represión policial, temores de golpe de Estado. No encontré nada que pasara de una decena de páginas apáticas. ¿Qué me faltaba entonces? Era difícil decirlo. Nápoles, quizá, el barrio. O una imagen como la de *El hada azul*. O una pasión. O una voz a la que atribuir autoridad y que me guiara. Me pasaba horas sentada inútilmente a mi escritorio, leía novelas sin concentrarme demasiado, no salía nunca del despacho por temor a que Dede me hiciera prisionera. Qué infeliz me sentía. Oía la voz de la niña en el pasillo, la de Clelia, el paso claudicante de mi madre. Me subía la falda, me miraba la barriga que ya empezaba a crecer difundiendo por todo el organismo un bienestar indeseado. Estaba preñada por segunda vez y, sin embargo, vacía.

71

Fue entonces cuando me dio por telefonear a Lila, no esporádicamente como había ocurrido hasta ese momento, sino casi a diario. Le hacía carísimas llamadas interurbanas con el único fin de echarme a su sombra, dejar pasar el tiempo del embarazo, esperar que según una vieja costumbre pusiera en marcha mi imaginación. Naturalmente, procuraba no decir cosas erradas y esperaba que ella tampoco las dijera. Ya sabía con claridad que cultivar nuestra amistad solo era posible si me mordía la lengua. Por ejemplo, no podía confesarle que una parte oscura de mí había temido que me hiciera maleficios a distancia, que esa parte seguía confiando en que estuviera realmente enferma y se muriera. Por ejemplo, ella no podía decirme los verdaderos motivos que se agazapaban bajo el tono áspero, a menudo ofensivo, con que me trataba. Por eso nos limitábamos a hablar de Gennaro, que en la primaria era uno de los mejores alumnos, de Dede, que ya sabía leer, y lo hacíamos como dos madres con sus normales presunciones de madres. O le hablaba sobre los intentos de escribir, pero sin dramatizar, me limitaba a decir: Estoy trabajando, no es fácil, el embarazo me debilita un poco. O trataba de averiguar si Michele seguía rondándola, para apresarla de algún modo y quedársela. O a veces, trataba de preguntarle si le gustaban algunos actores de cine o televisión, y así llevarla a que me dijera si la atraían hombres distintos de Enzo y, si acaso, confesarle que a mí también me daba por desear a hombres distintos de Pietro. Me parecía que este último tema no le interesaba. De los actores casi siempre decía: Quién es ese, no lo he visto nunca ni en el cine ni en la televisión. Y apenas pronunciaba el nombre de Enzo, aprovechaba para ponerme al corriente de la historia de los ordenadores aturdiéndome con una jerga para mí incomprensible.

Eran relatos entusiastas, a veces, ante la posibilidad de que pudieran resultarme útiles en el futuro, tomaba apuntes mientras ella hablaba. Enzo lo había conseguido, ahora trabajaba en una fabriquita de ropa blanca a cincuenta kilómetros de Nápoles. La empresa había alquilado una máquina IBM y él hacía de analista de sistemas. ¿Sabes qué trabajo es? Esquematiza los procesos manuales y los transforma en diagramas de flujo. La unidad central de la máquina es grande como un armario de tres puertas, con una memoria de ocho kilobytes. No sabes el calor que hace, Lenù, no te lo puedes imaginar, el ordenador es peor que una estufa. Abstracción máxima sumada al sudor y mucha pestilencia. Me hablaba de núcleos de ferrita, anillos atravesados por un cable eléctrico cuya tensión determinaba su rotación, cero o uno, y un anillo era un bit, y el conjunto de ocho anillos podía representar un byte, es decir, un carácter. Enzo era el protagonista absoluto de las peroratas de Lila. Él dominaba como Dios toda esa materia, manipulaba su vocabulario y su sustancia dentro de una habitación con grandes acondicionadores, un héroe que conseguía que la máquina hiciera todo lo que hacían las personas. ¿Lo entiendes?, me preguntaba de vez en cuando. Contestaba débilmente que sí, pero no sabía de qué me estaba hablando. Yo solo percibía que se daba cuenta de que no entendía nada, y de que me avergonzaba de ello.

Su entusiasmo fue aumentando de una llamada interurbana a otra. Enzo ganaba ahora ciento cuarenta y ocho mil liras al mes, como lo oyes, ciento cuarenta y ocho mil. Porque era muy capaz, el hombre más inteligente que había conocido jamás. Tan capaz, tan despierto, que pronto se había vuelto indispensable y había encontrado la manera de que la contratasen a ella como ayudante. Esa era la novedad: Lila estaba otra vez trabajando y esta vez le gustaba. Él es el jefe, Lenù, y yo, la subjefa. Dejo a Gennaro con mi madre —a veces incluso con Stefano— y todas las mañanas voy a la fábrica. Enzo y yo nos estudiamos la empresa punto por punto. Hacemos lo mismo que hacen los empleados para entender bien qué tenemos que introducir en el ordenador. Punteamos, no sé, los movimientos contables, por ejemplo, pegamos pólizas en las facturas, comprobamos las cartillas de los aprendices, las fichas de asistencia y después lo transformamos todo en diagramas y perforaciones en las fichas. Sí, sí, también hago de perforadora, estoy junto con otras tres mujeres, y en total me pagan ochenta mil liras. Ciento cuarenta y ocho más ochenta son doscientas veintiocho mil, Lenù. Enzo y yo somos ricos, y dentro de unos meses irá todavía mejor, porque el dueño se ha dado cuenta de que soy capaz y me mandará a hacer un curso. ¿Ves la vida que llevo, estás contenta?

72

Una noche fue ella quien llamó, dijo que acababa de recibir una mala noticia: justo al salir de clase, en la piazza del Gesú, habían matado a palos a Dario, el estudiante del que me había hablado tiempo atrás, el muchacho del comité que repartía octavillas delante de la fábrica Soccavo.

La noté preocupada. Pasó a hablarme del manto negro que pesaba sobre el barrio y toda la ciudad, agresiones sobre agresiones. Detrás de muchas de aquellas palizas, dijo, estaban los fascistas de Gino, y detrás de Gino estaba Michele Solara, nombres a los que, pronunciándolos, cargó de vieja repulsión, de rabia nueva, como si detrás de lo que decía hubiera mucho más que callaba. Pensé: ¿Cómo puede estar tan segura de que son ellos los responsables? Tal vez mantenía el contacto con los estudiantes de la via dei Tribunali, tal vez no dedicaba su vida solo a los ordenadores de Enzo. La escuché sin interrumpirla mientras dejaba fluir las palabras con su estilo apasionante. Me contó con lujo de detalles cierto número de expediciones de camaradas que partían de la sección neofascista enfrente de la escuela primaria, se desplegaban por el Rettifilo, por la piazza Municipio, subían al Vomero, atacaban a los militantes de izquierdas a trancazos y cuchilladas. A Pasquale también le habían dado una paliza en un par de ocasiones, le habían roto los dientes de delante. Y una noche, Enzo había llegado a las manos con Gino en persona justo delante del portón de casa.

Después se interrumpió, cambió de tono. ¿Te acuerdas, me preguntó, del ambiente del barrio cuando éramos pequeñas? Es peor, no, mejor dicho, es igual. Y citó a su suegro, don Achille Carracci, el usurero, el fascista, y a Peluso, el carpintero, el comunista, y habló de la guerra que hubo justo delante de nuestros ojos. A partir de ahí nos internamos despacio en aquellos tiempos, yo me acordaba de un detalle, ella de otro. Hasta que Lila acentuó la cualidad visionaria de las frases y se puso a contarme el asesinato de don Achille como hacía de niña, con fragmentos de realidad y muchas fantasías. La cuchillada en el cuello, el largo chorro de sangre que había manchado la olla de cobre. Descartó, como en aquella época, que lo hubiese matado el carpintero. Con convicción adulta dijo: La justicia de entonces, como por lo demás la de hoy, se conformó con la pista más obvia, la que conducía al comunista. Y exclamó: Pero ¿quién te dice que fue realmente el padre de Carmen y Pasquale? ¿Y quién te dice que fue un hombre y no una mujer? Como en un juego de la infancia, cuando nos parecía que éramos del todo complementarias, yo la seguí paso a paso superponiendo entusiasmada mi voz a la de ella, y tuve la impresión de que juntas —las niñas de entonces y las adultas de ahora— estuviéramos llegando a una verdad que durante un par de decenios había sido impronunciable. Piénsalo un poco, me dijo, ¿quién se benefició realmente de ese homicidio, a quién fue a parar el mercado de la usura en el que dominaba don Achille? ¿A quién, eh? Encontramos la respuesta al unísono: La que había salido ganando fue la mujer del libro rojo, Manuela Solara, la madre de Marcello y Michele. Ella mató a don Achille, dijimos levantando la voz, y luego murmuramos, primero yo, luego ella, poniéndonos melancólicas: Pero qué cosas decimos, basta, seguimos siendo dos niñas, no creceremos nunca.

73

Por fin un momento realmente bonito, hacía mucho que no encontrábamos la sintonía de otros tiempos. Aunque en esa ocasión la sintonía se limitaba en realidad a una urdimbre de voces vibrantes a través de las líneas telefónicas. Llevábamos mucho sin vernos. Ella no conocía mi aspecto después de dos embarazos, yo ignoraba si ella seguía pálida, delgadísima, o si había cambiado. Llevaba ya unos años hablándole a una imagen mental que la voz exhumaba perezosamente. Quizá por eso, de golpe, el asesinato de don Achille me pareció sobre todo una invención, el núcleo de un posible relato. En cuanto colgué, traté de poner orden en nuestra conversación, reconstruí los pasajes con los cuales, fundiendo pasado y presente, Lila me había conducido del homicidio del pobre Dario al del usurero, hasta llegar a Manuela Solara. Me costó dormirme, estuve cavilando mucho rato. Sentía cada vez con mayor nitidez que aquel material podía ser una orilla a la que asomarme para atrapar una historia. En los días siguientes mezclé Florencia con Nápoles, los tumultos del presente con las voces lejanas, el bienestar de ahora y el esfuerzo que había hecho para superar mis orígenes, la angustia de perderlo todo y la fascinación de la involución. A fuerza de darle vueltas me convencí de que podía hacer un libro. Con esfuerzo, entre continuas y dolorosas reflexiones, llené un cuaderno cuadriculado y construí una trama de violencias que amalgamaba los últimos veinte años. Lila telefoneaba a veces y preguntaba:

—¿Qué pasa que ya no das señales de vida, no te encuentras bien?

—Estoy muy bien, escribo.

—¿Y cuando escribes yo ya no existo?

—Existes, pero me distraigo.

—¿Y si me pongo enferma, y si te necesito?

—Llama.

—¿Y si no llamo, sigues metida en tu novela?

—Sí.

—Te envidio, dichosa tú.

Trabajé con la angustia creciente de no poder llegar al final de la historia antes del parto, temía morirme al dar a luz, dejando el libro incompleto. Me costó, nada que ver con la feliz inconsciencia con la que había escrito la primera novela. Una vez redactada la historia, me empeñé en dar al texto un carácter más meditado. Quería un estilo animado, nuevo, estudiadamente caótico, y no reparé en esfuerzos. Después trabajé en una segunda versión, con más detalle. Volví a escribir y reescribir cada línea incluso cuando, gracias a una Lettera 32 que me había comprado cuando estaba embarazada de Dede, gracias al papel carbón, transformé los cuadernos en un texto a máquina, compacto, en tres copias, casi doscientas páginas, sin un solo error de mecanografiado.

Era verano, hacía mucho calor, tenía una barriga enorme. Desde hacía un tiempo me había vuelto el dolor del glúteo, iba y venía, y me ponía de los nervios el paso de mi madre por el corredor. Clavé la vista en las hojas, descubrí que me daban miedo. Durante días no logré decidirme, me inquietaba hacérselo leer a Pietro. Tal vez, pensé, debería enviárselo directamente a Adele, él no es la persona adecuada para este tipo de historias. Además, con la tozudez que lo caracterizaba, en la facultad seguía haciéndose la vida muy difícil, volvía a casa nerviosísimo, a mí me soltaba unos discursos abstractos sobre el valor de la legalidad, en fin, no se encontraba en el estado de ánimo adecuado para leer una novela en la que había obreros, patronos, luchas, sangre, camorristas, usureros. Mi novela, además. Me mantiene alejada de la maraña que lleva dentro, nunca se ha interesado en lo que yo era y en lo que me he convertido, ¿qué sentido tiene darle el libro? Se limitará a discutir tal o cual elección léxica, también la puntuación, y si insisto para que me dé su opinión, me soltará vaguedades. Envié a Adele una de las copias mecanografiadas, después la llamé por teléfono.

—He terminado.

—Qué alegría. ¿Me lo mandarás?

—Te lo he mandado esta mañana.

—Bien hecho, no veo la hora de leerlo.

74

Me preparé para la espera, una espera que se hizo mucho más inquietante que la del niño que me daba patadas en el vientre. Conté uno tras otro cinco días, Adele no dio señales de vida. Al sexto día, durante la cena, mientras Dede se esforzaba por comer sola para no disgustarme y su abuela se moría de ganas de ayudarla y no lo hacía, Pietro me preguntó:

—¿Has terminado tu libro?

—Sí.

—¿Por qué se lo has dado a leer a mi madre y no a mí?

—Estás ocupado, no quería molestarte. Pero si quieres leerlo, hay una copia encima de mi escritorio.

No contestó.

—¿Te ha dicho Adele que se lo había enviado? —pregunté al cabo de un momento.

—¿Quién si no?

—¿Lo ha terminado?

—Sí.

—¿Qué opina?

—Te lo dirá ella, son cosas vuestras.

Se lo había tomado a mal. Después de cenar pasé la copia mecanografiada de mi escritorio al suyo, dormí a Dede, vi la televisión sin enterarme de nada, al final me fui a la cama. No pude pegar ojo: ¿Por qué Adele había hablado del libro con Pietro y a mí aún no me había telefoneado? Al día siguiente —30 de julio de 1973— fui a comprobar si mi marido había empezado a leer: la copia estaba debajo de los libros en los que había trabajado gran parte de la noche, era evidente que ni siquiera lo había hojeado. Me puse nerviosa, le grité a Clelia que se ocupara de Dede, que no estuviera mano sobre mano cargando a mi madre con todo el peso. Fui muy dura y mi madre, obviamente, tomó aquello como una muestra de afecto. Me tocó la barriga como para calmarme.

—¿Si es otra niña cómo la vas a llamar? —preguntó.

Yo tenía otras cosas en la cabeza y me dolía la pierna.

—Elsa —contesté sin pensar.

Se entristeció, me di cuenta tarde de que esperaba que le dijera: A Dede le pusimos el nombre de la madre de Pietro, y si viene otra niña, le pondremos el tuyo. Intenté justificarme pero sin ganas. Dije: Ma, trata de entender, tú te llamas Immacolata, no puedo ponerle a mi hija un nombre así, no me gusta. Ella rezongó: ¿Por qué, Elsa es más bonito? Repliqué: Elsa es como Elisa, en todo caso le pongo el nombre de mi hermana, debes estar contenta. No volvió a hablarme. Ay, qué harta estaba de todo. Hacía cada vez más calor, sudaba a mares, no soportaba la barriga, me pesaba, no soportaba la cojera, no soportaba nada de nada.

Finalmente, poco antes del almuerzo, telefoneó Adele. Su voz no tenía su habitual inflexión irónica. Me habló despacio, seria, sentí que cada palabra le costaba un esfuerzo, dijo con muchos circunloquios y salvedades que el libro no era bueno. Pero cuando traté de defender el texto, dejó de buscar fórmulas que no me hirieran y fue explícita. La protagonista era antipática. No había personajes sino caricaturas. Las situaciones y los diálogos eran convencionales. La escritura quería ser moderna y solo era desordenada. Todo aquel odio resultaba desagradable. El final era tosco, de *western* a la italiana, no le hacía justicia a mi inteligencia, a mi cultura, a mi talento. Me resigné a guardar silencio, escuché sus críticas hasta el final. Concluyó diciendo: La novela anterior estaba viva, era toda una novedad, esta en cambio es vieja en los contenidos y está escrita de una forma tan pretenciosa que las palabras parecen vacías. Dije en voz baja: A lo mejor en la editorial serán más benévolos. Se puso tensa, replicó: Si quieres mandársela, adelante, pero por descontado que la considerarán impublicable. No supe qué decir, murmuré: De acuerdo, lo pensaré, adiós. Pero ella me contuvo, cambió rápidamente de registro, se puso a hablar con tono afectuoso de Dede, de mi madre, de mi embarazo, de Mariarosa que la hacía enojar mucho.

—¿Por qué no le diste la novela a Pietro? —me preguntó después.

—No lo sé.

—Habría podido aconsejarte.

—Lo dudo.

—¿No le tienes ninguna estima?

—No.

Después, encerrada en mi despacho, me desesperé. Había sido humillante, no podía soportarlo. No comí casi nada, me dormí con la ventana cerrada a pesar del calor. A las cuatro de la tarde tuve las primeras contracciones. No le dije nada a mi madre, cogí la bolsa que tenía preparada desde hacía tiempo, me subí al coche y partí hacia la clínica esperando que mi segundo hijo y yo nos muriéramos por el camino. Pero todo salió a la perfección. Los dolores me desgarraron, al cabo de unas horas tuve otra niña. A la mañana siguiente Pietro peleó por ponerle a nuestra segunda hija el nombre de mi madre, le parecía un homenaje necesario. Yo, de pésimo humor, insistí en que estaba harta de seguir la tradición, insistí en que debía llamarse Elsa. Cuando regresé a casa de la clínica, lo primero que hice fue llamar a Lila. No le dije que acababa de dar a luz, le pedí si podía enviarle la novela.

La oí respirar suavemente durante unos segundos.

—La leo cuando se publique —murmuró por fin.

—Necesito tu opinión enseguida.

—Hace un montón de tiempo que no abro un libro, Lenù, ya no sé leer, soy incapaz.

—Te lo pido por favor.

—El otro lo publicaste y ya, ¿por qué este no?

—Porque el otro ni siquiera me parecía un libro.

—Solo puedo decirte si me gusta.

—De acuerdo, es suficiente.

75

Mientras esperaba que Lila leyera mi libro, se supo que en Nápoles había una epidemia de cólera. Mi madre se alborotó de un modo exagerado, después se volvió distraída y acabó rompiendo una sopera que me gustaba mucho, anunció que debía regresar a su casa. Intuí enseguida que si el cólera tenía cierto peso en su decisión, el hecho de que me negara a ponerle su nombre a mi nueva hija no era secundario. Intenté retenerla pero me abandonó de todos modos, cuando aún no me había recuperado del parto y me dolía la pierna. Ya no soportaba sacrificar meses y meses de su vida por mí, una hija sin respeto ni gratitud, prefería salir corriendo a morirse a causa del vibrión junto a su marido y a sus hijos buenos. Sin embargo, hasta el umbral de casa mantuvo la impasibilidad que yo le había impuesto, no se lamentó, no rezongó, no me reprochó nada. Aceptó de buena gana que Pietro la acompañara en coche a la estación. Sentía que su yerno la quería y, probablemente, pensé, si siempre se había contenido no había sido para darme el gusto a mí, sino para no quedar mal delante de él. Se conmovió solo cuando tuvo que separarse de Dede. En el rellano le pidió a la niña con su italiano forzado: ¿Te da pena que la abuela se vaya? Dede, que vivía aquella partida como una traición, respondió torva: No.

Me enfadé conmigo misma, más que con ella. Después me entró una furia autodestructiva y horas más tarde despedí a Clelia. Pietro se quedó asombrado, se alarmó. Le dije con resentimiento que estaba harta de luchar con el acento de la Maremma de Dede, con el napolitano de mi madre, deseaba ser otra vez dueña de mi casa y de mis hijos. En realidad, me sentía culpable y sentía una gran necesidad de castigarme. Con un goce desesperado me entregué a la idea de que me superarían las dos niñas y las tareas domésticas, el dolor de la pierna.

Estaba segura de que Elsa me impondría un año no menos terrible que el que había vivido con Dede. En cambio, tal vez porque tenía más práctica con los bebés, tal vez porque estaba resignada a ser una mala madre y no tenía afán de perfección, la niña empezó a mamar sin problemas, pasaba largos ratos prendida al pecho y durmiendo. En consecuencia yo también dormí bastante aquellos primeros días en casa, y, sorprendentemente, Pietro se ocupó de mantener el apartamento limpio, hacer la compra, cocinar, bañar a Elsa, mimar a Dede que estaba como aturdida por la llegada de la hermanita y la marcha de su abuela. El dolor de la pierna se me pasó de golpe. Y, pensándolo bien, estaba tranquila cuando, a última hora de una tarde, mientras dormitaba, mi marido vino a despertarme: Tu amiga de Nápoles pregunta por ti al teléfono, dijo. Corrí a atender la llamada.

Lila había hablado un buen rato con Pietro, dijo que no veía la hora de conocerlo en persona. La escuché sin ganas —Pietro siempre era afable con quien no pertenecía al mundo de sus padres— y como mareaba la perdiz con un tono que me pareció de alegría nerviosa, poco faltó para que le gritara: Te di la posibilidad de hacerme todo el daño posible, date prisa, habla, hace trece días que tienes el libro, dime qué opinas. Pero me limité a interrumpirla de forma brusca:

—¿Lo has leído o no?

Se puso seria.

—Lo he leído.

—¿Y?

—Está bien.

—¿Bien cómo? ¿Te ha parecido interesante, divertido, aburrido?

—Interesante.

—¿Cuánto? ¿Mucho, poco?

—Mucho.

—¿Y por qué?

—Por la historia, da ganas de leerla.

—¿Y qué más?

—¿Qué más quieres?

—Lila —dije, poniéndome tensa—, es imprescindible que sepa cómo es lo que escribí y no tengo a nadie más que me lo pueda decir, solo tú.

—Eso hago.

—No, no es cierto, me estás engañando. Tú nunca has hablado de nada de una forma tan superficial.

Siguió un largo silencio. Me la imaginé sentada, con las piernas cruzadas, al lado de una fea mesita donde estaba apoyado el teléfono. Quizá ella y Enzo acababan de volver del trabajo, quizá Gennaro estaba jugando no lejos de allí.

—Te dije que ya no sé leer —dijo.

—No es esa la cuestión, sino que te necesito y tú como quien ve llover.

Otro silencio. Después mascullό algo que no entendí, tal vez un insulto. Dijo con tono duro, resentido: Yo hago un trabajo, tú haces otro, qué pretendes de mí, tú eres la que ha estudiado, tú eres la que sabe cómo tienen que ser los libros. Después se le quebró la voz, y gritó casi: No tienes que escribir esas cosas, Lenù, tú no eres eso, nada de lo que he leído se parece a ti, es un libro feo, feo, feo, y el anterior también lo era.

Así. Frases veloces, y, sin embargo, entrecortadas, como si el aliento, suave, un soplo, se convirtiera de pronto en sólido y no consiguiera entrar y salir de su garganta. Noté una punzada en el estómago, un dolor fuerte encima de la barriga, que creció, pero no por lo que había dicho, sino por cómo lo había dicho. ¿Estaba sollozando? Exclamé angustiada: Lila, qué pasa, cálmate, anda, respira. No se calmó. Eran sollozos, los oí con claridad, cargados de un sufrimiento tan grande que no logré sentir la herida de aquel «feo,

Lenù, feo, feo», ni me ofendió que hubiese tachado también mi primer libro —el libro que había vendido tanto, el libro de mi éxito, sobre el que ella, sin embargo, jamás se había pronunciado de verdad— de fracaso. Lo que me hizo daño fue su llanto. No estaba preparada, no me lo esperaba. Hubiera preferido a la Lila malvada, hubiera preferido su tono pérfido. Pero no, lloraba, y no lograba contenerse.

Me sentí abrumada. Está bien, pensé, he escrito dos libros feos, pero qué importa, mucho más grave es este disgusto. Y murmuré: Lila, a qué viene tanto llorar, soy yo la que debería estar llorando, para de una vez. Pero ella me chilló: Por qué hiciste que lo leyera, por qué me has obligado a decirte lo que pienso, debía guardármelo para mí. Y yo: No, me alegro de que lo hayas leído, te lo juro. Quería que se calmara pero ella no podía, me lanzaba frases desordenadas: No me hagas leer nada más, no soy la persona adecuada, de ti espero lo máximo, estoy demasiado segura de que sabes hacerlo mejor, quiero que lo hagas mejor, es lo que más quiero, porque ¿quién soy yo si tú no eres buena, quién soy yo? Murmuré: No te preocupes, dime siempre lo que piensas, solo así me ayudas, me has ayudado desde que éramos pequeñas, yo sin ti no soy capaz de nada. Y al final, contuvo los sollozos, murmuró sorbiéndose los mocos: Por qué me habré puesto a llorar, seré imbécil. Se rió: No quería disgustarte, me había preparado un discurso positivo, imagínate, lo tenía escrito y todo, quería quedar bien. La animé a que me lo enviara, dije: Es posible que sepas mejor que yo lo que debo escribir. Después dejamos estar el libro, le conté que había nacido Elsa, hablamos de Florencia, de Nápoles, del cólera. Qué cólera ni qué ocho cuartos, ironizó, aquí lo único que tenemos es el follón de siempre y miedo a morirnos hundidos en la mierda, más miedo que hechos, de hechos nada, comemos toneladas de limones y ya no caga nadie.

Ahora hablaba sin parar, casi alegre, se había quitado un peso de encima. De modo que empecé a notar el atasco en el que me encontraba —dos niñas pequeñas, un marido en general ausente, el desastre de la escritura—, pero pese a todo no me angustié, al contrario, me sentí ligera, yo misma volví a sacar el tema de mi fracaso. Tenía en la cabeza frases como: Se ha cortado el hilo, se ha terminado ese fluido tuyo que me influía de forma positiva, ahora estoy realmente sola. Pero no las dije. Me limité a confesar con un tono autoirónico que tras el esfuerzo de aquel libro estaba el deseo de ajustar cuentas con el barrio, que me había parecido representar los grandes cambios que ocurrían a mi alrededor, que en cierto modo lo que me había inspirado a escribirlo, lo que me había animado, había sido la historia de don Achille y de la madre de los Solara. Se rió a carcajadas. Dijo que la cara repugnante de las cosas no bastaba para escribir una novela: Sin imaginación no parecía una cara auténtica, sino una máscara.

76

No sé bien qué me pasó después. Aun hoy, mientras pongo orden en aquella llamada telefónica, me resulta difícil hablar de los efectos de los sollozos de Lila. Si me explayo, tengo la impresión de ver sobre todo una especie de confusa gratificación, como si aquel llanto, al confirmarme su afecto y la confianza que tenía en mis capacidades, hubiera terminado por borrar el juicio negativo sobre los dos libros. Hubo de pasar bastante tiempo antes de que me diera por pensar que los sollozos le habían permitido destruir de forma indiscutible mi trabajo, sustraerse a mi resentimiento, imponerme un objetivo tan alto —no decepcionarla— que paralizaría cualquier otro intento de escribir. Pero repito, por más que me esfuerce en desentrañar aquella llamada telefónica, no consigo decir: Fue el origen de esto o de lo otro, fue un momento culminante de nuestra amistad, o no, fue uno de los momentos más mezquinos. Lo cierto es que Lila reforzó su papel de espejo de mis incapacidades. Lo cierto es que me sentí más dispuesta a aceptar el fracaso, como si la opinión de Lila fuese, con diferencia, más autorizada —pero también más persuasiva y más afectuosa— que la de mi suegra.

De hecho, días más tarde telefoneé a Adele y le dije: Gracias por haber sido tan franca, me he dado cuenta de que tienes razón, y ahora tengo la impresión de que también mi primer libro tenía muchos defectos; quizá tengo que reflexionar, quizá no sea muy buena en esto de escribir, o sencillamente necesite más tiempo. Mi suegra se puso enseguida a cubrirme de elogios, alabó mi capacidad de autocrítica, me recordó que tenía un público y que ese público estaba esperando. Murmuré: Sí, claro. Después de la llamada metí la última copia de la novela en un cajón, guardé también los cuadernos repletos de apuntes, me dejé absorber por lo cotidiano. El fastidio por aquel esfuerzo inútil alcanzó asimismo a mi primer libro, quizá incluso al propio uso literario de la escritura. Si me pasaba por la cabeza una imagen, una frase sugerente, notaba una sensación de malestar, pensaba en otra cosa.

Me dediqué a la casa, a mis hijas, a Pietro. Ni por asomo pensé en volver a llamar a Clelia ni en sustituirla por alguna otra persona. Volví a cargar con todo y, seguramente, lo hice para aturdirme. Pero lo hice sin esfuerzo, sin pesar, como si de golpe hubiese descubierto que esa era la forma adecuada de emplear la vida y una parte de mí susurrara: Basta ya de pájaros en la cabeza. Sometí los trabajos de la casa a una férrea organización y me ocupé de Elsa y de Dede con una alegría inesperada, como si además del peso del vientre, además del peso de la copia mecanografiada, me hubiese liberado de otro peso más oculto, al que ni yo misma era capaz de poner nombre. Elsa resultó ser una criatura tranquilísima —tomaba largos baños serenos, mamaba, dormía, reía incluso dormida—, pero tuve que prestar mucha atención a Dede, que odiaba a su hermana, se despertaba por la mañana con la cara descompuesta y contaba que la había salvado de un incendio, o del agua, o del lobo, sobre todo, fingía ser también una recién nacida y me pedía que la dejara tomar la teta, imitaba gemidos, de hecho no se resignaba a ser lo que ya era, una niña de casi cuatro años con un lenguaje muy desarrollado, perfectamente autónoma en sus funciones primarias. Me preocupé por darle mucho afecto, por elogiar su inteligencia y su eficacia, por convencerla de que necesitaba su ayuda en todo, para hacer la compra, para cocinar, para impedir que su hermana rompiera algo.

Entretanto, como me aterraba la posibilidad de quedarme otra vez embarazada, empecé a tomar la píldora. Engordé, me sentía hinchada, no obstante, no me atreví a dejarla: un nuevo embarazo me asustaba más que cualquier otra cosa. Además, mi cuerpo ya no me importaba como en otros tiempos. Me parecía que las dos niñas habían ratificado que ya no era joven, que estar marcada por las fatigas —lavarlas, vestirlas, desvestirlas, el cochecito, la compra, cocinar, una en brazos y la otra de la mano, las dos en brazos, quítale los mocos a una, límpiale la boca a la otra, en fin, las tensiones de cada día— atestiguaba mi madurez como mujer, que llegar a parecerme a las madres del barrio no era una amenaza sino el orden de las cosas. Ya está bien así, me decía.

Pietro, que había cedido en lo de la píldora tras una larga resistencia, me observaba preocupado. Estás echando carnes. ¿Qué son esas manchas de la piel? Temía que las niñas, yo, él, enfermáramos, pero detestaba a los médicos. Intentaba tranquilizarlo. Había adelgazado mucho en los últimos tiempos, estaba siempre ojeroso y ya pintaba las primeras canas; acusaba dolores a veces en una rodilla, a veces en el costado derecho, a veces en un hombro, pero se resistía a someterse a una revisión. Lo obligué, lo acompañé yo misma con las niñas, y, aparte de la necesidad de tomar unos tranquilizantes, estaba sanísimo. Eso lo llenó de euforia durante unas horas, se le pasaron todos los síntomas. Pero al cabo de nada, pese a los calmantes, volvió a sentirse mal. En una ocasión en que Dede no lo dejaba ver el telediario —ocurrió poco después del golpe de Estado en Chile—, le dio unos azotes en el culo con excesiva dureza. Y en cuanto empecé a tomar la píldora lo asaltó el deseo de hacer el amor con más frecuencia que antes, pero solo por la mañana o por la tarde, porque —decía— el orgasmo nocturno le daba insomnio y lo obligaba a pasarse buena parte de la noche estudiando, lo que le causaba un cansancio crónico y, por tanto, sus malestares.

Cháchararas sin sentido, para él estudiar de noche era desde siempre una costumbre y una necesidad. No obstante, le decía: No lo hagamos más por la noche, todo me parecía bien. A veces me exasperaba, claro. Era difícil conseguir de él aunque solo fueran pequeñas cosas útiles: hacer la compra cuando disponía de algo de tiempo, fregar los platos después de cenar. Una noche perdí la calma; no le dije nada terrible, sencillamente levanté la voz. Y descubrí algo importante: me bastaba gritar para que su tozudez desapareciera al instante y me obedeciera. Enfrentándome a él con cierta dureza, era posible hacer que se le pasaran incluso los dolores intermitentes, incluso las ganas neuróticas de tener relaciones continuamente. Pero no me gustaba hacerlo. Cuando me comportaba así me daba pena, me parecía causarle un temblor doloroso en el cerebro. De todas maneras, los resultados no eran duraderos. Cedía, se reponía, asumía compromisos con cierta solemnidad, pero después de todo estaba realmente cansado, se olvidaba de las promesas, volvía a ocuparse solo de sí mismo. Al final, lo dejaba correr, trataba de hacerlo reír, lo besaba. ¿Qué ganaba yo con unos cuantos platos mal fregados? Caras largas y una distracción por su parte que significaba: Fíjate, yo aquí perdiendo el tiempo, con todo el trabajo que tengo por hacer. Era mejor dejarlo tranquilo, me ponía contenta cuando conseguía evitar tensiones.

Para no ponerlo nervioso aprendí incluso a no decir lo que pensaba. Por lo demás, no parecía que le interesase. Cuando hablaba, no sé, por ejemplo, de las medidas del gobierno para afrontar la crisis del petróleo, cuando elogiaba el acercamiento del Partido Comunista a la Democracia Cristiana, prefería que yo hiciera de oyente conforme. Y las veces que me mostraba en desacuerdo, adoptaba un aire distraído, o decía con el tono que evidentemente usaba con sus alumnos: Te has educado mal, no conoces el valor de la democracia, el Estado, las leyes, la mediación entre intereses constituidos, el equilibrio de las naciones, te gusta el apocalipsis. Era su mujer, una mujer culta, y esperaba que le prestara mucha atención cuando me hablaba de política, de sus estudios, del nuevo libro en el que trabajaba lleno de ansiedad, consumiéndose, pero la atención solo debía ser afectuosa, no quería opiniones, especialmente si le planteaban dudas. Era como si reflexionara en voz alta, con el único fin de hacer un repaso para sí mismo. Sin embargo, su madre era un tipo de mujer totalmente distinta. Y su hermana también. Estaba claro que no quería que fuese como ellas. En aquella época suya de debilidad, comprendí por algunas frases inacabadas que debía de haberle desagradado no solo el éxito sino la publicación misma de mi primer libro. En cuanto al segundo, nunca me preguntó cómo había terminado lo de la copia mecanografiada y qué proyectos tenía para el futuro. Me pareció que el hecho de que no hablara más de escribir lo reconfortara.

Sin embargo, el que Pietro se revelara a diario peor de como me lo esperaba, no me impulsó nuevamente hacia otros hombres. A veces me encontraba por causalidad con Mario, el ingeniero, pero no tardé en comprobar que se me habían pasado las ganas de seducir y ser seducida, es más, aquella agitación mía de otros tiempos me pareció una fase un tanto ridícula de mi vida, menos mal que la había superado. Se atenuó también el afán por salir de casa, participar en la vida pública de la ciudad. Si me decidía por un debate o una manifestación, llevaba siempre conmigo a las niñas y me sentía orgullosa de mis bolsas repletas de lo necesario para atenderlas, de la cauta desaprobación de quienes decían: Son tan pequeñas, puede ser peligroso.

Salía a diario, sin importar el tiempo, para permitir que mis hijas tomaran el aire y el sol. No lo hacía nunca sin llevarme un libro. Por una costumbre que no se me quitaba, seguí leyendo en cualquier circunstancia, pese a que la ambición de formarme un mundo estaba como desvanecida. En general callejeaba un rato y después me sentaba en un banco no lejos de casa. Hojeaba ensayos complicados, leía el diario, gritaba: Dede, no te vayas lejos, quédate cerca de mamá. Yo era eso, debía aceptarlo. Lila, fuera cual fuese el curso que tomara su vida, era otra cosa.

77

Por aquella época Mariarosa vino a Florencia a presentar el libro de una colega de la universidad sobre la Virgen del Parto. Pietro juró que no faltaría, pero a último momento puso una excusa y se escondió en algún rincón. Mi cuñada llegó en coche, esta vez sola, un tanto cansada pero afectuosa como siempre y cargada de regalos para Dede y Elsa. No mencionó para nada mi novela frustrada, aunque sin duda Adele se lo había contado todo. Con su entusiasmo habitual me habló sin parar de viajes que había hecho, de libros. Cargada de energía seguía las muchas novedades del planeta. Afirmaba una cosa, se cansaba de ella, pasaba a otra, que poco antes, por distracción, por ceguera, había negado. Cuando se refirió al libro de su colega se ganó de inmediato la admiración de aquella parte del público compuesta por historiadores del arte. Y la velada habría transcurrido sin incidentes por las habituales sendas académicas si, en un momento dado, con un brusco volantazo, no hubiese pronunciado frases en ocasiones vulgares como esta: No hay que darle hijos a ningún padre, y mucho menos a Dios Padre, los hijos deben darse a los hijos mismos; ha llegado el momento de estudiar como mujeres y no como hombres; detrás de cada disciplina está la polla, y cuando la polla se siente impotente recurre al garrote, a la policía, a las cárceles, al ejército, a los campos de concentración; y si no te doblegas, si por el contrario, te empeñas en seguir poniéndolo todo patas arriba, llega la matanza. Murmullos insatisfechos, aprobaciones, al final se vio rodeada de un nutrido grupo de mujeres. Me llamó con gestos alegres para que me acercara, enseñó orgullosa a Dede y Elsa a sus amigas florentinas, habló muy bien de mí. Alguna se acordó de mi libro, pero me escabullí enseguida como si no lo hubiese escrito yo. Fue una bonita velada que originó, por parte de un variopinto grupito de muchachas y mujeres hechas y derechas, la invitación a ir a casa de una de ellas una vez por semana para hablar —me dijeron— de nosotras.

Las frases provocativas de Mariarosa y la invitación de sus amigas me impulsaron a recuperar debajo de una pila de libros aquel par de obritas que tiempo atrás me había regalado Adele. Las llevé conmigo en el bolso, las leí al aire libre, bajo un cielo gris de finales del invierno. En primer lugar, intrigada por el título, leí un texto titulado *Escupamos sobre Hegel*. Lo leí mientras Elsa dormía en el cochecito y Dede, con abrigo, bufanda y gorro de lana, dialogaba en voz baja con su muñeco. Me impresionó cada frase, cada palabra y, sobre todo, la descarada libertad de pensamiento. Subrayé con fuerza un montón de frases, las marqué con signos de admiración y líneas verticales. Escupir sobre Hegel. Escupir sobre la cultura de los hombres, escupir sobre Marx, Engels, Lenin. Y sobre el materialismo histórico. Y sobre Freud. Y sobre el psicoanálisis y la envidia del pene. Y sobre el matrimonio y la familia. Y sobre el nazismo, el estalinismo, el terrorismo. Y sobre la guerra. Y sobre la lucha de clases. Y sobre la dictadura del proletariado. Y sobre el socialismo. Y sobre el comunismo. Y sobre la trampa de la igualdad. Y sobre todas las manifestaciones de la cultura patriarcal. Y sobre todas las formas de organización. Oponerse a la dispersión de las inteligencias femeninas. Desculturalizarse. Desculturizarse a partir de la maternidad, no dar hijos a nadie. Deshacerse de la dialéctica siervo-patrón. Arrancarse del cerebro la inferioridad. Devolverse a sí mismas. No tener antítesis. Moverse en otro plano en nombre de la propia diferencia. La universidad no libera a las mujeres sino que perfecciona su represión. Contra la sabiduría. Mientras que los hombres se entregan a empresas espaciales, para las mujeres la vida en este planeta todavía está por empezar. La mujer es la otra faz de la tierra. La mujer es el sujeto imprevisto. Liberarse de la sumisión, aquí, ahora, en este presente. La autora de aquellas páginas se llamaba Carla Lonzi. ¿Cómo es posible, me pregunté, que una mujer sepa pensar así? Me esforcé mucho con los libros, pero los padecí, nunca los usé realmente, nunca los volví contra sí mismos. Así es como se piensa. Así es como se piensa en contra. Después de tanto esfuerzo, yo no sé pensar. Ni siquiera Mariarosa sabe: ha leído páginas y páginas y las mezcla con inspiración, ofreciendo un espectáculo. Es todo. En cambio Lila sabe. Es su naturaleza. Si hubiera estudiado, habría sabido pensar de ese modo.

Aquella idea se hizo insistente. De un modo u otro, todas las lecturas de esa época acabaron por implicar a Lila. Me había topado con un modelo femenino de pensamiento que, con las debidas distancias, me causaba la misma admiración, la misma subordinación que ella despertaba en mí. Es más, leía pensando en ella, en fragmentos de su vida, en las frases que habría aprobado, en las que habría rechazado. Más tarde, animada por aquella lectura, me uní a menudo al grupo de amigas de Mariarosa, y no fue fácil, Dede no paraba de preguntarme: Cuándo nos vamos, Elsa lanzaba de pronto chillidos felices. Pero las dificultades no vinieron solo de mis hijas. En realidad, allí solo encontré mujeres que, pese a parecerse a mí, no consiguieron resultarme útiles. Me aburría cuando la discusión era una especie de resumen mal formulado de lo que ya conocía. Y me parecía saber bastante bien qué significaba haber nacido mujer, no me apasionaban las fatigas de la conciencia de sí mismo. Y no tenía la menor intención de hablar en público de mi relación con Pietro, de los hombres en general, para dar testimonio de lo que son los machos de todas las clases y edades. Y nadie mejor que yo sabía qué significaba masculinizar la propia cabeza para que fuera bien recibida por la cultura de los hombres, lo había hecho, lo hacía. Además, me mantenía por completo ajena a tensiones, estallidos de celos, tonos autoritarios, vocecitas subalternas, jerarquías intelectuales, luchas por la primacía dentro del grupo, que terminaban en llantos desesperados. Pero hubo un hecho nuevo que, naturalmente, me condujo de vuelta a Lila. Me fascinó la forma, explícita hasta el punto de resultar desagradable, con la que nos hablábamos y nos enfrentábamos. No me gustó tanto la condescendencia que daba paso a la lengua viperina, de eso sabía bastante desde la niñez. En cambio, me sedujo una urgencia de autenticidad que nunca había sentido y que quizá no estaba en mi naturaleza. En aquel ambiente jamás pronuncié una palabra que se adecuara a aquella urgencia. Pero sentí que debía hacer algo por el estilo con Lila, examinarnos en nuestra historia con la misma inflexibilidad, decirnos hasta el final lo que callábamos, si acaso partiendo del llanto insólito por mi libro errado.

Fue tan fuerte aquella necesidad que acaricié la posibilidad de ir a Nápoles con las niñas a pasar una temporada, o pedirle a ella que viniera a mi casa con Gennaro, o escribirnos. Se lo mencioné una vez, por teléfono, pero fue un chasco. Le hablé de los libros de mujeres que estaba leyendo, del grupo al que asistía. Me escuchó pero después se burló a carcajadas de los títulos como *La mujer clitórica y la mujer vaginal* e hizo de todo por ser vulgar: Qué carajo dices, Lenù, el placer, el chocho, aquí ya tenemos montones de problemas, estás loca. Quería demostrarme que no contaba con los instrumentos para meter baza en las cosas que me interesaban. Al final se mostró desdeñosa, dijo: Trabaja, haz las cosas bonitas que tienes que hacer, no malgastes el tiempo. Se había enfadado. Evidentemente no es el momento adecuado, pensé, lo intentaré más adelante. Pero nunca encontré el tiempo ni el valor de volver a intentarlo. Al final llegué a la conclusión de que, en primer lugar, debía comprender mejor qué era yo. Indagar en mi naturaleza de mujer. Me había extralimitado, me había esforzado por dotarme de capacidades masculinas. Creía que debía saberlo todo, ocuparme de todo. Qué me importaban a mí la política, las luchas. Quería hacer un buen papel con los hombres, estar a la altura. A la altura de qué. De su razón, la más irrazonable. Tanto empeñarme en memorizar la jerga en boga, qué esfuerzo inútil. El estudio me había modelado la cabeza, la voz, y me había condicionado. La de pactos secretos que había aceptado conmigo misma con tal de destacar. Y ahora, después del duro esfuerzo de aprender, qué debía desaprender. Para colmo, la fuerte proximidad de Lila me había obligado a imaginarme como no era. Me había sumado a ella, y en cuanto me sustraía, me sentía mutilada. Ni una sola idea sin Lila. Ni un solo pensamiento del que pudiera fiarme sin el sostén de sus pensamientos. Ni una sola imagen. Debía aceptarme fuera de ella. Ahí estaba el quid de la cuestión. Aceptar que era una persona de tipo medio. Qué hacer. Tratar de seguir escribiendo. Quizá me faltara pasión, me limitaba a cumplir con un deber. Entonces no escribir más. Buscarme un trabajo cualquiera. O vivir como una señora, como decía mi madre. Encerrarme en la familia. O tirarlo todo por la borda. Las hijas. El marido.

78

Consolidé mis relaciones con Mariarosa. La llamaba a menudo por teléfono, pero cuando Pietro se dio cuenta, empezó a hablarme de su hermana de un modo cada vez más despectivo. Era frívola, era vacía, era peligrosa para ella misma y para los demás, había sido la cruel torturadora de su infancia y adolescencia, era la mayor preocupación de sus padres. Una noche salió de su despacho desgreñado, con cara de cansado, mientras yo hablaba por teléfono con mi cuñada. Se dio una vuelta por la cocina, picoteó algo, bromeó con Dede, y de paso, escuchó nuestra conversación. De buenas a primeras chilló: ¿No se da cuenta esa imbécil de que es hora de cenar? Me disculpé con Mariarosa y colgué. Está todo listo, dije, comemos enseguida, no hace falta chillar. Dijo refunfuñando que gastar dinero en llamadas interurbanas para escuchar las locuras de su hermana le parecía estúpido. No le contesté, puse la mesa. Notó que estaba enfadada, dijo preocupado: No la tengo tomada contigo sino con Mariarosa. Pero a partir de aquella noche se puso a hojear los libros que yo leía, a ironizar sobre las frases que había subrayado. Decía: No te dejes embaucar, son tonterías. Y procuraba mostrarme la lógica renqueante de manifiestos y folletos feministas.

Por ese mismo tema una noche acabamos peleándonos, tal vez se me fue un poco la mano, de frase en frase llegué a decirle: Te das unos aires que no veas, pero todo lo que eres se lo debes a tu padre y a tu madre, igual que Mariarosa. Reaccionó de una forma por completo inesperada, me dio una bofetada, me la dio delante de Dede.

Aguanté bien, mejor que él, en el curso de mi vida había recibido muchas bofetadas, Pietro no había propinado ni una sola, y casi con toda seguridad, no las había recibido. Vi en su cara la repugnancia por lo que acababa de hacer, miró un instante con fijeza a su hija, salió de casa. Dejé que se me pasara la rabia. No me fui a la cama, lo esperé, y como no regresaba, empecé a preocuparme, no sabía qué hacer. ¿Estaría mal de los nervios, descansaba demasiado poco? ¿O esa era su verdadera naturaleza, sepultada bajo miles de libros y una buena educación? Comprendí una vez más que sabía poco de él, que no estaba en condiciones de prever sus movimientos: podía haberse lanzado al Arno, estar borracho y tirado en cualquier rincón, podía incluso haberse ido a Génova a buscar consuelo y a lloriquear en brazos de su madre. Ay, basta ya, estaba asustada. Me di cuenta de que estaba dejando en las márgenes de mi vida privada cuanto leía, cuanto sabía. Tenía dos hijas, no quería sacar conclusiones precipitadas.

Pietro regresó sobre las cinco de la mañana y fue tan grande el alivio de verlo sano y salvo que lo abracé, lo besé. Él refunfuñó: No me amas, nunca me has amado. Y añadió: De todos modos, no te merezco.

79

En realidad, Pietro no lograba aceptar el desorden difuso que ya reinaba en todos los ámbitos de la existencia. Habría querido una vida regulada por costumbres indiscutibles: estudiar, enseñar, jugar con las niñas, hacer el amor, contribuir cada día, en su pequeña parcela, a desenredar con democracia la enredadísima madeja italiana. Pero los conflictos universitarios lo extenuaban, sus colegas menospreciaban su trabajo que, mientras tanto, iba consiguiendo cada vez más crédito en el extranjero, se sentía continuamente vilipendiado y amenazado, tenía la impresión de que por culpa de mi inquietud (pero qué inquietud, si yo era una mujer opaca) nuestra propia familia estaba expuesta a continuos riesgos. Una tarde, Elsa jugaba por su cuenta, yo obligaba a Dede a hacer ejercicios de lectura, él estaba encerrado en su despacho, la casa estaba inmóvil. Pietro, pensaba yo nerviosa, aspira a una fortaleza dentro de la cual él trabaja en su libro, yo me preocupo por la economía doméstica y las niñas crecen serenamente. Llegó entonces la descarga eléctrica del timbre, corrí a abrir y por sorpresa entraron en casa Pasquale y Nadia.

Cargaban con pesadas mochilas militares, él llevaba un sombrero raído sobre el tupido cabello rizado que caía sobre una barba igualmente tupida y rizada, ella parecía más flaca y cansada, tenía los ojos enormes, de niña asustada que finge no tener miedo. Le habían pedido nuestra dirección a Carmen, que a su vez se la había pedido a mi madre. Los dos se mostraron afectuosos, yo también lo fui, como si entre nosotros jamás hubiese habido tensiones o desacuerdos. Ocuparon la casa dejando sus cosas por todas partes. Pasquale hablaba mucho, en voz alta, casi siempre en dialecto. Al principio los dos me parecieron una agradable ruptura de mi insulsa rutina. Pero no tardé en comprobar que a Pietro no le gustaban. Lo irritó que no hubiesen telefoneado para avisar, que los dos se comportaran con excesiva desenvoltura. Nadia se quitó los zapatos, se tumbó en el sofá. Pasquale se dejó el sombrero puesto, tocó objetos, hojeó libros, sacó de la nevera una cerveza para él y otra para Nadia sin pedir permiso, bebió a morro y eructó de un modo que hizo reír a Dede. Dijeron que habían decidido hacer un viajecito, lo dijeron tal cual, hacer un viajecito, sin especificar más. ¿Cuándo habían salido de Nápoles? Contestaron con vaguedades. ¿Cuándo volverían? Más vaguedades. ¿Y el trabajo?, le pregunté a Pasquale. Él se rió: Basta, ya he trabajado demasiado, ahora descanso. Y le enseñó las manos a Pietro, quiso que él le enseñase las suyas, restregó palma contra palma diciendo: ¿Notas la diferencia? Después agarró *Lotta Continua* y pasó la diestra sobre la primera página, orgulloso del sonido que soltaba el papel rascado por la piel áspera, y alegre como si acabara de inventar un nuevo juego. Después añadió, casi amenazante: Sin estas manos ásperas, proclamó, no existirían ni una silla, ni un edificio, ni un coche, nada, ni siquiera tú; si nosotros, los trabajadores, dejamos de deslomarnos, se pararía todo, el cielo caería sobre la tierra y la tierra aplastaría el cielo, las plantas volverían a adueñarse de la ciudad, el Arno inundaría vuestras bonitas casas, y solo quienes llevan deslomándose desde siempre sabrían cómo sobrevivir, mientras que a vosotros dos, con todos vuestros libros, os devorarían los perros.

Fue un discurso al estilo de Pasquale, exaltado y sincero, que Pietro escuchó sin replicar. Igual que Nadia; mientras hablaba su compañero siguió seria, tumbada en el sofá, la vista clavada en el techo. Ella intervino poco en las conversaciones entre los dos hombres, a mí tampoco me dijo nada. Pero cuando fui a preparar café, me siguió a la cocina. Notó que Elsa no se separaba de mí, dijo seria:

—Te quiere mucho.

—Es pequeña.

—¿Quieres decir que cuando sea mayor ya no te querrá?

—No, espero que cuando sea mayor también me quiera.

—Mi madre hablaba mucho de ti. No eras más que su alumna, pero daba la sensación de que fueses más hija suya que yo.

—¿En serio?

—Te odié por eso y porque me quitaste a Nino.

—Yo no tuve la culpa de que te dejara.

—A quién le importa, ahora ni siquiera me acuerdo de la cara que tenía.

—De jovencita me hubiera gustado ser como tú.

—¿Para qué? ¿Te crees que nacer con todo hecho es bonito?

—Bueno, tienes que esforzarte menos.

—Te equivocas, lo cierto es que todo te parece que ya está hecho y no tienes un solo motivo para esforzarte. Solo te sientes culpable por ser lo que eres sin merecértelo.

—Mejor que sentirte culpable por haber fracasado.

—¿Eso te dice tu amiga Lina?

—Qué va.

Nadia hizo un movimiento agresivo con la cabeza, puso una expresión pérfida, que jamás pensé que pudiera adoptar.

—Si me dan a elegir entre las dos, me quedo con ella —dijo—. Sois dos mierdas que no pueden cambiar nada, dos ejemplares de escoria lumpenproletaria. Pero tú te haces la simpática y Lina no.

Me dejó sin palabras en la cocina. Oí que le gritaba a Pasquale: Me doy una ducha, y harías bien en lavarte tú también. Se encerraron en el cuarto de baño. Los oímos reír, ella soltaba grititos que —comprobé— preocupaban mucho a Dede. Cuando salieron estaban semidesnudos, el pelo mojado, muy alegres. Siguieron bromeando entre ellos como si nosotros no estuviéramos allí. Pietro trató entablar conversación con preguntas como: ¿Desde cuándo estáis juntos? Nadia contestó gélida: No estamos juntos, en todo caso, los que estáis juntos sois vosotros. Él preguntó con el tono terco que mostraba en los casos en que las personas le parecían de una gran superficialidad: ¿Qué significa eso? No puedes entenderlo, contestó Nadia. Mi marido objetó: Cuando alguien no puede entender, hay que tratar de explicarle. Entonces intervino Pasquale riendo: No hay nada que explicar, profesor, has de pensar que estás muerto y no lo sabes; todo está muerto, muerta la forma en que vivís, en que habláis, vuestra convicción de ser inteligentísimos, demócratas y de izquierda. ¿Cómo hace uno para explicar algo a alguien que está muerto?

Hubo momentos de tensión. Yo no dije nada, no podía quitarme de la cabeza los insultos de Nadia, lanzados así, como si tal cosa, en mi propia casa. Por fin se fueron, casi sin avisar, como habían llegado. Recogieron sus cosas y se largaron. Cuando estaba en el umbral, Pasquale se limitó a decir con tono de pronto triste:

—Adiós, señora Airota.

Señora Airota. ¿Acaso también mi amigo del barrio me estaba juzgando negativamente? ¿Quería eso decir que para él ya no era Lenù, Elena, Elena Greco? ¿Para él y para cuántos más? ¿También para mí? ¿Acaso yo misma no usaba casi siempre el apellido de mi marido, ahora que el mío había perdido la escasa aureola que había adquirido? Ordené la casa, sobre todo el cuarto de baño, que habían dejado en un estado lamentable. Pietro dijo: No quiero que esos dos vuelvan a poner los pies en mi casa; alguien que habla así del trabajo intelectual es un fascista, aunque no lo sepa; en cuanto a ella, es de ese tipo de mujeres que conozco bien, no tiene nada en la cabeza.

80

Como si quisiera darle la razón a Pietro, el desorden comenzó a hacerse concreto y a arrastrar a personas que habían pertenecido a mi entorno. Supe por Mariarosa que en Milán los fascistas habían agredido a Franco, se encontraba en pésimo estado, había perdido un ojo. Partí de inmediato con Dede y la pequeña Elsa. Hice el viaje en tren, jugué con las niñas, les di de comer, pero estaba entristecida por esa otra que llevaba dentro —la novia pobre e inculta del adinerado estudiante hiperpolitizado Franco Mari; ¿cuántas más había dentro de mí?— que se había perdido en algún lugar y ahora reaparecía.

En la estación me encontré con mi cuñada, pálida, alarmada. Nos llevó a su casa, una casa ahora desierta y todavía más desordenada que cuando me había hospedado después de la asamblea en la universidad. Mientras Dede jugaba y Elsa dormía, me contó algo más de lo que me había dicho por teléfono. El hecho había ocurrido cinco días antes. Franco había hablado en un acto de Vanguardia Obrera, organizado en un teatrito repleto de gente. Al terminar, se marchó a pie con Silvia, que ahora vivía con un redactor del *Giorno* en una bonita casa muy próxima al teatro; él tenía que dormir allí y partir al día siguiente rumbo a Piacenza. Casi habían llegado al portón, Silvia acababa de sacar las llaves del bolso, cuando se les acercó un furgón blanco del que bajaron los fascistas. A él lo machacaron a palos, a Silvia la pegaron y la violaron.

Bebimos mucho vino, Mariarosa sacó la droga, la llamaba así, en otros casos utilizaba el plural. Esta vez decidí probar, pero solo porque, pese al vino, sentía que no tenía ni una sola cosa buena de la que agarrarme. Después de frases cada vez más rabiosas, mi cuñada calló y se echó a llorar. No encontré ni una sola palabra para consolarla. Sentía sus lágrimas, me pareció que hacían ruido al saltar de sus ojos y rodar por las mejillas. De golpe no la vi más, ni siquiera vi la habitación, todo se volvió negro. Me desmayé.

Cuando recobré el sentido, me justifiqué muy avergonzada, dije que había sido por el cansancio. Esa noche dormí poco, el cuerpo me pesaba por el exceso de disciplina y el léxico de los libros y las revistas, rebosaba angustia como si de golpe los signos del alfabeto ya no fueran combinables. No me separé de mis dos niñas, como si ellas fueran las que debían reconfortarme y protegerme.

Al día siguiente dejé a Dede y a Elsa con mi cuñada y fui al hospital. Encontré a Franco en una sala verdosa, en la que flotaba un pesado olor a alientos, orina y medicamentos. Franco estaba como encogido e hinchado, todavía llevo su imagen grabada: el blanco de las vendas, el color violáceo de parte de la cara y el cuello. No me recibió bien, me pareció que se avergonzaba de su estado. Hablé yo, le conté cosas de mis hijas. Al cabo de unos minutos murmuró: Vete, no te quiero aquí. Se encontraba muy mal, supe por un grupito de sus compañeros que quizá lo operarían. Cuando regresé del hospital, Mariarosa notó que estaba destrozada. Me ayudó con las niñas, y en cuanto Dede se durmió me mandó a la cama a mí también. Pero al día siguiente quiso que la acompañara a ver a Silvia. Intenté echarme atrás, ya había sido insoportable ver a Franco y saber que no solo no podía ayudarlo sino que mi presencia lo hacía más frágil. Dije que prefería recordarla como la había visto en la asamblea de la Estatal. No, insistió Mariarosa, ella quiere que la veamos como está ahora, le gustaría que fuéramos. Fuimos.

Nos abrió una señora muy atildada, el cabello muy rubio caía en ondas sobre sus hombros. Era la madre de Silvia y llevaba con ella a Mirko, también rubio, un niño de unos cinco o seis años al que Dede, con su actitud entre malcarada y autoritaria, impuso enseguida un juego con Tes, el viejo muñeco que llevaba a todas partes. Silvia dormía pero había dado orden de que la despertaran en cuanto llegásemos. Esperamos un buen rato antes de que apareciera. Se había puesto mucho maquillaje y un bonito vestido largo de color verde. No me impresionaron tanto los morados, los cortes, el paso inseguro —Lila me había parecido más maltrecha cuando regresó de su viaje de bodas—, como su mirada inexpresiva. Tenía los ojos vacíos, desentonaban por completo con el cuchicheo frenético, interrumpido por risitas, con el que se puso a contarme a mí, solo a mí que todavía no lo sabía, lo que los fascistas le habían hecho. Se expresó como si recitara una atroz rima infantil que, por ahora, era la forma en que el horror se había sedimentado a fuerza de repetirlo a quienes iban a verla. Su madre trató de interrumpirla varias veces, pero ella la rechazó con un gesto irritado, levantando la voz, recitando obscenidades e imaginándose un futuro próximo, muy próximo, de venganzas feroces. Cuando estallé en llanto calló de golpe. Entretanto llegó más gente, amigas de la familia y compañeras. Entonces Silvia empezó su relato desde cero, yo me retiré deprisa a un rincón estrechando a Elsa, dándole besos leves. Y me vinieron a la cabeza los detalles de lo que Stefano le había hecho a Lila, los detalles que había imaginado mientras Silvia hablaba, y tuve la sensación de que las palabras de los dos relatos eran aullidos de animales aterrorizados.

En un momento dado fui a buscar a Dede. La encontré en el pasillo con Mirko y el muñeco. Jugaban a que eran la mamá y el papá con su niño, pero no en paz, escenificaban una pelea. Me detuve. Dede le daba instrucciones a Mirko: Tienes que darme una bofetada, ¿de acuerdo? La nueva carne viva copiaba en broma a la vieja, éramos una cadena de sombras que desde siempre se representaba con la misma carga de amor, odio, deseos y violencia. Observé bien a Dede, me pareció igual a Pietro. Mirko, en cambio, era idéntico a Nino.

81

No mucho después, la guerra subterránea que aparecía en los diarios y la televisión siguiendo picos imprevistos —tramas golpistas, represión policial, bandas armadas, enfrentamientos a tiros, muertos, heridos, bombas y matanzas tanto en las ciudades grandes como en las pequeñas— de nuevo se me echó encima. Telefoneó Carmen, estaba muy preocupada, llevaba semanas sin saber nada de Pasquale.

—¿Por casualidad no habrá ido a tu casa?

—Sí, pero de eso hará como dos meses.

—Ah. Me pidió tu número de teléfono y la dirección. Quería verte para pedirte consejo. ¿Lo hizo?

—¿Consejo sobre qué?

—No lo sé.

—No me pidió ningún consejo.

—¿Y qué dijo?

—Nada, estaba bien, alegre.

Carmen había preguntado en todas partes, incluso a Lila y a Enzo, incluso a los del colectivo de la via dei Tribunali. Al final había telefoneado a casa de Nadia, pero su madre se mostró descortés, y Armando solo le dijo que su hermana se había mudado sin dejar señas.

—Se habrán ido a vivir juntos.

—¿Pasquale con esa? ¿Sin darme una dirección o un teléfono?

Hablamos largo rato. Le dije que quizá Nadia había roto con su familia a causa de su relación con Pasquale, que a lo mejor se habían ido a vivir a Alemania, a Inglaterra, a Francia. Aquello no convenció a Carmen. Pasquale es un hermano cariñoso, dijo, nunca desaparecería así. Tenía un feo presentimiento, ahora en el barrio se producían enfrentamientos casi a diario, el que fuera militante debía guardarse las espaldas, los fascistas la habían amenazado a ella y a su marido. Y habían acusado a Pasquale de prenderle fuego tanto a la sección neofascista como al supermercado de los Solara. No me había enterado de aquellos hechos, me quedé de piedra: ¿Eso había ocurrido en el barrio, eso le achacaban los fascistas a Pasquale? Sí, era el primero de la lista, estaba considerado como alguien a quien había que quitar de en medio. A lo mejor Gino, dijo Carmen, me lo mandó matar.

—¿Has ido a la policía?

—Sí.

—¿Qué te han dicho?

—Por poco me detienen, son más fascistas que los fascistas.

Telefoneé a la Galiani. Me dijo irónica: ¿Qué ha pasado, no te he visto más en las librerías y tampoco en los diarios, te has jubilado? Le contesté que tenía dos niñas, que por ahora debía ocuparme de ellas, después le pregunté por Nadia. Se puso arisca. Nadia es mayor, se ha ido a vivir sola. Dónde, pregunté. Asuntos suyos, contestó y sin despedirse, mientras le preguntaba si me daba el número de su hijo, colgó.

Tardé bastante en dar con un número de teléfono de Armando, y me costó todavía más encontrarlo en casa. Cuando por fin me contestó, pareció contento de oírme e incluso demasiado propenso a las confidencias. Trabajaba mucho en el hospital, su matrimonio había terminado, su mujer se había ido llevándose al niño, él estaba solo y a la deriva. Se bloqueó al hablar de su hermana. Dijo despacio: Ya no tengo ninguna relación con ella. Divergencias políticas, divergencias sobre todo, desde que salía con Pasquale no había manera de razonar con ella. Pregunté: ¿Se fueron a vivir juntos? Fue al grano: Digamos que sí. Y como si el tema le pareciera demasiado frívolo, se salió por la tangente, en duros términos pasó a comentar la situación política, habló de la matanza de Brescia, de los patronos que subvencionaban a los partidos y, en cuanto las cosas tomaban mal cariz, a los fascistas.

Volví a llamar a Carmen para tranquilizarla. Le dije que Nadia había roto con su familia para irse a vivir con Pasquale y que Pasquale la había seguido como un perrito.

—¿Te parece? —preguntó Carmen.

—No hay duda, el amor es así.

Se mostró escéptica. Insistí, le hablé con más detalle de la tarde que habían pasado en mi casa y exageré un poco sobre cuánto se querían. Nos despedimos. Pero a mediados de junio Carmen me llamó otra vez, desesperada. Habían matado a Gino en pleno día, delante de la farmacia, le habían disparado en la cara. En un primer momento pensé que me estaba dando la noticia porque el hijo del farmacéutico formaba parte de nuestra primera adolescencia y, fuera o no fascista, seguramente el suceso me impresionaría. Pero el motivo no era compartir conmigo el horror de aquella muerte violenta. Los carabineros habían ido a su casa y habían registrado a fondo el apartamento, incluso el surtidor de gasolina. Buscaban algún elemento que pudiera conducir a Pasquale, y ella se había sentido mucho peor que cuando habían ido a detener a su padre por el asesinato de don Achille.

82

Carmen estaba deshecha por la angustia, lloraba por aquello que, para ella, era una nueva persecución. Yo, por mi parte, no conseguía quitarme de la cabeza la placita desnuda a la que daba la farmacia; tenía ante mis ojos el interior de la tienda, que siempre me había gustado por su olor a caramelos y jarabes, por los muebles de madera oscura en los que se alineaban frascos de colores, sobre todo, por los padres de Gino, amabilísimos, un poco encorvados detrás del mostrador al que asomaban como a un balcón, seguramente ellos estaban presentes cuando el sonido de los disparos los estremeció, ellos que tal vez desde allí, con ojos desorbitados vieron a su hijo desplomarse en el umbral y la sangre. Quise hablar con Lila. Pero ella se mostró por completo indiferente, liquidó el episodio como uno de tantos, se limitó a decir: Imagínate si los carabineros no iban a tomarla con Pasquale. Su voz supo atraparme y convencerme enseguida, subrayó que, aunque Pasquale hubiese asesinado realmente a Gino —algo que debía descartarse—, de todos modos ella se habría puesto de su parte, porque lo que deberían haber hecho los carabineros era tomarla con el muerto por todas sus malas acciones, y no con nuestro amigo albañil y comunista. Tras lo cual, con el tono de quien pasa a tratar temas más importantes, me preguntó si podía dejarme a Gennaro hasta que empezara el nuevo curso escolar. ¿Gennaro? ¿Cómo iba a arreglármelas? Ya tenía a Dede y a Elsa que me dejaban derrengada.

—¿Por qué? —murmuré.

—Tengo que trabajar.

—Estoy a punto de irme a la playa con las niñas.

—Llévatelo también a él.

—Voy a Viareggio y me quedo hasta finales de agosto. El niño apenas me conoce, te añorará. Si vienes tú también, de acuerdo, pero yo sola, no sé.

—Me juraste que te ocuparías de él.

—Sí, pero si enfermabas.

—¿Y tú qué sabes si no estoy enferma?

—¿Estás enferma?

—No.

—¿Y no puedes dejárselo a tu madre o a Stefano?

Calló unos segundos, perdió las buenas maneras.

—¿Me haces el favor sí o no?

Cedí enseguida.

—De acuerdo, tráemelo.

—Te lo lleva Enzo.

Enzo llegó un sábado por la tarde en un Fiat 500 blanquísimo que había comprado hacía poco. Verlo desde la ventana, oír el dialecto que utilizó para decirle algo al niño que seguía en el coche —era el de siempre, idéntico, el mismo gesto mesurado, el mismo cuerpo sólido— devolvieron su materialidad a Nápoles, al barrio. Abrí la puerta con Dede pegada a mi falda y me bastó una sola mirada a Gennaro para darme cuenta de que cinco años antes Melina había acertado; con diez años el niño demostraba sin asomo de dudas que no solo no guardaba ningún parecido con Nino, sino tampoco con Lila: era el vivo retrato de Stefano.

Al comprobarlo me embargó un sentimiento ambiguo, una mezcla de decepción y satisfacción. Pensé que, a fin de cuentas, como debía quedarme al niño durante tanto tiempo, habría sido bonito tener por casa, junto con mis hijas, a un hijo de Nino; sin embargo, con mucho gusto tomé nota de que Nino no le había dejado nada a Lila.

83

Enzo quería regresar enseguida, pero Pietro lo recibió con mucha cortesía y lo obligó a pasar la noche en casa. Traté de hacer que Gennaro jugara con Dede, pese a que se llevaban seis años, pero mientras ella se mostró dispuesta, él se negó con un gesto decidido de la cabeza. Me asombró ver la atención que Enzo prestaba a ese hijo que no era suyo, demostrando conocer sus costumbres, sus gustos, sus necesidades. Lo obligó con amabilidad, y pese a que Gennaro protestó porque tenía sueño, a que hiciera pis y se cepillara los dientes antes de irse a la cama, después, cuando el niño se quedó frito por el cansancio, lo desvistió y le puso el pijama con delicadeza.

Mientras yo lavaba los platos y ordenaba, Pietro entretuvo al invitado. Estaban sentados a la mesa de la cocina, no tenían nada en común. Probaron con la política, pero cuando mi marido habló en términos positivos del progresivo acercamiento de los comunistas a los democristianos, y Enzo dejó caer que si esa estrategia llegaba a ganar, Berlinguer le estaría estrechando la mano a los peores enemigos de la clase obrera, renunciaron a discutir para no acabar peleándose. Pietro pasó amablemente a preguntarle por su trabajo, y esa curiosidad debió de parecerle sincera a Enzo, porque fue menos lacónico que de costumbre y comenzó un relato sintético, quizá demasiado técnico. IBM había decidido hacía poco trasladarlos a él y a Lila a una empresa más grande, una fábrica de los alrededores de Nola, con trescientos obreros y unos cuarenta empleados. La propuesta económica los había dejado sin aliento: trescientos cincuenta mil liras al mes para él, que era el director del centro de procesamiento de datos, y cien mil para ella, que era su ayudante. Habían aceptado, por supuesto, pero ahora debían ganarse esos sueldos y el trabajo que tenían por delante era realmente enorme. Somos responsables, nos explicó empleando a partir de ese momento el «nosotros», de un sistema 3 modelo 10, y tenemos a nuestra disposición dos operadores y cinco perforadoras que, además, son verificadoras. Debemos recoger e introducir en el sistema una gran cantidad de información, necesaria para que la máquina se ocupe de cosas como..., no sé..., la contabilidad, las nóminas, la facturación, el almacén, la gestión de pedidos, los pedidos cursados a los proveedores, la producción y los envíos. Para ello utilizamos unos cartoncitos, es decir, las fichas que hay que perforar. Los agujeros lo son todo, el trabajo confluye allí. Os pongo como ejemplo el trabajo necesario para programar una operación sencilla como emitir una factura. Se empieza por el albarán de papel, en el que el encargado del almacén indica tanto los productos como el cliente a quien se entregan. El cliente tiene un código, sus datos completos tienen otro código y también los productos tienen su código. Las perforadoras se ponen en las máquinas, pulsan la tecla de emisión de las fichas, teclean y convierten el número de albarán, el código de cliente, el código de datos completos, el código de producto y de cantidad en otros tantos agujeros en los cartoncitos. Para que lo entendáis, mil albaranes por diez productos se convierten en diez mil cartoncitos perforados con agujeritos como los de una aguja. ¿Está claro, me seguís?

La velada pasó así. De vez en cuando Pietro indicaba con un gesto que seguía la explicación y trataba incluso de hacer alguna pregunta («los agujeros cuentan, pero ¿cuentan también las partes no perforadas?»). Yo me limitaba a esbozar una media sonrisa mientras limpiaba y sacaba brillo a la cocina. Enzo parecía contento de poder explicarle a un profesor universitario, que lo escuchaba como un alumno disciplinado, y a una antigua amiga suya, que había obtenido una licenciatura y escrito un libro y que ahora se dedicaba a ordenar la cocina, cosas que ignoraban por completo. Yo, en realidad, me distraje enseguida. Un operador cogía diez mil cartoncitos y los introducía en una máquina que se llamaba seleccionadora. La máquina los ordenaba por código de producto. Después se pasaba a dos lectores, no en el sentido de personas, sino en el sentido de máquinas programadas para leer las perforaciones y las no perforaciones de los cartoncitos. ¿Y después? Ahí me perdí. Me perdí entre los códigos y los paquetes enormes de cartoncitos y los agujeros que comparaban agujeros entre sí, que seleccionaban agujeros, que leían agujeros, que hacían las cuatro operaciones, que imprimían nombres, direcciones, totales. Me perdí detrás de una palabra que no había oído hasta entonces, *file*, que Enzo pronunciaba como si se tratara del plural italiano de la palabra *fila*, aunque no decía *le file*, sino *il file*, un misterioso masculino, *il file* de esto, *il file* de lo otro, sin parar. Me perdí detrás de Lila, que lo sabía todo sobre aquellas palabras, aquellas máquinas, aquel trabajo que ahora hacía en una empresa grande de Nola, aunque con el sueldo que le pagaban a su compañero hubiera podido vivir como una señora mejor que yo. Me perdí detrás de Enzo que podía decir con orgullo, «sin ella no podría hacerlo», y nos comunicaba así un amor muy devoto, era evidente que le gustaba recordarse a sí mismo y a los demás lo extraordinario de su mujer, mientras que mi marido no me elogiaba nunca, al contrario, me convertía en madre de sus hijos, quería que a pesar de haber estudiado yo no fuera capaz de pensar de forma autónoma, me humillaba humillando mis lecturas, lo que me interesaba, mis opiniones, y parecía dispuesto a amarme con la condición de demostrar continuamente mi nulidad.

Al final yo también me senté a la mesa, hostil, porque ninguno de los dos había intentado siquiera decirme, te ayudamos a poner la mesa, a recoger, a lavar los platos, a barrer el suelo. Una factura, decía Enzo, es un documento sencillo, ¿qué me cuesta hacerla a mano? Nada, si tengo que rellenar diez al día. Pero ¿y si tengo que hacer mil? Los lectores leen hasta doscientas fichas por minuto, o sea, dos mil en diez minutos y diez mil en cincuenta minutos. La velocidad de la máquina es una ventaja enorme, especialmente si se la prepara para hacer operaciones complejas, que requieren mucho tiempo. Y mi trabajo y el de Lila consiste precisamente en eso, preparar el sistema para que haga operaciones complejas. Las fases de desarrollo de los programas son realmente bonitas. Las fases operativas, ya no tanto. Muchas veces las fichas se atascan en las seleccionadoras y se rompen. Muchísimas veces un contenedor con las fichas recién ordenadas se te cae y los cartoncitos se desparraman por el suelo. Pero es bonito, hasta eso es bonito.

—¿Él se puede equivocar? —dije, interrumpiéndolo solo para sentirme presente.

—¿Él quién?

—El ordenador.

—No hay ningún él, Lenù, él soy yo. Si se equivoca, si causa problemas, he sido yo quien se ha equivocado, quien ha causado problemas.

—Ah —dije, y murmuré—: Estoy cansada.

Pietro asintió y me pareció dispuesto a dar por terminada la velada. Pero después se dirigió a Enzo:

—Es apasionante, sin duda, pero si es como tú dices, estas máquinas ocuparán el lugar de las personas, desaparecerán muchas funciones, en la Fiat, las soldaduras ya las hacen los robots, se perderán numerosos puestos de trabajo.

De entrada Enzo estuvo de acuerdo, después lo pensó mejor, al final recurrió a la única persona a la que atribuía autoridad:

—Lina dice que es un bien, que deben desaparecer los trabajos humillantes y los que embrutecen.

Lina, Lina, Lina. Pregunté con recochineo: Si Lina es tan competente, ¿por qué a ti te pagan trescientas cincuenta mil liras y a ella cien mil, por qué tu eres director del centro y ella la ayudante? Enzo vaciló otra vez, estuvo a punto de decir algo urgente que luego decidió guardarse. Masculló: ¿Qué quieres de mí? Hay que abolir la propiedad privada de los medios de producción. Durante unos segundos en la cocina se oyó el zumbido de la nevera. Pietro se levantó y dijo: Vamos a dormir.

84

Enzo quería marcharse antes de las seis, pero a las cuatro de la mañana lo oí moverse en su habitación y me levanté a prepararle el café. Cara a cara, en la casa silenciosa, desapareció la lengua de los ordenadores o el italiano debido a la autoridad de Pietro, y pasamos al dialecto. Le pregunté por la relación con Lila. Dijo que iba bien, aunque ella no paraba nunca. A ratos corría detrás de los problemas de trabajo, a ratos se enzarzaba con su madre, su padre, su hermano, a ratos ayudaba a Gennaro a hacer los deberes y por más vueltas que le diera terminaba ayudando también a los hijos de Rino y a todos los niños que iban por casa. Lila no se cuidaba y por eso estaba muy fatigada, parecía siempre al borde de derrumbarse como ya había ocurrido, estaba cansada. Comprendí enseguida que la pareja compenetrada que formaban, codo con codo en el trabajo, afortunada por contar con buenos sueldos, debía colocarse en una secuencia más complicada.

—Quizá deberíais poner un poco de orden —aventuré—. Lina no puede fatigarse tanto.

—No paro de decírselo.

—Además, existen la separación, el divorcio. No tiene sentido que siga casada con Stefano.

—Eso no le importa nada.

—¿Y Stefano?

—Ni siquiera sabe que ya puede divorciarse.

—¿Y Ada?

—Ada tiene problemas de supervivencia. La rueda gira, el que estaba arriba, termina abajo. A los Carracci ya no les queda ni una lira, solo deudas con los Solara, y lo único que le preocupa a Ada es arramblar con todo lo que pueda antes de que sea tarde.

—¿Y tú? ¿No quieres casarte?

Comprendí que él se hubiera casado de buena gana, pero Lila no estaba por la labor. No solo no quería perder tiempo con el divorcio —a quién le importa si sigo casada con ese, estoy contigo, duermo contigo, es lo esencial—, sino que la mera idea de otra boda le daba risa. Decía: ¿Tú y yo? ¿Casarnos tú y yo? Pero qué dices, así estamos bien, en cuanto nos hartemos, cada uno por su lado. A Lila no le interesaba la perspectiva de un nuevo matrimonio, tenía otras cosas en las que pensar.

—¿En qué?

—Dejémoslo.

—Dime.

—¿Nunca te ha dicho nada?

—¿De qué?

—De Michele Solara.

Me contó con frases breves, tensas, que en todos esos años Michele nunca había dejado de pedirle a Lila que trabajara para él. Le había propuesto ocuparse de una nueva tienda en el Vomero. O de la contabilidad y los impuestos. O de la secretaría de un amigo suyo, un político democristiano importante. Había llegado incluso a ofrecerle un sueldo de doscientas mil liras al mes solo para que inventara cosas, ideas locas, todo lo que le pasara por la cabeza. Él, aunque viviera en Posillipo, seguía teniendo la sede de todos los trapicheos en el barrio, en la casa de su madre y su padre. De modo que Lila se lo encontraba continuamente, en la calle, en el mercado, en las tiendas. La paraba, siempre muy amigable, bromeaba con Gennaro, le hacía regalitos. Después se ponía muy serio, y aunque ella rechazaba los trabajos que le ofrecía, él reaccionaba con paciencia, se despedía subrayando con su ironía de siempre: Yo no me rindo, te espero por toda la eternidad, llámame cuando quieras y corro. Hasta que se enteró de que ella trabajaba para IBM. Eso lo irritó, llegó a movilizar a personas que conocía para echar a Enzo del mercado de los consultores, y de paso, también a Lila. No lo consiguió, IBM tenía una urgente necesidad de técnicos y los técnicos competentes como Enzo y Lila escaseaban. Pero el ambiente había cambiado. Enzo se había encontrado a los fascistas de Gino delante de casa y consiguió arreglárselas gracias a que llegó a tiempo al portón y lo cerró a sus espaldas. Pero poco después, a Gennaro le sucedió algo preocupante. Como de costumbre, la madre de Lila fue a recogerlo al colegio. Habían salido todos los alumnos y el niño no aparecía. La maestra: Estaba aquí hace apenas un minuto. Los compañeros: Estaba aquí y después no lo hemos visto más. Asustadísima, Nunzia llamó a su hija al trabajo, Lila llegó enseguida y se puso a buscar a Gennaro. Lo encontró sentado en un banco de los jardincillos. El niño estaba tranquilo, con su bata, su lazo, su cartera, y a las preguntas: Adónde has ido, qué has hecho, reía con ojos vacíos. Ella quiso ir enseguida a ver a Michele y matarlo, tanto por el intento de darle una paliza a Enzo como por el secuestro de su hijo, pero Enzo se lo impidió. Los fascistas se echaban encima de todos aquellos que fueran de izquierdas y no tenían pruebas de que Michele hubiese ordenado la emboscada. En cuanto a Gennaro, él mismo reconoció que su breve ausencia había sido solo una desobediencia. De todas maneras, una vez que Lila se calmó, Enzo decidió ir por su cuenta a hablar con Michele. Se presentó en el bar Solara y Michele lo escuchó sin pestañear. Después le dijo más o menos: No sé de qué carajo me hablas, Enzù; yo le tengo cariño a Gennaro, el que se atreva a tocarlo es hombre muerto, pero entre todas las tonterías que has dicho, lo único cierto es que Lina es muy competente y es una lástima que malgaste su inteligencia, hace años que le pido que trabaje para mí. Y después añadió: ¿Esto te toca los cojones? Me la suda. Pero haces mal, si la quieres, tienes que animarla a que use sus grandes capacidades. Ven aquí, siéntate, tómate un café y una pastita, cuéntame para qué sirven vuestros ordenadores. Y la cosa no acabó ahí. Se vieron dos o tres veces más, por casualidad, y Michele se mostró cada vez más interesado en el sistema 3. Un día llegó a decirle, divertido, que le había preguntado a uno de IBM quién era mejor, él o Lila, y el tipo le había dicho que Enzo era sin duda muy bueno, pero que Lila era la mejor del lugar. Después de aquello, en otra ocasión la paró por la calle y le hizo una propuesta importante. Tenía pensado alquilar el sistema 3 y usarlo en todas sus actividades comerciales. Consecuencia: la quería como directora del centro de procesamiento de datos, a cuatrocientas mil liras al mes.

—¿Eso tampoco te lo ha contado? —me preguntó Enzo cautamente.

—No.

—Se ve que no quiere molestarte, tú tienes tu vida. Pero comprenderás que para ella personalmente es un salto de calidad, y para los dos juntos sería una fortuna, llegaríamos a setecientas cincuenta mil liras al mes entre los dos, no sé si está claro.

—¿Y qué dice Lina?

—Tiene que dar una respuesta en septiembre.

—¿Y qué va a hacer?

—No lo sé. ¿Alguna vez conseguiste saber de antemano qué tiene en la cabeza?

—No. ¿Tú qué crees que debería hacer?

—Yo pienso lo que ella piense.

—¿Aunque no estés de acuerdo?

—Sí.

Lo acompañé al coche. Cuando bajábamos las escaleras pensé que quizá debía contarle lo que seguramente no sabía, es decir, que Michele albergaba por Lila un amor en forma de telaraña, un amor peligroso que no tenía nada que ver con la posesión física, ni siquiera con una devota subordinación. A punto estuve de hacerlo, lo apreciaba, no quería que pensara que tenía delante solo un medio camorrista que desde hacía tiempo planeaba comprar la inteligencia de su mujer.

—¿Y si Michele te la quiere quitar? —Le pregunté cuando ya estaba al volante.

Se mantuvo impasible.

—Lo mato. Pero de todos modos no la quiere, ya tiene una amante, todo el mundo lo sabe.

—¿Quién es?

—Marisa, la ha dejado otra vez embarazada.

En un primer momento me pareció no haber entendido.

—¿Marisa Sarratore?

—Marisa, la esposa de Alfonso.

Recordé la conversación con mi compañero de colegio. Había intentado contarme lo complicada que era su vida y yo me había echado atrás, más impresionada por la superficie que por la esencia de su revelación. También en aquella ocasión su malestar me pareció confuso —para aclararme debería haber hablado otra vez con él, y quizá tampoco entonces habría entendido—, sin embargo, me caló hondo con doloroso desagrado.

—¿Y Alfonso? —pregunté.

—A él le importa un comino, dicen que es maricón.

—¿Quién lo dice?

—Todos.

—Todos es muy genérico, Enzo. ¿Qué más dicen todos?

Me miró con un arrebato de ironía cómplice.

—Muchas cosas, el barrio es un chismorreo continuo.

—¿A qué te refieres?

—Han salido otra vez a relucir antiguas historias. Dicen que la madre de los Solara fue la que mató a don Achille.

Se marchó, y esperé que también se llevara sus palabras. Pero aquello de lo que acababa de enterarme perduró, me causó preocupación y enfado. Para librarme fui al teléfono, hablé con Lila y mezclé ansiedades y quejas: ¿Por qué no me dijiste nada de las ofertas de trabajo de Michele, especialmente de la última; por qué revelaste el secreto de Alfonso; por qué pusiste en circulación esa historia de la madre de los Solara, era un juego nuestro; por qué me mandaste a Gennaro, estás preocupada por él, dímelo con claridad, tengo derecho a saberlo; por qué, para variar, no me cuentas lo que de verdad te pasa por la cabeza? Fue un desahogo, pero de frase en frase, en mi fuero interno confiaba en que no nos detendríamos allí, que se haría realidad, aunque fuera por teléfono, el viejo deseo de enfrentarnos a toda nuestra relación para examinarla, aclararla y tener plena conciencia de ella. Esperaba provocarla y arrastrarla hacia otras preguntas, cada vez más personales. Pero Lila se irritó, me trató con bastante frialdad, no estaba de buen humor. Contestó que yo me había marchado hacía años, que ya tenía una vida en la que los Solara, Stefano, Marisa, Alfonso, no significaban nada, eran un cero a la izquierda. Sigue de vacaciones, me dijo yendo al grano, escribe, haz de intelectual, aquí somos demasiado mediocres para ti, mantente al margen, y por favor, a ver si haces que Gennaro tome un poco el sol, que si no me sale raquítico como su padre.

La ironía de la voz, el tono minimizante, casi grosero, restaron peso al relato de Enzo y borraron toda posibilidad de implicarla en los libros que leía, en las palabras que había aprendido de Mariarosa y del grupo florentino, en las cuestiones que trataba de plantearme y que, tras proporcionarle los conceptos fundamentales, seguramente habría sabido afrontar mejor que todas nosotras. En fin, pensé, yo voy a lo mío y tú, a lo tuyo; si te apetece, no crezcas, sigue jugando en el patio incluso ahora que estás a punto de cumplir los treinta; se acabó, me voy a la playa. Y eso hice.

85

Pietro nos llevó en el coche, a mí y a los tres niños, a una fea casa que habíamos alquilado en Viareggio, después regresó a Florencia para tratar de terminar su libro. Mira, me dije, ahora soy una veraneante, una señora acomodada con tres hijos, un montón de juguetes, mi sombrilla en primera fila, toallas mullidas, mucha comida, cinco biquinis de distintos colores, cigarrillos mentolados, el sol me broncea la piel y me vuelve aún más rubia. Todas las noches telefoneaba a Pietro y a Lila. Pietro me hablaba de personas que habían preguntado por mí, restos de una época lejana, y, más raramente, me hablaba de alguna hipótesis de trabajo que se le había ocurrido. A Lila le pasaba con Gennaro, que le contaba con desgana hechos según él importantes de su día y le daba las buenas noches. Yo hablaba poco o nada tanto con uno como con la otra. Para mí Lila se había reducido definitivamente a una voz.

Al cabo de poco tiempo me di cuenta de que no era así en absoluto, una parte de ella estaba en carne y hueso dentro de Gennaro. Sin duda, el niño tenía mucho de Stefano y no se parecía en nada a Lila. Sin embargo, había sacado los gestos, la forma de hablar, algunas palabras, alguna muletilla, cierta agresividad de su madre cuando era niña. Si alguna vez me distraía, al oír su voz daba un brinco, o me quedaba embobada observándolo mientras gesticulaba para explicarle a Dede un juego.

A diferencia de la madre, Gennaro era taimado. La maldad de Lila cuando era pequeña siempre había sido explícita, ningún castigo la había impulsado jamás a ocultarla. En cambio, Gennaro interpretaba el papel del niño bien educado, incluso tímido, pero en cuanto yo volvía la espalda le hacía trastadas a Dede, le escondía el muñeco, le pegaba. Cuando lo amenazaba con castigarlo sin telefonear a su madre para darle las buenas noches, adoptaba una expresión contrita. Pero en realidad ese posible castigo lo traía sin cuidado, el rito de la llamada telefónica vespertina lo había impuesto yo, él podía prescindir sin problemas. Lo que más bien lo preocupaba era mi amenaza de dejarlo sin helado. Entonces se echaba a llorar, y entre sollozos decía que quería volver a Nápoles, entonces yo cedía enseguida. Pero con eso no se calmaba. Se vengaba de mí a escondidas, ensañándose con Dede.

Me convencí de que la niña le tenía miedo, lo odiaba. Pero no. Con el paso del tiempo, reaccionó cada vez menos a los atropellos de Gennaro, se enamoró de él. Lo llamaba Rino o Rinuccio porque él había dicho que sus amigos lo llamaban así, y lo seguía a todas partes sin atender a mis advertencias, al contrario, era ella quien lo animaba a alejarse de la sombrilla. Me pasaba el día gritando: Dede, adónde vas; Gennaro, ven aquí; Elsa, qué estás haciendo, no te llenes la boca de arena; Gennaro, basta ya; Dede, si no paras de una vez, voy allí y ya verás tú. Un agobio inútil: Elsa comía arena sistemáticamente, y sistemáticamente, mientras le enjuagaba la boca con agua de mar, Dede y Gennaro desaparecían.

Iban a refugiarse a un cañaveral a poca distancia. Una vez fui con Elsa a ver qué tramaban y descubrí que se habían quitado los trajes de baño y Dede tocaba llena de curiosidad la pilila tiesa que le enseñaba Gennaro. Me detuve a unos cuantos metros, no sabía cómo comportarme. Dede —lo sabía, la había visto— se masturbaba con mucha frecuencia tumbada panza abajo. Pero yo había leído mucho sobre sexualidad infantil —incluso le había comprado a mi hija un librito lleno de ilustraciones en color que explicaba con frases muy breves qué ocurría entre un hombre y una mujer, palabras que le había leído sin despertar el menor interés— y, pese a sentirme incómoda, no solo me había obligado a no interrumpirla, a no reprenderla, sino que, dando por descontado que su padre lo habría hecho, hice lo posible por evitar que la sorprendiera.

¿Y ahora qué? ¿Debía dejar que jugaran los dos? ¿Debía retroceder, largarme de ahí? ¿O acercarme sin darle mayor importancia al asunto y con indiferencia hablar de otra cosa? ¿Y si aquel gordinflón violento, mucho más grande que Dede, la obligaba a saber qué cosa y le hacía daño? ¿La diferencia de edad no suponía un peligro? La situación se precipitó por dos hechos: Elsa vio a su hermana, chilló de alegría, la llamó; y al mismo tiempo oí las palabras en dialecto que Gennaro le decía a Dede, palabras groseras, las mismas palabras vulgarísimas que yo también había aprendido de pequeña en el patio. No me pude controlar, todo lo que había leído sobre placeres, latencias, neurosis, perversiones polimorfas en niños y mujeres, desapareció y reprendí a los dos con dureza, sobre todo a Gennaro, al que agarré del brazo y saqué de allí a rastras. Él se echó a llorar, Dede me dijo fría, impávida: Eres muy mala.

Les compré un helado a los dos, pero siguió una época en la que a la vigilancia cauta con el fin de evitar que el episodio se repitiera, se añadió cierta alarma por cómo el lenguaje de Dede iba acogiendo palabras obscenas del dialecto napolitano. Por la noche, mientras los niños dormían, tomé por costumbre forzar la memoria: ¿Acaso yo también había jugado en el patio a esos juegos con los niños de mi edad? ¿Y Lila había tenido experiencias de ese tipo? Nunca habíamos hablado de ello. En aquel entonces pronunciábamos palabras repulsivas, eso sí, pero eran insultos que servían, entre otras cosas, para rechazar las manos de adultos asquerosos, palabrotas que gritábamos al huir. ¿Y en cuanto al resto? Con esfuerzo llegué a plantearme la pregunta: ¿Alguna vez nos tocamos ella y yo? ¿Alguna vez había deseado hacerlo, de niña, de jovencita, de adolescente, de adulta? ¿Y ella? Estuve dándole vueltas a aquellas preguntas durante mucho tiempo. Me contesté despacio: No lo sé, no quiero saberlo. Después reconocí que tal vez sí hubo una especie de admiración mía por su cuerpo, pero descarté que entre ambas hubiese pasado nada. Demasiado miedo, de habernos sorprendido, nos habrían matado a palos.

De cualquier manera, en los días en que me vi ante aquel problema, evité llevar a Gennaro al teléfono público. Temía que le dijera a Lila que ya no se encontraba a gusto conmigo, que incluso le contara aquel episodio. Ese temor me irritó: ¿Por qué me preocupaba? Dejé que todo se diluyera. Poco a poco, la vigilancia de los dos niños también se atenuó, no podía supervisarlos a todas horas. Me dediqué a Elsa, los dejé estar. Solo cuando, a pesar de tener los labios morados y las yemas de los dedos arrugadas, se negaban a salir del agua, los llamaba a gritos muy nerviosa desde la orilla, con las toallas preparadas para cada uno.

Los días de agosto pasaron volando. Casa, compras, preparación de bolsos a rebosar, playa, regreso a casa, cena, helado, teléfono. Charlaba con otras madres, todas mayores que yo, y me alegraba cuando elogiaban a mis niños, y mi paciencia. Me hablaban de sus maridos, de los trabajos que hacían. Yo hablaba del mío, decía: Es profesor de latín en la universidad. Los fines de semana llegaba Pietro, exactamente como años antes, en Ischia, llegaban Stefano y Rino. Mis conocidas le lanzaban miradas de mucho respeto y, gracias a su cátedra, parecían apreciar incluso su mata de pelo. Él se daba un baño con sus hijas y con Gennaro, los hacía participar en empresas fingidamente peligrosas con las que los cuatro se divertían muchísimo, después se ponía a estudiar debajo de la sombrilla, lamentándose de vez en cuando de lo poco que dormía, pues a menudo se olvidaba de traer los tranquilizantes. En la cocina, cuando los niños dormían, me poseía de pie para evitar el chirrido de la cama. El matrimonio parecía ya una institución que, en contra de cuanto se pensaba, despojaba al coito de toda humanidad.

86

Un sábado, entre la multitud de titulares dedicados durante días a la bomba fascista en el tren Itálicus, Pietro descubrió una noticia breve en el *Corriere della Sera* sobre una pequeña fábrica en las afueras de Nápoles.

—¿No se llamaba Soccavo la empresa donde trabajaba tu amiga? —me preguntó.

—¿Qué ha ocurrido?

Me pasó el diario. Un comando formado por dos hombres y una mujer había irrumpido en una fábrica de embutidos en las afueras de Nápoles. Los tres le habían disparado primero a las piernas al guardián, Filippo Cara, que se encontraba en estado muy grave; después habían subido a la oficina del propietario, Bruno Soccavo, un joven empresario napolitano, y le habían pegado cuatro tiros, dos en el pecho y uno en la cabeza. Mientras leía, vi la cara de Bruno deshacerse, romperse junto con sus dientes blanquísimos. Ay, Dios, Dios, me quedé sin aliento. Dejé a los niños con Pietro, corrí a telefonear a Lila, el teléfono sonó largo rato, nadie contestó. Intenté de nuevo a última hora de la tarde, nada. La localicé al día siguiente, me preguntó alarmada: ¿Qué pasa, Gennaro no se encuentra bien? La tranquilicé, le comenté lo de Bruno. No sabía nada, me dejó hablar, al final murmuró con voz neutra: Me acabas de dar una muy mala noticia. Nada más. La animé: Llama a alguien, que te cuenten, pregunta dónde puedo enviar un telegrama de pésame. Dijo que ya no tenía contacto con nadie de la fábrica. Para qué un telegrama, masculló, déjalo estar.

Lo dejé estar. Pero al día siguiente vi en *Il Manifesto* un artículo firmado por Giovanni Sarratore, es decir, Nino, que ofrecía mucha información sobre la pequeña industria de Campania, subrayaba las tensiones políticas presentes en aquellos ambientes subdesarrollados, citaba con afecto a Bruno y su trágico fin. A partir de ese momento seguí durante días la evolución de la noticia, pero fue inútil, no tardó en desaparecer de los diarios. Por otra parte, Lila no quiso volver a hablar del tema. Por la noche me iba con los niños a llamarla por teléfono y ella iba al grano, decía: Pásame a Gennaro. Empleó un tono especialmente molesto cuando le mencioné a Nino. Qué manía, masculló, ese siempre tiene que meter baza: Qué tendrá que ver la política, habrá sido por otros asuntos, aquí se muere asesinado por mil motivos, cuernos, negocios sucios, incluso por una mirada torcida de más. Así pasaron los días y de Bruno me quedó una imagen, nada más. No era la del patrono al que yo había amenazado por teléfono sirviéndome de la autoridad de los Airota, sino la del muchacho que había tratado de besarme y al que había rechazado de mala manera.

87

Una vez en la playa empezaron a asaltarme los malos pensamientos. Lila, me dije, reprime calculadamente las emociones, los sentimientos. Cuanto más buscaba los instrumentos para tratar de explicarme a mí misma, más se empeñaba ella en esconderse. Cuanto más intentaba yo sacarla a descubierto e implicarla en mi deseo de aclarar las cosas, más se refugiaba ella en la penumbra. Parecía la luna llena cuando se agazapa detrás del bosque y las ramas le garabatean la cara.

A principios de septiembre regresé a Florencia, pero los malos pensamientos cobraron fuerza en lugar de desvanecerse. Inútil tratar de franquearme con Pietro. Se amargó mucho cuando los niños y yo regresamos, llevaba retraso con el libro y la idea de que el año académico estuviera a punto de comenzar lo volvía intolerante. Una noche en que estábamos sentados a la mesa y Dede y Gennaro se peleaban por no sé qué cosa, se levantó de un salto, salió de la cocina y dio un portazo con tanta violencia que el cristal esmerilado se hizo añicos. Telefoneé a Lila, le dije sin demasiados preámbulos que debía llevarse al niño, hacía un mes y medio que su hijo vivía conmigo.

—¿No puedes quedártelo hasta final de mes?

—No.

—Aquí la cosa está fea.

—Aquí también.

Enzo partió en plena noche y llegó por la mañana, cuando Pietro estaba en el trabajo. Yo ya había preparado el equipaje de Gennaro. Le comenté que las tensiones entre los niños se habían vuelto insoportables, que lo sentía pero que tres eran demasiados, que ya no daba más. Él dijo que lo entendía, me dio las gracias por todo lo que había hecho. A modo de justificación, solo murmuró: Ya sabes cómo es Lina. No contesté, ya fuera porque Dede gritaba desesperada por la marcha de Gennaro, ya fuera porque si lo hubiera hecho, habría podido decir —aprovechando el comentario sobre cómo era Lina— cosas de las que después me hubiera arrepentido.

Me pasaban por la cabeza unos pensamientos que no quería formular ni siquiera para mí misma, temía que los hechos se adaptaran mágicamente a las palabras. Pero no lograba borrar las frases, sentía en mi mente su sintaxis a punto, y eso me asustaba, me fascinaba, me horrorizaba, me seducía. Mi hábito de encontrar un orden estableciendo conexiones entre elementos alejados se me iba de las manos. Había sumado la muerte violenta de Gino a la de Bruno Soccavo (Filippo, el guardián, se había salvado). Y había llegado a la conclusión de que cada uno de esos acontecimientos conducían a Pasquale, quizá también a Nadia. Esa suposición ya me había causado una enorme inquietud. Había pensado telefonear a Carmen, preguntarle si tenía noticias de su hermano; después cambié de idea, asustada por la posibilidad de que le hubieran pinchado el teléfono. Cuando Enzo vino a llevarse a Gennaro me dije: Ahora hablo con él, veamos cómo reacciona. Pero también en esa ocasión me callé la boca por miedo a decir demasiado, por miedo a pronunciar el nombre de la figura que estaba detrás de Pasquale y Nadia: Lila, es decir, Lila, la de siempre; Lila que no dice las cosas, las hace; Lila que está empapada de la cultura del barrio y no tiene para nada en cuenta a la policía, las leyes, el Estado, sino que piensa que hay problemas que solo se resuelven con la chaira; Lila que conoce el horror de la desigualdad; Lila que en la época del grupo de la via dei Tribunali encontró en la teoría y la praxis revolucionaria la forma de usar su cabeza demasiado activa; Lila que ha transformado en objetivos políticos sus rabias antiguas y nuevas; Lila que mueve a la gente como personajes de un cuento; Lila que conectó, está conectando nuestro conocimiento personal de la miseria y el atropello con la lucha armada contra los fascistas, contra los patronos, contra el capital. Lo reconozco aquí por primera vez de forma clara: en aquellos días de septiembre sospeché que no solo Pasquale —Pasquale llevado por su propia historia a la necesidad de empuñar las armas—, no solo Nadia, sino la propia Lila habían derramado aquella sangre. Durante mucho tiempo, mientras cocinaba, mientras me ocupaba de mis hijas, la vi a ella y a los otros dos disparándole a Gino, a Filippo, a Bruno Soccavo.

Y si me costaba trabajo imaginarme con todo detalle a Pasquale y a Nadia —a él lo consideraba un buen muchacho, un tanto fanfarrón, capaz de pelearse a puñetazos, con dureza, pero no de matar; ella me parecía una niña bien que, como mucho, podía herir con perfidias verbales—, pero sobre Lila nunca tuve dudas, ella habría sabido idear el plan más eficaz, ella habría reducido al mínimo los riesgos, ella habría mantenido a raya el miedo, ella era capaz de dotar las intenciones homicidas de una pureza abstracta, ella sabía cómo extraer sustancia humana a los cuerpos y la sangre, ella no habría tenido escrúpulos ni remordimientos, ella habría matado y se habría sentido en su derecho.

Ahí estaba, nítida, junto a la sombra de Pasquale, de Nadia, de a saber quién más. Pasaban en coche por la placita, reducían la velocidad delante de la farmacia y le disparaban a Gino, a su cuerpo de matón fascista embutido en la bata blanca. O llegaban a la fábrica Soccavo por el camino polvoriento, con basura de todo tipo amontonada en los bordes. Pasquale cruzaba la verja, disparaba a las piernas de Filippo, la sangre se extendía por la garita, gritos, ojos aterrados. Lila, que conocía bien el camino, cruzaba el patio, entraba en la fábrica, subía las escaleras, irrumpía en el despacho de Bruno y justo cuando él le decía alegre: Hola, qué haces tú por aquí, le descerrajaba tres tiros en el pecho y uno en la cara.

Ah, sí, antifascismo militante, nueva resistencia, justicia proletaria y otras fórmulas a las que ella —que instintivamente sabía evitar la repetición gregaria— sin duda estaba en condiciones de otorgar consistencia. Imaginé que aquellas acciones eran obligatorias para entrar, no sé, en las Brigadas Rojas, en Primera Línea, en los Núcleos Armados Proletarios. Lila habría desaparecido del barrio como ya había hecho Pasquale. Tal vez por eso había querido dejarme a Gennaro, en apariencia durante un mes, en realidad con la intención de entregármelo para siempre. Nunca más habríamos vuelto a verla. O la habrían detenido como había pasado con Curcio y Franceschini, jefes de las Brigadas Rojas. O habría huido de todos los policías y todas las cárceles, fantasiosa y temeraria como era ella. Y llegado el gran momento, habría reaparecido triunfante, admirada por sus empresas, en calidad de jefa revolucionaria, para decirme: Tú querías escribir novelas, yo la novela la he hecho con personas de verdad, con sangre de verdad, en la realidad.

Por la noche cada fantasía me parecía un hecho sucedido o que estaba sucediendo, y temía por ella, la veía acosada, herida, como tantos y tantas en el desorden del mundo, y me daba pena, pero al mismo tiempo la envidiaba. Agigantaba la convicción infantil de que desde siempre estaba destinada a empresas extraordinarias, y me amargaba por haber huido de Nápoles, por haberme separado de ella, reaparecía la necesidad de estar a su lado. Pero también me enfadaba porque había emprendido ese camino sin consultarme, como si no me hubiese considerado a la altura. Y eso que sabía mucho sobre el capital, la explotación, la lucha de clases, la inevitabilidad de la revolución proletaria. Hubiera podido ser útil, participar. Y me sentía infeliz. Languidecía en la cama, descontenta de mi condición de madre de familia, de mujer casada, todo futuro envilecido por la repetición hasta la muerte de ritos domésticos en la cocina, en el lecho conyugal.

De día me sentía más lúcida, prevalecía el horror. Imaginaba a una Lila caprichosa que, con arte, estimulaba odios y acababa por encontrarse cada vez más implicada en actos feroces. Sin duda había tenido el coraje de ir más allá, de tomar la iniciativa con la determinación cristalina, con la crueldad generosa de quien está animado por justas razones. Pero ¿con qué perspectiva? ¿Iniciar una guerra civil? ¿Convertir el barrio, Nápoles, Italia en un campo de batalla, en un Vietnam en medio del Mediterráneo? ¿Meternos a todos en un conflicto despiadado, interminable, entre el bloque oriental y el occidental? ¿Favorecer su propagación, cual llamarada, por Europa y el planeta entero? ¿Hasta la victoria siempre? ¿Qué victoria? Las ciudades destruidas, el fuego, los muertos por las calles, la ignominia de los enfrentamientos furiosos no solo con el enemigo de clase sino también dentro del propio frente, entre grupos revolucionarios de distintas regiones y razones, todos en nombre del proletariado y de su dictadura. Tal vez incluso la guerra nuclear.

Cerraba los ojos aterrorizada. Las niñas, el futuro. Y me aferraba a fórmulas: el sujeto imprevisto, la lógica destructiva del patriarca, el valor femenino de la supervivencia, la piedad. Tengo que hablar con Lila, me decía. Tiene que contármelo todo sobre las cosas que hace, lo que planea, para que yo pueda decidir si soy o no su cómplice.

Pero nunca la llamé por teléfono, ella tampoco me llamó a mí. Me convencí de que no nos había beneficiado ese largo hilo de voz que durante años había sido nuestro único contacto. Habíamos mantenido el vínculo entre nuestras dos historias, pero por sustracción. La una para la otra nos habíamos convertido en entidades abstractas, hasta tal punto que ahora yo podía inventármela ya fuera como experta en ordenadores o como guerrillera urbana decidida e implacable, mientras ella, con toda probabilidad, podía verme tanto como el estereotipo de la intelectual de éxito, o como una señora culta y acomodada, toda hijos, libros y conversaciones doctas con su marido académico. Las dos necesitábamos un cuerpo, una nueva consistencia, sin embargo, nos habíamos distanciado y ya no conseguíamos dárnoslo.

88

Así pasó todo septiembre, después octubre. No hablaba con nadie, ni siquiera con Adele, que tenía mucho trabajo, ni siquiera con Mariarosa, que había acogido en su casa a Franco —un Franco inválido, necesitado de asistencia, transformado por la depresión— y me recibía alegre, prometía darle mis saludos, pero después iba al grano porque estaba muy atareada. Sin contar con el mutismo de Pietro. El mundo ajeno a los libros le pesaba cada vez más, acudía de muy mala gana al caos reglamentado de la universidad, a menudo se hacía el enfermo. Decía que lo hacía para estudiar, pero no lograba terminar el libro, raras veces se encerraba a estudiar y, como para perdonarse y hacerse perdonar, se ocupaba de Elsa, cocinaba, barría, lavaba, planchaba. Debía tratarlo de mala manera para conseguir que regresara a la facultad, pero me arrepentía enseguida. Desde que la violencia había azotado a personas que conocía, temía por él. Pese a que se había visto en situaciones peligrosas nunca había renunciado a oponerse públicamente a aquello que, con su término predilecto, definía como el semillero de banalidades de sus alumnos y de muchos de sus colegas. Aunque me preocupaba por él, es más, tal vez precisamente porque me preocupaba, nunca le daba la razón. Esperaba que criticándolo se enmendaría, dejaría a un lado su reformismo reaccionario (yo utilizaba esta fórmula) se volvería más maleable. Pero en su opinión, esto me colocaba una vez más al lado de los alumnos que lo agredían, de los profesores que tramaban contra él.

No era así, la situación era mucho más enrevesada. Por una parte quería confusamente protegerlo, por la otra tenía la impresión de tomar partido por Lila, defender las decisiones que en secreto le atribuía. Hasta tal punto que de vez en cuando pensaba en llamarla por teléfono y empezar a hablarle justamente de Pietro, de nuestros conflictos, para que después me diera su opinión, y así, saltando de un tema a otro, ponerla a descubierto. No lo hacía, claro está, era ridículo que por teléfono le exigiera sinceridad en esos asuntos. Pero una noche fue ella quien me llamó, estaba contentísima.

—Tengo que darte una buena noticia.

—¿Qué pasa?

—Soy directora de un centro.

—¿De qué centro?

—Directora del centro mecanográfico de IBM que Michele ha alquilado.

Me pareció increíble. Le pedí que me lo repitiera, que me lo explicara bien. ¿Había aceptado la propuesta de Solara? ¿Después de tanto resistirse había vuelto a ser su empleada como en la época de la piazza dei Martiri? Dijo que sí, con entusiasmo, y se volvió más y más alegre, más y más explícita: Michele le había encomendado el sistema 3 que había alquilado y colocado en un almacén de zapatos en Acerra; ella tendría a su cargo operadores y perforadoras; el sueldo era de cuatrocientas veinticinco mil liras mensuales.

Me sentí fatal. En un instante no solo se esfumó la imagen de la guerrillera, sino que todo lo que me parecía saber de Lila se derrumbó.

—Es lo último que hubiera esperado de ti —dije.

—¿Qué querías que hiciera?

—No aceptar.

—¿Por qué?

—Ya sabemos lo que son los Solara.

—¿Y eso qué tiene que ver? No es la primera vez, y a las órdenes de Michele estuve mejor que a las de ese cabrón de Soccavo.

—Haz lo que creas más conveniente.

La oí respirar.

—No me gusta ese tono, Lenù —dijo—. Me pagan más que a Enzo que es hombre, ¿qué es lo que no te gusta?

—Nada.

—¿La revolución, los obreros, el mundo nuevo y las otras chorradas?

—Déjalo ya. Si de repente te da por hacer un razonamiento verdadero, te escucho, si no lo dejamos correr.

—¿Me dejas que te haga una observación? Cuando hablas y cuando escribes usas siempre «verdadero» y «de verdad». Y también dices «de repente». ¿Dónde se ha visto que la gente hable «verdaderamente» y que las cosas ocurran «de repente»? Sabes mejor que yo que todo es un enredo y que a una cosa le sigue otra y después otra más. Yo ya no hago nada «de verdad», Lenù. Y he aprendido a estar atenta a las cosas, solo los imbéciles creen que pasan «de repente».

—Muy bien. ¿Quieres hacerme creer que lo tienes todo bajo control, que eres tú la que utiliza a Michele y no al revés? Dejémoslo estar, anda, adiós.

—No, habla, di lo que tengas que decir.

—No tengo nada que decir.

—Habla, si no, hablaré yo.

—Pues habla, que yo te oiga.

—Me criticas a mí, pero ¿de tu hermana no dices nada?

Me caí de espaldas.

—¿Y ahora qué pinta mi hermana en esto?

—¿No sabes nada de Elisa?

—¿Qué tengo que saber?

Se rió con malicia.

—Pregúntale a tu madre, a tu padre y a tus hermanos.

89

No quiso decirme más y cortó la comunicación enfadadísima. Preocupada, llamé por teléfono a casa de mis padres, contestó mi madre.

—De vez en cuando te acuerdas de que existimos —dijo.

—Ma, ¿qué le pasa a Elisa?

—Lo que le pasa a las mujeres de hoy.

—¿Qué?

—Está con un tipo.

—¿Se ha comprometido?

—Digamos que sí.

—¿Con quién?

La respuesta me atravesó el corazón.

—Con Marcello Solara.

De modo que eso era lo que Lila quería que supiera. Marcello, el guapo Marcello de nuestra primera adolescencia, su novio testarudo y desesperado, el joven al que ella había humillado casándose con Stefano Carracci, se había llevado a mi hermana Elisa, la más pequeña de la familia, mi hermanita buena, la mujer a la que todavía veía como a una niña mágica. Y Elisa se había dejado llevar. Y mis padres y mis hermanos no habían movido un dedo para impedirlo. Y toda mi familia, y en cierto modo yo misma, acabaríamos emparentados con los Solara.

—¿Cuánto hace de eso? —pregunté.

—Yo qué sé, un año.

—¿Y vosotros habéis dado vuestra aprobación?

—¿Nos pediste tú nuestra aprobación? Hiciste lo que te dio la gana. Ella hizo lo mismo.

—Pietro no es Marcello Solara.

—Tienes razón, Marcello nunca dejaría que Elisa lo tratara como tú tratas a Pietro.

Silencio.

—Podíais haberme informado, haberme consultado.

—¿Y por qué? Tú te fuiste. «Ya me ocupo yo de vosotros, no os preocupéis.» ¡Ni en sueños! Tú fuiste a lo tuyo, y a nosotros que nos dieran por saco.

Decidí viajar enseguida a Nápoles con las niñas. Quería ir en tren, pero Pietro se ofreció a llevarnos en coche haciendo pasar por amabilidad el hecho de que no le apetecía trabajar. Ya cuando bajamos de la Doganella y nos incorporamos al tráfico caótico de Nápoles, sentí que la ciudad se apoderaba de mí otra vez, me sometía a sus leyes no escritas. No ponía los pies en ella desde el día en que me marché para casarme. El clamor me pareció insoportable, me puse nerviosa con los bocinazos continuos de los automovilistas, con los insultos que lanzaban a Pietro, como no conocía el camino vacilaba, reducía la velocidad. Poco antes de la piazza Carlo III lo obligué a estacionar, me puse yo al volante y conduje con agresividad hasta la via Firenze, al mismo hotel en el que él se había hospedado años antes. Dejamos las maletas. Me dediqué al arreglo meticuloso de las dos niñas y del mío. Después nos fuimos al barrio, a casa de mis padres. ¿Qué creía que podía hacer, imponer a Elisa mi autoridad de hermana mayor, licenciada universitaria, bien casada? ¿Obligarla a romper el compromiso? ¿Decirle: A Marcello lo conozco desde que me agarró de la muñeca y trató de meterme dentro de su Fiat 1100 y me rompió el brazalete de plata de mamá, fíate de mí, es un hombre violento y vulgar? Sí. Me sentía decidida, era mi deber sacar a Elisa de aquella trampa.

Mi madre recibió a Pietro con gran afecto y, uno tras otro —este es para Dede de la abuela, este para Elsa— entregó a las niñas muchos regalitos que, de formas distintas, las entusiasmaron. A mi padre se le quebró la voz de emoción, lo vi más delgado, más sometido. Esperé que aparecieran mis hermanos, pero comprobé que no estaban en casa.

—Se pasan el día trabajando —dijo mi padre sin entusiasmo.

—¿Qué hacen?

—Se desloman —intervino mi madre.

—¿Dónde?

—Los ha colocado Marcello.

Recordé cómo habían colocado los Solara a Antonio, en qué lo habían convertido.

—¿Qué hacen exactamente? —pregunté.

—Traen dinero a casa, con eso basta. Elisa no es como tú, Lenù, Elisa piensa en todos nosotros.

Fingí no haberla oído.

—¿Le dijiste que llegaba hoy? ¿Dónde está?

Mi padre bajó la vista, mi madre dijo seca:

—En su casa.

Me enojé.

—¿Ya no vive aquí?

—No.

—¿Desde cuándo?

—Desde hace casi dos meses. Ella y Marcello tienen un bonito apartamento en el barrio nuevo —dijo mi madre, gélida.

90

De manera que el compromiso estaba más que superado. Quise ir enseguida a casa de Elisa, aunque mi madre repetía: Qué haces, tu hermana te está preparando una sorpresa, quédate aquí, iremos todos juntos más tarde. No le hice caso. Telefoneé a Elisa, me contestó entre dichosa y avergonzada. Dije: Espérame, voy para allá. Dejé a Pietro y a las niñas en compañía de mis padres y me fui andando.

El barrio me pareció aún más degradado: edificios desconchados, el asfalto lleno de baches, suciedad. Por las esquelas mortuorias que tapizaban las paredes —nunca había visto tantas— me enteré de que había fallecido el viejo Ugo Solara, abuelo de Marcello y Michele. Según indicaba la fecha, el hecho no era reciente, se remontaba a por lo menos dos meses atrás, y las frases altisonantes, las caras de las vírgenes dolientes, el propio nombre del muerto aparecían desvaídos, diluidos. Sin embargo, aquellas esquelas resistían en las calles como si los demás muertos, en señal de respeto, hubiesen decidido desaparecer del mundo sin anunciarlo a nadie. Vi unas cuantas incluso alrededor de la entrada de la charcutería de Stefano. Estaba abierta, pero me pareció una brecha en el muro, oscura, sin un alma, y Carracci apareció con su bata blanca en el fondo para desaparecer como un fantasma.

Me encaramé en dirección a las vías, pasé enfrente de la que en otros tiempos llamábamos la charcutería nueva. La persiana echada, parcialmente salida de sus guías, estaba herrumbrada y cubierta de pintadas y dibujos obscenos. Toda aquella parte del barrio tenía aspecto de abandono, el blanco reluciente de otros tiempos era ahora gris, en algunos puntos el revoque se había caído dejando al descubierto los ladrillos. Pasé por delante del edificio donde había vivido Lila. De los arbolillos raquíticos de entonces, pocos habían sobrevivido. Una cinta adhesiva para paquetes aguantaba la grieta en el cristal del portón de entrada. Elisa vivía mucho más arriba, en una zona mejor conservada, más pretenciosa. El portero, un hombrecillo calvo con un fino bigote, me impidió el paso, me preguntó hostil a quién buscaba. No supe qué contestarle, murmuré: Solara. Asumió un aire deferente y me dejó pasar.

Fue subirme al ascensor y darme cuenta de que era como si hubiese retrocedido en el tiempo. Lo que en Milán o Florencia me hubiera parecido aceptable —la libre disposición de las mujeres de su propio cuerpo y sus deseos, una convivencia fuera del matrimonio—, allí, en el barrio, me resultaba inconcebible: estaba en juego el futuro de mi hermana, no conseguía tranquilizarme. ¿Elisa había formado un hogar con una persona peligrosa como Marcello? ¿Y mi madre estaba contenta? ¿Ella que se había puesto furiosa porque yo me había casado por lo civil y no por la iglesia; ella que consideraba a Lila una zorra porque convivía con Enzo, y a Ada un putón verbenero porque se había convertido en amante de Stefano; ella, nada menos, aceptaba que su hija pequeña durmiera con Marcello Solara —una mala persona— fuera del matrimonio? Mientras subía a casa de Elisa tenía pensamientos de ese tipo, y una rabia que sentía justa. Pero la cabeza —mi cabeza disciplinada— estaba confusa, yo ya no sabía a qué argumentos recurrir. ¿A los mismos que mi madre hubiera sostenido unos años antes si yo hubiese tomado una decisión de ese tipo? ¿Acaso retrocedería a un nivel que mi propia madre había abandonado? ¿O habría dicho: Vete a vivir con quien quieras, pero no con Marcello Solara? ¿Eso le habría dicho? Pero hoy, en Florencia o Milán, ¿a qué muchacha habría yo obligado a dejar al hombre, fuera quien fuese, del que se había enamorado?

Cuando Elisa me abrió, la abracé con tanta fuerza que ella murmuró riendo: Me haces daño. La vi alarmada mientras me hacía pasar al salón —un salón pretencioso, lleno de sofás y sillones floreados, con respaldos dorados— y se ponía a hablar sin parar, pero de otras cosas: qué bien me veía, qué bonitos pendientes llevaba, qué bonito collar, qué elegante, se moría de ganas de conocer a Dede y Elsa. Le describí a sus sobrinas con entusiasmo, me quité los pendientes, se los hice probar frente al espejo, se los regalé. Vi que se apaciguaba y se rió.

—Tenía miedo de que vinieras a reprenderme —murmuró—, a decirme que estabas en contra de mi relación con Marcello.

La miré con fijeza durante un buen rato.

—Elisa, no estoy de acuerdo —dije—. He hecho el viaje expresamente para decírtelo a ti, a mamá, a papá y a nuestros hermanos.

Cambió de expresión, se le llenaron los ojos de lágrimas.

—Ahora sí que me das un gran disgusto. ¿Por qué no estás de acuerdo?

—Los Solara son mala gente.

—Marcello no.

Se puso a hablarme de él. Dijo que todo había empezado cuando yo estaba embarazada de Elsa. Nuestra madre había ido a mi casa para echarme una mano y Elisa se había encontrado con todo el peso de la familia. Un día que había ido a hacer la compra al supermercado de los Solara, Rino, el hermano de Lila, le comentó que si le dejaba la lista de la compra, después se la enviaría a casa. Y mientras Rino hablaba, había notado que Marcello la saludaba de lejos, como para darle a entender que él había dado esa orden. Y a partir de aquel momento, la rondó colmándola de atenciones. Elisa se dijo: Es mayor, no me gusta. Pero él estaba cada vez más presente en su vida, con buena educación, no hacía jamás un gesto o una palabra que recordara las cosas odiosas de los Solara. Marcello era una persona respetable de verdad, con él una se sentía segura, tenía una fuerza, una presencia, que era como si midiese diez metros. Eso no era todo. Desde el momento en que quedó claro que ella le gustaba, la vida de Elisa cambió. Todo el mundo, en el barrio y fuera de él, comenzó a tratarla como a una reina, todos pasaron a darle importancia. Era una sensación magnífica, a la que todavía no se había acostumbrado. Pasas de no ser nadie, me dijo, a que de golpe y porrazo te conozcan hasta las ratas de alcantarilla. Claro, tú has escrito un libro, eres famosas, estás acostumbrada, pero yo no, me quedé boquiabierta. Había sido emocionante descubrir que ya no debía preocuparse por nada. Marcello se ocupaba de todo, un deseo de ella era una orden para él. Y así, cuanto más tiempo pasaba, más se enamoraba ella. Al final le había dicho que sí. Y ahora, si pasaba un día sin verlo o sin saber de él, lloraba la noche entera.

Me di cuenta de que Elisa estaba convencida de haber tenido una suerte inimaginable y comprendí que no tendría el valor de echarle a perder tanta felicidad. Y menos cuando ella no me ofrecía ningún asidero: Marcello era competente, Marcello era responsable, Marcello era guapísimo, Marcello era perfecto. Pronunciaba cada palabra poniendo cuidado en diferenciarlo de la familia Solara, o en hablar con cauta simpatía de la madre de él, del padre que estaba muy enfermo del estómago y ya casi no salía de casa, del abuelo, que en paz descanse, incluso de Michele que, cuando lo tratabas, parecía distinto de como lo juzgaba la gente, era muy afectuoso. Por eso, créeme —me dijo—, nunca he estado tan bien desde que nací, y hasta mamá, que ya sabes cómo es, me apoya, papá también, y Gianni y Peppe, que hasta hace poco se pasaban los días mano sobre mano, ahora Marcello los utiliza y les paga la mar de bien.

—Si es así, casaos entonces —dije.

—Nos casaremos. Pero ahora no es buen momento, Marcello dice que tiene que poner orden en muchos asuntos complicados. Además, está el luto por el abuelo, que el pobrecito ya no tenía la cabeza en su sitio, se había olvidado de cómo caminar, de cómo hablar, Dios lo liberó llevándoselo. Pero en cuanto las cosas se arreglen, nos casaremos, no te preocupes. Además, antes de llegar al matrimonio es mejor ver si nos llevamos bien, ¿no?

Utilizó palabras que no eran suyas, palabras de muchacha moderna, aprendidas en las revistas que leía. Las comparé con las que yo hubiera pronunciado sobre esos mismos temas y me di cuenta de que no eran muy distintas, la única diferencia radicaba en que las palabras de Elisa sonaban un poco más toscas. ¿Cómo rebatirla? No lo sabía al comienzo de aquel encuentro, tampoco lo sabía ahora. Habría podido decir: Hay poco que ver, Elisa, está todo claro: Marcello te consumirá, se acostumbrará a tu cuerpo, te dejará. Pero eran palabras que sonaban viejas, ni siquiera mi madre se había atrevido a pronunciarlas. Por eso me resigné. Yo me había marchado, Elisa se había quedado. ¿Qué habría pasado si yo también me hubiese quedado, qué decisiones habría tomado? ¿Acaso los jóvenes Solara no me gustaban también a mí cuando era adolescente? Por lo demás, ¿qué había ganado al marcharme? Ni siquiera la capacidad de encontrar palabras sabias para convencer a mi hermana de que no arruinara su vida. Elisa tenía una cara bonita, muy delicada, y un cuerpo sin excesos, una voz acariciante. A Marcello lo recordaba alto, apuesto, la cara cuadrada con un color sano, todo músculos, capaz de sentimientos de amor intensos, duraderos; lo había demostrado cuando se enamoró de Lila, desde entonces nadie le había conocido otros amores. ¿Qué decir, pues? Al final, mi hermana fue a buscar una caja y me enseñó todas las joyas que Marcello le había regalado, objetos frente a los cuales los pendientes que yo le había dado eran lo que eran, insignificancias.

—Ten cuidado —le dije—, no te eches a perder. Y si me necesitas, telefonea.

Hice ademán de levantarme, ella me detuvo riendo.

—¿Adónde vas, mamá no te ha dicho nada? Vendrán todos aquí a cenar. He preparado un montón de cosas.

Me mostré contrariada:

—¿Quiénes son todos?

—Todos, es una sorpresa.

91

Primero llegaron mi padre, mi madre, las dos niñas y Pietro. Dede y Elsa recibieron nuevos regalos de Elisa, que les hizo muchas fiestas («Dede, tesoro mío, dame un beso muy fuerte aquí; Elsa, ay qué regordeta estás, ven con la tía, ¿sabías que llevamos el mismo nombre?»). Mi madre desapareció enseguida en la cocina, la cabeza gacha, sin mirarme. Pietro trató de hacer conmigo un aparte para decirme no sé qué cosa grave pero con el aire de quien quiere declararse inocente. No lo consiguió, mi padre lo llevó a un sofá, lo hizo sentar delante del televisor y lo encendió con el volumen muy alto.

Poco después apareció Gigliola con sus hijos, dos chicos airados que enseguida se compincharon con Dede, mientras Elsa, perpleja, buscó refugio a mi lado. Gigliola acababa de ir a la peluquería, andaba sobre unos tacones altísimos haciéndolos repiquetear, las orejas, el cuello, los brazos cargados de oro reluciente. La contenía a duras penas un vestido verde brillante, escotadísimo, y llevaba una gruesa capa de maquillaje que empezaba a resquebrajarse. Se dirigió a mí sin preámbulos, con sarcasmo:

—Aquí estamos, hemos venido expresamente para rendiros homenaje a vosotros, los profesores. ¿Va todo bien, Lenù? ¿Y ese es el genio de la universidad? ¡Caracho, qué pelo tan bonito tiene tu marido!

Pietro se liberó de mi padre, que le rodeaba los hombros con un brazo, se levantó de un salto con una sonrisa tímida y, sin poder contenerse, instintivamente clavó los ojos en la gran ola de los pechos de Gigliola. Ella lo notó satisfecha.

—Tranquilo, tranquilo —le dijo—, que me dará vergüenza. Aquí nunca se ha levantado nadie para saludar a una señora.

Mi padre tiró de mi marido y lo hizo sentar, preocupado por que se lo quitaran, y volvió a hablarle de a saber qué cosa pese al volumen alto del televisor. Le pregunté a Gigliola cómo estaba, tratando de comunicarle con la mirada, con el tono de voz, que no me había olvidado de sus confidencias y que estaba de su parte. No debió de gustarle.

—Oye, guapa —dijo—, yo estoy bien, tú estás bien, todos estamos bien. Pero si no fuera porque mi marido me ha mandado venir a tocarme el coño, yo estaría mejor en mi casa. Que quede claro.

No logré contestarle, llamaron a la puerta. Mi hermana acudió veloz, deslizándose como impulsada por un soplo de viento, fue a abrir. La oí exclamar: Cuánto me alegro, pase, mamá, pase. Y reapareció trayendo de la mano a su futura suegra, Manuela Solara, vestida de tiros largos, con una flor artificial de tonos rojizos en el pelo, los ojos afligidos engastados en las profundas ojeras, más delgada que la última vez que la había visto, casi piel y huesos. Detrás de ella asomó Michele, bien vestido, bien rasurado, con una fuerza seca en la mirada y en los gestos pausados. Un momento después hizo su entrada un hombretón al que me costó reconocer de tan enorme que era en todo: alto, pies grandes, piernas largas, gordas y poderosas, vientre, tórax y hombros hinchados, una masa pesada y muy compacta, la cabeza grande con una frente amplia, cabello moreno largo y peinado hacia atrás, la barba reluciente color antracita. Era Marcello, me lo confirmó Elisa al ofrecerle sus labios como a un dios a quien se debe respeto y gratitud. Él se inclinó para rozarlos con los suyos, mientras mi padre se levantaba, se incorporaba también Pietro con aire cohibido, mi madre acudía renqueando desde la cocina. Me di cuenta de que la presencia de la señora Solara era considerada como un hecho excepcional, algo de lo cual enorgullecerse. Elisa me susurró emocionada: Mi suegra cumple hoy sesenta años. Ah, dije, y me sorprendió que Marcello, que acababa de entrar, se dirigiera directamente a mi marido como si se conociesen. Con una sonrisa muy blanca, le gritó: Todo en orden, profesor. ¿Qué era lo que estaba todo en orden? Pietro le contestó con una sonrisa insegura, después me miró negando desolado con la cabeza, como para comunicarme: Yo hice lo posible. Hubiera querido que me lo explicara, pero Marcello ya le estaba presentando a Manuela: Ven, mamá, este es el profesor, marido de Lenuccia, ponte aquí, a su lado. Pietro hizo una media reverencia, yo también me sentí en la obligación de saludar a la señora Solara, que dijo: Qué guapa estás, Lenù, eres guapa como tu hermana, y después me comentó un tanto nerviosa, aquí hace un poco de calor, ¿no lo notas? No contesté, Dede me llamaba lloriqueando, Gigliola —la única que mostraba no dar ninguna importancia a la presencia de Manuela— le gritaba en dialecto una grosería a sus hijos, que le habían hecho daño a mi niña. Noté que Michele me observaba en silencio, sin dignarse a dirigirme siquiera un «hola». Lo saludé yo, en voz bien alta, después traté de calmar a Dede y a Elsa, que al ver a su hermana afligida estaba a punto de echarse a llorar a su vez. Marcello me dijo: Estoy muy contento de que os quedéis en mi casa, para mí es un gran honor, créeme. Se dirigió a Elisa como si hablar directamente conmigo le pareciera superior a sus fuerzas: Dile lo contento que estoy, que tu hermana me inspira respeto. Murmuré algo para tranquilizarlo, pero en ese momento llamaron otra vez a la puerta.

Michele fue a abrir y regresó poco después con aire divertido. Lo seguía un hombre mayor que arrastraba unas maletas, mis maletas, las maletas que habíamos dejado en el hotel. Michele me señaló, el hombre me las puso delante como si acabara de hacer un juego de manos para mi diversión. No, exclamé, esto sí que no, me haréis enfadar. Pero Elisa me abrazó, me besó, dijo: Tenemos sitio, no podéis quedaros en un hotel, aquí hay habitaciones de sobra y dos cuartos de baño. De todos modos, subrayó Marcello, antes le he pedido permiso a tu marido, nunca me hubiera atrevido a tomar la iniciativa: Profesor, por favor, hable con su esposa, defiéndame. Gesticulé, furiosa pero sonriente: Dios santo, qué lío, gracias, Marcè, eres muy amable, pero no podemos aceptar. Y traté de enviar las maletas de vuelta al hotel. Pero tuve que ocuparme también de Dede, le dije: Déjame ver qué te han hecho los niños, no es nada, te doy un besito y se te pasa, anda, vete a jugar, llévate también a Elsa. Y llamé a Pietro, al que Manuela Solara ya se había enroscado: Pietro, por favor, ven, qué le has dicho a Marcello, no podemos quedarnos a dormir aquí. Y noté que por los nervios me aumentaba el acento dialectal, que algunas palabras me salían en el napolitano del barrio, que el barrio —desde el patio, la avenida, el túnel— me estaba imponiendo su lengua, la forma de actuar y reaccionar, sus figuras, esas que en Florencia parecían imágenes desvaídas y en cambio aquí eran de carne y hueso.

Llamaron otra vez a la puerta, Elisa fue a abrir. ¿Quién más faltaba? Pasaron unos segundos e irrumpió en la habitación Gennaro, vio a Dede, Dede lo vio a él, incrédula, de inmediato dejó de quejarse, los dos se escrutaron, emocionados por aquel reencuentro inesperado. Enseguida apareció Enzo, el único rubio entre tantos morenos, la tez muy clara, y sin embargo, sombrío. Por último entró Lila.

92

Un tiempo prolongado hecho de palabras sin cuerpo, solo de voz cuyas ondas fluían en un mar eléctrico se quebró de golpe. Lila llevaba un vestido azul que se detenía encima de la rodilla. Era enjuta, puro nervio, y eso la hacía parecer más alta de lo habitual aunque llevara tacones bajos. Tenía unas arrugas marcadas en las comisuras de la boca y de los ojos, por lo demás, la piel blanquísima de la cara se tensaba en la frente, en los pómulos. El pelo recogido en una cola de caballo lucía algunas canas encima de las orejas casi sin lóbulo. En cuanto me vio sonrió, amusgó los ojos. Yo no sonreí y no dije nada por la sorpresa, ni siquiera «hola». Aunque las dos teníamos treinta años, ella me pareció más vieja, más estropeada de como me imaginaba a mí misma. Gigliola gritó: Por fin ha llegado esta otra reina, los niños tienen hambre, no puedo contenerlos más.

Cenamos. Me sentí atrapada en un mecanismo desagradable, no me pasaba un solo bocado. Pensaba con rabia en las maletas que había deshecho nada más llegar al hotel y que habían vuelto a rehacer de cualquier manera uno o más extraños, personas que habían tocado mis cosas, las de Pietro, las de las niñas, sembrando el desorden. No conseguía rendirme a la evidencia, es decir, que tendría que dormir en la casa de Marcello Solara para darle el gusto a mi hermana que compartía su lecho. Con una hostilidad que me entristecía, vigilaba a Elisa y a mi madre, la primera, embargada por una felicidad ansiosa, hablaba sin parar interpretando el papel de dueña de casa, la segunda, parecía contenta, tan contenta que incluso le llenaba el plato a Lila con buenos modales. Espiaba a Enzo, que comía con la cabeza gacha, irritado por Gigliola que le apretaba el pecho enorme contra un brazo y le hablaba en voz muy alta con tonos de hechicera. Miraba con irritación a Pietro que, pese a verse apremiado por mi padre, por Marcello, por la señora Solara, prestaba atención sobre todo a Lila, a la que tenía sentada delante y se mostraba indiferente a todos, incluso a mí —tal vez sobre todo a mí—, pero no a él. Y los niños me crispaban los nervios, las cinco vidas nuevas que se habían organizado en dos bandos: Gennaro y Dede, compuestos y taimados, contra los hijos de Gigliola, que bebían vino de la copa de su madre aprovechando su distracción y se volvían cada vez más insoportables, pero que ahora le gustaban mucho a Elsa, compinchada con ellos, aunque los dos chicos ni siquiera la tenían en cuenta.

¿Quién había montado aquel teatro? ¿Quién había mezclado motivos distintos para festejar? Seguramente Elisa, pero ¿impulsada por quién? Tal vez por Marcello. Pero seguramente Marcello había recibido instrucciones de Michele, que estaba sentado a mi lado y tan ricamente comía, bebía, fingía pasar por alto el comportamiento de su mujer y sus hijos, pero observaba con ironía a mi marido que parecía fascinado con Lila. ¿Qué quería demostrar? ¿Que aquel era territorio de los Solara? ¿Que aunque yo había huido de allí pertenecía a ese lugar y, por tanto, a ellos? ¿Que podían imponerme de todo movilizando afectos, vocabulario, ritos, pero también deshaciéndolos, convirtiendo a su antojo lo feo en bonito y lo bonito en feo? Me dirigió la palabra por primera vez desde que había llegado. ¿Has visto a mi mamá?, me preguntó, imagínate ha cumplido sesenta años, pero quién lo diría, fíjate qué guapa está, los lleva bien, ¿no? Levantó la voz adrede, para que todos oyeran no tanto su pregunta, sino la respuesta que ahora me veía obligada a darle. Debía pronunciarme y alabar a su mamá. Ahí estaba, sentada al lado de Pietro, una mujer mayor, un poco perdida, amable, en apariencia inocua, la cara larga y huesuda, la nariz abultada, aquella flor loca en el pelo ralo. Y sin embargo era la usurera que había amasado la fortuna de la familia; encargada y guardiana del libro rojo en el que figuraban los nombres de muchos del barrio, de la ciudad y la provincia; la mujer del delito sin castigo, despiadada y peligrosísima, según la fantasía telefónica a la que me había entregado con Lila, y también según no pocas páginas de mi malograda novela: Mamá que había matado a don Achille para ocupar su lugar en el monopolio de la usura y había educado a sus dos hijos para que se adueñaran de todo pasando por encima de todos. Y ahora me veía obligada a decirle a Michele: Sí, es cierto, qué guapa está tu madre, por ella no pasan los años, enhorabuena. Con el rabillo del ojo vi que Lila dejaba de hablar con Pietro y esperaba impaciente, se volvía para mirarme, los labios hinchados apenas entreabiertos, los ojos como rendijas, la frente arrugada. Leí en su cara el sarcasmo, me pasó por la cabeza que ella le había sugerido a Michele que me metiera en esa jaula: «Mamá acaba de cumplir sesenta años, Lenù, la mamá de tu cuñada, la suegra de tu hermana, veamos qué dices ahora, guapa, veamos si sigues haciéndote la sabelotodo». Dirigiéndome a Manuela, contesté: «Muchas felicidades», nada más. Enseguida intervino Marcello como para ayudarme, exclamó conmovido: Gracias, gracias, Lenù. Después habló con su madre, la cara crispada, sudorosa, el cuello descarnado cubierto de manchas rojas; Lenuccia la acaba de felicitar, mamá. Y enseguida Pietro le dijo a la mujer sentada a su lado: Felicidades también de mi parte, señora. Así todos —todos menos Gigliola y Lila— rindieron homenaje a la señora Solara, niños incluidos, a coro: Que cumpla muchos más, Manuela, que cumplas muchos más, abuela. Y ella se mostró esquiva, murmuró: Soy vieja, sacó del bolso un abanico azul con la imagen del golfo y el Vesubio humeante, y empezó a abanicarse, primero despacio, luego cada vez con mayor energía.

Pese a haberse dirigido a mí, Michele pareció dar más importancia a las felicitaciones de mi marido. Le habló con amabilidad: Es muy amable, profesor, usted no es de aquí y no conoce los méritos de nuestra madre. Adoptó un tono confidencial: Somos buena gente, mi abuelo, que en paz descanse, empezó de la nada, con el bar de la esquina, y mi padre lo amplió poniendo una pastelería conocida en toda Nápoles gracias también a la pericia de Spagnuolo, el padre de mi esposa, un artesano extraordinario, ¿no es así, Gigliò? Pero, añadió, es a mi madre, nuestra madre, a quien se lo debemos todo. En los últimos tiempos la gente envidiosa, que nos tiene manía, ha hecho correr rumores odiosos sobre ella. Pero somos personas tolerantes, acostumbradas de toda la vida al comercio y a tener paciencia. Total, la verdad siempre acaba triunfando. Y la verdad es que esta mujer es muy inteligente, tiene un carácter fuerte, no hubo jamás un solo momento en que se pudiera llegar a pensar siquiera: No tiene ganas de hacer nada. Ha trabajado siempre, siempre, y lo ha hecho únicamente para la familia, nunca para disfrutar nada ella misma. Todo lo que tenemos hoy es lo que ella ha construido para nosotros, sus hijos, y lo que hacemos hoy no es más que continuar con lo que ella hizo.

Manuela se abanicó con un gesto más meditado, dijo en voz alta a Pietro: Michele vale oro, por Navidad, cuando era niño, se subía a la mesa y recitaba muy bien poemas; pero tiene un defecto, le gusta hablar y cuando habla, siempre tiene que exagerar. Intervino Marcello: No, mamá, no es exageración, todo lo que dice es cierto. Y Michele siguió ensalzando a Manuela, qué guapa era, qué generosa era, no había quien lo parara. Hasta que de pronto se dirigió a mí. Dijo serio, más bien solemne: Solo hay otra mujer que casi está a la altura de nuestra madre. «¿Otra mujer? ¿Otra mujer casi comparable a Manuela Solara?» Lo miré perpleja. Pese a ese «casi» la frase estaba fuera de lugar, y durante unos instantes la cena bulliciosa se quedó sin sonidos.

Gigliola miró fijamente a su marido con ojos nerviosos, las pupilas dilatadas por el vino y el disgusto. Mi madre también adoptó una expresión no de circunstancias, vigilante; quizá esperaba que esa mujer fuera Elisa, que Michele estuviera a punto de asignar a su hija una especie de derecho de sucesión al sitial más elevado en el seno de los Solara. Y Manuela dejó por un instante de abanicarse, con el índice se secó el sudor del labio, esperó a que su hijo transformara aquellas palabras en una ocurrencia burlona.

Pero él, con la desfachatez que lo había caracterizado siempre, sin importarle un bledo su mujer, ni Enzo, ni siquiera su propia madre, miró a Lila mientras la cara se le ponía de un tono verdoso y el gesto se le volvía más agitado y las palabras hacían de lazo para arrancarla de la atención que ella seguía prestando a Pietro. Esta noche, dijo, estamos todos aquí, en casa de mi hermano, primero para recibir como se merecen a estos dos eximios profesores y a sus dos niñas hermosas; segundo, para homenajear a mi madre, santísima mujer; tercero, para desearle a Elisa mucha felicidad y muy pronto una hermosa boda; cuarto, si me lo permitís, para brindar por un acuerdo que temía no poder alcanzar nunca: Lina, ven aquí, por favor.

Lina. Lila.

Busqué su mirada y ella me la devolvió durante una fracción de segundo, una mirada que decía: Ahora has entendido el juego, ¿te acuerdas de cómo funciona? Después, para gran sorpresa mía, mientras Enzo clavaba la vista en un punto indeterminado del mantel, se levantó mansa y se acercó a Michele.

Él ni la rozó. No le tocó ni una mano, ni un brazo, nada, como si entre ambos hubiese una cuchilla que pudiera herirlo. En cambio, durante unos segundos apoyó los dedos en mi hombro y se dirigió otra vez a mí: No te ofendas, Lenù, tú eres muy buena, has llegado muy lejos, has salido en los diarios, eres el orgullo de todos nosotros que te conocemos desde niña. Pero —y estoy seguro de que estarás de acuerdo y de que te alegra que lo diga ahora, porque la quieres— Lina tiene en la cabeza algo vivo que nadie más tiene, una cosa fuerte que salta de aquí para allá y que nada consigue detener, una cosa que ni siquiera los médicos saben ver y de la que, en mi opinión, ni siquiera ella es consciente aunque la tenga desde que nació —no sabe que la tiene y no quiere reconocerla, fijaos qué cara de mala pone en este momento—, una cosa que si a ella no le da la gana, puede causar muchos problemas a quien sea, pero que si le da la gana, deja a todo el mundo boquiabierto. Pues bien, hace mucho tiempo que quiero comprar esa particularidad suya. Comprarla, sí, no tiene nada de malo, comprar como se hace con las perlas, con los diamantes. Pero, por desgracia, hasta ahora no ha sido posible. Solo hemos avanzado un pequeño paso, y es ese pequeño paso el que quiero celebrar esta noche: He contratado a la señora Cerullo para que trabaje en el centro mecanográfico que he montado en Acerra, algo modernísimo que si te interesa, Lenù, si le interesa al profesor, os puedo enseñar mañana mismo, o antes de que os marchéis. ¿Qué me dices, Lina?

Lila puso cara de asco. Meneó la cabeza descontenta y, mirando a la señora Solara, dijo: Michele no entiende nada de ordenadores y le parece que lo que yo hago es algo del otro mundo, pero son chorradas, con un curso por correspondencia hasta yo, con quinto grado, he aprendido. Y no añadió nada más. Ni siquiera ridiculizó a Michele, como yo pensaba que haría, por aquella imagen bastante tremenda que él se había inventado, la cosa viva que tenía en la cabeza. No lo ridiculizó por las perlas, por los diamantes. Sobre todo, no eludió los elogios. Al contrario, dejó que brindáramos por su contratación como si en realidad la hubiesen contratado en el cielo, permitió que Michele siguiera elogiándola, justificando con los elogios el sueldo que le pagaba. Y todo ello mientras Pietro, con su capacidad de sentirse cómodo entre las personas que juzgaba inferiores, ya estaba diciendo, sin consultarme, que le interesaría mucho visitar el centro de Acerra, y después le pidió a Lila, que había vuelto a sentarse, que se lo explicara todo. Por un instante pensé que si a Lila le hubiese dado tiempo, me habría quitado a mi marido como me había quitado a Nino. Pero no sentí celos, si hubiese ocurrido, habría sido solo por afán de ahondar más la brecha que había entre nosotras, pues daba por descontado que a ella no podía gustarle Pietro, y que Pietro jamás habría sido capaz de traicionarme por desear a otra.

En cambio, me asaltó otro sentimiento más enrevesado. Estaba en el lugar donde había nacido, desde siempre me consideraban la muchacha que había tenido más éxito, tenía la convicción de que, al menos en ese ambiente, se trataba de un dato indiscutible. Pero Michele, como si hubiese organizado aposta mi descalificación en el barrio y, sobre todo, en el seno de la familia de la que yo provenía, había actuado para que Lila me eclipsara, y había querido nada menos que yo misma consintiera que me hiciese sombra reconociendo en público el poder inigualable de mi amiga. Y ella había aceptado de buen grado que ocurriera. Es más, tal vez había colaborado incluso en ese resultado, lo había planeado y organizado ella misma. Si hubiera sucedido unos años antes, cuando conseguí mi pequeño éxito como escritora, aquello no me hubiera herido, al contrario, me habría alegrado; pero ahora que todo había terminado, constaté que sufría. Intercambié una mirada con mi madre. Estaba ceñuda, tenía la expresión de cuando se contenía para no soltarme una bofetada. Quería que no adoptara mi habitual actitud pacífica, quería que reaccionara, que demostrara cuántas cosas sabía, todo de primera calidad, no esa tontería de Acerra. Me lo estaba diciendo con la mirada, como una orden muda. Pero yo callé. Manuela Solara exclamó de repente, lanzando a su alrededor miradas de impaciencia: Yo tengo calor, ¿vosotros no tenéis calor?

93

Elisa, como mi madre, tampoco debió de tolerar que yo perdiera prestigio. Pero mientras mi madre se quedó callada, ella se dirigió a mí radiante, afectuosa, para darme a entender que seguía siendo su extraordinaria hermana mayor, de la que siempre estaría orgullosa. Tengo que darte una cosa, dijo, y, saltando alegre de un tema a otro como era su costumbre, añadió: ¿Alguna vez has viajado en avión? Le dije que no. ¿En serio? En serio. Resultó que, de los presentes, el único que había volado, y varias veces, era Pietro, pero habló de ello restándole importancia. En cambio, para Elisa había sido una experiencia maravillosa, y también para Marcello. Habían ido a Alemania, un vuelo largo por trabajo y placer. Al principio, Elisa había tenido un poco de miedo, se notaban golpes y sacudidas, un chorro de aire helado le daba justo en la cabeza como si quisiera agujereársela. Después por la ventanilla había visto nubes blanquísimas debajo y cielo muy azul encima. Así había descubierto que detrás de las nubes siempre hacía buen tiempo, y que desde arriba la tierra era toda verde, azul, violeta y reluciente de nieve cuando pasabas por encima de las montañas.

—¿Adivina a quién vimos en Düsseldorf? —me preguntó.

—No lo sé, Elisa, dímelo —murmuré, descontenta con todo.

—A Antonio.

—Ah.

—Me pidió por favor que te mandara recuerdos.

—¿Está bien?

—Muy bien. Me ha dado un regalo para ti.

De manera que esa era la cosa que debía darme, un regalo de Antonio. Se levantó, salió corriendo a buscarlo. Marcello me miró divertido.

—¿Quién es Antonio? —preguntó Pietro.

—Un empleado nuestro —contestó Marcello.

—Fue novio de su esposa —aclaró Michele, riendo—. Los tiempos han cambiado, profesor, hoy las mujeres tienen muchos novios y hay que ver cómo se jactan, más que los hombres. ¿Usted cuántas novias tuvo?

—Yo ninguna —dijo Pietro muy serio—, solo he amado a mi mujer.

—Mentiroso —exclamó Michele muy divertido—, ¿puedo decirle al oído cuántas he tenido yo?

Se levantó y, seguido por la mirada disgustada de Gigliola, se colocó a espaldas de mi marido, le susurró algo al oído.

—Increíble —exclamó Pietro, cautamente irónico. Rieron juntos.

Entretanto Elisa regresó, me tendió un paquete envuelto en papel de embalar.

—Ábrelo.

—¿Tú ya sabes lo que hay dentro? —pregunté, perpleja.

—Lo sabemos los dos —dijo Marcello—, pero esperamos que tú no lo sepas.

Desenvolví el paquete. Mientras lo hacía, me di cuenta de que todos me miraban. En especial Lila, me observaba de soslayo, concentrada, como si esperara que saliera una serpiente. Cuando comprobaron que Antonio, el hijo de Melina la loca, el lacayo semianalfabeto y violento de los Solara, mi novio de la adolescencia, no me había enviado como regalo nada bonito, nada conmovedor, nada que aludiera a los tiempos pasados, sino solo un libro, parecieron decepcionados. Después vieron que yo mudaba de color, que miraba la cubierta con una dicha que no lograba controlar. No era un libro cualquiera. Era mi libro. Era la traducción al alemán de mi novela, seis años después de su publicación en Italia. Asistía por primera vez al espectáculo —un espectáculo, sí— de ver mis propias palabras bailando ante mis ojos en una lengua extranjera.

—¿No sabías nada? —preguntó Elisa, feliz.

—No.

—¿Estás contenta?

—Contentísima.

—Es la novela que escribió Lenuccia —anunció mi hermana a todos con orgullo—, pero con las palabras en alemán.

Y mi madre se puso roja.

—¿Habéis visto qué famosa es? —dijo en represalia.

Gigliola me quitó el libro, lo hojeó, murmuró admirada: Lo único que se entiende es «Elena Greco». Lila tendió la mano con aire imperativo, le hizo señas para que se lo pasara. En sus ojos vi la curiosidad, el deseo de tocar, mirar y leer la lengua desconocida que me contenía y me había transportado muy lejos. Vi en ella la urgencia que le causaba aquel objeto, una urgencia que reconocí, la misma que exhibía de niña, y me enternecí. Pero Gigliola reaccionó con rabia, apartó el libro para que ella no se lo quitara, dijo:

—Espera, ahora lo tengo yo. ¿Qué pasa, también sabes leer alemán? —Lila apartó la mano, negó con la cabeza y Gigliola exclamó—: ¡Entonces no molestes, coño, déjame mirarlo con tranquilidad! Quiero ver bien lo que Lenuccia ha sido capaz de hacer. —Y en medio del silencio general, dio vueltas entre las manos el libro con gran satisfacción. Pasó las páginas una tras otra, despacio, como si leyera cinco líneas aquí, cuatro allá. Hasta que con la voz pastosa por el vino me lo tendió y me dijo—: Bien hecho, Lenù, te felicito por todo, el libro, el marido, las niñas. Una piensa que solo nosotros te conocemos, pero no, te conocen hasta los alemanes. Te mereces lo que tienes, lo has conseguido con esfuerzo, sin hacerle daño a nadie, sin tontear con los maridos de otras. Gracias, y ahora me tengo que ir, buenas noches.

Se levantó con dificultad, suspirando, el vino la había vuelto aún más pesada. Gritó a los niños: Daos prisa; ellos protestaron, el mayor soltó una grosería en dialecto, ella le dio un sopapo y tiró de él hacia el vestíbulo. Michele meneó la cabeza con una sonrisa en los labios, masculló: Esta mamona es un desastre, siempre tiene que echarme a perder el día. Después dijo con calma: Espera, Gigliò, adónde vas con tanta prisa, nos tomamos el postre de tu padre y después nos vamos. Y haciéndose fuertes al oír las palabras de su padre, los niños se soltaron en un santiamén y regresaron a la mesa. Pero Gigliola siguió caminando pesadamente hacia el vestíbulo, diciendo rabiosa: Me voy sola, no me siento bien. Así las cosas, Michele gritó en voz bien alta, cargada de violencia: Siéntate ahora mismo, y ella se paró en seco, como si la frase le hubiese paralizado las piernas. Elisa se levantó de un brinco, murmuró: Ven, acompáñame a buscar el pastel. La cogió del brazo, tiró de ella hacia la cocina. Yo tranquilicé a Dede con la mirada, el grito de Michele la había asustado. Después le tendí el libro a Lila, le dije: ¿Quieres verlo? Ella respondió que no con la cabeza y una mueca displicente.

94

—¿Adónde hemos ido a parar? —preguntó Pietro entre escandalizado y divertido cuando, tras haber acostado a las niñas, nos encerramos en la habitación que Elisa nos había asignado.

Quería bromear sobre los momentos más increíbles de la velada, pero yo lo agredí, reñimos en voz baja. Estaba muy enojada con él, con todos, conmigo misma. Del sentimiento caótico que bullía dentro de mí afloraba otra vez el deseo de que Lila enfermara y muriera. No por odio, la quería cada día más, jamás habría sido capaz de odiarla. Pero no soportaba el vacío de su actitud esquiva. ¿Cómo se te ha ocurrido, le dije a Pietro, aceptar que se llevaran nuestra maletas, que las trajeran aquí, que nos trasladaran de oficio a esta casa? Y él: No sabía qué clase de gente era. No, claro, murmuré, como nunca escuchas cuando hablo, te he dicho siempre de dónde salgo. Discutimos largo rato, trató de calmarme, le dije de todo. Le dije que había sido demasiado tímido, que se había dejado poner el pie encima, que sabía plantar cara solo con la gente bien educada de su ambiente, que ya no me fiaba de él, que ni siquiera me fiaba de su madre, cómo era posible que hiciera ya más de dos años que mi libro se había publicado en Alemania y la editorial no me hubiera dicho nada, que quería llegar al fondo de aquel asunto, etcétera, etcétera. Para aplacarme, él dijo estar de acuerdo, incluso me invitó a telefonear por la mañana a su madre y a la editorial. Después declaró su gran simpatía por aquello que denominó el ambiente popular en el que había nacido y me había criado. Susurró que mi madre era una persona generosa y muy inteligente, tuvo palabras de amabilidad para mi padre, para Elisa, para Gigliola, para Enzo. Pero cambió bruscamente de tono cuando se refirió a los Solara: los definió como dos canallas, dos astutos malvados, dos delincuentes melifluos. Y por último se centró en Lila. Dijo en voz baja: Es la que me ha perturbado más. No hace falta que lo digas, le solté, te has pasado toda la noche hablando con ella. Pero Pietro meneó enérgicamente la cabeza, para mi sorpresa, aclaró que le había parecido la peor de todos. Dijo que no era en absoluto amiga mía, que me detestaba, sin duda, era extraordinariamente inteligente, sin duda, era muy fascinante, pero la suya era una inteligencia mal empleada —la inteligencia maligna que siembra la discordia y odia la vida—, y su atractivo era del tipo más intolerable, el atractivo que somete y conduce a la ruina. Tal cual.

Al principio lo escuché fingiendo estar en desacuerdo, pero en el fondo, contenta. Así que me había equivocado, con él Lila no había conseguido hacer mella, Pietro era un hombre adiestrado en leer entre líneas cualquier texto y había captado con facilidad sus aspectos desagradables. Pero enseguida me pareció que exageraba. Dijo: No entiendo cómo vuestra amistad ha podido durar tanto, evidentemente, os ocultáis con cuidado aquello que podría romperla. Y añadió: O no entendí nada de ella —es probable, no la conozco— o no he entendido nada de ti, y eso es más preocupante. Por último pronunció las palabras más desagradables: Ella y ese tal Michele están hechos el uno para el otro, si no son ya amantes, todo se andará. Entonces me rebelé. Murmuré que no soportaba su tono pedante de burgués ultraculto, que era mejor que no hablara nunca más de mi amiga en esos términos, que no había entendido nada. Y mientras hablaba me pareció intuir algo que en ese momento ni siquiera él sabía: Lila había hecho mella, vaya si había hecho mella; Pietro había captado hasta tal punto su excepcionalidad que se había asustado y ahora sentía la necesidad de menospreciarla. No temía por él, creo, sino por mí y por nuestra relación. Tenía miedo de que ella, incluso a distancia, me arrancara de su lado, nos destruyera. Y para protegerme se extralimitaba, la cubría de fango, quería confusamente que le tomara manía y la echara de mi vida. Murmuré un buenas noches, me volví del otro lado.

95

Al día siguiente me levanté muy temprano, preparé las maletas, quería regresar enseguida a Florencia. No lo conseguí. Marcello dijo que había prometido a su hermano llevarnos a Acerra y como Pietro, por más que tratara de hacerle entender de todas las maneras posibles que quería irme, se mostró disponible, dejamos a las niñas con Elisa y permitimos que aquel hombretón nos llevara en coche hasta un edificio bajo y alargado de color amarillo, un inmenso almacén de zapatos. No abrí la boca en todo el trayecto, mientras Pietro hacía preguntas sobre los negocios de los Solara en Alemania y Marcello se salía por la tangente con frases inconexas como: Italia, Alemania, el mundo entero, profesor, yo soy el más comunista de los comunistas, el más revolucionario de los revolucionarios, si se pudiera arrasar con todo y reconstruir todo de cero, yo estaría en primera línea. En cualquier caso, añadía mirándome por el retrovisor en busca de mi aprobación, para mí el amor es lo primero.

Cuando llegamos a nuestro destino, nos condujo a una habitación de techo bajo con luces fluorescentes. Me impactó el fuerte olor a tinta, polvo, aislantes sobrecalentados, mezclado con el de las empellas y el betún de los zapatos. Aquí lo tenéis, dijo Marcello, el trasto que ha alquilado Michele. Miré a mi alrededor, en la máquina no había nadie. El sistema 3 era por completo anónimo, un mueble sin encanto adosado a una pared: paneles metálicos, pomos, un interruptor rojo, una repisa de madera, teclados. De esto no entiendo nada, dijo Marcello, la que sabe es Lina, pero ella no tiene horarios, anda siempre por ahí. Pietro examinó con cuidado los paneles, los pomos, cada detalle, pero era evidente que la modernidad lo estaba decepcionando, máxime cuando a cada pregunta que hacía, Marcello contestaba: Son cosas de mi hermano, yo tengo otros problemas en la cabeza.

Lila apareció cuando estábamos a punto de marcharnos. Venía acompañada de dos mujeres jóvenes que cargaban con unos contenedores de metal. Parecía irritada, las trataba a baqueta. En cuanto nos vio, cambió de tono, se volvió amable, pero de un modo forzado, casi como si una parte de su cerebro se retorciera de rabia en su deseo de dedicarse a temas urgentes de trabajo. Hizo caso omiso de Marcello, se dirigió a Pietro, pero como si me hablara también a mí. Qué puede importaros todo esto, dijo con recochineo, si de verdad os interesa cambiamos de puesto: vosotros trabajáis aquí y yo me ocupo de vuestras cosas, las novelas, la pintura, la antigüedad. Tuve otra vez la impresión de que había envejecido más que yo, no solo en el aspecto, sino en los movimientos, en la voz, en la elección del registro poco brillante, vagamente aburrido, con el que nos explicó no solo el funcionamiento del sistema y de las distintas máquinas, sino también de las fichas magnéticas, las cintas, los discos de cinco pulgadas y demás novedades que estaban al caer, como por ejemplo, los ordenadores de mesa que uno podía tener en casa para uso personal. Ya no era la Lila que hablaba por teléfono del nuevo trabajo con tonos infantiles, y parecía estar muy lejos del entusiasmo de Enzo. Se comportaba como una empleada sumamente competente a la que el jefe había metido en uno de tantos embolados, nuestra escapada turística. Conmigo no empleó tonos amistosos, no bromeó en ningún momento con Pietro. Al final ordenó a las chicas que le enseñaran a mi marido cómo funcionaba la perforadora y a mí me llevó al pasillo.

—¿Y? —me dijo—. ¿Has felicitado a Elisa? ¿Se duerme bien en casa de Marcello? ¿Estás contenta de que la vieja bruja haya cumplido sesenta años?

—Si mi hermana lo quiere así —respondí nerviosa—, ¿qué puedo hacer yo, partirle la cabeza?

—¿Lo ves? En los cuentos se hace lo que se quiere y en la vida real se hace lo que se puede.

—No es cierto. ¿Quién te ha obligado a dejar que Michele te utilice?

—Soy yo la que lo utiliza a él, no al revés.

—Eso te crees tú.

—Espera y verás.

—¿Qué quieres que vea, Lila? Déjalo estar.

—Te lo repito, no me gustas cuando te comportas así. Ya no sabes nada de nosotros, así que es mejor que te calles.

—¿Me estás diciendo que solo puedo criticarte si vivo en Nápoles?

—Nápoles, Florencia, no concluyes nada en ninguna parte, Lenù.

—¿Quién lo dice?

—Los hechos.

—Los hechos los conozco yo mejor que tú.

Estaba tensa, ella se dio cuenta. Hizo una mueca conciliadora.

—Haces que me cabree y diga cosas que no pienso. Hiciste bien en marcharte de Nápoles, hiciste muy bien. ¿A que no sabes quién ha regresado?

—¿Quién?

—Nino.

La noticia me quemó en el pecho.

—¿Qué más sabes?

—Me lo contó Marisa. Ha ganado una cátedra en la universidad.

—¿No estaba a gusto en Milán?

Lila amusgó los ojos.

—Se ha casado con una de la via Tasso que está emparentada con medio Banco di Napoli. Tienen un niño de un año.

No sé si aquello me hizo sufrir, lo cierto es que me costó creerlo.

—¿En serio se ha casado?

—Sí.

La miré para entender qué tenía en mente.

—¿Piensas volver a verlo?

—No. Pero si llego a cruzarme con él, quiero decirle que Gennaro no es suyo.

96

Me dijo eso y unas cuantas cosas inconexas. «Te felicito, tienes un marido guapo e inteligente, habla como si fuera religioso aunque no sea creyente, conoce todos los hechos antiguos y modernos, sobre todo sabe un montón de cosas de Nápoles, me dio vergüenza, soy napolitana y no sé nada. Gennaro crece, mi madre se ocupa de él más que yo, es buen estudiante. Con Enzo las cosas van bien, trabajamos mucho, nos vemos poco. En cambio Stefano se ha arruinado él solito: los carabineros le encontraron mercancía robada en la trastienda, no sé bien qué, y lo detuvieron; ahora ya está en libertad, pero debe ir con pies de plomo, está en las últimas, soy yo la que le pasa dinero a él, no él a mí. Hay que ver cómo cambian las cosas: Si continuara siendo la señora Carracci iría a la ruina, acabaría con el culo al aire como todos los Carracci; pero soy Raffaella Cerullo y trabajo de directora del centro de procesamiento de datos para Michele Solara a razón de cuatrocientas veinte mil liras al mes. La consecuencia es que mi madre me trata como una reina, mi padre me lo ha perdonado todo, mi hermano me saca dinero, Pinuccia dice que me quiere con locura, sus hijos me llaman tita. Pero es un trabajo aburrido, nada que ver con lo que me parecía al principio: demasiado lento todavía, se pierde un montón de tiempo, ojalá lleguen pronto las nuevas máquinas, que serán más veloces. O no. La velocidad se lo come todo, como cuando las fotos salen movidas. Alfonso usó esa expresión, la usó para reírse, dijo que él había salido movido, con las líneas de perfil mal definidas. En los últimos tiempos no para de hablarme de amistad. Quiere ser muy amigo mío, le gustaría copiarme con papel de calcar, jura que le encantaría ser una mujer como yo. Pero qué mujer ni qué ocho cuartos, le dije, tú eres hombre, Alfò, no sabes nada de cómo soy yo, y aunque seamos amigos y me estudies y me espíes y me copies, nunca sabrás nada. Entonces —dijo él, divertido—, qué voy a hacer, sufro siendo como soy. Y me confesó que quiere a Michele de toda la vida, a Michele Solara, sí, y que ojalá pudiera gustarle como, según él, le gusto yo. Te das cuenta, Lenù, lo que le pasa a las personas: llevamos dentro demasiadas cosas y eso nos hincha, nos rompe. De acuerdo, le dije, seremos amigos, pero quítate de la cabeza que puedes hacer de mujer como yo, lo único que conseguirías es hacer de mujer con vuestro estilo de machos. Puedes copiarme, hacerme un retrato exacto como hacen los artistas, pero mi mierda seguirá siendo mía, y la tuya, tuya. Ay, Lenù, qué nos pasa a todos, somos como las tuberías cuando se congela el agua, qué cosa tan fea es la cabeza descontenta. ¿Te acuerdas de lo que hicimos con mi foto vestida de novia? Quiero seguir por ese camino. El día menos pensado me transformaré toda en diagramas, en una cinta perforada y no me verás más.»

Risitas, y ya. Aquella charla en el pasillo me confirmó que nuestra relación ya no tenía intimidad. Había desembocado en noticias escuetas, escasos detalles, agudezas malévolas, palabras en libertad, sin la menor revelación de hechos y pensamientos solo para mí. La vida de Lila solo era suya y nada más, como si no quisiera compartirla con nadie. De nada servía insistir con preguntas como: ¿Qué sabes de Pasquale, en qué anda, cuánto has tenido tú que ver con la muerte de Soccavo, con los disparos a las piernas de Filippo, qué te llevó a aceptar la propuesta de Michele, qué quieres hacer con la dependencia que tiene él de ti? Lila se había encerrado en lo inconfesable, mis inquietudes ya no podían convertirse en discurso, me habría dicho: ¿Cómo se te ocurre, estás loca, Michele, la dependencia, Soccavo, pero qué dices? Y ahora, mientras escribo, me doy cuenta de que no dispongo de elementos suficientes para pasar a «Lila fue, Lila hizo, Lila vio, Lila planificó». Sin embargo, mientras regresaba a Florencia en coche, tuve la sensación de que allí, en el barrio, entre el retraso y la modernidad, ella tenía más historia que yo. Cuántas cosas me había perdido al irme, creyendo estar destinada a saber qué vida. Lila, que se había quedado, tenía un trabajo muy novedoso, ganaba mucho dinero, actuaba con total libertad, siguiendo unos designios indescifrables. Quería profundamente a su hijo, se había dedicado mucho a él en los primeros años de vida, y todavía estaba encima de él; aunque al parecer era capaz de librarse de él como y cuando quería, él no le daba preocupaciones como me las daban mis hijas. Había roto con su familia de origen y, sin embargo, aceptaba hacerse cargo de ella siempre que podía. Se ocupaba de Stefano, ahora caído en desgracia, pero sin reconciliarse. Detestaba a los Solara, sin embargo, se sometía a ellos. Ironizaba al hablar de Alfonso y era su amiga. Decía que no quería volver a ver a Nino, pero yo sabía que no era verdad, que lo vería. La suya era una vida movida, la mía estaba estancada. Mientras Pietro conducía en silencio y las niñas se peleaban, pensé mucho en ella y en Nino, en lo que podía ocurrir. Lila se lo apropiará otra vez, fantaseé, hará lo posible por reencontrarse con él, lo condicionará como sabe hacer ella, lo alejará de la mujer y del hijo, lo utilizará en su guerra contra no sé bien quién, lo inducirá a divorciarse, y entretanto se librará de Michele después de haberle quitado mucho dinero, y dejará a Enzo, y al final, decidirá divorciarse de Stefano, y quizá se case con Nino, o quizá no, pero, sin duda, sumarán sus inteligencias y quién sabe qué llegarán a ser.

Llegar a ser. Frase verbal que siempre me había obsesionado, pero en la que reparé por primera vez en esa circunstancia. Yo quería llegar a ser, aunque jamás había sabido qué. Y había llegado a ser, no cabía duda, pero sin un objetivo, sin una auténtica pasión, sin una resuelta ambición. Había querido llegar a ser algo —ese era el punto— solo porque temía que Lila llegara a ser a saber quién, dejándome a mí atrás. Mi llegar a ser era un llegar a ser siguiendo su estela. Debía proponerme llegar a ser, pero yo sola, como adulta, fuera de ella.

97

En cuanto llegué a casa, telefoneé a Adele para informarme sobre la traducción al alemán que me había mandado Antonio. Se cayó de espaldas, ella tampoco sabía nada, habló con la editorial. Me llamó poco después para decirme que el libro se había publicado no solo en Alemania, sino en Francia y España. Entonces, pregunté, ¿qué debo hacer? Adele contestó perpleja: Nada, alegrarte. Claro, murmuré, me alegro mucho, pero desde el punto de vista práctico, no sé, ¿tengo que viajar, promoverlo en el extranjero? Ella me contestó con afecto: No tienes que hacer nada, Elena, por desgracia, el libro no se vendió nada.

Me puse de peor humor. Perseguí a la editorial, pedí que me dieran noticias más detalladas sobre las traducciones, me enfadé porque nadie se había preocupado por mantenerme informada, acabé diciéndole a una empleada torpe: Me enteré de que existía una edición alemana no por ustedes sino por un amigo mío semianalfabeto; ¿son o no son ustedes capaces de hacer su trabajo? Después me disculpé, me sentí estúpida. Llegaron, uno detrás del otro, el ejemplar en francés y en español, y otro en alemán sin el aspecto sobado del que me había mandado Antonio. Eran ediciones feas; en la cubierta salían unas mujeres vestidas de negro, hombres con mostachos y gorra de paño con visera, ropa tendida al sol. Los hojeé, se los enseñé a Pietro, los coloqué en un estante entre otras novelas. Papel mudo, papel inútil.

Siguió una época agotadora, de gran descontento. Telefoneaba todos los días a Elisa para saber si Marcello seguía siendo amable, si habían decidido casarse. A mi cantinela aprensiva ella contestaba con carcajadas alegres y relatos de una vida feliz, de viajes en automóvil o avión, de prosperidad creciente de nuestros hermanos, de bienestar para nuestro padre y nuestra madre. Ahora la envidiaba a ratos y estaba cansada, irascible. Elsa no paraba de enfermarse, Dede exigía atención, Pietro holgazaneaba sin dedicarse a terminar su libro. Me enfurecía por nada. Regañaba a las niñas, me peleaba con mi marido. Como resultado, los tres me temían. Las niñas, en cuanto pasaba por delante de su habitación, interrumpían sus juegos, me miraban alarmadas, y Pietro prefirió cada vez más la biblioteca de la universidad a nuestra casa. Salía por la mañana temprano, regresaba a última hora de la tarde. Al llegar parecía llevar encima los signos de los conflictos de los que yo, excluida ya de toda actividad pública, me enteraba por los periódicos: los fascistas que acuchillaban y asesinaban, los militantes de izquierda que no se quedaban atrás, la policía que recibía por ley amplio mandato para disparar y lo hacía también allí, en Florencia. Hasta que sucedió lo que esperaba hacía tiempo: Pietro se encontró en el centro de un desagradable episodio del que se habló bastante en los periódicos. Suspendió a un muchacho muy comprometido en las luchas, que llevaba un apellido importante. El joven lo insultó delante de todos y le apuntó con una pistola. Según el relato de los hechos que me ofreció no él, sino una conocida nuestra —una versión no de primera mano, porque ella no estaba presente—, Pietro terminó tranquilamente de registrar el insuficiente, le tendió al muchacho la libreta universitaria y le dijo más o menos lo siguiente: O dispara de verdad o será mejor que se deshaga de inmediato de esa arma, porque dentro de un minuto saldré de aquí para denunciarlo. El muchacho siguió apuntándole con la pistola a la cara durante largos segundos, después se la metió en el bolsillo, cogió la libreta y salió corriendo. Minutos más tarde Pietro lo denunció ante los carabineros, el estudiante fue detenido. La cosa no terminó ahí. La familia del joven se puso en contacto no con él, sino con su padre, para que lo convenciera de que retirase la denuncia. El profesor Guido Airota trató de persuadir a su hijo, siguieron largas llamadas telefónicas en el curso de las cuales, con cierto estupor, noté que el viejo perdía los estribos, levantaba la voz. Pero Pietro no cedió. De modo que me enfrenté a él nerviosísima.

—¿Te das cuenta de cómo te comportas? —le pregunté.

—¿Qué debería hacer?

—Aliviar la tensión.

—No te entiendo.

—No quieres entenderme. Eres idéntico a nuestros profesores de Pisa, los más insoportables.

—No lo veo así.

—Pues eres igual. ¿Se te ha olvidado cómo hincábamos los codos para seguir unas asignaturas banales y pasar unos exámenes más banales todavía?

—La mía no es una asignatura banal.

—Convendría que se lo preguntaras a tus alumnos.

—Se pide un parecer a quien tiene la competencia para dártelo.

—¿Me lo habrías pedido a mí si hubiese sido alumna tuya?

—Tengo una relación estupenda con los que estudian.

—¿O sea que te gustan los aduladores?

—¿Y a ti te gustan los bravucones como tu amiga de Nápoles?

—Sí.

—¿Y entonces por qué has sido siempre la más diligente?

Me incomodé.

—Porque era pobre y me parecía un milagro haber llegado hasta allí.

—Bueno, ese muchacho no tiene nada en común contigo.

—Tú tampoco tienes nada en común conmigo.

—¿Qué quieres decir?

No contesté, por prudencia escurrí el bulto. Pero después me dio otra vez rabia, volví a criticar su intransigencia, le dije: Pero si ya lo habías suspendido, ¿qué sentido tenía que lo denunciaras? Él masculló: Cometió un delito. Yo: Jugaba a asustarte, es un muchacho. Contestó frío: Esa pistola es un arma, no un juguete, y la robaron hace siete años junto con otras armas en un cuartel de los carabineros de Rovezzano. Dije: El muchacho no disparó. Me soltó: El arma estaba cargada, ¿y si lo hubiera hecho? No lo hizo, le grité. Él también levantó la voz: ¿Y para denunciarlo debía esperar a que me disparase? Chillé: No grites, tienes los nervios crispados. Me contestó: ¿Qué tal si piensas en tus nervios? Estaba alteradísima, resultó inútil explicarle que aunque me salían palabras y tonos polémicos, en realidad aquella situación me parecía muy peligrosa y me preocupaba. Tengo miedo por ti, dije, por las niñas, por mí. Pero él no me consoló. Se encerró en su despacho y trató de trabajar en el libro. Solo al cabo de unas semanas me contó que en un par de ocasiones habían ido a verlo dos policías de paisano para preguntarle por algunos alumnos, le habían enseñado unas fotos. La primera vez él los había recibido con amabilidad y con amabilidad se había despedido sin darles información alguna. La segunda vez les preguntó:

—¿Estos jóvenes han cometido algún delito?

—Por ahora no.

—Entonces ¿qué quieren de mí?

Los había acompañado a la puerta con toda la desdeñosa cortesía de que era capaz.

98

Lila se pasó meses sin telefonear, debía de estar muy ocupada. Yo tampoco la llamé, aunque no por falta de ganas. Para atenuar la impresión de vacío traté de estrechar aún más los lazos con Mariarosa, pero eran muchos los obstáculos. Franco ya vivía en casa de mi cuñada de forma estable, y a Pietro no le gustaba que me encariñara demasiado con su hermana ni que viera a mi ex novio. Si me quedaba más de un día en Milán, su humor empeoraba, las desgracias imaginarias se multiplicaban, aumentaban las tensiones. Para colmo, al propio Franco, que en general salía únicamente para las curas médicas que seguía necesitando, no le gustaba mi presencia, se impacientaba al oír las voces demasiado altas de las niñas, a veces desaparecía de casa alarmándonos a Mariarosa y a mí. Además, mi cuñada tenía mil ocupaciones y, sobre todo, estaba siempre rodeada de mujeres. Su apartamento era una especie de punto de encuentro, acogía a todo el mundo, intelectuales, señoras bien, trabajadoras que huían de compañeros largos de manos, muchachas inadaptadas, de manera que disponía de poco tiempo para mí, además era demasiado amiga de todas para que pudiera sentirme segura de nuestros lazos. Sin embargo, en su casa yo recuperaba durante unos días las ganas de estudiar, y por momentos, las de escribir. O, mejor dicho, tenía la impresión de ser capaz de hacerlo.

Hablábamos mucho de nosotras. Pero aunque éramos todas mujeres —si no huía de casa, Franco se quedaba encerrado en su habitación—, nos costaba un esfuerzo enorme comprender qué era una mujer. Una vez analizado en profundidad cada gesto, cada pensamiento, cada discurso, cada sueño nuestro era como si no nos perteneciera. Y este escarbar exasperaba a las más frágiles, que no soportaban bien el exceso de introspección y consideraban que para enfilar el camino de la libertad bastaba sencillamente con dejar fuera a los hombres. Eran tiempos movidos, llenos de altibajos como las olas. Muchas temían el retorno a la calma chicha y se mantenían en la cresta aferrándose a fórmulas extremas y mirando hacia abajo con miedo y rabia. Cuando se supo que el servicio de seguridad de Lotta Continua había cargado contra una columna separatista de mujeres, los ánimos se caldearon hasta el punto de que, si alguna entre las más rígidas descubría que Mariarosa tenía un hombre en su casa —algo que ella no declaraba pero tampoco ocultaba—, la discusión se volvía feroz, las rupturas, dramáticas.

Yo detestaba esos momentos. Buscaba estímulos, no conflictos, hipótesis de investigación, no dogmas. O al menos, eso me decía a mí misma, a veces también se lo decía a Mariarosa, que me escuchaba en silencio. En una de esas ocasiones conseguí hablarle de mi relación con Franco en la época de la Escuela Normal, de lo que había significado para mí. Le estoy agradecida, dije, he aprendido mucho de él, y lamento que ahora nos trate con frialdad a las niñas y a mí. Tras pensar un momento, proseguí: Tal vez haya algo que no funciona en esa voluntad de los hombres por instruirnos; yo era entonces jovencita y no me daba cuenta de que, en ese afán suyo por transformarme, estaba la prueba de que no le gustaba tal como era, quería que fuese otra, o mejor, no deseaba una mujer y ya está, sino una mujer como imaginaba que sería él si hubiera sido mujer. Para Franco, dije, yo era una posibilidad de extenderse en lo femenino, de apoderarse de ello; yo constituía la prueba de su omnipotencia, la demostración de que no solo sabía ser hombre del modo correcto sino también mujer. Y hoy que ya no me siente como una parte de sí mismo, se considera traicionado.

Me expresé exactamente de este modo. Y Mariarosa me escuchó con auténtico interés, no con ese otro un tanto fingido que mostraba con todos. Escribe algo sobre ese tema, me animó. Se emocionó, murmuró que a ella no le había dado tiempo de conocer al Franco que acababa de describirle. Después añadió: tal vez fue para bien, nunca me habría enamorado de él, detesto a los hombres demasiado inteligentes que me dicen cómo debo ser; prefiero a este hombre torturado y reflexivo del que cuido y al que he acogido en mi casa. Después insistió: Pon por escrito todo esto que acabas de decirme.

Contesté que sí con la cabeza, de un modo un tanto inquieto, contenta por el elogio pero incómoda a la vez, dije algo sobre la relación con Pietro, sobre cómo trataba de imponerme su punto de vista. Esta vez Mariarosa estalló en carcajadas, y cambió el tono casi solemne de nuestra conversación. ¿Comparas a Franco con Pietro? Estás de broma, dijo, Pietro a duras penas logra mantener unida su virilidad, imagínate si le quedan energías para imponerte su sentimiento sobre la mujer. ¿Quieres que te diga una cosa? Pensaba que no te casarías con él. Pensaba que, si te casabas, lo dejarías en menos de un año. Pensaba que harías lo posible por no tener hijos con él. El hecho de que todavía estéis juntos me parece un milagro. Eres realmente una buena chica, pobrecilla.

99

De modo que en esas estábamos: la hermana de mi marido consideraba que mi matrimonio era un error y me lo decía con franqueza. No sabía si reír o llorar, me pareció la confirmación definitiva y desapasionada de mi malestar conyugal. Por otra parte, ¿qué podía hacer? Me decía que la madurez consistía en aceptar el curso que había tomado la existencia sin agitarse demasiado, trazar un surco entre la práctica cotidiana y el aprendizaje teórico, aprender a verse, a conocerse a la espera de los grandes cambios. Con el paso de los días me fui tranquilizando. Mi hija Dede cursaba un poco antes de tiempo el primer año de primaria, pero ya sabía leer y escribir; mi hija Elsa estaba encantada de quedarse sola conmigo toda la mañana en la casa inmóvil; mi marido, pese a ser el más gris de los académicos, parecía al fin a punto de terminar un segundo libro que prometía ser aún más importante que el primero; y yo era la señora Airota, Elena Airota, una mujer entristecida por la sumisión, que sin embargo, animada por su cuñada pero también para luchar contra el abatimiento, se había puesto a estudiar casi en secreto la invención de la mujer por parte de los hombres, mezclando el mundo antiguo con el moderno. Lo hacía sin un objetivo, simplemente para decirle a Mariarosa, a mi suegra, a algún conocido: Estoy trabajando.

Así fue como en el curso de mis cavilaciones pasé de la primera y la segunda creación bíblica a Defoe-Flanders, Flaubert-Bovary, Tolstói-Karenina, hasta llegar a *La dernière mode*, a Rrose Sélavy, y más allá, mucho más allá, en un frenesí revelador. Poco a poco me sentí más contenta. Por todas partes descubría autómatas de mujer fabricados por los hombres. No había nada nuestro, lo poco que surgía se transformaba enseguida en materia que ellos usaban para su manufactura. Cuando Pietro estaba en el trabajo, Dede en la escuela, Elsa jugaba a poca distancia de mi escritorio y yo me sentía al fin un poco viva excavando en las palabras y entre las palabras, a veces me daba por imaginar qué habría sido de mi vida y de la de Lila si las dos hubiéramos hecho el examen de admisión al bachillerato elemental y después el bachillerato superior y después todos los estudios hasta la licenciatura, codo con codo, compenetradas, una pareja perfecta que suma energías intelectuales, placeres de la comprensión y la imaginación. Habríamos escrito juntas, habríamos firmado juntas, habríamos sacado fuerzas la una de la otra, habríamos combatido espalda contra espalda para que aquello que era nuestro fuera inimitablemente nuestro. Qué pena la soledad femenina de las mentes, me decía, qué desperdicio este aislarse la una de la otra, sin protocolos, sin tradición. En esos casos me sentía como si tuviera pensamientos truncados por la mitad, atractivos y sin embargo defectuosos, requerían con urgencia una comprobación, un desarrollo, pero sin convicción, sin confianza en sí mismos. Entonces sentía otra vez ganas de llamarla por teléfono y decirle: Déjame contarte sobre lo que estoy reflexionando, por favor, hablemos, dame tu opinión, ¿te acuerdas de lo que me dijiste sobre Alfonso? Pero habíamos perdido la ocasión para siempre, hacía muchos años. Debía aprender a conformarme conmigo misma.

Y un buen día, precisamente cuando me asomaba a esa necesidad, oí la llave girar en la cerradura. Era Pietro que venía a comer después de haber pasado por el colegio, como de costumbre, a recoger a Dede. Cerré los libros y los cuadernos mientras la niña irrumpía en mi despacho, recibida con entusiasmo por Elsa. Estaba muerta de hambre, sabía que gritaría: Mamá, ¿qué hay para comer? Pero no, incluso antes de tirar la cartera, exclamó: ¡Un amigo de papá viene a comer con nosotros! Recuerdo la fecha con exactitud: 9 de marzo de 1976. Me levanté de mal humor, Dede me cogió de la mano y me llevó al pasillo. Mientras tanto, ante la presencia anunciada de un extraño, Elsa se agarró prudentemente de mi falda. Pietro dijo alegre: Mira a quién te he traído.

100

Nino ya no llevaba la barba poblada que le había visto años antes en la librería, pero tenía el pelo largo y enmarañado. Por lo demás, seguía siendo el muchacho de entonces, alto, delgadísimo, ojos brillantes, aspecto desaliñado. Me abrazó, se arrodilló para hacerle carantoñas a las dos niñas, se levantó disculpándose por la intromisión. Murmuré unas cuantas palabras distantes: Pasa, ponte cómodo, qué te trae por Florencia. Me sentía como si tuviera vino caliente en el cerebro, no conseguía darle consistencia a lo que estaba pasando: él, nada menos que él, en mi casa. Y tenía la impresión de que en la organización de lo interior y lo exterior todo había dejado de funcionar. ¿Qué estaba imaginando y qué estaba ocurriendo, quién era la sombra y quién el cuerpo vivo? Entretanto, Pietro me explicaba: Nos encontramos en la facultad, lo he invitado a comer. Y yo sonreía y decía: sí, lo tengo todo a punto, donde comen cuatro, comen cinco, hacedme compañía mientras voy preparando. Parecía tranquila pero estaba muy nerviosa, me dolía la cara de tanto forzar la sonrisa. ¿Por qué Nino está aquí, y qué es «aquí», qué es «está»? Quería darte una sorpresa, me dijo Pietro, angustiado, como cuando temía haber metido la pata. Y Nino, riendo: Le he dicho cien veces que te llamara para avisarte, te lo juro, pero no ha querido. Después contó que había sido mi suegro el que le había sugerido que diera señales de vida. Había coincidido con el profesor Airota en Roma, en el congreso del Partido Socialista, y allí, hablando de todo un poco, le comentó que tenía que ir a Florencia por trabajo y el profesor le habló de Pietro, del nuevo libro que estaba escribiendo su hijo, de una obra que acababa de conseguirle y que era urgente entregarle. Nino se ofreció a llevársela en persona y ahí estábamos, comiendo, las niñas se disputaban su atención, y él se mostraba divertido con las dos, condescendiente con Pietro, muy serio y de pocas palabras conmigo.

—Imagínate —me dijo—, la de veces que he venido a esta ciudad por trabajo, pero no sabía que vivías aquí, que teníais a estas dos hermosas señoritas. Menos mal que se ha presentado esta ocasión.

—¿Sigues enseñando en Milán? —pregunté aun sabiendo que ya no vivía en esa ciudad.

—No, ahora enseño en Nápoles.

—¿Qué?

Hizo una mueca de descontento.

—Geografía.

—¿Perdón?

—Geografía urbana.

—¿Cómo es que decidiste regresar?

—Mi madre no está bien.

—Lo siento, ¿qué tiene?

—El corazón.

—¿Y tus hermanos?

—Bien.

—¿Tu padre?

—Como siempre. Pero el tiempo pasa, uno crece, y en los últimos tiempos nos hemos reconciliado. Tiene sus defectos y sus cualidades, como todo el mundo. —Se dirigió a Pietro—: Cuánto hemos despotricado contra los padres y la familia. ¿Ahora que nos toca a nosotros qué tal nos arreglamos?

—Yo bien —dijo mi marido con una pizca de ironía.

—No lo dudo. Te has casado con una mujer extraordinaria y estas dos princesitas son perfectas, muy educadas, muy elegantes. Qué bonito vestido, Dede, qué bien te queda. ¿Y quién le ha regalado a Elsa el pasador con estrellitas?

—Mi mamá —respondió Elsa.

Poco a poco me tranquilicé. Los segundos recuperaron su ritmo ordenado, yo asimilé lo que me ocurría. Nino estaba sentado a la mesa, a mi lado, comía la pasta que yo había preparado, cortaba con cuidado en pequeños trozos el escalope de Elsa, se ocupaba del suyo con buen apetito, se refería con disgusto a los sobornos que la empresa Lockheed había pagado a Tanassi y a Gui, alababa cómo cocinaba yo, discutía con Pietro sobre la alternativa socialista, pelaba una manzana con una serpentina que dejaba extasiada a Dede. Mientras tanto se difundía por el apartamento un fluido benigno que no notaba desde hacía tiempo. Qué bonito era que los dos hombres se dieran la razón, que se cayeran bien. Me puse a recoger en silencio. Nino se levantó de un salto y se ofreció también a lavar los platos con la condición de que las niñas lo ayudaran. Tú quédate sentada, me dijo, y yo obedecía mientras él tenía ocupadas a Dede y Elsa, las dos entusiasmadas, de vez en cuando me preguntaba dónde guardar esto o aquello, seguía charlando con Pietro.

Era él, después de tanto tiempo, y estaba allí. Miraba sin querer la alianza que llevaba en el dedo. No ha mencionado en ningún momento su matrimonio, pensé, ha hablado de su madre, de su padre, pero no ha dicho nada de su mujer y su hijo. Quizá no se casó por amor, quizá formó un hogar por interés, quizá se vio obligado a casarse. La eclosión de hipótesis cesó. De buenas a primeras Nino se puso a hablarle a las niñas de Albertino, su hijo, lo hizo como si el niño fuera el personaje de un cuento, con tonos a veces cómicos, a veces tiernos. Al terminar se secó las manos, sacó una foto de la cartera, se la enseñó primero a Elsa, luego a Dede, luego a Pietro, que me la pasó a mí. Albertino era precioso. Tenía dos años y estaba de morros en brazos de su madre. Miré al pequeño unos segundos, pasé enseguida a examinarla a ella. Me pareció espléndida, ojos grandes, cabello largo y negro, debía de tener poco más de veinte años. Sonreía, los dientes formaban una hilera brillante sin irregularidades, la suya me pareció una mirada enamorada. Le devolví la foto, dije: Haré café. Me quedé sola en la cocina, los cuatro se fueron al salón.

Nino tenía una cita de trabajo, se deshizo en disculpas, se marchó enseguida después del café y un cigarrillo. Me marcho mañana, dijo, pero volveré pronto, la semana que viene. Pietro lo invitó varias veces a mantener el contacto, él prometió que llamaría. Se despidió de las niñas con mucho entusiasmo, le estrechó la mano a Pietro, a mí me hizo una inclinación de la cabeza y desapareció. En cuanto la puerta se cerró a sus espaldas, la monotonía del apartamento se me vino encima. Esperé que Pietro, pese a haberse sentido tan a gusto con Nino, encontrara algo odioso en el invitado, lo hacía siempre. Pero dijo contento: Por fin una persona con la que vale la pena pasar el tiempo. No sé por qué, aquella frase me hizo daño. Encendí la televisión, pasé el resto de la tarde viéndola con las niñas.

101

Confiaba en que Nino llamara enseguida, al día siguiente. Cada vez que sonaba el teléfono, daba un brinco. Pasó una semana entera sin noticias de él. Me sentí como si tuviera un resfriado muy fuerte. Estaba desganada, abandoné mis lecturas y mis apuntes, me enfadé conmigo misma por aquella espera insensata. Después Pietro regresó a casa una tarde de particular buen humor. Dijo que Nino había estado en la facultad, que habían pasado un tiempo juntos, pero que no había logrado convencerlo de ninguna de las maneras para que viniera a cenar. Nos ha invitado él a que cenemos fuera mañana, dijo, con las niñas, no quiere que te canses preparando nada.

La sangre comenzó a fluir más deprisa, sentí por Pietro una inquieta ternura. En cuanto las niñas se retiraron a su cuarto, lo abracé, lo besé, le susurré palabras de amor. Por la noche dormí poco, mejor dicho, dormí con la impresión de estar despierta. Al día siguiente, en cuanto Dede regresó de la escuela, la metí con Elsa en la bañera y las restregué a fondo a las dos. Después me dediqué a mí. Me di un largo baño feliz, me depilé, me lavé el pelo y me lo sequé con cuidado. Me probé todos los vestidos que tenía, me puse cada vez más nerviosa porque no me gustaban, no tardé en sentirme decepcionada de cómo me había quedado el pelo. Dede y Elsa me seguían, jugando a imitarme. Adoptaban posturas frente al espejo, se mostraban insatisfechas de las prendas y los peinados, chancleteaban con mis zapatos. Me resigné a ser lo que era. Tras una dura reprimenda a Elsa, que en el último momento se manchó el vestidito, me puse al volante y fuimos a recoger a Pietro y a Nino, que habían quedado en verse en la universidad. Hice el trayecto angustiada, regañando sin parar a las niñas, que jugaban y cantaban rimas de su invención a base de caca y pis. Cuanto más me acercaba al lugar de la cita, más confiaba en que algún compromiso de última hora impidiera a Nino asistir. No fue así, avisté a los dos hombres de inmediato, estaban charlando. Nino hacía unos gestos envolventes, como si invitara a su interlocutor a entrar en un espacio construido expresamente para él. Pietro me pareció torpe como siempre, la piel de la cara enrojecida, era el único que reía, y de forma sumisa. Ninguno de los dos manifestó especial interés por mi llegada.

Mi marido se sentó detrás con las niñas, Nino se acomodó a mi lado para guiarme a un restaurante donde se comía bien y —añadió dirigiéndose a Dede y a Elsa— donde hacían unos buñuelos riquísimos. Los describió con detalle suscitando el entusiasmo de las niñas. Hace mucho tiempo, pensé observándolo con el rabillo del ojo, paseamos cogidos de la mano y me besó en dos ocasiones. Qué hermosos dedos. Entretanto, él se limitaba a decirme, aquí dobla a la derecha, y enseguida otra vez a la derecha, en el cruce, a la izquierda. Ni una mirada de admiración, ni un cumplido.

En el restaurante nos recibieron animadamente pero con respeto. Nino conocía al dueño, a los camareros. Acabé sentada en la cabecera de la mesa entre las niñas, los dos hombres se sentaron frente a frente y mi marido se puso a hablar de la difícil situación en las universidades. Estuve casi todo el tiempo callada, me ocupé de Dede y Elsa; en general, eran muy disciplinadas en la mesa, pero en aquella ocasión se dedicaron a hacer trastadas y a reír para llamar la atención de Nino. Yo pensaba incómoda: Pietro habla demasiado, lo está aburriendo, no le deja espacio. Pensaba: Hace siete años que vivimos en esta ciudad y no conocemos un solo local donde llevarlo para corresponder a su invitación, un restaurante donde se coma bien como aquí, donde nos reconozcan en cuanto entremos. Me gustó la cortesía del dueño, se acercó a menudo a nuestra mesa, llegó incluso a decirle a Nino: Esto mejor no se lo sirvo hoy, no está a la altura de sus invitados, y le aconsejó otra cosa. Cuando llegaron los famosos buñuelos, las niñas se alborozaron. Pietro también; se los disputaron. Fue entonces cuando Nino se dirigió a mí:

—¿Cómo es que no has publicado nada más? —preguntó sin la frivolidad de la conversación entre comensales, con un interés que me pareció auténtico.

Me ruboricé.

—Me dedico a otras cosas —dije, indicando a las niñas.

—Aquel libro era excelente.

—Gracias.

—No es un cumplido, siempre supiste escribir. ¿Te acuerdas de aquel artículo sobre el profesor de religión?

—Tus amigos no lo publicaron.

—Fue por un error.

—Me desanimé.

—Lo siento. ¿Ahora estás escribiendo?

—En los ratos libres.

—¿Una novela?

—No sé qué es.

—¿Sobre qué tema?

—Los hombres que fabrican a las mujeres.

—Buen tema.

—Ya se verá.

—Ponte las pilas, que quiero leerte pronto.

Para mi sorpresa, demostró conocer bien los textos de mujeres de las que me ocupaba, estaba convencida de que los hombres no los leían. Eso no fue todo: me citó un libro de Starobinski que había leído hacía poco, dijo que había en él algo que podría resultarme útil. Cuántas cosas sabía, siempre había sido así desde chico, sentía curiosidad por todo. Ahora estaba citando a Rousseau y a Bernard Shaw, yo lo interrumpí, me escuchó con atención. Y cuando las niñas empezaron a zarandearme para comer más buñuelos y me pusieron nerviosa, él llamó por señas al dueño para que prepararan más.

—Debes dejarle más tiempo a tu mujer —dijo después, dirigiéndose a Pietro.

—Dispone de todo el día.

—No lo digo en broma. Si no lo haces, no solo serás culpable en el aspecto humano, sino también en el político.

—¿Y cuál sería el delito?

—El derroche de inteligencia. Una comunidad que encuentra natural sofocar la energía intelectual de tantas mujeres con el cuidado de los hijos y de la casa es enemiga de sí misma y no se da cuenta.

Esperé en silencio a que Pietro contestara. Mi marido reaccionó con ironía:

—Elena puede cultivar su inteligencia cuando y como le apetezca, lo esencial es que no me quite tiempo a mí.

—Si no te lo quita a ti, ¿a quién va a quitárselo?

Pietro se puso ceñudo.

—Cuando la tarea que nos imponemos tiene la urgencia de la pasión, no hay nada que pueda impedirnos cumplir con ella.

Me sentí herida.

—Mi marido está diciendo que no tengo ningún interés verdadero —murmuré con una sonrisita fingida.

Silencio.

—¿Y es así? —preguntó Nino.

Sin pensármelo dos veces, le contesté que no lo sabía, que no sabía nada. Pero mientras hablaba, con vergüenza, con rabia, me di cuenta de que se me llenaban los ojos de lágrimas. Bajé la vista. Basta ya de buñuelos, les dije a las niñas sin poder dominar la voz, y Nino acudió en mi ayuda, exclamó: Yo me voy a comer solo uno más, mamá otro, papá también, y vosotras dos uno cada una, pero después basta. Llamó al dueño y dijo solemnemente: Voy a volver con estas dos señoritas dentro de un mes, treinta días exactos, y usted nos preparará una montaña de estos exquisitos buñuelos, ¿de acuerdo?

—¿Cuánto es un mes, cuántos son treinta días? —preguntó Elsa.

Y yo, que mientras tanto había conseguido tragarme las lágrimas, miré a Nino fijamente y dije:

—Sí, ¿cuánto es un mes, cuántos son treinta días?

Bromeamos —Dede más que nosotros, los adultos— sobre la vaga idea que tenía Elsa del tiempo. Después Pietro intentó pagar, pero comprobó que Nino ya se había ocupado de la cuenta. Protestó, se puso al volante, yo me senté detrás, entre las dos niñas medio dormidas. Acompañamos a Nino al hotel y durante todo el trayecto escuché sus conversaciones un tanto achispadas sin pronunciar palabra. Cuando llegamos a destino, Pietro dijo muy eufórico:

—No tiene sentido que tires el dinero, tenemos una habitación para invitados, la próxima vez puedes quedarte en nuestra casa, no hagas cumplidos.

Nino se rió.

—Hace menos de una hora hemos dicho que Elena necesita tiempo, ¿y ahora te empeñas en cargarla con mi presencia?

—Para mí es un gusto —intervine en torno cansino—, y también para Dede y Elsa.

En cuanto nos quedamos solos le dije a mi marido.

—Antes de hacer ciertas invitaciones podrías consultarme al menos.

Él puso el coche en marcha, me buscó en el retrovisor, murmuró:

—Pensaba que te gustaría.

102

Ah, claro que me gustaba, me gustaba mucho. Pero al mismo tiempo me sentía como si mi cuerpo tuviera la consistencia de la cáscara de huevo y bastara una leve presión en un brazo, en la frente, en la barriga para romperlo y liberar todos mis secretos, en especial, aquellos que permanecían secretos incluso para mí. Evité contar los días. Me concentré en los textos que estaba estudiando, pero lo hice como si Nino fuera quien me hubiese encargado el trabajo y a su regreso pretendiera resultados de calidad. Quería decirle: He seguido tu consejo, seguí adelante, aquí tienes un borrador, dime qué opinas.

Fue una excelente estratagema. Los treinta días de espera pasaron volando, incluso demasiado deprisa. Me olvidé de Elisa, no pensé en Lila en ningún momento, no telefoneé a Mariarosa. Y no leí los diarios, no vi la televisión, me desentendí de las niñas y la casa. De las detenciones y los choques, de los asesinatos y las guerras en la palestra permanente de Italia y el planeta, solo me llegó un eco, a duras penas reparé en la campaña electoral cargada de tensiones. Me limité a escribir con gran empeño. Me devané los sesos sobre un buen puñado de antiguos temas, hasta que tuve la impresión de haber encontrado, al menos en la escritura, una organización definitiva. A veces sentía la tentación de hablar con Pietro. Él era mucho mejor que yo, seguramente me habría ahorrado escribir cosas imprudentes, toscas o estúpidas. Pero no lo hice, detestaba cuando me cohibía con sus conocimientos enciclopédicos. Trabajé mucho, recuerdo, en especial en la primera y segunda creación bíblica. Las expuse una detrás de la otra, y consideré la primera como una especie de síntesis del acto creativo divino, la segunda, una especie de relato más amplio. Hice una exposición más bien animada, sin sentirme nunca imprudente. Dios —más o menos escribí— crea al hombre, Ish, a su imagen. Fabrica una versión masculina y una femenina. ¿Cómo? Primero, con el polvo de la tierra da forma a Ish, y le insufla en las narices el hálito de vida. Después forma a Ishá, la mujer, con la materia masculina moldeada, materia que ya no está en bruto, sino viva, y que toma del costado de Ish, cerrándole enseguida la carne. El resultado es que Ish puede decir: Esta cosa no es, como el ejército de todo lo creado, ajeno a mí, sino que es carne de mi carne, hueso de mis huesos. Dios la ha creado de mí. Me ha fecundado con su hálito de vida y la ha extraído de mi cuerpo. Yo soy Ish y ella es Ishá. En la palabra ante todo, en la palabra que la nombra, deriva de mí que soy a imagen del espíritu divino, que llevo dentro su Verbo. Así pues, ella es un puro sufijo aplicado a mi raíz verbal, puede expresarse solo dentro de mi palabra.

Y así seguí adelante y viví durante días y días en un estado de agradable sobreexcitación intelectual. Mi único tormento fue terminar a tiempo un texto legible. De vez en cuando me asombraba de mí misma: tenía la impresión de que aspirar a la aprobación de Nino me facilitaba la escritura, me permitía desbocarme.

Pasó el mes y él no dio señales de vida. Al principio, eso me ayudó, tuve más tiempo y conseguí llevar a cabo mi trabajo. Después me alarmé, le pregunté a Pietro. Me enteré de que habían hablado por teléfono a menudo en la oficina, pero que hacía días que no tenía noticias de él.

—¿Os habéis hablado a menudo? —pregunté, molesta.

—Sí.

—¿Y por qué no me lo has dicho?

—¿El qué?

—Que habíais hablado a menudo.

—Eran llamadas telefónicas de trabajo.

—Bueno, dado que os habéis hecho tan amigos, llámalo y entérate si al menos se digna decirnos cuándo viene.

—¿Qué necesidad hay?

—Para ti ninguna, pero el trabajo es para mí, yo tengo que ocuparme de todo y me gustaría que me avisaran con tiempo.

No lo llamó. Reaccionó diciendo: Mejor esperamos, Nino le prometió a las niñas que volvería, no creo que las decepcione. Y así fue. Telefoneó con una semana de retraso, por la noche. Yo misma me puse al teléfono, pareció cohibido. Dejó caer unas cuantas palabras genéricas, después preguntó: ¿Pietro no está? También me sentí cohibida, le pasé con Pietro. Hablaron un buen rato; con un malhumor creciente oí que mi marido empleaba tonos insólitos: voz demasiado alta, frases exclamativas, carcajadas. En ese momento comprendí que la relación con Nino lo tranquilizaba, hacía que se sintiera menos aislado, se olvidaba de los problemas, trabajaba con más ganas. Me encerré en mi despacho, donde Dede leía y Elsa jugaba, las dos esperaban la cena. Pero allí también me llegó su voz insólita, parecía borracho. Después calló, oí sus pasos por la casa.

—Niñas —dijo alegre a sus hijas, asomándose—, mañana por la noche iremos a comer buñuelos con el tío Nino.

Dede y Elsa lanzaron gritos de entusiasmo.

—¿Qué hará, vendrá a dormir aquí? —pregunté.

—No —me contestó—, está con su mujer y su hijo en un hotel.

103

Tardé un buen rato en asimilar el sentido de aquella frase.

—Podía haber avisado —solté.

—Lo decidieron a último momento.

—Es un grosero.

—Elena, ¿cuál es el problema?

De manera que Nino había venido con su mujer, me asaltó el miedo a la comparación. Sabía bien cómo era yo, conocía la tosca materialidad de mi cuerpo, pero durante buena parte de mi vida le había dado escaso relieve. Me había criado sin tener más que un par de zapatos a la vez, con los vestidos que me cosía mi madre, y el maquillaje en raras ocasiones. Recientemente había empezado a preocuparme por la moda, a educar el gusto bajo la guía de Adele, y ahora me divertía ponerme guapa. Pero a veces —especialmente cuando me arreglaba no solo para hacer buen papel en general, sino para un hombre— me parecía que prepararme (esta era la palabra) tenía algo de ridículo. Todo ese trajín, todo ese tiempo dedicado a disfrazarme cuando podía estar haciendo otra cosa. Los colores que me quedan bien, los que no me quedan bien, los modelos que me adelgazan, los que me engordan, el corte que me favorece, el que no me sienta bien. Una larga y costosa preparación. Un convertirme en mesa dispuesta para el apetito sexual del macho, en vianda bien adobada para que se le haga la boca agua. Y después la inquietud de no estar a la altura, de no parecer guapa, de no haber conseguido ocultar con destreza la vulgaridad de la carne con sus humores, sus olores, sus deformidades. Aun así lo había hecho. Lo había hecho también por Nino hacía poco. Había querido demostrarle que me había convertido en otra, que había conquistado un refinamiento propio, que ya no era la misma chica que asistió a la boda de Lila, la estudiante en la fiesta de los hijos de la Galiani, ni siquiera la inexperta autora de un único libro como debí de parecerle en Milán. Basta, eso se había acabado. Había traído a su mujer y yo estaba enfadada, lo consideraba una maldad. Detestaba competir en belleza con otra mujer, para colmo bajo la mirada de un hombre, y sufría al pensar que me encontraría en el mismo lugar con la hermosa muchacha que había visto en la foto, me daba dolor de estómago. Ella me sopesaría, me estudiaría hasta el menor detalle con la soberbia propia de una señorita de la via Tasso, educada desde su nacimiento en la administración del cuerpo; después, al final de la velada, a solas con su marido, me criticaría con cruel lucidez.

Me pasé horas dudando hasta que al final decidí que me inventaría una excusa, a la cena asistiría solo mi marido con las niñas. Pero al día siguiente no pude resistirme. Me vestí, me desvestí, me peiné, me despeiné, asedié a Pietro. Iba a su despacho sin cesar, primero con un vestido, luego con otro, después con un peinado, luego con otro, y le preguntaba muy tensa: ¿Qué tal me queda? Él me lanzaba una mirada distraída, decía: Te queda bien. Yo respondía: ¿Y si me pusiera el vestido azul? Asentía. Pero me ponía el vestido azul y no me gustaba, me apretaba en las caderas. Volvía a su despacho, le decía: Me aprieta. Pietro replicaba, paciente: Sí, el verde con florecitas te queda mejor. Pero yo no quería que el verde con florecitas me quedara sencillamente mejor, quería que me quedara a la perfección, y que me quedaran a la perfección los pendientes, y que me quedaran a la perfección los zapatos. En una palabra, Pietro no era capaz de darme confianza, me miraba sin verme. Y yo me sentía cada vez peor hecha, demasiado pecho, demasiado culo, caderas anchas, y este pelo pajizo, esta nariz grande. Tenía el cuerpo de mi madre, un organismo desgraciado, solo me faltaba que me diera de golpe otro ataque de ciática y me pusiera a renquear. La mujer de Nino, en cambio, era muy joven, guapa, rica, y, seguramente, con mucho mundo, algo que yo jamás tendría por más que me esforzara en aprender. Así, volví mil veces a la decisión inicial: No iré, mandaré a Pietro con las niñas, diré que no me siento bien. Pero fui. Elegí una blusa blanca con una alegre falda floreada, la única alhaja que me puse fue el viejo brazalete de mi madre, metí en el bolso el texto que había escrito. Me dije qué carajo me importan a mí ella, él, todos.

104

Por culpa de mi indecisión llegamos tarde al restaurante. La familia Sarratore ya estaba sentada a la mesa. Nino nos presentó a su mujer, Eleonora, y a mí me cambió el humor. Ah, sí, tenía una cara bonita y una preciosa melena negra, tal como salía en la foto. Pero era más baja que yo, y eso que yo no era alta. Y, pese a estar rolliza, tenía poco pecho. Y llevaba un vestido rojo fuego que le sentaba fatal. E iba recargada de joyas. Y desde las primeras palabras que pronunció, reveló una voz estridente, con un acento de napolitana educada entre jugadoras de canasta en una casa con vidrieras con vistas al golfo. Pero sobre todo, en el curso de la velada, demostró ser una inculta a pesar de que estudiaba derecho, con tendencia a hablar mal de todo y de todos con el aire de quien nada a contracorriente y está orgullosa de ello. En definitiva, rica, caprichosa, vulgar. Una mueca casi permanente de fastidio afeaba sus facciones agradables y su risita nerviosa, ji ji ji, cortaba el discurso, incluso las frases breves. La tomó con Florencia —«¿En qué es mejor que Nápoles?»—, con el restaurante —«pésimo»—, con el dueño del restaurante —«maleducado»—, con todo lo que decía Pietro —«qué tontería»—, con las niñas —«por Dios, no paráis de hablar, un poco de silencio, por favor»—, y naturalmente conmigo —«estudiaste en Pisa, y eso por qué, letras en Nápoles está mucho mejor, nunca había oído hablar de tu novela, cuándo la publicaron, hace ocho años yo tenía catorce». Fue siempre tierna solo con su hijo y con Nino. Albertino era muy guapo, gordito, con un aspecto feliz, y Eleonora no paraba de alabarlo. Lo mismo hacía con su marido: nadie era mejor que él, aprobaba cada una de sus frases, y lo tocaba, lo abrazaba, lo besaba. ¿Qué tenía en común esta muchachita con Lila, incluso con Silvia? Nada. Entonces ¿por qué Nino se había casado con ella?

Lo espié durante toda la velada. Era amable con ella, se dejaba abrazar y besuquear, le sonreía con afecto cuando decía tonterías de maleducada, jugueteaba distraídamente con el niño. Pero no cambió su actitud con mis hijas, a las que prestó mucha atención, siguió conversando alegremente con Pietro e incluso me dirigió algún comentario. Su mujer —quise pensar— no lo absorbía. Eleonora era una de las muchas teselas de su vida agitada, pero no ejercía ninguna influencia en él, Nino seguía por su camino sin darle importancia. Por ello me sentí cada vez más cómoda, sobre todo cuando él me sujetó de la muñeca unos segundos, casi me la acarició, dando muestras de reconocer mi brazalete; especialmente cuando le tomó el pelo a mi marido preguntándole si me había dejado algo más de tiempo libre para mí; especialmente cuando, acto seguido, me preguntó si había continuado con mi trabajo.

—He terminado una primera versión —dije.

Nino se volvió hacia Pietro y le preguntó serio:

—¿Tú lo has leído?

—Elena no me deja leer nada suyo.

—Eres tú el que no quiere —rebatí pero sin amargura, como si se tratara de un juego entre los dos.

Eleonora intervino en ese momento, no quería que la excluyeran.

—¿De qué se trata? —preguntó. Cuando iba a contestarle, su cabeza distraída la hizo saltar de ese tema y pasar a preguntarme, alegre—: ¿Mañana me acompañas a ir de compras mientras Nino trabaja?

Sonreí con fingida cordialidad. Dije que estaba disponible y ella comenzó con una lista muy detallada de las cosas que quería comprar. Solo cuando salimos del restaurante pude acercarme a Nino y murmurar:

—¿Te apetece echarle un vistazo a mi texto?

Él me miró con sincero asombro.

—¿De veras me lo dejarías leer?

—Si no te aburre, sí.

Le pasé mis hojas furtivamente, con el corazón en la boca, como si no quisiera que Pietro, Eleonora, las niñas se percataran.

105

No pegué ojo. Por la mañana me resigné a acudir a la cita con Eleonora, quedamos en encontrarnos a las diez, en la puerta del hotel. No cometas la estupidez —me advertí a mí misma— de preguntarle si su marido ha empezado a leerte; Nino está ocupado, tardará un poco; no debes pensar en ello, pasará por lo menos una semana.

Sin embargo, a las nueve en punto, cuando me disponía a salir, sonó el teléfono, era él.

—Perdona —dijo—, estoy a punto de meterme en la biblioteca y no te podré llamar hasta esta noche. ¿Seguro que no molesto?

—Claro que no.

—Lo he leído.

—¿Ya?

—Sí, y es un trabajo excelente. Tienes una gran capacidad de estudio, un rigor admirable y una inventiva que deja boquiabierto. Pero lo que más te envidio es tu habilidad de narradora. Has escrito un texto difícil de definir, no sé si es un ensayo o un relato. Pero es extraordinario.

—¿Es un defecto?

—¿El qué?

—Que no sea catalogable.

—Qué va, es uno de tus méritos.

—¿Tú crees que debo publicarlo tal como está?

—Sin duda.

—Gracias.

—Gracias a ti, ahora me tengo que ir. Ten paciencia con Eleonora, parece agresiva pero no es más que timidez. Mañana por la mañana regresamos a Nápoles, pero llamaré después de las elecciones y si quieres, charlamos.

—Me gustaría mucho. ¿Te quedarás en casa?

—¿Seguro que no molesto?

—Seguro.

No colgó, oí su respiración.

—Elena.

—Sí.

—De jovencitos Lina nos deslumbró a los dos.

Sentí una gran incomodidad.

—¿En qué sentido?

—Acabaste atribuyéndole unas capacidades que son solo tuyas.

—¿Y tú?

—Yo hice algo peor. Lo que había visto en ti, estúpidamente me pareció encontrarlo luego en ella.

Me quedé callada unos segundos. ¿Por qué había sentido la necesidad de sacar a colación a Lila, así, por teléfono? Y, sobre todo, ¿qué me estaba diciendo? ¿No eran más que cumplidos? ¿O estaba tratando de comunicarme que de jovencito me hubiera querido pero que en Ischia había terminado por atribuir a una lo que era de la otra?

—Vuelve pronto —dije.

106

Fui de paseo con Eleonora y los tres niños en un estado de bienestar tan inmenso que si ella me hubiese apuñalado, ni siquiera lo habría notado. Por lo demás, la mujer de Nino, ante mi euforia plagada de gentilezas depuso toda hostilidad, alabó a Dede y a Elsa por su disciplina, confesó que me admiraba mucho. Su marido le había hablado mucho de mí, de los estudios que había cursado, de mi éxito como escritora. Pero estoy un poco celosa, admitió, y no porque seas buena en lo tuyo, sino porque tú lo conoces desde siempre y yo no. A ella también le hubiera gustado conocerlo de niña, y saber cómo era a los diez años, a los catorce, cómo era su voz antes del cambio, cómo era su risa de niño. Menos mal que tengo a Albertino, dijo, es clavadito a su padre.

Observé al niño, pero no me pareció ver en él rasgos de Nino, quizá le saldrían más adelante. Yo me parezco a mi papá, exclamó enseguida Dede con orgullo, y Elsa añadió: Yo me parezco más a mi mamá. Me acordé del hijo de Silvia, Mirko, que siempre había sido idéntico a Nino. Qué placer había sentido al estrecharlo entre mis brazos, al calmar sus vagidos en casa de Mariarosa. ¿Qué había buscado en aquel niño, en aquella época, cuando aún estaba lejos de la experiencia de la maternidad? ¿Qué había buscado en Gennaro, cuando todavía no me había enterado de que Stefano era su padre? ¿Qué buscaba en Albertino, ahora que ya era madre de Dede y Elsa, y por qué lo examinaba con tanta atención? Deseché que Nino se acordara alguna vez de Mirko. Tampoco me constaba que hubiese sentido nunca curiosidad por Gennaro. Este distraído inseminar de los hombres, aturdidos por el placer. Aniquilados por sus orgasmos nos fecundan. Se asoman dentro de nosotras y se apartan, dejándonos oculto en la carne, como un objeto perdido, su fantasma. ¿Albertino era hijo de la voluntad, de la atención? ¿O acaso él también se encontraba en brazos de esta mujer-madre sin que Nino sintiera que tenía algo que ver? Regresé a la realidad, le dije a Eleonora que su hijo era una copia del padre y me alegré de aquella mentira. Después le hablé de Nino con lujo de detalles, con afecto, con ternura, de cuando íbamos a la primaria, de la época de las competiciones entre los mejores alumnos organizadas por la Oliviero y el director, de la época del curso preuniversitario, de la Galiani y de las vacaciones en Ischia que pasamos con otros amigos. Allí me detuve, a pesar de que ella no paraba de preguntarme como una niña: ¿Y después?

Entre charla y charla, le resulté cada vez más simpática, se encariñó conmigo. Entrábamos en una tienda, algo me gustaba, me lo probaba pero después renunciaba, cuando salíamos comprobaba que Eleonora lo había comprado para regalármelo. También quiso comprarle vestidos a Dede y a Elsa. En el restaurante pagó ella. Y pagó el taxi con el que me acompañó a casa con las niñas, y luego siguió el trayecto hasta el hotel, cargada de bolsas. Nos despedimos, tanto las niñas como yo agitamos la mano hasta que el coche dobló la esquina. Es otra tesela de mi ciudad, pensé. Muy alejada de mi experiencia. Utilizaba el dinero como si no tuviera valor alguno. Descarté que fuera dinero de Nino. Su padre era abogado, su abuelo también, su madre pertenecía a una estirpe de banqueros. Me pregunté qué diferencia había entre su riqueza de burgueses y la de los Solara. Pensé en la de vueltas ocultas que daba el dinero antes de convertirse en salarios altos y cuantiosas minutas de honorarios. Me acordé de los muchachos del barrio que se ganaban el jornal descargando mercancía de contrabando, cortando árboles en los parques, trabajando en las obras. Me acordé de Antonio, de Pasquale, de Enzo, que desde muy pequeños se las apañaban para reunir algo de dinero y sobrevivir. Los ingenieros, los arquitectos, los abogados, los bancos eran otra cosa, pero su dinero provenía, aunque a través de mil filtros, de los mismos negocios sucios, de la misma destrucción, alguna migaja se había incluso transformado en propina para mi padre y había contribuido a que yo pudiera estudiar. ¿Cuál era el umbral más allá del cual el dinero malo se convertía en bueno y viceversa? ¿Hasta qué punto era limpio el dinero que Eleonora se había gastado como si tal cosa en medio del bochorno de aquel día florentino; y los cheques con los que había comprado los regalos que me estaba llevando a mi casa, en qué se diferenciaban de aquellos con los que Michele le pagaba a Lila por su trabajo? Durante toda la tarde, las niñas y yo nos pavoneamos frente al espejo con los vestidos que nos habían obsequiado. Eran prendas de calidad, vivaces, alegres. Había un vestido de un rojo desteñido, años cuarenta, que me sentaba especialmente bien, me habría gustado que Nino me lo viera puesto.

Sin embargo, la familia Sarratore regresó a Nápoles sin que hubiera ocasión de vernos otra vez. Contra todo pronóstico, el tiempo no se colapsó, al contrario, comenzó a fluir con ligereza. Nino regresaría, era seguro. Y discutiría conmigo mi texto. Para evitar roces inútiles puse una copia encima del escritorio de Pietro. Después telefoneé a Mariarosa con la agradable certeza de haber trabajado bien y le dije que había conseguido poner orden en la maraña de la que le había hablado. Quiso que le enviara el texto enseguida. Días más tarde me telefoneó entusiasmada, me preguntó si ella misma podía traducirlo al francés y enviárselo a una amiga suya de Nanterre, propietaria de una pequeña editorial. Acepté con entusiasmo, pero la cosa no acabó ahí. Al cabo de unas horas me llamó mi suegra haciéndose la ofendida.

—¿Cómo es que ahora los textos que escribes los dejas leer a Mariarosa y a mí no?

—Temo que no te interesen. Serán unas setenta páginas, no es una novela, no sé bien qué es.

—Cuando no sabes lo que has escrito quiere decir que has trabajado bien. Y deja que decida yo si me interesa o no.

Le mandé una copia a ella también. Lo hice casi con indiferencia. Lo hice precisamente la mañana en que, hacia el mediodía, Nino me llamó por sorpresa desde la estación, acababa de llegar a Florencia.

—Dentro de media hora estoy en tu casa, dejo las maletas y me voy a la biblioteca.

—¿No comes algo? —pregunté con naturalidad. Me pareció normal, la meta de un largo recorrido, que viniera a dormir a mi casa, que le preparara la comida mientras se daba una ducha en mi cuarto de baño, que comiéramos juntos, él, las niñas y yo, mientras Pietro examinaba a sus alumnos en la universidad.

107

Nino se quedó nada menos que diez días. Nada de lo que ocurrió en esa época guardó relación con el ansia de seducción que había experimentado años antes. No tonteé con él; no adopté vocecitas; no lo abrumé con atenciones de todo tipo; no interpreté el papel de mujer liberada tomando como modelo a mi cuñada; no seguí el camino de las alusiones maliciosas; no busqué su mirada enternecida; no traté de ponerme a su lado cuando nos sentábamos a la mesa o en el sofá, delante del televisor; no me dejé ver por la casa ligera de ropa; no le toqué el codo con el codo, el brazo con el brazo o con el pecho, la pierna con la pierna. Me mostré tímida, compuesta, seca y de pocas palabras, solo atenta a que comiera bien, que las niñas no lo molestaran, que se sintiera cómodo. Y no lo hice expresamente, no habría sabido comportarme de otra manera. Él bromeaba mucho con Pietro, con Dede, con Elsa, pero en cuanto se dirigía a mí se ponía serio, parecía medir las palabras como si entre nosotros no existiera una antigua amistad. Y a mí me daba por hacer lo mismo. Aunque estaba encantada de tenerlo en mi casa, no sentía ninguna necesidad de recurrir a tonos o gestos confidenciales, al contrario, me gustaba mantenerme al margen y evitar el contacto entre nosotros. Me sentía como una gota de lluvia en una telaraña, y ponía atención a no caerme de ella.

Mantuvimos un único y largo intercambio centrado en mi texto. Me habló de él nada más llegar, con precisión y agudeza. Había quedado impresionado por el relato de Ish e Ishá, me preguntó: ¿Para ti la mujer del relato bíblico no es ajena al hombre, es el hombre mismo? Sí, dije, Eva no puede, no sabe, no tiene materia para ser Eva fuera de Adán. Su mal y su bien son el mal y el bien según Adán. Eva es Adán en mujer. Y la operación divina es tan lograda que ella misma, en sí, no sabe qué es, posee unos rasgos dúctiles, no tiene una lengua propia, no tiene un espíritu, una lógica propias, se deforma como si nada. Terrible condición, comentó Nino, y yo, nerviosa, lo espié con el rabillo del ojo para comprobar si me estaba tomando el pelo. No, no me tomaba el pelo. Al contrario, me elogió mucho sin la menor ironía, citó algún libro que yo no conocía sobre temas relacionados, confirmó que él consideraba que el trabajo estaba listo para su publicación. Escuché sin mostrar satisfacción, me limité a decir al final: A Mariarosa también le ha gustado. Aprovechó para preguntar por mi cuñada, habló bien de ella tanto como estudiosa como por su dedicación a Franco, y se fue corriendo para la biblioteca.

Por lo demás, se marchaba todas las mañanas con Pietro y regresaba todas las tardes después de él. En muy raras ocasiones salimos todos juntos. Una vez, por ejemplo, quiso llevarnos al cine a ver una película divertida elegida expresamente para las niñas. Nino se sentó al lado de Pietro, yo entre mis hijas. Cuando me di cuenta de que me reía a carcajadas en cuanto él lo hacía, dejé de reírme. Lo reprendí levemente porque durante el intervalo quiso comprar helado para Dede, para Elsa y, por supuesto, también para los adultos. Para mí no, dije, gracias. Bromeó un poco, dijo que el helado estaba rico y que no sabía lo que me perdía, me preguntó si quería probarlo, lo probé. En fin, pequeñas cosas. Una tarde dimos un paseo él, Dede, Elsa y yo. Hablamos muy poco, Nino se dedicó a darle cuerda a las niñas. Pero el recorrido me quedó muy grabado, podría enumerar todas las calles, los lugares donde nos detuvimos, cada esquina. Hacía calor, la ciudad estaba abarrotada. Él no paraba de saludar a la gente con la que se cruzaba, algunos lo llamaban por el apellido, me presentaba a unos y a otros con elogios exagerados. Me llamó la atención su notoriedad. Un tipo, que era un historiador muy conocido, lo felicitó por las niñas y lo hizo como si fueran hijas de los dos. No ocurrió nada más, aparte de un imprevisto e inexplicable cambio en la relación entre él y Pietro.

108

Todo comenzó una noche, durante la cena. Pietro le habló con admiración de un profesor de Nápoles, por entonces bastante estimado, y Nino dijo: Hubiera apostado cualquier cosa a que ese capullo te gustaba. Mi marido se sintió descolocado, esbozó una sonrisa insegura, pero Nino echó más leña al fuego y le tomó el pelo por la forma en que se dejaba engañar fácilmente por las apariencias. A la mañana siguiente, en el desayuno, se produjo otro pequeño incidente. No recuerdo por qué motivo Nino citó otra vez mi antiguo enfrentamiento con el profesor de religión sobre el Espíritu Santo. Pietro, que no conocía el episodio, quiso enterarse, y Nino, dirigiéndose a las niñas y no a él, empezó a contarlo como si se tratara de no sé qué gran empresa de su madre cuando era niña.

Mi marido me elogió, dijo: Fuiste muy valiente. Pero después le explicó a Dede, con el tono que adoptaba cuando en la televisión decían tonterías y él se sentía en la obligación de aclararle a su hija cómo eran realmente las cosas, lo que le había ocurrido a los doce apóstoles la mañana de Pentecostés: un ruido como de viento, la aparición de unas lenguas como de fuego, el don de hacerse entender por cualquiera, en cualquier lengua. Luego se dirigió a mí y a Nino y nos habló con fervor de la *virtus* que se había apoderado de los discípulos, y citó al profeta Joel: «derramaré mi espíritu sobre toda carne», y dijo que el Espíritu Santo era un símbolo indispensable para reflexionar sobre cómo las multitudes encontraban la manera de enfrentarse y organizarse en comunidades. Nino lo dejó hablar, pero con una expresión cada vez más irónica. Al final exclamó: Hubiera apostado a que llevabas un cura oculto dentro de ti. Y a mí me dijo, divertido: ¿Eres su mujer o su ama de llaves? Pietro se ruborizó, se quedó confundido. Adoraba esos temas de toda la vida, noté que se estaba disgustando. Masculló: Disculpadme, os estoy haciendo perder el tiempo, vamos a trabajar.

Los momentos como aquel se multiplicaron y sin un motivo evidente. Mientras las relaciones entre Nino y yo siguieron como siempre, atentos ambos a la forma, corteses y distantes, entre él y Pietro perdieron toda contención. Tanto en el desayuno como en la cena, el invitado se dedicó a dirigirse al dueño de casa en un crescendo de frases burlonas, rayanas en lo ofensivo, de esas que te humillan pero de una forma amistosa, con la sonrisa en los labios, de tal manera que no puedes rebelarte a menos que quieras quedar como un susceptible. Eran tonos que conocía, en el barrio, los más despiertos los usaban a menudo para doblegar a los más lerdos y empujarlos, ya sin palabras, hasta el centro del recochineo. Pietro se mostró más que nada desorientado; estaba a gusto con Nino, lo apreciaba, y por eso no reaccionaba, meneaba la cabeza simulando un aire divertido, a veces parecía preguntarse en qué se había equivocado y esperaba que todo volviera a los tonos buenos y afectuosos de antes. Pero Nino continuó siendo implacable. Se volvía hacia mí, hacia las niñas, echaba más leña al fuego para recibir nuestra aprobación. Y las niñas asentían divertidas, y yo también un poco. Entretanto pensaba: Por qué lo hace, si Pietro se enfada, las relaciones se echarán a perder. No obstante, Pietro no se lo tomaba a mal, sencillamente no entendía, y con el paso de los días las neurosis volvían a apoderarse de él. Tenía otra vez cara de cansado, el agotamiento de aquellos años se le notaba de nuevo en los ojos alarmados y en la frente arrugada. Tengo que hacer algo, pensaba yo, y cuanto antes. Pero no hacía nada, al contrario, debía esforzarme por contener no la admiración, sino la excitación —sí, quizá era excitación— que me asaltaba al ver, al sentir, cómo un Airota, un doctísimo Airota, perdía terreno, se confundía, contestaba con ocurrencias sin gracia a las veloces, brillantes e incluso crueles agresiones de Nino Sarratore, mi compañero de colegio, mi amigo, nacido en el barrio como yo.

109

Unos días antes de que él regresara a Nápoles, se produjeron dos episodios especialmente desagradables. Una tarde me llamó Adele, ella también muy contenta con mi trabajo. Me dijo que mandara enseguida el texto a la editorial, que se podía hacer un pequeño libro y publicarlo al mismo tiempo que en Francia o, si no llegábamos a tiempo, poco después. Lo comenté durante la cena con tono desapasionado y Nino me hizo muchos cumplidos.

—Tenéis una mamá excepcional —les dijo a las niñas; luego se dirigió a Pietro—: ¿Tú lo has leído?

—No he tenido tiempo.

—Mejor que no lo leas.

—¿Por qué?

—No es para ti.

—¿Por?

—Es demasiado inteligente.

—¿Qué quieres decir?

—Que eres menos inteligente que Elena.

Y se rió. Pietro no dijo nada.

—¿Te has ofendido? —lo apremió Nino.

Quería que reaccionara para humillarlo más. Pero Pietro se levantó de la mesa y dijo:

—Disculpadme, tengo trabajo.

—Termina de comer —murmuré.

Él no contestó. Estábamos cenando en la sala, la habitación era amplia. Durante unos instantes dio la impresión de que quisiera realmente cruzarla y encerrarse en su despacho. Pero dio media vuelta, se sentó en el sofá, encendió el televisor y subió bastante el volumen. El ambiente era insoportable. En apenas unos días todo se había complicado. Me sentí muy infeliz.

—¿Bajas un poco? —le pedí.

—No —contestó sin más.

Nino soltó una risita, terminó de comer, me ayudó a recoger.

—Discúlpalo —le dije en la cocina—, Pietro trabaja mucho y duerme poco.

—¿Cómo haces para aguantarlo? —contestó en un arranque de rabia.

Miré la puerta, alarmada, menos mal que el volumen del televisor seguía alto.

—Lo quiero —contesté. Y como Nino insistía en ayudarme a fregar los platos, añadí—: Vete, por favor, que me estorbas.

El otro episodio fue todavía peor, aunque decisivo. En realidad, yo ya no sabía qué quería, lo único que deseaba era que esa época acabara pronto, quería recuperar las costumbres familiares, seguir la evolución de mi libro. Mientras tanto, por las mañanas me gustaba meterme en la habitación de Nino, ordenar el desorden que dejaba, hacerle la cama, cocinar pensando que por la noche cenaría con nosotros. Y me angustiaba que todo eso estuviese a punto de terminar. En ciertas horas de la tarde me sentía enloquecer. Tenía la sensación de que la casa estaba vacía a pesar de la presencia de las niñas, yo misma me vaciaba, no sentía interés alguno por lo que había escrito, percibía su superficialidad, perdía confianza en el entusiasmo de Mariarosa, de Adele, de la editorial francesa, de la editorial italiana. Pensaba: En cuanto él se marche, ya nada tendrá sentido.

En ese estado me encontraba —la vida se escapaba con una insoportable sensación de pérdida— cuando Pietro regresó de la universidad de un humor particularmente amargo. Lo esperábamos para cenar, Nino había regresado media hora antes pero las niñas enseguida lo habían secuestrado.

—¿Ha pasado algo? —le pregunté con amabilidad.

—Nunca más vuelvas a traerme gente de tu tierra a casa —me soltó.

Me quedé helada, pensé que se refería a Nino. Y también Nino, que se asomó seguido por Dede y Elsa, debió de creer lo mismo, porque lo miró con una sonrisita provocadora, como si esperara que montase un escándalo. Pero Pietro tenía otras cosas en la cabeza. Dijo con su tono despreciativo, el tono que sabía usar bien cuando estaba convencido de que estaban en juego principios fundamentales y se sentía en la obligación de defenderlos:

—Han venido a verme otra vez los policías, me han mencionado algunos nombres y me han enseñado unas fotos.

Lancé un suspiro de alivio. Sabía que después de su negativa a retirar la denuncia contra el estudiante que lo había apuntado con un arma, más que el desprecio de muchos militantes jóvenes y de no pocos profesores, le pesaban las visitas de la policía, que lo trataba como a un confidente. Me convencí de que estaba tan sombrío por ese motivo y lo interrumpí con fastidio:

—La culpa la tienes tú. No deberías haber reaccionado de ese modo, te lo dije. Ahora no te los quitarás de encima.

Nino se entrometió, le preguntó a Pietro con recochineo:

—¿A quién denunciaste?

Pietro ni siquiera se volvió para mirarlo. La tenía tomada conmigo, era conmigo con quien quería pelear.

—Hice lo que debía entonces y hoy también debería haber hecho lo mismo —me dijo—. Pero me callé porque tú estabas por medio.

En ese momento comprendí que el problema no eran los policías, sino lo que había sabido a través de ellos.

—¿Y yo qué tengo que ver? —murmuré.

—¿Pasquale y Nadia no son amigos tuyos? —dijo, con la voz alterada.

—¿Pasquale y Nadia? —repetí obtusamente.

—Los policías me enseñaron unas fotos de terroristas, entre las que estaban las de ellos.

No reaccioné, me quedé sin palabras. De modo que lo que había imaginado era cierto, de hecho, Pietro me lo estaba confirmando. Durante unos segundos regresaron las imágenes de Pasquale que descargaba la pistola sobre Gino, que le disparaba a las piernas a Filippo, mientras Nadia —Nadia, no Lila— subía las escaleras, llamaba a la puerta de Bruno, entraba y le disparaba a la cara. Terrible. Sin embargo, en ese momento el tono de Pietro me pareció fuera de lugar, como si estuviera utilizando la noticia para ponerme en aprietos delante de Nino, para empezar una discusión en la que no tenía ganas de entrar. De hecho, Nino se entrometió otra vez y siguió tomándole el pelo:

—¿Así que eres confidente de la policía? ¿A eso te dedicas? ¿A denunciar a los compañeros? ¿Lo sabe tu padre? ¿Y tu madre? ¿Y tu hermana?

Murmuré sin ganas: Vamos a cenar. Y enseguida le dije a Nino, con amabilidad, quitándole hierro al asunto para evitar que siguiera pinchando a Pietro sacando a colación su familia de origen: Para ya, qué confidente ni qué ocho cuartos. Después me referí confusamente al hecho de que hacía un tiempo había venido a verme Pasquale Peluso, a saber si se acordaba de él, un tipo del barrio, un buen muchacho que por esas vueltas que da la vida había terminado emparejándose con Nadia, de ella se acordaba, naturalmente, la hija de la Galiani, pues la misma. Y ahí me callé porque Nino empezó a reírse. Exclamó: Nadia, ay, Dios santo, Nadia, y se dirigió otra vez a Pietro, todavía más burlón: Solo tú y un par de policías obtusos podéis pensar que Nadia Galiani se ha unido a la lucha armada, cosa de locos. Nadia, la persona más buena y amable que he conocido, a qué extremos hemos llegado en Italia, vamos a comer, venga, que por ahora la defensa del orden constituido puede prescindir de ti. Y fue hacia la mesa llamando a Dede y Elsa, yo empecé a servir, convencida de que Pietro se sentaría a la mesa con nosotros.

Pero no apareció. Pensé que había ido a lavarse las manos, que se tomaba su tiempo para calmarse, y ocupé mi sitio. Estaba nerviosa, me hubiera gustado una velada agradable y tranquila, un final sereno para aquella convivencia. Pero Pietro no venía, las niñas ya estaban comiendo. Nino también se mostró perplejo.

—Empieza —le dije—, que se enfría.

—Sí, pero si tú también comes.

Vacilé. Quizá debía ir a ver cómo estaba mi marido, qué hacía, si se había tranquilizado. Pero no tenía ganas, estaba molesta por su comportamiento. Por qué no se había guardado para él aquella historia de los policías, al fin y al cabo era lo que hacía siempre con sus cosas, jamás me contaba nada. Por qué me había hablado de ese modo en presencia de Nino: Nunca más vuelvas a traerme gente de tu tierra a casa. A qué venía tanta urgencia por hacer público el tema, podía esperar, podía desahogarse más tarde, cuando estuviéramos encerrados en el dormitorio. La tenía tomada conmigo, ese era el punto. Quería echarme a perder la velada, le importaba un pimiento todo lo que yo hacía y quería.

Empecé a comer. Comimos los cuatro, el primer plato, el segundo y el postre que había preparado. A Pietro no se le vio el pelo. Entonces me puse furiosa. ¿Así que Pietro no quería comer? Pues muy bien, que no comiera, estaba claro que no tenía hambre. ¿Quería estar a solas? Muy bien, la casa era grande, sin su presencia no habría tensiones. Total, ahora estaba claro que el problema no radicaba en que dos personas que vinieron a casa una sola vez se encontraran entre los sospechosos de pertenecer a una banda armada. El problema radicaba en que no tenía una inteligencia lo bastante dispuesta, en que no sabía aguantar la discusión entre hombres, que padecía por ello y la tomaba conmigo. Estoy hasta el gorro de ti y de tu mediocridad. Recojo después, dije en voz alta como si me estuviera dando una orden a mí misma, a mi confusión. Encendí el televisor y me acomodé en el sofá con Nino y las niñas.

Pasó un tiempo prolongado, agotador. Notaba que Nino se sentía incómodo y divertido a la vez. Voy a llamar a papá, dijo Dede que, una vez que hubo llenado el estómago empezó a preocuparse por Pietro. Ve, dije. Regresó casi de puntillas, me susurró al oído: Se ha ido a la cama y duerme. Nino la oyó de todos modos.

—Mañana me marcho —dijo.

—¿Has terminado el trabajo?

—No.

—Quédate entonces.

—No puedo.

—Pietro es una buena persona.

—¿Lo defiendes?

¿Defenderlo de qué, de quién? No lo entendí, estuve a punto de enfadarme también con él.

110

Las niñas se durmieron delante de la televisión, las llevé a la cama. Cuando volví a la sala, Nino ya no estaba, se había encerrado en su habitación. Deprimida, recogí la mesa, fregué los platos. Qué tontería pedirle que se quedara, era mejor que se marchara. Por otra parte, cómo soportar la desolación sin él. Me hubiera gustado al menos que se fuera con la promesa de que tarde o temprano regresaría. Deseaba que durmiera otra vez en mi casa, que por la mañana desayunáramos juntos y por la noche cenáramos sentados a la misma mesa, que hablara de todo un poco con su tono divertido, que me escuchara cuando quería dar forma a una idea, que siempre fuera respetuoso con cada una de mis frases, que conmigo no recurriera nunca a la ironía, al sarcasmo. Sin embargo, tuve que admitir que si la situación se había deteriorado tan deprisa, haciendo imposible la convivencia, era por culpa de él. Pietro le había tomado cariño. Le gustaba su compañía, apreciaba la amistad entre los dos. ¿Por qué había sentido Nino la necesidad de hacerle daño, de humillarlo, de restarle autoridad? Me desmaquillé, me lavé, me puse el camisón. Cerré la puerta de casa con el pasador y la cadena, la llave del gas, bajé todas las persianas, apagué las luces. Fui a echar un vistazo a las niñas. Confié en que Pietro no se hiciera el dormido y me estuviera esperando para pelear. Miré en su mesilla de noche, se había tomado el tranquilizante, se había quedado frito. Me causó ternura, lo besé en la mejilla. Qué persona imprevisible: inteligentísimo y estúpido, sensible y obtuso, valiente y vil, cultísimo e ignorante, educado y grosero. Un Airota fallido, se había atascado por el camino. Nino, tan seguro de sí mismo, tan decidido, ¿habría podido ponerlo otra vez en marcha, ayudarlo a mejorar? Me pregunté otra vez por qué aquella amistad incipiente se había transformado en hostilidad tendenciosa. Y esta vez me pareció comprenderlo. Nino había querido ayudarme a ver a mi marido tal como era. Estaba convencido de que yo tenía una imagen idealizada a la que me había sometido tanto en el plano sentimental como en el intelectual. Había querido desvelarme la inconsistencia oculta detrás del jovencísimo titular de cátedra, el autor de una tesis convertida luego en un libro muy apreciado, el estudioso que desde hacía tiempo preparaba una nueva publicación que debía consolidar su prestigio. Era como si en aquellos últimos días no hubiese hecho otra cosa que gritarme: Vives con un hombre banal, has tenido dos hijas con una nulidad. Su plan consistía en subestimarlo para liberarme, devolverme a mí misma demoliéndolo a él. Pero al hacerlo, ¿se había dado cuenta de que, queriendo o sin querer, se había propuesto como modelo viril alternativo?

Aquella pregunta me hizo enojar. Nino había sido imprudente. Había sembrado la confusión en una situación que para mí constituía el único equilibrio posible. ¿Por qué causar el desorden sin siquiera consultarme? ¿Quién le había pedido que me abriera los ojos, que me salvara? ¿En qué se basaba para deducir que necesitaba ser salvada? ¿Acaso pensaba que podía hacer lo que se le antojara con mi vida de pareja, con mi responsabilidad de madre? ¿Con qué fin? ¿Adónde quería ir a parar? Es él —me dije— el que necesita aclararse las ideas. ¿No le interesa nuestra amistad? Falta poco para las vacaciones. Me marcharé a Viareggio, él dijo que se iba a Capri, a la casa de sus suegros. ¿Debemos esperar a que terminen las vacaciones para volver a vernos? ¿Y por qué? Ahora mismo, durante el verano, sería posible reforzar la relación de nuestras familias. Podía telefonear a Eleonora, invitarla a ella, a su marido y al niño, a pasar con nosotros unos días en Viareggio. Y me gustaría que ellos, a su vez, me invitaran a Capri, donde no he estado nunca, con Dede, Elsa y Pietro. Pero si esto tampoco es posible, ¿por qué no escribirnos, intercambiar ideas, títulos de libros, hablar de nuestros proyectos de trabajo?

No conseguía tranquilizarme. Nino se había equivocado. Si de veras me apreciaba, era necesario que hiciera algo para que todo volviera a ser como al principio. Debía reconquistar la simpatía y la amistad de Pietro, mi marido no pedía más. ¿De veras creía que me hacía un bien causándome esas tensiones? No, no, debía hablar con él, decirle que era una tontería tratar así a Pietro. Me levanté de la cama despacio, salí del dormitorio. Crucé el pasillo descalza, llamé a la puerta de Nino. Esperé un momento, entré. La habitación estaba a oscuras.

—Te has decidido —lo oí decir.

Me sobresalté, no me pregunté «decidido a qué». Solo supe que tenía razón, me había decidido. Me quité a toda prisa el camisón, me acosté a su lado pese al calor.

111

Regresé a mi cama sobre las cuatro de la mañana. Mi marido se sobresaltó, en sueños murmuró: ¿Qué pasa? Le dije con tono perentorio: Duerme, y se calmó. Estaba aturdida. Me sentía feliz de lo que había ocurrido, pero por más que me esforzara no conseguía tomar conciencia de ello dentro de mi condición, dentro de lo que yo era en aquella casa, en Florencia. Tenía la impresión de que todo entre Nino y yo se había cumplido en el barrio, mientras sus padres se mudaban y Melina lanzaba objetos por la ventana y gritaba atormentada por el sufrimiento; o en Ischia, cuando dimos aquel paseo tomados de la mano; o aquella noche en Milán, tras el encuentro en la librería, cuando él me defendió de aquel crítico feroz. Durante un tiempo esto me dio una sensación de irresponsabilidad, puede que incluso de inocencia, como si la amiga de Lila, la esposa de Pietro, la madre de Dede y Elsa, no tuvieran nada que ver con la niña-muchacha-mujer que amaba a Nino y que, por fin, lo había hecho suyo. Sentía la huella de sus manos y sus besos en cada recoveco de mi cuerpo. La avidez del goce no quería calmarse, los pensamientos eran: Falta mucho para que amanezca, qué hago yo aquí, mejor vuelvo con él.

Después me adormilé. Abrí los ojos con un estremecimiento, había luz en el cuarto. ¿Qué había hecho? Precisamente aquí, en mi casa, qué estupidez. Ahora Pietro se despertaría. Ahora se despertarían las niñas. Tenía que preparar el desayuno. Nino se despediría de nosotros, regresaría a Nápoles con su mujer y su hijo. Yo volvería a ser yo.

Me levanté, me di una larga ducha, me sequé el pelo, me maquillé con mimo, me puse un vestido alegre como si tuviera que salir. Ah, sí, en el corazón de la noche Nino y yo nos juramos que ya no nos perderíamos de vista, que encontraríamos la manera de seguir amándonos. Pero ¿cómo y cuándo? ¿Por qué motivo debía buscarme otra vez? Entre los dos había ocurrido cuanto podía ocurrir, lo demás eran complicaciones. Basta, con esmero puse la mesa para el desayuno. Quería dejarle una bonita imagen de aquella estancia, de la casa, de los objetos cotidianos, de mí.

Pietro apareció en pijama, con el pelo enmarañado.

—¿Adónde tienes que ir?

—A ninguna parte.

Me miró perplejo, nunca ocurría que apenas levantados me viera tan arreglada.

—Estás muy guapa.

—No gracias a ti.

Fue a la ventana y miró fuera.

—Anoche estaba muy cansado —murmuró.

—También estuviste muy maleducado.

—Le pediré disculpas.

—En primer lugar deberías pedirme disculpas a mí.

—Lo siento.

—Él se va hoy.

Apareció Dede descalza. Fui a buscarle las zapatillas, desperté a Elsa que, como siempre, sin abrir los ojos, me cubrió de besos. Qué bien olía, qué suave. Sí, me dije, ha ocurrido. Menos mal, podía no haber ocurrido nunca. Pero ahora debo imponerme una disciplina. Llamar a Mariarosa para enterarme de lo de Francia, hablar con Adele, ir personalmente a la editorial para ver qué piensan hacer con mi librito, si de veras creen en él o quieren contentar a mi suegra. Después oí unos ruidos en el pasillo. Era Nino, los signos de su presencia me turbaron, allí estaba, un rato más. Me aparté de los brazos de la niña, dije: Perdona, Elsa, mamá vuelve enseguida, y salí deprisa.

Nino salía de su cuarto, medio dormido, lo metí en el baño de un empujón, cerré la puerta. Nos besamos, perdí otra vez la conciencia del lugar y la hora. Yo misma me sorprendí de cuánto lo deseaba, era muy buena ocultándome las cosas. Nos abrazamos con una furia para mí desconocida, como si los cuerpos chocaran entre sí con la intención de romperse. De modo que el placer era esto: hacerse añicos, mezclarse, perder la noción de qué era mío y qué era suyo. Aunque hubiese aparecido Pietro, aunque se hubiesen asomado las niñas, no habrían podido reconocernos.

—Quédate un poco más —le susurré en los labios.

—No puedo.

—Entonces vuelve, júrame que volverás.

—Sí.

—Y llámame.

—Sí.

—Dime que no te olvidarás de mí, dime que no me dejarás, dime que me quieres.

—Te quiero.

—Repítelo.

—Te quiero.

—Jura que no es mentira.

—Lo juro.

112

Se marchó una hora más tarde, pese a que Pietro insistió con un tono más bien enfurruñado en que se quedara, pese a que Dede rompió a llorar. Mi marido fue a asearse, apareció al rato listo para irse. Me dijo con los ojos bajos: A los policías no les dije que Pasquale y Nadia estuvieron en nuestra casa; y no lo hice para protegerte a ti, sino porque pienso que hemos llegado al punto en que se confunde la disensión con el delito. No comprendí enseguida de qué me hablaba. Pasquale y Nadia se me habían borrado por completo de la cabeza, a duras penas consiguieron entrar de nuevo en ella. Pietro esperó unos segundos en silencio. Quizá quería que me mostrara de acuerdo con su consideración, deseaba enfrentarse al caluroso día de exámenes sabiendo que nos habíamos reconciliado, que al menos por una vez pensaba como él. Pero me limité a hacer un gesto distraído. ¿Qué me importaban a mí sus opiniones políticas, Pasquale y Nadia, la muerte de Ulrike Meinhof, el nacimiento de la república socialista de Vietnam, el avance electoral del Partido Comunista? El mundo se había alejado. Me sentía sumergida dentro de mí misma, dentro de mi carne, que no solo me parecía el único habitáculo posible, sino la única materia por la que merecía la pena esforzarse. Fue un alivio cuando él, único testigo del orden y el desorden, cerró la puerta a sus espaldas. No soportaba verme bajo su mirada, temía que de golpe se hicieran visibles los labios doloridos por los besos, el cansancio de la noche, el cuerpo hipersensible, como quemado.

En cuanto estuve a solas, regresó la certidumbre de que jamás volvería a ver ni a oír a Nino. Y a esa se sumó otra más: ya no podía seguir viviendo con Pietro, me resultaba insoportable que continuáramos durmiendo en la misma cama. ¿Qué hacer? Lo dejaré, pensé. Me marcharé con las niñas. Pero ¿qué procedimiento adoptar, marcharme sin más? No sabía nada de separaciones y divorcios, cómo eran los trámites, cuánto tiempo se precisaba para volver a ser libres. Y no conocía a ninguna pareja que hubiese pasado por esa experiencia. ¿Qué ocurría con los hijos? ¿Qué acuerdos se tomaban para mantenerlos? ¿Podía llevarme a las niñas a otra ciudad? ¿A Nápoles, por ejemplo? ¿Y por qué a Nápoles, por qué no a Milán? Si dejo a Pietro, me dije, tarde o temprano tendré que ponerme a trabajar. Son malos tiempos, la economía va mal, y Milán es el sitio adecuado para mí, allí está la editorial. Pero ¿Dede y Elsa? ¿La relación con su padre? ¿Debo quedarme en Florencia, entonces? Ni hablar, jamás. Mejor Milán, Pietro podría ver a sus hijas todas las veces que pudiera y quisiera. Sí. Sin embargo, la cabeza me llevaba a Nápoles. No al barrio, no pensaba volver a poner los pies allí. Imaginé que iba a vivir a la Nápoles cautivadora donde nunca había vivido, cerca de la casa de Nino, en la via Tasso. Verlo desde la ventana cuando iba o regresaba de la universidad, cruzármelo en la calle, hablar con él todos los días. Sin molestarlo. Sin causarle problemas con la familia, al contrario, intensificando la relación de amistad con Eleonora. Me hubiera bastado esa cercanía. A Nápoles, pues, no a Milán. Si me separaba de Pietro, Milán ya no sería tan hospitalaria. La relación con Mariarosa se enfriaría, con Adele también. No se interrumpiría, eso no, eran personas civilizadas pero no dejaban de ser la madre y la hermana de Pietro, aunque no lo tuviesen en gran estima. Y no hablemos de Guido, su padre. No, seguramente ya no podría contar con los Airota de la misma manera, quizá tampoco con la editorial. La ayuda solo podía venir de Nino. Tenía buenas amistades en todas partes, seguramente encontraría la manera de apoyarme. A menos que al estarle encima, su mujer se pusiera nerviosa, él se pusiera nervioso. Para Nino yo era una mujer casada que vivía en Florencia con su familia. O sea, lejos de Nápoles, y no libre. Deshacer deprisa y corriendo mi matrimonio, correr tras él, ir a vivir cerca de su casa, ay, no sé. Me tomaría por loca, yo quedaría como una cualquiera que había perdido el juicio, el tipo de mujer que depende del hombre algo que, entre otras cosas, horrorizaba a las amigas de mi cuñada. Y, sobre todo, una mujer no adecuada a él. Había amado a muchas, pasaba de una cama a otra, engendraba hijos sin ningún compromiso, consideraba el matrimonio una convención necesaria, pero que no podía aprisionar el deseo. Qué ridículo haría. Me había privado de tantas cosas en mi vida, también podía privarme de Nino. Me iría por mi camino con mis hijas.

Pero sonó el teléfono, corrí a contestar. Era él, se oían como fondo un altavoz, clamor, ruido, su voz me llegaba apenas audible. Acababa de llegar a Nápoles, telefoneaba desde la estación. Solo para saludarte, dijo, quería saber cómo estás. Bien, contesté. ¿Qué haces? Estoy a punto de comer con las niñas. ¿Está Pietro? No. ¿Te gustó hacer el amor conmigo? Sí. ¿Mucho? Muchísimo. Se me han acabado las fichas. Vete, adiós, gracias por telefonear.

Ya te llamaré. Cuando quieras. Me sentí satisfecha de mí, de mi autocontrol. Lo he mantenido a la distancia adecuada, me dije, a su llamada de cortesía respondí con cortesía. Pero al cabo de tres horas telefoneó otra vez, también desde una cabina. Estaba nervioso. ¿Por qué eres tan fría? No soy fría. Esta mañana quisiste que te dijera que te quería y te lo dije, aunque por principio no se lo digo a nadie, ni siquiera a mi mujer. Me alegro. ¿Y tú me quieres? Sí. ¿Esta noche dormirás con él? ¿Con quién si no? No lo soporto. ¿Acaso tú no duermes con tu mujer? No es lo mismo. ¿Por qué? A mí Eleonora no me importa nada. Entonces vuelve conmigo. ¿Cómo quieres que lo haga? Déjala. ¿Y después? Comenzó a telefonear de forma compulsiva. Yo adoraba aquellos timbrazos, sobre todo cuando nos despedíamos y daba la impresión de que no íbamos a hablar durante quién sabe cuánto tiempo, pero él llamaba al cabo de media hora, a veces incluso a los diez minutos, y otra vez se ponía a rabiar, me preguntaba si había hecho el amor con Pietro desde que había estado conmigo, le decía que no, me pedía que se lo jurara, yo se lo juraba, le preguntaba si él había hecho el amor con su mujer, gritaba que no, yo pretendía que él también me lo jurase, y a un juramento seguía otro, y muchas promesas, sobre todo la promesa solemne de no moverme de casa, de mantenerme localizable. Quería que esperase sus llamadas telefónicas, hasta el punto de que si, por casualidad, salía —al fin y al cabo tenía que hacer la compra—, llamaba y dejaba que el teléfono sonara y sonara hasta que yo regresaba, soltaba a las niñas, soltaba las bolsas, ni siquiera cerraba la puerta de las escaleras, y corría a contestar. Y lo oía al otro lado, desesperado: Creía que nunca más ibas a contestarme. Después añadía con alivio: Pero no habría colgado nunca, y a falta de ti, hubiera amado el sonido del teléfono, este sonido vano, lo único tuyo que me había quedado. Y revivía hasta el último detalle de nuestra noche —te acuerdas de esto, te acuerdas de aquello—, la revivía sin cesar. Enumeraba todo lo que quería hacer conmigo, no se limitaba a las relaciones sexuales: un paseo, un viaje, ir al cine, a un restaurante, hablarme del trabajo que estaba haciendo, escuchar cómo me iba con mi último librito. Entonces yo perdía el control. Murmuraba, sí sí sí, todo lo que quieras, y le gritaba: Estoy a punto de irme de vacaciones, dentro de una semana estaré en la playa con Pietro y las niñas, como si se tratara de una deportación. Y él: Eleonora se va a Capri dentro de tres días, en cuanto se marche voy a Florencia aunque sea una hora. Entretanto, Elsa me miraba y preguntaba: Mamá, con quién hablas tanto, ven a jugar. Un día Dede dijo: Déjala tranquila, habla con su novio.

113

Nino viajó de noche, llegó a Florencia sobre las nueve de la mañana. Telefoneó, le contestó Pietro, colgó. Telefoneó de nuevo, corrí a contestar. Había aparcado delante de mi casa. Baja. No puedo. Baja enseguida, si no subiré yo. Faltaban pocos días para que me fuera a Viareggio. Pietro ya estaba de vacaciones. Le dejé a las niñas, dije que tenía que hacer unas compras urgentes para la playa. Corrí a reunirme con Nino.

Volver a vernos fue una pésima idea. Descubrimos que en lugar de atenuarse, el deseo se había desbordado y planteaba mil exigencias con una impúdica urgencia. Si en la distancia, por teléfono, las palabras nos permitían fantasear y construir perspectivas excitantes pero imponiéndonos, al mismo tiempo, un orden, conteniéndonos, asustándonos, encontrarnos otra vez, encerrados en el espacio mínimo del coche, despreocupados por el calor atroz, dio concreción a nuestro delirio, lo dotó del distintivo de la inevitabilidad, lo hizo coherente con las formas de realismo de la época, esas que pedían lo imposible.

—No vuelvas a tu casa.

—¿Y las niñas, y Pietro?

—¿Y nosotros?

Antes de volverse otra vez para Nápoles dijo que no sabía si conseguiría aguantar todo el mes de agosto sin verme. Nos despedimos desesperados. En la casa que habíamos alquilado en Viareggio yo no tenía teléfono, él me dio su número de Capri. Me hizo prometerle que lo llamaría a diario.

—¿Y si se pone tu mujer?

—Cuelgas.

—¿Y si estás en la playa?

—Tengo que trabajar, prácticamente no pisaré la playa.

En nuestras fantasías, el telefonearnos debía servir además para fijar una fecha, antes de la Asunción o después, y buscar la manera de vernos al menos una vez. Él presionaba para que me inventara una excusa y regresara a Florencia. Haría lo mismo con Eleonora y se reuniría conmigo. Nos veríamos en mi casa, cenaríamos juntos, dormiríamos juntos. Otra locura. Lo besé, lo acaricié, lo mordí, me separé de él en un estado de infeliz felicidad. Fui corriendo a comprar al buen tuntún unas toallas, un par de trajes de baño para Pietro, cubo y palas para Elsa, un bañador azul para Dede. En aquella época le encantaba el azul.

114

Nos fuimos de veraneo. Me ocupé poco de las niñas, las dejé casi todo el tiempo con su padre. Me pasaba el día buscando un teléfono, aunque solo fuera para decirle a Nino que lo quería. Únicamente en un par de ocasiones se puso Eleonora y colgué. Me bastó su voz para irritarme, me pareció injusto que ella lo tuviera a su lado día y noche, no pintaba nada con él, con nosotros. Aquella irritación contribuyó a hacerme vencer el miedo, el plan de volver a vernos en Florencia me pareció cada vez más factible. Le dije a Pietro, y era cierto, que a pesar de toda su voluntad la editorial italiana no conseguiría sacar la edición antes de enero, mi texto saldría en Francia a finales de octubre. De manera que debía resolver algunas dudas urgentes, necesitaba un par de libros, debía regresar a casa.

—Voy yo a buscártelos —se ofreció.

—Quédate con las niñas, no estás nunca con ellas.

—A mí me gusta conducir, a ti no.

—¿Quieres dejarme un poco en paz? ¿Puedo tener un día libre? Las criadas lo tienen, ¿por qué yo no?

Salí en coche por la mañana bien temprano, el cielo estaba veteado de blanco, por la ventanilla entraba un viento fresco cargado con los olores del verano. Entré en la casa vacía con el corazón en la boca. Me desvestí, me lavé, me miré en el espejo, molesta por la mancha blanca de la barriga y el pecho, me vestí, me desvestí, volví a vestirme hasta que me vi guapa.

Sobre las tres de la tarde llegó Nino, no sé qué mentira le contó a su mujer. Hicimos el amor hasta el atardecer. Por primera vez tuvo ocasión de dedicarse a mi cuerpo con una devoción, una idolatría, para las que yo no estaba preparada. Intenté no ser menos, quería a toda costa parecerle buena. Pero cuando lo vi anonadado y feliz, de pronto algo se me torció en la cabeza. Para mí aquella era una experiencia única, para él, una repetición. Amaba a las mujeres, adoraba sus cuerpos como fetiches. No pensé tanto en sus otras mujeres que ya me sabía, Nadia, Silvia, Mariarosa, o Eleonora, su esposa. Me limité a pensar en lo que conocía bien, en las locuras que había hecho por Lila, en el frenesí que lo había llevado al borde de la destrucción. Me acordé de cómo había creído ella en esa pasión y se había aferrado a él, a los libros complejos que él leía, a sus pensamientos, a sus ambiciones, para corroborarse a sí misma y permitirse una posibilidad de cambio. Me acordé de cómo se había hundido cuando Nino la abandonó. ¿Acaso solo sabía amar e inducir a amar de aquella manera excesiva, no conocía otras? ¿Ese amor nuestro tan loco reproducía otros amores locos? ¿Ese quererme sin reparar en nada empleaba un prototipo, el modo según el cual había querido a Lila? ¿Y ese encuentro concertado en mi casa, que también era la de Pietro, se parecía a cuando Lila se lo había llevado a su casa, que también era la Stefano? ¿Era posible que no estuviésemos haciendo, sino repitiendo lo ya hecho?

Me aparté, él preguntó: ¿Qué te pasa? Nada, no supe qué decirle, no tenía pensamientos expresables. Me apreté contra él, lo besé y mientras tanto traté de arrancarme del pecho el sentimiento de su amor por Lila. Pero Nino insistió y al final no pude evitarlo, me aferré a un eco relativamente reciente —«mira, esto tal vez sí puedo decírselo»— y le pregunté con un tono fingidamente divertido:

—¿Tengo algo equivocado en el sexo como Lina?

Cambió de expresión. En sus ojos, en su cara apareció una persona distinta, un extraño que me asustó. Antes de que contestara me apresuré a susurrar:

—Bromeaba, si no quieres contestar, olvídalo.

—No he entendido lo que has dicho.

—Me he limitado a citar tus palabras.

—Jamás he pronunciado una frase así.

—Mentiroso, la dijiste en Milán, cuando íbamos para el restaurante.

—No es cierto, de todos modos no quiero hablar de Lina.

—¿Por qué?

No contestó. Me exasperé, le di la espalda. Cuando me rozó el hombro con los dedos, mascullé: Déjame tranquila. Permanecimos inmóviles un rato, sin decir palabra. Después volvió a acariciarme, me besó con suavidad un hombro, cedí. Sí, reconocí para mis adentros, tiene razón, nunca más debo preguntarle por Lila.

Por la noche sonó el teléfono, seguramente eran Pietro y las niñas. Le indiqué a Nino que no hiciera ruido, me levanté de la cama y corrí a responder. Tenía preparado un tono afectuoso, tranquilizador, pero sin darme cuenta hablaba en voz demasiado baja, con un murmullo poco natural, no quería que Nino me oyera y luego me tomara el pelo o que se enfadara sin más.

—¿Por qué hablas tan bajito? —preguntó Pietro—. ¿Va todo bien?

Subí enseguida el tono, esta vez me salió excesivamente alto. Busqué palabras amables, le hice muchas fiestas a Elsa, le pedí a Dede que por favor no le complicara la vida a su padre y que se cepillara los dientes antes de irse a la cama.

—Qué mujercita más buena, qué mamá más buena —dijo Nino, cuando regresé a la cama.

—Mira quién habla —le contesté.

Esperé que aminorase la tensión, que se amortiguara el eco de las voces de mi marido y de las niñas. Nos duchamos juntos, fue divertidísimo, una experiencia nueva, me gustó lavarlo y dejarme lavar. Después me preparé para salir. Volví a ponerme guapa para él, pero esta vez bajo su mirada y, de repente, sin nervios. Se quedó mirándome mientras me probaba los vestidos en busca del adecuado, mientras me maquillaba, y de vez en cuando —pese a que le decía bromeando: Ni se te ocurra, me haces cosquillas, me estropeas el maquillaje y tengo que volver a empezar, cuidado con el vestido que me lo rompes, déjame en paz— se me acercaba por la espalda, me besaba en el cuello, me metía las manos en el escote y debajo de la falda.

Lo obligué a salir de casa solo, le pedí que me esperara en el coche. Aunque el edificio estaba medio vacío porque todos habían ido de vacaciones, temía que alguien nos viera juntos. Fuimos a cenar, comimos mucho, hablamos mucho, bebimos muchísimo. Al regresar nos metimos otra vez en la cama pero no dormimos nada.

—En octubre iré cinco días a Montpellier, a un congreso —me dijo.

—Que te diviertas. ¿Vas con tu mujer?

—Quiero ir contigo.

—Imposible.

—¿Por qué?

—Dede tiene seis años y Elsa, tres. Tengo que pensar en ellas.

Nos pusimos a discutir sobre nuestra situación, por primera vez pronunciamos palabras como «casados» e «hijos». Pasamos de la desesperación al sexo, del sexo a la desesperación.

—No podemos vernos más —susurré al fin.

—Si tú puedes, bien. Yo no puedo.

—Tonterías. Me conoces desde hace un montón de años y has llevado una vida plena sin mí. No tardarás nada en olvidarme.

—Prométeme que seguirás telefoneando todos los días.

—No, no te telefonearé más.

—Si no lo haces, me volveré loco.

—La que se volverá loca soy yo si sigo pensando en ti.

Exploramos con una especie de placer masoquista el callejón sin salida en el que nos encontrábamos, y exasperados por nuestro afán en sumar obstáculos acabamos peleando. Él se marchó muy nervioso a las seis de la mañana. Yo ordené la casa, me pegué un hartón de llorar, conduje todo el trayecto con la esperanza de no llegar nunca a Viareggio. A mitad de camino me di cuenta de que no había cogido un solo libro que pudiera justificar mi viaje. Pensé: Mejor así.

115

A mi regreso Elsa me recibió con los brazos abiertos, dijo enfurruñada: Papá no sabe jugar bien. Dede defendió a Pietro, exclamó que su hermana era pequeña, estúpida y estropeaba todos los juegos. Pietro me analizó de mal humor.

—No has dormido.

—He dormido mal.

—¿Has encontrado los libros?

—Sí.

—¿Y dónde están?

—¿Dónde quieren que estén? En casa. He comprobado lo que quería y punto.

—¿Por qué te enfadas?

—Porque me haces enfadar.

—Ayer te llamamos otra vez. Elsa quería desearte las buenas noches pero no estabas.

—Hacía calor, salí a dar un paseo.

—¿Sola?

—¿Y con quién iba a ir?

—Dede dice que tienes novio.

—Dede está muy unida a ti y se muere de ganas por sustituirme.

—O ve y oye cosas que yo no veo ni oigo.

—¿Qué quieres decir?

—Lo que has oído.

—Pietro, tratemos de ser claros, a todas tus enfermedades, ¿no irás ahora a añadir también los celos?

—No soy celoso.

—Eso espero. Porque si no fuera así, te lo digo ahora mismo, los celos serían el colmo, no los soporto.

En los días siguientes los choques de ese estilo se multiplicaron. Lo mantenía a raya, le hacía reproches, y mientras tanto me despreciaba. Pero al mismo tiempo me daba rabia: ¿Qué pretendían de mí, qué debía hacer? Amaba a Nino, lo había amado siempre, ¿cómo haría para arrancármelo del pecho, de la cabeza, del vientre, ahora que él también me quería? Desde pequeña me había construido un mecanismo autorrepresivo perfecto. Ni uno solo de mis deseos auténticos había conseguido imponerse jamás, siempre había encontrado la manera de encauzar todos mis afanes. Pero ya basta, me decía, que salte todo por los aires, yo la primera.

Sin embargo, vacilaba. Durante unos días no llamé a Nino, tal como le había anunciado sabiamente en Florencia. Pero después pasé de golpe a telefonear incluso tres o cuatro veces al día sin ninguna prudencia. Me importaba un bledo todo, incluso Dede, quieta a unos pasos de la cabina telefónica. Discutía con él en el calor insoportable de aquella jaula a pleno sol y a veces, empapada en sudor, exasperada por la mirada de espía de mi hija, abría de par en par la puerta de cristales y le gritaba: Qué haces ahí como un pasmarote, te he dicho que vigiles a tu hermana. El congreso de Montpellier ocupaba ya el centro de mis pensamientos. Nino me apremiaba, lo convertía más y más en una especie de prueba definitiva de la autenticidad de mis sentimientos, de modo que pasábamos de violentas discusiones a declaraciones de indispensabilidad, de largos y costosos enfados por vía interurbana a la urgencia de volcar nuestro deseo en un mar de palabras incandescentes. Una tarde, extenuada, mientras Dede y Elsa salmodiaban desde el exterior de la cabina: Mamá, date prisa, nos estamos aburriendo, le dije:

—Solo hay un modo de que te acompañe a Montpellier.

—¿Cuál?

—Contárselo todo a Pietro.

Se hizo un largo silencio.

—¿De veras estás preparada para hacerlo?

—Sí, pero con una condición, que tú se lo cuentes todo a Eleonora.

Otro largo silencio.

—¿Quieres que le haga daño a Eleonora y al niño? —murmuró Nino.

—Sí. ¿Acaso yo no se lo haré a Pietro y a mis hijas? Decidir supone hacer daño.

—Albertino es muy pequeño.

—Elsa también. Y para Dede será insoportable.

—Hagámoslo después de Montpellier.

—Nino, no juegues conmigo.

—No juego contigo.

—Entonces, si no juegas conmigo, compórtate en consecuencia. Tú hablas con tu mujer y yo hablo con mi marido. Ahora. Esta noche.

—Dame un poco de tiempo, no es fácil.

—¿Y para mí sí?

Dio largas, trató de explicarme. Dijo que Eleonora era un mujer muy frágil. Dijo que se había organizado la vida en función de él y el niño. Dijo que cuando era jovencita había intentado quitarse la vida nada menos que en dos ocasiones. Pero se detuvo ahí, sentí que se obligaba a la honestidad más absoluta. A medida que iba hablando, con la lucidez que lo caracterizaba, llegó a admitir que romper su matrimonio suponía no solo hacerle daño a su mujer y al niño, sino desaprovechar muchas ventajas —disponer de ciertas comodidades es lo único que te hace la vida aceptable en Nápoles— y una red de relaciones que le garantizaba poder hacer lo que quería en la universidad. Después, trastornado por su propia decisión de no callar nada, concluyó: No olvides que tu suegro me tiene mucho aprecio y que si hacemos pública nuestra relación nos llevaría a mí y a ti a una ruptura insalvable con los Airota. No sé por qué, esa última precisión suya me hizo daño.

—De acuerdo —dije—, acabemos de una vez.

—Espera.

—He esperado demasiado, debería haberme decidido antes.

—¿Qué vas a hacer?

—Aceptar de una vez por todas que mi matrimonio ya no tiene sentido y seguir por mi camino.

—¿Estás segura?

—Sí.

—¿Vendrás a Montpellier?

—He dicho por mi camino, no por el tuyo. Lo nuestro ha terminado.

116

Colgué hecha un mar de lágrimas, salí de la cabina. Elsa me preguntó: ¿Te has hecho pupa, mamá? Contesté: Estoy bien, es la abuela la que se siente mal. Seguí sollozando ante la mirada preocupada de Elsa y Dede.

En el último tramo de las vacaciones no hice más que llorar. Decía que estaba cansada, que hacía mucho calor, que me dolía la cabeza, y mandaba a Pietro y a las niñas a la playa. Me quedaba en la cama empapando la almohada de lágrimas. Detestaba esa fragilidad excesiva, nunca había sido así, ni siquiera de niña. Tanto Lila como yo habíamos aprendido a no llorar jamás, y si ocurría, lo hacíamos únicamente en momentos excepcionales, por poco tiempo; la vergüenza era grande, sofocábamos los sollozos. Ahora, sin embargo, como a Orlando, se me había abierto en la cabeza una fuente de agua, que fluía de los ojos sin agotarse nunca, y me parecía, incluso cuando Pietro, Dede y Elsa estaban a punto de regresar y con un esfuerzo contenía las lágrimas y corría a enjuagarme la cara debajo del grifo, que la fuente seguía goteando a la espera del momento adecuado para volver a brotar por los ojos. Nino no me quería de veras, Nino fingía mucho y amaba poco. Había querido chingarme —sí, chingarme, como había hecho con quién sabe cuántas más—, pero quedarse conmigo, quedarse conmigo para siempre y romper con su mujer, pues no, eso no entraba en sus planes. Probablemente seguía enamorado de Lila. Probablemente a lo largo de su vida solo la amaría a ella, como tantos que la habían conocido. Y gracias a eso seguiría siempre con Eleonora. El amor por Lila era la garantía de que ninguna mujer —por más que él la amara a su manera arrolladora— consiguiera que aquel matrimonio frágil pasase por una crisis, y yo menos que ninguna. Así estaban las cosas. A veces dejaba a medias la comida o la cena y corría a encerrarme en el baño a llorar.

Pietro me trataba con cautela, presentía que yo podía estallar de un momento a otro. Al principio, a las pocas horas de la ruptura con Nino, había pensado en contárselo todo, como si no solo fuera mi marido al que le debía explicaciones sino también un confesor. Sentía la necesidad de hacerlo, especialmente en la cama, cuando se me acercaba y yo lo rechazaba susurrando: No, que se despiertan las niñas, muchas veces estuve a punto de confesárselo con lujo de detalles. Pero siempre logré contenerme a tiempo, no era necesario contarle lo de Nino. Ahora que había dejado de telefonear a la persona que amaba, ahora que la sentía definitivamente perdida, me parecía inútil ensañarme con Pietro. Era mejor zanjar el asunto con pocas palabras claras: No puedo seguir viviendo contigo. Pero ni siquiera eso pude hacer. Justo cuando en la penumbra del dormitorio me sentía preparada para dar ese paso, sentía pena por él, temía por el futuro de las niñas, le acariciaba el hombro, la mejilla, murmuraba: Duérmete.

Las cosas dieron un vuelco el último día de las vacaciones. Era casi medianoche, Dede y Elsa dormían. Llevaba unos diez días sin telefonear a Nino. Había preparado el equipaje, estaba agotada por la melancolía, la fatiga, el calor, y con Pietro nos sentamos en el balcón de casa, cada uno en su tumbona, en silencio. Había una humedad agobiante que impregnaba el pelo y la ropa, el aire olía a mar y a resina.

—¿Cómo está tu madre? —dijo Pietro de repente.

—¿Mi madre?

—Sí, tu madre.

—Bien.

—Dede me dijo que se encontraba mal.

—Se ha recuperado.

—La he llamado hoy por la tarde. Está perfectamente y goza de buena salud.

No dije nada. Pero qué hombre más inoportuno. Vaya, los ojos se me empezaron a llenar otra vez de lágrimas. Ah, Dios bendito, qué harta estaba, qué harta.

—Piensas que soy ciego y sordo —lo oí decir con calma—. Crees que no me di cuenta de cuando flirteabas con esos imbéciles que circulaban por casa antes de que naciera Elsa.

—No sé de qué me hablas.

—Lo sabes a la perfección.

—No, no lo sé. ¿A quién te refieres? ¿A la gente que vino alguna vez a cenar hace años? ¿Y yo flirteaba con ellos? ¿Estás loco?

Pietro meneó la cabeza sonriendo disimuladamente. Esperó un momento, y luego, con la vista clavada en la reja, me preguntó:

—¿Tampoco flirteabas con el que tocaba la batería?

Me alarmé. No se daba por vencido, no cedía. Resoplé.

—¿Mario?

—¿Ves cómo te acuerdas?

—Claro que sí, ¿por qué no debería acordarme? Es una de las pocas personas interesantes que trajiste a casa en siete años de casados.

—¿Lo encontrabas interesante?

—Sí, ¿y con eso qué? ¿Qué te ha dado esta noche?

—Quiero saber. ¿No puedo saber?

—¿Qué quieres saber? Lo que yo sé, lo sabes tú. Desde la última vez que vimos a ese tipo habrán pasado por lo menos cuatro años, ¿y tú me sales ahora con estas tonterías?

Él apartó la vista de la reja, se volvió y me miró serio.

—Entonces hablemos de hechos más recientes. ¿Qué hay entre Nino y tú?

117

Fue un golpe tan violento como inesperado. Quería saber qué había entre Nino y yo. Bastaron aquella pregunta, aquel nombre, para que en la cabeza volviera a fluir la fuente. Me sentí cegada por las lágrimas, le grité fuera de mí, olvidándome que estábamos al aire libre, que la gente dormía debilitada por el día de sol y playa: Por qué me haces esta pregunta, por qué no te la has guardado, ahora lo has echado todo a perder y ya no hay remedio, bastaba con que te callaras la boca, pero no has podido y ahora me tendré que ir, me tendré que ir por fuerza.

No sé qué le ocurrió. Quizá se convenció de que había cometido un error que ahora, por oscuros motivos, amenazaba con arruinar para siempre nuestra relación. O tal vez me vio de pronto como un organismo tosco que rompía la frágil superficie del discurso y se manifestaba de forma prelógica, una mujer en su expresión más alarmante. Lo cierto es que debí de parecerle un espectáculo insoportable, se levantó de un salto, entró en casa. Pero yo corrí tras él y seguí contándoselo todo a gritos: mi amor por Nino desde pequeña, las nuevas posibilidades de vida que me había revelado, las energías inutilizadas que sentía dentro de mí, la mediocridad en la que me había hundido él durante años, la responsabilidad de haberme impedido vivir con plenitud.

Cuando se me agotaron las fuerzas y me desplomé en un rincón, me lo encontré enfrente con las mejillas demacradas, los ojos hundidos dentro de unas manchas violáceas, los labios blancos, el bronceado convertido en una especie de costra de barro. Solo entonces me di cuenta de que lo había conmocionado. Las preguntas que me había formulado no admitían siquiera remotamente respuestas afirmativas del tipo: Sí, flirteé con el que tocaba la batería y algo más; sí, Nino y yo fuimos amantes. Pietro las había hecho con el único fin de que yo las desmintiera, para aplacar las dudas que lo habían asaltado, para irse a la cama más tranquilo. En cambio yo lo había encarcelado en una pesadilla de la que ahora no sabía salir. Preguntó casi con un susurro, en busca de salvación:

—¿Habéis hecho el amor?

De nuevo me dio pena. Si hubiese contestado que sí, me habría puesto a gritar otra vez, le habría dicho: Sí, la primera vez mientras dormías, la segunda en su coche, la tercera en nuestra cama de Florencia. Y habría pronunciado esas frases con la voluptuosidad que me producía aquella lista. En cambio, dije que no con la cabeza.

118

Regresamos a Florencia. Limitamos la comunicación entre nosotros a las frases indispensables y a cierto tono amistoso en presencia de las niñas. Pietro se fue a dormir a su despacho, como en los tiempos en que Dede no pegaba ojo, yo seguí en la cama de matrimonio. Cavilé sobre qué debía hacer. La forma en que había terminado el matrimonio de Lila y Stefano no era un modelo, aquello había sido un asunto de otras épocas, resuelto sin ley. Yo contaba con un procedimiento civilizado, conforme a derecho, adecuado a los tiempos y a nuestra condición. Pero de hecho seguía sin saber qué hacer, de modo que no hacía nada. Para colmo en cuanto regresé, Mariarosa me telefoneó para comentarme que el librito francés estaba avanzado, que me enviaría el borrador, mientras que el redactor serio y detallista de mi editorial me planteó unas preguntas sobre algunos párrafos un poco flojos.

Después, una mañana, sonó el teléfono, contestó Pietro. Dígame, silencio, dígame, repitió y colgó. El corazón se me desbocó dentro del pecho, me dispuse a salir corriendo al teléfono para anticiparme a mi marido. No sonó más. Pasaron las horas, traté de distraerme releyendo mi texto. Fue una pésima idea, me pareció un cúmulo de tonterías, solo conseguí quedarme tan agotada que acabé durmiéndome con la cabeza encima del escritorio. Y el teléfono volvió a sonar, contestó otra vez mi marido. Gritó, asustando a Dede: Dígame, y colgó el auricular con furia, como si quisiera romper el aparato.

Era Nino, lo sabía yo, lo sabía Pietro. Se aproximaba la fecha del congreso, seguramente quería volver a insistir para que lo acompañara. Intentaría arrastrarme otra vez a la materialidad del deseo. Me demostraría que nuestra única posibilidad era una relación clandestina que debíamos vivir hasta el agotamiento, entre placeres y malas acciones. El plan era traicionar, inventar mentiras, irnos juntos. Me subiría a un avión por primera vez, me agarraría a él mientras el avión despegaba como en las películas. Y por qué no, después de Montpellier llegaríamos hasta Nanterre, iríamos a ver a la amiga de Mariarosa, hablaría con ella de mi libro y acordaríamos propuestas, le presentaría a Nino. Ah, sí, ir acompañada de un hombre al que amaba, un hombre dotado de una fuerza propia, una fuerza que no se le escapaba a nadie. El sentimiento hostil se dulcificaba. Estuve tentada.

Al día siguiente Pietro fue a la universidad, esperé que Nino telefoneara otra vez. No llamó y entonces, en un impulso irrefrenable, llamé yo. Esperé varios segundos, estaba muy agitada, solo tenía en mente la urgencia de oír su voz. Después ya se vería. Quizá me diera por agredirlo o por ponerme a llorar otra vez. O le gritaría: De acuerdo, voy contigo, seré tu amante hasta que te canses. En ese momento solo exigía que contestara.

Se puso Eleonora. Atrapé mi voz a tiempo antes de que se dirigiera al fantasma de Nino y corriera a más no poder por la línea telefónica con a saber qué palabras comprometedoras. La amoldé a un tono festivo: Hola, soy Elena Greco, ¿cómo estás, qué tal han ido las vacaciones, y Albertino? Ella me dejó hablar en silencio, luego aulló: Eres Elena Greco, eh, la zorra, la zorra hipócrita, deja en paz a mi marido y ni se te ocurra llamar otra vez, porque sé dónde vives y como hay Dios que voy y te parto la cara. Dicho lo cual, colgó.

119

No sé cuánto tiempo me quedé junto al teléfono. Me sentía cargada de odio, tenía la cabeza llena de frases como: Sí, ¿por qué no vienes? Ahora mismo si quieres, cabrona, no veo la hora, de dónde carajo eres, de la via Tasso, de la via Filangieri, de la via Crispi, de la Santarella, adefesio, mala puta, no sabes con quién te estás metiendo, golfa. Esa otra que llevaba dentro de mí quería aflorar desde el fondo, donde había permanecido sepultada bajo la costra de la mansedumbre, y se debatía en mi pecho mezclando italiano y voces de la infancia, era toda un clamor. Si Eleonora llegaba a atreverse a venir a mi casa, le escupiría a la cara, la tiraría por las escaleras, la arrastraría de los pelos hasta la calle, le partiría contra la acera aquella cabeza llena de mierda. Me dolía el pecho, me latían las sienes. En el piso de abajo habían empezado unas obras, por la ventana entraban el calor, martillazos incesantes y polvo acompañado del ruido molesto de no sé qué maquinaria. En la otra habitación Dede se peleaba con Elsa: No me copies en todo lo que hago, eres una mona, las monas no saben hacer otra cosa. Poco a poco lo fui entendiendo.

Nino se había decidido a hablar con su mujer, por eso ella me había agredido. Pasé de la rabia a una alegría incontenible. Nino me quería hasta tal punto que le había hablado de lo nuestro a su mujer. Había arruinado su matrimonio, había renunciado con total conocimiento de causa a las comodidades que de él se derivaban, había desbaratado toda su vida eligiendo causar sufrimiento a Eleonora y Albertino en vez de a mí. De modo que era cierto, me quería. Suspiré de alegría. El teléfono volvió a sonar, contesté enseguida.

Era Nino, su voz. Me pareció tranquilo. Dijo que su matrimonio había terminado, que era libre.

—¿Has hablado con Pietro? —me preguntó.

—He empezado a hacerlo.

—¿Todavía no se lo has dicho?

—Sí y no.

—¿Quieres echarte atrás?

—No.

—Entonces date prisa, tenemos que irnos.

Había dado por descontado que iría con él. Nos reuniríamos en Roma, todo está a punto, hotel, billetes de avión.

—Tengo el problema de las niñas —dije, pero con un hilo de voz, sin convicción.

—Envíalas con tu madre.

—Ni hablar.

—Entonces llévalas contigo.

—¿Lo dices en serio?

—Sí.

—¿Me llevarías contigo de todos modos, si fuera con mis hijas?

—Claro.

—Tú me quieres de verdad —murmuré.

—Sí.

120

De pronto me redescubrí invencible e invulnerable, como en una época pasada de mi vida, cuando me pareció que todo me estaba permitido. Había nacido con suerte. Incluso cuando la suerte parecía adversa, en realidad trabajaba a mi favor. No me faltaban méritos, claro. Era ordenada, tenía memoria, hincaba los codos con saña, había aprendido a usar los instrumentos afinados por los hombres, sabía dotar de coherencia lógica cualquier batiburrillo de fragmentos, sabía gustar. Pero la suerte era lo que más contaba, y estaba orgullosa de sentirla a mi lado como una amiga de confianza. Tenerla otra vez de mi parte me tranquilizaba. Me había casado con un hombre respetable, no una persona como Stefano Carracci, o peor, como Michele Solara. Tendríamos nuestros enfrentamientos, Pietro sufriría, pero acabaríamos llegando a un acuerdo. Sin duda, lanzar por la borda el matrimonio, una familia, sería traumático. Y dado que por distintos motivos no teníamos ningunas ganas de comunicarlo a nuestras familias, al contrario, seguramente lo ocultaríamos el mayor tiempo posible, tampoco podíamos contar, de momento, con la familia de Pietro, que en todas las circunstancias sabía siempre qué hacer y a quién dirigirse para resolver situaciones complejas. Pero me sentía tranquila, al fin. Éramos dos adultos razonables, seguramente nos enfrentaríamos, discutiríamos, expondríamos nuestra razones. En el caos de aquellas horas hubo una sola cosa que me parecía irrenunciable: viajaría a Montpellier.

Hablé con mi marido esa misma noche, le confesé que Nino era mi amante. Hizo lo imposible por no creérselo. Cuando lo convencí de que era verdad, lloró, me suplicó, se enojó, levantó el cristal de la mesita de centro y lo lanzó contra la pared ante la mirada aterrada de las niñas, que se habían despertado con los gritos y, asomadas a la sala, nos miraban incrédulas. Me quedé de piedra pero no me eché atrás. Acosté de nuevo a Dede y Elsa, las tranquilicé, esperé que se durmieran. Después me enfrenté otra vez a mi marido, cada minuto se convirtió en una herida. Para colmo, Eleonora se puso a telefonear con insistencia, de día y de noche, me insultaba a mí, insultaba a Pietro porque no sabía comportarse como un hombre, me amenazaba con que sus parientes buscarían la manera de no dejarnos los ojos para llorar ni a nosotros ni a nuestras hijas.

Pero no me desanimé. Me encontraba en tal estado de exaltación que no conseguía sentirme en falta. Al contrario, me pareció que los dolores que causaba, las humillaciones y agresiones que sufría, obraban a mi favor. Aquella experiencia insoportable no solo contribuiría a convertirme en algo de lo que estaría contenta, sino que al final, por caminos inescrutables, le serviría también a quien ahora penaba. Eleonora comprendería que con el amor no hay nada que hacer, que es insensato decirle a una persona que quiere marcharse: No, debes quedarte. Y Pietro, que seguramente conocía en teoría ese precepto, solo necesitaría tiempo para asimilarlo y transformarlo en sabiduría, en práctica de la tolerancia.

Los únicos problemas realmente importantes los tuve con las niñas. Mi marido insistía para que les dijéramos los motivos por los que discutíamos. Yo no estaba de acuerdo: Son pequeñas, decía, no van a entender nada. Pero en un momento dado él me gritó: Si has decidido irte, les debes a tus hijas una explicación, y si te falta valor, quédate, quiere decir que tú misma no te crees lo que estás haciendo. Murmuré: Hablemos con un abogado. Contestó: Hay tiempo para los abogados. Y a traición llamó a voces a Dede y Elsa, que en cuanto nos oían chillar se encerraban en su habitación, muy unidas.

—Vuestra madre quiere deciros algo —anunció Pietro—, sentaos y prestad atención.

Las dos se sentaron muy compuestas en el sofá y esperaron.

—Vuestro padre y yo nos queremos —comencé a decir—, pero ya no nos llevamos bien y hemos decidido separarnos.

—No es verdad —me interrumpió Pietro con calma—, es vuestra madre la que ha decidido irse. Y tampoco es cierto que nos queramos, ella ya no me quiere.

Me inquieté.

—Niñas, no es tan fácil. Es posible dejar de vivir juntos y seguir queriéndose.

—Eso también es falso —me interrumpió otra vez—, o nos queremos y entonces vivimos juntos y somos una familia; o no nos queremos y entonces nos dejamos y no somos más una familia. Si cuentas mentiras, ¿cómo van a entender nada? Por favor, explícales claramente y con la verdad por delante por qué nos dejamos.

—Yo no os dejo —dije—, vosotras sois lo más importante para mí, no podría vivir sin vosotras. Solo tengo problemas con vuestro padre.

—¿Cuáles? —me apremió—. Acláranos cuáles son esos problemas.

—Quiero a otro y quiero vivir con él —murmuré, tras un suspiro.

Elsa miró a Dede para saber cómo debía reaccionar ante aquella noticia, y como Dede se quedó impasible, ella también se quedó impasible. Pero mi marido perdió la calma.

—El nombre, diles cómo se llama esa otra persona —chilló—. ¿No quieres? ¿Te da vergüenza? Lo digo yo, conocéis a esa otra persona, es Nino, ¿os acordáis de él? Vuestra madre quiere irse a vivir con él.

Y se echó a llorar desesperadamente, mientras Elsa murmuraba un tanto alarmada: ¿Me llevas contigo, mamá? Pero no esperó que contestara. Cuando su hermana se levantó y salió corriendo de la sala, la siguió enseguida.

Esa noche Dede gritó en sueños, me desperté sobresaltada, corrí a su lado. Dormía, pero había mojado la cama. Tuve que despertarla, cambiarla, cambiar las sábanas. Cuando la acosté de nuevo, murmuró que quería venir a mi cama. Accedí, la tuve a mi lado. De vez en cuando se estremecía en sueños, como para estar segura de que yo seguía allí.

121

Se acercaba la fecha del viaje, pero con Pietro las cosas no mejoraban; todo acuerdo, aunque solo fuera para el viaje a Montpellier, parecía imposible. Si te vas, decía, no verás más a las niñas. O bien: Si te llevas a las niñas, me mato. O bien: Te denunciaré por abandono del hogar. O bien: Hagamos un viaje los cuatro, vámonos a Viena. O bien: Niñas, vuestra madre prefiere antes al señor Nino Sarratore que a vosotras.

Empecé a hartarme. Me acordé de la resistencia que había mostrado Antonio cuando lo dejé. Pero Antonio era un muchacho, había heredado la cabeza débil de Melina y, sobre todo, no había recibido la misma educación que Pietro, no lo habían formado desde la niñez para identificar reglas en el caos. Tal vez, pensaba, yo le haya atribuido una importancia exagerada al uso cultivado de la razón, a las buenas lecturas, al buen dominio de la lengua, a la afiliación política; tal vez, frente al abandono seamos todos iguales; tal vez ni siquiera una cabeza bien ordenada puede aguantar al descubrir que no es amada. Mi marido —no había nada que hacer— estaba convencido de que debía protegerme a toda costa de la picadura venenosa de mis deseos, y por eso, con tal de seguir siendo mi marido, estaba dispuesto a recurrir a cualquier medio, hasta el más abyecto. Él que había querido casarse por lo civil, él que siempre había estado a favor del divorcio, por culpa de un ingobernable movimiento interior pretendía ahora que nuestro vínculo fuera eterno como si nos hubiéramos casado delante de Dios. Y como yo insistía en poner fin a nuestra historia, primero probaba todos los métodos de persuasión, después rompía cosas, se pegaba bofetadas, de golpe se ponía a cantar.

Cuando se excedía de ese modo me hacía enojar, lo insultaba a gritos. Y él, como de costumbre, cambiaba de golpe como un animalito aterrorizado, se ponía a mi lado, me pedía perdón, decía que no tenía nada contra mí, que era su cabeza lo que no funcionaba. Adele —me reveló una noche entre lágrimas— siempre había traicionado a su padre, lo había descubierto de pequeño. A los seis años la había visto besar a un hombre enorme, vestido de azul, en el amplio salón de Génova que daba al mar. Recordaba hasta el último detalle: el hombre tenía un bigote enorme que era como una cuchilla oscura; en los pantalones destacaba una mancha brillante que parecía una moneda de cien liras; su madre, arrimada contra aquel tipo, parecía un arco tenso a punto de partirse. Yo lo escuché en silencio, traté de consolarlo: Cálmate, son falsos recuerdos, sabes que es así, no tengo que decírtelo. Pero él siguió insistiendo: Adele llevaba un vestido playero rosa, uno de los tirantes había caído de su hombro bronceado; las uñas largas parecían de cristal; se había hecho una trenza negra que le colgaba de la nuca como una serpiente. Al final, pasando del tormento a la ira, dijo: ¿Entiendes lo que me has hecho, entiendes el horror en el que me has hundido? Y yo pensé: De mayor Dede también recordará, Dede también gritará algo parecido. Pero después me contuve, me convencí de que Pietro me contaba lo de su madre en ese momento, después de tantos años, a propósito, para inducirme a ese pensamiento, para herirme y retenerme.

Seguí adelante día y noche, extenuada, no había quien durmiera. Si mi marido me atormentaba, a su manera Nino no se quedaba atrás. Cuando me notaba debilitada por la tensión y las preocupaciones, en lugar de consolarme, se ponía nervioso, decía: Tú te crees que para mí es más fácil, mi casa es un infierno, como la tuya, temo por Eleonora, tengo miedo de lo que pueda hacer, así que no vayas a pensar que no tengo problemas como tú, los tengo y puede que muchos más que tú. Y exclamaba: Pero tú y yo juntos somos más fuertes que nadie, nuestra unión es una necesidad imprescindible, lo tienes claro, ¿no? Quiero que me lo digas, ¿lo tienes claro? Lo tenía claro. Pero sus palabras no me resultaban de mucha ayuda. Más bien sacaba fuerzas de flaqueza imaginando el día en que por fin volvería a verlo y nos iríamos a Francia. Debo resistir hasta entonces, me decía, después se verá. Por el momento aspiraba únicamente a que se interrumpiera el suplicio, no aguantaba más. En el punto culminante de una pelea violentísima, en presencia de Dede y Elsa, le dije a Pietro:

—Se acabó. Me marcho cinco días, cinco días nada más, después volveré y ya veremos qué hacemos. ¿De acuerdo?

Él se dirigió a las niñas:

—Vuestra madre dice que se irá cinco días, ¿vosotras os lo creéis?

Dede contestó que no con la cabeza, Elsa también.

—Ellas tampoco se lo creen —dijo Pietro entonces—, los tres sabemos que nos dejarás y que no volverás nunca.

Entretanto, como respondiendo a una señal convenida, Dede y Elsa se abalanzaron sobre mí, se abrazaron a mis piernas, suplicándome que no me fuera, que me quedara con ellas. No aguanté. Me arrodillé, las ceñí por la cintura, dije: De acuerdo, no me voy, sois mis niñas y me quedo con vosotras. Aquellas palabras las calmaron, poco a poco se calmó también Pietro. Me fui a mi despacho.

Ay, Dios santo, todo estaba salido de madre: ellos, yo, el mundo a nuestro alrededor; la tregua solo era posible diciendo mentiras. Faltaban un par de días para el viaje. Primero le escribí una larga carta a Pietro, luego una breve a Dede con la recomendación de que se la leyera a Elsa. Preparé una maleta, la dejé en el cuarto de invitados, debajo de la cama. Compré de todo, llené la nevera. Preparé para el almuerzo y la cena los platos que le encantaban a Pietro, él los comió agradecido. Aliviadas, las niñas volvieron a pelearse al menor pretexto.

122

Mientras tanto, y precisamente cuando se acercaba la fecha del viaje, Nino dejó de telefonear. Traté de llamarlo yo, con la esperanza de que no respondiera Eleonora. Lo cogió la criada y al momento sentí alivio, pregunté por el profesor Sarratore. La respuesta fue clara y hostil: le paso con la señora. Colgué, esperé. Confié en que la llamada se convirtiera en una ocasión de disputa entre los cónyuges y Nino se enterara así de que lo estaba buscando. Al cabo de diez minutos sonó el teléfono. Corrí a atender, estaba segura de que era él. Pero era Lila.

Hacía tiempo que no hablábamos y no tenía ganas de atenderla. Su voz me irritó. En aquella época hasta su nombre, en cuanto me cruzaba por la cabeza como una culebra, me confundía, me restaba fuerzas. Además, no era el momento adecuado para ponernos a charlar: si Nino llegaba a telefonear, le daría señal de ocupado, y solo faltaba eso.

—¿Te puedo llamar dentro de un rato? —le pregunté.

—¿Estás ocupada?

—Un poco.

Ignoró mi petición. Como de costumbre se sentía con derecho a entrar y salir de mi vida sin preocupaciones de ningún tipo, como si todavía fuéramos una sola cosa y no hubiera necesidad de preguntar qué tal estás, cómo te va, puedes hablar. Con voz cansada dijo que acababa de recibir una mala noticia: habían matado a la madre de los Solara. Habló despacio, como eligiendo cada palabra, y yo la escuché sin interrumpirla nunca. Sus palabras me llegaron acompañadas como en cortejo por la usurera vestida de fiesta y sentada a la mesa de los novios durante la boda de Lila y Stefano, por la mujer trastornada que me había abierto cuando fui a buscar a Michele, por la sombra femenina de nuestra infancia que apuñalaba a don Achille, por la anciana con la flor artificial en el pelo que se abanicaba con un abanico azul mientras decía desorientada: Tengo calor, ¿y vosotros no tenéis calor? Pero no sentí ninguna emoción, ni siquiera cuando Lila se refirió a los comentarios que le habían llegado y me los enumeró con su estilo eficaz. Habían matado a Manuela degollándola a cuchillo; o le habían disparado cinco tiros con pistola, cuatro en el pecho y uno en el cuello; o la habían destrozado a patadas y puñetazos arrastrándola por todo el apartamento; o los asesinos —así los llamó— ni siquiera habían entrado en la casa, le habían disparado en cuanto abrió la puerta, Manuela había caído de bruces en el rellano y su marido, que estaba viendo la televisión, ni siquiera se había enterado. Una sola cosa está clara —dijo Lila—, los Solara se han vuelto locos, compiten con la policía por encontrar a los culpables, han traído a gente de Nápoles y de fuera, todas sus actividades están paradas; hoy, por ejemplo, no he ido a trabajar, la situación da miedo, no se puede ni rechistar.

Cómo sabía dar importancia y peso a cuanto le ocurría, a cuanto ocurría a su alrededor: la usurera asesinada, sus hijos trastornados, sus esbirros dispuestos a derramar más sangre, y su persona vigilante en medio de la marejada de acontecimientos. Llegó por fin al motivo de su llamada:

—Mañana te mando a Gennaro. Sé que estoy abusando, tienes a tus hijas, tus cosas, pero ahora no puedo ni quiero tenerlo aquí. Perderá unos días de colegio, qué se le va a hacer. Él te tiene cariño, en tu casa se siente a gusto, eres la única persona de la que me fío.

Pensé unos segundos en esa última frase: eres la única persona de la que me fío. Me dio por sonreír, todavía no se había enterado de que yo ya no era de fiar. Ante aquella petición que daba por descontada la inmovilidad de mi existencia dentro de las más serenas de las sensateces, que parecía atribuirme la vida de una baya roja en el tallo y la hoja del rusco, no lo dudé más, le dije:

—Me voy de viaje, dejo a mi marido.

—No lo he entendido.

—Mi matrimonio se ha terminado, Lila. He vuelto a encontrarme con Nino y hemos descubierto que, sin darnos cuenta, siempre nos hemos querido, desde jovencitos. Por eso me voy, empiezo una nueva vida.

Siguió un largo silencio, luego me preguntó:

—¿Estás de broma?

—No.

Debió de parecerle imposible que yo estuviera sembrando el desorden en mi casa, en mi cabeza bien organizada, y enseguida se puso a apremiarme aferrándose mecánicamente a mi marido. Pietro, dijo, es un hombre extraordinario, bueno, inteligentísimo, estás loca si lo dejas, piensa en el daño que les haces a tus hijas. Hablaba y no citaba a Nino, como si aquel nombre se le hubiese detenido en el pabellón de la oreja sin llegarle al cerebro. Tuve que ser yo quien lo pronunciara otra vez y dijera: No, Lila, ya no puedo vivir con Pietro porque no puedo estar sin Nino, pase lo que pase me iré con él, y otras frases por el estilo que exhibí como si fueran una condecoración.

—¿Echas por la borda todo lo que eres por Nino? —se puso a gritar entonces—. ¿Arruinas a tu familia por ese tipo? ¿Sabes qué te pasará? Te utilizará, te chupará la sangre, te quitará las ganas de vivir y te abandonará. ¿Para qué has estudiado tanto? ¿Para qué mierda me ha servido imaginar que disfrutarías de una vida hermosa también por mí? Me equivoqué, eres una imbécil.

123

Colgué el auricular como si quemara. Está celosa, me dije, me envidia, me odia. Sí, esa era la verdad. Siguió una larga procesión de segundos, me olvidé por completo de la madre de los Solara, su cuerpo herido de muerte desapareció. Pero me pregunté inquieta: ¿Por qué no llama Nino, será posible que justamente ahora que se lo he contado todo a Lila, él se eche atrás y me deje en ridículo? Durante un instante me vi expuesta a Lila en toda mi posible cortedad de persona que se había arruinado por nada. Después el teléfono volvió a sonar. Durante dos o tres largos timbrazos me quedé sentada mirando el aparato. Cuando levanté el auricular, tenía preparadas en la lengua palabras para Lila: Deja de meterte en mi vida, no tienes ningún derecho sobre Nino, deja que me equivoque como me dé la gana. Pero no era ella. Era Nino y le solté en tropel frases entrecortadas, feliz de oírlo. Le dije cómo estaban las cosas con Pietro y las niñas, le dije que era imposible llegar a un acuerdo con calma y sensatez, le dije que había preparado la maleta y que no veía la hora de abrazarlo. Él me contó las agrias disputas con su mujer, las últimas horas habían sido insoportables. Murmuró: Aunque estoy muy asustado, no consigo imaginar mi vida sin ti.

Al día siguiente, mientras Pietro estaba en la universidad, le pedí a mi vecina que se quedara unas horas con Dede y Elsa. Dejé las cartas que había preparado encima de la mesa de la cocina y me fui. Pensé: Está en marcha algo grande que destruirá por completo el antiguo modo de vivir y yo formo parte de esta destrucción. Me reuní con Nino en Roma, nos vimos en un hotel cerca de la estación. Mientras lo abrazaba me decía: No me acostumbraré nunca a este cuerpo nervioso, es una sorpresa continua, huesos largos, piel con un olor excitante, una masa, una fuerza, una movilidad del todo ajenas a lo que es Pietro, a las costumbres que había entre nosotros.

A la mañana siguiente, por primera vez en mi vida, me subí a un avión. No sabía abrocharme el cinturón, Nino me ayudó. Qué emocionante fue estrecharle la mano con fuerza mientras el avión empezaba a acelerar y el rugido de los motores aumentaba. Qué conmovedor despegar del suelo con un impacto y ver las casas que se transformaban en paralelepípedos y las calles que se convertían en cintas estrechitas y el campo que mutaba en una mancha verde, y el mar que se inclinaba como una losa compacta, y las nubes que se precipitaban hacia abajo como un derrumbe de rocas suaves, y la angustia, el dolor, la felicidad misma que forman parte de un movimiento único, muy luminoso. Me pareció que volar lo sometía todo a un proceso de simplificación, y suspiré, traté de abandonarme. De vez en cuando le preguntaba a Nino: ¿Estás contento? Y él me decía que sí con la cabeza, me besaba. Por momentos tenía la impresión de que el suelo bajo los pies —la única superficie con la que podía contar— temblaba.

La niña perdida

Madurez
La niña perdida

1

Desde octubre de 1976 hasta 1979, cuando regresé a Nápoles para vivir, evité reanudar relaciones estables con Lila. No fue fácil. Casi de inmediato, ella intentó volver a entrar en mi vida por la fuerza y yo la ignoré, la toleré y la soporté. Aunque se comportara como si no desease otra cosa que estar a mi lado en un momento difícil, yo no lograba olvidar el desprecio con el que me había tratado.

Hoy pienso que si lo único que me hubiera hecho daño hubiera sido el insulto —eres una cretina, me gritó por teléfono cuando le conté lo de Nino, y antes nunca había ocurrido, jamás me había hablado de ese modo—, se me habría pasado enseguida. En realidad, más que aquella ofensa pesó la alusión a Dede y Elsa. Piensa en el daño que les haces a tus hijas, me advirtió, y en un primer momento no le hice caso. Pero con el tiempo aquellas palabras cobraron cada vez más peso, pensaba en ellas a menudo. Lila nunca había manifestado el menor interés por Dede y Elsa, con toda probabilidad ni siquiera recordaba sus nombres. Las veces en que le contaba por teléfono alguna ocurrencia inteligente de mis hijas, ella cortaba por lo sano y cambiaba de tema. Y cuando las vio por primera vez en casa de Marcello Solara, se limitó a echarles una mirada distraída y decirles alguna frase de compromiso, ni siquiera dedicó la menor atención a cómo iban bien vestidas, bien peinadas, a lo capaces que eran ambas de expresarse con propiedad pese a ser aún pequeñas. Sin embargo, las había parido yo, las había criado yo, eran parte de mí, su amiga de siempre: debería haber dejado algo de espacio —no digo por afecto, pero al menos por amabilidad— a mi orgullo de madre. Pero no, ni siquiera había echado mano de una pizca de afable ironía, había mostrado indiferencia, nada más. Solo ahora —por celos, seguramente, porque me había quedado con Nino— se acordaba de las niñas y quería subrayar que yo era una pésima madre, y que con tal de ser feliz causaba la infelicidad de mis hijas. Era pensar en ello y ponerme nerviosa. ¿Acaso Lila se había preocupado por Gennaro cuando se separó de Stefano, cuando dejó al niño abandonado en casa de su vecina para ir a trabajar a la fábrica, cuando lo envió a mi casa como para deshacerse de él? De acuerdo, yo tenía mis culpas pero, sin duda, era más madre que ella.

2

En aquellos años, los pensamientos de ese tipo se convirtieron en una costumbre. Fue como si Lila, que al fin y al cabo solo había pronunciado aquella única frase perversa sobre Dede y Elsa, se hubiera convertido en el abogado defensor de sus necesidades de hijas, y yo me sintiese obligada a demostrarle que se equivocaba cada vez que las desatendía para dedicarme a mí misma. Pero era solo una voz inventada por el malhumor, no sé qué pensaba realmente de mi comportamiento como madre. Ella es la única que puede contarlo, si de verdad ha conseguido insertarse en esta larguísima cadena de palabras para modificar mi texto, para introducir deliberadamente eslabones perdidos, para desprender otros sin hacerse notar, para decir de mí más de lo que yo quiero, más de cuanto soy capaz de decir. Deseo esa intromisión suya, la espero desde que empecé a escribir nuestra historia, pero debo llegar al final para someter todas estas páginas a examen. Si lo intentara ahora, desde luego me quedaría bloqueada. Escribo desde hace demasiado tiempo y estoy cansada, cada vez es más difícil mantener tensado el hilo del relato dentro del caos de los años, de los acontecimientos grandes y pequeños, de los humores. Por eso o tiendo a pasar por alto mis cosas para enredarme otra vez con Lila y todas las complicaciones que trae consigo o, algo peor, me dejo llevar por los acontecimientos de mi vida únicamente porque me resulta más fácil escribirlos. Pero debo sustraerme a esta encrucijada. No debo ir por el primer camino a lo largo del cual —dado que la propia naturaleza de nuestra relación impone que sea yo quien llegue a ella solo pasando por mí—, si me hago a un lado, acabaría encontrando cada vez menos rastros de Lila. Tampoco debo ir por el segundo. Precisamente, que yo hable de mi experiencia cada vez más por extenso es justo lo que, sin duda, ella apoyaría. Anda —me diría—, cuéntanos qué rumbo ha tomado tu vida, a quién le importa la mía, confiésalo, ni a ti te interesa. Y concluiría:

yo soy un garabato tras otro, del todo inapropiada para uno de tus libros; déjame estar, Lenù, no se habla de una tachadura.

¿Qué hacer, pues? ¿Darle una vez más la razón? ¿Aceptar que ser adultos es dejar de mostrarse, es aprender a ocultarse hasta desaparecer? ¿Admitir que con el paso de los años cada vez sé menos de Lila?

Esta mañana tengo a raya el cansancio y vuelvo a sentarme a mi escritorio. Ahora que me acerco al punto más doloroso de nuestra historia, quiero buscar en la página un equilibrio entre ella y yo que en la vida ni siquiera logré encontrar conmigo misma.

3

De los días de Montpellier me acuerdo de todo menos de la ciudad, es como si nunca hubiera estado. Aparte del hotel, aparte de la monumental aula magna donde se celebraba el congreso académico en el que Nino estaba ocupado, hoy solo veo un otoño ventoso y nubes blancas en un cielo azul. Sin embargo, por muchos motivos, el topónimo Montpellier se me quedó grabado en la memoria como un signo de evasión. Ya había estado fuera de Italia, en París, con Franco, y me había sentido electrizada por mi propia audacia. Pero entonces me parecía que mi mundo era y seguiría siendo siempre el barrio, Nápoles, mientras el resto era como una excursión en cuyo clima excepcional podía imaginarme, como de hecho nunca llegaría a ser. En cambio, Montpellier, pese a ser con diferencia mucho menos emocionante que París, me dio la impresión de que mis barreras se hubiesen roto y de que yo estuviera expandiéndome. El simple hecho de encontrarme en ese lugar constituía para mí la prueba de que el barrio, Nápoles, Pisa, Florencia, Milán, la propia Italia, no eran más que minúsculas astillas de mundo, y que hacía bien en no seguir conformándome con ellas. En Montpellier advertí las limitaciones de mi visión de las cosas, de la lengua en la que me expresaba y en la que escribía. En Montpellier vi con claridad hasta qué punto, a mis treinta y dos años, podía resultar estrecho ser esposa y madre. Y durante esos días repletos de amor por primera vez me sentí liberada de los lazos que había acumulado a lo largo de los años, los debidos a mis orígenes, los que había adquirido con el éxito en los estudios, los que se derivaban de las elecciones que había hecho en la vida, en especial del matrimonio. Allí comprendí también los motivos del placer que en el pasado había sentido al ver mi primer libro traducido a otras lenguas y, al mismo tiempo, los motivos de la pena por haber encontrado pocos lectores fuera de Italia. Era maravilloso superar fronteras, dejarse llevar al interior de otras culturas, descubrir la provisionalidad de aquello que había tenido por definitivo. Si en el pasado yo había juzgado el hecho de que Lila no hubiera salido nunca de Nápoles, e incluso de que le hubiera dado miedo San Giovanni a Teduccio, como una elección discutible por su parte, y que ella como de costumbre sabía volver a su favor, ahora sencillamente me pareció un signo de estrechez mental. Reaccioné como se suele reaccionar ante quien nos insulta, usando la misma fórmula que nos ha ofendido. ¿O sea que tú te equivocaste conmigo? No, querida mía, soy yo la que se equivocó contigo: seguirás toda tu vida viendo circular camiones por la carretera.

Los días pasaron volando. Los organizadores del congreso habían reservado con mucha antelación una habitación individual en el hotel a nombre de Nino, y como yo decidí acompañarlo en el último momento no hubo manera de convertirla en matrimonial. De modo que estábamos en habitaciones separadas, pero al final del día me duchaba, me preparaba para la noche y después, con el corazón en la boca, iba a su habitación. Dormíamos juntos, bien apretados, como si temiéramos que una fuerza hostil nos separase mientras dormíamos. Por la mañana pedíamos el desayuno en la cama, disfrutábamos de ese lujo que solo había visto en el cine; nos reíamos mucho, éramos felices. Durante el día lo acompañaba a la sala grande del congreso; aunque los ponentes leyeran páginas y páginas con tono aburrido, estar con él me entusiasmaba; me sentaba a su lado pero sin molestarlo. Nino seguía con mucha atención las intervenciones, tomaba notas y de vez en cuando me susurraba al oído comentarios irónicos y palabras de amor. Durante el almuerzo y la cena nos mezclábamos con profesores universitarios de medio mundo, nombres extranjeros, lenguas extranjeras. Claro que los ponentes de más prestigio ocupaban una mesa exclusiva y nosotros estábamos en otra con un grupo de investigadores más jóvenes. Pero me llamó la atención la movilidad de Nino, tanto durante los trabajos como en el restaurante. Qué distinto era del estudiante de otros tiempos, incluso del joven que me había defendido en la librería de Milán casi diez años antes. Había dejado a un lado los tonos polémicos, franqueaba con tacto las barreras académicas, establecía relaciones con gesto serio y a la vez cautivador. Unas veces en inglés (excelente), otras en francés (bueno), conversaba de forma brillante desplegando su antiguo culto a las cifras y la eficiencia. Me enorgullecí mucho de ver cuánto gustaba. En pocas horas le cayó simpático a todos, lo llamaban de aquí y de allá.

Hubo un solo momento en que cambió bruscamente, fue la víspera de su intervención en el congreso. Se volvió arisco y descortés, lo vi deshecho por la angustia. Se puso a criticar el texto que había preparado, repitió en varias ocasiones que escribir no le resultaba tan fácil como a mí, se enfadó porque no había tenido tiempo de trabajar más a fondo. Me sentí culpable —¿acaso nuestra complicada historia lo había distraído?— y traté de ponerle remedio abrazándolo, besándolo, animándolo a que me leyera su trabajo. Me lo leyó, y me enterneció su actitud de colegial asustado. Su ponencia no me pareció menos aburrida que otras que había escuchado en el aula magna, aunque lo alabé mucho y se tranquilizó. A la mañana siguiente se exhibió con estudiado entusiasmo, lo aplaudieron. Por la noche uno de los profesores universitarios de prestigio, un estadounidense, lo invitó a sentarse a su lado. Me quedé sola, pero no me importó. Cuando estaba Nino, yo no hablaba con nadie, mientras que en su ausencia me vi obligada a arreglármelas con mi francés rudimentario e hice amistad con una pareja de París. Me cayeron bien porque no tardé en descubrir que se encontraban en una situación no muy distinta de la nuestra. Ambos consideraban sofocante la institución de la familia, los dos habían dejado dolorosamente atrás a cónyuges e hijos, ambos parecían felices. Él, Augustin, rondaba los cincuenta años, tenía la cara sonrosada, ojos azules muy vivaces y grandes bigotes de un rubio claro. Ella, Colombe, tenía algo más de treinta, como yo, el pelo negro muy corto, ojos y labios marcados con fuerza en una cara pequeña y una elegancia seductora. Hablé sobre todo con Colombe, que era madre de un niño de siete años.

—Faltan unos meses —dije— para que mi hija mayor cumpla siete, pero este año ya cursa segundo, es muy buena alumna.

—El mío es muy despierto y fantasioso.

—¿Cómo se ha tomado la separación?

—Bien.

—¿No ha sufrido ni un poquito?

—Los niños no tienen nuestra rigidez, son elásticos.

Insistió en la elasticidad, que atribuía a la infancia, y me pareció que eso la tranquilizaba. Añadió: en nuestro ambiente es bastante común que los padres se separen, los hijos saben que es posible. Pero mientras yo le decía que no conocía a otras mujeres separadas aparte de mi amiga, ella cambió bruscamente de registro y empezó a quejarse del niño: es aplicado pero lento, exclamó, en la escuela dicen que es desordenado. Me llamó mucho la atención que se pusiera a hablar sin ternura, casi con rencor, como si su hijo se comportara de ese modo para fastidiarla, y eso me angustió. Su compañero debió de notarlo, ya que intervino; presumió de sus dos chicos, de catorce y dieciocho años, bromeó sobre cuánto gustaban los dos a las mujeres jóvenes y a las maduras. Cuando Nino regresó a mi lado, los dos hombres —sobre todo Augustin— empezaron a echar pestes sobre la mayoría de los ponentes. Colombe se entrometió casi de inmediato con una alegría un tanto artificial. Las murmuraciones no tardaron en crear un vínculo; Augustin habló y bebió mucho durante toda la noche, su compañera reía en cuanto Nino lograba abrir la boca. Nos invitaron a ir con ellos a París en su coche.

La conversación sobre los hijos y aquella invitación a la que no dijimos ni sí ni no, hicieron que pusiera otra vez los pies en la tierra. Hasta ese momento, Dede y Elsa me habían venido a la cabeza sin cesar, e incluso Pietro, pero como suspendidos en un universo paralelo, inmóviles alrededor de la mesa de la cocina de Florencia, o delante del televisor, o en sus camas. De golpe, mi mundo y el de ellos se volvieron a comunicar. Me di cuenta de que los días en Montpellier estaban a punto de tocar a su fin, y que, inevitablemente, Nino y yo regresaríamos a nuestras casas y tendríamos que enfrentarnos a nuestras respectivas crisis conyugales, yo en Florencia, él en Nápoles. El cuerpo de las niñas se unió otra vez al mío y noté su contacto con violencia. Llevaba cinco días sin saber nada de mis hijas y al tomar conciencia de ello sentí unas fuertes náuseas; la nostalgia se hizo insoportable. Tuve miedo, no del futuro en general, que ya parecía imprescindiblemente ocupado por Nino, sino de las horas que llegarían, del mañana, del pasado mañana. No pude resistirme y, aunque eran casi las doce de la noche —qué importancia tiene, me dije, Pietro siempre está despierto—, llamé.

Fue algo bastante laborioso, pero al final conseguí línea. Diga. Diga, repetí. Sabía que al otro lado estaba Pietro, lo llamé por su nombre: Pietro, soy Elena, cómo están las niñas. Se cortó la comunicación. Esperé unos minutos, y pedí a la centralita que llamara otra vez. Estaba decidida a insistir toda la noche, aunque en esta ocasión Pietro contestó.

—¿Qué quieres?

—¿Qué tal las niñas?

—Duermen.

—Ya lo sé, pero ¿cómo están?

—Qué te importa.

—Son mis hijas.

—Las has abandonado, ya no quieren ser tus hijas.

—¿Te lo han dicho?

—Se lo han dicho a mi madre.

—¿Has mandado llamar a Adele?

—Sí.

—Diles que vuelvo dentro de unos días.

—No hace falta. Ni yo, ni las niñas, ni mi madre queremos volver a verte.

4

Me eché a llorar, luego me calmé y me reuní con Nino. Quería contarle lo de la conversación telefónica, quería que me consolara. Pero cuando iba a llamar a su habitación, lo oí hablar con alguien. Vacilé. Estaba al teléfono, no entendía qué decía, ni en qué lengua hablaba, pero enseguida pensé que hablaba con su mujer. ¿De modo que eso era lo que ocurría todas las noches? Cuando yo me iba a mi habitación a prepararme para ir a la suya y él se quedaba solo, ¿llamaba a Eleonora? ¿Estarían buscando la manera de separarse sin conflictos? ¿O se estaban reconciliando y una vez concluido el paréntesis de Montpellier ella se lo quedaría otra vez?

Me decidí y llamé. Nino se interrumpió, silencio; luego siguió hablando, pero en voz más baja. Me puse nerviosa, llamé otra vez, no pasó nada. Tuve que llamar por tercera vez y con fuerza para que me abriera. Cuando lo hizo, me enfrenté a él enseguida; le eché en cara que me ocultaba ante su mujer, le grité que había telefoneado a Pietro, que mi marido no quería dejarme ver a mis hijas, que yo estaba cuestionando mi vida entera y él, en cambio, arrullaba a Eleonora por teléfono. Fue una noche de discusiones, nos costó reconciliarnos. Nino trató de calmarme por todos los medios: reía nerviosamente, se enfadaba con Pietro por cómo me había tratado, me besaba, yo lo rechazaba, él murmuraba que estaba loca. Pero por más que le insistiera, nunca reconoció que hablaba con su mujer; al contrario, juró por su hijo que desde el día en que se había marchado de Nápoles no tenía noticias de ella.

—Entonces, ¿con quién hablabas?

—Con un colega que está en este hotel.

—¿A las doce de la noche?

—A las doce de la noche.

—Mentiroso.

—Es la verdad.

Me negué durante un buen rato a hacer el amor, no podía, temía que hubiera dejado de quererme. Después cedí para no tener que pensar que todo había terminado.

A la mañana siguiente, por primera vez después de casi cinco días de convivencia, me desperté malhumorada. Había que regresar, el congreso estaba a punto de concluir. Pero no quería que Montpellier fuese un paréntesis, temía regresar a casa, me daba miedo que Nino regresara a la suya, temía perder para siempre a las niñas. Cuando Augustin y Colombe nos invitaron de nuevo a ir con ellos en coche hasta París y se ofrecieron incluso a alojarnos, se lo pregunté a Nino con la esperanza de que él también quisiera aprovechar la ocasión para prolongar el viaje, demorar el regreso. Pero él negó desolado con la cabeza, dijo: imposible, tenemos que regresar a Italia, y habló de aviones, de billetes, de trenes, de dinero. En mi fragilidad, sentí decepción y rencor. No me equivocaba, pensé, me mintió, la ruptura con su mujer no es definitiva. Había hablado con ella todas las noches, se había comprometido a regresar a casa al terminar el congreso, no podía demorarse ni siquiera un par de días. ¿Y yo?

Me acordé de la editorial de Nanterre y de mi relato breve y sesudo sobre la invención de la mujer por parte del hombre. Hasta ese momento no había hablado de lo mío con nadie, ni siquiera con Nino. Había sido la mujer sonriente, aunque casi siempre muda, que se acostaba con el brillante profesor de Nápoles, la mujer siempre pegada a él, atenta a sus exigencias, a sus pensamientos. Y dije con fingida alegría: Nino tiene que regresar, pero yo tengo un compromiso en Nanterre; está a punto de publicarse —o quizá ya se ha publicado— un trabajo mío, un texto a medio camino entre el ensayo y el relato; casi que aprovecho y me voy con vosotros, así paso por la editorial. Los dos me miraron como si justo en ese momento yo hubiera empezado a existir, y me preguntaron a qué me dedicaba. Les conté, y en la conversación me enteré de que Colombe conocía bien a la señora que gestionaba la editorial pequeña pero, como descubrí en ese momento, prestigiosa. Me dejé llevar, hablé con demasiada intensidad y quizá exageré un poco con mi carrera literaria. Pero no lo hice por los dos franceses, sino por Nino. Quise recordarle que tenía una vida propia llena de satisfacciones, que si había sido capaz de abandonar a mis hijas y a Pietro, también podía prescindir de él, y no al cabo de una semana, ni de diez días: enseguida.

Él se quedó escuchando, y luego dijo serio a Colombe y Augustin: de acuerdo, si para vosotros no es molestia, aceptamos la invitación e iremos con vosotros en el coche. Sin embargo, cuando nos quedamos solos me soltó un discurso nervioso en el tono y apasionado en el contenido, cuya esencia era que debía fiarme de él, que a pesar de que nuestra situación era complicada, la resolveríamos, pero para ello debíamos regresar a casa, no podíamos huir de Montpellier a París y luego a saber a qué otra ciudad; era preciso que nos enfrentáramos a nuestros cónyuges y nos fuéramos a vivir juntos. De golpe lo noté no solo razonable sino sincero. Me quedé confundida, lo abracé, murmuré: de acuerdo. Así y todo nos fuimos igualmente a París; yo quería unos días más.

5

Hicimos un largo viaje, soplaba un viento fuerte, llovía a ratos. El paisaje era de una palidez incrustada de herrumbre, pero el cielo se abría a tramos y todo se volvía brillante, empezando por la lluvia. Me abracé a Nino todo el tiempo, a veces me quedaba dormida sobre su hombro, otra vez, y con deleite, me sentí mucho más allá de mis confines. Me gustaba la lengua extranjera que resonaba en el habitáculo del coche, me gustaba estar yendo hacia un libro que había escrito en italiano y que, gracias a Mariarosa, salía por primera vez a la luz en otro idioma. Qué hecho extraordinario, cuántas cosas asombrosas me pasaban. Sentí aquel librito como una piedra mía lanzada con una trayectoria imprevisible, a una velocidad que no tenía comparación con la de las piedras que de pequeñas Lila y yo lanzábamos contra las bandas de chicos.

Pero el viaje no fue siempre bien, a ratos me entristecía. Además, enseguida tuve la impresión de que Nino le hablaba a Colombe con un tono que no usaba con Augustin, sin contar que le tocaba demasiado a menudo el hombro con la punta de los dedos. Poco a poco mi malhumor fue en aumento, vi que los dos se tomaban muchas confianzas. Cuando llegamos a París ya estaban en óptimas relaciones, los dos charlaban sin parar, ella se reía a menudo arreglándose el pelo con un gesto instintivo.

Augustin vivía en un bonito apartamento en el canal Saint-Martin, al que Colombe se había mudado hacía poco. Ni siquiera después de que nos indicaran nuestra habitación, nos dejaron ir a la cama. Me pareció que temían quedarse solos, sus charlas no terminaban nunca. Estaba cansada y nerviosa; yo había querido ir a París y ahora me parecía absurdo encontrarme en aquella casa, entre extraños, con Nino que apenas me prestaba atención, lejos de mis hijas. Una vez en nuestra habitación le pregunté:

—¿Te gusta Colombe?

—Es simpática.

—Te he preguntado si te gusta.

—¿Quieres pelea?

—No.

—Entonces piensa un poco. ¿Cómo puede gustarme Colombe si es a ti a quien quiero?

Me asustaba cuando adoptaba un tono ligeramente áspero, temía verme en la necesidad de reconocer que algo no funcionaba entre nosotros. Se muestra amable con quien ha sido amable con nosotros, me dije, y me quedé dormida. No obstante, dormí mal. En un momento dado tuve la impresión de estar sola en la cama; intenté despertarme, pero me hundí otra vez en el sueño. Regresé a la superficie no sé cuánto tiempo después. Nino estaba de pie en la oscuridad o eso me pareció. Duerme, dijo. Volví a quedarme dormida.

Al día siguiente nuestros anfitriones nos acompañaron a Nanterre. Durante todo el viaje Nino siguió bromeando con Colombe, hablando con indirectas. Me esforcé por no hacer caso. ¿Cómo podía pensar en irme a vivir con él si tenía que dedicarme a vigilarlo? Cuando llegamos a nuestro destino y también se mostró sociable y seductor con la amiga de Mariarosa, propietaria de la editorial, y su socia —una rondaba los cuarenta y la otra, los sesenta, ambas distaban mucho de tener la gracia de la compañera de Augustin—, suspiré aliviada. No hay malicia, concluí, trata así a todas las mujeres. Y al final volví a sentirme bien.

Las dos señoras me agasajaron mucho y preguntaron por Mariarosa. Supe que mi relato estaba en las librerías desde hacía poco pero ya habían salido un par de reseñas. La señora mayor me las enseñó; ella misma parecía asombrada de lo bien que se hablaba de mí y destacó ese aspecto dirigiéndose a Colombe, Augustin y Nino. Leí los artículos, dos líneas por aquí, cuatro por allá. Los firmaban dos mujeres —nunca las había oído nombrar, pero Colombe y las dos señoras, sí—, y realmente elogiaban el libro sin reservas. Debería haberme sentido satisfecha; el día anterior me había visto obligada a adularme yo sola y ahora ya no necesitaba hacerlo. Sin embargo, descubrí que no lograba entusiasmarme. Desde que amaba a Nino y él me amaba a mí, era como si ese amor convirtiera todo lo bueno que me estaba ocurriendo y que me ocurriría en un mero y agradable efecto secundario. Mostré mi satisfacción con mesura y musité pálidos síes a los planes de promoción de mis editoras. Deberá regresar pronto, exclamó la mujer mayor, o al menos eso esperamos. La más joven añadió: Mariarosa nos ha hablado de su crisis matrimonial, ojalá pueda superarla sin demasiado dolor.

Así descubrí que la noticia de mi ruptura con Pietro no solo había afectado a Adele, sino que había llegado a Milán e incluso a Francia. Mejor así, pensé, eso facilitará que la separación sea definitiva. Y me dije: cogeré lo que me toca, y no debo vivir con miedo de perder a Nino, no debo preocuparme por Dede y Elsa. Soy afortunada, él me amará siempre, mis hijas son mis hijas, todo se arreglará.

6

Regresamos a Roma. Nos despedimos con mil juramentos, no hicimos más que jurar. Después Nino se marchó a Nápoles y yo a Florencia.

Entré en casa casi de puntillas, convencida de que me esperaba una de las pruebas más difíciles de mi vida. Pero las niñas me recibieron con una alegría alarmada y empezaron a seguirme por la casa —no solo Elsa, también Dede—, como si temieran que si me perdían de vista, volviera a desaparecer; Adele fue amable y no mencionó siquiera una vez la situación que la había llevado a mi casa; Pietro, palidísimo, se limitó a entregarme una hoja con la lista de quienes me habían telefoneado (destacaba nada menos que cuatro veces el nombre de Lila), gruñó que tenía un viaje de trabajo, y dos horas más tarde había desaparecido sin despedirse de su madre ni de las niñas.

Hicieron falta unos días para que Adele expresara su opinión con claridad: quería que yo recobrara la razón y regresara con mi marido. En cambio, hicieron falta unas semanas para que ella se convenciera de que yo no tenía la intención de hacer ni lo uno ni lo otro. En ese lapso jamás levantó la voz, jamás perdió la calma, ni una vez ironizó sobre mis frecuentes y largas conversaciones telefónicas con Nino. Se interesó más bien por las llamadas de las dos señoras de Nanterre, que me informaban de los progresos del libro y de un calendario de encuentros que me llevaría a viajar por Francia. No se asombró de las reseñas favorables de los periódicos franceses, apostó a que el texto despertaría el mismo interés en Italia, dijo que en nuestros periódicos ella conseguiría un mayor eco. Sobre todo elogió con insistencia mi inteligencia, mi cultura, mi coraje, y en ningún caso defendió a su hijo al que, por otra parte, no se le vio más el pelo.

Descarté que Pietro tuviese compromisos laborales fuera de Florencia. En cambio, me convencí enseguida, con rabia y una pizca de desprecio, de que había dejado en manos de su madre la resolución de nuestra crisis para encerrarse en alguna parte a trabajar en su libro interminable. En cierta ocasión no supe contenerme y le dije a Adele:

—Ha sido realmente difícil vivir con tu hijo.

—No hay hombre con el que no lo sea.

—Créeme, con él ha sido particularmente difícil.

—¿Piensas que con Nino te irá mejor?

—Sí.

—Me he informado, los rumores que corren sobre él en Milán son muy feos.

—No necesito los rumores de Milán. Lo quiero desde hace veinte años y ya puedes ahorrarte los chismes. Sé de él más que nadie.

—Cómo te gusta decir que lo quieres.

—¿Por qué no debería gustarme?

—Tienes razón, ¿por qué? Me he equivocado. Es inútil querer abrirle los ojos a una persona enamorada.

A partir de ese momento no mencionamos más a Nino. Y cuando le dejé a las niñas para irme corriendo a Nápoles, ni siquiera pestañeó. Tampoco pestañeó cuando a mi regreso de Nápoles le dije que tenía que irme enseguida una semana a Francia. Se limitó a preguntarme con una leve entonación irónica:

—¿Estarás por Navidad? ¿Te quedarás con las niñas?

La pregunta casi me ofendió.

—Claro —contesté.

Llené la maleta sobre todo con ropa interior y trajes elegantes. Ante el anuncio de mi nuevo viaje, Dede y Elsa, que nunca preguntaban por el padre pese a que llevaban bastante sin verlo, reaccionaron fatal. Dede llegó a gritarme palabras que, seguramente, no eran suyas; dijo: está bien, vete, eres fea y antipática. Lancé una mirada a Adele esperando que se afanara por distraerlas y jugar con ellas, pero no hizo nada. Cuando me vieron salir por la puerta se echaron a llorar. Elsa empezó primero, gritó: quiero ir contigo.

Dede resistió, se esforzó por mostrarme toda su indiferencia, tal vez incluso su desprecio, pero al final cedió y se desesperó aún más que su hermana. Tuve que arrancarme de su lado, me agarraban del vestido, querían que soltara la maleta. Su llanto me siguió hasta la calle.

El viaje a Nápoles se me hizo interminable. Al aproximarnos a la ciudad, me asomé a la ventanilla. A medida que el tren aminoraba la marcha y entraba en la zona urbana, aumentaba mi agotamiento nervioso. Observé con desagrado el extrarradio, más allá de las vías, sus edificios grises, las torres de alta tensión, las luces de los semáforos, los parapetos de piedra. Cuando el tren entró en la estación me pareció que ahora Nino compendiaba la Nápoles a la que me sentía unida, la Nápoles a la que estaba regresando. Eleonora lo había echado de casa, para él también todo se había vuelto provisional. Desde hacía unas semanas estaba instalado en casa de un colega de la universidad que vivía muy cerca de la catedral. ¿Adónde me llevaría, qué haríamos? Y sobre todo, ¿qué decisiones tomaríamos, dado que no nos habíamos planteado ni una sola hipótesis sobre la solución concreta a nuestra situación? Lo único que tenía claro era que ardía en deseos de volver a verlo. Bajé del tren temiendo que algo le hubiera impedido ir a recogerme al andén. Pero ahí estaba: con su altura destacaba en el flujo de viajeros.

Eso me tranquilizó, y me tranquilizó aún más que hubiera reservado una habitación en un hotelito de Mergellina, con lo que demostraba no tener la menor intención de mantenerme oculta en casa de su amigo. Estábamos locos de amor, el tiempo pasó volando. Por la noche caminamos bien apretados por el paseo marítimo, me rodeaba los hombros con un brazo, de vez en cuando se inclinaba para besarme. Por todos los medios traté de convencerlo para que viajara conmigo a Francia. Se dejó tentar, aunque se echó atrás, se atrincheró en su trabajo de la universidad. No habló de Eleonora ni de Albertino, como si con solo mentarlos pudiera malograr nuestra alegría de estar juntos. En cambio, yo le hablé de la desesperación de las niñas; le dije que necesitaba encontrar una solución lo antes posible. Lo noté nervioso; yo estaba muy sensible a la menor tensión, tenía miedo de que de un momento a otro me dijese: no aguanto más, me vuelvo a mi casa. Pero estaba equivocada. Cuando fuimos a cenar me reveló cuál era el problema. De improviso se puso serio y dijo que tenía una noticia desagradable.

—Cuéntame —murmuré.

—Esta mañana me ha llamado Lina.

—Ah.

—Quiere vernos.

7

La velada se fue al traste. Nino dijo que mi suegra le había contado a Lila que yo estaba en Nápoles. Se expresó con mucha vergüenza, eligiendo cuidadosamente las palabras, subrayando datos como: no tenía mi dirección; le pidió a mi hermana el número de la casa de mi colega; me telefoneó cuando estaba a punto de salir a recogerte a la estación; no te lo he dicho enseguida porque temía que te enfadaras y nos arruináramos el día. Y concluyó desolado:

—Ya sabes cómo es Lina, no pude decirle que no. Tenemos una cita con ella, mañana a las once, nos esperará en la entrada del metro de la piazza Amedeo.

No supe controlarme.

—¿Desde cuándo habéis retomado el contacto? ¿Os habéis visto?

—¿Qué dices? De ninguna manera.

—No te creo.

—Elena, te juro que no he hablado con Lina ni la he visto desde 1963.

—¿Sabías que el niño no era tuyo?

—Me lo ha dicho esta mañana.

—O sea que habéis hablado largo y tendido y de cosas íntimas.

—Fue ella la que sacó a colación a su hijo.

—¿Y en todo este tiempo a ti nunca te entró la curiosidad por saber más?

—Es un problema mío, no veo la necesidad de hablar de él.

—Ahora tus problemas también son míos. Tenemos muchísimas cosas que decirnos, disponemos de poco tiempo y no he dejado a mis hijas para desperdiciarlo con Lina. ¿Cómo se te ha ocurrido fijar esta cita?

—Pensé que te haría ilusión. De todas maneras, ahí tienes su teléfono: llama a tu amiga y dile que estamos ocupados, que no puedes verla.

Ya estaba, de repente se había exasperado, me callé. Sí, sabía cómo era Lila. Desde mi regreso a Florencia me había telefoneado a menudo, aunque yo tenía otras cosas en que pensar y no solo le había colgado siempre sino que le había rogado a Adele —si llegaba a contestar ella— que le dijera que no estaba en casa. Pero Lila nunca desistía. De modo que era probable que se hubiera enterado por Adele de mi estancia en Nápoles, era probable que hubiera dado por descontado que no iría al barrio, era probable que, con tal de verme, hubiera buscado la manera de ponerse en contacto con Nino. ¿Qué había de malo? Y sobre todo, ¿qué pretendía yo? Sabía desde siempre que él había querido a Lila y que Lila lo había querido a él. ¿Entonces? Aquello había ocurrido hacía mucho tiempo y ponerme celosa estaba fuera de lugar. Le acaricié despacio una mano, y murmuré: de acuerdo, mañana iremos a la piazza Amedeo.

Comimos, fue él quien se explayó hablando de nuestro futuro. Nino me hizo prometer que solicitaría la separación en cuanto regresara de Francia. Entretanto me aseguró que ya se había puesto en contacto con un abogado amigo suyo y que, aunque todo era complicado y seguramente Eleonora y sus padres no le facilitarían las cosas, estaba decidido a llegar hasta el final. Ya sabes, dijo, aquí en Nápoles estas cosas son más difíciles; en cuanto a la mentalidad anticuada y los malos modales, los padres de mi mujer no son muy distintos de los míos o los tuyos, aunque tengan dinero y sean profesionales de alto rango. Y como para explicarse mejor, pasó a hablar bien de mis suegros. Desgraciadamente, exclamó, ni tú ni yo tenemos mucho que ver con gente respetable como los Airota, a los que definió como personas de grandes tradiciones culturales, de admirable educación.

Yo lo escuchaba, pero Lila ya se había instalado entre nosotros, sentada a nuestra mesa, y no conseguí alejarla. Mientras Nino hablaba, me acordé de los líos en los que se había metido para estar con él, sin importarle lo que hubiera podido hacer Stefano, o su hermano, o Michele Solara. Y por una fracción de segundo la mención de sus padres me devolvió a Ischia, a la noche en la playa dei Maronti —Lila con Nino en Forio, yo en la arena húmeda con Donato— y sentí pánico. Este, pensé, es un secreto que jamás podré desvelarle. Cuántas palabras permanecen sin pronunciar incluso en una pareja que se ama, y qué elevado es el riesgo de que otros la destruyan pronunciándolas. Su padre y yo, él y Lila. Me sustraje a la repulsión, hablé de Pietro, de cuánto estaba sufriendo. Nino se enardeció, le tocó a él ponerse celoso, traté de tranquilizarlo. Exigió cortar por lo sano, poner punto final; yo también lo exigí, nos parecía indispensable para iniciar una nueva vida. Hablamos de cuándo y dónde. Inevitablemente, el trabajo ataba a Nino a Nápoles, las niñas me ataban a Florencia.

—Vuelve a instalarte aquí —me dijo de pronto él—, trasládate lo antes posible.

—Imposible, Pietro tiene que ver a las niñas.

—Os turnáis, una vez se las llevas tú, otra viene él.

—No aceptará.

—Aceptará.

Y de ese modo la velada se pasó volando. Cuantas más vueltas le dábamos al tema, más complicado nos parecía; cuanto más imaginábamos nuestra vida juntos —cada día, cada noche—, más nos deseábamos y las dificultades desaparecían. Mientras tanto en el restaurante vacío los camareros cuchicheaban entre ellos, bostezaban. Nino pagó y regresamos al paseo marítimo, todavía muy animado. Por un instante, mientras miraba el agua oscura y notaba el olor, tuve la sensación de que el barrio estaba mucho más lejos que cuando me había marchado a Pisa, a Florencia. De pronto, también Nápoles me pareció muy lejos de Nápoles. Y Lila de Lila. Sentí que a mi lado no la tenía a ella sino a mis propias ansiedades. Cercanos, muy cercanos, solo estábamos Nino y yo. Le murmuré al oído: vámonos a dormir.

8

Al día siguiente me levanté temprano y me encerré en el cuarto de baño. Me di una larga ducha, me sequé el pelo con cuidado; temía que con el secador del hotel, que tenía un chorro de aire muy fuerte, cogiera mala forma. Poco antes de las diez desperté a Nino que, todavía aturdido por el sueño, elogió mucho mi vestido. Intentó echarme a su lado, me solté. Por más que me esforzase en hacer como si nada, me costaba perdonarlo. Había transformado nuestro nuevo día de amor en el día de Lila y ahora el tiempo estaba por completo marcado por ese encuentro inminente.

Lo llevé a desayunar, me siguió sumiso. No se rió, no se burló de mí; rozándome el pelo con la punta de los dedos dijo: estás estupenda. Evidentemente percibía mi alarma. No era para menos, mi temor era que Lila acudiera a la cita con su mejor aspecto. Yo era como era, ella era elegante por naturaleza. Para colmo, volvía a disponer de dinero; si se lo proponía, podía cuidarse como había hecho de jovencita con el dinero de Stefano. No quería que Nino quedase otra vez cautivado por ella.

Salimos sobre las diez y media, soplaba un viento frío. Fuimos andando sin prisas en dirección a la piazza Amedeo; tiritaba pese a que llevaba un grueso abrigo y a que él me ceñía los hombros. Nunca mencionamos a Lila.

Nino me habló de un modo un tanto artificial de cuánto había mejorado Nápoles con el nuevo alcalde comunista y me presionó otra vez para que las niñas y yo nos reuniéramos con él. Me mantuvo apretada durante todo el recorrido y esperé que siguiera haciéndolo hasta la estación del metro. Deseaba que Lila estuviera ya en la entrada y nos viera de lejos, nos encontrara hermosos, se viera obligada a pensar: es una pareja perfecta. Pero a pocos metros del lugar de la cita, me soltó y encendió un cigarrillo. Instintivamente le aferré la mano, se la apreté con fuerza, entramos así en la plaza.

No vi enseguida a Lila, y por un instante abrigué la esperanza de que no acudiera a la cita. Pero oí que me llamaba, me llamaba con su habitual tono imperativo, como si no pudiera considerar siquiera la posibilidad de que yo no la oyera, que no me volviera, que no obedeciera a su voz. Estaba en la entrada del bar frente a la bajada al metro, las manos hundidas en los bolsillos de un feo abrigo marrón, más delgada que de costumbre, un tanto encorvada, el pelo, de un negro reluciente entreverado de mechones de plata, recogido en una cola de caballo. Me pareció la Lila de siempre, la Lila adulta, la marcada por la experiencia en la fábrica: no había hecho nada por arreglarse. Me abrazó con fuerza, un intenso apretón al que correspondí sin energía, luego me besó en las mejillas con dos chasquidos y una alegre carcajada. A Nino le dio la mano distraídamente.

Entramos en el bar y nos sentamos; ella habló casi todo el rato, como si estuviéramos solas. Vio la hostilidad reflejada en mi cara y la encaró enseguida, y riendo me dijo con tono afectuoso: de acuerdo, me he equivocado, te has ofendido, pero ya basta, hay que ver qué quisquillosa te has vuelto, ya sabes que me gusta todo de ti, hagamos las paces.

Me escapé por la tangente con tibias sonrisitas, no dije ni que sí ni que no. Se había sentado frente a Nino, pero en ningún momento le lanzó una mirada, no le dirigió ni media palabra. Estaba ahí por mí; en un momento dado me agarró de la mano y yo la aparté despacio. Quería que nos reconciliáramos, apuntaba a instalarse otra vez en mi vida, pese a que no compartía el rumbo que yo le estaba dando. Me di cuenta por la forma en que me hacía una pregunta tras otra sin prestar atención a las respuestas. Estaba tan deseosa de ocupar otra vez todos mis rincones, que en cuanto tocaba un tema pasaba enseguida al siguiente.

—¿Qué tal con Pietro?

—Mal.

—¿Y tus hijas?

—Están bien.

—¿Te divorciarás?

—Sí.

—¿Y os iréis los dos a vivir juntos?

—Sí.

—¿Dónde, en qué ciudad?

—No lo sé.

—Vuelve a vivir aquí.

—Es complicado.

—Ya te busco yo un apartamento.

—Si fuera necesario, ya te lo diría.

—¿Escribes?

—He publicado un libro.

—¿Otro?

—Sí.

—Nadie ha hablado de él.

—Por ahora solo ha salido en Francia.

—¿En francés?

—Claro.

—¿Una novela?

—Un relato, pero con reflexiones.

—¿De qué habla?

Fui vaga, cambié de tema. Preferí preguntar por Enzo, Gennaro, el barrio, su trabajo. Sobre su hijo puso una cara divertida, me anunció que lo vería dentro de poco, todavía estaba en el colegio pero llegaría con Enzo y había también una bonita sorpresa. Sin embargo, al referirse al barrio adoptó un aire displicente. Aludiendo a la fea muerte de Manuela Solara y al caos que se había desatado dijo: nada del otro mundo, la gente muere asesinada como en todas partes de Italia. A continuación y, sorprendentemente, se refirió a mi madre; elogió su energía y su iniciativa, aunque conocía bien nuestra relación conflictiva. Y, más sorprendente aún, se mostró afectuosa con sus padres; subrayó que estaba ahorrando para comprar la casa donde vivían desde siempre, así estarían tranquilos. Me hace ilusión —comentó como si tuviese que justificarse por aquel arranque de generosidad—, nací ahí, le tengo cariño, y si Enzo y yo nos esforzamos, podemos rescatarla. Trabajaba hasta doce horas al día, y no solo para Michele Solara, sino para otros clientes. Estoy estudiando —me contó— una nueva máquina, el sistema treinta y dos, mucho mejor que el que te enseñé cuando fuiste a Acerra; es como una caja blanca con una pantalla muy muy pequeñita, de seis pulgadas, teclado e impresora incorporada. Habló sin parar de los sistemas más avanzados que llegarían. Estaba muy informada; como de costumbre, se entusiasmaba con las novedades y al cabo de unos días se cansaba de todo. Según ella, la nueva máquina tenía su belleza. Lástima, dijo, que alrededor, más allá de la máquina, solo hay mierda.

Fue entonces cuando intervino Nino, que hizo justo lo contrario a lo que yo había hecho hasta ese momento: empezó a darle información detallada. Habló con fervor de mi libro, dijo que de un momento a otro se publicaría también en Italia, citó el consenso de las reseñas francesas, subrayó que tenía muchos problemas con mi marido y mis hijas, habló de la ruptura con su mujer, recalcó que no había otra solución que vivir en Nápoles, la animó incluso a buscarnos una casa, le planteó un par de preguntas apropiadas sobre su trabajo y el de Enzo.

Yo lo escuchaba, no sin cierta inquietud. Se expresó de un modo distante, para demostrarme que, primero, realmente no había visto antes a Lila; y segundo, que ella ya no tenía ninguna influencia sobre él. Y en ningún momento utilizó el tono seductor que había usado con Colombe y que le salía espontáneamente con las mujeres. No inventó expresiones almibaradas, no la miró a los ojos, no la tocó; su voz cobró algo de calidez solo cuando me elogiaba.

Eso no impidió que me acordara de la playa de Citara, de cómo Lila y él habían utilizado los más variados argumentos para alcanzar una sintonía y excluirme. Pero me pareció que en esa ocasión ocurría lo contrario. Incluso cuando se plantearon preguntas y las respondieron, lo hicieron ignorándose y dirigiéndose a mí como si yo fuera su única interlocutora.

Discutieron de ese modo durante una media hora larga sin ponerse de acuerdo en nada. Me sorprendió en especial el empeño que ponían en destacar sus divergencias sobre Nápoles. Mis conocimientos políticos ya no eran los de antes; el cuidado de las niñas, la investigación para preparar mi libro, su redacción, y sobre todo el terremoto de mi vida privada me habían obligado a aparcar incluso la lectura de la prensa. En cambio, ellos lo sabían todo de todos. Nino enumeró los nombres de comunistas y socialistas napolitanos que conocía bien, de quienes se fiaba. Alabó a la administración por fin honrada, al frente de la cual había un alcalde al que definió como respetable, simpático, ajeno al robo de siempre. Concluyó: ahora, por fin, hay buenos motivos para vivir y trabajar aquí, esta es una gran ocasión, hay que estar presentes. Pero Lila ironizó sobre lo que él decía. Nápoles, dijo, es el mismo asco de siempre y si no se da una buena lección a monárquicos, fascistas y democristianos por todas las porquerías que hicieron, es más, si les echamos tierra como está haciendo la izquierda, se quedarán otra vez con la ciudad los tenderos —soltó una risa estridente tras pronunciar esa palabra—, la burocracia municipal, los abogados, los aparejadores, los bancos y los camorristas. Me di cuenta enseguida de que también me habían puesto en el centro de esa discusión. Los dos querían que regresara a Nápoles, pero ambos tendían abiertamente a sustraerme a la influencia del otro y presionaban para que me trasladase pronto a la ciudad que cada uno de ellos imaginaba; la imaginada por Nino había recuperado la tranquilidad y el buen gobierno; la imaginada por Lila, se vengaba de todos los saqueadores, le importaban un carajo los comunistas y socialistas, y empezaba de cero.

Los observé durante todo el tiempo. Me impresionó el hecho de que cuanto más desembocaba la conversación hacia temas complejos, más tendía Lila a exhibir su italiano secreto, algo de lo que la sabía capaz, pero que en esa ocasión me sorprendió mucho, porque cada frase la mostraba más culta de lo que quería aparentar. Me impactó que Nino, normalmente brillante, muy seguro de sí mismo, eligiera las palabras con cautela, y que a veces pareciera intimidado. Los dos se sienten incómodos, pensé. En el pasado se mostraron el uno a la otra sin velos, y ahora se avergüenzan de haberlo hecho. ¿Qué está pasando en este momento? ¿Me están engañando? ¿Se están batiendo de veras por mí o solo intentan mantener controlada su antigua atracción? No tardé en dar muestras de impaciencia a propósito. Lila se dio cuenta, se levantó y desapareció como si fuera al lavabo. Yo no dije una palabra, temía ser agresiva con Nino; él también guardó silencio. Cuando Lila regresó, exclamó alegre:

—Andando, ya es hora, vamos a ver a Gennaro.

—No podemos —dije—, tenemos un compromiso.

—Mi hijo te tiene mucho cariño, lo sentirá.

—Salúdalo de mi parte, dile que yo también lo quiero.

—Hemos quedado en la piazza dei Martiri, solo serán diez minutos, saludamos a Alfonso y os marcháis.

La miré fijamente, ella entrecerró enseguida los ojos como para ocultarlos. ¿De manera que ese era el plan? ¿Quería arrastrar a Nino a la antigua zapatería de los Solara, quería que regresara al lugar donde se habían amado clandestinamente durante casi un año?

Contesté con media sonrisa: no, lo siento, tenemos que irnos. Y lancé una mirada a Nino, que enseguida le hizo señas al camarero para pagar. Lila dijo: ya he pagado yo, y mientras él protestaba, se dirigió otra vez a mí insistiendo con tono cautivador:

—Gennaro no viene solo, lo trae Enzo. Y con ellos viene otra persona que se muere de ganas de verte, sería muy feo que te fueras sin saludarla.

La persona era Antonio Cappuccio, mi novio de la adolescencia, al que los Solara habían hecho regresar deprisa y corriendo de Alemania después del asesinato de su madre.

9

Lila me contó que Antonio había regresado para el funeral de Manuela, solo, casi irreconocible de tan flaco. A los pocos días había alquilado una casa en el barrio, muy cerca de Melina, que vivía con Stefano y Ada; después mandó llamar a su mujer alemana y a sus tres hijos. De modo que era cierto que se había casado y tenía niños. Fragmentos lejanos de vida se unieron en mi cabeza. Antonio era una parte importante del mundo del que yo provenía, las palabras con las que Lila lo describían atenuaron el peso de aquella mañana, me sentí más ligera. Le murmuré a Nino: nos quedamos poco rato, ¿de acuerdo? Él se encogió de hombros y nos fuimos hacia la piazza dei Martiri.

Durante el trayecto, mientras íbamos por la via dei Mille y la via Filangieri, Lila se adueñó de mí, y mientras Nino nos seguía cabizbajo, con las manos en los bolsillos, seguramente de mal humor, ella me habló con la confianza de siempre. Me dijo que, en cuanto pudiera, debía conocer a la familia de Antonio. Me hizo una descripción muy vívida de su mujer y sus hijos. Ella era guapísima, más rubia que yo, y los tres niños también eran rubios, ninguno de los tres había salido al padre, que era de piel oscura como un sarraceno; cuando los cinco caminaban por la avenida, la mujer y los niños blanquísimos, con aquellas cabezas resplandecientes, parecían sus prisioneros de guerra a los que paseaba por el barrio. Se rió, luego me hizo una lista de las personas que, además de Antonio, me esperaban para saludarme: Carmen —que tenía que trabajar, se quedaría unos minutos y luego se marcharía con Enzo—; Alfonso, naturalmente, que seguía al frente de la tienda de los Solara, y Marisa con sus hijos. Les dedicas unos minutos, dijo, y así se quedan contentos: te quieren mucho.

Mientras hablaba, pensé que todas esas personas a las que estaba a punto de volver a ver habrían difundido en el barrio la noticia de mi ruptura matrimonial, que llegaría también a mis padres, que mi madre se enteraría de que me había convertido en la amante del hijo de Sarratore. Pero descubrí que eso no me inquietaba, al contrario, me gustaba que mis amigos me vieran con Nino, que dijeran a mis espaldas: es una mujer que hace lo que le da la gana, ha dejado al marido y a las hijas, se ha ido con otro. Noté con sorpresa que deseaba que me asociaran oficialmente con Nino, deseaba que me vieran con él, deseaba borrar la pareja Elena-Pietro y sustituirla por la pareja Nino-Elena. Y de pronto me sentí tranquila, casi bien dispuesta a caer en la red dentro de la cual Lila quería lanzarme.

Ella enhebraba una palabra tras otra sin cesar; en un momento dado, me cogió del brazo según una vieja costumbre. Ese gesto me dejó indiferente. Quiere convencerse de que somos las de siempre, me dije, pero ya es hora de reconocer que nos hemos desgastado mutuamente, este brazo suyo es como un miembro de madera o el residuo fantasmagórico del contacto emocionante de antaño. Como contraste, me acordé del momento en que unos años antes deseé que estuviera enferma de verdad y se muriera. Entonces —pensé— pese a todo la relación seguía viva y era densa, y por tanto, dolorosa. Ahora, en cambio, había un hecho nuevo. Todo el fervor del que yo era capaz —incluso el que había alimentado aquel terrible augurio— se había concentrado en el hombre que amaba desde siempre. Lila creía conservar su antigua fuerza, poder arrastrarme con ella a donde quería. Pero, en el fondo, ¿qué había organizado, la revisitación de amores amargos y pasiones adolescentes? Lo que minutos antes se me había antojado malvado, de repente me pareció inocuo como un museo. Para mí, lo que importaba era otra cosa, le gustara o no a ella. Importábamos Nino y yo, yo y Nino, e incluso causar escándalo en el pequeño mundo del barrio me parecía una confirmación agradable de nuestra pareja. Ya no notaba a Lila, no había sangre en su brazo, era solo tela contra tela.

Llegamos a la piazza dei Martiri. Me volví hacia Nino para avisarle de que en la tienda estaba su hermana con los niños. Él murmuró algo contrariado. Apareció el cartel —Solara—, entramos y aunque todas las miradas cayeron sobre Nino, fui recibida como si estuviese sola. Marisa fue la única en dirigirse a su hermano, y ninguno de los dos se mostró feliz por el encuentro. Ella le reprochó enseguida que nunca llamaba ni se dejaba ver, exclamó: mamá está mal, papá es insoportable y a ti te importa un carajo. Él no le contestó, besó distraído a sus sobrinos y como Marisa seguía agrediéndolo, rezongó: ya tengo bastante con mis problemas, Marì, déjame en paz. Aunque a mí me llevaban de aquí para allá con afecto, no lo perdí de vista, si bien ya no sentía celos, solo temía su incomodidad. No sabía si se acordaba de Antonio, si lo reconocía, yo era la única que estaba al corriente de la paliza que mi ex novio le había dado. Vi que intercambiaban un saludo muy contenido —un movimiento de la cabeza, una leve sonrisa—, parecido al que se dedicaron él y Enzo, él y Alfonso, él y Carmen. Para Nino eran todos extraños, mi mundo y el de Lila con el que él había tenido poco o nada que ver. Después dio vueltas por la tienda fumando y nadie, ni siquiera su hermana, volvió a dirigirle la palabra. Estaba ahí, estaba presente, era el hombre por el que había dejado a mi marido. También Lila —sobre todo ella— tuvo que asimilarlo definitivamente. Ahora que todos lo habían escrutado a fondo, solo quería sacarlo de ahí y llevármelo lo antes posible.

10

En la media hora que estuve en aquel lugar se produjo un caótico choque entre el pasado y el presente: los zapatos diseñados por Lila, su foto vestida de novia, la noche de la inauguración y del aborto, ella misma que por razones propias había transformado la tienda en salón y alcoba; y la trama de hoy, con treinta años cumplidos, nuestras historias tan distintas, las voces manifiestas, las secretas.

Me mostré desenvuelta, adopté un tono alegre. Intercambié besos, abrazos y algunas palabras con Gennaro, que ya era un chico de doce años con sobrepeso y una mancha de vello oscuro en el labio superior, y unos rasgos tan similares a los de Stefano cuando era adolescente que era como si al concebirlo Lila se hubiese eliminado por completo. Me vi en la obligación de mostrarme igual de afectuosa con los niños de Marisa y con Marisa misma, que, contenta de mis atenciones, empezó con frases alusivas, frases de quien sabía el rumbo que estaba tomando mi vida. Dijo: ahora que vendrás más seguido a Nápoles, haz el favor de dejarte ver; ya sabemos que estáis ocupados, sois personas estudiosas y nosotros no, pero tendréis que encontrar un hueco.

Estaba al lado de su marido y sujetaba a los niños dispuestos a salir corriendo a la calle. Busqué inútilmente en su cara las señales de su vínculo de sangre con Nino, pero no tenía nada de su hermano, ni siquiera de su madre. Ahora que había engordado un poco se parecía más bien a Donato; de él había heredado también la locuacidad falsa con la que trataba de darme la impresión de que tenía una hermosa familia y una buena vida. Y para complacerla, Alfonso decía que sí con la cabeza, me sonreía en silencio con dientes muy blancos. Cómo me desorientó su aspecto. Estaba elegantísimo, el pelo negro muy largo atado en una cola de caballo dejaba al descubierto la gracia de sus rasgos, pero había algo en sus gestos, en su cara, que no acababa de entender, un punto inesperado que me inquietó. Era el único en aquel lugar, aparte de mí y de Nino, que había cursado estudios de señorito, estudios que —me pareció— en vez de desvanecerse con el tiempo habían entrado aún más en su cuerpo flexible, en los finos rasgos de su cara. Qué guapo era, qué educado. Marisa lo había querido a toda costa a pesar de que él la evitaba, y ahí estaban ahora: ella, que al envejecer iba asumiendo rasgos masculinos; y él, que combatía la virilidad feminizándose cada vez más, y sus dos niños, de los que se rumoreaba que eran hijos de Michele Solara. Sí, susurró Alfonso, sumándose a la invitación de su mujer, nos alegraremos mucho si venís a cenar un día. Y Marisa: ¿cuándo escribes otro libro, Lenù?, estamos esperando; pero tienes que ponerte al día, parecías cochina pero se ve que no lo suficiente, ¿has visto las cosas pornográficas que escriben hoy en día?

Aunque no mostraban simpatía alguna por Nino, los presentes no intentaron en ningún momento criticarme por ese giro sentimental en mi vida, ni siquiera con una mirada, con una sonrisita. Al contrario, mientras hacía mi ronda de abrazos y charlas, procuraron hacerme notar su afecto y su estima. Enzo me estrechó poniendo en el abrazo toda su fuerza en exceso seria, y aunque se limitara a sonreír, sin decir palabra, me pareció que dijera: decidas lo que decidas, te quiero igual. Carmen, sin embargo, me llevó casi enseguida a un rincón —estaba muy nerviosa, no hacía más que mirar el reloj— y me habló sin parar de su hermano como se hace con una autoridad buena que lo sabe todo, lo puede todo y cuyo halo ningún paso en falso puede empañar. No se refirió en ningún momento a sus hijos, a su marido, a su vida privada o a la mía. Comprendí que había cargado con todo el peso de la fama de terrorista que se había ganado Pasquale, pero solo para cambiarle de signo. En los pocos minutos que hablamos no se limitó a decir que su hermano era perseguido injustamente, sino que quiso reivindicar su valentía y su bondad. En sus ojos ardía la determinación de estar siempre y como fuera de su parte. Dijo que tenía que saber dónde localizarme, quiso mi número de teléfono y mi dirección. Tú eres una persona importante, Lenù —me susurró—, conoces a gente que podrá ayudar a Pasquale, si no me lo matan. Luego señaló a Antonio, que se mantenía apartado, a poca distancia de Enzo. Ven —le dijo con un hilo de voz—, díselo tú también. Y Antonio se acercó cabizbajo, me habló con frases tímidas cuyo sentido era: sé que Pasquale se fía de ti, fue a tu casa antes de tomar la decisión que tomó; así que si lo ves otra vez, avísale: tiene que desaparecer, que no se deje ver más el pelo en Italia; porque, ya se lo he dicho a Carmen, el problema no son los carabineros, el problema son los Solara: están convencidos de que él mató a la señora Manuela y si lo encuentran —ahora, mañana, dentro de unos años— yo no podré ayudarlo. Mientras él soltaba su discursito con tono grave, Carmen lo interrumpía sin cesar para preguntarme: ¿lo has entendido, Lenù?, vigilándome ansiosa con la mirada. Al final me abrazó, me besó, murmuró: Lina y tú sois mis hermanas, y se marchó con Enzo, tenían cosas que hacer.

Y así me quedé a solas con Antonio. Tuve la sensación de encontrarme ante dos personas en un mismo cuerpo y, sin embargo, bien diferenciadas. Era el muchacho que tiempo atrás me había estrechado en los pantanos, que me había idolatrado, cuyo intenso olor se me había quedado grabado en la memoria como un deseo nunca satisfecho de verdad. Y era el hombre de ahora, sin un gramo de grasa, de huesos grandes y piel tensa desde la cara endurecida y sin expresión hasta los pies, embutidos en unos zapatos enormes. Incómoda, dije que no conocía a nadie en condiciones de ayudar a Pasquale, que Carmen me había sobrevalorado. Pero comprendí enseguida que si la hermana de Pasquale tenía una idea exagerada de mi prestigio, la de él era aún más exagerada. Antonio murmuró que yo era modesta, como siempre, que había leído mi libro nada menos que en alemán, que me conocían en todo el mundo. Aunque había vivido mucho tiempo en el extranjero viendo y haciendo seguramente cosas feas por cuenta de los Solara, seguía siendo un chico del barrio y continuaba imaginando —o lo fingió, a saber, quizá para darme el gusto— que yo tenía poder, el poder de la gente respetable, porque poseía un título, hablaba italiano, escribía libros. Dije riendo: en Alemania habrás sido el único que compró ese libro. Y le pregunté por su mujer, por sus hijos. Contestó con monosílabos, y entretanto me llevó fuera, a la plaza. Allí dijo con amabilidad:

—Ahora debes reconocer que yo tenía razón.

—¿En qué?

—Lo querías a él y a mí solo me contabas mentiras.

—Era una niña.

—No, no eras ninguna niña. Y eras más inteligente que yo. No sabes el daño que me hiciste al dejar que creyera que estaba loco.

—Basta ya.

Se calló, me fui otra vez para la tienda. Él me siguió, me retuvo en el umbral. Durante unos segundos miró fijamente a Nino, sentado en un rincón.

—Si te hace daño también a ti, dímelo —murmuró.

—Claro —me reí.

—No te rías, he hablado con Lina. Ella lo conoce bien, dice que no debes fiarte. Nosotros te respetamos; él, no.

Lila. Mírala, utilizaba a Antonio, lo convertía en su mensajero de posibles desventuras. ¿Dónde se había metido? La vi apartada, jugando con los niños de Marisa, pero en realidad nos vigilaba amusgando los ojos como ranuras. Y a su manera de siempre los manejaba a todos: Carmen, Alfonso, Marisa, Enzo, Antonio, su hijo y los hijos de los demás, puede que incluso a los dueños de aquella tienda. Me repetí otra vez que nunca más ejercería ninguna autoridad sobre mí, que esa larga etapa había terminado. Me despedí, ella me estrechó con fuerza otra vez, como si quisiera meterme en su interior. Mientras saludaba a los presentes de uno en uno, Alfonso volvió a impresionarme, pero esta vez comprendí qué me había turbado desde la primera mirada. Lo poco que lo caracterizaba como hijo de don Achille y Maria, como hermano de Stefano y Pinuccia, había desaparecido de su cara. Ahora, misteriosamente, con el pelo largo recogido en una cola de caballo, se parecía a Lila.

11

Regresé a Florencia, hablé con Pietro de nuestra separación. Tuvimos una violenta discusión mientras Adele trataba de proteger a las niñas y tal vez a sí misma encerrándose con ellas en su dormitorio. En un momento dado nos dimos cuenta no ya de que nos estábamos excediendo, sino de que la presencia de nuestras hijas nos impedía excedernos como sentíamos la urgencia de hacer. Entonces salimos y seguimos riñendo en la calle. Cuando Pietro se fue no sé adónde —estaba furiosa, no quería volver a saber nada de él—, regresé a casa. Las niñas dormían, encontré a Adele leyendo en la cocina.

—¿Te das cuenta de cómo me trata? —le dije.

—¿Y tú?

—¿Yo?

—Sí, tú. ¿Te das cuenta de cómo lo tratas, cómo lo has tratado?

La dejé plantada y me encerré en mi dormitorio dando un portazo. Me sorprendió el desprecio que había puesto en sus palabras, me hirió. Era la primera vez que se ponía en mi contra de forma tan abierta.

Al día siguiente me fui a Francia, cargada de sentimientos de culpa por el llanto de las niñas y por los libros que debía estudiar durante el viaje. Cuanto más me concentraba en la lectura, más se me mezclaban las páginas con Nino, con Pietro, con mis hijas, con la apología de Pasquale que hizo su hermana, con las palabras de Antonio, con la mutación de Alfonso. Llegué a París tras un viaje agotador en tren y más confundida que nunca. Sin embargo, ya en la estación, cuando vi en el andén a la más joven de las dos mujeres de la editorial, me puse contenta, reencontré el placer de abrirme que había saboreado con Nino en Montpellier. En esa ocasión no hubo hoteles y aulas monumentales, todo resultó más modesto. Las dos señoras me llevaron de gira por grandes ciudades y pequeños centros, cada día un viaje, cada noche un debate en alguna librería e incluso en apartamentos privados. En cuanto a las comidas y el descanso, cocina casera, una camita, a veces un sofá.

Me cansé mucho, cuidé cada vez menos mi aspecto, adelgacé. Sin embargo, gusté a mis editoras y al público que iba a verme noche tras noche. Viajando de acá para allá, discutiendo con este y con aquella otra en un idioma que no era el mío pero que aprendí a dominar a toda velocidad; poco a poco redescubrí una aptitud de la que había dado muestra años antes con mi libro anterior: me salía espontáneamente transformar pequeños acontecimientos privados en reflexión pública. Todas las noches improvisaba con éxito partiendo de mi experiencia. Hablaba del mundo del que provenía, de la miseria y la degradación, de las furias masculinas y femeninas, de Carmen, del vínculo con su hermano, de su justificación de actos violentos que, seguramente, ella jamás habría cometido. Hablé de cómo desde que era niña había observado en mi madre y en las otras mujeres los aspectos más humillantes de la vida familiar, de la maternidad, de la sumisión a los varones. Hablé de cómo por amor a un hombre una mujer puede verse obligada a mancharse de todas las formas posibles de infamia hacia las demás mujeres, hacia los hijos. Hablé de la agotadora relación con los grupos femeninos de Florencia y Milán; de ese modo, una experiencia que había subestimado se convirtió de pronto en importante, descubrí en público cuánto había aprendido asistiendo a aquel doloroso esfuerzo de profundización. Hablé de cómo, para imponerme, había tratado siempre de ser varón en la inteligencia —me sentía inventada por los varones, colonizada por su imaginación, empezaba diciendo todas las noches—, y conté cómo había visto hacía poco a un amigo de la infancia tratar por todos los medios de transformarse para extraer una mujer de sí mismo.

Eché mano a menudo de aquella media hora transcurrida en la tienda de los Solara, pero me di cuenta de ello bastante tarde, tal vez porque no me vino a la cabeza Lila. No sé por qué motivo en ningún momento me referí a nuestra amistad. A pesar de haber sido Lila quien me arrastró a la borrasca de sus deseos y los de los amigos de nuestra infancia, quizá pensé que ella no tenía la capacidad de descifrar aquello que me había puesto delante de los ojos. ¿Veía, por ejemplo, lo que yo había visto en un momento en Alfonso? ¿Reflexionaba sobre ello? Lo descarté. Se había hundido en la lucha del barrio, se había conformado con eso. Yo, en cambio, en aquellos días en Francia me sentí en el centro del caos y, no obstante, dotada de instrumentos para reconocer sus leyes. Esta convicción, consolidada por el pequeño éxito de mi librito, me ayudó a sentir menos angustia por el futuro, como si de verdad todo aquello que era capaz de hacer cuadrar con palabras escritas y orales estuviera destinado a cuadrar también en la realidad. Ya ves, me decía, falla la pareja, falla la familia, fallan todas las demás jaulas culturales, fallan todos los demás acuerdos socialdemócratas, y entretanto todo busca asumir con violencia otra forma hasta entonces impensada: Nino y yo, la suma de mis hijos y de los suyos, la hegemonía de la clase obrera, el socialismo y el comunismo, sobre todo el sujeto imprevisto, la mujer, yo. Noche tras noche vagaba reconociéndome en una idea sugerente de desestructuración generalizada y, al mismo tiempo, de nueva composición.

Mientras tanto, siempre con la lengua fuera, telefoneaba a Adele, hablaba con las niñas, que me contestaban con monosílabos o me preguntaban como una cantinela: ¿cuándo vuelves? Al acercarse el regreso a Nápoles traté de despedirme de mis editoras, pero ellas ya se habían tomado a pecho mi destino, no querían dejarme marchar. Habían leído mi primer libro, querían reeditarlo y con ese fin me llevaron a la redacción de la editorial francesa que años antes lo había publicado sin éxito. Me empeñé tímidamente en discusiones y negociaciones con el apoyo de las dos señoras que, comparadas conmigo, eran muy combativas, sabían halagar y amenazar. Al final, gracias también a la mediación de la editorial milanesa, alcanzamos un acuerdo: mi texto se reeditaría al año siguiente con el sello de mis editoras.

Se lo comuniqué a Nino por teléfono, él se mostró entusiasmado. Pero luego, frase tras frase, afloró su descontento.

—A lo mejor es que ya no me necesitas —dijo.

—¿Bromeas? No veo la hora de abrazarte.

—Estás tan enfrascada con tus cosas que para mí ya no queda ni un rinconcito.

—Te equivocas. Gracias a ti escribí este libro y me parece tenerlo todo claro en la cabeza.

—Entonces veámonos en Nápoles, o en Roma, ahora, antes de Navidad.

Pero a esas alturas resultaba imposible un encuentro, los asuntos editoriales me habían llevado tiempo, debía regresar con las niñas. Sin embargo, no pude resistirme, decidimos vernos en Roma, aunque fuera unas horas. Viajé en litera y llegué extenuada a la capital la mañana del 23 de diciembre. Pasé en la estación horas inútiles; Nino no daba señales de vida, estaba preocupada, desolada. Iba a abordar el tren para Florencia cuando apareció completamente sudado pese al frío. Había tenido mil dificultades, había viajado en coche, en tren no habría llegado nunca. Comimos algo a toda prisa, nos fuimos a un hotel de la via Nazionale, cerca de la estación, nos encerramos en la habitación. Yo quería marcharme por la tarde, pero no tuve fuerzas para dejarlo y pospuse el regreso para el día siguiente. Nos despertamos felices de haber dormido juntos; ah, qué maravilla estirar el pie y tras la inconsciencia del sueño descubrir que él estaba ahí, en la cama, a mi lado. Era el día de Nochebuena, salimos para hacernos regalos. Mi partida se fue aplazando de hora en hora; también la suya. Cuando la tarde llegaba a su fin arrastré mi equipaje hasta su coche, no conseguíamos separarnos. Al final puso el motor en marcha, arrancó, el coche desapareció entre el tráfico. Me arrastré trabajosamente desde la piazza della Repubblica hasta la estación; me había retrasado demasiado y perdí el tren por apenas unos minutos. Me desesperé, llegaría a Florencia en plena noche. Pero qué le iba a hacer, me resigné y telefoneé a casa. Contestó Pietro.

—¿Dónde estás?

—En Roma, el tren está parado en la estación y no sé cuándo saldrá.

—Los ferrocarriles son el colmo. ¿Les digo a las niñas que no estarás para la cena?

—Sí, no creo que llegue a tiempo.

Estalló en carcajadas, colgó.

Viajé en un tren completamente vacío, helado, ni siquiera pasó el revisor. Me sentía como si lo hubiera perdido todo y estuviera yendo hacia la nada, presa de una sordidez que acentuaba el sentimiento de culpa. Llegué a Florencia en plena noche, no encontré taxi. Arrastré las maletas en medio del frío, por calles desiertas, incluso los toques de campana navideños se habían apagado hacía rato en la noche. Saqué las llaves para entrar en casa. El apartamento estaba a oscuras, sumido en un silencio angustiante. Me paseé por las habitaciones; ni rastro de las niñas, ni de Adele. Exhausta, aterrada, pero al mismo tiempo exasperada, busqué al menos una nota que me aclarara adónde habían ido. Nada.

La casa estaba en perfecto orden.

12

Me dio por pensar lo peor. Quizá Dede o Elsa o ambas se habían hecho daño y Pietro y su madre las habían llevado al hospital. O quien había acabado en el hospital era mi marido, tras cometer una locura, y Adele estaba ahí con él y las niñas.

Di vueltas por la casa devorada por los nervios, no sabía qué hacer. En un momento dado pensé que, fuera lo que fuese que hubiera ocurrido, era probable que mi suegra hubiese avisado a Mariarosa, y decidí llamarla pese a que eran las tres de la mañana. Mi cuñada contestó al cabo de un rato, me costó sacarla de la cama. Pero al final me enteré por ella de que Adele había decidido llevarse a las niñas a Génova —se habían ido dos días antes— para que Pietro y yo pudiéramos plantearnos nuestra situación en libertad, y Dede y Elsa pudieran disfrutar de las vacaciones navideñas en un ambiente tranquilo.

Por un lado, la noticia me calmó; por el otro, me enfureció. Pietro me había mentido; cuando hablé con él por teléfono ya sabía que no habría ninguna cena, que las niñas no me esperarían, que se habían ido con su abuela. ¿Y Adele? ¿Cómo se había permitido llevarse a mis hijas? Me desahogué por teléfono con Mariarosa, que me escuchó en silencio. Pregunté: ¿me estoy equivocando en todo, me merezco lo que me está pasando? Ella adoptó un tono serio, pero se mostró alentadora. Dijo que tenía el derecho a tener vida propia y el deber de seguir estudiando y escribiendo. Luego se ofreció a darme alojamiento a mí y a las niñas todas las veces que me encontrara en dificultades.

Sus palabras me calmaron; no obstante, no conseguí pegar ojo. Dentro del pecho le daba vueltas a las angustias, la rabia, el deseo de Nino, la amargura porque, de todos modos, él pasaría las fiestas en familia, con Albertino, mientras que yo me había convertido en una mujer sola, sin afectos, en una casa vacía. A las nueve de la mañana oí que se abría la puerta; era Pietro. Me enfrenté a él enseguida, le grité: ¿por qué has dejado que las niñas se fueran con tu madre sin mi permiso? Estaba despeinado, con la barba crecida, olía a vino, pero no parecía borracho. Me dejó gritar sin reaccionar, se limitó a repetir varias veces, con tono deprimido: tengo trabajo, no me puedo ocupar de ellas, y tú tienes a tu amante, no tienes tiempo para ellas.

Lo obligué a sentarse en la cocina. Traté de calmarme.

—Debemos llegar a un acuerdo —dije.

—Explícate, ¿qué tipo de acuerdo?

—Las niñas vivirán conmigo y las verás los fines de semana.

—Los fines de semana dónde.

—En mi casa.

—¿Y dónde está tu casa?

—No lo sé, ya lo decidiré, aquí, en Milán, en Nápoles.

Bastó esa palabra: Nápoles. Fue oírla y levantarse de un salto, con los ojos como platos, abrió la boca como para morderme, levantó el puño con una mueca tan feroz que me asusté. Fue un instante eterno. El grifo goteaba, el frigorífico zumbaba, alguien gritaba en el patio. Pietro era grande, tenía nudillos enormes y blancos. Ya me había golpeado una vez, supe que ahora me golpearía con tal violencia que me mataría en el acto; instintivamente levanté los brazos para protegerme. Pero él cambió de idea de repente, dio media vuelta y golpeó una, dos, tres veces el mueble de metal donde guardaba las escobas. Habría seguido si no me hubiese colgado de su brazo gritando: para ya, basta, que te haces daño.

La consecuencia de su rabia fue que lo que temía a mi regreso acabó ocurriendo de verdad y terminamos en el hospital. Tuvieron que enyesarlo, y al volver a casa parecía incluso contento. Me acordé de que era Navidad y preparé algo de comer. Nos sentamos a la mesa; de buenas a primeras, dijo:

—Ayer telefoneé a tu madre.

Di un respingo.

—¿Cómo se te ha ocurrido?

—Verás, alguien debía informarla. Le conté lo que me has hecho.

—Me correspondía a mí llamarla.

—¿Por qué? ¿Para contarle mentiras como me las contaste a mí?

Volví a inquietarme, aunque traté de contenerme; temía que otra vez se rompiera los huesos para no rompérmelos a mí. Pero lo vi sonreír con tranquilidad, mirándose el brazo escayolado.

—Así no puedo conducir —mascullió.

—¿Adónde tienes que ir?

—A la estación.

Me enteré de que mi madre había tomado el tren el día de Navidad —el día en el que ella se atribuía la mayor relevancia doméstica, la mayor de las responsabilidades— y estaba a punto de llegar.

13

Estuve tentada de huir. Pensé en irme a Nápoles —escaparme a la ciudad de mi madre justo cuando ella estaba llegando a la mía— y encontrar algo de paz al lado de Nino. Pero no me moví. Por más cambiada que me sintiera, seguía siendo la persona disciplinada que jamás había eludido nada. Por lo demás, me pregunté: ¿qué me puede hacer? Soy una mujer, no una niña. Como mucho traerá cosas ricas para comer, como aquella Navidad de hace diez años, cuando enfermé y ella fue a verme a la Escuela Normal.

Fui con Pietro a recoger a mi madre a la estación, conduje yo. Ella se bajó del tren muy tiesa, llevaba ropa nueva, bolso nuevo, zapatos nuevos, incluso las mejillas empolvadas. Te veo muy bien, le dije, estás muy elegante. Ella mascullió: no es gracias a ti, y no volvió a dirigirme la palabra. Para compensar se mostró muy afectuosa con Pietro. Preguntó por su escayola y como él fue vago —dijo que se había chocado contra una puerta—, se puso a renegar en un italiano inseguro: chocado, ya sé yo quién te ha hecho chocar, lo que faltaba, chocado.

Al llegar a casa abandonó su fingida compostura. Me soltó un largo sermón renqueando de aquí para allá por la sala. Alabó a mi marido de una manera exagerada, me ordenó que le pidiera perdón ahí mismo. Al ver que no me decidía, fue ella quien se puso a implorarle que me perdonara y juró por Peppe, Gianni y Elisa que no regresaría a Nápoles hasta que los dos hubiésemos hecho las paces. Al principio, exaltada como estaba, casi tuve la impresión de que se burlaba de mí y de mi marido. La enumeración que hizo de las virtudes de Pietro me pareció infinita, y, debo reconocerlo, no por eso escatimó las mías. Subrayó mil veces que en cuanto a inteligencia y estudios estábamos hechos el uno para el otro. Nos suplicó que pensáramos en el bien de Dede —era su nieta preferida, a Elsa olvidó mencionarla—, la niña lo entendía todo y no era justo hacerla sufrir.

Mientras ella hablaba, mi marido se mostraba de acuerdo, aunque con esa expresión incrédula que solemos adoptar ante una exhibición de desmesura. Ella lo abrazó, lo besó, le dio las gracias por su generosidad, frente a la cual —me gritó— yo no podía hacer otra cosa que arrodillarme. Con rudos manotazos nos empujaba sin cesar a él y a mí, para que nos abrazáramos y nos besáramos. Me aparté de ella, me mostré arisca. Pensaba continuamente: no la soporto, no soporto que en un momento así, ante los ojos de Pietro, también deba tener en cuenta el hecho de que soy hija de esta mujer. Entretanto procuré calmarme y me decía: es su numerito de siempre, dentro de poco se cansará y se irá a dormir. Pero cuando me agarró por enésima vez y me exigió que reconociera que había cometido un tremendo error, no aguanté más, sus manos me ofendieron y me solté. Dije algo así como: basta, ma, es inútil, ya no puedo seguir viviendo con Pietro, quiero a otro.

Fue un error. La conocía, solo esperaba una pequeña provocación. Interrumpió su letanía, las cosas cambiaron en un abrir y cerrar de ojos. Me dio una tremenda bofetada mientras me soltaba esta andanada: calla, zorra, calla, calla, calla. Intentó agarrarme del pelo, chilló que no podía más conmigo, que no era posible que yo, yo me quisiera arruinar la vida corriendo detrás del hijo de Sarratore, un tipo que era peor, mucho peor, que el mierda de su padre. Antes, gritó, creía que era tu amiga Lina la que te llevaba por el mal camino, pero me equivocaba, eres tú, tú, la desvergonzada; sin ti, ella se ha vuelto una persona muy respetable. Ah, qué estúpida he sido por no haberte cortado las alas cuando eras niña. Tienes un marido de oro que te da una vida de señora en esta preciosa ciudad, un marido que te quiere, que te ha dado dos hijas, ¿y así se lo pagas, cabrona? Ven aquí, yo te he dado la vida y yo te la voy a quitar.

Se me echó encima, tuve la sensación de que quería matarme de verdad. En esos instantes comprendí toda la verdad de la decepción que le estaba causando, toda la verdad del amor materno que, desesperado por no poder obligarme a aceptar lo que consideraba mi bien —es decir, eso que ella nunca había tenido y que yo sí tenía, y que hasta el día anterior había hecho de ella la madre más afortunada del barrio—, estaba dispuesto a transformarse en odio y destruirme como castigo por derrochar de aquella manera los dones de Dios. La aparté de un empujón, la aparté gritando más que ella. Fue sin querer, instintivamente, pero con tanta fuerza que perdió el equilibrio y se cayó al suelo.

Pietro se asustó. Se lo noté en la cara, en los ojos; mi mundo chocaba con el suyo. Seguro que jamás en su vida había visto una escena así, con palabras gritadas de ese modo, con reacciones tan desmesuradas. Mi madre había tirado una silla y caído pesadamente. Le costaba incorporarse a causa de la pierna enferma, agitaba un brazo para agarrarse del borde de la mesa y levantarse. Pero no cedía, siguió gritándome amenazas e insultos; ni siquiera se calló cuando Pietro, consternado, la ayudó con el brazo sano a ponerse de pie. Con la voz rota, rabiosa y al mismo tiempo dolida, resolló y con los ojos muy abiertos me dijo: tú ya no eres mi hija, él es mi hijo, él; tu padre ya no te quiere, tus hermanos tampoco; y ojalá que el hijo de Sarratore te pegue unas buenas purgaciones y la sífilis; qué habré hecho yo para llegar a ver un día como este, ay, Dios, Dios, Dios, que me caiga muerta ahora mismo, que me caiga muerta ahora mismo. Estaba tan derrotada por el sufrimiento que, algo inverosímil para mí, rompió a llorar.

Corrí a mi dormitorio y me encerré con llave. No sabía qué hacer, jamás hubiera esperado que mi separación causara semejante tormento. Estaba horrorizada, desolada. ¿De qué negra hondura, de qué presunción de mí misma había salido la determinación de rechazar a mi madre con su misma violencia física? Al cabo de un rato, solo me calmó el hecho de que Pietro se acercara, llamara a la puerta y dijera despacio, con una dulzura inusitada: no abras, no te pido que me dejes entrar, lo único que quiero es decirte que yo no quería esto, es demasiado, ni siquiera tú te lo mereces.

14

Confié en que mi madre se ablandara y que por la mañana, en uno de sus bruscos virajes, encontrara la manera de reafirmar que me quería y que, a pesar de todo, estaba orgullosa de mí. No fue así. La oí cuchichear con Pietro toda la noche. Lo apaciguaba, repetía con resentimiento que yo siempre había sido su cruz, decía suspirando que conmigo había que tener paciencia. Al día siguiente, para evitar que acabáramos enzarzándonos otra vez, me paseé por la casa o intenté leer, pero sin entrometerme en sus conciliábulos. Me sentía muy infeliz. Me avergonzaba del empujón que le había dado, me avergonzaba de ella y de mí, deseaba pedirle perdón, abrazarla, pero temía que me malentendiera y lo interpretara como una rendición por mi parte. Si sostenía que yo era el alma negra de Lila y no al revés, debía de haberle causado una decepción realmente insoportable. Para justificarla me dije: su unidad de medida es el barrio; según ella, allí todo ha mejorado: gracias a Elisa se siente emparentada con los Solara; por fin sus hijos varones trabajan para Marcello, al que llama orgullosamente «mi yerno»; en su ropa nueva lleva la marca del bienestar que le ha caído encima; de modo que es natural que Lila, al servicio de Michele Solara, y que ha formado pareja estable con Enzo, rica hasta el punto de querer recuperar para sus padres el pequeño apartamento donde viven, le parezca mucho más exitosa que yo. Pero este tipo de razonamientos solo sirvieron para aumentar aún más la distancia entre ambas, ya no teníamos puntos de contacto.

Se marchó sin que volviéramos a dirigirnos la palabra. La llevamos en coche hasta la estación, pero hizo como si yo no estuviera al volante. Se limitó a desearle a Pietro todo lo mejor y a recomendarle, hasta un instante antes de que partiera el tren, que la mantuviera informada sobre su brazo roto y las niñas.

En cuanto desapareció me di cuenta con cierta sorpresa de que su irrupción había tenido un efecto inesperado. Ya en el trayecto de regreso a casa, mi marido fue más allá de las pocas frases solidarias susurradas la noche anterior ante mi puerta. Aquel desmesurado enfrentamiento con mi madre debió de revelarle aspectos de mí, de cómo me había criado, mucho más de lo que yo misma le había contado y de lo que él había imaginado. Creo que le di pena. Entró bruscamente en razón, nuestras relaciones volvieron a ser corteses. Días después fuimos a ver a un abogado que tras hablarnos de lo divino y de lo humano nos preguntó:

—¿Están seguros de que no quieren seguir viviendo juntos?

—¿Cómo se hace para vivir con alguien que ya no te quiere? —contestó Pietro.

—¿Y usted, señora, ya no quiere a su marido?

—Eso es asunto mío —dije—. Limítese a iniciar los trámites de separación.

—Eres idéntica a tu madre —comentó Pietro riendo en cuanto salimos a la calle.

—No es cierto.

—Tienes razón, no es cierto: eres como tu madre si hubiera estudiado y se hubiese puesto a escribir novelas.

—¿Qué quieres decir?

—Quiero decir que eres peor que ella.

Me lo tomé un poco a mal pero no tanto; estaba contenta de que, en la medida de lo posible, hubiese recuperado el sentido común. Lancé un suspiro de alivio y me concentré en lo que debía hacer. Durante largas llamadas interurbanas a Nino, le conté todo lo que me había ocurrido desde el momento en que nos separamos, hablamos de mi traslado a Nápoles; por prudencia le oculté que Pietro y yo habíamos vuelto a dormir bajo el mismo techo, aunque en habitaciones separadas. Sobre todo hablé muchas veces con mis hijas, y con explícita hostilidad le anuncié a Adele que iría a recogerlas.

—No te preocupes —intentó tranquilizarme mi suegra—, puedes dejármelas todo el tiempo que necesites.

—Dede tiene que ir al colegio.

—Podemos mandarla a uno de aquí cerca, yo me ocuparía de todo.

—No, deben estar conmigo.

—Piénsalo. Una mujer separada, con dos hijas y tus ambiciones, ha de tener en cuenta la realidad y decidir a qué puede renunciar y a qué no.

No hubo palabra de esta última frase que no me disgustara.

15

Quería viajar de inmediato a Génova, pero llamaron de Francia. La mayor de mis editoras me pidió que escribiera para una revista importante las ideas que me había oído exponer en público. Así, de repente, me vi en el brete de elegir entre recoger a mis hijas o ponerme a trabajar. Pospuse el viaje y me dedicqué día y noche a trabajar, angustiada por hacerlo bien. Intentaba darle una forma aceptable al texto cuando Nino me anunció que tenía unos días libres antes de retomar sus clases en la universidad y estaba dispuesto a reunirse conmigo. No pude resistirme y nos fuimos en coche a Monte Argentario. Me aturdí de amor. Pasamos unos días maravillosos entregándonos al mar invernal y, como no me había ocurrido nunca ni con Franco y mucho menos con Pietro, al placer de comer y beber, de la conversación culta, del sexo. Por las mañanas abandonaba la cama al alba y me ponía a escribir.

Una noche, en la cama, Nino me dio unos textos suyos; dijo que valoraba mucho mi opinión. Se trataba de un ensayo complicado sobre la empresa Italsider de Bagnoli. Lo leí apretujada a su lado; de vez en cuando él se desacreditaba murmurando: escribo mal, corrige lo que quieras, eres mejor que yo, lo eras ya en el instituto. Elogié mucho su trabajo, le sugerí algunas correcciones. Pero Nino no se conformó, me animó a que hiciera más retoques. En esa circunstancia, casi para convencerme de la necesidad de mis correcciones, acabó diciéndome que tenía algo desagradable que revelarme. Entre incómodo e irónico, lo definió como su secreto: lo más vergonzoso que he hecho en mi vida. Y me dijo que estaba relacionado con el artículo en el que resumía mi enfrentamiento con el profesor de religión, ese que en el instituto él me había encargado para una revista de estudiantes.

—A ver, ¿qué has hecho ahora? —le pregunté riéndome.

—Te lo cuento, pero no olvides que era un muchacho.

Noté que se avergonzaba de verdad y me alarmé un poco. Dijo que tras haber leído mi artículo le había parecido imposible que se pudiera escribir de un modo tan agradable y tan inteligente. Me alegré del elogio, lo besé y recordé cuánto había trabajado en aquellas páginas con Lila, mientras comentaba de manera autoirónica la decepción, el dolor que sentí cuando la revista las rechazó por falta de espacio.

—¿Eso te dije? —preguntó Nino, incómodo.

—Tal vez, no lo recuerdo.

Hizo una mueca de desconsuelo.

—La verdad es que había espacio de sobra para tu artículo.

—Entonces, ¿por qué no lo publicaron?

—Por envidia.

Estallé en carcajadas.

—¿Los redactores sintieron envidia de mí?

—No, fui yo quien sintió envidia. Leí tus páginas y las tiré a la papelera. No podía tolerar que fueras tan buena.

Me quedé callada un momento. Cuánto había supuesto aquel artículo para mí, cuánto había sufrido. No podía creerlo: ¿acaso era posible que el texto de una chica de bachillerato hubiese despertado tanta envidia en el estudiante de preuniversitario preferido de la profesora Galiani como para impulsarlo a deshacerse de él? Noté que Nino esperaba mi reacción, pero no sabía cómo encajar un acto tan mezquino en el nimbo resplandeciente con el que lo había rodeado de jovencita. Los segundos pasaban y, desorientada, trataba de retener en mi interior aquella acción vil para evitar que fuera a reunirse con la pésima fama que, según Adele, tenía Nino en Milán, o con la invitación a desconfiar de él que había recibido de Lila y Antonio. Después reaccioné, vislumbré la vertiente positiva de aquella confesión, lo abracé. En definitiva, no había ninguna necesidad de que me contara aquel episodio, era una mala acción del pasado. Sin embargo, acababa de hacerlo, y esa necesidad suya de sincerarse más allá de toda conveniencia, incluso a riesgo de salir mal parado, me conmovió. De repente, a partir de ese momento sentí que podía creer siempre en él.

Esa noche nos amamos con más pasión que nunca. Al despertar me di cuenta de que, al admitir esa culpa, Nino había reconocido que para él yo había sido siempre una muchacha fuera de lo común, incluso cuando era novio de Nadia Galiani, incluso cuando se había hecho amante de Lila. Ah, qué emocionante era sentirme no solo amada sino también apreciada. Me encomendó su texto, lo ayudé a darle una forma más brillante. En aquellos días en el Argentario tuve la impresión de haber conseguido ampliar definitivamente mi capacidad de sentir, de entender, de expresarme, algo que —pensaba con orgullo— confirmaba la discreta recepción fuera de Italia del libro que había escrito animada por él, para gustarle. En ese momento lo tenía todo. Al margen solo habían quedado Dede y Elsa.

16

A mi suegra le oculté lo de Nino. En cambio, le conté lo de la revista francesa y me describí enfrascada por completo en el texto que estaba escribiendo. Entretanto, aunque de mala gana, le di las gracias por ocuparse de sus nietas.

Aunque no me fiara de ella, comprendí entonces que Adele había planteado un problema auténtico. ¿Qué podía hacer para mantener unidas mi vida y mis hijas? Contaba, claro está, con irme a vivir pronto con Nino a alguna parte; en tal caso nos ayudaríamos mutuamente. ¿Y mientras tanto? No sería fácil lograr cuadrar la necesidad de vernos, Dede, Elsa, escribir, los compromisos públicos, las presiones a las que Pietro, pese a mostrarse más razonable, me sometería. Sin contar el problema del dinero. Me quedaba poco del mío y aún no sabía cuánto ganaría con el nuevo libro. Al menos en el futuro inmediato quedaba descartado que pudiera pagarme un alquiler, el teléfono, la vida cotidiana de mis hijas y la mía. ¿Y dónde tomaría forma nuestra cotidianidad? De un momento a otro iría a recoger a las niñas, pero ¿para llevarlas adónde? ¿A Florencia, al apartamento en el que habían nacido y donde, al encontrarse con un padre amable y una madre cortés, se convencerían de que, milagrosamente, todo había vuelto a la normalidad? ¿Acaso quería ilusionarlas, sabiendo muy bien que a la primera irrupción de Nino las decepcionaría aún más? ¿Debía pedirle a Pietro que se marchara a pesar de haber sido yo la que había roto con él? ¿O me tocaba a mí irme del apartamento?

Me marché a Génova con mil preguntas y ninguna decisión.

Mis suegros me recibieron con exquisita frialdad. Elsa, con titubeante entusiasmo; Dede, con hostilidad. Conocía poco la casa de Génova, me había quedado grabada apenas una impresión de luz. En realidad, había habitaciones enteras tapizadas de libros, muebles antiguos, arañas de cristal, suelos cubiertos de alfombras de valor, gruesos cortinajes. Solo la sala era deslumbrante, tenía una amplia cristalera que recortaba una franja de luz y de mar y lo exhibía como pieza preciada. Observé que mis hijas se movían por el apartamento con más libertad que en su propia casa: lo tocaban todo, lo cogían todo sin un solo reproche, se dirigían a la criada con el tono cortés pero imperativo aprendido de su abuela. En las primeras horas tras mi llegada me enseñaron su habitación, quisieron que me entusiasmara con los numerosos juguetes que, por ser tan caros, ni su padre ni yo les habríamos regalado jamás; me hablaron de las cosas hermosas que habían hecho y visto. Poco a poco comprendí que Dede se había encariñado mucho con el abuelo; mientras Elsa, pese a haberme abrazado y besado hasta la exageración, acudía a Adele para cualquier cosa que necesitara o, cuando estaba cansada, se agarraba a sus rodillas y desde ahí, con el pulgar en la boca, me lanzaba una mirada melancólica. ¿Era posible que en tan poco tiempo las niñas hubieran aprendido a prescindir de mí, o más bien estaban exhaustas por lo que habían visto y oído en los últimos meses y ahora, angustiadas por la infinidad de desastres que yo evocaba, tenían miedo de volver a aceptarme? No lo sé. Lo cierto es que no me atreví a decir enseguida: preparad vuestras cosas, nos vamos. Me quedé unos días, me dediqué otra vez a ellas. Mis suegros no se entrometieron; al contrario, en cuanto las niñas apelaban a su autoridad en lugar de a la mía, sobre todo Dede, pasaron a un segundo plano y evitaron el conflicto.

En especial Guido ponía atención en hablar de otras cosas; al principio no mencionó siquiera la ruptura entre su hijo y yo. Después de cenar, cuando Dede y Elsa se iban a la cama y él, por cortesía, me dedicaba unos momentos antes de encerrarse a trabajar en su despacho hasta la madrugada (sin duda, Pietro no hacía más que reproducir el modelo de su padre), se lo veía incómodo. Normalmente se refugiaba en los temas políticos: la agudización de la crisis del capitalismo, la panacea de la austeridad, el aumento de la zona de marginación, el terremoto en Friuli como símbolo de una Italia precaria, las grandes dificultades de la izquierda, de los viejos partidos y grupúsculos. Pero lo hacía sin mostrar la menor curiosidad por mis opiniones que, por lo demás, yo ni siquiera me esforzaba en tener. Llegado el caso, si él decidía animarme a que opinara, se replegaba en mi libro, cuya edición italiana vi por primera vez justo en esa casa: era un librito sucinto, poco llamativo, que llegó junto con tantos otros libros y revistas que se amontonaban sin cesar en las mesas a la espera de ser hojeados. Una noche él dejó caer unas preguntas y yo, sabiendo que no lo había leído ni lo leería después, le resumí los temas, le leí unas cuantas líneas. En general escuchó serio, muy atento. Solo en un caso planteó críticas doctas sobre un pasaje de Sófocles que yo había citado de manera inoportuna, y adoptó un tono académico que me avergonzó. Era un hombre que desprendía autoridad, aunque la autoridad es una pátina y a veces basta poco para que, aunque sea por unos minutos, se resquebraje y permita entrever a otra persona menos edificante. Cuando hice referencia al feminismo, Guido perdió de pronto la compostura, afloró en sus ojos una inesperada malicia y se puso a canturrear con sarcasmo, la cara enrojecida —él que en general tenía una tez anémica—, un eslogan que había oído por casualidad: «Sexo, sexo de mis entusiasmos, ¿quién en el reino llega al orgasmo? Ninguna»; y también: «No somos máquinas de reproducción, sino mujeres que luchan por la liberación». Canturreaba y reía, enardecido. Al darse cuenta de que me había sorprendido desagradablemente, se quitó las gafas, las limpió con cuidado y se retiró a estudiar.

En esas pocas veladas Adele casi siempre estaba callada, pero comprendí enseguida que tanto ella como su marido buscaban un modo aséptico de ponerme al descubierto. Como yo no mordía el anzuelo, al final fue mi suegro quien encaró el problema a su manera. Cuando Dede y Elsa nos dieron las buenas noches, él preguntó a sus nietas en una especie de bondadoso ritual:

—¿Cómo se llaman estas dos hermosas señoritas?

—Dede.

—Elsa.

—¿Y qué más? El abuelo quiere oír el nombre completo.

—Dede Airota.

—Elsa Airota.

—¿Airota como quién?

—Como papá.

—¿Y como quién más?

—Como el abuelo.

—¿Y cómo se llama vuestra mamá?

—Elena Greco.

—¿Y vosotras os apellidáis Greco o Airota?

—Airota.

—Así me gusta. Buenas noches, queridas, que tengáis dulces sueños.

En cuanto las niñas salieron de la habitación acompañadas por Adele, como siguiendo un hilo que partía de las respuestas de las dos niñas, dijo: me he enterado de que la ruptura con Pietro se debe a Nino Sarratore. Di un respingo, asentí. Él sonrió, empezó a elogiar a Nino, pero no con el entusiasmo y la entrega del pasado. Lo definió como un muchacho muy inteligente, que sabía lo que se llevaba entre manos, pero —dijo poniendo el acento en la conjunción adversativa— es «undívago», y repitió la palabra como para comprobar si había elegido la adecuada. Luego subrayó: las últimas cosas que escribió Sarratore no me han gustado. Y con un tono súbitamente despreciativo lo metió en el montón de los que consideraban más urgente aprender a mover los engranajes del neocapitalismo que seguir exigiendo la transformación de las relaciones sociales y de producción. Usó ese lenguaje, pero dando a cada palabra la consistencia del insulto.

No lo soporté. Me afané en convencerlo de que se equivocaba y Adele regresó justo cuando yo citaba textos de Nino que me parecían muy radicales, y Guido me escuchaba soltando el sonido sordo al que solía recurrir cuando dudaba entre asentir o disentir. Me callé de repente, más bien agitada. Durante unos minutos mi suegro pareció suavizar su opinión («por lo demás, a todos nos resulta difícil orientarnos en el caos de la crisis italiana, y puedo entender que los jóvenes como él se encuentren en dificultades, sobre todo si tienen ganas de hacer cosas»), y luego se levantó para irse a su despacho. Sin embargo, antes de desaparecer reconsideró el asunto. Se detuvo en el umbral y sentenció hostil: pero hay formas de hacer y formas de hacer, Sarratore es una inteligencia sin tradiciones, le gusta más caer simpático a los que mandan que batirse por una idea, se convertirá en un técnico muy servicial. Y se interrumpió, aunque no sin titubeos, como si tuviera algo mucho más crudo en la punta de la lengua, si bien se limitó a farfullar un buenas noches y se fue a su despacho.

Noté que Adele me miraba. Yo también tengo que retirarme, pensé, he de buscar una excusa, decir que estoy cansada. Pero esperé a que Adele encontrara una fórmula conciliadora capaz de calmarme, y por eso pregunté:

—¿Qué significa que Nino es una inteligencia sin tradiciones?

Ella me miró irónica.

—Que no es nadie. Y que para el que no es nadie convertirse en alguien es más importante que cualquier otra cosa. La consecuencia es que el señor Sarratore es una persona de poco fiar.

—Yo también soy una inteligencia sin tradiciones.

Sonrió.

—Sí, tú también, y por eso no eres de fiar.

Silencio. Adele hablaba con tranquilidad, como si las palabras no tuviesen carga emotiva alguna y se limitaran a registrar hechos concretos. Igualmente me sentí ofendida.

—¿Qué quieres decir?

—Que te he confiado un hijo y no lo has tratado con honestidad. Si querías a otro, ¿para qué te casaste con él?

—No sabía que quería a otro.

—Mientes.

Dudé y reconocí:

—Sí, miento, pero porque me obligas a darte una explicación lineal, y las explicaciones lineales casi siempre son mentira. Tú también me hablaste mal de Pietro, es más, me apoyaste poniéndote en contra de él. ¿Mentías?

—No. Estaba realmente de tu parte, aunque en el marco de un pacto que deberías haber respetado.

—¿Qué pacto?

—Quedarte con tu marido y con las niñas. Eras una Airota, tus hijas eran Airota. No quería que te sintieras inadecuada e infeliz, traté de ayudarte a ser una buena madre y una buena esposa. Pero si el pacto se ha roto, todo cambia. De ahora en adelante ya no recibirás nada ni de mí ni de mi marido; es más, te quitaré todo lo que te he dado.

Inspiré muy hondo, traté de mantener el tono sereno, como por lo demás hacía ella.

—Adele —dije—, yo soy Elena Greco y mis hijas son mías. Vosotros, los Airota, me importáis una mierda.

Asintió en silencio, pálida, ahora con expresión severa.

—Se nota que eres Elena Greco, a estas alturas es demasiado evidente. Pero las niñas son hijas de mi hijo y no te permitiremos que las arruines.

Me dejó plantada y se fue a dormir.

17

Aquel fue el primer enfrentamiento con mis suegros. Siguieron otros que, sin embargo, nunca llegaron a un desprecio tan explícito. Después se limitaron a demostrarme por todos los medios que, si yo insistía en ocuparme sobre todo de mí, debía encomendarles a Dede y a Elsa.

Me opuse, naturalmente, no había día en que no me irritara y no decidiera llevarme enseguida a mis hijas a Florencia, a Milán, a Nápoles, a cualquier lugar con tal de no dejarlas ni un minuto más en aquella casa. Pero no tardaba en ceder, posponía mi partida, siempre pasaba algo contrario a mis propósitos. Por ejemplo, telefoneaba Nino y no sabía resistirme, corría a verlo a donde él quería. Además, también en Italia había comenzado a distribuirse el libro nuevo que, aunque pasó inadvertido a los reseñadores de los grandes periódicos, poco a poco encontraba su público. Así que, con frecuencia, a las citas con mis lectores sumaba las que tenía con mi amante, y eso prolongaba el tiempo que permanecía lejos de las niñas.

Me separaba de ellas a la fuerza. Sentía sus miradas acusadoras, sufría. Sin embargo, una vez en el tren, mientras estudiaba, mientras me preparaba para algún debate público, mientras imaginaba cómo sería el encuentro con Nino, disfrutaba de la descarada alegría que comenzaba a bullirme por dentro. No tardé en descubrir que me estaba acostumbrando a sentirme feliz e infeliz a la vez, como si ese fuera el inevitable nuevo estado de mi vida. Cuando regresaba a Génova, me sentía culpable —Dede y Elsa ya se sentían cómodas, tenían el colegio, los compañeros de juegos, todo lo que pedían, con independencia de mí—, pero en cuanto volvía a marcharme la culpa se convertía en un estorbo molesto, se debilitaba. Naturalmente, me daba cuenta, y aquella oscilación hacía que me sintiera mezquina. Era humillante tener que admitir que un poco de notoriedad y el amor por Nino consiguieran eclipsar a Dede y a Elsa. Sin embargo, así era. El eco de la frase de Lila: «Piensa en el daño que les haces a tus hijas», se convirtió en aquella época en una especie de epígrafe permanente que anunciaba la infelicidad. Viajaba, cambiaba a menudo de cama, a menudo no conseguía dormir. Me volvían a la cabeza las maldiciones de mi madre, se mezclaban con las palabras de Lila. Mi amiga y ella, que para mí siempre habían sido la una lo opuesto de la otra, con frecuencia acababan coincidiendo en aquellas noches infinitas. Las percibía hostiles, extrañas a mi nueva vida; por un lado, eso me parecía la prueba de que por fin me había convertido en una persona autónoma y, por el otro, hacía que me sintiera sola, a merced de mis dificultades.

Traté de reanudar las relaciones con mi cuñada. Como siempre, se mostró disponible; organizó un encuentro con motivo de mi libro en una librería de Milán. Asistieron sobre todo mujeres y fui muy criticada y muy elogiada por grupos opuestos. Al principio me asusté, pero Mariarosa intervino con autoridad y descubrí en mí una insospechada capacidad para tirar de los hilos del acuerdo y el desacuerdo, y entretanto elegir un papel de mediadora (se me daba bien decir con convicción: «Eso no era exactamente lo que quería decir»). Al final todas me agasajaron, en especial ella.

Después cené y dormí en su casa. Allí encontré a Franco y a Silvia con su hijo Mirko. Durante todo el tiempo no hice más que espiar al niño —calculé que tendría unos ocho años— y grabé en mi mente los parecidos físicos e incluso de carácter que seguramente tenía con Nino. No le había dicho que conocía la existencia de ese niño y decidí que nunca lo haría. Pero a lo largo de la velada no hice más que hablarle, mimarlo, jugar con él, sentarlo en mi regazo. En qué desorden vivíamos, cuántos fragmentos de nosotros mismos salían volando como si vivir fuese estallar en esquirlas. En Milán estaba este niño; en Génova, mis hijas; en Nápoles, Albertino. No pude resistirme, llegué a hablar de aquella dispersión con Silvia, con Mariarosa, con Franco, haciéndome la analizadora desencantada. En realidad, esperaba que, como solía hacer, mi ex novio se apropiara del discurso, lo organizara todo con su habilísima dialéctica y así, al acomodar el presente y presagiar el futuro, nos tranquilizara. Pero fue él la auténtica sorpresa de la velada. Habló del fin inminente de una época que había sido objetivamente —utilizó el adverbio con sarcasmo— revolucionaria, pero que ahora, en su declive —dijo—, estaba arrasando con todas las categorías que habían servido de brújula.

—No lo veo así —objeté, solo para provocarlo—, en Italia la situación es muy combativa y animada.

—No lo ves así porque estás contenta contigo misma.

—Al contrario, estoy deprimida.

—Los deprimidos no escriben libros. Los escriben las personas contentas, que viajan, que están enamoradas y que hablan, y hablan con la convicción de que de un modo u otro las palabras acaben siempre en el lugar correcto.

—¿Por qué, no es así?

—No, rara vez las palabras acaban en el lugar correcto, y solo durante un tiempo muy breve. Por lo demás, sirven para hablar sin ton ni son como hacemos ahora. O para fingir que todo está bajo control.

—¿Fingir? ¿Tú que siempre lo has tenido todo bajo control fingías?

—¿Por qué no? Fingir es un poco fisiológico. Nosotros, que queríamos hacer la revolución, hemos sido los que incluso en medio del caos nos inventamos siempre un orden y fingíamos saber exactamente cómo marchaban las cosas.

—¿Te estás autodenunciando?

—Pues sí. Buena gramática, buena sintaxis. Para todo una explicación preparada. Y mucho arte de la consecuencialidad: esto deriva de esto y lleva necesariamente a esto otro. Se acabó lo que se daba.

—¿Ya no funciona?

—Claro que funciona, a la perfección. Es tan cómodo no perderse nunca delante de nada. Ni una sola llaga que se infecte, ni una sola herida que no tenga sus puntos de sutura, ni un solo cuarto oscuro que te dé miedo. La cuestión es que llega un momento en que el truco ya no funciona.

—¿Perdón?

—Blablablá, Lena, blablablá. Las palabras están perdiendo su significado.

Y eso no fue todo. Ironizó un buen rato sobre sus propias frases, burlándose de él y de mí. Luego murmuró: cuántas tonterías digo, luego se pasó el resto del tiempo escuchándonos a las tres.

Me sorprendió que, si en Silvia parecían haberse desvanecido las huellas terribles de la violencia sufrida, en él, poco a poco, la paliza a la que lo habían sometido unos años antes puso al descubierto otro cuerpo y otro espíritu. Se levantó muchas veces para ir al cuarto de baño, cojeaba de una forma no demasiado llamativa; la órbita morada, que el ojo de cristal no rellenaba bien, parecía más combativa que el otro ojo que, pese a estar vivo, se veía opacado por la depresión. Pero sobre todo habían desaparecido el Franco agradablemente enérgico de otros tiempos y el huraño de la convalecencia. Me pareció una persona dulcemente melancólica, capaz de un cinismo afectuoso. Si Silvia dedicó unas palabras para que yo fuera a buscar a mis hijas, si Mariarosa dijo que, hasta que yo no encontrara un alojamiento definitivo, Dede y Elsa estaban mejor con sus abuelos, Franco se dedicó a alabar mis capacidades definidas con ironía como masculinas e insistió para que continuara afinándolas sin malgastar mi tiempo en obligaciones femeninas.

Cuando me retiré a mi habitación, me costó conciliar el sueño. ¿Qué haría daño a mis hijas, qué les haría bien? ¿En qué consistían el daño y el bien para mí, coincidían o se alejaban del daño y el bien de las niñas? Esa noche Nino acabó pasando a segundo plano y resurgió Lila. Solo Lila, sin apoyo de mi madre. Sentí la necesidad de pelearme con ella, de gritarle: no te limites a criticarme, asume la responsabilidad de sugerirme qué debo hacer. Al final me adormilé. Al día siguiente regresé a Génova y, en presencia de mis suegros, de buenas a primeras les dije a Dede y Elsa:

—Niñas, en estos momentos tengo mucho trabajo. Dentro de unos días tengo que marcharme y después me esperan más viajes. ¿Queréis venir conmigo o queréis quedaros con los abuelos?

Todavía hoy, mientras escribo, me avergüenzo de esa pregunta.

Primero Dede, y después Elsa, contestaron:

—Con los abuelos. Pero cuando puedas, tú vuelve y tráenos regalos.

18

Fueron necesarios más de dos años llenos de alegrías, tormentos, sorpresas desagradables y mediaciones soportadas para que consiguiera poner un poco de orden en mi vida. Entretanto, pese a vivir dolorosos desgarros privados, en público seguía teniendo suerte. El escaso centenar de páginas que había escrito más que nada para quedar bien con Nino no tardaron en ser traducidas al alemán y al inglés. Mi libro publicado diez años antes reapareció en Francia e Italia, y volví a escribir en periódicos y revistas. Poco a poco, mi nombre y mi persona adquirieron de nuevo cierta notoriedad; como había ocurrido en el pasado, los días se llenaron otra vez, me gané la curiosidad y, en ocasiones, también la estima de personas que por entonces estaban muy presentes en la escena pública. Pero lo que me ayudó a sentirme más segura de mí misma fue un cotilleo del director de la editorial de Milán, al que desde el principio yo le había caído bien. Una noche, mientras cenaba con él para hablar de mi futuro editorial, pero también —debo decir— para proponerle una colección de ensayos de Nino, me reveló que poco antes de la Navidad pasada Adele había presionado para que pararan la publicación de mi librito.

—Los Airota —dijo bromeando— en el desayuno acostumbran a ingeniárselas para imponer un subsecretario y en la cena, para destituir a un ministro, pero con tu libro no lo consiguieron. El texto ya estaba listo y lo enviamos a imprenta.

Según él, el escaso número de reseñas en la prensa italiana también se debía a mi suegra. En consecuencia, si el libro se había afirmado a pesar de todo, el mérito no debía atribuirse a un amable cambio de idea de la licenciada Airota, sino a la fuerza de mi escritura. Así supe que esta vez no le debía nada a Adele, algo en lo que ella insistía las veces que iba a Génova. Eso me dio confianza, me enorgullecí, acabé por convencerme de que el tiempo de mis dependencias había tocado a su fin.

Lila no advirtió nada de esto. Desde el fondo del barrio, desde aquella zona que a mí ya se me antojaba del tamaño de un salivazo, ella siguió considerándome un apéndice suyo. Le pidió a Pietro mi número de teléfono de Génova y empezó a usarlo sin preocuparse si molestaba a mis suegros. Las veces que conseguía localizarme, fingía no notar mi laconismo y hablaba por las dos, sin pausa. Me hablaba de Enzo, el trabajo, su hijo, que era aplicado en el colegio, de Carmen y Antonio. Cuando no me localizaba, insistía en telefonear, lo hacía con perseverancia neurótica, dando así pie a que Adele —que apuntaba en un cuaderno las llamadas para mí indicando, no sé, día tal del mes tal, Sarratore (tres llamadas), Cerullo (nueve llamadas)— rezongara por las molestias que yo causaba. Traté de convencer a Lila de que si le decían que no estaba no tenía sentido que insistiera, la casa de Génova no era mi casa, me ponía en un compromiso. Fue inútil. Llegó incluso a telefonear a Nino. Fue difícil decir cómo habían sido en realidad las cosas; él se mostró incómodo, le restó importancia, temía hacer algún comentario que me enfadara. En un primer momento me contó que Lila había llamado varias veces a casa de Eleonora y la había irritado, después me pareció entender que ella había tratado de localizarlo directamente en el teléfono de la via Duomo; por último, que él mismo se había adelantado a dar con ella para evitar que telefoneara sin parar a su mujer. Sea como fuere, el hecho innegable era que Lila lo había obligado a concertar una cita. Pero no a solas: Nino se apresuró a aclarar que ella había acudido acompañada de Carmen, puesto que era Carmen —sobre todo Carmen— quien tenía la urgente necesidad de ponerse en contacto conmigo.

Escuché el informe sobre la cita sin emoción alguna. De entrada, Lila quiso saber con pelos y señales cómo me comportaba en público cuando hablaba de mis libros: qué trajes me ponía, cómo me peinaba y me maquillaba, si era tímida, si era divertida, si leía, si improvisaba. Después se quedó callada, le dejó el campo libre a Carmen. De ese modo se descubrió que el empeño por hablar conmigo estaba relacionado con Pasquale. Por sus propios conductos, Carmen se había enterado de que Nadia Galiani estaba a salvo en el extranjero; por eso quería pedirme otra vez que le hiciera el favor de ponerme en contacto con mi profesora de preuniversitario para preguntarle si también Pasquale se encontraba a salvo. Carmen exclamó un par de veces: no quiero que los hijos de los señoritos se vayan de rositas y los que son como mi hermano, no. Después le suplicó a Nino que me dejara bien claro —como si ella misma considerara que su preocupación por Pasquale era un delito perseguible y, por tanto, una culpa que podía implicarme a mí también— que si yo quería ayudarla no debía usar el teléfono para ponerme en contacto con la profesora y tampoco para ponerme en contacto con ella. Nino concluyó: tanto Carmen como Lina son bastante insensatas, es mejor que las dejes correr, pueden meterte en líos.

Pensé que hasta hacía unos meses un encuentro entre Nino y Lila, aunque fuese en presencia de Carmen, me habría alarmado. Ahora, en cambio, descubría con alivio que me dejaba indiferente. Sin duda, estaba ya tan segura del amor de Nino que, pese a no descartar que ella quisiera quitármelo, me parecía imposible que lo consiguiera. Le acaricié una mejilla y le dije divertida: el que no tiene que meterse en líos eres tú, por favor, ¿cómo es que nunca tienes un momento libre y para esto sí que lo has encontrado?

19

Por aquella época me sorprendió por primera vez la rigidez del perímetro que Lila se había asignado. Se comprometía cada vez menos con lo que ocurría fuera del barrio. Si se apasionaba por algo que tuviera una dimensión no solo local, era porque guardaba relación con las personas que conocía desde la infancia. Incluso su trabajo, por lo que yo sabía, le interesaba solo dentro de un ámbito muy reducido. Era sabido que en ocasiones Enzo había tenido que trasladarse por un tiempo a Milán, a Turín. Lila no, nunca se movía, y su encierro empezó a llamarme de veras la atención solo cuando noté cada vez más el gusto por viajar.

Por aquella época aprovechaba la menor ocasión para salir de Italia, en especial si podía hacerlo con Nino. Por ejemplo, cuando la pequeña editorial alemana que había publicado mi librito organizó una gira de promoción por Alemania occidental y Austria, él anuló todos sus compromisos y me hizo de chófer alegre y obediente. Viajamos a lo largo y a lo ancho durante unos quince días, pasando de un paisaje a otro como por pinturas de colores deslumbrantes. Cada montaña, lago, ciudad o monumento entraba en nuestra vida de pareja únicamente para convertirse en parte del placer de estar allí en ese momento, y siempre nos parecía una perfecta contribución a nuestra felicidad. Incluso cuando la cruda realidad nos alcanzaba y nos asustaba porque coincidía con las palabras más negras que yo pronunciaba noche tras noche ante un público muy radical, después nos contábamos el susto como una agradable aventura.

Una noche regresábamos en coche al hotel cuando nos paró la policía. En la oscuridad, el alemán en boca de unos hombres vestidos de uniforme y empuñando un arma sonó de un modo siniestro, tanto a mis oídos como a los de Nino. Los agentes tiraron de nosotros para obligarnos a bajar del coche y nos separaron; yo terminé en un automóvil gritando, Nino en otro. Nos encontramos en un cuartito, al principio abandonados a nuestra suerte, luego brutalmente apremiados: documentos, motivo de nuestra permanencia, ocupación. En una pared había un mosaico de fotos, caras amenazantes, en su mayoría hombres barbudos, alguna mujer de pelo corto. Me sorprendí buscando con ansiedad los rostros de Pasquale y Nadia, no los encontré. Nos soltaron al amanecer, nos devolvieron a la explanada donde nos habían obligado a abandonar nuestro coche. Nadie se disculpó con nosotros: llevábamos una matrícula italiana, éramos italianos, se trataba de un control obligatorio.

Me sorprendió mi reacción instintiva de buscar en Alemania, entre las fotos de criminales de medio mundo, la de la persona que en ese momento era importante para Lila. Esa noche, Pasquale Peluso me pareció una especie de cohete lanzado desde el interior del exiguo espacio en el que ella se había encerrado para señalarme, en mi espacio mucho más amplio, su presencia en el torbellino de los acontecimientos planetarios. Por unos segundos el hermano de Carmen se convirtió en el punto de contacto entre su mundo, cada vez más pequeño, y el mío, cada vez más grande.

Durante las veladas en las que hablaba de mi libro, en ciudades extranjeras de las que no sabía nada, al final surgían preguntas sobre la dureza del clima político y yo salía del paso con frases genéricas que, en esencia, giraban en torno a la palabra «reprimir». En cuanto narradora, sentía el deber de ser imaginativa. No hay espacios que se salven, decía. Una apisonadora está pasando de oeste a este, de territorio en territorio, para poner en orden el planeta entero: los trabajadores a trabajar, los desempleados a consumirse, los hambrientos a deteriorarse, los intelectuales a hablar sin ton ni son, los negros a hacer de negros, las mujeres a hacer de hembras. Pero a veces sentía la necesidad de decir algo más auténtico, más sincero, más mío, y contaba las peripecias de Pasquale en todas sus trágicas etapas, desde la infancia hasta su elección de la clandestinidad. No sabía hacer discursos más concretos, el léxico era ese del que me había apropiado diez años antes, y esas palabras las sentía cargadas de sentido solo cuando las combinaba con algunos hechos del barrio. Por lo demás, no eran otra cosa que material comprobado y de efecto seguro. Con la diferencia de que si en la época de mi primer libro tarde o temprano terminaba por apelar a la revolución, como parecía que era el sentimiento común, ahora evitaba esa palabra; Nino había empezado a encontrarla ingenua, yo estaba aprendiendo de él la complejidad de la política y me mostraba más cauta. Solía echar mano de la fórmula «es justo rebelarse», y enseguida añadía que era necesario ampliar el consenso, que el Estado duraría mucho más tiempo de lo que habíamos imaginado, que era urgente que aprendiéramos a gobernar. No siempre salía de aquellas veladas contenta conmigo misma. En algunos casos tenía la impresión de suavizar el tono simplemente para contentar a Nino, que me escuchaba sentado en salitas llenas de humo, entre hermosas extranjeras de mi edad o más jóvenes que yo. A menudo no podía resistirme y me excedía siguiendo la antigua y oscura pulsión que en el pasado me había impulsado a reñir con Pietro. Me ocurría especialmente cuando me encontraba ante un público de mujeres que habían leído mi libro y esperaban frases tajantes. Cuidado con transformarnos en policías de nosotras mismas, decía entonces, la lucha es a muerte y solo terminará cuando consigamos la victoria. Después Nino me tomaba el pelo, decía que yo siempre tenía que exagerar y nos reíamos.

Algunas noches me acurrucaba a su lado e intentaba aclararme. Confesaba que me gustaban las palabras subversivas, las que denunciaban los compromisos de los partidos y las violencias del Estado. La política —decía—, la política como la piensas tú, como seguramente es, me aburre, te la dejo a ti, no estoy hecha para este tipo de compromiso. Pero después le daba vueltas y añadía que tampoco me sentía hecha para el otro compromiso al que me había obligado en el pasado, arrastrando conmigo a las niñas. Los gritos amenazantes de las manifestaciones me asustaban, y el mismo efecto me producían las minorías agresivas, las bandas armadas, los muertos en la calle, el odio revolucionario hacia todo. Debo hablar en público, confesaba, y no sé qué soy, no sé hasta qué punto pienso seriamente lo que digo.

Ahora, con Nino, me parecía que podía expresar con palabras los sentimientos más secretos, incluso los que me ocultaba a mí misma, incluso las incoherencias, las cobardías. Él estaba seguro de sí mismo, era sólido, tenía opiniones detalladas sobre todo. Me sentía como si a la rebeldía caótica de la infancia le hubiese colgado cartelitos esmerados con las frases adecuadas para quedar bien. Aquella vez en que asistimos a un congreso en Bolonia —formábamos parte de un éxodo aguerrido que se dirigía a la ciudad de la vida libre— nos topamos con controles policiales continuos, nos detuvieron nada menos que en cinco ocasiones. Armas en mano, fuera del coche, documentos, ahí contra la pared. En esa ocasión me asusté mucho más que en Alemania: era mi tierra, era mi lengua, me puse nerviosa, quería callar, obedecer, pero empecé a gritar, pasé al dialecto sin darme cuenta, descargué una lluvia de insultos sobre los policías por cómo me empujaban sin educación. En mí se mezclaban el miedo y la rabia, y a menudo no conseguía dominar ni lo uno ni la otra. En cambio, Nino se lo tomó con calma, bromeó con los agentes, los aplacó, me tranquilizó. Para él solo contábamos nosotros dos. Recuerda que estamos aquí, ahora, juntos, me dijo, lo demás es un telón de fondo y cambiará.

20

En esos años nos mantuvimos siempre en movimiento. Queríamos estar presentes, observar, estudiar, entender, razonar, atestiguar, y sobre todas las cosas, amarnos. Las sirenas desplegadas de los policías, los puestos de control, el chasquido de las palas de los helicópteros, los muertos asesinados eran placas en las que anotábamos el tiempo de nuestra relación, las semanas, los meses, el primer año y después el año y medio, siempre a partir de aquella noche en la casa de Florencia, cuando yo había ido a ver a Nino a su habitación. Nuestra vida —nos decíamos— había comenzado entonces. Y lo que llamábamos «la verdadera vida» era esa impresión de fulgor milagroso que no nos abandonaba ni siquiera cuando se representaban los horrores cotidianos.

Estábamos en Roma en los días siguientes al secuestro de Aldo Moro. Me había reunido con Nino, que debía presentar el libro de uno de sus colegas napolitanos sobre la geografía y la política en el sur de Italia. Del libro se habló poco o nada, mientras que se debatió mucho sobre el presidente de la Democracia Cristiana. Me asusté cuando una parte del público se sublevó al oír a Nino decir que quien había cubierto de barro al Estado, quien había enseñado su peor cara, quien había creado las condiciones para el nacimiento de las Brigadas Rojas había sido precisamente Moro al ocultar verdades incómodas sobre su partido de corruptos, identificándolo además con el propio Estado para sustraerlo de toda acusación y de todo castigo. Y cuando concluyó que defender las instituciones suponía no ocultar sus fechorías sino hacerlas transparentes, eficientes, sin omisiones, capaces de justicia en cada uno de sus ganglios, los ánimos no se calmaron, arreciaron los insultos. Vi a Nino ponerse cada vez más pálido; en cuanto pude, lo saqué de ahí. Nos refugiamos en nosotros mismos como bajo una coraza resplandeciente.

Los tiempos seguían esa evolución. Una noche, en Ferrara, a mí también me fue mal. Hacía poco más de un mes que habían hallado el cadáver de Moro cuando, sin querer, se me ocurrió llamar asesinos a sus secuestradores. Siempre era difícil manejar las palabras, mi público me exigía que supiera calibrarlas según los usos corrientes de la extrema izquierda, y yo ponía muchísima atención. Pero con frecuencia terminaba por encenderme y entonces pronunciaba frases sin filtro. «Asesinos» no gustó a ninguno de los presentes («asesinos son los fascistas»), y fui atacada, criticada, escarnecida. Enmudecí. Cuánto sufría en los casos en que de pronto me veía despojada del consenso: perdía la confianza en mí misma, me sentía arrastrada al fondo de mis orígenes, me sentía políticamente incapaz, me sentía una mujer a la que le hubiera convenido no meter baza, y durante un tiempo huía de las ocasiones de confrontación pública. Si se mata a alguien, ¿no se es asesino? La velada acabó mal; Nino estuvo a punto de llegar a las manos con un tipo del fondo de la salita. Pero también en ese caso lo único que contó fue que regresáramos a nosotros dos. Era así: si estábamos juntos, no había crítica que nos afectara realmente, al contrario, nos volvíamos soberbios, nada tenía sentido más que nuestras opiniones. Nos íbamos a cenar corriendo, disfrutábamos de la buena comida, del vino, del sexo. Solo queríamos fundirnos en un abrazo y quedarnos así.

21

El primer jarro de agua fría llegó a finales de 1978; de Lila, naturalmente. Fue el punto culminante de una serie de acontecimientos desagradables que comenzaron a mediados de octubre cuando, al regresar de la universidad, Pietro fue agredido por un par de muchachos —rojos, negros, no hubo manera de saberlo—, a cara descubierta y armados con palos. Corrí al hospital, convencida de que lo encontraría más deprimido que nunca. Sin embargo, a pesar de la cabeza vendada y del ojo morado, lo vi contento. Me recibió con tono conciliador, luego se olvidó de mí y charló todo el tiempo con algunos de sus alumnos, entre los que destacaba una muchacha muy guapa. Cuando la mayoría de ellos se marcharon, ella se le sentó al lado, en el borde de la cama, y le cogió una mano. Llevaba una camiseta blanca con cuello cisne y una minifalda azul y el pelo moreno le llegaba hasta la cintura. Fui amable, le pregunté por sus estudios. Dijo que le faltaban dos asignaturas para obtener la licenciatura, pero ya estaba trabajando en la tesis sobre Catulo. Es brillante, la elogió Pietro. Se llamaba Doriana y mientras permanecí en la sala le soltó la mano únicamente para acomodarle un poco las almohadas.

Por la noche, en la casa de Florencia, apareció mi suegra con Dede y Elsa. Le hablé de aquella chica, ella sonrió satisfecha, estaba al tanto de la relación de su hijo. Dijo: lo dejaste, qué esperabas. Al día siguiente fuimos todas juntas al hospital. Con sus collares y pulseras, Doriana sedujo de inmediato a Dede y Elsa. Nos prestaron muy poca atención tanto a mí como a su padre, se pasaron el tiempo en el patio jugando con ella y la abuela. Ha comenzado una nueva etapa, me dije, y sondeé con cautela el terreno con Pietro. Antes de la paliza ya había espaciado mucho las visitas a sus hijas, y ahora entendía por qué. Le pregunté por la chica. Me habló de ella como sabía hacerlo él, con devoción. ¿Se irá a vivir contigo?, le pregunté. Dijo que era demasiado pronto, no lo sabía, pero sí, tal vez sí. Tenemos que hablar de las niñas, dejé caer. Se manifestó de acuerdo.

En cuanto pude, afronté la nueva situación con Adele. Ella debió de creer que mi intención era quejarme, pero le comenté que no estaba en absoluto disgustada, mi problema eran las niñas.

—¿Qué quieres decir? —preguntó, alarmada.

—Hasta ahora las he dejado contigo por necesidad y porque pensé que a Pietro le convenía reasentarse, pero ahora que él tiene su vida, las cosas cambian. Yo también tengo derecho a un poco de estabilidad.

—¿Y entonces?

—Buscaré una casa en Nápoles y me mudaré con mis hijas.

Tuvimos una discusión muy violenta. A ella le importaban mucho las niñas y no se fiaba de dejármelas. Me acusó de estar demasiado enfrascada en mí misma para ocuparme de ellas como era debido. Insinuó que meter en casa a un extraño —se refería a Nino— cuando se tienen dos hijas era una grave imprudencia. Por último, juró que jamás permitiría que sus nietas se criaran en una ciudad desordenada como Nápoles.

Nos insultamos a base de bien. Sacó a relucir a mi madre, su hijo debió de hablarle de la desagradable escena de Florencia.

—Cuando tengas que irte de viaje, ¿con quién las dejarás, con ella?

—Las dejaré con quien me dé la gana.

—No quiero que Dede y Elsa entren en contacto con personas que no se saben controlar.

—En todos estos años —le respondí— he creído que tú eras la figura materna que siempre había echado en falta. Estaba equivocada, mi madre es mejor que tú.

22

Más tarde volví a plantearle el tema a Pietro y resultó evidente que, pese a las protestas, estaba dispuesto a llegar a cualquier acuerdo que le permitiera pasar el mayor tiempo posible con Doriana. Así las cosas, fui a Nápoles a hablar con Nino, no quería tratar un asunto tan delicado por teléfono. Me alojó en el apartamento de la via Duomo, como ocurría a menudo. Sabía que seguía viviendo ahí, era su casa, y aunque algunas veces tenía la impresión de provisionalidad y me fastidiaban las sábanas demasiado usadas, me sentía feliz de verlo e iba con mucho gusto. Cuando le anuncié que estaba dispuesta a trasladarme con mis hijas, tuvo una auténtica explosión de alegría. Lo celebramos, se comprometió a encontrar un apartamento para nosotros lo antes posible, quiso ocuparse de las inevitables dificultades.

Sentí alivio. Después de tanto correr, viajar, sufrir y disfrutar, ya era hora de que nos asentáramos. Ahora disponía de algo de dinero, recibiría algo más de Pietro para la manutención de las niñas, y estaba a punto de firmar un contrato ventajoso por un nuevo libro. Además, me sentía por fin adulta, con un prestigio creciente, en una condición en la que regresar a Nápoles podía ser una apuesta ilusionante y muy fructífera para mi trabajo. Pero, sobre todo, deseaba vivir con Nino. Qué bonito era pasear con él, ver a sus amigos, discutir, trasnochar. Quería alquilar una casa muy luminosa desde la que se viera el mar. Mis hijas no debían echar de menos las comodidades de Génova.

Evité telefonear a Lila y anunciarle mi decisión. Daba por descontado que se entrometería en mis asuntos a la fuerza, y no me daba la gana. Pero llamé a Carmen, con la que en el último año había entablado una buena relación. Para contentarla me había visto con el hermano de Nadia, Armando, que —según descubrí—, además de médico, ahora era un miembro destacado de Democracia Proletaria. Me trató con gran respeto. Elogió mi último libro, me propuso que fuera a hablar de él a algún lugar de la ciudad, me arrastró a una radio con muchos seguidores fundada por él mismo, y ahí, en el más miserable de los desórdenes, me entrevistó. Pero en relación con la que él había denominado con ironía mi curiosidad recurrente por su hermana, se mostró evasivo. Me contó que Nadia estaba bien, que se había marchado para hacer un largo viaje con su madre, y nada más. En cambio, de Pasquale no sabía nada ni le interesaba tener noticias suyas; la gente como él —subrayó— había sido la ruina de una formidable época política.

Obviamente, a Carmen le ofrecí una síntesis edulcorada de aquel encuentro, pero ella se disgustó de todos modos. Un disgusto contenido que al final me había obligado a verla de vez en cuando siempre que iba a Nápoles. Notaba en ella una angustia que comprendía. Pasquale era nuestro Pasquale. Las dos lo queríamos, pese a lo que había hecho o a lo que hiciera. Yo guardaba de él un recuerdo fragmentado, errante: cuando fuimos juntos a la biblioteca del barrio, cuando dio aquella paliza en la piazza dei Martiri, cuando fue a recogerme en coche para acompañarme a casa de Lila, cuando se presentó en mi casa de Florencia con Nadia. En cambio, a Carmen la sentía más compacta. Su dolor de niña —tenía grabada en la cabeza la detención de su padre— se sumó al dolor por su hermano, a la constancia con la que trataba de velar por su suerte. Si en otros tiempos solo había sido la amiga de la infancia que había terminado de dependienta en la charcutería nueva de los Carracci gracias a Lila, ahora era una persona a la que veía de buen grado y a la que le tenía cariño.

Nos encontramos en un bar de la via Duomo. El local estaba a oscuras, nos sentamos cerca de la puerta que daba a la calle. Le conté con detalle mis planes, sabía que hablaría de ellos con Lila y pensaba: es justo que sea así. Vestida de negro, con cara fúnebre, Carmen me escuchó con mucha atención y sin interrumpir. Me sentí frívola con mi traje elegante, las charlas sobre Nino y las ganas de vivir en una casa bonita. En un momento dado miró el reloj y me anunció:

—Lina estará a punto de llegar.

Me irrité, tenía una cita con ella, no con Lila. Yo también miré el reloj.

—Tengo que irme —dije.

—Espera cinco minutos, enseguida llega.

Se puso a hablarme de nuestra amiga con afecto y gratitud. Lila cuidaba de sus amigos. Lila se ocupaba de todos: de sus padres, de su hermano, incluso de Stefano. Lila había ayudado a Antonio a buscar casa y se había hecho muy amiga de la alemana con la que se había casado. Lila planeaba ponerse a trabajar por su cuenta en eso de los ordenadores. Lila era sincera, era rica, era generosa, si te encontrabas en un apuro, echaba mano de la cartera. Lila estaba dispuesta a ayudar a Pasquale como fuera. Ah, dijo, Lenù, qué suerte habéis tenido de estar tan unidas desde siempre, cuánto os he envidiado. Me pareció notar en su voz, reconocer en algún movimiento de la mano, los tonos y los gestos de nuestra amiga. Me vino otra vez a la cabeza Alfonso, me acordé de cuando tuve la impresión de que él, varón, se parecía a Lila hasta en los rasgos. ¿Acaso el barrio estaba afianzándose en ella, estaba encontrando una orientación?

—Me voy —dije.

—Espera un poquito más, Lila tiene algo importante que decirte.

—Dímelo tú.

—No, le corresponde a ella.

Esperé, siempre más a disgusto. Al fin llegó Lila. Esta vez había cuidado su aspecto mucho más que cuando nos habíamos visto en la piazza Amedeo y tuve que reconocer que, si quería, aún sabía ser muy hermosa.

—Entonces ya te has decidido, vuelves a Nápoles —exclamó.

—Sí.

—¿Y se lo cuentas a Carmen y a mí no?

—Iba a decírtelo.

—¿Lo saben tus padres?

—No.

—¿Y Elisa?

—Tampoco.

—Tu madre no se encuentra bien.

—¿Qué tiene?

—Tos, pero no quiere ir al médico.

Me moví en el asiento, eché otro vistazo al reloj.

—Me dice Carmen que tienes algo importante que decirme.

—No es algo agradable.

—Habla.

—Le pedí a Antonio que siguiera a Nino.

Di un respingo.

—¿Que lo siguiera en qué sentido?

—Que viera lo que hace.

—¿Y por qué?

—Lo hice por tu bien.

—Ya me ocupo yo de mi bien.

Lila lanzó una mirada a Carmen como para contar con su apoyo, luego se dirigió otra vez a mí.

—Si te pones así, me callo. No quiero que te ofendas otra vez.

—No me ofendo, pero date prisa.

Me miró a los ojos y me reveló con frases secas, en italiano, que Nino nunca había dejado a su mujer, que seguía viviendo con ella y con su hijo, que como premio lo habían puesto a dirigir, justo en esos días, un importante instituto de investigación financiado por el banco donde trabajaba su suegro.

—¿Lo sabías? —concluyó, seria.

Negué con la cabeza.

—No.

—Si no me crees lo vamos a ver y se lo repito todo a la cara, palabra por palabra, tal como acabo de hacer contigo.

Agité una mano para darle a entender que no era necesario.

—Te creo —murmuré, pero para evitar sus ojos miré más allá de la puerta, hacia la calle.

Entretanto me llegó de muy lejos la voz de Carmen, que decía: si vais a ver a Nino, voy con vosotras, entre las tres le damos una lección, le cortamos los huevos. Noté que me tocaba ligeramente un brazo para que le prestara atención. De niñas habíamos leído fotonovelas en los jardincillos al costado de la iglesia y habíamos sentido el mismo impulso de prestar ayuda a la heroína cuando se encontraba en dificultades. Tal vez ahora bullía en su pecho el mismo sentimiento de solidaridad de entonces pero con la seriedad de hoy, y era un sentimiento auténtico, inducido por un agravio que ya no era de ficción sino real. En cambio, Lila siempre había despreciado esas lecturas nuestras, y en ese momento seguramente estaba sentada frente a mí con otras motivaciones. Imaginé que se sentía satisfecha, como debía de haberse sentido también Antonio al descubrir la falsedad de Nino. Vi que ella y Carmen intercambiaban una mirada, una especie de muda consulta como para tomar una decisión. Fueron unos momentos eternos. No, leí en los labios de Carmen, y fue un soplo acompañado de una imperceptible negación con la cabeza.

¿No a qué?

Lila volvió a mirarme fijamente con la boca entreabierta. Como siempre, se estaba atribuyendo el deber de clavarme una aguja en el corazón, no para que se detuviera, sino para que me latiera con más fuerza. Amusgaba los ojos, fruncía la frente amplia. Esperaba mi reacción. Quería que gritara, que llorara, que me encomendara a ella.

—Tengo que irme —dije en voz baja.

23

Excluí a Lila de todo lo que siguió.

Estaba herida, no porque me hubiese revelado que Nino llevaba más de dos años contándome mentiras sobre la situación de su matrimonio, sino porque había conseguido demostrarme lo que, de hecho, me había advertido desde el primer momento: que me había equivocado en mi elección, que era estúpida.

Unas horas más tarde me encontré con Nino, pero hice como si nada, me limité a evitar sus abrazos. Estaba embargada por el rencor. Me pasé toda la noche con los ojos abiertos, el deseo de apretarme a aquel largo cuerpo de varón se había echado a perder. Al día siguiente él quiso llevarme a ver un apartamento en la via Tasso, y acepté que me dijera: si te gusta, no te preocupes por el alquiler, ya me ocupo yo, están a punto de encomendarme un trabajo que resolverá todos nuestros problemas económicos. Pero por la noche no aguanté más y estallé. Estábamos en la casa de la via Duomo; su amigo, como de costumbre, no se encontraba ahí.

—Mañana quiero ver a Eleonora —le anuncié.

Me miró perplejo.

—¿Por qué?

—Tengo que hablar con ella. Quiero saber cuánto sabe de nosotros, cuándo te fuiste de casa, desde cuándo no dormís juntos. Quiero saber si habéis solicitado la separación legal. Quiero que me diga si su padre y su madre saben que vuestro matrimonio ha terminado.

Mantuvo la calma.

—Pregúntame a mí, si hay algo que no tengas claro, te lo explico.

—No, solo me fío de ella, tú eres un mentiroso.

Entonces me puse a gritar, pasé al dialecto. Cedió enseguida, lo admitió todo; yo no tenía dudas de que Lila me hubiese dicho la verdad. Lo golpeé en el pecho con los puños y mientras lo hacía sentí como si en mi interior llevara a otra que se había despegado de mí y quería hacerle aún más daño; quería abofetearlo, escupirle a la cara como había visto hacer de pequeña en las peleas del barrio, gritarle hombre de mierda, arañarlo, arrancarle los ojos. Me quedé pasmada, me asusté. ¿Sigo siendo yo esta otra tan enfurecida, yo aquí, en Nápoles, en esta casa mugrienta, yo la que si pudiera mataría a este hombre, le clavaría un cuchillo en el corazón con todas mis fuerzas? ¿Debo retener a esta sombra —a mi madre, a todas nuestras antepasadas— o debo soltarla? Gritaba, lo golpeaba. Al principio, él esquivó los golpes fingiendo divertirse, después de repente se ensombreció, se desplomó en un sillón, dejó de defenderse.

Me detuve, el corazón estaba a punto de estallarme.

—Siéntate —murmuró.

—No.

—Dame al menos la oportunidad de explicártelo.

Me desmoroné en una silla lo más lejos posible, lo dejé hablar. Sabes muy bien —empezó con la voz entrecortada— que antes de Montpellier se lo conté todo a Eleonora y que la ruptura no tenía vuelta de hoja. Pero a mi regreso, murmuró, las cosas se complicaron. Su mujer se había vuelto loca, hasta el punto de que tuvo la impresión de que la vida de Albertino corría peligro. Por eso, para poder seguir adelante se vio obligado a decirle que habíamos dejado de vernos. La mentira funcionó durante un tiempo. Pero como las explicaciones que le daba a Eleonora por todas sus ausencias eran cada vez más inverosímiles, se reanudaron los escándalos. En una ocasión su mujer empuñó un cuchillo e intentó rajarse el vientre. Otra vez abrió el balcón de par en par con la intención de saltar. Y otro día se fue de casa llevándose al niño. Esa vez estuvo todo el día desaparecida y él sintió pánico. Cuando por fin consiguió localizarla en casa de una tía a la que estaba muy unida, se dio cuenta de que Eleonora había cambiado. Comenzó a tratarlo sin rabia, apenas con un punto de desprecio. Una mañana —dijo Nino, sin aliento— me preguntó si te había dejado. Le dije que sí. Y ella se limitó a decir: de acuerdo, te creo. Lo dijo así, con esas palabras, y a partir de entonces empezó a fingir que me creía, a fingir. Ahora vivimos dentro de esa ficción y todo va bien. De hecho, como ves, estoy aquí contigo, duermo contigo, si quiero me voy contigo de viaje. Y ella lo sabe todo, pero se comporta como si no supiera nada.

Entonces recobró el aliento, carraspeó, trató de cerciorarse de si lo escuchaba o me estaba reconcomiendo. Seguí sin decir palabra, miré hacia otro lado. Debió de pensar que me estaba rindiendo y siguió explicándose con mayor determinación. Habló y habló como sabía hacer él, se empleó a fondo. Se mostró persuasivo, autoirónico, afligido, desesperado. Pero cuando trató de acercarse lo rechacé a gritos. Entonces no aguantó más y se echó a llorar. Gesticulaba, inclinaba el busto en mi dirección, murmuraba entre lágrimas: no quiero que me justifiques, solo quiero que me entiendas. Lo interrumpí más furiosa que nunca, aullé: le mentiste a ella y me mentiste a mí, y no lo hiciste por amor a ninguna de las dos, lo hiciste por ti, porque no tienes el valor de defender tus decisiones, porque eres un cobarde. Entonces comencé a usar palabras repugnantes en dialecto y él se dejó insultar, apenas balbuceó alguna frase de amargura. No tardé en sentir que me ahogaba, agité los brazos, callé, y eso le permitió volver a la carga. Trató de demostrarme que mentirme había sido el único modo de evitar una tragedia. Cuando creyó haberlo conseguido, cuando me susurró que ahora, gracias a la docilidad de Eleonora, podíamos tratar de vivir juntos sin problemas, le dije con calma que lo nuestro se había terminado. Me marché, regresé a Génova.

24

El ambiente en casa de mis suegros se hizo cada vez más tenso. Nino telefoneaba sin parar, y yo o le colgaba el teléfono sin más o me peleaba con él a voz en grito. En un par de ocasiones llamó Lila, quería saber cómo iba. Le dije: bien, estupendamente, cómo quieres que me vaya, y le colgué. Me volví intratable, les gritaba a Dede y a Elsa con cualquier pretexto. Pero sobre todo empecé a tomarla con Adele. Una mañana le eché en cara lo que había hecho para impedir la publicación de mi texto. Ella no lo negó, al contrario, me dijo: es un opúsculo, no tiene la categoría de un libro. Yo escribiré opúsculos, repliqué, pero tú en toda tu vida has sido capaz de escribir ni siquiera eso, y no se entiende de dónde te viene tanta autoridad. Se ofendió, masculló: tú no sabes nada de mí. Ah, no, sabía cosas que ella ni se imaginaba. En esa ocasión conseguí morderme la lengua, pero a los pocos días tuve una discusión muy violenta con Nino en dialecto, y como mi suegra me lo reprochó con tono despectivo, reaccioné diciendo:

—Déjame en paz, piensa en ti.

—¿Qué quieres decir?

—Ya lo sabes.

—No sé nada.

—Pietro me contó que tuviste amantes.

—¿Yo?

—Sí, tú, no te hagas la sorprendida. Yo he asumido mis responsabilidades frente a todos, incluso frente a Dede y Elsa, y pago las consecuencias de mis actos. Tú, en cambio, que te das tantos aires, no eres más que una burguesita hipócrita que oculta sus porquerías bajo la alfombra.

Adele palideció, se quedó sin palabras. Rígida, la cara tensa, se levantó y cerró la puerta de la sala. Después me dijo en voz baja, casi susurrando, que yo era una mujer malvada, que no podía entender qué significaba amar de verdad y renunciar a la persona amada, que detrás de mi simpatía y mi docilidad ocultaba un deseo tan vulgar de arramblar con todo que ni los estudios ni los libros domesticarían nunca. Y concluyó: mañana te vas de aquí, y te llevas a tus hijas; solo lamenté que si las niñas se hubiesen criado ahí habrían tratado de no ser como yo.

No contesté, sabía que me había pasado de la raya. Sentí la tentación de disculparme, pero no lo hice. A la mañana siguiente Adele le ordenó a la criada que me ayudara a hacer las maletas. Me las arreglo sola, exclamé, y sin despedirme de Guido, que estaba en su despacho, haciendo como si nada, me encontré en la estación cargada de maletas, con las dos niñas que me vigilaban con la mirada tratando de comprender cuáles eran mis intenciones.

Recuerdo el agotamiento, el estruendo en el vestíbulo de la estación, de la sala de espera. Dede me reprochaba que la arrastrara de acá para allá: no me empujes, no me grites, que no estoy sorda. Elsa preguntaba: ¿vamos a casa de papá? Las dos se alegraban porque no había clases, pero sentía que no se fiaban de mí y me preguntaban con cautela, dispuestas a callar si me enfadaba: qué hacemos, cuándo regresamos a casa de los abuelos, adónde vamos a comer, dónde dormimos esta noche.

En un primer momento, estaba tan desesperada que pensé en ir a Nápoles y presentarme con las niñas, sin aviso previo, en casa de Nino y Eleonora. Me decía: sí, es lo que debo hacer, mis hijas y yo nos encontramos en esta situación también por su culpa, nos la va a pagar. Quería que mi desorden lo arrollara y lo aplastara como me estaba aplastando cada vez más a mí. Me había engañado. Se había quedado con su familia y, como distracción, también conmigo. Yo había elegido para siempre, él no. Yo había dejado a Pietro, él se había quedado con Eleonora. De modo que me asistía la razón. Tenía derecho a invadir su vida y decirle: y bien, querido mío, nosotras estamos aquí; si te has preocupado por tu mujer porque cometía locuras, ahora que las cometo yo, a ver qué haces.

Pero mientras me preparaba para un viaje largo e insoportable a Nápoles, cambié de idea en un santiamén —bastó un anuncio por el altavoz— y me fui a Milán. En mi nueva situación necesitaba el dinero más que nunca; me dije que antes de nada debía ir a la editorial a mendigar trabajos. En el tren me di cuenta del motivo de aquel brusco cambio de meta. Pese a todo, el amor se retorcía dentro de mí con ferocidad y me repugnaba la mera idea de hacerle daño a Nino. Por más que escribiera y razonara a fondo sobre la autonomía femenina, no sabía prescindir de su cuerpo, de su voz, de su inteligencia. Fue terrible confesármelo, pero lo seguía queriendo, lo amaba más que a mis propias hijas. La sola idea de perjudicarlo, de no verlo más me deshojaba dolorosamente; la mujer libre y culta perdía pétalos, se separaba de la mujer-madre, la mujer-madre tomaba distancia de la mujer-amante, la mujer-amante de la arrabalera enfurecida, y todas parecíamos a punto de salir volando en distintas direcciones. Cuanto más me acercaba a Milán, más descubría que, aparcada Lila, no sabía darme cohesión sin tener a Nino de modelo. Era incapaz de ser el modelo de mí misma. Sin él ya no tenía un núcleo a partir del cual extenderme fuera del barrio y por el mundo, era un cúmulo de escombros.

Llegué a casa de Mariarosa aterrada y exhausta.

25

¿Cuánto tiempo me quedé? Algunos meses, y fue una convivencia por momentos difícil. Mi cuñada ya se había enterado de mi enfrentamiento con Adele y me dijo con su franqueza habitual: sabes que te quiero, pero te has equivocado al tratar así a mi madre.

—Se ha comportado muy mal.

—Ahora. Pero siempre te ha ayudado.

—Sí, únicamente para que su hijo no hiciera un mal papel.

—Eres injusta.

—No, soy clara.

Me miró con un fastidio inusitado en ella. Después, como si enunciara una regla cuya violación no toleraría, dijo:

—Yo también quiero ser clara. Mi madre es mi madre. Di lo que te dé la gana de mi padre y de mi hermano, pero a ella la dejas en paz.

Por lo demás fue amable. Nos acogió en su casa a su manera desenvuelta, nos asignó una habitación grande con tres catrecitos, nos dio toallas, y después nos abandonó a nuestra suerte, como hacía con todas sus invitadas que aparecían y desaparecían del apartamento. Como siempre, me impresionó su mirada vivaz, su organismo entero parecía colgar de los ojos como una bata raída. No hice mucho caso a su inusitada palidez, a su cuerpo enflaquecido. Estaba embargada por mí misma, por mi dolor, y pronto acabé por no prestarle más atención.

Traté de ordenar un poco la habitación polvorienta, sucia, repleta de cosas. Hice mi camita y las de las niñas. Preparé la lista de todo lo que nos hacía falta a mí y a ellas. Pero aquel esfuerzo organizativo duró poco. Tenía la cabeza en otra parte, no sabía qué decisiones tomar, los primeros días los pasé colgada del teléfono. Echaba de menos a Nino hasta tal punto que lo llamé enseguida. Él consiguió el número de Mariarosa y a partir de ese momento no paró de telefonearme, aunque cada llamada acababa en pelea. Al principio oía su voz y me alegraba, a veces estuve a punto de rendirme a él. Me decía: yo también le oculté que Pietro había regresado a casa y dormíamos bajo el mismo techo. Después me enfadaba conmigo misma, me daba cuenta de que no era lo mismo: yo no había vuelto a acostarme con Pietro, él se acostaba con Eleonora; yo había iniciado los trámites de separación, él había consolidado su vínculo matrimonial. Y así volvíamos a discutir, le gritaba que no llamara nunca más. Pero el teléfono sonaba día y noche con regularidad. Me decía que no podía estar sin mí, me suplicaba que fuera a Nápoles. Un día me anunció que había alquilado el apartamento de la via Tasso y que todo estaba listo para recibirme a mí y a mis hijas. Decía, anunciaba, prometía, parecía dispuesto a todo, pero no se decidía a pronunciar las palabras más importantes: «Lo mío con Eleonora se terminó de verdad». Por eso siempre llegaba un momento en que, sin importarme las niñas ni quien trajinara por la casa, me ponía a chillarle que dejara de atormentarme y le colgaba más amargada que nunca.

26

Viví aquellos días despreciándome, no conseguía quitarme a Nino de la cabeza. Llevaba a cabo mis trabajos con desgana, viajaba por obligación, regresaba por obligación, me desesperaba, me abatía. Y sentía que los hechos daban la razón a Lila: me estaba olvidando de mis hijas, las dejaba sin colegio, sin cuidados.

Dede y Elsa estaban encantadas con su nueva situación. Conocían poco o nada a su tía, pero adoraban la sensación de libertad absoluta que ella difundía a su alrededor. La casa de Sant'Ambrogio seguía siendo un puerto de mar, Mariarosa acogía a todos con tonos de hermana o tal vez de monja sin prejuicios, sin reparar en la suciedad, los trastornos mentales, los delitos, las drogas. Las niñas no tenían obligaciones, se paseaban con curiosidad por los cuartos hasta altas horas de la noche. Escuchaban conversaciones y jergas de todo tipo, se divertían cuando se tocaba algún instrumento, se cantaba y se bailaba. Su tía salía por la mañana para ir a la universidad y regresaba a última hora de la tarde. Nunca estaba nerviosa, las hacía reír, las perseguía por las habitaciones, jugaba al escondite o a la gallina ciega. Si se quedaba en casa, se entregaba a limpiezas a fondo, las hacía participar a ellas, a mí, a sus invitadas vagabundas. Pero más que de los cuerpos se ocupaba de nuestra inteligencia. Había organizado unos cursos vespertinos, invitaba a sus colegas de la universidad, a veces era ella quien daba unas clases divertidísimas y cargadas de información, mientras mantenía cerca a sus sobrinas, se dirigía a ellas, las hacía partícipes. En esas ocasiones el apartamento se abarrotaba con sus amigos y amigas que venían expresamente a escucharla.

Una noche, durante una de esas clases, llamaron a la puerta y corrió a abrir Dede, a la que le encantaba recibir a la gente. La niña regresó a la sala y anunció con tono muy emocionado: es la policía. Entre el público se oyó un murmullo airado, casi amenazante. Mariarosa se levantó con calma, fue a hablar con los agentes. Eran dos, dijeron que los vecinos habían protestado o algo por el estilo. Ella los trató con cordialidad, insistió en que entraran, casi los obligó a sentarse con nosotros en la sala y siguió dando su clase. Dede nunca había visto de cerca a un policía, pegó la hebra con el más joven apoyando el codo en su rodilla. Recuerdo su frase introductoria con la que quiso explicar que Mariarosa era una persona respetable:

—En realidad —dijo—, mi tía es profesora.

—En realidad —murmuró el policía con una sonrisa insegura.

—Sí.

—Qué bien hablas.

—Gracias. En realidad, se llama Mariarosa Airota y enseña historia del arte.

El muchacho le dijo algo al oído a su compañero, mayor que él. Quedaron atrapados durante unos diez minutos y luego se marcharon. Dede los acompañó a la puerta.

Poco después me encargaron a mí también una de esas iniciativas didácticas y a mi velada asistió más gente que de costumbre. Mis hijas se sentaron en unos cojines en primera fila, en la sala espaciosa, y me escucharon disciplinadamente. A partir de ese momento Dede se puso a analizarme con curiosidad. Tenía en gran estima a su padre, a su abuelo y ahora a Mariarosa. De mí no sabía nada, y no quería saber nada. Yo era su madre, la que se lo prohibía todo, no me soportaba. Debió de sorprenderse que me escucharan con una atención que ella, por principio, jamás me habría prestado. Tal vez le gustó también la calma con la que refuté las críticas que, por sorpresa, me llegaron esa noche de Mariarosa. Mi cuñada fue la única de las mujeres presentes que manifestó no compartir ni una sola palabra de cuanto estaba diciendo; ella, a pesar de que tiempo atrás me había animado a estudiar, a escribir, a publicar. Sin pedirme permiso, describió el enfrentamiento que había tenido con mi madre en Florencia y demostró conocerlo al detalle. Teorizó «recurriendo a muchas citas eruditas» que la mujer que no ama sus orígenes estaba perdida.

27

Las veces en que debía marcharme dejaba a las niñas con mi cuñada, pero no tardé en comprobar que era Franco quien se ocupaba realmente de ellas. En general, él se quedaba en su habitación, no asistía a las clases, no hacía caso del continuo trajín. Pero se encariñó con mis hijas. Cuando era necesario cocinaba para ellas, inventaba juegos, a su manera las instruía. Dede aprendió de él a poner en tela de juicio la parábola inconsistente de Menenio Agripa, que le habían enseñado en la nueva escuela donde me había decidido a inscribirla. Reía y decía: mamá, el patricio Menenio Agripa aturdió a los plebeyos con sus charlas, pero no consiguió demostrar que los miembros de un hombre se nutren cuando se llena la barriga de otro. Ja, ja, ja. De él también aprendió en un gran mapamundi la geografía del bienestar desproporcionado y de la miseria insoportable. No hacía más que repetir: es la más grande de las injusticias.

Una noche en que Mariarosa no estaba, mi novio de la época de Pisa me dijo serio, con cierto pesar, aludiendo a las niñas que se perseguían por la casa con prolongados chillidos: imagínate, podrían haber sido nuestras. Lo corregí: hoy tendrían unos cuantos años más. Asintió con la cabeza. Lo escudriñé unos segundos mientras se miraba la punta de los zapatos. Mentalmente lo comparé con el estudiante rico y culto de hacía quince años: era él y sin embargo no era él. Ya no leía, no escribía, desde hacía casi un año había reducido al mínimo sus intervenciones en asambleas, debates, manifestaciones. Hablaba de política —su único interés verdadero— sin la convicción ni la pasión de otros tiempos, es más, había acentuado su tendencia a burlarse de su costumbre de profetizar sombrías desventuras. Con tono exagerado me enumeraba los desastres que, según él, estaban al caer: uno, el ocaso del sujeto revolucionario por excelencia, la clase obrera; dos, la dispersión definitiva del patrimonio político de socialistas y comunistas, un tanto desvirtuados ya por disputarse a diario el papel de báculo del capital; tres, el fin de toda hipótesis de cambio; había lo que había y tendríamos que adaptarnos. Yo preguntaba escéptica: ¿crees realmente que acabará así? Claro —se reía—, pero ya sabes lo hábil que soy para la charla; si quieres, a fuerza de tesis y antítesis, te demuestro exactamente lo contrario: el comunismo es inevitable, la dictadura del proletariado es la forma más elevada de democracia, la Unión Soviética, China, Corea del Norte y Tailandia son mucho mejores que Estados Unidos; en ciertos casos, derramar regueros o ríos de sangre es un crimen, mientras que en otros es de justicia. ¿Prefieres que lo haga así?

Solo en dos circunstancias lo vi como había sido de jovencito. Una mañana apareció Pietro, sin Doriana, con la actitud de quien pasaba revista para comprobar en qué condiciones vivían sus hijas, en qué colegio las había metido, si estaban contentas. Fue un momento de gran tensión. Tal vez las niñas le contaron demasiado sobre cómo vivían y con el gusto infantil de la exageración fantástica. Por eso se puso a discutir acaloradamente primero con su hermana y luego conmigo; nos dijo a ambas que éramos unas irresponsables. Yo perdí los estribos, le grité: tienes razón, llévatelas, ocupaos de ellas tú y Doriana. Al llegar a ese punto, Franco salió de su habitación, se entrometió, exhibió su antiguo arte de la palabra que en el pasado le había permitido dirigir asambleas muy violentas. Pietro y él terminaron discutiendo en términos eruditos sobre la pareja, la familia, el cuidado de la prole, incluso sobre Platón, olvidándose de mí y de Mariarosa. Mi marido se fue con la cara encendida, los ojos brillantes, nervioso y, sin embargo, contento de haber encontrado un interlocutor con el que discutir de un modo inteligente y civilizado.

Más borrascoso —y muy terrible para mí— fue el día en que Nino se presentó sin avisar. Estaba cansado del largo viaje en coche, con aspecto dejado, muy tenso. En un primer momento pensé que había venido para decidir de oficio sobre mi destino y el de las niñas. Esperé que dijera: se acabó, he aclarado mi situación matrimonial y nos vamos a vivir a Nápoles. Me sentí dispuesta a ceder sin poner más reparos, estaba harta de tanta provisionalidad. Sin embargo, las cosas no fueron así. Nos encerramos en una habitación y él, entre mil incertidumbres, restregándose las manos, frotándose la cara, alborotándose el pelo, y en contra de todas mis expectativas, me confirmó que le resultaba imposible separarse de su mujer. Se agitó, trató de abrazarme, se afanó en explicarme que solo quedándose con Eleonora le sería posible no renunciar a mí y a nuestra vida en común. En otro momento me habría dado pena, pues sin duda su sufrimiento era sincero. Pero entonces no reparé ni por un instante en cuánto sufría, lo miré estupefacta.

—¿Qué me estás diciendo?

—Que no puedo dejar a Eleonora pero que no puedo vivir sin ti.

—O sea que lo he entendido bien: me estás proponiendo, como si fuese una solución razonable, que abandone el papel de amante y acepte el de esposa paralela.

—Qué dices, no es así.

Lo ataqué, claro que es así, y le señalé la puerta: estaba harta de sus trucos, de sus ocurrencias, de sus palabras miserables. Entonces él, con la voz rota, a duras penas audible, pero con el aire de quien está enunciando de forma definitiva los motivos incontrovertibles de su comportamiento me confesó algo que —gritó— no quería que me llegara a través de terceros, y por eso había venido a contármelo personalmente: Eleonora estaba embarazada de siete meses.

28

Hoy, con la vida a mis espaldas, sé que reaccioné a esa noticia de un modo exagerado, y mientras escribo noto que sonrío para mis adentros. Conozco a muchos hombres y muchas mujeres que pueden contar experiencias no muy distintas: el amor, el sexo son irrazonables y brutales. Pero entonces no lo soporté. El hecho innegable («Eleonora está embarazada de siete meses») me pareció el agravio más insoportable que Nino pudiera ocasionarme. Me acordé de Lila, del momento de incertidumbre en el que ella y Carmen se habían consultado con la mirada, como si tuvieran algo más que contarme. ¿Entonces Antonio había averiguado también lo de ese embarazo? ¿Lo sabían? ¿Y por qué Lila había renunciado a decírmelo? ¿Se había arrogado el derecho a dosificarme el dolor? Algo se rompió dentro de mi pecho y mi vientre. Mientras Nino sofocaba la ansiedad y se afanaba en justificarse murmurando que si, por una parte, ese embarazo había servido para calmar a su mujer, por la otra, le había puesto más difícil abandonarla, yo me doblé en dos por el sufrimiento, crucé los brazos, me dolía todo el cuerpo, no conseguía hablar, gritar. Después me incorporé impulsivamente. En ese momento en casa solo estaba Franco. Nada de mujeres lunáticas, desoladas, cantarinas, enfermas. Mariarosa se había llevado de paseo a las niñas para que Nino y yo tuviéramos tiempo de enfrentarnos. Abrí la puerta de la habitación y llamé a mi ex novio de Pisa con voz débil. Él llegó de inmediato y le señalé a Nino. Con una especie de estertor le dije: échalo.

No lo echó, pero le indicó por señas que se callara. Evitó preguntar qué había pasado; me agarró de las muñecas, me sujetó con firmeza, esperó a que recuperase el dominio de mí misma. Después me llevó a la cocina, hizo que me sentara. Nino nos siguió. Agitaba los brazos, me desesperaba con sonidos entrecortados. Échalo, repetí cuando Nino intentó acercarse a mí. Él lo alejó y dijo tranquilo: déjala en paz, fuera. Nino lo obedeció; se lo conté todo a Franco de la manera más confusa. Me escuchó sin interrumpirme, hasta que vio que me había quedado sin energías. Solo entonces, con su estilo cultísimo, me dijo que, por norma, es mejor no pretender vete a saber qué y disfrutar de lo posible. Me enojé también con él: esos son comentarios típicos de los hombres, le grité, a quién carajo le importa lo posible, no digas tonterías. No se ofendió, quiso que examinara la situación tal como era. De acuerdo, dijo, este señor te mintió durante dos años y medio, te dijo que había dejado a su mujer, te dijo que ya no tenía relaciones con ella, y ahora descubres que hace siete meses la dejó preñada. Tienes razón, es horrible, Nino es un ser abyecto. Pero una vez descubierto —me hizo notar—, habría podido desaparecer, no ocuparse más de ti. ¿Por qué entonces ha venido en coche desde Nápoles a Milán, por qué ha viajado toda la noche, por qué se ha humillado y se ha denunciado, por qué te ha suplicado que no lo dejes? Todo esto debe de significar algo. Significa, le grité, que es un mentiroso, que es una persona superficial, que es incapaz de elegir. Y él asintió todo el rato, estaba de acuerdo. Sin embargo, después me preguntó: ¿y si te amara de veras y supiera que no puede amarte de otro modo?

No me dio tiempo a gritarle que esa era exactamente la tesis de Nino. Se abrió la puerta de casa, apareció Mariarosa. Las niñas reconocieron a Nino con melindrosa timidez, y ante la idea de recibir sus atenciones, olvidaron de golpe que durante días, durante meses, ese nombre había sonado en boca de su padre como una blasfemia. Él se dedicó enseguida a ellas, Mariarosa y Franco se ocuparon de mí. Qué difícil era todo. Dede y Elsa hablaban ahora en voz alta, se reían, mis dos anfitriones se dirigían a mí con argumentos serios. Querían ayudarme a razonar, pero con sentimientos de fondo que ni siquiera ellos controlaban. Franco manifestó una sorprendente tendencia a dejar un hueco para la mediación afectuosa en lugar de cortar por lo sano como solía hacer en otros tiempos. Mi cuñada se mostró al principio muy comprensiva conmigo, luego trató de entender también las motivaciones de Nino, y sobre todo el drama de Eleonora, con lo que terminó por herirme, tal vez sin querer, tal vez de un modo calculado. No te enfades, dijo, intenta reflexionar: ¿qué siente una mujer concienciada como tú ante la idea de que su felicidad pase por la ruina de otra?

Y así seguimos discutiendo. Franco me impulsaba a que aprovechara lo que podía dentro de los límites impuestos por la situación, Mariarosa me describía a Eleonora abandonada, con un hijo pequeño y otro en camino, y me aconsejaba: establece una relación con ella, reflejaos la una en la otra. Tonterías de quien no sabe, pensaba yo al límite de mis fuerzas, de quien no puede entender. Lila saldría de esta como hizo siempre, Lila me aconsejaría: ya has cometido bastantes errores, escupe a la cara a todo el mundo y lárgate; es el resultado que ella presagió siempre. Pero yo estaba asustada, me sentía aún más confundida por las charlas de Franco y Mariarosa, ya no les prestaba atención. Me dediqué a espiar a Nino. Qué apuesto, mientras reconquistaba la simpatía de mis hijas. Míralo, entraba con ellas en la habitación, hacía como si nada, las alababa dirigiéndose a Mariarosa —¿has visto, tía, qué señoritas tan excepcionales?— y ya le salía espontáneo su tono envolvente, el roce leve de los dedos en la rodilla desnuda de mi cuñada. Lo saqué de casa y lo obligué a dar un largo paseo por Sant'Ambrogio.

Recuerdo que hacía calor. Nos deslizamos por una mancha de color rojo ladrillo, en el aire volaban un montón de pelusas que se desprendían de los plátanos. Le dije que debía acostumbrarme a prescindir de él, pero que por ahora no podía, que necesitaba tiempo. Contestó que él, en cambio, jamás podría vivir sin mí. Repliqué que él nunca estaba en condiciones de separarse de nada y de nadie. Insistió en que no era cierto, que la culpa la tenían las circunstancias, que para tenerme estaba obligado a quedarse con todo. Comprendí que era inútil forzarlo a ir más allá, solo veía ante él un abismo y estaba asustado. Lo acompañé al coche, le dije que se fuera. Hasta un momento antes de partir me preguntó: qué piensas hacer. No le contesté, ni siquiera yo lo sabía.

29

Decidió por mí algo que ocurrió unas semanas más tarde. Mariarosa estaba de viaje, tenía no sé qué compromiso en Burdeos. Antes de marcharse me llevó aparte y me soltó un discurso confuso sobre Franco, sobre la necesidad de que estuviera cerca de él durante su ausencia. Dijo que estaba muy deprimido y de pronto comprendí lo que hasta ese momento había intuido solo a ratos, y que luego me había perdido por distracción: con Franco ella no jugaba a la buena samaritana como hacía con todos; lo amaba de veras, se había convertido para él en madre-hermana-amante, y ese aire sufrido, ese cuerpo enjuto se debían a la ansiedad permanente por él, a la certeza de que se había vuelto demasiado frágil, y de que de un momento a otro podía romperse.

Estuvo fuera ocho días. Con alguna dificultad —tenía otras cosas en la cabeza— fui cordial con Franco, me entretenía todas las noches charlando con él hasta tarde. Aprecié que en lugar de hablarme de política prefiriese contarse a sí mismo más que a mí lo bien que lo habíamos pasado juntos: nuestras caminatas por Pisa en primavera, lo mal que olía el paseo a orillas del Arno, las veces en que me había confiado hechos jamás contados a nadie sobre su infancia, sus padres, sus abuelos. Sobre todo me gustó que me dejara hablar de mis angustias, del nuevo contrato que había firmado con la editorial, de la necesidad de escribir un nuevo libro, del posible regreso a Nápoles, de Nino. No intentó generalizar ni hacer filigranas con las palabras. Al contrario, fue rotundo, casi vulgar. Si él te importa más que tú misma —me dijo una noche en que lo vi como aturdido—, te conviene aceptarlo tal como viene: con mujer, hijos, esa tendencia permanente a follarse a otras mujeres, las canalladas de las que es y será capaz. Lena, Lenuccia, murmuró con afecto negando con la cabeza. Y después se echó a reír, se levantó del sillón, dijo misteriosamente que, en su opinión, el amor terminaba solo cuando era posible regresar sin temor o disgusto a sí mismos, y salió de la habitación arrastrando los pies, como si quisiera asegurarse de la materialidad del suelo. No sé por qué, esa noche me acordé de Pasquale, una persona muy alejada de él por extracción social, cultura, elecciones políticas. Sin embargo, por un instante imaginé que si mi amigo del barrio hubiese sido capaz de salir vivo de la oscuridad que se lo había tragado, habría tenido la misma manera de caminar.

Franco estuvo un día entero metido en su habitación. Por la noche yo tenía un compromiso de trabajo, llamé a su puerta, le pregunté si podía darle la cena a Dede y Elsa. Prometió hacerlo. Regresé tarde; contrariamente a su costumbre había dejado la cocina patas arriba, recogí, fregué los platos. No dormí mucho, a las seis ya estaba despierta. Para ir al cuarto de baño pasé delante de su cuarto y me llamó la atención una hoja arrancada de un cuaderno y clavada en la puerta con una chincheta. Decía: «Lena, no dejes entrar a las niñas». Pensé que quizá esos días Dede y Elsa lo habían molestado, o que la noche anterior lo habían hecho enfadar, y me fui a desayunar con la intención de reprenderlas. Después reflexioné. Franco tenía una magnífica relación con mis hijas, descarté que se hubiera enfadado con ellas por algún motivo. Sobre las ocho llamé a su puerta con discreción. No contestó. Llamé con más fuerza, abrí la puerta con cautela, la habitación estaba a oscuras. Lo llamé, silencio, encendí la luz.

En la almohada y en la sábana había sangre, una gran mancha negruzca que se extendía hasta los pies. Qué repulsiva es la muerte. Aquí solo digo que cuando vi aquel cuerpo sin vida, aquel cuerpo que conocía íntimamente, que había sido feliz y activo, que había leído tantos libros y se había expuesto a tantas experiencias, sentí repugnancia y piedad al mismo tiempo. Franco había sido una materia viva impregnada de cultura política, de propósitos generosos y esperanzas, de buenos modales. Ahora ofrecía un horrible espectáculo de sí mismo. Se había desembarazado de un modo tan feroz de la memoria, el lenguaje, la capacidad de atribuir sentido, que me resultó evidente el odio a sí mismo, a su propia epidermis, a los humores, a los pensamientos y las palabras, al mal cariz que había tomado el mundo que lo había envuelto.

En los días siguientes me vino a la cabeza Giuseppina, la madre de Pasquale y Carmen. Ella también había dejado de tolerarse y de tolerar el segmento de vida que le había quedado. Pero Giuseppina venía de un tiempo anterior al mío; en cambio, Franco era mi tiempo, y esa forma violenta de quitarse de en medio no solo me impresionó sino que me trastornó. Pensé mucho en su nota, la única que dejó. Se dirigía a mí y, en esencia, me decía: no dejes entrar a las niñas, no quiero que me vean; pero tú puedes entrar, tú debes verme. Todavía hoy pienso en ese doble imperativo, uno explícito, el otro implícito. Después del funeral, al que asistió una multitud de militantes con el puño débilmente cerrado (por aquella época Franco seguía siendo muy conocido y apreciado), traté de recobrar el contacto con Mariarosa. Quería estar a su lado, quería hablar de él, pero no me lo permitió. Su aspecto agotado se acentuó, adquirió los rasgos de un desaliento enfermizo que acabó por apagar también la vivacidad de sus ojos. La casa se fue vaciando poco a poco. Dejó de tener conmigo actitudes de hermana, se volvió cada vez más hostil. Se quedaba todo el tiempo en la universidad o, si estaba en casa, se encerraba en su habitación y no quería que la molestaran. Se enfadaba si las niñas hacían ruido al jugar, se enfadaba todavía más si yo las reprendía por sus juegos bulliciosos. Hice las maletas, me fui a Nápoles con Dede y Elsa.

30

Nino había sido sincero, había alquilado el apartamento de la via Tasso. Me instalé allí enseguida, aunque estuviese infestado de hormigas y el mobiliario se redujera a una cama de matrimonio sin cabecero, las camitas de las niñas, una mesa y unas cuantas sillas. No hablé de amor, no aludí al futuro.

Le dije que mi decisión se debía en gran parte a Franco y me limité a darle una noticia buena y otra mala. La buena era que mi editorial había aceptado publicar su colección de ensayos, con la condición de que hiciera una nueva redacción algo menos árida; la mala era que no quería que me tocara. Recibió con alegría la primera noticia, se desesperó por la segunda. Luego resultó que nos pasamos todas las noches sentados uno al lado de la otra reescribiendo sus textos y esa proximidad me impidió mantener viva la rabia. Eleonora seguía embarazada cuando volvimos a amarnos. Y cuando ella dio a luz una niña, a la que llamaron Lidia, Nino y yo fuimos otra vez una pareja de amantes con nuestras costumbres, una bonita casa, dos niñas, una vida privada y pública más bien intensa.

—No pienses —le dije desde el principio— que estoy a tus órdenes, ahora no soy capaz de dejarte, pero tarde o temprano ocurrirá.

—No ocurrirá, no tendrás motivos.

—Ya los tengo de sobra.

—Pronto todo cambiará.

—Veremos.

Pero era una farsa, me vendía a mí misma como razonable lo que en realidad era irrazonable y humillante. Me quedo con lo que ahora me resulta indispensable —decía adaptando las palabras de Franco—, y en cuanto haya consumido su cara, sus palabras, todo deseo, lo echaré de mi lado. Por ello, cuando me pasaba días esperándolo inútilmente, me convencía de que era mejor así, que tenía cosas que hacer, que él estaba demasiado encima de mí. Y cuando sentía las punzadas de los celos trataba de calmarme susurrándome: yo soy la mujer que ama. Y si pensaba en sus hijos me decía: pasa más tiempo con Dede y Elsa que con Albertino y Lidia. Naturalmente, todo era verdadero y falso a la vez. Sí, la fuerza de atracción de Nino se agotaría. Sí, tenía un montón de cosas que hacer. Sí, Nino me amaba, amaba a Dede y a Elsa. Pero también existían otros síes que fingía ignorar. Sí, me sentía atraída por él más que nunca. Sí, estaba dispuesta a abandonar todo y a todos si él me necesitaba. Sí, el vínculo con Eleonora, Albertino y la recién nacida

Lidia era al menos tan fuerte como el vínculo conmigo y con mis hijas. Sobre estos síes corría tupidos velos, y si en algunos casos se producía una excepción que ponía en evidencia el estado de las cosas, recurría a toda prisa a la grandilocuencia sobre el mundo en el futuro: todo cambia, estamos inventando nuevas formas de convivencia, y otros discursos entre los muchos que yo misma soltaba por ahí o escribía cada vez que se me presentaba la ocasión.

Pero las dificultades me atormentaban a diario, abrían brechas sin cesar. La ciudad no había mejorado ni siquiera un poco, me agotó enseguida con su malestar. La via Tasso resultó incómoda. Nino me consiguió un coche de segunda mano, un Renault 4 blanco al que me aficioné enseguida, pero en los primeros tiempos renuncié a usarlo, pues acababa atrapada en los embotellamientos. Me costaba un triunfo ocuparme de los mil detalles de la vida cotidiana mucho más de lo que me había costado en Florencia, en Génova, en Milán. Desde el primer día de colegio, Dede detestó a la maestra y a sus compañeros. Elsa, que cursaba ya primero de primaria, regresaba siempre triste, con los ojos enrojecidos, y se negaba a contarme qué le había pasado. Empecé a reprenderlas a las dos. Les decía que no sabían reaccionar a las adversidades, no sabían imponerse, no sabían adaptarse, y debían aprender. En consecuencia, las dos hermanas se unieron contra mí: pasaron a hablar de la abuela Adele y de la tía Mariarosa como de divinidades que habían organizado un mundo feliz a su medida, las echaban de menos de forma cada vez más explícita. Cuando para reconquistarlas las atraía hacia mí, las mimaba, me abrazaban ariscas, a veces me rechazaban. ¿Y mi trabajo? Resultaba cada vez más evidente que, sobre todo en esa fase favorable, hubiera sido mejor que me quedara en Milán y me colocara en la editorial. O incluso que me fuera a Roma, dado que en mis viajes de promoción había conocido a personas que se habían ofrecido a ayudarme. ¿Qué hacíamos en Nápoles mis hijas y yo? ¿Estábamos ahí solo para darle el gusto a Nino? ¿Me mentía cuando me imaginaba libre y autónoma? ¿Mentía a mi público cuando interpretaba el papel de quien con sus dos libritos había tratado de contribuir a que todas las mujeres se confesaran aquello que no sabían decirse? ¿No eran más que fórmulas en las que me convenía creer, aunque de hecho no me diferenciara de mis coetáneas más tradicionales? ¿Pese a tanta argumentación me dejaba inventar por un hombre hasta el extremo de que sus necesidades se imponían a las mías y a las de mis hijas?

Aprendí a evitarme. Bastaba con que Nino llamara a la puerta para que se esfumara mi amargura. Me decía: ahora la vida es esta y no puede ser otra. Mientras tanto procuraba imponerme una disciplina, no me resignaba, trataba de ser combativa, a veces conseguía incluso sentirme feliz. La casa resplandecía de luz. Desde mi balcón veía Nápoles extenderse hasta el borde de la reverberación amarillo azulada del mar. Había sacado a mis hijas de la provisionalidad de Génova y Milán, y el aire, los colores, los sonidos del dialecto en las calles, la gente culta que Nino me traía incluso en plena noche me daban seguridad y alegría. Llevaba a las niñas a Florencia, a la casa de Pietro, y me mostraba contenta cuando él venía a verlas a Nápoles. Lo alojaba en mi casa, luchando con las protestas de Nino. Le preparaba la cama en la habitación de las niñas, que mostraban por él un afecto ostentoso, como si quisieran retenerlo con la representación de cuánto lo querían. Procurábamos mantener una relación desenvuelta, le preguntaba por Doriana, por su libro, que siempre estaba a punto de ser publicado pero luego surgían nuevos detalles que profundizar. Cuando las niñas se abrazaban a su padre y me ignoraban, aprovechaba para distraerme un poco. Bajaba por Arco Mirelli y me paseaba por la via Caracciolo, junto al mar. O subía hasta la via Aniello Falcone y e iba a la villa Floridiana. Elegía un banco donde sentarme, leía.

31

Desde la via Tasso el barrio era una pálida cantera muy lejana, escombros urbanos indistinguibles a los pies del Vesubio. Quería que siguiera siendo así: ahora yo era otra persona, haría lo posible para que no me reconquistara. Pero también en ese caso tendía a hacerme un propósito que era frágil. Cedí ya a los tres o cuatro días de mi primera y angustiada instalación en el apartamento. Vestí con cuidado a las niñas, me emperifollé con todo detalle y dije: ahora vamos a ver a la abuela Immacolata, al abuelo Vittorio y a los tíos.

Salimos por la mañana temprano, en la piazza Amedeo cogimos el metro, las niñas se entusiasmaron con el viento fortísimo causado por la llegada del tren, que alborotaba el pelo, pegaba los vestidos al cuerpo, cortaba el aliento. No había vuelto a ver a mi madre ni a hablar con ella desde el escándalo que me había montado en Florencia. Temía que se negara a recibirme y quizá por eso no telefoneé para anunciar mi visita. Pero tengo que ser sincera, hubo también otra razón más secreta. Era reacia a decirme: estoy aquí por este y por este otro motivo, quiero ir por aquí y quiero ir por allá. El barrio para mí, incluso antes que mis parientes, era Lila; programar aquella visita hubiera supuesto además preguntarme qué actitud quería adoptar con ella. Y aún no tenía respuestas definitivas, así que lo mejor era la casualidad. De todos modos, dado que podía llegar a cruzarme con ella, había dedicado la máxima atención a mi aspecto y al de las niñas. Quería que, llegado el caso, se diera cuenta de que yo era una señora distinguida y que mis hijas no sufrían, no eran unas inadaptadas, estaban muy bien.

De aquello resultó un día emotivamente denso. Pasé por el túnel, evité el surtidor de gasolina donde trabajaban Carmen y Roberto, su marido, y crucé el patio. Con el corazón en la boca subí las escaleras desportilladas del viejo edificio donde había nacido. Dede y Elsa se mostraron entusiasmadísimas, como si estuvieran emprendiendo a saber qué aventura; las puse delante de mí, toqué el timbre. Se oyó el andar renqueante de mi madre, abrió la puerta, entrecerró los ojos como si fuéramos tres fantasmas. Muy a mi pesar, yo también me mostré asombrada. Se produjo un desprendimiento entre la persona que yo esperaba ver y la que, de hecho, me encontré delante. Mi madre estaba muy cambiada. Por una fracción de segundo me recordó a una prima suya a la que había visto en pocas ocasiones cuando era niña y que se le parecía aunque tenía seis o siete años más que ella. Estaba mucho más delgada, los huesos de la cara, la nariz y las orejas parecían enormes.

Intenté abrazarla y se apartó. Mi padre no estaba en casa, tampoco Peppe y Gianni. Fue imposible saber nada de ellos, durante una hora larga no me dirigió la palabra, aunque con las niñas se mostró afectuosa. Las alabó mucho y luego, tras haberlas cubierto con enormes delantales para que no se ensuciaran, preparó con ellas caramelos de azúcar. Para mí el tiempo pasó con gran incomodidad, pues hizo como si yo no estuviera. Cuando intenté decirles a las niñas que no comieran tantos caramelos, Dede le preguntó enseguida a su abuela:

—¿Podemos comer más?

—Comed cuanto queráis —contestó mi madre sin mirarme.

Se repitió la misma escena cuando les dijo a sus nietas que podían salir al patio a jugar. En Florencia, en Génova, en Milán nunca las había dejado salir solas de casa.

—No, niñas, no podéis, quedaos aquí —dije.

—¿Podemos salir, abuela? —preguntaron mis hijas casi al unísono.

—Ya os he dicho que sí.

Nos quedamos solas.

—Me he mudado. He alquilado una casa en la via Tasso —le dije nerviosa, como si aún fuese niña.

—Muy bien.

—Hace tres días.

—Muy bien.

—He escrito otro libro.

—¿Y a mí qué?

Me callé. Con una mueca de disgusto, cortó en dos un limón y exprimió el zumo en un vaso.

—¿Por qué te tomas una limonada? —le pregunté.

—Porque verte me revuelve el estómago.

Añadió agua al limón, le echó un poco de bicarbonato, y se lo bebió de un trago en medio de un murmullo espumoso.

—¿Te sientes mal?

—Me siento muy bien.

—No es cierto. ¿Has ido al médico?

—Lo que me faltaba, tirar el dinero en médicos y medicamentos.

—¿Sabe Elisa que no te encuentras bien?

—Elisa está embarazada.

—¿Por qué no me habéis dicho nada?

No me contestó. Dejó el vaso en el fregadero con un largo suspiro fatigado, se limpió la boca con el dorso de la mano.

—Te llevaré al médico. ¿Qué más notas? —le dije.

—Todas las cosas que me has causado tú. Por tu culpa se me ha roto una vena en el vientre.

—¿Qué dices?

—Sí, me has hecho explotar por dentro.

—Yo te quiero, mamá.

—Yo no. ¿Has venido a Nápoles a vivir con las niñas?

—Sí.

—¿Y tu marido no viene?

—No.

—Entonces no vuelvas a poner los pies en esta casa.

—Ma, ahora no es como antes. Aunque dejes a tu marido puedes ser una persona respetable. ¿Por qué te lo tomas tan a mal conmigo y a Elisa, que está embarazada y no se ha casado, no le dices nada?

—Porque tú no eres Elisa. ¿Ha estudiado Elisa como has estudiado tú? ¿Esperaba yo de Elisa lo que esperaba de ti?

—Estoy haciendo cosas de las que debes sentirte satisfecha. Greco se está convirtiendo en un nombre importante. Ahora me conocen un poco en el extranjero.

—No vengas a darte aires conmigo, no eres nadie. Para la gente normal, lo que tú crees ser no es nada. Yo aquí soy respetada no por haberte parido a ti, sino por haber parido a Elisa. Ella, que no estudió, que ni siquiera se sacó el título de bachillerato elemental, se ha convertido en una señora. ¿Y dónde has acabado tú con tu licenciatura? Lo lamento solo por las niñas, que son tan hermosas y hablan tan bien. ¿No has pensado en ellas? Con ese padre se estaban criando como los niños de la televisión, ¿y qué haces tú, las traes a vivir a Nápoles?

—Yo soy quien las ha educado, ma, no su padre. Y donde sea que las lleve seguirán criándose así.

—Eres una presuntuosa. Virgen santa, cuántos errores cometí contigo. Y yo que creía que la presuntuosa era Lina, y resulta que eres tú. Tu amiga le ha comprado la casa a sus padres, ¿qué has hecho tú? Tu amiga los tiene a todos marcando el paso, incluso a Michele Solara, ¿a quién tienes tú marcando el paso, al mierda ese del hijo de Sarratore?

Pasó entonces a poner por las nubes a Lila: ah, qué guapa es Lina, qué generosa, ahora tiene nada más ni nada menos que una empresa toda suya, ella y Enzo sí que han sabido hacer bien las cosas. Comprendí definitivamente que la culpa más grande que me atribuía era tener que reconocer sin subterfugios que yo valía menos que Lila. Cuando dijo que quería cocinar algo para Dede y Elsa, excluyéndome a propósito, me di cuenta de que le pesaba invitarme a comer y me marché amargada.

32

Al llegar a la verja vacilé: ¿qué hacer, esperar en la verja que regresara mi padre para saludarlo, dar una vuelta por las calles y buscar a mis hermanos, comprobar si mi hermana estaba en casa? Busqué una cabina, telefoneé a

Elisa, arrastré a las niñas hasta su apartamento espacioso desde el que se veía el Vesubio. A mi hermana no se le notaba aún el embarazo, sin embargo, la encontré muy cambiada. El mero hecho de quedarse preñada debió de hacerla crecer de golpe, pero distorsionándola. Era como si se hubiese vulgarizado en el cuerpo, en las palabras, en los tonos. Lucía un color térreo y estaba tan envenenada por el malhumor que nos recibió con desgana; ni por un instante encontré el afecto, la estima un tanto infantil que siempre había sentido por mí. Y cuando le hablé de la salud de nuestra madre, adoptó un tono agresivo del que jamás la había creído capaz, al menos conmigo.

—Lenù —exclamó—, el médico ha dicho que está muy bien, que es el alma la que sufre. Mamá está sanísima, tiene salud, no hay nada que curar aparte del disgusto. Si no le hubieses causado una decepción tan grande, no estaría como está.

—Pero qué tonterías dices.

Se exasperó aún más.

—¿Tonterías? Solo te digo una cosa: yo estoy peor de salud que mamá. De todos modos, ahora que te has venido a vivir a Nápoles y sabes más de médicos, ocúpate un poco de ella, no eches todo el trabajo sobre mis espaldas. Basta con que le des un poco de cuerda y se pondrá como una rosa.

Procuré contenerme, no quería discutir. ¿Por qué me hablaba de ese modo? ¿Acaso yo también había ido a peor como ella? ¿Nuestra buena época como hermanas se había terminado, o acaso Elisa, la más joven de la familia, era la prueba evidente de que la vida del barrio echaba a perder a las personas todavía más que en el pasado? Les dije a las niñas, que se habían sentado muy compuestas, calladitas pero decepcionadas porque la tía no les hacía el menor caso, que podían terminar de comerse los caramelos de azúcar de la abuela. Luego le pregunté a mi hermana:

—¿Cómo te va con Marcello?

—Muy bien, ¿cómo quieres que me vaya? Si no fuera por todas las preocupaciones que tiene desde que murió su madre, estaríamos realmente contentos.

—¿Qué preocupaciones?

—Preocupaciones, Lenù, preocupaciones. Tú piensa en los libros, la vida es otra cosa.

—¿Qué tal Peppe y Gianni?

—Trabajan.

—Nunca consigo encontrarlos.

—Tú tienes la culpa, como no vienes nunca.

—Ahora vendré más seguido.

—Muy bien. Entonces trata de hablar un poco con tu amiga Lina.

—¿Qué pasa?

—Nada. Pero entre las muchas preocupaciones de Marcello también está ella.

—¿Qué quieres decir?

—Pregúntaselo a Lina, y si te lo cuenta, dile que haría bien en meterse en sus cosas.

Reconocí la reticencia amenazante de los Solara y comprendí que nunca más recuperaríamos la confianza de antes. Le dije que las relaciones con Lila se habían enfriado, pero que acababa de enterarme por nuestra madre de que ya no trabajaba con Michele y que se había independizado. Elisa estalló:

—¡Claro que se ha independizado, con nuestro dinero!

—Cuéntamelo.

—¿Qué quieres que te cuente, Lenù? Esa engatusó a Michele como le dio la gana. Pero con mi Marcello no va a poder.

33

Elisa tampoco nos invitó a comer. Solo cuando nos acompañó a la puerta pareció darse cuenta de la descortesía y le dijo a Elsa: ven con la tía. Desaparecieron unos minutos, haciendo sufrir a Dede, que me agarró de la mano para no sentirse abandonada. Cuando reaparecieron, Elsa venía con cara seria pero mirada alegre. Mi hermana, que daba la sensación de apenas tenerse en pie, cerró la puerta de su casa en cuanto enfilamos el primer tramo de escaleras.

Una vez en la calle, la pequeña nos enseñó el regalo secreto de su tía: veinte mil liras. Elisa le había regalado dinero como hacían algunos parientes algo más ricos cuando éramos pequeñas. No obstante, en aquella época para nosotros el dinero era un regalo solo en apariencia, porque de hecho estábamos obligados a dárselo a mi madre, que lo usaba para ir tirando. Evidentemente, Elisa también había querido darme el dinero a mí más que a Elsa, pero con otro fin. Con esas veinte mil liras —el equivalente de nada menos que tres libros con una buena presentación editorial— se había empeñado en demostrarme que Marcello la quería y le ofrecía una vida llena de comodidades.

Calmé a las niñas, que ya estaban tirándose de los pelos. Hubo que someter a Elsa a un interrogatorio a fondo para que reconociera que, según la voluntad de su tía, había que repartir el dinero, diez mil para ella y diez mil para Dede. Seguían peleándose y tironeándose cuando oí que me llamaban. Era Carmen, embutida en la bata azul de la gasolinera. Con la distracción se me había olvidado evitar el surtidor. Me estaba saludando por señas, el pelo rizado y negrísimo, la cara ancha.

Fue difícil resistirme. Carmen cerró el surtidor, quiso llevarme a comer a su casa. Llegó su marido, al que no conocía. Había ido corriendo a recoger a sus hijos al parvulario, dos niños, uno de la edad de Elsa, el otro un año menor. Resultó ser una persona apacible, muy cordial. Puso la mesa con la ayuda de los niños, la recogió, fregó los platos. Hasta ese momento nunca había visto una pareja de mi generación tan unida, tan visiblemente contenta de vivir juntos. Por fin me sentí bien recibida, comprobé que mis hijas también estaban cómodas: comieron con apetito, se dedicaron a los dos varoncitos con actitud maternal. En una palabra, me tranquilicé, disfruté de un par de horas de calma. Después Roberto corrió a abrir el surtidor y Carmen y yo nos quedamos solas.

Fue discreta, no me preguntó por Nino ni si me había trasladado a Nápoles para vivir con él, aunque tenía el aire de saberlo todo. Me habló de su marido, muy trabajador, apegado a la familia. Lenù, dijo, entre tanto dolor él y mis hijos son el único consuelo. Y rememoró el pasado: la desagradable experiencia de su padre, los sacrificios de su madre y su muerte, la época en que había trabajado en la charcutería de Stefano Carracci, cuando Ada había sustituido a Lila y la había atormentado. Incluso nos reímos un poco de los tiempos en que había estado de novia con Enzo: qué tontería, dijo. No citó a Pasquale ni una sola vez, fui yo quien preguntó por él. Pero ella clavó la vista en el suelo, negó con la cabeza, se levantó de un salto como para alejar algo que no quería o no podía decirme.

—Voy a telefonear a Lina —dijo—, si se entera de que nos hemos visto y no la he avisado, no volverá a dirigirme la palabra.

—Déjala, estará ocupada.

—¡Qué va! Ahora que ella es la dueña, hace lo que le viene en gana.

Intenté frenarla para que siguiera conversando, le pregunté con cautela sobre las relaciones de Lila con los Solara. Pero se incomodó, contestó que sabía poco o nada, y se fue a telefonear de todos modos. Oí que anunciaba con entusiasmo mi presencia y la de mis hijas en su casa. Cuando regresó dijo:

—Se ha alegrado mucho, ahora viene.

A partir de ese momento me puse cada vez más nerviosa. Sin embargo, me sentía bien dispuesta, en aquella casa decorosa se estaba a gusto, los cuatro niños jugaban en la habitación contigua. Sonó el timbre, Carmen fue a abrir, se oyó la voz de Lila.

34

Al principio no me fijé en Gennaro, y tampoco vi a Enzo. Se hicieron visibles tras una larga serie de segundos en los que solo veía a Lila y me embargaba un inesperado sentimiento de culpa. Tal vez me pareció equivocado que una vez más fuera ella quien acudiera a verme, mientras yo insistía en mantenerla fuera de mi vida. O tal vez me pareció un desaire que ella siguiera sintiendo curiosidad por mí, y en cambio yo, con los silencios, las ausencias, procurara hacerle ver que ya no me interesaba. No lo sé. Lo cierto es que mientras me abrazaba pensé: si no me agrede con palabras malvadas refiriéndose a Nino, si finge no saber nada de su nueva paternidad, si se muestra amable con mis hijas, seré cordial, luego ya veremos.

Y nos sentamos. No nos veíamos desde nuestra cita en el bar de la via Duomo. Lila fue la primera en hablar. Empujó hacia mí a Gennaro —un adolescente gordo, con la cara estropeada por el acné— y de inmediato empezó a lamentarse de su rendimiento escolar. Dijo con tono afectuoso: en primaria era buen alumno, en el bachillerato elemental, también, pero este año me lo suspenden, no puede con el latín y el griego. Le di una palmadita en la cara al chico, lo consolé: tienes que practicar, Gennà, ven a mi casa, te doy clases de repaso. Y en un arrebato decidí tomar la iniciativa, encaré yo el tema que para mí era más candente, dije: me he mudado a Nápoles hace unos días, con Nino se han aclarado las cosas dentro del límite de lo posible, todo va bien. Luego llamé a mis hijas con voz tranquila, y cuando asomaron exclamé: aquí tienes a las niñas, qué tal las encuentras, has visto cómo han crecido. Siguió un alboroto. Dede reconoció a Gennaro y, feliz, se lo llevó con gesto seductor, ella nueve años, él casi quince; Elsa también tiró de él para no ser menos que su hermana. Las miré con orgullo de madre y me alegré cuando Lila dijo: has hecho bien en regresar a Nápoles, una debe hacer lo que se siente con ánimo de hacer, las niñas están realmente bien, qué guapas son.

En ese momento me sentí aliviada; por darme conversación Enzo me preguntó por el trabajo. Presumí un poco del buen éxito del último libro, pero comprendí enseguida que si en su día en el barrio habían oído hablar del primero de ellos y alguien lo había leído, del segundo Enzo y Carmen no se habían enterado, y tampoco Lila. De modo que con tono autoirónico di unas cuentas vueltas al tema y luego pregunté por su empresa, dejé caer riendo: sé que habéis pasado de proletarios a patrones. Lila hizo una mueca para quitarle importancia al asunto, miró a Enzo, y Enzo trató de explicármelo con frases breves. Dijo que en los últimos años los ordenadores habían evolucionado, que IBM había lanzado al mercado unas máquinas completamente distintas de las anteriores. Como de costumbre, se enredó en detalles técnicos que me aburrieron. Citó siglas, el sistema 34, el 5120, y explicó que ya no existían ni las fichas perforadas ni las máquinas perforadoras y verificadoras, sino un lenguaje de programación distinto, el BASIC, y máquinas cada vez más pequeñas, con poca potencia de cálculo y almacenamiento de datos pero con un costo muy moderado. Al final solo entendí que esa nueva tecnología había sido decisiva para ellos, se habían puesto a estudiar y habían decidido que podían continuar solos. Y así fue como fundaron su propia sociedad, Basic Sight —en inglés, porque, si no, no te toman en serio—, y de esa sociedad, cuya sede estaba en las tres habitaciones de su casa —de patrones, nada—, él, Enzo, era el socio mayoritario y administrador, pero el alma, el alma verdadera —Enzo me la señaló con un gesto orgulloso— era Lila. Fíjate en esta marca, dijo, la ha diseñado ella.

Examiné el logotipo, un garabato alrededor de una línea vertical. Lo miré fijamente con una súbita emoción; era una manifestación ulterior de su cabeza ingobernable, a saber cuántas otras me había perdido. Me entró nostalgia de los hermosos momentos de nuestro pasado. Lila aprendía, almacenaba, aprendía. Era incapaz de detenerse, jamás se echaba atrás: el 34, el 5120, el BASIC, la sociedad Basic Sight, el logotipo. Bonito, dije, y me sentí como no me había sentido con mi madre y mi hermana. Todos parecían felices de tenerme de nuevo entre ellos, me incluían con generosidad en sus vidas. Para demostrarme que sus ideas no habían cambiado a pesar de los buenos negocios, Enzo se puso a contar con su estilo seco las cosas que veía cuando visitaba las fábricas: la gente trabajaba por unas pocas liras en condiciones terribles, y él a veces se avergonzaba de tener que transformar la suciedad de la explotación en la limpieza de la programación. Por su parte, Lila dijo que para conseguir esa pulcritud los patrones estaban obligados a mostrarles de cerca todas sus inmundicias y habló con sarcasmo de la falsedad, de las estafas, de los chanchullos ocultos tras la fachada de las cuentas en orden. Carmen no se quedó atrás, habló de la gasolina, exclamó: ahí también hay mierda por todas partes. Y solo en ese momento citó a su hermano, aludiendo a los motivos justos que lo habían llevado a hacer cosas equivocadas. Recordó el barrio de nuestra infancia y adolescencia. Habló —algo que nunca había ocurrido antes— de la época en que ella y Pasquale eran niños y su padre enumeraba punto por punto lo que le habían hecho los fascistas liderados por don Achille: de la vez en que le habían dado una tremenda paliza justamente a la entrada del túnel; de la vez en que lo habían obligado a besar la foto de Mussolini pero él había escupido sobre ella, y si no lo mataron, si no había desaparecido como muchos otros compañeros (no existe la historia de aquellos a los que los fascistas asesinaron y luego hicieron desaparecer), había sido porque tenía la carpintería y era muy conocido en el barrio; si lo hubieran eliminado de la faz de la tierra todo el mundo se habría percatado.

El tiempo pasó así. En un momento dado hubo tanta sintonía que decidieron darme una gran prueba de amistad. Carmen consultó con la mirada a Enzo y Lila, luego dijo cauta: podemos fiarnos de Lenuccia. Cuando vio que estaban de acuerdo me reveló que hacía poco habían visto a Pasquale. Él se había presentado de noche en casa de Carmen y ella había llamado a Lila, y Enzo y Lila habían ido corriendo. Pasquale estaba bien: muy pulcro, sin un pelo fuera de lugar, elegantísimo, parecía un cirujano. Sin embargo, lo habían encontrado triste. Sus ideas eran las mismas, pero él estaba triste, triste, muy triste. Dijo que jamás se rendiría, que tendrían que matarlo. Antes de marcharse se asomó para ver a sus sobrinos mientras dormían, ni siquiera sabía sus nombres. Carmen se echó a llorar, pero en silencio, para evitar que acudieran sus hijos. Nos dijimos, ella la primera, ella más que yo y que Lila (Lila fue lacónica, Enzo se limitó a asentir con la cabeza), que las elecciones de Pasquale no nos gustaban, que nos horrorizaba el sangriento desorden de Italia y el mundo, si bien él sabía las mismas cosas esenciales que nosotros, y aunque quién sabe qué feos actos —de todos los que se leían en los diarios— había cometido, aunque nosotros nos habíamos acomodado con nuestras vidas dentro de la informática, el latín y el griego, los libros, la gasolina, nunca habríamos renegado de él. Ninguna de las personas que lo querían lo habría hecho.

El día terminó ahí. Hubo una última pregunta que le hice a Lila y Enzo, porque me sentía cómoda y me rondaba por la cabeza lo poco que me había dicho antes Elisa. Pregunté: ¿y los Solara? Enzo clavó la vista en el suelo. Lila se encogió de hombros, dijo: la misma mierda de siempre. Después contó con ironía que Michele se había vuelto loco: al morir su madre había dejado a Gigliola, había echado a su mujer y a sus hijos de la casa de Posillipo, y si se presentaban allí los molía a palos. Los Solara —dijo con un matiz de complacencia— están acabados: imagínate que Marcello va diciendo por ahí que si su hermano se comporta de ese modo es por mi culpa. Y a continuación entrecerró los ojos e hizo una mueca de satisfacción, como si el de Marcello fuera un cumplido. Luego concluyó: en tu ausencia han cambiado muchas cosas, Lenù; ahora debes pasar más tiempo con nosotros; dame tu número de teléfono, tenemos que vernos todas las veces que podamos; además, quiero mandarte a Gennaro, a ver si lo puedes ayudar.

Cogió el bolígrafo, se dispuso a escribir. Yo le dicté enseguida las dos primeras cifras, luego me confundí, había aprendido el número hacía apenas unos días y no lo recordaba bien. Pero cuando me vino a la cabeza con precisión, dudé otra vez, tuve miedo de que Lila volviera a instalarse en mi vida; le dicté las dos cifras en correcto orden, en las demás me equivoqué adrede.

Hice bien. Justo cuando me disponía a marcharme con las niñas, Lila me preguntó delante de todos, incluso delante de Dede y Elsa:

—¿Y con Nino vas a tener hijos?

35

Claro que no, respondí, y solté una risita incómoda. Pero una vez en la calle tuve que explicarle sobre todo a Elsa —Dede callaba ceñuda— que no tendría más hijos, que mis niñas eran ellas, y punto. Y luego estuve un par de días con dolor de cabeza y sin pegar ojo. Unas cuantas palabras dichas así, con arte, y Lila había sembrado la confusión en un encuentro que me había parecido hermoso. Me dije: no hay nada que hacer, es incorregible, siempre sabe cómo complicarme la existencia. Y no me refería únicamente a la angustia que había desencadenado en Dede y Elsa. Lila había acertado con precisión en un punto de mí que yo ocultaba con celo, y que tenía que ver con la urgencia de la maternidad, advertida por primera vez una docena de años antes, cuando tuve en brazos al pequeño Mirko en casa de Mariarosa. Había sido un impulso por completo irrazonable, una especie de mandato del amor que en aquella época me había arrollado. Ya por entonces intuí que no era el deseo puro y simple de tener un hijo, quería un hijo determinado, un hijo como Mirko, un hijo de Nino. De hecho, ese afán no se había visto colmado por Pietro ni por la concepción de Dede y Elsa. Es más, hacía poco había vuelto a surgir cada vez que veía al niño de Silvia, y sobre todo cuando Nino me dijo que Eleonora estaba embarazada. Ahora ese deseo se me removía por dentro con más frecuencia y Lila, con su habitual mirada aguda, lo había visto. Es su juego preferido —me dije—, hace lo mismo con Enzo, con Carmen, con Antonio, con Alfonso. Seguramente se ha comportado igual con Michele Solara, con Gigliola. Finge ser una persona amable y afectuosa, pero después, con un toquecito te desplaza apenas y te echa a perder. Quiere volver a obrar de este modo también conmigo, también con Nino. Ya había conseguido poner de manifiesto una turbación secreta que, en general, yo trababa de pasar por alto como se pasa por alto un parpadeo.

Durante días, en la casa de la via Tasso, sola y acompañada, me sentí aguijoneada sin cesar por aquella pregunta: ¿y con Nino vas a tener hijos? Pero ya no era Lila quien preguntaba, sino que me lo preguntaba yo misma.

36

Después volví con frecuencia al barrio, en especial cuando Pietro venía a quedarse con sus hijas. Bajaba andando a la piazza Amedeo y tomaba el metro. A veces me detenía en el puente del ferrocarril y miraba la avenida, allá abajo; a veces me limitaba a cruzar el túnel y a dar un paseo hasta la iglesia. Pero con más frecuencia iba a pelearme con mi madre para que fuera al médico, y en esa batalla involucraba a mi padre, a Peppe, a Gianni. Era una mujer tozuda, se enojaba con su marido y sus hijos en cuanto yo mencionaba sus problemas de salud. A mí me gritaba infaliblemente: calla, eres tú la que me está matando, y me echaba, o se encerraba en el retrete.

Lila sí tenía aptitudes, todos lo sabían; Michele, por ejemplo, se había dado cuenta hacía tiempo. De modo que la aversión que le tenía Elisa no se debía únicamente a algún roce con Marcello, sino al hecho de que Lila se había librado una vez más de los Solara y, tras haberlos utilizado, se imponía.

La empresa Basic Sight le estaba dando cada vez más el prestigio de la novedad y las ganancias. Ya no se trataba de la persona caprichosa que desde niña tenía la capacidad de quitarte el desorden de la cabeza y el pecho y devolvértelo bien organizado o, si no te toleraba, de confundirte las ideas y dejarte desanimada. Ahora encarnaba también la posibilidad de aprender un trabajo nuevo, un trabajo del que nadie sabía nada pero era rentable. Los negocios iban tan bien —se decía— que Enzo estaba buscando un local donde montar una oficina adecuada y no la improvisada que había instalado entre la cocina y el dormitorio de su casa. Pero por más despierto que fuera, ¿quién era Enzo? Un mero subordinado de Lila. Era ella la que movía los hilos, la que hacía y deshacía. De manera que, exagerando un poco, daba la impresión de que en poco tiempo la situación del barrio había pasado a ser la siguiente: o se aprendía a ser como Marcello y Michele, o como Lila.

Sin duda, puede que se tratara de una obsesión mía, pero al menos en aquella época me parecía ver a Lila cada vez más en todas las personas que habían estado o estaban a su lado. Una vez, por ejemplo, me crucé con Stefano Carracci, bastante más gordo, amarillento, mal vestido. Ya no conservaba absolutamente nada del joven comerciante con el que Lila se había casado, y mucho menos el dinero. Sin embargo, por la breve charla que mantuvimos me pareció que utilizaba muchas fórmulas de su mujer. Incluso Ada, que por aquella época apreciaba de verdad a Lila y hablaba muy bien de ella gracias al dinero que le pasaba a Stefano, me pareció que imitaba sus gestos, puede incluso que su forma de criticar.

Parientes y amigos revoloteaban a su alrededor en busca de un trabajo, esforzándose por mostrarse adecuados. La propia Ada fue contratada de buenas a primeras en Basic Sight; debía empezar contestando el teléfono, en todo caso después ya aprendería algo más. Incluso Rino —que un mal día había discutido con Marcello y dejado el supermercado— se metió sin siquiera pedir permiso en el negocio de su hermana, jactándose de poder aprender en un dos por tres cuanto había que aprender. Pero para mí la noticia más inesperada —me la dio una noche Nino, que se había enterado por Marisa— fue que incluso Alfonso recaló en Basic Sight. Michele Solara, que seguía haciendo locuras, había cerrado la tienda de la piazza dei Martiri de buenas a primeras, y Alfonso se había quedado sin empleo. En consecuencia, ahora él también se estaba reciclando, y con éxito, gracias a Lila.

Hubiera podido enterarme de más, y quizá incluso me habría gustado, bastaba con que la llamara por teléfono o que fuera a verla. Pero nunca lo hice. En una sola ocasión me crucé con ella en la calle y se detuvo de mala gana. Tal vez se sintió ofendida porque le había dado un número de teléfono equivocado, porque me había ofrecido a ayudar a su hijo con clases de repaso y en cambio había desaparecido, porque ella había hecho de todo para reconciliarnos y yo no había estado por la labor. Dijo que tenía prisa, preguntó en dialecto:

—¿Sigues viviendo en la via Tasso?

—Sí.

—Cae a trasmano.

—Se ve el mar.

—¿Y qué es el mar desde ahí arriba? Un poco de color. Más te valdría estar cerca, así te darías cuenta de que es todo basura, barro, meados, agua apestosa. Pero a los que leéis y escribís libros os gusta contaros mentiras y no la verdad.

Fui al grano.

—Ya estoy instalada —dije.

Ella fue más al grano que yo.

—Siempre se puede cambiar. ¿Cuántas veces decimos una cosa y luego hacemos otra? Búscate una casa aquí.

Negué con la cabeza, me despedí. ¿Eso quería? ¿Llevarme de vuelta al barrio?

37

Luego ocurrió que en mi vida, de por sí complicada, se produjeron al mismo tiempo dos hechos del todo inesperados. El instituto de investigación que dirigía Nino fue invitado a ir a Nueva York no sé para qué trabajo importante y una minúscula editorial de Boston publicó mi librito. Esos dos hechos se convirtieron en la posibilidad de viajar a Estados Unidos.

Después de mil vacilaciones, mil discusiones y alguna pelea, decidimos tomarnos esas vacaciones. Pero debía dejar a Dede y a Elsa durante dos semanas. Normalmente me costaba lo mío colocarlas: escribía para alguna revista, hacía traducciones, participaba en debates en centros grandes y pequeños, acumulaba apuntes para un nuevo libro, y siempre resultaba dificilísimo hacer cuadrar a las niñas en todo ese jaleo. En general, recurría a Mirella, una alumna de Nino muy de fiar y sin demasiadas pretensiones;

cuando ella no estaba disponible se las dejaba a Antonella, una vecina de unos cincuenta años, madre eficiente con hijos mayores. En esa ocasión intenté dejárselas a Pietro, pero me dijo que en ese momento le resultaba imposible quedárselas durante tanto tiempo. Analicé la situación (con Adele ya no tenía relaciones, Mariarosa se había ido de viaje y no se sabía adónde, mi madre estaba débil a causa de su malestar esquivo, Elisa se mostraba cada vez más hostil), no me pareció que hubiera salidas aceptables. Al final fue Pietro quien me dijo: pregúntale a Lina, en el pasado ella te dejó a su hijo durante meses, te debe el favor. Me costó decidirme. Mi parte más superficial imaginaba que aunque ella se mostrara disponible pese a sus compromisos de trabajo, trataría a mis hijas como muñequitas remilgadas y llenas de pretensiones, las atormentaría, las dejaría con Gennaro; mientras que una parte más oculta, la que quizá me irritaba aún más que la primera, la consideraba la única persona de las que conocía que se emplearía a fondo para que mis hijas estuviesen cómodas. Fue la urgencia de dar con una solución lo que me impulsó a llamarla. A mi petición plagada de pausas y circunloquios ella contestó sin vacilación, sorprendiéndome como siempre.

—Tus niñas son para mí como unas hijas, tráemelas cuando quieras y tómate todo el tiempo que quieras para tus cosas.

Aunque le había dicho que me iba con Nino, no lo citó en ningún momento, ni siquiera cuando con mil recomendaciones fui a entregarle a las niñas. Así, en mayo de 1980, devorada por los escrúpulos y sin embargo entusiasmada, me marché a Estados Unidos. El viaje fue para mí una experiencia fuera de lo común. Me sentí de nuevo sin límites, capaz de volar sobre los océanos, capaz de desplegarme a mí misma por el mundo entero. Un delirio apasionante. Por supuesto, fueron dos semanas muy agotadoras y caras. Las mujeres que me habían publicado no disponían de dinero y aunque se prodigaron, de todos modos gasté mucho. En cuanto a Nino, le costó conseguir que le reembolsaran el billete de avión. No obstante, fuimos felices. Al menos yo, nunca volví a sentirme tan bien como en aquellos días.

Al regreso tuve la certeza de que estaba embarazada. Ya antes de viajar a Estados Unidos había tenido algunas sospechas sobre mi estado, pero no lo hablé con Nino, y durante todas las vacaciones, con un placer temerario, saboreé en secreto esa posibilidad. Pero cuando fui a recoger a mis hijas ya no tenía dudas y me sentía literalmente tan llena de vida que estuve tentada de franquearme con Lila. Como de costumbre, renuncié a hacerlo; pensé: diría algo desagradable, me echaría en cara que había negado querer otro hijo. Sin embargo, yo estaba radiante y, como si mi felicidad la hubiese contagiado, Lila me recibió con un aire no menos contento y exclamó: qué guapa estás. Le entregué los regalos que había comprado para ella, para Enzo y Gennaro. Le hablé con detalle de las ciudades que había visto, de las reuniones a las que había asistido. Desde al avión, dije, a través de un agujero en las nubes vi un pedazo del océano Atlántico. La gente es muy sociable, no es reservada como en Alemania ni presuntuosa como en Francia. Aunque hables mal el inglés, te escuchan con atención y se esfuerzan por entenderte. En los restaurantes todo el mundo grita, más que en Nápoles. Si comparas el rascacielos del corso Novara con los de Boston o Nueva York, te das cuenta de que no es un rascacielos. Las calles están numeradas, no tienen nombres de personas que ya nadie sabe quiénes son. Nunca cité a Nino, no le conté nada de él ni de su trabajo, hice como si hubiese viajado sola. Ella me escuchó con mucha atención, me hizo preguntas a las que no supe responder, y luego elogió a mis hijas con sinceridad, dijo que se había encontrado muy a gusto con ellas. Para mí fue un placer, de nuevo estuve a punto de decirle que esperaba un hijo. Pero Lila ni siquiera me dio tiempo, murmuró seria: menos mal que has vuelto, Lenù, acabo de recibir una buena noticia y me alegro de que seas la primera en enterarte. Ella también estaba embarazada.

38

Lila se había dedicado a las niñas en cuerpo y alma. Y no debió de ser una empresa fácil despertarlas a tiempo por la mañana, obligarlas a lavarse, a vestirse, conseguir que tomaran un desayuno abundante y lo hicieran deprisa, acompañarlas al colegio de la via Tasso en el caos matutino de la ciudad, ir a recogerlas con puntualidad dentro del mismo desorden, llevarlas de regreso al barrio, alimentarlas, controlarlas mientras hacían los deberes, y al mismo tiempo ocuparse de su trabajo, de las necesidades domésticas. Pero como me resultó claro cuando interrogué a fondo a Dede y Elsa, se las había arreglado de maravilla. Y ahora más que nunca yo era para ellas una madre inadecuada. No sabía preparar la pasta con salsa de tomate como la tía Lina, no sabía secarles el pelo y peinarlas con la habilidad y la dulzura con que lo hacía ella, no sabía emprender nada que la tía Lina no afrontara con una sensibilidad superior, excepto quizá cantar ciertas canciones que ellas adoraban y que Lina había admitido no conocer. A eso había que añadir que, en especial a ojos de Dede, esa mujer maravillosa a la que, de forma culpable, yo veía demasiado poco («Mamá, ¿por qué no vamos a visitar a la tía Lina, por qué no nos dejas dormir en su casa más seguido, no tienes ningún otro viaje?»), tenía una peculiaridad que la hacía inigualable: era la madre de Gennaro, al que mi hija mayor solía llamar Rino, y que le parecía la persona del sexo masculino más lograda del mundo.

En un primer momento aquello me sentó fatal. Mis relaciones con las niñas no eran idílicas y esa idealización de Lila acabó por empeorarlas. Una vez, a la enésima crítica que me hicieron, perdí la paciencia y grité: basta ya, id al mercado de madres y os compráis otra. Ese mercado era un juego nuestro que, en general, servía para apaciguar conflictos y reconciliarnos. Yo decía: si no os convenzo, vendedme en el mercado de madres; y ellas contestaban: no, mamá, no queremos venderte, nos gustas así. Pero en aquel caso, tal vez debido a la aspereza de mi tono, Dede contestó: sí, ahora mismo vamos, te vendemos a ti y nos compramos a la tía Lina.

La situación era más o menos esa. Evidentemente no se trataba del momento más adecuado para anunciarles a mis hijas que les había contado una mentira. Me encontraba en unas condiciones emotivas muy complicadas: desvergonzada, púdica, feliz, ansiosa, inocente, culpable. Y no sabía cómo empezar, el tema era difícil: niñas, pensaba que no quería tener otro hijo, pero resulta que sí quería y estoy embarazada, tendréis un hermanito o quizá otra hermanita, y el padre no es vuestro padre, sino Nino, que ya tiene una esposa y dos hijos, y no sé cómo se lo tomará. Le daba vueltas y más vueltas y lo iba posponiendo.

Y de buenas a primeras surgió una conversación que me sorprendió. Dede, en presencia de Elsa que escuchaba un tanto alarmada, dijo con el tono que asumía cuando quería aclarar un problema plagado de trampas:

—¿Sabías que la tía Lina duerme con Enzo y no están casados?

—¿Quién te lo ha dicho?

—Rino. Enzo no es su padre.

—¿Eso también te lo ha dicho Rino?

—Sí. Entonces se lo pregunté a la tía Lina y ella me lo explicó.

—¿Qué te explicó?

Estaba tensa. Me escrutó para deducir si me estaba irritando.

—¿Te lo digo?

—Sí.

—La tía Lina tiene un marido como tú, y ese marido es el padre de Rino, y se llama Stefano Carracci. Después tiene a Enzo, Enzo Scanno, que duerme con ella. Es lo mismo que te pasa a ti: tienes a papá, que se llama Airota, pero duermes con Nino, que se llama Sarratore.

Le sonreí para tranquilizarla.

—¿Cómo has hecho para aprenderte todos esos apellidos?

—La tía Lina nos habló de ellos, dijo que son estúpidos. Rino salió de su barriga, vive con ella, pero se llama Carracci como su padre. Nosotras salimos de tu barriga, estamos mucho más contigo que con papá, pero nos llamamos Airota.

—¿Y entonces?

—Mamá, si una tiene que hablar de la barriga de la tía Lina no dice esta es la barriga de Stefano Carracci, dice esta es la barriga de Lina Cerullo. Lo mismo pasa contigo: tu barriga es la barriga de Elena Greco, no la barriga de Pietro Airota.

—¿Y eso qué quiere decir?

—Que sería más justo que Rino se llamara Rino Cerullo y nosotras Dede y Elsa Greco.

—¿Es idea tuya?

—No, de la tía Lina.

—¿Y tú qué opinas?

—Opino lo mismo.

—¿Sí?

—Sí, seguro.

Y dado que el ambiente parecía favorable, Elsa me tironeó e intervino:

—No es cierto, mamá. Ella dijo que cuando se case se llamará Dede Carracci.

—Tú te callas, eres una mentirosa —exclamó Dede, furiosa.

—¿Por qué Dede Carracci? —le pregunté a Elsa.

—Porque quiere casarse con Rino.

—¿Quieres a Rino? —le pregunté a Dede.

—Sí —contestó ella, agresiva—, y aunque no nos casemos, lo mismo duermo con él.

—¿Con Rino?

—Sí. Como la tía Lina con Enzo. Y como tú con Nino.

—¿Puede hacerlo, mamá? —preguntó Elsa, dubitativa.

No contesté, me escabullí. Pero aquel intercambio de frases mejoró mi humor y dio paso a un nuevo período. De hecho, me bastó poco para tomar nota de que con esas y otras conversaciones sobre los padres verdaderos y postizos, sobre los apellidos antiguos y nuevos, Lila había conseguido que a ojos de Dede y Elsa fuera no solo aceptable sino hasta interesante la condición en la que las había empujado a vivir. Y así, como por milagro, mis hijas dejaron de añorar a Adele y a Mariarosa; dejaron de regresar de Florencia diciendo que querían irse a vivir para siempre con su padre y Doriana; dejaron de crear problemas con Mirella, la canguro, y de tratarla como si fuera su peor enemiga; dejaron de rechazar Nápoles, el colegio, los maestros, los compañeros y, sobre todo, el hecho de que Nino durmiera en mi cama. En una palabra, parecían más tranquilas. Registré esos cambios con alivio. Por más molesto que pudiera ser que Lila hubiese entrado también en la vida de mis hijas atándolas a ella, de lo último que podía acusarla era de no haberles dado el mayor de los afectos, la máxima ayuda, de no haber contribuido a atenuar sus miedos. Esa era, en realidad, la Lila a la que yo le tenía cariño. Sabía asomar de repente del interior de su propia maldad para sorprenderme. Se desvanecieron de golpe todas las ofensas («es pérfida, siempre lo ha sido, pero también es muchas otras cosas, hay que soportarla»), y reconocí que me estaba ayudando a hacerle menos daño a mis hijas.

Una mañana, al despertarme, por primera vez en mucho tiempo pensé en ella sin hostilidad. Me acordé de cuando se había casado, de su primer embarazo: tenía dieciséis años, apenas siete u ocho más que Dede. Mi hija no tardaría en alcanzar la edad de nuestros fantasmas de muchachitas. Me pareció inconcebible que en un lapso relativamente exiguo a mi hija pudiera ocurrirle, como le había ocurrido a Lila, llevar el traje de novia, acabar forzada en la cama de un hombre y encerrarse en el papel de señora de Carracci; me pareció inconcebible que pudiera ocurrirle, como me había ocurrido a mí, yacer por pura revancha bajo el cuerpo pesado de un señor maduro una noche en la playa dei Maronti, sucia de arena oscura y de humores. Me acordé de las mil cosas odiosas por las que habíamos pasado y dejé que la solidaridad recobrara fuerza. Qué derroche sería, me dije, dañar nuestra historia dejando demasiado espacio a los malos sentimientos; los malos sentimientos son inevitables, lo esencial es contenerlos. Volví a acercarme a Lila con la excusa de que a las niñas les gustaba verla.

Nuestros embarazos hicieron el resto.

39

Pero fuimos dos mujeres embarazadas muy distintas. Mi cuerpo reaccionó con una fuerte adhesión; el suyo, con renuencia. Sin embargo, desde el principio insistió en que había querido ese embarazo, decía riendo: lo he programado. No obstante, había algo en su organismo que se rebelaba. De ahí que mientras yo me sentí enseguida como si dentro de mí centelleara una especie de luz rosada, ella se puso verdosa, con el blanco del ojo amarillento, le daban asco todos los olores, vomitaba sin parar. Qué quieres que haga, decía, yo estoy contenta, pero el trasto que llevo en la barriga, no, es más, la tiene tomada conmigo. Enzo negaba, decía: qué va, él es el más contento de todos. Y según Lila, que le tomaba el pelo, Enzo quería darle a entender: fui yo quien lo metió ahí dentro, confía en mí, he visto que es bueno y no tienes que preocuparte.

Las veces que me encontraba con Enzo sentí por él más simpatía, más admiración que de costumbre. Era como si a su antiguo orgullo se hubiese sumado otro nuevo que se manifestaba a través de unas ganas centuplicadas de trabajar, y al mismo tiempo a través de una vigilancia en casa, en la oficina, por las calles, enfocada a defender a su compañera de peligros físicos y metafísicos y a colmar todos sus deseos. Él se encargó de darle la noticia a Stefano, que ni pestañeó; hizo una especie de mueca y se marchó, quizá porque la antigua charcutería apenas le daba para vivir y los subsidios que le pasaba su ex mujer eran esenciales, quizá porque todo vínculo entre Lila y él debía de parecerle una historia antiquísima, qué le importaba si estaba preñada, tenía otros problemas, otras aspiraciones.

Pero sobre todo Enzo se encargó de contárselo a Gennaro. De hecho, frente a su hijo Lila sentía una vergüenza no muy distinta de la mía frente a Dede y a Elsa, aunque sin duda más justificada. Gennaro ya no era un niño y con él no se podían usar tonos y palabras infantiles. Se trataba de un chico en plena crisis adolescente que todavía no conseguía encontrar un equilibrio. Suspendido dos veces seguidas en el bachillerato elemental, se había vuelto hipersensible, incapaz de contener las lágrimas, no lograba superar la humillación. Se pasaba los días vagando por las calles o en la charcutería de su padre, sentado en un rincón, apretándose los granos que cubrían su cara ancha, y observando los gestos o muecas de Stefano, sin decir una palabra.

Se lo tomará muy mal, se preocupaba Lila, pero mientras tanto temía que se enterara por otros, por Stefano, por ejemplo. Y así, una noche Enzo lo llevó aparte y le contó lo del embarazo. Gennaro se quedó impasible, Enzo lo animó: ve a abrazar a tu madre, demuéstrale que la quieres. El chico obedeció. Pero días más tarde, Elsa me preguntó a escondidas de su hermana:

—Mamá, ¿qué es una golfa?

—Una niña granuja.

—¿Seguro?

—Sí.

—Rino le ha dicho a Dede que la tía Lina es una golfa.

En fin, problemas. No lo comenté con Lila, me pareció inútil. Además, yo también tenía mis dificultades: no me atrevía a contárselo a Pietro, no me atrevía a contárselo a las niñas, sobre todo no me atrevía a contárselo a Nino. Estaba segura de que, aunque Pietro tuviera a Doriana, cuando se enterara de mi embarazo volvería a avinagrarse, recurriría a sus padres, induciría a su madre a ponerme las cosas más difíciles. Estaba segura de que Dede y Elsa volverían a mostrarse hostiles conmigo. Pero mi verdadero problema era Nino. Esperaba que el nacimiento del niño lo atara a mí definitivamente. Esperaba que, al enterarse de esa nueva paternidad, Eleonora lo dejara. Pero era una débil esperanza, casi siempre se imponía el miedo. Nino había sido muy claro conmigo: prefería esa doble vida —que nos causaba todo tipo de malestares, ansiedades, tensiones— al trauma de una ruptura definitiva con su mujer. En consecuencia, temía que me pidiera que abortase. Y así a diario estaba a punto de anunciarle mi estado y a diario me decía: hoy no, mejor mañana.

Sin embargo, todo empezó a encarrilarse. Una noche telefoneé a Pietro y le dije: estoy embarazada. Siguió un largo silencio, carraspeó, murmuró que se lo esperaba.

—¿Se lo has dicho a las niñas? —preguntó.

—No.

—¿Quieres que se lo diga yo?

—No.

—Cuídate.

—De acuerdo.

Eso fue todo. A partir de ese día telefoneaba más a menudo. Empleaba un tono afectuoso, se preocupaba por cómo habían reaccionado sus hijas, se ofrecía siempre a hablar con ellas. Pero ninguno de los dos les dio la noticia. Fue Lila quien, a pesar de haberse negado a hablar con su hijo, convenció a Dede y Elsa de que cuando llegara el momento sería maravilloso ocuparse del divertido muñequito vivo que yo había hecho con Nino y no con el padre de ellas. Se lo tomaron bien. Como la tía Lina lo había llamado muñequito, ellas empezaron a llamarlo igual. Todas las mañanas se interesaban por mi barriga; en cuanto se despertaban, preguntaban: mamá, ¿cómo está el muñequito?

Entre el anuncio a Pietro y a las niñas, hablé por fin con Nino. Así fueron las cosas. Una tarde en que me sentía particularmente ansiosa fui a visitar a Lila para desahogarme y le pregunté:

—¿Y si quiere que aborte?

—En ese caso —dijo ella—, todo queda claro.

—¿Qué queda claro?

—Que primero están su mujer y sus hijos, y después tú.

Directa, brutal. Lila me ocultaba muchas cosas, pero no su aversión por esa unión mía. No me disgusté, al contrario, advertí que me hacía bien hablar de esa forma explícita. En el fondo me había dicho lo que yo no me atrevía a decirme: que la reacción de Nino sería una prueba de la consistencia de nuestra relación. Mascullé frases como: es posible, veremos qué pasa. Poco después, cuando llegaron Carmen y sus niños, y Lila la hizo partícipe de nuestra conversación, la tarde fue casi como las de nuestra adolescencia. Nos sinceramos, conspiramos, maquinamos. Carmen se enfadó, dijo que si Nino oponía resistencia, ella estaba dispuesta a ir personalmente a decirle cuatro cosas. Y añadió: no entiendo cómo es posible, Lenù, que alguien con tu nivel se deje pisotear de esa manera. Traté de justificarme y de justificar a mi compañero. Dije que sus suegros lo habían ayudado y lo seguían ayudando, que todo lo que Nino y yo nos permitíamos era posible porque gracias a la familia de su mujer él ganaba mucho. Con lo que saco de los libros y nos da Pietro a las niñas y a mí, reconocí, nos costaría salir adelante con dignidad. Y añadí: pero no os hagáis una idea equivocada, Nino es muy afectuoso, se queda a dormir en mi casa al menos cuatro veces por semana, siempre me ha ahorrado todo tipo de humillaciones, cuando puede, se ocupa de Dede y de Elsa como si fueran suyas. Pero en cuanto dejé de hablar Lila casi me ordenó:

—Entonces díselo esta misma noche.

Obedecí. Regresé a casa y cuando él apareció, cenamos, acosté a las niñas y al fin le anuncié que estaba embarazada. Siguió una pausa larguísima, después me abrazó, me besó, estaba muy contento. Murmuré aliviada: lo sé desde hace tiempo, pero tenía miedo de que te enfadaras. Me lo reprochó, dijo algo que me dejó boquiabierta: tenemos que ir con Dede y Elsa a ver a mis padres para darles también esta buena noticia, mi madre se pondrá contenta. Quería ratificar así nuestra unión, deseaba hacer oficial su nueva paternidad. Asentí con una tibia mueca, luego murmuré:

—¿Se lo dirás a Eleonora?

—No es asunto de ella.

—Sigues siendo su marido.

—Es pura forma.

—Deberás darle tu apellido a nuestro hijo.

—Lo haré.

Me inquieté.

—No, Nino, no lo harás, harás como si nada, como has hecho hasta ahora.

—¿No estás bien conmigo?

—Estoy muy bien.

—¿Te desatiendo?

—No. Pero yo he dejado a mi marido, yo me he venido a vivir a Nápoles, yo he cambiado mi vida de arriba abajo. Tú, en cambio, sigues teniendo la tuya, y está intacta.

—Mi vida eres tú, tus hijas, este niño que va a nacer. El resto es un telón de fondo necesario.

—¿Necesario para quién? ¿Para ti? Está claro que para mí no.

Me estrechó con fuerza.

—Confía en mí —susurró.

Al día siguiente llamé a Lila y le dije: todo bien, Nino se ha alegrado mucho.

40

Siguieron unas semanas complicadas, a menudo pensé que si mi organismo no hubiera reaccionado al embarazo con tan alegre naturalidad, si me hubiese encontrado en un estado de continuo padecimiento físico como Lila, no habría aguantado. Después de muchas resistencias, mi editorial publicó por fin la colección de ensayos de Nino y yo, que seguía imitando a Adele a pesar de nuestras pésimas relaciones, asumí la tarea de perseguir a las pocas personas de cierto prestigio que conocía para que se ocuparan del libro en los periódicos, así como a las muchas, muchísimas que conocía él, pero a las que por soberbia se negaba a telefonear. Precisamente por aquel entonces se publicó también el libro de Pietro y me lo trajo él mismo en cuanto vino a Nápoles a ver a sus hijas. Esperó nervioso a que leyese la dedicatoria (embarazosa: «A Elena, que me enseñó a amar con dolor»), nos emocionamos los dos, me invitó a una fiesta en su honor en Florencia. Tuve que ir, aunque solo fuera para llevarle a las niñas. Pero en esa ocasión me vi obligada a afrontar no solo la abierta hostilidad de mis suegros, sino también, antes y después, los nervios de Nino, celoso de mis contactos con Pietro, enfadado por la dedicatoria, torvo porque le había dicho que el libro de mi ex marido era excelente y se hablaba de él con gran respeto tanto dentro como fuera del mundo académico, descontento porque sus ensayos estaban pasando sin pena ni gloria.

Cuánto me agotaba nuestra relación, y cuántas insidias se escondían en cada gesto, en cada frase que pronunciaba yo, que pronunciaba él. No quería ni oír el nombre de Pietro, se ensombrecía si yo recordaba a Franco, se ponía celoso si me reía demasiado con algún amigo suyo, pero encontraba del todo normal repartirse entre su mujer y yo. En un par de ocasiones me lo crucé por la via Filangieri con Eleonora y sus dos hijos; la primera vez fingieron no verme, pasaron de largo; la segunda, me planté con jovialidad delante de los dos, intercambié algunos comentarios, aludí a mi embarazo aunque no se me notara, y me alejé con el corazón en la boca y muerta de rabia. Y como después él me reprochó por lo que definió como comportamientos inútilmente provocativos, reñimos («No le dije que tú eras el padre, le dije que estoy embarazada») y lo eché de casa, aunque volví a acogerlo.

En esos momentos me vi de pronto tal como era: sometida, dispuesta a hacer siempre lo que él quería, atenta a no pasarme para no meterlo en líos, para no desagradarle. Malgastaba mi tiempo en cocinar para él, en lavar la ropa sucia que dejaba en casa, en prestar oídos a sus dificultades en la universidad y a los muchos encargos que iba acumulando gracias al clima de simpatía que lo rodeaba y a los pequeños poderes de su suegro; lo recibía siempre con alegría, quería que en mi casa estuviese mejor que en la otra, quería que descansara, que se franqueara conmigo, me producía ternura porque se sentía continuamente superado por las responsabilidades; llegué incluso a preguntarme si por casualidad Eleonora no lo amaría más que yo, dado que aceptaba cualquier afrenta con tal de sentirlo todavía suyo. Pero a veces no aguantaba más y le gritaba, con el riesgo de que las niñas me oyeran: qué soy yo para ti, explícame por qué estoy en esta ciudad, por qué te espero todas las noches, por qué tolero esta situación.

En esos momentos se asustaba y me suplicaba que me calmara. Quizá para demostrarme que yo —solamente yo— era su mujer, y Eleonora no tenía ningún peso en su vida, un domingo quiso llevarme a comer con sus padres, a la casa de la via Nazionale. No supe negarme. El día pasó lento y en un clima afectuoso. Lidia, la madre de Nino, era ya una mujer mayor, consumida por el agotamiento; sus ojos parecían aterrorizados no por el mundo externo sino por una amenaza que sentía dentro del pecho. En cuanto a Pino, Clelia y Ciro, a los que había conocido de niños, eran adultos, estudiaban, trabajaban, Clelia incluso se había casado hacía poco. Llegaron temprano también Marisa y Alfonso con sus hijos y empezamos a comer. Se sirvieron numerosos platos, la comida se prolongó de las dos a las seis de la tarde en un ambiente de forzada alegría, pero también de afecto sincero. Lidia sobre todo me trató como si fuese su verdadera nuera, quiso que me sentara a su lado, elogió mucho a mis hijas y se congratuló del niño que llevaba en el vientre.

Naturalmente, la única fuente de tensión fue Donato. Volver a verlo después de veinte años me causó una gran impresión. Llevaba un batín azul oscuro y calzaba pantuflas marrones. Daba la impresión de que se había encogido y ensanchado, agitaba sin cesar las manos toscas cubiertas de manchas oscuras de la vejez, con una capa de mugre negra bajo las uñas. La cara le iba grande sobre los huesos, tenía la mirada opaca. Se cubría la calva con sus escasos cabellos teñidos de un color tirando a rojo, y sonreía enseñando los huecos de los dientes que le faltaban. Al principio trató de adoptar su antiguo tono de hombre de mundo, en varias ocasiones me miró los pechos y pronunció frases alusivas. Después empezó a lamentarse: ya nadie está en su sitio, se han abolido los diez mandamientos, no hay quien ate cortas a las mujeres, todo es un desastre. Pero sus hijos lo mandaron cerrar la boca, le dieron de lado, y se calló. Después de comer llevó aparte a Alfonso, tan fino, tan delicado, a mis ojos tanto o más guapo que Lila, para dar rienda suelta con él a su afán de protagonismo. De vez en cuando miraba incrédula a aquel anciano y pensaba: no es posible que yo, yo de jovencita, me acostara con este hombre repugnante en la playa dei Maronti, no pudo ocurrir de verdad. Ay, Dios mío, míralo: calvo, desaliñado, esas miradas obscenas, al lado del que fue mi compañero de pupitre en el bachillerato elemental, ahora deliberadamente femenino, una joven mujer vestida de hombre. Y yo en la misma habitación que él, muy distinta de la que fui en Ischia. Qué tiempos los de ahora, qué tiempos los de entonces.

En un momento dado Donato me llamó, dijo cortés: Lenù. Y también Alfonso insistió con el gesto, con la mirada, para que me uniera a ellos. Fui de mala gana hacia el rincón donde estaban. Donato me elogió en voz alta, como si se dirigiera a un público numeroso: esta mujer es una gran estudiosa, una escritora como no hay otra igual en el mundo entero; estoy orgulloso de haberla conocido cuando era jovencita; en Ischia, cuando estuvo de vacaciones con nosotros y era una niña, descubrió la literatura a través de mis pobres versos, leía mi libro antes de dormirse, ¿no es así, Lenù?

Me miró inseguro, de pronto suplicante. Me rogaba con la mirada que confirmara el papel de sus palabras en mi vocación literaria. Dije: sí, es cierto, de jovencita no podía creer que conociera en persona a alguien que había escrito un libro de poemas y que publicaba sus pensamientos nada menos que en los periódicos. Le agradecí la reseña que una decena de años antes había dedicado al libro con el que debuté, dije que me había ayudado mucho. Y Donato se puso rojo de alegría, se fue animando, empezó a darse bombo y a quejarse al mismo tiempo porque las envidias de los mediocres le habían impedido darse a conocer como se hubiera merecido. Tuvo que intervenir Nino, y con rudeza. Me llevó de nuevo al lado de su madre.

Cuando regresábamos a casa me reprochó, dijo: ya sabes cómo es mi padre, no hay que darle cuerda. Yo asentí, y entretanto lo espiaba con el rabillo del ojo. ¿Se le caerá el pelo a Nino? ¿Engordará? ¿Pronunciará palabras amargas contra los más afortunados que él? Con lo apuesto que era ahora, no quería ni pensarlo. Me estaba hablando de su padre: no se resigna, con los años está cada vez peor.

41

Por esa misma época, entre mil jaleos y angustias, mi hermana dio a luz un niño al que llamó Silvio, como el padre de Marcello. Y como nuestra madre seguía sin encontrarse del todo bien, traté de ser yo quien ayudara a Elisa. Estaba pálida por el agotamiento y aterrorizada por el recién nacido. Ver a su hijo cubierto de sangre y secreciones le dio la impresión de un cuerpecito agonizante y sintió asco. Pero Silvio era incluso demasiado vivo, se desesperaba con los puños apretados. Ella no sabía cómo cogerlo en brazos, cómo bañarlo, cómo curarle la herida del cordón umbilical, cómo cortarle las uñas. Le repugnaba incluso que fuera varón. Traté de enseñarle, pero la cosa duró poco. Marcello, siempre algo torpe, me trató enseguida con un empacho bajo el cual se notaba cierto fastidio, como si mi presencia en su casa le complicara el día. Y también Elisa, en lugar de agradecérmelo, se mostraba molesta por todo lo que le comentaba, por mi buena disposición. Todos los días me decía: basta, tengo mil cosas que hacer, mañana no vendré. Pero seguí ayudándola y fueron los hechos los que decidieron por mí.

Unos hechos desagradables. Una mañana me encontraba en casa de mi hermana —hacía mucho calor y el barrio dormitaba bajo el polvo ardiente, y unos días antes la estación de Bolonia había saltado por los aires—, cuando telefoneó Peppe: nuestra madre se había desmayado en el baño. Corrí a su casa; mi madre tenía sudores fríos, insoportables dolores de estómago, temblaba. Por fin conseguí obligarla a que viera a un médico. Le hicieron una serie de pruebas y al cabo de poco tiempo le diagnosticaron una penosa enfermedad, frase ambigua que no tardé en utilizar yo misma. El barrio recurría a ella cuando se trataba de un cáncer y los médicos no le fueron a la zaga. Tradujeron su diagnóstico a una fórmula afín, aunque quizá algo más culta: la enfermedad, más que penosa, era «implacable».

Ante aquella noticia mi padre se vino abajo enseguida, demostró no estar en condiciones de afrontar la situación, se deprimió. Mis hermanos, la mirada vagamente alucinada, la tez amarillenta, se inquietaron un tiempo con aire servicial y luego, absorbidos día y noche por sus trabajos indefinidos, desaparecieron después de dejar dinero que, por lo demás, hacía falta para pagar médicos y medicamentos. En cuanto a mi hermana, se quedó en su casa asustada, desaliñada, en camisón, dispuesta a meterle un pezón en la boca a Silvio en cuanto soltaba un gemido. Así, en mi cuarto mes de embarazo, el peso de la enfermedad de mi madre cayó por completo sobre mí.

No me lamenté, y a pesar de que siempre me había atormentado, quería que mi madre comprendiera que la quería. Me volví muy activa: impliqué tanto a Nino como a Pietro para que me recomendaran a los médicos más famosos; la acompañé a ver a varias eminencias; estuve a su lado en el hospital cuando la operaron de urgencia, cuando le dieron el alta; la asistí en todo cuando la llevé otra vez a su casa.

Hacía un calor insoportable, yo andaba siempre preocupada. Mientras la barriga empezaba a asomar alegre y dentro de mí crecía un corazón distinto del que llevaba en el pecho, fui asistiendo a diario, dolorosamente, al deterioro de mi madre. Me emocionó que se aferrara a mí para no perderse, como de pequeña me aferraba yo a su mano. Cuanto más frágil y miedosa se volvía ella, más orgullosa me sentía yo de mantenerla con vida.

Al principio fue arisca, como de costumbre. A todo lo que yo le decía se negaba con grosería, no había nada que no insistiera en ser capaz de hacer sin mi ayuda. ¿El médico? Quería ir a verlo sola. ¿El hospital? Quería ir sola. ¿Los tratamientos? Quería ocuparse sola. No necesito nada, rezongaba, vete, no haces más que incordiarme. Sin embargo, se enojaba en cuanto me retrasaba un minuto («Si tenías otras cosas que hacer, para qué me dijiste que vendrías»); me insultaba si no le llevaba enseguida lo que me pedía, es más, echaba a andar con su paso renqueante para demostrarme que yo era peor que la bella durmiente, y ella mucho más enérgica que yo («Ahí, ahí, en qué estás pensado, dónde tienes la cabeza, Lenù, si espero a que tú me ayudes, estoy lista»); me criticaba ferozmente por mis buenos modales con médicos y enfermeros, bisbiseaba: «A estos mierdas, si no les escupes a la cara, se burlan de ti, solo corren a asistir a quienes les meten miedo». Pero mientras tanto algo dentro de ella iba cambiando. Con frecuencia se asustaba de su propia agitación. Se movía como si temiera que el suelo pudiera abrirse bajo sus pies. En cierta ocasión en que la sorprendí delante del espejo —se miraba a menudo, con una curiosidad que nunca había tenido—, me preguntó incómoda: ¿tú te acuerdas de cómo era yo de joven? Y después, como si hubiese algún nexo, con sus antiguos modales violentos, me obligó a jurarle que nunca más la ingresaría en el hospital, que no permitiría que se muriera sola en una de esas salas. Se le llenaron los ojos de lágrimas.

Me preocupó sobre todo que se emocionara con tanta facilidad, nunca le había pasado. Se conmovía si le hablaba de Dede, si sospechaba que mi padre se había quedado sin calcetines limpios, si hablaba de Elisa abrumada con su niño, si me miraba la barriga incipiente, si se acordaba del barrio cuando los edificios estaban rodeados de campo. En fin, que con la enfermedad la invadió una fragilidad que hasta ese momento nunca había tenido, y esa fragilidad le atenuó la neurastenia, se la transformó en un padecimiento caprichoso que, cada vez con mayor frecuencia, le empañaba los ojos. Una tarde estalló en llanto solo porque se había acordado de la maestra Oliviero, a la que siempre había detestado. ¿Te acuerdas, dijo, cuánto insistió para que hicieras el examen de admisión a la enseñanza media? Y venga llorar sin poder contenerse. Vamos, le dije, cálmate, ma, ¿por qué lloras? Me impresionó verla tan desesperada por nada, no estaba acostumbrada. Ella también negó con la cabeza, incrédula, reía y lloraba, reía para demostrarme que no sabía qué motivos había para llorar.

42

Fue ese debilitamiento suyo el que nos abrió poco a poco el camino hacia una intimidad que nunca habíamos tenido. Al principio le daba vergüenza estar enferma. Si al desmayarse se encontraban presentes mi padre, mis hermanos, o Elisa con Silvio, ella se escondía en el baño y cuando ellos la apremiaban con discreción (ma, cómo te encuentras, abre), no abría e inevitablemente contestaba: me encuentro la mar de bien, qué queréis, dejadme en paz al menos cuando estoy en el retrete. En cambio, se abandonó a mí de buenas a primeras, decidió desplegar ante mí sus sufrimientos sin ningún pudor.

Empezó una mañana, en su casa, cuando me contó por qué era coja. Lo hizo por su propia voluntad, sin preámbulos. El ángel de la muerte, dijo con orgullo, me rozó ya de pequeña dejándome el mismo mal que ahora, pero yo lo engañé, pese a ser una niña. Ya verás como lo engaño otra vez, porque sé cómo sufrir —aprendí con diez años, desde entonces nunca he dejado de hacerlo—, y si sabes cómo sufrir, el ángel te respeta, y pasado un tiempo se va. Mientras hablaba se subió el vestido, me enseñó la pierna dañada como la reliquia de una antigua batalla. Se la manoteó espiándome con una risita prendida a los labios y los ojos aterrorizados.

A partir de ese momento disminuyeron los momentos en que callaba rencorosa y aumentaron los que dedicaba a confiarse sin inhibiciones. A veces decía cosas embarazosas. Me reveló que nunca había estado con otro hombre que no fuera mi padre. Me reveló con vulgares obscenidades que mi padre era expeditivo, ella no recordaba si en realidad le había gustado abrazarse a él. Me reveló que siempre lo había querido y que seguía queriéndolo, pero como a un hermano. Me reveló que lo único hermoso de su vida había sido el momento en que yo había salido de su vientre, yo, su primera hija. Me reveló que la peor culpa en la que había incurrido —una culpa por la que iría al infierno— era que nunca se había sentido unida a sus otros hijos, que los había considerado un castigo, y los seguía considerando así. Por último, me reveló sin rodeos que yo era su única hija de verdad. Cuando me lo reveló —recuerdo que estábamos en una consulta del hospital—, fue tal el disgusto, que lloró más que de costumbre. Murmuró: solo me preocupé por ti, siempre, para mí los demás eran hijastros; por eso me merezco la decepción que me has dado, qué puñalada, Lenù, qué puñalada, no debiste dejar a Pietro, no debiste juntarte con el hijo de Sarratore, es peor que su padre; un hombre decente, casado y con dos hijos, no va y le quita la mujer a otro.

Defendí a Nino. Intenté tranquilizarla, le dije que ahora existía el divorcio, que los dos nos divorciaríamos y luego nos casaríamos. Me escuchó sin interrumpirme. Había consumido casi por completo la fuerza con la que en otros tiempos se rebelaba y siempre quería tener la razón, ahora se limitaba a negar con la cabeza. Era piel y huesos, estaba pálida, si me contradecía lo hacía con la voz débil del desaliento.

—¿Cuándo? ¿Dónde? ¿Debo ver con estos ojos cómo te vuelves peor que yo?

—No, ma, no te preocupes, saldré adelante.

—No me lo creo, Lenù, te has detenido.

—Verás como te contentaré, te contentaremos todos, mis hermanos y yo.

—A tus hermanos los he abandonado y me avergüenzo.

—No es verdad. A Elisa no le falta de nada, y Peppe y Gianni trabajan, ganan dinero, ¿qué más quieres?

—Arreglar las cosas. A los tres se los he dado a Marcello y me he equivocado.

Así, en voz baja. Estaba inconsolable, describió un panorama que me sorprendió. Marcello es más delincuente que Michele, dijo, ha arrastrado a mis hijos por el fango, parece el más bueno de los dos, pero no es así. Le había cambiado a Elisa, que ahora se sentía más Solara que Greco y estaba de parte de él en todo. Me hablaba en susurros, como si no lleváramos horas esperando nuestro turno en la sala asquerosa y abarrotada de gente de uno de los hospitales más conocidos de la ciudad, sino en algún lugar donde Marcello se encontraba a pocos pasos de nosotras. Traté de restarle importancia para tranquilizarla, la enfermedad y la vejez la impulsaban a exagerar. Te preocupas demasiado, le dije. Contestó: me preocupo porque yo sé y tú no, si no me crees, pregúntaselo a Lina.

Y así, animada por palabras melancólicas que describían cómo el barrio había ido a peor (se estaba mejor cuando mandaba don Achille Carracci), me habló de Lila con un consenso aún más marcado que otras veces. Lila era la única capaz de arreglar las cosas en el barrio. Lila era capaz de conseguirlo por las buenas y todavía más por las malas. Lila lo sabía todo, incluso las acciones más feas, pero nunca te condenaba, comprendía que todos nos equivocamos, ella la primera, y por eso te ayudaba. Lila le parecía una especie de santa guerrera que desprendía un fulgor vengativo por la avenida, en los jardincillos, entre los edificios viejos y los nuevos.

Mientras la escuchaba tuve la sensación de que para ella yo contaba solo por estar en buenas relaciones con aquella nueva autoridad del barrio. Definió la amistad entre Lila y yo como una amistad útil, que debía cultivar por siempre, y enseguida supe por qué.

—Hazme un favor —me rogó—, habla con ella y con Enzo, y pregúntales si me pueden sacar a tus hermanos de la calle, pregúntales si me los pueden poner a trabajar con ellos.

Le sonreí, le arreglé un mechón de pelo gris. Sostenía que no se había ocupado de sus otros hijos, pero entretanto, encorvada, con las manos temblorosas, las uñas blancas en las manos apretadas a mi brazo, se preocupaba sobre todo por ellos. Quería quitárselos a los Solara para dárselos a Lila. Era su manera de enmendar un error de cálculo en la guerra entre la voluntad de hacer el mal y la de hacer el bien en la que se había entrenado desde siempre. Comprobé que Lila le parecía la encarnación de las ganas de hacer el bien.

—Mamá —dije—, haré lo que me pidas, pero aunque Lina contratara a Peppe y Gianni, y lo dudo porque para eso hay que estudiar, nunca irían a trabajar para ella por un puñado de liras, con los Solara ganan más.

Asintió, sombría, pero insistió:

—Tú inténtalo de todos modos. Has vivido fuera y estás poco informada, pero aquí todo el mundo sabe cómo ha doblegado Lina a Michele. Y ahora que está preñada, ya lo verás, será más fuerte. El día que se decida, le rompe las piernas a los dos Solara.

43

Los meses del embarazo pasaron raudos para mí, pese a las preocupaciones, y muy lentos para Lila. Comprobamos que teníamos un sentimiento de la espera por completo divergente. Yo decía frases como esta: ya estoy en el cuarto mes; ella decía frases como esta otra: apenas estoy en el cuarto mes.

Claro, Lila enseguida tuvo mejor color, se le suavizaron los rasgos. Pero pese a estar sometidos al mismo proceso de reproducción de la vida, nuestros organismos continuaron padeciendo sus fases de forma distinta: el mío con solícita colaboración; el suyo con resignación desganada. Y hasta la gente con la que nos relacionábamos se sorprendía al ver cómo mi tiempo corría y el de ella avanzaba a trompicones.

Recuerdo que un domingo, cuando paseábamos por la via Toledo con las niñas, nos cruzamos con Gigliola. Aquel encuentro fue importante, me turbó mucho y me demostró que Lila tenía realmente algo que ver en el comportamiento enloquecido de Michele Solara. Gigliola iba muy maquillada, aunque vestía con desaliño, estaba despeinada, exhibía pechos y caderas desbordantes, nalgas cada vez más amplias. Pareció contenta de vernos, y no nos dejó marchar. Le hizo muchas fiestas a Dede y a Elsa, nos arrastró al Gambrinus, pidió un montón de cosas y comió con avidez de todo, dulce y salado. De mis hijas se olvidó enseguida, y las niñas hicieron otro tanto; cuando nos describió con todo lujo de detalles y en voz muy alta los agravios que le había causado Michele, se aburrieron y se dedicaron a una exploración intrigada del local.

Gigliola no lograba aceptar cómo había sido tratada. Es una bestia, dijo. Michele había llegado a gritarle: no me vengas con amenazas, mátate de una vez, tírate por el balcón, muérete. O bien, como si ella no tuviera sensibilidad, creía arreglarlo todo metiéndole en el pecho y en el bolsillo centenares de miles de liras. Estaba furiosa, desesperada. Dirigiéndose solo a mí, que había vivido fuera tanto tiempo y no estaba al corriente, me contó que su marido la había echado a patadas y puñetazos de la casa de Posillipo, y la había mandado con sus hijos a vivir otra vez al barrio en dos habitaciones oscuras. Pero en cuanto empezó a augurarle a Michele las más horrendas enfermedades que le venían a la cabeza y una de las muertes más terribles, cambió de interlocutora y se dirigió exclusivamente a Lila. Me sorprendió mucho, le habló como si Lila pudiera ayudarla a hacer realidad sus maldiciones, la consideraba su aliada. Has hecho bien, se entusiasmó, en conseguir que te pagara un dineral para después dejarlo plantado. Y te diré más, si le afanaste algún dinero, mejor que mejor. Dichosa tú que sabes cómo tratarlo, sigue así hasta hacerlo sangrar. Gritó: lo que él no soporta es tu indiferencia, no puede aceptar que cuanto menos lo ves, mejor estás, bravo, bravo, bravo, debes conseguir que pierda la chaveta del todo, que tenga una muerte infernal.

Entonces lanzó un suspiro de fingido alivio. Se acordó de nuestros vientres preñados, quiso tocárnoslos. A mí me apoyó la mano ancha casi en el pubis, me preguntó en qué mes estaba. En cuanto le dije que en el cuarto, exclamó: nada menos que en el cuarto. En cambio, a Lila le dijo mostrándose de repente huraña: hay mujeres que no paren nunca, quieren tener al hijo dentro para siempre, tú eres de esas. Fue inútil recordarle que estábamos en el mismo mes, que las dos saldríamos de cuentas en enero del año siguiente. Meneó la cabeza y le dijo a Lila: imagínate que estaba segura de que ya habías parido, y con una pizca de pena incoherente añadió: cuanto más te vea Michele con ese bombo, más sufrirá; haz que te dure, tú sabes cómo, ponle la barriga debajo de las narices, y a ver si el muy desgraciado revienta de una vez. Después anunció que tenía cosas urgentísimas que hacer, pero entretanto repitió dos o tres veces que debíamos vernos más (volvamos a formar el grupo de cuando éramos muchachitas, ah, qué bonito era, deberíamos haber pasado de esos mierdas y pensar solo en nosotras). De las niñas, que ahora jugaban fuera, ni siquiera se despidió con un gesto, y se alejó después de haberle soltado al camarero unas frases obscenas entre risas.

—Será imbécil —dijo Lila enfurruñada—, ¿qué tiene de malo mi vientre?

—Nada.

—¿Y yo?

—Nada, no te preocupes.

44

Era cierto, Lila no tenía nada: nada nuevo. Continuaba siendo la misma criatura inquieta con una irresistible fuerza de atracción, y esa fuerza la hacía especial. Sus circunstancias, para bien y para mal (cómo reaccionaba al embarazo, lo que le había hecho a Michele y cómo lo había doblegado, cómo se estaba imponiendo al barrio), se nos seguían antojando más densas que las nuestras, y por ese motivo su tiempo parecía más lento. La veía cada vez con más frecuencia, sobre todo porque la enfermedad de mi madre me llevó de vuelta al barrio. Aunque con un nuevo equilibrio. Quizá debido a mi faceta pública, tal vez por mis problemas personales, me sentía más madura que Lila, y estaba cada vez más convencida de poder acogerla de nuevo en mi vida y reconocer su fascinación sin sufrir.

En esos meses corría de un lado a otro muy angustiada, pero los días pasaban volando; paradójicamente, me sentía ligera aunque tuviese que cruzar la ciudad para llevar a mi madre al hospital con el fin de que la visitaran los médicos. Si no sabía cómo arreglármelas con las niñas, le pedía ayuda a Carmen, a veces recurría incluso a Alfonso, que me había telefoneado en varias ocasiones para decirme que contara con él. Pero, naturalmente, era Lila la persona que me inspiraba más confianza y sobre todo con quien Dede y Elsa se sentían más a gusto; pero ella estaba siempre cargada de trabajo y fatigada por el embarazo. Las diferencias entre mi vientre y el suyo aumentaron. Yo lo tenía grueso y ancho, expandiéndose hacia los lados más que hacia delante; ella lo tenía pequeño, ceñido entre las caderas estrechas, prominente como una pelota a punto de salir rodando de su pelvis.

En cuanto le comuniqué mi estado, Nino me acompañó enseguida a ver a una ginecóloga casada con un colega suyo, y como la doctora me cayó bien —muy experta, muy disponible, muy alejada en las formas e incluso en su competencia de los médicos ariscos de Florencia—, le hablé de ella con entusiasmo a Lila, la animé a que me acompañara a verla al menos para probar. Y así acabamos yendo juntas a las revisiones, nos pusimos de acuerdo para que nos recibieran a la vez; cuando me tocaba a mí, ella se quedaba en silencio, en un rincón, y cuando le tocaba a ella, yo le sostenía una mano porque los médicos seguían poniéndola nerviosa. El momento perfecto era cuando estábamos en la sala de espera. Durante un rato dejaba de lado el calvario de mi madre y volvíamos a ser dos muchachitas. Nos encantaba sentarnos una al lado de la otra, yo rubia, ella morena, yo tranquila, ella nerviosa, yo simpática, ella perversa, nosotras dos opuestas y de acuerdo, nosotras dos distantes de las otras mujeres embarazadas a las que espiábamos con ironía.

Era una rara hora de júbilo. Una vez, pensando en aquellos seres minúsculos que se iban definiendo dentro de nuestros cuerpos, me vino a la cabeza cuando —sentadas una al lado de la otra en el patio, como ahora en la sala de espera— jugábamos a las mamás con nuestras muñecas. La mía se llamaba Tina; la suya, Nu. Ella había tirado a Tina a la oscuridad del sótano, y yo, para fastidiarla, había hecho otro tanto con Nu. Te acuerdas, le pregunté. Ella se mostró perpleja, tenía la sonrisita tibia de a quien le cuesta atrapar un recuerdo. Después, cuando le conté al oído, divertida, el miedo y la valentía con que habíamos subido hasta la puerta del terrible don Achille Carracci, el padre de su futuro marido, atribuyéndole el robo de nuestras muñecas, empezó a divertirse, nos reímos como dos tontas molestando los vientres habitados de las otras pacientes más comedidas que nosotras.

No nos callamos hasta que la enfermera nos llamó: Cerullo y Greco, las dos habíamos dado nuestros apellidos de solteras. Era una mujerona jovial, todas las veces sin falta le tocaba la barriga a Lila y decía: aquí dentro llevas un varoncito; y a mí: aquí dentro llevas una niña. Después nos acompañaba y yo le susurraba a Lila: ya tengo dos niñas, si el tuyo llega a ser de veras un varón, ¿me lo das? Y ella contestaba: sí, los intercambiamos sin problemas.

La doctora nos encontró en forma, los análisis perfectos, todo marchaba bien. Es más, como nos controlaba especialmente el peso, y Lila se mantenía como siempre muy delgada, mientras yo tendía a engordar, en cada visita juzgaba que ella estaba mejor que yo. En una palabra, a pesar de que las dos teníamos mil preocupaciones, en aquellas ocasiones nos sentíamos casi siempre felices de haber recuperado a los treinta y seis años el camino del afecto, muy alejadas en todo pero muy íntimas.

Pero cuando yo regresaba a la via Tasso y ella corría al barrio, la distancia que poníamos entre nosotras hacía que me saltaran a la vista otras distancias. La nueva sintonía era sin duda real. Nos gustaba estar juntas, aligeraba la vida. Sin embargo, había un dato inequívoco: yo le contaba casi todo de mí y ella, poco o nada. Mientras que por mi parte no podía dejar de hablarle de mi madre, o de un artículo que estaba escribiendo o de los problemas con Dede y Elsa, o incluso de mi situación de amante-esposa (bastaba con no especificar amante-esposa de quién, convenía no pronunciar demasiado el nombre de Nino, por lo demás podía hablar sin tapujos), ella cuando hablaba de sí misma, de sus padres, de sus hermanos, de Rino, de las preocupaciones que le causaba Gennaro, de nuestros amigos y conocidos, de Enzo, de Michele y Marcello Solara, del barrio entero, se mostraba vaga, parecía no acabar de fiarse. Evidentemente yo seguía siendo la que se había marchado y que, aunque hubiera regresado, ya tenía otra mirada, vivía en la parte alta de Nápoles, no podía ser readmitida del todo.

45

Era cierto que tenía una especie de doble identidad. Nino llevaba a la via Tasso a sus amigos cultos, que me trataban con respeto, les gustaba sobre todo mi segundo libro y querían que echara un vistazo a los textos en los que estaban trabajando. Debatíamos hasta bien entrada la noche con el aire de quien se las sabe todas. Nos preguntábamos si el proletariado seguía o no existiendo, aludíamos con benevolencia a la izquierda socialista y con acritud a los comunistas (son más policías que los policías y los curas), discutíamos acaloradamente sobre la gobernabilidad de un país cada vez más agotado, algunos de ellos se enorgullecían de tomar drogas, ironizábamos sobre una nueva enfermedad que a todos se nos antojaba un montaje del papa Wojtyła para frenar la libre manifestación de la sexualidad en todas sus posibles prácticas.

Pero no me limitaba a la via Tasso, me movía mucho, no quería quedarme presa en Nápoles. Con frecuencia viajaba a Florencia con las niñas. Pietro, que desde hacía tiempo estaba en lucha incluso política con su padre, era ya abiertamente comunista, a diferencia de Nino, cada vez más próximo a los socialistas. Me quedaba unas horas, lo escuchaba en silencio. Elogiaba la honestidad competente de su partido, me exponía los problemas de la universidad, me informaba de la aceptación con que su libro era recibido entre los profesores universitarios, sobre todo anglosajones. Después me ponía otra vez en camino. Le dejaba las niñas a él y a Doriana, me iba a Milán, a la editorial, en especial para oponerme a la campaña de denigración en la que Adele seguía perseverando. Mi suegra —el director me lo había contado una noche en que me había invitado a cenar— no perdía ocasión para hablar mal de mí y colgarme la etiqueta de persona inconstante y de poco fiar. En consecuencia, me esforzaba por mostrarme cautivadora con cuantos me cruzaba en la editorial. Mantenía conversaciones cultas, atendía solícita todas las peticiones de la oficina de prensa, le insistía al director en que mi nuevo libro estaba en buen punto pese a que ni lo había empezado. Y me ponía otra vez en camino, iba a recoger a las niñas y bajaba de nuevo a Nápoles; me amoldaba al tráfico caótico, a eternas transacciones por todo aquello que me correspondía por derecho, a colas extenuantes y pendencieras, a la fatiga de hacerme valer, a la angustia permanente cuando iba con mi madre a los médicos, hospitales, laboratorios de análisis. El resultado era que en la via Tasso y en Italia me sentía una señora con su pequeña aura; en cambio, al bajar a Nápoles y sobre todo al barrio perdía el refinamiento, allí nadie se había enterado de mi segundo libro, si los atropellos me enfurecían, pasaba al dialecto y a los insultos más soeces.

Me parecía que el único vínculo entre arriba y abajo era la sangre. Se mataba cada vez más, en Véneto, en Lombardía, en Emilia, en el Lacio, en Campania. Por la mañana echaba un vistazo al periódico, y a veces el barrio se me antojaba más tranquilo que el resto de Italia. No era así, claro, la violencia era la de siempre. Peleas entre hombres, palizas entre mujeres, alguien acababa asesinado por motivos oscuros. A veces, incluso entre personas a las que quería, subía la tensión, los tonos se volvían amenazantes. Pero a mí me trataban con deferencia. Tenían conmigo la benevolencia que se suele mostrar con el invitado cuya presencia es grata con tal de que no meta baza en asuntos que desconoce. De hecho, me sentía una observadora externa y con información insuficiente. Constantemente tenía la impresión de que Carmen o Enzo u otros sabían mucho más que yo, que Lila les contaba secretos que a mí no me revelaba.

Una tarde estaba con las niñas en la oficina de Basic Sight —tres habitaciones desde cuyas ventanas se veía la entrada de nuestra escuela primaria— y, como sabía que me encontraba en el barrio, Carmen hizo una escapada. Mencioné a Pasquale por simpatía, por afecto, aunque ya me lo imaginaba como un combatiente a la deriva cada vez más implicado en crímenes infames. Quería saber si había novedades y tuve la impresión de que tanto Carmen como Lila se ponían tiesas, como si yo acabara de cometer una indiscreción. No escurrieron el bulto, al contrario, hablamos de ello a fondo, o mejor dicho, dejamos que Carmen se desahogara a sus anchas. Pero me quedó la impresión de que por algún motivo habían decidido que conmigo no se podía decir más.

En dos o tres ocasiones me crucé también con Antonio. Una vez iba con Lila, en otra, creo que con Lila, Carmen y Enzo. Me impactó cómo la amistad entre ellos se había reforzado y me pareció sorprendente que él, esbirro de los Solara, se comportara como si hubiese cambiado de patrón, parecía al servicio de Lila y Enzo. Sin duda, nos conocíamos desde niños, pero sentí que no se trataba de antiguas costumbres. Al verme, los cuatro se comportaron como si acabaran de encontrarse por casualidad, y no era así, percibí una especie de pacto secreto del que no tenían la intención de hacerme partícipe. ¿Estaba relacionado con Pasquale? ¿Con la actividad de la empresa? ¿Con los Solara? No lo sé. En una de esas ocasiones Antonio se limitó a decirme distraídamente: estás muy guapa con barriga. O al menos esa es la única frase que recuerdo.

¿Era desconfianza? Lo dudo. A veces creía que, debido a mi identidad respetable, había perdido la capacidad de entender, sobre todo a ojos de Lila, y que por eso quería protegerme de situaciones en las que podía errar por ignorancia.

46

De todos modos había algo que no acababa de cuadrar. Era una sensación de vaguedad, la advertía incluso cuando todo daba la impresión de ser explícito y parecía solo una de las antiguas diversiones infantiles de Lila: orquestar situaciones en las que daba a entender que bajo la evidencia había algo más.

Una mañana —siempre en las oficinas de Basic Sight— charlé un poco con Rino, al que no veía desde hacía muchos años. Estaba irreconocible. Lo vi desmejorado, tenía la mirada perdida, me recibió con un afecto excesivo, llegó a palparme como si fuera de goma. Habló sin ton ni son de ordenadores, del gran volumen de negocios que gestionaba. Luego cambió de repente, le dio una especie de ataque de asma, y sin motivo aparente se puso a despotricar en voz baja contra su hermana. Le dije: cálmate, y quise ir a buscarle un vaso de agua, pero me dejó plantada delante de la puerta cerrada del despacho de Lila y desapareció como si temiera su regañina.

Llamé, entré. Le pregunté con cautela si su hermano se encontraba mal. Hizo una mueca de fastidio, dijo: ya sabes cómo es. Asentí, pensé en Elisa, murmuré que con los hermanos no siempre todo es lineal. Me acordé entonces de Peppe y Gianni, y dejé caer que mi madre estaba preocupada por ellos, deseaba librarlos de Marcello Solara y me había pedido que le preguntara si tenía alguna posibilidad de darles un empleo. Pero esas frases —librarlos de Marcello Solara, darles un empleo— le hicieron entrecerrar los ojos, me miró como si quisiera comprender hasta qué punto conocía el sentido de las palabras que acababa de pronunciar. Y como debió de convencerse de que yo no conocía a fondo ese sentido, dijo brusca: no puedo tenerlos aquí dentro, Lenù; con Rino ya me sobra, por no hablar de los riesgos que corre Gennaro. En un primer momento no supe qué contestarle. Gennaro, mis hermanos, el suyo, Marcello Solara. Insistí, pero ella se mostró esquiva, cambió de tema.

Escurrió otra vez el bulto poco después en relación con Alfonso. Él ya trabajaba para Lila y Enzo, aunque no como Rino, que iba por ahí de holgazán sin ninguna tarea fija. Alfonso había aprendido, lo llevaban a las empresas a recopilar datos. Pero enseguida tuve la impresión de que el vínculo entre él y Lila iba más allá de cualquier relación laboral. No era la atracción-repulsión que Alfonso me había confesado en el pasado, ahora era algo más.

Por parte de él había una necesidad —no sé cómo decirlo— de no perderla nunca de vista. Era una relación singular, como fundada en un flujo secreto que partía de ella para remodelarlo a él. No tardé en convencerme de que el cierre de la tienda de la piazza dei Martiri y el posterior despido de Alfonso tenían que ver con ese flujo. Pero si intentaba preguntar —qué pasó con Michele, cómo has conseguido desembarazarte de él, por qué despidió a Alfonso—, Lila soltaba una risita y decía: qué quieres que te diga, Michele ya no sabe qué quiere, cierra, abre, hace, rompe, y después se cabrea con los demás.

La risita no era de burla, de alegría, ni de satisfacción. La risita le servía para prohibirme que insistiera. Una tarde nos fuimos de compras a la via dei Mille y como durante años esa zona había sido el reino de Alfonso, él se ofreció a acompañarnos; un amigo suyo tenía una tienda que nos venía que ni pintada. Su homosexualidad ya era conocida. Alfonso seguía viviendo formalmente con Marisa, pero Carmen me había confirmado que sus hijos eran de Michele, y además me susurró: ahora Marisa es la amante de Stefano, sí, Stefano, el hermano de Alfonso, ex marido de Lila, ese era el nuevo rumor que corría por ahí. Sin embargo —añadió con abierta simpatía—, a Alfonso le importa un cuerno, él y su mujer hacen vidas separadas y siguen adelante. De manera que no me extrañó que su amigo de la tienda fuera un maricón —tal como nos lo describió Alfonso mismo muy divertido—. Lo que sí me extrañó fue el juego al que lo indujo Lila.

Nos estábamos probando vestidos premamá. Salíamos de los probadores, nos mirábamos en el espejo y Alfonso y su amigo nos admiraban, nos aconsejaban, nos desaconsejaban en un entorno a fin de cuentas agradable. Después Lila empezó a rabiar sin motivo, el ceño fruncido. No se gustaba, se tocaba el vientre puntiagudo, estaba cansada, le decía a Alfonso frases del estilo: ¿cómo me ves?, no me aconsejes mal, ¿tú te pondrías un color así?

Percibí en lo que ocurría a mi alrededor la acostumbrada oscilación entre lo visible y lo oculto. En un momento dado Lila eligió un bonito traje oscuro y como si el espejo de la tienda se hubiese partido, le dijo a su ex cuñado: déjame ver cómo me queda. Dijo aquellas palabras incongruentes como si se tratara de una petición habitual, hasta tal punto que Alfonso no se hizo rogar, aferró el traje y se encerró en el probador durante un rato muy largo.

Yo seguí probándome ropa. Lila me miraba distraída, el dueño de la tienda me cubría de elogios a cada vestido que me probaba, mientras yo esperaba perpleja a que Alfonso apareciera. Cuando lo hizo me quedé boquiabierta. Mi antiguo compañero de pupitre, con el pelo suelto, el traje elegante, era la copia de Lila. Su tendencia a parecérsele, que había notado hacía tiempo, se había definido de repente, y tal vez en ese momento era también más guapo, más guapa que ella, un hombre-mujer como los que había descrito en mi libro, dispuesto, dispuesta a encaminarse por la calle que lleva a la Virgen negra de Montevergine.

Le preguntó a Lila con inquietud: ¿te gustas así? Y el dueño de la tienda aplaudió con entusiasmo y dijo pícaro: ya me sé yo a quién le gustarías, estás divina. Alusiones. Cosas que yo no sabía y ellos sí. Lila esbozó una sonrisa pérfida, masculló: quiero regalártelo. Nada más. Alfonso aceptó con alegría, pero no hubo otras frases, como si Lila les hubiese ordenado sin palabras a él y a su amigo que ya era suficiente, que yo ya había visto y oído bastante.

47

Ese oscilar suyo con arte entre lo evidente y lo opaco me impresionó de forma particularmente dolorosa cierta vez —la única— en que durante una de nuestras citas con la ginecóloga las cosas se pusieron feas. Era noviembre y sin embargo la ciudad emanaba calor como si el verano no hubiese tocado a su fin. Lila se sintió mal por el camino, nos sentamos un momento en un bar y luego nos fuimos un tanto alarmadas a la consulta de la doctora. Lila le comentó con tono autoirónico que el trasto ya grande que llevaba dentro le tiraba, la empujaba, la frenaba, le molestaba, la debilitaba. La ginecóloga la escuchó divertida, la tranquilizó y le dijo: tendrá un hijo como usted, muy inquieto, muy fantasioso. De modo que bien, muy bien. Pero antes de marcharnos quise insistir:

—¿Seguro que todo está en orden?

—Segurísimo.

—Entonces, ¿qué tengo? —protestó Lila.

—Nada relacionado con su embarazo.

—¿Y con qué está relacionado?

—Con su cabeza.

—¿Qué sabe usted de mi cabeza?

—Su amigo Nino la ha elogiado mucho.

¿Nino? ¿Amigo? Silencio.

A la salida me costó un triunfo convencer a Lila para que no cambiara de médico. Antes de marcharse me dijo con su tono más feroz: seguramente tu amante no es mi amigo, pero para mí que tampoco es amigo tuyo.

Así pues, me vi lanzada con fuerza hacia el centro mismo de mis problemas: Nino no era digno de confianza. En el pasado Lila me había demostrado que sabía cosas de él que yo ignoraba. ¿Me estaba sugiriendo ahora que había otros hechos que ella conocía y yo no? Fue inútil pedirle que se explicara mejor, se marchó cortando toda conversación.

48

Después me peleé con Nino por su falta de delicadeza, por las confidencias que, aunque él lo negara con tono indignado, seguramente debió de hacerle a la mujer de su colega, por todo lo que llevaba guardado dentro de mí y que en esa ocasión también reprimí.

No le dije: Lila te considera un traidor y un mentiroso. Era inútil, se habría echado a reír. Pero me quedó la sospecha de que aquella referencia a que no era digno de confianza aludiera a algo concreto. Era una sospecha lenta, desganada, yo misma no tenía ninguna intención de transformarla en insoportable certeza. Sin embargo, persistía. Por eso un domingo de noviembre fui primero a ver a mi madre, y sobre las seis de la tarde pasé por la casa de Lila. Mis hijas estaban con su padre en Florencia, Nino tenía un compromiso, celebraba el cumpleaños de su suegro con su familia (ya la llamaba así: tu familia). En cuanto a Lila, sabía que estaba sola, ya que Enzo había ido a ver a unos parientes de Avellino y se había llevado a Gennaro.

La criatura que llevaba dentro estaba nerviosa, lo achaqué al bochorno. Lila también se quejó de que el niño se movía demasiado, dijo que le provocaba en el vientre una marejada continua. Para calmarlo quería dar un paseo, pero había llevado pasteles y preparé yo misma el café; me proponía mantener una conversación cara a cara, en la intimidad de aquella casa desnuda cuyas ventanas daban a la avenida.

Fingí tener ganas de charlar. Me referí a los temas que, en definitiva, me interesaban menos —por qué Marcello dice que eres la ruina de su hermano, qué le has hecho a Michele— y adopté un tono medio divertido, como si esos asuntos sirvieran únicamente para reírnos un poco. Contaba con llegar poco a poco, en confianza, a la pregunta que para mí era realmente importante: qué sabes de Nino que yo no sé.

Lila me contestó sin ganas. Se sentaba, se levantaba, decía que notaba la barriga como si hubiese tomado litros de bebidas gaseosas, se quejaba del olor de los *cannoli*, que solían gustarle y ahora se le antojaban pasados. Ya sabes cómo es Marcello, dijo, no se olvida de lo que le hice a su hermano cuando era jovencita, y como es un cobarde no dice las cosas a la cara, finge ser una buena persona, inocua, y después va por ahí contando chismes. Luego, con el tono que solía adoptar siempre en aquella época, afectuoso y burlón al mismo tiempo, dijo: pero tú eres una señora, olvídate de mis problemas, cuéntame qué tal se encuentra tu madre. Como siempre, quería que hablara de mí, pero no me di por vencida. Partiendo de mi madre, de sus preocupaciones por Elisa y mis hermanos, volví a la carga con los Solara. Ella resopló, dijo con sarcasmo que los hombres daban una enorme importancia a follar, y especificó riendo: no me refiero a Marcello —aunque él no se anda con bromas—, sino a Michele, que se ha vuelto loco, hace mucho tiempo que está obsesionado conmigo y hasta corre detrás de la sombra de mi sombra. Enfatizó intencionadamente esa expresión, «la sombra de mi sombra», dijo que por eso Marcello la tenía tomada con ella y la amenazaba, no soportaba que hubiese atado corto al hermano y lo llevara por caminos según él humillantes. Se rió otra vez, y rezongó: Marcello se cree que me da miedo, solo faltaba, la única persona que sabía dar miedo de verdad era su madre y ya sabes cómo acabó.

Hablaba y se tocaba la frente, se quejaba del calor, del ligero dolor de cabeza que tenía desde la mañana. Comprendí que quería tranquilizarme pero también, de forma contradictoria, mostrarme un poco de lo que había allí donde vivía y trabajaba a diario, tras la fachada de las casas, por las calles del barrio nuevo y del viejo. De modo que, por una parte, negó en varias ocasiones el peligro; y por la otra, me pintó un panorama de delincuencia extendida, chantajes, agresiones, robos, usura, venganzas seguidas de otras venganzas. El libro rojo secreto que Manuela llevaba en orden y que a su muerte había pasado a Michele, ahora lo controlaba Marcello que, por desconfianza, también le estaba quitando al hermano toda la gestión de las operaciones legales e ilegales, de las amistades políticas. Dijo de repente: hace unos años Marcello trajo la droga al barrio y quiero ver adónde iremos a parar. Una frase tal cual. Estaba muy pálida, se abanicaba con el extremo de la falda.

De todas sus alusiones me sorprendió la de la droga, sobre todo por su tono de asqueada condena. En aquella época, para mí la droga representaba la casa de Mariarosa, también la casa de la via Tasso en ciertas veladas. Yo nunca la había probado, aparte de un poco de chocolate por curiosidad, pero no me escandalizaba si otros la consumían, pues en los ambientes que había frecuentado y frecuentaba nadie se escandalizaba. De modo que para mantener viva la conversación, me pronuncié refiriéndome a los tiempos de Milán, a Mariarosa, para quien drogarse era uno de los tantos caminos hacia el bienestar individual, un medio para liberarse de tabúes, una forma culta de desenfreno. Sin embargo, Lila movió la cabeza contrariada: pero qué desenfreno, Lenù, hace dos semanas murió el hijo de la señora Palmieri, lo encontraron en los jardincillos. Y advertí el fastidio que le había causado aquella palabra, «desenfreno», mi modo de pronunciarla dándole un valor muy positivo. Me quedé de piedra, aventuré: estaría enfermo del corazón. Ella contestó: estaba enfermo de heroína. Y se apresuró a añadir: y ahora basta, estoy harta, no quiero pasarme el domingo hablando de las indecencias de los Solara.

Aun así ya lo había hecho, y más que otras veces. Transcurrió un largo instante. Por inquietud, por cansancio, por elección —no lo sé—, Lila había ampliado la trama de sus charlas, y me di cuenta de que, pese a haber dicho poco, me había llenado la cabeza de imágenes nuevas. Desde hacía tiempo yo sabía que Michele la quería —la quería de esa forma abstracta y obsesiva que lo perjudicaba—, y estaba claro que ella se había aprovechado para ponerlo de rodillas. Pero ahora había evocado «la sombra de su sombra» y con esa expresión había puesto ante mí a Alfonso, el Alfonso que se hacía pasar por el reflejo de ella con un vestido premamá en la tienda de la via dei Mille, y había visto a Michele, un Michele deslumbrado, que le subía la falda, lo estrechaba entre sus brazos. En cuanto a Marcello, en un abrir y cerrar de ojos la droga había dejado de ser eso que yo creía que era, un juego liberador para gente adinerada, y se trasladaba al marco viscoso de los jardincillos, al lado de la iglesia; se había convertido en una víbora, un veneno que serpenteaba en la sangre de mis hermanos, de Rino, tal vez de Gennaro, y mataba, y llenaba de dinero el libro rojo en otros tiempos custodiado por Manuela Solara y ahora, tras pasar de Michele a Marcello, por mi hermana, en su casa. Sentí toda la fascinación de su manera de controlar y descontrolar a placer, con poquísimas palabras, la imaginación ajena: ese decir, detenerse, dejar correr imágenes y emociones sin añadir nada más. Me equivoco, me dije confusamente, al escribir como he hecho hasta ahora, registrando todo lo que sé. Debería escribir como habla ella, dejar vorágines, construir puentes y no terminarlos, obligar al lector a mirar fijamente la corriente: Marcello Solara que fluye y se aleja veloz con mi hermana Elisa, Silvio, Peppe,

Gianni, Rino, Gennaro, Michele enredado a la sombra de la sombra de Lila; sugerir que fluyen todos en las venas del hijo de la señora Palmieri, un muchacho al que ni siquiera conozco y que ahora me causa dolor; venas bien alejadas de las de las personas que Nino lleva a la via Tasso, de las de Mariarosa, de las de una amiga suya que —ahora me acuerdo— enfermó, tuvo que ir a desintoxicarse, y también mi cuñada, a saber dónde estará, hace tiempo que no sé de ella, hay quienes se salvan siempre y quienes perecen.

Me esforcé por ahuyentar imágenes de penetraciones voluptuosas entre hombres y de jeringuillas clavadas en las venas y de deseo y muerte. Traté de retomar la conversación, pero había algo que no acababa de funcionar, notaba en la garganta el calor de finales de aquella tarde, recuerdo la pesadez de las piernas y el sudor en el cuello. Miré el reloj de la pared de la cocina, eran apenas las siete y media pasadas. Descubrí que ya no tenía ganas de referirme a Nino, de preguntarle a Lila, sentada frente a mí bajo una luz amarillenta de pocos vatios, qué sabes de él que yo no sé. Sabía mucho, demasiado, habría podido hacer que imaginara lo que se le antojara y yo ya nunca habría podido borrarme las imágenes de la cabeza. Habían dormido juntos, habían estudiado juntos, ella lo había ayudado a escribir sus artículos como había hecho yo con los ensayos. Por un instante volvieron los celos, la envidia. Me hicieron daño, los rechacé.

O probablemente lo que los rechazó fue una especie de trueno debajo del edificio, debajo de la avenida, como si uno de los camiones que pasaban sin cesar hubiese encontrado la manera de desviarse en nuestra dirección, hundirse veloz bajo tierra con el motor al máximo de revoluciones y correr entre nuestros cimientos embistiéndolo y rompiéndolo todo.

49

Me quedé sin aliento, por una fracción de segundo no entendí qué estaba pasando. La taza de café tembló en el platito, la pata de la mesa me golpeó una rodilla. Me levanté de un salto, me di cuenta de que Lila también se alarmaba, intentaba ponerse de pie. La silla se inclinó a su espalda, ella trató de agarrarla, pero lo hizo despacio, doblada, una mano tendida ante sí en mi dirección, la otra que se alargaba hacia el respaldo, los ojos entrecerrados como cuando se concentraba antes de reaccionar. Entretanto el trueno seguía corriendo por debajo del edificio, un viento subterráneo levantaba contra el suelo olas de un mar secreto. Miré el techo, la bombilla se balanceaba junto con la lámpara de cristal rosado.

Un terremoto, grité. La tierra se movía, una tempestad invisible estallaba bajo mis pies, sacudía la habitación con un griterío de bosque doblegado por ráfagas de viento. Las paredes crujían, parecían hinchadas, se despegaban y se volvían a pegar a las esquinas. Del techo descendía una niebla polvorienta a la que se sumaba la niebla que se salía de las paredes. Me abalancé hacia la puerta gritando otra vez: un terremoto. Pero el movimiento era solo una intención, no lograba dar un solo paso. Los pies me pesaban, todo me pesaba, la cabeza, el pecho, y sobre todo la barriga. La tierra sobre la que quería apoyarme se encogía, por una fracción de segundos estaba e inmediatamente después dejaba de estar.

Mi pensamiento volvió a Lila, la busqué con la mirada. La silla había caído al fin, los muebles —en especial la vieja vitrina con sus pequeños objetos, vasos, cubiertos, baratijas— vibraban junto con los cristales de las ventanas como hierbajos en una cornisa cuando hay viento. Lila estaba de pie en el centro de la habitación, doblada, la cabeza gacha, los ojos amusgados, la frente arrugada, las manos sostenían la barriga como si temiera que saliera brincando y se perdiera en la nube de polvo del revoque. Pasaron los segundos pero nada daba muestras de querer recuperar el orden, la llamé. No reaccionó, me pareció compacta, la única entre todas las formas presentes no sujeta a temblores, a estremecimientos. Parecía haber borrado todo sentimiento; las orejas no oían, la garganta no inspiraba aire, la boca estaba apretada, los párpados borraban la mirada. Era un organismo inmóvil, rígido, solo tenían vida las manos que con los dedos desplegados apretaban la barriga.

Lila, grité. Me moví para agarrarla, sacarla a rastras, era lo más urgente. Pero mi parte sumisa, esa que creía debilitada pero no, estaba ahí resurgiendo, y me sugirió: quizá deberías hacer como ella, quedarte quieta, doblarte y proteger a tu hijo, no salir corriendo. Me costó decidirme. Era difícil acercarme a ella, sin embargo, se trataba de un solo paso. La agarré por fin del brazo, la sacudí, ella abrió los ojos que parecían blancos. El ruido era insoportable, la ciudad entera hacía ruido, el Vesubio, las calles, el mar, las casas viejas de la via dei Tribunali, de los Quartieri Spagnoli, las nuevas de Posillipo. Lila se soltó, gritó: no me toques. Fue un alarido rabioso, se me quedó grabado más que los larguísimos segundos que duró el terremoto. Comprendí que me había equivocado; ella siempre al mando de todo, en ese momento no estaba al mando de nada. Inmovilizada por el horror, temía que si la rozaba se rompería.

50

La arrastré al aire libre con violentos tirones, empellones, súplicas. Tenía miedo de que al temblor que nos había paralizado siguiera otro más terrible, definitivo, y que todo se nos cayera encima. La recriminé, le supliqué, le recordé que debíamos poner a salvo a las criaturas. Y así nos lanzamos dentro de la estela de gritos aterrorizados, un clamor creciente asociado a movimientos injustificados; era como si el corazón del barrio y de la ciudad estuviese a punto de partirse. En cuanto llegamos al patio Lila vomitó, yo luché contra la náusea que me encogía el estómago.

El terremoto —el terremoto del 23 de noviembre de 1980 con su destrucción infinita— se nos metió en los huesos. Alejó la costumbre de la estabilidad y la solidez, la certeza de que cada instante sería idéntico al siguiente, la familiaridad de los sonidos y los gestos, su segura identificación. En su lugar se estableció la sospecha hacia toda garantía, la tendencia a creernos todas las profecías de desgracias, una atención angustiada a los signos de la friabilidad del mundo, y fue arduo recuperar el control. Segundos y más segundos sin fin.

Fuera de casa era peor que dentro, todo era movimiento y gritos, nos asaltaron las habladurías que multiplicaron el terror. Se habían visto destellos rojos en dirección al ferrocarril. El Vesubio se había despertado. El mar se había abatido sobre Mergellina, la Villa Comunale, el Chiatamone. En la zona de Ponti Rossi había derrumbamientos, el cementerio del Pianto se había hundido con sus muertos, la cárcel de Poggioreale se había venido abajo. Los presos habían muerto bajo los escombros o escapado y ahora mataban a la gente por gusto. El túnel que llevaba a la Marina se había desplomado, sepultando a medio barrio en fuga. Y las fantasías se nutrían entre sí; comprobé que Lila se lo creía todo, temblaba apretada a mi brazo. La ciudad es un peligro, me susurró, debemos irnos, las casas se resquebrajan, se nos cae todo encima, las cloacas saltan por los aires derramando su contenido, mira cómo huyen las ratas. Como la gente corría a los coches y las calles se estaban bloqueando, ella empezó a tirar de mí, murmuraba: todos se van al campo, allá es más seguro. Quería correr a su coche, quería llegar a un espacio abierto donde solo el cielo, que parecía ligero, podía caernos encima. Yo no lograba calmarla.

Llegamos al coche, pero Lila no tenía las llaves. Habíamos salido corriendo sin coger nada, habíamos cerrado la puerta a nuestra espalda y, aun suponiendo que hubiésemos reunido el valor de hacerlo, no podíamos volver a entrar en casa. Aferré una manija con todas mis fuerzas, tiré de ella, la sacudí, pero Lila chilló, se tapó los oídos con las manos como si ese forcejeo mío produjera un sonido y vibraciones insoportables. Miré a mi alrededor, localicé una piedra grande que se había desprendido de un murete, rompí la ventanilla. Después haré que te la arreglen, dije, ahora quedémonos aquí, ya pasará. Nos acomodamos en el coche; pero no pasó nada, constantemente teníamos la impresión de que la tierra se estremecía. A través del parabrisas polvoriento vigilábamos a la gente del barrio que cuchicheaba, reunida en apretados corrillos. Y cuando todo parecía al fin haberse calmado, alguien pasaba corriendo y chillando, lo que provocaba una desbandada general y choques violentos contra nuestro automóvil que me paralizaban el corazón.

51

Tenía miedo, ah, sí, estaba asustadísima. Sin embargo, para mi asombro no estaba tan asustada como Lila. En esos segundos de terremoto ella se desprendió de golpe de la mujer que había sido hasta un minuto antes —la que sabía calibrar con precisión pensamientos, palabras, gestos, tácticas, estrategias—, como si en esas circunstancias la considerara una armadura inútil. Ahora era otra. Era la persona que había visto la noche de fin de año de 1958, cuando estalló la guerra de fuegos artificiales entre los Carracci y los Solara; o aquella que me mandó llamar para que fuera a San Giovanni a Teduccio, cuando trabajaba en la fábrica de Bruno Soccavo y creía estar enferma del corazón y quería dejarme a Gennaro porque estaba segura de que se moriría. Pero si en el pasado se mantenían los puntos de contacto entre las dos Lilas, ahora esa otra mujer daba la impresión de haber surgido directamente de las vísceras de la tierra, no se parecía en nada a la amiga que minutos antes yo envidiaba por su arte al seleccionar las palabras, no se le parecía ni siquiera en los rasgos, deformados por la angustia.

Yo jamás habría podido sufrir una metamorfosis tan brusca, mi autodisciplina era estable, el mundo seguía a mi alrededor con naturalidad incluso en los momentos más terribles. Sentía que Dede y Elsa estaban con su padre en Florencia, y Florencia era un lugar fuera de peligro, algo que en sí mismo me tranquilizaba. Esperaba que lo peor hubiera pasado, que no se hubiese derrumbado ninguna casa del barrio, que Nino, mi madre, mi padre, Elisa, mis hermanos se hubiesen asustado como nosotras, pero que, como nosotras, estuviesen vivos. En cambio, ella no, no conseguía pensar de ese modo. Se retorcía, temblaba, se acariciaba la barriga, era como si ya no creyera en nexos estables. Para ella, Gennaro y Enzo habían perdido toda conexión entre sí y con nosotras, se habían disuelto. Emitía una especie de estertor, con los ojos de par en par, se abrazaba a sí misma, se estrechaba con fuerza. Y repetía obsesivamente adjetivos y sustantivos por completo incongruentes con la situación en las que nos encontrábamos, articulaba frases carentes de sentido y, sin embargo, las pronunciaba con convicción, tirando de mí.

Durante mucho rato fue inútil que le mostrara a personas conocidas, que abriera la portezuela, me desgañitara, las llamara para anclarla a los nombres, a voces que pudieran contar su versión de esa misma mala experiencia y así devolverla a un discurso ordenado. Le señalé a Carmen con su marido y los niños, que se tapaban cómicamente la cabeza con almohadas, y a un hombre, quizá su cuñado, que llevaba a la espalda nada menos que un colchón, y junto con otros caminaban deprisa hacia la estación y cargaban con objetos insensatos; una mujer llevaba una sartén en la mano. Le indiqué a Antonio con su mujer y sus hijos, me quedé boquiabierta al ver lo hermosos que eran todos, como personajes de una película, mientras se acomodaban con calma en una furgoneta verde que después se alejó. Le indiqué a la familia Carracci y parientes, maridos, mujeres, madres, parejas, amantes —es decir, Stefano, Ada, Melina, Maria, Pinuccia, Rino, Alfonso, Marisa, todos sus hijos— que aparecían y desaparecían entre la multitud, se llamaban sin cesar por miedo a perderse. Le indiqué el coche de lujo de Marcello Solara que, atronando, procuraba salir del embotellamiento de vehículos; a su lado iban mi hermana Elisa con el niño y en los asientos posteriores, las sombras pálidas de mi madre y mi padre. Grité nombres con la portezuela abierta, traté de animar a Lila a hacer lo mismo; pero ella no se movió. Entonces caí en la cuenta de que las personas —especialmente las que conocíamos bien— la asustaban aún más, sobre todo si estaban agitadas, si daban voces, si corrían. Me apretó la mano con fuerza y cerró los ojos cuando el coche de Marcello se subió a la acera dando bocinazos y se alejó veloz entre la gente que se había detenido a charlar. Exclamó «Virgen santa», expresión que jamás le había oído usar. Qué pasa, le pregunté. Gritó entre jadeos que el coche se había desbordado, y que también Marcello, al volante, se estaba desbordando, el objeto y la persona manaban de sí mismos mezclando metal líquido y carne.

Usó precisamente «desbordar». Fue en esa ocasión cuando recurrió por primera vez a ese verbo, se afanó por explicitar su sentido, quería que entendiera bien qué era el desbordamiento y cuánto la aterrorizaba. Me apretó la mano con más fuerza aún, gesticulando. Dijo que el contorno de los objetos y las personas eran delicados, que se rompían como el hilo del algodón. Murmuró que para ella siempre había sido así, un objeto se desbordaba y llovía sobre otro, en un disolverse de materias heterogéneas, un confundirse y mezclarse. Exclamó que siempre había tenido que luchar para convencerse de que la vida tenía bordes sólidos, porque desde niña sabía que no era así —de ninguna manera era así—, y por ello no conseguía fiarse de su resistencia a golpes y empujones. Al contrario de lo que había hecho hasta un momento antes, le dio por pronunciar frases excitadas en abundancia, a veces amasándolas con un léxico dialectal, a veces tomándolas de las mil lecturas hechas de jovencita. Murmuró que no debía distraerse nunca; si se distraía, las cosas verdaderas que la aterrorizaban con sus contorsiones violentas y dolorosas tomaban la delantera y se imponían a las falsas que, con su decoro físico y moral la calmaban, y ella se hundía en una realidad emborronada, gomosa, y ya no conseguía dotar a las sensaciones de contornos nítidos. Una emoción táctil se disolvía en una visual, una visual se disolvía en una olfativa, ah, qué es el mundo verdadero, Lenù, lo hemos visto ahora, nada nada nada de lo que pueda decirse definitivamente: es así. Por eso, si ella no estaba atenta, si no vigilaba los bordes, todo se escapaba en grumos sanguinolentos de menstruación, en pólipos sarcomatosos, en fragmentos de fibra amarillenta.

52

Habló largo y tendido. Fue la primera y la última vez que trató de explicarme el sentimiento del mundo en el que se movía. Hasta hoy, dijo —y aquí resumo en mis propias palabras de ahora—, creí que se trataba de feos momentos que llegaban y se iban, como una enfermedad del crecimiento. ¿Te acuerdas de cuando te conté que se había roto la olla de cobre? ¿Y del fin de año de 1958, cuando los Solara nos dispararon, te acuerdas? Los disparos fueron lo que menos miedo me dio. En cambio, me espantaba que los colores de los fuegos artificiales cortaran —el verde y el violeta sobre todo eran muy afilados—, que pudiesen descuartizarnos, que las estelas de los petardos se restregaran contra mi hermano Rino como limas, como escofinas, y le destrozaran la carne, y que consiguieran que de él saliera goteando otro hermano mío repulsivo al cual o volvía a meter enseguida dentro —dentro de su forma de siempre—, o se habría vuelto contra mí para hacerme daño. Durante toda mi vida, Lenù, no he hecho mas que contener momentos como esos. Me daba miedo Marcello y me protegía con Stefano. Me daba miedo Stefano y me protegía con Michele. Me daba miedo Michele y me protegía con Nino. Me daba miedo Nino y me protegía con Enzo. Pero qué significa proteger, solo es una palabra. Ahora debería hacerte una lista detallada de todas las defensas grandes y pequeñas que me he construido para ocultarme y no me han servido. ¿Te acuerdas el espanto que me producía el cielo nocturno en Ischia? Vosotros decíais que era hermoso, pero yo no podía con él. Notaba un sabor a huevo podrido con su yema amarillo verdosa encerrada en su clara y su cáscara, un huevo duro que se rompe. Tenía en la boca estrellas-huevo envenenadas, su luz era de una consistencia blanca, gomosa, se pegaban a los dientes junto con la negrura gelatinosa del cielo, las trituraba con asco, notaba un crujido de gránulos. ¿Me explico? ¿Me estoy explicando? Y, sin embargo, en Ischia estaba contenta, llena de amor. De nada servía, la cabeza siempre encuentra una rendija por donde espiar más allá —arriba, abajo, de lado—, donde está el espanto. En la fábrica de Bruno, por ejemplo, se me partían los huesos de los animales entre los dedos con solo rozarlos, y de ellos salía un tuétano rancio, sentía una repulsión tan grande que creí estar enferma. ¿Acaso estaba enferma, tenía realmente un soplo cardíaco? No. El único problema ha sido siempre la agitación de la cabeza. No puedo detenerla, siempre tengo que hacer, rehacer, cubrir, descubrir, reforzar, y luego, de repente, deshacer, romper. Fíjate en Alfonso, por ejemplo, me ha angustiado desde que era muchachito; yo sentía que el hilo de algodón que lo mantenía entero estaba a punto de romperse. ¿Y Michele? Michele se lo tenía muy creído, pero bastó con que encontrara la línea del contorno y tirara, ja, ja, ja, lo rompí, rompí su hilo de algodón y lo enredé con el de Alfonso, materia de varón con materia de varón, la tela que tejes de día se deshace de noche, la cabeza encuentra el modo. Sin embargo, de poco sirve, el terror permanece, se queda siempre en la rendija entre una cosa normal y la otra.

Ahí se queda esperando, siempre lo he sospechado, y desde esta noche lo sé con certeza: no hay nada que aguante, Lenù, también aquí en mi barriga parece que la criatura va a durar, pero no. ¿Te acuerdas de cuando me casé con Stefano y quería rehacer el barrio partiendo de cero, solo con cosas bonitas, y lo feo de antes debía desaparecer? ¿Cuánto duró? Los buenos sentimientos son frágiles, conmigo el amor no resiste. No resiste el amor por un hombre, ni siquiera resiste el amor por los hijos, no tarda en agujerearse. Miras por el agujero y ves la nebulosa de las buenas intenciones que se confunde con las malas. Gennaro hace que me sienta culpable, este trasto que llevo aquí dentro es una responsabilidad que me corta, me araña. Querer bien va de la mano del querer mal, y yo no consigo, no consigo concentrarme alrededor de ninguna buena voluntad. La maestra Oliviero tenía razón, soy mala. Ni siquiera sé mantener viva la amistad. Tú eres amable, Lenù, has tenido mucha paciencia conmigo. Pero esta noche lo he comprendido de un modo definitivo: siempre hay un solvente que actuando despacio, con un calor dulce, lo deshace todo, incluso cuando no hay terremoto. Por eso, por favor, si te ofendo, si te digo cosas feas, tú tápate los oídos, no quiero hacerlo y pese a todo lo hago. Por favor, por favor, ahora no me dejes, que, si no, me vengo abajo.

53

Sí, sí, de acuerdo —dije a menudo—, pero ahora descansa. La estreché contra mí, al final se durmió. Me quedé despierta, mirándola, como me había pedido aquella vez. De vez en cuando notaba pequeños temblores, en el interior de los coches alguien gritaba de miedo. Ahora la avenida estaba vacía. La criatura se me movía en el vientre como un chapoteo, le toqué la barriga a Lila, la suya también se movía. Todo se movía: el mar de fuego bajo la corteza terrestre, y los hornos de las estrellas y los planetas, y los universos, y la luz dentro de las tinieblas, y el silencio en el hielo. Pero incluso ahora, al reflexionar animada por las palabras trastornadas de Lila, sentía que el espanto no conseguía arraigar en mí; y hasta la lava, toda la materia fundida que imaginaba en su ígneo fluir dentro del globo terrestre, el miedo que me inspiraba, se acomodaban en mi mente en frases ordenadas, en imágenes armónicas, se convertían en un empedrado de adoquines negros como las calles de Nápoles, un empedrado del que yo era siempre y en cualquier circunstancia el centro. En fin, me daba importancia, sabía dármela a pesar de lo que pasara. Todo aquello que me afectaba —los estudios, los libros, Franco, Pietro, las niñas, Nino, el terremoto— pasaría y yo —cualquiera de los yoes entre los que había acumulado—, yo me mantendría firme, era la punta del compás que permanece fija mientras la mina da vueltas alrededor trazando círculos. En cambio, Lila —ahora me resultaba claro, y eso me ensoberbeció, me calmó, me enterneció— luchaba por sentirse estable. No lo conseguía, no creía en ello. Por más que siempre nos hubiese dominado a todos y a todos hubiese impuesto e impusiera una forma de ser, bajo pena de sufrir su resentimiento y su furia, ella se veía a sí misma como una colada y, en resumidas cuentas, todos sus esfuerzos iban dirigidos únicamente a contenerse. Cuando, a pesar de su ingeniería preventiva sobre las personas y los objetos prevalecía la colada, Lila perdía a Lila, el caos parecía la única verdad, y ella —tan activa, tan valiente— se anulaba llena de pavor, se convertía en nada.

54

El barrio se vació, la avenida quedó en calma, empezó a helar. En los edificios, transformados en piedras sombrías, no había una sola bombilla encendida, un solo resplandor coloreado de los televisores. Yo también me quedé dormida. Luego me desperté sobresaltada, aún estaba oscuro. Lila se había ido del coche, la portezuela de su lado estaba entornada. Abrí la mía, busqué a mi alrededor. En todos los coches aparcados había gente, unos tosían, otros se quejaban en sueños. Lila no estaba, me inquieté, fui hacia el túnel. La encontré cerca del surtidor de gasolina de Carmen. Se movía entre fragmentos de cornisas y demás escombros, miraba hacia arriba, hacia las ventanas de su casa. Al verme se sintió avergonzada. No me sentía bien, dijo, perdona, te llené la cabeza de cháchara, menos mal que estábamos juntas. Esbozó una sonrisa de incomodidad, dijo una de las tantas frases casi incomprensibles de aquella noche —«menos mal» es una nube de perfume que sale cuando aprietas el pulverizador—, se estremeció. Seguía sin estar bien, la convencí para que regresara al coche. Al cabo de unos minutos volvió a quedarse dormida.

En cuanto amaneció, la desperté. Estaba tranquila, quería justificarse. Para restarle importancia, murmuró: ya sabes que soy así, de vez en cuando me agarra algo aquí, en el pecho. Dije: no es nada, hay épocas de cansancio, te ocupas de demasiadas cosas, en cualquier caso, ha sido terrible para todos, no se terminaba nunca. Negó con la cabeza: ya sé yo cómo estoy hecha.

Nos organizamos, buscamos la manera de entrar en su casa. Hicimos muchas llamadas telefónicas pero o no conseguíamos línea o el teléfono sonaba inútilmente. No contestaban los padres de Lila, no contestaban los parientes de Avellino que hubieran podido darnos noticias de Enzo y Gennaro, no contestaba nadie en el número de Nino, no contestaban sus amigos. Conseguí localizar a Pietro, acababa de enterarse del terremoto. Le dije que se quedara a las niñas unos días, el tiempo necesario para asegurarme de que ya no había peligro. Sin embargo, con el paso de las horas la dimensión del desastre fue en aumento. No nos habíamos asustado por poca cosa. Lila murmuró como para justificarse: has visto, la tierra estuvo a punto de partirse en dos.

Estábamos aturdidas por las emociones y el cansancio, pero igualmente vagamos a pie por el barrio y por una ciudad luctuosa, a ratos muda, a ratos recorrida por el estridente sonido de las sirenas. Hablamos mucho para calmar nuestras angustias: dónde estaba Nino, dónde estaba Enzo, dónde estaba Gennaro, cómo se encontraba mi madre, adónde la había llevado Marcello Solara, dónde estaban los padres de Lila. Noté que ella tenía necesidad de regresar a los instantes del terremoto no tanto para contar su efecto traumático, sino para sentirlos como un corazón nuevo en torno al cual reorganizar la sensibilidad. La animaba cada vez que lo hacía y tuve la impresión de que cuanto más recuperaba ella el control de sí misma, más evidentes se hacían la destrucción y la muerte de pueblos enteros del sur. No tardó en ponerse a hablar del terror sin avergonzarse y me tranquilicé. Pero algo indefinible quedó atrapado en ella: el paso más cauto, un velo de aprensión en la voz. El recuerdo del terremoto duraba, Nápoles lo retenía. El calor era lo único que se estaba yendo, como un respiro neblinoso que se desprendía del cuerpo de la ciudad y de su vida lenta y ronca.

Llegamos a la casa de Nino y Eleonora. Aporreé la puerta, llamé, nadie contestó. Lila me miraba a cien metros de distancia, la barriga tensa, puntiaguda, con cara enfurruñada. Hablé con un hombre que salía por el portón con dos maletas, dijo que en el edificio no quedaba nadie. Esperé un rato más, no me decidía a marcharme. Espié la silueta diminuta de Lila. Recordé lo que me había dicho y sugerido poco antes del terremoto, tuve la impresión de que la asediara una legión de demonios. Usaba a Enzo, usaba a Pasquale, usaba a Antonio. Moldeaba de nuevo a Alfonso. Doblegaba a Michele Solara arrastrándolo al amor loco por ella, por él. Y Michele se retorcía para soltarse, despedía a Alfonso, cerraba la tienda de la piazza dei Martiri, pero era inútil. Lila lo humillaba, seguía humillándolo, avasallándolo. A saber cuántas cosas sabía ya de los chanchullos de los dos hermanos. Había metido las narices en sus negocios cuando reunía datos para el ordenador; incluso estaba al corriente del dinero de la droga. Por eso Marcello la odiaba, por eso la odiaba mi hermana Elisa. Lila lo sabía todo. Lo sabía todo por puro y simple miedo a todas las cosas vivas o muertas. Quién sabe cuántas malas acciones de Nino conocía. Parecía decirme de lejos: déjalo estar, tú y yo sabemos que se ha ido con la familia a un lugar seguro y que tú se la traes floja.

55

Aquello resultó sustancialmente cierto. Enzo y Gennaro regresaron al barrio a última hora de la tarde, desfigurados, con aspecto de veteranos de una guerra atroz y con una única preocupación: cómo estaba Lila. En cambio, Nino reapareció varios días después, como si llegara de disfrutar unas vacaciones. Era tal la confusión, me dijo, que cogí a mis hijos y salí corriendo.

Sus hijos. Qué padre tan responsable. ¿Y el que yo llevaba en el vientre?

Con su habitual tono desenvuelto, contó que se había refugiado en Minturno con los niños, Eleonora y sus suegros, en un chalet de la familia. Me puse de mal humor. Lo mantuve a distancia durante unos días, me negué a verlo, me preocupé por mis padres. Cuando Marcello regresó solo al barrio, me enteré por él de que los había llevado a un sitio seguro, con Elisa y Silvio, a una propiedad que tenía en Gaeta. Otro salvador de su familia.

Entretanto volví sola a la casa de la via Tasso. Ahora hacía muchísimo frío, el apartamento estaba helado. Una a una revisé las paredes, no me pareció ver grietas. Pero por la noche tenía miedo de dormirme, temía que hubiera réplicas del terremoto y me alegré de que Pietro y Doriana hubiesen aceptado quedarse un tiempo más con las niñas.

Llegó la Navidad, no lo soporté y me reconcilié con Nino. Fui a Florencia a recoger a Dede y Elsa. La vida continuaba, pero como una convalecencia cuyo final no vislumbraba. Ahora, cada vez que veía a Lila notaba en ella un humor vacilante, sobre todo cuando adoptaba un tono agresivo.

Me miraba como diciendo: tú sabes qué hay debajo de cada una de mis palabras.

¿De veras lo sabía? Cruzaba calles valladas o pasaba al lado de miles de edificios inhabitables, apuntalados con gruesos postes. Con frecuencia acababa atrapada entre las ruinas de la ineficiencia más infame y cómplice. Y pensaba en Lila, en cómo se había puesto de inmediato a trabajar, manipular, disuadir, ridiculizar, agredir. Me volvía a la cabeza el terror que en unos segundos la había aniquilado, veía el rastro de ese terror en su gesto ahora mecánico de colocar las manos con los dedos abiertos alrededor de la barriga. Y me preguntaba con aprensión: ¿quién es ahora, en qué puede convertirse, qué reacciones puede llegar a tener? Para confirmar que el mal momento había pasado le dije una vez:

—El mundo ha vuelto a su sitio.

—¿A qué sitio? —contestó ella con sorna.

56

En el último mes de embarazo todo se hizo muy fatigoso. Nino se prodigaba poco, tenía que trabajar, y eso me exasperaba. Las raras veces en que aparecía me mostraba hosca con él, pensaba: estoy horrible, ya no me desea. Y era cierto, yo misma no lograba mirarme al espejo sin sentir fastidio. Tenía las mejillas hinchadas y la nariz enorme. Los pechos, la barriga parecían haber devorado el resto de mi cuerpo, me veía sin cuello, con piernas cortas y tobillos gruesos. Me había vuelto como mi madre, pero no la de ahora, que era una viejecita delgada, aterrorizada; me parecía más bien a la figura resentida que siempre había temido y que ahora solo existía en mi memoria.

Esa madre persecutoria se desató. Comenzó a actuar a través de mí desahogándose por las fatigas, las angustias, la pena que me estaba causando la madre moribunda con sus fragilidades, con la mirada de quien está a punto de ahogarse. Me volví intratable, el menor contratiempo se convertía para mí en una conjura, con frecuencia terminaba dando gritos. En los momentos de mayor insatisfacción, tenía la impresión de que las ruinas de Nápoles se habían instalado también en mi cuerpo, que estaba perdiendo la capacidad de ser simpática y cautivadora. Me llamaba Pietro para hablar con las niñas y me mostraba arisca. Me telefoneaban de la editorial o de algún periódico y protestaba, decía: estoy en el noveno mes, me falta el aire, dejadme en paz.

Empeoré también con mis hijas. No tanto con Dede, a cuya mezcla de inteligencia, afecto y acuciante lógica estaba acostumbrada, puesto que se parecía al padre. Fue Elsa quien empezó a ponerme de los nervios porque, con sus modales de dócil muñequita, se estaba convirtiendo en un ser de rasgos desenfocados, de la que la maestra no hacía más que quejarse, definiéndola como astuta y violenta; mientras yo misma, en casa o en la calle, la reprendía sin parar por cómo buscaba camorra, se apropiaba de las cosas ajenas, y cuando tenía que devolverlas, las rompía. Vaya trío de mujeres, me decía, no me extraña que Nino huya de nosotras, que prefiera a Eleonora, Albertino y Lidia. Cuando por las noches no lograba dormir por cómo se agitaba la criatura en mi vientre, como si estuviera hecha de burbujas de aire en movimiento, esperaba que contra todo pronóstico ese nuevo hijo fuera varón, que se le pareciera, que le gustara, que lo amara más que a sus otros hijos.

Pese a mis esfuerzos por regresar a la imagen que más me gustaba de mí misma —siempre había querido ser una persona equilibrada que encauzaba con sabiduría los sentimientos mezquinos e incluso violentos—, en los últimos días del embarazo no conseguía estabilizarme. Le echaba la culpa al terremoto que, en un primer momento, parecía no haberme turbado demasiado pero que quizá me había llegado a lo más hondo, hasta instalárseme en la barriga. Si cruzaba en coche el túnel de Capodimonte me entraba el pánico, temía que un nuevo temblor lo derrumbara. Si pasaba por el viaducto del corso Malta, que ya vibraba lo suyo, aceleraba para huir del temblor que, de un momento a otro, podía partirlo. En aquella época dejé incluso de luchar contra las hormigas, que con frecuencia y mucho gusto aparecían en el cuarto de baño de casa; prefería dejar que vivieran y observarlas de vez en cuando; Alfonso sostenía que presentían con antelación la catástrofe.

Las secuelas del terremoto no fueron lo único que me alteraron, también contribuyeron las medias palabras imaginativas de Lila. Ahora, cuando iba por la calle, miraba si había jeringas como las que había notado distraídamente en mis tiempos en Milán. Y si llegaba a descubrirlas en los jardincillos del barrio, una neblina pendenciera se alzaba a mi alrededor, quería ir y emprenderla a golpes con Marcello y con mis hermanos, aunque no tuviera claro qué argumentos habría utilizado. Y así acabé diciendo y haciendo cosas odiosas. A mi madre, que me acosaba con preguntas para saber si ya había hablado con Lila de Peppe y Gianni, un día le contesté de malas maneras: ma, Lina no puede darles trabajo, ya tiene a su hermano que se droga, además está preocupada por Gennaro, no la carguéis con todos los problemas que no sabéis resolver solos. Me miró estupefacta, ella jamás había mencionado la droga, yo había dicho una palabra que no debía pronunciarse. Pero si en otra época se hubiese puesto a chillar en defensa de mis hermanos y como protesta por mi insensibilidad, ahora se encerró en un rincón oscuro de la cocina y no abrió más la boca, hasta el punto de que fui yo quien murmuró arrepentida: no te preocupes, anda, ya encontraremos una solución.

¿Qué solución? Compliqué aún más las cosas. Localicé a Peppe en los jardincillos —a saber dónde andaba Gianni— y le solté una parrafada sobre lo feo que estaba sacar partido de los vicios ajenos. Le dije: búscate otro trabajo, el que sea, pero no este, será tu ruina y matarás a disgustos a nuestra madre. Él me escuchó con los ojos gachos, cohibido, limpiándose todo el rato las uñas de la mano derecha con la uña del pulgar de la izquierda. Era tres años menor que yo y se sentía como el hermano pequeño frente a la hermana mayor, una persona importante. Pero, al final, eso no le impidió decirme con una risa socarrona: sin mi dinero mamá ya estaría muerta. Se marchó saludándome desganado con la mano.

Esa respuesta me puso aún más nerviosa. Dejé pasar un día o dos y me presenté en casa de Elisa esperando encontrar también a Marcello. Hacía muchísimo frío, las calles del barrio nuevo estaban dañadas y sucias, tanto como las del barrio viejo. Marcello no estaba, la casa era un puro desorden, me irritó el desaliño de mi hermana: no se había aseado ni vestido, solo se ocupaba del niño. Le dije casi a gritos: dile a tu marido —y enfaticé la palabra «marido» aunque no estuvieran casados— que está arruinando a nuestros hermanos; si quiere vender droga, que lo haga él personalmente. Me expresé tal cual, en italiano; ella palideció, dijo: Lenù, sal ahora mismo de mi casa, ¿con quién te crees que estás hablando, con los señores que conoces tú? Fuera de aquí, eres una presuntuosa, siempre lo has sido. En cuanto traté de responder, chilló: nunca más vuelvas a venir aquí a hacerte la profesora con mi Marcello, que es una buena persona, a él se lo debemos todo; si quiero te compro a ti, a la puta de Lina y a todos esos cabrones que tanto aprecias.

57

Me metí cada vez más en el barrio que Lila me había hecho entrever y me di cuenta tarde de que iba removiendo asuntos difíciles de arreglar, violando, entre otras, una norma que me había impuesto al regresar a Nápoles: no dejarme engullir por el lugar donde había nacido. Una tarde en que había dejado a las niñas con Mirella, pasé primero a ver a mi madre, y después, no sé si para calmar o para desahogar la agitación que llevaba dentro, fui a la oficina de Lila. Me abrió Ada, alegre. Lila estaba encerrada en su cuarto, discutía en voz alta con un cliente, Enzo había ido a no sé qué empresa con Rino, y ella se sintió en la obligación de hacerme compañía. Me entretuvo hablándome de Maria, su hija, de lo grande que estaba, de lo bien que le iba en la escuela. Después sonó el teléfono, corrió a atender, y llamó a Alfonso: Lenuccia está aquí, ven. Con cierta incomodidad mi ex compañero del colegio, más femenino que nunca en los gestos, el peinado, los colores de la ropa, me hizo pasar a una salita desnuda. Fue una sorpresa encontrarme allí a Michele Solara.

Llevaba mucho tiempo sin verlo, los tres nos sentimos incómodos. Michele me pareció muy cambiado. Había echado canas y la cara parecía marcada, aunque el cuerpo seguía siendo joven y atlético. Pero sobre todo se mostró —algo por completo anómalo— incómodo en mi presencia y muy alejado de su conducta habitual. En primer lugar, cuando entré se levantó. Además, fue cortés pero habló muy poco, se le había eclipsado la locuacidad burlona que lo caracterizaba hasta entonces. Miraba con frecuencia a Alfonso en busca de ayuda, si bien desviando enseguida la mirada, como si el mero hecho de mirarlo resultara comprometedor. Alfonso no se sentía menos incómodo. Se atusaba continuamente el hermoso pelo largo, chasqueaba los labios en busca de algo que decir, y la conversación no tardó en languidecer. Los instantes me parecieron frágiles. Me puse nerviosa, pero no sabía por qué. Tal vez me molestaba que se ocultasen, de mí, además, como si yo fuera incapaz de entender, de mí, que había frecuentado y frecuentaba ambientes mucho más evolucionados que aquel cuarto de barrio, que había escrito un libro sobre la fragilidad de las identidades sexuales, alabado incluso en el extranjero. Noté en la punta de la lengua las ganas de exclamar: si no he entendido mal, sois amantes; no lo hice solo por miedo a haber malinterpretado las alusiones de Lila. Lo cierto era que no soporté el silencio y hablé mucho apuntando en esa dirección.

—Me ha dicho Gigliola que os habéis separado —le comenté a Michele.

—Sí.

—Yo también me he separado.

—Lo sé, y también sé con quién te has juntado.

—Nino nunca te gustó.

—No. Pero la gente debe hacer lo que le apetece, si no, enferma.

—¿Sigues viviendo en Posillipo?

Alfonso se entrometió, entusiasmado.

—Sí, y hay una vista preciosa.

Michele lo miró, molesto.

—Allí estoy a gusto.

—Solo nunca se está bien —repliqué.

—Mejor solo que mal acompañado —contestó él.

Alfonso debió de percibir que yo buscaba la ocasión de decirle a Michele algo desagradable y trató de concentrar mi atención en sí mismo.

—¡Yo también estoy a punto de separarme de Marisa! —exclamó.

Y pasó a contar con pelos y señales ciertas peleas con su mujer por cuestiones de dinero. En ningún momento habló de amor, de sexo, ni siquiera de las traiciones de ella. Siguió un rato insistiendo en el dinero, habló confusamente de Stefano y solo aludió al hecho de que Marisa había desbancado a Ada («las mujeres le quitan el marido a otras mujeres sin el menor escrúpulo, te diría más, con gran satisfacción»). Por su forma de hablar, era como si su mujer fuera una mera conocida de cuyas vicisitudes se podía hablar con ironía. Imagínate qué baile —dijo riendo—, Ada le quitó Stefano a Lila y ahora Marisa se lo está quitando a Ada, ja, ja, ja.

Me quedé escuchando, y poco a poco redescubrí —como si lo sacara de un pozo profundo— la antigua proximidad solidaria de los tiempos en que nos sentábamos en el mismo pupitre. Solo entonces comprendí que pese a que nunca había sido consciente de su diversidad, me había encariñado con él justamente porque no era como los demás varones, justamente por aquel extrañamiento anómalo de las conductas viriles del barrio. Y ahora, mientras hablaba, descubrí que aquel vínculo aún duraba. Michele, en cambio, me exasperó cada vez más también en esa ocasión. Soltó alguna vulgaridad sobre Marisa, se impacientó por el cotorreo de Alfonso, en un momento dado lo interrumpió casi con rabia en medio de una frase (¿me dejas decirle dos palabras a Lenuccia?) y me preguntó por mi madre, pues sabía que estaba enferma. Alfonso se calló enseguida, sonrojándose; yo hablé de mi madre y a propósito del tema destaqué su gran preocupación por mis hermanos.

—No le gusta que Peppe y Gianni trabajen para tu hermano —dije.

—¿Qué no le gusta de Marcello?

—No lo sé, dímelo tú. Me he enterado de que ya no os lleváis bien.

Él me miró casi avergonzado.

—Pues te has enterado mal. De todos modos, si a tu madre no le gusta el dinero de Marcello, puede mandarlos a trabajar bajo el mando de otro.

Estuve a punto de echarle en cara ese «bajo el mando»; mis hermanos bajo el mando de Marcello, bajo su mando, bajo el mando de otros; mis hermanos, a los que no había ayudado a estudiar y ahora, por mi culpa, estaban bajo el mando de otros. ¿Bajo el mando? Ningún ser humano debía estar bajo el mando de nadie, mucho menos de los Solara. Me sentí aún más insatisfecha y con ganas de bronca. Pero se asomó Lila.

—Vaya, cuánta gente —dijo y se dirigió a Michele—: ¿Tienes que hablar conmigo?

—Sí.

—¿Es algo largo?

—Sí.

—Entonces primero hablo con Lenuccia.

Él asintió con timidez. Me levanté y le dije a Michele, pero tocándole el brazo a Alfonso como para empujarlo hacia él:

—Invitadme un día de estos a Posillipo, siempre estoy sola. En todo caso, cocino yo.

Michele abrió la boca de par en par, aunque no emitió sonido alguno; Alfonso intervino, inquieto:

—No hace falta, yo cocino bien. Si Michele nos invita, me ocupo de todo.

Lila me sacó de ahí.

Se entretuvo conmigo en su cuarto durante un buen rato, hablamos de todo un poco. Ella también estaba a punto de salir de cuentas, pero parecía que el embarazo ya no le pesara. Me dijo divertida, apoyando debajo de la barriga la mano ahuecada: por fin me he acostumbrado, me siento bien, casi casi que me quedo con el niño dentro para siempre. Con una vanidad que rara vez había mostrado, se puso de perfil para que la admirara. Era alta, su figura delgada tenía bonitas curvas: la de los pechos pequeños, la de la barriga, la de la espalda y los tobillos. A Enzo, comentó riendo con una pizca de vulgaridad, así preñada le gusto todavía más, qué aburrimiento los calendarios. Pensé: el terremoto le pareció tan terrible que ahora para ella cada instante es una incógnita y querría que todo se detuviera, incluido el embarazo. De vez en cuando yo echaba un vistazo al reloj, pero a ella no le preocupaba que Michele estuviera esperando; al contrario, parecía que perdía el tiempo conmigo adrede.

—No ha venido por trabajo —dijo cuando le recordé que él esperaba—, disimula, busca excusas.

—¿Excusas para qué?

—Excusas. Tú mantente al margen: o te ocupas de tus cosas y punto, o son temas que debes tomarte en serio. Incluso lo de la cena en Posillipo, hubiera sido mejor que no se lo dijeras.

Me avergoncé. Murmuré que pasaba por una época de continuas tensiones, le hablé de mi discusión con Elisa y Peppe, le dije que tenía la intención de enfrentarme a Marcello. Negó con la cabeza, insistió.

—Esos tampoco son asuntos en los que puedas meter baza y luego irte a la via Tasso.

—No quiero que mi madre cierre los ojos con la preocupación por sus hijos.

—Tranquilízala.

—¿Cómo?

Sonrió.

—Con mentiras. Las mentiras son el mejor tranquilizante.

58

En aquellos días de malhumor ni siquiera era capaz de mentir con buena intención. Solo porque Elisa fue a contarle a nuestra madre que yo la había ofendido y que no quería saber nada más de mí; solo porque Peppe y Gianni le gritaron que nunca más se atreviera a enviarme a verlos con discursos de policía, al final me decidí a contarle una mentira. Le dije que había hablado con Lila, y que Lila había prometido ocuparse de Peppe y Gianni. Pero ella percibió que no estaba muy convencida y me dijo amenazante: pues qué bien, anda, anda, vete a casa que tienes a las niñas. Me enfadé conmigo misma; en los días siguientes la vi aún más inquieta, rezongaba que quería morirse pronto. Pero en una ocasión en que la arrastré al hospital se mostró más confiada.

—Me ha telefoneado —dijo con su voz ronca y apenada.

—¿Quién?

—Lina.

Me quedé boquiabierta por la sorpresa.

—¿Qué te ha dicho?

—Que me puedo quedar tranquila, que ella se ocupa de Peppe y Gianni.

—¿En qué sentido?

—No lo sé, pero si me lo ha prometido es porque alguna solución encontrará.

—Eso seguro.

—De ella me fío, sabe cómo actuar.

—Sí.

—¿Has visto qué guapa está?

—Sí.

—Me ha dicho que si es niña la llamará Nunzia, como su madre.

—Tendrá un varón.

—Pero si es niña la llama Nunzia —repitió, y mientras hablaba no se fijaba en mí sino en las caras dolientes en la sala de espera.

—Seguramente tendré una niña —dije—, basta con ver la barriga que tengo.

—¿Y entonces?

—Entonces le pondré tu nombre, no te preocupes —me obligué a prometerle.

—El hijo de Sarratore querrá llamarla como su madre —refunfuñó.

59

Negué que Nino tuviera voz y voto en el asunto, pues en aquella época la sola mención de su nombre me irritaba. Había desaparecido, siempre estaba ocupado. Pero justo el día en que le hice a mi madre esa promesa, por la noche, mientras cenaba con las niñas, se presentó por sorpresa. Se mostró alegre, fingió no notar que estaba amargada. Cenó con nosotras entre bromas y cuentos; él mismo se encargó de acostar a Dede y a Elsa, y esperó a que se durmieran. Su superficialidad desenvuelta me puso todavía de peor humor. Ahora había hecho una escapada, después desaparecería de nuevo, a saber por cuánto tiempo. ¿Qué temía, que me dieran las contracciones mientras estaba en casa, mientras dormía conmigo? ¿Verse en la necesidad de acompañarme a la clínica y decirle a Eleonora: tengo que quedarme con Elena porque está a punto de traer al mundo a mi hijo?

Las niñas se durmieron, regresó a la sala. Me hizo muchas carantoñas, se arrodilló frente a mí, me besó la barriga. En un destello me acordé de Mirko: qué edad tendría ahora, quizá unos doce años.

—¿Qué sabes de tu hijo? —le pregunté sin rodeos.

No entendió, por supuesto, pensó que le hablaba de la criatura que llevaba en mi seno, y sonrió desorientado. Entonces se lo aclaré, faltando con placer a la promesa que tiempo atrás me había hecho a mí misma:

—Me refiero a Mirko, el hijo de Silvia. Lo vi, es idéntico a ti. ¿Y tú qué? ¿Lo has reconocido? ¿Alguna vez te has ocupado de él?

Se ensombreció, se puso de pie.

—A veces no sé qué hacer contigo —murmuró.

—¿Hacer qué? Explícate.

—Eres una mujer inteligente, pero de vez en cuando te conviertes en otra persona.

—¿En otra cómo? ¿Irrazonable? ¿Estúpida?

Soltó una risita e hizo un gesto como para ahuyentar un insecto molesto.

—Le haces demasiado caso a Lina.

—¿Qué tiene que ver Lina?

—Te mete cosas en la cabeza, te estropea los sentimientos, todo.

Aquellas palabras me hicieron perder definitivamente la calma.

—Esta noche quiero dormir sola —le dije.

No opuso resistencia. Con el aire de quien se somete a una injusticia grave por vivir tranquilo, cerró la puerta despacio a su espalda.

Dos horas más tarde, mientras daba vueltas por la casa sin ganas de dormir, noté pequeñas contracciones, sentí como si tuviera dolores menstruales. Telefoneé a Pietro, sabía que todavía se pasaba las noches estudiando. Le dije: estoy a punto de parir, mañana ven a recoger a Dede y a Elsa. No me dio tiempo a colgar cuando noté que un líquido caliente me bajaba por las piernas. Cogí un bolso que tenía preparado desde hacía tiempo con lo esencial, después pulsé el timbre de los vecinos sin soltarlo hasta que me abrieron. Con Antonella ya tenía un acuerdo general y aunque ella estaba medio dormida no se sorprendió.

—Ha llegado el momento —dije—, le dejo a mis hijas.

De golpe se me pasaron la rabia y todas las ansiedades.

60

Era el 22 de enero de 1981, el día de mi tercer parto. De las dos primeras experiencias no guardaba un recuerdo especialmente doloroso, pero sin lugar a dudas aquella fue la menos dura, hasta tal punto de que la consideré una feliz liberación. La ginecóloga me elogió por mi autocontrol, estaba contenta de que no le hubiese dado problemas. Ojalá todas fuesen como tú, me dijo, estás hecha expresamente para traer hijos al mundo. Me susurró al oído: Nino está esperando fuera, le he avisado yo.

La noticia me complació, pero lo que me alegró todavía más fue descubrirme de golpe sin rencores. Al parir, también eché fuera la aspereza del último mes y me alegré, me sentí otra vez capaz de una bondad minimizante. Recibí con ternura a la recién llegada, una niña de tres kilos doscientos gramos, morada, calva. Cuando le permití entrar en la habitación después de arreglarme un poco para ocultar las señales del esfuerzo, le dije a Nino: ahora somos cuatro mujeres; si me dejas, lo entenderé. No mencioné en ningún momento la pelea que habíamos tenido. Él me abrazó, me besó, juró que no podía estar sin mí. Me regaló un collarcito de oro con un colgante. Lo encontré hermoso.

En cuanto me sentí mejor, telefoneé a mi vecina. Supe que Pietro, diligente como de costumbre, había llegado. Hablé con él, quería ir a la clínica con las niñas. Le pedí que me las pasara; las noté distraídas por el gusto de estar con su padre, porque las dos contestaron con monosílabos. Le dije a mi ex marido que prefería que se las llevase unos días a Florencia. Él se mostró muy afectuoso, hubiera querido agradecerle su preocupación, decirle que lo quería. Pero notaba la mirada indagatoria de Nino y renuncié a hacerlo.

Poco después telefoneé a mis padres. Mi padre se quedó frío, quizá por timidez, quizá porque mi vida le parecía un desastre, quizá porque compartía con mis hermanos la hostilidad por mi reciente tendencia a meterme en sus cosas cuando yo nunca les había permitido que se metieran en las mías. Mi madre dijo que quería ver a la niña enseguida y me costó tranquilizarla. Después marqué el número de Lila, que comentó divertida: a ti siempre te va todo como la seda, a mí todavía no se me mueve nada. Tal vez porque estaba agobiada con el trabajo fue expeditiva, no mencionó siquiera una visita a la clínica. Todo dentro de la normalidad, pensé de buen humor, y me dormí.

Al despertar di por supuesto que Nino habría desaparecido, pero no, seguía allí. Habló mucho rato con su amiga, la ginecóloga, se informó sobre los trámites para reconocer la paternidad, no mostró preocupación alguna por las posibles reacciones de Eleonora. Cuando le dije que quería ponerle a la niña el nombre de mi madre, se puso muy contento. Y en cuanto me recuperé, nos presentamos ante un empleado del ayuntamiento para ratificar que la criatura salida de mi barriga se llamaba Immacolata Sarratore.

En esa ocasión Nino tampoco se mostró incómodo. Fui yo quien se confundió; acabé diciendo que estaba casada con Giovanni Sarratore, me corregí, murmuré «separada» de Pietro Airota, acumulé desordenadamente nombres, apellidos, datos inexactos. Pero en ese momento me pareció bonito y volví a creer que para poner orden en mi vida privada bastaba con tener un poco de paciencia.

En esos primeros días, Nino desatendió sus mil compromisos y me demostró de todas las formas posibles cuánto me tenía en cuenta. Solo se mostró contrariado al enterarse de que yo no quería bautizar a la niña.

—Hay que bautizar a los niños —dijo.

—¿Albertino y Lidia están bautizados?

—Claro.

Y así fue como me enteré de que, pese al anticlericalismo del que a menudo hacía gala, el bautismo le parecía necesario. Hubo momentos de apuro. Desde que cursamos el preuniversitario, yo siempre había creído que Nino no era creyente; y él, por su parte, me dijo que precisamente a causa de la polémica con mi profesor de religión del bachillerato superior se había convencido de que yo lo era.

—De todos modos —dijo, perplejo—, creyente o no, a los niños hay que bautizarlos.

—¿Qué razonamiento es ese?

—No es un razonamiento, es un sentimiento.

Adopté un tono jocoso.

—Permíteme que sea coherente —dije—, no bauticé a Dede ni a Elsa, tampoco voy a bautizar a Immacolata. Ya decidirán ellas cuando sean mayores.

Lo pensó un momento y se echó a reír.

—¡Está bien, qué más da! Era por hacer una fiesta.

—Hagámosla igualmente.

Le prometí que organizaría algo para todos sus amigos. En aquellas primeras horas de vida de nuestra hija observé todos sus gestos, sus muecas de contrariedad y las de consenso. Me sentí contenta y desorientada a la vez.

¿Era él? ¿Era el hombre que siempre había amado, o un desconocido al que estaba obligando a asumir una fisonomía clara y definitiva?

61

Por la clínica no apareció ninguno de mis parientes, ninguno de los amigos del barrio. A lo mejor —pensé una vez en casa— debo dar una pequeña fiesta para ellos. Había mantenido mis orígenes tan separados de mí que, pese a pasar bastante tiempo en el barrio, nunca había invitado al apartamento de la via Tasso a una sola persona que tuviera que ver con mi infancia y mi adolescencia. Lo lamenté, sentí esa separación neta como un residuo de épocas más frágiles de mi vida, casi un signo de inmadurez. Ese pensamiento seguía rondándome por la cabeza cuando sonó el teléfono. Era Lila.

—Estamos a punto de llegar.

—¿Quiénes?

—Tu madre y yo.

Era una tarde gélida, la cima del Vesubio tenía una capa de nieve, aquella visita me pareció inoportuna.

—¿Con este frío? Le hará mal salir.

—Se lo he dicho, pero no hace caso.

—Dentro de unos días daré una fiesta, os invitaré a todos, dile que entonces verá a la niña.

—Díselo tú.

Renuncié a discutir, pero se me pasaron las ganas de festejos, sentí aquella visita como una irrupción. Había regresado a casa hacía poco. Entre dar de mamar a la niña, bañarla y algún punto de sutura que me molestaba, me sentía cansada. Y, sobre todo, Nino estaba en casa. No quería que mi madre se llevara un disgusto, y me incomodaba que él y Lila se vieran en un momento en que yo aún no estaba en buena forma. Traté de quitarme a Nino de encima, pero él no se dio por aludido, es más, se alegró de la visita de mi madre y se quedó.

Corrí al cuarto de baño a arreglarme un poco. Cuando llamaron, me apresuré a abrir. No veía a mi madre desde hacía unos diez días. Me pareció muy violento el contraste entre Lila, todavía cargada con dos vidas, hermosa y enérgica, y ella agarrada a su brazo como a un salvavidas durante una marejada, más encogida que nunca, hasta el extremo de sus fuerzas, a punto de hundirse. Hice que se apoyara en mí, la llevé hasta un sillón y la senté delante del ventanal. Susurró: qué bonito es el golfo. Y clavó la vista más allá del balcón, quizá para no mirar a Nino. Pero él se acercó a ella, y con su estilo seductor empezó a describirle los perfiles brumosos entre mar y cielo: eso de ahí es Ischia, allá está Capri, venga, desde aquí se ve mejor, apóyese en mí. No se dirigió a Lila en ningún momento, ni siquiera la saludó. Fui yo quien se ocupó de ella.

—Te has recuperado rápido —dijo.

—Estoy un poco cansada, por lo demás me siento bien.

—Insistes en vivir aquí arriba, es complicado llegar.

—Pero es bonito.

—Ya.

—Ven, vamos a buscar a la niña.

La acompañé a la habitación de Immacolata.

—Vuelves a tener tu cara —me alabó—, qué bonito pelo. ¿Y ese collar?

—Me lo ha regalado Nino.

Levanté a la niña de la cuna. Lila la olió, hundió la nariz en su cuello, dijo que se notaba su olor nada más entrar en la casa.

—¿Qué olor?

—A talco, a leche, a desinfectante, a nuevo.

—¿Te gusta?

—Sí.

—Esperaba que pesara más. Evidentemente la única gorda era yo.

—A saber cómo será el mío.

Hablaba ya siempre en masculino.

—Será muy guapo y bueno.

Asintió con la cabeza, pero como si no me hubiese oído, miraba a la niña con atención. Le pasó el índice por la frente, por una oreja. Repitió el pacto que habíamos hecho en broma:

—Si acaso los intercambiamos.

Me reí, le llevé la niña a mi madre, la encontré apoyada en el brazo de Nino, al lado de la ventana. Ahora lo miraba de arriba abajo con simpatía, le sonreía, era como si se hubiese olvidado de sí misma y se imaginara joven.

—Aquí está Immacolata —le dije.

Ella miró a Nino.

—Es un nombre muy bonito —se apresuró a exclamar él.

—De bonito no tiene nada. Pero la podéis llamar Imma, que es más moderno —murmuró mi madre.

Soltó el brazo de Nino, me hizo señas para que le entregara a su nieta. Se la pasé, aunque con el temor de que no tuviera fuerzas para sostenerla.

—Virgen santa, qué bonita eres —le susurró, y se dirigió a Lila—: ¿Te gusta?

Lila estaba distraída, miraba fijamente los pies de mi madre.

—Sí —contestó sin apartar la vista—, pero siéntese.

Miré yo también hacia donde miraba Lila. Mi madre goteaba sangre debajo del vestido negro.

62

Cogí enseguida a la niña con un impulso instintivo. Mi madre se dio cuenta de lo que le estaba pasando y vi en su cara el disgusto por sí misma y la vergüenza. Nino la agarró un momento antes de que se desmayara. Mamá, mamá, la llamé mientras él le daba unos golpecitos en la mejilla con la punta de los dedos. Me asusté, no volvía en sí; mientras tanto la niña empezó a gemir. Se morirá, pensé aterrorizada, ha resistido hasta ver a Immacolata y después se ha abandonado. Seguí repitiendo «mamá» en voz cada vez más alta.

—Pide una ambulancia —dijo Lila.

Fui al teléfono, me detuve desorientada, quería pasarle la pequeña a Nino. Sin embargo, él me esquivó, se dirigió a Lila y no a mí, dijo que iríamos más deprisa si la llevábamos al hospital en coche. Sentía el corazón en la boca, la niña lloraba, mi madre recuperó el conocimiento y empezó a quejarse. Llorando murmuró que no quería volver a poner los pies en el hospital, me recordó tirándome de la falda que ya la habían ingresado una vez y que no quería morir en ese abandono. Temblaba, dijo: quiero ver crecer a la niña.

Así las cosas, Nino adoptó el tono firme que ya tenía cuando era estudiante y había que enfrentarse a situaciones difíciles. Vamos, dijo, y levantó a mi madre en brazos. Como ella protestaba débilmente, la tranquilizó, le dijo que él se ocuparía de solucionarlo todo. Lila me miró perpleja; yo pensé: el profesor que atiende a mi madre en el hospital es amigo de la familia de Eleonora, en este momento Nino es indispensable, menos mal que está. Lila dijo: déjame a la niña, ve tú. Accedí, hice ademán de entregarle a Immacolata aunque con un gesto inseguro; estaba atada a mi pequeña como si aún la llevara dentro. De todos modos, ahora no podía separarme de ella, tenía que darle el pecho, bañarla. Pero también me sentía unida a mi madre como nunca, temblaba, qué era esa sangre, qué significaba.

—Venga —le dijo Nino a Lila, exasperado—, démonos prisa.

—Sí —murmuré—, id vosotros y llamadme en cuanto sepáis algo.

Solo cuando la puerta se cerró noté la herida de aquella situación: Lila y Nino juntos se llevaban a mi madre, los dos se ocupaban de ella cuando debería haberlo hecho yo.

Me noté débil y confusa. Me senté en el sofá, le di el pecho a Immacolata para calmarla. No lograba apartar la vista de la sangre del suelo y mientras me imaginaba el coche corriendo por las calles heladas de la ciudad, la ventanilla entreabierta y el pañuelo ondeando al viento para indicar la urgencia, el dedo pulsando sin parar la bocina, mi madre agonizante en el asiento posterior. El coche era de Lila, ¿conducía ella o él se había puesto al volante? Debo mantener la calma, me dije.

Dejé a la pequeña en la cuna, me decidí a telefonear a Elisa. Resté importancia a lo sucedido, no dije una palabra de Nino, mencioné a Lila. Mi hermana enseguida perdió la calma, se echó a llorar, me insultó. Me gritó que había dejado a nuestra madre con una extraña que la llevaría quién sabe dónde, que debería haber llamado una ambulancia, que solo pensaba en mis cosas y en mi comodidad, que si mi madre moría yo sería la responsable. Luego la oí llamar varias veces a Marcello con un tono de mando para mí desconocido, gritos rabiosos y angustiados a la vez. Le dije: qué quieres decir con eso de quién sabe dónde, Lina la ha llevado al hospital, por qué hablas así. Me colgó sin más.

De todos modos, Elisa tenía razón. Yo había perdido la cabeza, debería haber llamado una ambulancia. O separarme de la pequeña y dejársela a Lila. Me había sometido a la autoridad de Nino, a ese afán de los hombres de quedar bien mostrándose decididos y salvadores. Esperé junto al teléfono a que me llamaran.

Pasó una hora, una hora y media, el teléfono sonó al fin. Lila dijo con calma:

—La han ingresado. Nino conoce bien a los que la atienden, le han dicho que todo está bajo control. Quédate tranquila.

—¿Está sola? —pregunté.

—Sí, no dejan entrar a nadie.

—No quiere morir sola.

—No morirá.

—Pasará miedo, Lila, haz algo, ya no es la de antes.

—El hospital funciona así.

—¿Ha preguntado por mí?

—Ha dicho que tienes que traerle a la niña.

—¿Qué hacéis ahora?

—Nino se queda un poco más con los médicos, yo me voy.

—Sí, sí, vete, gracias, no te canses.

—Él te llamará en cuanto pueda.

—De acuerdo.

—No te pongas nerviosa, si no, se te irá la leche.

Ese comentario sobre la leche me hizo bien. Me senté al lado de la cuna de Immacolata como si su proximidad pudiera mantenerme los pechos hinchados. Cómo era el cuerpo de una mujer, había nutrido a mi hija en mi vientre, ahora que había salido se alimentaba de mi pecho. Pensé que también hubo un momento en que yo estuve en el vientre de mi madre y luego mamé de sus pechos. Unos pechos grandes como los míos, o incluso más. Hasta poco antes de que enfermara, mi padre aludía a menudo a ellos obscenamente. Yo jamás la había visto sin sujetador en ninguna época de su vida. Siempre se había ocultado, no se fiaba de su cuerpo a causa de la pierna. Sin embargo, en cuanto tomaba una copa de vino respondía rauda a las obscenidades de mi padre usando palabras no menos vulgares con las que se jactaba de sus bellezas, una exhibición de descaro que era pura comedia. Sonó de nuevo el teléfono, corrí a contestar. Era otra vez Lila, ahora tenía un tono brusco.

—Aquí hay problemas, Lenù.

—¿Se ha agravado?

—No, los médicos están tranquilos. Pero ha llegado Marcello y está haciendo el loco.

—¿Marcello? ¿Qué pinta Marcello?

—No lo sé.

—Pásamelo.

—Espera, que se está peleando con Nino.

Reconocí en el fondo la voz de Marcello, gruesa, cargada de dialecto, y la de Nino en buen italiano pero estridente, como le ocurría cuando perdía la calma.

—Dile a Nino que lo deje estar; no, mejor dile que se marche —dije angustiada.

Lila no me contestó, la oí entrar en una discusión de la que yo lo ignoraba todo, y luego chillar de pronto en dialecto: qué carajo dices, Marcè, anda y que te den por saco. Luego me gritó a mí: habla con este cabronazo, por favor, poneos de acuerdo entre vosotros, yo no quiero meterme. Voces distantes. Al cabo de unos segundos llegó Marcello. Esforzándose por emplear un tono cortés, me dijo que Elisa le había rogado que no dejáramos a nuestra madre en el hospital, y que él estaba ahí expresamente para recogerla y llevársela a una buena clínica de Capodimonte. Como si en realidad buscara mi consentimiento, me preguntó:

—¿Hago bien? Dime si hago bien.

—Tranquilízate.

—Estoy tranquilo, Lenù. Pero tú pariste en una clínica, Elisa parió en una clínica, ¿por qué tu madre tiene que morirse aquí dentro?

—Los médicos que la atienden trabajan ahí —respondí incómoda.

Se puso agresivo como nunca se había mostrado conmigo.

—Los médicos trabajan donde hay dinero. ¿Quién manda aquí, tú, Lina o ese cabrón?

—No se trata de mandar.

—Claro que se trata de mandar. O le dices a tus amigos que me la puedo llevar a Capodimonte o le parto la cara a alguien y me la llevo igualmente.

—Pásame con Lina —le pedí.

Me costaba tenerme en pie, me latían las sienes. Dije: pregúntale a Nino si a mi madre se la puede trasladar, que hable con los médicos y luego me llamas. Colgué, me retorcía las manos, no sabía qué hacer.

Pasaron unos minutos y el teléfono sonó otra vez. Era Nino.

—Lenù, o paras a esa bestia o llamo a la policía.

—¿Has preguntado a los médicos si a mi madre se la puede trasladar?

—No, no se la puede trasladar.

—Nino, ¿has preguntado o no? Ella no quiere estar en el hospital.

—Las clínicas privadas dan aún más asco.

—Lo sé, pero ahora tranquilízate.

—Estoy tranquilísimo.

—De acuerdo, pero vuelve pronto a casa.

—¿Y quién se queda aquí?

—Ya se ocupa Lina.

—No puedo dejar a Lina con ese.

—Lina sabe cuidarse sola. No me tengo en pie, la niña está llorando, tengo que bañarla. Te he dicho que vuelvas a casa inmediatamente —le dije levantando la voz.

Colgué.

63

Fueron horas muy duras. Nino regresó a casa descompuesto, hablaba en dialecto, estaba nerviosísimo, y repetía: a ver ahora quién se sale con la suya. Me di cuenta de que la hospitalización de mi madre se había convertido para él en una cuestión de principios. Temía que Solara consiguiera llevársela a algún centro inadecuado, de esos concebidos únicamente para desplumar a los pacientes. En el hospital, exclamó volviendo al italiano, tu madre tiene a su disposición especialistas de gran nivel, profesores que, pese a lo avanzado de la enfermedad, hasta ahora la han mantenido viva en unas condiciones dignas.

Compartí sus temores y él se tomó la cuestión cada vez más a pecho. Aunque era la hora de cenar, telefoneó a personas de relieve, nombres archiconocidos en Nápoles, no sé si para desahogarse o para contar con apoyos en una posible batalla contra la prepotencia de Marcello Solara. Pero oí que, en cuanto pronunciaba el apellido Solara, la conversación se complicaba, él guardaba silencio y escuchaba. Se tranquilizó a eso de las diez. Yo estaba muy angustiada, aunque trataba de que no se me notara para evitar que decidiese regresar al hospital. Le contagié mi angustia a Immacolata. Gemía, la amamantaba, se tranquilizaba, gemía.

No pegué ojo. A las seis de la mañana, el teléfono volvió a sonar, corrí a contestar con la esperanza de que la niña y Nino no se despertaran. Era Lila, que había pasado la noche en el hospital. Me dio un informe de la situación con voz cansada. Al parecer, Marcello se había dado por vencido, se había marchado sin siquiera despedirse. Ella se escabulló por pasillos y escaleras, buscó la sala donde tenían a mi madre. Era una sala de agonizantes donde se encontraban otras cinco mujeres dolientes que gemían, gritaban, todas abandonadas a su sufrimiento. Se encontró a mi madre inmóvil, con los ojos abiertos de par en par, susurraba mirando el techo: Virgen santa, haz que muera enseguida, y temblaba de pies a cabeza por el esfuerzo de soportar el dolor. Lila se acuclilló a su lado, la tranquilizó. Y ahora había tenido que salir de allí porque era de día y empezaban a asomar las enfermeras. Parecía divertida por haberse saltado todas las normas, siempre encontraba placer en la insubordinación. Pero en esa circunstancia tuve la impresión de que fingía para que yo no notara el peso del esfuerzo al que se había sometido por mí. Estaba a punto de parir, me la imaginé exhausta, atormentada por sus necesidades. Me preocupé por ella tanto como me había preocupado por mi madre.

—¿Cómo te encuentras?

—Bien.

—¿Segura?

—Segurísima.

—Vete a descansar.

—En cuanto llegue Marcello con tu hermana.

—¿Estás segura de que volverán?

—Esos no renuncian a montar un follón.

Mientras estaba al teléfono apareció Nino somnoliento. Se quedó escuchando un rato y luego dijo:

—Déjame hablar con ella.

No se la pasé, y mascullé: ha colgado. Él se quejó, dijo que había movilizado a una serie de personas para que mi madre recibiera la mejor asistencia posible y quería saber si ya se había visto algún fruto de su interés. Por ahora no, le contesté. Quedamos en que me acompañaría al hospital con la niña, a pesar de que soplaba un viento fuerte y helado. Él se quedaría en el coche con Immacolata y yo subiría a ver a mi madre entre una toma y otra de la niña. Se mostró de acuerdo y me enterneció que fuera tan servicial, aunque luego me disgusté porque se había preocupado de todo menos de algo tan práctico como apuntar el horario de visita. Me informé por teléfono, abrigamos bien a la pequeña y salimos. Lila no había vuelto a llamar y me convencí de que la encontraríamos en el hospital. Sin embargo, cuando llegamos nos enteramos no solo de que ella ya no estaba, sino que tampoco estaba mi madre. Le habían dado el alta.

64

Supe por mi hermana cómo había acabado la cosa. Me lo contó con el tono de quien dice: os dais un montón de aires, pero sin nosotros sois unos pelagatos. A las nueve en punto Marcello se presentó en el hospital acompañado de no sé qué director médico que él mismo se había ocupado de pasar a recoger en coche por su casa. A nuestra madre la trasladaron de inmediato en ambulancia a la clínica de Capodimonte. Allí, dijo Elisa, está como una reina, los parientes podemos quedarnos todo el tiempo que queramos, hay una cama para papá, que le hará compañía por la noche. Y especificó con desprecio: no te preocupes, nosotros nos encargaremos de todos los gastos. Lo que siguió fue explícitamente amenazante. A lo mejor ese amigo tuyo profesor, dijo, no ha entendido con quién está tratando, más vale que se lo expliques. Y dile a esa desgraciada de Lina que será todo lo inteligente que tú quieras, pero Marcello ha cambiado, Marcello ya no es su noviecito de otros tiempos, y tampoco es como Michele, al que ella maneja a su antojo, Marcello ha dicho que si vuelve a levantarme otra vez la voz, si me ofende como hizo delante de todos en el hospital, la mata.

No le conté nada a Lila y tampoco quise saber en qué términos se había enfrentado con mi hermana. Pero en los días siguientes me mostré más afectuosa, la llamé a menudo para que comprendiera que estaba en deuda con ella, que la quería y que no veía la hora de que ella también diera a luz.

—¿Va todo bien? —preguntaba.

—Sí.

—¿No se mueve nada?

—¡Qué va! ¿Hoy necesitas ayuda?

—No, mañana, si puedes.

Fueron días intensos, los vínculos antiguos y los nuevos se fueron sumando de un modo complicado. Todo mi cuerpo seguía en simbiosis con el minúsculo organismo de Imma, no conseguía despegarme de ella. No obstante, también echaba de menos a Dede y a Elsa, hasta el punto de que telefoneé a Pietro y al final me las trajo. Elsa simuló enseguida querer muchísimo a su nueva hermanita, pero no le duró mucho; al cabo de unas horas se puso a hacerle muecas de asco, me decía: qué fea te ha salido. Dede, en cambio, quiso demostrarme enseguida que podía ser una madre mucho más capaz que yo y continuamente estaba a punto de dejarla caer o de ahogarla durante el baño.

Hubiera necesitado mucha ayuda, al menos en esos primeros días, y debo decir que Pietro me la ofreció. Él, que como marido siempre se había prodigado muy poco para aliviar mis dificultades, ahora que estábamos oficialmente separados no se atrevía a dejarme sola con tres niñas, una de ellas recién nacida, y se ofreció a quedarse unos días. Pero tuve que pedirle que se fuera, y no porque no quisiera su apoyo, sino porque en las pocas horas que estuvo en la via Tasso, Nino me atormentó, no hizo más que telefonear para saber si se había ido y si podía venir «a su casa» sin verse obligado a cruzarse con él. Naturalmente, cuando mi ex marido se marchó, a Nino se le juntaron todos los compromisos laborales y políticos, y me quedé sola; para hacer la compra, para llevar a las niñas al colegio, para recogerlas, para hojear algún libro o escribir un par de líneas debía dejar a Imma con mi vecina.

Pero eso fue lo de menos. Lo más complicado fue organizarme para ir a la clínica a ver a mi madre. No me fiaba de Mirella, dos niñas y una recién nacida me parecían demasiado para ella. Así que me decidí a llevar a Imma conmigo. La abrigaba bien, pedía un taxi y me hacía llevar a Capodimonte aprovechando las horas de clase de Dede y Elsa.

Mi madre se había recuperado. Estaba débil, claro; si no veía a sus hijos aparecer todos los días, temía desgracias y se echaba a llorar. Además no se levantaba de la cama, mientras que antes, aunque con dificultad, se movía, salía. Sin embargo, me pareció indiscutible que los lujos de la clínica le sentaban bien. Ser tratada como una gran señora se convirtió enseguida en un juego que la distraía de la enfermedad y que, ayudada por alguna sustancia que mitigaba sus dolores, hacía que tuviera momentos de euforia. Le gustaba la habitación grande y luminosa, encontraba el colchón muy cómodo, estaba orgullosa de disponer de un cuarto de baño para ella sola, y nada menos que en la misma habitación. Un cuarto de baño —subrayaba—, no un retrete, y quería levantarse para enseñármelo. Sin contar que estaba la nueva nieta. Cuando yo iba a verla con Imma, la tenía a su lado, le hablaba con frases aniñadas, se entusiasmaba sosteniendo —algo muy improbable— que le había sonreído.

Pero, en general, la atención por la recién nacida no duraba mucho. Se ponía a hablar de su infancia, de la adolescencia. Regresaba a cuando tenía cinco años, después saltaba a los doce, luego a los catorce, y me contaba cosas suyas y de sus compañeras de entonces que les habían ocurrido cuando tenían esas edades. Una mañana me dijo en dialecto: de pequeña sabía que nos moríamos, siempre lo he sabido, pero nunca pensé que fuera a pasarme a mí, y ahora tampoco termino de creérmelo. En otra ocasión se echó a reír siguiendo sus propios pensamientos y murmuró: haces bien en no bautizar a la niña, son tonterías, ahora que me estoy muriendo, sé que me convertiré en mil pedacitos. Pero sobre todo fue en esas horas lentas cuando me sentí de veras su hija preferida. Cuando me abrazaba antes de marcharme, parecía que lo hiciera para deslizarse dentro de mí y quedarse, como antes yo había estado dentro de ella. El contacto con su cuerpo, que cuando ella estaba sana me molestaba, ahora me gustaba.

65

Resultó curioso ver cómo la clínica pronto se convirtió en el lugar de encuentro de los viejos y los jóvenes del barrio.

Mi padre dormía con mi madre; las veces en que me cruzaba con él por las mañanas tenía la barba larga y los ojos asustados. Apenas nos saludábamos, pero a mí me parecía anormal. Con él siempre había tenido pocos contactos, a veces afectuosos, a menudo distraídos, en algún caso me había apoyado contra mi madre. Pero casi todos eran contactos superficiales. Mi madre le había dado y quitado protagonismo según le convenía, y en especial cuando se trataba de mí —solo ella tenía derecho a hacer y deshacer mi vida—, lo había dejado en segundo plano. Ahora que su mujer había perdido casi todas las energías, él no sabía cómo hablarme y yo tampoco. Lo saludaba, él me devolvía el saludo, luego agregaba: mientras tú le haces compañía, voy a fumarme un cigarrillo. A veces me preguntaba cómo él, tan mediocre, había conseguido sobrevivir en el mundo feroz en el que se había movido, en Nápoles, en el trabajo, en el barrio, incluso en casa.

Cuando llegaba Elisa con su niño comprobaba que entre ella y nuestro padre había más confianza. Elisa lo trataba con afectuosa autoridad. A menudo se pasaba todo el día en la clínica, y en ocasiones, para que él se fuera a casa a dormir en su cama, se quedaba también de noche. En cuanto llegaba, mi hermana debía criticarlo todo, el polvo, los cristales de la ventana, la comida. Criticaba para hacerse respetar, quería que quedase claro que ella era quien mandaba. Y Peppe y Gianni no se quedaban atrás. Cuando notaban a mi madre más dolorida, los dos se alarmaban, pulsaban el timbre sin soltarlo, llamaban a la enfermera. Si la enfermera tardaba, mis hermanos le echaban la bronca con dureza y después, por contradictorio que fuese, le daban cuantiosas propinas. Sobre todo Gianni, antes de irse le metía algo de dinero en el bolsillo diciendo: tú te pones delante de la puerta y entras pitando en cuanto mi madre te llame, el café te lo tomas cuando terminas el turno, ¿está claro? Después, para dar a entender que nuestra madre era una persona de nivel, soltaba tres o cuatro veces el nombre de los Solara. La señora Greco —decía— es asunto de los Solara.

Asunto de los Solara. Al oír esas palabras, me irritaba, me avergonzaba. Sin embargo, al mismo tiempo pensaba: o es esto o es el hospital; y me decía: pero después (qué entendía yo por «después» no me lo confesaba ni a mí misma) tendré que aclarar muchas cosas con mis hermanos y con Marcello. Por ahora me gustaba llegar a la habitación y encontrar a mi madre acompañada de sus amigas del barrio, todas de su edad, ante las que se jactaba débilmente con frases como: mis hijos lo han dispuesto así; o bien, señalándome: Elena es una escritora famosa, tiene una casa en la via Tasso desde donde se ve el mar, fijaos qué niña más bonita ha tenido, se llama Immacolata como yo. Cuando sus conocidas se marchaban murmurando: duerme, yo entraba enseguida a controlarlo todo, después regresaba con Imma al pasillo, donde el aire parecía más limpio. Dejaba abierta la puerta de la habitación para vigilar la respiración pesada de mi madre que, tras la fatiga de las visitas, con frecuencia se quedaba dormida y se quejaba en sueños.

De vez en cuando el día se me simplificaba un poco. Por ejemplo, con la excusa de que quería saludar a mi madre, a veces Carmen pasaba a recogerme en el coche. Y lo mismo hacía Alfonso. Por supuesto, era una prueba de afecto hacia mí. Se dirigían a mi madre con palabras respetuosas, como mucho la contentaban un poco alabando la comodidad de la habitación y a su nieta; el resto del tiempo lo pasaban charlando conmigo en el pasillo o esperando abajo en el coche para llevarme a tiempo a la escuela de las niñas. Las mañanas con mis hijas siempre eran plenas y creaban un efecto curioso: comparaban el barrio de mi madre, ya próximo a su fin, con el que se estaba construyendo por influencia de Lila.

Le conté a Carmen lo que nuestra amiga había hecho por mi madre. Ella dijo satisfecha: ya se sabe que Lina no se rinde ante nadie, y habló de ella con un tono que parecía atribuirle poderes mágicos. Lo que más me marcó fue un cuarto de hora que pasé con Alfonso en el pasillo aseado de la clínica, mientras el médico atendía a mi madre. Como de costumbre, él también se mostró agradecido y cubrió a Lila de alabanzas, aunque lo que me sorprendió fue que por primera vez me habló abiertamente de él. Dijo: Lina me ha enseñado un trabajo con mucho futuro. Exclamó: sin ella qué hubiera sido yo, nada, un trozo de carne viva sin plenitud propia. Comparó el comportamiento de Lila con el de su mujer: siempre le di a Marisa la libertad de ponerme todos los cuernos que quisiera, le di mi apellido a sus hijos, pero ella, no hay manera, la tiene tomada conmigo, me ha atormentado y me atormenta, me ha escupido mil veces a la cara, dice que la engañé. Se defendió: pero qué engaño, Lenù, tú eres una intelectual y me puedes entender, el más engañado era yo, engañado por mí mismo, y si Lina no me hubiese ayudado, me habría muerto en el engaño. Se le humedecieron los ojos: lo más hermoso que hizo ella por mí fue imponerme claridad, enseñarme a decir: si rozo el pie desnudo de esta mujer no siento nada, pero me muero de deseo por rozarle el pie a ese hombre de ahí, sí, ese mismo, y acariciarle las manos, cortarle las uñas con las tijeritas, quitarle los puntos negros, estar con él en una sala de baile y decirle: si sabes bailar el vals llévame tú, enséñame lo bien que me sabes llevar. Rememoró hechos muy lejanos: te acuerdas cuando Lina y tú vinisteis a mi casa a pedirle a mi padre que os devolviera las muñecas y él me llamó y me preguntó con sorna: Alfò, ¿las has cogido tú? Porque yo era la vergüenza de la familia, jugaba con las muñecas de mi hermana y me ponía los collares de mi madre. Como si yo ya lo supiera todo y solo le sirviera para hablar de su verdadera naturaleza, me explicó: desde chico no solo sabía que no era lo que los demás creían, sino tampoco lo que yo mismo creía ser. Me decía: soy otra cosa, una cosa que permanece oculta en mis venas, no tiene nombre y espera. Pero no sabía qué era esa cosa y, sobre todo, no sabía cómo podía ser yo; hasta que Lila me obligó —no sé cómo decirlo— a tomar algo de ella; tú ya la conoces, dijo: empieza por aquí y observa qué pasa; y así fue como nos mezclamos, fue muy divertido, y ahora no soy el que era y tampoco soy Lila, sino otra persona que poquito a poco se va definiendo.

Se alegró de hacerme esas confidencias y yo también me alegré de que me las hiciera. En esas ocasiones nació entre nosotros una nueva confianza, distinta de la que había cuando salíamos del colegio y volvíamos a casa andando. Y también con Carmen me pareció que la relación se estaba haciendo más fiel. Después comprobé que ambos me pedían más, aunque de formas distintas. Ocurrió en dos circunstancias, las dos ligadas a la presencia de Marcello en la clínica.

Un hombre mayor, llamado Domenico, solía acompañar en coche a mi hermana Elisa y su niño. Domenico los dejaba en la clínica y se llevaba a nuestro padre de vuelta al barrio. Pero a veces era el propio Marcello quien llevaba a Elisa y Silvio. Una mañana en que apareció él en persona, Carmen estaba conmigo. Yo tenía la certeza de que entre ellos habría tensiones, pero intercambiaron un saludo nada entusiasta, aunque tampoco conflictivo, y ella estuvo dando vueltas a su alrededor como un animal dispuesto a acercarse a la menor muestra de simpatía. Cuando nos quedamos solas me confesó en voz baja, muy nerviosa, que aunque los Solara la detestaran, ella se esforzaba por mostrarse amistosa y lo hacía por amor a Pasquale. Pero yo —exclamó— no aguanto más, Lenù, los odio, si pudiera, los reventaba, lo hago por pura necesidad. Y me preguntó: ¿tú en mi lugar cómo te comportarías?

Algo similar pasó también con Alfonso. Una mañana me acompañó a ver a mi madre; en un momento dado apareció Marcello y Alfonso se asustó nada más verlo. Sin embargo, Solara se comportó según su costumbre: me saludó con una amabilidad cohibida, a él le hizo un gesto y fingió no ver la mano que le había tendido mecánicamente. Para evitar roces, me llevé a mi amigo al pasillo con la excusa de que tenía que darle el pecho a Imma. En cuanto salió de la habitación, Alfonso murmuró: si un día aparezco muerto, habrá sido Marcello, que no se te olvide. Le dije: no exageres. Pero estaba tenso, se puso a enumerar con sarcasmo a las personas del barrio que gustosamente lo hubieran matado, gente que yo no conocía y gente que conocía. En la lista incluyó también a su hermano Stefano (se rió: se folla a mi mujer solo para demostrar que en la familia no todos somos maricas), y también a Rino (se rió: desde que se ha dado cuenta de que soy capaz de parecerme a su hermana, me haría a mí lo que no le puede hacer a ella). Pero como primero de la lista puso a Marcello; según él, era quien más lo odiaba. Dijo con satisfacción y angustia a la vez: cree que Michele se ha vuelto loco por mi culpa. Y añadió riendo socarrón: Lila me ha animado a que me pareciera a ella, le gusta el esfuerzo que hago, le gusta ver cómo la deformo, le encanta el efecto que esta deformación tiene en Michele, y a mí también me encanta. Luego se contuvo, me preguntó: ¿tú qué piensas?

Lo escuchaba, y mientras amamantaba a la niña. Él y Carmen no se conformaban con que residiera en Nápoles, con que nos viéramos de vez en cuando, querían reincorporarme al barrio a título pleno, me pedían que pusiera a Lila de su parte en calidad de protectora, presionaban para que actuáramos como divinidades a veces de acuerdo, a veces en liza, pero en cualquier caso atentas a los problemas de ellos. Aquella petición de mayor implicación en sus asuntos, que a su manera solía hacerme Lila y que, en general, me parecía una presión inoportuna, en esa circunstancia me conmovió, sentí que se unía a la voz fatigada de mi madre cuando me señalaba con orgullo a sus conocidas del barrio como una parte importante de sí misma. Apreté a Imma contra mi pecho y la envolví mejor en la mantita para protegerla de las corrientes.

66

Nino y Lila fueron los únicos que nunca pasaron por la clínica. Nino fue explícito: no tengo ningunas ganas de encontrarme con ese camorrista, dijo, lo lamento por tu madre, dale saludos de mi parte, pero no te puedo acompañar. A veces me convencía de que era una excusa para justificar sus desapariciones, aunque con más frecuencia lo veía realmente amargado porque se había empleado a fondo para ayudar a mi madre y al final mi familia y yo acabamos haciendo caso a los Solara. Le dije que se trataba de un engranaje complicado, le dije: Marcello no pinta nada, solo hemos aceptado lo que hace feliz a nuestra madre. Pero él rezongó: así Nápoles no cambiará nunca.

En cuanto a Lila, no se pronunció sobre aquel traslado a la clínica. Me siguió ayudando a pesar de que de un momento a otro podía ponerse de parto. Yo me sentía culpable, decía: no te preocupes por mí, debes cuidarte. Déjate de historias —me contestaba, señalándose la barriga con una expresión entre irónica y preocupada—, este se retrasa, yo no tengo ganas y él tampoco. Y en cuanto yo necesitaba algo, acudía corriendo. Es verdad que nunca se ofreció a acompañarme en coche a Capodimonte como hacían Carmen y Alfonso. Pero si las niñas tenían unas décimas de fiebre y no podía enviarlas al colegio —como ocurrió alguna vez en las primeras semanas de vida de Immacolata, que fueron frías y lluviosas—, ella se mostraba disponible, le dejaba el trabajo a Enzo y a Alfonso, subía hasta la via Tasso y se ocupaba de las tres.

Yo estaba encantada, el tiempo que Dede y Elsa pasaban con Lila siempre resultaba provechoso. Ella sabía cómo acercar a las dos hermanas a la tercera, sabía responsabilizar a Dede, sabía controlar a Elsa, sabía calmar a Imma sin meterle el chupete en la boca como hacía Mirella. El único problema era Nino. Aunque siempre tenía mil compromisos cuando yo estaba sola, temía descubrir que, milagrosamente, conseguía sacar tiempo para acudir en ayuda de Lila cuando ella se quedaba con las niñas. Por eso, en lo más profundo de mi ser, nunca estaba realmente tranquila. Lila llegaba, yo le hacía mil recomendaciones, le apuntaba en un papel el número de la clínica, avisaba a mi vecina por cualquier eventualidad, corría a Capodimonte. Me quedaba con mi madre no más de una hora, luego regresaba corriendo y llegaba a tiempo para darle el pecho a la pequeña y cocinar. A veces, en el trayecto de vuelta, de pronto me imaginaba que entraba en casa y encontraba a Nino y a Lila juntos, hablando de todo como hacían en Ischia. Por supuesto, tendía a imaginarme fantasías más insoportables, pero las rechazaba enseguida, horrorizada. El temor más persistente era otro, y mientras iba en el coche me parecía el más fundado. Suponía que mientras Nino estaba allí, ella se ponía de parto y él se veía obligado a llevarla a la clínica con urgencia, dejando a Dede asustada, interpretando el papel de mujer juiciosa, a Elsa hurgando en el bolso de Lila para robarle algo, a Imma en la cuna gimiendo atormentada por el hambre y las irritaciones a causa del pañal.

Ocurrió algo por el estilo pero sin que Nino tuviera nada que ver. Regresé a casa una mañana, puntual, antes de mediodía, y descubrí que Lila no estaba, se había puesto de parto. Me entró una angustia insoportable. Por encima de todo ella temía el sacudirse y combarse de la materia, odiaba el malestar en todas sus formas, detestaba la oquedad de las palabras cuando se vaciaban de todo sentido posible. Por eso rogué por que aguantara.

67

Sé de su parto a través de dos fuentes, ella y nuestra ginecóloga. Expongo a continuación los relatos y resumo la situación en mis propias palabras. Llovía. Yo había dado a luz hacía unos veinte días. Mi madre llevaba en la clínica un par de semanas, y si no me veía aparecer lloraba como una niña angustiada. Dede tenía un poco de fiebre, Elsa se negaba a ir al colegio con el pretexto de que quería cuidar a su hermana. Carmen no estaba disponible, Alfonso tampoco. Telefoneé a Lila con las condiciones de siempre: si no te encuentras bien, si tienes trabajo, déjalo estar, busco otra solución. Ella replicó con su tono burlón que se encontraba a la perfección y que los jefes delegan el trabajo y se toman todo el tiempo libre que quieren. Amaba a las dos niñas, pero sobre todo le gustaba ocuparse de Imma con ellas, era un juego que le hacía bien a las cuatro. Enseguida salgo para allá, dijo. Calculé que llegaría como máximo al cabo de una hora, pero se retrasó. Esperé un poco, aunque como sabía que si prometía algo, lo cumplía, le dije a la vecina: es cosa de unos minutos, y le dejé a las niñas para correr a ver a mi madre.

Sin embargo, Lila se retrasaba por una especie de presagio del cuerpo. Aunque no tenía contracciones, se notaba mal dispuesta y al final, por precaución, le pidió a Enzo que la llevara a mi casa. En cuanto entró por la puerta, notó los primeros dolores. Telefoneó enseguida a Carmen y la conminó a que fuera a echarle una mano a mi vecina; luego Enzo la llevó a la clínica donde trabajaba nuestra ginecóloga. Las contracciones se hicieron enseguida muy fuertes pero no resolutivas, los dolores de parto duraron dieciséis horas.

La síntesis que me hizo Lila fue casi divertida. No es cierto, dijo, que solo se pasa mal con el primer hijo y que con los demás todo es más fácil, se pasa mal siempre. Y expuso argumentos tan siniestros como irónicos. Le parecía insensato custodiar a la criatura en el vientre y al mismo tiempo querer echarla fuera. Es ridículo, dijo, que esta hospitalidad exquisita de nueve meses vaya acompañada del deseo de expulsar al huésped de la forma más violenta. Movía la cabeza indignada por la incoherencia del mecanismo. Cosa de locos, exclamó recurriendo al italiano, es tu propio organismo que la tiene tomada contigo y que además se rebela contra ti hasta convertirse en el peor enemigo de sí mismo, hasta el punto de provocarse el dolor más terrible que existe. Durante horas y horas ella advirtió en el bajo vientre frías llamas afiladas, un flujo insoportable de dolor que la embestía brutalmente en el fondo del vientre y luego subía otra vez destrozándole los riñones. Anda, anda, eres una mentirosa, dónde está la hermosa experiencia. Y juró —esta vez seria— que nunca más volvería a quedarse embarazada.

Pero según la ginecóloga, a la que Nino invitó una noche a cenar con su marido, el parto había sido normal, otra mujer hubiera parido sin tantas historias. Lo único que lo había complicado era la cabeza demasiado atestada de Lila. La doctora se puso muy nerviosa. Haces lo contrario de lo que debes hacer, le reprochó, te contraes cuando hay que empujar, venga, ánimo, empuja. Según ella —que ya le tenía a su paciente una manifiesta inquina y durante la cena en mi casa no la ocultó sino que, al contrario, la mostró de un modo cómplice sobre todo con Nino—, Lila había hecho de todo para no traer al mundo a la criatura. La retenía con todas sus fuerzas y mientras tanto boqueaba: córtame la barriga, hazla salir tú, yo no puedo más. Y como la doctora seguía animándola, Lila le gritaba insultos vulgarísimos. Estaba empapada en sudor, nos contó la ginecóloga, bajo la frente enorme tenía los ojos enrojecidos, y le chillaba: tú hablas, das órdenes, pero por qué no vienes tú aquí, cabrona, saca tú al niño si eres capaz, me está matando.

Yo me molesté y le dije a la doctora: no deberías contarnos estas cosas. Ella se irritó todavía más, y exclamó: las cuento porque estamos entre amigos. Pero después, tocada en la herida, adoptó su tono de médico y dijo con una gravedad artificiosa que si queríamos a Lila (se refería a Nino y a mí, naturalmente), debíamos ayudarla a concentrarse en algo que le diera auténtica satisfacción; de lo contrario, con su cerebro golondrino (usó esa misma palabra) sería un problema para ella misma y para cuantos la rodeaban. Por último, recalcó que había visto en el paritorio una lucha contra natura, un enfrentamiento horrendo entre una madre y su criatura. Ha sido, dijo, una experiencia francamente desagradable.

La criatura era niña, niña y no varón como habían profetizado todos. Cuando pude ir a la clínica, Lila, aunque exhausta, me enseñó a su hija con orgullo.

—¿Cuánto pesó Imma? —preguntó.

—Tres kilos doscientos.

—Nunzia pesa casi cuatro kilos; la barriga era pequeña pero ella es grande.

Le puso de veras el nombre de su madre. Y para no disgustar a Fernando, su padre, que al envejecer se había vuelto aún más irascible que de joven, ni a los parientes de Enzo, la bautizó poco después en la iglesia del barrio y dio una gran fiesta en la sede de Basic Sight.

68

Las niñas se convirtieron enseguida en un motivo para que pasáramos más tiempo juntas. Lila y yo nos llamábamos por teléfono, quedábamos para sacar a pasear a las recién nacidas, hablábamos sin parar de ellas en lugar de nosotras, o al menos eso nos parecía. En realidad, la nueva riqueza y complejidad de la relación comenzó a manifestarse a través de una atención recíproca a nuestras dos hijas. Las comparábamos en todos los detalles para asegurarnos de que el bienestar o el malestar de una fuera el reflejo nítido del bienestar o el malestar de la otra, y en consecuencia pudiéramos intervenir con celeridad para consolidar el primero y sofocar el segundo. Nos contábamos todo lo que nos parecía bueno y útil para un crecimiento sano, empeñándonos en una especie de competición virtuosa para ver quién descubría la mejor nutrición, el pañal más cómodo, la pomada más eficaz contra las irritaciones del pañal. No había prenda graciosa que comprara para Nunzia —a la que ya llamaba Tina, diminutivo de Nunziatina— que Lila no comprara también para Imma, y yo, dentro de mis posibilidades económicas, hacía lo mismo. A Tina le quedaba bien este pelele, así que también le he comprado uno igual a Imma —decía—, a Tina le quedaban bien estos zapatitos y también le he comprado unos iguales a Imma.

—¿Sabías que le has puesto el nombre de mi muñeca? —le pregunté un día, divertida.

—¿Qué muñeca?

—Tina, ¿no te acuerdas?

Se tocó la frente como si tuviera jaqueca y dijo:

—Es verdad, pero no lo he hecho adrede.

—Era una muñeca hermosa, le tenía cariño.

—Mi hija es más hermosa.

Entretanto las semanas iban pasando, ya resplandecían los perfumes de la primavera. Mi madre empeoró una mañana, hubo un momento de pánico. Como a esas alturas a mis hermanos tampoco les parecía que los médicos de la clínica estuviesen a la altura, se barajó la posibilidad de llevarla de vuelta al hospital. Hablé con Nino para saber si, a través de los profesores amigos de sus suegros que se habían ocupado de mi madre con anterioridad, se podía evitar la sala común y conseguir una habitación privada. Pero Nino dijo que era contrario a las recomendaciones y las súplicas, que en un servicio público el trato debía ser igual para todos, y acabó mascullando malhumorado: en este país hay que dejar de pensar que hasta para conseguir cama en un hospital hace falta estar inscritos en una logia o ponerse en manos de la camorra. La tenía tomada con Marcello, naturalmente, no conmigo, pero de todos modos me sentí mortificada. Por otra parte, estoy segura de que al final me habría ayudado si mi madre, pese a sufrir dolores atroces, no nos hubiese dado a entender de todas las formas posibles que prefería morir en medio de las comodidades que regresar aunque fuera durante unas horas a la sala de un hospital. Y así, una mañana, Marcello nos sorprendió otra vez cuando acompañó a la clínica a uno de los especialistas que habían tratado a nuestra madre. El profesor, que en el hospital era bastante huraño, se mostró extremadamente cordial y regresó después con frecuencia, para ser recibido con deferencia por los médicos del centro privado. Las cosas mejoraron.

Pero el cuadro clínico no tardó en volver a complicarse. Entonces mi madre se armó de todas sus energías e hizo dos cosas contradictorias pero que para ella tenían la misma importancia. Como justo en esos días Lila había encontrado el modo de colocar a Peppe y Gianni en la empresa de uno de sus clientes de Baiano, pero mis hermanos no habían hecho caso de la oferta, bendiciendo mil veces a mi amiga por su generosidad, mi madre convocó a sus dos hijos varones; en el curso de un largo encuentro, volvió a ser al menos durante unos minutos la misma que había sido en el pasado. Con ojos enfurecidos amenazó con perseguirlos desde el reino de los muertos si no aceptaban ese trabajo; en una palabra, los hizo llorar, los convirtió en corderitos, no los soltó hasta estar segura de haberlos doblegado. Encaró luego una iniciativa de signo opuesto. Convocó a Marcello, a quien acababa de arrancarle a Peppe y Gianni, y le hizo jurar solemnemente que se casaría con su hija menor antes de que ella cerrara los ojos para siempre. Marcello la tranquilizó, le dijo que él y Elisa habían aplazado la boda solo porque esperaban que ella se curara, y ahora que la curación estaba cercana, se pondría enseguida a tramitar los papeles. Así las cosas, mi madre se serenó. No hacía ninguna distinción entre el poder que le atribuía a Lila y el que le atribuía a Marcello. Había hecho presión tanto en uno como en el otro y se sentía pletórica por haber conseguido el bien de sus hijos a través de las personas más importantes del barrio, y, según ella, del mundo.

Durante un par de días gozó de una dichosa placidez. Le llevé a Dede, a la que ella tanto quería, y la dejé tener en brazos a Imma. Consiguió demostrarle afecto incluso a Elsa, por la que jamás había sentido simpatía. La observé, era una viejecita gris y arrugada aunque no tenía cien años sino sesenta. Por primera vez noté la embestida del tiempo, la fuerza que me empujaba hacia los cuarenta, la velocidad a la que se consumía la vida, la tangibilidad de la exposición a la muerte; si le está pasando a ella, pensé, no hay escapatoria, me pasará a mí también.

Una mañana, cuando Imma tenía poco más de un par de meses, mi madre me dijo débilmente: Lenù, ahora estoy de veras contenta, solo me quedas tú, que todavía me preocupas, pero tú eres tú y siempre has sabido poner las cosas en orden como a ti te gusta, por eso me fío. Después se durmió y entró en coma. Resistió aún unos días, no quería morir. Recuerdo que estaba en su habitación con Imma y el estertor de la agonía no cesaba nunca, había pasado a formar parte de los ruidos de la clínica. Mi padre, que ya no soportaba oírla, esa noche se quedó en casa llorando. Elisa había sacado a Silvio al patio a tomar el aire, mis hermanos fumaban en un cuartito a pocos pasos de allí. Me quedé mirando aquel relieve inconsistente bajo la sábana. Mi madre se había quedado en casi nada; y pensar que había sido realmente imponente, había pesado sobre mí haciendo que me sintiera como un gusano debajo de una piedra, protegida y aplastada. Le deseé que el estertor se detuviera enseguida, en ese momento, y, para mi sorpresa, así ocurrió. De repente la habitación se quedó en silencio. Esperé, no encontraba la fuerza para levantarme y acercarme a ella. Entonces Imma chasqueó la lengua y el silencio se rompió. Abandoné la silla, me acerqué a la cama. Dentro de aquel espacio de enfermedad, nosotras dos, la pequeña y yo, que en el sueño buscaba con avidez el pezón para seguir sintiéndose parte de mí, éramos lo único vivo y sano que aún quedaba de mi madre.

Ese día, no sé por qué, llevaba puesto el brazalete que ella me había regalado hacía más de veinte años. Hacía tiempo que no lo usaba, en general me ponía las joyas elegantes que me había aconsejado Adele. A partir de entonces lo llevé a menudo.

69

Me costó aceptar la muerte de mi madre. Aunque no derramé una sola lágrima, sentí un dolor que duró mucho tiempo y que quizá nunca se ha ido del todo. La había considerado una mujer insensible y vulgar, la temía y la evitaba. Inmediatamente después del funeral me sentí como cuando de pronto se pone a llover con fuerza, miras a tu alrededor y no encuentras un sitio donde resguardarte. Durante semanas no hice más que verla y sentirla en todas partes, de noche y de día. Era un vapor que en mi imaginación seguía ardiendo sin mecha. Añoraba ese modo diferente de estar juntas que habíamos descubierto durante su enfermedad; lo prolongué recuperando recuerdos positivos de cuando yo era pequeña y ella joven. Mi sentimiento de culpa quería obligarla a durar. Guardaba en mis cajones una horquilla suya, un pañuelo, unas tijeras, pero me parecían todos objetos insuficientes, incluso el brazalete me sabía a poco. Tal vez por ese motivo cuando durante el embarazo me reapareció el dolor de cadera y después del parto no se me fue, decidí no consultar a los médicos. Cultivé aquella molestia como un legado conservado por mi propio cuerpo.

También las palabras que me había dicho casi al final («tú eres tú, me fío») me acompañaron durante bastante tiempo. Había muerto convencida de que por cómo yo era, por los recursos que había acumulado, no me dejaría arrastrar por nada. Esta idea fue bullendo dentro de mí y terminó por ayudarme. Decidí confirmarle que no se había equivocado. Con disciplina, empecé a ocuparme otra vez de mí. Aprovechaba cada momento libre para leer y escribir. Dejé de interesarme aún más por la política corriente —no había manera de que me apasionara por las intrigas de los cinco partidos en el gobierno y sus disputas con los comunistas, en las que Nino participaba activamente—, si bien continué siguiendo con atención la deriva corrupta y violenta del país. Acumulé lecturas feministas y, aprovechando el impulso del pequeño éxito de mi último libro, propuse artículos a las nuevas revistas dirigidas a la mujer. Pero, debo reconocerlo, gran parte de mis energías se concentraron sobre todo en convencer a mi editorial de que mi nueva novela estaba bastante adelantada.

Un par de años antes me habían pagado la mitad de un sustancioso anticipo pero desde entonces había hecho muy poco, avanzaba con tropiezos, todavía estaba buscando una historia. El director editorial, responsable de aquella generosa cantidad, nunca me había presionado, se informaba con discreción, y si me escaqueaba me lo permitía. Poco después se produjo un hecho desagradable. En el *Corriere della Sera* apareció un artículo medio irónico en el que, tras algunos elogios a una primera novela de discreto éxito, se refería a las promesas incumplidas de la joven literatura italiana y se mencionaba mi nombre. A los pocos días pasó por Nápoles el director —debía participar en un fastuoso congreso— y me pidió que nos viéramos.

Enseguida me preocupó su tono serio. En casi quince años nunca me había hecho pesar su papel, me había defendido contra Adele y siempre me había tratado con cordialidad. Con fingida alegría lo invité a cenar a la casa de la via Tasso, lo que me costó nervios y fatigas, pero lo hice también porque Nino quería proponerle una nueva colección de ensayos.

El director se mostró cortés, aunque no afectuoso. Me dio el pésame por la muerte de mi madre, elogió a Imma, les regaló a Dede y a Elsa un par de libros con muchas ilustraciones, esperó paciente a que me ocupara de la cena y las niñas dejando que Nino lo entretuviera con su posible libro. Cuando llegamos al postre, pasó a hablar del verdadero motivo del encuentro, quiso saber si podía programar la publicación de mi novela para el otoño siguiente. Me sonrojé.

—¿El otoño de 1982?

—El otoño de 1982.

—Puede que sí, pero lo sabré seguro más adelante.

—Tendrías que saberlo ya mismo.

—Todavía me falta mucho para el final.

—Podrías dejarme leer algo.

—No me siento preparada.

Se hizo un silencio. Bebió un sorbo de vino.

—Elena, hasta ahora has tenido mucha suerte —dijo con tono grave—. El último libro se vendió especialmente bien, eres valorada, has conseguido un discreto número de lectores. Pero a los lectores hay que cuidarlos. Si los pierdes, pierdes la posibilidad de publicar otros libros.

Me supo mal. Comprendí que de tanto insistir y remachar, Adele había abierto una brecha en aquel hombre cultísimo y cortés. Me imaginé las palabras de la madre de Pietro, su elección de los términos («es una meridional de poco fiar, tras su apariencia simpática es capaz de orquestar pérfidos engaños») y me detesté porque estaba confirmándole a ese hombre que era exactamente así. A los postres, con unas pocas frases bruscas, el director liquidó la propuesta de Nino, dijo que el ensayo pasaba por un momento difícil. Aumentó la incomodidad, nadie sabía qué más decir, hablé de Imma hasta el momento en que el invitado miró el reloj y murmuró que debía marcharse. Así las cosas no aguanté más y dije:

—De acuerdo, te daré el libro a tiempo para que salga en otoño.

70

Mi promesa calmó al director. Se quedó una hora más, habló de todo un poco, se esforzó por mostrarse más disponible con Nino. Al final me abrazó diciéndome al oído: estoy seguro de que estás escribiendo una historia magnífica, y se marchó.

En cuanto cerré la puerta exclamé: Adele sigue haciéndome la guerra, estoy metida en un lío. Pero Nino no estuvo de acuerdo. La posibilidad aunque fuera remota de que publicaran su libro lo había tranquilizado. Además, hacía poco había asistido al congreso del Partido Socialista en Palermo, donde había visto a Guido y a Adele, y el profesor había manifestado su aprecio por algunos de sus recientes trabajos. Por eso dejó caer, conciliador:

—No exageres con las conjuras de los Airota. Ha sido prometerle que te pondrás a trabajar ¿y has visto cómo han cambiado las cosas?

Discutimos. Acababa de prometer un libro, sí, pero ¿cómo, cuándo podría escribirlo con la concentración y la continuidad necesarias? ¿Se daba cuenta de qué había sido, y qué seguía siendo mi vida? Le enumeré al azar la enfermedad y la muerte de mi madre, el cuidado de Dede y Elsa, las tareas domésticas, el embarazo, el nacimiento de Imma, su desinterés por la niña, ese continuo ir de congreso en congreso casi siempre sin mí, y el asco, sí, el asco de tener que compartirlo con Eleonora. Soy yo, le grité, la que está a punto de divorciarse de Pietro; en cambio, tú ni siquiera has querido separarte. ¿Acaso podía trabajar entre tantas tensiones, sola, sin siquiera una ayuda por su parte?

El escándalo resultó inútil, Nino reaccionó como siempre. Adoptó un aire compungido, murmuró: no entiendes, no puedes entender, eres injusta, y con tono sombrío juró que me amaba y que no podía prescindir de Imma, de las niñas, de mí. Al final se ofreció a pagarme una mujer de la limpieza.

En otras ocasiones Nino me había animado a buscar una persona que se ocupara de la casa, de la compra, de cocinar, de las niñas, pero, con tal de no darle la impresión de que tenía excesivas pretensiones, siempre le había contestado que no era mi intención ser para él una carga económica más allá de lo necesario. En general, tendía a darle importancia a las cosas que él pudiera apreciar, no a las que me beneficiaban a mí. Además, me negaba a aceptar que en nuestra relación surgieran los problemas que había experimentado con Pietro. Sin embargo, en esa ocasión, lo sorprendí y dije enseguida: sí, de acuerdo, búscame una mujer de la limpieza lo antes posible. Tuve la sensación de hablar con la voz de mi madre, no la débil de los últimos tiempos sino la pendenciera. A quién demonios le importa la compra, debía ocuparme de mi futuro. Y mi futuro era pergeñar una novela en pocos meses. Y esa novela debía ser muy buena. Y nada, ni siquiera Nino, debía impedir que hiciera bien mi trabajo.

71

Hice balance de la situación. Los dos libros anteriores, que durante años habían dado algo de dinero gracias incluso a las traducciones, llevaban un tiempo estancados. El anticipo que había cobrado por mi nuevo texto, y que todavía no me había ganado, estaba a punto de agotarse. Los artículos que escribía trabajando hasta bien entrada la madrugada o daban muy poco o ni siquiera me los pagaban. En fin, que vivía con el dinero que Pietro me pasaba puntualmente todos los meses y que Nino completaba haciéndose cargo del alquiler de la casa, las facturas y, tengo que reconocerlo, regalándonos a menudo a mí y a las niñas ropa para vestirnos. Mientras tuve que hacer frente a todos los cambios, los inconvenientes y dolores tras mi regreso a Nápoles, me había parecido justo que fuera así. Pero ahora, después de aquella noche, decidí que me urgía ser lo más independiente posible. Debía escribir y publicar con regularidad, debía consolidar mi fisonomía de autora, debía ganar dinero. Y la razón no era la vocación literaria, la razón tenía que ver con el futuro: ¿de veras pensaba que Nino se ocuparía siempre de mí y de mis hijas?

Fue entonces cuando comenzó a definirse una parte de mí, solo una parte, que de manera consciente y sin un sufrimiento especial reconocía que con él se podía contar bien poco. No se trataba solo del viejo temor a que me dejara, sino que me pareció un brusco estrechamiento de las perspectivas. Dejé de mirar lejos, empecé a pensar que de momento no podía esperar de Nino más de lo que ya me daba, y que debía decidir si me bastaba.

Seguí amándolo, naturalmente. Me gustaba su cuerpo largo y estilizado, su inteligencia metódica. Sentía una gran admiración por su trabajo. Su antigua habilidad para recoger datos e interpretarlos se había convertido en una competencia muy solicitada. Acababa de publicar un trabajo muy valorado —quizá se trataba de ese que tanto había gustado a Guido— sobre la crisis económica y los movimientos fluctuantes de los capitales que, con unos orígenes aún por explorar, se habían ido desplazando hacia la construcción, las finanzas, las televisiones privadas. Sin embargo, algo en él empezaba a disgustarme. Por ejemplo, me hizo daño la alegría con que había reaccionado al caerle de nuevo en gracia a mi ex suegro. Tampoco me gustó cómo había vuelto a diferenciar a Pietro («un profesorcito falto de imaginación, muy alabado solo por su apellido y por su obtusa militancia en el Partido Comunista») de su padre, el auténtico profesor Airota, al que elogiaba sin medias tintas como autor de obras fundamentales sobre helenismo y como combativo y destacado exponente de la izquierda socialista. Además, me hirió su renovada simpatía por Adele, a la que con frecuencia definía como gran señora, extraordinaria para las relaciones públicas. En fin, que lo veía sensible al beneplácito de quienes tenían autoridad y dispuesto a desplazar, a veces a humillar por envidia, a quien no la tenía en medida suficiente y carecía por completo de ella pero podría llegar a tenerla. Eso deslucía la imagen que yo le había atribuido siempre y que él mismo solía atribuirse.

Eso no fue todo. El clima político y cultural estaba cambiando, se iban imponiendo otras lecturas. Todos habíamos dejado de pronunciar discursos extremos y yo también me sorprendía mostrándome de acuerdo con posturas que años antes había combatido en Pietro por ganas de contradecirlo, por necesidad de pelear. Pero Nino se pasaba, y ahora encontraba ridícula no solo toda afirmación subversiva, sino también toda declaración ética, toda exhibición de pureza. Tomándome el pelo, me decía:

—Hay demasiados pazguatos sueltos.

—¿Pazguatos?

—Gente que se escandaliza, como si no se supiera que o los partidos hacen su trabajo o surgen las bandas armadas y las logias masónicas.

—¿Qué quieres decir?

—Quiero decir que un partido solo puede ser distribuidor de favores a cambio de consenso, los ideales forman parte del decorado.

—Muy bien, entonces yo soy una pazguata.

—Eso ya lo sé.

Comencé a encontrar desagradable su afán por mostrarse políticamente sorprendente. Cuando organizaba cenas en mi casa incomodaba a sus propios invitados defendiendo desde la izquierda posturas de derecha. Los fascistas, sostenía, no siempre dicen cosas equivocadas y hay que aprender a dialogar con ellos. O bien: acabemos con la denuncia pura y simple, hace falta ensuciarse las manos si se quiere cambiar las cosas. O incluso: es preciso que la justicia se someta lo antes posible a las razones de quien tiene la tarea de gobernar, si no se quiere que los jueces se conviertan en peligrosas bombas de relojería para el mantenimiento del sistema democrático. O incluso: es necesario congelar los salarios, el mecanismo de la escala móvil es una ruina para Italia. Si alguien intervenía para llevarle la contraria, se volvía despreciativo, reía socarrón, insinuaba que no valía la pena discutir con personas que llevaban anteojeras y tenían la cabeza llena de viejos eslóganes.

Con tal de no ponerme en contra de él, me vi obligada a mantener un silencio incómodo. Nino adoraba las arenas movedizas del presente, para él el futuro se decidía ahí. Conocía a fondo cuanto ocurría en los partidos y en el Parlamento, los movimientos internos del capital y de las organizaciones del trabajo. Yo, en cambio, leía con empeño solo lo referido a las tramas negras, los secuestros y los sangrientos coletazos de las formaciones armadas rojas, el debate sobre el ocaso de la relevancia obrera, la identificación de nuevos sujetos antagonistas. En consecuencia, me reconocía más en el lenguaje de los demás comensales que en el suyo. Una noche discutió con un amigo que enseñaba en la facultad de arquitectura. Se apasionó, estaba todo despeinado, guapísimo.

—Sois incapaces de diferenciar entre un paso adelante, un paso atrás y quedarse quietos.

—¿Qué es para ti un paso adelante? —preguntó su amigo.

—Un presidente del consejo que no sea el democristiano de turno.

—¿Y quedarse quietos?

—Una manifestación de los metalúrgicos.

—¿Y un paso atrás?

—Preguntarse si son más limpios los socialistas o los comunistas.

—Te estás volviendo cínico.

—Tú, en cambio, siempre has sido un capullo.

No, Nino ya no me convencía como antes. Se expresaba, no sé cómo decirlo, de una forma provocativa y al mismo tiempo opaca, como si precisamente él que enaltecía la precaución solo pudiera vigilar las jugadas y contrajugadas cotidianas de una gestión que a mí y a sus propios amigos nos parecía podrida hasta los cimientos. Basta, insistía, acabemos con la aversión infantil por el poder, hay que estar dentro de los lugares donde nacen y mueren las cosas: los partidos, los bancos, la televisión. Yo lo escuchaba, pero cuando se dirigía a mí bajaba la vista. Ya no me ocultaba a mí misma que, en parte, su conversación me aburría, y, en parte, me parecía desvelar una friabilidad que lo arrastraba hacia abajo.

En cierta ocasión Nino le estaba soltando uno de sus discursos a Dede, que tenía que hacer no sé qué complicada investigación para su profesora. Para mitigar su pragmatismo dije:

—Verás, Dede, los pueblos siempre tienen la posibilidad de lanzarlo todo por los aires.

—A mamá —contestó él, afable— le gusta inventar historias, que es un trabajo precioso. Pero sabe poco de cómo funciona el mundo en que vivimos; por eso, cuando hay algo que no le gusta recurre a unas palabritas mágicas: lanzarlo todo por los aires. Tú dile a tu profesora que hay que hacer funcionar el mundo que tenemos.

—¿Cómo? —pregunté.

—Con leyes.

—Pero si dices que a los jueces hay que controlarlos.

Negó con la cabeza, descontento conmigo, precisamente como en otros tiempos hacía Pietro.

—Anda, vete a escribir tu libro —dijo—; si no, después te quejas de que por nuestra culpa no consigues trabajar.

Y allí mismo le dio a Dede una lección sobre la división de poderes, que escuché en silencio y compartí de la a a la zeta.

72

Cuando estaba en casa Nino representaba con Dede y Elsa un ritual irónico. Me arrastraban al cuartito donde tenía mi escritorio, me ordenaban taxativamente que me pusiera a trabajar, salían, cerraban la puerta y me gritaban a coro si me atrevía a abrirla.

En general, si tenía tiempo, se mostraba muy dispuesto con las niñas. Lo era con Dede, a la que juzgaba de una gran inteligencia pero demasiado rígida, y con Elsa, que lo divertía por su fingida sumisión tras la que anidaban la malicia y la astucia. Sin embargo, lo que había ansiado que ocurriera no sucedió nunca: no se encariñó con la pequeña Imma. Jugaba con ella, sí, y a veces parecía divertirse de veras. Por ejemplo, con Dede y Elsa ladraban alrededor de la niña para animarla a pronunciar la palabra «perro». Los oía aullar por la casa mientras trataba inútilmente de tomar algunas notas; y si Imma, por pura casualidad, extraía del fondo de su garganta un sonido confuso que sonaba a «pe», Nino chillaba con las niñas al unísono: lo ha dicho, qué bien, qué bien, pe. Pero nada más. En realidad, se servía de la pequeña como de un muñeco para entretener a Dede y a Elsa. Las ocasiones cada vez más raras en que pasaba un domingo con nosotras y hacía buen tiempo, iba con ellas y con Imma a la Floridiana, las animaba a empujar el cochecito de la hermana por los senderos de la Villa. Cuando regresaban a casa los cuatro estaban satisfechos. Pero unos cuantos comentarios me bastaban para intuir que Nino había dejado a Dede y a Elsa jugando a hacer de mamás de Imma, y él se había dedicado a conversar con las madres reales del Vomero que llevaban a sus hijos a tomar el sol y el aire.

Con el tiempo me había acostumbrado a su irreflexiva tendencia a la seducción, la consideraba una especie de tic. Me había acostumbrado sobre todo a cómo enseguida gustaba a las mujeres. Pero llegó un momento en que algo se torció también en ese aspecto. Comenzó a saltarme a la vista el impresionante número de sus amigas y que todas ellas se sentían como iluminadas en su presencia. Conocía bien esa luz, no me sorprendía. Estar a su lado te daba la impresión de ser visible sobre todo para ti misma, y eso te alegraba. Era natural que todas esas muchachas e incluso las señoras maduras le tomaran cariño, y aunque yo no excluía el deseo sexual, no lo consideraba un motivo necesario. Seguía perpleja al borde de la frase pronunciada hacía un tiempo por Lila: «Para mí que tampoco es amigo tuyo», y procuraba conmutarla lo menos posible por la pregunta: ¿estas mujeres serán sus amantes? Por ello lo que me turbó no fue la posibilidad de que me traicionara, sino otra cosa. Me convencí de que Nino alentaba en esas personas una especie de impulso maternal, a hacer en la medida de lo posible aquello que podía resultarle útil.

Al poco tiempo de nacer Imma las cosas comenzaron a irle cada vez mejor. Cuando aparecía me hablaba con orgullo de sus éxitos y yo no tardé en registrar que así como en el pasado su carrera había experimentado un despegue espectacular gracias a la familia de su mujer, del mismo modo, detrás de cada nuevo encargo que recibía, estaba la mediación de una mujer. Una le había conseguido una columnita quincenal en *Il Mattino*. Otra lo había recomendado para dar la charla inaugural en un importante congreso en Ferrara. Una lo había colocado en el comité directivo de una revista turinesa. Otra, originaria de Filadelfia y casada con un oficial de la OTAN destacado en Nápoles, hacía poco había mencionado su nombre para que figurara entre los asesores de una fundación estadounidense. La lista de favores no paraba de aumentar. Por lo demás, ¿acaso no lo había ayudado yo misma a publicar un libro en una editorial importante? ¿Y no intentaba que le publicaran otro? Y, pensándolo bien, ¿acaso en el origen de su prestigio como estudiante del preuniversitario no había estado la profesora Galiani?

Empecé a observarlo mientras se dedicaba a su trabajo de seducción. Nino invitaba a menudo a mujeres jóvenes y menos jóvenes a cenar en mi casa, solas o con sus respectivos maridos o parejas. En esas ocasiones yo me fijaba, no sin cierta ansiedad, en cómo les daba protagonismo; ignoraba casi por completo a los demás invitados de sexo masculino, colocaba a las mujeres en el centro de atención; a veces, potenciaba a una en particular. Durante muchas veladas asistí a conversaciones que, pese a producirse en presencia de otras personas, él sabía conducir como si estuviera solo, cara a cara, con la única mujer que en ese momento parecía interesarle. No decía nada alusivo, nada comprometedor, se limitaba a preguntar.

—¿Y después qué pasó?

—Me fui de casa. Dejé Lecce con dieciocho años y Nápoles no ha sido una ciudad fácil.

—¿Dónde vivías?

—Compartía con otras dos chicas un apartamento en ruinas por la via dei Tribunali. No disponía de un lugar tranquilo donde estudiar.

—¿Y los hombres?

—¿Qué hombres?

—Alguno habrá habido.

—Para mi desgracia, hubo uno con el que me casé y está aquí presente.

Aunque la mujer hubiese sacado a colación al marido casi para incluirlo en la conversación, él lo ignoraba y seguía hablándole a la mujer con su voz cálida. Nino sentía una curiosidad por el mundo femenino que era genuina. Pero, y eso yo ya lo sabía muy bien, no se parecía en nada a los hombres que en aquellos años hacían alarde de haber cedido al menos algunos de sus privilegios. Pensaba no solo en los profesores, arquitectos y artistas que frecuentaban nuestra casa y mostraban una especie de feminización de su comportamiento, sentimientos, opiniones, sino también en Roberto, el marido de Carmen, que era sumamente servicial, y en Enzo, que sin vacilar hubiera sacrificado todo su tiempo a las necesidades de Lila. Nino se entusiasmaba sinceramente por la forma en que las mujeres se buscaban a sí mismas. No había cena en la que no repitiera que pensar junto con ellas ya era el único camino para una manera de pensar auténtica. Ahora bien, se aferraba con fuerza a sus espacios y a sus numerosísimas actividades, se ponía siempre en primer lugar en todas las circunstancias, no cedía un instante de su tiempo.

En una ocasión traté de llevarle la contraria delante de todos con ironía afectuosa.

—No os creáis lo que dice. Al principio me ayudaba a quitar la mesa y a fregar los platos, hoy no recoge ni los calcetines del suelo.

—No es cierto —se rebeló.

—Es tal como os lo cuento. Quiere liberar a las mujeres de los demás, pero no a la suya.

—Bueno, tu liberación no tiene por qué suponer forzosamente la pérdida de mi libertad.

Hasta en frases como esa, dichas en broma, no tardé en reconocer con incomodidad ecos de los conflictos con Pietro. ¿Por qué con mi ex marido me lo había tomado tan a mal mientras que con Nino lo dejaba correr? Pensaba: tal vez cada relación con los hombres se limita a reproducir las mismas contradicciones, y en ciertos ambientes incluso las mismas respuestas complacientes. Pero después me decía: no debo exagerar, hay alguna diferencia, con Nino seguramente las cosas van mejor.

Pero ¿era en realidad así? Lo tenía cada vez menos claro. Recordé cómo me había apoyado contra Pietro cuando era nuestro invitado en Florencia, reviví con placer cuánto me había animado para que escribiera. Pero ¿y ahora? Ahora que urgía que me pusiera a trabajar de veras, me parecía que ya no estaba en condiciones de infundirme la confianza de antes. Con los años las cosas habían cambiado. Nino siempre tenía sus urgencias y aunque hubiera querido no podía dedicarse a mí. Para calmarme, a través de su madre se había apresurado a buscarme a una tal Silvana, una mujer maciza de unos cincuenta años y con tres hijos, siempre alegre, muy activa y eficiente con las tres niñas. Había pasado por alto generosamente cuánto le pagaba, y al cabo de una semana me preguntó: ¿todo en orden, funciona? Pero estaba claro que consideraba el gasto como una autorización para no preocuparse por mí. Sin duda, era atento y se informaba con puntualidad: ¿estás escribiendo? Pero luego nada más. La relevancia que había tenido mi esfuerzo por escribir al comienzo de nuestra relación se había desvanecido. Y eso no era todo. Yo misma, con cierta incomodidad, ya no le reconocía la autoridad de entonces. Es decir, descubrí que esa parte de mí que se confesaba poder contar poco o nada con Nino, al final llegaba además a dejar de ver alrededor de cada una de sus palabras la aureola llameante que desde jovencita me había parecido vislumbrar. Le daba a leer algún apunte todavía informe y él exclamaba: perfecto. Le exponía un resumen de la trama y de los personajes que estaba esbozando y él decía: estupendo, muy inteligente. Pero no me convencía, no me lo creía, expresaba opiniones apasionadas sobre el trabajo de demasiadas mujeres. Su frase recurrente tras una velada con otras parejas era casi siempre: qué hombre tan aburrido, seguro que ella es mejor que él. Todas sus amigas, por el mero hecho de serlo, eran siempre juzgadas como extraordinarias. Y el juicio sobre las mujeres en general era, a grandes rasgos, acomodaticio. Nino era capaz de justificar hasta la torpeza sádica de las empleadas de correos, la cicatería inculta de las maestras de Dede y Elsa. En una palabra, ya no me sentía única, sino un modelo que valía por todas. Pero si para él no era única, ¿de qué me servía su opinión, cómo podía sacar de ella la energía para hacer bien las cosas?

Una noche, exasperada por los elogios que en mi presencia le había hecho a una amiga suya bióloga, le pregunté:

—¿Será posible que no exista una mujer estúpida?

—No he dicho eso, he dicho que, a grandes rasgos, sois mejores que nosotros.

—¿Yo soy mejor que tú?

—Sí, sin lugar a dudas, y lo sé desde hace mucho tiempo.

—De acuerdo, te creo, pero al menos una vez en tu vida te habrás encontrado con alguna cabrona, ¿no?

—Sí.

—Dime cómo se llama.

Sabía de antemano la respuesta, sin embargo, insistí confiando en que dijera Eleonora. Esperé, se puso serio:

—No puedo.

—Dímelo.

—Si te lo digo, te enfadarás.

—No me enfadaré.

—Lina.

73

Si en el pasado había creído un poco en su hostilidad recurrente hacia Lila, ahora me convencía cada vez menos, incluso porque iba ligada a momentos no infrecuentes en los que, como había ocurrido unas noches antes, demostraba todo lo contrario. Nino intentaba terminar un ensayo sobre el trabajo y la robotización en la Fiat, pero lo vi en apuros («¿qué es exactamente un microprocesador, qué es un chip, cómo funciona esto en la práctica?»). Le dije: habla con Enzo Scanno, él conoce el tema. Me preguntó distraído: ¿quién es Enzo Scanno? El compañero de Lina, le contesté. Y con media sonrisa comentó: entonces prefiero hablar con Lina, seguro que ella sabe más. Y como si hubiese recuperado la memoria, añadió no sin cierta antipatía: ¿Scanno no era el hijo tonto de la verdulera?

Se me quedó grabado ese tono. Enzo era el fundador de una pequeña empresa innovadora, todo un milagro si se pensaba que la sede se encontraba en el corazón del barrio viejo. Precisamente en su calidad de estudioso Nino debería haber mostrado interés y admiración por Enzo. Sin embargo, al utilizar ese pretérito imperfecto, «era», lo había devuelto a los años de la escuela primaria, a la época en que debía ayudar a su madre en la tienda o acompañar a su padre por las calles empujando el carrito y, como no tenía tiempo de estudiar, no destacaba. Con fastidio le había quitado a Enzo todos los méritos para atribuírselos a Lila. Así fue como me di cuenta de que si lo hubiese obligado a hurgar en su interior, habría resultado que el máximo ejemplo de inteligencia femenina —tal vez su propio culto a aquella inteligencia, incluso algunos discursos que colocaban en la cima de todos los derroches—, el derroche de recursos intelectuales de las mujeres, tenía que ver con Lila, y que si nuestra época amorosa empezaba a oscurecer, para él la época de Ischia siempre sería radiante. El hombre por el que abandoné a Pietro, pensé, es lo que es porque su encuentro con Lila lo ha remodelado así.

74

Esa idea me vino a la cabeza una mañana helada de otoño, mientras llevaba al colegio a Dede y a Elsa. Conducía distraída; la idea arraigó. Distinguí entre el amor por el jovencito del barrio, por el estudiante de preuniversitario —un sentimiento que tenía por objeto un fantasma mío, concebido antes de Ischia— y la pasión que me había conmocionado por el joven de la librería en Milán, por la persona que se presentó en mi casa de Florencia. Siempre había establecido un nexo entre esos dos bloques emotivos; sin embargo, esa mañana me pareció que ese nexo no existía, que la continuidad era un truco de la razón. En el medio, pensé, se había producido la fractura del amor por Lila, esa fractura que debería haber borrado a Nino para siempre de mi vida, y que, no obstante, no quise tener en cuenta. ¿A quién me había unido, pues, y a quién amaba todavía hoy?

Normalmente, Silvana se encargaba de llevar a las niñas al colegio. Mientras Nino seguía durmiendo, yo me ocupaba de Imma. Pero en esa ocasión me había organizado para estar fuera toda la mañana; quería ir a la Biblioteca Nacional a ver si encontraba un antiguo libro de Roberto Bracco titulado *En el mundo de las mujeres*. Mientras tanto, avanzaba despacio en el tráfico matutino con ese pensamiento en la cabeza. Conducía, respondía a las preguntas de las niñas, volvía a un Nino compuesto por dos partes, una que me pertenecía, la otra que me resultaba ajena. Cuando con mil recomendaciones dejé a Dede y a Elsa delante de sus respectivos colegios, el pensamiento se había convertido en imagen y, como me ocurría a menudo en esa época, se había transformado en el núcleo de un posible relato. Podría ser, me dije mientras bajaba en dirección al paseo marítimo, una novela en la que una mujer se casa con el hombre del que está enamorada desde niña, pero la noche de bodas se da cuenta de que mientras una parte del cuerpo de él le pertenece, la otra está físicamente habitada por una amiga de la infancia. Después, en un instante, todo acabó barrido por una especie de timbre doméstico de alarma: me había olvidado de comprar pañales para Imma.

Ocurría con frecuencia que la cotidianidad irrumpía como una bofetada, convirtiendo en irrelevante, cuando no ridículo, todo fantaseo tortuoso. Me detuve, irritada conmigo misma. Estaba tan cansada que, aunque apuntara con sumo cuidado en una libreta las cosas urgentes que comprar, al final me olvidaba de la propia lista. Resoplé, nunca lograba organizarme como debía. Nino tenía una importante cita de trabajo, tal vez ya había salido de casa; de todos modos, con él no se podía contar. A Silvana no podía mandarla a la farmacia, porque habría tenido que dejar a la niña sola en casa. Por tanto no quedaban pañales, a Imma no se la podía cambiar y ya llevaba días con irritaciones a causa del pañal. Regresé a la via Tasso. Corrí a la farmacia, compré los pañales, llegué a casa con la lengua fuera. Tuve la certeza de oír los gritos de Imma ya en el rellano; en cambio, abrí la puerta con la llave y entré en un apartamento silencioso.

Entreví a la niña en la sala, estaba sentada en el parque, sin pañal, jugueteaba con un muñequito. Seguí de largo sin que me viera, se habría puesto a alborotar para que la levantara en brazos y yo quería entregarle enseguida el paquete a Silvana e intentar ir otra vez a la biblioteca. Como me llegó una leve agitación desde el baño grande (teníamos un bañito al que, en general, iba Nino, y un cuarto de baño que usábamos las niñas y yo), pensé que Silvana lo estaría ordenando. Fui hacia ahí, la puerta estaba entornada, la empujé. En la ventana luminosa del espejo largo primero vi la cabeza de Silvana inclinada hacia delante y me llamó la atención la franja de la raya al medio, las dos crenchas de pelo negro surcadas por muchas canas. Después noté los ojos cerrados de Nino, la boca abierta. Y entonces, en un destello, la imagen reflejada y los cuerpos reales se complementaron. Nino estaba en camiseta y desnudo de cintura para abajo, las piernas largas y flacas separadas, descalzo. Silvana, doblada hacia delante, con ambas manos apoyadas en el lavabo, tenía las bragas enormes en las rodillas y la bata oscura subida hasta la cintura. Él le restregaba el sexo sujetándole con el brazo la barriga pesada, le apretaba un pecho enorme que sobresalía de la bata y del sujetador, y mientras tanto golpeaba el vientre plano contra sus nalgas anchas, blanquísimas.

Tiré hacia mí con fuerza la puerta justo cuando Nino abría los ojos y Silvana levantaba de golpe la cabeza lanzándome una mirada aterrorizada. Corrí a recoger a Imma del parque, y mientras Nino gritaba: Elena, espera, yo ya estaba fuera de casa; ni siquiera llamé el ascensor, corrí escaleras abajo con la niña en brazos.

75

Me refugié en el coche, puse el motor en marcha y con Imma sentada en mi regazo, arranqué. La niña parecía feliz, quería tocar el claxon como le había enseñado Elsa; decía sus palabritas incomprensibles alternándolas con gritos de júbilo por mi proximidad. Conduje sin rumbo, solo quería alejarme lo más posible de casa. Al final me encontré debajo del Castel Sant'Elmo. Aparqué, apagué el motor y descubrí que no tenía lágrimas, no estaba sufriendo, solo estaba paralizada por el horror.

No me lo podía creer. ¿Cómo era posible que ese Nino al que había descubierto mientras embestía con su sexo tieso dentro del sexo de una mujer madura —una mujer que me ordenaba la casa, me hacía la compra, cocinaba, se ocupaba de mis hijas, una mujer marcada por la fatiga de la supervivencia, gorda, destrozada, por completo alejada de las señoras cultas y elegantes que él me traía a cenar— fuera el muchacho de mi adolescencia? Durante todo el tiempo que estuve conduciendo a ciegas, tal vez sin notar siquiera el peso de Imma semidesnuda que aporreaba inútilmente el claxon y me llamaba, dichosa, no fui capaz de darle una identidad estable. Me sentí como si, al entrar en casa, hubiese descubierto de golpe en mi cuarto de baño a un ser extraño que se mantenía oculto dentro de los despojos del padre de mi tercera hija. El desconocido tenía los rasgos de Nino, pero no era él. ¿Era el otro, el que había nacido después de Ischia? Pero ¿cuál? ¿El que había dejado preñada a Silvia? ¿El amante de Mariarosa? ¿El marido de Eleonora, infiel y sin embargo tan atado a ella? ¿El hombre casado que me había dicho a mí, mujer casada, que me amaba, que me quería a toda costa?

Durante el trayecto que me llevó hasta el Vomero traté de aferrarme al Nino del barrio y del preuniversitario, al Nino de las ternuras y del amor, para sustraerme a la repulsión. Solo cuando me detuve debajo de Sant'Elmo me vinieron a la cabeza el cuarto de baño y el momento en que él abrió los ojos y me vio en el espejo, detenida en el umbral. Entonces todo me pareció más claro. No había escisión alguna entre ese hombre surgido después de Lila y el muchacho del que, antes que Lila, me había enamorado cuando era niña. Nino era uno solo y lo demostraba la expresión de su cara mientras estaba dentro de Silvana. Era la expresión adoptada por Donato, su padre, no cuando me había desvirgado en la playa dei Maronti, sino cuando me había tocado entre las piernas debajo de la sábana, en la cocina de Nella.

Nada de extraño, pues, pero mucho de repugnante. Nino era aquello que no hubiera querido ser y que, sin embargo, siempre había sido. Cuando golpeaba rítmicamente contra las nalgas de Silvana y al mismo tiempo se preocupaba por darle placer con delicadeza, no mentía, del mismo modo que no mentía cuando era injusto conmigo y luego se amargaba, se excusaba, me suplicaba que lo perdonase, juraba amarme. Él es así, me dije. Pero eso no me sirvió de consuelo. Al contrario, sentí que el horror, en lugar de disiparse, encontraba en esa comprobación un refugio más sólido. Después una líquida tibieza se expandió hasta llegarme a las rodillas. Di un respingo: Imma estaba desnuda, acababa de hacerse pis en mi regazo.

76

Me pareció impensable regresar a casa, aunque hiciera frío e Imma corriera el riesgo de enfermar. La envolví en mi abrigo como si jugáramos, compré otro paquete de pañales y le puse uno después de limpiarla con toallitas húmedas. Debía decidir qué iba a hacer. Dede y Elsa no tardarían en salir del colegio, malhumoradas, con mucho apetito, e Imma ya tenía hambre. Yo, con los vaqueros mojados, sin abrigo, los nervios de punta, me estremecía de frío. Busqué un teléfono, llamé a Lila, le pregunté:

—¿Puedo ir con las niñas a comer a tu casa?

—Claro.

—¿Enzo no se molestará?

—Sabes que se alegra.

Oí la vocecita alegre de Tina, Lila le dijo: calla. Después, con una cautela que normalmente no tenía, me preguntó:

—¿Hay algún problema?

—Sí.

—¿Qué ha pasado?

—Lo que tú habías previsto.

—¿Te has peleado con Nino?

—Después te lo cuento, ahora tengo que colgar.

Llegué al colegio con antelación. Imma había perdido todo interés en mí, en el volante, en el claxon, estaba nerviosa, gritaba. La obligué una vez más a quedarse envuelta en el abrigo y fuimos a comprar unas galletas. Creía que actuaba con calma —por dentro me sentía tranquila, no prevalecía la furia sino el asco, una repulsión no distinta de la que hubiera sentido de haber presenciado el acoplamiento de dos lagartijas—, pero noté que los viandantes me miraban con curiosidad, con alarma, mientras corría por la calle con los pantalones mojados, hablándole en voz alta a la niña que, ceñida con fuerza en el abrigo, se retorcía y lloraba.

Imma se tranquilizó con la primera galleta y su calma liberó mi ansiedad. Nino debía de haber aplazado su cita, probablemente me estaría buscando, me exponía a encontrármelo delante de la escuela. Como Elsa salía antes que Dede, que estaba en segundo de bachillerato elemental, me quedé en un rincón desde donde podía ver el portón de la escuela primaria sin ser vista. Me castañeteaban los dientes de frío; Imma me estaba embadurnando el abrigo con migas de galleta empapadas en saliva. Vigilé la zona, alarmada, pero Nino no dio señales de vida. Y tampoco apareció delante del portón del instituto, por el que no tardó en salir Dede en un flujo de empujones, gritos e insultos en dialecto.

Las niñas me hicieron poco caso, se interesaron mucho en la novedad de que había ido a recogerlas con Imma.

—¿Por qué la llevas envuelta en tu abrigo? —preguntó Dede.

—Porque tiene frío.

—¿Has visto que te lo está dejando perdido?

—No importa.

—Aquella vez cuando te lo ensucié yo me diste un bofetón —se quejó Elsa.

—No es cierto.

—Es requetecierto.

—¿Cómo es que solo lleva camiseta y pañal? —indagó Dede.

—Porque está bien así.

—¿Ha pasado algo?

—No. Ahora vamos a comer a casa de la tía Lina.

Recibieron la noticia con el entusiasmo habitual, luego se acomodaron en el coche y, mientras la pequeña hablaba con sus hermanas en su lengua indescifrable, encantada de ser el centro de su atención, las dos mayores empezaron a disputarse el derecho a tenerla en brazos. Les impuse que la cogieran juntas, sin tironearla de acá para allá; que no es de goma, grité. A Elsa no le gustó esa solución y le soltó a Dede una palabrota en dialecto. Traté de darle una bofetada, y mirándola fijamente por el retrovisor le dije: ¿qué has dicho, repítelo, qué has dicho? No lloró, dejó a Imma con Dede, murmuró que ocuparse de la hermanita la aburría. Después, cuando la pequeña alargaba las manos para jugar, la rechazaba de malos modos. Y la pequeña gritaba crispándome los nervios. Imma, basta, que me molestas, me estás ensuciando. Y a mí: mamá, dile que pare. No pude más, lancé un grito que las dejó a las tres de piedra. Cruzamos la ciudad en un estado de tensión únicamente roto por el cuchicheo de Dede y Elsa, que se consultaban para entender si en sus vidas estaba a punto de ocurrir otra vez algo irreparable.

Tampoco toleré ese conciliábulo. Ya no toleraba nada: su infancia, mi papel de madre, los balbuceos de Imma. Además, la presencia de mis hijas en el habitáculo desentonaba con las imágenes del coito a las que me asomaba sin cesar, con el olor a sexo que aún notaba en la nariz, con la rabia que comenzaba a abrirse paso junto con el dialecto más vulgar. Nino se había follado a la criada y después se había ido a su cita, mi hija y yo se la traíamos floja. Ah, qué pedazo de mierda, no hacía más que equivocarme. ¿Era como su padre? No, demasiado simple. Nino era muy inteligente, Nino era extraordinariamente culto. Su inclinación a follar no provenía de una grosera e ingenua exhibición de virilidad fundada en lugares comunes medio fascistas, medio meridionales. Lo que me había hecho, lo que me estaba haciendo, estaba filtrado por una conciencia muy refinada. Él manejaba conceptos complejos, sabía que de ese modo me ofendería hasta destruirme. Pero aun así lo había hecho. Había pensado: no puedo renunciar a mi placer solo porque esta cretina puede tocarme los huevos. Así, tal cual. Y seguramente consideraba filistea —el adjetivo todavía estaba bastante difundido en nuestro ambiente— mi posible reacción. Filistea, filistea. Conocía incluso la mueca de la que echaría mano para justificarse con elegancia: qué tiene de malo, la carne es débil y he leído todos los libros. Esas palabras exactas, maldito hijo de puta. La furia se había abierto paso en el horror. Le grité a Imma, también a Imma, que se callara. Cuando llegué delante de la casa de Lila ya odiaba a Nino como no había odiado a nadie hasta entonces.

77

Lila había preparado la comida. Sabía que a Dede y a Elsa les encantaban las *orecchiette* con salsa de tomate y les anunció el menú suscitando una ruidosa puesta en escena del entusiasmo. No fue todo. Me quitó a Imma de los brazos y se ocupó de ella y de Tina como si de pronto su hija se hubiese desdoblado. Las cambió a las dos, las lavó, las vistió con la misma ropa, las mimó con una extraordinaria exhibición de cuidados maternales. Después, como las dos pequeñas se habían reconocido enseguida y se pusieron a jugar, las dejó a ambas gateando y balbuceando sobre una vieja alfombra. Qué distintas eran. Comparé con amargura a esa hija mía y de Nino con la hija de Lila y Enzo. Tina me pareció más guapa, más sana que Imma, era el dulcísimo fruto de una relación sólida.

Entretanto Enzo regresó del trabajo, cordialmente lacónico como de costumbre. En la mesa ni él ni Lila me preguntaron por qué no probaba bocado. Solo Dede intervino, como para apartarme de sus malos pensamientos y los de los demás. Dijo: mi mamá siempre come poco porque no quiere engordar, y yo hago lo mismo. Exclamé amenazante: tú me dejas ese plato limpio y te comes hasta la última *orecchietta*. Y Enzo, tal vez para proteger a mis hijas de mí, las retó a una carrera cómica para ver quién comía más y acababa antes. Además, contestó con amabilidad a la catarata de preguntas que Dede le hizo sobre Rino —mi hija había esperado verlo al menos durante la comida—; le aclaró que el muchacho había empezado a trabajar en un taller y estaba fuera todo el día. Después, cuando terminaron de comer, en medio del mayor de los secretos, se llevó a las dos hermanas a la habitación de Gennaro para enseñarles todos los tesoros que había allí. Al cabo de unos minutos estalló una música atronadora y ya no regresaron.

Me quedé sola con Lila. Entre sarcasmos y sufrimiento, le conté hasta el último detalle. Ella me escuchó sin interrumpirme. Me di cuenta de que cuanto más verbalizaba lo que me había ocurrido, más ridícula me parecía la escena de sexo entre aquella mujer gorda y Nino tan flaco. Se despertó —en un momento dado me salió el dialecto—, encontró a Silvana en el retrete e incluso antes de mear le subió la bata y se la metió. Solté una risotada vulgar y Lila me miró incómoda. Esas expresiones las usaba ella, de mí no se las esperaba. Tienes que calmarte, dijo, y como Imma estaba llorando, nos fuimos a la otra habitación a ver qué pasaba.

Mi hija, rubita, la cara enrojecida, derramaba gruesos lagrimones con la boca abierta de par en par; en cuanto me vio, tendió los brazos para que la levantara. Tina, morena, pálida, la miraba desconcertada y cuando apareció su madre no se movió, la llamó como para que la ayudara a entender, dijo «mamá» con nitidez. Lila levantó a las dos niñas, las acomodó una en cada brazo, a la mía le secó las lágrimas a besos, le habló, la tranquilizó.

Yo estaba asombrada. Pensé: Tina dice «mamá» con claridad, con todas las sílabas, Imma todavía no sabe decirlo y tiene casi un mes más. Me sentí perdida y triste. El año 1981 estaba tocando a su fin. Echaría a Silvana. No sabía qué escribir, los meses pasarían volando, no podría entregar mi libro, perdería terreno y entidad laboral. Me quedaría sin futuro, dependiente del dinero de Pietro, sola con tres hijas, sin Nino. Nino perdido, Nino acabado. Volvió a manifestarse la parte de mí que seguía amándolo, no como en Florencia sino más bien como lo había amado la niña de primaria, cuando lo veía salir de la escuela. Busqué confusamente un pretexto para perdonarlo pese a la humillación, no soportaba echarlo de mi vida. ¿Dónde estaba? ¿Cómo era posible que ni siquiera hubiese intentado buscarme? Até cabos; Enzo se había ocupado enseguida de las dos niñas, y Lila se había hecho cargo de mis obligaciones para escucharme y dejarme todo el espacio que quería. Comprendí al fin que ya estaban al tanto de todo incluso antes de que yo llegara al barrio.

—¿Ha llamado Nino? —le pregunté.

—Sí.

—¿Qué ha dicho?

—Que ha sido una estupidez, que debo estar a tu lado, que debo ayudarte a entender, que hoy se vive así. Palabrería.

—¿Y tú?

—Le colgué, sin más.

—Pero ¿volverá a llamar?

—¿Cómo no va a llamar ese?

Me sentí desalentada.

—Lila, no sé vivir sin él. Todo ha durado tan poco. Rompí mi matrimonio, me vine a vivir aquí con las niñas, he tenido otra. ¿Por qué?

—Porque te has equivocado.

La frase no me gustó, sonó como el eco de una antigua ofensa. Me estaba echando en cara que me había equivocado a pesar de que ella había tratado de apartarme del error. Me estaba diciendo que yo había querido equivocarme, y que por tanto ella se había equivocado, yo no era inteligente, era una mujer estúpida.

—Tengo que hablar con él, tengo que hacerle frente —le dije.

—De acuerdo, pero déjame a las niñas.

—No puedes con todo, son cuatro.

—Son cinco, también está Gennaro. Y él es el que me da más trabajo de todos.

—¿Lo ves? Me las llevo.

—Ni hablar.

Reconocí que necesitaba su ayuda.

—Te las dejo hasta mañana, necesito tiempo para resolver la situación —le dije.

—¿Resolverla cómo?

—No lo sé.

—¿Quieres seguir con Nino?

La noté contrariada y casi le grité:

—¿Y qué puedo hacer?

—La única salida posible: dejarlo.

Para ella era la solución adecuada, siempre había querido que acabara de ese modo, nunca me lo había ocultado.

—Lo pensaré —le dije.

—No, no lo pensarás. Ya has decidido hacer la vista gorda y seguir adelante.

Evité responderle y ella me apremió, dijo que no debía desperdiciar mi vida, que tenía otro destino, que si seguía así me echaría a perder cada vez más. Me di cuenta de que se ponía áspera, sentí que para retenerme estaba a punto de decirme lo que desde hacía tiempo yo quería saber y que ella me ocultaba. Tuve miedo, pero ¿acaso en varias ocasiones no había tratado yo misma de aclarar las cosas? ¿Y acaso ahora no había corrido también a su casa para que desembuchara?

—Si tienes algo que decirme —murmuré—, habla.

Y ella se decidió, buscó mis ojos, yo bajé la mirada. Dijo que Nino la había perseguido con frecuencia. Dijo que le había pedido volver con ella, tanto antes de unirse a mí como después. Cuando acompañaron a mi madre al hospital, dijo que había sido particularmente insistente. Dijo que mientras los médicos atendían a mi madre y ellos aguardaban noticias en la sala de espera, le había jurado que si estaba conmigo era únicamente para sentirse más cerca de ella.

—Mírame —murmuró—, sé que soy mala contándote estas cosas, pero él es mucho peor que yo. Tiene la peor de las maldades, la de la superficialidad.

78

Regresé a la via Tasso decidida a romper toda relación con Nino. Encontré la casa vacía y en perfecto orden, me senté al lado de la puerta ventana que daba al balcón. La vida en ese apartamento se había terminado, en un par de años se habían agotado las razones de mi propia presencia en Nápoles.

Esperé con creciente ansiedad que él diera señales de vida. Pasaron unas horas, me dormí, me desperté sobresaltada en la oscuridad. El teléfono estaba sonando.

Corrí a contestar, segura de que era Nino, pero era Antonio. Telefoneaba desde un bar cercano, me preguntó si quería reunirme con él. Le dije: sube. Noté que vacilaba, después aceptó. No tuve ninguna duda de que me lo había enviado Lila; por lo demás, él lo reconoció enseguida.

—No quiere que hagas una tontería —dijo esforzándose por hablar en italiano.

—¿Tú me lo vas a impedir?

—Sí.

—¿Cómo?

Se sentó en la sala después de rechazar el café que quería prepararle, y, sosegadamente, con el tono de quien está acostumbrado a ofrecer informes minuciosos, me enumeró todas las amantes de Nino: nombres, apellidos, profesiones, vínculos de parentesco. A algunas no las conocía, eran relaciones que venían de lejos. A otras las había llevado a cenar a mi casa y las recordaba afectuosas conmigo y con las niñas. Mirella, que había cuidado de Dede, de Elsa y también de Imma, llevaba con él tres años. Y todavía más larga era la relación con la ginecóloga que nos había asistido en el parto tanto a Lila como a mí. Reunió un considerable número de féminas —las llamó así— con las que en distintas épocas Nino había utilizado el mismo esquema: un período de intensos encuentros, luego visitas esporádicas, en ningún caso una interrupción definitiva. Se encariña, dijo Antonio con sarcasmo, nunca interrumpe realmente las relaciones: ahora va a la casa de esa, ahora va a la casa de aquella otra.

—¿Lina lo sabe?

—Sí.

—¿Desde cuándo?

—Desde hace poco.

—¿Por qué no me lo habéis dicho enseguida?

—Yo quería decírtelo enseguida.

—¿Y Lina?

—Dijo que esperáramos.

—Y tú la obedeciste. Habéis dejado que cocinara y pusiera la mesa para personas con las que él me había traicionado el día antes o me traicionaría al día siguiente. He comido con gente a la que él le tocaba el pie o la rodilla u otra cosa bajo la mesa. He confiado mis hijas a una muchacha a la que se le echaba encima en cuanto yo volvía la espalda.

Antonio se encogió de hombros, se miró las manos, las entrelazó y las dejó entre las rodillas.

—Si me ordenan hacer algo, lo hago —dijo en dialecto.

Pero se ruborizó. Lo hago casi siempre, dijo, y trató de justificarse: a veces obedezco al dinero, a veces al aprecio, a veces a mí mismo. Estas traiciones, murmuró, si no llegas a saberlas en el momento adecuado, no sirven, cuando estás enamorado lo perdonas todo. Para que las traiciones tengan su peso efectivo, antes debe madurar un poco el desamor. Y siguió así, acumulando frases arduas sobre la ceguera de quien ama. Casi a modo de ejemplo, volvió a hablarme de aquella vez cuando años atrás, por cuenta de los Solara, había espiado a Nino y a Lila. En aquel caso, dijo con orgullo, no hice lo que me habían encargado. No se vio con ánimos de entregar a Lila a Michele, por eso había llamado a Enzo para que la sacara del apuro. Mencionó otra vez la paliza que le había dado a Nino. Lo hice, masculló, en primer lugar porque tú lo querías a él y no a mí, y después porque si ese cabronazo volvía con Lina, ella se hubiera quedado agarrada a él y se habría arruinado del todo. Ya lo ves, concluyó, en aquel caso tampoco era cuestión de dar la charla, Lina no me hubiera hecho caso, el amor no solo no tiene ojos, sino que también le faltan los oídos.

—¿En todos estos años nunca le has dicho a Lina que aquella noche Nino estaba volviendo a su casa? —le pregunté asombrada.

—No.

—Deberías habérselo dicho.

—¿Y por qué? Cuando la cabeza me dice: es mejor que hagas las cosas así, las hago y no lo pienso más. Si te pones a rumiarlas, la fastidias y nada más.

Se había vuelto muy sabio. En esas circunstancias supe que la historia de Nino y Lila habría durado un tiempo más si Antonio no la hubiera interrumpido a palos. Pero descarté enseguida la posibilidad de que se hubieran amado toda la vida y que tanto él como ella se hubiesen convertido en unas personas diferentes; además de improbable, me parecía insoportable. En cambio, suspiré con impaciencia. Por motivos que solo él conocía, Antonio había decidido salvar a Lila y ahora Lila lo había mandado a salvarme a mí. Lo miré, con manifiesto sarcasmo dije algo sobre su papel de protector de mujeres. Debería haber aparecido en Florencia, pensé, cuando estaba en vilo, cuando no sabía qué hacer, y entonces decidir por mí con sus manos nudosas igual que años antes había decidido por Lila. Le pregunté con sorna:

—¿Y ahora qué te han ordenado?

—Antes de mandarme para aquí, Lina me prohibió que le partiera la cara a ese cabronazo. Pero yo ya lo hice una vez y quiero volver a hacerlo.

—No eres digno de confianza.

—Sí y no.

—¿Qué quieres decir?

—Es una situación complicada, Lenù, mantente al margen. Tú solo dime que el hijo de Sarratore tiene que arrepentirse de haber nacido y yo hago que se arrepienta.

No me contuve más, me eché a reír por aquella seriedad afectada con la que se expresaba. Era el tono que había aprendido en el barrio de jovencito, el tono reservado del macho de una sola pieza, él que en realidad había sido tímido y sentido muchos miedos. Qué esfuerzo debía de haber supuesto, pero ahora ese era su tono, no hubiera sabido usar otro. La única diferencia en relación con el pasado era que en esa circunstancia se esforzaba por hablar italiano y la lengua hostil le salía con acento extranjero.

Se ensombreció por mi carcajada, miró los cristales negros de la ventana, murmuró: no te rías. Vi que empezaba a brillarle la frente a pesar del frío, sudaba por la vergüenza de haberme parecido ridículo. Dijo: ya sé que no me expreso bien, sé mejor el alemán que el italiano. Noté su olor, el mismo que el de las emociones en los tiempos de los pantanos. Me río por la situación, me disculpé, por ti que quieres matar a Nino desde siempre y por mí que si entrara ahora por esa puerta, te diría: sí, mátalo; me río por la desesperación, porque nunca me habían ofendido tanto, porque me siento humillada de un modo que no sé si puedes imaginar, porque en este momento me siento tan mal que tengo la sensación de que voy a desmayarme.

De hecho me sentía débil y muerta por dentro. Por ello, de pronto le agradecí a Lila haber tenido la sensibilidad de mandarme justamente a Antonio; en ese momento él era la única persona de cuyo afecto no dudaba. Además, su cuerpo descarnado, sus huesos grandes, sus cejas tupidas, la cara sin delicadeza me seguían resultando familiares, no me disgustaban, no los temía. En los pantanos, dije, hacía frío y no lo sentíamos, estoy temblando, ¿puedo ponerme a tu lado?

Me miró inseguro, pero no esperé su consentimiento. Me levanté, me senté en sus rodillas. Él se quedó inmóvil, abrió los brazos por temor a tocarme y los dejó caer a los costados del sillón. Me abandoné contra él, apoyé la cara entre su cuello y el hombro, creo que me dormí durante unos segundos.

—Lenù.

—¿Sí?

—¿Te sientes mal?

—Abrázame, tengo que calentarme.

—No.

—¿Por qué?

—No estoy seguro de que me quieras.

—Te quiero ahora, solo esta vez, es algo que me debes y que yo te debo.

—No te debo nada. Yo te quiero y tú, en cambio, siempre quisiste a ese.

—Sí, pero como te deseé a ti no he deseado a nadie, ni siquiera a él.

Hablé mucho rato. Le dije la verdad, la verdad de ese momento y la verdad de la época lejana de los pantanos. Él era el descubrimiento de la excitación, era el fondo del vientre que se enardecía, que se abría, que se fundía liberando una candente languidez. Franco, Pietro, Nino habían tropezado con aquella espera, pero no habían conseguido satisfacerla, porque era una espera sin objeto definido, era la esperanza del placer, la más difícil de colmar. El sabor de la boca de Antonio, el perfume de su deseo, las manos, el sexo tieso entre los muslos, constituían un antes inigualable. El después nunca había estado realmente a la altura de nuestras tardes ocultas tras las ruinas de la fábrica de conservas, pese a estar hechas de amor sin penetración y a menudo sin orgasmo.

Le hablé en un italiano que me salió complejo. Lo hice más para explicarme a mí misma lo que estaba haciendo que para aclarárselo a él, y eso debió de parecerle un acto de confianza, lo puso contento. Me abrazó, me besó en un hombro, en el cuello y después en la boca. No creo haber tenido otras relaciones sexuales como aquella, que unió bruscamente los pantanos de veinte años antes con el cuarto de la via Tasso, el sillón, el suelo, la cama, barriendo de golpe con todo aquello que había en medio y nos separaba, lo que yo era, lo era él. Antonio fue delicado, fue brutal, y yo no fui menos. Reclamó cosas y reclamé cosas con una furia, con un ansia, con una necesidad de transgresión que no creía albergar en mí. Al final él se quedó aniquilado por el estupor y yo también.

—¿Qué ha pasado? —pregunté aturdida, como si la memoria de aquella absoluta intimidad nuestra hubiese ya desaparecido.

—No lo sé —dijo él—, pero menos mal que ha pasado.

Sonreí.

—Eres como todos, has traicionado a tu mujer.

Quería bromear pero él me tomó en serio.

—No he traicionado a nadie —dijo en dialecto—. Mi mujer, antes de ahora, todavía no existe.

Formulación oscura, pero comprendí. Se esforzaba por decirme que estaba de acuerdo conmigo y trataba de comunicarme a su vez un sentido del tiempo fuera de la cronología corriente. Quería decir que acabábamos de vivir un pequeño fragmento de un día que pertenecía a veinte años antes. Lo besé, murmuré: gracias, y le dije que le estaba agradecida porque había decidido pasar por alto las razones siniestras de esas relaciones sexuales —las mías y las suyas—, y ver únicamente la necesidad de saldar nuestras cuentas.

Después sonó el teléfono, fui a contestar, podía ser Lila que me llamaba por las niñas. Era Nino.

—Menos mal que estás en casa —dijo jadeante—, voy para allá enseguida.

—No.

—¿Cuándo entonces?

—Mañana.

—Déjame que te explique, es necesario, es urgente.

—No.

—¿Por qué?

Se lo dije y colgué.

79

La separación de Nino fue difícil, requirió meses. Creo que nunca he sufrido tanto por un hombre, me atormentaba tanto alejarme de él como aceptarlo de nuevo. No quiso admitir que le había hecho a Lila propuestas sentimentales y sexuales. La insultó, la ridiculizó, la acusó de querer destruir nuestra relación. Pero mentía. En los primeros días mintió siempre, trató incluso de convencerme de que lo que vi en el baño había sido un deslumbramiento producto del cansancio y los celos. Después empezó a ceder. Confesó alguna relación, si bien las retrotrajo a épocas anteriores; de otras incuestionablemente recientes dijo que habían sido insignificantes, juró que con esas mujeres había amistad, no amor. Discutimos durante todas las navidades, durante todo el invierno. A veces lo mandaba callar extenuada por su habilidad para acusarse, defenderse y pretender el perdón; a veces cedía frente a su desesperación, que parecía auténtica —llegaba a menudo borracho—; a veces lo echaba porque por honestidad, por soberbia, incluso por dignidad, nunca prometió que no vería más a las que llamaba sus amigas, tampoco quiso asegurarme que dejaría de aumentar la lista.

Sobre ese tema emprendió a menudo largos y cultísimos monólogos con los que trató de convencerme que no era culpa suya, sino de la naturaleza, de la materia astral, de los cuerpos esponjosos y de su excesiva irrigación, de sus riñones especialmente calientes, en fin, de su virilidad desbordante. Por más que sume todos los libros que he leído —murmuraba con palabras sinceras, sufridas y, sin embargo, vanidosas hasta la ridiculez—, por más que sume los idiomas que he aprendido, las matemáticas, las ciencias, la literatura, y, más que todo mi amor por ti —sí, el amor y la necesidad que tengo de ti, el pavor a no tenerte más—, créeme, te suplico, créeme, no hay nada que hacer, no puedo, no puedo, no puedo, prevalece el deseo ocasional, el más estúpido, el más obtuso.

A veces me conmovía, con más frecuencia me irritaba, en general reaccionaba con sarcasmo. Y él se callaba, se alborotaba nervioso el pelo, y vuelta a empezar. Pero cuando una mañana le dije gélida que su necesidad de mujeres tal vez fuera el síntoma de una heterosexualidad inestable que para resistir necesitaba de continuas confirmaciones, se ofendió, me apremió durante días y días, quería saber si con Antonio me había sentido mejor que con él. Como ya me tenía harta con toda su palabrería angustiada, le grité que sí. Y en vista de que en aquella época de peleas tormentosas alguno de sus amigos había tratado de meterse en mi cama y yo, por aburrimiento, por venganza, alguna vez había accedido, le solté el nombre de unas cuantas personas a las que les tenía aprecio, y para herirlo le dije que habían estado mejor que él.

Desapareció. Había dicho que no podía prescindir de Dede y Elsa, había dicho que amaba a Imma más que a sus otros hijos, había dicho que se ocuparía de las tres niñas aunque yo no quisiera volver más con él. En realidad, no solo se olvidó de nosotras de la noche a la mañana, sino que dejó de pagar el alquiler de la via Tasso, las facturas de la luz, el gas y el teléfono.

Busqué una casa más barata por la misma zona, fue inútil; a menudo, por apartamentos más feos y más pequeños pedían alquileres aún más caros. Después Lila me dijo que encima de su casa habían quedado libres tres habitaciones con cocina. Costaba muy poco y desde las ventanas se veían tanto la avenida como el patio. Me lo dijo a su manera, con el tono de quien señala: me limito a darte la información, tú haz lo que te parezca. Estaba deprimida, estaba asustada. Hacía poco, durante una pelea, Elisa me había gritado: papá está solo, vete a vivir con él, estoy harta de ser la única que se ocupa de él. Por supuesto, me negué; en mi situación no podía ocuparme de mi padre, cuando ya era esclava de mis hijas: Imma no paraba de enfermar; en cuanto Dede se recuperaba de una gripe, se la contagiaba a Elsa; esta última no hacía los deberes si no me sentaba a su lado; Dede se enfadaba y decía: entonces me tienes que ayudar a mí también. Estaba agotada, tenía los nervios destrozados. Además, en el gran desorden en el que me había hundido ni siquiera disponía de esa pequeña parcela de vida activa que me había garantizado hasta ese momento. Rechazaba invitaciones, colaboraciones y viajes, no me atrevía a contestar el teléfono por miedo a que la editorial me exigiera el libro. Había caído en un torbellino que me arrastraba cada vez más hacia abajo, y un hipotético regreso al barrio habría sido la prueba de que había tocado fondo. Sumergirme otra vez con mis hijas en esa mentalidad, dejarme absorber por Lila, por Carmen, por Alfonso, por todos, justo como de hecho querían. No, no, me juré que iría a vivir a la via dei Tribunali, a la Duchesca, a Lavinaio, a la Forcella, entre las tuberías inocentes que señalaban las ruinas del terremoto, antes que regresar al barrio. En ese clima llamó el director editorial.

—¿Cómo tienes el libro?

Fue un instante, una chispa que se me encendió en la cabeza y me la iluminó como si fuera de día. Supe lo que debía decir y hacer.

—Mira, justamente ayer lo terminé.

—¿En serio? Envíamelo hoy mismo.

—Mañana por la mañana voy a la oficina de correos.

—Gracias. En cuanto llegue el libro, lo leo y te cuento.

—Tómatelo con calma.

Colgué. Fui a una caja grande que guardaba en el armario del dormitorio, saqué el texto mecanografiado que años atrás no había gustado ni a Adele ni a Lila, ni siquiera traté de releerlo. A la mañana siguiente llevé a las niñas al colegio y me fui con Imma a despachar el paquete. Sabía que era una maniobra arriesgada, pero me pareció la única posible para salvar mi reputación. Había prometido entregar un libro y ahí estaba. ¿Que era una novela malograda, decididamente mala? Paciencia, no se publicaría. Pero había trabajado con ahínco, no había engañado a nadie, pronto escribiría algo mejor.

En correos la cola fue extenuante, tuve que protestar a menudo contra quienes no la respetaban. En ese trance me resultó evidente mi desastre. «Por qué estoy aquí, por qué malgasto el tiempo de esta manera. Mis hijas y Nápoles me han comido viva. No estudio, no escribo, he perdido toda disciplina.» Me había conquistado una vida muy alejada de la que me hubiera correspondido, y fíjate cómo había acabado. Me sentí exasperada, culpable conmigo misma y sobre todo con mi madre. Para colmo, desde hacía un tiempo Imma me tenía preocupada, cada vez que la comparaba con Tina me convencía de que padecía un retraso en el desarrollo. La hija de Lila, que tenía tres semanas menos, era muy despierta, daba la impresión de tener más de un año, mientras que mi hija parecía poco reactiva, tenía un aire alelado. De manera que la vigilaba obsesivamente, la acuciaba con pruebas que me inventaba sobre la marcha. Pensaba: sería terrible que Nino no solo me hubiera arruinado la vida, sino que además me hubiese hecho traer al mundo una hija con problemas. Sin embargo, por la calle me paraban por lo rechoncha que estaba, por lo rubia que era. Incluso ahí, en correos, las mujeres de la cola la elogiaban, pero qué regordeta. Y la niña ni una sonrisa. Alguien le dio un caramelo; Imma alargó la mano con desgana, lo cogió, se le cayó. Ay, estaba constantemente angustiada, todos los días una nueva preocupación se sumaba a la anterior. Cuando salí de la oficina de correos y ya había despachado el paquete y no había manera de detenerlo, me acordé de mi suegra. Dios mío, pero qué había hecho. ¿Cómo era posible que no hubiese tenido en cuenta que la editorial daría a leer mi manuscrito también a Adele? A fin de cuentas, había sido ella quien había propuesto la publicación tanto de mi primer libro como del segundo; se lo enviarían aunque solo fuera por amabilidad. Y ella diría: Greco os está engañando, este no es un texto nuevo, yo lo leí hace años y es pésimo. Me entraron sudores fríos, me sentí débil. Tapaba un agujero abriendo otro; ni siquiera estaba en condiciones de controlar en la medida de lo posible la cadena de mis actos.

80

Para complicar las cosas, justo en esos días Nino volvió a la carga. No me había devuelto las llaves, pese a que yo había insistido mucho, de modo que se presentó en casa sin telefonear, sin llamar a la puerta. Le pedí que se fuera, era mi casa, él ni siquiera pagaba el alquiler y no me daba un céntimo para Imma. Juró que, destrozado como estaba por el dolor de nuestra separación, se había olvidado. Me pareció sincero, tenía una expresión trastornada y había adelgazado mucho. Con una seriedad involuntariamente cómica prometió que reanudaría los pagos a partir del mes siguiente, me habló con voz compungida de su afecto por Imma. Después, en apariencia con tono bondadoso, empezó a indagar otra vez sobre mi encuentro con Antonio, sobre cómo habían ido las cosas, primero en general y después en el plano sexual. De Antonio pasó a sus amigos. Trató de hacerme admitir que había cedido («ceder» le pareció el verbo adecuado) a este o a aquel otro no por verdadera atracción sino por venganza. Me alarmé cuando empezó a acariciarme un hombro, la rodilla, una mejilla. No tardé en comprender —por sus ojos y sus palabras— que lo que le desesperaba no era haber perdido mi amor, sino que me hubiese acostado con esos otros hombres y que, tarde o temprano, estaría con otros más y los preferiría a él. Esa mañana había dado señales de vida pura y simplemente para meterse de nuevo en mi cama. Exigía que menospreciara a mis recientes amantes demostrándole que mi único deseo era volver a ser penetrada por él. En una palabra, quería reafirmar su primacía, después sin duda desaparecería otra vez. Conseguí que me devolviera las llaves y lo eché. Entonces me di cuenta con sorpresa de que ya no sentía nada por él. El largo tiempo en que lo había amado se esfumó definitivamente esa mañana.

A partir del día siguiente, empecé a averiguar qué debía hacer para conseguir un trabajo o al menos alguna suplencia en la enseñanza media. No tardé en comprender que no sería fácil y que, de todos modos, había que esperar el nuevo curso académico. Como daba por supuesta la ruptura con la editorial, a la cual en mi imaginación seguía luego un ruinoso derrumbe de mi identidad de escritora, me entró el pánico. Desde su nacimiento las niñas estaban acostumbradas a una vida de comodidades, yo misma —desde que me casé con Pietro— no lograba imaginarme otra vez sin libros, revistas, diarios, discos, cine, teatro. Debía pensar enseguida en trabajos provisionales; puse anuncios en las tiendas de la zona para ofrecerme a dar clases particulares.

Una mañana de junio telefoneó el director. Había recibido mi manuscrito, lo había leído.

—¿Ya? —dije con fingida desenvoltura.

—Sí. Y es un libro que nunca me hubiese esperado de ti, pero que tú, por sorpresa, has escrito.

—¿Estás diciendo que es malo?

—De la primera a la última línea es puro placer de contar.

El corazón se me desbocó en el pecho.

—¿Es bueno o no?

—Es extraordinario.

81

Me enorgullecí. En pocos segundos no solo recobré la confianza en mí misma, sino que me mostré desenvuelta y me lancé a hablar de mi obra con un entusiasmo infantil; no paré de reírme, interrogué a fondo a mi interlocutor para obtener una aprobación más articulada. No tardé en comprender que había leído mis páginas como una especie de autobiografía, una organización en forma de novela de la experiencia que yo tenía de la Nápoles más pobre y violenta. Dijo que había temido los efectos negativos del regreso a mi ciudad, pero que ahora debía reconocer que ese regreso me había beneficiado. Le oculté que había escrito el libro años antes en Florencia. Es una novela dura, subrayó, diría que masculina, pero al mismo tiempo contradictoriamente delicada; en fin, un gran paso adelante. Después habló de aspectos de organización. Quiso aplazar la publicación a la primavera de 1983 para dedicarse él mismo a una edición minuciosa y a preparar bien el lanzamiento. Concluyó con un punto de sarcasmo:

—Lo comenté con tu ex suegra, me dijo que había leído una antigua versión que no le había gustado; pero es evidente que o su gusto ha envejecido o vuestras cuestiones personales le han impedido ofrecer una valoración desapasionada.

Me apresuré a aclarar que hacía tiempo había dado a leer a Adele un primer borrador. Él dijo: se nota que el aire de Nápoles ha dado rienda suelta definitivamente a tu talento. Cuando colgó me sentí muy reconfortada. Cambié, me volví especialmente afectuosa con mis hijas. La editorial me pagó el resto del anticipo y mi situación económica mejoró. De pronto empecé a ver la ciudad y sobre todo el barrio como una parte importante de mi vida de la que no solo no debía prescindir, sino que era esencial para el buen resultado de mi trabajo. Fue un salto brusco, pasé del desaliento a una dichosa sensación de mí misma. Aquello que había sentido como un precipicio no solo adquirió nobleza literaria, sino que me pareció una elección definitiva de tipo cultural y político. Contaba con la aprobación autorizada del director editorial cuando dijo: para ti regresar al punto de partida ha sido otro paso adelante. Claro que no le había dicho que ese libro lo había escrito en Florencia, que el regreso a Nápoles no había tenido influencia alguna en el texto. Pero la materia narrativa, el espesor humano de los personajes provenían del barrio, y a buen seguro el punto de inflexión estaba ahí. Adele no había tenido la sensibilidad para entenderlo, por eso había perdido. Todos los Airota habían perdido. También había perdido Nino, que en esencia me había considerado parte de su lista de mujeres, sin distinguirme de las otras. Y, cosa para mí aún más significativa, Lila había perdido. A ella no le había gustado mi libro, había sido dura, le había dado una de las raras lloreras de su vida cuando tuvo que herirme con su juicio negativo. Pero no le guardé rencor, al contrario, me alegraba de que se hubiese equivocado. Desde la niñez le había atribuido un peso excesivo y ahora me sentía liberada. Por fin quedaba claro que lo que era yo no era ella y viceversa. Su autoridad ya no me resultaba necesaria, tenía la mía. Me sentí fuerte, no más víctima de mis orígenes, capaz de dominarlos, de darles una forma, de rescatarlos para mí, para Lila, para todos. Aquello que antes tiraba de mí hacia abajo, ahora era la materia para llegar a lo más alto. Una mañana de julio de 1982 la llamé por teléfono y le dije:

—De acuerdo, alquilo el apartamento encima del tuyo, regreso al barrio.

82

Me cambié de casa en pleno verano, de la mudanza se ocupó Antonio. Movilizó a unos cuantos hombres forzudos que vaciaron el apartamento de la via Tasso y lo instalaron todo en el del barrio. La nueva casa era oscura y pintar las habitaciones no sirvió para reavivarla. Pero, contrariamente a lo que había pensado desde el momento en que regresé a Nápoles, a mí eso no me molestó, todo lo contrario, porque la luz polvorienta que desde siempre se filtraba con dificultad por las ventanas de los edificios tuvo en mí el efecto de un conmovedor recuerdo infantil. Sin embargo, Dede y Elsa protestaron mucho. Ellas se habían criado en Florencia, en Génova, en el fulgor de la via Tasso, y detestaron enseguida los suelos de baldosas sueltas, el baño pequeño y oscuro, el barullo de la avenida. Se resignaron únicamente porque ahora podían disfrutar de ventajas nada despreciables: ver a diario a la tía Lina, levantarse más tarde porque el colegio estaba a cuatro pasos y podían ir solas, pasar mucho tiempo en la calle y en el patio.

Me entró enseguida el afán de apropiarme de nuevo del barrio. Inscribí a Elsa en la escuela primaria a la que yo había ido, y a Dede en mi instituto. Retomé el contacto con todo aquel, viejo o joven, que se acordara de mí. Celebré mi decisión con Carmen y su familia, con Alfonso, con Ada, con Pinuccia. Naturalmente, sentía cierta perplejidad y Pietro, muy descontento con mi decisión, acabó por acentuarla.

—¿En qué criterio te has basado para querer que nuestras hijas se críen en un lugar del que te escapaste? —me dijo por teléfono.

—No se criarán aquí.

—Pero has alquilado un piso y las has apuntado en el colegio sin pensar que se merecen otra cosa.

—Tengo que terminar un libro y solo puedo hacerlo bien aquí.

—Yo habría podido quedarme con ellas.

—¿Y también con Imma? Las tres son hijas mías y no quiero que la tercera se separe de las dos primeras.

Se tranquilizó. Se alegraba de que hubiese dejado a Nino y no tardó en perdonarme esa mudanza. Ocúpate de tu trabajo, dijo, me fío, sabes lo que haces. Esperé que fuera cierto. Yo observaba los camiones que pasaban ruidosos por la avenida levantando polvo. Paseaba por los jardincillos llenos de jeringas. Entraba en la iglesia abandonada y desierta. Me entristecía frente al cine parroquial que estaba cerrado, delante de las secciones de los partidos que parecían guaridas vacías. En los apartamentos oía los gritos de hombres, mujeres, niños, sobre todo por la noche. Me espantaban las venganzas entre familias, las hostilidades entre vecinos, la facilidad con que se llegaba a las manos, las guerras entre bandas de niños. Cuando iba a la farmacia me acordaba de Gino, me estremecía al ver el lugar donde lo habían matado, lo evitaba con cautela, me dirigía con pena a sus padres, que seguían detrás del mostrador de antigua madera oscura, pero más encorvados, blancos en sus batas blancas, siempre amables. De pequeña padecí todo esto, pensaba, a ver si ahora sé gobernarlo.

—¿Cómo es que te decidiste? —me preguntó Lila poco tiempo después de mudarme. Quizá quería una respuesta afectuosa, o quizá una especie de reconocimiento de la validez de sus decisiones, palabras como: hiciste bien al quedarte, marcharse a ver mundo no sirve, ahora lo he comprendido. Pero le contesté:

—Es un experimento.

—¿Qué experimento?

Nos encontrábamos en su despacho, Tina no se separaba de ella, Imma estaba entretenida en sus cosas.

—Un experimento de recomposición —le dije—. Tú has conseguido tener toda tu vida aquí; yo no, y me siento dividida en trocitos sueltos.

Puso cara de desaprobación.

—Déjate de experimentos, Lenù, o acabarás decepcionada y te irás otra vez. Yo también soy toda trocitos. Entre la zapatería de mi padre y esta oficina hay pocos metros, pero es como si estuvieran una en el polo norte y la otra en el polo sur.

—No me desanimes —dije fingiéndome divertida—. Por mi trabajo me veo obligada a usar las palabras para pegar un hecho con otro, y al final todo debe parecer coherente aunque no lo sea.

—Pero si la coherencia no existe, ¿para qué fingir?

—Para poner orden. ¿Te acuerdas de la novela que te pasé para que la leyeras y no te gustó? En ella traté de encajar lo que sé de Nápoles en lo que después aprendí en Pisa, en Florencia, en Milán. La he enviado a la editorial y les ha parecido bien. Me la van a publicar.

Ella entrecerró los ojos.

—Ya te dije que yo no entiendo nada —dijo en voz baja.

Sentí que la había herido. Era como si le hubiese echado en cara: si tú no logras juntar tu historia de los zapatos con tu historia de los ordenadores, eso no significa que no se pueda hacer, sino que no tienes los instrumentos para hacerlo. Me apresuré a aclarar: ya verás como nadie compra el libro y al final tendrás razón. Pasé a enumerarle al azar todos los defectos que yo misma le encontraba a mi texto y lo que quería conseguir o cambiar antes de publicarlo. Sin embargo, ella escurrió el bulto, fue como si quisiera recuperar altura, se puso a hablar de los ordenadores y lo hizo como para subrayar: tú tienes tus cosas; yo, las mías. Les preguntó a las niñas: ¿queréis ver una máquina nueva que ha comprado Enzo?

Nos llevó a un cuartito. Les dijo a Dede y a Elsa: esta máquina se llama ordenador personal, cuesta un montón de dinero, pero se pueden hacer cosas muy bonitas, mirad cómo funciona. Se sentó en un taburete y en primer lugar se acomodó a Tina en el regazo; luego, con paciencia, explicó cada elemento dirigiéndose a Dede, a Elsa, a la pequeña, en ningún momento a mí.

Observé todo el tiempo a Tina. Hablaba con su madre, preguntaba señalando: esto qué es, y si su madre no le prestaba atención, tiraba del dobladillo de su camisa, la agarraba de la barbilla, insistía: mamá, esto qué es. Lila se lo explicaba como si fuera adulta. Mientras tanto Imma daba vueltas por la habitación, arrastraba un carrito con ruedas, a veces se sentaba desorientada en el suelo. Ven, Imma, le dije varias veces, escucha lo que dice la tía Lina. Pero ella siguió jugando con el carrito.

Mi hija no tenía las cualidades de la hija de Lila. Hacía unos días se me había pasado la angustia de que sufriera un retraso en el crecimiento. La había llevado a un buen pediatra; la niña no presentaba retrasos de ningún tipo y yo estaba más tranquila. Sin embargo, al comparar a Imma con Tina seguía sintiendo un ligero disgusto. Qué despierta era Tina; verla, oírla hablar era una alegría. Y cómo me conmovían la madre y la hija juntas. Mientras Lila hablaba del ordenador las observé a ambas con admiración. En ese momento me sentía feliz, satisfecha de mí misma, y por ello sentí también de forma muy nítida que quería a mi amiga por cómo era, por sus cualidades y defectos, por todo, incluso por esa criatura que había traído al mundo. La niña era muy curiosa, lo aprendía todo en un santiamén, tenía un gran vocabulario y una destreza manual sorprendente. Me dije: tiene poco de Enzo, es idéntica a Lila, fíjate cómo abre los ojos, fíjate cómo los entrecierra, fíjate las orejas sin lóbulo. Aún no me atrevía a reconocer que Tina me atraía más que mi hija, pero cuando terminó aquella manifestación de competencia, me entusiasmé con el ordenador, elogié mucho a la pequeña aunque sabía que Imma podía sufrir («qué lista eres, qué guapa eres, qué bien hablas, cuántas cosas aprendes»), felicité mucho a Lila sobre todo para atenuar la incomodidad que le había causado al anunciarle la publicación de mi libro, y al final esbocé un panorama optimista del futuro que les esperaba a mis tres hijas y a la suya. Estudiarán, dije, viajarán por el mundo, a saber qué llegarán a ser. Pero después de besuquear mucho a Tina («sí, es muy lista»), Lila replicó áspera: Gennaro también era avispado, hablaba bien, leía, le iba estupendamente en la escuela, y fíjate en lo que se ha convertido.

83

Una noche en que Lila hablaba mal de Gennaro, Dede se armó de valor y lo defendió. Se puso lívida, dijo: es inteligentísimo. Lila la miró con interés, le sonrió, replicó: eres muy amable, soy su madre y lo que has dicho me alegra mucho.

A partir de ese momento Dede se sintió autorizada a defender a Gennaro en cuanto se le presentaba la ocasión, incluso cuando Lila estaba muy enfadada con él. Gennaro ya era un muchacho de dieciocho años, con una cara hermosa como la de su padre cuando era joven, aunque físicamente más achaparrado y sobre todo con un carácter huraño. A Dede, que tenía doce años, no le prestaba la menor atención, tenía otras cosas en la cabeza. Sin embargo, ella lo consideraba el ejemplar humano más asombroso que jamás había pisado la faz de la tierra, y en cuanto podía lo cubría de elogios. A veces Lila estaba de mal humor y no le contestaba. Pero en otras ocasiones reía, exclamaba: qué va, es un delincuente, tú y tus dos hermanas sí que sois listas, llegaréis a ser mejor que vuestra madre. Y Dede, aunque contenta del elogio (cuando podía considerarse mejor que yo era feliz), pasaba enseguida a quitarse méritos con tal de ensalzar a Gennaro.

Lo adoraba. Con frecuencia se asomaba a la ventana para verlo regresar del taller y en cuanto aparecía le gritaba: hola, Rino. Si él le decía «hola» (normalmente no era así), ella salía corriendo al rellano para verlo subir las escaleras y trataba de entablar una conversación así: estás cansado, qué te has hecho en la mano, no tienes calor con ese mono, o cosas por el estilo. Unas pocas palabras de él la galvanizaban. Si por casualidad recibía más atención de la normal, con tal de prolongar el contacto, levantaba a Imma en brazos y decía: me la llevo a casa de la tía Lina, así juega con Tina. No me daba tiempo a darle permiso cuando ella ya había salido.

Nunca me había separado de Lila tan poco espacio, ni siquiera cuando éramos niñas. Mi suelo era su techo. Bajando dos tramos de escaleras yo estaba en su casa, subiendo dos ella venía a la mía. Por la mañana, por la noche, oía sus voces: los sonidos imperceptibles de las conversaciones, los trinos de Tina a los que Lila contestaba como si ella también trinara, los tonos gruesos de Enzo que, pese a ser tan callado, hablaba mucho con su hija y a menudo le cantaba canciones. Suponía que a Lila también le llegaban señales de mi presencia. Cuando estaba en el trabajo, cuando mis hijas mayores estaban en el colegio, cuando en el apartamento solo estaban Imma y Tina, que con frecuencia se quedaba en mi casa, incluso a dormir, notaba un vacío abajo, esperaba oír los pasos de Lila y Enzo que regresaban.

Las cosas no tardaron en tomar el rumbo adecuado. Dede y Elsa se ocupaban mucho de Imma, se la llevaban con ellas al patio o a casa de Lila. Si yo tenía que viajar, Lila se ocupaba de las tres. Eran años en los que no disponía de mucho tiempo. Leía, revisaba mi libro, me sentía a gusto sin Nino y sin la angustia de perderlo. La relación con Pietro mejoró. Venía más a menudo a Nápoles a ver a sus hijas, acabó acostumbrándose a la pobreza gris del apartamento y al acento napolitano, sobre todo de Elsa, se quedaba con frecuencia a dormir. En aquellas circunstancias era amable con Enzo, charlaba mucho con Lila. Aunque en el pasado Pietro había emitido juicios decididamente negativos sobre ella, me pareció evidente que pasaba algo de tiempo en su compañía de buena gana. En cuanto Pietro se marchaba, Lila me hablaba de él con un entusiasmo que no solía demostrar por nadie. ¿Cuántos libros habrá estudiado, se preguntaba seria, cincuenta mil, cien mil? Creo que veía en mi ex marido la encarnación de sus fantasías infantiles sobre las personas que leen y escriben para saber, no por oficio.

—Tú eres muy buena —me dijo una noche—, pero él tiene una forma de hablar que de veras me gusta, pone la escritura en la voz, aunque no habla como un libro impreso.

—¿Y yo sí? —le pregunté en broma.

—Un poco.

—¿Todavía ahora?

—Sí.

—De no haber aprendido a hablar de ese modo, nunca me habrían tenido en consideración fuera de aquí.

—Él es como tú, pero más natural. Cuando Gennaro era pequeño, aunque entonces yo no conocía a Pietro, pensaba que tenía que conseguir que fuera exactamente así.

Me hablaba con frecuencia de su hijo. Decía que debería haberle dado más, pero que no había tenido ni el tiempo, ni la constancia, ni la capacidad. Se acusó de haberle enseñado primero lo poco que podía, y después de perder confianza y dejarlo abandonado. Una noche pasó del primer hijo a la segunda sin solución de continuidad. Temía que a medida que fuera creciendo Tina también se echara a perder. Yo alabé mucho a la pequeña, con sinceridad, y me dijo seria:

—Ahora que estás aquí me tienes que ayudar a que sea como tus hijas. A Enzo también le gustaría, me ha dicho que te lo pidiera.

—De acuerdo.

—Tú me ayudas a mí, y yo te ayudo a ti. La escuela no es suficiente, acuérdate de la Oliviero, conmigo no fue suficiente.

—Eran otros tiempos.

—No lo sé. A Gennaro le di todo lo que pude, pero me salió mal.

—La culpa la tiene el barrio.

Me miró seria y dijo:

—Lo dudo, pero dado que has decidido quedarte aquí, nosotros vamos a cambiar el barrio.

84

En pocos meses nuestras relaciones se hicieron muy estrechas. Tomamos la costumbre de ir juntas a la compra, y el domingo, en lugar de pasar el tiempo paseando por la avenida entre los tenderetes de siempre, nos obligábamos a ir al centro con Enzo y a que nuestras hijas tomaran el sol y el aire del mar. Paseábamos por la via Caracciolo o por el parque de la Villa Comunale. Él llevaba a Tina a caballito, la mimaba mucho, quizá demasiado. Pero nunca se olvidaba de mis hijas, les compraba globos, golosinas, jugaba con ellas.

Lila y yo nos rezagábamos a propósito. Hablábamos de todo, pero no como cuando éramos adolescentes, esos tiempos no volverían más. Ella me preguntaba sobre cosas que había visto en la televisión y yo le contestaba sin freno. Le hablaba, no sé, del posmodernismo, de los problemas del mundo editorial, de las últimas novedades del feminismo, de cuanto me pasaba por la cabeza; y Lila me escuchaba con atención, la mirada un punto irónica, intervenía solo para pedir más explicaciones, nunca para dar su opinión. Me gustaba hablarle. Me gustaba la actitud admirada que adoptaba, me gustaban frases suyas como: cuántas cosas sabes, cuántas cosas sabes pensar, incluso cuando notaba cierta sorna en su tono. Si la animaba a que me diera su parecer, se echaba atrás, mascullaba: no, no me hagas decir tonterías, habla tú. A menudo me preguntaba por personas famosas para saber si las conocía y cuando le decía que no, se sentía fatal. Debo decir que también se sentía fatal cuando reducía a dimensiones comunes a personas conocidas con las que había tenido alguna relación.

—O sea que —concluyó una mañana— estas personas no son lo que parecen.

—De ninguna manera, a menudo son muy buenas en su trabajo. Pero, por lo demás, son ávidas, disfrutan haciéndote daño, están del lado de los fuertes, se ensañan con los débiles, forman bandas para pelear con otras bandas, tratan a las mujeres como perritas falderas, en cuanto pueden, te dicen obscenidades y te toquetean exactamente como en los autobuses de aquí.

—Estás exagerando.

—No, para producir ideas no hace falta ser unos santos. De todos modos, son muy pocos los auténticos intelectuales. La masa de los cultos se pasa la vida comentando perezosamente las ideas ajenas. Sus mejores energías las emplean en ejercicios de sadismo contra todo posible rival.

—Entonces, ¿por qué estás con ellos?

Contesté: no estoy con ellos, estoy aquí. Quería que me sintiera parte del mundo elevado pero a la vez distinta. Ella misma me empujaba en esa dirección. Se divertía si me mostraba sarcástica con mis colegas, pero quería que de todos modos siguieran siendo mis colegas. A veces tenía la impresión de que insistía para que le confirmara que yo formaba realmente parte de aquellos que le decían a la gente cómo eran las cosas y cómo había que pensar. La decisión de vivir en el barrio para ella era sensata solo si yo seguía colocándome entre quienes escribían libros, colaboraban en revistas y periódicos, salían alguna vez en la televisión. Me quería amiga suya, vecina suya, con la condición de que tuviera ese halo. Y yo la complacía. Su aprobación me daba confianza. Paseaba a su lado por la Villa Comunale, con nuestras hijas, y, sin embargo, era decididamente distinta, tenía una vida de amplio alcance. En comparación con ella, me ilusionaba sentirme una mujer de gran experiencia, y sentía que ella también estaba contenta por cómo yo era. Le hablaba de Francia, de Alemania y Austria, de Estados Unidos, de los debates en los que había participado aquí y allá, de los hombres que había conocido después de Nino. Ella prestaba atención a cada palabra con media sonrisa, aunque sin opinar nunca; ni siquiera el relato de mis relaciones ocasionales despertó en ella la necesitad de sincerarse.

—¿Estás bien con Enzo? —le pregunté una mañana.

—Bastante.

—¿Y nunca sientes interés por ningún otro?

—No.

—¿Lo quieres mucho?

—Bastante.

No había manera de sacarle nada más, era yo la que hablaba de sexo, con frecuencia de forma explícita. Parrafadas mías, silencios suyos. Con todo y con eso, fuera cual fuese el tema que sacáramos durante aquellos paseos, había algo que irradiaba su propio cuerpo y me cautivaba, me estimulaba el cerebro como había ocurrido siempre, y me ayudaba a reflexionar.

Tal vez por eso buscaba siempre su compañía. Lila seguía emanando una energía que daba bienestar, que consolidaba un propósito, que de forma espontánea sugería soluciones. Era una fuerza que me invadía no solo a mí. A veces me invitaba a cenar con las niñas, con más frecuencia era yo quien los invitaba a ella, a Enzo y a Tina. A Gennaro no, no había nada que hacer, a menudo se iba por ahí y regresaba de madrugada. No tardé en darme cuenta de que Enzo estaba preocupado por el muchacho; en cambio, Lila decía: es mayor, que haga lo que quiera. Pero yo notaba que hablaba así para calmar el nerviosismo de su compañero. Y el tono era idéntico al de nuestras conversaciones: Enzo asentía, algo se transmitía de ella a él como un fluido tonificante.

Por las calles del barrio ocurría otro tanto. Ir con ella a la compra no dejaba nunca de asombrarme, se había convertido en una autoridad. La paraban continuamente, la llevaban aparte con una familiaridad respetuosa, le hablaban al oído y ella escuchaba sin reaccionar. ¿La tratarían así por la suerte que había tenido en su nuevo trabajo? ¿Porque daba la impresión de ser alguien que todo lo podía? ¿O porque esa energía que siempre había irradiado, ahora que estaba próxima a los cuarenta años, le daba un aire de maga que embrujaba y asustaba? No lo sé. Sin duda, me impresionaba que le hicieran más caso a ella que a mí. Yo era una escritora conocida y la editorial se ocupaba de que, con vistas a la publicación de mi nuevo libro, se hablara a menudo de mí en los diarios: en *La Repubblica* había salido una foto mía de notables dimensiones para ilustrar un breve artículo sobre libros de próxima aparición en el que en un momento dado se decía: «La nueva novela de Elena Greco, una historia ambientada en una Nápoles inédita de tonos rojo sangre, es muy esperada». Sin embargo, al lado de ella, ahí, en el lugar donde habíamos nacido, yo solo era una decoración que dejaba constancia de los méritos de Lila. Quienes nos conocían desde el nacimiento le atribuían a ella, a su fuerza de atracción, el hecho de que el barrio pudiera tener en sus calles a una persona de prestigio como yo.

85

Creo que fueron muchos quienes se preguntaron por qué yo, que en los periódicos parecía rica y famosa, me había ido a vivir a un apartamento miserable, situado en una zona en creciente degradación. Quizá las primeras en no entenderlo eran mis hijas. Una mañana Dede regresó disgustada del colegio.

—Me he encontrado a un viejo haciendo pis en nuestro zaguán.

Y en otra ocasión Elsa llegó a casa asustadísima.

—Hoy han acuchillado a un hombre en los jardincillos.

En esos casos me acobardaba, la parte de mí que hacía tiempo había logrado salir del barrio se indignaba, se preocupaba por las niñas, decía basta. En casa, Dede y Elsa hablaban un buen italiano, pero a veces las oía desde la ventana o mientras subían las escaleras y notaba que sobre todo Elsa utilizaba un dialecto muy agresivo, en ocasiones obsceno. La recriminaba, ella fingía arrepentirse. Pero sabía que hacía falta mucha autodisciplina para sustraerse al hechizo de la mala educación y de muchas otras tentaciones. ¿Era posible que mientras yo me ocupaba de hacer literatura ellas se perdieran? Me tranquilizaba confirmando que nuestra permanencia en el barrio tenía un límite: tras la publicación de mi libro, me marcharía definitivamente de Nápoles. Me lo decía y me lo repetía: solo necesitaba terminar de pulir definitivamente la novela.

No cabía duda de que el libro se estaba beneficiando de cuanto venía del barrio. Pero el trabajo avanzaba tan bien sobre todo porque me fijaba en Lila, que se había quedado por completo atrapada en ese ambiente. Su voz, su mirada, sus gestos, su maldad y su generosidad, el propio dialecto estaban íntimamente ligados a nuestro lugar de nacimiento. Hasta su empresa Basic Sight, a pesar del nombre exótico (la gente la llamaba «basisit»), no parecía una especie de meteorito caído del espacio, sino un efecto imprevisto de la miseria, la violencia y la degradación. De manera que inspirarme en ella para dar veracidad a mi relato me parecía algo indispensable. Después me iría para siempre, contaba con trasladarme a Milán.

Me bastaba estar un rato en su oficina para darme cuenta de las profundidades en las que Lila se movía. Observaba a su hermano, que ya estaba claramente consumido por la droga. Observaba a Ada, que cada día era más cruel, enemiga jurada de Marisa que le había quitado definitivamente a Stefano. Observaba a Alfonso —en cuyo rostro, en cuyos modales, lo femenino y lo masculino rompían sin cesar los márgenes con efectos que un día me repugnaban, un día me conmovían y siempre me alarmaban—, que a menudo tenía un ojo morado o el labio partido por las palizas que le daban a saber dónde, a saber cuándo. Observaba a Carmen que, embutida en su bata azul de la gasolinera, llevaba a Lila aparte y la interrogaba como a un oráculo. Observaba a Antonio, que giraba a su alrededor con medias frases o guardaba un educado silencio las veces que llevaba a la oficina, como en una visita de cortesía, a su guapa esposa alemana, a sus hijos. Entretanto oía rumores sin fin. Stefano Carracci está a punto de cerrar la charcutería, no le queda ni una lira, quiere dinero. Fue Pasquale Peluso quien secuestró a Menganito, y si no fue él, algo tuvo que ver, seguro. El incendio de la fábrica de camisas de Afragola lo provocó el propio Zutanito para joder a los del seguro. Ojo con Dede, que van repartiendo caramelos con droga a los adolescentes. Por la escuela primaria anda merodeando un mariquita que se lleva a los niños. Los Solara van a abrir un *night club* en el barrio nuevo, mujeres y droga, pondrán la música tan alta que ya nadie podrá dormir. De noche, por la avenida pasan unos camiones enormes que transportan material que nos puede destruir más que una bomba atómica. Gennaro anda en malas compañías, y yo, si sigue así, no dejaré siquiera que vaya a trabajar. La persona que encontraron muerta en el túnel parecía una mujer pero era un hombre: tenía tanta sangre en el cuerpo que el charco llegó hasta el surtidor de gasolina.

Observaba, escuchaba asomándome desde aquello que Lila y yo habíamos imaginado en convertirnos desde niñas y que yo había llegado a ser de verdad: la autora del libro voluminoso que estaba limando —y a veces reescribiendo— y que no tardaría en ver la luz. En la primera versión, me decía, puse demasiado dialecto. Y borraba, redactaba otra vez. Después me parecía que había puesto demasiado poco y añadía. Me encontraba en el barrio y, no obstante, estaba segura dentro de ese papel, de su puesta en escena. La actividad ambiciosa justificaba mi presencia en ese lugar, y mientras me dedicaba a ella daba sentido a la luz enferma de los cuartos, a las voces chabacanas de la calle, a los riesgos que corrían las niñas, al tráfico de la avenida que levantaba polvaredas cuando hacía buen tiempo y salpicaba agua y barro cuando llovía, al enjambre de clientes de Lila y Enzo, pequeños emprendedores de la provincia, grandes coches de lujo, trajes de una riqueza vulgar, cuerpos pesados que se movían ya con modales prepotentes, ya con modales rastreros.

En cierta ocasión que esperaba a Lila en la oficina de Basic Sight junto con Imma y Tina todo me quedó muy claro: Lila hacía un trabajo nuevo pero inmersa por completo en nuestro viejo mundo. La oí gritar de la forma más vulgar con un cliente por un tema de dinero. Me quedé turbada, ¿adónde había ido a parar así de repente la mujer que irradiaba autoridad con cortesía? Acudió Enzo y el hombre —un tipo de unos sesenta años, bajito pero con una barriga enorme— se marchó maldiciendo. Después le pregunté a Lila:

—¿Quién eres realmente?

—¿En qué sentido?

—Si no quieres hablar, olvídalo.

—No, hablemos, pero explícate.

—Quiero decir, ¿cómo te comportas en un ambiente como este, con la gente con la que tienes que tratar?

—Tengo cuidado, como todos.

—¿Y ya está?

—Bueno, tengo cuidado y muevo las cosas para que vayan como yo quiero. Siempre nos hemos comportado así, ¿no?

—Sí, pero ahora tenemos responsabilidades, hacia nosotras mismas y hacia nuestros hijos. ¿No habías dicho que tenemos que cambiar el barrio?

—¿Y según tú qué hay que hacer para cambiarlo?

—Recurrir a la ley.

Yo misma me sorprendí de lo que estaba diciendo. Solté un discurso en el que, maravillada, me vi aún más legalista que mi ex marido y, en muchos aspectos, más que Nino. Lila dijo con sorna:

—La ley está bien cuando tienes que tratar con gente que en cuanto pronuncias la palabra «ley» se pone firmes. Pero aquí ya sabes cómo funciona.

—¿Y entonces?

—Entonces, si las personas no temen a la ley, les tienes que dar miedo tú. Para ese cabronazo que acabas de ver salir trabajamos no mucho, muchísimo, y ahora no nos quiere pagar, dice que no tiene dinero. Lo he amenazado, le he dicho: te llevo a juicio. Y me ha contestado: llévame a juicio, me importa un carajo.

—Pero lo vas a llevar a juicio.

—Así nunca voy a recuperar mi dinero —se rió—. Hace tiempo un contable nos robó varios millones. Lo despedimos y lo denunciamos. Pero la justicia no movió un dedo.

—¿Y?

—Me cansé de esperar. Se lo comenté a Antonio. Y el dinero apareció enseguida. Y también va a aparecer esta vez, sin juicio, sin abogados y sin jueces.

86

De modo que Antonio hacía ese tipo de trabajos para Lila. Sin cobrar, solo por amistad, por aprecio personal. O qué sé yo, quizá ella se lo pedía prestado a Michele, de quien dependía Antonio, y Michele, que accedía a cuanto Lila le pedía, se lo dejaba.

Pero ¿de veras Michele satisfacía todas sus peticiones? Si antes de que yo me mudara al barrio eso era seguramente así, ahora ya no estaba tan claro. Primero noté algunas señales incongruentes: Lila ya no pronunciaba el nombre de Michele con suficiencia, sino con fastidio o con abierta preocupación; y sobre todo aparecía cada vez menos por las oficinas de Basic Sight.

La primera vez que me di cuenta de que algo había cambiado fue en el banquete de boda de Marcello y Elisa, una fiesta por todo lo alto. Durante el tiempo que duró la recepción, Marcello mantuvo a su lado al hermano, le hablaba con frecuencia al oído, se reían juntos, le pasaba el brazo por los hombros. En cuanto a Michele, parecía resucitado. Retomó sus discursos de otros tiempos, largos, altisonantes, mientras a su lado, sentados disciplinadamente y como si hubiesen echado tierra encima a los malos tratos recibidos, estaban Gigliola, entonces extraordinariamente gorda, y sus hijos. Me sorprendió que la vulgaridad ya popular en tiempos de la boda de Lila se hubiese adaptado a los tiempos modernos. Era ahora una vulgaridad metropolitana, y la propia Lila se había adecuado en las formas, en el lenguaje, en la ropa. En una palabra, no había nada llamativo, excepto mis hijas y yo, que con nuestra sobriedad estábamos por completo fuera de lugar en aquel triunfo de colores excesivos, carcajadas excesivas, lujos excesivos.

Tal vez por ese motivo resultó particularmente alarmante el arrebato de rabia que tuvo Michele. Hacía el elogio de los novios, y en ese momento la pequeña Tina quería algo que Imma le había quitado y chillaba en el centro del salón. Él hablaba, Tina gritaba. Entonces Michele se calló de pronto, aulló con ojos de loco: ¡me cago en todo, Lina, haz callar a la cría, leche! Tal cual, con esas mismas palabras. Lila lo miró fijamente durante un largo segundo. No dijo una palabra, no se movió. Se limitó a poner despacio una mano en la mano de Enzo, sentado a su lado. Yo dejé a toda prisa mi mesa y salí con las dos niñas.

El episodio movilizó a la novia, es decir, a mi hermana Elisa. Al terminar el discurso, cuando oí la lluvia de aplausos, ella apareció con su lujosísimo vestido blanco y se reunió conmigo. Dijo alegre: mi cuñado vuelve a ser el de antes. Luego añadió: pero no debe tratar así a los niños. Levantó en brazos a Imma y Tina y riendo y bromeando regresó al salón con las dos niñas. La seguí perpleja.

Durante un tiempo pensé que había vuelto a ser la de antes. De hecho, después de la boda Elisa cambió mucho, como si hasta ese momento la falta de vínculo matrimonial hubiese sido la causa de su empeoramiento. Pasó a ser una madre tranquila, una esposa apacible y firme a la vez, cesó toda hostilidad contra mí. Ahora, cuando iba a su casa con mis hijos, y a menudo también con Tina, me recibía con cortesía y era afectuosa con las niñas. Incluso Marcello, las veces que me lo cruzaba, era amable. Me llamaba la cuñadita que escribe novelas («¿qué tal está la cuñadita que escribe novelas?»). Dejaba caer unas palabras cordiales y desaparecía. Ahora la casa siempre estaba en perfecto orden y Elisa y Silvio nos recibían vestidos como para ir de fiesta. Pero pronto me di cuenta de que mi hermana pequeña había desaparecido definitivamente. La boda había dado paso a una señora Solara por completo falsa, ni una sola palabra íntima, solo un tono afable y una sonrisa en los labios calcada a la de su marido. Yo me esforzaba por mostrarme afectuosa con ella, y en especial con mi sobrinito. Pero Silvio no me caía bien, se parecía demasiado a Marcello, y Elisa debió de notarlo. Una tarde volvió a mostrarse hostil durante unos minutos. Me dijo: quieres más a la hija de Lina que al mío. Le juré que no, abracé al niño, le di muchos besos. Pero ella movió la cabeza, y dijo apretando los dientes: por otra parte te fuiste a vivir cerca de Lina y no cerca de mí o de papá. En una palabra, seguía ofendida conmigo y ahora también con nuestros hermanos. Creo que los culpaba por ser unos ingratos. Vivían y trabajaban en Baiano y no habían vuelto a dar señales de vida, ni siquiera con Marcello, que tan generoso había sido con ellos. Una cree, dijo Elisa, que los vínculos familiares son fuertes, pero no es así. Habló como si enunciara un principio universal, luego añadió: para que no se rompan hace falta voluntad, como ha hecho mi marido; Michele estaba tonto perdido, pero Marcello le ha devuelto la misma cabeza que tenía antes, ¿te fijaste qué bonito discurso dio en mi boda?

87

La vuelta a la sensatez de Michele no solo quedó marcada por la recuperación de su locuacidad florida, sino también por la ausencia entre los invitados de una persona que en su época de crisis había permanecido a su lado: Alfonso. El hecho de que no lo invitaran fue para mi ex compañero de pupitre una pena inmensa. Durante días no hizo más que lamentarlo, se preguntaba en voz muy alta en qué había ofendido a los Solara. Trabajé para ellos muchos años, decía, y no me invitaron. Después ocurrió algo que causó sensación. Una noche vino a casa a cenar con Lila y Enzo, estaba muy deprimido. Pero él, que jamás se había vestido de mujer en mi presencia, salvo aquella vez en que se había probado el vestido premamá en la tienda de la via Chiaia, llegó con ropa femenina y dejó boquiabiertas sobre todo a Dede y Elsa. Estuvo molesto toda la velada, bebió mucho. Le preguntaba obsesivamente a Lila: estoy engordando, me estoy afeando, ¿ya no me parezco a ti? Y a Enzo: ¿quién es más guapa, ella o yo? En un momento dado se quejó de que tenía el intestino taponado, que notaba un dolor atroz en lo que, dirigiéndose a las niñas, llamó «el culito». Y pasó a exigir que yo le echara un vistazo para comprobar qué tenía. Mírame el culito, decía riendo de un modo chabacano, y Dede lo miraba perpleja, Elsa trataba de reprimir la risa. Enzo y Lila tuvieron que llevárselo deprisa y corriendo.

Pero Alfonso no se calmó. Al día siguiente, sin maquillar, con ropa masculina, los ojos enrojecidos por el llanto, salió de Basic Sight diciendo que iba a tomar un café al bar Solara. Al entrar se cruzó con Michele, nunca se supo qué se dijeron. Al cabo de unos minutos, Michele empezó a darle patadas y puñetazos, luego agarró el palo que usaban para subir el cierre metálico y lo apaleó con método, largo rato. Alfonso regresó a la oficina muy maltrecho, pero no hacía más que repetir: yo tengo la culpa, no supe controlarme. Controlarse en qué es algo que no logramos entender. Lo cierto es que a partir de entonces fue de mal en peor y me pareció que Lila estaba preocupada. Durante días trató sin éxito de calmar a Enzo, que no soportaba la violencia de los fuertes sobre los débiles y quería ir a ver a Michele para comprobar si tenía el valor de apalizarlo a él como había hecho con Alfonso. Desde mi apartamento oía que Lila le decía: calla de una vez, asustas a Tina.

88

Después llegó enero, mi libro ya estaba bien adobado con los ecos de infinidad de minúsculos detalles del barrio. Me entró una angustia tremenda. Cuando estaba repasando las últimas galeradas le pregunté tímidamente a Lila si tendría la paciencia de releerla («está muy cambiada»), pero ella se negó en redondo. Ni siquiera he leído el último que publicaste, dijo, es algo para lo que no tengo conocimientos. Me sentí sola, en poder de mis propias páginas, incluso estuve tentada de telefonear a Nino para pedirle si me hacía el favor de leer mi novela. Después me di cuenta de que, aunque sabía dónde vivía y tenía mi número de teléfono, nunca había dado señales de vida, en todos esos meses no se había acordado de mí ni de su hija. Y desistí. El texto dejó atrás la última fase de la provisionalidad y desapareció. Separarme de él me asustó, ya no volvería a verlo hasta que adquiriese su aspecto definitivo y cada palabra ya no tuviera remedio.

Telefonearon del departamento de prensa. Gina me dijo: los de *Panorama* han leído las galeradas y están muy interesados, te mandarán un fotógrafo. De repente eché de menos la casa de la via Tasso, era un apartamento señorial. Pensé: no quiero que me fotografíen otra vez a la entrada del túnel, y tampoco en este apartamento cochambroso, ni en los jardincillos, entre las jeringas de los drogadictos; ya no soy la chica de hace quince años, este es mi tercer libro, quiero ser tratada como corresponde. Pero Gina insistió, había que promocionar el libro. Le dije: dale mi número de teléfono al fotógrafo, al menos quería que me avisaran con antelación, cuidar mi aspecto, aplazar la entrevista si no me sentía en forma.

En esos días me esforcé por tener la casa ordenada, pero no telefoneó nadie. Concluí que ya había en circulación unas cuantas fotos mías y que *Panorama* había renunciado al reportaje. Pero una mañana, cuando Dede y Elsa estaban en el colegio y yo, desgreñada, en vaqueros y con un jersey gastado, jugaba sentada en el suelo con Imma y Tina, llamaron a la puerta. Las dos niñas juntaban piezas sueltas para construir un castillo y yo las estaba ayudando. Desde hacía unos meses me parecía que la distancia entre mi hija y la hija de Lila se había acortado definitivamente: colaboraban en la construcción con precisión en los gestos, y si Tina demostraba más inspiración y me hacía frecuentes preguntas en un italiano claro, siempre bien pronunciado, Imma era más decidida, quizá más disciplinada, y su única desventaja era el habla limitada; a menudo para descifrarla recurríamos todos a su amiguita. Como me demoré para terminar de contestar a una pregunta de Tina, llamaron al timbre con más insistencia. Fui a abrir y me encontré ante una hermosa mujer de unos treinta años, toda rizos rubios, con un largo impermeable azul. Era la fotógrafa.

Resultó ser de Milán, una muchacha muy expansiva. Nada de lo que llevaba puesto era barato. He perdido tu número, dijo, pero mejor así, cuanto menos esperas que te fotografíen, mejor salen las fotos. Miró a su alrededor. Me ha costado llegar hasta aquí, vaya sitio, pero nos viene de perlas: ¿estas niñas son tus hijas? Tina le sonrió, Imma no, aunque era evidente que ambas la consideraban una especie de hada. Se las presenté: Imma es mi hija y Tina es hija de una amiga. Y mientras hablaba, la fotógrafa se puso a dar vueltas a mi alrededor sacándome fotos sin parar con distintas cámaras y todo su instrumental. Tengo que arreglarme un poco, intenté decir. No hay nada que arreglar, estás bien así.

Me llevó por todos los rincones de la casa: a la cocina, al cuarto de las niñas, a mi dormitorio, incluso delante del espejo del baño.

—¿Tienes tu libro?

—No, todavía no ha salido.

—¿Y un ejemplar del último que escribiste?

—Sí.

—Tráelo y ponte aquí, como si estuvieras leyendo.

Obedecí aturdida. Tina también buscó un libro, imitó mis poses y le dijo a Imma: sácame una foto. Aquello le hizo gracia a la fotógrafa, dijo: siéntate en el suelo con las niñas. Nos sacó muchas fotos, Tina e Imma estaban encantadas. La mujer exclamó: ahora hagamos una solo con tu hija. Hice ademán de acercarme a Imma, pero la mujer dijo: no, con la otra, tiene una carita extraordinaria. Me empujó al lado de Tina, nos sacó infinidad de fotos, Imma se puso triste. Yo también, dijo. Alargué los brazos, le grité, sí, ven con mamá.

La mañana pasó volando. La mujer del impermeable azul nos sacó de casa, pero se mostró un poco tensa. Preguntó varias veces: ¿no me irán a robar el equipo? Después se exaltó, quiso fotografiar hasta el último rincón miserable del barrio, me sentó en un banco desvencijado, contra una pared desconchada, al lado de un antiguo mingitorio. Yo les decía a Imma y a Tina: quietas ahí, por favor, no os mováis que pasan coches. Ellas se agarraban de la mano, una rubia y la otra morena, la misma estatura, y esperaban.

Lila regresó del trabajo a la hora de la cena y subió a mi casa a recoger a su hija. Tina no le dio tiempo a entrar y se lo contó todo.

—Ha venido una señora muy guapa.

—¿Más guapa que yo?

—Sí.

—¿Y más guapa que la tía Lenuccia?

—No.

—Así que la más guapa de todas es la tía Lenuccia.

—No, soy yo.

—¿Tú? ¡Qué tonterías dices!

—Es verdad, mamá.

—¿Y qué ha hecho esa señora?

—Fotos.

—¿A quién?

—A mí.

—¿Solo a ti?

—Sí.

—Mentirosa. Imma, ven aquí, cuéntame tú lo que habéis hecho.

89

Esperé que saliera *Panorama*. Ahora estaba contenta, el departamento de prensa hacía un trabajo estupendo, y me sentía orgullosa de ser objeto de un reportaje fotográfico completo. Pero pasó una semana y el reportaje no aparecía. Pasaron quince días y tampoco. Era finales de marzo, el libro ya estaba en las librerías, y todavía nada. Estuve muy atareada con otras cosas: una entrevista radiofónica, otra en el *Mattino*. Llegó un momento en que tuve que viajar a Milán para asistir a la presentación del libro. La hice en la misma librería de quince años antes, habló el mismo profesor de entonces. Adele no apareció, tampoco Mariarosa, aunque asistió más público que en el pasado. El profesor se refirió al libro sin demasiado entusiasmo pero positivamente y algunos de los presentes —la mayoría mujeres— intervinieron para expresar su entusiasmo por la compleja humanidad de la protagonista. Un ritual que ya conocía de sobra. Me marché a la mañana siguiente y llegué a Nápoles cansadísima.

Recuerdo que iba para mi casa arrastrando la maleta cuando un coche se me acercó por la avenida. Al volante iba Michele, sentado a su lado estaba Marcello. Recordé cuando los dos Solara habían intentado meterme en su coche —lo habían hecho también con Ada—, y Lila salió en mi defensa. Como entonces, llevaba el brazalete de mi madre, y, pese a que por su naturaleza los objetos son impasibles, retrocedí de golpe para protegerlo. Marcello clavó la vista al frente y no me saludó, ni siquiera me dijo con su habitual tono afable: aquí está la cuñadita que escribe novelas. Habló Michele, estaba furioso.

—Lenù, ¿qué carajo has escrito en ese libro? ¿Infamias sobre el lugar donde naciste? ¿Infamias sobre mi familia? ¿Infamias sobre los que te han visto crecer y te admiran y te quieren? ¿Infamias sobre nuestra hermosa ciudad?

Se volvió y del asiento posterior sacó un ejemplar de *Panorama* recién salido de imprenta y me lo tendió por la ventanilla.

—¿Te gusta contar tonterías?

Lo miré. El semanario estaba abierto en la página referida a mí. Había una gran fotografía en color en la que aparecíamos Tina y yo sentadas en el suelo de mi casa. Enseguida me llamó la atención el pie de foto, decía: Elena Greco con su hija Tina. En un primer momento pensé que el problema era ese pie de foto y no entendí por qué Michele se lo tomaba tan a pecho.

—Se han equivocado —dije perpleja.

Pero él gritó una frase aún más incomprensible:

—Los que se han equivocado no son ellos, sois vosotras dos.

Entonces intervino Marcello.

—Déjala estar, Michè, Lina la manipula y ella ni siquiera se da cuenta —dijo contrariado.

Arrancó haciendo chirriar los neumáticos, me dejó en la acera con la revista en la mano.

90

Me quedé pasmada, la maleta a mi lado. Leí el artículo, cuatro páginas con fotos de los lugares más feos del barrio; yo figuraba en una sola, en la que salía con Tina, una imagen preciosa; el fondo miserable del apartamento daba a nuestras dos figuras una finura especial. El autor del artículo no reseñaba mi libro ni hablaba de él como de una novela, sino que lo utilizaba para describir aquello que llamaba «el feudo de los hermanos Solara», un territorio que definía como fronterizo, tal vez vinculado a la Nueva Camorra Organizada, tal vez no. De Marcello no decían mucho, se aludía sobre todo a Michele, al que atribuían iniciativa, falta de escrúpulos, disposición a saltar de una facción política a otra siguiendo la lógica de los negocios. ¿Qué negocios? *Panorama* ofrecía una lista en la que mezclaba los legales y los ilegales: el bar-pastelería, las marroquinerías, las zapaterías, los autoservicios, los *night clubs*, la usura, el antiguo contrabando de tabaco, su actividad de peristas, la droga, las intromisiones en las obras después del terremoto.

Me entraron sudores fríos.

Qué había hecho, cómo había sido tan imprudente.

En Florencia había inventado una trama inspirándome en hechos de mi infancia y adolescencia con la temeridad que me daba la distancia. Vista desde ahí, Nápoles era casi un lugar producto de la imaginación, una ciudad como las de las películas, en las que aunque las calles y los edificios son auténticos solo sirven como telón de fondo para tramas negras o rosa. Después, desde que me había mudado y veía a Lila a diario, me había entrado un afán de realidad y, a pesar de que evité nombrarlo, había narrado el barrio. Pero quizá exageré y la relación entre verdad y ficción debió de desequilibrarse; ahora cada calle, cada edificio se había vuelto reconocible, incluso las personas, incluso los actos violentos. Las fotos eran la prueba de lo que contenían en realidad mis páginas, identificaban la zona de forma definitiva, y el barrio dejaba de ser una invención, como había sido para mí mientras escribía. El autor del artículo ofrecía su historia, mencionaba incluso el asesinato de don Achille Carracci y el de Manuela Solara; sobre todo se extendía en este último, y suponía que había sido o bien la punta visible de un conflicto entre familias camorristas o una ejecución, obra del «peligroso terrorista Pasquale Peluso, nacido y criado en el barrio, ex albañil, ex secretario de la sección local del Partido Comunista». Sin embargo, yo no había contado nada de Pasquale, no había contado nada de don Achille ni de Manuela. Los Carracci y los Solara solo eran para mí perfiles, voces capaces de nutrir con su acento dialectal la gestualidad y el tono a veces violento, un mecanismo completamente fantástico. No quería intervenir en sus asuntos reales, qué tenía que ver «el feudo de los hermanos Solara».

Yo había escrito una novela.

91

Fui a casa de Lila en un estado de gran nerviosismo; las niñas estaban con ella. Ya has vuelto, dijo Elsa, que se sentía más libre cuando yo no estaba. Y Dede me saludó distraídamente murmurando con fingida sensatez: dame un minuto, mamá, termino los deberes y te abrazo. La única entusiasmada fue Imma, pegó los labios a mi mejilla y me besó largo rato sin separarse. Tina quiso hacer lo mismo. Pero yo tenía otras cosas en la cabeza, me dediqué muy poco a ellas, enseguida le enseñé a Lila la revista *Panorama*. Le conté lo ocurrido con los Solara reprimiendo la inquietud, le dije: se han enojado. Lila leyó con calma el artículo e hizo un único comentario: bonitas fotos.

—Enviaré una carta, me quejaré —exclamé—. Si quieren hacer un reportaje sobre Nápoles, que lo hagan, yo qué sé, sobre el secuestro de Cirillo, sobre los asesinatos de la Camorra, sobre lo que les dé la gana, pero no tienen por qué usar mi libro al buen tuntún.

—¿Y por qué?

—Porque es literatura, no he narrado hechos reales.

—Por lo que yo recuerdo sí.

La miré insegura.

—¿Qué quieres decir?

—No nombrabas a nadie, pero había muchas cosas reconocibles.

—¿Por qué no me lo dijiste?

—Te dije que el libro no me gustaba. Las cosas se cuentan o no se cuentan, tú te quedabas a medias.

—Era una novela.

—En parte sí, en parte no.

No contesté, aumentó mi inquietud. Ahora no sabía si estaba más disgustada por la reacción de los Solara o porque ella, así tan tranquila, acababa de confirmar su opinión negativa de años antes. Miré casi sin verlas a Dede y Elsa, que se habían apoderado de la revista.

—Tina, ven a ver, sales en la revista —exclamó Elsa.

Tina se acercó, se miró con ojos grandes de asombro y una sonrisa satisfecha. Imma le preguntó a Elsa.

—¿Yo dónde estoy?

—Tú no estás, porque Tina es guapa y tú eres fea —contestó su hermana.

Imma se dirigió a Dede para saber si era cierto. Y Dede, después de leer dos veces en voz alta el pie de foto de *Panorama*, trató de convencerla de que, como se apellidaba Sarratore, y no Airota, no era realmente hija mía. En ese momento no aguanté más, estaba agotada, exasperada, grité: basta, vámonos a casa. Las tres se opusieron, apoyadas por Tina y, sobre todo, por Lila, que insistió en que nos quedáramos a cenar.

Me quedé. Lila intentó tranquilizarme, incluso trató de que me olvidara de que otra vez me había hablado mal de mi libro. Empezó en dialecto y luego pasó a su italiano de las grandes ocasiones que nunca dejaba de sorprenderme. Citó la experiencia del terremoto; en más de dos años no lo había hecho nunca sino para quejarse de cómo había empeorado la ciudad. Dijo que desde entonces procuraba no olvidar nunca que somos seres muy abarrotados, repletos de física, astrofísica, biología, religión, alma, burguesía, proletariado, capital, trabajo, beneficios, política, montones de frases armónicas, montones de frases disonantes, caos dentro y caos fuera. De manera que cálmate, exclamó riendo, en comparación, ¿qué son los Solara? Tu novela ya ha salido: la escribiste, la reescribiste, evidentemente estar aquí te sirvió para darle más autenticidad, pero ahora anda ahí fuera y no puedes recuperarla. ¿Que los Solara se han enojado? Paciencia. ¿Que Michele te amenaza? A quién cuernos le importa. De un momento a otro puede haber otro terremoto, y mucho más fuerte. O puede venirse abajo el universo entero. ¿Qué es entonces Michele Solara? Nada. Y Marcello, lo mismo. Nada. Esos dos no son más que trozos de carne que van por ahí pidiendo dinero y soltando amenazas. Suspiró, dijo en voz baja: los Solara serán siempre bestias peligrosas, Lenù, no hay nada que hacer; a uno lo había domesticado, pero su hermano ha conseguido que vuelva a ser feroz. ¿Has visto la de palos que le ha dado Michele a Alfonso? Son palos que quiere darme a mí y no tiene valor. Y también esta rabia por tu libro, por el artículo de *Panorama*, por las fotos, es toda rabia contra mí. De modo que mándalos a la mierda como hago yo. Has conseguido que salgan en la revista y eso es algo que los Solara no pueden tolerar, es malo para los negocios y para sus enredos. A nosotras, en cambio, nos encanta, ¿no? ¿De qué tenemos que preocuparnos?

La escuchaba. Cuando hablaba así, con frases pretenciosas, siempre sospechaba que continuaba devorando libros como cuando era jovencita, pero que por razones incomprensibles me lo ocultaba. En su casa no se veía un solo libro, salvo los fascículos hipertécnicos relacionados con su trabajo. Quería presentarse como una persona sin instrucción alguna; sin embargo, ahí la tenías de pronto, hablando de biología, de psicología, de lo complicados que son los seres humanos. ¿Por qué me hacía eso? No lo sabía, si bien como necesitaba apoyo me confié de todos modos. En una palabra, Lila consiguió calmarme. Releí el artículo y me gustó. Examiné las fotos: el barrio era feo pero Tina y yo estábamos preciosas. Nos pusimos a cocinar, los preparativos me ayudaron a reflexionar. Llegué a la conclusión de que el artículo y las fotos beneficiarían al libro y que el texto de Florencia, enriquecido en Nápoles en el apartamento encima del de Lila, había mejorado de veras. Sí, le dije, a la mierda los Solara. Y me relajé, fui otra vez amable con las niñas.

Antes de cenar, a saber después de cuántos conciliábulos, se me acercó Imma seguida de cerca por Tina. Preguntó en su idioma formado por palabras bien pronunciadas y palabras al límite de lo comprensible:

—Mamá, Tina quiere saber si tu hija soy yo o es ella.

—¿Y tú lo quieres saber? —pregunté.

Se le humedecieron los ojos.

—Sí.

—Somos las mamás de las dos —dijo Lila—, y os queremos a las dos.

Cuando Enzo regresó del trabajo se entusiasmó con la foto donde aparecía su hija. Al día siguiente compró dos ejemplares de *Panorama* y en su despacho pegó tanto la imagen entera como el recorte que aislaba a su hija. Naturalmente, eliminó el pie de foto erróneo.

92

Hoy, mientras escribo, me avergüenzo por cómo la suerte me ha favorecido siempre. El libro despertó enseguida interés. Algunos se entusiasmaban por el placer que sentían al leerlo. Otros elogiaban la habilidad con la que había sido ideada la protagonista. Algunos hablaban de un realismo brutal, otros exaltaban mi imaginación barroca, algunos admiraban el estilo femenino, suave y acogedor. En una palabra, llovieron comentarios positivos, pero con frecuencia todos ellos en neto contraste, como si los críticos no hubieran leído la novela que estaba en las librerías, sino que cada uno de ellos hubiese evocado un libro-fantasma construido con sus propios prejuicios. Después del artículo de *Panorama*, todos coincidieron en una cosa: la novela era completamente ajena a la forma habitual de narrar Nápoles.

Cuando me llegaron los ejemplares que me correspondían por contrato, me puse tan contenta que decidí darle uno a Lila. Nunca lo había hecho con los libros anteriores, y daba por descontado que, al menos por el momento, ella ni lo habría hojeado. Pero la sentía próxima, la única persona con la que podía contar de verdad, y quería demostrarle mi gratitud. No reaccionó bien. Evidentemente, ese día estaba muy ocupada, y con su talante pendenciero de siempre se hallaba inmersa en los conflictos del barrio por las próximas elecciones del 26 de junio. O algo la había contrariado, no lo sé. La cuestión es que le tendí el libro y ella ni lo tocó, dijo que no debía malgastar mis ejemplares.

Aquello me sentó mal, fue Enzo quien me sacó del apuro. Dámelo a mí, murmuró, nunca he tenido la pasión de leer, pero lo guardaré para Tina, así cuando sea mayor lo leerá. Y quiso que se lo dedicara a la niña. Recuerdo que escribí un tanto incómoda: para Tina, que lo hará mejor que todos nosotros. Después leí la dedicatoria en voz alta y Lila exclamó: hace falta bien poco para hacerlo mejor que yo, espero que haga mucho más. Palabras inútiles, sin motivo: yo había escrito «mejor que todos nosotros» y ella lo había reducido a «mejor que yo». Enzo y yo dejamos ahí la cosa. Él colocó el libro en un estante, entre los manuales de informática, y hablamos de las invitaciones que me estaban llegando, de los viajes que debería hacer.

93

Esos momentos de hostilidad eran en general evidentes, aunque a veces se agazapaban tras una apariencia de disponibilidad y afecto. Lila, por ejemplo, se siguió mostrando feliz de ocuparse de mis hijas; sin embargo, bastaba una inflexión de la voz para que hiciera que me sintiera en deuda con ella, como si dijera: lo que eres, lo que llegas a ser, depende de lo que yo con mis sacrificios permito que seas y llegues a ser. Si percibía apenas ese tono me ensombrecía y le proponía buscarme una canguro. Pero tanto ella como Enzo casi se ofendían, no querían saber nada del asunto. Una mañana en que necesitaba su ayuda, se refirió, molesta, a problemas que la acuciaban y yo le dije con frialdad que podía buscar otras soluciones. Se puso agresiva: ¿te he dicho yo que no puedo hacerlo? Si es necesario, me organizo; ¿se han quejado tus hijas, las he descuidado? Entonces lo vi claro, solo deseaba una especie de declaración de que me resultaba indispensable y reconocí con sincera gratitud que mi vida pública habría sido imposible si me hubiese faltado su apoyo. Después me entregué a mis obligaciones sin más escrúpulos.

Gracias a la eficiencia del departamento de prensa, salía a diario en un periódico distinto, y un par de veces también en la televisión. Estaba entusiasmada y muy nerviosa, me gustaba la atención que crecía a mi alrededor, si bien temía pronunciar frases erradas. En los momentos de mayor tensión no sabía a quién dirigirme y recurría a Lila en busca de consejo.

—¿Y si me preguntan por los Solara?

—Di lo que piensas.

—¿Y si los Solara se enfadan?

—En este momento tú eres más peligrosa para ellos que ellos para ti.

—Estoy preocupada, me parece que Michele está cada vez más loco.

—Los libros se escriben para hacerse oír, no para quedarse callados.

En realidad siempre traté de ser cauta. Nos encontrábamos de lleno en medio de una encendida campaña electoral, en las entrevistas procuraba no meterme nunca en política, no mencionar a los Solara que —se sabía— estaban empeñados en conseguir votos para los cinco partidos del gobierno. Pero hablaba mucho de las condiciones de vida en el barrio, del mayor deterioro tras el terremoto, de la miseria y de los negocios de dudosa legalidad, de las connivencias institucionales. Y después, según las preguntas y la inspiración del momento, hablaba de mí, de mi formación, del esfuerzo que había hecho para estudiar, de la misoginia de la Escuela Normal, de mi madre, de mis hijas, del pensamiento femenino. Eran momentos complicados para el mercado del libro, a los escritores de mi edad, indecisos entre los vanguardismos y el relato tradicional, les costaba dotarse de carácter propio y afirmarse. Pero yo les llevaba ventaja. Mi primer libro se había publicado a finales de los años sesenta; con el segundo había demostrado una cultura sólida e intereses de amplio alcance, me encontraba entre los pocos que contaban con una pequeña historia editorial a sus espaldas e incluso con algo de público. De modo que el teléfono comenzó a sonar cada vez con mayor frecuencia. Sin embargo, todo hay que decirlo, raramente los periodistas querían opiniones o intervenciones sobre temas literarios; me pedían sobre todo observaciones sociológicas y comentarios sobre la actualidad napolitana. Me comprometí de buen grado. Y no tardé en colaborar con *Il Mattino* sobre los temas más variados, acepté una columna en *Noi Donne*, presenté el libro dondequiera que me invitaran, adaptándolo a las exigencias del público con el que me encontraba. Ni yo misma creía en lo que me estaba pasando. Los libros anteriores habían funcionado bien, pero no de esa manera tan vertiginosa. Me telefonearon un par de escritores de renombre que no había tenido ocasión de conocer. Un director de cine muy famoso quiso verme, tenía intención de convertir mi novela en una película. A diario me enteraba de que esta o aquella editorial extranjera había pedido leer mi libro. En fin, que me sentía cada vez más contenta.

No obstante, lo que me causó especial satisfacción fueron dos llamadas telefónicas inesperadas. La primera vino de Adele. Me habló con mucha cordialidad, me preguntó por sus nietas, dijo que lo sabía todo de ellas por Pietro, que las había visto en fotos y que estaban guapísimas. La escuché, me limité a unas cuantas frases convencionales. Del libro dijo: lo he vuelto a leer, te felicito, lo has mejorado mucho. Y al despedirse me hizo prometer que si iba a presentarlo a Génova la llamaría, le llevaría a las niñas, se las dejaría unos días. Se lo prometí, pero descarté que fuera a cumplir la promesa.

A los pocos días telefoneó Nino. Dijo que mi novela era extraordinaria («una calidad de escritura inimaginable en Italia»), me pidió ver a las tres niñas. Lo invité a comer, se ocupó mucho de Dede, de Elsa, de Imma, y después, naturalmente, habló mucho de sí mismo. Ahora pasaba muy poco tiempo en Nápoles, estaba siempre en Roma, trabajaba mucho con mi ex suegro, recibía encargos importantes. Repitió a menudo: las cosas van bien, por fin Italia está enfilando el camino de la modernidad. Después exclamó de pronto, mirándome a los ojos: volvamos a vivir juntos. Me eché a reír: cuando quieras ver a Imma basta una llamada telefónica; pero nosotros dos ya no tenemos nada que decirnos, tengo la impresión de haber concebido a la niña con un fantasma, seguro que tú no estabas en la cama. Se marchó enfurruñado y no volvió a dar señales de vida. Se olvidó de nosotras —de Dede, de Elsa, de Imma y de mí— durante mucho tiempo. Seguramente nos olvidó en cuanto cerré la puerta a sus espaldas.

94

Así las cosas, ¿qué más podía pedir? Mi nombre, el nombre de nadie, se estaba convirtiendo definitivamente en el de alguien. Por ese motivo Adele Airota me había telefoneado a modo de disculpa; por ese motivo Nino Sarratore había tratado de buscar mi perdón y de meterse otra vez en mi cama; por ese motivo me invitaban a ir a todas partes. Sin duda, resultaba difícil separarse de las niñas, y, aunque fuera por unos días, dejar de ser su madre. Pero también esa ruptura se convirtió en una práctica habitual. El sentimiento de culpa enseguida daba paso a la necesidad de hacer un buen papel en público. La cabeza se llenaba de mil cosas, Nápoles y el barrio perdían consistencia. Se imponían otros paisajes, llegaba a ciudades hermosísimas desconocidas para mí, tenía la sensación de que me hubiera gustado vivir en ellas. Conocía a hombres que me atraían, que hacían que me sintiera importante, que me daban alegría. En pocas horas se abría ante mí un abanico de posibilidades seductoras. Y los vínculos de madre se debilitaban, a veces me olvidaba de telefonear a Lila, de desearle buenas noches a las niñas. Solo cuando notaba que habría sido capaz de vivir sin ellas, volvía en mí, me arrepentía.

Hubo un momento particularmente desagradable. Me marché al sur en una larga gira promocional. Estaría fuera de casa una semana, aunque Imma no se sentía bien, estaba resfriada y un poco decaída. Yo tenía la culpa, no podía enfadarme con Lila, pues era muy atenta pero tenía mil cosas que hacer; no podía estar pendiente de los niños cuando se desenfrenan y sudan, de las corrientes de aire. Antes de marcharme le pedí a los del departamento de prensa que me pasaran los teléfonos de los hoteles en los que iba a alojarme y se los dejé a Lila por si surgía un imprevisto. Si hay problemas, le pedí, llámame por teléfono y regreso de inmediato.

Me marché. Al principio no hice más que pensar en Imma y en su malestar, telefoneaba siempre que podía. Después me olvidé. Llegaba a un lugar, me recibían con gran amabilidad, me tenían preparado un programa apretadísimo, intentaba mostrarme a la altura, al final me agasajaban con cenas interminables. El tiempo pasó volando. En una ocasión traté de llamar, pero el teléfono sonó en vano y lo dejé estar; otra vez contestó Enzo que en su estilo lacónico dijo: haz lo que tengas que hacer, no te preocupes; una vez hablé con Dede que exclamó con voz adulta: estamos bien, mamá, adiós, que te diviertas. Sin embargo, cuando regresé a casa me enteré de que Imma llevaba tres días en el hospital. La pequeña tenía pulmonía y tuvieron que ingresarla. Lila estaba con ella, había dejado todas sus obligaciones, incluso a Tina, se había encerrado con mi hija en el hospital. Me desesperé, protesté porque me lo habían ocultado. Pero ella nunca quiso ceder terreno ni siquiera cuando regresé, y continuó sintiéndose responsable de la niña. Vete, decía, has estado viajando sin parar, descansa.

Estaba realmente cansada, si bien sobre todo estaba aturdida. Lamentaba no haber estado al lado de la niña, haberla privado de mi presencia justo cuando más me necesitaba. De modo que ahora no sabía nada de cuánto y cómo había sufrido. En cambio, Lila tenía en la cabeza todas las fases de la enfermedad de mi hija, la dificultad al respirar, la angustia, la carrera al hospital. La observé, en el pasillo del hospital, y parecía más agotada que yo. Le había ofrecido a Imma el contacto permanente y afectuoso de su cuerpo. Llevaba días sin ir a su casa, dormía poco o nada, tenía la mirada oscura del cansancio. Muy a mi pesar, por dentro, y tal vez también por fuera, me sentía luminosa. Incluso ahora que acababa de enterarme de la enfermedad de mi hija, no lograba desprenderme de la satisfacción por lo que había conseguido, el gusto de sentirme libre viajando por Italia, el placer de disponer de mí como si no tuviera un pasado y todo estuviera empezando en ese instante.

En cuanto le dieron de alta a la niña, le confesé a Lila ese estado de ánimo. Quería encontrar un orden en la confusa mezcla de culpa y orgullo que bullía dentro de mí, quería hablarle de mi gratitud pero también que me contara con todo detalle lo que Imma —dado que yo no estaba para dárselo— había tomado de ella. Sin embargo, Lila respondió casi con fastidio: Lenù, déjalo estar, ya ha pasado, tu hija está bien, ahora hay problemas más gordos. Por un segundo pensé que se trataba de sus problemas de trabajo, pero no era así, los problemas me concernían. Poco antes de la enfermedad de Imma se había enterado de que me llegaría la notificación de una querella. Carmen se había querellado contra mí.

95

Me asusté, me sentí dolida. ¿Carmen? ¿Carmen me había hecho algo así? En ese momento terminó la fase emocionante del éxito. En unos segundos la culpa de haber desatendido a Imma se sumó al temor de que me lo quitaran todo por la vía legal, alegría, prestigio, dinero. Me avergoncé de mí misma, de mis aspiraciones. Le dije a Lila que quería ir de inmediato a hablar con Carmen, y ella me lo desaconsejó. No obstante, tuve la impresión de que sabía más de lo que me había contado, y de todos modos fui a buscarla.

Primero pasé por el surtidor de gasolina, pero Carmen no estaba. Roberto se mostró cohibido conmigo. No dijo una palabra de la querella, comentó que su mujer había ido con los niños a Giugliano a casa de unos parientes, y que se quedaría una temporada. Lo dejé plantado, corrí a su casa para comprobar si me había dicho la verdad. Pero Carmen o de veras se había marchado a Giugliano o no me quiso abrir. Hacía mucho calor. Paseé un poco para tranquilizarme, después busqué a Antonio, no me cabía duda de que sabía algo. Pensé que me costaría localizarlo, siempre andaba por ahí. Su mujer me dijo que había ido al barbero y ahí lo encontré. Le pregunté si había oído hablar de demandas judiciales contra mí y en lugar de contestarme empezó a hablar mal de la escuela, dijo que los profesores le tenían manía a sus hijos, se quejaban de que hablaban en alemán o en dialecto, pero que entretanto no les enseñaban italiano. Después, de buenas a primeras, casi susurró:

—Aprovecho para despedirme.

—¿Adónde vas?

—Me vuelvo a Alemania.

—¿Cuándo?

—No lo sé todavía.

—¿Y por qué te despides ahora?

—No estás nunca, nos vemos poco.

—Es que tú nunca me buscas.

—Tú tampoco a mí.

—¿Por qué te vas?

—Mi familia no se encuentra a gusto aquí.

—¿Es Michele el que te echa?

—Él manda y yo obedezco.

—De modo que es él quien ya no te quiere en el barrio.

Se miró las manos, las examinó a fondo.

—De vez en cuando me vuelve el agotamiento nervioso —dijo, y se puso a hablarme de Melina, su madre, que no tenía la cabeza en su sitio.

—¿La vas a dejar con Ada?

—Me la llevo conmigo —masculló—. Ada ya tiene bastantes problemas. Además, yo tengo su misma constitución, quiero vigilarla de cerca para ver en qué me convertiré.

—Ha vivido siempre aquí, en Alemania sufrirá.

—Se sufre en todas partes. ¿Quieres un consejo?

Comprendí por cómo me miraba que había decidido ir al grano.

—Dime.

—Vete tú también.

—¿Por qué?

—Porque Lina cree que las dos juntas sois invencibles pero no es así. Y yo ya no os puedo ayudar.

—¿Ayudarnos en qué?

Negó con la cabeza, descontento.

—Los Solara están cabreados. ¿Has visto cómo ha votado la gente del barrio?

—No.

—Resulta que ellos ya no controlan los votos que controlaban antes.

—¿Y?

—Lina consiguió que muchos fueran a parar a los comunistas.

—¿Y yo qué tengo que ver?

—Marcello y Michele creen que Lina está detrás de todo, especialmente detrás de ti. Lo de la querella es cierto y los abogados de Carmen son los de ellos.

96

Regresé a casa, no busqué a Lila. Descarté que no supiera nada de elecciones, de votos, de los Solara enfurecidos, agazapados detrás de Carmen. Me decía las cosas a cuentagotas por cuestiones suyas. Telefoneé a la editorial, le conté al director lo de la querella y lo que Antonio me había comentado. Por ahora es solo un rumor, le dije, no hay nada seguro, pero estoy muy preocupada. Él intentó tranquilizarme, prometió pedirle al departamento jurídico que investigara y en cuanto supiera algo me telefonearía. Concluyó: por qué estás tan nerviosa, esto beneficia al libro. A mí no, pensé, me he equivocado en todo, no debí volver a vivir en el barrio.

Pasaron los días, no tuve noticias de la editorial pero como una puñalada me llegó a casa la notificación de la querella. La leí y me quedé boquiabierta. Carmen nos pedía a mí y a la editorial la retirada del libro y un resarcimiento desproporcionado por haber dañado la memoria de Giuseppina, su madre. Nunca había visto un documento que sintetizara en sí mismo, en el membrete, en la calidad de la escritura, en el adorno de los sellos y los timbres, la potencia de la ley. Descubrí que aquello que de adolescente, incluso de joven, nunca me había impresionado, ahora me aterraba. Esta vez corrí a ver a Lila. Cuando le dije de qué se trataba, se puso burlona:

—¿No querías la ley? Ahí la tienes.

—¿Qué hago?

—Armarla.

—¿Cómo?

—Cuenta a los periódicos lo que te está pasando.

—Estás loca. Antonio me ha dicho que detrás de Carmen están los abogados de los Solara, y no me digas que no lo sabes.

—Claro que lo sé.

—Entonces, ¿por qué no me lo dijiste?

—¿Porque no ves lo nerviosa que estás? Pero no debes preocuparte. Tú tienes miedo de la ley y los Solara le tienen miedo a tu libro.

—Les tengo miedo porque con todo su dinero pueden arruinarme.

—El dinero es justamente lo que les tienes que tocar. Escribe. Cuanto más escribas de sus chanchullos, más les arruinarás los negocios.

Me deprimí. ¿Eso pensaba Lila? ¿Ese era su proyecto? Solo entonces comprendí con claridad que me atribuía la fuerza que de niñas le habíamos atribuido a la autora de *Mujercitas*. ¿Por eso había querido a toda costa que regresara al barrio? Me retiré sin decir nada. Fui a mi casa, llamé otra vez a la editorial. Confié en que el director se estuviera ocupando de algún modo del asunto, quería noticias que me tranquilizaran, pero no conseguí localizarlo. Al día siguiente fue él quien me llamó. Me anunció con tono alegre que el

Corriere della Sera publicaba un artículo suyo —suyo, de puño y letra— en el que hablaba de la querella. Corre a comprarlo, me dijo, y dime qué opinas.

97

Fui al quiosco más angustiada que nunca. Vi otra vez mi foto con Tina, esta vez en blanco y negro. La querella se anunciaba ya en el titular, se la consideraba un intento de amordazar a una de las poquísimas narradoras valientes etcétera, etcétera. No se mencionaba el nombre del barrio, no se aludía a los Solara. El artículo, de forma bastante hábil, colocaba el episodio en el corazón de un conflicto existente en todas partes «entre los restos medievales que impiden la modernización del país y el imparable avance, también en el sur, de la renovación política y cultural». Era un texto breve, pero que defendía eficazmente, sobre todo al final, los argumentos de la literatura separándolos de las que se denominaban «las tristísimas disputas locales».

Me tranquilicé, tuve la sensación de estar bien protegida. Telefoneé al director, elogié mucho el artículo, luego fui a enseñarle el diario a Lila. Esperaba que se alborozara. Me parecía que eso era lo que quería, un despliegue del poder que ella me atribuía.

—¿Por qué le has hecho escribir el artículo a ese tipo? —se limitó a decir, huraña.

—¿Qué problema hay? La editorial se ha puesto de mi parte, ella se ocupa de este alboroto, me parece un punto positivo.

—Son cháchara, Lenù, a ese tipo lo único que le interesa es vender el libro.

—¿Y no te parece bien?

—Me parece bien, pero el artículo tenías que escribirlo tú.

Me puse nerviosa, no lograba comprender qué tenía en mente.

—¿Por qué?

—Porque eres buena y conoces bien la situación. ¿Te acuerdas cuando escribiste contra Bruno Soccavo?

En lugar de alegrarme, esa referencia me molestó. Bruno había muerto y no me gustaba recordar lo que yo había escrito. Era un muchacho con poca cabeza, que había terminado en las redes de los Solara y a saber en cuántas otras más, dado que lo habían asesinado. No estaba contenta de haberla tomado con él.

—Lila —dije—, el artículo no era contra Bruno, era un artículo sobre el trabajo en la fábrica.

—Lo sé, ¿y qué? Se la hiciste pagar, y ahora que eres una persona todavía más importante puedes hacerlo mejor. Los Solara no tienen que esconderse detrás de Carmen. Tienes que poner al descubierto los chanchullos de los Solara para que no manden más.

Comprendí por qué había despreciado el texto del director. No le importaba siquiera un poco la libertad de expresión y la batalla entre retraso y modernización. Lo único que le interesaba a ella eran las tristísimas disputas locales. Quería que ahí y ahora yo contribuyera a la confrontación con gente concreta que sabíamos bien de qué pasta estaba hecha desde la infancia.

—Lila, al *Corriere* le importa un bledo que Carmen se haya vendido a los Solara y que ellos la hayan comprado. Para que un artículo salga en un gran periódico debe tener un sentido general, si no, no lo publican —dije.

Le mudó el semblante.

—Carmen no se ha vendido —dijo—, siempre ha sido amiga tuya y te ha puesto la querella por un único motivo: la han obligado.

—No entiendo, explícate.

Me sonrió burlona, estaba muy enojada.

—No te explico nada, los libros los escribes tú, eres tú la que tienes que explicar. Lo único que sé es que aquí nosotros no tenemos una editorial de Milán que nos proteja, nadie que escriba artículos en los periódicos por nosotros. Nosotros solo somos una cuestión local y nos apañamos como podemos; si tú nos quieres echar una mano, bien, y si no, nos arreglamos solos.

98

Regresé a ver a Roberto y lo atormenté hasta que me dio la dirección de los parientes de Giugliano, después me subí al coche con Imma y me fui a buscar a Carmen.

El calor era sofocante. Me costó encontrar la dirección, porque los parientes vivían en las afueras. Me abrió una mujerona que me dijo con modales bruscos que Carmen se había vuelto para Nápoles. No muy contenta me marché con Imma que protestaba porque, aunque apenas habíamos recorrido a pie un centenar de metros, decía que estaba cansada. Pero en cuanto doblé la esquina para regresar al coche me topé con Carmen que llegaba cargada con bolsas de la compra. Fue un instante, me vio, y se echó a llorar. La abracé, Imma también quiso abrazarla. Luego buscamos un bar con una mesita en la sombra y después de obligar a la niña a que jugara en silencio con sus muñecas, le pedí que me explicara la situación. Ella confirmó lo que me había dicho Lila: la habían obligado a querellarse contra mí. Y me dijo el motivo: Marcello le había hecho creer que sabía dónde se escondía Pasquale.

—¿En serio?

—En serio.

—¿Y tú sabes dónde se esconde?

Tras vacilar, asintió.

—Dijeron que cuando quieran, me lo matan.

Traté de calmarla. Le dije que si los Solara hubiesen sabido realmente dónde estaba la persona a la que atribuían el homicidio de su madre, habrían ido a buscarla hacía tiempo.

—Entonces, ¿tú crees que no lo saben?

—No lo saben. A estas alturas, por el bien de tu hermano, solo te queda una cosa por hacer.

—¿Qué?

Le dije que si quería salvar a Pasquale debía entregarlo a los carabineros.

No conseguí un buen efecto. Ella se puso a la defensiva, me esforcé por explicarle que era la única manera de protegerlo de los Solara. Fue inútil, me di cuenta de que mi solución le sonaba como la peor de las traiciones, algo mucho más grave que su traición a mí.

—Así estás en sus manos —dije—, te pidieron que te querellaras contra mí, pueden pedirte cualquier otra cosa.

—Soy su hermana —exclamó.

—No es cuestión de amor de hermana —dije—, en este caso, tu amor de hermana me ha hecho daño a mí, seguramente no lo salva a él y corre el riesgo de perjudicarte también a ti.

Pero no hubo manera de convencerla, al contrario, cuanto más discutíamos, más me confundía yo. Y Carmen no tardó en echarse a llorar otra vez; a ratos se lamentaba por lo que me había hecho y me pedía perdón, a ratos se lamentaba de lo que podían hacerle a su hermano y se desesperaba. Me acordé de cómo era de jovencita, en la época en que no me hubiera imaginado nunca que fuera capaz de una fidelidad tan obstinada. La dejé porque no estaba en condiciones de consolarla, porque Imma estaba muy sudada y temía que volviera a enfermarse, porque tenía cada vez menos claro qué pretendía de ella. ¿Quería que interrumpiera la larga complicidad con Pasquale? ¿Porque creía que era lo correcto? ¿Quería que optara por el Estado más que por su hermano? ¿Por qué? ¿Para liberarla de los Solara y hacerle retirar la querella? ¿Contaba eso más que su angustia?

—Haz como mejor te parezca, pero no olvides que no te guardo rencor —le dije.

Tras mi comentario, vi en los ojos de Carmen un imprevisible destello de ira.

—¿Y por qué ibas a guardarme rencor? ¿Tú qué pierdes? Sales en los diarios, te haces publicidad, vendes más. No, Lenù, no deberías habérmelo dicho, me has aconsejado que entregue a Pasquale a los carabineros, te has equivocado.

Me fui de ahí amargada y en el viaje de regreso dudé de haber hecho bien en querer verla. Me imaginé que ahora iría en persona a ver a los Solara para hablarles de mi visita, y que, después del artículo del director en el *Corriere*, la obligarían a emprender otras acciones contra mí.

99

Durante días esperé nuevos desastres, pero no pasó nada. El artículo tuvo cierto clamor, los diarios napolitanos se hicieron eco de él y lo ampliaron, recibí llamadas telefónicas y cartas de apoyo. Pasaron las semanas, me hice a la idea de haber recibido una querella, descubrí que era algo que les pasaba a muchos de mi oficio y algunos estaban mucho más expuestos que yo. Se impuso la cotidianidad. Durante un tiempo evité a Lila, puse atención en no dejarme inmiscuir en jugadas erróneas.

El libro se seguía vendiendo. En agosto me fui de vacaciones a Santa Maria di Castellabate y parecía que Lila y Enzo también alquilarían una casa en la playa, aunque después prevaleció el trabajo y me confiaron con naturalidad a Tina. Entre las mil preocupaciones y fatigas de esa época (llama a esta, pégale un grito a la otra, resuelve una pelea, haz la compra, cocina), el único placer fue espiar a un par de lectores que leían mi libro debajo de la sombrilla.

En otoño las cosas mejoraron aún más, porque gané un premio de cierta importancia dotado con una cantidad considerable y sentí que lo hacía bien, que era hábil en las relaciones públicas, que tenía perspectivas económicas cada vez más satisfactorias. Pero ya no experimenté más la dicha, el estupor de las primeras semanas de éxito. Sentía los días como si la luz se hubiese vuelto opaca y percibía a mi alrededor un malestar difuso. Desde hacía un tiempo no había noche en que Enzo no le gritara a Gennaro, algo muy raro antes. Las veces que pasaba por Basic Sight encontraba a Lila confabulando con Alfonso, y si intentaba acercarme ella me indicaba que esperara un momento con un gesto distraído. Se comportaba del mismo modo si hablaba con Carmen, que había regresado al barrio, y con Antonio, que por oscuros motivos había aplazado su partida por tiempo indefinido.

Era evidente que alrededor de Lila las cosas estaban empeorando, pero ella me mantenía al margen y yo prefería mantenerme al margen. Después se produjeron dos circunstancias muy desagradables, una después de la otra. Lila descubrió por casualidad que Gennaro tenía los brazos llenos de pinchazos. La oí gritar como nunca. Azuzó a Enzo, lo impulsó a moler a palos a su hijo, eran dos hombres robustos y se cascaron de lo lindo. Al día siguiente echó a su hermano Rino de Basic Sight, aunque Gennaro le suplicara que no despidiera a su tío, juraba que él no lo había iniciado en la heroína. Aquella tragedia afectó mucho a las niñas, especialmente a Dede.

—¿Por qué la tía Lina trata así a su hijo?

—Porque ha hecho algo que no debía.

—Él ya es mayor, puede hacer lo que quiera.

—No si es algo que puede matarlo.

—¿Y por qué? Es su vida, tiene derecho a hacer con ella lo que le parezca. No sabéis lo que es la libertad, la tía Lina tampoco.

Ella, Elsa y también Imma estaban aturdidas por ese estallido de gritos y maldiciones de su queridísima tía Lina. Gennaro se quedó encerrado en casa y se pasaba el día gritando. Su tío Rino desapareció de Basic Sight tras haber roto una máquina muy cara, y sus maldiciones se oyeron en todo el barrio. Una noche fue Pinuccia con sus hijos a suplicarle a Lila que readmitiera a su marido y acudió acompañada de su suegra. Lila trató fatal tanto a su madre como a su cuñada; los gritos y los insultos llegaron muy nítidos a mi casa. Así nos entregas a los Solara atados de pies y manos, gritaba Pinuccia, desesperada. Y Lila rebatía: os lo merecéis, estoy hasta el coño de deslomarme por vosotros sin recibir siquiera una pizca de gratitud.

Eso no fue nada comparado con lo que pasó al cabo de unas semanas. Las aguas acababan de volver a su cauce cuando Lila empezó a pelearse con

Alfonso, que se había hecho indispensable para la marcha de Basic Sight y no obstante se comportaba de un modo cada vez menos fiable. Faltaba a citas importantes de trabajo, si se presentaba, adoptaba actitudes bochornosas, iba todo pintado, hablaba de sí mismo en femenino. Sin embargo, Lila ya había desaparecido por completo de sus facciones y la masculinidad, a pesar de sus esfuerzos, volvía a apoderarse de él. Ahora afloraba en la nariz, en la frente, en los ojos, algo de su padre, don Achille, hasta el punto de que él mismo se daba asco. En consecuencia, parecía empeñado en una fuga constante de su propio cuerpo, que iba haciéndose más pesado, y a veces, pasaban días sin que se supiera nada de él. Cuando reaparecía traía casi siempre marcas de golpes. Retomaba el trabajo pero con desgana.

Y un buen día desapareció para siempre; Lila y Enzo lo buscaron por todas partes sin éxito. Su cuerpo fue hallado días más tarde en la playa de Coroglio. Lo habían matado a palos quién sabe dónde y luego lo habían lanzado al mar. En un primer momento no me lo creí. Pero cuando me di cuenta de que todo era brutalmente cierto, sentí un dolor que no se me pasaba. Volví a verlo como era en la época del bachillerato superior, amable, atento con los demás, muy querido por Marisa, atormentado por Gino, el hijo del farmacéutico. A veces me atreví incluso a evocarlo detrás del mostrador de la charcutería en las vacaciones de verano, cuando lo obligaban a hacer un trabajo que detestaba. Pero prescindí del resto de su vida, la conocía poco, la sentía confusa. No lograba pensar en el Alfonso en que se había convertido, se desdibujaron nuestros encuentros recientes, me olvidé también de la época en que se ocupaba de la tienda de zapatos de la piazza dei Martiri. Por culpa de Lila, pensé en caliente: con su afán de forzar a los demás mezclándolo todo, lo trastornó. Se había servido de él por oscuros motivos y después lo había dejado estar.

Pero cambié de opinión casi de inmediato. Lila se había enterado de la noticia hacía pocas horas. Sabía que Alfonso estaba muerto, pero no conseguía librarse de la rabia que desde hacía días sentía hacia él e insistía de un modo grosero en la informalidad de Alfonso. Después, en mitad de una parrafada de esas, se desplomó en mi casa, evidentemente por el dolor insoportable. A partir de ese momento tuve la impresión de que ella lo había querido más que yo, incluso más que Marisa y, como por otra parte me había contado a menudo Alfonso, lo había ayudado más que nadie. En las horas siguientes se mostró desganada, dejó de trabajar, se desinteresó por Gennaro, me dejó a Tina. Entre Alfonso y ella debió de existir una relación más completa de la que yo había imaginado. Debió de asomarse a él como a un espejo para reflejarse y extraer de su cuerpo una parte de sí misma. Todo lo contrario, pensé avergonzada, de lo que yo había contado en mi segundo libro. A Alfonso debió de gustarle mucho ese esfuerzo de Lila, él se le había ofrecido como una materia viva y ella lo había esbozado. O al menos eso me pareció en el tiempo breve en que traté de poner orden en aquella experiencia y calmarme. Pero, en resumidas cuentas, no fue más que una sugestión mía. En realidad, ni entonces ni después ella me habló de su vínculo. Se quedó aturdida por el sufrimiento, anidando a saber qué sentimientos, hasta el día del funeral.

100

Muy pocos asistimos a las exequias. No vino ninguno de sus amigos de la piazza dei Martiri, ni de sus parientes. Me sorprendió sobre todo la ausencia de Maria, su madre, aunque tampoco estaban sus hermanos, Pinuccia y Stefano, ni Marisa con los chicos, que tal vez eran hijos suyos, o tal vez no. Lo sorprendente fue que asistieran los Solara. Michele estaba muy delgado, se mostró torvo, miraba sin cesar a su alrededor con ojos de loco. Todo lo contrario de Marcello, que estaba casi compungido, actitud que contrastaba con el lujo de cada una de las prendas que vestía. No se limitaron a participar en el cortejo fúnebre; fueron en coche hasta el cementerio, estuvieron presentes en la inhumación. Durante todo el tiempo me pregunté por qué se exponían al rito y traté de captar la mirada de Lila. Ella no me miró en ningún momento, se concentró en ellos, se limitó a clavarles la vista provocativamente. Al final, cuando vio que se marchaban, me agarró del brazo, estaba furiosa.

—Acompáñame.

—¿Adónde?

—A hablar con esos dos.

—Tengo a las niñas.

—Se encargará Enzo.

Titubeé, traté de resistirme, le dije:

—Déjalo estar.

—Entonces voy sola.

Resoplé, siempre había sido así: si me negaba a seguirla, me dejaba plantada. Le hice una seña a Enzo para que se ocupara de las niñas —él parecía no haber hecho ningún caso a los Solara— y con el mismo espíritu con el que la había seguido escaleras arriba hasta la casa de don Achille o en las batallas con piedras contra los varones, la seguí a través de la geometría de edificios blancuzcos, repletos de nichos.

Lila no le prestó atención a Marcello, se plantó delante de Michele.

—¿Cómo es que has venido? ¿Tienes remordimientos?

—No me fastidies, Lina.

—Los dos estáis acabados, tendréis que marcharos del barrio.

—Será mejor que te vayas tú mientras puedas.

—¿Me estás amenazando?

—Sí.

—Ni se te ocurra tocar a Gennaro, y no me toques a Enzo. ¿Me has oído, Michè? Que no se te olvide que sé lo suficiente para arruinarte, a ti y a esa otra bestia.

—No sabes nada, no tienes nada en tu poder, y sobre todo no tienes idea de nada. ¿Es posible que siendo tan inteligente todavía no te hayas dado cuenta de que me importas una mierda?

Marcello lo agarró de un brazo, y dijo en dialecto:

—Vámonos, Michè, aquí estamos perdiendo el tiempo.

Michele se soltó el brazo con fuerza y se dirigió a Lila:

—¿Te crees que me das miedo porque Lenuccia sale siempre en los diarios? ¿Eso crees? ¿Que le tengo miedo a una tía que escribe novelas? Ella no es nadie. En cambio, tú sí que eres alguien, hasta tu sombra es mejor que cualquier persona de carne y hueso. Pero nunca has querido entenderlo, peor para ti. Te quitaré todo lo que tienes.

Pronunció esa última frase como si de pronto le hubiese entrado dolor de estómago, y después, casi como reacción al dolor físico, antes de que su hermano pudiera detenerlo, le dio a Lila un violento puñetazo en toda la cara que la dejó tendida en el suelo.

101

Me quedé paralizada por aquel gesto del todo inesperado. Ni siquiera Lila hubiera podido imaginárselo, ya estábamos acostumbradas a la idea de que Michele no solo no la tocaría nunca, sino que mataría a quien lo hiciera. Por eso no conseguí gritar, ni siquiera me salió un sonido ahogado.

Marcello se llevó a su hermano, pero entretanto, mientras tiraba de él y lo empujaba, mientras Lila escupía palabras en dialecto y sangre («te mato, como que hay Dios, los dos sois hombres muertos»), me dijo con ironía afectuosa: esto lo puedes poner en tu próxima novela, Lenù, y dile a Lina, por si no lo ha entendido, que mi hermano y yo hemos dejado realmente de quererla.

Fue difícil convencer a Enzo de que la cara tumefacta de Lila se debía a la aparatosa caída que sufrió, como le dijimos, a raíz de una súbita pérdida del conocimiento. Es más, estoy casi segura de que él no se lo creyó, primero, porque mi versión —con lo nerviosa que estaba— debió de parecerle del todo menos admisible; y segundo, porque Lila no hizo el menor esfuerzo por ser persuasiva. Sin embargo, cuando Enzo trató de poner objeciones, ella le dijo con sequedad que las cosas habían sido exactamente así y él dejó de discutir. La relación de ambos se basaba en la idea de que una mentira manifiesta de Lila era la única verdad pronunciable.

Me fui a casa con mis hijas. Dede estaba asustada, Elsa incrédula, Imma hacía preguntas como: ¿dentro de la nariz hay sangre? Yo estaba desorientada, furiosa. De vez en cuando bajaba a ver cómo se encontraba Lila y a tratar de llevarme a Tina, pero la niña estaba alarmada por el estado de su madre y entusiasmada ante la idea de poder cuidar de ella. Por ambos motivos no tenía la menor intención de abandonarla un solo minuto, y le untaba una pomada con mucha delicadeza, le ponía pequeños objetos de metal en la frente para refrescársela y aliviarle el dolor de cabeza. Cuando bajé con mis hijas como cebo para ver si conseguía que Tina subiera a mi casa, terminé por complicar la situación. Imma trató por todos los medios de meterse en el juego de los cuidados, Tina no quiso cederle el sitio ni un instante y chilló con desesperación cuando Dede y Elsa quisieron desautorizarla. La mamá enferma era suya y no quería cedérsela a nadie. Al final Lila nos echó a todas, a mí incluida, y con tal energía que me pareció que se encontraba mejor.

De hecho, se recuperó enseguida. Yo no. La furia se convirtió primero en rabia, luego se transformó en desprecio por mí misma. No lograba perdonarme por haberme quedado paralizada frente a la violencia. Me decía: en qué te has convertido; por qué has vuelto a vivir aquí, si no has sido capaz de reaccionar contra esos dos cabrones; eres demasiado respetable, te las das de señora democrática que se mezcla con la plebe, te gusta decir en los periódicos: vivo donde he nacido, no quiero perder el contacto con mi realidad; pero eres ridícula: el contacto lo perdiste hace tiempo, te desmayas si notas olor a mugre, a vómito, a sangre. Pensaba todo esto y mientras tanto me venían a la cabeza imágenes en las que arremetía con crueldad contra Michele. Lo golpeaba, lo arañaba, lo mordía, el corazón me latía con fuerza. Después el ansia destructora se adormeció y me dije: Lila tiene razón, no se escribe por escribir, se escribe para hacer daño a quien se quiere hacer daño. Un daño de palabras contra un daño de puñetazos, patadas e instrumentos de muerte. No mucho, pero suficiente. Claro, ella todavía tenía en mente nuestros sueños de la infancia. Creía que si con la escritura conseguías fama, dinero y poder, te convertías en una persona cuyas frases eran rayos. Pero desde hacía tiempo yo sabía que todo era más mediocre. Un libro, un artículo podían hacer ruido, pero el ruido también se elevaba de los antiguos guerreros antes de la batalla y si no iba acompañado de una fuerza real y de una violencia desmedida, era solo teatro. Sin embargo, quería redimirme, el ruido sí hacía algo de daño. Una mañana fui al piso de abajo, le pregunté a Lila: qué sabes que pueda asustar a los Solara.

Me miró intrigada, le dio vueltas un rato, sin muchas ganas, contestó: cuando trabajé para Michele vi muchos documentos, los estudié a fondo, algunos me los dio él mismo. Tenía la cara morada, hizo una mueca de dolor, añadió en el dialecto más chabacano: si un hombre quiere un chocho y lo quiere tanto que no consigue siquiera decir lo quiero, aunque le pidas que meta la picha en aceite hirviendo, él va y la mete. Después se agarró la cabeza con las manos, la sacudió con fuerza como si fuese un vaso de estaño con dados dentro, y me di cuenta de que en ese momento ella también se despreciaba. No le gustaba cómo se veía obligada a tratar a Gennaro, cómo había insultado a Alfonso, cómo había echado a su hermano. Tampoco le gustaba ni una sola de esas palabras tan procaces que salían de su boca. No se soportaba, no soportaba nada. Pero en un momento dado debió de notar que estábamos del mismo humor y me preguntó:

—Si te doy cosas, ¿las escribirás?

—Sí.

—¿Y después lo harás publicar?

—Tal vez, no lo sé.

—¿De qué depende?

—Tengo que estar segura de que hará daño a los Solara pero no a mí ni a mis hijas.

Me miró sin lograr decidirse. Después dijo: quédate diez minutos con Tina, y salió de casa. Regresó al cabo de media hora con una bolsa de tela floreada repleta de documentos.

Nos sentamos a la mesa de la cocina, mientras Tina e Imma parloteaban en voz baja moviendo por el suelo muñecas, carruajes y caballos. Lila sacó muchos papeles, apuntes suyos, incluso dos cuadernos con tapas rojas llenas de manchas. Enseguida hojeé con curiosidad estos últimos: hojas cuadriculadas escritas con una caligrafía de antigua escuela primaria, una contabilidad minuciosamente glosada en una lengua repleta de errores gramaticales, rematada al final de cada página con la sigla M. S. Comprendí que formaban parte de lo que en el barrio siempre habían llamado el libro rojo de Manuela Solara. Qué resonancia sugestiva, si bien amenazadora —quizá justamente por ser amenazadora—, había tenido en nuestra infancia y adolescencia la expresión «libro rojo». Cualquier otra palabra que utilizáramos al hablar de él, registro, por ejemplo, y aunque modificáramos su color, el libro de Manuela Solara nos emocionaba como un documento ultrasecreto, núcleo de aventuras sangrientas. Y ahí estaba. Era un conjunto de a saber cuántos cuadernos escolares como los dos que tenía a la vista: cuadernos del todo banales, mugrientos, con el borde inferior izquierdo levantando en onda. En un instante comprendí que la memoria ya era literatura y que quizá Lila tuviera razón: mi libro, pese a tener mucho éxito, era realmente feo, y lo era porque estaba bien organizado, escrito con un cuidado obsesivo, porque yo no había sabido imitar la banalidad descoordinada, antiestética, ilógica y deformada de las cosas.

Mientras las niñas jugaban —en cuanto amagaban con pelearse, les lanzábamos chillidos nerviosos para calmarlas—, Lila me puso delante todo el material en su poder, me explicó su sentido. Lo organizamos y sintetizamos. Cuánto hacía que no nos empeñábamos en algo juntas. Ella parecía contenta, comprendí que eso era lo que quería y esperaba de mí. Al final del día desapareció otra vez con su bolsa y yo me volví a mi apartamento a analizar los apuntes. En los días siguientes quiso que nos reuniéramos en Basic Sight. Nos encerramos en su cuarto y se puso delante del ordenador, una especie de televisor con un teclado, muy distinto del que me había enseñado hacía un tiempo a mí y a las niñas. Pulsó el botón de encendido y metió unos rectángulos negros dentro de unas ranuras grises. Esperé perpleja. En la pantalla aparecieron unos parpadeos luminosos. Lila empezó a escribir en el teclado y me quedé boquiabierta. Nada que ver con una máquina de escribir, ni siquiera eléctrica. Ella acariciaba las teclas grises con las yemas de los dedos y la escritura nacía en la pantalla, en silencio, verde como la hierba recién brotada. Lo que había en su cabeza, agarrado a saber a qué corteza cerebral, parecía volcarse hacia fuera por puro milagro y plasmarse en la nada de la pantalla. Era potencia que, aun pasando por el acto, seguía siendo potencia, un estímulo electroquímico que se transformaba de inmediato en luz. Me pareció la escritura de Dios como debió de ser en el monte Sinaí en los tiempos de los mandamientos, impalpable y tremenda, pero con un efecto concreto de pureza. Magnífico, dije. Te enseño, dijo ella. Y me enseñó, y empezaron a alargarse unos segmentos deslumbrantes, hipnóticos, frases que decía yo, frases que decía ella, nuestras discusiones volátiles que se imprimían en el charco oscuro de la pantalla como estelas sin espuma. Lila escribía, yo lo pensaba mejor. Entonces ella borraba con una tecla, con otras hacía desaparecer un bloque entero de luz, y en un segundo lo hacía reaparecer más arriba o más abajo. E inmediatamente después era Lila quien cambiaba de idea, y todo se modificaba de nuevo, en un abrir y cerrar de ojos, movimientos fantasmagóricos, lo que ahora está aquí o está allá o ya no está. Sin necesidad de bolígrafo ni de lápiz, sin necesidad de cambiar la hoja de papel ni de poner otra en el rodillo. La página es la pantalla, única, ni rastros de los cambios de idea, parece siempre la misma. Y la escritura es incorruptible, las líneas están todas perfectamente alineadas, irradian una sensación de limpieza incluso ahora que sumamos las canalladas de los Solara a las canalladas de media Campania.

Trabajamos durante días. El texto cayó del cielo a la tierra a través del estrépito de la impresora, se concretó en puntitos negros depositados sobre el papel. Lila lo encontró inadecuado, volvimos a los bolígrafos, nos costó corregirlo. Estaba rabiosa, esperaba más de mí, creía que yo sabría responder a todas sus preguntas, se enojaba porque estaba convencida de que yo era un pozo de sabiduría. En cambio, a cada línea se daba cuenta de que desconocía la geografía local, las argucias de las administraciones, el funcionamiento de los consejos municipales, las jerarquías de un banco, los delitos y las penas. Sin embargo, por contradictorio que pudiera parecer, hacía tiempo que no la notaba tan orgullosa de mí y de nuestra amistad. «Tenemos que destruirlos, Lenù, y si con esto no basta, voy y los mato.» Nuestras cabezas chocaron —ahora que lo pienso, por última vez— la una contra la otra largo tiempo, y se fundieron hasta convertirse en una sola. Al final tuvimos que resignarnos a aceptar que todo había terminado, se inauguró el tiempo mortecino de lo hecho, hecho está. Ella hizo la enésima impresión, yo metí nuestras páginas en un sobre, se las envié al director de la editorial y le pedí que le enseñara el material a los abogados. Necesito saber, le comenté por teléfono, si es suficiente para mandar a la cárcel a los Solara.

102

Pasó una semana, pasaron dos. El director me telefoneó una mañana y se deshizo en elogios.

—Estás en un período espléndido —dijo.

—He trabajado con una amiga mía.

—Pero se nota tu mano en su mejor expresión, es un texto extraordinario. Hazme un favor, enséñaselo al profesor Sarratore, así sabrá cómo se puede transformar cualquier cosa en una lectura apasionante.

—A Nino ya no lo veo.

—Tal vez por eso estás tan en forma.

No me reí, tenía urgencia por saber qué habían dicho los abogados. La respuesta me decepcionó. No había material suficiente, dijo el director, ni para un día entre rejas. Podrás darte alguna satisfacción, pero esos Solara tuyos no pisarán la cárcel, sobre todo si, como los describes, están metidos en la política local y tienen dinero para comprar a cuantos quieran. Me sentí débil, las piernas flojas, perdí convicción, pensé: Lila se pondrá furiosa. Dije desanimada: son mucho peores de como los describo. El director se percató de mi decepción, trató de darme ánimos, de nuevo elogió la pasión que había puesto en esas páginas. Pero la conclusión siguió siendo la misma: con estas cosas que salen en tu texto no consigues arruinarlos. Después me sorprendió al insistir en que no me guardara el texto y lo publicara. Llamo yo a *L'Espresso*, me propuso, en este momento, si sales con un artículo de ese tipo, haces un gesto importante para ti, para tu público, para todos, muestras que la Italia en la que vivimos es mucho peor de lo que nos contamos. Y me pidió permiso para someter una vez más mis páginas a los abogados para que le dijeran a qué riesgos jurídicos me exponía, qué había que borrar y qué se podía conservar. Pensé en lo fácil que había sido todo cuando se trató de darle un susto a Bruno Soccavo y me negué en redondo. Dije: me caería otra querella, me metería inútilmente en un mar de problemas y me vería obligada —cosa que no quiero hacer, por amor a mis hijas— a pensar que las leyes funcionan con quien las teme, pero no con quien las viola.

Esperé un poco, luego me armé de valor y se lo conté todo a Lila, palabra por palabra. No perdió la calma. Encendió el ordenador, repasó el texto, pero creo que no lo releyó, miraba la pantalla con fijeza y entretanto reflexionaba. Después me preguntó con un tono de nuevo hostil:

—¿Te fías de ese director?

—Sí, es una buena persona.

—Entonces, ¿por qué no quieres publicar el artículo?

—¿Para qué serviría?

—Para aclarar las cosas.

—Ya está todo claro.

—¿Para quién? ¿Para ti, para mí, para el director?

Negó con la cabeza insatisfecha, y me dijo gélida que tenía que trabajar.

—Espera —dije.

—Tengo prisa. Sin Alfonso el trabajo se ha complicado. Vete, por favor, vete.

—¿Por qué te enfadas conmigo?

—Vete.

Dejamos de vernos durante un tiempo. Por la mañana me mandaba a Tina, por la noche o venía Enzo a recogerla o ella gritaba desde el rellano: Tina, ven con mamá. Pasaron un par de semanas, creo, y el director me telefoneó muy entusiasmado.

—Muy bien, me alegro de que te hayas decidido.

No lo entendía y me dijo que un amigo suyo de *L'Espresso* lo había llamado, le urgía conseguir mi dirección. Por él se había enterado de que el texto sobre los Solara se publicaría con algunos cortes en el número de esa semana. Podías haber avisado de que habías cambiado de idea, dijo.

Me entraron sudores fríos, no sabía qué decir, hice como si tal cosa. Tardé un instante en comprender que Lila se había encargado de enviar nuestras páginas a la revista. Corrí a su casa para protestar, estaba indignada, pero la encontré especialmente afectuosa, y sobre todo alegre.

—Como no te decidías, lo decidí yo.

—Yo había decidido no publicarlo.

—Yo no.

—Entonces fírmalo tú.

—¿Qué dices? Tú eres la que escribe.

Fue imposible transmitirle mi desaprobación y mi angustia, todas mis frases críticas se desinflaron al chocar con su buen humor. El artículo salió con gran relieve, seis páginas densas, y, naturalmente, con una sola firma, la mía.

Cuando me di cuenta, nos peleamos.

—No entiendo por qué te comportas así —le dije crispada.

—Yo sí lo entiendo —contestó.

En la cara aún tenía las marcas del puñetazo de Michele, pero seguramente el miedo no fue lo que le impidió firmar. La aterraba otra cosa y yo lo sabía, los Solara le importaban un bledo. Sin embargo, estaba tan resentida que de todas formas se lo eché en cara; «no has puesto tu firma porque te gusta permanecer oculta, porque es cómodo lanzar la piedra y esconder la mano, estoy harta de tus maquinaciones», y ella se echó a reír, le pareció una acusación insensata. No me gusta que pienses así, dijo. Asumió una actitud enfurruñada, dijo entre dientes que había enviado el artículo a *L'Espresso* solo con mi firma porque la suya no valía nada, porque yo era la que había estudiado, porque yo era famosa, porque ya podía darle una paliza a quien fuera sin temor. En esas palabras hallé la confirmación de que sobrevaloraba ingenuamente mi función y se lo dije. Pero ella se hartó, respondió que quien se subestimaba era yo, por eso quería que me empleara más a fondo y mejor, que a mi alrededor aumentara aún más la aceptación, su único deseo era que se reconocieran cada vez más mis méritos. Ya verás, exclamó, lo que les pasará a los Solara.

Me fui a mi casa con la moral por los suelos. No logré ahuyentar la sospecha de que me estaba utilizando, tal como había dicho Marcello. Me había llevado al matadero y ella contaba con ese poco de notoriedad que yo tenía para ganar su guerra, para llevar a cabo sus venganzas, para acallar sentimientos de culpa solo suyos.

103

En realidad, firmar aquel artículo supuso otro salto de calidad. Gracias a su difusión muchos de mis fragmentos fueron encajando. Demostré que no solo tenía una vocación de narradora, sino que así como en el pasado me había ocupado de luchas sindicales y me había comprometido con la crítica de la condición femenina, del mismo modo me batía contra la degradación de mi ciudad. El pequeño público que había logrado conquistar a finales de los años sesenta se unió al que, entre altibajos, había cultivado en los años setenta y al nuevo, más numeroso, de ahora. Eso benefició a mis dos primeros libros, que se reimprimieron, y al tercero, que siguió vendiéndose muy bien, mientras se concretaba la idea de hacer una película.

Obviamente, esas páginas me causaron bastantes problemas. Me citaron los carabineros. Me tomó declaración la policía fiscal. Me denigraron los periódicos locales de derecha, que me etiquetaban de divorciada, feminista, comunista, partidaria de terroristas. Recibí llamadas telefónicas anónimas en las que me amenazaron a mí y a mis hijas en un dialecto cargado de obscenidades. Pero, aunque vivía angustiada —la angustia ya me parecía connatural a la escritura—, en definitiva acabé por inquietarme mucho menos que en la época del artículo de *Panorama* y de la querella de Carmen. Era mi trabajo, estaba aprendiendo a hacerlo cada vez mejor. Además, me sentía protegida por el apoyo jurídico de la editorial, por la aceptación que tenía en los periódicos de izquierda, por la asistencia cada vez más numerosa de público y por la idea de que tenía razón.

Sin embargo, para ser sincera, no fue solo eso. Me tranquilicé sobre todo cuando resultó evidente que los Solara no harían absolutamente nada contra mí. Mi visibilidad los empujó a ser lo más invisibles posible. Marcello y Michele no solo no se plantearon una segunda querella, sino que se callaron por completo; incluso cuando me los encontré delante de los defensores del orden, los dos se limitaron a unos saludos fríos pero respetuosos. Y así las aguas volvieron a su cauce. Lo único concreto fue que se abrieron varias investigaciones y se incoaron otros tantos expedientes. No obstante, tal como había previsto el bufete de abogados de la editorial, las primeras no tardaron en estancarse y los segundos, me imagino, acabaron sepultados debajo de miles de otros expedientes, y los Solara quedaron libres mientras los trámites seguían su curso. El único daño que causó el artículo fue de naturaleza afectiva: mi hermana, mi sobrino Silvio, mi propio padre me apartaron de su vida, no con palabras sino con hechos. Solo Marcello siguió mostrándose cordial. Una tarde lo encontré por la avenida, miré hacia otro lado. Pero él se me plantó delante, y dijo: Lenù, sé que si hubieras podido, no lo habrías hecho, no tengo nada contra ti, tú no tienes la culpa; por eso, recuerda que mi casa está siempre abierta. Repliqué: ayer mismo Elisa me colgó el teléfono. Sonrió: tu hermana es la jefa, ¿yo qué puedo hacer?

104

Sin embargo, ese éxito en esencia conciliador deprimió a Lila. No ocultó la decepción, si bien no la expresó con palabras. Siguió adelante como si nada: pasaba por casa, me dejaba a Tina e iba a encerrarse a su despacho. Aunque a veces también se quedaba todo el día en cama, decía que le estallaba la cabeza y dormitaba.

Me cuidé de no echarle en cara que la decisión de publicar nuestras páginas había sido suya. No le dije: te advertí de que los Solara saldrían de esto indemnes, ya me lo dijeron en la editorial. Pero asimismo se le grabó en la cara la amargura de haber errado en su valoración. En esas semanas se sintió humillada por haber vivido atribuyendo poder a cosas que en las jerarquías corrientes contaban poco: el alfabeto, la escritura, los libros. Hoy pienso que ella, que parecía tan desencantada, tan adulta, puso fin a su infancia justo en esos días.

Dejó de ser para mí una ayuda. Con más frecuencia dejó a su hija a mi cargo y a veces, raramente, también a Gennaro, obligado a quedarse holgazaneando en mi casa. Por otro lado, mi vida era cada vez más complicada y no sabía cómo arreglármelas. Una mañana hablé con ella para dejarle a las niñas y me contestó molesta: llama a mi madre, que te ayude ella. Era una novedad, me retiré avergonzada, la obedecí. Y así llegó a mi casa Nunzia, muy envejecida y sumisa, con cara de sentirse incómoda, pero eficiente como cuando se ocupaba de la casa en la época de Ischia.

Mis hijas mayores la trataron de inmediato con ofensiva arrogancia, especialmente Dede, que en pleno cambio había perdido toda delicadeza. Se le había inflamado el cutis, una turgencia la estaba deformando, borraba a diario la imagen a la que estaba acostumbrada, y ella se sentía fea, se volvía malvada. Empezaron las discusiones como esta:

—¿Por qué tenemos que quedarnos con esta vieja? Me da asco que cocine ella, tienes que cocinar tú.

—Basta ya.

—Cuando habla escupe, ¿has visto que no tiene dientes?

—No quiero oír una sola palabra más, basta.

—Además de tener que vivir en esta pocilga, ¿ahora hay que aguantar a esa en casa? No quiero que duerma con nosotras cuando tú no estás.

—Dede, te he dicho basta.

Elsa no le iba a la zaga, pero, con su estilo propio: se mantenía muy seria, recurría a tonos que parecían apoyarme, en cambio eran perversos.

—A mí me gusta, mamá, has hecho bien en pedirle que viniera. Suelta un rico olor a cadáver.

—A que te doy una bofetada. ¿No ves que te puede oír?

La única que se encariñó enseguida con la madre de Lila fue Imma; estaba sometida a Tina y la imitaba en todo, hasta en los afectos. Las dos la seguían por todo el apartamento mientras Nunzia hacía su trabajo, la llamaban abuela. Pero la abuela era brusca, sobre todo con Imma. Acariciaba a su nieta verdadera, a veces se enternecía porque era charlatana y afectuosa, si bien trabajaba en silencio cuando la nietecita postiza buscaba atención. Y descubrí que mientras tanto Nunzia se reconcomía. Al final de la primera semana de servicio me dijo bajando la vista: Lenù, no hemos hablado de cuánto me vas a dar. Me sentó fatal; creí estúpidamente que venía porque se lo había pedido su hija; de haber sabido que tenía que pagarle, habría elegido a una persona joven, que agradara a mis hijas y a la que le habría exigido cuanto me hacía falta. Pero me mordí la lengua, hablamos de dinero y fijamos una compensación. Solo entonces Nunzia se apaciguó un poco. Concluida la negociación sintió la necesidad de justificarse: mi marido está enfermo, dijo, ya no trabaja y Lila está loca, despidió a Rino, no tenemos una lira. Murmuré que lo entendía, le pedí que fuera más amable con Imma. Obedeció. A partir de ese momento, pese a consentírselo todo a Tina, se esforzó por tratar con amabilidad también a mi hija.

Sin embargo, con Lila no cambió de actitud. Tanto cuando llegaba como cuando se marchaba, Nunzia jamás sintió la necesidad de pasar por casa de su hija, que, al fin y al cabo, le había conseguido ese trabajo. Si se cruzaban en la escalera ni se saludaban. Era una vieja que había perdido la prudente afabilidad de antaño. Pero todo hay que decirlo, Lila también se mostraba cada vez más intratable, empeoraba a ojos vistas.

105

Conmigo adoptaba continuamente y sin venir a cuento un tono resentido. Me irritó sobre todo que me tratara como si a mí se me pasara por alto cuanto le ocurría a mis hijas.

—A Dede le ha venido la regla.

—¿Te lo ha dicho ella?

—Sí, tú no estás nunca.

—¿Con las niñas has usado esa palabra?

—¿Qué otra iba a usar?

—Una menos vulgar.

—¿Tú sabes cómo hablan entre ellas tus hijas? ¿Alguna vez has oído las cosas que dicen de mi madre?

No me gustaban esos tonos. Ella, que en el pasado se había mostrado tan cariñosa con Dede, con Elsa e Imma, me parecía cada vez más decidida a menospreciarlas, y aprovechaba la menor ocasión para demostrarme que, a causa de mis continuos viajes por toda Italia, las descuidaba con graves consecuencias para su educación. Me inquieté en especial cuando empezó a acusarme de no ver los problemas de Imma.

—¿Qué tiene? —le pregunté.

—Un tic en el ojo.

—Le ocurre rara vez.

—Yo se lo he notado mucho.

—¿Según tú a qué se debe?

—No lo sé. Yo solo sé que se siente huérfana de padre y que ni siquiera está segura de tener una madre.

Procuré no prestarle atención, pero era difícil. Imma, le dije, siempre me había preocupado, e incluso cuando respondía bien a la vivacidad de Tina, tenía la impresión de que le faltaba algo. Además, desde hacía un tiempo le reconocía ciertos rasgos míos que no me gustaban. Era dócil, cedía enseguida en todo por temor a no gustar, se ponía triste por haber cedido. Hubiera preferido que heredara la descarada capacidad de seducción de Nino, su despreocupada vitalidad, pero no era así. Imma era de una condescendencia insatisfecha, lo quería todo y fingía no querer nada. Los hijos, decía yo, son fruto del azar, ella no había heredado nada de su padre. Pero en eso Lila no estaba de acuerdo, al contrario, siempre encontraba la manera de destacar el parecido de la pequeña con Nino; aunque no le veía nada positivo, hablaba de él como de un vicio orgánico. Y después me repetía sin cesar: te digo estas cosas porque la quiero y me preocupo.

Traté de buscar una explicación a su repentino ensañamiento con mis hijas. Pensé que, al haberla decepcionado, se apartaba de mí alejándose ante todo de ellas. Pensé que como el éxito de mi libro era cada vez mayor y eso ratificaba mi autonomía de ella y de su juicio, intentaba subestimarme subestimando a las hijas que yo había traído al mundo y mi capacidad de ser una buena madre. Ninguna de las dos hipótesis me tranquilizó y se abrió paso una tercera: Lila veía lo que yo como madre no sabía o no quería ver, y como se mostraba crítica sobre todo con Imma, más me valía descifrar si sus observaciones tenían fundamento.

Y así empecé a vigilar a la niña y no tardé en convencerme de que sufría de verdad. Estaba sometida a la alegre efusividad de Tina, a su elevada capacidad de expresarse, a cómo sabía despertar ternura, admiración, afecto en cualquiera, sobre todo en mí. Mi hija, aunque graciosa e inteligente, se volvía gris al lado de Tina, sus cualidades desaparecían, y sufría. Un día presencié un desacuerdo entre ambas en un bonito italiano, el de Tina muy cuidado en la pronunciación, el de Imma todavía con alguna sílaba de menos. Estaban pintando con lápices de pastel los perfiles de unos animales y Tina había decidido utilizar el verde para un rinoceronte, Imma mezclaba colores al buen tuntún para un gato.

—Hazlo de color gris o negro —dijo Tina.

—No me tienes que ordenar el color.

—No es una orden, es una sugerencia.

Imma la miró alarmada. No conocía la diferencia entre una orden y una sugerencia.

—Tampoco quiero hacer la sugerencia —dijo Imma.

—Pues no la hagas.

A Imma le tembló el labio inferior y dijo:

—Está bien, la hago, pero no me gusta.

Intenté ocuparme más de ella. Para empezar, evité entusiasmarme con cada ocurrencia de Tina, potencié las capacidades de Imma, empecé a elogiarla hasta por las cosas más nimias. Pero pronto me di cuenta de que no bastaba. Las dos niñas se querían, desafiarse las ayudaba a crecer, algún elogio artificial de más no servía para evitar que Imma, al reflejarse en Tina, viera algo que la hería y de lo cual su amiga no era de ningún modo la causa.

Entonces comencé a darle vueltas a las palabras de Lila: «es huérfana de padre, ni siquiera está segura de tener una madre». Me acordé del pie de foto equivocado de *Panorama*. Ese pie de foto potenciado por las bromas malvadas de Dede y Elsa («tú no eres de esta familia: te apellidas Sarratore y no Airota»), debía de haber provocado ciertos daños. Pero ¿era realmente ese el núcleo del problema? Lo descarté. La ausencia del padre me pareció algo mucho más grave y me convencí de que el sufrimiento venía de ahí.

Una vez enfilé ese camino, empecé a observar cómo Imma buscaba la atención de Pietro. Las veces que él telefoneaba a sus hijas, ella se ponía en un rincón y escuchaba la conversación. Si las hermanas se divertían, ella también fingía divertirse, y cuando la conversación terminaba y ellas se despedían del padre por turnos, Imma gritaba: adiós. A menudo Pietro la oía y le decía a Dede: pásame con Imma y así la saludo. Pero en esos casos a ella le entraba la timidez y salía corriendo o se ponía al teléfono y se quedaba muda. Su comportamiento cuando él venía a Nápoles no era muy distinto. Pietro no se olvidaba nunca de comprarle un regalito, e Imma daba vueltas a su alrededor, jugaba a ser su hija, se ponía contenta si él le hacía un elogio, la levantaba en brazos. Cierta vez en que mi ex marido vino al barrio para llevarse a Dede y a Elsa, debió de parecerle evidente el malestar de la niña, y al despedirse me dijo: hazle unos mimos, está disgustada porque sus hermanas se van y ella se queda.

Ese comentario de Pietro aumentó mi preocupación, me dije que debía hacer algo, pensé en hablar con Enzo y pedirle que estuviera más presente en la vida de Imma. Pero él ya era muy atento. Si llevaba a caballito a su hija, en un momento dado la dejaba en el suelo y luego se subía a los hombros también a mi hija; si compraba un regalo para Tina, compraba otro idéntico para Imma; si se alegraba hasta la emoción por las preguntas inteligentes que planteaba su pequeña, conseguía acordarse de mostrar entusiasmo ante los porqués algo más prosaicos de la mía. De todos modos hablé con él, y en alguna ocasión Enzo llegó incluso a regañar a Tina si ella monopolizaba la atención y no dejaba espacio a Imma. Eso me disgustó, la niña no tenía la culpa. En esos casos Tina se quedaba aturdida, el freno que de repente imponían a su efervescencia le pareció un castigo inmerecido. No entendía por qué se había roto el encanto, se afanaba por recuperar el favor de su padre. Entonces fui yo quien atrajo su atención y jugó con ella.

En una palabra, las cosas no iban bien. Una mañana me encontraba en el despacho con Lila, quería que me enseñara a escribir con el ordenador. Imma jugaba con Tina debajo del escritorio, y Tina describía en palabras lugares y personajes imaginarios con su habilidad de siempre. Unas criaturas monstruosas perseguían a sus muñecas, unos príncipes valientes estaban a punto de salvarlas. Pero oí que mi hija exclamaba con rabia repentina:

—Yo no.

—¿Tú no?

—Yo no me salvo.

—No te tienes que salvar tú, te salva el príncipe.

—No tengo príncipe.

—Entonces le digo al mío que te salve.

—He dicho que no.

Me dolió ese salto brusco con el que Imma había pasado de la muñeca a sí misma, a pesar de que Tina tratara de mantenerla en el juego. Lila se irritó porque me distraía.

—Niñas, si no habláis en voz baja os vais a jugar fuera.

106

Ese día le escribí una larga carta a Nino. Le enumeré los problemas que, en mi opinión, complicaban la vida de nuestra hija: sus hermanas tenían un padre que se ocupaba de ellas, ella no; su compañera de juegos, la hija de Lila, tenía un padre muy cariñoso y ella no; yo estaba siempre de viaje por mi trabajo y me veía obligada a dejarla a menudo; en una palabra, Imma corría el riesgo de criarse con la continua sensación de estar en desventaja. Despaché la carta y esperé a tener noticias de él. No las hubo y entonces me decidí a telefonear a su casa. Contestó Eleonora.

—No está —dijo apática—, está en Roma.

—¿Le puedes decir, por favor, que mi hija lo necesita?

A ella se le quebró la voz. Recobró la compostura y dijo:

—Hace al menos seis meses que los míos tampoco ven a su padre.

—¿Te ha dejado?

—No, él nunca deja a nadie. O tienes la fuerza de dejarlo tú, y en eso has sido valiente y te admiro, o él va, viene, desaparece, reaparece a su antojo.

—¿Le dirás que he telefoneado y que si no viene a ver lo antes posible a su hija, lo localizo yo y se la llevo dondequiera que esté?

Colgué.

Pasó un tiempo antes de que Nino se decidiera a llamar por teléfono, pero al final lo hizo. Como de costumbre, se comportó como si lleváramos apenas unas horas sin vernos. Empleó tonos enérgicos, alegres, me colmó de elogios. Fui al grano, le pregunté:

—¿Has recibido mi carta?

—Sí.

—¿Y por qué no me has contestado?

—Porque no tengo tiempo para nada.

—Pues encuentra tiempo lo antes posible, Imma no está bien.

Me dijo de mala gana que regresaría a Nápoles el fin de semana, le exigí que viniera a comer el domingo. Insistí para que en esa ocasión no charlara conmigo, no bromeara con Dede o con Elsa, sino que se concentrara todo el día en Imma. Esta visita tuya, dije, debe convertirse en una costumbre; sería bueno que vinieras una vez por semana, aunque no voy a pedírtelo, no espero nada de ti; pero una vez al mes es necesario. Contestó con tono grave que vendría todas las semanas, lo prometió, y en ese momento seguramente era sincero.

No recuerdo el día de la llamada telefónica, pero el día en que, a las diez de la mañana, muy elegante, Nino se presentó en el barrio al volante de un flamante y lujoso coche nuevo, no se me olvidará nunca. Era el 16 de septiembre de 1984. Lila y yo acabábamos de cumplir cuarenta años, Tina e Imma estaban cerca de los cuatro.

107

Avisé a Lila de que Nino vendría a comer a mi casa. Le dije: lo he obligado, quiero que pase todo el día con Imma. Esperé que comprendiera que al menos ese día no debía mandarme a Tina, pero o no lo entendió o no lo quiso entender. En cambio, se mostró servicial, exclamó: le digo a mi madre que cocine, y si acaso comemos todos en mi casa que hay más espacio. Me sorprendí, me puse nerviosa. Ella detestaba a Nino, a qué venía esa intromisión. Me negué, dije: cocino yo, y recalqué que el día estaba dedicado a Imma, no había ocasión ni tiempo para más. Pero al día siguiente, a las nueve en punto, Tina subió las escaleras con sus juguetes y llamó a mi puerta. Iba muy pulcra, las trencitas muy negras, los ojos relucientes de simpatía.

La hice pasar y enseguida discutí con Imma, que seguía en pijama, adormilada, no había desayunado, y pese a todo se empeñaba en ponerse a jugar enseguida. Como se negaba a obedecerme y hacía muecas y se reía con su amiga, me enojé, encerré a Tina —estupefacta por mi tono— en una habitación para que jugara sola, y luego obligué a Imma a asearse. No quiero, gritó durante todo el rato. Le dije: tienes que vestirte, ahora viene papá. Hacía días que se lo había adelantado, pero ella, al oír aquella palabra, se rebeló aún más. Yo misma, al usarla para señalar la inminencia de esa llegada, me puse más nerviosa. La niña se retorcía, gritaba: yo no quiero papá, como si papá fuera un medicamento repulsivo. Descarté que se acordara de Nino, no manifestaba un rechazo hacia esa persona en concreto. Pensé: quizá me haya equivocado al hacerlo venir; cuando Imma dice que ella no quiere papá, se refiere a que no quiere uno cualquiera, sino que quiere a Enzo, a Pietro, quiere lo que tienen sus hermanas y Tina.

Entonces me acordé de la otra niña. No había protestado, no había asomado la nariz. Me avergoncé de mi comportamiento, Tina no tenía la culpa de las tensiones de ese día. La llamé con dulzura, ella apareció muy contenta y se subió a un taburete en un rincón del baño para darme consejos sobre cómo hacerle a Imma unas trencitas idénticas a las suyas. Mi hija se apaciguó, se dejó acicalar sin protestar. Al final se marcharon corriendo a jugar y yo fui a sacar de la cama a Dede y a Elsa.

Elsa se levantó muy alegre, feliz de volver a ver a Nino y estuvo lista enseguida. Pero Dede tardó una eternidad en lavarse y salió del baño solo porque me puse a gritar. No conseguía aceptar su cambio. Estoy asquerosa, dijo con los ojos llenos de lágrimas. Se encerró en su dormitorio gritando que no quería ver a nadie.

Me dediqué a arreglarme deprisa y corriendo. Nino no me importaba en absoluto, pero no quería que me viera desaliñada y envejecida. Temía, además, que viniera Lila y sabía bien que, si se lo proponía, era capaz de atraer por completo la mirada de un hombre. Yo estaba inquieta y desganada al mismo tiempo.

108

Nino llegó con una puntualidad excepcional, subió las escaleras cargado de regalos. Elsa corrió a esperarlo en el rellano, seguida de cerca por Tina y luego, con cautela, por Imma. Noté que le aparecía el tic en el ojo derecho. Ahí viene papá, le dije, y ella, desganada, negó con la cabeza.

Pero Nino se comportó bien enseguida. Mientras subía las escaleras se puso a canturrear: dónde está mi pequeña Imma, tengo que darle tres besos y un mordisquito. Cuando llegó al rellano saludó a Elsa, tiró distraídamente de una trencita a Tina y estrechó a su hija, la besuqueó, le dijo que nunca había visto un pelo tan bonito, le elogió el vestidito, los zapatos, todo. Entró en casa y ni siquiera me saludó. Se sentó en el suelo, hizo sentar a Imma sobre sus piernas cruzadas y solo entonces le dio algo más de cuerda a Elsa, saludó con entusiasmo a Dede («Dios mío cómo has crecido, estás magnífica») que se le había acercado con una sonrisa tímida.

Vi que Tina estaba perpleja. Los extraños, todos, se quedaban deslumbrados con ella y la mimaban nada más verla: pero Nino comenzó a distribuir los regalos y no le hacía caso. Entonces ella se dirigió a él con su vocecita acariciante, trató de encontrar un hueco en sus piernas, al lado de Imma, aunque no lo consiguió y se le recostó en un brazo, le apoyó la cabeza en el hombro con aire lánguido. Nada, Nino le dio a Dede y a Elsa un libro a cada una, luego se concentró en su hija. Le había comprado de todo. Esperaba que ella desenvolviera un regalo y enseguida le daba otro. Imma me pareció halagada, conmovida. Miraba a ese hombre como si fuera un mago que hubiese venido a hacer sus encantamientos solo para ella y cuando Tina trataba de apoderarse de un regalito le chillaba: es mío. Tina se apartó enseguida, le temblaba el labio inferior, yo la levanté en brazos, le dije: ven con la tía. Solo entonces Nino pareció caer en la cuenta de que se estaba pasando, se hurgó el bolsillo, sacó una pluma con pinta de cara y dijo: esta es para ti. Dejé a la niña en el suelo, ella aceptó la pluma susurrando un «gracias» y él hizo como que la veía realmente por primera vez. Lo oí murmurar estupefacto:

—Eres idéntica a tu madre.

—¿Te escribo mi nombre? —le preguntó Tina, seria.

—¿Ya sabes escribirlo?

—Sí.

Nino sacó del bolsillo un papel doblado, ella lo apoyó en el suelo y escribió: Tina. Muy bien, la elogió. Sin embargo, un instante después buscó mi mirada, temiendo un reproche, y para remediarlo se dirigió a su hija: seguro que tú también sabes escribir. Imma quiso demostrárselo, le quitó la pluma a su amiga, garabateó en el papel, muy concentrada. Él la alabó mucho, aunque Elsa ya estaba atormentando a su hermanita («no se entiende nada, no sabes escribir») y Tina trataba inútilmente de recuperar la pluma diciendo: también sé escribir otras palabras. Al final, para zanjar el asunto, Nino se incorporó con su hija y dijo: y ahora vamos a ver el coche más hermoso del mundo, y se las llevó a todas; Imma en brazos, Tina intentando que la agarrara de la mano, Dede apartándola y poniéndola a su lado, Elsa apoderándose de la pluma costosa con un gesto rapaz.

109

La puerta se cerró a sus espaldas. Oí la voz gruesa de Nino en las escaleras —prometía comprar golosinas, dar una vuelta en el coche— y Dede, Elsa y las dos pequeñas gritaban entusiasmadas. Me imaginé a Lila en el piso de abajo, encerrada en su apartamento, en silencio, mientras esas mismas voces que me llegaban a mí le llegaban también a ella. Solo nos separaba la capa del suelo; sin embargo, ella sabía acortar más la distancia o aumentarla según el humor, la conveniencia y los vaivenes de su cabeza, alborotada como el mar cuando la luna lo aferra todo y lo levanta. Ordené la casa, cociné, pensé que Lila, en el piso de abajo, estaría haciendo lo mismo. Las dos esperábamos volver a oír las voces de nuestras hijas, los pasos del hombre que habíamos amado. Y entonces pensé que a saber cuántas veces debió de reconocer en Imma los rasgos de Nino, como él acababa de reconocer en Tina los rasgos de ella. ¿Siempre, en todos esos años había sentido aversión, o acaso esa afectuosa preocupación suya por mi hija dependía también de ese parecido? ¿Acaso Nino seguía gustándole en secreto? ¿Lo estaría espiando por la ventana? Tina había conseguido que Nino la aferrara de la mano y Lila miraba a su hija al lado de ese hombre delgado y muy alto pensando: ¿si las cosas hubiesen ido de otro modo podría ser hija suya? ¿Qué estaría tramando? ¿Subiría a mi casa, dentro de poco para hacerme daño con un comentario perverso, o abriría la puerta de su casa justo cuando él pasara, al regresar con las cuatro niñas, y lo invitaría a entrar y luego me llamaría desde abajo y yo me vería obligada a invitarlos a comer a ella y a Enzo?

El apartamento estaba sumido en un gran silencio, pero fuera se mezclaban los sonidos del día festivo: el repique de las campanas de mediodía, los gritos de los vendedores de los tenderetes, el paso de los trenes por la estación de maniobras, el tráfico de camiones hacia las obras, donde se trabajaba todos los días de la semana. Seguramente, Nino dejaría que las niñas se atiborraran de golosinas, sin pensar que después no probarían la comida. Lo conocía bien: atendía toda petición, compraba de todo sin parpadear, exageraba. En cuanto la comida estuvo lista y la mesa puesta, me asomé a la ventana que daba a la avenida. Quería llamarlos para decirles que era hora de regresar. Pero los tenderetes me impedían ver, solo atisbé a Marcello, que paseaba con mi hermana a un lado y Silvio al otro. La imagen de la avenida desde lo alto me llenó de una sensación de angustia. Los días festivos siempre me habían parecido un barniz que oculta el deterioro, pero esa vez la impresión se fortaleció. Qué hacía yo en ese sitio, por qué seguía viviendo ahí cuando disponía de dinero suficiente para irme a cualquier parte. Le había dado demasiada cuerda a Lila, había dejado que volviera a entrelazar demasiados nudos, yo misma había creído que si reasumía en público mis orígenes escribiría mejor. Todo me pareció más feo, noté una fuerte repugnancia por la comida que yo misma acababa de preparar. Después reaccioné, me cepillé el pelo, comprobé que mi aspecto estuviera en orden y salí. Pasé casi de puntillas delante de la puerta de Lila, no quería que me oyera y decidiera venir conmigo.

Fuera flotaba en el aire un fuerte olor a almendras tostadas, miré a mi alrededor. Primero vi a Dede y Elsa, comían algodón de azúcar y miraban un tenderete lleno de baratijas: pulseras, pendientes, collares, pasadores para el pelo. A poca distancia localicé a Nino, estaba parado en una esquina. Apenas una fracción de segundo más tarde descubrí que se dirigía a Lila, hermosa como cuando quería ser hermosa, y a Enzo, serio, ceñudo. Ella tenía en brazos a Imma, que le retorcía una oreja, como solía hacer con la mía cuando se sentía abandonada. Lila dejaba que la niña se la maltratara sin apartarse, así de concentrada estaba mientras Nino le hablaba con su estilo satisfecho, sonriendo, gesticulando con los brazos largos, las manos largas.

Me enojé. Por eso Nino había salido y ya no lo había vuelto a ver. Fíjate cómo se ocupaba de su hija. Lo llamé, no me oyó. Quien se volvió fue Dede, que se rió de mi voz demasiado fina junto con Elsa, solían hacerlo cuando yo gritaba. Volví a llamarlo. Quería que Nino se despidiera enseguida, que regresara a casa solo, solo con mis hijas. Pero se oía el silbido ensordecedor del vendedor de cacahuetes y el estruendo de un camión que pasaba haciendo vibrar hasta la última de sus piezas y levantando una polvareda. Resoplé, los alcancé. ¿Por qué Lila tenía en brazos a mi hija, qué necesidad había? ¿Y por qué Imma no estaba jugando con Tina? No saludé, le dije a Imma: qué haces en brazos, eres mayor, bájate, y se la quité a Lila, la puse en el suelo. Después me dirigí a Nino: las niñas tienen que comer, está todo listo. Entretanto me di cuenta de que mi hija se había quedado agarrada a mi falda, no me había dejado para correr a reunirse con su amiga. Miré a mi alrededor, le pregunté a Lila: ¿dónde está Tina?

Ella todavía tenía en la cara la expresión de amable consenso con que hasta un minuto antes había estado escuchando a Nino. Estará con Dede y Elsa, dijo. Le contesté: no está. Y quería que se ocupara de su hija junto con Enzo, en lugar de entrometerse entre la mía y su padre en el único día en que él se había mostrado disponible. Mientras Enzo miraba a su alrededor en busca de Tina, Lila siguió hablando con Nino. Le contó las veces que había desaparecido Gennaro. Se rió, luego dijo: una mañana, el niño no aparecía por ninguna parte, habían salido todos del colegio y él no estaba; me llevé un susto de muerte, imaginé las cosas más horribles, y después lo encontramos tan tranquilo en los jardincillos. Y precisamente al recordar aquel episodio palideció. Los ojos se le vaciaron, preguntó a Enzo con voz alterada:

—¿La has encontrado, dónde está?

110

Buscamos a Tina por la avenida, después por todo el barrio, después otra vez por la avenida. Se sumaron a nosotros muchos más. Llegó Antonio, llegó Carmen, llegó Roberto, el marido de Carmen, e incluso Marcello Solara movilizó a unos cuantos de sus hombres, recorriendo personalmente las calles hasta bien entrada la noche. Lila ahora se parecía a Melina, corría de un lado a otro sin una lógica. Pero Enzo parecía más loco que ella. Gritaba, se enfurecía con los vendedores ambulantes, profería horribles amenazas, quería revisar sus coches, sus camionetas, sus carretas. Tuvieron que intervenir los carabineros para calmarlo.

A cada momento parecía que Tina había aparecido y se lanzaba un suspiro de alivio. Todo el mundo conocía a la niña, no había una sola persona que no jurara haberla visto hacía un minuto junto a ese tenderete de ahí o en aquella esquina o en el patio o en los jardincillos o en dirección al túnel con un hombre alto, con uno bajo. Pero todos los avistamientos resultaron ilusorios, la gente perdió confianza y buena voluntad.

Por la noche fue afianzándose el rumor que luego prevaleció. La niña había dejado la acera para ir detrás de una pelota azul, en el preciso instante en que se acercaba un camión. El camión era una masa color barro, avanzaba a velocidad sostenida traqueteando y dando tumbos por los baches de la avenida. Nadie había visto nada más, pero se había oído el golpe, el golpe que pasó directamente del relato a la memoria de todo aquel que escuchara. El camión no había frenado, ni un solo amago, y había desaparecido al fondo de la avenida junto con el cuerpo de Tina y las trencitas. En el asfalto no había quedado ni una gota de sangre, nada, nada, nada. En esa nada se perdió el vehículo, se perdió para siempre la niña.

Vejez
Historia de la mala sangre

1

Me fui definitivamente de Nápoles en 1995, cuando todos decían que la ciudad estaba resurgiendo. Pero yo ya no creía demasiado en las resurrecciones. A lo largo de los años había visto el advenimiento de la nueva estación de tren, el elevarse cansino del rascacielos de la via Novara, los edificios navegantes de Scampia, la proliferación de construcciones altísimas y resplandecientes sobre los pedriscos grises de la zona de Arenaccia, de la via Taddeo da Sessa, de la piazza Nazionale. Aquellos edificios, imaginados en Francia o en Japón, y surgidos entre Ponticelli y Poggioreale con la deteriorada lentitud de siempre, de inmediato, a velocidad constante, habían perdido todo fulgor para transformarse en guaridas de desesperados. ¿De qué resurrección me hablaban? Solo eran cosméticos de la modernidad aplicados sin ton ni son, con fanfarronería, en la cara corrupta de la ciudad.

Siempre sucedía lo mismo. El maquillaje del renacer nutría esperanzas para después romperse y convertirse en costra sobre viejas costras. Por ello, precisamente mientras imperaba la obligación de quedarse en la ciudad y apoyar el saneamiento bajo la guía del ex Partido Comunista, yo decidí irme a Turín, atraída por la posibilidad de dirigir una editorial que esa época estaba llena de ambiciones. A partir de los cuarenta años el tiempo había empezado a correr, y ya no conseguía seguirle el ritmo. El calendario real había sido sustituido por el de los vencimientos contractuales, los años saltaban de una publicación a otra, poner una fecha a los acontecimientos referidos a mí, a mis hijas, me costaba un esfuerzo, los engarzaba en la escritura, que me llevaba cada vez más tiempo. ¿Cuándo había pasado aquello, cuándo aquello otro? De forma casi irreflexiva me orientaba por las fechas de publicación de mis libros.

Ya llevaba muchos libros a mis espaldas, y me habían proporcionado algo de autoridad, una buena fama, una vida desahogada. Con el tiempo, el peso de mis hijas se atenuó bastante. Dede y Elsa —primero una y luego la otra— se fueron a estudiar a Boston, animadas por Pietro que desde hacía siete u ocho años era catedrático de Harvard. Se encontraban a gusto con su padre. Si excluíamos las cartas en las que se quejaban del rigor del clima y de la pedantería de los bostonianos, estaban satisfechas consigo mismas y de haberse librado de las decisiones a las que en el pasado yo las había sometido. A esas alturas, como Imma se moría de ganas de seguir a sus hermanas, ¿qué hacía yo en el barrio? Si al principio me había favorecido la fisonomía de la escritora que pese a poder vivir en otra parte se había quedado en un extrarradio peligroso para seguir alimentándose de realidad, ahora eran muchos los intelectuales que se adornaban con el mismo lugar común. Además, mis libros habían tomado otros caminos, la materia del barrio había acabado en un rincón. ¿No era acaso una hipocresía contar con cierta notoriedad, estar cargada de privilegios y, sin embargo, autolimitarme, residir en un espacio donde solo podía registrar con incomodidad el empeoramiento de la vida de mis hermanos, de mis amigas, de sus hijos y nietos, tal vez incluso de mi última hija?

Por entonces Imma era una chica de catorce años, yo no la privaba de nada, era muy estudiosa. Pero cuando era necesario hablaba un dialecto duro, en el colegio tenía unos compañeros que no me gustaban, si salía después de cenar, me preocupaba tanto que con frecuencia ella decidía quedarse en casa. Cuando estaba en la ciudad, yo también llevaba una vida limitada. Veía a mis amigos de la Nápoles culta, me dejaba cortejar, entablaba relaciones poco duraderas. Hasta los hombres más brillantes tarde o temprano resultaban tipos decepcionados, enfadados con la mala suerte, divertidos y, sin embargo, sutilmente malévolos. A veces tenía la impresión de que solo me querían para darme a leer sus manuscritos, para preguntarme por la televisión o el cine, en algunos casos para conseguir dinero prestado que después nunca me devolvían. Ponía al mal tiempo, buena cara, me esforzaba por tener una vida social y sentimental. Pero salir de casa por la noche vestida con cierta elegancia no era una diversión, me angustiaba. En una ocasión, no me dio tiempo a cerrar el portón a mis espaldas, cuando dos chicos, que no tendrían más de trece años, me atracaron y me dieron una paliza. El taxista, que esperaba a dos pasos de ahí, ni siquiera se asomó a la ventanilla. Así que, adiós, el verano de 1995 me fui de Nápoles con Imma.

Alquilé una casa sobre el Po, cerca de Ponte Isabella, y mi vida y la de mi tercera hija mejoraron enseguida. Desde ahí resultó más sencillo reflexionar sobre Nápoles, escribir y hacer escribir acerca de ella con lucidez. Amaba mi ciudad, pero desterré de mi pecho su defensa de oficio. Es más, me convencí de que el desaliento en el que tarde o temprano desembocaba el amor era una lente para ver todo Occidente. Nápoles era la gran metrópoli europea donde con mayor claridad y antelación la confianza en las técnicas, en la ciencia, en el desarrollo económico, en la bondad de la naturaleza, en la historia que conduce necesariamente hacia lo mejor, en la democracia se había revelado por completo carente de fundamento. Haber nacido en esta ciudad —llegué a escribir una vez, no pensando en mí, sino en el pesimismo de Lila— sirve para una sola cosa: saber desde siempre, casi por instinto, lo que hoy, entre mil salvedades, todos comienzan a sostener: el sueño de progreso sin límites es, en realidad, una pesadilla llena de ferocidad y muerte.

En 2000 me quedé sola, Imma se fue a estudiar a París. Traté de convencerla de que no era necesario, pero como muchas de sus amigas de la misma clase social habían tomado esa decisión, ella no quiso ser menos. Al principio la cosa no me pesó demasiado, llevaba una vida llena de compromisos. No obstante, al cabo de un par de años empecé a notar la vejez, era como si estuviera desapareciendo junto con el mundo dentro del cual me había afirmado. A pesar de haber ganado en épocas distintas y con obras distintas un par de premios prestigiosos, vendía muy poco: en 2003, por poner un ejemplo, las trece novelas y los dos libros de ensayos que llevaba a mis espaldas me dieron en total unos ingresos de dos mil trescientos veintitrés euros brutos. Entonces tuve que reconocer que mi público no esperaba nada más de mí y que los lectores más jóvenes —sería más exacto decir las lectoras, desde el principio me habían leído sobre todo mujeres— tenían otros gustos, otros intereses. Los periódicos tampoco eran ya una fuente de ingresos. Su interés por mí era escaso o nulo, me llamaban cada vez menos para colaborar o bien pagaban cuatro cuartos o no pagaban nada. En cuanto a la televisión, después de alguna experiencia satisfactoria en los años noventa, había tratado de hacer un programa por las tardes dedicado a los clásicos de la literatura griega y latina, una idea que había colado únicamente gracias a la estima de unos cuantos amigos, entre ellos Armando Galiani, que tenía un programa propio en Canal 5 y buenas relaciones con la televisión pública. Aquello acabó en un fracaso indiscutible y desde entonces ya no tuve otras oportunidades de trabajo. Un viento desfavorable comenzó a soplar también en la editorial que había dirigido durante años. En el otoño de 2004 fui sustituida por un muchacho muy despierto, de poco más de treinta años, y a mí me dejaron como asesora externa. Tenía entonces sesenta años, me sentía al final de mi recorrido. En Turín los inviernos eran demasiado fríos, los veranos demasiado calurosos, las clases cultas escasamente acogedoras. Estaba nerviosa, apenas dormía. Me había vuelto invisible para los hombres. Asomada al balcón miraba el Po, los piragüistas, la colina, y me aburría.

Empecé a viajar con más frecuencia a Nápoles, aunque ya no tenía ganas de ver a los parientes y amigos, y los parientes y amigos ya no tenían ganas de verme a mí. Visitaba únicamente a Lila, pero a menudo y por decisión propia no lo hacía. Me sentía incómoda. En los últimos años se había apasionado por la ciudad con un provincianismo que me parecía zafio; por eso prefería salir a caminar sola por la via Caracciolo, o subir al Vomero, o pasear por la via dei Tribunali. Así fue como en la primavera de 2006, encerrada en un viejo hotel del corso Vittorio Emanuele por culpa de una lluvia que no paraba nunca, para matar el tiempo, escribí en pocos días un relato sobre Tina de no más de ochenta páginas ambientado en el barrio. Lo escribí a toda velocidad para no darme tiempo a inventar. Salieron unas páginas secas, firmes. La historia tomaba un vuelo fantasioso solo al final.

Publiqué el relato en el otoño de 2007 con el título *Una amistad*. El libro fue recibido con gran aprobación, todavía hoy se sigue vendiendo muy bien, y los maestros lo aconsejan a las alumnas como lectura de verano.

Yo lo detesto.

Solo dos años antes, cuando habían encontrado el cuerpo de Gigliola en los jardincillos —una muerte por infarto, en soledad, terrible en su sordidez—, Lila me hizo prometer que jamás escribiría sobre ella. Sin embargo, lo hice, lo hice de la forma más directa. Durante unos meses creí que había escrito mi libro más hermoso, mi fama de autora experimentó un nuevo repunte, hacía mucho que no veía a mi alrededor tanta aprobación. No obstante, a finales de 2007, cuando en pleno ambiente navideño fui a la Feltrinelli de la piazza dei Martiri para presentar *Una amistad*, sentí una vergüenza repentina y temí ver a Lila entre el público, tal vez en primera fila, dispuesta a intervenir para ponerme en apuros. Pero la velada salió estupendamente, me agasajaron mucho. Al regresar al hotel, algo más confiada, traté de llamarla, primero al fijo, luego al móvil, luego otra vez al fijo. No me contestó, nunca más me ha contestado.

2

No sé narrar el dolor de Lila. Lo que le tocó en suerte, y que quizá permanecía agazapado en su vida desde siempre, no fue la muerte de una hija por enfermedad, por accidente, por un acto de violencia, sino su desaparición imprevista. El dolor no cuajó alrededor de nada. No le quedó un cuerpo inerte al que aferrarse con desesperación, no celebró las exequias de nadie, no pudo detenerse frente a un cadáver que momentos antes caminaba, corría, hablaba, la abrazaba, para convertirse luego en una cosa podrida. Creo que Lila sintió como si un miembro que hasta un minuto antes formaba parte de su cuerpo hubiese perdido forma y sustancia sin haber sufrido traumas. Pero no conozco lo suficiente ni logro imaginarme el sufrimiento que de ello se derivó.

En los diez años que siguieron a la pérdida de Tina, pese a seguir viviendo en el mismo edificio, pese a cruzarme con ella a diario, no la vi llorar nunca, no presencié jamás crisis de desesperación. En un primer momento, después de ir corriendo por el barrio día y noche en la búsqueda inconexa de su hija, lo dejó estar, como si se hubiese cansado en exceso. Se sentó al lado de la ventana de la cocina y no se movió durante una larga temporada, aunque desde ahí apenas se veían las vías de refilón y algo de cielo. Después se levantó y retomó su vida normal, pero sin resignación alguna. Los años le pasaron por encima, el mal carácter le empeoró aún más, a su alrededor sembró miedo y malestar, envejeció chillando, peleando. Al principio hablaba de Tina a la menor ocasión y con cualquiera, se aferraba al nombre de la pequeña casi como si pronunciarlo sirviera para recuperarla. Sin embargo, más tarde resultó imposible mencionar aquella pérdida en su presencia, e incluso si lo hacía yo al cabo de unos segundos se libraba de mí de malos modos. Demostró aprecio solo por una carta de Pietro, sobre todo, creo, porque consiguió escribirle de un modo afectuoso sin mencionar a Tina. Ya en 1995, antes de que me marchara y salvo en raras ocasiones, Lila hacía como si nada hubiera pasado. En una ocasión Pinuccia habló de la niña como de un angelito que velaba por todos nosotros. Lila le dijo: vete.

3

En el barrio nadie dio crédito a las fuerzas del orden y a los periodistas. Hombres, mujeres, incluso grupos de chicos, buscaron a Tina durante días y semanas haciendo caso omiso de la policía y la televisión. Se movilizaron todos los parientes, todos los amigos. El único que dio señales de vida apenas en un par de ocasiones —y por teléfono, con frases genéricas que servían para confirmar: yo no tengo responsabilidad alguna, acababa de entregar a la niña a Lina y a Enzo— fue Nino. Pero no me sorprendió, era uno de esos adultos que cuando juegan con un niño y el niño se cae y se despelleja una rodilla, ellos también parecen niños, temen que alguien les diga: tú lo hiciste caer. Por lo demás, a Nino nadie le dio importancia, nos olvidamos de él al cabo de unas horas. Enzo y Lila se encomendaron sobre todo a Antonio, que aplazó otra vez su partida para Alemania con el único propósito de buscar a Tina. Lo hizo por amistad, pero también, como él mismo aclaró sorprendiéndonos, porque se lo había ordenado Michele Solara.

Los Solara se emplearon más a fondo que nadie en el asunto de la desaparición de la niña, y debo decir que dieron una gran visibilidad a esa labor. Aún sabiendo que serían tratados de forma hostil, se presentaron una noche en casa de Lila con el tono de quien habla en nombre de la comunidad y juraron que harían lo imposible para que Tina regresara sana y salva con sus padres. Lila los miró fijamente durante todo el tiempo como si los viera pero no los oyera. Enzo, muy pálido, escuchó unos minutos y luego gritó que ellos le habían quitado a su hija. Lo dijo entonces y en muchas otras ocasiones, lo gritó por doquier: los Solara le habían quitado a Tina porque él y Lila se habían negado siempre a darles una parte de los beneficios de la empresa Basic Sight. Quería que alguien objetara algo para poder matarlo. Pero nadie objetó nada en su presencia. Esa noche ni siquiera los dos hermanos objetaron nada.

—Comprendemos tu dolor —dijo Marcello—, si me hubiesen quitado a Silvio habría hecho locuras como tú ahora.

Esperaron que alguien calmase a Enzo y se marcharon. Al día siguiente enviaron en visita de cortesía a sus esposas, Gigliola y Elisa, que fueron recibidas sin entusiasmo pero con más gentileza. Después se multiplicaron sus iniciativas. Probablemente fueron los Solara quienes organizaron una especie de rastreo tanto entre los vendedores ambulantes que acostumbraban a estar presentes en las fiestas del barrio, como entre los gitanos de los alrededores. Y fueron ellos, sin duda, quienes encabezaron un auténtico movimiento de indignación popular contra la policía cuando llegó a llevarse con las sirenas puestas primero a Stefano, que por entonces tuvo su primer ataque de corazón y terminó en el hospital; luego a Rino, al que soltaron al cabo de unos días, y por último a Gennaro, que lloró durante horas jurando que amaba a su hermanita más que a nadie en el mundo y que jamás le habría hecho daño. Tampoco hay que descartar que se debieron a los Solara los turnos de vigilancia frente a la escuela primaria, gracias a los cuales se puso cara durante una media hora larga al maricón seductor de niños que hasta ese momento solo era una fantasía popular. Un hombre enclenque de unos treinta años que, pese a no tener hijos a los que llevar al colegio y recoger a la salida se presentaba a la entrada de la escuela, fue golpeado, consiguió escapar, fue perseguido hasta los jardincillos por una turba enfurecida. Y seguramente lo habrían matado ahí mismo de no haber conseguido aclarar que no era lo que se pensaba, sino un aprendiz del *Mattino* en busca de noticias.

Tras ese episodio el barrio empezó a calmarse, poco a poco la gente se fue retirando a la vida diaria. Dado que de Tina no se encontró ni un solo rastro, se hizo cada vez más admisible el rumor del atropello del camión. Se lo tomaron en serio tanto quienes se habían cansado de buscar como policías y periodistas. La atención se desplazó hacia las obras de la zona y ahí permaneció durante mucho tiempo.

Fue por entonces cuando volví a ver a Armando Galiani, el hijo de mi profesora de preuniversitario. Había dejado de trabajar de médico, no había conseguido entrar en el Parlamento en las elecciones de 1983 y ahora, gracias a un canal privado de televisión de tres al cuarto, estaba experimentando con un periodismo muy agresivo. Supe que su padre había muerto hacía poco más de un año y que su madre vivía en Francia, pero que no gozaba de buena salud. Me pidió que lo acompañara a casa de Lila, le dije que Lila estaba muy mal. Él insistió, yo telefoneé. A Lila le costó acordarse de Armando, si bien cuando le vino a la cabeza, ella —que hasta ese momento jamás había hablado con ningún periodista— consintió en verlo. Armando dijo que estaba haciendo una investigación sobre lo ocurrido tras el terremoto y que, recorriendo las obras, había oído hablar de un camión desguazado a toda prisa a raíz de algo malo en lo que había estado metido. Lila lo dejó hablar, luego dijo:

—Te lo estás inventando todo.

—Estoy diciendo lo que sé.

—A ti no te importa para nada el camión, las obras, ni mi hija.

—Me estás ofendiendo.

—No, te voy a ofender ahora. Dabas asco como médico, dabas asco como revolucionario y ahora das asco como periodista. Fuera de mi casa.

Armando frunció el ceño, saludó con la mano a Enzo y se fue. Una vez en la calle se mostró muy disgustado. Murmuró: ni siquiera este gran dolor la ha cambiado, dile que quería ayudarla. Después me hizo una larga entrevista y nos despedimos. Me impresionaron sus formas amables, el cuidado con que elegía las palabras. Debió de pasar malos momentos, tanto por las decisiones de Nadia como en la época en que se separó de su mujer. Pero ahora estaba en forma. Había cambiado la antigua actitud de quien lo sabe todo en la justa línea anticapitalista por un cinismo dolido.

—Italia se ha convertido en un pozo negro —dijo con tono afligido—, y nosotros acabamos todos dentro. Si vas por ahí, te das cuenta de que la gente respetable lo ha entendido. Qué pena, Elena, qué pena. Los partidos obreros están llenos de personas honradas a las que han dejado sin esperanzas.

—¿Por qué te has puesto a hacer este trabajo?

—Por el mismo motivo que tú haces el tuyo.

—¿Y cuál sería?

—Desde que no me puedo esconder detrás de nada, he descubierto que soy vanidoso.

—¿De dónde sacas que yo también soy vanidosa?

—De la comparación, tu amiga no lo es. Pero lo lamento por ella, la vanidad es un recurso. Si eres vanidoso, estás atento a ti mismo y a tus cosas. Lina carece de vanidad, por eso perdió a su hija.

Seguí durante un tiempo su trabajo, me pareció bueno. Fue él quien localizó la carrocería medio quemada de un viejo vehículo por la zona de Ponti Rossi, y fue él quien la relacionó con la desaparición de Tina. El asunto produjo cierta sensación, la noticia saltó a los periódicos nacionales, en los que permaneció unos días. Más tarde se comprobó que no había ningún nexo posible entre el vehículo quemado y la desaparición de la niña.

—Tina está viva, no quiero volver a ver nunca más a ese cabrón de mierda —dijo Lila.

4

No sé durante cuánto tiempo creyó que su hija seguía viva. Cuanto más se desesperaba Enzo, consumido por las lágrimas y la furia, más insistía Lila: verás como nos la devuelven. Seguramente nunca creyó en el camión pirata, dijo que enseguida lo habría notado, que habría oído el golpe antes que nadie, o al menos un grito. Tampoco me pareció que diera crédito a la tesis de Enzo, jamás aludió a una participación de los Solara. Sin embargo, durante una larga temporada pensó que quien le había quitado a Tina era uno de sus clientes, uno que sabía cuánto ganaba Basic Sight y que quería dinero a cambio de devolver a la niña. Esa era también la tesis de Antonio, aunque resulta difícil decir en qué elementos concretos se basaba. La policía seguramente se interesó en esa posibilidad, pero como nunca hubo llamadas telefónicas para pedir un rescate al final la dejaron correr.

El barrio no tardó en dividirse en una mayoría que creía que Tina estaba muerta y en una minoría que pensaba que seguía viva, prisionera en alguna parte. Nosotros, que queríamos a Lila, formábamos parte de esa minoría. Carmen estaba tan convencida de esa idea que la repetía de forma insistente a todo el mundo, y, si con el paso del tiempo alguien se convencía de que Tina estaba muerta, se convertía en su enemiga. En una ocasión la oí susurrar a Enzo: dile a Lina que Pasquale también está con vosotros; según él, la niña aparecerá. No obstante, se impuso la mayoría y quien seguía empeñándose en buscar a Tina era considerado por casi todos o estúpido o hipócrita. Y de Lila también se empezó a pensar que la cabeza no la ayudaba.

Carmen fue la primera en intuir que el consenso que hubo en torno a nuestra amiga antes de la desaparición de Tina y la solidaridad que hubo después eran ambas superficiales, que por debajo anidaba una antigua aversión hacia ella. Mira, me dijo, en otros tiempos la trataban como si fuera la Virgen, pero ahora pasan de largo sin mirarla siquiera. Empecé a fijarme y me di cuenta de que era exactamente así. En el fondo, la gente pensaba: lamentamos que hayas perdido a Tina, pero eso significa que si en verdad hubieras sido lo que querías hacernos creer, nada ni nadie la habría tocado. Cuando íbamos juntas por la calle comenzaron a saludarme a mí y a ella no. Preocupaba su aire inquieto y el halo de desventura que veían a su alrededor. En una palabra, la parte del barrio que se había acostumbrado a considerar a Lila como alternativa a los Solara se retiró decepcionada.

Eso no fue todo. Se impuso una iniciativa que en los primeros días pareció afectuosa pero que luego se volvió perversa. En el portón de casa, en la puerta de Basic Sight, las primeras semanas aparecieron flores, notas conmovedoras dirigidas a Lila o directamente a Tina, incluso poemas copiados de libros escolares. Después siguieron con juguetes viejos llevados por madres, abuelas y niños. Luego llegaron pinzas para el pelo, lacitos de colores, zapatitos usados.

Luego aparecieron muñecas de trapo cosidas a mano con muecas horribles, manchadas de rojo, y animales muertos envueltos en trapos mugrientos. Como Lila lo recogía todo con calma y lo tiraba a la basura, pero de repente se ponía a gritar terribles maldiciones contra todo aquel que pasara por allí, de madre que inspiraba pena pasó a ser considerada una loca que causaba terror. Cuando enfermó de gravedad una chica con la que Lila se había enfadado porque la había pescado escribiendo con tiza en el portón: «A Tina se la comen los muertos», los viejos rumores se sumaron a los nuevos y a Lila comenzaron a evitarla cada vez más, como si el mero hecho de verla trajera mala suerte.

Sin embargo, ella no pareció percatarse. La certeza de que Tina seguía viva la absorbió por completo y eso fue, a mi modo de ver, lo que la empujó hacia Imma. En los primeros meses había tratado de reducir el contacto de mi hija menor con Lila, pues temía que al verla sufriera todavía más. Pero Lila demostró enseguida que quería tenerla continuamente a su lado y yo dejé que se la quedara incluso a dormir. Una mañana fui a buscar a mi hija, la puerta del apartamento estaba entornada y entré. La niña estaba preguntando por Tina. Después de aquel domingo, yo había tratado de tranquilizarla diciéndole que se había marchado durante un tiempo a casa de los parientes de Enzo en Avellino, si bien ella insistía a menudo en saber cuándo regresaría. Ahora se lo preguntaba directamente a Lila, aunque ella parecía no oír la voz de Imma, y en lugar de responderle le contaba de cuando Tina había nacido, de su primer juguete, de cómo se le prendía al pecho y no lo soltaba e infinidad de detalles por el estilo. Me detuve en el umbral unos segundos, oí que Imma la interrumpía con impaciencia:

—Pero ¿cuándo vuelve?

—¿Te sientes sola?

—No sé con quién jugar.

—Yo tampoco.

—¿Entonces cuándo vuelve?

Lila se quedó callada un buen rato, después le reprochó:

—No es asunto tuyo, a ver si te callas.

Esas palabras pronunciadas en dialecto fueron tan bruscas, tan severas, tan inadecuadas que me alarmé. Hablé con ella de un par de nimiedades y me llevé a mi hija a casa.

Siempre le había perdonado a Lila sus excesos y en esas circunstancias estaba dispuesta a hacerlo aún más que en el pasado. Con frecuencia se había excedido, y dentro de lo posible había tratado de hacerla razonar. Cuando los policías interrogaron a Stefano y ella se convenció enseguida de que él le había quitado a Tina —hasta el punto de que durante un tiempo se negó incluso a ir a verlo al hospital después del infarto—, la tranquilicé y fuimos juntas a visitarlo. Y fue mérito mío que no se pusiera en contra de su hermano cuando la policía lo investigó. Me prodigué mucho incluso el día terrible en que a Gennaro lo citaron de la jefatura de policía, y, al regresar a casa tras sentirse acusado, hubo una pelea y acabó marchándose a vivir con su padre y gritándole a Lila que no solo había perdido para siempre a Tina sino también a él. En fin, que la situación estaba muy mal y podía comprender que ella la tomara con todo el mundo, incluso conmigo. Pero con Imma no, no iba a consentírselo. A partir de ese momento, cuando Lila se llevaba a la niña, me inquietaba, reflexionaba, buscaba soluciones.

Sin embargo, no hubo nada que hacer; los hilos de su dolor estaban muy enredados y durante un tiempo Imma formó parte de ese enredo. En el desorden general en el que habíamos acabado todos, pese a su agotamiento, Lila siguió señalándome hasta el más mínimo malestar de mi hija, como había hecho hasta que decidí hacer que Nino viniera a casa. Noté cierto ensañamiento, me disgusté, pero me esforcé por ver también en su actitud un aspecto positivo; pensé que poco a poco estaba desplazando hacia Imma su amor materno, que me estaba diciendo: como eres afortunada y todavía tienes a tu hija, debes aprovechar esa circunstancia, debes ocuparte de ella, darle todos los cuidados que no le has dado.

No obstante, solo eran apariencias. No tardé en suponer que en lo más profundo Imma —su cuerpo— debía de parecerle el signo de una culpa. Analicé a menudo la situación en que se había perdido la niña. Nino se la había entregado a Lila, pero Lila no se había ocupado de ella. Le había dicho a su hija: espérate aquí, y a mi hija, ven con la tía. Tal vez lo había hecho para poner a Imma bajo la mirada de su padre, para elogiarla, para estimular su afecto, a saber. Pero Tina era revoltosa, o sencillamente se había sentido abandonada, se había ofendido y se había alejado. En consecuencia, el dolor se había instalado en el peso del cuerpo de Imma entre sus brazos, en el contacto, en el calor vivo que aún despedía. Pero mi hija era frágil, lenta, por completo distinta de Tina, que era luminosa, movida. De ningún modo podía Imma convertirse en una sustituta, solo era un freno contra el tiempo. En fin, me imaginé que Lila la tenía a su lado para permanecer dentro de aquel domingo terrible mientras pensaba: Tina está aquí, no tardará en tirarme de la falda, me llamará y entonces la levantaré a ella en brazos, y todo volverá a su sitio. Por eso no quería que la niña lo desarreglara todo. Cuando la pequeña insistía en que reapareciera su amiga, cuando se limitaba a recordarle a Lila que, de hecho, Tina no estaba, la trataba con la misma dureza con que nos trataba a los adultos. Pero eso no podía aceptarlo. En cuanto venía a llevarse a Imma, le mandaba a Dede o a Elsa con cualquier pretexto para que la vigilaran. Si había utilizado ese tono en mi presencia, ¿qué no ocurriría cuando se la llevaba durante horas?

5

De vez en cuando me evadía del apartamento, del tramo de escaleras entre mi casa y la suya, de los jardincillos, de la avenida y viajaba por trabajo. Eran momentos en los que lanzaba un suspiro de alivio; me ponía guapa, vestía trajes elegantes, incluso la leve cojera que me había quedado del embarazo me parecía una especie de agradable rasgo distintivo. A pesar de que ironizaba de buena gana sobre los comportamientos biliosos de literatos y artistas, por aquel entonces todo lo relacionado con el mundo editorial, el cine, la televisión y cualquier tipo de manifestación estética me parecía aún un paisaje de fantasía al que era maravilloso asomarse. Incluso cuando se montaba el caos derrochón y juerguista de los grandes congresos, de los grandes simposios, de las grandes escenografías, de las grandes muestras, de las grandes películas, de las grandes óperas me gustaba formar parte de ellos, y me halagaba cuando en alguna ocasión me tocaba un asiento en las primeras filas, de esos reservados, desde donde podía ver el espectáculo de los poderes grandes y pequeños, sentada entre gente muy conocida. En cambio, Lila permaneció siempre en el centro de su horror, sin una sola distracción. Cierta vez en que me invitaron a no sé qué ópera en el San Carlo —un lugar maravilloso donde jamás había entrado— e insistí en llevarla conmigo, ella no quiso venir, convenció a Carmen para que me acompañara. Solo se dejaba distraer, si es que se puede decir así, por otro motivo de sufrimiento. Un dolor nuevo obraba en ella como una especie de antídoto. Se volvía combativa, decidida, era como alguien que sabe que se ahogará pero, pese a todo, mueve las piernas y los brazos para mantenerse a flote.

Una noche se enteró de que su hijo había vuelto a pincharse. Sin decir una palabra, sin avisar siquiera a Enzo, fue a buscarlo a casa de Stefano, al apartamento del barrio nuevo donde varias décadas antes había vivido tras casarse. Pero no lo encontró: Gennaro se había peleado con su padre y desde hacía unos días se había ido a casa de su tío Rino. Fue recibida con abierta hostilidad por Stefano y Marisa, que ya vivían juntos. El que en otros tiempos había sido un hombre apuesto era ahora piel y huesos, estaba muy pálido, la ropa que llevaba parecía dos tallas más grande. El infarto lo había destrozado, estaba aterrorizado, apenas comía, ya no bebía ni fumaba, no debía inquietarse a causa del corazón maltrecho. Pero en esa ocasión se inquietó muchísimo, motivos no le faltaban. Había cerrado definitivamente la charcutería por culpa de su enfermedad. Ada le exigía dinero para ella y su hija. También se lo exigía su hermana Pinuccia y su madre Maria. Se lo exigía Marisa para ella y sus hijos. Lila comprendió enseguida que Stefano quería sacarle a ella ese dinero y que la excusa para pedírselo era Gennaro. En efecto, pese a que hacía unos días había echado de casa a su hijo, lo defendió, y, apoyado por Marisa, dijo que para que Gennaro se recuperara hacía falta muchísimo dinero. Y como Lila le contestó que no volvería a darle un solo céntimo a nadie más, que le importaban una mierda los parientes, los amigos y todo el barrio, el altercado fue violento. Stefano le enumeró con lágrimas en los ojos, gritando, todo lo que había perdido a lo largo de los años —las charcuterías y la propia casa—, y de ese derroche responsabilizó de un modo incomprensible a Lila. Pero lo peor vino de Marisa, que le gritó: Alfonso se arruinó por tu culpa, nos arruinó a todos, eres peor que los Solara, hizo bien quien te robó a la niña.

Solo entonces Lila enmudeció, miró a su alrededor buscando una silla para sentarse. No la encontró y apoyó la espalda contra la pared de la sala de estar, que décadas antes había sido su sala de estar, una habitación entonces blanca, con muebles flamantes, cuando todavía nada se había estropeado a causa de los estragos de los niños que más tarde crecerían en ella, a causa del abandono de los adultos. Vamos, le dijo Stefano, que quizá se había dado cuenta de que Marisa se había pasado, vamos a buscar a Gennaro. Y salieron juntos, la llevó del brazo, se dirigieron a casa de Rino.

Una vez al aire libre Lila se recuperó, se soltó. Recorrieron a pie el trayecto, ella dos pasos por delante, él, dos por detrás. El hermano de Lila vivía en la vieja casa de los Carracci con su suegra, Pinuccia y los hijos. Gennaro estaba ahí y en cuanto se encontró frente a sus padres el muchacho se puso a gritar. Así estalló otro altercado, primero entre padre e hijo, luego entre madre e hijo. Al principio Rino se quedó callado; luego, con la mirada apagada, comenzó un lamento sobre el daño que su hermana le había hecho desde que eran niños. Cuando Stefano intervino la tomó también con él, lo insultó, le dijo que todos los problemas habían empezado porque se lo tenía muy creído y al final se había dejado mangar primero por Lila y después por los Solara. Estuvieron a punto de llegar a las manos y Pinuccia tuvo que frenar a su marido, le murmuró: tienes razón, pero cálmate, no es el momento, mientras la vieja señora Maria tuvo que frenar a Stefano, jadeando: basta, hijo mío, haz como si no lo hubieras oído, Rino está más enfermo que tú. Así las cosas, Lila agarró enérgicamente a su hijo de un brazo y lo sacó de allí.

Sin embargo, Rino los alcanzó en la calle, lo oyeron afanarse a sus espaldas. Quería dinero, lo quería a toda costa, enseguida. Dijo: me matarás si me dejas así. Lila siguió caminando mientras él la empujaba, reía, gemía, la retenía del brazo. Entonces Gennaro se echó a llorar, le gritó: tienes dinero, anda, dáselo. Pero Lila echó a su hermano y se llevó a su hijo murmurando entre dientes: ¿tú quieres ser como él, quieres acabar como tu tío?

6

Con el regreso de Gennaro el apartamento de abajo fue un infierno aún peor; a veces me veía obligada a bajar corriendo porque temía que se mataran. En esos casos, Lila me abría, decía gélida: qué quieres. Contestaba igual de gélida: os estáis pasando, Dede llora, quiere llamar a la policía, y Elsa está asustada. Ella contestaba: vete a tu casa y a tus hijas, si no quieren oír, les tapas los oídos.

En aquella época mostraba cada vez menos interés por las dos muchachas, las llamaba con abierto sarcasmo «las señoritas». Pero mis hijas también cambiaron de actitud con ella. Dede sobre todo dejó de sentirse atraída por Lila, era como si también tuviera la sensación de que la desaparición de Tina la había despojado de autoridad. Una noche me preguntó:

—Si la tía Lina no quería otro hijo, ¿para qué lo tuvo?

—¿Tú cómo sabes que no lo quería?

—Se lo ha dicho a Imma.

—¿A Imma?

—Sí, la he oído con estas orejitas. Le habla como si no fuera pequeña, para mí que está loca.

—No es locura, Dede, es dolor.

—No derramó ni una lágrima.

—Las lágrimas no son el dolor.

—Sí, pero sin las lágrimas, ¿quién te asegura que el dolor existe?

—Existe y con frecuencia es un dolor mucho más grande.

—No es su caso. ¿Quieres saber qué pienso?

—A ver.

—Ella perdió a Tina a propósito. Y ahora también quiere perder a Gennaro. Por no hablar de Enzo, ¿has visto cómo lo trata? La tía Lina es clavadita a Elsa, no quiere a nadie.

Dede era así, le gustaba ser alguien que ve más allá que el resto y le encantaba pronunciar juicios inapelables. Le prohibí repetir en presencia de Lila esas palabras terribles y traté de explicarle que no todos los seres humanos reaccionan de la misma manera, Lila y Elsa tenían estrategias afectivas distintas de las suyas.

—Tu hermana, por ejemplo —dije—, no aborda los problemas de frente como haces tú y considera ridículos los sentimientos demasiado vocingleros, siempre se mantiene a un paso de distancia.

—A fuerza de mantenerse a un paso de distancia ha perdido la sensibilidad.

—¿Por qué te metes tanto con Elsa?

—Porque es idéntica a la tía Lina.

Un círculo vicioso: Lila se equivocaba porque era como Elsa, Elsa se equivocaba porque era como Lila. En realidad, en el centro de aquel juicio negativo estaba Gennaro. Según Dede, justamente en ese caso muy significativo, Elsa y Lila cometían el mismo error de cálculo y presentaban el mismo trastorno afectivo. Justo como le ocurría a Lila, también para Elsa Gennaro era peor que una bestia. Su hermana —me contó Dede— le decía a menudo, como ofensa, que Lila y Enzo hacían bien en molerlo a palos en cuanto trataba de pisar la calle. Solo una estúpida como tú —le reprochaba—, que no sabe nada de los hombres, puede dejarse encandilar por una masa de carne mal lavada, sin una pizca de inteligencia. Y Dede le replicaba: solo una cabrona como tú puede definir así a un ser humano.

Como las dos leían muchísimo, se peleaban en la lengua de los libros, hasta el punto de que, si de repente no pasaban al dialecto más brutal para insultarse, yo escuchaba sus agarradas casi con admiración. El lado positivo de aquel conflicto fue que Dede redujo cada vez más la inquina que me tenía, pero el negativo me pesó mucho: su hermana y Lila se convirtieron en objeto de toda su malevolencia. Dede me revelaba sin cesar las vilezas de Elsa: era odiada por sus compañeros porque se consideraba la mejor en todo y los humillaba continuamente; se jactaba de haber tenido relaciones con hombres mayores; faltaba a clase y falsificaba mi firma en los justificantes. Y de Lila me decía: es una fascista, ¿cómo puedes ser amiga suya? Y tomaba partido por Gennaro sin medias tintas. Según ella, la droga era la rebelión de las personas sensibles contra las fuerzas de la represión. Juraba que tarde o temprano encontraría el modo de conseguir que Rino escapara —lo llamaba siempre así, acostumbrándonos por tanto a que lo llamáramos del mismo modo— de la cárcel en la que lo tenía encerrado su madre.

Yo siempre intentaba poner paz, reprendía a Elsa, defendía a Lila. Pero a veces me costaba tomar partido por Lila. Me asustaban los picos de su dolor resentido. Por otra parte, temía que, como ya había ocurrido en el pasado, su organismo no aguantara y por ello, pese a que me gustaba la agresividad de Dede, lúcida y apasionada a un tiempo, pese a que me divertía la fantasiosa desfachatez de Elsa, procuraba que mis hijas no le provocaran crisis con palabras irreflexivas (sabía que Dede habría sido muy capaz de decir: «Tía Lina, cuenta las cosas como son, tú quisiste perder a Tina, no ocurrió por casualidad»). A diario temía lo peor. Las señoritas, como decía Lila, aunque inmersas en la realidad del barrio, tenían una fuerte percepción de su diversidad. En especial cuando regresaban de Florencia se sentían de una calidad superior y hacían lo imposible para demostrárselo a quien fuera. En el bachillerato Dede era muy buena, y cuando su profesor —un hombre de poco más de cuarenta años, muy culto, cautivado por el apellido Airota— le preguntaba la lección, parecía más preocupado por equivocarse en las preguntas que ella por equivocarse en las respuestas. En los estudios Elsa era menos brillante; en general, a mitad de año sus boletines de calificaciones eran pésimos, pero lo que la hacía insoportable era la desenvoltura con la que al final descabalaba la baraja y acababa entre los mejores. Yo conocía las inseguridades y los miedos de ambas, las sentía como chicas atemorizadas, y por eso no me creía demasiado su prepotencia. Pero los demás no, y vistas desde fuera debían de parecer sin duda odiosas. Elsa, por ejemplo, con una ligereza infantil aplicaba apodos ofensivos en clase y fuera, no tenía respeto por nadie. A Enzo lo llamaba el hortera mudo; a Lila la llamaba la falena venenosa; a Gennaro lo llamaba cocodrilo ridens. Pero a quien le tenía más manía era a Antonio, que iba a ver a Lila casi a diario, a la oficina o a su casa, y en cuanto llegaba se los llevaba a Enzo y a ella a una habitación para confabular. Después de la desaparición de Tina, Antonio se había vuelto arisco. Si yo estaba presente me despachaban de un modo más o menos explícito; si estaban ellas, mis hijas, al cabo de un minuto las dejaba fuera cerrando la puerta. Elsa, que conocía bien a Poe, lo llamaba la máscara de la muerte amarilla, porque por naturaleza, Antonio tenía la tez ictérica. Era obvio, pues, que yo temiera que cometiesen alguna ofensa, cosa que acabó ocurriendo.

Cierta vez que yo me encontraba en Milán, Lila salió precipitadamente al patio donde Dede leía, Elsa charlaba con unas amigas, Imma jugaba. Ya no eran niñas. Dede tenía dieciséis años, Elsa casi trece, solo Imma era pequeña, tenía cinco. Pero Lila las trató a las tres como si no tuvieran autonomía alguna. Las arrastró dentro de casa sin explicaciones (ellas estaban acostumbradas a exigir siempre explicaciones), se limitó a gritar que estar fuera era peligroso. Mi hija mayor consideró insoportable ese comportamiento y gritó:

—Mamá me ha dejado a cargo de mis hermanas, soy yo quien decide si volvemos a casa o no.

—Cuando vuestra madre no está, vuestra madre soy yo.

—Una madre de mierda —le contestó Dede pasando al dialecto—, perdiste a Tina y ni siquiera lloraste.

Lila le dio una bofetada que la dejó de piedra. Elsa salió en defensa de su hermana y se ganó otra bofetada, Imma se echó a llorar. No se sale de casa, insistió mi amiga jadeando, ahí fuera hay peligro, ahí fuera te mueres. Las obligó a quedarse en casa durante días, hasta que yo volviera.

A mi regreso, Dede me contó todo el episodio, y como era honesta por principio, me refirió también su réplica. Quise hacerle entender que había dicho unas palabras terribles, la regañé con dureza: te advertí que no debías hacerlo. Elsa tomó partido por su hermana, me dijo que la tía Lina estaba mal de la cabeza, vivía convencida de que para evitar los peligros había que atrincherarse en casa. Fue difícil convencer a mis hijas de que la culpa no la tenía Lila sino el Imperio soviético. En un lugar llamado Chernóbil, a raíz de un accidente en una central nuclear, se habían liberado radiaciones peligrosas que, como el planeta era pequeño, podían alcanzar a cualquiera y metérsele en las venas. La tía Lina os protegió, dije. Pero Elsa gritó: no es cierto, nos pegó, lo único bueno que hizo fue darnos de comer solo a base de congelados. Imma: yo lloré mucho, los congelados no me gustan. Y Dede: nos trató peor de lo que trata a Gennaro. Murmuré: la tía Lina también se hubiera comportado igual con Tina, pensad qué tormento para ella, protegeros a vosotras mientras imagina que en alguna parte está su hija y nadie cuida de ella. Pero fue un error expresarme de ese modo delante de Imma.

Mientras Dede y Elsa hicieron muecas de escepticismo, ella se desconcertó, se fue corriendo a jugar.

Unos días más tarde Lila me encaró con su estilo directo:

—¿Tú les dices a tus hijas que perdí a Tina y que nunca lloré?

—¡Basta ya! ¿A ti te parece que sería capaz de decir algo así?

—Dede me llamó madre de mierda.

—Es una chiquilla.

—Es una chiquilla maleducada.

Entonces cometí errores no menos graves que los de mis hijas.

—Cálmate. Sé cuánto querías a Tina. Trata de no quedarte con todo dentro, deberías desahogarte, deberías hablar de todo lo que te pasa por la cabeza. Es cierto, el parto fue difícil, pero no debes fantasear sobre ello.

Me equivoqué en todo: el imperfecto «querías», la referencia al parto, el tono banal. Contestó con brusquedad: no te metas donde no te llaman. Y después gritó, como si Imma fuera adulta: enséñale a tu hija que cuando alguien dice una cosa, no debe ir a contársela a todo el mundo.

7

Las cosas empeoraron aún más cuando una mañana —creo que era un día de junio de 1986— hubo otra desaparición. Llegó Nunzia más sombría que de costumbre, y dijo que la víspera Rino no había vuelto a dormir a casa y Pinuccia lo estaba buscando por todo el barrio. Me dio aquella noticia sin mirarme a la cara, como hacía cuando lo que me decía era en realidad un recado para Lila.

Bajé a transmitir el mensaje. Lila llamó enseguida a Gennaro, daba por descontado que él sabía dónde se encontraba su tío. El muchacho opuso mucha resistencia, no quería desvelar nada que pudiera llevar a su madre a ser aún más dura. Pero cuando pasó todo el día y Rino seguía sin aparecer, decidió colaborar. A la mañana siguiente se negó a que Enzo y Lila lo acompañaran en la búsqueda, si bien se resignó a que lo hiciera su padre. Stefano llegó jadeante y nervioso por la enésima molestia que le causaba su cuñado, angustiado por su situación, porque no se sentía con fuerzas, se tocaba sin cesar la garganta, decía mortecino: me falta el aliento. Al final, padre e hijo —el muchacho rechoncho, el hombre como un alambre pero cubierto de ropa en exceso holgada— se dirigieron hacia las vías del tren.

Cruzaron la explanada de la estación de maniobras y enfilaron por las viejas vías donde estaban los vagones en desuso. En uno de ellos encontraron a Rino. Estaba sentado, con los ojos abiertos. La nariz parecía enorme, la barba larga y todavía negra le subía por la cara hasta los pómulos, como una mala hierba.

Al ver a su cuñado, Stefano se olvidó de su estado de salud y tuvo un auténtico ataque de rabia. Gritó insultos al cadáver, quería agarrarlo a patadas. Mamón eras de chico —aulló— y mamón te quedaste: te mereces morir así, como un mamonazo. La tenía tomada con él porque había arruinado a su hermana Pinuccia, porque había arruinado a sus sobrinos y porque había arruinado a su hijo. Mira, le dijo a Gennaro, mira lo que te espera. Gennaro lo agarró de los hombros, lo apretó con fuerza para retenerlo mientras intentaba soltarse y pateaba.

Era temprano por la mañana pero ya empezaba a hacer calor. El vagón olía a mierda y a meados, los asientos estaban desfondados y los cristales tan sucios que no se veía fuera. Como Stefano seguía retorciéndose y vociferando, el muchacho perdió la calma y le dijo cosas feas a su padre. Le gritó que sentía asco de ser hijo suyo, que las únicas personas de todo el barrio a las que respetaba eran su madre y Enzo. Entonces Stefano se echó a llorar. Se quedaron un rato juntos al lado del cuerpo de Rino, no para velarlo, sino para calmarse. Regresaron para dar la noticia.

8

Nunzia y Fernando fueron los únicos en notar la pérdida de Rino. Pinuccia lloró a su marido lo mínimo indispensable y luego pareció renacer. A las dos semanas se presentó en mi casa para preguntarme si podía sustituir a su suegra, que estaba destrozada por el dolor y ya no se sentía con ánimo de trabajar: se ocuparía de las tareas de la casa, cocinaría y cuidaría de mis hijas en mi ausencia exactamente por la misma cantidad. Resultó menos eficiente que Nunzia, pero más charlatana y sobre todo le cayó más simpática a Dede, Elsa e Imma. Elogiaba mucho a las tres, y también a mí sin cesar. Qué bien estás, decía, eres una señora; he visto que en el armario tienes unos trajes preciosos y muchos zapatos, se nota que eres importante y que tratas con gente de nivel; ¿es cierto que con tu libro harán una película?

Después de los primeros tiempos en que hizo el papel de viuda, pasó a pedirme si tenía vestidos que ya no usara, pese a que estaba gorda y no le entraban. Me los ensancho, decía, y yo le elegí algunos. Se los arreglaba de veras, con mucha mano, y luego venía a trabajar vestida como para ir de fiesta, desfilaba de una punta a otra del pasillo para que mis hijas y yo le diéramos nuestro parecer. Me estaba muy agradecida, a veces se ponía tan contenta que quería charlar en vez de trabajar, se ponía a hablar de la época de Ischia. Mencionaba a menudo a Bruno Soccavo y se conmovía, murmuraba: qué mal terminó. En un par de ocasiones dijo una frase que debía de gustarle mucho: me quedé viuda dos veces. Una mañana me confesó que Rino había sido un verdadero marido apenas unos años, y que después se había comportado siempre como un chico; incluso en la cama, un minuto y a otra cosa, en algún caso ni a un minuto llegaba. Ah, sí, no tenía ni pizca de madurez, era fanfarrón, mentiroso y encima presuntuoso, presuntuoso como Lina. Es una característica de la familia Cerullo —se enfadó—, son unos faroleros, sin sentimientos. Y se puso a echar pestes de Lila, dijo que se había apropiado de cuanto era fruto de la inteligencia y el trabajo del hermano. Repliqué: no es verdad, Lina quiso mucho a Rino, fue él quien la explotó a ella por todos los medios. Pinuccia me miró con resentimiento, de buenas a primeras se puso a alabar a su marido. Los zapatos Cerullo, resaltó, los inventó él, pero después Lina se aprovechó de eso, enredó a Stefano, lo obligó a casarse con ella, le robó un montón de dinero —papá nos había dejado millones—, y después se puso de acuerdo con Michele Solara, nos arruinó a todos. Añadió: no la defiendas, lo sabes muy bien.

No era cierto, naturalmente, yo tenía otra versión, Pinuccia hablaba así por antiguos rencores. Sin embargo, la única reacción auténtica de Lila a la muerte de su hermano fue que ella misma abonó no pocas de esas mentiras. Desde hacía tiempo yo había comprobado que cada cual se organiza el recuerdo como le conviene, a veces me sorprendo haciéndolo. Pero lo que me sorprendió fue que se pudiera llegar a dar a los hechos un orden que iba contra los propios intereses. Lila empezó casi enseguida a atribuir a Rino todos los méritos de la historia de los zapatos. Dijo que su hermano había tenido desde niño una imaginación y una competencia extraordinarias, y que si no se hubieran entrometido los Solara habría llegado a ser mejor que Ferragamo. Se empeñó en bloquear el flujo de la vida de Rino en el momento exacto en que la tienda de su padre se transformó en una pequeña empresa y le restó peso a lo demás, a todo aquello que había hecho y le había hecho. Mantuvo viva y compacta únicamente la figura del muchacho que la había defendido frente a un padre violento, que la había apoyado en sus afanes de jovencita que buscaba salidas a su propia inteligencia.

Ese debió de parecerle un buen remedio contra el dolor, porque por aquella misma época se reanimó, y también empezó a hacer lo mismo con Tina. Ya no pasó sus días como si la pequeña fuera a regresar de un momento a otro, sino que trató de llenar el vacío en la casa y en su fuero interno con una figurita luminosa, como si fuera el efecto de un programa de ordenador. Tina se convirtió en una especie de holograma, estaba y no estaba. Más que recordarla la evocaba. Me mostraba las fotos en las que mejor había salido o me hacía escuchar su vocecita tal como Enzo la había grabado en una grabadora con un año, con dos, con tres, o citaba sus graciosas preguntitas, sus respuestas extraordinarias, procurando hablar de ella siempre en presente: Tina tiene, Tina hace, Tina dice.

Eso no la apaciguaba, naturalmente, al contrario, chillaba más que antes. Chillaba con su hijo, con los clientes, conmigo, con Pinuccia, con Dede y Elsa, a veces con Imma. Chillaba sobre todo con Enzo si él se echaba a llorar mientras trabajaba. Pero en ocasiones se quedaba sentada, como hacía en los primeros tiempos, y le hablaba a Imma de Rino y de la niña como si por algún motivo se hubiesen marchado juntos. Y si la pequeña preguntaba: cuándo vuelven, contestaba sin enfadarse: cuando les dé la gana. Pero eso también se hizo menos frecuente. Después de nuestro enfrentamiento a propósito de mis hijas, parecía no tener más necesidad de Imma. De hecho, poco a poco, se fue quedando con ella cada vez con menor frecuencia y, aunque de un modo más afectuoso, empezó a tratarla igual que a las hermanas. Una noche en que acabábamos de entrar en el vestíbulo sórdido de nuestro edificio —y Elsa se quejaba porque había visto una cucaracha, Dede se disgustaba de solo pensarlo e Imma quería que la levantara en brazos—, Lila les dijo a las tres, como si yo no estuviera presente: sois hijas de señoras, qué hacéis aquí, convenced a vuestra madre para que os saque de aquí.

9

En apariencia, pues, tras la muerte de Rino experimentó una mejoría. Dejó de estar alarmada, con los ojos como rendijas. La piel de la cara, que parecía una blanquísima vela de lona bien estirada a causa de un fuerte viento, se ablandó. No obstante, fue una mejoría momentánea. Pronto le salieron arrugas desordenadas en la frente, en la comisura de los ojos, también en las mejillas, donde semejaban falsos pliegues. Y un poco todo el cuerpo empezó a envejecer, la espalda se le arqueó, la barriga se le hinchó.

Un día Carmen usó una de sus expresiones, dijo preocupada: Tina se le enquistó dentro, tenemos que quitársela. Y tenía razón, había que encontrar la manera de conseguir que la historia de la niña fluyera. Pero Lila se negaba, todo lo referente a su hija estaba detenido. Creo que algo se movía, pero con gran dolor, solo con Antonio y Enzo, aunque por necesidad, en secreto. Ahora bien, cuando Antonio se marchó de repente —sin despedirse de nadie, con toda su familia rubia y con la trastornada Melina ya vieja— a Lila ni siquiera le quedaron los informes misteriosos que él le hacía. Se quedó sola, dedicada a ensañarse con Enzo y Gennaro, a menudo azuzando a uno contra otro. O distraída, sumida en sus pensamientos, en actitud de espera.

Iba a verla a diario, incluso cuando la escritura me apremiaba con sus fechas de entrega, y hacía de todo para reavivar la confianza entre nosotras. Al verla cada día más desganada, una vez le pregunté:

—¿Todavía te gusta tu trabajo?

—Nunca me ha gustado.

—Qué mentirosa eres, recuerdo que te gustaba.

—No, no te acuerdas de nada, le gustaba a Enzo, así que me obligué a que me gustara.

—Búscate alguna otra ocupación entonces.

—Estoy bien así. Enzo anda con la cabeza en otra parte y si no lo ayudo, cerramos.

—Los dos debéis salir del dolor.

—Qué dolor, Lenù, debemos salir de la rabia.

—Salid entonces de la rabia.

—Lo estamos intentando.

—Intentadlo con más convicción, Tina no se lo merece.

—A Tina déjala en paz, piensa en tus hijas.

—Ya pienso.

—No lo suficiente.

En esos años encontró siempre resquicios para invertir la situación y obligarme a ver los defectos de Dede, de Elsa, de Imma. Las desatiendes, decía. Yo aceptaba las críticas, algunas eran fundadas, con demasiada frecuencia me dedicaba a mi vida y desatendía la de ellas. No obstante, siempre buscaba la ocasión para desviar la conversación hacia ella y Tina. A partir de cierto momento me dediqué a acuciarla por su tez grisácea.

—Estás muy pálida.

—Y tú demasiado sonrosada, fíjate, estás morada.

—Estoy hablando de ti, ¿qué te pasa?

—Tengo anemia.

—Qué anemia.

—La regla me viene cuando le da la gana y luego no se me va más.

—¿Desde cuándo?

—Desde siempre.

—Di la verdad, Lila.

—Es la verdad.

La apremiaba, con frecuencia la provocaba, y ella reaccionaba pero sin llegar nunca al punto de perder el control y liberarse.

Me vino a la cabeza que quizá fuera una cuestión lingüística. Ella recurría al italiano como a una barrera, yo trataba de empujarla hacia el dialecto, nuestra lengua de la franqueza. Pero mientras su italiano era traducido del dialecto, mi dialecto era cada vez más traducido del italiano, y las dos hablábamos en una lengua artificial. Era necesario que estallara, que las palabras se volvieran incontroladas. Quería que dijera en el napolitano sincero de nuestra infancia: qué carajo quieres, Lenù, estoy así porque perdí a mi hija, y quizá esté viva, quizá esté muerta, pero no logro soportar ninguna de las dos posibilidades; porque si está viva, está viva lejos de mí, en un lugar donde le ocurren cosas horribles, que yo, yo veo nítidamente, las veo todos los días y todas las noches como si ocurrieran ante mis propios ojos; pero si está muerta, yo también estoy muerta, muerta aquí dentro, una muerte más insoportable que la muerte verdadera, que es muerte sin sentimiento, mientras que esta muerte te obliga a diario a sentirlo todo, a despertarte, a asearte, a vestirte, a comer y beber, a trabajar, a hablar contigo que no entiendes o no quieres entender, contigo que, de solo verte, toda arreglada, recién salida de la peluquería, con tus hijas a las que les va bien en la escuela, que siempre lo hacen todo de un modo perfecto, que ni siquiera este lugar de mierda las echa a perder, al contrario, parece que las favorece —las hace aún más seguras de sí mismas, aún más presuntuosas, aún más convencidas de arramblar con todo— y eso me amarga la vida todavía más de lo que ya me la he amargado, así que anda, vete ya, déjame tranquila, Tina debía ser mejor que todos vosotros, pero se la llevaron, y yo ya no aguanto más.

Me hubiera gustado inducirla a un discurso de este tipo, confuso, intoxicado. Sentía que de haberse decidido, habría extraído de la madeja enredada de su cerebro palabras como estas. Pero no ocurrió. Es más, si lo pienso, durante esa fase fue menos agresiva que en otras épocas de nuestra historia. Quizá el desahogo que yo esperaba se componía de sentimientos solo míos, que por eso mismo me impedían ver la situación con claridad y me transformaban a Lila en algo aún más huidizo. A veces me asaltaba la duda de que tuviera en la cabeza algo impronunciable que yo no alcanzaba a imaginar siquiera.

10

Lo peor eran los domingos. Lila se quedaba en casa, no trabajaba y de fuera llegaban las voces de la fiesta. Bajaba a su apartamento, decía: salgamos, vayamos a dar un paseo por el centro, vayamos a ver el mar. Se negaba; se enojaba si insistía demasiado. Así, para remediar los malos modos, Enzo decía: os acompaño, vamos. Ella se ponía a chillar enseguida: sí, marchaos, dejadme en paz, me doy un baño y me lavo el pelo, dejadme respirar.

Salíamos, mis hijas venían con nosotros y a veces también Gennaro, al que tras la muerte de su tío todos llamábamos Rino. En esas horas de paseo Enzo se franqueaba conmigo a su manera, con pocas palabras a veces oscuras. Decía que sin Tina ya no sabía para qué le servía ganar dinero. Decía que robar a los niños para hacer sufrir a sus padres era un signo de los tiempos asquerosos que estaban llegando. Decía que tras el nacimiento de su hija era como si dentro de la cabeza se le hubiese encendido una bombilla y que ahora esa bombilla se había apagado. Decía: ¿te acuerdas cuando justamente aquí, por esta calle, la llevaba a caballito? Decía: gracias, Lenù, por tu ayuda, no te enojes con Lina, es una época llena de desgracias, pero tú la conoces mejor que yo, tarde o temprano se recuperará.

Lo escuchaba, le preguntaba: la veo muy pálida, ¿cómo se encuentra físicamente? Quería decir: ya sé que está destrozada por el dolor, pero dime, ¿cómo anda de salud, has notado síntomas por los que tengamos que preocuparnos? Pero ante ese «físicamente» Enzo se sentía incómodo. Del cuerpo de Lila no sabía casi nada, la adoraba como se adora a los ídolos, con prudencia y respeto. Y contestaba sin convicción: bien. Luego se ponía nervioso, tenía prisa por regresar a casa, decía: tratemos de convencerla de que salga al menos a dar un paseo por el barrio.

Inútil, solo en muy raras ocasiones algún domingo conseguí arrastrar a Lila fuera de casa. No fue una buena idea. Ella caminaba a paso ligero, mal vestida, con el pelo suelto y alborotado, lanzando a su alrededor miradas pendencieras. Mis hijas y yo nos afanábamos por seguirla, serviciales, y parecíamos siervas más hermosas, más ricamente adornadas que la señora. Todos la conocían, incluso los vendedores ambulantes, que se acordaban bien de los problemas que habían tenido a causa de la desaparición de Tina y temían pasar por otros, la esquivaban. Para todos era la mujer tremenda que, afectada por una gran desgracia, llevaba encima su poder y lo difundía a su alrededor. Lila avanzaba con su mirada feroz por la avenida, en dirección a los jardincillos, y la gente bajaba la vista, miraba hacia otro lado. Y si alguien la saludaba, ella no hacía caso, no contestaba. Por su modo de caminar daba la impresión de que tuviera una meta que alcanzar con urgencia. En realidad solo huía del recuerdo del domingo de dos años antes.

Las veces que salíamos juntas era inevitable cruzarnos con los Solara. Desde hacía un tiempo no se alejaban del barrio; en Nápoles se había producido una larguísima lista de muertes violentas y ellos, al menos el domingo, preferían pasarlo en paz por esas calles de la infancia que eran seguras, por lo que a ellos respectaba, como las de una fortaleza. Las dos familias siempre hacían las mismas cosas. Iban a misa, paseaban entre los tenderetes, llevaban a sus hijos a la biblioteca del barrio que, según una larga tradición, desde que Lila y yo éramos niñas, abría en días festivos. Yo creía que eran Elisa o Gigliola quienes imponían ese ritual culto, pero cierta vez que debí de pararme a intercambiar unas palabras descubrí que era Michele quien lo quería. Señalándome a sus hijos —que ya eran mayores pero que lo obedecían evidentemente por miedo, mientras que por la madre no mostraban el menor respeto—, me dijo:

—Estos ya saben que si no leen por lo menos un libro al mes, desde la primera a la última página, no les doy una sola lira más. ¿Hago bien, Lenù?

No sé si de veras sacaban libros en préstamo, tenían dinero para comprarse la Biblioteca Nacional entera. Aunque lo hicieran por una necesidad auténtica o fingida, ya tenían la costumbre: subían las escaleras, empujaban la puerta de cristales, la misma desde los años cuarenta, entraban, allí permanecían no más de diez minutos y salían.

Cuando yo estaba sola con mis hijas, Marcello, Michele, Gigliola y también los chicos se mostraban cordiales, solo mi hermana adoptaba una actitud fría hacia nosotras. En cambio, con Lila las cosas se complicaban, y yo temía que la tensión subiera peligrosamente. Pero en esas raras ocasiones de paseo dominical ella siempre hacía como que no existían. Y los Solara se comportaban de igual modo, pues si iba con Lila preferían ignorarme a mí también. Sin embargo, un domingo por la mañana, Elsa no quiso someterse a esa regla no escrita y saludó con sus aires de reina de corazones a los hijos de Michele y Gigliola, que contestaron incómodos. En consecuencia, pese a que hacía mucho frío, todos nos vimos obligados a detenernos unos minutos. Los dos Solara fingieron tener cosas urgentes que decirse, yo hablé con Gigliola, mis hijas con los chicos, Imma analizó con atención a su primo Silvio, al que veíamos cada vez más raramente. Nadie le dirigió la palabra a Lila y Lila por su parte calló. Solo Michele, cuando interrumpió la charla con su hermano y me habló con su sorna habitual, la citó sin mirarla. Dijo:

—Ahora, Lenù, nos damos una vuelta por la biblioteca y luego vamos a comer. ¿Quieres acompañarnos?

—No, gracias —contesté—, tenemos que irnos, tal vez en otra ocasión.

—Muy bien, así les dices a los chicos qué deben y qué no deben leer. Tú para nosotros eres un ejemplo, tú y tus hijas. Cuando os vemos pasar por la calle nos decimos siempre: antes Lenuccia era como nosotros, fijaos cómo es ahora. No sabe lo que es la soberbia, es democrática, vive aquí con nosotros, igual que nosotros, aunque es una persona importante. Ah, sí, el que estudia se vuelve bueno. Hoy todo el mundo va a la escuela, todos con la cabeza hundida en los libros, y por eso en el futuro tendremos tanta bondad que nos saldrá por las orejas. Pero si no se lee y no se estudia, como le ha pasado a Lina, como nos ha pasado a todos nosotros, seguimos siendo malos, y la maldad es fea. ¿No es así, Lenù?

Me agarró de la muñeca, le brillaban los ojos. Repitió: ¿no es así?, con sarcasmo, y yo asentí con la cabeza, pero me solté con demasiada fuerza, se le quedó en la mano el brazalete de mi madre.

—Oh —exclamó él, y esta vez buscó la mirada de Lila, pero no la encontró. Dijo con fingida pena—: Perdona, te lo mandaré a arreglar.

—No te preocupes.

—De ninguna manera, es mi deber. Te lo devolveré como nuevo. Marcè, ¿te pasas tú por la joyería?

Marcello asintió con la cabeza.

Entretanto, la gente pasaba con la vista baja, era casi la hora de comer. Cuando conseguimos liberarnos de los dos hermanos, Lila me dijo:

—Te defiendes mucho peor que antes, despídete del brazalete, no lo verás más.

11

Me convencí de que iba a darle una de sus crisis. La veía debilitada y la notaba llena de angustia, como si esperase que algo ingobernable partiera en dos el edificio, el apartamento, a ella misma. Durante unos días no supe nada de ella, anduve medio atontada por la gripe. Dede también tenía tos y fiebre, daba por descontado que el virus no tardaría en afectar a Elsa y a Imma. Para colmo tenía que entregar un trabajo con urgencia (debía inventarme algo para una revista que dedicaba un número entero al cuerpo femenino) y no me sentía con ganas ni con fuerzas para escribir.

Fuera soplaba un viento frío que hacía estremecer los cristales de las ventanas, la carpintería no cerraba bien, por las rendijas se colaban cuchillas de frío. El viernes Enzo vino a decirme que tenía que irse a Avellino porque una de sus tías estaba enferma. En cuanto a Rino, pasaría el sábado y el domingo en casa de Stefano; le había pedido que lo ayudara a desmontar los muebles de la charcutería para llevárselos a un tipo dispuesto a comprarlos. De modo que Lila se quedaría sola, Enzo dijo que estaba un poco deprimida y me rogó que le hiciera compañía. Pero yo estaba cansada, en cuanto conseguía hilvanar un pensamiento, Dede me llamaba, Imma pedía por mí, Elsa protestaba, y el pensamiento desaparecía. Cuando Pinuccia se presentó para ordenar la casa, le pedí que cocinara en abundancia para el sábado y el domingo, luego me encerré en mi dormitorio, donde tenía una mesita de trabajo.

Al día siguiente, en vista de que Lila no había dado señales de vida, fui a invitarla a comer. Me abrió desgreñada, en pantuflas, con una vieja bata verde oscura encima del pijama. Para mi estupor tenía los ojos y la boca muy maquillados. La casa estaba en completo desorden, había un olor desagradable. Dijo: si el viento sopla más fuerte todavía, saldrá volando todo el barrio. No era más que una hipérbole manida, sin embargo, me alarmé; se había expresado como si estuviese convencida de que el barrio pudiera de verdad ser arrancado de sus cimientos para acabar hecho añicos por la zona de Ponti Rossi. En cuanto se dio cuenta de que había notado lo anómalo de su tono, sonrió de un modo forzado, murmuró: lo he dicho en broma. Asentí, le enumeré las cosas ricas que había para comer. Se entusiasmó de un modo exagerado, pero al cabo de un instante cambió bruscamente de humor, dijo: tráeme la comida, no quiero ir a tu casa, tus hijas me ponen nerviosa.

Le llevé el almuerzo y también la cena. Las escaleras estaban heladas, no me sentía bien y no quería subir y bajar para tener que oír cosas desagradables. Pero esta vez la encontré sorprendentemente cordial; dijo: espera, quédate un rato conmigo. Me llevó al baño, se cepilló el pelo con mucha atención, y entretanto habló de mis hijas con ternura, con admiración, como para convencerme de que no pensaba en serio lo que me había dicho minutos antes.

—Al principio —dijo, separándose el pelo en dos crenchas y empezando a trenzárselo sin perder de vista su imagen en el espejo—, Dede se parecía a ti, pero ahora se está volviendo más como su padre. Y a Elsa le está pasando justo al revés, parecía idéntica a su padre y ahora empieza a parecerse a ti. Todo se mueve. Un capricho, una fantasía fluyen más veloces que la sangre.

—No te entiendo.

—¿Te acuerdas cuando creía que Gennaro era de Nino?

—Sí.

—Eso me parecía, el niño era idéntico a él, calcado.

—¿Quieres decir que un deseo puede ser tan fuerte como para dar la impresión de que ya se ha hecho realidad?

—No, quiero decir que durante unos años Gennaro fue realmente el hijo de Nino.

—No exageres.

Me miró un instante con malicia, se paseó por el baño renqueando, se echó a reír de un modo un tanto artificial.

—¿Y así te parece que exagero?

Comprendí con fastidio que imitaba mi manera de andar.

—No me tomes el pelo, me duele la cadera.

—No te duele nada, Lenù. Te has inventado que tienes que renquear para que tu madre no se muera del todo, y ahora renqueas de veras, y yo te analizo, veo que te hace bien. Los Solara te quitaron el brazalete y tú no dijiste ni mu, no lo lamentaste, no te preocupaste. En un primer momento pensé que era porque no sabes rebelarte, pero ahora he comprendido que no es así. Estás envejeciendo como es debido. Te sientes fuerte, has dejado de ser hija, te has convertido realmente en madre.

Me sentí incómoda.

—Solo siento un poco de dolor —repetí.

—A ti hasta los dolores te hacen bien. Te bastó con renquear un poquito y ahora tu madre se está quietecita dentro de ti. Su pierna está contenta de que renquees y por eso tú también estás contenta. ¿No es así?

—No.

Ella hizo una mueca irónica para dejar constancia de que no me creía y se dirigió a mí amusgando los ojos pintados.

—¿Tú crees que cuando Tina tenga cuarenta y dos años será así?

La miré fijamente. Tenía una expresión provocativa, con las manos se apretaba las trenzas.

—Es probable, sí, tal vez sí —dije.

12

Mis hijas tuvieron que arreglárselas solas, me quedé a comer con Lila pese a que notaba el frío en los huesos. Hablamos durante todo el rato de los parecidos físicos, traté de comprender qué tenía en la cabeza. Pero le mencioné también el trabajo que estaba haciendo. Hablar contigo me ayuda, dije para infundirle confianza, me haces razonar.

Aquello pareció alegrarla, murmuró: cuando sé que te sirvo, me siento mejor. Poco después, en su esfuerzo por serme útil, pasó a unos razonamientos retorcidos e incoherentes. Se había puesto mucho colorete para disimular la palidez, y no parecía ella sino una máscara de carnaval con los pómulos muy rojos. A veces la seguía con interés, a veces solo reconocía los signos del malestar que tan bien conocía y me alarmaba. Por ejemplo, dijo riendo: durante un tiempo hice crecer dentro de mí un hijo de Nino, como hiciste tú con Imma, un hijo de carne y hueso; pero cuando ese hijo se convirtió en el hijo de Stefano, ¿adónde fue a parar el hijo de Nino, lo sigue llevando Gennaro dentro de él, lo llevo yo? Frases por el estilo: se perdía. Luego, con brusquedad, se puso a elogiar mis platos, dijo que había comido a gusto como no le ocurría desde hacía tiempo. Cuando le contesté que no eran obra mía, sino de Pinuccia, se ensombreció, rezongó que no quería nada de Pinuccia. Entonces Elsa me llamó desde el rellano, gritó que debía volver enseguida a casa, que Dede con fiebre era aún peor que Dede sana. Le rogué a Lila que me llamara en cualquier momento si me necesitaba, le dije que descansara, subí a toda prisa a mi apartamento.

Me pasé el resto del día esforzándome por olvidarme de ella, trabajé hasta bien entrada la madrugada. Las niñas se habían criado en la idea de que cuando me encontraba realmente con el agua al cuello debían arreglárselas solas y no molestarme. De hecho me dejaron en paz, trabajé bien. Normalmente me bastaba media frase de Lila y mi cerebro reconocía su aura, se activaba, liberaba inteligencia. Yo ya sabía que podía hacerlo bien sobre todo cuando ella, con unas cuantas palabras inconexas, garantizaba a la parte más insegura de mí que iba por buen camino. Encontré un orden compacto y elegante a su rezongo divagador. Escribí sobre mi cadera, sobre mi madre. Ahora que estaba rodeada de una aceptación cada vez mayor, admitía sin vergüenza que hablar con ella me suscitaba ideas, me impulsaba a establecer nexos entre cosas alejadas. En aquellos años de vecindad, yo en el piso de arriba, ella en el de abajo, ocurrió con frecuencia. Bastaba un leve impulso y la cabeza, que parecía vacía, se revelaba llena y muy vigorosa. Le atribuí a Lila una especie de vista aguda, se la atribuiría durante toda la vida, y no veía nada de malo en ello. Me decía que ser adultas era eso, reconocer que necesitaba los dos impulsos. Si en otros tiempos me ocultaba a mí misma esa especie de puesta en marcha a la que ella me inducía, ahora me enorgullecía, incluso había escrito al respecto en alguna parte. Yo era yo y por ese mismo motivo podía hacerle un hueco dentro de mí y darle una forma resistente. En cambio, ella no quería ser ella, por tanto, no sabía hacer lo mismo. La tragedia de Tina, el físico debilitado, el cerebro a la deriva contribuían, sin duda, a sus crisis. Pero el malestar al que ella llamaba «desbordamiento» tenía esa razón de fondo. Me fui a la cama sobre las tres, me desperté a las nueve.

Dede ya no tenía fiebre; para compensar, Imma tenía tos. Ordené el apartamento, fui a ver cómo estaba Lila. Llamé un buen rato, no abría. Mantuve pulsado el timbre hasta que la oí arrastrar los pies y su voz rezongando insultos en dialecto. Las trenzas estaban medio deshechas, el maquillaje se había corrido, tenía la cara más pintarrajeada y el gesto más apenado que el día anterior.

—Pinuccia me ha envenenado —dijo convencida—, no he pegado ojo, se me está rompiendo la barriga.

Entré, tuve una sensación de abandono, de suciedad. En el suelo, al lado del lavabo, vi papel higiénico empapado en sangre.

—Comí lo mismo que tú y me encuentro bien —dije.

—Entonces dime qué tengo.

—¿La menstruación?

Se enfadó.

—La menstruación la tengo siempre.

—Entonces deberías ir a que te vea un médico.

—No dejo que nadie me vea la barriga.

—¿Tú qué crees que tienes?

—Ya lo sé yo.

—Voy a la farmacia a comprarte un calmante.

—¿No tienes algo en tu casa?

—No me hace falta.

—¿Y a Dede y a Elsa?

—Tampoco.

—Ah, vosotras sois perfectas, vosotras nunca necesitáis nada.

Resoplé; otra vez con lo mismo.

—¿Quieres pelea?

—La que quiere pelea eres tú, por eso dices que los dolores que tengo son de la menstruación. No soy una niña como tus hijas, ya sé si tengo esos dolores o de otro tipo.

No era cierto, no sabía nada de sí misma. En cuanto se trataba de las reacciones de su organismo se comportaba peor que Dede y Elsa. Me di cuenta de que sufría, se apretaba la barriga con las manos. Tal vez me había equivocado; sin duda estaba destrozada por la angustia, pero no a causa de sus antiguos miedos, tenía un mal real. Le preparé una manzanilla, la obligué a tomársela, me puse un abrigo y me fui corriendo a ver si la farmacia estaba abierta. El padre de Gino era un farmacéutico muy experto, seguramente me daría buenos consejos. Acababa de salir a la avenida, entre los tenderetes dominicales, cuando oí unas explosiones —pam, pam, pam, pam— similares a las que los chicos producen en Navidad cuando tiran petardos. Fueron cuatro muy seguidas, luego se oyó la quinta: pam.

Enfilé la calle de la farmacia. La gente parecía desorientada, faltaba bastante para Navidad, hubo quien apuró el paso, hubo quien echó a correr.

De golpe comenzó la letanía de las sirenas: la policía, una ambulancia. Pregunté a un viandante qué había pasado, negó con la cabeza, recriminó a su mujer por rezagarse y se alejó. Entonces vi a Carmen con su marido y sus dos hijos. Estaban en la otra acera, crucé. Antes de que pudiera preguntar, Carmen me dijo en dialecto: han matado a los dos Solara.

13

Hay momentos en que aquello que colocamos a los lados de nuestra vida y que parece que le servirá de marco eterno —un imperio, un partido político, una fe, un monumento, o también simplemente las personas que forman parte de nuestra cotidianidad— se desmorona de un modo por completo inesperado, en el preciso instante en que otras mil cosas nos apremian. Así fue esa época. Día tras día, mes tras mes, a una fatiga se sumó otra, a un estremecimiento se sumó otro. Durante una larga temporada me pareció ser como esos personajes de las novelas o de los cuadros que, inmóviles en lo alto de un peñasco o en la proa de un barco, se enfrentan a la tempestad que, sin embargo, no los arrolla, ni siquiera los roza. Mi teléfono no paró de sonar. El hecho de que residiera en el feudo de los Solara me obligó a una cadena infinita de palabras escritas y orales. Tras la muerte de su marido, mi hermana Elisa se convirtió en una niña aterrorizada, me quería a su lado día y noche, estaba segura de que los asesinos volverían para matarla a ella y a su hijo. Y sobre todo tuve que ocuparme de Lila, a la que ese mismo domingo arrancaron de golpe del barrio, de su hijo, de Enzo, del trabajo, para acabar en manos de los médicos porque estaba débil, veía cosas que parecían reales pero no lo eran, se estaba desangrando. Le encontraron un fibroma en el útero, la operaron y se lo quitaron. En cierta ocasión —cuando seguía hospitalizada— se despertó sobresaltada, exclamó que Tina había vuelto a salir de su vientre y ahora se estaba vengando de todos, de ella también. Por una fracción de segundo pareció convencida de que a los Solara los había matado su hija.

14

Marcello y Michele murieron un domingo de diciembre de 1986, frente a la iglesia donde habían sido bautizados. A los pocos minutos del asesinato, el barrio entero estaba al tanto de los detalles. A Michele le habían pegado dos tiros, a Marcello, tres. Gigliola había escapado, sus hijos habían corrido instintivamente detrás de su madre. Elisa había agarrado a Silvio, lo había apretado contra su pecho dándole la espalda a los asesinos. Michele murió en el acto, Marcello, no, se había sentado en un escalón y tratado de desabrocharse la chaqueta sin conseguirlo.

Quienes demostraron saberlo todo sobre la muerte de los hermanos Solara, cuando hubo que decir quién los había matado, cayeron en la cuenta de que apenas habían visto nada. Un hombre solo había hecho los disparos, luego se subió con calma a un Ford Fiesta rojo y se largó. No, habían sido dos, dos hombres, y al volante del Fiat 147 amarillo en el que huyeron iba una mujer. Ni hablar, los asesinos eran tres hombres con la cara cubierta con pasamontañas y habían huido a pie. En algunos casos daba la impresión de que nadie había disparado. En el relato que me hizo Carmen, por ejemplo, los Solara, mi hermana, mi sobrino, Gigliola y sus hijos se agitaban delante de la iglesia, como atacados por unos efectos sin causa: Michele caía al suelo de espaldas y se golpeaba con fuerza la cabeza en la piedra de lava; Marcello se acomodaba con cautela en un peldaño y como no conseguía cerrarse la chaqueta encima del jersey azul de cuello alto, maldecía y se tendía de lado; las esposas, los hijos no habían sufrido ni un rasguño y en apenas unos segundos habían llegado a la iglesia para esconderse. Era como si los presentes solo hubiesen mirado a los asesinados y no a los asesinos.

En esas circunstancias, Armando me entrevistó otra vez para su televisión. No fue el único. Al momento dije y referí por escrito cuanto sabía y en distintos medios. Pero en los dos o tres días que siguieron me di cuenta de que, en especial los cronistas de los periódicos napolitanos, sabían mucho más que yo. Los datos, que hasta poco antes no se encontraban en ninguna parte, de repente se fueron difundiendo. Se atribuyó a los Solara una lista impresionante de empresas delictivas de las que jamás había oído hablar. Igual de impresionante fue la lista de sus bienes. Lo que había escrito con Lila, lo que había publicado cuando aún estaban vivos no era nada, casi nada comparado con lo que apareció en los diarios tras su muerte. En cambio, me percaté de que sabía otras cosas que todos desconocían y de las que nadie escribió, ni siquiera yo. Sabía que desde jovencitas los Solara nos habían parecido muy guapos, que se paseaban por el barrio en su Fiat 1100 como guerreros antiguos en sus carros de guerra, que una noche, en la piazza dei Martiri nos habían defendido de los jóvenes acomodados de Chiaia, que Marcello hubiera querido casarse con Lila, pero acabó casándose con mi hermana Elisa, que Michele había comprendido con mucha anticipación las cualidades extraordinarias de mi amiga y que la había amado durante años de un modo tan absoluto que había acabado perdiéndose a sí mismo. Y mientras me daba cuenta de que sabía esas cosas, descubrí que eran importantes. Indicaban cómo yo y otros miles de personas respetables de toda Nápoles habíamos formado parte del mundo de los Solara, habíamos participado en la inauguración de sus tiendas, habíamos comprado pasteles en su bar, habíamos celebrado sus bodas, habíamos comprado sus zapatos. Habíamos sido invitados a sus casas, habíamos comido a la misma mesa, directa o indirectamente, habíamos aceptado su dinero, habíamos sufrido su violencia, y habíamos hecho como si nada. Nos gustara o no, Marcello y Michele formaban parte de nosotros como Pasquale. Pero mientras que con Pasquale, incluso con mil salvedades, enseguida se había trazado una clara línea de separación, la línea de separación con personas como los Solara, en Nápoles y en Italia, había sido y seguía siendo imprecisa. Cuanto más retrocedíamos horrorizados, más nos incluía esa línea.

La concreción que esa inclusión había adquirido en el espacio reducido y archiconocido del barrio me deprimió. Para echarme barro encima, alguien escribió que estaba emparentada con los Solara y durante un tiempo evité ir a ver a mi hermana y a mi sobrino. Evité también a Lila. Sin duda, había sido la más acérrima enemiga de los dos hermanos, pero ¿acaso el dinero con el que había montado su pequeña empresa no lo había acumulado trabajando para Michele, tal vez sustrayéndoselo? Durante una temporada le di vueltas a ese tema. Después pasó el tiempo, y también los Solara se confundieron con muchos otros que a diario acababan en la lista de asesinados y, poco a poco, lo único que nos preocupó fue que en su lugar llegaría gente menos conocida y aún más feroz. Me olvidé de ellos hasta tal punto que, cuando un chico de unos quince años me entregó un paquete por cuenta de un joyero de Montesanto, no intuí enseguida qué contenía. Me sorprendió el estuche rojo, el sobre dirigido a la licenciada Elena Greco. Tuve que leer la notita para comprender de qué se trataba. Marcello se había limitado a escribir con una letra poco natural: disculpa, luego había firmado con una M toda bucles, la misma que antes nos enseñaban en la primaria. En el estuche estaba mi brazalete, tan pulido que parecía nuevo.

15

Cuando le hablé de aquel paquete a Lila y le enseñé el brazalete reluciente dijo: no te lo pongas más y tampoco dejes que se lo pongan tus hijas. Había vuelto a casa muy debilitada, apenas subía un tramo de escaleras, notaba que el aliento le partía el pecho. Tomaba pastillas y ella misma se ponía las inyecciones, pero con lo pálida que se había puesto, parecía haber estado en el reino de los muertos y hablaba del brazalete como si tuviera la certeza de que venía de ahí.

La muerte de los Solara se había solapado con su ingreso urgente en el hospital, la sangre que ella había derramado se había mezclado —también en mi sentimiento de aquel domingo caótico— con la de ellos. Sin embargo, las veces que intenté hablar de aquella especie de ejecución frente a la iglesia adoptó un aire contrariado, reaccionó con frases del tipo: era gente de mierda, Lenù, a quién carajo le importa nada de ellos; lo siento por tu hermana, pero si hubiese sido un poco más lista, no se habría casado con Marcello, ya se sabe que las personas como él mueren asesinadas.

En alguna ocasión traté de incluirla en el sentimiento de contigüidad que en ese momento me abochornaba, pensé que ella debía de sentirlo más que yo. Dije algo así como:

—Los conocíamos desde niños.

—Todos fuimos niños.

—Te dieron trabajo.

—Porque les convenía a ellos y me convenía a mí.

—Quizá Michele era un canalla, pero a veces tú no lo eras menos

—Tendría que haber sido peor.

Al hablar hacía el esfuerzo de limitarse al desprecio, pero su mirada se volvía malvada, entrelazaba los dedos con mucha fuerza y los nudillos se le ponían blancos. Yo notaba que detrás de aquellas palabras, de por sí feroces, había otras más feroces aún que evitaba decir, pero que tenía preparadas en la cabeza. Se las leía en la cara, las percibía gritadas: si a Tina me la quitaron ellos, entonces lo que les han hecho a los Solara es muy poco, tendrían que haberlos descuartizado, tendrían que haberles arrancado el corazón y esparcido sus vísceras en la calle; pero si no fueron ellos, quien los mató hizo bien igualmente, se merecían eso y más; si me hubiesen avisado, habría ido corriendo a echarles una mano.

No obstante, jamás llegó a expresarse de ese modo. En apariencia, la brusca salida de la escena de los dos hermanos influyó poco o nada en ella. Solo la animó, visto que ya no había posibilidades de cruzárselos, a pasear por el barrio con más frecuencia. Nunca acertó a retomar la actividad anterior a la desaparición de Tina, ni siquiera regresó a su vida dedicada a la casa y a la oficina. Prolongó la convalecencia durante semanas y semanas vagando entre el túnel, la avenida, los jardincillos. Caminaba con la cabeza gacha, no hablaba con nadie y, a causa de su aspecto descuidado, seguía pareciendo un peligro para sí misma y para los demás; nadie le dirigía la palabra.

A veces me obligaba a acompañarla y era difícil decirle que no. Pasábamos con frecuencia delante del bar pastelería, donde colgaba un cartel que advertía «cerrado por defunción». Nunca se recuperaron de aquella defunción, la tienda no volvió a abrir, el tiempo de los Solara había terminado. Pero siempre que pasábamos por allí Lila echaba un vistazo al cierre metálico, al cartel desteñido y comprobaba satisfecha: sigue cerrado. Aquello le parecía tan positivo que mientras seguíamos de largo podía llegar incluso a soltar una risita, una risita y basta, como si en aquel cierre hubiera algo ridículo.

En una sola ocasión nos detuvimos en la esquina como para asimilar su fealdad, ahora que carecía de los ornamentos habituales del bar. Allí habían estado las mesitas y las sillas de colores, el aroma de los pasteles y el café, el trajín de la gente, los tejemanejes secretos, los acuerdos honestos y los acuerdos infames. Ahora solo quedaba la pared grisácea desportillada. Cuando murió el abuelo, dijo Lila, cuando murió asesinada su madre, Marcello y Michele tapizaron el barrio de cruces y vírgenes, lloriquearon a más no poder; ahora que han muerto ellos, cero. Después se acordó de cuando seguía en la clínica y yo le había contado que, a juzgar por las palabras reticentes de la gente, nadie había disparado las balas que acabaron con los Solara. Nadie los mató —sonrió—, nadie los llora. Y se interrumpió, guardó silencio unos segundos. Después, sin nexo evidente, me confesó que no quería trabajar más.

16

No me pareció una manifestación ocasional de malhumor, seguramente lo venía pensando desde hacía tiempo, quizá desde cuando había salido de la clínica.

—Si Enzo se las arregla solo, bien, si no, vendemos.

—¿Quieres ceder Basic Sight? ¿Y qué vas a hacer?

—¿Es obligatorio hacer algo?

—Tienes que dedicar tu vida a algo.

—¿Como haces tú?

—¿Por qué no?

Rió, suspiró:

—Yo quiero perder el tiempo.

—Tienes a Gennaro, tienes a Enzo, debes pensar en ellos.

—Gennaro tiene veintitrés años, me he ocupado de él demasiado. Y a Enzo tengo que apartarlo de mí.

—¿Por qué?

—Quiero volver a dormir sola.

—Es feo dormir sola.

—¿No lo haces tú?

—Yo no tengo un hombre.

—¿Y por qué debería tenerlo yo?

—¿Ya no le tienes cariño a Enzo?

—No es eso, pero ya no tengo ganas de él ni de nadie. Me he hecho vieja y cuando duermo no quiero que nadie me moleste.

—Ve a ver al médico.

—Estoy harta de médicos.

—Te acompaño yo, son problemas que se resuelven.

Se puso seria.

—No, estoy bien así.

—Nadie está bien así.

—Yo sí. Follar está muy sobrevalorado.

—Estoy hablando de amor.

—Tengo otras cosas en la cabeza. Tú ya te has olvidado de Tina, yo no.

Oí que ella y Enzo reñían más a menudo. Mejor dicho, de Enzo me llegaba solo la voz gruesa, apenas algo más marcada que de costumbre, mientras que Lila no hacía otra cosa que chillar. En el piso de arriba, filtradas por el suelo, de él me llegaban unas pocas frases. No estaba enojado —nunca se enojaba con Lila—, sino desesperado. En esencia decía que todo se había estropeado —Tina, el trabajo, su relación—, pero ella no hacía nada por encauzar la situación, al contrario, quería que todo se siguiera estropeando. Habla tú con ella, me pidió una vez. Le contesté que no serviría de nada, que lo único que necesitaba Lila era más tiempo para recuperar cierto equilibrio. Por primera vez Enzo replicó con dureza: Lina nunca tuvo un equilibrio.

No era cierto. Cuando quería, Lila sabía ser tranquila, juiciosa, incluso en esa época de tensiones. Tenía días buenos en que se mostraba serena y muy afectuosa. Se ocupaba de mí y de mis hijas, se informaba sobre mis viajes, sobre lo que escribía, sobre la gente que conocía. A menudo escuchaba divertida, a veces indignada, los relatos sobre ineficiencias escolares, profesores locos, peleas, amores que hacían Dede, Elsa, incluso Imma. Y era generosa. Una tarde le pidió a Gennaro que la ayudara y los dos me subieron un viejo ordenador. Me enseñó cómo utilizarlo y concluyó: te lo regalo.

A partir del día siguiente lo usé para escribir. Me acostumbré enseguida, aunque me obsesionaba el miedo a que una bajada de tensión acabara con horas de trabajo. Por lo demás, me entusiasmaba esa máquina. En presencia de Lila les conté a mis hijas: imaginaos que aprendí a escribir con plumilla, luego pasé al bolígrafo, después a la máquina de escribir, trabajé incluso con las eléctricas, y ahora aquí me tenéis, le doy a las teclas y aparece esta escritura milagrosa; es magnífico, nunca más volveré atrás, adiós bolígrafo, escribiré siempre con el ordenador, venid, tocad el callo que tengo en el índice, notáis qué duro, lo tengo de toda la vida, pero desaparecerá.

Lila se divirtió con aquella alegría mía, tenía la expresión de quien se siente feliz de haber hecho un regalo bien recibido. Luego dijo: vuestra madre tiene el entusiasmo de quien no entiende nada, y se las llevó de ahí para dejarme trabajar. Aunque Lila sabía que había perdido la confianza de mis hijas, cuando estaba de buen humor se las llevaba a menudo a la oficina para enseñarles lo que eran capaces de hacer sus máquinas más nuevas y les explicaba cómo y por qué. Para reconquistarlas decía: la señora Elena Greco, no sé si la conocéis, tiene la atención de un hipopótamo que duerme en una charca, pero vosotras sí que estáis siempre atentas. Pero no consiguió recuperar su afecto, en especial el de Dede y Elsa. Cuando volvían a casa las niñas me decían: mamá, cualquiera entiende lo que tiene en la cabeza, primero nos anima a aprender y luego nos sale con que son máquinas que sirven para hacer muchísimo dinero y destruyen todas las formas antiguas de hacer dinero. Sin embargo, mientras yo solo sabía usar el ordenador para escribir, mis hijas, incluida Imma, no tardaron en adquirir conocimientos y competencias que me enorgullecían. Ante el menor problema empecé a depender sobre todo de Elsa, que siempre sabía qué hacer y luego se jactaba con la tía Lina: he arreglado esto así y así, ¿qué opinas, lo he hecho bien?

Las cosas mejoraron todavía más cuando Dede consiguió animar a Rino. Él, que nunca había querido rozar siquiera esos objetos de Enzo y Lila, empezó a mostrar algo de interés, aunque solo fuera para que las chicas no se metieran con él. Una mañana Lila me dijo riendo:

—Dede me está cambiando a Gennaro.

—Rino solo necesita un poco de confianza —le contesté.

Ella replicó con manifiesta vulgaridad:

—Ya sé yo qué confianza necesita.

17

Esos eran los días buenos. Pronto llegaron los malos: tenía calor, tenía frío, se ponía amarilla, luego roja como un tomate, luego chillaba, luego exigía, luego se cubría de sudor, luego se peleaba con Carmen, a la que tachaba de estúpida y llorona. Tras la operación su organismo parecía más sumido en el caos. De repente, cortaba en seco la amabilidad y encontraba insoportable a Elsa, regañaba a Dede, trataba mal a Imma; mientras yo le hablaba, de buenas a primeras me daba la espalda y se marchaba. En esas épocas negras no aguantaba en casa y mucho menos resistía en la oficina. Tomaba un autobús o el metro y se iba.

—¿Qué haces? —le preguntaba.

—Paseo por Nápoles.

—Sí, pero ¿dónde?

—¿Tengo que darte cuenta a ti?

Toda ocasión era buena para llegar al enfrentamiento, bastaba bien poco. Se peleaba principalmente con su hijo, pero le echaba la culpa de sus desavenencias a Dede y a Elsa. De hecho, tenía razón. Mi hija mayor se sentía a gusto en compañía de Rino y se veían a menudo, y ahora, su hermana, para no sentirse aislada, se obligaba a aceptar al muchacho y pasaba bastante tiempo con ellos. La consecuencia fue que ambas le estaban inoculando una especie de insubordinación permanente, actitud que, mientras en el caso de mis hijas era un apasionado ejercicio verbal, para Rino era una charla confusa y autoindulgente que Lila no soportaba. Esas dos, le gritaba al hijo, le ponen inteligencia, tú repites tonterías como un loro. En esos días era intolerante, no aceptaba las frases hechas, las expresiones patéticas, toda forma de sentimentalismo, y sobre todo el espíritu rebelde alimentado por antiguos eslóganes. Sin embargo, en el momento oportuno, ella misma exhibía un anarquismo convencional que a mí me parecía fuera de lugar. Tuvimos una fuerte discusión cuando, a pocos días de la campaña electoral de 1987, leímos que Nadia Galiani había sido detenida en Chiasso.

Carmen vino a mi casa corriendo, presa de un ataque de pánico, no conseguía razonar, decía: ahora agarrarán también a Pasquale, ya lo veréis, se salvó de los Solara pero me lo matarán los carabineros. Lila le contestó: a Nadia no la han detenido los carabineros, se ha entregado ella solita para pactar una pena menor. Ese supuesto me pareció sensato. Los periódicos apenas publicaron unas líneas, no se hablaba de persecuciones, tiroteos, capturas. Para tranquilizar a Carmen volví a aconsejarle: Pasquale haría bien en entregarse, ya sabes lo que pienso. Se armó la de Dios es Cristo, Lila se enfureció, empezó a gritar.

—Entregarse a quién.

—Al Estado.

—¿Al Estado?

Me hizo una nutrida lista de los latrocinios y connivencias criminales antiguas y nuevas de ministros, simples parlamentarios, policías, magistrados, servicios secretos desde 1945 hasta ese momento, mostrándose más informada de cuanto yo podía imaginar. Y chilló:

—Eso es el Estado, ¿para qué mierda quieres entregarle a Pasquale? —Y me azuzó—: ¿Te apuestas algo a que Nadia pasa unos meses entre rejas y sale, mientras a Pasquale, si lo agarran, lo encierran en una celda y tiran la llave? —Casi se me echó encima, repitiendo de forma cada vez más agresiva—: ¿Te apuestas algo?

No contesté. Estaba preocupada, a Carmen no le hacían bien esos comentarios. Tras la muerte de los Solara había retirado enseguida la querella contra mí, se había deshecho en atenciones conmigo, se mostraba siempre disponible con mis hijas, pese a estar cargada de ocupaciones y ansiedades. Me sabía mal que en vez de tranquilizarla la estuviéramos atormentando. Temblaba, y dirigiéndose a mí pero invocando la autoridad de Lila dijo: si Nadia se ha dejado detener, Lenù, quiere decir que se ha arrepentido, que ahora le echará la culpa de todo a Pasquale y ella la sacará barata, ¿es así, Lina? Pero después le habló a Lila con hostilidad, invocando mi autoridad: ya no se trata de una cuestión de principios, Lina, debemos pensar en el bien de Pasquale, debemos hacerle saber que es mejor vivir en la cárcel que dejarse matar, ¿no es así, Lenù?

Sin embargo, al llegar a ese punto, Lila nos cubrió de insultos a las dos y, aunque estábamos en su casa, se fue dando un portazo.

18

Para ella salir, vagar se había convertido en la solución a todas las tensiones y los problemas en los que se debatía. Cada vez con mayor frecuencia salía por la mañana y regresaba por la noche, sin preocuparse por Enzo, que no sabía cómo manejar a los clientes, por Rino, por los compromisos que asumía incluso conmigo cuando me iba de viaje y le dejaba a mis hijas. Ya no se podía confiar en ella, bastaba una contrariedad y lo dejaba todo plantado sin pararse a pensar en las consecuencias.

En una ocasión, Carmen sugirió que Lila se refugiaba en el viejo cementerio de la Doganella, donde había elegido una tumba de niña para pensar en Tina, que no tenía tumba, luego paseaba entre los senderos arbolados, las plantas, los viejos nichos, y se detenía delante de las fotos más desteñidas. Los muertos —me dijo— son una seguridad, tienen su lápida, su fecha de nacimiento y de muerte, mientras que su hija, no, su hija se quedará para siempre solo con la fecha de nacimiento, y eso es feo, esa pobre niña nunca tendrá una conclusión, un punto fijo donde su madre pueda sentarse y calmarse. Pero Carmen tenía cierta propensión a las fantasías mortuorias y por eso le hacía poco caso. Yo imaginaba que Lila recorría la ciudad a pie sin prestar atención a nada, solo para aturdir el dolor que la seguía envenenando después de tantos años. O suponía que, con su estilo siempre exagerado, había decidido de veras no dedicarse a nada ni a nadie más. Y como yo sabía que su cabeza necesitaba justamente lo contrario, temía que perdiera los nervios, que a la primera ocasión se desfogara con Enzo, con Rino, conmigo, con mis hijas, con un viandante que la importunara, con quien la mirase con demasiada fijeza. En casa podía pelearme con ella, calmarla, controlarla. Pero ¿en la calle? Cada vez que salía temía que se metiese en líos. Sin embargo, con mayor frecuencia, cuando estaba ocupada y oía un portazo en el piso de abajo y sus pasos en la escalera y luego en la calle, lanzaba un suspiro de alivio. No subiría a mi apartamento, no se presentaría en mi casa con palabras provocadoras, no pincharía a las chicas, no subestimaría a Imma, no buscaría hacerme daño por todos los medios.

Pensé otra vez con insistencia en que era hora de marcharme. Era una insensatez para mí, para Dede, para Elsa, para Imma seguir en el barrio. Por otra parte, la propia Lila, después de su ingreso en el hospital, de la operación, de los desequilibrios de su cuerpo, había empezado a decir más a menudo aquello que antes decía de vez en cuando: vete, Lenù, qué haces aquí, mírate, es como si te quedaras porque has hecho una promesa a la Virgen. Quería recordarme que no había estado a la altura de sus expectativas, que mi residencia en el barrio no era más que una puesta en escena para intelectuales, que de hecho a ella, al lugar donde habíamos nacido —con todos mis estudios, con todos mis libros— yo no le había servido y no le servía. Me irritaba y pensaba: me trata como si quisiera despedirme por bajo rendimiento.

19

Empezó una época en la que fantaseaba sin cesar sobre qué hacer. Mis hijas necesitaban estabilidad, y sobre todo debía ingeniármelas para que sus padres se ocuparan de ellas. Nino era el problema más grave. A veces telefoneaba, le soltaba alguna zalamería a Imma por teléfono, ella contestaba con monosílabos, y se acabó. Hacía poco había dado un paso a fin de cuentas previsible, conociendo sus ambiciones: se había presentado a las elecciones en las listas del Partido Socialista. Aprovechó la ocasión para enviarme una cartita en la que me pedía que lo votara y que pidiera que lo votaran. En la carta, que terminaba con un «¡Díselo también a Lina!», había incluido una octavilla en la que salía una cautivadora foto de él con una nota biográfica. En la nota había una línea subrayada en bolígrafo en la que declaraba a los electores que tenía tres hijos: Albertino, Lidia e Imma. En el margen había escrito: «Por favor, haz que la niña lea esta línea».

No lo voté y no hice nada para que lo votaran, pero le enseñé la octavilla a Imma y ella me pidió si se la podía quedar. Cuando su padre salió elegido, le expliqué por encima el significado de pueblo, elecciones, representación, Parlamento. Ahora él se había establecido en Roma. Tras su éxito electoral dio señales de vida una sola vez con una carta tan apresurada como exultante que me pidió que diera a leer a su hija, a Dede, a Elsa; no había ni número de teléfono, ni dirección, solo palabras cuyo sentido era una oferta de protección a distancia («Tened por seguro que velaré por vosotras»). Pero Imma quiso guardarse también esa prueba a favor de la existencia de su padre. Y cuando Elsa le decía frases como: eres una pesada, por eso te llamas Sarratore y nosotras Airota, se mostraba menos desorientada, quizá menos preocupada, de que su apellido fuera distinto del de sus hermanas. En cierta ocasión la maestra le preguntó: ¿eres hija del diputado Sarratore?; al día siguiente ella le llevó como prueba la octavilla que guardaba para cualquier eventualidad. Me alegraba ese orgullo de mi hija y planeaba poner todo mi empeño por que se consolidara. ¿Que Nino llevaba, como siempre, una vida ajetreada y turbulenta? Bien. Pero su hija no era una escarapela que pudiera exhibir y luego volver a guardar en un cajón a la espera de una nueva ocasión.

En los últimos años nunca había tenido problemas con Pietro. Pagaba la pensión para la manutención de sus hijas (de Nino nunca había recibido ni una lira) con puntualidad y dentro de los límites de lo posible era un padre que estaba presente. No obstante, desde hacía poco había roto con Doriana, estaba harto de Florencia, quería marcharse a Estados Unidos. Con lo tozudo que era, lo conseguiría. Eso me alarmaba. Le decía: así abandonas a tus hijas; él contestaba: ahora parece una deserción, pero ya verás como pronto se beneficiarán, sobre todo ellas. Era probable, en eso sus palabras tenían algo en común con las de Nino («Tened por seguro que velaré por vosotras»). Pero, de hecho, Dede y Elsa también se quedarían sin padre. Y si Imma desde siempre se las había arreglado sin padre, Dede y Elsa tenían a Pietro, estaban acostumbradas a recurrir a él cuando querían. Su marcha las pondría tristes, las limitaría, de eso estaba segura. Claro que ya eran bastante mayores, Dede tenía casi dieciocho años, Elsa casi quince. Iban a buenos colegios, las dos tenían buenos profesores. Sin embargo, ¿era suficiente? Nunca conseguían integrarse de veras, ninguna de las dos se fiaba de sus compañeros de clase y de sus amigos, daban la impresión de estar bien solo cuando veían a Rino. Pero ¿qué tenían realmente en común con ese muchacho mucho mayor y al mismo tiempo más infantil que ellas?

No, debía irme de Nápoles. Podía tratar de vivir en Roma, por ejemplo, y por amor a Imma retomar la relación con Nino, naturalmente solo en un plano amistoso. O regresar a Florencia, apuntar a un mayor contacto de Pietro con sus hijas, esperando que así no se fuera al otro lado del océano. La decisión me pareció particularmente urgente cuando una noche Lila subió a mi casa con ánimo pendenciero, y en un estado de evidente malestar me preguntó:

—¿Es cierto que le has dicho a Dede que deje de ver a Gennaro?

Me sentí incómoda. Solo le había aclarado a mi hija que no debía estar siempre pegada a él.

—Puede verlo cuanto le dé la gana, lo único que temo es que Gennaro se harte, él es mayor, ella es una chiquilla.

—Lenù, habla con claridad. ¿Piensas que mi hijo no es adecuado para tu hija?

La miré perpleja y le pregunté:

—¿Adecuado en qué sentido?

—Sabes muy bien que ella se ha enamorado de él.

Me eché a reír.

—¿Dede? ¿De Rino?

—¿Por qué, a ti te parece que no es posible que tu hija haya perdido la cabeza por el mío?

20

Hasta ese momento no le había dado demasiada importancia al hecho de que Dede, a diferencia de su hermana que cambiaba alegremente de galán cada mes, nunca hubiese tenido una pasión declarada y manifiesta. Acabé atribuyendo esa actitud esquiva en parte al hecho de que no se sentía guapa, en parte a su rigor; de vez en cuando le tomaba el pelo («¿No te interesa ninguno de tus compañeros?»). Era una chica que no le perdonaba a nadie la frivolidad, ante todo a ella misma, pero sobre todo a mí. Las veces que me había visto no digo coquetear, sino solo reír con un hombre —o no sé, mostrarme hospitalaria con algún amigo de ella que la había acompañado a casa—, me había manifestado su reprobación, y en una ocasión desagradable de unos meses antes llegó incluso a soltarme una vulgaridad en dialecto que me hizo enojar.

Pero quizá no fuera cuestión de declarar la guerra a la frivolidad. Después del comentario de Lila me dediqué a observar a Dede con atención y me di cuenta de que su actitud protectora hacia el hijo de Lila no podía atribuirse, como había pensado hasta entonces, a un prolongado afecto de niña o a una acalorada defensa adolescente de los humillados y los ofendidos. Comprobé que su ascetismo era el efecto de un vínculo intenso y exclusivo con Rino que duraba desde la primera infancia. Eso me asustó. Pensé en la larga duración de mi amor por Nino y me dije alarmada: Dede está yendo por el mismo camino, pero con el agravante de que si Nino era un muchacho extraordinario y se convirtió en un hombre apuesto, inteligente, de éxito, Rino es un joven inseguro, inculto, carente de atractivo, sin futuro, y, pensándolo bien, más que a Stefano, recuerda físicamente a don Achille, su abuelo.

Decidí hablar con ella. Le faltaban pocos meses para el examen de bachillerato, estaba muy atareada, le hubiera resultado sencillo decirme: estoy ocupada, ya hablaremos. Pero Dede no era como Elsa, que sabía rechazarme, que sabía fingir. A mi hija mayor bastaba con preguntarle y estaba segura de que ella, en cualquier momento, sin importar lo que estuviera haciendo, contestaría con la mayor franqueza. Le pregunté:

—¿Estás enamorada de Rino?

—Sí.

—¿Y él?

—No lo sé.

—¿Desde cuándo sientes esto por él?

—Desde siempre.

—¿Y si él no te corresponde?

—Mi vida ya no tendrá sentido.

—¿Qué piensas hacer?

—Te lo diré cuando me haya examinado.

—Dímelo ahora.

—Si él me quiere, nos marcharemos.

—¿Adónde?

—No lo sé, pero seguro que lejos de aquí.

—¿Él también odia Nápoles?

—Sí, quiere ir a Bolonia.

—¿Por qué?

—Es un sitio donde hay libertad.

La miré con afecto.

—Dede, sabes que ni tu padre ni yo te dejaremos ir.

—No me hace falta vuestro permiso. Me voy y punto.

—¿Con qué dinero?

—Trabajaré.

—¿Y tus hermanas? ¿Y yo?

—Mamá, tarde o temprano, nos separaremos de todos modos.

Salí de esa conversación sin fuerzas. Aunque ella me había expuesto con orden cosas irrazonables, me esforcé por comportarme como si estuviera diciendo cosas la mar de razonables.

Después, con gran aprensión, traté de pensar qué hacer. Dede solo era una adolescente enamorada, por las buenas o por las malas la metería en cintura. El problema era Lila, la temía, y no tardé en darme cuenta de que el enfrentamiento con ella sería duro. Había perdido a Tina, Rino era su único hijo. Ella y Enzo lo habían apartado a tiempo de la droga con métodos muy duros. No aceptaría que yo también lo hiciera sufrir. Máxime cuando la compañía de mis hijas le estaba haciendo bien, por aquella época incluso trabajaba un poco con Enzo, y quizá alejarlo de ellas hiciera que se desviase del buen camino. Ese posible retroceso de Rino me preocupaba a mí también. Le tenía cariño, había sido un niño infeliz y era un joven infeliz. Seguro que quería a Dede desde siempre, seguro que renunciar a ella le resultaría insoportable. Pero qué hacer. Me mostré más afectuosa, quería que no hubiese equívocos; lo apreciaba, siempre trataría de ayudarlo en todo, bastaba con que me lo pidiera; pero saltaba a la vista de cualquiera que él y Dede eran muy distintos y que cualquier solución que barajaran, al cabo de muy poco tiempo resultaría un desastre. Me comporté de ese modo y Rino también se volvió más amable, arregló persianas rotas, grifos que goteaban, mientras las tres hermanas le hacían de ayudantes. Pero Lila no apreció esa disponibilidad de su hijo. Si se entretenía demasiado en nuestra casa, lo llamaba desde abajo con un grito imperioso.

21

No me limité a esa estrategia, telefoneé a Pietro. Su traslado a Boston era inminente, parecía decidido. Estaba enfadado con Doriana que —me dijo disgustado— resultó ser una persona de poco fiar, carente por completo de ética. Después me escuchó con mucha atención. Conocía bien a Rino, se acordaba de cómo era de niño y sabía en qué se había convertido de mayor. Un par de veces preguntó, para estar seguro de no equivocarse: ¿no tiene problemas con la droga? Y una sola vez: ¿trabaja? Al final dijo: esto no tiene ni pies ni cabeza. Teniendo en cuenta la sensibilidad de nuestra hija, estuvimos de acuerdo en que había que descartar que fuera un simple flirteo.

Me alegré de que viéramos las cosas del mismo modo, le pedí que viniera a Nápoles y hablara con Dede. Prometió hacerlo, pero tenía mil compromisos y apareció poco antes de los exámenes de Dede, en esencia para despedirse de sus hijas antes de marcharse a Estados Unidos. Hacía tiempo que no nos veíamos. Conservaba el aire distraído de siempre. Tenía el pelo entrecano, su cuerpo se había vuelto más pesado. Como no veía a Lila y a Enzo desde antes de la desaparición de Tina —las veces que había venido por sus hijas apenas se había quedado unas horas o se las había llevado de viaje— se dedicó mucho a los dos. Pietro era un hombre amable, procuraba no causar incomodidad con su papel de profesor prestigioso. Cuchicheó largo rato con ellos asumiendo ese aire serio e interesado que yo conocía bien y que en el pasado me había irritado, pero que hoy apreciaba porque no era ficticio, tanto era así que a Dede le salía espontáneamente. No sé qué dijo de Tina, pero mientras que Enzo se quedó impasible, Lila se apaciguó, le agradeció su hermosa carta de años antes, dijo que la había ayudado mucho. Justo entonces me enteré de que Pietro le había escrito por la pérdida de la hija y me maravilló la genuina gratitud de Lila. Él le restó importancia, ella excluyó por completo a Enzo de la conversación y se puso a charlar con mi ex marido de cosas de Nápoles. Él habló mucho del palacio Cellamare, del que yo apenas sabía que estaba en la via Chiaia, mientras que ella —descubrí en esa ocasión— conocía con detalle su estructura, su historia, sus tesoros. Pietro la escuchó con interés. Yo estaba que me subía por las paredes, quería que él estuviera con sus hijas, y sobre todo que abordara a Dede.

Cuando por fin Lila lo dejó libre y Pietro, tras haberse dedicado a Elsa e Imma, encontró la manera de apartarse con Dede, padre e hija hablaron mucho, con calma. Los observé desde la ventana mientras iban y venían por la avenida. Me sorprendió, creo que por primera vez, cuánto se parecían físicamente. Dede no tenía la tupida cabellera de su padre sino sus huesos grandes y algo de su forma desmañada de andar. Era una muchacha de dieciocho años, tenía cierta delicadeza femenina, pero a cada paso, a cada gesto, parecía entrar y salir del cuerpo de Pietro como si fuese su morada ideal. Me quedé en la ventana hipnotizada por los dos. El tiempo se dilató, conversaron tanto que Elsa e Imma empezaron a impacientarse. Yo también quiero contarle mis cosas a papá, dijo Elsa, y si se marcha, ¿cuándo se las cuento? Imma murmuró: ha dicho que después hablará también conmigo.

Por fin Pietro y Dede regresaron, me parecieron de buen humor. Por la noche las tres chicas lo rodearon para escucharlo. Él les contó que se iba a trabajar a un edificio de ladrillos rojos muy grande, muy hermoso, en cuya entrada había una estatua. La estatua representaba a un señor con la cara y el traje oscuros, excepto un zapatito que, por superstición, los alumnos tocaban a diario, y por eso estaba muy reluciente, brillaba al sol como si fuera de oro. Los cuatro se divirtieron y me excluyeron. Pensé, como siempre en esas ocasiones: ahora que no debe ejercer a diario es un magnífico padre, hasta Imma lo adora; tal vez con los hombres las cosas solo pueden funcionar de este modo: vives con ellos un tiempo, tienes hijos y fuera. Si eran superficiales como Nino, se marchaban sin sentir ningún tipo de obligación;

si eran serios como Pietro, no faltaban a ninguno de sus deberes, y en caso necesario daban lo mejor de sí mismos. Sin embargo, el tiempo de las fidelidades y las convivencias sólidas había pasado tanto para los hombres como para las mujeres. Pero ¿entonces por qué veíamos al pobre Gennaro, llamado Rino, como una amenaza? Dede viviría su pasión, la consumaría y seguiría su camino. Quizá volvería a verlo de vez en cuando, intercambiaría con él alguna palabra afectuosa. Esa era la evolución, ¿por qué quería algo distinto para mi hija?

La pregunta me incomodó; con mi mejor tono autoritario, decidí que era hora de irse a la cama. Elsa acababa de jurar que dentro de pocos años, en cuanto se sacara el título de bachillerato, se iría a vivir a Estados Unidos con su padre, e Imma tironeaba a Pietro del brazo, quería atención, seguramente estaba a punto de preguntarle si, dado el caso, ella también podía irse con él. Dede callaba perpleja. Quizá, pensé, las cosas se han resuelto, Rino ha quedado relegado a un rincón, ahora le dirá a Elsa: tú tienes que esperar cuatro años, pero yo termino el bachillerato ya mismo y como mucho dentro de un mes me reuniré con papá.

22

En cuanto Pietro y yo nos quedamos solos me bastó con mirarlo a la cara para comprender que estaba muy preocupado.

—No hay nada que hacer —dijo.

—¿Cómo?

—Dede funciona por teoremas.

—¿Qué te ha dicho?

—Lo importante no es lo que ha dicho, sino lo que sin duda hará.

—¿Se acostará con él?

—Sí. Tiene un programa muy estricto, con etapas rigurosamente pautadas. En cuanto termine los exámenes, se declarará a Rino, perderá la virginidad, se marcharán juntos, y para cuestionar la ética del trabajo, vivirán de la mendicidad.

—No bromees.

—No bromeo, te estoy refiriendo palabra por palabra su proyecto.

—Es fácil ser sarcástico, tú ahuecas el ala y me dejas a mí en el papel de madre malvada.

—Dede cuenta conmigo. Me ha dicho que en cuanto el muchacho quiera, irá a Boston con él.

—Le rompo las piernas.

—O quizá ellos te las rompan a ti de varios disparos.

Hablamos hasta bien entrada la noche, al principio sobre Dede, después también sobre Elsa e Imma, y al final de política, literatura, los libros que yo escribía, mis artículos en los periódicos, un nuevo ensayo que él estaba preparando. Hacía muchísimo tiempo que no hablábamos tanto. Me tomó afablemente el pelo por mi empeño, según él, de mantener siempre posturas intermedias. Ironizó sobre mi medio feminismo, mi medio marxismo, mi medio freudismo, mi medio foucaultismo, mi medio subversivismo. Solo conmigo, dijo con un tono algo más áspero, nunca usaste términos medios. Suspiró: nunca estabas contenta con nada, yo era inadecuado en todo. En cambio, el otro era perfecto. ¿Y ahora? Se hacía pasar por persona rigurosa y acabó en la cuadrilla socialista. Elena, Elena, cómo me atormentaste. La tomaste conmigo incluso cuando me apuntaron con una pistola. Y llevaste a casa amigos de tu infancia que eran dos asesinos. ¿Te acuerdas? Pero paciencia, eres Elena, te quise mucho, tenemos dos hijas, cómo voy a dejar de quererte.

Lo dejé hablar. Después reconocí que a menudo había sostenido posturas sin sentido. Reconocí también que tenía razón en cuanto a Nino, había sido un gran fiasco. Y traté de volver a Dede y Rino. Estaba preocupada, no sabía cómo manejar la situación. Le dije que alejar al muchacho de nuestra hija, entre otras cosas, me causaría muchos problemas con Lila y me sentiría culpable, sabía que ella lo consideraría una ofensa. Asintió.

—Tienes que ayudarla.

—No sé cómo.

—Está tratando por todos los medios de mantener la cabeza ocupada y salir del dolor, pero no lo consigue.

—No es cierto, le ha ocurrido otras veces, ahora ni siquiera trabaja, no hace nada.

—Te equivocas.

Lila le había contado que se pasaba todo el día encerrada en la Biblioteca Nacional, quería saberlo todo sobre Nápoles. Lo miré indecisa. ¿Lila de nuevo en una biblioteca, no la del barrio de los años cincuenta, sino en la prestigiosa e ineficiente Biblioteca Nacional? ¿Eso hacía cuando desaparecía del barrio? ¿Tenía ese nuevo afán? ¿Y por qué me lo había ocultado? ¿O acaso se lo había contado a Pietro para que él me lo dijera?

—¿Te lo ha ocultado?

—Ya me lo dirá cuando sienta la necesidad.

—Anímala a seguir. Es inaceptable que una persona tan dotada haya dejado los estudios en quinto de primaria.

—Lila solo hace lo que le gusta.

—Así es como quieres verla tú.

—La conozco desde que tenía seis años.

—Quizá por eso te detesta.

—No me detesta.

—Resulta difícil constatar a diario que tú eres libre y ella está presa. Si hay un infierno, está dentro de su cabeza insatisfecha, no me gustaría entrar en él ni un segundo.

Pietro utilizó esas palabras «entrar en él» y el tono era de horror, de fascinación, de pena.

—Lina no me detesta para nada —recalqué.

Se rió.

—De acuerdo, como quieras.

—Vamos a dormir.

Me miró indeciso. No le había preparado el catre como de costumbre.

—¿Juntos?

Hacía una docena de años que ni nos tocábamos. Me pasé toda la noche con el temor de que las chicas se despertaran y nos encontraran en la misma cama. Me quedé mirando en la penumbra a aquel hombre grueso, despeinado, que roncaba con discreción. Cuando estábamos casados, rara vez dormía tanto tiempo conmigo. Por lo general me atormentaba largo rato con su sexo de orgasmo arduo, se adormilaba, después se levantaba e iba a estudiar. Esta vez fue agradable hacer el amor, un coito de despedida, los dos sabíamos que no volvería a ocurrir más y por eso estuvimos bien. Pietro había aprendido de Doriana eso que yo no había sabido o no había querido enseñarle, e hizo de todo para hacérmelo notar.

Sobre las seis lo desperté, le dije: es hora de marchar. Lo acompañé al coche, me encomendó por enésima vez a sus hijas, sobre todo a Dede. Nos estrechamos la mano, nos besamos en la mejilla, partió.

Me acerqué sin ganas al quiosco, el quiosquero estaba desempaquetando los periódicos. Regresé a casa como siempre, con tres diarios de los que solo leería los titulares. Me estaba preparando el desayuno, pensaba en Pietro, en nuestra charla. Hubiera podido detenerme en cualquier cosa —en su leve resentimiento, en Dede, en su psicologismo un tanto simple sobre Lila—, sin embargo, a veces se establece una misteriosa conexión entre nuestros circuitos mentales y los acontecimientos cuyo eco está por llegarnos. Me quedó grabado que hubiera definido a Pasquale y a Nadia —ellos eran los amigos de mi infancia a los que había aludido de forma polémica— como dos asesinos. A Nadia —lo comprendí entonces— ya le aplicaba la palabra «asesina» con naturalidad, a Pasquale, no, seguía negándome. Me preguntaba una vez más por qué cuando sonó el teléfono. Era Lila que me llamaba desde el piso de abajo. Me había oído al salir con Pietro y al regresar. Quería saber si había comprado los periódicos. En la radio acababan de anunciar que habían detenido a Pasquale.

23

Esa noticia nos absorbió por completo durante semanas y, lo reconozco, me ocupé más de nuestro amigo que de los exámenes de Dede. Lila y yo corrimos enseguida a casa de Carmen, pero ya lo sabía todo, o al menos lo esencial, y nos pareció tranquila. A Pasquale lo habían detenido en las montañas de Serino, en Avellino. Los carabineros habían rodeado la casa rural donde se había refugiado y él se comportó de forma razonable, no reaccionó con violencia, no intentó huir. Ahora —dijo Carmen—, solo espero que no me lo hagan morir en la cárcel como pasó con papá. Continuaba sosteniendo que su hermano era una buena persona, es más, llevada por la emoción, llegó a decir que nosotras tres —ella, Lila y yo— llevábamos dentro una dosis de maldad muy superior a la de Pasquale. Nosotras no hicimos más que ir a la nuestra —murmuró llorando a lágrima viva—, Pasquale no, Pasquale creció como lo educó nuestro padre.

Gracias al sufrimiento sincero de sus palabras, Carmen consiguió, quizá por primera vez desde que nos conocíamos, imponerse a Lila y a mí. Lila, por ejemplo, no le objetó nada; en cuanto a mí, frente a esos comentarios me sentí incómoda. Los dos hermanos Peluso, con su pura y simple existencia en el fondo de mi vida, me confundían. Descarté por completo que su padre, que era carpintero, les hubiese enseñado a ellos, como había hecho Franco con Dede, a poner en tela de juicio la parábola inconsistente de Menenio Agripa; pero los dos —Carmen menos, Pasquale más— habían sabido siempre por instinto que los miembros de un hombre no se nutren cuando se llena la barriga de otro y que quienes quieren que te lo creas tarde o temprano deben recibir su merecido. Pese a ser tan distintos en todo, con su historia formaban un bloque que yo no quería asimilar ni a mí ni a Lila, y que, sin embargo, no conseguía dejar atrás. Tal vez por eso un día le decía a Carmen: debes estar contenta ahora que Pasquale está en manos de la ley, sabremos mejor cómo ayudarlo; y otro día le decía a Lila, completamente de acuerdo con ella: las leyes y las garantías carecen de todo valor cuando se trata de tutelar a quien no tiene poder, en la cárcel acabarán con él. Y a veces reconocía con las dos que, aunque la violencia que habíamos experimentado desde el nacimiento me disgustaba, para enfrentarnos al mundo feroz en el que vivíamos era necesaria cierta dosis de ella. En esa línea confusa me comprometí a hacer todo lo posible a favor de Pasquale. No quería que se sintiera —a diferencia de su compañera Nadia, que había sido tratada con consideración— un don nadie que no le importaba a nadie.

24

Busqué abogados de confianza; a fuerza de llamadas telefónicas, decidí incluso localizar a Nino, el único parlamentario que conocía personalmente. No logré hablar con él, pero después de largas negociaciones una de sus secretarias me consiguió una cita. Coméntele —dije gélida— que llevaré conmigo a nuestra hija. Al otro lado del aparato se produjo una larga vacilación. Se lo comentaré, dijo al final la mujer.

Minutos más tarde sonó el teléfono. Era otra vez la secretaria: el diputado Sarratore estaría encantado de recibirnos en su despacho de la piazza Risorgimento. Pero en los días sucesivos el lugar y la hora de la cita cambiaron a menudo: el diputado había salido de viaje, el diputado había regresado pero estaba ocupado, el diputado se encontraba en una sesión ininterrumpida del Parlamento. Yo misma me sorprendí de lo difícil que era ponerse en contacto directo con un representante del pueblo, pese a mi discreta notoriedad, pese a mi carnet de periodista, pese a ser la madre de su hija. Cuando por fin se definió todo —el lugar de la cita era nada menos que el palacio de Montecitorio—, Imma y yo nos pusimos guapas y nos fuimos para Roma. Ella me preguntó si podía llevar su preciada octavilla electoral, le dije que sí. En el tren no hizo otra cosa que mirarla, como si se preparara para un enfrentamiento entre la foto y la realidad.

Al llegar a la capital tomamos un taxi, nos presentamos en Montecitorio. Ante cada tropiezo enseñaba documentos y decía, sobre todo para que Imma me oyera: nos espera el diputado Sarratore, esta es su hija Imma, Imma Sarratore.

Esperamos mucho, en un momento dado, presa de la ansiedad la niña dijo: ¿y si el pueblo lo entretiene? La tranquilicé: no lo entretendrá. En efecto, al final Nino llegó, precedido de su secretaria, una joven muy atractiva. Elegantísimo, radiante, abrazó y besó a su hija con gran fervor, la levantó en brazos, la tuvo así todo el tiempo, como si todavía fuera pequeña. Lo que me asombró fue la inmediata confianza con la que Imma le echó los brazos al cuello y le dijo feliz, agitando la octavilla: eres más guapo que en esta foto, ¿sabes que mi maestra te ha votado?

Nino le prestó mucha atención, le pidió que le hablara del colegio, de sus compañeras, de sus asignaturas preferidas. A mí no me hizo demasiado caso, yo ya pertenecía a otra vida suya —una vida inferior— y le pareció inútil malgastar energías. Le hablé de Pasquale, él me escuchó sin desatender a su hija, se limitó a indicarle a su secretaria que tomara nota. Al final de mi exposición, me preguntó serio:

—¿Qué esperas de mí?

—Que compruebes si está bien de salud y si cuenta con todas las garantías legales.

—¿Está colaborando con la justicia?

—No y dudo que llegue a colaborar.

—Le convendría hacerlo.

—¿Como Nadia?

Soltó una risita incómoda.

—Nadia se está comportando de la única forma posible, si su intención es no pasarse el resto de su vida entre rejas.

—Nadia es una chica malcriada; Pasquale, no.

No contestó enseguida, le apretó la nariz a Imma como si fuera un pulsador e imitó el sonido de un timbre. Se rieron, luego me dijo:

—Veré cuál es la situación de tu amigo, estoy aquí para vigilar que se tutelen los derechos de todos. Pero te diré que los parientes de las personas que asesinó también tienen derechos. No se juega a ser rebeldes y se derrama sangre real para después gritar: tenemos derechos. ¿Has entendido, Imma?

—Sí.

—Sí, papá.

—Sí, papá.

—Y si la maestra te trata mal, me llamas.

—Si la maestra la trata mal —intervine—, se las arreglará sola.

—¿Como se las arregló Pasquale Peluso?

—Pasquale nunca tuvo a nadie a quien pedirle el favor de protegerlo.

—¿Y eso lo justifica?

—No, pero resulta significativo que si Imma quiere hacer valer un derecho tú le digas llámame.

—¿Y por lo de tu amigo Pasquale no me estás llamando a mí?

Me marché muy nerviosa e infeliz, aunque para Imma fue el día más importante de sus primeros siete años de vida.

Pasaron los días. Pensé que había sido una pérdida de tiempo, pero Nino mantuvo su palabra, se ocupó de Pasquale. A través de él más tarde me enteré de detalles que los abogados o no sabían o nos ocultaban. La participación de nuestro amigo en algunos crímenes políticos muy conocidos que habían devastado la región de Campania estaba, sin duda, en el centro de las confesiones detalladas de Nadia, aunque eso ya se sabía desde hacía tiempo. El nuevo hecho era que ella ahora tendía a atribuirle todo, incluso las acciones de menor resonancia. Así, en la larga lista de las fechorías de Pasquale asomaron también el asesinato de Gino, el de Bruno Soccavo, la muerte de Manuela Solara y, por último, la de sus dos hijos, Marcello y Michele.

—¿Qué acuerdo tiene con los carabineros tu ex novia? —le pregunté a Nino la última vez que lo vi.

—No lo sé.

—Nadia está contando una sarta de mentiras.

—No lo descarto. Pero de una cosa estoy seguro: está arruinando a mucha gente que se consideraba segura. Por eso dile a Lina que tenga cuidado, Nadia la detesta desde siempre.

25

Habían pasado muchos años, sin embargo, Nino no perdía ocasión para nombrar a Lila, para mostrarse solícito con ella incluso en la distancia. Yo estaba frente a él, lo había amado, a mi lado estaba su hija comiéndose un helado de chocolate. Pero no me consideraba más que una amiga de la juventud ante la cual escenificar su extraordinaria carrera, desde los pupitres del instituto hasta el escaño en el Parlamento. En ese último encuentro nuestro, su mayor elogio fue ponerme a su misma altura. No recuerdo a raíz de qué dijo: nosotros dos sí que hemos llegado muy lejos. Pero ya mientras pronunciaba esa frase vi en su mirada que esa expresión de igualdad era un truco. Se consideraba mucho mejor que yo y la prueba era que, pese a mis libros de éxito, me encontraba ante él en calidad de postulante. Sus ojos me sonreían con cordialidad sugiriéndome: fíjate lo que te has perdido al perderme.

Me alejé deprisa con la niña. Estaba segura de que él habría tenido una actitud muy distinta de haber estado presente Lila. Habría balbuceado, se habría sentido misteriosamente aplastado, puede que incluso un tanto ridículo con su pavoneo. Cuando llegamos al aparcamiento donde había dejado el coche —en esa ocasión no fuimos a Roma en tren— recordé un dato al que nunca había prestado atención: solo con ella Nino había puesto en peligro sus ambiciones. En Ischia, y después, durante todo el año siguiente, se había abandonado a una aventura que no podía causarle más que problemas. Una anomalía en su proyecto de vida. Por entonces ya era un estudiante universitario muy conocido y prometedor. Era novio de Nadia —hoy yo lo tenía bien claro— porque era la hija de la profesora Galiani, porque la consideraba la llave de acceso a lo que entonces nos parecía una clase superior. Sus elecciones siempre habían sido coherentes con sus ambiciones. ¿Acaso no se había casado con Eleonora por interés? Y yo misma, cuando abandoné a Pietro para irme con él, ¿acaso no era una mujer con contactos, una escritora de cierto éxito, vinculada a una editorial importante, en una palabra, útil para su carrera? ¿Y todas las demás mujeres que lo habían ayudado no entraban en esa misma lógica? Nino amaba a las mujeres, sin duda, pero por encima de todo cultivaba las relaciones útiles. Sin la red de poder que había tejido desde jovencito, el producto de su inteligencia jamás habría tenido por sí solo la energía suficiente para imponerse. Pero ¿cómo encajaba Lila entonces? Apenas había cursado hasta quinto de primaria, era la jovencísima esposa de un tendero, si Stefano se hubiese enterado de su relación, habría podido matarlos a los dos. ¿Por qué en ese caso Nino puso en juego todo su futuro?

Senté a Imma en el coche, la regañé por cómo se había manchado el vestido con el helado comprado para la ocasión. Arranqué y salí de Roma. Tal vez lo que había atraído a Nino era la impresión de haber encontrado en Lila eso que él también había supuesto tener y que ahora, efectuada la comparación, descubría no tener. Ella poseía inteligencia y no le sacaba partido, al contrario, la desperdiciaba como una gran señora para quien las riquezas del mundo solo son un signo de vulgaridad. Ese era el hecho innegable que debió de embelesar a Nino: la gratuidad de la inteligencia de Lila. Ella destacaba entre tantas porque con naturalidad no se doblegaba a ningún adiestramiento, a ningún uso y a ningún fin. Todos nosotros nos habíamos doblegado y ese doblegarnos, a través de pruebas, errores, éxitos, nos había redimensionado. Nada ni nadie parecía redimensionar a Lila. Es más, a pesar de que con los años se había vuelto estúpida e intratable como cualquiera, las cualidades que le habíamos atribuido se mantenían intactas, puede incluso que se hubiesen agigantado. Incluso cuando la odiábamos terminábamos por respetarla y temerla. Pensándolo bien, no me sorprendía que Nadia, aunque la había visto en pocas ocasiones, la detestara y quisiera hacerle daño. Lila le había quitado a Nino. Lila la había humillado en sus creencias revolucionarias. Lila era mala y sabía golpear antes de ser golpeada. Lila era plebe pero rechazaba toda redención. En una palabra, Lila era una enemiga honorable, y perjudicarla podía ser una pura satisfacción, sin el añadido de los sentimientos de culpa que, sin duda, despertaba una víctima nata como Pasquale. Nadia podía pensar realmente de ese modo. Cómo se había envilecido todo con los años: la profesora Galiani, su casa con vistas al golfo, sus miles de libros, sus cuadros, las conversaciones cultas, Armando, Nadia precisamente. Qué graciosa, qué educada era cuando la vi frente a la escuela, al lado de Nino, cuando me recibió en la fiesta en casa de sus padres. Y seguía conservando algo de inigualable tras despojarse de todo privilegio con la idea de que, en un mundo radicalmente nuevo, adquiriría un aspecto mucho más cautivador. ¿Y ahora? Los nobles motivos de aquel desvelarse se habían desvanecido por completo. Quedaba el horror de tanta sangre derramada obtusamente y la infamia de ese echarle la culpa al ex albañil que en otros tiempos le había parecido la vanguardia de una humanidad nueva, y que ahora, junto a tantos otros, le servía para reducir a casi nada sus propias responsabilidades.

Me inquieté. Mientras conducía rumbo a Nápoles pensé en Dede. Sentí que estaba próxima a cometer un error parecido al cometido por Nadia, parecido a todos los errores que te arrastraban lejos de ti misma. Estábamos a finales de julio. Justo el día anterior Dede había sacado la nota máxima en el examen de bachillerato. Era una Airota, era mi hija, su brillante inteligencia solo podía dar óptimos frutos. Pronto podría hacer las cosas mucho mejor que yo y que su padre. Lo que yo había conquistado con esfuerzo diligente y mucha suerte, ella lo había tomado y seguiría tomándolo después con desenvoltura, como por derecho de nacimiento. Pero ¿cuál era su proyecto? Declararse a Rino. Hundirse con él, alejar de sí toda ventaja, perderse por espíritu de solidaridad y justicia, por la fascinación hacia aquello que no se nos asemeja, porque en los gruñidos de ese muchacho veía a saber qué mente fuera de lo común. De repente le pregunté a Imma, mirándola por el retrovisor:

—¿A ti te gusta Rino?

—A mí no, pero a Dede sí le gusta.

—¿Cómo lo sabes?

—Me lo ha dicho Elsa.

—¿Y a Elsa quién se lo ha dicho?

—Dede.

—¿Y por qué no te gusta Rino?

—Porque es muy feo.

—¿Y quién te gusta?

—Papá.

Vi en sus ojos la llama que en ese momento veía arder alrededor de su padre. Una luz —pensé— que Nino jamás habría tenido si se hubiese hundido con Lila; la misma luz que, en cambio, había perdido para siempre Nadia al hundirse con Pasquale; y que abandonaría a Dede si se extraviaba siguiendo a Rino. De repente sentí con vergüenza que comprendía y justificaba el fastidio de la profesora Galiani cuando vio a su hija sentada en las rodillas de Pasquale; comprendía y justificaba a Nino cuando, de un modo u otro, se apartó de Lila; y, por qué no, comprendía y justificaba a Adele cuando tuvo que poner al mal tiempo buena cara y aceptar que me casara con su hijo.

26

En cuanto regresé al barrio, llamé al timbre de Lila. La encontré desganada, distraída, pero ya era una característica suya y no me preocupé. Le expuse con todo detalle lo que me había dicho Nino y solo al final le hablé de esa frase amenazante referida a ella.

—¿De veras puede hacerte daño Nadia? —le pregunté.

Hizo una mueca displicente.

—Una persona solo puede hacerte daño si la quieres. Yo ya no quiero a nadie.

—¿Y Rino?

—Rino se ha ido.

Pensé enseguida en Dede y sus planes, me asusté.

—¿Adónde?

Cogió una notita de la mesa y me la tendió murmurando:

—Con lo bien que escribía cuando era niño, fíjate ahora, se ha vuelto analfabeto.

Leí la notita. De un modo muy forzado, Rino decía estar harto de todo, cubría de insultos a Enzo, anunciaba que se iba a Bolonia a casa de un amigo que había conocido en el servicio militar. Seis líneas en total. De Dede ni una palabra. El corazón me latía con fuerza en el pecho. Esa letra, esa ortografía, esa sintaxis, ¿qué tenían que ver con mi hija? Hasta su madre lo sentía como una promesa malograda, como una derrota, puede incluso que como una profecía: he ahí lo que le habría pasado a Tina si no se la hubieran llevado.

—¿Se ha ido solo? —pregunté.

—¿Con quién iba a irse?

Negué con la cabeza, insegura. Ella me leyó en los ojos el motivo de mi preocupación, sonrió.

—¿Tienes miedo de que se haya ido con Dede?

27

Corrí a casa con Imma pisándome los talones. Entré, llamé a Dede, llamé a Elsa. No hubo respuesta. Me precipité hacia la habitación donde dormían y estudiaban mis hijas mayores. Encontré a Dede, estaba tirada en la cama, tenía los ojos enrojecidos por el llanto. Sentí alivio. Pensé que le había hablado a Rino de su amor y que el muchacho la había rechazado.

No me dio tiempo a hablar, porque Imma, que quizá no se había dado cuenta del estado de su hermana, se puso a hablarle con entusiasmo de su padre. Pero Dede la rechazó con un insulto en dialecto, se levantó, se echó a llorar. Le indiqué por señas a Imma que no se lo tuviera en cuenta, le dije a mi hija mayor con dulzura: ya sé que es terrible, lo sé muy bien, pero se te pasará. La reacción fue violenta. Como le estaba acariciando el pelo, ella se apartó con un movimiento brusco de la cabeza, gritó: qué dices, no sabes nada, no entiendes nada, solo piensas en ti misma y en las mierdas que escribes. Después me pasó una hoja cuadriculada, mejor dicho, me la tiró a la cara y salió corriendo.

Cuando Imma comprendió que su hermana estaba desesperada se le empañaron los ojos. Para tenerla ocupada le murmuré: llama a Elsa, ve a ver dónde está, y recogí la hoja, era un día lleno de notitas. Reconocí enseguida la hermosa caligrafía de mi segunda hija. Elsa escribía extensamente a Dede. Le explicaba que los sentimientos no obedecen a razones, que Rino la quería desde hacía tiempo y que ella, poco a poco, se había enamorado. Por supuesto, sabía que le causaba un dolor y lo sentía, pero también sabía que su posible renuncia a la persona amada no habría arreglado las cosas. Luego se dirigía a mí con un tono casi divertido. Escribía que había decidido dejar la escuela, que mi culto al estudio siempre le había parecido una tontería, que no eran los libros lo que hacía buenas a las personas, sino las personas buenas las que hacían bueno algún libro. Subrayaba que Rino era bueno, y, sin embargo, nunca había leído un libro; subrayaba que su padre era bueno y que había hecho magníficos libros. El nexo entre libros, personas y bondad terminaba ahí, a mí no me mencionaba. Terminaba saludándome con afecto y me decía que no me enfadara demasiado: Dede e Imma me darían las satisfacciones que ella ya no se sentía con ánimo de darme. A su hermana menor le dedicaba un corazoncito con alas.

Me puse hecha una furia. Me enfadé con Dede por no darse cuenta de que su hermana, según su costumbre, tenía la intención de soplarle lo que apreciaba. Debiste verlo venir, le grité, debiste detenerla, tan inteligente y te dejas embaucar por una listilla vanidosa. Bajé corriendo a casa de Lila y le dije:

—Tu hijo no se ha ido solo, tu hijo se ha llevado a Elsa.

Ella me miró desorientada.

—¿Elsa?

—Sí. Y Elsa es menor, Rino tiene nueve años más, como hay Dios que voy a la policía y lo denuncio.

Se echó a reír. No era una carcajada maliciosa, sino incrédula. Reía y decía aludiendo a su hijo:

—Fíjate tú cuánto daño ha sido capaz de hacer, lo he subestimado. Ha hecho perder la cabeza a tus dos señoritas, no me lo puedo creer. Lenù, ven aquí, cálmate, siéntate. Si lo piensas, esto es más para reír que llorar.

Grité en dialecto que no encontraba nada de que reírme, que lo que Rino había hecho era gravísimo, que estaba a punto de ir de veras a la policía. Entonces cambió de tono e indicándome la puerta dijo:

—Anda, ve a la policía, ve, a qué esperas.

Me fui, pero por el momento renuncié a ir a la policía, regresé a mi casa subiendo los escalones de dos en dos. Le grité a Dede: quiero saber dónde coño han ido esos dos, dímelo enseguida. Se asustó, Imma se tapó las orejas con las manos, pero yo no me calmé hasta que Dede reconoció que Elsa había conocido al amigo boloñés de Rino una vez que había ido al barrio.

—¿Sabes cómo se llama?

—Sí.

—¿Tienes su dirección, su teléfono?

Ella se estremeció, estuvo a punto de pasarme la información que le pedía. Después, aunque ya odiaba más a su hermana que a Rino, debió de pensar que era una infamia colaborar y se calló. Me las arreglaré igual, grité, y puse patas arriba sus cosas, revolví por toda la casa. Luego me detuve. Mientras buscaba la enésima notita, un apunte en una agenda escolar, me di cuenta de que faltaba otra cosa bien distinta. Del cajón donde solía guardarlo había desaparecido todo el dinero, y sobre todo tampoco estaban mis joyas, ni siquiera el brazalete de mi madre. A Elsa siempre le había gustado mucho aquel brazalete. Decía medio en broma medio en serio que si la abuela hubiese hecho testamento, se lo habría dejado a ella y no a mí.

28

Ese descubrimiento me dio más decisión aún y al final Dede me pasó la dirección y el número de teléfono que buscaba. Cuando se decidió, despreciándose por haber cedido, me gritó que yo era idéntica a Elsa, que no respetábamos nada ni a nadie. La mandé callar y me puse al teléfono. El amigo de Rino se llamaba Moreno, lo amenacé. Le dije que sabía que trapicheaba con heroína, que le causaría tantos problemas que no saldría más de la cárcel. No conseguí nada. Me juró que no sabía nada de Rino, que se acordaba de Dede, pero que a esta hija de la que le hablaba, Elsa, no la había conocido nunca.

Volví a casa de Lila. Me abrió ella, pero esta vez también estaba Enzo; hizo que me sentara y me trató con amabilidad. Dije que quería ir enseguida a Bolonia, le pedí a Lila con tono imperativo que me acompañara.

—No hace falta —contestó ella—, ya verás como cuando se queden sin dinero volverán.

—¿Cuánto dinero te ha quitado Rino?

—Nada. Sabe que si toca una sola lira, lo muelo a palos.

Me sentí humillada.

—Elsa me ha quitado el dinero y las joyas —murmuré.

—Porque no has sabido educarla.

—Basta ya —le dijo Enzo.

Ella se volvió hacia él de repente.

—Hablo cuando me da la gana. Mi hijo se droga, mi hijo no ha estudiado, mi hijo habla y escribe mal, mi hijo es un holgazán, mi hijo tiene todas las culpas. Pero, al final, la que roba es su hija, la que traiciona a la hermana es Elsa.

—Vamos, yo te acompaño a Bolonia —dijo Enzo.

Nos fuimos en coche, viajamos de noche. Yo acababa de regresar de Roma, cansada del trayecto en automóvil. El dolor y la furia que vinieron después habían absorbido mis fuerzas restantes y ahora que la tensión comenzaba a disminuir me sentía exhausta. Sentada al lado de Enzo, mientras salíamos de Nápoles y enfilábamos la autopista, comenzaron a imponerse la angustia por el estado en que había dejado a Dede, el miedo por lo que podía ocurrirle a Elsa, un poco de vergüenza por cómo había asustado a Imma, por cómo le había hablado a Lila olvidándome de que Rino era su único hijo. No sabía si telefonear a Pietro a Estados Unidos y pedirle que regresara de inmediato, no sabía si ir de veras a la policía.

—Lo resolveremos todo nosotros —dijo Enzo, fingiendo seguridad—, no te preocupes, no tiene sentido que le hagas daño al muchacho.

—No quiero denunciar a Rino —le expliqué—, solo quiero que encuentren a Elsa.

Era verdad. Murmuré que deseaba recoger a mi hija, regresar a casa, hacer las maletas, no quedarme ni un minuto más en aquella casa, en el barrio, en Nápoles. No tiene sentido, le dije, ahora que Lila y yo nos peleemos por quién ha educado mejor a los hijos, y si lo que ocurrió solo es culpa del suyo o de la mía, no puedo más.

Enzo me escuchó largo rato en silencio, luego, pese a que desde hacía mucho tiempo lo notaba enfadado con Lila, comenzó a justificarla. Para hacerlo no habló de Rino, de los problemas que causaba a su madre, sino de Tina. Dijo: si una criatura de pocos años muere, está muerta, se ha acabado, tarde o temprano te resignas. Pero si desaparece, si no vuelves a saber de ella, no hay nada que quede en su sitio, en tu vida. ¿Volverá Tina o no volverá más? Y cuando vuelva, ¿estará viva o muerta? A cada instante —murmuró— te preguntas dónde estará. ¿Andará por la calle como una gitanilla? ¿Estará en casa de gente rica sin hijos? ¿La obligan a hacer cosas feas y luego comercian con las fotos y las películas? ¿La han descuartizado y vendido a un alto precio su corazón para ponérselo en el pecho a otro niño? ¿Y los demás pedazos estarán bajo tierra, los habrán quemado? ¿O bajo tierra está toda entera porque murió accidentalmente después de que la raptaran? Y si la tierra y el fuego no se la han llevado, y se está haciendo mayor quién sabe dónde, ¿qué aspecto tendrá ahora, cómo será más adelante, si la encontráramos en la calle, la reconoceríamos? Y si la reconociéramos, ¿quién nos devolverá todo lo que nos hemos perdido de ella, todo lo que pasó cuando no estábamos y Tina, que era pequeña, se sintió abandonada?

En un momento dado, mientras Enzo me hablaba con sus frases premiosas pero densas, vi sus lágrimas a la luz de los faros y comprendí que no estaba hablando solo de Lila, intentaba expresar también su propio sufrimiento. Aquel viaje con él fue importante, todavía hoy me cuesta imaginar a un hombre con una sensibilidad más refinada que la suya. Al principio me contó lo que Lila le había susurrado o gritado cada día y cada noche en esos cuatro años. Después me animó a hablarle de mi trabajo y de mis insatisfacciones. Le hablé de mis hijas, de los libros, de los hombres, de los resentimientos, de la necesidad de aprobación. Y me referí a mi afán por escribir, que ya se había convertido en algo obligatorio; me afanaba día y noche para sentirme presente, para no dejarme marginar, para luchar contra quien me consideraba una mujercita entrometida sin talento: perseguidores —murmuré— cuyo único fin es hacerme perder público, pero no lo hacen movidos a saber por qué motivos elevados, sino más bien por el gusto de impedirme mejorar, o de reservarse para ellos o para sus protegidos un poder miserable y perjudicarme. Dejó que me desahogara, alabó la energía que ponía en las cosas. Ves —dijo— cómo te apasionas. Esas fatigas te han permitido anclarte al mundo que elegiste, te han dado una competencia amplia y detallada, sobre todo te han comprometido en todos los sentimientos. Así, la vida te ha arrastrado y Tina para ti es sin duda un episodio atroz, pensar en ella te entristece, pero al mismo tiempo es también un hecho lejano. Para Lila, en cambio, en todos estos años el mundo se le ha caído encima de rebote para escurrirse en el vacío que dejó su hija, como la lluvia que se precipita por el alero. Ella se detuvo en Tina, y le entró un odio por todo aquello que siguió vivo, creciendo y prosperando. Claro, dijo, es fuerte, me trata muy mal, se enoja contigo, dice cosas feas. Pero no sabes la de veces que se ha desmayado cuando parecía tranquila, cuando lavaba los platos o estaba asomada a la ventana mirando la avenida.

29

En Bolonia no encontramos ni rastro de Rino y mi hija, aunque Moreno, asustado por la calma feroz de Enzo, nos llevó por calles y lugares de encuentro donde, según él, si estaban en la ciudad, seguramente ambos habrían sido bien recibidos. Enzo telefoneó a menudo a Lina, yo a Dede. Esperábamos que hubiera buenas noticias, pero no fue así. A esas alturas, tuve una nueva crisis, ya no sabía qué hacer.

—Voy a la policía —dije una vez más.

Enzo negó con la cabeza.

—Espera un poco.

—Rino me ha arruinado a Elsa.

—No puedes decir eso. Tienes que tratar de ver a tus hijas como son en realidad.

—Es lo que hago continuamente.

—Sí, pero no lo haces bien. Elsa haría cualquier cosa con tal de hacer sufrir a Dede, y las dos hacen buenas migas en un único punto: cuando se trata de atormentar a Imma.

—No me hagas decir cosas desagradables. Lila es quien las ve así y tú repites lo que ella dice.

—Lina te quiere, te admira, les tiene cariño a tus hijas. Soy yo quien piensa estas cosas, y hablo para ayudarte a razonar. Cálmate, ya verás como los encontramos.

No los encontramos, decidimos regresar a Nápoles. Pero cuando estábamos cerca de Florencia, Enzo quiso telefonear otra vez a Lila para saber si había noticias. Cuando colgó, me dijo perplejo:

—Dede necesita hablar contigo, pero Lina no sabe por qué.

—¿Está en vuestra casa?

—No, en la tuya.

Llamé enseguida, temía que Imma hubiese enfermado. Dede ni siquiera me dio tiempo a hablar.

—Mañana mismo me marcho a Estados Unidos, voy a estudiar allí —dijo.

Traté de no gritarle.

—Ahora no es el momento de plantear ese tema, en cuanto sea posible, lo hablaremos con papá.

—Mamá, que quede clara una cosa, Elsa solo regresará a esta casa cuando yo me haya ido.

—Por ahora lo más urgente es averiguar dónde está.

Ella me gritó en dialecto:

—La muy cabrona llamó hace un rato, está en casa de la abuela.

30

Naturalmente, la abuela era Adele, llamé a mis suegros. Contestó Guido que, con frialdad, me pasó con su mujer. Adele fue cordial, me dijo que Elsa estaba en su casa, añadió, y no está sola.

—¿Está también el muchacho?

—Sí.

—¿Te importa si voy a vuestra casa?

—Te esperamos.

Le pedí a Enzo que me dejara en la estación de Florencia. El viaje fue complicado, retrasos, esperas, contratiempos de todo tipo. Pensé en Elsa que, con su caprichosa astucia, había acabado por implicar a Adele. Si Dede era incapaz de engaños, Elsa estaba en su salsa cuando se trataba de inventar estrategias capaces de protegerla y, de paso, permitirle ganar. Estaba claro: había planeado imponerme a Rino en presencia de su abuela, una persona que —tanto ella como su hermana lo sabían bien— me había aceptado como nuera muy a regañadientes. Durante todo el viaje sentí alivio porque la sabía a salvo y la odié por la situación en la que me estaba poniendo.

Llegué a Génova dispuesta a un duro enfrentamiento. Pero encontré a Adele muy cordial y a Guido, amable. En cuanto a Elsa —vestida de fiesta, muy maquillada, con el brazalete de mi madre en la muñeca y bien visible el anillo que años antes me había regalado su padre—, fue afectuosa y desenvuelta como si encontrara inconcebible que pudiera estar molesta con ella. El único silencioso, siempre con los ojos gachos, me pareció Rino, hasta el punto de que me dio pena y acabé mostrándome más hostil con mi hija que con él. Tal vez Enzo tuviera razón, el muchacho había tenido escaso relieve en esa historia. No tenía nada de la dureza y la desfachatez de su madre, era Elsa quien lo había arrastrado con su embrujo y por el simple gusto de hacerle daño a Dede. Las raras ocasiones en que tuvo el coraje de levantar la vista, me lanzó miradas de perro fiel.

Comprendí enseguida que Adele había recibido a Elsa y a Rino como pareja: tenían su habitación, sus toallas, dormían juntos. Elsa exhibió sin problemas esa intimidad ratificada por su abuela, quizá incluso la exageró adrede para mí. Después de cenar, cuando los dos se retiraron de la mano, mi suegra trató de empujarme a que confesara mi aversión por Rino. Es una niña, dijo en un momento dado, la verdad, no sé qué le habrá visto a ese joven, hay que ayudarla a salir de esta. Me armé de valor, contesté: es un buen muchacho, pero aunque no lo fuera, ella está enamorada y hay poco que hacer. Le di las gracias por haberla recibido con afecto y amplitud de miras y me fui a dormir.

Sin embargo, me pasé toda la noche dándole vueltas a la situación. Si hubiese dicho media frase fuera de lugar, quizá habría arruinado a mis dos hijas. No podía separar con un corte neto a Elsa y Rino. No podía obligar a las dos hermanas a una convivencia, en ese momento imposible; lo que había ocurrido era grave, y durante un tiempo las dos muchachas no habrían podido vivir bajo el mismo techo. Pensar en mudarnos a otra ciudad solo habría complicado las cosas, Elsa se habría sentido obligada a quedarse con Rino. No tardé en darme cuenta de que si quería llevarme a Elsa de vuelta a casa y conseguir que completara al menos sus estudios de bachillerato, debía privarme de Dede, enviarla con su padre. Por ello, al día siguiente, aconsejada por Adele sobre el mejor horario para telefonear (su hijo y ella, según descubrí, se llamaban con frecuencia), hablé con Pietro. Su madre lo había informado con todo lujo de detalles sobre lo ocurrido, y por su mal humor deduje que el verdadero sentimiento de Adele en todo aquel asunto seguramente no era el que a mí me mostraba. Pietro me dijo serio:

—Debemos tratar de entender qué clase de padres somos y de qué hemos privado a nuestras hijas.

—¿Me estás diciendo que no he sido ni soy una buena madre?

—Te estoy diciendo que es necesaria una continuidad en los afectos y que ni tú ni yo hemos sabido asegurársela a Dede y a Elsa.

Lo interrumpí, le anuncié que tendría ocasión de ejercer de padre a tiempo completo al menos con una de sus hijas: Dede quería irse a vivir con él y marcharse lo antes posible.

No recibió bien la noticia, guardó silencio, dio largas, dijo que todavía se encontraba en la fase de adaptación y necesitaba tiempo. Le contesté: conoces a Dede, sois idénticos, aunque le digas que no, te la encontrarás allí.

Ese mismo día, en cuanto tuve ocasión de hablar con Elsa cara a cara, me enfrenté a ella sin tener en cuenta en absoluto sus zalamerías. La obligué a devolverme el dinero, las joyas, el brazalete de mi madre, que me puse enseguida destacando: nunca más vuelvas a tocar mis cosas.

Ella empleó tonos conciliadores, yo no; mascullé que no dudaría ni un instante en poner una denuncia primero contra Rino y luego contra ella. En cuanto intentó replicar, la empujé contra una pared, levanté la mano para golpearla. Debía de tener una expresión terrible, ya que estalló en llanto, aterrorizada.

—Te odio —sollozó—, no quiero verte más, no volveré a ese sitio de mierda donde nos has obligado a vivir.

—De acuerdo, te dejaré aquí todo el verano, si tus abuelos no te echan antes.

—¿Y después?

—En septiembre volverás a casa, irás a la escuela, estudiarás, vivirás con Rino en nuestro apartamento hasta que te canses.

Me miró estupefacta, siguió un largo instante de incredulidad. Yo había pronunciado aquellas palabras como si anunciaran el más terrible de los castigos, ella las recibió con un gesto sorprendente de generosidad.

—¿En serio?

—Sí.

—No me cansaré nunca.

—Ya veremos.

—¿Y la tía Lina?

—La tía Lina estará de acuerdo.

—No quería hacerle daño a Dede, mamá, yo amo a Rino, ha ocurrido.

—Ocurrirá mil veces más.

—No es cierto.

—Peor para ti. Significa que amarás a Rino toda la vida.

—Me tomas el pelo.

Dije que no, solo sentía lo ridículo de ese verbo en boca de una muchachita.

31

Regresé al barrio, comuniqué a Lila mi propuesta a los dos chicos. Fue un intercambio frío, casi una negociación.

—¿Te los quedas en tu casa?

—Sí.

—Si te va bien a ti, a mí también.

—En los gastos iremos a medias.

—Puedo pagarlo todo yo.

—Por ahora tengo dinero.

—Por ahora yo también tengo.

—Estamos de acuerdo entonces.

—¿Cómo se lo ha tomado Dede?

—Bien. Dentro de un par de semanas se marcha, irá a ver a su padre.

—Dile que venga a saludarme.

—No creo que lo haga.

—Entonces dile que le mande mis recuerdos a Pietro.

—Así lo haré.

De repente sentí un gran dolor.

—En pocos días he perdido a dos hijas —dije.

—No uses esa expresión, no has perdido nada, es más, has conseguido un hijo varón.

—Eres tú la que ha empujado todo en esta dirección.

Frunció la frente, pareció desorientada.

—No sé de qué me hablas.

—Siempre tienes que soliviantar, fastidiar, incitar.

—¿Ahora quieres tomarla conmigo también por lo que hacen tus hijas?

Murmuré: estoy cansada, y me fui.

En realidad, durante días, semanas no pude dejar de pensar que Lila no soportaba los equilibrios de mi vida y por eso tendía a romperlos. Siempre había sido así, pero tras la desaparición de Tina había empeorado: daba un paso, observaba las consecuencias, daba otro paso. ¿El objetivo? Quizá ni siquiera ella lo conocía. Lo cierto es que las dos hermanas habían echado a perder su relación, Elsa estaba metida en un problema serio, Dede se marchaba y yo seguiría en el barrio quién sabe por cuánto tiempo más.

32

Me ocupé del viaje de Dede. De vez en cuando le decía: quédate, me causas un gran dolor. Ella contestaba: tienes mil ocupaciones, ni siquiera te darás cuenta de que me he ido. Yo insistía: Imma te adora y también Elsa, os aclararéis, pasará. Pero Dede no quería ni oír el nombre de su hermana; en cuanto yo la mencionaba, ella asumía una expresión disgustada y salía dando un portazo.

Unas noches antes de su partida, de repente se puso muy pálida —estábamos cenando— y empezó a temblar. Murmuró: me cuesta respirar. Rápidamente, Imma le sirvió agua. Dede tomó un sorbo, se levantó de su sitio y vino a sentarse en mis rodillas. Fue un hecho del todo nuevo. Era corpulenta, más alta que yo, hacía tiempo que había dejado de establecer el menor contacto entre nuestros cuerpos, si de casualidad nos rozábamos, se apartaba de un salto como con repulsión. Me sorprendió su peso, su calor, sus caderas abundantes. La ceñí por la cintura, me echó los brazos al cuello, lloró con feos sollozos. Imma dejó su sitio en la mesa, se acercó, trató de ser incluida en aquel abrazo. Debió de pensar que su hermana ya no se iría y en los días siguientes se mostró alegre, se comportó como si todo se hubiese arreglado. Pero Dede se marchó de todos modos; es más, después de aquel quebranto se mostró cada vez más dura y explícita. Con Imma fue afectuosa, la besó cien veces, le dijo: quiero por lo menos una carta semanal. Se dejó besar y abrazar por mí, pero sin corresponderme. La rondé, me afané por adelantarme a su menor deseo, fue inútil. Cuando me quejé de su frialdad, dijo: contigo no existe posibilidad de entablar una verdadera relación, para ti las únicas cosas que cuentan son el trabajo y la tía Lina, no hay nada que no acabe tragado por eso; para Elsa, el verdadero castigo es quedarse aquí, adiós, mamá.

Lo único positivo era que volvía a llamar a su hermana por el nombre.

33

A principios de septiembre de 1988, cuando Elsa regresó a casa esperé que con su vivacidad borrara la impresión de que Lila había conseguido de veras hundirme en su vacío. Pero no fue así. La presencia de Rino en casa, en lugar de dar nueva vida a las habitaciones, las convirtió en sórdidas. Era un muchacho afectuoso, por completo sometido a Elsa e Imma, que lo trataban como su criado. Yo misma, debo decir, tomé por costumbre confiarle mil tareas tediosas —en primer lugar, las largas colas en correos—, liberarme de ellas me dejó tiempo para trabajar. Pero me deprimía ver por casa aquel corpachón lento, disponible a la menor señal y, sin embargo, abatido, siempre obediente salvo cuando se trataba de respetar reglas fundamentales como levantar el asiento del inodoro antes de hacer pis, dejar la bañera limpia, no dejar tirados en el suelo los calcetines y calzoncillos sucios.

Elsa no movía un dedo para mejorar la situación, al contrario, la complicaba de buena gana. No me gustaban las zalamerías que empleaba con Rino delante de Imma, detestaba su actitud de mujer desinhibida cuando, de hecho, era una chica de quince años. Sobre todo, no toleraba el estado en el que dejaba el dormitorio donde antes había dormido con Dede y que ahora ocupaba con Rino. Se levantaba de la cama soñolienta para ir al colegio, desayunaba deprisa, se marchaba corriendo. Al cabo de un rato aparecía Rino, se pasaba más de una hora comiendo de todo, se encerraba en el cuarto de baño por lo menos otra media hora más, se vestía, zanganeaba, salía, iba a recoger a Elsa al colegio. Al regresar, comían alegremente y se encerraban enseguida en el dormitorio.

Aquella habitación era como la escena de un delito, Elsa no quería que se tocara nada. Pero ninguno de los dos se ocupaba de abrir las ventanas, de ordenar un poco. Lo hacía yo antes de que llegara Pinuccia, me molestaba que notara el olor a sexo, que encontrara rastros de sus relaciones.

A Pinuccia le desagradaba aquella situación. Cuando se trataba de ropa, zapatos, maquillaje, peinados, se mostraba asombrada por lo que llamaba mi modernidad, pero en ese caso específico me dio a entender enseguida y por todos los medios que había tomado una decisión demasiado moderna, opinión que, por lo demás, debía de estar muy difundida en el barrio. Una mañana, mientras yo intentaba trabajar resultó muy desagradable encontrármela enfrente con un periódico en el que destacaba un preservativo anudado para evitar que se derramase el esperma. Lo he encontrado a los pies de la cama, me dijo muy disgustada. Hice como si nada. No hace falta que me lo enseñes, comenté sin dejar de trabajar en el ordenador, el cubo de la basura está para eso.

En realidad no sabía cómo comportarme. En un principio pensé que con el tiempo todo mejoraría. Pero las cosas no hicieron más que complicarse. A diario se producían enfrentamientos con Elsa, si bien trataba de no pasarme, todavía sentía la herida de la marcha de Dede y no quería perderla a ella también. De modo que fui a ver a Lila con más frecuencia para decirle: habla con Rino, es un buen chico, trata de explicarle que debe ser un poco más ordenado. Me parecía que ella no esperaba otra cosa que mis quejas para armarla.

—Mándamelo de vuelta —se enfadó una mañana—, basta con esta chorrada de vivir en tu casa. Te digo más, hagamos una cosa, aquí hay sitio; cuando tu hija quiera venir a verlo, baja, llama a la puerta y si quiere, duerme aquí.

Me harté. ¿Mi hija debía llamar a la puerta y pedirle si podía dormir con el suyo?

—No, ya está bien así —refunfuñé.

—Si está bien así, ¿de qué estamos hablando?

—Lila, solo te pido que hables con Rino —bufé—, tiene veinticuatro años, dile que se comporte como un adulto. No quiero pasarme el día peleándome con Elsa, porque si llego a perder la calma, la echo de casa.

—Entonces el problema es tu hija, no el mío.

En esas ocasiones la tensión subía rápidamente, pero quedaba en un punto muerto, ella ironizaba, yo me volvía a mi casa frustrada. Una noche estábamos cenando cuando desde las escaleras nos llegó su grito intransigente, quería que Rino fuera enseguida a su casa. Él se puso nervioso, Elsa se ofreció a acompañarlo. Pero en cuanto la vio, Lila dijo: son cosas nuestras, tú te vas a tu casa. Mi hija subió desanimada; mientras tanto, abajo estalló una discusión violentísima. Gritaba Lila, gritaba Enzo, gritaba Rino. Yo sufría por Elsa, que se retorcía las manos, estaba intranquila, decía: mamá, haz algo, ¿qué está pasando, por qué lo tratan así?

No dije nada, no hice nada. La discusión terminó, pasó un poco de tiempo, Rino no volvió a subir. Entonces Elsa me exigió que fuera a ver qué había pasado. Bajé; no me abrió Lila, sino Enzo. Estaba cansado, deprimido, no me invitó a entrar.

—Lila me ha dicho que el muchacho no se comporta bien, por eso ahora se queda aquí —dijo.

—Déjame hablar con ella.

Discutí con Lila hasta las tantas, Enzo se encerró taciturno en una habitación. Comprendí casi enseguida que ella quería hacerse rogar. Había intervenido, había recuperado a su muchachote, lo había humillado. Ahora deseaba que le dijera: tu hijo es como si fuera mío, me parece estupendo que se quede en mi casa, que duerma con Elsa, no vendré más a quejarme. Me resistí largo rato, después me doblegué y me llevé a Rino a casa. En cuanto dejamos el apartamento oí que ella y Enzo discutían otra vez.

34

Rino me lo agradeció mucho.

—Te lo debo todo, tía Lenù, eres la persona más buena que conozco y siempre te querré.

—Rino, yo no tengo nada de buena. Tú solo hazme el favor de acordarte de que tenemos un único baño y de que ese baño, además de Elsa, lo utilizamos también Imma y yo.

—Tienes razón, discúlpame, alguna vez se me pasa, no lo haré más.

Se disculpaba sin cesar, se distraía sin cesar. A su manera, actuaba de buena fe. Declaró mil veces que quería buscarse un trabajo, que quería contribuir a los gastos de la casa, que pondría muchísima atención en no causarme molestias de ningún tipo, que tenía por mí una estima infinita. Pero no encontró trabajo y la vida, en todos los aspectos más desalentadores de la cotidianidad, siguió como antes o quizá peor. Sin embargo, dejé de hablar con Lila, a ella le decía: va todo bien.

Cada vez tenía más claro que la tensión entre Enzo y ella iba en aumento y no quería servir de detonante a sus broncas. Lo que me preocupaba desde hacía un tiempo era que la naturaleza de sus peleas había cambiado. En el pasado, Lila gritaba y Enzo casi siempre callaba. Pero desde hacía un tiempo ya no era así. Ella chillaba, se oía con frecuencia el nombre de Tina, y su voz filtrada por el suelo parecía una especie de gemido enfermo. Después, de súbito estallaba Enzo. Gritaba y su grito se prolongaba en un tumultuoso torrente de palabras exasperadas, todas en un dialecto violento. Entonces Lila se callaba de golpe, y mientras Enzo gritaba ya no se la oía más. En cuanto él enmudecía, se oía un portazo. Yo prestaba atención a las zancadas de Lila en las escaleras, en el vestíbulo. Después sus pasos desaparecían entre los ruidos del tráfico de la avenida.

Hasta poco tiempo antes Enzo habría salido corriendo tras ella, pero ahora ya no lo hacía. Yo pensaba: quizá debería bajar, hablar con él, decirle: tú mismo me contaste cuánto sigue sufriendo Lina, sé comprensivo. Pero renunciaba a hacerlo y esperaba que ella regresara pronto. Sin embargo, pasaba fuera el día entero y a veces también la noche. ¿Qué hacía? La imaginaba refugiada en la biblioteca, como me había contado Pietro. O vagando por Nápoles, fijándose en cada edificio, cada iglesia, cada monumento, cada lápida. O combinando las dos cosas: primero exploraba la ciudad, luego rebuscaba en los libros para informarse. Superada por los acontecimientos, nunca tuve ganas ni tiempo de hablar de ese nuevo deseo de su cabeza, por otra parte, ella tampoco me contó nada. Pero sabía cuánto podía llegar a concentrarse obsesivamente cuando algo le interesaba y no me sorprendía que pudiera dedicarle tanto tiempo y energías. Pensaba en ello con cierta preocupación solo cuando sus desapariciones seguían a esos gritos, y la sombra de Tina se unía a ese perderse por la ciudad también de noche. Entonces me venían a la cabeza las galerías de toba en el subsuelo de la ciudad, las catacumbas con sus cabezas de muertos apiladas, las calaveras de bronce ennegrecido que sirven de guía a las almas infelices de la iglesia de Purgatorio ad Arco. Y a veces me quedaba despierta hasta que oía golpear el portón y sus pasos subiendo las escaleras.

En uno de esos días negros se presentó la policía. Se había producido una pelea y ella se había largado. Me asomé a la ventana; alarmada, vi a los agentes dirigiéndose hacia nuestro edificio. Me asusté, pensé que le había pasado algo a Lila. Salí corriendo al rellano. Los policías buscaban a Enzo, habían ido a detenerlo. Intenté entrometerme, averiguar algo. Me mandaron callar de malos modos, se lo llevaron esposado. Mientras bajaba las escaleras, Enzo me gritó en dialecto: cuando vuelva Lina, dile que no se preocupe, es una tontería.

35

Durante bastante tiempo fue difícil entender de qué lo acusaban. Lila cesó toda actitud hostil hacia Enzo, hizo acopio de fuerzas, se ocupó solo de él. En esa nueva prueba se mostró callada y decidida. Solo se enfadó cuando descubrió que el Estado —como ella no tenía con Enzo ningún vínculo oficial, y, para colmo, nunca se había separado de Stefano— no quería reconocerle una condición equivalente a la de esposa, y, por tanto, la posibilidad de verlo. Empezó entonces a gastar bastante dinero para hacerle notar su proximidad y su apoyo a través de canales no oficiales.

Mientras tanto, me puse de nuevo en contacto con Nino. Sabía por Marisa que esperar de él una ayuda era totalmente inútil, no movía un dedo ni siquiera por su padre, su madre ni sus hermanos. Pero conmigo se comprometió otra vez y con rapidez, quizá por quedar bien con Imma, quizá porque se trataba de mostrarle a Lila, aunque fuera de un modo indirecto, su poder. Pero él tampoco pudo enterarse con exactitud de cuál era la situación de Enzo, y, en momentos distintos, me dio versiones distintas a las que él mismo casi no daba credibilidad. ¿Qué había pasado? Seguramente, en el curso de sus confesiones sollozantes, Nadia había mencionado el nombre de Enzo. Seguramente desenterró la época en que Enzo había frecuentado con Pasquale el colectivo de obreros y estudiantes de la via dei Tribunali. Seguramente había atribuido a los dos pequeñas acciones de distracción llevadas a cabo en años ya lejanos contra los bienes de oficiales de la OTAN residentes en la via Manzoni. Seguramente los investigadores intentaban implicar también a Enzo en muchos de los delitos que habían atribuido a Pasquale. Pero al llegar a ese punto, terminaban las certezas y empezaban las suposiciones. Tal vez Nadia había afirmado que Enzo había recurrido a Pasquale para delitos de naturaleza no política. Tal vez Nadia había sostenido que algunos de esos hechos de sangre —en particular el asesinato de Bruno Soccavo— habían sido perpetrados por Pasquale y planificados por Enzo. Tal vez Nadia había dicho que el propio Pasquale le había contado que habían sido tres quienes mataron a los hermanos Solara: él, Antonio Cappuccio, Enzo Scanno, amigos de infancia, decididos a cometer ese delito movidos por una solidaridad y un rencor que venían de muy lejos.

Eran años complicados. El orden del mundo en el que habíamos crecido se estaba disolviendo. Las antiguas competencias debidas al estudio prolongado y a la ciencia de la justa línea política de pronto parecían una forma insensata de emplear el tiempo. Anarquista, marxista, gramsciano, comunista, leninista, trotskista, maoísta, obrerista se estaban convirtiendo a toda velocidad en etiquetas tardías, o, algo peor, en una marca de bestialidad. La explotación del hombre por el hombre y la lógica del máximo beneficio, antes consideradas una abominación, volvían a ser en todas partes las bases de la libertad y la democracia. Entretanto, por la vía legal e ilegal, las cuentas que quedaron pendientes dentro del Estado y de las organizaciones revolucionarias se estaban saldando con mano dura. Era fácil acabar asesinado o en la cárcel, y entre la gente común había empezado la desbandada. Los que eran como Nino —con un escaño en el Parlamento—, o como Armando Galiani —que ya gozaba de cierta fama gracias a la televisión— habían intuido hacía tiempo que el clima estaba cambiando y rápidamente se habían adaptado a la nueva época. En cuanto a la gente como Nadia, sin duda habían sido bien aconsejados y se lavaban la conciencia con un goteo de delaciones. Pero las personas como Pasquale y Enzo, no. Imagino que ellos siguieron pensando, expresándose, atacando, defendiéndose, inspirándose en consignas que habían aprendido en los años sesenta y setenta. La verdad es que Pasquale continuó con su guerra también en la cárcel y a los servidores del Estado no les dijo una sola palabra, ni para acusar ni para disculparse. Enzo, en cambio, seguramente habló. En su forma premiosa de siempre, midiendo con cuidado cada palabra, expuso sus sentimientos de comunista pero al mismo tiempo rechazó todas las acusaciones que se le imputaban.

Por su parte, Lila concentró su ingenio, su pésimo carácter y a unos abogados carísimos en la lucha para sacarlo del apuro. ¿Enzo estratega? ¿Combatiente? ¿Cuándo, si desde hacía años trabajaba de la mañana a la noche en Basic Sight? ¿Cómo habría podido matar a los Solara junto con Antonio y Pasquale, si en esas mismas horas él se encontraba en Avellino y Antonio en Alemania? Además, suponiendo que hubiese sido posible, los tres amigos eran archiconocidos en el barrio y, enmascarados o no, los habrían reconocido.

Pero no hubo nada que hacer; como se suele decir, la maquinaria de la justicia siguió adelante, y en un momento dado llegué a temer que detuvieran también a Lila. Nadia cantaba un nombre tras otro. Detuvieron a algunos de los que habían formado parte del colectivo de la via dei Tribunali —uno trabajaba en la FAO, otro era empleado de banca—, y también le tocó a la ex mujer de Armando, Isabella, una tranquila ama de casa casada con un técnico de la Enel. Nadia perdonó solamente a dos personas: a su hermano y, pese a los temores difundidos, a Lila. Quizá la hija de la profesora Galiani debió de pensar que con implicar a Enzo ya la había golpeado en lo más hondo. O quizá la odiaba y la respetaba al mismo tiempo, hasta el punto de que después de mucho dudarlo decidió mantenerla al margen. O quizá la temía y no quería arriesgarse a un enfrentamiento directo con ella. Pero yo prefiero la hipótesis de que se enteró de la historia de Tina y sintió pena, o, mejor todavía, pensó que si a una madre le toca una experiencia así ya no hay nada capaz de herirla de veras.

Mientras tanto, poco a poco, las acusaciones contra Enzo resultaron infundadas, la justicia perdió impulso, se cansó. En resumidas cuentas, al cabo de muchos meses quedó muy poco en su contra: la antigua amistad con Pasquale, la militancia en el comité de obreros y estudiantes en la época de

San Giovanni a Teduccio, el hecho de que la casa de campo medio en ruinas de las montañas de Serino, esa donde se había escondido Pasquale, la tenía alquilada uno de sus parientes de Avellino. De una instancia judicial a otra quien había sido considerado jefe peligroso, ideólogo y ejecutor de crímenes feroces fue degradado a simpatizante por la lucha armada. Cuando al fin también esas simpatías resultaron ser opiniones genéricas que jamás habían llegado a convertirse en acciones criminales, Enzo regresó a casa.

Pero ya habían pasado casi dos años desde su detención, y en el barrio se había consolidado su fama de terrorista muchísimo más peligroso que Pasquale Peluso. A Pasquale —decía la gente en la calle y en las tiendas— lo conocemos desde niño, siempre ha trabajado, su única culpa ha sido esa coherencia de hombre íntegro que, incluso después de la caída del muro de Berlín, con tal de no quitarse el uniforme comunista que le cosió al cuerpo su padre, ha cargado con las culpas de otros y no se rendirá nunca. En cambio, Enzo —decían— es muy inteligente, se ha camuflado con sus silencios y los millones de Basic Sight, y sobre todo, a sus espaldas, la que lo guiaba era Lina Cerullo, su alma negra, más inteligente y más peligrosa que él: esos dos sí que debieron de hacer cosas horribles. Y así, de charla resentida en charla resentida, les quedó grabado a los dos el estigma de quien no solo había derramado sangre, sino que había sido tan listo como para irse de rositas.

En ese ambiente su empresa, ya en dificultades por la apatía de Lila y por todo el dinero que ella se había gastado en abogados y demás, no consiguió remontar. La vendieron de común acuerdo y, aunque Enzo hubiese calculado a menudo que valía mil millones de liras, a duras penas lograron reunir un par de cientos de millones. En la primavera de 1992, cuando ya dejaron de pelearse, se separaron como socios en el negocio y como pareja de hecho. Enzo le dejó una buena parte del dinero a Lina y se fue a Milán a buscar trabajo. A mí me dijo una tarde: quédate a su lado, es una mujer que no está a gusto consigo misma, tendrá una mala vejez. Durante un tiempo me escribió con asiduidad, yo le contesté. Me telefoneó en un par de ocasiones. Después nunca más.

36

Más o menos por esa época otra pareja naufragó: Elsa y Rino. Anduvieron en perfecta armonía durante cinco o seis meses, después mi hija me llamó aparte y me confesó que se sentía atraída por un joven profesor de matemáticas, enseñaba en otro curso y ni siquiera estaba enterado de su existencia.

—¿Y Rino? —le pregunté.

—Él es mi gran amor —contestó.

Mientras sumaba suspiros lánguidos a sus ocurrencias, comprendí que establecía una distinción entre amor y atracción, y que su amor por Rino no se veía en absoluto dañado por su atracción por el profesor.

Dado que, como de costumbre, me sentía agobiada —escribía mucho, publicaba mucho, viajaba mucho—, fue Imma la que se convirtió en confidente tanto de Elsa como de Rino. Mi hija menor, que respetaba los sentimientos de uno y otro, se ganó la confianza de ambos y se convirtió para mí en una fuente fiable de información. Por ella supe que Elsa había tenido éxito en su intento de seducir al profesor. Al cabo de un tiempo, por ella supe que Rino había empezado a sospechar que las cosas con Elsa ya no iban bien. Por ella supe que Elsa había abandonado al profesor para que Rino no sufriera. Por ella supe que, tras una pausa de un mes, no había aguantado y había vuelto a las andadas. Por ella supe que Rino, que llevaba un año padeciendo, al final la había encarado llorando y le había suplicado que le dijera si todavía lo amaba. Por ella supe que Elsa le había gritado: no te quiero más, quiero a otro. Por ella supe que Rino le había dado una bofetada, pero apenas con la punta de los dedos, solo para demostrar que era hombre. Por ella supe que Elsa había corrido a la cocina a buscar la escoba y lo había apaleado con furia sin que él reaccionara.

Por Lila supe que Rino —en mi ausencia y cuando Elsa no regresaba del colegio y pasaba fuera incluso toda la noche— iba a verla para desahogarse. Ocúpate un poco de tu hija, me dijo una noche, trata de averiguar qué quiere hacer. Pero me lo dijo con desgana, sin aprensión ni por el destino de Elsa ni por el de Rino. De hecho, añadió: por lo demás, si estás ocupada y no quieres hacer nada, da igual. Después dijo entre dientes: nosotras no estamos hechas para tener hijos. Quise replicar que yo me sentía una buena madre y que me deslomaba como la que más para ocuparme de mi trabajo sin quitarle nada a Dede, Elsa e Imma. Pero no lo hice, percibí que en ese momento no la tenía tomada ni conmigo, ni con mi hija, solo trataba de dar cierta normalidad a su desamor por Rino.

Las cosas cambiaron cuando Elsa dejó al profesor, se comprometió con el compañero de su clase con el que estudiaba para los exámenes de bachillerato y se lo dijo enseguida a Rino para que entendiera que habían terminado. Entonces Lila subió a mi casa y, aprovechando que yo estaba en Turín, le montó un escándalo. Qué te ha metido en la cabeza tu madre, le dijo en dialecto, no tienes sensibilidad, haces daño a las personas y no te das cuenta. Después le gritó: querida mía, tú te creerás que eres quién sabe qué pero eres una zorra. O al menos eso me contó Elsa, apoyada completamente por Imma, que me dijo: es verdad, mamá, la ha llamado zorra.

Con independencia de lo que Lila le dijera, mi segunda hija quedó marcada. Perdió su ligereza. Dejó también al compañero con el que estudiaba, se volvió amable con Rino, pero lo dejó solo en la cama y se trasladó al cuarto de Imma. Tras aprobar el examen de bachillerato decidió ir a ver a su padre y a Dede, a pesar de que Dede no había dado señales de querer reconciliarse. Se marchó a Boston y allí las dos hermanas, ayudadas por Pietro, estuvieron de acuerdo en el hecho de que, al enamorarse de Rino, ambas habían cometido un error. Después de hacer las paces, emprendieron con gran alegría un largo viaje por Estados Unidos, y cuando Elsa regresó a Nápoles me pareció más tranquila. Pero no se quedó mucho conmigo. Se matriculó en física, volvió a ser frívola y mordaz, cambiaba a menudo de novio. Dado que la perseguían el compañero de colegio, el joven profesor de matemáticas y, por supuesto, Rino, no se examinó, regresó a los antiguos amores, los mezcló con los nuevos, no pegó golpe. Al final se marchó volando otra vez a Estados Unidos, decidida a estudiar allí. Como Dede, ella también se fue sin despedirse de Lila, aunque de una forma por completo inesperada me habló bien de ella. Dijo que entendía por qué yo era su amiga desde hacía tantos años y la definió sin ninguna ironía como la mejor persona que había conocido jamás.

37

Rino no opinaba lo mismo. Por sorprendente que pueda parecer, la marcha de Elsa no le impidió seguir viviendo en mi casa. La desesperación le duró mucho, temía hundirse de nuevo en la miseria física y moral de la que yo —embargado por la devoción me atribuía este y muchos otros méritos— lo había arrancado. Y siguió ocupando el dormitorio que había sido de Dede y Elsa. Naturalmente, me hacía mil recados. Cuando me iba de viaje, me llevaba en coche a la estación y cargaba con mi maleta, a mi regreso hacía lo mismo. Se convirtió en mi chófer, mi recadero, mi factótum. Si necesitaba dinero, me lo pedía con amabilidad, con afecto, y sin el menor escrúpulo.

A veces, cuando me ponía nerviosa, le recordaba que tenía obligaciones con su madre. Él comprendía y desaparecía por una temporada. Pero tarde o temprano o bien regresaba desalentado murmurando que Lila nunca estaba en casa, que el apartamento vacío lo entristecía, o decía entre dientes: ni hola me ha dicho, está sentada delante del ordenador y escribe.

¿Lila escribía? ¿Y qué escribía?

Al principio, la curiosidad fue débil, el equivalente de una constatación distraída. Por entonces yo tenía casi cincuenta años, me encontraba en mi época de mayor éxito, publicaba hasta dos libros al año, vendía bastante. Leer y escribir se habían convertido en un oficio que, como todos los oficios, comenzaba a pesarme. Recuerdo que pensé: yo en su lugar me iría a una playa a tomar el sol. Después me dije: si escribe, le hace bien, mejor así. Y pasé a otra cosa, me olvidé.

38

La marcha de Dede y después la de Elsa fueron un gran dolor. Me deprimió que, al final, las dos hubiesen preferido estar con el padre y no conmigo. Seguramente me querían, seguramente me echaban de menos. Yo no paraba de mandarles cartas, en los momentos de melancolía telefoneaba sin reparar en gastos. Y me gustaba la voz de Dede cuando me decía: sueño contigo a menudo; cómo me conmovía si Elsa me escribía: estoy buscado tu perfume por todas partes, yo también quiero usarlo. Pero el hecho innegable era que se habían marchado, que las había perdido. Cada una de sus cartas, cada una de sus llamadas telefónicas demostraban que, aunque sufrían por nuestra separación, con su padre no tenían los conflictos que habían tenido conmigo, él era el punto de acceso a su verdadero mundo.

Una mañana, Lila me dijo con un tono difícil de descifrar: no tiene sentido que sigas manteniendo a Imma aquí, en el barrio, mándala a Roma con Nino, se nota a la legua que quiere decirle a sus hermanas: he hecho como vosotras. Esas palabras tuvieron en mí un efecto desagradable. Como si me diera un consejo desapasionado, me estaba sugiriendo que me separase también de mi tercera hija. Parecía decir: Imma estaría mejor y tú estarías mejor. Repliqué: si Imma también me deja, mi vida ya no tendrá sentido. Pero ella sonrió: ¿dónde está escrito que las vidas deban tener sentido? Acto seguido, pasó a subestimar mi preocupación por escribir. Dijo divertida: ¿el sentido es ese hilo de segmentos negros como la caca de un insecto? Me invitó a tomarme un descanso, exclamó: qué necesidad hay de esforzarse tanto, basta.

Pasé por una larga temporada de malestar. Por una parte pensaba: quiere que me prive de Imma; por la otra me decía: tiene razón, debo acercar a Imma a su padre. No sabía si aferrarme al afecto de la única hija que me había quedado o, por su bien, tratar de fortalecer el vínculo con Nino.

Esto último no era nada fácil, y las recientes elecciones habían sido una prueba. Imma tenía once años pero igualmente se encendió de pasión política. Recuerdo que escribió a su padre, lo llamó por teléfono, se ofreció de mil maneras a hacer campaña electoral por él y quiso que yo la ayudara. Yo detestaba a los socialistas aún más que en el pasado. Las veces que había coincidido con Nino le había soltado frases del estilo: cómo te has vuelto, ya no te reconozco. Llegué a decir con cierta exageración retórica: nacimos en la miseria y en la violencia, los Solara eran criminales que arramblaban con todo, pero vosotros sois peores, vosotros sois bandas de saqueadores que dictan leyes contra el saqueo de los otros. Él me contestó alegremente: nunca has entendido nada de política ni entenderás, juega con la literatura y no hables de lo que no sabes.

Pero después la situación sufrió un vuelco. Una corrupción que venía de lejos —generalmente practicada y generalmente padecida a todos los niveles como norma no escrita pero siempre vigente y de las más respetadas— salió a relucir gracias a un súbito arrebato de la magistratura. Los granujas de altos vuelos, que al principio parecían pocos y tan ineptos como para dejarse pescar con las manos en la masa, se multiplicaron, pasaron a ser la verdadera cara de la gestión de la cosa pública. Al acercarse las elecciones, vi a Nino menos despreocupado. Como yo tenía mi propia notoriedad y cierto prestigio, se sirvió de Imma para pedirme que me pronunciara públicamente a su favor. Dije que sí a la niña para no afligirla, aunque después, cuando llegó el momento, me eché atrás. Imma se enfadó, reafirmó el apoyo a su padre y cuando él le pidió que estuviera a su lado en un anuncio electoral, se entusiasmó. Me opuse y me vi en una pésima situación. Por una parte, no le negué a Imma el permiso —era imposible sin llegar a una ruptura—; por la otra, le grité a Nino por teléfono: pon a Albertino, pon a Lidia en tu anuncio, y ni se te ocurra usar a mi hija de esta manera. Él insistió, vaciló, al final se dio por vencido. Lo obligué a decirle a Imma que se había informado y que en los anuncios no se permitía la participación de niños. Pero ella comprendió que quien la privaba del placer de verse públicamente al lado de su padre había sido yo y me dijo: tú no me quieres, mamá, a Dede y a Elsa las mandas con Pietro, y yo ni siquiera puedo estar cinco minutos con papá. Cuando Nino no fue reelegido, Imma se deshizo en lágrimas, entre sollozos murmuró que yo tenía la culpa.

En fin, todo era complicado. Nino se amargó, se volvió intratable. Durante un tiempo nos pareció la única víctima de aquellas elecciones, pero no fue así, el sistema de partidos completo no tardó en venirse abajo y a Nino le perdimos el rastro. Los electores la tomaron con los viejos, con los nuevos y con los novísimos. Si la gente se había retirado horrorizada ante quien quería derribar al Estado, ahora se apartaba de un salto disgustada ante quien, fingiendo servirlo con variados motivos, lo había devorado como el grueso gusano en una manzana. Una ola negra, primero oculta bajo fastuosas escenografías de poder y una logorrea tan desvergonzada como proterva, se tornaba cada vez más visible y se extendía hasta el último rincón de Italia. El barrio de mi infancia no era el único lugar no tocado por ninguna gracia, no era Nápoles la única ciudad irredimible. Una mañana me crucé con Lila en la escalera, parecía alegre. Me enseñó el ejemplar de *La Repubblica* que acababa de comprar. Salía una foto del profesor Guido Airota. El fotógrafo había captado en su cara, no sé cuándo, una expresión despavorida que lo hacía casi irreconocible. El artículo, plagado de «se dice» y «quizá», planteaba el supuesto de que también el ilustre estudioso y además anciano dirigente político podía ser citado en breve por los magistrados por estar bien informado sobre la podredumbre de Italia.

39

Guido Airota nunca compareció ante los magistrados, pero durante días y días los periódicos y semanarios trazaron mapas de la corrupción en los que él también figuraba. En esas circunstancias me alegré de que Pietro estuviera en Estados Unidos, de que Dede y Elsa ya tuvieran su vida al otro lado del océano. Sin embargo, me preocupé por Adele, pensé que al menos debía llamarla. Aunque vacilé, me dije: creerá que me alegro, y será difícil convencerla de lo contrario.

Telefoneé entonces a Mariarosa, me pareció el camino más fácil. Me equivoqué. Hacía años que no la veía y no sabía nada de ella, me contestó fría. Dijo con una pizca de sarcasmo: qué carrera has hecho, querida mía, ya se te lee por todas partes, no hay modo de abrir un diario o una revista sin encontrar tu firma. Después habló sin parar de sí misma, algo que en el pasado nunca había hecho. Citó libros, citó artículos, citó viajes. Lo que más me sorprendió fue que había dejado la universidad.

—¿Por qué? —pregunté.

—Me disgustaba.

—¿Y ahora?

—¿Ahora qué?

—¿Cómo vives?

—Soy de familia rica.

Pero se arrepintió de esa frase en cuanto la pronunció, se rió incómoda, y fue ella quien habló inmediatamente después de su padre. Dijo: tenía que pasar. Y citó a Franco, murmuró que había estado entre los primeros en comprender que o se cambiaba todo deprisa o llegarían tiempos cada vez más duros y después ya no habría esperanza. Mi padre, dijo con rabia, pensó que se podía cambiar una cosita por aquí, otra por allá, meditadamente. Pero cuando cambias poco o nada te ves obligado a entrar en el sistema de mentiras, y, una de dos, o mientes como los demás, o te eliminan.

—¿Guido es culpable, se ha embolsado dinero? —le pregunté.

Se rió nerviosa.

—Sí. Pero es inocente, en toda su vida no se ha metido en el bolsillo ni una sola lira que no fuera legítima.

Luego se puso a hablar otra vez de mí con un tono casi ofensivo. Insistió: escribes demasiado, ya no me sorprendes. Y a pesar de que yo la había llamado, fue ella quien me dijo adiós y colgó.

El doble juicio contradictorio que Mariarosa había formulado sobre su padre resultó cierto. Poco a poco, el clamor mediático en torno a Guido se fue apagando y él se encerró de nuevo en su estudio, pero como inocente seguramente culpable y, si se quiere, como culpable seguramente inocente. A esas alturas me pareció que podía telefonear a Adele. Ella me agradeció con ironía la atención, se mostró más informada que yo sobre la vida y los estudios de Dede y Elsa, pronunció frases del estilo: en este país se está expuesto a todo tipo de injurias, las personas respetables deberían darse prisa por emigrar. Cuando le pregunté si podía saludar a Guido, me dijo: lo saludaré de tu parte, ahora está descansando. Luego exclamó con amargura: su única culpa fue rodearse de neoalfabetizados sin ninguna ética, jóvenes arribistas dispuestos a todo, gentuza.

Esa misma noche, la televisión mostró la imagen particularmente alegre del ex diputado socialista Giovanni Sarratore —en aquella época, con cincuenta años, no tenía nada de joven— y lo incluyó en la lista cada vez más nutrida de corruptores y corruptos.

40

Esa noticia conmocionó sobre todo a Imma. En sus escasos años de vida consciente había visto muy poco a su padre y, sin embargo, lo había convertido en su ídolo. Presumía con sus compañeros del colegio, presumía con los maestros, le enseñaba a todos una foto publicada en los periódicos en la que los dos estaban cogidos de la mano a la entrada de Montecitorio. Si debía imaginar al hombre con el que se casaría, decía: seguramente será altísimo, moreno y guapo. Cuando se enteró de que su padre había acabado en la cárcel como cualquier vecino del barrio —lugar que ella consideraba horrible: ahora que estaba creciendo decía sin medias tintas que pasaba miedo, y cada vez estaba más en lo cierto— perdió la poca serenidad que yo había conseguido asegurarle. Sollozaba en sueños, se despertaba en mitad de la noche y quería venir a mi cama.

En cierta ocasión nos cruzamos con Marisa, destrozada, mal vestida, más furiosa de lo habitual. Dijo sin prestar atención a Imma: Nino se lo tiene merecido, siempre ha pensado en sí mismo y tú lo sabes bien, nunca ha querido echarnos una mano, se hacía el hombre honrado solo con sus parientes, es un mierda. Mi hija no soportó ni una sola palabra, nos dejó plantadas en la avenida y salió corriendo. Me despedí de Marisa a toda prisa, perseguí a Imma, traté de consolarla: no debes hacer caso, tu padre y su hermana nunca se llevaron bien. Pero a partir de ese momento dejé de criticar a Nino delante de ella. Es más, dejé de criticarlo delante de todo el mundo. Me acordé de cuando recurría a él para conseguir noticias de Pasquale y Enzo. Siempre se necesitaba tener un padrino en las santas esferas para orientarse en la calculada opacidad del mundo de abajo y Nino, aunque ajeno a toda santidad, me había prestado ayuda. Ahora que los santos se estaban yendo de cabeza al infierno, no tenía a quién recurrir para saber de él. Me llegaron noticias poco dignas de confianza solo del foso donde se encontraban sus numerosos abogados.

41

Debo decir que Lila no se mostró interesada por la suerte de Nino. Al enterarse de sus problemas con la justicia reaccionó como si se tratara de algo digno de risa. Dijo con el aire de quien acaba de acordarse de un detalle que lo explicaba todo: cada vez que necesitaba dinero, se lo pedía a Bruno Soccavo, y seguramente nunca se lo devolvió. Después masculló que ya se imaginaba lo que le había pasado. Había sonreído, había estrechado manos, se había sentido el mejor de todos, había querido demostrar una y otra vez que estaba a la altura de todo tipo de situaciones. Si había hecho algo malo lo había hecho por el deseo de gustar más y más, de parecer el más inteligente, de escalar cada vez más alto. Y punto. Después hizo como si Nino ya no existiera. Así como se había comprometido a favor de Pasquale y de Enzo, del mismo modo se mostró completamente indiferente a los problemas del ex diputado Sarratore. Es probable que siguiera su caso por los periódicos y la televisión, donde Nino aparecía a menudo, pálido, de repente canoso, con la mirada de un niño enfurruñado que murmura: juro que yo no he sido. Lo cierto es que nunca me preguntó qué sabía de él, si había conseguido verlo, qué le esperaba, cómo habían reaccionado su padre, su madre, los hermanos. En cambio, sin un motivo claro, se despertó otra vez su interés por Imma, volvió a ocuparse de ella.

Mientras a su hijo Rino lo había abandonado como al perrito que se ha encariñado con otra dueña y por la anterior ya no mueve el rabo, con mi hija Imma, siempre ávida de afecto, estrechó un fuerte vínculo, volvió a quererla. Las veía charlar a las dos, a menudo salían juntas, Lila me decía: le enseño el Jardín Botánico, el museo, Capodimonte.

En la última época de nuestra estancia en Nápoles, a fuerza de llevársela de paseo le transmitió una curiosidad por la ciudad que después ha conservado. La tía Lina sabe muchísimas cosas, me decía Imma, admirada. Y yo estaba contenta, porque Lila, al llevársela en sus vagabundeos consiguió atenuar su angustia por el padre, las rabias por los insultos feroces de los compañeros del colegio, sugeridos por los padres, la pérdida de la relevancia que los maestros le habían dado gracias al apellido. Pero eso no fue todo. A través de los relatos de Imma comprendí, y siempre con mayor precisión, que el objeto al que Lila dedicaba su atención, sobre el que escribía tal vez durante horas y horas inclinada sobre el ordenador, no era este o aquel monumento, sino Nápoles en su totalidad. Un programa disparatado del que jamás me habló. El tiempo en que tendía a implicarme en sus pasiones había pasado, había elegido a mi hija como confidente. A ella le repetía las cosas que aprendía, o la arrastraba a ver aquello que la entusiasmaba o despertaba su curiosidad.

42

Imma era muy receptiva, lo memorizaba todo a gran velocidad. Fue ella quien me lo enseñó todo sobre la piazza dei Martiri, tan importante para Lila y para mí en el pasado. Yo no sabía nada, en cambio Lila había estudiado su historia y se la había contado. Imma me la repitió en la misma plaza una mañana en que fuimos de compras, mezclando, creo, datos, fantasías suyas, fantasías de Lila. Todo esto de aquí, mamá, en el siglo XVIII era campo. Aquí había árboles, las casas de los campesinos, tabernas, y una calle que bajaba hasta el mar y se llamaba Calata Santa Caterina a Chiaia, por el nombre de la iglesia de esa esquina de ahí, que es antigua pero feúcha. Después de que el 15 de mayo de 1848 mataran justo aquí a muchos patriotas que reclamaban una Constitución y un Parlamento, el rey Fernando II de las Dos Sicilias, para hacer ver que había vuelto la paz, decidió construir una calle della Pace y levantar en la plaza una columna y ponerle encima una Virgen. Pero cuando se proclamó la anexión de Nápoles al reino de Italia y echaron al rey Borbón, el alcalde Giuseppe Colonna di Stigliano le encargó al escultor Enrico Alvino que transformara la columna con la Madonna della Pace en columna en memoria de los napolitanos muertos por la libertad. Entonces, en el pedestal de la columna colocó estos cuatro leones que simbolizan los grandes momentos de la revolución de Nápoles: el león de 1799, mortalmente herido; el león de los movimientos de 1820, traspasado por la espada pero que sigue soltando dentelladas al aire; el león de 1848 que representa la fuerza de los patriotas doblegados pero no vencidos; y por último, el león de 1859, amenazante y vengativo. Después, mamá, allá arriba, en lugar de la Madonna della Pace, pusieron la estatua en bronce de una joven y hermosa señora, o sea la Victoria que se cierne sobre el mundo; esta Victoria empuña en la izquierda la espada y en la derecha una corona para los ciudadanos napolitanos, mártires de la libertad que, caídos en la lucha y en el patíbulo reivindicaron con su sangre al pueblo etcétera, etcétera.

A menudo tenía la impresión de que Lila utilizaba el pasado para normalizar el presente borrascoso de Imma. En el origen de las cosas napolitanas que le contaba había siempre algo feo, destrozado, que luego cobraba la forma de un hermoso edificio, de una calle, de un monumento, para perder después memoria y sentido, empeorar, mejorar, empeorar, siguiendo un flujo imprevisible por naturaleza, compuesto por completo de olas, calma chicha, reveses, caídas. En el esquema de Lila lo esencial era hacerse preguntas. Quiénes eran los mártires, qué significaban los leones y cuándo habían existido las luchas y los patíbulos, y la via della Pace, y la Madonna, y la Victoria. Los relatos eran una alineación de los antes, los después, los por tanto. Antes de la Chiaia elegante, barrio de señores, estaba la playa citada en las epístolas de san Gregorio Magno, los pantanos que llegaban hasta la playa y el mar, el bosque salvaje que se encaramaba hasta el Vomero. Antes de las obras de saneamiento de finales del siglo XIX, antes de las cooperativas de ferroviarios, había una zona insalubre contaminada hasta la última piedra, pero también no pocos monumentos espléndidos derribados luego por el afán de derruir con el pretexto de sanear. Y una de las zonas por sanear recibía el nombre de Vasto desde hacía muchísimo tiempo. Vasto era un topónimo que indicaba el terreno entre la zona de Porta Capuana y Porta Nolana, de modo que el barrio, una vez saneado, había conservado el nombre. Lila insistía en esa denominación, Vasto, le gustaba, y también le gustaba a Imma: Vasto y saneamiento, ruina y buena salud, ansias de derruir, saquear, desfigurar, arrancar las entrañas, y ansias de edificar, ordenar, diseñar nuevas calles o rebautizar las viejas, con el fin de consolidar mundos nuevos y esconder males antiguos que, no obstante, siempre estaban dispuestos a tomarse la revancha.

En efecto, antes de que el Vasto se llamara Vasto, y, en esencia, estuviera en ruinas —según contaba la tía Lina— en ese lugar había villas, jardines, fuentes. Nada menos que ahí el marqués de Vico había mandado construir un palacio con un jardín llamado el Paraíso. El jardín del Paraíso estaba lleno de juegos de agua ocultos, mamá. El más famoso era una enorme morera blanca en la que se habían distribuido pequeños canales casi invisibles por los que fluía agua que caía en forma de lluvia de las ramas o bajaba en cascada por el tronco. ¿Te das cuenta? Del Paraíso del marqués de Vico al Vasto del marqués del Vasto, al saneamiento del alcalde Nicola Amore, de nuevo al Vasto, a ulteriores renacimientos y así sucesivamente.

Ah, qué ciudad, le decía la tía Lina a mi hija, qué ciudad tan espléndida y significativa; aquí se han hablado todas las lenguas, Imma, aquí se ha construido de todo y se ha destrozado de todo, aquí la gente no se fía de ninguna charla y es muy charlatana, aquí está el Vesubio que todos los días te recuerda que la más grande empresa de los hombres poderosos, la obra más espléndida, en segundos, el fuego, el terremoto, las cenizas y el mar te la pueden dejar en nada.

Yo la escuchaba, pero a veces me sentía perpleja. Sí, Imma se había calmado, pero solo porque Lila la estaba introduciendo a una afluencia permanente de esplendores y miserias, dentro de una Nápoles cíclica donde todo era maravilloso y todo se volvía gris y descabellado y todo volvía a resplandecer, como cuando una nube va corriendo y tapa el sol y parece que sea el sol el que huye, un disco que se ha vuelto tímido, pálido, próximo a la extinción pero que, de pronto, al disolverse la nube, vuelve a ser cegador y hay que hacer visera con la mano ante tanto resplandor. Los palacios con jardines paradisíacos de los cuentos de Lila se convertían en ruinas, se asilvestraban y a veces iban a habitarlos ninfas, dríades, sátiros y faunos, a veces las almas de los muertos, a veces demonios que Dios enviaba a los castillos y también a las casas de la gente común para expiar sus pecados o poner a prueba a los inquilinos de alma buena, a los que premiar después de muertos. Lo que era hermoso y sólido y radiante se poblaba de fantasías nocturnas, y los cuentos de sombras gustaban a las dos. Imma me informaba de que en el cabo de Posillipo, a unos pasos del mar y frente a la Gajóla, justo encima de la Gruta de las hadas, había un famoso edificio habitado por espíritus. Los espíritus, me decía, se encontraban también en los palacios de vico San Mandato y vico Mondragone. Lila le había prometido que irían juntas a buscar en las callejuelas de Santa Lucia un espíritu llamado Carota porque tenía la cara ancha, pero que era peligroso, tiraba piedras grandes a quien lo molestaba. También vivían en Pizzofalcone y otras localidades —le había dicho— los espíritus de muchos niños muertos. Por las noches una niña solía sentarse en la zona de Porta Nolana. ¿Existían de veras, no existían? La tía Lina decía que los espíritus existían, si bien no en los palacios, en las callejuelas y cerca de las puertas antiguas del Vasto. Existían en los oídos de las personas, en los ojos cuando los ojos miraban dentro y no fuera, en la voz cuando se comienza a hablar, en la cabeza cuando se piensa, porque las palabras pero también las imágenes están repletas de fantasmas. ¿No es así, mamá?

Sí, contestaba yo, tal vez sí, si la tía Lina lo dice, puede ser. Esta ciudad está llena de hechos grandes y pequeños —le había contado Lila—, ves espíritus incluso cuando vas al museo, a la pinacoteca y sobre todo a la Biblioteca Nacional, en los libros hay muchísimos. Abres uno y te sale, por ejemplo, Masaniello. Masaniello es un espíritu divertido y terrible, hacía reír a los pobres y temblar a los ricos. A Imma le gustaba sobre todo cuando con la espada mataba no al duque de Maddaloni, no al padre del duque de Maddaloni, sino sus retratos, zas, zas, zas. Es más, según ella, el momento más divertido venía cuando Masaniello les cortaba la cabeza a los retratos del duque y de su padre, o mandaba ahorcar a los de otros nobles feroces. Le cortaba la cabeza a los retratos —reía Imma, incrédula—, mandaba ahorcar a los retratos. Y tras esas decapitaciones y ahorcamientos Masaniello vestía un traje de seda azul con bordados de plata, se colgaba del cuello una cadena de oro, colocaba en el sombrero una aguja de diamantes y se iba al mercado. Iba así, mamá, todo emperifollado de marqués, duque y príncipe, él que era plebeyo, él que era pescador y no sabía leer ni escribir. La tía Lina le había dicho que en Nápoles podía ocurrir eso y más, abiertamente, sin fingir que se hacían leyes y decretos y estados enteros mejores que los anteriores. En Nápoles se exageraba sin subterfugios, con claridad y plena satisfacción.

La había impresionado mucho el caso de un ministro, en el que estaban implicados el museo de nuestra ciudad y Pompeya. Imma me dijo con tono grave: ¿sabías, mamá, que un ministro de Educación, el diputado Nasi, un representante del pueblo de hace casi un siglo, aceptó como regalo de las personas encargadas de las excavaciones de Pompeya una estatuilla de gran valor que acababan de encontrar? ¿Sabías que mandó hacer copias de las mejores obras de arte halladas en Pompeya para adornar su villa de Trapani? El tal Nasi, mamá, aunque era ministro del Reino de Italia, obró por instinto, le llevaron una hermosa estatuilla de regalo y la aceptó, le pareció que en su casa quedaría de maravilla. A veces te equivocas, pero cuando de pequeño no te han enseñado lo que es el bien público, ni siquiera te enteras de que es un delito.

No sé si esta última frase la dijo porque repetía las palabras de la tía Lina, o porque había hecho sus propios razonamientos. De todos modos, esas palabras no me gustaron y decidí intervenir. Le solté un discurso cauto, pero explícito: la tía Lina te cuenta muchas cosas bonitas y me alegro, cuando ella se apasiona no hay quien la detenga. Sin embargo, no debes creer que cuando la gente comete malas acciones lo hace a la ligera. No debes creer eso, Imma, sobre todo si se trata de diputados, ministros, senadores, banqueros y camorristas. Tampoco debes creer que el mundo se muerde la cola, ahora está bien, ahora está mal, ahora está de nuevo bien. Hay que trabajar con constancia, con disciplina, paso a paso, sin importar cómo funcionan las cosas a nuestro alrededor, y procurando no cometer errores, porque los errores se pagan.

A Imma le tembló el labio inferior.

—¿Papá no irá más al Parlamento? —me preguntó.

No supe qué decirle y ella se dio cuenta. Como para animarme a darle una respuesta positiva, murmuró:

—La tía Lina cree que sí, que volverá.

Yo dudé mucho, luego me decidí.

—No, Imma, yo creo que no. Pero no hace falta que papá sea una persona importante para quererlo.

43

Fue una respuesta del todo errada. Con su habilidad de siempre, Nino se zafó de la trampa en la que había acabado. Imma se enteró y se puso muy contenta. Pidió verlo, pero él se eclipsó durante un tiempo, fue difícil localizarlo. Cuando conseguimos una cita nos llevó a una pizzería de Mergellina, aunque sin su vivacidad de siempre. Estaba nervioso, distraído, a Imma le dijo que no se fiara nunca de las coaliciones políticas, se definió como víctima de una izquierda que no era izquierda, mejor dicho, era peor que los fascistas. Verás como papá —la tranquilizó— lo arreglará todo.

Más tarde leí sus artículos agresivos en los que retomaba una tesis que ya había abrazado en el pasado: el poder judicial debía estar sometido al ejecutivo. Escribía indignado: no es posible que un día los magistrados combatan a quien quiere golpear el corazón del Estado y al día siguiente hagan creer al ciudadano que ese corazón está enfermo y hay que desecharlo. Él se batió para que no lo desecharan. Pasó por los viejos partidos en desmantelamiento desplazándose cada vez más hacia la derecha y en 1994 volvió radiante a sentarse en el Parlamento.

Imma se enteró con alegría de que su padre era otra vez el diputado Sarratore y que Nápoles le había dado un altísimo número de votos preferentes. En cuanto se enteró de la noticia vino a decirme: tú escribes libros pero no sabes ver más allá como sabe ver la tía Lina.

44

No me lo tomé a mal; en síntesis, mi hija solo había querido hacerme notar que había sido mala con su padre, que no había comprendido lo bueno que era. Sin embargo, esas palabras («Tú escribes libros pero no sabes ver más allá como sabe ver la tía Lina») cumplieron una función inesperada: me impulsaron a tomar nota de que Lila, la mujer que según Imma sabía ver más allá, a los cincuenta años había vuelto oficialmente a los libros, a estudiar, incluso a escribir. Pietro ya había presagiado que con esa elección Lila se había autoimpuesto una especie de terapia para luchar contra la angustiosa ausencia de Tina. Pero en el último año de mi estancia en el barrio ya no me conformé con la sensibilidad de Pietro ni la mediación de Imma; en cuanto podía, pegaba la hebra y sacaba ese tema, hacía preguntas.

—¿A qué viene todo ese interés por Nápoles?

—¿Qué tiene de malo?

—Nada, al contrario, te envidio. Estudias por placer, mientras que yo ahora leo y escribo solo por trabajo.

—No estudio. Me limito a ver un edificio, una calle, un monumento, y después, si es necesario, me paso un tiempo buscando datos, es todo.

—Eso es estudiar.

—¿Te parece?

Se iba por la tangente, conmigo no quería abrirse. Algunas veces se entusiasmaba como sabía hacer ella y se ponía a hablar de la ciudad como si no estuviese compuesta por las calles de siempre, por la normalidad de los lugares de todos los días, sino que le hubiese desvelado solo a ella un destello secreto. Así, con unos giros breves, la transformaba en el lugar más memorable del mundo, en el más rico de significado, hasta tal punto que tras unas cuantas conversaciones volvía a mi trabajo con la cabeza ardiendo. Qué grave negligencia había sido nacer y vivir en Nápoles sin esforzarme por conocerla. Me disponía a abandonar la ciudad por segunda vez, en total había estado en ella treinta años completos de mi vida y, sin embargo, no sabía gran cosa del lugar donde había nacido. En el pasado, Pietro ya me había reprendido por mi ignorancia, ahora yo misma me reprendía. Escuchaba a Lila y advertía mi inconsistencia.

Entretanto ella, que aprendía con su velocidad sin esfuerzo, parecía estar en condiciones de dar a cada monumento, a cada piedra, una densidad de significado, una relevancia fantástica tan grande que de mil amores yo hubiera soltado las tonterías de las que me ocupaba para ponerme a estudiar también. No obstante, «las tonterías» absorbían todas mis energías, gracias a ellas vivía con desahogo; en general, trabajaba también de noche. A veces, en el apartamento en silencio, me detenía a pensar que quizá en ese momento Lila también estaba despierta, quizá escribía como yo, quizá resumía textos leídos en la biblioteca, quizá apuntaba sus reflexiones, quizá se basaba en eso para contar cosas suyas, quizá no le interesaba la verdad histórica sino que buscaba sugerencias para fantasear.

Seguramente procedía con su habitual modo improvisado, con súbitas curiosidades que después perdían fuelle y desaparecían. Ahora, por lo que yo entendía, se ocupaba de la fábrica de porcelana cerca del Palazzo Reale. Ahora acumulaba información sobre San Pietro a Maiella. Ahora buscaba testimonios de viajeros extranjeros en los que le parecía distinguir una mezcla de encanto y repulsión. Todos, decía, todos, de siglo en siglo, elogiaron el gran puerto, el mar, los barcos, los castillos, el Vesubio alto y negro con sus llamas indignadas, la ciudad en anfiteatro, los jardines, los huertos y los palacios. Pero después, siempre de siglo en siglo, pasaron a quejarse de la ineficiencia, de la corrupción, de la miseria física y moral. No había institución que tras su fachada, tras el nombre pomposo y los numerosos empleados, funcionara de verdad. No había un orden descifrable, solo un gentío desordenado e incontenible por las calles repletas de vendedores de todo tipo imaginable de mercancías, gente que habla a voz en grito, granujillas, pordioseros. Ah, no hay ciudad que produzca tanto ruido y tanto estrépito como Nápoles.

Una vez me habló de la violencia. Nosotras creíamos, dijo, que era un rasgo del barrio. Hemos estada rodeadas de violencia desde el nacimiento, nos ha rozado y tocado toda la vida, pensábamos: hemos tenido mala suerte. ¿Te acuerdas de cómo usábamos las palabras para hacer sufrir y de cuántas inventábamos para humillar? ¿Te acuerdas de las palizas que daban y recibían Antonio, Enzo, Pasquale, mi hermano, los Solara, y yo también, y tú también? ¿Te acuerdas de cuando mi padre me lanzó por la ventana? Ahora estoy leyendo un artículo antiguo sobre San Giovanni a Carbonara, en el que explican qué era la Carbonara o el Carboneto. Yo creía que antes ahí había carbón, que había carboneros. Pero no, era el lugar de las inmundicias, en todas las ciudades había uno. Se llamaba *foso carbonero*, ahí iban a parar las aguas residuales, ahí tiraban a los animales muertos. Y desde tiempos antiguos, el foso carbonero de Nápoles se encontraba donde hoy está la iglesia de San Giovanni a Carbonara. En esa zona llamada piazza di Carbonara, el poeta Virgilio había ordenado que todos los años se organizara el *ioco de Carbonara*, juegos de gladiadores no con *morte de homini come de po è facto* —le gustaba ese italiano antiguo, la divertía, me lo citaba con visible placer—, sino para ejercitar a *li homini ali facti de l'arme*. Pronto dejó de tratarse de *ioco* o de ejercicio. En ese lugar donde lanzaban los cadáveres de animales y las inmundicias se empezó a derramar también mucha sangre humana. Parece que allí fue donde se inventó el juego de cascar con las *prete*, las petreras que hacíamos también nosotras de niñas, te acuerdas, cuando Enzo me dio una pedrada en la frente —todavía conservo la cicatriz— y se desesperó y me regaló una guirnalda de serbas. Pero después, en la piazza di Carbonara, de las piedras se pasó a las armas, y se convirtió en el lugar donde la gente se batía a muerte. Acudían mendigos y señores y príncipes a ver cómo la gente se mataba por venganza. Cuando algún gallardo mancebo caía traspasado por cuchillas batidas sobre el yunque de la muerte, de inmediato, pordioseros, burgueses, reyes y reinas prorrumpían en aplausos que llegaban a las estrellas. Ah, la violencia: desgarrar, matar, arrancar. Entre la fascinación y el horror, Lila me hablaba mezclando dialecto, italiano y citas cultísimas que había encontrado quién sabe dónde y recordaba de memoria. El planeta entero, decía, es un gran foso carbonero. A veces pensaba que Lila habría podido fascinar a salas repletas de público, pero después la devolvía a su dimensión real. Es una mujer de cincuenta años apenas escolarizada, no sabe cómo se hace una investigación, no sabe qué es la verdad documental: lee, se apasiona, mezcla lo verdadero con lo falso, fantasea. Nada más. Lo que parecía interesarla y divertirla era sobre todo que toda esa podredumbre, toda esa masacre de miembros quebrados y ojos sacados y cabezas partidas después quedaba cubierto, literalmente cubierto, por una iglesia consagrada a san Juan Bautista y por un monasterio de frailes ermitaños de san Agustín dotado de una riquísima biblioteca. Ja, ja, ja —reía—, abajo había sangre y arriba estaban Dios, la paz, la oración y los libros. Así había nacido la conexión de San Giovanni con el foso carbonero, es decir, el topónimo de San

Giovanni a Carbonara; una calle por la que pasamos mil veces, Lenù, está a unos pasos de la estación, de la via Forcella y la via dei Tribunali.

Sabía dónde estaba la calle de San Giovanni a Carbonara, lo sabía a la perfección, pero desconocía esas historias. Me habló mucho de ellas. Habló para que sintiera —sospeché— que esas cosas que me contaba verbalmente, en esencia, ya las había escrito y pertenecían a un texto amplio cuya estructura, sin embargo, se me escapaba. Me pregunté: ¿qué tiene en mente, cuáles son sus intenciones? ¿Se limita a ordenar sus vagabundeos y sus lecturas o planea escribir un libro sobre curiosidades napolitanas, un libro que, naturalmente, jamás acabará, pero que le servirá para seguir adelante día tras día, ahora que no solo Tina ha desaparecido sino también Enzo y los Solara, y yo también desaparezco llevándome a Imma, que a trancas y barrancas la ha ayudado a sobrevivir?

45

Poco antes de marcharme a Turín pasé con ella mucho tiempo, fue un adiós afectuoso. Era un día del verano de 1995. Hablamos de todo durante horas, pero al final ella se concentró en Imma, que entonces tenía catorce años; era guapa, era vivaracha, acababa de terminar la secundaria obligatoria. La elogió sin imprevistas perfidias y me quedé escuchando sus elogios, le di las gracias por cómo la había ayudado en una época difícil. Ella me miró perpleja, me corrigió.

—Ayudo a Imma desde siempre, no solo ahora.

—Sí, pero después de los problemas que tuvo Nino, siempre le fuiste de mucha ayuda.

Tampoco le gustaron esas palabras, fue un momento confuso. No quería que relacionara a Nino con la atención que había dedicado a Imma, me recordó que se había ocupado de la niña desde el principio, dijo que lo había hecho porque Tina la había querido mucho, y añadió: tal vez Tina quiso a Imma mucho más que yo. Después movió la cabeza contrariada.

—No te entiendo —dijo.

—¿Qué no entiendes?

Se puso nerviosa, tenía en mente algo que quería decirme pero se contenía.

—No entiendo cómo es posible que en todo este tiempo no lo hayas pensado ni una vez.

—¿El qué, Lila?

Se calló unos segundos, después habló bajando la vista.

—¿Te acuerdas de la foto de *Panorama*?

—¿Cuál?

—Esa donde salías con Tina y se decía que era tu hija.

—Claro que me acuerdo.

—Muchas veces pensé que a Tina me la quitaron por culpa de esa foto.

—¿Cómo?

—Creían que te robaban a tu hija, y en cambio me robaron a la mía.

Eso dijo y esa mañana tuve la prueba de que de las mil hipótesis, de las fantasías, las obsesiones que la habían atormentado, que todavía la atormentaban, yo no había percibido casi nada. Diez años no habían servido para calmarla, su cerebro no lograba encontrar un rincón tranquilo para su hija.

—Salías siempre en los diarios y en la televisión, muy guapa, muy elegante, muy rubia —murmuró, y añadió—: A lo mejor querían sacarte dinero a ti y no a mí, quién sabe, hoy ya no sé nada, las cosas van en un sentido y después cambian de dirección.

Dijo que Enzo se lo había comentado a la policía, que ella se lo había comentado a Antonio, pero que ni la policía ni Antonio se habían tomado en serio esa posibilidad. Sin embargo, me la planteó como si en ese momento estuviese otra vez segura de que las cosas habían sido de ese modo. A saber cuántos otros sentimientos había abrigado y abrigaba de los que yo jamás me había percatado. ¿Se habían llevado a Nunziatina en lugar de mi Immacolata? ¿Mi éxito era el responsable del secuestro de su hija? ¿Y ese vínculo suyo con Imma era un ansia, una protección, una salvaguarda? ¿Se había imaginado que los secuestradores, tras deshacerse de la niña equivocada, podían regresar para llevarse a la correcta? ¿O qué más? ¿Qué le había pasado y le pasaba por la cabeza? ¿Por qué había esperado hasta entonces para hablarme de esa hipótesis? ¿Quería inocularme un último veneno para castigarme porque estaba a punto de dejarla? Ah, comprendía por qué Enzo se había ido. Vivir con ella se había vuelto demasiado desgarrador.

Se dio cuenta de que la miraba con preocupación y, como para ponerse a salvo, empezó a hablar de sus lecturas. Pero esta vez de un modo muy confuso, la desazón le crispaba la cara. Farfulló entre risas que el mal toma caminos imprevistos. Le pones encima iglesias, conventos, libros —parecen tan importantes, los libros, dijo con sarcasmo, tú les has dedicado toda tu vida— y el mal desfonda el pavimento y reaparece donde menos te lo esperas. Después se tranquilizó, volvió a hablar de Tina, de Imma, de mí, pero conciliadora, casi disculpándose por lo que me había dicho. Cuando hay demasiado silencio, dijo, me vienen muchas ideas a la cabeza, no hagas caso. Solo en las malas novelas la gente piensa siempre lo correcto, dice siempre lo correcto, todo efecto tiene su causa, hay simpáticos y antipáticos, buenos y malos, al final todo te consuela. Murmuró: puede ser que Tina regrese esta noche y entonces a quién le importa cómo pasó, lo esencial será que ella esté otra vez aquí y me perdone por la distracción. Perdóname tú también, dijo, me abrazó y concluyó: vete, vete, haz cosas aún más hermosas de las que ya has hecho hasta ahora. He estado cerca de Imma también por miedo a que alguien se la llevara, y tú quisiste de verdad a mi hijo incluso cuando tu hija lo dejó. Cuántas cosas has soportado por él, gracias. Estoy muy contenta de que hayamos sido amigas durante tanto tiempo y lo sigamos siendo.

46

Esa idea de que se habían llevado a Tina creyendo que era mi hija me conmocionó, pero no porque considerase que tuviera algún fundamento. Pensé más bien en el nudo de sentimientos oscuros que la había generado y traté de poner orden. Incluso después de tanto tiempo me volvió a la cabeza el hecho de que, por motivos por completo casuales —debajo de las casualidades más nimias se ocultan extensiones de arenas movedizas—, Lila había acabado llamando a su hija con el nombre de mi queridísima muñeca, esa que, de pequeña, ella misma había lanzado al fondo de un sótano. Recuerdo que fue la primera vez que fantaseé con ello, pero no aguanté mucho, me asomé a un pozo oscuro con algún destello de luz y me aparté. Toda relación intensa entre seres humanos está plagada de cepos y si se quiere que dure hay que aprender a esquivarlos. Lo hice también en esa circunstancia y al final tuve la sensación de haberme topado con una enésima prueba de lo espléndida y tenebrosa que era nuestra amistad, de lo largo y complicado que había sido el dolor de Lila, de que ese dolor aún duraba y duraría siempre. Sin embargo, me marché a Turín convencida de que Enzo tenía razón: Lila distaba mucho de una vejez tranquila dentro de los límites que se había impuesto. La última imagen que me ofreció de sí misma fue la de una mujer de cincuenta y un años que aparentaba diez más y que, de vez en cuando, mientras hablaba, la asaltaban fastidiosas oleadas de calor, se ponía roja como el fuego. El cuello también se le cubría de manchas, se le extraviaba la mirada, se agarraba el dobladillo del vestido con las manos y se abanicaba enseñándonos las bragas a Imma y a mí.

47

En Turín todo estaba dispuesto: había encontrado casa por la zona de Ponte Isabella y me esforcé en trasladar gran parte de mis cosas y de las de Imma. Partimos. Recuerdo que el tren acababa de salir de Nápoles, mi hija estaba sentada frente a mí y por primera vez parecía melancólica por lo que dejaba atrás. Yo estaba muy cansada por el trajín de los últimos meses, por las mil cosas de las que había tenido que ocuparme, por lo que había hecho, por lo que había olvidado hacer. Me dejé caer en el asiento, por la ventanilla vi alejarse los suburbios de la ciudad y el Vesubio. Fue en ese momento cuando asomó de pronto, como una boya que ya no está comprimida bajo el agua, la certeza de que al escribir sobre Nápoles Lila escribiría sobre Tina, y que el texto —precisamente porque se nutría del esfuerzo de contar un dolor inenarrable— resultaría fuera de lo común.

Esa certeza tomó cuerpo con fuerza y no se debilitó nunca. En los años de Turín —mientras dirigí la pequeña pero prometedora editorial que me había contratado, mientras me sentí, con gran diferencia, más estimada, diría incluso que más poderosa de lo que había sido a mis ojos Adele décadas antes— la certeza cobró la forma de un augurio, de una esperanza. Me hubiera gustado que un día Lila me telefoneara para decirme: tengo un manuscrito, un cartapacio, un mamotreto, en fin, un texto mío que me gustaría que leyeras y me ayudaras a ordenar. Lo habría leído enseguida. Le habría metido mano para darle una forma aceptable, probablemente de párrafo en párrafo habría acabado reescribiéndolo. Pese a su vivacidad intelectual, su extraordinaria memoria, las lecturas que debía de haber hecho durante toda la vida, a veces me había hablado de ellas, más a menudo me las había ocultado, Lila tenía una formación básica por completo insuficiente y ninguna competencia como narradora. Temía que fuese una acumulación desordenada de cosas buenas mal formuladas, de cosas espléndidas colocadas en el sitio equivocado. Pero nunca —nunca— se me pasó por la cabeza que ella pudiera haber escrito una historia insulsa, plagada de lugares comunes, al contrario, siempre tuve la plena certeza de que se trataría de un texto digno.

En las épocas en que a duras penas conseguía organizar un plan editorial de buen nivel, llegué incluso a interrogar con insistencia a Rino que, por otra parte, se presentaba con frecuencia en mi casa; llegaba sin telefonear antes, decía he venido a saludar y se quedaba al menos un par de semanas. Le preguntaba: ¿tu madre sigue escribiendo?, ¿por casualidad nunca le has echado un vistazo, nunca has visto de qué se trata? Pero el contestaba sí, no, no me acuerdo, son cosas suyas, no sé. Yo insistía. Fantaseaba con la colección en la que habría incluido ese texto fantasma, con lo que habría hecho para darle la máxima visibilidad y obtener honores yo también. A veces telefoneaba a la propia Lila, me interesaba por cómo estaba, le preguntaba con discreción, hablando en general: ¿aún te dura la pasión por Nápoles, tomas siempre muchos apuntes? Matemáticamente ella respondía: pero qué pasión, qué apuntes, soy una vieja loca como Melina, te acuerdas de Melina, quién sabe si seguirá viva. Entonces yo dejaba estar el tema, pasaba a otra cosa.

48

Durante esas conversaciones telefónicas cada vez con mayor frecuencia hablábamos de muertos que, no obstante, eran una ocasión para referirnos también a los vivos.

Se había muerto Fernando, su padre, y a los pocos meses había muerto Nunzia. Lila se había mudado con Rino al viejo apartamento donde había nacido, el que había comprado tiempo atrás con su dinero. Pero ahora los otros hermanos sostenían que era propiedad de los padres y la martirizaban reclamando el derecho a tener una parte para cada uno.

Se había muerto Stefano después de un nuevo infarto —ni siquiera les había dado tiempo a llamar la ambulancia, había caído de bruces de un modo fulminante— y Marisa se había marchado del barrio con sus hijos. Por fin Nino había hecho algo por ella; no solo le había encontrado un puesto de secretaria en un bufete de abogados de la via Crispi, sino que le pasaba dinero para mantener a sus hijos en la universidad.

Se había muerto un tipo al que nunca había conocido, si bien se sabía que era el amante de mi hermana Elisa. Se había marchado del barrio, pero ni ella, ni mi padre, ni mis hermanos me habían avisado. Me enteré por Lila de que se había ido a Caserta, había conocido a un abogado que era también concejal y se volvió a casar, aunque no me invitó a la boda.

En nuestras charlas hablábamos de estas cosas, ella me mantenía al tanto de todas las novedades. Yo le contaba de mis hijas, de Pietro, que se había casado con una colega cinco años mayor que él, de lo que yo estaba escribiendo, de cómo iba mi experiencia editorial. Solo en un par de ocasiones llegué a hacerle preguntas algo más explícitas sobre el tema que me interesaba.

—Si tú, pongamos por caso, llegaras a escribir algo, e, insisto, es una suposición, ¿me dejarías que lo leyera?

—¿Algo de qué tipo?

—Algo. Rino dice que estás siempre delante del ordenador.

—Rino dice tonterías. Navego por internet. Me informo sobre las novedades de la electrónica. Eso hago cuando estoy delante del ordenador. No escribo.

—¿Seguro?

—Seguro. ¿Alguna vez contesto tus correos electrónicos?

—No, y no sabes la rabia que me da. Yo te escribo siempre y tú nada.

—¿Lo ves? No escribo nada a nadie, a ti tampoco.

—De acuerdo. Pero en el caso de que escribieras algo, ¿me lo dejarías leer, me lo dejarías publicar?

—La escritora eres tú.

—No me has contestado.

—Te he contestado, pero tú te haces la que no entiende. Para escribir hay que desear que algo te sobreviva. Yo ni siquiera tengo ganas de vivir, nunca las he tenido tan fuertes como tú. Si pudiera borrarme ahora, mientras hablamos, estaría más que contenta. Como para ponerme a escribir estoy.

Había expresado a menudo esa idea de borrarse, pero desde finales de los años noventa, sobre todo a partir de 2000, se convirtió en una cantilena burlona. Era una metáfora, por supuesto. Le gustaba, había recurrido a ella en las circunstancias más variadas, y nunca en los muchos años de nuestra amistad, ni siquiera en los momentos más terribles tras la desaparición de Tina, me había pasado por la cabeza que pensara en suicidarse. Borrarse era una especie de proyecto estético. Esto no hay quien lo aguante, decía, la electrónica parece tan limpia pero no, ensucia, ensucia muchísimo, y te obliga a dejarte a ti misma por todas partes, como si te cagaras y mearas encima sin parar; pero de mí no quiero dejar nada, mi tecla preferida es la que sirve para borrar.

En algunas épocas ese afán había sido más real, en otras, menos. Recuerdo una parrafada pérfida motivada por mi notoriedad. Vaya, dijo cierta vez, cuánto lío por un nombre, famoso o no, no es más que un lacito alrededor de un saco rellenado al buen tuntún de sangre, carne, palabras, mierda y pensamientos. Me tomó el pelo un buen rato sobre ese punto: desato el lacito —Elena Greco— y el saco queda ahí, funciona igual, sin ton ni son, claro, sin méritos ni deméritos, hasta que se rompe. En sus días más negros decía con una carcajada ronca: quiero desatarme el nombre, quitármelo, deshacerme de él, olvidarme. Pero en otras ocasiones estaba más relajada. Ocurría, pongamos, que la llamaba esperando convencerla para que me hablara de su texto y, aunque ella negaba con fuerza su existencia sin dejar de mostrarse esquiva, yo notaba como si mi llamada telefónica la hubiese sorprendido en pleno momento creativo. Una noche la encontré felizmente aturdida. Soltó sus discursos habituales de aniquilación de las jerarquías —tanto cuento sobre la grandeza de esto y de lo otro, pero qué merito tiene haber nacido con ciertas cualidades, es como admirar la cesta del bingo cuando la agitas y salen los números buenos—, si bien se expresó con fantasía y al mismo tiempo con precisión, percibí el placer de inventar imágenes. Ah, cómo sabía usar las palabras cuando quería. Parecía custodiar un sentido secreto propio que restaba sentido a todo lo demás. Quizá fue eso lo que empezó a entristecerme.

49

La crisis llegó el invierno de 2002. Entonces, a pesar de los altibajos, aún me sentía realizada. Todos los años Dede y Elsa regresaban de Estados Unidos, a veces solas, a veces con novios por completo provisionales. La primera se dedicaba a las mismas cosas que su padre, la segunda había conseguido precozmente una cátedra en un sector misteriosísimo del álgebra. Cuando regresaban sus hermanas, Imma se liberaba de todas sus obligaciones y pasaba todo el tiempo con ellas. La familia se recomponía, las cuatro mujeres nos quedábamos en la casa de Turín, o nos íbamos a pasear por la ciudad, felices de estar juntas al menos durante un breve período, atentas unas con otras, afectuosas. Las miraba y me decía: qué suerte he tenido.

Pero en la Navidad de 2002 ocurrió algo que me deprimió. Las tres muchachas regresaron para pasar una larga temporada. Dede acababa de casarse con un ingeniero muy serio de origen iraní, hacía un par de años había tenido un varoncito muy movido llamado Hamid. Elsa llegó acompañada de un colega suyo de Boston, matemático como ella, y todavía más chiquillo que ella, muy bullicioso. Imma también regresó de París, donde llevaba dos años estudiando filosofía, y vino con su compañero de curso, un francés altísimo, feúcho y casi mudo. Qué agradable fue ese diciembre. Yo tenía cincuenta y ocho años, era abuela, mimaba a Hamid. Recuerdo que la Nochebuena, sentada en un rincón con el niño, me quedé contemplando con serenidad los cuerpos jóvenes y cargados de energía de mis hijas. Todas y al mismo tiempo ninguna se parecían a mí; su vida estaba muy lejos de la mía y, sin embargo, las sentía como partes indisociables de mí. Pensé: cuánto esfuerzo y qué largo camino recorrí. Podía abandonar a cada paso, pero no lo hice. Me fui del barrio, regresé, logré irme de nuevo. Nada, nada pudo hundirme junto con estas muchachas que he engendrado. Nos pusimos a salvo, las puse a todas a salvo. Ay, ellas ya pertenecen a otros lugares y a otras lenguas. Consideran Italia un rincón espléndido del planeta, y a la vez una provincia insignificante e inútil, solo habitable durante unas breves vacaciones. Dede me dice a menudo: por qué no te vienes a vivir a mi casa, puedes hacer tu trabajo desde allí. Yo digo que sí, que tarde o temprano lo haré. Están orgullosas de mí y, sin embargo, sé que ninguna de ellas me soportaría mucho tiempo, y ahora ni siquiera Imma. El mundo está prodigiosamente cambiado y les pertenece cada vez más a ellas, cada vez menos a mí. Ya me va bien —me dije, haciéndole mimos a Hamid—, al final, lo que cuenta son estas muchachas tan competentes que no se han encontrado ni una de las dificultades con las que yo he tenido que vérmelas. Tienen unos modales, unas voces, unas exigencias, unas pretensiones, una conciencia de sí mismas que yo ni siquiera hoy me atrevo a permitirme. Otros, otras no tienen esa suerte. En los países con cierto bienestar ha predominado una medianía que oculta los horrores del resto del mundo. Cuando de esos horrores se desprende una violencia que llega hasta el interior de nuestras ciudades y nuestras costumbres nos sobresaltamos, nos alarmamos. El año pasado me morí de miedo y mantuve largas conversaciones telefónicas con Dede, con Elsa y también con Pietro, cuando en la televisión vi unos aviones encender las torres de Nueva York como quien enciende con un ligero roce la cabeza de un fósforo. En el mundo de abajo está el infierno. Mis hijas lo saben pero solo de palabra, y se indignan y entretanto disfrutan de las alegrías de la existencia mientras dure. Atribuyen su bienestar y sus éxitos a su padre. Pero yo —yo que no tenía privilegios— soy la base de sus privilegios.

Mientras razonaba de este modo, algo me desanimó. Tal vez ocurrió cuando las tres muchachas llevaron festivamente a sus compañeros hasta el estante con mis libros. Tal vez ninguna de ellas había leído ni uno solo, sin duda nunca las había visto hacerlo; en cualquier caso, nunca me habían hecho ningún comentario. Pero ahora hojeaban alguno, leían incluso frases en voz alta. Esos libros nacían del ambiente en que yo había vivido, de lo que me había fascinado, de las ideas que me habían influido. Había seguido paso a paso mi tiempo, inventando historias, reflexionando. Había identificado males, los había puesto en escena. Había prefigurado no sé cuántas veces cambios salvíficos que, sin embargo, nunca habían llegado. Había utilizado la lengua de todos los días para indicar cosas de todos los días. Había hecho hincapié en algunos temas: el trabajo, los conflictos de clase, el feminismo, los marginados. Ahora oía frases mías elegidas al azar y me resultaban embarazosas. Elsa —Dede era más respetuosa, Imma, más cauta— leía con tono irónico pasajes de mi primera novela, de mi relato sobre la invención de las mujeres por parte de los hombres, de libros con múltiples premios. Su voz ponía hábilmente de relieve defectos, excesos, tonos demasiado exclamativos, la vejez de ideologías que yo había defendido como verdades indiscutibles. Sobre todo se detenía divertida en el léxico, repetía dos o tres veces palabras que desde hacía tiempo estaban pasadas de moda o sonaban insensatas. ¿A qué estaba asistiendo? ¿A una burla afectuosa como los que hacían en Nápoles —seguramente mi hija había aprendido allí el tono— que, sin embargo, de línea en línea, se estaba convirtiendo en una demostración del escaso valor de todos esos volúmenes alineados junto con sus traducciones?

El joven matemático, compañero de Elsa, fue el único, creo, en notar que mi hija me estaba haciendo daño y la interrumpió, le quitó el libro, me hizo preguntas sobre Nápoles como si se tratara de una ciudad imaginaria, similar a aquellas desde las que en otros tiempos traían noticias los exploradores más audaces. El día de fiesta pasó volando. Pero desde entonces algo me cambió por dentro. De vez en cuando cogía uno de mis libros, leía alguna página, notaba su fragilidad. Mis incertidumbres de siempre se potenciaron. Dudé cada vez más de la calidad de mis obras. En cambio, el texto hipotético de Lila adquirió, en paralelo, un valor imprevisto. Si antes había pensado en él como en una materia en bruto en la que habría podido trabajar con ella y conseguir un buen libro para mi editorial, ahora se transformó en una obra terminada y, por tanto, en una posible piedra de toque. Me sorprendí preguntándome: ¿y si tarde o temprano de sus archivos sale un relato mucho mejor que los míos? ¿Y si en verdad yo nunca he escrito una novela memorable y ella, ella en cambio, hace años que la está escribiendo y reescribiendo? ¿Y si el genio que Lila había manifestado de niña con *El hada azul*, turbando a la maestra Oliviero, ahora, en la vejez, se manifiesta en toda su potencia? En ese caso, su libro se convertiría —aunque solo para mí— en la prueba de mi fracaso, y al leerlo entendería cómo debería haber escrito y no fui capaz de hacerlo. Así las cosas, la tozuda autodisciplina, los estudios tan arduos, cada página o línea que había publicado con éxito se habrían disuelto como en el mar cuando la tempestad inminente choca contra el hilo violeta del horizonte y lo cubre todo. Mi imagen de escritora oriunda de un lugar degradado que había conseguido un resultado difusamente valorado desvelaría su propia inconsistencia. Se atenuaría la satisfacción por mis hijas bien criadas, por la notoriedad, incluso por mi último amante, un profesor del Politécnico, ocho años menor que yo, con un hijo, divorciado dos veces, al que veía una vez por semana en su casa de la colina. Mi vida entera quedaría apenas reducida a una batalla mezquina por cambiar de clase social.

50

Mantuve a raya la depresión, telefoneé menos a Lila. Ahora ya no esperaba, sino que temía, temía que me dijera: quieres leer estas páginas que he escrito, hace años que trabajo en ellas, te las mando por correo electrónico. No tenía dudas sobre cómo habría reaccionado si hubiese descubierto que ella había irrumpido de verdad en mi mismo oficio, vaciándolo. Seguramente me quedaría admirada como había hecho ante *El hada azul*. Habría publicado su texto sin dudarlo. Me habría empleado a fondo para imponer por todos los medios su valor. Pero yo ya no era el ser de pocos años que había tenido que descubrir las cualidades extraordinarias de su compañera de pupitre. Ahora era una mujer madura con una fisonomía consolidada. Era eso que la propia Lila, a veces en broma, a veces en serio, había repetido a menudo: Elena Greco, la amiga estupenda de Raffaella Cerullo. De ese repentino giro de la suerte yo saldría aniquilada.

Pero en esa época las cosas todavía me iban bien. La vida plena, el aspecto todavía joven, los encargos de trabajo, una tranquilizadora notoriedad dejaron poco espacio a esos pensamientos, los redujeron a una vaga insatisfacción. Después llegaron los años malos. Mis libros se vendían cada vez menos. Perdí mi puesto en la editorial. Engordé, me deformé, me sentía vieja y asustada por la posibilidad de una vejez pobre y sin prestigio. Tuve que reconocer que, mientras trabajaba según la forma mental que me había construido décadas antes, ya todo había cambiado, yo incluida.

En 2005 fui a Nápoles, vi a Lila. Fue un día difícil. Ella había cambiado todavía más, se esforzaba por mostrarse sociable, saludaba neuróticamente a todo el mundo, hablaba en exceso. Al ver africanos, asiáticos hasta en el último rincón del barrio, al notar aromas de cocinas desconocidas, se entusiasmaba y decía: yo no he viajado por el mundo como has hecho tú, pero ya lo ves, el mundo ha venido a mi casa. En Turín ocurría otro tanto y la invasión de lo exótico, su reducción a la cotidianidad, me gustaba. Pero solo en el barrio me di cuenta de cómo se había modificado el paisaje antrópico. Siguiendo una tradición consolidada, el viejo dialecto había acogido enseguida lenguas misteriosas, y mientras tanto se estaba enfrentando con habilidades fonatorias distintas, con sintaxis y sentimientos en otros tiempos muy alejados. La piedra gris de los edificios lucía letreros imprevistos, los viejos intercambios legales e ilegales se mezclaban con los nuevos, el ejercicio de la violencia se abría a nuevas culturas.

Fue cuando se difundió la noticia de que el cadáver de Gigliola estaba en los jardincillos. Entonces todavía no se sabía que había muerto de un infarto, pensé que la habían matado. Su cuerpo en el suelo, tirado boca abajo, era enorme. Cómo debió de padecer con esa transformación suya, ella que había sido hermosa y se había quedado con Michele Solara, el más guapo de todos. Yo todavía sigo viva —pensé— y, sin embargo, ya no consigo sentirme distinta de este cuerpo grande que yace sin vida en este lugar sórdido, de esta forma sórdida. Era así. Pese a cuidarme obsesivamente, yo tampoco me reconocía, tenía unos andares cada vez más vacilantes, ninguna de mis expresiones era ya como esas a las que estaba acostumbrada desde hacía décadas. De jovencita me había sentido tan distinta, y ahora me daba cuenta de que era como Gigliola.

En cambio, Lila no parecía prestar atención a la vejez. Gesticulaba con energía, chillaba, hacía grandes ademanes de saludo. No le pregunté por enésima vez sobre su posible texto. Me dijera lo que me dijese estaba segura de que yo no me tranquilizaría. Ya no sabía cómo salir de la depresión, a qué aferrarme. El problema ya no era la obra de Lila, su calidad, o al menos yo no tenía necesidad de notar esa amenaza para sentir que lo que había escrito desde finales de los años sesenta hasta ese momento había perdido peso y fuerza, ya no le hablaba a un público como me parecía que había hecho durante años, no tenía lectores. En cambio, en esa ocasión tristísima de muerte me percaté de que la propia naturaleza de mi angustia se había modificado. Ahora lo que me angustiaba era que nada de mí perduraría en el tiempo. Mis libros habían visto la luz en poco tiempo y con su pequeña fortuna me habían dado durante años la ilusión de estar haciendo un trabajo importante. Pero de pronto la ilusión se había debilitado, ahora ya no lograba creer en la relevancia de mi obra. Por otra parte, también para Lila todo había pasado: llevaba una vida oscura, encerrada en el pequeño apartamento de sus padres, llenaba el ordenador de a saber qué impresiones y pensamientos. Sin embargo, yo imaginaba que existía la posibilidad de que su nombre —lacito o lo que fuera— justamente ahora que ella era una mujer vieja, o incluso después de muerta, quedaría ligado a una obra única de gran relieve: no las miles de páginas que yo había escrito, sino un libro de cuyo éxito nunca disfrutaría como yo había hecho con los míos, y que, no obstante, perduraría en el tiempo, sería leído y releído durante cientos de años. Lila tenía esa posibilidad, yo la había desperdiciado. Mi destino no era distinto del de Gigliola, el suyo quizá sí.

51

Durante un tiempo me abandoné. Trabajaba muy poco; por otra parte, en la editorial y en los demás sitios ya no me pedían que trabajara más. No veía a nadie, me limitaba a mantener largas conversaciones telefónicas con mis hijas, insistía para que me pasaran con mis nietos, con los que hablaba como una niña. Ahora también Elsa tenía un varoncito llamado Conrad, y Dede le había dado una hermanita a Hamid, a la que había llamado Elena.

Esas voces infantiles que se expresaban con gran precisión me recordaban a Tina. En los momentos de mayor oscuridad estaba cada vez más segura de que Lila había escrito la historia detallada de su hija, estaba cada vez más segura de que la había mezclado con la de Nápoles con la ingenuidad perversa de la persona inculta que, sin embargo, precisamente por eso, terminaba consiguiendo resultados prodigiosos. Después comprendía que eran fantasías mías. Sin querer sumaba aprensión, envidia, rencor, afecto. Lila no tenía ese tipo de ambición, nunca había tenido ambiciones. Para poner en marcha cualquier proyecto al que unir el propio nombre era necesario quererse y ella me lo había dicho, no se amaba, no amaba nada de sí misma. En las noches de mayor depresión llegué a imaginar que había perdido a su hija para no verse reproducida en toda su antipatía, en toda su malvada capacidad de reacción, en toda su inteligencia sin objeto. Quería borrarse porque no se aguantaba. Lo había hecho sin cesar durante toda su existencia, empezando por su encierro en un perímetro sofocante, limitándose de forma creciente justo cuando el planeta ya no quería tener fronteras. Jamás se había subido a un tren, ni para ir a Roma. Jamás había tomado un avión. Su experiencia era muy reducida y, cuando lo pensaba, lo lamentaba por ella, me reía, me ponía de pie soltando algún gemido, iba al ordenador, le escribía el enésimo correo electrónico para decirle: ven a verme, pasaremos un tiempo juntas. En esos momentos daba por hecho que no había, que nunca habría un manuscrito de Lila. Siempre la había sobrevalorado, de ella no saldría nada memorable, lo que me sosegaba y aun así lo lamentaba sinceramente. Yo amaba a Lila. Quería que ella perdurara. Pero quería ser yo quien la hiciera perdurar. Lo consideraba mi obligación. Estaba convencida de que ella misma, de jovencita, me la había impuesto.

52

El relato que después titulé *Una amistad* nació en ese estado de dulce extenuación, en Nápoles, una semana lluviosa. Sabía muy bien que estaba violando un pacto no escrito entre Lila y yo, sabía también que ella no lo soportaría. Pero creía que si el resultado llegaba a ser bueno, al final me diría: te estoy agradecida, eran cosas que no tenía el valor de decirme ni siquiera a mí misma y tú las has dicho en mi nombre. Existe esta presunción en quien se siente destinado a las artes, y sobre todo a la literatura; se trabaja como si se hubiese recibido una investidura, pero, de hecho, nadie nos ha investido nunca de nada, nosotros mismos nos hemos otorgado la autorización para ser autores y, con todo, nos amargamos si nos dicen: esta cosita que has hecho no me interesa, es más, me aburre, quién te ha dado a ti el derecho. Yo escribí en pocos días una historia que durante años, con el temor y la esperanza de que la estuviese escribiendo Lila, había terminado por imaginar con todo detalle. Lo hice porque todo aquello que venía de ella, o que yo le atribuía, desde niñas me había parecido más significativo, más prometedor de lo que venía de mí.

Cuando terminé el primer borrador me encontraba en la habitación de un hotel con un balconcito que tenía una bonita vista del Vesubio y del hemiciclo grisáceo de la ciudad. Habría podido llamar a Lila al móvil, decirle: he escrito sobre mí, sobre ti, sobre Tina, sobre Imma, quieres leerlo, son apenas ochenta páginas, paso por tu casa, te las leo en voz alta. Por temor no lo hice. Me había prohibido expresamente no solo que escribiera sobre ella, sino que usara personas y sucesos del barrio. Las veces que había ocurrido, tarde o temprano había encontrado la manera de decirme —con dolor incluso— que el libro era feo, que o se es capaz de contar las cosas tal como ocurrieron, en su acumulación sin orden, o se echa mano de la imaginación y se inventa un hilo, y yo no había sabido hacer ni lo uno ni lo otro. De modo que lo dejé estar, me tranquilicé diciéndome: ocurrirá lo de siempre, el relato no le gustará, hará como si nada, dentro de unos años me dará a entender, o me dirá con claridad, que debo aspirar a mejores resultados. En realidad, pensé, si hubiera sido por ella, nunca debería haber publicado una sola línea.

El libro se publicó, me vi desbordada por una aprobación que hacía tiempo no notaba a mi alrededor, y como la necesitaba, me sentí feliz. *Una amistad* me evitó entrar en la lista de escritores que todos consideran muertos a pesar de seguir vivos. Mis otros libros se vendieron otra vez, se avivó el interés por mi persona, y a pesar de la vejez incipiente, mi vida regresó a su plenitud. Al principio consideré ese libro como el más hermoso que había escrito, pero después dejé de amarlo. Lila es quien hizo que lo detestara al negarse por todos los medios a verme, a discutirlo conmigo, incluso a insultarme y a darme bofetadas. La he llamado por teléfono infinidad de veces, le he escrito numerosos correos electrónicos, he ido al barrio, he hablado con Rino. Nunca se dejó ver el pelo. Por otra parte, su hijo nunca me ha dicho: mi madre se porta así porque no quiere verte. Como de costumbre se mostró vago, masculló: ya sabes cómo es, anda siempre por ahí, y el móvil o lo tiene apagado o se lo olvida en casa, a veces ni siquiera viene a dormir. Así, tuve que reconocer que nuestra amistad había terminado.

53

De hecho, no sé qué pudo ofenderla, si fue un detalle o toda la historia. A mi modo de ver, lo bueno de *Una amistad* es que era lineal. Relataba en síntesis, con todos los enmascaramientos del caso, nuestras dos vidas, desde la pérdida de las muñecas a la pérdida de Tina. ¿En qué me había equivocado? Durante mucho tiempo pensé que se había enfadado porque en la parte final, pese a recurrir a la fantasía más que en otros puntos de la historia, contaba lo que de hecho había ocurrido en la realidad: Lila había ensalzado a Imma a los ojos de Nino, al hacerlo se había distraído, y en consecuencia había perdido a Tina. Pero evidentemente aquello que en la ficción del relato sirve, con toda inocencia, para llegar al corazón de los lectores, se convierte en una infamia para quien percibe el eco de los hechos que realmente vivió. En fin, que durante mucho tiempo creí que lo que había asegurado el éxito del libro era también lo que más daño había causado a Lila.

Sin embargo, más tarde cambié de opinión. Me convencí de que la razón de su retiro estaba en otra parte, en mi forma de contar el episodio de las muñecas. Había exagerado a propósito el momento en que desaparecieron en la oscuridad del sótano, había potenciado el trauma de la pérdida, y para conseguir efectos conmovedores había utilizado el hecho de que una de las muñecas y la niña desaparecida llevaban el mismo nombre. Todo ello había inducido deliberadamente a los lectores a conectar la pérdida infantil de las hijas postizas a la pérdida adulta de la hija real. Lila debía de haber encontrado cínico, deshonesto, que para complacer a mi público, yo hubiese recurrido a un momento importante de nuestra infancia, a su niña, a su dolor.

Pero no hago más que reunir supuestos, necesitaría verla cara a cara, escuchar sus quejas, explicarme. Por momentos me siento culpable y la entiendo. Por momentos la detesto por esta decisión suya de apartarme de su vida de forma tan tajante precisamente ahora, en la vejez, cuando necesitaríamos cercanía y solidaridad. Siempre hizo lo mismo: cuando no me doblego, me excluye, me castiga, me arrebata el placer mismo de haber escrito un buen libro. Estoy exasperada. Incluso la puesta en escena de su propio borrarse, además de preocuparme me irrita. Quizá la pequeña Tina no viene al caso, quizá tampoco viene al caso su fantasma, que sigue obsesionándola tanto en la forma de la niña de casi cuatro años, la más resistente, como en la forma frágil de la mujer que hoy, como Imma, tendría treinta años. Venimos al caso siempre y únicamente nosotras dos: ella que quiere que yo dé eso que su naturaleza y las circunstancias le han impedido dar, yo que no consigo dar eso que ella pretende; ella que se enfada por mi insuficiencia, y que, por fastidiar, quiere reducirme a nada, como ha hecho con ella misma, yo que me he pasado meses y meses escribiendo para darle una forma que no se desborde, y vencerla, y calmarla, y así, a mi vez, calmarme.

Epílogo
Restitución

1

Ni yo misma me lo creo. He terminado este relato que me parecía que no se terminaría nunca. Lo he terminado y lo he releído con paciencia, no tanto para cuidar un poco la calidad de la escritura como para comprobar si, aunque sea en una sola línea, es posible localizar la prueba de que Lila entró en mi texto y decidió contribuir a escribirlo. He tenido que reconocer que todas estas páginas son solo mías. Eso que Lila amenazó hacer con frecuencia —entrar en mi ordenador— no lo hizo, quizá ni siquiera era capaz de hacerlo, quizá fue durante mucho tiempo una fantasía mía de anciana, en ayunas de lo que son las redes, los cables, las conexiones, los duendes de la electrónica. Lila no está en estas palabras. Solo está aquello que yo he sido capaz de fijar. A menos que, a fuerza de imaginarme qué habría escrito ella y cómo, yo ya no esté en condiciones de distinguir lo mío de lo suyo.

A menudo, durante este esfuerzo, llamé a Rino, le pregunté por su madre. No se sabe nada de ella, la policía se limitó a citarlo tres o cuatro veces para enseñarle los cadáveres de mujeres ancianas sin nombre, desaparecen muchas. En un par de ocasiones tuve que ir a Nápoles, lo vi en el viejo apartamento del barrio, un espacio más oscuro, más decrépito de lo habitual. De Lila en realidad no quedaba nada, faltaba precisamente todo aquello que había sido suyo. En cuanto a su hijo, me pareció más despistado de lo habitual, como si su madre también se hubiese ido de su cabeza.

Dos funerales me hicieron regresar a la ciudad, primero el de mi padre, después el de Lidia, la madre de Nino. Pero no asistí al funeral de Donato, no por rencor, sino porque me encontraba en el extranjero. Cuando fui al barrio por lo de mi padre, reinaba un gran nerviosismo porque acababan de asesinar a un joven a la entrada de la biblioteca. Fue entonces cuando pensé que esta historia mía podría continuar hasta el infinito, narrando a veces el esfuerzo de los jóvenes sin privilegios por mejorar pescando libros entre viejas estanterías, como hacíamos Lila y yo de jovencitas, y otras el camino de charlas seductoras, promesas, engaños, sangre que impide a mi ciudad y al mundo una verdadera mejora.

Cuando regresé para asistir al funeral de Lidia el día estaba nublado, la ciudad parecía tranquila, yo también me sentía tranquila. Después llegó Nino y no hizo más que hablar en voz alta, bromear, reír incluso, como si no estuviéramos en las exequias de su madre. Lo vi gordo, hinchado, un hombretón rubicundo con el pelo muy ralo que se daba autobombo sin parar. Cuando terminó el funeral me costó librarme de él. No quería escucharlo, ni tenerlo delante. Me daba la sensación de tiempo malgastado, de esfuerzo inútil, temía que se me quedara en la cabeza y se extendiera sobre mí, sobre todo.

Con motivo de los dos funerales me organicé con antelación para ir a visitar a Pasquale. En estos años lo he hecho todas las veces que he podido. En la cárcel ha estudiado mucho, se sacó el bachiller, hace poco obtuvo la licenciatura en geografía astronómica.

—De haber sabido que para sacarme el bachillerato y una licenciatura bastaba con tener tiempo libre, estar encerrado en un lugar sin preocuparse por ganarse el jornal y aprender disciplinadamente de memoria páginas y páginas de algunos libros, lo habría hecho antes —me dijo una vez con sorna.

Hoy es un señor anciano, se expresa de forma tranquila, se conserva mucho mejor que Nino. Conmigo rara vez recurre al dialecto. Pero no ha modificado ni una coma del círculo de ideas donde lo encerró desde jovencito su padre. Cuando lo vi después de los funerales de Lidia y le conté lo de Lila, se echó a reír. Estará en alguna parte, haciendo sus cosas inteligentes y fantasiosas, murmuró. Y se conmovió al recordar aquella vez en que nos habíamos encontrado en la biblioteca del barrio, cuando el maestro entregaba los premios a los lectores más asiduos y la más asidua resultó ser Lila, seguida de todos los suyos, de modo que era siempre Lila la que sacaba libros ilegalmente con los carnets de su familia. Ah, Lila, la zapatera; Lila que imitaba a la mujer de Kennedy; Lila, la artista y decoradora; Lila, la obrera; Lila, la programadora; Lila siempre en el mismo lugar y siempre fuera de lugar.

—¿Quién le robó a Tina? —le pregunté.

—Los Solara.

—¿Seguro?

Sonrió con sus dientes estropeados. Comprendí que no me estaba diciendo la verdad —quizá no la supiera y ni siquiera le interesara—, sino que estaba proclamando una fe suya indiscutible, basada en la experiencia primordial del atropello, la experiencia del barrio que, pese a las lecturas que había hecho, la licenciatura que había obtenido, los viajes clandestinos por aquí y por allá, los crímenes que había cometido o con los que había cargado, seguía siendo el troquel de todas sus certezas.

—¿Quieres que te diga también quién mató a esos dos cabrones de mierda? —me preguntó.

De pronto leí en su mirada algo que me causó horror —un rencor inextinguible— y dije que no. Negó con la cabeza conservando un momento la sonrisa.

—Ya lo verás, cuando Lila se decida, dará señales de vida —murmuró.

Pero de ella ya no quedaba rastro. En esas dos ocasiones luctuosas paseé por el barrio, pregunté aquí y allá por curiosidad; nadie se acordaba o quizá fingían. Ni siquiera pude hablar de ella con Carmen. Roberto murió, ella dejó el surtidor de gasolina, se fue a vivir a Formia con uno de sus hijos.

Para qué habrán servido entonces todas estas páginas. Me proponía aferrarla, tenerla otra vez a mi lado, y me moriré sin saber si lo he conseguido. A veces me pregunto dónde se habrá desvanecido. En el fondo del mar. Dentro de una grieta o en una galería subterránea cuya existencia solo ella conoce. En una vieja bañera repleta de un potente ácido. Dentro de un foso carbonero de otros tiempos, de esos a los que dedicaba tantas palabras. En la cripta de una pequeña iglesia de montaña abandonada. En una de las tantas dimensiones que nosotros todavía no conocemos pero Lila sí, y ahora está ahí con su hija.

¿Regresará?

¿Regresarán juntas, Lila vieja, Tina mujer madura?

Esta mañana, sentada en el balconcito que da al Po, estoy esperando.

2

Desayuno todos los días a las siete, voy al quiosco en compañía del labrador que me he comprado hace poco, paso buena parte de la mañana en el parque Valentino jugando con el perro, hojeando los periódicos. Ayer, al volver a casa, encima de mi buzón encontré un paquete mal envuelto con papel de diario. Lo cogí perpleja. Nada probaba que lo hubiesen dejado para mí y no para cualquier otro inquilino. No llevaba nota adjunta, tampoco mi apellido escrito en bolígrafo por alguna parte.

Abrí con cautela un costado del cartón y con eso bastó. Tina y Nu surgieron de la memoria incluso antes de que las liberase por completo del papel de diario. Reconocí enseguida las muñecas que, una después de la otra, casi seis décadas antes, habían sido lanzadas —la mía por Lila, la de Lila por mí— a un sótano del barrio. Eran las mismas muñecas que nunca habíamos recuperado, pese a haber ido a buscarlas bajo tierra. Eran las mismas que Lila me había obligado a recuperar llevándome hasta la casa de don Achille, ogro y ladrón. Don Achille había sostenido no haberlas tocado, tal vez imaginando que su hijo Alfonso las había robado, y por eso nos había resarcido con dinero para que compráramos otras. Pero con ese dinero nosotras no nos compramos muñecas —¿cómo hubiéramos podido sustituir a Tina y a Nu?— sino *Mujercitas*, la novela que incitó a Lila a escribir *El hada azul* y a mí a convertirme en lo que era hoy, la autora de muchos libros y sobre todo de un relato de notable éxito titulado *Una amistad*.

El vestíbulo del edificio estaba en silencio, de los pisos no llegaban voces ni ruidos. Miré a mi alrededor angustiada. Quería que Lila apareciera por la escalera A o la B o de la garita desierta del portero, flaca, gris, la espalda encorvada. Lo deseé más que cualquier otra cosa, lo deseé más que un regreso inesperado de mis hijas con mis nietos. Esperaba que dijera con su sorna habitual: ¿te gusta el regalo? Pero no ocurrió y me eché a llorar. Fíjate lo que había hecho: me había engañado, me había llevado por donde quería ella, desde el comienzo de nuestra amistad. Durante toda la vida había contado su propia historia de rescate, usando mi cuerpo vivo y mi existencia.

O tal vez no. Tal vez esas dos muñecas que habían recorrido más de medio siglo para llegar hasta Turín significaban únicamente que ella estaba bien y me quería, que había ido más allá de sus límites y por fin tenía la intención de viajar por el mundo, ahora menos pequeño que el suyo, viviendo en la vejez, según una nueva verdad, la vida que en la juventud le habían prohibido y se había prohibido.

Subí en ascensor, me encerré en mi apartamento. Examiné con cuidado las dos muñecas, aspiré su olor a moho, las apoyé en los dorsos de mis libros. Al comprobar que eran pobres y feas me sentí confusa. A diferencia de lo que narran los cuentos, la vida real, cuando ha pasado, no se asoma a la claridad sino a la oscuridad. Pensé: ahora que Lila se ha dejado ver así de clara, debo resignarme a no verla nunca más.

La Saga La amiga estupenda en palabras de su autora

Los siguientes textos son fragmentos que pertenecen a las entrevistas concedidas por Elena Ferrante citadas a continuación: «Ferrante: felice di non esserci» ('Ferrante: feliz de no estar') con Paolo Di Stefano, publicada el 20 de noviembre de 2011 en el *Corriere della Sera* (Italia); «Elena Ferrante: The Writer Without a Face» ('Elena Ferrante: la escritora sin rostro') con Karen Valby, publicada por primera vez el 5 de septiembre de 2014 en la edición digital de *Entertainment Weekly* (Estados Unidos); «E ora di dire addio a Elena e Lila» ('Es hora de decir adios a Elena y Lina') con Giulia Calligaro, publicada el 8 de noviembre de 2014 en *Io Donna* (Italia); «Writing Has Always Been a Great Struggle For Me. Q&A: Elena Ferrante» ('Escribir siempre ha sido para mí una lucha. Preguntas y respuestas: Elena Ferrante') con Rachel Donadio, publicada el 9 de diciembre de 2014 en *The New York Times* (Estados Unidos); «The Art of Fiction Nº. 228: Elena Ferrante» ('El arte de la ficción nº. 228: Elena Ferrante') con Sandra Ozzola, Sandro Ferri y Eva Ferri, publicada en la primavera de 2015 en *The Paris Review* (Estados Unidos); «Den briljante Ferrante» ('La brillante Ferrante') con Gudmund Skjeldal, publicada el 1 de mayo de 2015 en la versión digital de *Bergens Tidende & Aftenposte* (Noruega) y el 2 de mayo en la de papel; «Yazarın gorevi metinden kacanı anlatabilmektir» ('La tarea del escritor es explicar lo que huye del texto') con Yasemin Çongar, publicada el 20 de julio de 2015 en la sección cultural *K24* del diario digital turco *T24*; «Elena Ferrante: "Escribir es una apropiación indebida"» con Andrea Aguilar, publicada el 11 de noviembre de 2015 en el suplemento cultural, *Babelia*, de *El País*.

Todas ellas están recogidas en *La frantumaglia: Un viaje por la escritura* (Lumen, 2017).

Sobre la escritura

[Fragmento de la entrevista con Paolo Di Stefano]

Elena Ferrante, ¿cómo ha sido la evolución de un tipo de novela psicológico-familiar —El amor molesto *y* Los días del abandono— *a otra que, como esta, se anuncia como múltiple —la primera de una trilogía o tetralogía— y que por su estilo y su argumento es tan centrífuga y tan centrípeta?*

No siento que esta novela sea muy diferente de las anteriores. Hace unos cuantos años se me ocurrió narrar la intención de una persona anciana de desaparecer —que no significa morir—, sin dejar rastro de su existencia. Me seducía la idea de un relato que mostrara lo difícil que resulta borrarse, al pie de la letra, de la faz de la tierra. Después la historia se fue complicando. Introduje una amiga de la infancia que hiciera de testigo inflexible de cada hecho grande o pequeño de la vida de la otra. Después me di cuenta de que lo que me interesaba era ahondar en las dos vidas femeninas, repletas de afinidades y, sin embargo, divergentes. Y eso fue lo que hice. Se trata, sin duda, de un proyecto complejo, la historia abarca unos sesenta años. Pero Lila y Elena están hechas de la misma materia que nutrió las otras novelas.

Las dos amigas cuya infancia se narra, Elena Greco, la narradora en primera persona, y su amiga-enemiga, Lila Cerullo, son parecidas y a la vez distintas. En el preciso momento en que parecen distanciarse, se superponen sin cesar. ¿Se trata de una novela sobre la amistad y sobre cómo un encuentro puede determinar una vida, pero también sobre cómo la atracción por el mal ejemplo puede ayudar a desarrollar una identidad?

En general, quien impone su personalidad, al hacerlo, convierte al otro en opaco. La personalidad más fuerte, más rica, cubre a la más débil, en la vida y tal vez aún más en las novelas. Pero en la relación entre Elena y Lila ocurre que Elena, la subordinada, obtiene de esa subordinación una especie de brillo que desorienta, que deslumbra a Lila. Es un movimiento difícil de narrar, pero me interesó por eso. Digámoslo así: la diversidad de hechos de la vida de Lila y Elena mostrará cómo una saca fuerzas de la otra. Pero cuidado: no solo en el sentido de que se ayudan, sino también en el sentido de que se saquean, se roban sentimientos e inteligencia, se quitan la energía.

¿Cómo influyeron en la elaboración del libro la memoria y el tiempo transcurrido, la distancia temporal y quizá espacial?

Creo que eso de «poner distancia» entre la experiencia y el relato es un lugar común. Para quien escribe el problema radica con frecuencia en lo contrario, en llenar la distancia; sentir físicamente el choque de la materia por narrar, acercar el pasado de las personas a las que hemos querido, de las vidas como las hemos observado, como nos fueron contadas. Para cobrar forma una historia debe superar muchísimos filtros. Con frecuencia nos ponemos a escribirla demasiado pronto y las páginas salen frías. Únicamente cuando estamos sumergidos en la historia, en cada uno de sus momentos o rincones —a veces hacen falta años—, se deja escribir bien.

La amiga estupenda *es también una historia sobre la violencia de la familia y la sociedad. ¿Narra la novela cómo se consigue —o se conseguía— crecer en la violencia y a pesar de la violencia?*

En general, crecemos parando golpes, devolviéndolos, incluso aceptando recibirlos con estoica generosidad. En el caso de *La amiga estupenda*, el mundo en el que se crían las muchachas tiene algunos rasgos visiblemente violentos y otros ocultamente violentos. A mí me interesan sobre todo estos últimos, aunque no falten de los primeros.

En la página 102 *hay una hermosa frase, a propósito de Lila: «tomaba los hechos y los expresaba de forma natural, cargados de tensión; reforzaba la realidad mientras la traducía en palabras». Y en la página* 181*: «La voz engarzada en la escritura me conmocionó [...]. Estaba por completo despojada de los desechos de cuando se habla». ¿Es una declaración de estilo?*

Digamos que, entre los muchos métodos de los que nos servimos para dotar al mundo de un orden narrativo, prefiero aquel en el que la escritura es nítida y honesta, y permite que al leer los hechos, los hechos de la vida corriente, estos resulten extraordinariamente apasionantes.

Hay un hilo rojo más sociológico, la Italia de los años del boom, *el sueño del bienestar que debe enfrentarse a resistencias arcaicas.*

Sí, y ese hilo llega hasta el presente. Pero reduje al mínimo el fondo histórico. Prefiero que todo se inscriba en los movimientos internos y externos de los personajes. Lila, por ejemplo, quiere hacerse rica ya con siete u ocho años, y arrastra a Elena, la convence de que la riqueza es una meta urgente. De qué manera influye este propósito en las dos amigas, cómo se modifica, las orienta o las confunde me interesa más que los «sociologismos» canónicos.

Rara vez cede usted al color dialectal: lo hace en pocas frases, pero en general prefiere la fórmula «lo dijo en dialecto». ¿Nunca sintió la tentación de usar una tonalidad más expresionista?

De niña, de adolescente, el dialecto de mi ciudad me asustaba. Prefiero que sus ecos se perciban un instante en la lengua italiana, pero como si la amenazara.

[...]

Una pregunta obvia, pero obligada: ¿cuánto hay de autobiográfico en la historia de Elena? ¿Y cuánto de sus pasiones literarias hay en las lecturas de Elena?

Si por autobiografía se refiere a tomar de la propia experiencia para alimentar una historia de ficción, casi todo. Si, por el contrario, me está preguntando si cuento mi historia personal, no, en absoluto. En cuanto a los libros, sí, siempre cito textos que me gustan, personajes que me modelaron. Por ejemplo, Dido, la reina de Cartago, ha sido una figura femenina fundamental en mi adolescencia.

[Fragmento de la entrevista con Rachel Donadio]

¿Cómo nació la tetralogía? ¿Tenía en mente desde el principio los cuatro libros como obras separadas o bien empezó a escribir La amiga estupenda *sin saber cómo acabaría la historia?*

Hará unos seis años me puse a escribir la historia de una difícil amistad femenina que venía directamente del interior de un libro al que le tengo mucho cariño, *La hija oscura*. Creía que me las arreglaría con cien o ciento cincuenta páginas. Pero la escritura, hizo aflorar —diría que con extrema naturalidad— recuerdos que guardaba de personas y ambientes de la infancia, relatos, experiencias, fantasías, hasta tal punto que la historia continuó durante años. De modo que el relato está concebido y escrito como único. La división en cuatro gruesos volúmenes es casual, se decidió cuando me di cuenta de que la historia de Lila y Lenù difícilmente cabría en un solo libro. Siempre supe el final y conocía bien algunos episodios centrales —la boda de Lila, el adulterio en Ischia, el trabajo en la fábrica, la niña perdida—, pero todo lo demás fue un regalo sorprendente y exigente del placer de narrar.

¿Cómo comenzó a escribir novelas? ¿Cuál de sus libros ha sido el punto de inflexión en su escritura y por qué?

Descubrí de niña que me gustaba contar historias, lo hacía verbalmente, con cierto éxito. Alrededor de los trece años empecé a escribir cuentos, pero solo después de los veinte la escritura pasó a ser una constante, una costumbre, un ejercicio narrativo permanente. *El amor molesto* fue importante, tuve la impresión de haber encontrado el tono justo. *Los días del abandono* me lo confirmó después de mucho pensar, y me dio confianza. *La amiga estupenda* me parece hoy mi libro más arduo y, a la vez, el más feliz, escribirlo fue como tener la posibilidad de vivir por segunda vez. Pero todavía hoy el más atrevido, el más temerario de mis libros, me sigue pareciendo *La hija oscura*. De no haber pasado por él con tanta ansiedad, no habría escrito *La amiga estupenda*.

¿En qué orden escribió sus siete novelas? ¿Coincide con el de su publicación?

Como ya le he dicho, considero las cuatro entregas de *La amiga estupenda* como un único relato. De manera que las novelas que he publicado son cuatro, la última en cuatro volúmenes, todas ellas escritas en el orden de publicación. Pero fueron madurando a lo largo de años en que escribí de forma privada. Es como si las hubiese encontrado ordenando laboriosamente incontables fragmentos narrativos.

[Fragmento de la entrevista con Sandra Ozzola, Sandro Ferri y Eva Ferri]

¿Qué distingue una escritura que fluye sin contratiempos de la que no lo hace?

La atención que presto a cada palabra, a cada frase. Tengo relatos no publicados en los que el cuidado formal fue muy grande, no conseguía continuar si cada línea escrita no me parecía perfecta. Cuando eso ocurre, la página es hermosa, pero la narración es falsa. Quiero insistir en este punto, es algo que conozco bien: el relato avanza, me gusta, a grandes rasgos lo termino. Pero de hecho lo que me da placer no es narrar. El placer —lo descubro pronto— está todo en la obsesión de decir las cosas bien, limar las frases maniáticamente. Diría más, al menos por lo que a mí respecta, cuanta más atención se presta a la frase, con más dificultad fluye el relato. El estado de gracia comienza cuando la escritura solo presta atención a no perder el relato. Con la tetralogía *Dos amigas* esto me ocurrió enseguida, y duró. Pasaron meses, el relato fluía veloz, yo ni siquiera intentaba releer lo que había escrito. Por primera vez en mi experiencia la memoria y la imaginación me facilitaban una cantidad cada vez más considerable de material que, en lugar de abarrotar la historia confundiéndome, se acomodaban en ella en una especie de multitud tranquila que respondía a las necesidades crecientes de la narración.

¿En este estado de gracia la escritura sale sin correcciones ni nuevas versiones?

No, la escritura no, pero el relato sí. Y esto ocurre cuando en la cabeza tienes un clamor y sigues escribiendo como al dictado, incluso cuando estás haciendo la compra, incluso cuando estás comiendo, incluso cuando estás durmiendo. De modo que el relato —mientras quiere fluir— no necesita reorganización. En las mil seiscientas páginas de la tetralogía *Dos amigas* nunca sentí la necesidad de reestructurar acontecimientos, personajes, sentimientos, giros, cambios drásticos. Sin embargo, yo misma me asombro, dado que la historia es tan extensa, con tantos personajes que se desarrollan a lo largo de un largo período de tiempo, en ningún momento recurrí a apuntes, cronologías, esquemas de ningún tipo. Pero he de decir que no es un caso excepcional, siempre he detestado el trabajo preparatorio. Si trato de hacerlo, se me pasan las ganas de escribir, tengo la sensación de que ya no podré sorprender o apasionar. De modo que todo pasa en mi cabeza y, en esencia, justo mientras escribo. Después llega el momento en que me parece que necesito recuperar el aliento. Entonces me detengo, releo, y trabajo con gusto en la calidad de la escritura. Pero mientras que en los libros anteriores me ocurría, no sé, al cabo de tres o cuatro páginas, máximo diez, en la tetralogía *Dos amigas* me ocurrió al cabo de cincuenta o incluso de cien páginas escritas sin releer nunca.

[Fragmento de la entrevista con Andrea Aguilar]

¿Hasta qué punto se identifica con las dificultades que su personaje Lena afronta como escritora? Tras la publicación de su primera novela, Lena se esfuerza por volver a escribir y es como si al día siguiente de aparecer sus libros ella perdiera su talento. Sigue una descripción de las inseguridades que debe vencer, de lo perdida que se siente cuando busca el argumento de un nuevo libro. ¿Usted también se siente así? ¿Cómo empezó a escribir la tetralogía?

Siempre he escrito muchísimo. Concibo la escritura como un arte que precisa de una práctica continua. Ejercitarme para adquirir competencia es algo que nunca me ha angustiado. Sin embargo, me sigue angustiando publicar. De hecho, me decido a publicar entre mil incertidumbres y solo si el relato me parece lleno de verdad. Cuando llega la verdad literaria, si es que llega, sé reconocerla. Y si llega, lo hace cuando he agotado todos mis recursos de escritura y ya he dejado de esperarla.

Hablando con Lila, Lena le explica que se siente obligada a enlazar cada hecho con el anterior para que al final todo adquiera coherencia. ¿Le ocurrió lo mismo al escribir la tetralogía? La fuerza de la historia de estas dos mujeres es extraordinaria, pero también están rodeadas de muchos otros personajes y tienen como fondo las transformaciones históricas de Italia. ¿Cómo trabajó la trama? La novela comienza con la desaparición de Lila y el deseo de Lena de escribir nace en forma de venganza, como si Lila no quisiera dejar rastro alguno, pero Lena no quisiera permitírselo. ¿Tenía ya claro lo que les pasaría a Lila y Lena?

Nunca escribo desarrollando de modo diligente un esquema. En general, de una historia conozco de manera bastante sumaria el destino final y algunas estaciones intermedias importantes, pero de los incontables apeaderos no sé nada, y los identifico mientras escribo. Si no fuera así —si lo supiera todo de episodios y personajes—, me aburriría y lo dejaría. Algo que, por otra parte, me sucede muy a menudo. Trabajo durante mucho tiempo cuidando el armazón del relato y la escritura. Luego me doy cuenta de que estoy dando una especie de falso testimonio, y lo dejo. En eso me veo muy lejos de Lena. La obsesión por que todo se sostenga con coherencia y belleza me parece un pecado capital contra la verdad.

Sobre la amistad femenina

[Fragmento de la entrevista con Karen Valby]

Entre Elena y Lila existe una amistad rica, sincera, problemática, es el espléndido retrato de una amistad profunda entre mujeres —sentimiento muy poco tratado en literatura—. ¿En qué se ha inspirado? ¿A cuál de sus personajes se siente más próxima y cuál le causa dificultades?

Tuve una amiga a la que aprecié mucho, partí de esa experiencia. Pero el dato objetivo tiene poca importancia cuando se escribe, como mucho es como recibir un empujón en la calle. Una historia es más bien un precipicio de experiencias muy distintas, acumuladas en el curso de la vida. Ellas son las que alimentan de manera milagrosa las historias y los personajes. Pero hay experiencias difíciles de usar. Nos pertenecen tan íntimamente que son huidizas, incómodas, a veces inenarrables. Estoy a favor de las historias que se alimentan sobre todo de este tipo de experiencias. Elena y Lila están inventadas así y no fue fácil escribirlas. Quiero más a Lila, pero solo porque me obligó a trabajar de firme.

[Fragmento de la entrevista con Giulia Calligaro]

La comparación obsesiva entre Lila y Lena nos enseña que la amistad entre mujeres, aunque afectuosa, es siempre antagónica. ¿Por qué ese miedo a llegar segundas?

Han dejado sin reglas a la amistad femenina. Ni siquiera le han impuesto las masculinas, y sigue siendo un territorio con códigos frágiles donde amar —la palabra *amistad* se deriva de *amor*— arrastra consigo de todo, sentimientos elevados y pulsiones infames. En consecuencia, he contado la historia de un vínculo muy fuerte que dura toda la vida y que se compone de afecto, pero también de desorden, inestabilidad, incoherencia, subordinación, atropello, malhumores.

El amor es el motor del relato. Pero las partes felices son las que el lector vive con más recelo. ¿Qué impide el final feliz?

La tetralogía *Dos amigas* es un relato concebido de modo que la relación más intensa, más duradera, más feliz y más devastadora sea la que hay entre Lila y Lena. Esa relación dura, mientras las relaciones con los hombres nacen, crecen y se deterioran. Hay momentos en que los vínculos de amor entre mujer y hombre son felices, bastaría con interrumpirlos entonces y tendríamos un final feliz. Pero el final feliz guarda relación con los trucos de la ficción, no con la vida y ni siquiera con el amor, que es un sentimiento ingobernable, cambiante, lleno de sorpresas desagradables ajenas a él.

[Fragmento de la entrevista con Yasemin Çongar]

La amistad entre Elena y Lila se describe de un modo exhaustivo y se presenta a los ojos del lector como extraordinariamente real. Además, el conflicto entre ambas mujeres se percibe como el conflicto interior de cada uno. En los contrastes entre las dos amigas se identifican las distintas pulsiones que llevamos dentro. «Tú eres mi amiga estupenda», frase pronunciada por Lila, da título al primer libro de la serie. Se la dice a Elena para animarla a seguir estudiando. Sin em-

bargo, el «yo» del libro es Elena, y a través de su narración vemos a Lila como «mi —su— amiga estupenda». ¿Por qué ha colocado en el centro de los cuatro libros la amistad entre estos dos personajes tan distintos pero igualmente eficaces? ¿Qué función cumplen esas comparaciones constantes entre ambas?

Quería narrar una amistad que dura toda una vida y quería contarla en toda su complejidad. Pero, como suelo hacer, también quería contarla de manera que la voz narradora se guardara claramente una parte del relato, como si no consiguiera llegar hasta el fondo o como si sus páginas fuesen el borrador de una historia que jamás llegará a la versión definitiva porque es la otra, la que no narra sino que es narrada, la que tiene la fuerza de llevarla plenamente a cabo. Cuando escribo tengo dos objetivos: narrar todo lo que sé y entretanto dejar entrar en la historia todo aquello que no sé, que no entiendo. En la tetralogía *Dos amigas* se persigue obsesivamente este segundo objetivo. Creo que la fuerza del relato, si existe, está en lo que llega a la página no a pesar de quien la escribe sino de lo que está escrito.

Es famosa la pregunta de Italo Calvino: «¿Qué parte del yo que da forma a los personajes es en realidad un yo al que los personajes han dado forma?». ¿Cuánto de Elena Ferrante quedó plasmado por Lila y Elena?

Todo. Mientras escribes no eres más que lo que escribes; el nido está ahí y te contiene, se entrelaza contigo. Lo demás, lo que eres fuera de la escritura, es un canalón invisible.

Sobre los personajes

[Fragmento de la entrevista con Giulia Calligaro]

De Nino, amado por Lila y luego por Lena, dice: «Le gusta más caer simpático a los que mandan que batirse por una idea». Luego: «Tiene la peor de las maldades, la de la superficialidad». De Lila dice: «Destacaba entre tantas porque con naturalidad no se doblegaba a ningún adiestramiento, a ningún uso y a ningún fin». Dos seres humanos opuestos. ¿Puede comentarnos algo a este respecto?

Los rasgos de Nino están hoy más extendidos. Querer gustar a cuantos ejercen algún tipo de poder es una característica del subordinado que quiere salir de la subordinación. Pero también es un rasgo del espectáculo permanente en el que nos hallamos inmersos que, por su naturaleza, nos conduce a la superficialidad. La superficialidad no es sinónimo de estupidez, sino exhibición del propio aspecto, goce de la apariencia, impermeabilidad frente al aguafiestas por excelencia, el dolor ajeno. Los rasgos de Lila, en cambio, me parecen el único camino posible para quien quiere ser parte activa de este mundo sin someterse a él.

[Fragmento de la entrevista con Rachel Donadio]

El primer episodio de la cuarta y última novela de la tetralogía, La niña perdida*, recuerda a algunas escenas de* La hija oscura*, un libro cuya protagonista, Leda, describe su amor por el eco de los nombres: Nani, Nina, Nennella, Elena, Lenù, etcétera. ¿Qué sentido tienen estos ecos? ¿Acaso ve a sus personajes como distintas variantes de una misma mujer?*

Las mujeres de mis historias son todas el eco de mujeres reales que, por sus sufrimientos y su combatividad, influyeron en mi imaginación: mi madre, una amiga, conocidas cuyas historias he seguido de cerca. En general, mezclo sus experiencias con las mías y de esa amalgama nacen Delia, Amalia, Olga, Leda, Nina, Elena, Lenù. Pero el eco que usted ha notado deriva quizá de una oscilación interior de los personajes, en la que trabajo desde siempre. Mis mujeres son fuertes, cultas, conscientes de sí mismas y de sus derechos, justas, pero al mismo tiempo expuestas a repentinos quebrantos, a subordinaciones de todo tipo, a malos sentimientos. Es una oscilación que he experimentado, que conozco bien y que domina también mi forma de escribir.

[Fragmento de la entrevista con Sandra Ozzola, Sandro Ferri y Eva Ferri]

¿Cómo explicas que a los lectores les resulte fácil reconocerse tanto en Elena como en Lila, pese a ser de naturalezas tan distintas? ¿Guarda relación con la divergencia que existe entre ambas? Las dos son sumamente complejas; sin embargo, mientras Elena tiende a la máxima verosimilitud, Lila tiene una especie de verdad superior, parece hecha de un material más misterioso, elaborada con mayor profundidad y con un valor a veces simbólico.

La divergencia que hay entre Elena y Lila influye en unas cuantas decisiones narrativas que, sin embargo, pueden atribuirse a la condición femenina cambiante que se encuentra en el centro de la narración. Pensemos en el papel de la lectura y el estudio. Elena es muy disciplinada, en cada caso concreto consigue con diligencia los instrumentos que necesita, habla de su trayectoria de intelectual con medido orgullo, muestra cómo se ocupa del mundo con intensidad y al mismo tiempo hace notar cómo Lila se queda rezagada, es más, insiste mucho en cómo la ha dejado atrás. Pero de vez en cuando su relato se rompe y Lila aparece mucho más activa que Elena, sobre todo más ferozmente —también diría más vilmente, más visceralmente— implicada. Para después retirarse de veras, dejar el campo libre a su amiga, seguir siendo víctima de lo que más la aterra: desbordarse, desaparecer. Lo que tú llamas divergencia es una oscilación connatural de la relación entre los dos personajes y de la propia estructura del relato de Lenù. Esa divergencia es la que ofrece sobre todo a las lectoras —pero creo que también a los lectores— la posibilidad de sentir que son a la vez Lila y Lenù. Si las dos marcharan al mismo paso, una sería el doble de la otra, se manifestarían por turnos como voz secreta, imagen en el espejo u otra cosa. Pero no es así. El paso se rompe desde el comienzo, y quien genera la divergencia no es solo Lila, sino también Lenù. Cuando el paso de Lila se vuelve insostenible, quien lee se aferra a Lenù. Pero si Lenù se extravía, el lector se pone en manos de Lila.

[Fragmento de la entrevista con Gudmund Skjeldal]

Pero ¿usted entiende a Lila? ¿La que se casa demasiado joven sin ninguna necesidad, que es buena y mala a la vez, que absorbe energía de todas partes y que, a la vez, para Elena es la que da color a todo? ¿Quizá en el caso de Lila usted pensó en una persona menos corriente, puede que nietzscheana, dada la manera en que personaliza la fuerza dionisíaca en el mundo, mientras que en el caso de Elena imaginó a una mujer más racional?

Siempre me han fascinado las personas excesivas en todas sus manifestaciones. Lila tiene muchos rasgos de una amiga mía que murió hace unos años. No tenía nada de dionisíaco. Era más bien de esas personas que sienten curiosidad por todo y que sin esfuerzo aparente lo hacen todo bien, pero luego se aburren y con entusiasmo se dedican a otra cosa. Intenté describir la efervescente estela de obras incompletas que dejan tras de sí estas inteligencias multiformes que escapan a toda definición.

[Fragmento de la entrevista con Andrea Aguilar]

¿A qué personaje masculino de la tetralogía Dos amigas *se siente más próxima?*

Al de Alfonso, el compañero de pupitre de Lena.

En su opinión, ¿qué tiene tan de especial la amistad entre mujeres? Se trata de un tema que apenas ha sido tratado en la literatura. ¿Tiene alguna idea del porqué?

La amistad masculina cuenta con una larga tradición literaria y un código de comportamiento muy elaborado. En cambio, la amistad femenina cuenta con un mapa aproximado que no ha comenzado a precisarse hasta hace poco. Existe el riesgo de que el atajo del lugar común edificante se imponga al esfuerzo de otros trayectos más arduos.

Sobre Nápoles como telón de fondo

[Fragmento de la entrevista con Giulia Calligaro]

El barrio es el laboratorio donde se revela la fragilidad de la Historia. Usted escribe: «El sueño de progreso sin límites es, en realidad, una pesadilla llena de ferocidad y muerte». ¿Cuál es la alternativa? ¿Es Nápoles un banco de pruebas de los acontecimientos nacionales?

Para Lila y Lena, Nápoles es la ciudad donde la belleza se transforma en horror, donde en pocos segundos los buenos modales se transforman en violencia, donde cada Saneamiento encubre un Derribo. En Nápoles se aprende pronto y riendo a no fiarse tanto de la Naturaleza como de la Historia. En Nápoles el progreso es siempre progreso de unos pocos en perjuicio de la mayoría. Pero como ve, poco a poco, ya no hablamos de Nápoles sino del mundo. Eso que denominamos progreso ilimitado es el mayor y más cruel derroche de las clases ricas de Occidente. Tal vez las cosas vayan algo mejor cuando antepongamos el cuidado de todo el planeta y de cada uno de sus habitantes.

[Fragmento de la entrevista con Yasemin Çongar]

Nápoles, obviamente, es fundamental en las cuatro novelas. Ya se trate del viejo barrio de Elena y Lila o de la playa de Ischia o de zonas más ricas de Nápoles en cada página siempre hay un fuerte sentido de la ambientación. Sin embargo, usted consigue este efecto sin necesidad de largas descripciones, sin sentimentalizar las imágenes de la ciudad. ¿Cómo consigue dar una viveza casi cinematográfica a los lugares? ¿Por qué a mí, lectora turca, no solo me parece estar viendo lugares que nunca he visto, sino que casi siento que me pertenecen, como si yo también proviniera de ese barrio? ¿Qué anima ese lugar? ¿Qué lo hace respirar en sus páginas?

Si ocurre eso, es gracias a los filtros que uso. La presencia de la ciudad no se da nunca en sí misma; no lo creo posible a menos que se produzcan etiquetas, puras ilustraciones. Más bien apunto a los efectos percibidos o imaginados por Lenù y, a través de su relato, por Lila. Es una capa doble que convierte al barrio no en el fondo de la historia, no en unos bastidores lejanos, sino en un mundo aprendido, un mundo percibido, un mundo imaginado.

Índice

Los personajes 7

La amiga estupenda 11
Prólogo. Borrar todo rastro 15
Infancia. Historia de don Achille 19
Adolescencia. Historia de los zapatos 69

Un mal nombre 269
Juventud 271

Las deudas del cuerpo 645
Tiempo intermedio 647

La niña perdida 965
Madurez. La niña perdida 967
Vejez. Historia de la mala sangre 1217
Epílogo. Restitución 1325

La Saga La amiga estupenda en palabras de su autora 1329

«No me arrepiento de mi anonimato. Descubrir la personalidad de quien escribe a través de las historias que propone, de sus personajes, de los objetos y paisajes que describe, del tono de su escritura, no es ni más ni menos que un buen modo de leer», comentaba Elena Ferrante a Paolo di Stefano en una entrevista vía e-mail para el *Corriere della Sera*. En efecto, nadie sabe quién es Elena Ferrante. La mayoría de los críticos la saludan como la nueva Elsa Morante, una voz extraordinaria que ha dado un vuelco a la narrativa de los últimos años. El éxito de crítica y de público se refleja en premios y artículos publicados en periódicos y revistas como *The New York Times* y *Paris Review*, y en el documental Ferrante Fever. Ha sido galardonada con el Belle van Zuylen Ring del Festival Internacional de Literatura de Utrecht y con el Cheltenham Literature Prize en Reino Unido. En 2016 *Time* la nombró una de las cien personas más influyentes del año. En 2010, Lumen publicó *Crónicas del desamor*, que reunía tres novelas: *El amor molesto*, *Los días del abandono* y *La hija oscura*, libros que también editó por separado en 2018. Tras las adaptaciones cinematográficas italianas de *El amor molesto* y *Los días del abandono*, Hollywood ha llevado a la gran pantalla *La hija oscura*. Después llegó la saga «La amiga estupenda», compuesta por *La amiga estupenda* («El mejor libro del siglo XXI», según *The New York Times*), *Un mal nombre*, *Las deudas del cuerpo* y *La niña perdida* (esta última nominada al Premio Booker): una obra destinada a convertirse en un clásico de la literatura europea del siglo XXI y que ha sido adaptada a una serie de televisión. Su última novela es *La vida mentirosa de los adultos* (Lumen, 2020), que fue adaptada a serie por Netflix. Tras *La frantumaglia* (2017), donde Ferrante nos habla de su manera especial de entender la escritura, y *La invención ocasional* (2019), que recopila los textos que durante un año publicó los sábados en *The Guardian*, en 2022 Lumen editó *En los márgenes*.

Este libro
terminó de imprimirse
en Madrid
en noviembre de 2025